BESTSELLER

Ken Follett nació en Cardiff (Gales), pero cuando tenía diez años su familia se trasladó a Londres. Se licenció en filosofía en la University College de Londres y posteriormente trabajó como reportero del *South Wales Echo*, el periódico de su ciudad natal. Más tarde colaboró en el *London Evening News* de la capital inglesa y durante esta época publicó, sin mucho éxito, su primera novela. Dejó el periodismo para incorporarse a una editorial pequeña, Everest Books, y mientras tanto continuó escribiendo. Fue su undécima novela la que se convirtió en su primer gran éxito literario.

Ken Follett es uno de los autores más queridos y admirados por los lectores en el mundo entero, y la venta total de sus libros supera los ciento sesenta millones de ejemplares.

Follett, que ama la música casi tanto como los libros, toca el bajo con gran entusiasmo en dos grupos musicales. Vive en Stevenage, Hertfordshire, con su esposa Barbara, exparlamentaria laborista por la circunscripción de Stevenage. Entre los dos tienen cinco hijos, seis nietos y tres perros labradores.

Para más información, visite la página web del autor: www.kenfollett.es

Biblioteca

KEN FOLLETT

El invierno del mundo

Traducción de
ANUVELA

DEBOLS!LLO

Papel certificado por el Forest Stewardship Council®

Título original: *Winter of the World*
Quinta edición en esta presentación
Cuarta reimpresión: diciembre de 2018

© 2012, Ken Follett
© 2012, Penguin Random House Grupo Editorial, S. A. U.
Travessera de Gràcia, 47-49. 08021 Barcelona
© 2012, ANUVELA (Verónica Canales Medina, Roberto
Falcó Miramontes, Laura Manero Jiménez, Laura Rins
Calahorra y Nuria Salinas Villar), por la traducción

Printed in Spain – Impreso en España

ISBN: 978-84-9032-815-6 (vol. 98/22)
Depósito legal: B-6504-2014

Compuesto en La Nueva Edimac, S. L.
Impreso en Liberdúplex,
Sant llorenç d'Hortons (Barcelona)

P 3 2 8 1 5 6

Penguin
Random House
Grupo Editorial

La trilogía The Century combina la dimensión épica y el drama humano, sello distintivo en las obras de Ken Follett, a una escala nunca antes concebida, ni siquiera por él.

Con la misma habilidad que en sus novelas ambientadas en la Edad Media, en The Century el autor sigue los destinos entrelazados de tres generaciones de cinco familias: una galesa, una inglesa, una rusa, una alemana y otra estadounidense.

La primera novela, *La caída de los gigantes*, está enmarcada en los cruciales acontecimientos de la Primera Guerra Mundial y la Revolución rusa.
Este segundo tomo, *El invierno del mundo*, se centra en la Segunda Guerra Mundial y el tercero, en la Guerra Fría.

The Century narra en esencia el siglo XX y permite contemplar en primera persona una de las épocas posiblemente más convulsas, violentas y determinantes de nuestra historia.

A la memoria de mis abuelos
Tom y Minnie Follett,
Arthur y Bessie Evans

Personajes

Estadounidenses

Familia Dewar
Senador Gus Dewar
Rosa Dewar, su esposa
Woody Dewar, su hijo mayor
Chuck Dewar, su hijo menor
Ursula Dewar, madre de Gus

Familia Peshkov
Lev Peshkov
Olga Peshkov, su esposa
Daisy Peshkov, su hija
Marga, amante de Lev
Greg Peshkov, hijo de Lev y Marga
Gladys Angelus, estrella de cine, también amante de Lev

Familia Rouzrokh
Dave Rouzrokh
Joanne Rouzrokh, su hija

Alta sociedad de Buffalo
Dot Renshaw
Charlie Farquharson

Otros
Joe Brekhunov, un matón

Brian Hall, jefe sindical
Jacky Jakes, aspirante a actriz
Eddie Parry, marinero, amigo de Chuck
Capitán Vandermeier, superior de Chuck
Margaret Cowdry, guapa heredera

Personajes históricos reales
Franklin Delano Roosevelt, 32.º presidente de Estados Unidos
Marguerite «Missy» LeHand, su ayudante
Harry Truman, vicepresidente y 33.º presidente de Estados Unidos
Cordell Hull, secretario de Estado
Summer Welles, subsecretario de Estado
Coronel Leslie Groves, Cuerpo de Ingenieros del Ejército

Ingleses

Familia Fitzherbert
Conde Fitzherbert, llamado Fitz
Princesa Bea, su esposa
«Boy» Fitzherbert, vizconde de Aberowen, su hijo mayor
Andy, su hijo menor

Familia Leckwith-Williams
Ethel Leckwith (de soltera Williams), parlamentaria de la circunscripción de Aldgate
Bernie Leckwith, marido de Ethel
Lloyd Williams, hijo de Ethel, hijastro de Bernie
Millie Leckwith, hija de Ethel y Bernie

Otros
Ruby Carter, amigo de Lloyd
Bing Westhampton, amigo de Fitz
Lindy y Lizzie Westhampton, hijas gemelas de Bing
Jimmy Murray, hijo del general Murray
May Murray, su hermana
Marqués de Lowther, llamado Lowthie
Naomi Avery, mejor amiga de Millie
Abe Avery, hermano de Naomi

Personajes históricos reales
Ernest Bevin, parlamentario, secretario del Foreign Office

Alemanes y austríacos

Familia Von Ulrich
Walter von Ulrich
Maud, su esposa (de soltera lady Maud Fitzherbert)
Erik, su hijo
Carla, su hija
Ada Hempel, su criada
Kurt, hijo ilegítimo de Ada
Robert von Ulrich, primo segundo de Walter
Jörg Schleicher, socio de Robert
Rebecca Rosen, huérfana

Familia Franck
Ludwig Franck
Monika, su esposa (de soltera Monika von der Helbard)
Werner, su hijo mayor
Frieda, su hija
Axel, su hijo menor
Ritter, chófer
Conde Konrad von der Helbard, padre de Monika

Familia Rothmann
Doctor Isaac Rothmann
Hannelore Rothmann, su esposa
Eva, su hija
Rudi, su hijo

Familia Von Kessel
Gottfried von Kessel
Heinrich von Kessel, su hijo

Gestapo
Comisario Thomas Macke
Inspector Kringelein, jefe de Macke

Reinhold Wagner
Klaus Richter
Günther Schneider

Otros
Hermann Braun, el mejor amigo de Erik
Sargento Schwab, jardinero
Wilhelm Frunze, científico

Rusos

Familia Peshkov
Grigori Peshkov
Katerina, su esposa
Vladímir, siempre llamado Volodia; su hijo
Ania, su hija

Otros
Zoya Vorotsintsev, física
Ilia Dvorkin, agente de la policía secreta
Coronel Lemítov, jefe de Volodia
Coronel Bobrov, agente del Ejército Rojo en España

Personajes históricos reales
Lavrenti Beria, jefe de la policía secreta
Viacheslav Mólotov, ministro de Asuntos Exteriores

Españoles

Teresa, maestra de alfabetización

Galeses

Familia Williams
Dai Williams, «Abuelo»
Cara Williams, «Abuela»

Billy Williams, miembro del Parlamento de Aberowen
Dave, hijo mayor de Billy
Keir, hijo menor de Billy

Familia Griffiths
Tommy Griffiths, agente político de Billy Williams
Lenny Griffiths, hijo de Tommy

PRIMERA PARTE

La otra mejilla

1

1933

I

Carla sabía que sus padres estaban a punto de enfrascarse en una discusión. En cuanto entró en la cocina percibió la hostilidad, como el viento gélido que barría las calles de Berlín en febrero antes de una ventisca. Estuvo a punto de darse la vuelta y salir de la cocina.

No era habitual en ellos que discutieran. Por lo general eran muy afectuosos, incluso demasiado. Carla sentía vergüenza ajena cuando se besaban delante de otra gente. Sus amigas creían que era algo raro ya que sus padres no demostraban ese cariño en público. En una ocasión se lo había comentado a su madre, que reaccionó soltando una risa de satisfacción y le dijo:

—El día después de nuestra boda, a tu padre y a mí nos separó la Gran Guerra. —Su madre era inglesa de nacimiento, aunque apenas se le notaba el acento—. Yo me quedé en Londres mientras él regresaba a Alemania y se incorporaba al ejército. —Carla había oído esa historia un sinfín de veces, pero su madre nunca se cansaba de contársela—. Creíamos que la guerra duraría tres meses, pero no volví a verlo hasta al cabo de cinco años. Durante todo ese tiempo eché mucho de menos poder acariciarlo, así que ahora no me canso de hacerlo.

Su padre era igual.

—Tu madre es la mujer más inteligente que he conocido jamás —le había dicho ahí mismo, en la cocina, unos días antes—. Por eso me casé con ella. No tuvo nada que ver con… —Dejó la frase inacabada y ambos se rieron de forma cómplice, como si Carla no supiera nada de sexo a la edad de once años. Le resultaba todo muy violento.

Sin embargo, de vez en cuando se peleaban. Carla conocía las señales y sabía que estaba a punto de estallar una nueva discusión.

Cada uno estaba sentado a un extremo de la mesa. Su padre vestía un traje gris oscuro de estilo muy sombrío, una camisa blanca almidonada y una corbata negra de raso. Era un hombre pulcro, a pesar de las entradas y de la ligera barriga que asomaba bajo el chaleco y la cadena del reloj de oro. Tenía el rostro congelado en una expresión de falsa calma. Carla conocía esa mirada, era la que dirigía a algún miembro de la familia cuando había hecho algo que lo enfurecía.

Sostenía en la mano un ejemplar del semanario para el que trabajaba su madre, *Der Demokrat*, en el que escribía una columna de rumores políticos y diplomáticos con el nombre de Lady Maud. Su padre empezó a leer en voz alta:

—«Nuestro nuevo canciller, herr Adolf Hitler, hizo su debut en la sociedad diplomática en la recepción del presidente Hindenburg.»

Carla sabía que el presidente era el jefe de Estado. Había sido elegido, pero estaba por encima de las cuitas del día a día político y ejercía principalmente de árbitro. El canciller era el primer ministro. Aunque habían nombrado canciller a Hitler, su Partido Nazi no disponía de una mayoría absoluta en el Reichstag, el Parlamento alemán, de modo que, por el momento, los demás partidos podían poner coto a los excesos nazis.

Su padre habló con desagrado, como si lo hubieran obligado a mencionar algo repulsivo, como aguas residuales.

—«Parecía sentirse incómodo vestido con un frac.»

La madre de Carla tomó un sorbo de su café y miró hacia la calle a través de la ventana, fingiendo interés por la gente que se apresuraba para llegar al trabajo, protegiéndose del frío con bufanda y guantes. Ella también fingía calma, pero Carla sabía que solo estaba esperando su momento.

Ada, la criada, estaba de pie, vestida con un delantal, cortando queso. Dejó un plato delante de su padre, que no le hizo el más mínimo caso.

—«No es ningún secreto que herr Hitler quedó cautivado por Elisabeth Cerruti, la culta mujer del embajador italiano, que lucía un vestido rosa adornado con pieles de marta.»

Su madre siempre describía cómo vestía la gente. Decía que así ayudaba a los lectores a imaginárselos. Ella también tenía ropa elegante, pero corrían tiempos difíciles y hacía varios años que no se había comprado ningún vestido nuevo. Esa mañana tenía un aspecto esbelto y elegante con un vestido de cachemira azul marino que debía de tener tantos años como Carla.

—«La signora Cerruti, que es judía, es una fascista acérrima, y hablaron durante varios minutos. ¿Le pidió a Hitler que dejara de avivar el odio hacia los judíos?» —El padre dejó la revista en la mesa con un fuerte golpe.

«Ahora empieza», pensó Carla.

—Imagino que te habrás dado cuenta de que esto enfurecerá a los nazis —dijo su padre.

—Eso espero —replicó su madre con frialdad—. El día que estén contentos con lo que escribo, dejaré de hacerlo.

—Son peligrosos cuando están enfurecidos.

Los ojos de su madre refulgieron de ira.

—Ni se te ocurra tratarme con condescendencia, Walter. Ya sé que son peligrosos, por eso me opongo a ellos.

—Es que no entiendo de qué sirve enfurecerlos.

—Tú los atacas en el Reichstag. —Walter era un representante parlamentario del Partido Socialdemócrata elegido en las urnas.

—Yo tomo parte de un debate razonado.

La situación era la habitual, pensó Carla. Su padre era un hombre lógico, precavido y respetuoso con la ley. Su madre tenía estilo y sentido del humor. Él se salía con la suya gracias a su perseverancia serena; ella con su encanto y su descaro. Nunca se pondrían de acuerdo.

—Yo no vuelvo a los alemanes locos de ira —añadió su padre.

—Quizá eso es porque tus palabras no les causan ningún daño.

El ingenio de Maud sacó de quicio a Walter, que alzó la voz.

—¿Y crees que les haces daño con tus pullas?

—Me burlo de ellos.

—En lugar de aportar argumentos.

—Creo que se necesitan ambas cosas.

Walter se enfureció aún más.

—Pero, Maud, ¿no ves que te pones en peligro a ti misma y a toda la familia?

—Al contrario. El verdadero peligro sería no burlarse de los nazis. ¿Cómo será la vida para nuestros hijos si Alemania se convierte en un estado fascista?

Ese tipo de discusiones incomodaban a Carla. No soportaba oír que la familia estaba en peligro. La vida debía proseguir tal y como había hecho hasta entonces. Lo único que deseaba era poder sentarse en la cocina todas las mañanas, con sus padres situados en los extremos de la mesa de pino, Ada junto a la encimera, y su hermano, Erik, correteando arriba porque llegaba tarde de nuevo. ¿Por qué tenían que cambiar las cosas?

Durante toda su vida había escuchado conversaciones políticas a la hora del desayuno y creía que entendía lo que hacían sus padres, que tenían la aspiración de convertir Alemania en un lugar mejor para todo el mundo. Sin embargo, en los últimos tiempos habían empezado a hablar de un modo distinto. Era como si creyeran que se avecinaba un gran peligro, pero Carla aún era incapaz de imaginarse de qué se trataba.

—Bien sabe Dios que estoy haciendo todo lo que puedo para contener a Hitler y a sus acólitos —dijo Walter.

—Y yo también. Pero cuando tú lo haces, crees que estás tomando el camino sensato. —A Maud se le crispó el rostro de resentimiento—. Y cuando lo hago yo, me acusas de poner en peligro a la familia.

—Y con razón —replicó Walter.

La discusión no había hecho más que empezar, pero en ese momento Erik bajó los escalones de forma estruendosa, como un caballo, y apareció en la cocina con la cartera de la escuela colgada de un hombro. Tenía trece años, dos más que Carla, y un fino vello negro empezaba a asomar en su labio superior. Cuando eran pequeños, Carla y Erik siempre habían jugado juntos, pero aquellos días habían quedado relegados al pasado, y como él era tan alto le gustaba creer que su hermana era tonta e infantil. En realidad, era más inteligente que él, y sabía muchas cosas que él no entendía, como los ciclos mensuales de la mujer.

—¿Qué era esa melodía que estabas tocando? —le preguntó a su madre.

El piano los despertaba a menudo por la mañana. Era un piano de cola Steinway, heredado, al igual que la casa, de los abuelos paternos. Su madre tocaba por las mañanas porque, según decía, el resto del día estaba demasiado ocupada y por la noche le podía el cansancio. Aquella mañana había interpretado una sonata de Mozart y a continuación una melodía de jazz.

—Se llama *Tiger Rag* —le dijo a Erik—. ¿Quieres un poco de queso?

—El jazz es decadente —replicó su hijo.

—No digas tonterías.

Ada le dio a Erik un plato con queso y salchicha en rodajas, y este lo devoró con avidez. Carla pensó que su hermano tenía unos modales espantosos.

Walter mantenía un semblante adusto.

—¿Quién te ha inculcado todas esas estupideces?

—Hermann Braun dice que el jazz no es música, que tan solo es un puñado de negros haciendo ruido. —Hermann era el mejor amigo de Erik y su padre era miembro del Partido Nazi.

—Pues Hermann debería intentar tocar algo de jazz. —Walter miró a Maud y se le relajó el rostro. Su mujer le sonrió y él prosiguió—: Hace muchos años tu madre intentó enseñarme a tocar ragtime, pero fui incapaz de dominar el ritmo.

Su madre se rió.

—Fue como enseñarle a una jirafa a ir en patines.

Carla comprobó con gran alivio que la pelea había acabado. Empezó a sentirse mejor. Cogió un pedazo de pan negro y lo mojó en la leche.

Sin embargo, ahora era Erik quien tenía ganas de discutir.

—Los negros son una raza inferior —dijo en tono desafiante.

—Lo dudo —repuso Walter, sin perder la paciencia—. Si un niño negro fuera criado en una buena casa llena de libros y pinturas, y si lo enviaran a una escuela cara con buenos maestros, tal vez llegaría a ser más inteligente que tú.

—¡Eso es una estupidez! —protestó Erik.

—Serás engreído… Que no te oiga decir nunca más que tu padre dice estupideces —lo reprendió su madre, que había rebajado un poco el tono ya que había gastado toda su ira en Walter. Ahora solo parecía cansada y decepcionada—. No sabes de qué hablas, y Hermann Braun tampoco.

—¡Pero la raza aria tiene que ser superior, somos los que gobernamos el mundo! —exclamó el muchacho.

—Tus amigos nazis no saben nada de historia —dijo Walter—. Los antiguos egipcios construyeron las pirámides cuando los alemanes aún vivían en cuevas. Los árabes dominaban el mundo en la Edad Media y los musulmanes eran grandes expertos en álgebra cuando los príncipes alemanes no sabían ni escribir su nombre. Como ves, la raza no importa.

—Entonces, ¿qué es lo que importa? —preguntó Carla, con la frente arrugada.

Su padre la miró con ternura.

—Es una buena pregunta y demuestras una gran inteligencia al plantearla. —Carla estaba radiante de felicidad por el elogio de su padre—. Las civilizaciones, los chinos, los aztecas, los romanos, nacen y caen pero nadie sabe por qué.

—Venga, acabad el desayuno y poneos los abrigos —dijo Maud—, que ya vamos tarde.

Walter sacó el reloj del bolsillo del chaleco, lo miró y enarcó las cejas.

—No es tarde.

—Tengo que llevar a Carla a casa de los Franck —explicó Maud—. La escuela de chicas estará cerrada hoy porque están reparando la caldera, de modo que Carla va a pasar el día con Frieda.

Frieda Franck era la mejor amiga de Carla. Sus madres también eran muy buenas amigas. De hecho, cuando eran jóvenes, Monika, la madre de Frieda, había estado enamorada de Walter; un hecho muy gracioso que la abuela de Frieda había revelado un día después de beber algunas copas de champán de más.

—¿Por qué no puede encargarse Ada de Carla? —preguntó Walter.

—Ada tiene que ir al médico.

—Ah.

Carla esperaba que su padre preguntara qué le sucedía a Ada, pero se limitó a asentir como si ya lo supiera, y se guardó el reloj. Carla quería saber qué sucedía, pero algo le decía que no debía hablar de ello y tomó nota mental para preguntarle a su madre más tarde. Pero se olvidó de todo de inmediato.

Walter fue el primero en marcharse, vestido con su largo abrigo negro. Luego Erik se puso su gorra —echándosela hacia atrás todo lo que pudo sin que llegara a caer, tal y como estaba de moda entre sus amigos— y salió a la calle con su padre.

Carla y su madre ayudaron a Ada a recoger la mesa. Carla quería casi tanto a Ada como a su madre. Cuando era pequeña, Ada había cuidado de ella hasta que fue lo bastante mayor para ir a la escuela, ya que su madre siempre había trabajado. Ada aún no se había casado. Tenía veintinueve años y no era muy agraciada, aunque tenía una sonrisa bonita y agradable. El verano anterior había tenido un romance con un policía, Paul Huber, pero no duró demasiado.

Carla y su madre se quedaron de pie frente al espejo del recibidor y se pusieron los sombreros. Maud se tomó su tiempo. Eligió un modelo de fieltro azul, con corona redonda y de ala estrecha, del estilo que llevaban todas las mujeres; pero su madre lo inclinaba en un ángulo distinto, lo que le confería un aspecto chic. Mientras Carla se ponía su gorro de lana, se preguntaba si alguna vez tendría tanto estilo como su madre. Maud parecía una diosa de la guerra, con su cuello largo y su mentón y pómulos tallados en mármol blanco; era bella, sin duda, aunque no preciosa. Carla tenía el mismo pelo oscuro y los ojos verdes, pero parecía más una muñeca rechoncha que una estatua. En una ocasión había oído por casualidad que su abuela le decía a su madre:

—Tu patito feo se convertirá en un cisne, ya lo verás. —Carla aún estaba esperando a que eso sucediera.

Cuando Maud acabó de acicalarse, salieron. Su hogar se encontraba en una hilera de casas altas y elegantes del barrio de Mitte, en el centro de la ciudad, construidas para ministros y oficiales del ejército de alto rango como el abuelo de Carla, que había trabajado en los edificios gubernamentales que había no muy lejos de allí.

Carla y su madre tomaron un tranvía que recorrió Unter den Linden, luego cambiaron al tren interurbano para ir desde la Friedrichstrasse hasta el parque zoológico. Los Franck vivían en un barrio residencial de Schöneberg, situado en la zona sudoeste de la ciudad.

Carla tenía ganas de ver a Werner, el hermano de Frieda, que tenía catorce años. Le gustaba mucho. En ocasiones Carla y su amiga fantaseaban con que se casaban la una con el hermano de la otra y que eran vecinas, y que sus hijos se convertían en buenos amigos. Para Frieda no era más que un juego, pero Carla deseaba en secreto que todo aquello se hiciera realidad. Werner era un chico guapo y maduro, en absoluto tonto como Erik. En la casa de muñecas que Carla tenía en su habitación, el padre y la madre que dormían juntos en la cama de matrimonio de miniatura se llamaban Carla y Werner, algo que nadie sabía, ni tan siquiera su mejor amiga.

Frieda tenía otro hermano, Axel, de siete años, que había nacido con espina bífida y requería de una atención médica constante. El niño vivía en un hospital especial situado a las afueras de Berlín.

Su madre se mostró preocupada durante el trayecto.

—Espero que todo vaya bien —murmuró para sí, al bajar del tren.

—Claro que sí —dijo Carla—. Me lo pasaré en grande con Frieda.

—No me refería a eso. Hablo del párrafo que escribí sobre Hitler.

—¿Corremos peligro? ¿Tenía razón papá?

—Tu padre suele tener razón.

—¿Qué nos sucederá si hemos molestado a los nazis?

Su madre la miró de un modo extraño durante un buen rato.

—Dios mío, ¿a qué mundo te he traído? —se preguntó Maud, y a continuación enmudeció.

Tras un paseo de diez minutos llegaron a una espléndida casa con un gran jardín. Los Franck eran ricos: el padre de Frieda, Ludwig, era el dueño de una fábrica de aparatos de radio. Había dos coches en el camino de entrada. El más grande y brillante era el de herr Franck. El motor rugió y el tubo de escape expulsó una vaharada de vapor azul. El chófer, Ritter, que llevaba los pantalones del uniforme metidos por dentro de las botas de caña alta, aguardaba con la gorra en la mano, listo para abrir la puerta.

—Buenos días, frau Von Ulrich —la saludó el hombre tras hacer una reverencia.

El segundo coche era algo más pequeño, de color verde, y solo tenía dos plazas. Un hombre bajito con una barba cana salió de la casa con un maletín de piel y se tocó el sombrero para saludar a Maud mientras entraba en el pequeño vehículo.

—Me pregunto qué hace aquí el doctor Rothmann tan temprano —dijo Maud, con inquietud.

No tardaron en averiguarlo. Monika, la madre de Frieda, salió a la puerta. Era una mujer alta y pelirroja. Su rostro pálido reflejaba su nerviosismo. En lugar de darles la bienvenida, se situó frente a la puerta, como si pretendiera impedirles el paso.

—¡Frieda tiene el sarampión! —exclamó.

—¡Lo siento mucho! —repuso Maud—. ¿Cómo se encuentra?

—Muy mal. Tiene fiebre y tos, pero el doctor Rothmann dice que se curará. Sin embargo, está en cuarentena.

—Claro. ¿Tú lo has pasado?

—Sí, cuando era una niña.

—Y Werner también, recuerdo la erupción que le salió por todo el cuerpo. Pero ¿y tu marido?

—Ludi la tuvo de niño.

Ambas mujeres miraron a Carla, que no había pasado el sarampión. La chica se dio cuenta de inmediato de que ello implicaba que no podría pasar el día con Frieda.

Carla se llevó una desilusión, pero su madre parecía aún más afectada.

—Esta semana la revista va a publicar el número especial dedicado a las elecciones, no puedo quedarme en casa. —Parecía consternada. Todos los adultos estaban preocupados por las elecciones generales que iban a celebrarse el domingo siguiente. Sus padres temían que los nazis obtuvieran los votos necesarios para hacerse con el control absoluto del gobierno—. Además, voy a recibir la visita de una vieja amiga de Londres. Me pregunto si podría convencer a Walter de que se tomara el día libre para cuidar de Carla.

—¿Por qué no lo llamas por teléfono?

Pocas personas tenían teléfono en casa, pero los Franck estaban entre los afortunados, y Carla y su madre entraron en el recibidor. El aparato se encontraba sobre una mesa de patas largas y altas, cerca de la puerta. Su madre lo descolgó y dio el número de la oficina de Walter en el Reichstag, el edificio del Parlamento. Cuando la pusieron en contacto con él, le explicó la situación. Escuchó durante un minuto y luego puso cara de enfado.

—Mi revista hará que cien mil lectores voten al Partido Socialdemócrata —dijo—. ¿De verdad tienes que hacer algo más importante?

Carla adivinó cómo iba a acabar la discusión. Sabía que su padre la quería con locura, pero también sabía que su padre nunca se había ocupado de ella ni un solo día en los once años que habían pasado desde su nacimiento. Los padres de todas sus amigas eran iguales. Los hombres no hacían ese tipo de cosas; sin embargo, en ocasiones su madre fingía que desconocía las reglas por las que se regían las vidas de las mujeres.

—Pues tendré que llevármela a la redacción conmigo —dijo Maud—. No quiero ni pensar lo que dirá Jochmann. —Herr Jochmann era su jefe—. No es que sea precisamente un feminista declarado. —Y colgó sin despedirse.

Carla no soportaba que discutieran, y ya era la segunda vez ese día. Sus riñas hacían que el mundo pareciera un lugar inestable. Le daban más miedo esas peleas que los propios nazis.

—Pues vamos —le dijo su madre, que echó a andar en dirección a la puerta.

«Ni tan siquiera veré a Werner», se lamentó Carla.

Justo en ese instante apareció el padre de Frieda en el recibidor: era un hombre de rostro sonrosado, con un pequeño bigote negro, lleno de energía y alegre. Saludó a Maud con simpatía, y ella se detuvo para devolverle la cortesía mientras Monika lo ayudaba a ponerse un abrigo negro con el cuello de piel.

El hombre se dirigió hasta el pie de las escaleras.

—¡Werner! —gritó—. ¡Me voy sin ti! —Se puso un sombrero de fieltro gris y salió.

—¡Ya estoy! ¡Ya estoy!

Werner bajó las escaleras con la agilidad de un bailarín. Era tan alto como su padre y más guapo, con el pelo de un rubio rojizo, un poco largo. Bajo el brazo llevaba una cartera de cuero que parecía llena de libros; en la otra mano sujetaba un par de patines de hielo y un palo de hockey.

—Buenos días, frau Von Ulrich —dijo de forma educada. Y a continuación, en un tono más informal—: Hola, Carla. Mi hermana tiene el sarampión.

Carla sintió que se ruborizaba sin un motivo aparente.

—Lo sé —contestó ella. Intentó pensar en algo divertido y agradable que decir, pero no se le ocurrió nada—. No lo he pasado, así que no puedo verla.

—Yo lo pasé de niño —dijo Werner, como si aquello hubiera sucedido mucho tiempo atrás—. Tengo que irme, lo siento —añadió a modo de disculpa.

Carla no quería que el encuentro fuera tan fugaz y lo siguió hasta fuera. Ritter sujetaba la puerta abierta.

—¿Qué coche es? —preguntó Carla. Los chicos siempre sabían las marcas y los modelos de los coches.

—Un Mercedes-Benz W10 limousine.

—Parece muy cómodo. —Vio que su madre la miraba de reojo, medio sorprendida y medio divertida.

—¿Quieres que os llevemos? —preguntó Werner.

—Ya lo creo.

—Se lo preguntaré a mi padre. —Werner metió la cabeza en el coche y dijo algo.

—¡De acuerdo, pero daos prisa! —oyó Carla que respondía herr Franck y se volvió hacia su madre.

—¡Podemos ir en coche!

Maud solo dudó un instante. No le gustaban las ideas políticas de herr Franck, que financiaba a los nazis, pero no iba a rechazar que las llevara en su coche caliente en un día frío como aquel.

—Es muy amable de tu parte, Ludwig —dijo Maud.

Entraron en el vehículo. Había espacio para los cuatro detrás. Ritter puso el coche en marcha de forma muy suave.

—Supongo que vais a Kochstrasse —dijo herr Franck. Muchos periódicos y editoriales tenían sus oficinas en la misma calle del barrio de Kreuzberg.

—No hace falta que te desvíes de la ruta habitual. Leipziger Strasse nos va bien.

—No me importaría dejaros en la puerta de la revista, pero imagino que no quieres que tus colegas izquierdistas os vean salir del coche de un plutócrata fatuo como yo —dijo con un tono a medio camino entre cómico y hostil.

Su madre le dedicó una sonrisa encantadora.

—No eres un tipo fatuo, Ludi... Solo un poco engreído. —Y le dio una palmada en la solapa del abrigo.

Ludwig se rió.

—Me lo he buscado. —La tensión se alivió. Herr Franck cogió el tubo para darle las instrucciones a Ritter.

Carla estaba muy emocionada por compartir coche con Werner, y quería aprovechar el trayecto al máximo hablando con él, pero al principio no se le ocurrió qué decir. Lo que en realidad quería preguntarle era: «Cuando seas mayor, ¿crees que te casarán con una chica con el pelo oscuro y los ojos verdes, unos tres años más joven que tú e inteligente?». Sin embargo, al final señaló los patines y dijo:

—¿Tienes partido hoy?

—No, solo entrenamiento después de clase.

—¿De qué juegas? —No sabía nada de hockey, pero en los deportes de equipo siempre había distintas posiciones.

—De extremo derecho.

—¿No es un deporte bastante peligroso?

—No si eres rápido.

—Debes de ser un buen patinador.

—Bueno, me defiendo —dijo con modestia.

Carla reparó de nuevo en su madre, que la observaba con una sonrisita enigmática. ¿Había descubierto cuáles eran sus sentimientos hacia Werner? Sintió que iba a sonrojarse de nuevo.

Entonces el coche se detuvo frente al edificio de una escuela y Werner salió.

—¡Adiós a todos! —dijo y echó a correr en dirección a la puerta de entrada al patio.

Ritter retomó la marcha, siguiendo la orilla sur del Landwehrkanal. Carla miró las barcazas y el carbón que transportaban cubierto de nieve, como montañas. Se apoderó de ella una sensación de decepción. Había logrado pasar más rato con Werner dejando entrever que necesitaban que las acompañaran en coche, pero luego había echado a perder la ocasión hablando de hockey sobre hielo.

¿De qué le habría gustado hablar con él? No lo sabía.

—Leí tu columna en *Der Demokrat*.

—Espero que te gustara.

—No me hizo mucha ilusión leer tus comentarios irrespetuosos sobre nuestro canciller.

—¿Crees que los periodistas deberían escribir con respeto sobre los políticos? —replicó Maud con alegría—. Eso es radical. ¡La prensa nazi también debería ser más educada con mi marido! Y eso no les gustaría.

—No me refería a todos los políticos, claro —dijo Franck, de malos modos.

Atravesaron el cruce de Potsdamer Platz, atestado de gente. Los coches y los tranvías pugnaban con los carros tirados por caballos y los peatones en un enjambre caótico.

—¿No es mejor que la prensa pueda criticar a todo el mundo por igual? —preguntó Maud.

—Es una idea maravillosa —concedió Ludwig—. Pero los socialistas vivís en un mundo de ensueño. Sin embargo, nosotros los hombres prácticos sabemos que Alemania no puede vivir solo de ideas. La gente debe tener pan, zapatos y carbón.

—Estoy de acuerdo —dijo Maud—. A mí no me vendría mal un poco más de carbón, pero quiero que Carla y Erik crezcan como ciudadanos de un país libre.

—Sobrevaloras la libertad, que no hace más feliz a la gente. Prefieren liderazgo. Quiero que Werner y Frieda y el pobre Axel crezcan en un país orgulloso y disciplinado, y unido.

—¿Y para ser un país unido necesitamos que unos matones vestidos con camisas pardas se dediquen a dar palizas a tenderos judíos ancianos?

—La política es dura. No podemos hacer nada al respecto.

—Al contrario. Tú y yo somos líderes, Ludwig, cada uno a nuestro modo. Nuestra responsabilidad es que la política sea menos dura, más honesta, más racional, menos violenta. Si no lo hacemos, fracasaremos en nuestro deber patriótico.

Herr Franck se enfureció.

Carla no sabía mucho de hombres, pero se había dado cuenta de que no les gustaba que las mujeres fueran dándoles lecciones acerca de sus deberes. Aquella mañana su madre debía de haberse olvidado de activar el interruptor de su encanto. Pero todo el mundo estaba tenso. Las cercanas elecciones los habían sumido a todos en un estado de gran crispación.

El coche llegó a Leipziger Platz.

—¿Dónde quieres que os deje? —preguntó herr Franck con frialdad.

—Aquí ya nos va bien —respondió Maud.

Franck golpeó el cristal que los separaba del chófer. Ritter detuvo el coche y se apresuró a bajar para abrir la puerta.

—Espero que Frieda mejore pronto —dijo Maud.

—Gracias.

Madre e hija bajaron del coche y Ritter cerró la puerta.

Aún quedaba un buen trecho para llegar a la redacción de la revista, pero era evidente que Maud no había querido permanecer más tiempo del estrictamente necesario en el coche. Carla esperaba que su madre no fuera a estar siempre enfadada con herr Franck ya que aquello pondría trabas a su relación con Frieda y Werner, algo que no soportaría.

Echaron a andar con paso rápido.

—Intenta no causar molestias cuando lleguemos a la redacción —le pidió su madre. El deje de súplica de su voz conmovió a Carla, e hizo que se avergonzara de ser la causante de esa preocupación, de modo que tomó la decisión de comportarse perfectamente.

Su madre saludó a varias personas durante el camino: llevaba escribiendo su columna desde que Carla tenía uso de razón, y era bien conocida entre los periodistas. Todos la llamaban «lady Maud», en inglés.

Cerca del edificio donde se encontraban las oficinas de *Der Demokrat*, vieron a alguien a quien conocían: el sargento Schwab. Había luchado con su padre en la Gran Guerra, y aún llevaba el pelo rapado, al estilo militar. Después de la guerra había trabajado como jardinero, primero para el abuelo de Carla y luego para su padre; pero había robado dinero del monedero de su madre, y su padre lo había despedido. Ahora lucía el feo uniforme militar de las tropas de asalto, los camisas pardas, que no eran soldados, sino nazis a los que habían concedido la autoridad de policía auxiliar.

—¡Buenos días, frau Von Ulrich! —dijo Schwab en voz alta, como si no se avergonzara lo más mínimo de ser un ladrón. Ni tan siquiera se tocó la gorra.

Maud asintió fríamente y pasó de largo.

—Me pregunto qué hará aquí —murmuró con inquietud mientras entraban en el edificio.

La revista ocupaba la primera planta de un moderno edificio de oficinas. Carla sabía que una niña no sería bien recibida, y confiaba en poder llegar al despacho de su madre sin que la vieran. Pero se cruzaron con herr Jochmann en las escaleras. Era un hombre robusto que llevaba unas gafas gruesas.

—¿Qué es esto? —preguntó con brusquedad sin quitarse el cigarrillo de la boca—. ¿Es que ahora tenemos una guardería?

Maud no reaccionó ante las groseras palabras de su jefe.

—Estaba pensando en el comentario que hizo el otro día —dijo Maud—. Sobre el hecho de que la gente joven se imagina el periodismo como una profesión llena de glamour y que no entiende que requiere de un gran esfuerzo y dedicación.

El hombre arrugó la frente.

—¿Dije yo eso? Bueno, es cierto, sin duda.

—He decidido traer a mi hija para que vea la realidad. Creo que será muy positivo para su educación, sobre todo si decide convertirse en escritora. Redactará un pequeño informe de la visita para la escuela. Estaba convencida de que usted daría su aprobación.

Maud se inventó la historia de forma improvisada, pero, en opinión de Carla, sonó convincente. Hasta ella misma estuvo a punto de creérsela. Por fin había activado el interruptor de su encanto.

—¿No tienes hoy una visita importante de Londres? —preguntó Jochmann.

—Sí, Ethel Leckwith, pero es una vieja amiga. Conoció a Carla cuando era un bebé.

Jochmann se calmó un poco.

—Hum. Bueno, tenemos una reunión de redacción dentro de cinco minutos, en cuanto haya comprado los cigarrillos.

—Carla se encargará de ello. —Su madre se volvió hacia ella—. Hay un estanco tres puertas más allá. A herr Jochmann le gustan los cigarrillos Roth-Händle.

—Ah, así me ahorro el viaje. —Jochmann le dio una moneda de un marco a Carla.

—Cuando vuelvas me encontrarás al final de las escaleras, junto a la alarma antiincendios —le dijo Maud, que se dio la vuelta y cogió a herr Jochmann del brazo en un gesto de confianza—. Creo que el número de la semana pasada fue el mejor que hemos publicado jamás —dijo mientras subían.

Carla salió corriendo a la calle. Su madre se había salido con la suya, echando mano de esa mezcla tan típica de ella de audacia y coqueteo. En ocasiones decía: «Las mujeres tenemos que aprovechar todas las armas a nuestro alcance». Al pensar en ello, Carla se dio cuenta de que había utilizado la táctica de su madre para lograr que herr Franck las llevara en coche. Quizá al final sí que era como su madre y tal vez por eso le había lanzado esa extraña sonrisilla: se veía a sí misma treinta años antes.

Había cola en el estanco. Parecía que la mitad de los periodistas de Berlín estaban comprando sus provisiones de tabaco para el día. Al final Carla consiguió el paquete de Roth-Händle y regresó al edificio de *Der Demokrat*. Encontró la alarma antiincendios fácilmente, era una gran palanca que sobresalía de la pared, pero su madre no estaba en su despacho. Se había ido a la reunión de redacción.

Carla recorrió el pasillo. Todas las puertas estaban abiertas, y la mayoría de las salas permanecían vacías salvo por unas cuantas mujeres que debían de ser mecanógrafas y secretarias. Al fondo del piso, al otro lado de una esquina, había una puerta cerrada con un rótulo que decía SALA DE REUNIONES. Carla oía voces masculinas discutiendo. Llamó a la puerta pero no hubo respuesta. Dudó un instante, pero giró el pomo y entró.

La sala estaba inundada de humo de tabaco. Había unas ocho o diez personas sentadas en torno a una larga mesa. Su madre era la única mujer. Todos se quedaron en silencio, al parecer sorprendidos, cuando Carla se acercó a la cabecera de la mesa y le dio a Jochmann el tabaco y el cambio. Aquel silencio le hizo pensar que había hecho mal al entrar en la sala.

—Gracias —le dijo Jochmann sin embargo.

—De nada, señor —dijo ella, y por algún motivo hizo una pequeña reverencia.

Los hombres se rieron.

—¿Es tu nueva ayudante, Jochmann? —preguntó uno de los hombres. Entonces Carla se dio cuenta de que había tomado la decisión acertada.

Salió de inmediato de la sala y regresó al despacho de su madre. No se quitó el abrigo ya que hacía frío. Miró alrededor. En el escritorio había un teléfono, una máquina de escribir y pilas de papel y papel carbón.

Junto al teléfono había una fotografía enmarcada de Carla y Erik con su padre. La habían tomado un par de años antes, un día soleado en la playa, junto al lago Wannsee, a veinticinco kilómetros del centro

33

de Berlín. Walter llevaba pantalones cortos. Todos reían. Fue antes de que Erik empezara a dárselas de hombre serio y duro.

En la otra fotografía que había, colgada de la pared, aparecía Maud con Friedrich Ebert, héroe de los socialdemócratas, que había sido el primer presidente de Alemania tras la guerra. La foto se había tomado unos diez años atrás. Carla sonrió al fijarse en el vestido holgado y de cintura baja y el corte de pelo masculino de su madre: ambos debían de estar de moda por entonces.

En la estantería había diversos listines telefónicos, diccionarios en distintos idiomas y atlas, pero nada que leer. En el cajón del escritorio había lápices, varios pares de guantes de etiqueta aún envueltos en papel de seda, un paquete de compresas, y una libreta con nombres y números de teléfono.

Carla cambió la fecha del calendario y lo puso al día, lunes 27 de febrero de 1933. Luego colocó una hoja de papel en la máquina de escribir. Tecleó su nombre completo, Heike Carla von Ulrich. Cuando tenía cinco años anunció a todo el mundo que no le gustaba el nombre de Heike y que quería que todos utilizaran su segundo nombre, y para su gran sorpresa, la familia le hizo caso.

Cada tecla de la máquina de escribir hacía que una barra metálica se alzara, golpeara una cinta entintada e imprimiera una letra. Cuando apretó dos teclas sin querer, estas se quedaron atascadas. Intentó separarlas, pero no pudo. Apretó otra tecla pero no sirvió de nada: ahora ya se le habían atascado tres. Lanzó un gruñido: se había metido en un problema.

Un ruido de la calle la distrajo. Se acercó a la ventana. Una docena de camisas pardas marchaban por el centro de la calle, gritando consignas: «¡Muerte a los judíos! ¡Judíos, al infierno!». Carla no entendía por qué odiaban de aquel modo a los judíos, que parecían personas iguales a los demás, salvo por su religión. Se sobresaltó al ver al sargento Schwab al frente de los camisas pardas. Sintió pena por el hombre cuando lo despidieron porque sabía que le costaría encontrar trabajo. En Alemania había millones de hombres sin empleo: su padre decía que era una Depresión. Pero su madre replicó: «¿Cómo podemos tener a un hombre que roba en nuestra casa?».

Los camisas pardas se pusieron a cantar otra consigna. «¡Destrozad los periódicos judíos!», dijeron al unísono. Uno de ellos lanzó algo, una verdura podrida contra la puerta de un periódico nacional. Entonces, se volvieron hacia el edificio donde se encontraba Carla, que se horrorizó.

La muchacha se apartó un poco y asomó la cabeza por el borde del marco de la ventana, con la esperanza de que no la vieran. Se detuvieron fuera, sin dejar de entonar cánticos. Uno de ellos tiró una piedra. Impactó en la ventana de Carla y, aunque no la rompió, la chica lanzó un grito de miedo. Al cabo de un instante entró una de las mecanógrafas, una mujer joven que llevaba puesta una boina roja.

—¿Qué ha sucedido? —preguntó, y luego miró por la ventana—. Oh, demonios.

Los camisas pardas entraron en el edificio y Carla oyó pisadas de botas en las escaleras. Estaba asustada, ¿qué iban a hacer?

El sargento Schwab entró en el despacho de su madre. El hombre vaciló al verlas, pero enseguida se armó de valor. Cogió la máquina de escribir y la tiró por la ventana, atravesando el cristal, que quedó hecho añicos. Carla y la mecanógrafa gritaron.

Varios camisas pardas más pasaron frente a la puerta, gritando consignas.

Schwab agarró a la mecanógrafa del brazo.

—Ahora, cariño, dinos dónde está la caja fuerte de la redacción —le ordenó.

—¡En el archivo! —dijo la chica, aterrorizada.

—Enséñamela.

—¡Sí, lo que diga!

Schwab la sacó del despacho de Maud.

Carla se puso a llorar, pero enseguida paró.

Por un instante se le pasó por la cabeza la idea de esconderse bajo el escritorio, pero no le convenció. No quería que vieran lo asustada que estaba. Había algo en su interior que la impulsaba a desafiar a aquellos hombres.

Pero ¿qué podía hacer? Decidió avisar a su madre.

Salió al pasillo y miró a un lado y a otro. Los camisas pardas entraban y salían de los diversos despachos, pero aún no habían llegado al final. Carla no sabía si la gente que se encontraba en la sala de reuniones podía oír el alboroto. Recorrió el pasillo tan rápido como pudo, pero un grito la hizo detenerse. Miró en el interior de una sala y vio que Schwab zarandeaba a la mecanógrafa de la boina roja.

—¿Dónde está la llave? —le preguntaba.

—¡No lo sé, le juro que le estoy diciendo la verdad! —gritó la mecanógrafa.

Carla estaba indignada. Schwab no tenía ningún derecho a tratar a la mujer de aquel modo.

—¡Déjala en paz, Schwab! ¡No eres más que un ladrón! —le gritó Carla.

Schwab le lanzó una mirada de odio, y de pronto el temor de la pequeña se multiplicó por diez. Entonces el hombre miró a alguien que apareció detrás de ella.

—Saca a la maldita cría de aquí —le dijo Schwab.

Alguien agarró a Carla por detrás.

—¿Eres una pequeña judía? —preguntó una voz masculina—. Tienes toda la pinta, con ese pelo negro.

Aquel comentario la aterró.

—¡No soy judía! —gritó.

El camisa parda la arrastró por el pasillo y la metió en el despacho de su madre. Carla cayó al suelo.

—Quédate aquí —le ordenó el hombre, y se fue.

Carla se puso en pie. No estaba herida. El pasillo estaba abarrotado de camisas pardas, y ya no podía llegar hasta su madre. Pero tenía que pedir ayuda.

Miró a través de la ventana. En la calle empezaba a congregarse una pequeña multitud. Había dos policías entre la gente, charlando.

—¡Socorro! ¡Socorro, policía! —les gritó Carla.

Los hombres la vieron y se rieron.

Aquello la enfureció y la ira le hizo perder el miedo. Miró de nuevo fuera de la oficina y reparó en la alarma antiincendios que había en la pared. Se acercó y agarró la palanca.

Vaciló un instante. En teoría no podía activar la alarma si no había un incendio, y un cartel que había en la pared advertía de las graves consecuencias si no se hacía caso de la norma.

A pesar de todo, tiró de la palanca.

Durante unos instantes no sucedió nada. Quizá el mecanismo no funcionaba.

Entonces se oyó el sonido fuerte y estridente de una sirena, que subía y bajaba, que inundó el edificio.

De forma casi inmediata, las personas que se encontraban en la sala de reuniones salieron en tromba al pasillo. Jochmann fue el primero.

—¿Qué demonios está sucediendo? —preguntó, hecho una furia, dando voces para que lo oyeran por encima del estruendo de la alarma.

—Esta revista despreciable, judía y comunista ha insultado a nuestro líder, y vamos a cerrarla —dijo uno de los camisas pardas.

—¡Salgan de mi redacción!

El camisa parda no le hizo caso y entró en una sala. Al cabo de un instante se oyó un grito de mujer y un estruendo, como si alguien hubiera volcado un escritorio.

Jochmann se volvió hacia uno de sus trabajadores.

—¡Schneider, llama a la policía de inmediato!

Carla sabía que no iba a servir de nada. La policía ya estaba ahí, y se había quedado de brazos cruzados.

Su madre se abrió paso entre el gentío y recorrió el pasillo.

—¿Estás bien? —le preguntó y la abrazó con fuerza.

Carla no quería que la consolaran como si fuera una niña. Apartó a su madre.

—Estoy bien —le dijo.

Su madre miró alrededor.

—¡Mi máquina de escribir!

—La han tirado por la ventana. —Se dio cuenta de que ya no se iba a meter en ningún problema por haber atascado las teclas.

—Tenemos que salir de aquí —dijo Maud. Cogió la foto del escritorio, agarró a Carla de la mano y salieron precipitadamente del despacho.

Nadie intentó detenerlas mientras bajaban por las escaleras. Delante de ellas había un hombre joven y fornido que podía ser un periodista; tenía agarrado a un camisa parda de la cabeza y lo estaba sacando a rastras del edificio. Carla y su madre los siguieron hasta la calle. Otro camisa parda iba tras ellas.

El periodista se acercó a los policías sin soltar al camisa parda.

—Detengan a este hombre —dijo—. Lo he encontrado robando en la redacción. Encontrarán un frasco de café en uno de sus bolsillos.

—Suéltelo, por favor —dijo el mayor de los dos policías.

El periodista obedeció a regañadientes.

El segundo camisa parda se situó junto a su compañero.

—¿Cómo se llama, señor? —le preguntó el policía al periodista.

—Soy Rudolf Schmidt, corresponsal parlamentario de *Der Demokrat*.

—Rudolf Schmidt, queda detenido acusado de agresión a las fuerzas del orden.

—No diga estupideces. ¡He pillado a este hombre robando!

El policía le hizo un gesto con la cabeza a los camisas pardas.

—Llevadlo a la comisaría.

Agarraron a Schmidt de los brazos. Parecía que iba a oponer resistencia, pero cambió de opinión.

—¡Todos los detalles de este incidente aparecerán en el siguiente número de *Der Demokrat*! —dijo.

—No habrá ningún número más —replicó el policía—. Lleváoslo.

Llegó un camión de bomberos del que bajaron seis hombres. El jefe de estos se dirigió a los policías de forma brusca.

—Tenemos que desalojar el edificio —anunció.

—Regresa al parque de bomberos, no hay ningún incendio —dijo el policía mayor—. Solo son las tropas de asalto, que están cerrando una revista comunista.

—Eso no me incumbe —replicó el bombero—. La alarma ha sonado y nuestra principal obligación es desalojar a todo el mundo, a los soldados y a los demás. Lo haremos sin su ayuda. —Y se dirigió al interior del edificio, acompañado por sus hombres.

—¡Oh, no! —oyó Carla decir a su madre.

La chica se volvió y vio que Maud estaba mirando su máquina de escribir, que estaba en el suelo, donde había caído. La cubierta metálica se había desprendido y había dejado al descubierto el mecanismo de teclas y palancas. El teclado estaba deformado, un extremo del carro se había soltado y el timbre que sonaba al llegar al final de la línea yacía tristemente en el suelo. La máquina de escribir no era un objeto valioso, pero parecía que su madre estaba a punto de romper a llorar.

Los camisas pardas y los trabajadores de la revista salieron del edificio, acompañados por los bomberos. El sargento Schwab oponía resistencia.

—¡No hay ningún incendio! —gritó. Pero los bomberos lo empujaron para que avanzara.

Jochmann también salió y se acercó hasta ellas.

—No han tenido mucho tiempo para causar daños, los bomberos se lo han impedido. ¡Sea quien sea la persona que ha activado la alarma, nos ha hecho un gran favor! —les dijo.

A Carla le había preocupado que la riñeran por hacer sonar la alarma, pero ahora se daba cuenta de que había hecho lo adecuado.

Cogió a su madre de la mano, que pareció sobresaltarse un instante. Se secó las lágrimas de los ojos con la manga, un gesto poco habitual en ella que demostraba lo alterada que estaba: si lo hubiera hecho Carla, le habrían dicho que utilizara el pañuelo.

—¿Qué hacemos ahora? —Su madre nunca decía eso, siempre sabía qué hacer.

Carla se fijó en dos personas que había cerca de ellas. Las miró. Una era una mujer de la misma edad que su madre, muy guapa, con cierto aire de autoridad. La conocía, pero no sabía de qué. A su lado había un hombre lo bastante joven para ser su hijo. Era un chico delgado y no muy alto, pero parecía una estrella de cine. Tenía un rostro atractivo que habría resultado irresistible de no ser por la nariz chata y deforme. Ambos parecían horrorizados, y el chico estaba pálido de ira.

La mujer habló primero y lo hizo en inglés.

—Hola, Maud —dijo, y la voz le resultó vagamente familiar a Carla—. ¿No me reconoces? —prosiguió—. Soy Eth Leckwith, y este es Lloyd.

II

Lloyd Williams encontró un club de boxeo en Berlín donde podía entrenar durante una hora por unos cuantos peniques. El local se hallaba en un barrio de clase obrera llamado Wedding, al norte del centro de la ciudad. Se ejercitó con las mazas indias y el balón medicinal, saltó a la comba, practicó con el saco de arena y luego se puso el casco e hizo cinco asaltos en el ring. El entrenador del club le encontró un sparring, un alemán de su misma edad y peso (Lloyd era un peso welter). El chico alemán tenía un directo muy rápido que aparecía de la nada y golpeó a Lloyd en varias ocasiones, hasta que Lloyd conectó un gancho de izquierdas y lo envió a la lona.

Lloyd se había criado en un barrio pobre del East End londinense. Cuando tenía doce años se había convertido en la víctima de los matones de la escuela.

—Lo mismo me sucedió a mí —le dijo su padrastro, Bernie Leckwith—. Como eres el más listo de la escuela, te ha cogido manía el *shlammer* de la clase. —Su padre era judío y su abuela solo hablaba yídish. Bernie había llevado a Lloyd al club de boxeo de Aldgate. Ethel se había opuesto, pero Bernie decidió no tener en cuenta su opinión, algo que no sucedía a menudo.

Lloyd había aprendido a moverse con rapidez y a golpear con fuerza, por lo que el matón dejó de intimidarlo. Sin embargo, él acabó con la nariz rota que le confería un aspecto más tosco. Y descubrió que tenía un talento. Poseía unos reflejos muy rápidos y una vena combativa, y había ganado varios premios en el ring. Su entrenador se llevó una decepción cuando le dijo que quería irse a estudiar a Cambridge en lugar de seguir la carrera de púgil profesional.

Se dio una ducha, se puso el traje, fue a un bar de obreros, pidió una cerveza de barril, y se sentó para escribirle a su hermanastra Millie y contarle el incidente con los camisas pardas. Millie estaba celosa de él por el viaje que estaba haciendo con su madre, y Lloyd le había prometido que le enviaría boletines informativos con frecuencia.

Aún estaba impresionado por el altercado de la mañana. Para él, la política formaba parte de su vida cotidiana: su madre había sido miembro del Parlamento, su padre era concejal en Londres y él era el presidente de la Liga Laborista Juvenil de Londres. Sin embargo, hasta entonces todo se había sometido a debate y votación. Nunca había visto una oficina asaltada por matones uniformados mientras la policía observaba lo que sucedía con los brazos cruzados. Aquello era política a puño desnudo, lo que le sorprendió.

«¿Podría llegar a suceder esto en Londres, Millie?», escribió. Su primer instinto le hizo pensar que no era así, pero Hitler tenía admiradores entre los industriales y los magnates de la prensa británicos. Tan solo unos meses antes el miembro del Parlamento sir Oswald Mosley había creado la Unión Británica de Fascistas. Al igual que los nazis, les gustaba pavonearse en público con uniformes de estilo militar. ¿Qué podía ser lo siguiente?

Acabó la carta, la dobló y a continuación tomó el tren para regresar al centro de la ciudad. Su madre y él habían quedado con Walter y Maud von Ulrich para cenar. Lloyd había oído hablar de Maud durante toda su vida. Su madre y ella formaban una pareja de amigas algo inverosímil: durante sus primeros años de vida laboral Ethel había trabajado como criada en una casa magnífica que era propiedad de la familia de Maud. Más tarde, ambas se habían convertido en sufragistas y habían hecho campaña juntas para lograr el derecho a voto de las mujeres. Durante la guerra habían escrito en un periódico feminista, *The Soldier's Wife*. Luego discutieron por cuestiones de estrategia política y se distanciaron.

Lloyd recordaba a la perfección el viaje de la familia Von Ulrich a

Londres en 1925. Por entonces él tenía diez años, lo bastante mayor para sentir vergüenza por no hablar alemán mientras que Erik y Carla, de cinco y tres años, eran bilingües. Fue entonces cuando Ethel y Maud resolvieron sus diferencias.

Llegó al restaurante Bistro Robert. El interior estaba decorado al estilo *art déco* con sillas y mesas implacablemente rectangulares, pies de lámpara de hierro muy elaborados con pantallas de cristal de colores; pero le gustaban las servilletas blancas y almidonadas que estaban firmes junto a los platos.

Los otros tres comensales ya habían llegado. Mientras se acercaba a la mesa se dio cuenta de que las mujeres estaban deslumbrantes: ambas iban bien vestidas, eran elegantes y mostraban una gran seguridad y desenvoltura. Recibían las miradas de admiración de los demás clientes. Se preguntó hasta qué punto era influencia de su amiga aristócrata el buen gusto del que hacía gala para la moda su madre.

Cuando hubieron pedido, Ethel les contó los motivos del viaje.

—Perdí mi escaño en 1931 —dijo—. Espero recuperarlo en las próximas elecciones, pero mientras tanto tengo que ganarme la vida. Por suerte, Maud, me enseñaste a ser periodista.

—No te enseñé demasiado —repuso Maud—. Poseías un talento natural.

—Estoy escribiendo una serie de artículos sobre los nazis para *News Chronicle* y he firmado un contrato para escribir un libro para un editor llamado Victor Gollancz. Decidí traer a Lloyd como intérprete ya que está estudiando francés y alemán.

Lloyd se fijó en su sonrisa orgullosa y sintió que no la merecía.

—Aún no ha puesto muy a prueba mis dotes de traductor —dijo el chico—. De momento hemos tratado con gente como vosotros, que habla un inglés perfecto.

Lloyd había pedido ternera empanada, un plato que nunca había visto en Inglaterra. Lo encontró delicioso.

—¿No deberías estar en la escuela? —le preguntó Walter mientras comían.

—Mi madre creyó que aprendería más alemán así, y mis profesores se mostraron de acuerdo.

—¿Por qué no vienes a trabajar conmigo en el Reichstag unos días? Me temo que tendría que ser sin sueldo, pero pasarías todo el día hablando alemán.

Lloyd estaba entusiasmado.

—Me encantaría. ¡Es una oportunidad maravillosa!

—Siempre que Ethel pueda prescindir de ti, claro —añadió Walter.

Su madre sonrió.

—¿Crees que podrías prestármelo de vez en cuando, cuando lo necesite de verdad?

—Por supuesto.

Ethel estiró el brazo por encima de la mesa y le tocó la mano a Walter. Fue un gesto íntimo, y Lloyd se dio cuenta de que el vínculo que unía a los tres era muy estrecho.

—Eres muy amable, Walter —dijo Ethel.

—En absoluto. Soy yo quien se beneficiará de contar con un ayudante joven y brillante que entiende la política.

—Creo que soy yo la que no entiende la política —dijo Ethel—. ¿Qué demonios está sucediendo aquí en Alemania?

—A mediados de la década de los veinte estábamos más o menos bien —comenzó a explicar Maud—. Teníamos un gobierno democrático y la economía crecía. Sin embargo, todo se fue al traste con el *crash* de Wall Street de 1929. Y ahora estamos sumidos en una gran depresión. —La voz se le quebró por una emoción que rayaba en el dolor—. Por cada oferta de trabajo se forman colas de hasta cien hombres. Los miro a la cara y veo la desesperación reflejada en su rostro. No saben cómo van a alimentar a sus hijos. Luego los nazis les ofrecen un poco de esperanza y entonces se preguntan a sí mismos: «¿Qué puedo perder?».

Walter parecía opinar que estaba exagerando la situación.

—Las buenas noticias —añadió con un tono más alegre— son que Hitler ha fracasado en su intento por convencer a la mayoría de los alemanes. En las últimas elecciones los nazis solo obtuvieron un tercio de los votos. Sin embargo, fueron el partido más votado, pero Hitler se ha visto obligado a formar un gobierno en minoría.

—Por eso ha exigido que se convoquen otras elecciones —terció Maud—. Necesita una mayoría absoluta para convertir Alemania en la brutal dictadura que quiere.

—¿Y lo logrará? —preguntó Ethel.

—No —dijo Walter.

—Sí —dijo Maud.

—No creo que el pueblo alemán vote jamás a favor de una dictadura —añadió Walter.

—¡Pero no serán unas elecciones justas! —exclamó Maud, enfadada—. Mira lo que le ha pasado hoy a mi revista. Todo aquel que critique a los nazis corre peligro. Mientras tanto, su propaganda lo inunda todo.

—¡Da la sensación de que nadie planta cara! —intervino Lloyd. Se arrepentía de no haber llegado unos minutos antes a las oficinas de *Der Demokrat* aquella mañana para repartir unos cuantos puñetazos más entre los camisas pardas. Se dio cuenta de que había cerrado el puño con fuerza y se obligó a abrir la mano, a pesar de lo cual la indignación no se desvaneció—. ¿Por qué la gente de izquierdas no asalta las revistas nazis? ¡Hay que pagarles con la misma moneda!

—¡No debemos combatir la violencia con más violencia! —exclamó Maud—. Hitler está buscando una excusa para tomar medidas más drásticas y declarar el estado de excepción, eliminar los derechos civiles y meter a los opositores en la cárcel. —Su voz adquirió un deje de súplica—. Por muy difícil que resulte, no podemos darle ningún pretexto.

Acabaron la comida y el restaurante empezó a vaciarse. Mientras les servían el café, se sentó con ellos el dueño del local, un primo lejano de Walter, Robert von Ulrich, y el chef, Jörg. Robert había sido diplomático en la embajada austríaca en Londres antes de la Gran Guerra, mientras que Walter había hecho lo propio en la embajada alemana, y se había enamorado de Maud.

Robert se parecía a Walter, pero vestía con ropa más recargada, con un alfiler de oro en la corbata, sellos en la cadena del reloj, y el pelo muy engominado. Jörg era más joven, un hombre rubio de rasgos delicados y una sonrisa alegre. Los dos habían sido prisioneros de guerra en Rusia. Ahora vivían en un apartamento sobre el restaurante.

Recordaron la boda de Walter y Maud, que se celebró en secreto en vísperas de la guerra. No hubo invitados, pero Robert y Ethel ejercieron de padrinos.

—Bebimos champán en el hotel —dijo Ethel—, y luego anuncié con mucho tacto que Robert y yo nos íbamos, y Walter… —Reprimió un ataque de risa—. Walter dijo: «¡Oh, creía que íbamos a cenar juntos!».

Maud se rió.

—¡No te imaginas lo que me alegré al oír eso!

Lloyd miró su taza de café, avergonzado. Tenía dieciocho años y era virgen, por lo que las bromas sobre la luna de miel lo incomodaban.

—¿Has tenido noticias de Fitz últimamente? —le preguntó Ethel a Maud con más seriedad.

Lloyd sabía que la boda secreta había provocado un enorme distanciamiento entre Maud y su hermano, el conde Fitzherbert. Fitz la había repudiado porque no había acudido a él, como cabeza de familia que era, para pedirle permiso para casarse.

Maud negó con la cabeza en un gesto triste.

—Le escribí esa vez que fui a Londres, pero ni tan siquiera quiso verme. Lo herí en su orgullo al casarme con Walter sin decírselo. Me temo que mi hermano es un hombre de los que no perdonan.

Ethel pagó la cuenta. En Alemania todo resultaba muy barato si uno tenía moneda extranjera. Estaban a punto de levantarse y marcharse cuando un desconocido se acercó a la mesa y, sin que nadie lo invitara, tomó asiento. Era un hombre fornido con un bigotito en el centro de su rostro ovalado.

Llevaba un uniforme de los camisas pardas.

—¿Qué puedo hacer por usted? —preguntó Robert fríamente.

—Soy el comisario criminal Thomas Macke. —Agarró del brazo a un camarero que pasaba a su lado y le dijo—: Tráeme un café.

El camarero lanzó una mirada inquisitiva a Robert, que asintió.

—Trabajo en el departamento político de la policía prusiana —prosiguió Macke—. Estoy a cargo de la sección de inteligencia de Berlín.

Lloyd fue traduciendo las palabras de Macke a su madre en voz baja.

—Sin embargo —dijo Macke—, quiero hablar con el propietario del restaurante sobre un asunto personal.

—¿Dónde trabajaba hace un mes? —preguntó Robert.

Aquella pregunta inesperada sorprendió a Macke, que contestó de inmediato.

—En la comisaría de policía de Kreuzberg.

—¿Y en qué consistía su trabajo?

—Estaba a cargo del archivo. ¿Por qué lo pregunta?

Robert asintió como si hubiera esperado esa respuesta precisamente.

—De modo que ha pasado de archivista a jefe de la sección de inteligencia de Berlín. Lo felicito por su rápido ascenso. —Se volvió hacia Ethel—. Cuando Hitler se convirtió en canciller a finales de enero, su secuaz, Hermann Göring, fue nombrado ministro del Interior de Prusia, al mando de la fuerza policial más grande del mundo. Desde entonces, Göring se ha dedicado a despedir a policías a espuertas y a sustituirlos por nazis. —Se volvió hacia Macke y le dijo en tono sarcástico—: No obstante, en el caso de nuestro invitado sorpresa, estoy convencido de que el ascenso se debió únicamente a sus méritos.

Macke se puso rojo, pero logró mantener la calma.

—Tal y como le he dicho, me gustaría hablar con el propietario sobre un asunto personal.

—Le rogaría que viniera a verme por la mañana. ¿Le parece bien a las diez?

Macke no hizo caso de la sugerencia.

—Mi hermano también está en el negocio de los restaurantes —prosiguió.

—¡Ah! Quizá lo conozca. ¿Se apellida Macke? ¿Qué tipo de establecimiento tiene?

—Un pequeño local para obreros en Friedrichshain.

—Ah, entonces es poco probable que lo haya conocido.

Lloyd no creía que a Robert le conviniera mostrarse tan sarcástico. Macke era un maleducado y no era digno de ninguna consideración por su parte, pero si quería podía causarle muchos problemas.

—A mi hermano le gustaría comprar su restaurante —dijo Macke.

—Su hermano quiere ascender, como ha hecho usted.

—Estamos dispuestos a ofrecerle veinte mil marcos, pagaderos en dos años.

Jörg estalló en carcajadas.

—Permítame que le explique una cosa —dijo Robert—. Soy un conde austríaco. Hace veinte años era el propietario de un castillo y una gran finca en Hungría, donde vivían mi madre y mi hermana. Durante la guerra perdí a mi familia, el castillo, las tierras e incluso mi país, que quedó… miniaturizado. —Su tono sarcástico había desaparecido y ahora hablaba con una voz áspera, preñada de emoción—. Cuando llegué a Berlín lo único que tenía era la dirección de Walter von Ulrich, mi primo lejano. Sin embargo, logré abrir este restaurante. —Tragó saliva—. Es lo único que tengo. —Hizo una pausa y bebió café. Los demás permanecieron en silencio. Robert recuperó la compostura y el tono de voz autoritario—. Aunque me ofreciera una cifra generosa, algo que no ha hecho, la rechazaría porque estaría vendiendo toda mi vida. No deseo ser grosero con usted, a pesar de que se ha comportado de un modo desagradable, pero mi restaurante no está en venta a ningún precio. —Se puso en pie y le tendió la mano para estrechársela—. Buenas noches, comisario.

Macke le estrechó la mano de forma automática, pero pareció que

45

se arrepentía de inmediato. Se levantó, claramente enfadado. Su rostro ovalado se tiñó de un tono púrpura.

—Ya hablaremos más adelante —dijo, y se marchó.

—Menudo zoquete —espetó Jörg.

—¿Ves lo que tenemos que aguantar? —le preguntó Walter a Ethel—. ¡Solo por el hecho de que lleva ese uniforme, puede hacer lo que le venga en gana!

Lo que preocupaba a Lloyd era la confianza que había demostrado Macke en sí mismo. Parecía seguro de poder comprar el restaurante al precio que había dicho y ante la negativa de Robert había reaccionado como si solo fuera un contratiempo pasajero. ¿Tan poderosos eran ya los nazis?

Aquello era el tipo de cosas que Oswald Mosley y sus Fascistas Británicos querían, un país en el que el imperio de la ley fuera sustituido por los matones y las palizas. ¿Cómo podía ser tan estúpida la gente?

Se pusieron los abrigos y los sombreros y se despidieron de Robert y Jörg. En cuanto salieron a la calle, Lloyd olió el humo, pero no de tabaco, sino de otra cosa. Los cuatro subieron al coche de Walter, un BMW Dixi 3/15, que Lloyd sabía que era un Austin Seven de fabricación alemana.

Mientras atravesaban el parque Tiergarten, los adelantaron dos camiones de bomberos, con las campanas repicando.

—Me pregunto dónde será el incendio —dijo Walter.

Al cabo de un instante vieron el resplandor de las llamas a través de los árboles.

—Parece que es cerca del Reichstag —apuntó Maud.

A Walter le cambió el tono de voz.

—Es mejor que echemos un vistazo —dijo con preocupación, y giró el volante de forma brusca.

El olor del humo era cada vez más fuerte. Por encima de las copas de los árboles Lloyd veía las llamas que se alzaban hacia el cielo.

—Es un gran incendio —dijo.

Salieron del parque por la Königsplatz, la amplia plaza que había entre el edificio del Reichstag y de la Ópera Kroll, situado enfrente. El Reichstag estaba en llamas. Unas luces rojas y amarillas bailaban detrás de las clásicas hileras de ventanas. Las llamas y el humo salían por la cúpula central.

—¡Oh, no! —exclamó Walter. A Lloyd le pareció un lamento cargado de pena—. Oh, por el amor de Dios, no.

Detuvo el coche y salieron todos.

—Esto es una catástrofe —añadió Walter.

—Un edificio tan antiguo y bonito —dijo Ethel.

—No me importa el edificio —replicó Walter, que sorprendió a todo el mundo—. Lo que está ardiendo es nuestra democracia.

Un grupo de gente observaba desde unos cincuenta metros. Frente al edificio había varios camiones de bomberos intentando sofocar el incendio con las mangueras, que arrojaban los chorros de agua a través de las ventanas rotas. Había un puñado de policías que no hacían nada. Walter se dirigió a uno de ellos.

—Soy un diputado del Reichstag. ¿Cuándo ha empezado el incendio?

—Hace una hora —dijo el policía—. Hemos atrapado a uno de los culpables, ¡un hombre que solo llevaba pantalones! Ha utilizado su propia ropa para provocar el incendio.

—Deberían poner un cordón policial —dijo Walter con autoridad— y mantener a la gente a una distancia segura.

—Sí, señor —dijo el policía, y se fue.

Lloyd se alejó de los otros y se acercó al edificio. Los bomberos estaban controlando el incendio: había menos llamas y más humo. Pasó junto a los camiones y se aproximó a una ventana. La situación no parecía muy peligrosa y, de todos modos, su curiosidad se impuso a su sentido de la autoprotección, como le sucedía habitualmente.

Cuando miró a través de la ventana vio que el incendio había causado daños importantes: varias paredes y techos se habían derrumbado y convertido en escombros. Además de bomberos vio a civiles vestidos con abrigos, probablemente funcionarios del Reichstag, que se abrían paso entre los restos para evaluar los daños. Lloyd se dirigió a la entrada y subió los escalones.

Oyó el rugido de dos Mercedes negros, que llegaron en el momento en que la policía estaba montando el cordón policial. Lloyd lo observó todo con interés. Del segundo coche bajó un hombre con una gabardina clara y un sombrero de fieltro negro. Tenía un bigote estrecho bajo la nariz. Lloyd se dio cuenta de que tenía delante al nuevo canciller, Adolf Hitler.

Detrás de Hitler había un hombre más alto vestido con el uniforme negro de las Schutzstaffel, las SS, su guardaespaldas personal. Joseph Goebbels, el jefe de Propaganda que no disimulaba su odio hacia los judíos, intentaba seguirlos a pesar de su cojera. Lloyd los reconoció por las fotografías de los periódicos. Era tal la fascinación que sintió al verlos de cerca, que se olvidó de horrorizarse.

Hitler subió los escalones de dos en dos, avanzando directamente hacia Lloyd, que, de forma impulsiva, le abrió la gran puerta al canciller. Hitler lo saludó con un gesto de la cabeza y pasó seguido de su séquito.

Lloyd los acompañó. Nadie le dirigió la palabra. Al parecer, los acompañantes de Hitler dieron por sentado que era un funcionario del Reichstag.

Un olor insoportable de cenizas mojadas lo impregnaba todo. Hitler y su séquito pisaron vigas quemadas, mangueras y charcos enfangados. En el vestíbulo se encontraba Hermann Göring, que llevaba un abrigo de pelo de camello que cubría su enorme barriga, y la parte delantera del sombrero doblada hacia arriba, al estilo Potsdam. Aquel era el hombre que estaba llenando el cuerpo de policía de nazis, pensó Lloyd, que recordó la conversación del restaurante.

—¡Esto es el inicio del alzamiento comunista! —gritó Göring en cuanto vio a Hitler—. ¡Ahora empezarán los ataques! ¡No podemos perder ni un minuto más!

Lloyd tuvo una extraña sensación, como si formara parte del público de una representación teatral, y esos hombres poderosos fueran interpretados por actores.

Hitler fue incluso más histriónico que Göring.

—¡A partir de ahora no tendremos piedad! —gritó. Parecía que se dirigía a una multitud congregada en un estadio—. Todo aquel que se interponga en nuestro camino hallará la muerte. —Empezó a temblar mientras su ira iba en aumento—. Todo aquel comunista que encontremos será fusilado. Y los diputados comunistas del Reichstag serán ahorcados esta misma noche. —Parecía que estaba a punto de estallar.

Sin embargo, todo aquello tenía un aire artificial. El odio de Hitler parecía real, pero el arrebato de ira era como una especie de actuación llevada a cabo para beneficio de los que estaban a su alrededor, su propia gente y los demás. Era un actor embargado por una emoción verdadera, pero que la exageraba para su público. Y Lloyd pudo comprobar que surtía efecto: todo el mundo observaba a Hitler con fascinación.

—Mi Führer, este es mi jefe de la policía política, Rudolf Diels. —Señaló a un hombre delgado y con el pelo oscuro que estaba a su lado—. Ya ha detenido a uno de los responsables.

Diels no se había dejado contagiar por la histeria.

—Marinus van der Lubbe, un obrero de la construcción holandés —dijo con gran aplomo.

—¡Y comunista! —añadió Göring con tono triunfal.

—Expulsado del Partido Comunista Holandés por pirómano —dijo Diels.

—¡Lo sabía! —exclamó Hitler.

Lloyd entendió que el Führer estaba predispuesto a culpar a los comunistas sin importarle los hechos.

—Debo decir —prosiguió Diels de forma respetuosa— que, desde el primer interrogatorio, ha quedado claro que se trata de un lunático que trabaja solo.

—¡Tonterías! —gritó Hitler—. Esto se había planeado desde hace mucho tiempo. ¡Pero han cometido un error! No han entendido que contamos con el apoyo de la gente.

Göring se volvió hacia Diels.

—A partir de este momento la policía se encuentra en una situación de emergencia —dijo—. Tenemos varias listas de comunistas: diputados del Reichstag, representantes del gobierno local y organizadores y activistas del Partido Comunista. ¡Que los detengan a todos esta misma noche! Tienen permiso para utilizar las armas de fuego sin restricciones e interrogarlos sin piedad.

—Sí, ministro —dijo Diels.

Lloyd se dio cuenta de que Walter se había preocupado con razón. Aquel era el pretexto que habían estado esperando los nazis. No iban a escuchar a nadie que dijera que el incendio había sido obra de un trastornado que trabajaba solo. Necesitaban la existencia de una trama comunista para poder anunciar medidas severas.

Göring miró con asco el barro de sus zapatos.

—Mi residencia oficial está a solo un minuto de aquí, pero por suerte no se ha visto afectada por el incendio, mi Führer —dijo—. Tal vez sería un buen lugar para proseguir con el debate y tomar las decisiones correspondientes.

—Sí, tenemos mucho de que hablar.

Lloyd sujetó la puerta y salieron todos. Mientras se alejaban, cruzó el cordón policial y se reunió con su madre y los Von Ulrich.

—¡Lloyd! ¿Dónde estabas? ¡Me tenías preocupadísima! —dijo Ethel nada más verlo.

—He entrado en el Reichstag.

—¿Qué? ¿Cómo?

—Nadie me lo ha impedido. Todo es caos y confusión.

Ethel levantó las manos en un gesto de desesperación.

—No tiene sentido del peligro —dijo ella.

—He conocido a Adolf Hitler.

—¿Ha dicho algo? —preguntó Walter.

—Culpa a los comunistas del incendio. Va a haber una purga.

—Que Dios nos asista —dijo Walter.

III

A Thomas Macke aún le dolían las palabras sarcásticas de Robert von Ulrich. «Su hermano quiere ascender, como ha hecho usted», había dicho Von Ulrich.

Macke se arrepintió de que no se le hubiera ocurrido una respuesta como «¿Y por qué no? Somos tan buenos como tú, presumido». Ahora ansiaba venganza. Sin embargo, durante unos días iba a estar demasiado ocupado para llevarla a cabo.

El cuartel general de la policía secreta prusiana se encontraba en un edificio grande y elegante, un ejemplo de arquitectura clásica, en el número 8 de Prinz-Albrecht-Strasse, en el barrio gubernamental. Macke se henchía de orgullo cada vez que atravesaba la puerta.

Eran unos días de gran agitación. Tan solo veinticuatro horas después del incendio del Reichstag habían detenido a cuatro mil comunistas, y la cifra aumentaba a cada hora que pasaba. Estaban erradicando una plaga que asolaba Alemania, y a Macke le parecía que el aire de Berlín era más puro.

Sin embargo, los archivos policiales no estaban actualizados. La gente se había trasladado de casa, se habían perdido y ganado elecciones, los ancianos habían muerto y los jóvenes habían ocupado su lugar. Macke estaba al mando de un grupo encargado de actualizar el archivo, de encontrar nuevos nombres y direcciones.

Era una tarea que se le daba bien. Le gustaban los registros, los directorios, los callejeros, los recortes de prensa, cualquier tipo de lista. No habían sabido apreciar su talento en la comisaría de Kreuzberg, donde la principal estrategia de los agentes consistía en dar una paliza a los sospechosos hasta que revelaban algún nombre. Esperaba que en su nuevo destino supieran apreciarlo mejor.

Sin embargo, tampoco tenía reparos en pegar a los sospechosos. En su despacho situado al fondo del edificio podía oír los gritos de los hombres y mujeres que eran torturados en el sótano, pero no le molestaba. Eran traidores, elementos subversivos y revolucionarios. Habían arruinado a Alemania con sus huelgas, e irían a más si se lo permitían. No sentía ningún tipo de compasión por ellos. Tan solo deseaba que Robert von Ulrich fuera uno de ellos y que acabara gimiendo de dolor y suplicando clemencia.

Hasta las ocho de la noche del jueves 2 de marzo no tuvo la oportunidad de investigar a Robert.

Envió a su equipo a casa, y llevó un fajo de listas actualizadas a su jefe, el inspector criminal Kringelein. Luego regresó al archivo.

No tenía prisa por irse a casa. Vivía solo. Su esposa, una mujer indisciplinada, había huido con un camarero del restaurante de su hermano. Cuando se fue solo le dijo que quería ser libre. No habían tenido hijos.

Empezó a repasar los archivos.

Ya había averiguado que Robert von Ulrich se había afiliado al Partido Nazi en 1923 y que lo había dejado al cabo de dos años, lo cual no significaba demasiado en sí. Macke necesitaba algo más.

El sistema de archivo no era tan lógico como le habría gustado. En general, estaba decepcionado con la policía prusiana. Corría el rumor de que Göring tampoco estaba muy impresionado con su labor, y que planeaba separar los departamentos de inteligencia y política de los demás y formar con ellos una policía secreta nueva y más eficiente. Macke creía que era una buena idea.

Mientras tanto, no logró encontrar a Robert von Ulrich en ninguno de los archivos habituales. Quizá aquello no era tan solo un signo de incompetencia. Cabía la posibilidad de que fuera un hombre sin tacha. Puesto que era un conde austríaco, las probabilidades de que fuera comunista o judío eran bajas. Al parecer, lo peor que se podía decir de él era que su primo segundo Walter era un socialdemócrata. Y aquello no era un delito… Al menos aún.

Macke se dio cuenta entonces de que debería haber investigado a Robert antes de abordarlo. Pero al final había seguido adelante sin poseer toda la información necesaria. Debería haber sabido que era un error. Como consecuencia de ello había sido objeto de un trato condescendiente y sarcástico. Se había sentido humillado. Pero ya le llegaría el momento de desquitarse.

Empezó a revisar una serie de documentos variados guardados en un armario cubierto de polvo, situado al fondo de la sala.

El apellido Von Ulrich no aparecía por ningún lado, pero faltaba un documento.

Según la lista que había clavada en la parte interior de la puerta, tendría que haber un expediente de 117 páginas con el título «Locales de vicio». Parecía un estudio de los clubes nocturnos de Berlín. Macke supuso por qué no se encontraba en su sitio. Debían de haberlo utilizado en fechas recientes: todos los locales nocturnos más decadentes se habían cerrado cuando Hitler se convirtió en canciller.

Macke no vaciló en interrumpir a su jefe. Kringelein no era un nazi y, por lo tanto, no se atrevería a reprender a un miembro de las tropas de asalto.

—Estoy buscando el expediente de los «Locales de vicio» —dijo Macke.

Kringelein pareció enfadarse, pero no se quejó.

—En la mesa auxiliar —dijo—. Sírvase usted mismo.

Macke cogió el expediente y regresó a su sala.

El estudio se había realizado cinco años antes. Detallaba los clubes que existían entonces y exponía qué tipo de actividades se llevaban a cabo en ellos: juego y apuestas, actos indecentes, prostitución, venta de drogas, homosexualidad y otras depravaciones. El expediente mencionaba el nombre de los propietarios e inversores, socios del club y empleados. Macke leyó con paciencia todas las entradas: tal vez Robert von Ulrich era drogadicto o cliente de prostitutas.

Berlín era una ciudad famosa por sus clubes homosexuales. Macke leyó la pesada entrada de El Zapato Rosa, donde los hombres bailaban con los hombres y actuaban cantantes travestidos. En ocasiones, pensó, su trabajo era repugnante.

Repasó con el dedo la lista de socios y encontró a Robert von Ulrich.

Lanzó un suspiro de satisfacción.

Siguió leyendo la lista y vio el nombre de Jörg Schleicher.

—Bueno, bueno —dijo—. A ver si eres tan sarcástico ahora.

IV

Cuando Lloyd volvió a coincidir con Walter y Maud, los encontró más enfadados y más asustados.

Fue el sábado siguiente, el 4 de marzo, el día antes de las elecciones. Lloyd y Ethel tenían pensado asistir al mitin del Partido Socialdemócrata organizado por Walter, y acudieron a casa de los Von Ulrich, que se encontraba en el barrio de Mitte, para almorzar antes del mitin.

Era una casa del siglo XIX con estancias espaciosas y grandes ventanales, aunque una buena parte del mobiliario estaba desgastado. El almuerzo fue sencillo: chuletas de cerdo con patatas y repollo, pero acompañado con un buen vino. Walter y Maud hablaban como si fueran pobres, y no cabía duda de que llevaban una vida más modesta que sus padres, pero aun así no pasaban hambre.

Sin embargo, estaban asustados.

Hitler había convencido al envejecido presidente de Alemania, Paul von Hindenburg, para que aprobara el Decreto de Incendios del Reichstag, que concedía autoridad a los nazis para hacer lo que ya hacían, dar palizas y torturar a sus adversarios políticos.

—¡Han detenido a más de veinte mil personas desde el lunes por la noche! —dijo Walter, con voz temblorosa—. No solo comunistas, sino también gente que los nazis definen como «simpatizantes comunistas».

—Lo que incluye a todo aquel que les desagrade —añadió Maud.

—¿Cómo se van a celebrar elecciones democráticas ahora?

—Tenemos que esforzarnos al máximo —dijo Walter—. Si no hacemos campaña a favor de ellas, los únicos que se beneficiarán serán los nazis.

—¿Cuándo dejaréis de aceptar esto y empezaréis a plantar cara? —preguntó Lloyd con impaciencia—. ¿Aún creéis que sería erróneo emplear la violencia para acabar con la violencia?

—Por supuesto —respondió Maud—. La resistencia pacífica es nuestra única esperanza.

—El Partido Socialdemócrata tiene un ala paramilitar, el Reichsbanner, pero es débil. Un pequeño grupo de socialdemócratas propuso dar una respuesta violenta a los nazis, pero perdieron la votación.

—Recuerda, Lloyd —dijo Maud—, que los nazis tienen a la policía y al ejército de su parte.

Walter miró su reloj de bolsillo.

—Debemos ponernos en marcha.

—Walter, ¿por qué no cancelas el mitin? —preguntó Maud de repente.

Él la miró sorprendido.

—Hemos vendido setecientas entradas.

—Oh, al diablo con las entradas —dijo Maud—. Eres tú quien me preocupa.

—Tranquila. Los asientos se han asignado con cuidado, por lo que no debería haber alborotadores en la sala.

Lloyd no creía que Walter estuviera tan seguro como pretendía.

—Además —prosiguió Walter—, no puedo defraudar a la gente que aún está dispuesta a asistir a un mitin político y democrático. Son la única esperanza que nos queda.

—Tienes razón —dijo Maud, que miró a Ethel—. Tal vez Lloyd y tú deberíais quedaros en casa. Por mucho que diga Walter, es un acto peligroso, y, a fin de cuentas, este no es vuestro país.

—El socialismo es internacional —replicó Ethel de forma categórica—. Al igual que tu marido, agradezco que te preocupes por mí, pero he venido para ser testigo directo de la política alemana, y no pienso perderme el mitin.

—Bueno, pues los niños no pueden ir —dijo Maud.

—Yo ni tan siquiera quiero ir —añadió Erik.

Carla parecía decepcionada, pero no dijo nada.

Walter, Maud, Ethel y Lloyd subieron al pequeño coche de Walter. Lloyd estaba nervioso, pero también emocionado. Estaba obteniendo una visión de la política alemana mucho más completa que cualquiera de sus amigos ingleses. Y si iba a haber pelea, no tenía miedo.

Se dirigieron hacia el este, cruzaron Alexanderplatz, y se adentraron en un barrio de casas pobres y tiendas pequeñas, algunas de las cuales tenían letreros escritos en hebreo. El Partido Socialdemócrata era de clase obrera, pero al igual que el Partido Laborista británico, contaba con unos cuantos partidarios acaudalados. Walter von Ulrich pertenecía a esa pequeña minoría de clase alta.

El coche se detuvo frente a una marquesina que rezaba: TEATRO POPULAR. En el exterior ya se había formado una cola. Walter se dirigió hacia la puerta, saludando a la gente que esperaba fuera, que lo vitorearon. Lloyd y los demás lo siguieron hacia el interior.

Walter le estrechó la mano con solemnidad a un chico de unos dieciocho años.

—Es Wilhelm Frunze, secretario de la sección local de nuestro partido. —Frunze era uno de esos chicos que parecían haber nacido con aspecto de hombres de mediana edad. Llevaba un blazer con los bolsillos abotonados que había estado de moda diez años antes.

Frunze le mostró a Walter cómo se podían atrancar las puertas desde dentro.

—Cuando los asistentes se hayan sentado, cerraremos las puertas para que no puedan entrar alborotadores —dijo.

—Muy bien —convino Walter—. Buena idea.

Frunze los acompañó al auditorio. Walter subió al escenario y saludó a otros candidatos que ya estaban allí. El público empezó a entrar y a tomar asiento. Frunze les enseñó a Maud, Ethel y Lloyd las sillas que les había reservado en primera fila.

Se les acercaron dos chicos. El más joven, que debía de tener catorce años pero era más alto que Lloyd, saludó a Maud con buenos modales y realizó una pequeña reverencia. Maud se volvió hacia Ethel.

—Este es Werner Franck, el hijo de mi amiga Monika. —A continuación le preguntó a Werner—: ¿Sabe tu padre que estás aquí?

—Sí, me ha dicho que debía averiguar en qué consistía la socialdemocracia por mí mismo.

—Es un hombre con amplitud de miras para ser nazi.

A Lloyd le pareció que Maud adoptaba una actitud bastante dura con un chico de catorce años, pero Werner demostró estar a su altura.

—En realidad mi padre no cree en el nazismo, pero opina que Hitler es una buena opción para la economía alemana.

—¿Cómo puede ser una buena opción para la economía meter a miles de personas en la cárcel? Aparte de una injusticia, ¡no pueden trabajar! —exclamó Wilhelm Frunze, indignado.

—Estoy de acuerdo contigo —dijo Werner—. Y, sin embargo, las medidas de Hitler cuentan con el apoyo de la gente.

—La gente cree que la está salvando de una revolución bolchevique —dijo Frunze—. La prensa nazi los ha convencido de que los comunistas estaban a punto de lanzar una campaña de asesinatos, incendios y envenenamientos en todos los pueblos y ciudades.

—Sin embargo son los camisas pardas, y no los comunistas, los que arrastran a la gente a los sótanos y les rompen los huesos con sus porras —dijo el chico que acompañaba a Werner, que era más bajo pero mayor. Hablaba un alemán fluido con un leve acento que Lloyd no podía ubicar.

—Disculpadme, me he olvidado de presentaros a Vladímir Peshkov. Asiste a la Academia Juvenil Masculina de Berlín, mi escuela, y todos lo llamamos Volodia.

Lloyd se levantó para estrecharle la mano. Volodia debía de tener la misma edad que Lloyd, era un joven atractivo con unos ojos azules de mirada sincera.

—Conozco a Volodia Peshkov. Yo también estudio en la Academia Juvenil Masculina de Berlín —dijo Frunze.

—Wilhelm Frunze es el genio de la escuela, el que obtiene las notas más altas en física, química y matemáticas —dijo Volodia.

—Es cierto —admitió Werner.

Maud miró fijamente a Volodia.

—¿Peshkov? ¿Tu padre se llama Grigori? —le preguntó.

—Sí, frau Von Ulrich. Es agregado militar en la embajada soviética.

De modo que Volodia era ruso. Hablaba alemán con gran fluidez, pensó Lloyd con cierta envidia. Gracias, sin duda, al hecho de vivir en Berlín.

—Conozco muy bien a tus padres —le dijo Maud a Volodia. Conocía a los diplomáticos de Berlín, había deducido Lloyd. Formaba parte de su trabajo.

Frunze miró su reloj.

—Ha llegado la hora de empezar —dijo. Subió al escenario y pidió orden.

El teatro quedó en silencio.

Frunze anunció que los candidatos pronunciarían discursos y luego aceptarían preguntas de los asistentes. Solo se habían vendido entradas a afiliados del Partido Socialdemócrata, añadió, y habían cerrado las puertas, de modo que todo el mundo podía hablar con libertad, sabiendo que estaban entre amigos.

Era como ser un miembro de una sociedad secreta, pensó Lloyd. Aquello no era lo que él llamaba democracia.

Walter fue el primero en tomar la palabra. Lloyd enseguida se dio cuenta de que no era un demagogo. No se anduvo con florituras retóricas, pero halagó a su público diciéndoles que eran hombres y mujeres inteligentes y bien informados que entendían la complejidad de las cuestiones políticas.

Tan solo llevaba unos pocos minutos hablando cuando un camisa parda subió al escenario.

Lloyd lo maldijo. ¿Cómo había entrado? Provenía de entre los bastidores: alguien debía de haber abierto la entrada de los artistas.

Era una bestia enorme con el pelo rapado al estilo militar. Se dirigió a la parte delantera del escenario.

—Esto es una reunión sediciosa —dijo el hombre—. En la Alemania actual no queremos a comunistas ni elementos subversivos. La reunión ha finalizado.

La arrogancia y el engreimiento de aquel individuo indignaron a Lloyd, que en esos momentos deseó poder enfrentarse a ese zoquete en un ring de boxeo.

—¡Sal de aquí, matón! —gritó Wilhelm Frunze, que se había puesto en pie y se había situado frente al intruso.

El hombre le dio un fuerte empujón en el pecho.

Frunze se tambaleó y cayó hacia atrás.

La gente se puso en pie, algunos empezaron a gritar a modo de protesta y otros a chillar de miedo.

Aparecieron más camisas pardas por los bastidores.

Lloyd se dio cuenta con consternación de que aquellos cabrones lo habían planeado todo muy bien.

—¡Fuera! —gritó el hombre que había empujado a Frunze. Los otros camisas pardas entonaron el mismo grito.

—¡Fuera! ¡Fuera! ¡Fuera! —Ahora eran unos veinte, pero la cifra iba en aumento. Algunos llevaban porras de policía o bastones improvisados. Lloyd vio un palo de hockey, una almádena de madera e incluso la pata de una silla. Iban de un lado al otro del escenario, con una sonrisa diabólica en los labios y blandiendo las armas mientras vociferaban. A Lloyd no le cabía la menor duda de que se morían de ganas de emprenderla a golpes con la gente.

Estaba de pie. De forma no premeditada, Werner, Volodia y él habían formado un cordón de protección delante de Ethel y Maud.

La mitad de los asistentes al mitin intentaba salir del teatro, mientras que la otra mitad se dedicaba a gritar y agitar el puño a los intrusos. Los que querían huir empujaban a los demás y estallaron pequeñas refriegas. Muchas de las mujeres lloraban.

En el escenario, Walter se agarró al atril.

—¡Que todo el mundo mantenga la calma, por favor! —gritó—. ¡Este alboroto no nos va a beneficiar en nada! —La mitad de la gente no lo oía y la otra mitad no le hizo caso.

Los camisas pardas empezaron a bajar del escenario y a arremeter contra los asistentes. Lloyd agarró a su madre del brazo, y Werner hizo lo propio con Maud. Se dirigieron hacia la salida más próxima formando un grupo, pero todas las puertas estaban bloqueadas por grupos de gente en estado de pánico que intentaba salir. Los camisas pardas no se inmutaron por la situación y siguieron gritando a la gente que saliera.

Los agresores eran hombres fornidos, mientras que entre el público había mujeres y ancianos. Lloyd quería contraatacar, pero no era buena idea.

Un hombre que llevaba un casco de acero de la Gran Guerra embistió a Lloyd con el hombro, y este perdió el equilibrio y chocó con su madre. Resistió la tentación de volverse y encararse con el hombre. Su prioridad era proteger a su madre.

Un chico con el rostro cubierto de granos que llevaba una porra le puso una mano en la espalda a Werner y le dio un fuerte empujón.

—¡Apártate, apártate! —le gritó.

Werner se volvió rápidamente y dio un paso hacia él.

—No me toques, cerdo fascista —le dijo.

De pronto el camisa parda se detuvo y pareció asustarse, como si no hubiera previsto que alguien fuera a plantarle cara.

Werner se volvió de nuevo, concentrado, al igual que Lloyd, en garantizar la seguridad de ambas mujeres. Sin embargo, aquel hombre tan grande había oído la riña.

—¿A quién llamas cerdo? —gritó. Le dio un puñetazo a Werner que impactó en la nuca. No tenía muy buena puntería y fue un golpe oblicuo, pero aun así Werner soltó un grito y se tambaleó hacia delante.

Volodia se interpuso entre ambos y golpeó al hombre en la cara dos veces. Lloyd admiró el rápido uno-dos de Volodia, pero volvió a concentrarse en su misión. Al cabo de unos segundos, los cuatro alcanzaron la puerta. Lloyd y Werner lograron ayudar a las mujeres para que llegaran al vestíbulo, que estaba vacío y donde la situación era más tranquila ya que los camisas pardas no habían entrado hasta ahí.

Tras asegurarse de que las mujeres estaban a salvo, Lloyd y Werner miraron hacia el auditorio.

Volodia se enfrentaba al gigante con valentía, pero tenía problemas. No paraba de darle puñetazos en la cara y el cuerpo, pero sus golpes apenas surtían efecto y el hombre se limitaba a negar con la cabeza, como si lo estuviera incordiando un insecto. El camisa parda era torpe y lento, pero logró golpear a Volodia en el pecho y luego en la cabeza, y el joven se tambaleó. El gigante echó el puño hacia atrás para rematar a Volodia. Lloyd tenía miedo de que lo matara.

Entonces Walter dio un salto desde el escenario y cayó sobre la espalda del hombre. A Lloyd le dieron ganas de vitorearle. Ambos cayeron al suelo, enredados en una maraña de brazos y piernas, y Volodia se salvó, al menos de momento.

El joven con acné que había empujado a Werner se dedicaba ahora a hostigar a la gente que intentaba salir, golpeándola en la nuca y la cabeza con su porra.

—¡Cobarde asqueroso! —gritó Lloyd, que dio un paso al frente, pero Werner se le adelantó. Apartó a Lloyd de un empujón y agarró la porra para intentar quitársela al chico.

El hombre mayor del casco de acero se unió a la pelea y pegó a Werner con el mango de un pico. Lloyd se acercó a ellos y le lanzó un derechazo que impactó junto al ojo izquierdo de aquel.

Sin embargo, el hombre era un veterano de guerra y no iban a lograr disuadirlo tan fácilmente. Se volvió bruscamente e intentó golpear a Lloyd con su porra. Este lo esquivó con soltura y le golpeó dos veces más. Le alcanzó en la misma zona, junto a los ojos, y le abrió varias heridas. Sin embargo, el casco le protegía la cabeza y Lloyd no pudo recurrir al gancho de izquierda, su golpe predilecto para dejar a los adversarios fuera de combate. Esquivó de nuevo el mango del pico y le atizó en la cara al hombre, que retrocedió con el rostro ensangrentado por los cortes que tenía alrededor de los ojos.

Lloyd miró a su alrededor. Vio que los socialdemócratas habían empezado a contraatacar y sintió una punzada de inmenso placer. Gran parte de los asistentes al mitin habían logrado atravesar las puertas. En el auditorio quedaban principalmente hombres jóvenes, que avanzaban sin detenerse, saltando por encima de las butacas, para llegar hasta los camisas pardas; y había docenas de ellos.

Algo duro le había impactado en la parte posterior de la cabeza. El dolor era tan fuerte que lanzó un rugido. Se dio la vuelta y vio a un chico de su edad con un madero en las manos, alzándolo para golpearlo de nuevo. Lloyd se abalanzó sobre él y le golpeó dos veces en el estómago, primero con el puño izquierdo y luego con el derecho. El chico se quedó sin aire y dejó caer el madero. Lloyd le lanzó un gancho a la barbilla y el muchacho perdió el conocimiento.

Lloyd se frotó la parte posterior de la cabeza. Le dolía una barbaridad pero no le había hecho sangre.

Vio que tenía los nudillos en carne viva y que sangraban. Se agachó y cogió el madero que había tirado el chico.

Cuando miró de nuevo a su alrededor, se alegró al ver que algunos camisas pardas se retiraban, subían al escenario y desaparecían entre bastidores, a buen seguro con la intención de abandonar el teatro por la puerta por la que habían entrado.

El hombre gigante que lo había empezado todo estaba en el suelo, gruñendo y agarrándose la rodilla como si se hubiera dislocado algo. Wilhelm Frunze se encontraba de pie a su lado, golpeándolo con una pala de madera una y otra vez, repitiendo a gritos las palabras que había pronunciado el tipo para desatar el altercado:

—¡No! ¡Os! ¡Queremos! ¡En! ¡La! ¡Alemania! ¡Actual!

Indefenso, el hombre intentó sortear los golpes rodando sobre sí mismo, pero Frunze lo siguió, hasta que dos camisas pardas agarraron al tipo de los brazos y se lo llevaron a rastras.

Frunze los dejó ir.

«¿Los hemos vencido? —pensó Lloyd, cada vez más exultante—. ¡Tal vez sí!»

Varios de los chicos más jóvenes persiguieron a los camisas pardas hasta el escenario, pero se detuvieron ahí y se contentaron con insultarlos a gritos mientras desaparecían.

Lloyd miró a los demás. Volodia tenía la cara hinchada y un ojo cerrado. La americana de Werner lucía un desgarrón y un cuadrado de tela que colgaba. Walter estaba sentado en un asiento de la primera fila; tenía la respiración entrecortada y se frotaba un codo, pero sonreía. Frunze tiró la pala, que cayó entre los asientos vacíos de las últimas hileras.

Werner, que solo tenía catorce años, estaba rebosante de alegría.

—Les hemos dado una buena paliza, ¿verdad?

—Sí, sin duda —respondió Lloyd con una sonrisa.

Volodia le echó a Frunze el brazo sobre el hombro.

—No está mal para ser un puñado de colegiales, ¿eh?

—Pero nos han obligado a suspender el mitin —dijo Walter.

Los jóvenes le lanzaron una mirada de resentimiento por haberles aguado el triunfo.

Walter parecía enfadado.

—Sed realistas, chicos. Nuestro público ha huido aterrorizado. ¿Cuánto tiempo tendrá que pasar hasta que esas personas recuperen el valor necesario para acudir de nuevo a un mitin político? Los nazis se han salido con la suya. Resulta peligroso escuchar incluso a algún otro partido que no sea el suyo. El gran perdedor de hoy es Alemania.

—Odio a esos cabrones de los camisas pardas —le dijo Werner a Volodia—. Creo que me haré comunista, como vosotros.

Volodia lo miró fijamente con sus ojos azules y habló en voz baja.

—Si quieres luchar contra los nazis en serio, hay otra cosa más efectiva que quizá podrías hacer.

Lloyd se preguntó a qué se refería Volodia.

Entonces regresaron corriendo Maud y Ethel, ambas hablando a la vez, llorando y riendo de alivio; y Lloyd se olvidó de las palabras de Volodia y jamás volvió a pensar en ellas.

V

Al cabo de cuatro días, Erik von Ulrich llegó a casa vestido con el uniforme de las Juventudes Hitlerianas.

Se sentía como un príncipe.

Llevaba una camisa parda como la de las tropas de asalto, con varias insignias y un brazalete con la esvástica. También lucía la corbata negra y los pantalones cortos negros reglamentarios. Era un soldado patriótico dedicado al servicio de su país. Por fin formaba parte del grupo.

Aquello era mejor incluso que ser aficionado del Hertha, el equipo de fútbol favorito de Berlín. Erik iba de vez en cuando a los partidos, los sábados en que su padre no tenía que asistir a ningún mitin político. Aquello le proporcionaba la sensación de pertenecer a una gran masa de gente en la que todos sentían las mismas emociones.

Sin embargo, el Hertha perdía a veces y él regresaba a casa desconsolado.

Los nazis eran ganadores.

Le aterraba lo que iba a decirle su padre.

Él se enfurecía porque sus padres no le permitían marchar al paso de los demás. Todos los chicos se habían unido a las Juventudes Hitlerianas. Practicaban deporte y cantaban y corrían aventuras en los campos y bosques que había a las afueras de la ciudad. Estaban en buena forma y eran listos, fieles y eficientes.

A Erik le inquietaba el hecho de que algún día tuviera que luchar en alguna batalla, tal y como habían hecho su padre y su abuelo, y quería estar listo para el momento, entrenado y curtido, disciplinado y agresivo.

Los nazis odiaban a los comunistas, pero sus padres también. Entonces, ¿qué había de malo en que los nazis también odiaran a los judíos? Los Von Ulrich no eran judíos, ¿qué les importaba a ellos? Sin embargo, sus padres se habían negado con terquedad a afiliarse al Partido Nazi, por lo que Erik se había hartado de quedar excluido y había tomado la decisión de plantarles cara.

Estaba muy asustado.

Como era habitual, ni su madre ni su padre se encontraban en casa cuando Erik y Carla llegaron de la escuela. Ada frunció los labios en un gesto de desaprobación mientras les servía el té.

—Hoy tendréis que recoger vosotros la mesa —les dijo—. Me duele mucho la espalda y voy a acostarme un rato.

Carla puso cara de preocupación.

—¿Por eso fuiste a ver al médico?

Ada dudó antes de contestar.

—Sí, fue por eso.

Estaba claro que ocultaba algo. El mero hecho de pensar que Ada estuviera enferma, y que mintiera al respecto, inquietó a Erik. Jamás llegaría al extremo de imitar a su hermana y decir que quería a Ada, pero la mujer había sido una presencia cariñosa a lo largo de su vida, y sentía un afecto por ella más grande de lo que estaba dispuesto a admitir.

Carla estaba tan preocupada como él.

—Espero que te mejores.

En los últimos tiempos Carla había adoptado una actitud más adulta, lo que en cierto modo había sorprendido a Erik. Aunque era dos años mayor que ella, aún se sentía como un niño, pero ella se comportaba como un adulto la mitad del tiempo.

—Me encontraré mejor después de descansar —dijo Ada de modo tranquilizador.

Erik comió un pedazo de pan. Cuando Ada salió de la cocina, tragó el pan.

—Estoy en la sección juvenil, pero en cuanto cumpla los catorce me pasarán a la siguiente —dijo el chico.

—¡Papá se pondrá hecho una furia! —exclamó Carla—. ¿Es que te has vuelto loco?

—Herr Lippmann dice que papá se meterá en problemas si intenta obligarme a dejarlo.

—Ah, fantástico —dijo Carla. Había desarrollado un acerado gusto por el sarcasmo que en ocasiones mortificaba a Erik—. Así que quieres que papá se pelee con los nazis —espetó con desdén—. Una idea maravillosa. Es algo ideal para toda la familia.

Erik se quedó desconcertado. No lo había pensado de aquel modo.

—Pero todos los chicos de mi clase pertenecen a las Juventudes Hitlerianas —dijo, indignado—. Excepto Fontaine el Gabacho y Rothmann el Judío.

Carla untó una rebanada de pan con paté de pescado.

—¿Por qué tienes que ser igual que los demás? —le preguntó—. La mayoría son estúpidos. Tú mismo me dijiste que Rudi Rothmann era el más listo de la clase.

—¡No quiero estar con el Gabacho y Rudi! —gritó Erik, que se sintió humillado cuando notó que las lágrimas empezaban a correrle por la cara—. ¿Por qué tengo que jugar con los chicos que no caen bien a nadie? —Aquello era lo que le había proporcionado el valor necesario para desafiar a su padre: ya no soportaba salir de la escuela con los judíos y los extranjeros mientras todos los chicos alemanes marchaban alrededor del patio, con sus uniformes.

Entonces oyeron un grito.

Erik miró a Carla.

—¿Qué ha sido eso?

Su hermana arrugó la frente.

—Creo que ha sido Ada.

A continuación oyeron un grito más claro.

—¡Socorro!

Erik se puso en pie pero Carla ya se le había adelantado. La siguió. La habitación de Ada se encontraba en el sótano. Bajaron corriendo las escaleras y entraron en el pequeño dormitorio.

Había una única cama junto a la pared. Ada estaba tumbada con el rostro crispado por el dolor. Tenía la falda empapada y había un charco en el suelo. Erik no podía creer lo que estaba viendo. ¿Se había meado encima? Aquello daba miedo. No había ningún adulto en la casa. No sabía qué hacer.

Carla también estaba asustada, Erik lo vio en su cara, pero no había caído presa del pánico.

—Ada, ¿qué te pasa? —preguntó la niña, con un extraño deje de tranquilidad.

—He roto aguas —dijo Ada.

Erik no entendía a qué se refería.

Carla tampoco.

—No te entiendo —dijo.

—Significa que va a nacer el bebé.

—¿Estás embarazada? —preguntó Carla, estupefacta.

—¡Pero si no estás casada! —exclamó Erik.

—Cierra el pico, Erik —le espetó Carla—. ¿Es que no entiendes nada?

Por supuesto que entendía que las mujeres podían tener hijos aunque no estuvieran casadas… ¡Pero no Ada!

—Por eso fuiste al médico la semana pasada —le dijo Carla a Ada, que asintió.

Erik aún intentaba hacerse a la idea.

—¿Crees que mamá y papá lo saben?

—Claro que sí. Lo que pasa es que no nos lo dijeron. Tráenos una toalla.

—¿De dónde?

—Del armario de la caldera que está en el rellano de arriba.

—¿Limpia?

—¡Claro que tiene que ser limpia!

Erik subió corriendo las escaleras, cogió una toalla pequeña blanca del armario y bajó corriendo de nuevo.

—No nos va a ser de gran ayuda —dijo Carla que, sin embargo, la cogió y le secó las piernas a Ada.

—El bebé no tardará en llegar, lo noto. Pero no sé qué hacer. —La mujer rompió a llorar.

Erik miró a Carla, que era quien estaba al mando de la situación ahora. Daba igual que él fuera el mayor: esperó a que su hermana le diera alguna orden. Ella mantenía la calma y había adoptado una actitud práctica, pero él sabía que también estaba aterrada y que su serenidad podía desmoronarse en cualquier momento.

Carla se volvió hacia Erik.

—Ve a buscar al doctor Rothmann —le ordenó—. Ya sabes dónde tiene la consulta.

Erik se sintió muy aliviado de que le encargara una tarea que podía cumplir sin ningún problema. Entonces pensó en un posible contratiempo.

—¿Y si ha salido?

—Pues le preguntas a frau Rothmann lo que debes hacer, ¡idiota! —le espetó Carla—. ¡Venga, vete!

Erik se alegró de poder salir de la habitación. Lo que estaba sucediendo ahí era algo misterioso y aterrador. Subió los escalones de tres en tres y salió disparado por la puerta principal. Correr era una de las cosas que se le daba bien.

La consulta del doctor estaba a menos de un kilómetro de su casa. Echó a correr a toda velocidad y no dejó de pensar en Ada en ningún momento. ¿Quién era el padre del bebé? Recordó que Ada había ido al cine con Paul Huber un par de veces el verano pasado. ¿Habían mantenido relaciones sexuales? ¡No había otra explicación! Erik y sus amigos hablaban mucho de sexo, pero en realidad no sabían nada sobre el tema. ¿Dónde lo habían hecho Ada y Paul? No podía ser en el cine, ¿verdad? ¿No había que tumbarse para hacerlo? Estaba desconcertado.

La consulta del doctor Rothmann se encontraba en una calle humilde. Le había oído decir a su madre que era un buen médico, pero visitaba a mucha gente de clase trabajadora que no podía pagar honorarios muy elevados. La casa del doctor tenía una sala de consulta y otra de espera en la planta baja, y la familia vivía arriba.

Frente a la casa había un Opel 4 verde, un automóvil bastante feo de dos plazas que había recibido el mote de «Rana de árbol».

La puerta delantera de la casa no estaba cerrada con llave. Erik entró, con la respiración entrecortada, y se dirigió hacia la sala de espera. Había un hombre mayor tosiendo en un rincón y una mujer joven con un bebé.

—¡Hola! —dijo Erik—. ¿Doctor Rothmann?

La mujer del doctor salió de la consulta. Hannelore Rothmann era una mujer alta y rubia, de facciones marcadas, y fulminó a Erik con la mirada.

—¿Cómo te atreves a venir a esta casa con ese uniforme? —le espetó.

Erik se quedó petrificado. Frau Rothmann no era judía, pero su esposo sí, algo que Erik, presa de la emoción, había olvidado.

—¡Nuestra criada va a tener un bebé! —le dijo.

—¿Y quieres que un médico judío te ayude?

Aquella réplica pilló completamente desprevenido a Erik. Nunca se le había pasado por la cabeza que los ataques de los nazis pudieran obligar a los judíos a plantarles cara. Pero, de repente, entendió que frau Rothmann tenía toda la razón. Los camisas pardas iban por la ciudad gritando «¡Muerte a los judíos!». ¿Por qué iba a ayudar un médico judío a ese tipo de gente?

Ahora no sabía qué hacer. Había otros doctores, claro, muchos, pero ignoraba dónde tenían la consulta o si le harían caso a un completo desconocido.

—Me ha enviado mi hermana —dijo con un hilo de voz.

—Carla tiene más sentido común que tú.

—Ada dice que ha roto aguas. —Erik no estaba muy seguro de qué significaba aquello, pero parecía algo importante.

Frau Rothmann entró de nuevo en la consulta con una mirada de asco.

El anciano del rincón se rió.

—¡Todos somos sucios judíos hasta que necesitáis nuestra ayuda! —dijo—. Entonces decís: «Venga, por favor, doctor Rothmann» y «¿Qué consejo me da, abogado Koch?» y «Présteme cien marcos, herr Goldman» y… —En ese instante le dio otro ataque de tos.

Una chica de unos dieciséis años entró en la sala de espera. Erik creyó que debía de ser Eva, la hija de Rothmann. Hacía años que no la veía. Ahora tenía pecho, pero todavía era poco agraciada y regordeta.

—¿Te ha dado permiso tu padre para unirte a las Juventudes Hitlerianas? —le preguntó la chica.

—No lo sabe —respondió Erik.

—Oh, pues te has metido en un buen lío —dijo Eva.

Erik dirigió la mirada hacia la puerta de la consulta.

—¿Crees que tu padre me acompañará? Tu madre estaba muy enfadada conmigo.

—Claro que irá contigo. Si la gente está enferma, él la ayuda —dijo con desdén—. Él no antepone la raza ni la política. No somos nazis. —Y volvió a salir.

Erik estaba perplejo. En ningún momento se le había pasado por la cabeza que el uniforme fuera a causarle tantos problemas. En la escuela a todos les había parecido fantástico.

Al cabo de un instante apareció el doctor Rothmann. Se dirigió a los dos pacientes que había en la sala de espera.

—Volveré en cuanto pueda. Lo siento, pero el bebé no puede esperar. —Miró a Erik—. Vamos, jovencito, es mejor que vengas conmigo en el coche, a pesar de ese uniforme.

Erik lo siguió y se sentó en el asiento del acompañante. Le encantaban los coches y se moría de ganas de tener la edad necesaria para conducir; por lo general le gustaba montar en cualquier tipo de vehículo, ver los diales y analizar la técnica del conductor. Pero ahora se sentía como si llamara mucho la atención, sentado junto a un doctor judío con su camisa parda. ¿Y si lo veía herr Lippmann? El trayecto fue una verdadera tortura.

Por suerte fue breve, y al cabo de unos minutos habían llegado a la casa de la familia Von Ulrich.

—¿Cómo se llama la joven? —preguntó Rothmann.

—Ada Hempel.

—Ah, sí, vino a verme la semana pasada. Es un bebé prematuro. Vamos, llévame a su habitación.

Erik lo guió por la casa. Oyó el llanto de un bebé. ¡Ya había nacido! Bajó corriendo las escaleras del sótano, seguido del doctor.

Ada estaba tumbada boca arriba. La cama estaba empapada de sangre y algo más. Carla sostenía en brazos al diminuto bebé, que estaba cubierto de babas. Algo que parecía un hilo grueso colgaba del bebé, sobre la falda de Ada. Carla estaba aterrorizada y tenía los ojos desorbitados.

—¿Qué hago? —gritó.

—Estás haciendo lo correcto —la tranquilizó el doctor—. Aguanta al bebé un minuto más. —Se sentó junto a Ada. Le auscultó el corazón, le tomó el pulso y dijo—: ¿Cómo te encuentras?

—Cansadísima —respondió ella.

Rothmann asintió con la cabeza. Se puso en pie y miró al bebé que Carla sostenía en brazos.

—Es un niño —dijo.

Erik observó al doctor con una mezcla de fascinación y repugnancia mientras este abría su maletín, sacaba un trozo de hilo y ataba dos nudos en el cordón. Mientras lo hacía le hablaba en voz baja a Carla.

—¿Por qué lloras? Lo has hecho de fábula. Tú sola has ayudado a traer al mundo a un bebé. ¡No me has necesitado! Espero que seas médico de mayor.

Carla se calmó un poco.

—Fíjese en la cabeza —le dijo al doctor Rothmann, que tuvo que inclinarse hacia delante para oírla—. Creo que le pasa algo.

—Lo sé. —El doctor agarró un par de tijeras afiladas y cortó el cordón a la altura de ambos nudos. Luego cogió al bebé desnudo y lo sostuvo en alto para analizarlo. Erik no vio nada extraño, pero el niño estaba tan rojo, arrugado y cubierto de una sustancia viscosa que resultaba difícil afirmarlo con rotundidad—. Oh, Dios —dijo el doctor al cabo de un instante.

Al observarlo con mayor detenimiento, Erik vio que algo no iba bien. El bebé tenía la cara torcida. Un lado era normal, pero el otro parecía estar hundido, y también había algo extraño en el ojo.

Rothmann le devolvió el bebé a Carla.

Ada gruñó de nuevo y pareció que hacía un gran esfuerzo.

Cuando se relajó, Rothmann deslizó la mano por debajo de su falda y sacó algo que tenía un aspecto asqueroso y parecía un pedazo de carne.

—Tráeme un periódico, Erik —le ordenó.

—¿Cuál? —Sus padres compraban los principales periódicos a diario.

—Da igual, muchacho —dijo Rothmann—. No quiero leerlo.

Erik subió corriendo las escaleras y encontró un ejemplar del día anterior de *Vossische Zeitung*. Cuando regresó, el doctor envolvió aquella cosa que parecía carne con el periódico y lo dejó en el suelo.

—Es lo que llamamos la placenta —le explicó a Carla—. Es mejor quemarla.

Entonces se sentó en el borde de la cama.

—Ada, querida, debes ser valiente —dijo—. Tu bebé está vivo, pero puede que haya sufrido algún problema. Ahora lo lavaremos, lo envolveremos para que esté calentito y luego tendremos que llevarlo al hospital.

Ada parecía asustada.

—¿Qué sucede?

—No lo sé, pero tienen que echarle un vistazo.

—¿Le pasará algo?

—Los doctores del hospital harán todo lo que buenamente puedan. Lo demás está en manos de Dios.

Erik recordó que los judíos adoraban el mismo Dios que los cristianos. Era fácil olvidar algo así.

—¿Crees que podrías levantarte e ir al hospital conmigo, Ada? Tu bebé necesita que lo amamantes.

—Estoy cansadísima —dijo de nuevo.

—Entonces descansa un par de minutos, pero no mucho más porque alguien tiene que visitarlo. Carla te ayudará a vestirte. Os esperaré arriba. Tú, ven conmigo, pequeño nazi —le dijo a Erik con una ironía exenta de mala intención.

Erik se moría de la vergüenza. La paciencia del doctor Rothmann era incluso peor que el desprecio de frau Rothmann.

—¿Doctor? —dijo Ada cuando salían por la puerta.

—Sí.

—Se llamará Kurt.

—Una excelente elección —dijo el doctor Rothmann, que salió seguido de Erik.

VI

El primer día de Lloyd Williams como ayudante de Walter von Ulrich también fue el primer día del nuevo Parlamento.

Walter y Maud luchaban a brazo partido para salvar la frágil democracia de Alemania. Lloyd compartía su desesperación, en parte porque eran buenas personas a las que había tratado en varias ocasiones a lo largo de su vida, y en parte porque temía que Gran Bretaña pudiera acabar siguiendo a Alemania y tomara también la carretera que conducía al infierno.

Las elecciones no habían resuelto nada. Los nazis habían obtenido un 44 por ciento de los votos, lo cual suponía un aumento, pero aún estaban lejos del 51 por ciento que ansiaban.

Walter todavía albergaba esperanzas.

—Ni con la intimidación masiva que han cometido —dijo, mientras se dirigían al Parlamento en coche—, han logrado obtener los votos de la mayoría de los alemanes. —Le dio un puñetazo al volante—. A pesar de todo lo que dicen, no gozan de tanto apoyo. Y cuanto más permanezcan en el gobierno, más oportunidades tendrá la gente de conocer su verdadera maldad.

Lloyd no estaba tan convencido.

—Han cerrado periódicos de la oposición, han encarcelado a diputados del Reichstag, han corrompido la policía —dijo—. Y aun así, ¿el cuarenta y cuatro por ciento de los alemanes los vota? Este dato no resulta demasiado tranquilizador.

El edificio del Reichstag había sufrido graves desperfectos por culpa del incendio y había quedado inutilizable, por lo que el Parlamento se reunía en la Ópera Kroll, al otro lado de Königsplatz. Era un edificio muy grande con tres salas de conciertos y catorce auditorios más pequeños, además de restaurantes y bares.

Cuando llegaron, se llevaron una gran sorpresa. El lugar estaba rodeado de camisas pardas. Los diputados y sus ayudantes se agolpaban en torno a las puertas, intentando entrar.

—¿Es así como piensa Hitler salirse con la suya? ¿Impidiéndonos entrar en el Reichstag? —exclamó Walter hecho una furia.

Lloyd vio que los camisas pardas bloqueaban el paso. Dejaban entrar sin preguntar nada a todos aquellos que llevaban el uniforme nazi, pero los demás debían mostrar sus credenciales. Un chico más joven que Lloyd lo miró de arriba abajo con desdén antes de dejarlo pasar a regañadientes. Era intimidación, simple y llanamente.

Lloyd se dio cuenta de que empezaba a hervirle la sangre. No soportaba que lo maltrataran de aquel modo. Sabía que podía derribar al camisa parda con un buen gancho de izquierda. Sin embargo, decidió reprimirse, se volvió y cruzó la puerta.

Después del altercado en el Teatro Popular, su madre le había examinado el bulto en forma de huevo que le había salido en la cabeza y le había ordenado que regresara a Inglaterra. Al final, había logrado convencerla de que no lo obligara a marcharse, pero había estado a punto de volver a casa.

Su madre le había dicho que no tenía sentido del peligro, pero eso no era cierto. En ocasiones sí se asustaba, pero aquel sentimiento hacía aumentar su espíritu combativo. Su instinto lo impulsaba a pasar al ataque, no a batirse en retirada. Y eso inquietaba a su madre.

Por irónico que pudiera parecer, ella era igual. Tampoco pensaba volver a casa. Estaba asustada, pero también emocionada por estar en Berlín, en ese momento crucial de la historia alemana, e indignada por la violencia y la represión de las que era testigo; además, estaba convencida de que podría escribir un libro que sirviera de advertencia para los demócratas de otros países acerca de las tácticas fascistas.

—Eres peor que yo —le había dicho Lloyd, a lo que ella no pudo replicar.

En el interior, el teatro de la ópera era un hervidero de camisas pardas y hombres de las SS, muchos de ellos armados. Montaban guardia en todas las puertas y mostraban, con la mirada y los gestos, su odio y desprecio por todo aquel que no fuera partidario de los nazis.

Walter llegaba tarde a una reunión del grupo del Partido Socialdemócrata. Lloyd recorrió todo el edificio buscando la sala correcta. Echó un vistazo en la sala de debate y vio que había una esvástica gigante que colgaba del techo y dominaba el lugar.

El primer asunto que debían tratar cuando se iniciara la sesión esa tarde era la Ley de Habilitación, que permitiría que el gabinete de Hitler pudiera aprobar leyes sin el permiso del Reichstag.

La ley ofrecía un panorama lúgubre. Convertiría a Hitler en un dictador. La represión, la intimidación, la violencia, la tortura y los asesinatos que Alemania había visto en las últimas semanas se convertirían en permanentes. Era algo impensable.

Sin embargo, Lloyd no concebía que ningún Parlamento del mundo pudiera aprobar semejante ley. Sería como deponerse a uno mismo. Era un suicidio político.

Encontró a los socialdemócratas en un pequeño auditorio. La reunión ya había empezado. Lloyd acompañó a Walter deprisa y corriendo hasta la sala, y luego fue a buscar café.

Mientras esperaba en la cola, se dio cuenta de que se encontraba detrás de un hombre joven, pálido y de mirada intensa que vestía un traje de un negro fúnebre. El alemán de Lloyd era ya más fluido y coloquial, y había ganado la confianza necesaria para mantener una conversación improvisada con un desconocido. El tipo de negro era Heinrich von Kessel. Estaba haciendo lo mismo que Lloyd, trabajando como ayudante sin sueldo de su padre, Gottfried von Kessel, un diputado del Partido de Centro, que era católico.

—Mi padre conoce muy bien a Walter von Ulrich —dijo Heinrich—. Ambos fueron agregados en la embajada alemana de Londres en 1914.

El mundo de la diplomacia y la política internacional era muy pequeño, pensó Lloyd.

Heinrich le dijo a Lloyd que la respuesta a los problemas de Alemania era un regreso a la fe cristiana.

—No soy muy cristiano —dijo Lloyd con ingenuidad—. Espero que no te importe que lo diga. Mis abuelos son unos predicadores entusiastas de la Biblia, pero mi madre es distinta y mi padrastro es judío. De vez en cuando vamos al Calvary Gospel Hall de Aldgate, sobre todo porque el pastor es un miembro del Partido Laborista.

Heinrich sonrió.

—Rezaré por ti.

Lloyd recordó que los católicos no eran proselitistas. Menudo contraste con sus dogmáticos abuelos de Aberowen, que pensaban que la gente que no creía lo mismo que ellos estaba cerrando los ojos de forma intencionada al evangelio, y serían condenados a la perdición eterna.

Cuando Lloyd regresó a la reunión del Partido Socialdemócrata, Walter había tomado la palabra.

—¡No se puede aprobar! —dijo—. La Ley de Habilitación es una enmienda constitucional. Dos tercios de los representantes deben estar presentes, es decir, 432 de los 647 posibles. Y dos tercios de esos presentes han de aprobarla.

Lloyd hizo una serie de cálculos mentales mientras dejaba la bandeja en la mesa. Los nazis tenían 288 escaños, y los nacionalistas, que eran sus principales aliados, 52, lo que sumaba un total de 340. Les faltaban casi cien. Walter tenía razón. La ley no se podía aprobar. Lloyd se sintió aliviado y se sentó para escuchar el debate y mejorar su alemán.

Sin embargo, el alivio duró poco.

—No estés tan seguro —dijo un hombre con un acento berlinés de clase trabajadora—. Los nazis están negociando con el Partido de Centro —era el grupo de Heinrich, recordó Lloyd—, lo que les podría proporcionar 74 votos más —dijo el hombre.

Lloyd arrugó la frente. ¿Por qué iba a apoyar el Partido de Centro una medida que les quitaría todo el poder?

Walter expresó la misma duda de manera más rotunda.

—¿Cómo es posible que los católicos sean tan estúpidos?

Lloyd deseó haber sabido todo esto antes de ir a buscar el café porque así podría haber tratado el tema con Heinrich. Tal vez habría descubierto algo útil. Maldición.

—En Italia, los católicos alcanzaron un acuerdo con Mussolini: un concordato para proteger a la Iglesia. ¿Por qué no aquí? —dijo el hombre del acento berlinés.

Lloyd calculó que el apoyo del Partido de Centro permitiría a los nazis contar con 414 votos.

—Aún no llegarían a los dos tercios —le dijo a Walter con alivio.

Otro joven ayudante lo oyó e intervino en la conversación.

—Pero con esos cálculos no estás teniendo en cuenta el último anuncio del presidente del Reichstag. —El presidente del Parlamento alemán era Hermann Göring, el colaborador más estrecho de Hitler. Lloyd no sabía nada del anuncio. Y al parecer no era el único. Los parlamentarios guardaron silencio y el ayudante pudo proseguir—: Ha decretado que no se computará a los diputados comunistas que se encuentren ausentes por estar encarcelados.

Hubo un estallido de indignación y protestas que se extendió por toda la sala. Lloyd vio que Walter se ponía rojo de ira.

—¡No puede hacerlo! —gritó.

—Es absolutamente ilegal —dijo el ayudante—. Pero lo ha hecho.

Lloyd estaba consternado. ¿Era posible saltarse la ley con una treta como esa? Hizo algunos cálculos más. Los comunistas tenían 81 escaños. Si no se tenían en cuenta, los nazis necesitaban dos tercios de 566, es decir, 378 escaños. De modo que no les bastaba con el apoyo de los nacionalistas, pero si lograban convencer a los católicos, se saldrían con la suya.

—Esto es del todo ilegal —dijo alguien—. Deberíamos retirarnos a modo de protesta.

—¡No! ¡No! —replicó Walter—. Aprobarían la ley en nuestra ausencia. Tenemos que convencer a los católicos para que no pacten con los nazis. Wels tiene que hablar con Kaas de inmediato. —Otto Wels era el jefe del Partido Socialdemócrata; el prelado Ludwig Kaas era el jefe del Partido de Centro.

Un murmullo de acuerdo recorrió la sala.

Lloyd respiró hondo.

—Herr Von Ulrich —lo interpeló—, ¿por qué no invita a comer a Gottfried von Kessel? Creo que ambos trabajaron juntos en Londres antes de la guerra.

Walter soltó una risa amarga.

—¡Ese lameculos! —dijo.

Quizá el almuerzo no era tan buena idea.

—No sabía que no le caía bien —dijo Lloyd.

Walter le lanzó una mirada pensativa.

—Lo odio, pero prometo que haré todo lo que esté al alcance de mi mano.

—¿Quiere que hable con él y que le transmita la invitación? —preguntó Lloyd.

—Está bien, inténtalo. Si acepta, dile que se reúna conmigo en el Herrenklub a la una.

—De acuerdo.

Lloyd se dirigió a la sala donde se encontraba Heinrich y entró en ella. Se estaba celebrando una reunión similar a la que mantenían los socialdemócratas. Barrió la estancia con la mirada, vio el traje oscuro de Heinrich, lo miró a los ojos y le hizo un gesto.

Ambos salieron al pasillo.

—¡Corre el rumor de que vais a votar a favor de la Ley de Habilitación!

—No es seguro —dijo Heinrich—. Los diputados están divididos.

—¿Quién se opone a los nazis?

—Brüning y algunos otros. —Brüning había sido canciller y era una figura importante del partido.

Lloyd se sintió más optimista.

—¿Quién más?

—¿Me has hecho salir de la sala para sonsacarme información?

—Lo siento, no. Walter von Ulrich quiere almorzar con tu padre.

Heinrich lo miró con recelo.

—No se caen muy bien precisamente, lo sabes, ¿verdad?

—Lo he deducido, ¡pero dejarán sus diferencias al margen por un día!

Heinrich no parecía tan convencido.

—Se lo preguntaré. Espera aquí. —Y entró de nuevo en la sala.

Lloyd se preguntó si existía alguna posibilidad de que todo aquello funcionara. Era una pena que Walter y Gottfried no fueran buenos amigos. Sin embargo, le resultaba difícil de creer que los católicos fueran a votar a los nazis.

Lo que más le preocupaba era el hecho de que si aquello sucedía en Alemania, también podía suceder en Gran Bretaña. Aquella lúgubre perspectiva lo aterró. Tenía toda la vida por delante y no quería vivir en una dictadura represiva. Quería trabajar en la política, como sus padres, y hacer de su país un lugar mejor para gente como los mineros de Aberowen. Para lograr su objetivo necesitaba mítines políticos donde la gente pudiera expresarse libremente, y periódicos que pudieran atacar al gobierno, y pubs donde los hombres pudieran debatir sin tener que mirar hacia atrás para ver quién los estaba escuchando.

El fascismo ponía en peligro todo eso. Sin embargo, también existía la posibilidad de que fracasara. Quizá Walter sería capaz de convencer a Gottfried e impedir que el Partido de Centro apoyara a los nazis.

Heinrich salió de la sala.

—Ha aceptado la invitación.

—¡Fantástico! Herr von Ulrich propone el Herrenklub a la una en punto.

—¿De verdad? ¿Él es socio?

—Supongo… ¿Por qué?

—Es una institución conservadora. Imagino que por eso se llama Walter von Ulrich. Debe de pertenecer a una familia noble, aunque sea socialista.

—Creo que debería reservar una mesa. ¿Sabes dónde está?

—A la vuelta de la esquina. —Heinrich le indicó la dirección exacta.

—¿Reservo mesa para cuatro?

Heinrich sonrió.

—¿Por qué no? Si no quieren que estemos presentes tú y yo, siempre pueden pedirnos que nos vayamos.

Dicho esto, Heinrich regresó a la sala. Lloyd salió del edificio y cruzó la plaza rápidamente, pasó junto al Monumento de la Victoria y el edificio quemado del Reichstag, y entró en el Herrenklub.

En Londres también había clubes de caballeros, pero Lloyd nunca había entrado en ninguno. Este parecía un lugar a medio camino entre un restaurante y una funeraria, pensó. Los camareros, vestidos de etiqueta, caminaban sin hacer ruido y ponían los cubiertos en silencio sobre los manteles blancos de las mesas. El jefe de los camareros tomó nota de su reserva y apuntó el nombre «Von Ulrich» con gran solemnidad, como si estuviera anotando una entrada en el Libro de los Muertos.

Regresó al teatro de la ópera. Cada vez había más gente y bullicio en el interior, y la tensión también parecía ir en aumento. Lloyd oyó que alguien anunciaba emocionado que el propio Hitler abriría la sesión esa tarde con la presentación de la ley.

Unos minutos antes de la una, Lloyd y Walter cruzaron la plaza.

—Heinrich von Kessel se sorprendió cuando supo que eres socio del Herrenklub —dijo Lloyd.

Walter asintió.

—Fui uno de los fundadores, hace una década o un poco más. En aquellos tiempos se llamaba Juniklub. Nos unimos para recabar fuerzas contra el Tratado de Versalles. Ahora se ha convertido en un bastión de la derecha, y debo de ser el único socialdemócrata, pero sigo siendo socio porque es un lugar útil en el que reunirse con el enemigo.

En el interior del club, Walter señaló a un hombre de aspecto impecable.

—Ese es Ludwig Franck, el padre de Werner, el que luchó con nosotros en el Teatro Popular. Estoy seguro de que no es socio del club, ni tan siquiera es alemán, pero parece que está comiendo con su suegro, el conde Von der Helbard, el anciano que está a su lado. Acompáñame.

Se acercaron a la barra y Walter realizó las presentaciones pertinentes.

—Mi hijo y tú os metisteis en una buena pelea hace unas semanas

—le dijo Franck a Lloyd, que se palpó la parte posterior de la cabeza en un acto reflejo: la hinchazón había disminuido, pero aún le dolía cuando se tocaba.

—Teníamos que proteger a las mujeres, señor —respondió Lloyd.

—No hay nada de malo en unos cuantos puñetazos —dijo Franck—. Os sienta bien a los jóvenes.

Walter interrumpió la charla.

—Venga, Ludi. ¡Reventar mítines ya es algo grave, pero tu jefe quiere destruir por completo nuestra democracia!

—Quizá la democracia no sea la forma de gobierno adecuada para nosotros —dijo Franck—. A fin de cuentas, no somos como los franceses o los americanos, gracias a Dios.

—¿No te importa perder tu libertad? ¡Habla en serio!

De pronto Franck abandonó su tono burlón.

—De acuerdo, Walter —dijo con frialdad—. Te hablaré en serio, si insistes. Mi madre y yo llegamos aquí desde Rusia hace más de diez años. Mi padre no pudo acompañarnos. Descubrieron que estaba en posesión de literatura subversiva, en concreto de un libro titulado *Robinson Crusoe*; al parecer se trata de una novela que fomenta el individualismo burgués, sea lo que sea eso. Lo enviaron a un campo para prisioneros del Ártico. Quizá… —Se le quebró la voz, pero hizo una pausa, tragó saliva, y prosiguió—: Quizá esté ahí aún.

Hubo un momento de silencio. Lloyd quedó horrorizado al oír la historia. Sabía que el gobierno comunista ruso podía ser cruel, en general, pero era muy distinto oír un relato personal, contado por un hombre que aún sufría.

—Ludi, todos odiamos a los bolcheviques —dijo Walter—, ¡pero los nazis podrían ser peor!

—Estoy dispuesto a correr el riesgo —replicó Franck.

—Es mejor que nos sentemos a comer —dijo el conde Von der Helbard—. Tengo una cita esta tarde. Discúlpennos. —Ambos hombres se fueron.

—¡Es lo que dicen siempre! —exclamó Walter—. ¡Los bolcheviques! ¡Como si fueran la única alternativa a los nazis! Me dan ganas de llorar.

Heinrich entró acompañado de un hombre mayor que estaba claro que era su padre: tenían la misma mata de pelo oscuro y abundante, peinado con raya, aunque Gottfried lo llevaba más corto y estaba surcado de vetas plateadas. Aunque tenían unas facciones similares, Gottfried parecía un burócrata meticuloso con un cuello pasado de moda, mientras que Heinrich tenía más aspecto de poeta romántico que de ayudante político.

Los cuatro entraron en el comedor. En cuanto hubieron pedido, Walter fue al grano:

—No entiendo qué espera ganar tu partido a cambio de apoyar esta Ley de Habilitación, Gottfried.

Von Kessel también habló con franqueza.

—Somos un partido católico, y nuestro primer deber es proteger la posición de la Iglesia en Alemania. Eso es lo que espera la gente cuando nos vota.

Lloyd arrugó la frente en un gesto de desacuerdo. Su madre había sido parlamentaria, y siempre decía que su deber era servir a la gente que no la había votado, así como a aquellos que lo habían hecho.

Walter recurrió a un argumento distinto.

—Un Parlamento democrático es la mejor protección para todas nuestras iglesias; sin embargo, ¡estáis a punto de echar a perder esa posibilidad!

—Abre los ojos, Walter —dijo Gottfried, malhumorado—. Hitler ha ganado las elecciones. Ha llegado al poder. Hagamos lo que hagamos, gobernará Alemania en el futuro inmediato. Tenemos que protegernos.

—¡Sus promesas no valen nada!

—Le hemos pedido que nos garantice ciertos compromisos por escrito: el Estado no interferirá en los asuntos de la Iglesia católica, ni en las escuelas católicas; asimismo, tampoco se discriminará a los funcionarios católicos. —Lanzó una mirada inquisitiva a su hijo.

—Nos han prometido que este acuerdo será lo primero que firmen por la tarde —dijo Heinrich.

—¡Sopesa las opciones! —dijo Walter—. Un pedazo de papel firmado por un tirano, frente a un Parlamento democrático: ¿cuál es mejor?

—El mayor poder de todos es Dios.

Walter entornó los ojos.

—Entonces, que Dios salve a Alemania —dijo.

Lloyd pensó que los alemanes no habían tenido tiempo para que arraigara en ellos la fe en la democracia mientras Walter y Gottfried seguían discutiendo. Solo hacía catorce años que el Reichstag era soberano. Habían perdido una guerra, habían visto cómo su moneda se devaluaba hasta no valer nada y tenían que hacer frente a una tasa de desempleo altísima: para ellos, el derecho al voto era una protección insuficiente.

Gottfried se mantuvo inflexible. Al final del almuerzo seguía en sus trece. Su responsabilidad era proteger la Iglesia católica, un argumento que exacerbaba a Lloyd.

Regresaron al teatro de la ópera y los diputados tomaron asiento en el auditorio. Lloyd y Heinrich ocuparon un palco.

Lloyd vio a los diputados socialdemócratas, situados en el extremo izquierdo. A medida que se aproximaba la hora, reparó en varios camisas pardas y hombres de las SS que se situaron en las salidas y a lo largo de las paredes, trazando un arco amenazador tras los socialdemócratas. Era casi como si quisieran impedir que los diputados pudieran salir del edificio hasta que hubieran aprobado la ley. A Lloyd le pareció un acto sumamente siniestro. Se preguntó, con un estremecimiento de miedo, si también él podía acabar encarcelado ahí.

Hubo un estallido de vítores y aplausos cuando entró Hitler, vestido con un uniforme de los camisas pardas. Los diputados nazis, la mayoría vestidos de esta guisa, se pusieron en pie, en estado de éxtasis, mientras su jefe de partido subía a la tribuna. Solo los socialdemócratas permanecieron sentados; sin embargo, Lloyd se dio cuenta de que uno o dos miraban hacia atrás, incómodos, en dirección a los guardias armados. ¿Cómo podían hablar y votar con libertad si los ponía nerviosos el mero hecho de no unirse a la ovación atronadora que había recibido su adversario?

Cuando por fin se hizo el silencio, Hitler empezó a hablar. Estaba de pie, con la espalda erguida, el brazo izquierdo apoyado en el costado; solo movía el derecho. Tenía una voz áspera y bronca pero fuerte, que recordaba a Lloyd una ametralladora y un perro ladrando. Empleó un tono preñado de sentimiento cuando habló de los «traidores de noviembre» de 1918 que se habían rendido cuando Alemania estaba a punto de ganar la guerra. No fingía, Lloyd estaba convencido de que se creía hasta la última palabra estúpida e ignorante que pronunciaba.

Los traidores de noviembre era uno de los temas más habituales de Hitler, pero entonces su discurso tomó un nuevo rumbo. Se puso a hablar de las iglesias, y del importante lugar que ocupaba la religión cristiana en el Estado alemán. Era un tema muy poco habitual en él, y estaba claro que sus palabras iban dirigidas al Partido de Centro, cuyos votos decidirían el resultado de la votación. Dijo que veía dos confesiones principales, la protestante y la católica, como los factores más importantes para defender la nación. El gobierno nazi no modificaría ninguno de sus derechos.

Heinrich le lanzó una mirada triunfal a Lloyd.

—Si estuviera en tu lugar, le pediría que lo pusiera por escrito —murmuró Lloyd.

El discurso de Hitler se extendió durante dos horas y media más. Acabó con una amenaza inequívoca de violencia.

—El gobierno del alzamiento nacionalista está decidido y listo para hacer frente al anuncio de que la ley se ha rechazado, y con ello, a la resistencia que se ha opuesto. —Hizo una pausa dramática para dejar que los asistentes asimilaran el mensaje: votar en contra de la ley sería una declaración de resistencia. A continuación, ahondó en su idea—: ¡Caballeros, ahora deben tomar la decisión: ¿prefieren la paz o la guerra?!

Se sentó acompañado por el clamor de aprobación de los delegados nazis, y se levantó la sesión.

Heinrich estaba eufórico; Lloyd, deprimido. Al salir tomaron direcciones opuestas: sus partidos iban a celebrar unas reuniones de última hora a la desesperada.

El ambiente en el grupo socialdemócrata era pesimista. Su jefe, Wels, tenía que hablar en la cámara, pero ¿qué podía decir? Varios diputados dijeron que si criticaba a Hitler tal vez no saldría con vida del edificio, y ellos también temían por su vida. Si mataban a los diputados, pensó Lloyd en un momento de pánico, ¿qué les sucedería a sus ayudantes?

Wels confesó que tenía una cápsula de cianuro en el bolsillo del chaleco. Si lo detenían, se suicidaría para evitar que lo torturaran. Lloyd estaba horrorizado. Wels era un representante elegido en las urnas y, sin embargo, se veía obligado a actuar como una especie de saboteador.

Lloyd había empezado el día con falsas esperanzas. Se había mostrado convencido de que la Ley de Habilitación era una idea absurda que no tenía ni la más remota posibilidad de hacerse real. Ahora veía que la mayoría de los parlamentarios esperaban que la ley se hiciera realidad ese mismo día. Había evaluado la situación de un modo absolutamente equivocado.

¿Se equivocaba también al creer que algo como eso no podía suceder en su país? ¿Se engañaba a sí mismo?

Alguien preguntó si los católicos habían tomado una decisión definitiva. Lloyd se puso en pie.

—Voy a averiguarlo —dijo, y se fue corriendo hasta la sala de reuniones del Partido de Centro. Tal y como había hecho la vez anterior, asomó la cabeza por la puerta y llamó a Heinrich con un gesto.

—Las dudas asaltan a Brüning y Ersing —dijo Heinrich.

A Lloyd se le encogió el corazón. Ersing era un importante líder sindical católico.

—¿Cómo es posible que un sindicalista se plantee siquiera la posibilidad de votar a favor de la aprobación de esta ley? —preguntó.

—Kaas dice que la patria está en peligro. Todos creen que el país se sumirá en una anarquía y que se derramará mucha sangre si no aprobamos esta ley.

—Entonces habrá una tiranía sangrienta si la aprobáis.

—¿Y qué opináis vosotros?

—Todos creen que morirán fusilados si votan en contra. Pero aun así van a hacerlo.

Heinrich regresó a la sala donde estaba reunido su grupo, y Lloyd hizo lo propio.

—Los principales opositores a la ley se están desmoronando —dijo Lloyd a Walter y a los demás—. Tienen miedo de que estalle una guerra civil si se rechaza la ley.

La sensación de pesimismo aumentó.

Todos regresaron a la cámara de debate a las seis en punto.

Wels fue el primero que tomó la palabra. Estaba tranquilo y adoptó un tono razonable y desapasionado. Resaltó que la vida en una república democrática había sido, en general, positiva para los alemanes, que les había dado libertad de oportunidades y bienestar social, y había permitido que Alemania se reincorporara a la comunidad internacional como un miembro más.

Lloyd se percató de que Hitler estaba tomando notas.

Al final, Wels tuvo la valentía de profesar su lealtad a la humanidad y la justicia, la libertad y el socialismo.

—Ninguna Ley de Habilitación puede conceder el poder de aniquilar ideas que son eternas e indestructibles —dijo, armándose de valor mientras los nazis empezaban a reír y burlarse de él.

Los socialdemócratas aplaudieron, pero no se los oyó.

—¡Saludamos a los perseguidos y oprimidos! —gritó Wels—. Saludamos a nuestros amigos del Reich. Su firmeza y lealtad merecen toda nuestra admiración.

A Lloyd le costó entender las palabras debido a los gritos y abucheos de los nazis.

—¡El valor de sus convicciones y su optimismo inquebrantable garantizan un futuro más brillante!

Se sentó entre escandalosas protestas.

¿Había servido de algo el discurso? Lloyd no sabía qué pensar.

Después de Wels, Hitler tomó de nuevo la palabra. En esta ocasión, empleó un tono distinto. Lloyd se dio cuenta de que el canciller había aprovechado el discurso solo para entrar en calor. Ahora hablaba con voz más fuerte, empleaba expresiones más desaforadas, un tono lleno de desdén. Utilizaba el brazo derecho de forma constante para hacer gestos agresivos: señalaba, daba golpes, cerraba el puño, se llevaba la mano al corazón y barría con ella la mitad de la sala, como si quisiera dejar a un lado a la oposición. Las frases más apasionadas eran recibidas con vítores de sus partidarios. Todas expresaban la misma emoción: una ira salvaje y criminal que lo corroía por dentro.

Hitler también se mostraba muy seguro. Afirmó que no tenían por qué pedir la aprobación de la Ley de Habilitación.

—¡Apelamos al Reichstag alemán para que nos conceda algo que habríamos tomado de todos modos! —exclamó.

Heinrich parecía preocupado y abandonó el palco. Al cabo de un minuto, Lloyd lo vio en el patio de butacas del auditorio, susurrándole algo al oído a su padre.

Cuando regresó al palco, parecía muy afligido.

—¿Tenéis el compromiso por escrito? —preguntó Lloyd.

Heinrich no se atrevió a mirarlo a los ojos.

—Están mecanografiando el documento —contestó.

Hitler acabó su intervención menospreciando a los socialdemócratas. No quería sus votos.

—Alemania será libre —gritó—. ¡Pero no gracias a ustedes!

Los jefes de los demás partidos realizaron unos discursos breves. Todos parecían abatidos. El prelado Kaas dijo que el Partido de Centro votaría a favor de la ley. Los demás siguieron su ejemplo. Los socialdemócratas fueron los únicos que se atrevieron a votar en contra.

Se anunció el resultado de la votación y los nazis lo celebraron fuera de sí.

Lloyd estaba sobrecogido. Había visto las consecuencias del ejercicio del poder de forma brutal y no le había gustado.

Abandonó el palco sin dirigirle la palabra a Heinrich.

Encontró a Walter en el vestíbulo, llorando. Estaba utilizando un gran pañuelo blanco para secarse la cara, pero las lágrimas seguían cayendo. Lloyd solo había visto llorar así a un hombre en un funeral.

No sabía qué hacer ni qué decir.

—Mi vida ha sido un fracaso —dijo Walter—. Aquí acaban todas las esperanzas. La democracia alemana ha muerto.

VII

El sábado 1 de abril fue el día de Boicot a los Judíos. Lloyd y Ethel, que tomó notas para su libro, recorrieron Berlín y observaron lo que sucedía con incredulidad. En los escaparates de las tiendas de los judíos habían pintado la estrella de David. En las puertas de los comercios judíos había camisas pardas que intimidaban a todo aquel que quería entrar. Los abogados y los médicos judíos fueron víctimas de los piquetes. Lloyd vio a un par de camisas pardas cortando el paso a pacientes que querían ir a ver al médico de los Von Ulrich, el doctor Rothmann, pero un carbonero con las manos callosas que se había torcido el tobillo les dijo a los camisas pardas que se fueran a la mierda, y estos huyeron en busca de una presa más fácil.

—¿Cómo puede ser tan ruin la gente? —preguntó Ethel.

Lloyd pensaba en su padrastro, al que tanto quería. Bernie Leckwith era judío. Si el fascismo llegaba a Gran Bretaña, Bernie se convertiría en el objetivo de ese tipo de odio. Aquel pensamiento estremeció a Lloyd.

Esa noche se celebró una especie de velatorio en el Bistro Robert. Al parecer nadie lo había organizado, pero a las ocho el local estaba lleno de socialdemócratas, colegas periodistas de Maud y amigos del mundo del teatro de Robert. Los más optimistas afirmaban que la libertad simplemente había entrado en estado de hibernación mientras durara la depresión económica, y que un día despertaría. Los demás lloraban la pérdida.

Lloyd apenas probó la bebida. No le gustaban los efectos del alcohol. Le nublaba el pensamiento. Se estaba preguntando a sí mismo qué podrían haber hecho los alemanes de izquierdas para impedir esa catástrofe y no encontró una respuesta.

Maud les contó lo que le había sucedido al bebé de Ada, Kurt.

—Lo ha traído a casa del hospital y de momento el pequeño parece feliz, pero ha sufrido daños cerebrales y nunca será normal. Cuando sea mayor tendrá que vivir en una institución, el pobre.

Lloyd había oído que la pequeña Carla, de tan solo once años, había asistido en el parto. Esa niña tenía mucho valor.

El comisario Thomas Macke llegó a las nueve y media, vestido con su uniforme de los camisas pardas.

La última vez que había estado en el restaurante, Robert se había mofado de él, pero Lloyd había percibido el tono amenazador del hombre. Tenía un aspecto ridículo con ese bigotito en su cara gorda, pero había un destello de crueldad en su mirada que inquietaba a Lloyd.

Robert se había negado a venderle el restaurante. ¿Qué quería Macke ahora?

El comisario se detuvo en el centro del comedor y gritó:

—¡Este restaurante se está utilizando para fomentar el comportamiento degenerado!

Los clientes guardaron silencio, preguntándose a qué venía aquello.

Macke levantó un dedo en un gesto que pretendía advertir: «¡Más vale que me escuchéis!». Lloyd tuvo la sensación de que había algo espantosamente familiar en aquella acción, y se dio cuenta de que Macke estaba imitando a Hitler.

—¡La homosexualidad es incompatible con el carácter masculino de la nación alemana! —dijo Macke.

Lloyd arrugó la frente. ¿Estaba diciendo que Robert era invertido?

Jörg salió de la cocina y entró en la sala con su gorro de cocinero. Se quedó junto a la puerta, mirando a Macke.

A Lloyd se le pasó por la cabeza una idea sorprendente. Quizá Robert era invertido. Después de todo, vivía con Jörg desde que acabó la guerra.

Lloyd miró a sus amigos del mundo de la farándula y se dio cuenta de que todos eran parejas de hombres, salvo dos mujeres con el pelo corto…

Se sintió desconcertado. Sabía que existían los invertidos, y como persona tolerante que era creía que no había que perseguirlos, sino ayudarlos. Sin embargo, siempre los había considerado pervertidos y raros. Robert y Jörg parecían hombres normales que dirigían un negocio y llevaban una vida tranquila… ¡casi como un matrimonio!

—¿Robert y Jörg son…? —Se volvió y le preguntó a su madre.

—Sí, cielo —respondió ella.

—De joven Robert era el terror de los criados —añadió Maud, que estaba sentada junto a Ethel.

Ambas mujeres rieron.

Lloyd se sorprendió por partida doble: Robert no solo era invertido, sino que Ethel y Maud lo consideraban una cuestión sobre la que podían bromear alegremente.

—¡Este establecimiento queda cerrado! —dijo Macke.

—¡No tiene ningún derecho a hacerlo! —replicó Robert.

Macke no podía cerrar el local por voluntad propia, pensó Lloyd; entonces recordó cómo los camisas pardas habían invadido el escenario del Teatro Popular. Miró hacia la puerta y se quedó horrorizado al comprobar que varios camisas pardas entraban en el restaurante.

Fueron pasando por las mesas derramando copas y botellas. Algunos clientes permanecieron sentados inmóviles; otros se pusieron en pie. Varios hombres gritaron y una mujer chilló.

Walter se levantó y habló en voz alta pero sin perder la calma.

—Deberíamos irnos todos tranquilamente —dijo—. No hay necesidad de armar alboroto. Que todo el mundo coja el abrigo y el sombrero y se vaya a su casa.

Los clientes empezaron a desfilar: algunos intentaron coger el abrigo, pero otros simplemente huyeron. Walter y Lloyd acompañaron a Maud y Ethel a la puerta. La caja estaba cerca de la salida y Lloyd vio cómo un camisa parda la abría y se metía el dinero en los bolsillos.

Hasta ese momento Robert se había mantenido al margen, observando con tristeza cómo los clientes de toda la noche abandonaban el restaurante precipitadamente; pero aquello era demasiado. Lanzó un grito de protesta y apartó al camisa parda de la caja con un empujón.

El ladrón le dio un puñetazo que lo tiró al suelo y acto seguido empezó a propinarle patadas. Otro camisa parda lo imitó.

Lloyd se lanzó al rescate de Robert. Oyó que su madre gritaba «¡No!» mientras apartaba a los camisas pardas. Jörg reaccionó casi con la misma rapidez, y ambos se agacharon para ayudar a Robert a levantarse.

Los tres fueron atacados de inmediato por varios camisas pardas más. Lloyd recibió puñetazos y patadas, y un objeto contundente le golpeó en la cabeza, lo que le hizo proferir un grito de dolor. «No, otra vez no», pensó.

Se volvió contra los agresores, soltando puñetazos a diestro y siniestro, asegurándose de que cada golpe impactara con fuerza en un camisa parda, intentando «atravesar» el objetivo con el puño, tal y como le habían enseñado. Derribó a dos hombres, pero entonces lo agarraron por detrás y le hicieron perder el equilibrio. Al cabo de un instante estaba en el suelo y dos hombres lo sujetaban mientras un tercero le daba patadas.

Entonces lo pusieron de lado, le retorcieron los brazos en la espalda y notó algo metálico en las muñecas. Lo habían esposado por primera vez en su vida. Sintió un nuevo tipo de miedo. Aquello ya no era una simple trifulca. Le habían dado golpes y patadas, pero lo peor aún estaba por venir.

—Levántate —le ordenó alguien en alemán.

Se puso en pie como buenamente pudo. Le dolía la cabeza. Vio que Robert y Jörg también estaban esposados. Robert sangraba por la boca y Jörg tenía un ojo cerrado. Media docena de camisas pardas los vigilaban. Los demás bebían de las copas y botellas que quedaban en las mesas, o se atiborraban con los dulces del carrito de los postres.

Al parecer todos los clientes se habían ido. Lloyd se sintió aliviado de que su madre hubiera salido.

Se abrió la puerta del restaurante y regresó Walter.

—Comisario Macke —dijo, haciendo gala de la típica facilidad de los políticos para recordar nombres. Hizo acopio de valor y autoridad y prosiguió—: ¿Qué significa este escándalo?

Macke señaló a Robert y Jörg.

—Estos dos hombres son homosexuales —dijo—. Y ese muchacho ha agredido a un policía que los estaba deteniendo.

Walter señaló la caja registradora, que estaba abierta y vacía, salvo por unas cuantas monedas.

—¿Acaso los agentes de policía se dedican a cometer atracos hoy en día?

—Un cliente debe de haberse aprovechado de la confusión creada por los que se estaban resistiendo a la detención.

Algunos de los camisas pardas soltaron una risa de complicidad.

—Antes era un agente de la ley, ¿no es cierto, Macke? Quizá entonces estuviera orgulloso de usted. Pero, ahora, ¿qué es?

El comisario se sintió ofendido.

—Nuestro objetivo es mantener el orden para proteger la patria.

—¿Adónde piensa trasladar a los detenidos? —insistió Walter—. ¿Será un centro de arresto constituido conforme a la legalidad? ¿O un sótano no oficial y medio escondido?

—Los llevaremos al cuartel de Friedrichstrasse —respondió Macke, indignado.

Lloyd vio que una expresión de satisfacción iluminaba fugazmente el rostro de Walter, y se dio cuenta de que había manipulado al comisario con inteligencia, aprovechándose del poco orgullo profesional que le quedaba para lograr que revelara sus intenciones. Ahora, al menos, Walter sabía adónde iban a llevar a Lloyd y a los demás.

Pero ¿qué sucedería en el cuartel?

Nunca habían detenido a Lloyd. Sin embargo, vivía en el East End de Londres, por lo que conocía a mucha gente que se metía en problemas con la policía. Durante gran parte de su vida había jugado al fútbol en la calle con chicos cuyos padres eran detenidos con cierta frecuencia. Conocía la reputación de la comisaría de Leman Street, en Aldgate. Pocos hombres salían de aquel edificio ilesos. La gente decía que había manchas de sangre en todas las paredes. ¿Existía alguna posibilidad de que el cuartel de Friedrichstrasse fuera mejor?

—Esto es un incidente internacional, comisario —dijo Walter. Lloyd supuso que hacía continua referencia al rango de Macke para que se comportara más como un agente y menos como un matón—. Ha detenido a tres ciudadanos extranjeros: dos austríacos y un inglés. —Levantó una mano como si quisiera atajar cualquier protesta—. Ahora es demasiado tarde para dar marcha atrás. Ambas embajadas serán informadas, y no me cabe la menor duda de que sus representantes llamarán a la puerta del Ministerio de Asuntos Exteriores de Wilhelmstrasse dentro de menos de una hora.

Lloyd se preguntó si era cierto.

Macke hizo una mueca desagradable.

—El Ministerio de Asuntos Exteriores no se molestará en defender a dos invertidos y a un joven vándalo.

—Nuestro ministro de Asuntos Exteriores, Von Neurath, no es un miembro de su partido —dijo Walter—. Es probable que anteponga los intereses de la patria.

—Creo que no tardará en averiguar que nuestro ministro hace lo que se le ordena. Y ahora es usted quien está impidiendo que lleve a cabo mi tarea.

—¡Se lo advierto! —dijo Walter con valentía—. Más le vale seguir al pie de la letra lo que dictan las normas… o habrá problemas.

—Apártese de mi vista —espetó Macke.

Walter se fue.

Lloyd, Robert y Jörg fueron obligados a salir a la calle y los metieron en la parte trasera de una especie de camión. Los forzaron a tumbarse en el suelo mientras los camisas pardas se sentaban en unos bancos para vigilarlos. El vehículo se puso en marcha. Lloyd descubrió que estar esposado podía resultar muy doloroso. Tuvo siempre la sensación de que el hombro se iba a dislocar de un momento a otro.

Por suerte, el viaje fue corto. Los sacaron del camión y los metieron en un edificio que estaba oscuro, de modo que Lloyd no pudo ver mucho. En un escritorio, tomaron nota de su nombre en un libro y le quitaron el pasaporte. Robert perdió su alfiler de corbata de oro y el reloj de cadena. Al final les quitaron las esposas y los encerraron en una sala con luz tenue y barrotes en las ventanas en la que ya había unos cuarenta prisioneros.

Lloyd tenía todo el cuerpo magullado. Le dolía tanto el pecho que creía que se había roto una costilla. Tenía cardenales en la cara y un dolor de cabeza atroz. Quería una aspirina, una taza de té y una almohada. Tenía la sensación de que habrían de pasar unas horas hasta que pudiera satisfacer alguno de esos deseos.

Los tres se sentaron en el suelo, cerca de la puerta. Lloyd se sujetaba la cabeza con las manos, mientras Robert y Jörg hablaban del tiempo que pasaría hasta que recibieran ayuda. Estaban convencidos de que Walter llamaría a un abogado, pero las leyes habituales habían quedado suspendidas por el Decreto de Incendios del Reichstag, de modo que bajo la nueva ley no gozaban de la protección adecuada. Walter también se pondría en contacto con las embajadas: en ese momento la influencia política era su principal esperanza. Lloyd pensó que probablemente su madre intentaría realizar una llamada internacional a la sede del Foreign Office en Londres. Si alguien la atendía, el gobierno desde luego tendría algo que decir sobre la detención de un colegial británico. Todo llevaría su tiempo, una hora al menos, seguramente dos o tres.

Sin embargo transcurrieron cuatro horas, luego cinco, y la puerta no se abrió.

Los países civilizados tenían una ley que especificaba el tiempo máximo que podía retener la policía a alguien con los trámites correspondientes: presentar cargos, un abogado, un tribunal. Lloyd se dio cuenta entonces de que tal regla no era un mero tecnicismo. Sin ella podía pasarse la eternidad en esa estancia.

Averiguó que los demás prisioneros que había eran todos políticos: comunistas, socialdemócratas, organizadores sindicales y un cura.

La noche pasó con lentitud. Ninguno de los tres durmió. A Lloyd le pareció algo inconcebible intentar conciliar el sueño. La luz gris del amanecer atravesaba los barrotes de las ventanas cuando por fin se abrió la puerta. Sin embargo, no entró ningún abogado ni diplomático, tan solo dos hombres vestidos con delantales que empujaban un carrito en el que había una gran olla. Sirvieron unas raciones generosas de copos de avena. Lloyd no los probó, pero bebió una taza de hojalata de café que sabía a cebada quemada.

Se imaginó que el personal que estaba de guardia de noche en la embajada británica eran diplomáticos sin demasiada experiencia ni influencia. Por la mañana, cuando se despertara el embajador, se emprenderían las acciones adecuadas.

Una hora después del desayuno se abrió de nuevo la puerta, pero esta vez solo había camisas pardas. Hicieron salir a todos los prisioneros y los obligaron a subir a un camión, unos cuarenta o cincuenta hombres en un vehículo cubierto con lona, tan apretados que tuvieron que permanecer de pie. Lloyd logró quedarse cerca de Robert y Jörg.

Quizá los trasladaban al juzgado, a pesar de que era domingo. Era lo que esperaba. Al menos habría abogados y parecería que se estaban sometiendo al buen hacer de la justicia. Creía que dominaba lo suficiente el alemán para exponer lo sucedido de forma sencilla, e incluso preparó mentalmente su discurso. Había cenado en un restaurante con su madre; había visto que alguien robaba el dinero de la caja; había intervenido en el altercado. Se imaginó las preguntas que le formularían, si el hombre al que atacó era un camisa parda, algo a lo que respondería: «No me fijé en su ropa, solo vi a un ladrón». Habría risas y el fiscal haría el ridículo.

Los llevaban a algún lugar de las afueras.

Podían ver a través de los huecos de la lona que tapaba el camión. Lloyd creía que habían recorrido algo más de treinta kilómetros cuando Robert dijo:

—Estamos en Oranienburg. —Una pequeña población al norte de Berlín.

El camión se detuvo frente a una puerta de madera que había entre dos pilares de ladrillos. Dos camisas pardas armados con fusiles montaban guardia.

El temor de Lloyd aumentó un poco más. ¿Dónde estaba el juzgado? Aquello parecía más bien un campo de prisioneros. ¿Cómo podían encarcelar a la gente sin un juez?

Tras una breve espera, el camión entró y se paró frente a un grupo de edificios abandonados.

Lloyd se puso más nervioso. La noche anterior había tenido el consuelo al menos de que Walter sabía dónde estaba. Pero en ese momento cabía la posibilidad de que nadie lo supiera. ¿Y si la policía decía que no se encontraba bajo su custodia y que no tenían constancia de su detención? ¿Cómo iban a rescatarlo?

Salieron del camión y los hicieron entrar en lo que parecía una especie de fábrica. El lugar olía como un pub. Quizá había sido una fábrica de cerveza.

Volvieron a tomarles el nombre. Lloyd se alegró de que hubiera un registro de sus movimientos. No estaban maniatados ni esposados, pero estaban sometidos a una vigilancia constante por parte de unos camisas pardas armados con fusiles, y Lloyd tenía el lúgubre presentimiento de que aquellos jóvenes estaban ansiosos por que les proporcionaran una excusa para utilizarlos.

Les dieron a todos una sábana fina y un colchón de lona lleno de paja. Los metieron en un edificio en ruinas que en el pasado debía de haber hecho las veces de almacén. Entonces empezó la espera.

Aquel día nadie fue a ver a Lloyd.

Por la noche llegó otro carro y otra olla, esta llena de un estofado de zanahorias y nabos. Cada hombre recibió un cuenco y un pedazo de carne. Lloyd estaba hambriento ya que no había probado bocado en las últimas veinticuatro horas, de modo que devoró la cena y aún habría comido más.

En algún lugar del campo había tres o cuatro perros que aullaron toda la noche.

Lloyd se sentía sucio. Era la segunda noche que tenía que pasar con la misma ropa. Necesitaba un baño, afeitarse y una camisa limpia. El aseo, dos barriles que había en un rincón, era absolutamente asqueroso.

Sin embargo, el día siguiente era lunes. Entonces habría acción.

Lloyd se quedó dormido alrededor de las cuatro. A las seis los despertaron los gritos de un camisa parda.

—¡Schleicher! ¡Jörg Schleicher! ¿Quién es Schleicher?

Tal vez iban a liberarlos.

—Yo soy Schleicher —dijo Jörg tras ponerse en pie.

—Ven conmigo —dijo el camisa parda.

—¿Por qué? ¿Para qué lo queréis? ¿Adónde va? —preguntó Robert con voz asustada.

—¿Tú quién eres, su madre? —preguntó el camisa parda—. Túmbate y cierra el pico. —Empujó a Jörg con el fusil—. Tú, fuera.

Al verlos salir, Lloyd se preguntó por qué no le había dado un puñetazo al camisa parda y le había quitado el fusil. Quizá habría podido escapar. Y si hubiera fracasado, ¿qué le habrían hecho? ¿Meterlo en la cárcel? Sin embargo, en el momento crucial, ni tan siquiera se le pasó por la cabeza la idea de escapar. ¿Estaba adoptando ya la mentalidad del prisionero?

Incluso tenía ganas de que les llevaran los copos de avena.

Antes del desayuno, los hicieron salir a todos.

Los condujeron a un pequeño patio, rodeado por una verja, que tenía el tamaño de una cuarta parte de una pista de tenis. Parecía que lo habían utilizado para almacenar mercancías no muy valiosas, como madera o neumáticos. Lloyd se estremeció en el aire frío de la mañana: su abrigo todavía estaba en el Bistro Robert.

Entonces vio que se acercaba Thomas Macke.

El policía llevaba un abrigo negro sobre el uniforme de los camisas pardas. Lloyd se dio cuenta de que arrastraba los pies al caminar.

Detrás de Macke había dos camisas pardas que sostenían por los brazos a un hombre desnudo con un cubo en la cabeza.

Lloyd lo miró horrorizado. El prisionero tenía las manos atadas a la espalda, y el cubo ceñido a la barbilla con un cordón para que no se le cayera. Era un hombre delgado, de aspecto juvenil, con el vello púbico rubio.

—Oh, Dios, es Jörg —gimió Robert.

Todos los camisas pardas se habían congregado en el patio. Lloyd arrugó la frente. ¿Era una especie de juego cruel?

Metieron a Jörg en el recinto cercado y lo dejaron ahí, temblando. Los dos tipos que lo acompañaban salieron. Desaparecieron y regresaron al cabo de unos instantes, cada uno acompañado con dos pastores alemanes.

Aquello explicaba los ladridos que había oído durante toda la noche.

Los perros estaban delgados y tenían varias calvas de aspecto enfermizo en el pelaje marrón. Parecían hambrientos.

Los camisas pardas los acompañaron hasta el recinto cercado.

Lloyd tenía un vago pero horrible presentimiento de lo que iba a suceder.

—¡No! —gritó Robert, que echó a correr—. ¡No, no, no! —Intentó abrir la puerta del recinto.

Tres o cuatro camisas pardas lo apartaron de malas maneras. Trató de oponer resistencia, pero eran unos matones jóvenes y fuertes, y Robert rondaba los cincuenta. Al final no pudo hacer nada. Lo tiraron al suelo con desprecio.

—No —dijo Mackė a sus hombres—. Obligadlo a mirar.

Pusieron a Robert en pie y lo sujetaron de cara a la verja.

Los perros entraron en el recinto. Estaban muy nerviosos, no paraban de ladrar y salivar. Los dos camisas pardas los trataron con mano experta y sin miedo; saltaba a la vista que tenían experiencia. Lloyd se preguntó, apesadumbrado, cuántas veces lo habían hecho ya en el pasado.

Los adiestradores soltaron a los perros y salieron del recinto.

Los perros se abalanzaron sobre Jörg. Uno lo mordió en la pantorrilla, otro en el brazo, un tercero en el muslo. Bajo el cubo metálico se oían los gritos amortiguados de dolor y pánico. Los camisas pardas jaleaban a los perros y aplaudían. Los prisioneros observaban lo que sucedía horrorizados y en silencio.

Tras el primer susto, Jörg intentó defenderse. Estaba maniatado y no podía ver, pero podía dar patadas al azar. Sin embargo, los perros no se arredraron, sino que esquivaron sus ataques y empezaron a pegarle mordiscos con sus dientes afilados.

Jörg intentó correr. Seguido por los perros, corrió a ciegas y en línea recta hasta que chocó contra la verja. Los camisas pardas vitorearon de júbilo. Jörg echó a correr en otra dirección con el mismo resultado. Un perro le arrancó un trozo de carne del culo y los guardias estallaron en carcajadas.

Un camisa parda que estaba junto a Lloyd gritó:

—¡La cola! ¡Muérdele la cola! —Lloyd supuso que «cola» en alemán, *der Schwanz*, era el término coloquial para referirse al pene. El camisa parda estaba histérico de la emoción.

El cuerpo blanco de Jörg estaba manchado de sangre por culpa de las diversas heridas. Se puso de cara a la verja, protegiéndose los genitales, dando patadas hacia atrás y hacia los lados. Sin embargo, empezaban a fallarle las fuerzas. Las patadas eran cada vez más débiles. Le costaba mantenerse en pie. Los perros eran cada vez más atrevidos, le mordían para arrancarle trozos de carne y tragárselos.

Al final Jörg cayó al suelo.

Los perros se calmaron un poco antes de darse el banquete.

Sin embargo, los adiestradores entraron en el recinto y con una serie de movimientos expertos volvieron a poner las cadenas a los perros, los apartaron de Jörg y se los llevaron.

El espectáculo había finalizado y los camisas pardas se retiraron, hablando animadamente.

Robert entró en el recinto y esta vez nadie trató de impedírselo. Se inclinó sobre Jörg, gimiendo.

Lloyd lo ayudó a quitarle el cubo y a desatarle las manos a Jörg, que estaba inconsciente, pero respiraba.

—Llevémoslo adentro —dijo Lloyd—. Tú cógelo de las piernas.

Lloyd levantó a Jörg por las axilas y entre ambos lo trasladaron al edificio donde habían dormido. Lo pusieron sobre un colchón. Los demás prisioneros se arremolinaron en torno a ellos, asustados y aturdidos. Lloyd esperaba que alguno de ellos anunciara que era médico, pero nadie lo hizo.

Robert se quitó la chaqueta y el chaleco, luego la camisa y la utilizó para limpiar la sangre.

—Necesitamos agua limpia —dijo.

Había un surtidor en el patio. Lloyd salió pero no tenía con qué transportar el agua. Regresó al interior del edificio. El cubo seguía en el suelo. Lo lavó y lo llenó de agua.

Cuando regresó, el colchón estaba empapado en sangre.

Robert mojó la camisa en el cubo y le lavó las heridas a Jörg, arrodillado junto a él. Al cabo de poco también la camisa blanca se había teñido de rojo.

Jörg se retorció.

—Tranquilo, cariño —le dijo Robert en voz baja—. Ya ha pasado todo y estoy a tu lado. —Sin embargo, parecía que Jörg no lo oía.

Entonces entró Macke acompañado de cuatro o cinco camisas pardas. Agarró a Robert del brazo.

—¡Bueno! —dijo—. Ahora ya sabes qué pensamos de los pervertidos homosexuales.

Lloyd señaló a Jörg.

—Aquí el único pervertido es el que ha provocado todo esto —exclamó, hecho una furia. Y presa de toda la ira y el desdén que lo corroían por dentro, añadió—: Comisario Macke.

El jefe de los camisas pardas hizo un gesto con la cabeza apenas perceptible a uno de sus hombres. Con un movimiento en apariencia fortuito, el hombre le dio la vuelta al fusil y golpeó a Lloyd en la cabeza con la culata.

Lloyd cayó al suelo, agarrándose la cabeza. El dolor era espantoso.

—Por favor, déjenme cuidar de Jörg —oyó decir a Robert.

—Tal vez —dijo Macke—. Antes ven aquí.

A pesar del dolor, Lloyd abrió los ojos para ver lo que sucedía.

Macke se llevó a Robert hasta el otro lado de la estancia, junto a una mesa de madera áspera. Se sacó una pluma del bolsillo.

—Ahora tu restaurante vale la mitad de lo que te ofrecí la última vez: diez mil marcos.

—Lo que sea —dijo Robert, sollozando—. Déjeme volver con Jörg.

—Firma aquí —le ordenó Macke—. Y luego os podréis ir los tres a casa.

Robert firmó.

—Este caballero hará de testigo —dijo Macke. Le dio la pluma a uno de los camisas pardas. Miró hacia el otro lado del almacén y sus ojos se cruzaron con los de Lloyd—. Y quizá nuestro imprudente invitado inglés podría ser el segundo testigo.

—Haz lo que pide, Lloyd —dijo Robert.

Lloyd se puso en pie como buenamente pudo, se frotó la cabeza, cogió la pluma y firmó.

Macke guardó el contrato con un gesto triunfal y se fue.

Robert y Lloyd regresaron junto a Jörg.

Pero Jörg había muerto.

VIII

Walter y Maud llegaron a la estación Lehrte, al norte del edificio quemado del Reichstag, para despedirse de Ethel y Lloyd. La estación era de estilo neorrenacentista y parecía un palacio francés. Habían llegado antes de tiempo y se sentaron en un café de la estación mientras esperaban el tren.

Lloyd se alegraba de marcharse. En seis semanas había aprendido mucho, de alemán y de política alemana, pero ahora quería volver a casa, contar a la gente lo que había visto y advertirlos que podía sucederles lo mismo.

No obstante, también se sentía muy culpable. Iba a un sitio gobernado por la ley, donde había libertad de prensa y ser socialdemócrata no era un delito. Iba a dejar a la familia Von Ulrich viviendo en una cruel dictadura en la que un hombre inocente podía morir devorado por unos perros sin que nadie tuviera que responder ante la justicia por el crimen.

Los Von Ulrich parecían desolados; Walter incluso más que Maud. Parecían dos personas que habían recibido una mala noticia o que habían sufrido la muerte de un familiar. Eran incapaces de pensar en otra cosa que no fuera la catástrofe de la que eran víctimas.

Lloyd había sido puesto en libertad y había recibido las disculpas del Ministerio de Asuntos Exteriores alemán, así como una nota aclaratoria que era abyecta, y al mismo tiempo mendaz, que daba a entender que Lloyd se había visto involucrado en una refriega por culpa de su propia estupidez y que, a continuación, lo habían retenido como prisionero debido a un error administrativo que las autoridades lamentaban profundamente.

—He recibido un telegrama de Robert. Ha llegado sano y salvo a Londres —dijo Walter.

Como ciudadano austríaco, Robert había podido salir de Alemania sin demasiados problemas. Sin embargo, le había costado más sacar su dinero. Walter le había exigido a Macke que enviara el dinero a un banco suizo. Al principio el comisario le había dicho que era imposible, pero Walter lo presionó amenazándolo con denunciar la venta en un tribunal, y le dijo que Lloyd declararía como testigo de que el contrato se había firmado bajo coacción; al final Macke movió algunos hilos.

—Me alegra que Robert haya podido salir —dijo Lloyd. Él también sería más feliz cuando estuviera en Londres. Aún le dolía la cabeza y también las costillas cada vez que se daba la vuelta en la cama.

—¿Por qué no venís a Londres? Los dos. Toda la familia, quiero decir —le preguntó Ethel a Maud.

Walter miró a su mujer.

—Quizá deberíamos —dijo, pero Lloyd se dio cuenta de que no hablaba en serio.

—Has hecho todo lo que has podido —dijo Ethel—. Has luchado con valentía, pero ha ganado el otro bando.

—Esto aún no ha acabado —replicó Maud.

—Pero corréis peligro.

—Al igual que Alemania.

—Si vinierais a vivir a Londres Fitz quizá adoptaría una actitud menos intransigente y te ayudaría.

Lloyd sabía que el conde Fitzherbert era uno de los hombres más ricos de Gran Bretaña gracias a las minas de carbón que había bajo sus tierras de Gales del Sur.

—No me ayudará —dijo Maud—. Fitz nunca transige. Lo sé, y tú también.

—Tienes razón —dijo Ethel. Lloyd se preguntó cómo podía estar tan segura, pero no tuvo la oportunidad de expresar sus dudas. Ethel prosiguió—: Bueno, con tu experiencia podrías encontrar trabajo en Londres fácilmente en un periódico.

—¿Y qué haría yo en Londres? —preguntó Walter.

—No lo sé —contestó Ethel—. ¿Qué harás aquí? No tiene mucho sentido ser diputado en un Parlamento impotente.

Lloyd creía que Ethel estaba haciendo gala de una honestidad brutal, pero, como sucedía a menudo, estaba diciendo lo que había que decir.

Comprendía la situación, pero creía que los Von Ulrich debían quedarse.

—Sé que será duro —dijo—. Pero si la gente honrada huye del fascismo, se extenderá aún más rápido.

—Se está extendiendo de todos modos —dijo su madre.

—Yo no me voy —declaró Maud, lo que sorprendió a todos—. Me niego rotundamente a abandonar Alemania.

Todos la miraron fijamente.

—Soy alemana, desde hace catorce años —dijo—. Este es mi país ahora.

—Pero naciste inglesa —repuso Ethel.

—Un país es principalmente la gente que vive en él —dijo Maud—. No me entusiasma Inglaterra. Mis padres murieron hace mucho tiempo y mi hermano me ha repudiado. Me entusiasma Alemania. Para mí, Alemania es mi maravilloso marido, Walter; mi insensato hijo, Erik; mi hija increíblemente capaz, Carla; Ada, nuestra criada, y su hijo minusválido; mi amiga Monika y su familia; mis colegas periodistas… Me quedo para luchar contra los nazis.

—Ya has hecho más de lo que te correspondía —dijo Ethel con dulzura.

Maud se emocionó.

—Mi marido ha dedicado todo su ser, toda su vida, a convertir esta tierra en un país libre y próspero. No seré la causa de que se vea obligado a renunciar a la obra de toda una vida. Si pierde eso, pierde su alma.

Ethel esgrimió un argumento que solo podía utilizar una vieja amiga.

—Sin embargo —dijo—, debes de tener la tentación de llevar a tus hijos a un lugar seguro.

—¿La tentación? ¡Querrás decir anhelo, deseo desesperado! —Rompió a llorar—. Carla tiene pesadillas con camisas pardas, y Erik se pone ese uniforme de color mierda a la mínima oportunidad que tiene. —A Lloyd le sorprendió su fervor. Era la primera vez que oía decir «mierda» a una mujer respetable. Prosiguió—: Claro que quiero llevármelos. —Lloyd se dio cuenta entonces de que estaba destrozada. Se frotó las manos como si se las estuviera lavando, movió la cabeza de un lado a otro, y habló con un tono de voz que reflejaba el tremendo conflicto interior que la corroía—. Pero no sería lo correcto, ni para ellos ni para nosotros. ¡No pienso ceder! Es mejor sufrir las consecuencias del mal que quedarse quieto y no hacer nada.

Ethel acarició a Maud en el brazo.

—Siento habértelo preguntado. Quizá haya sido una tontería por mi parte. Debería haber sabido que no querrías huir.

—Me alegro de que lo preguntaras —dijo Walter, que estiró el brazo y cogió las finas manos de su mujer entre las suyas—. Era una pregunta que flotaba en el aire, entre Maud y yo, y que no me había atrevido a formular. Ya era hora de que nos enfrentáramos a ella. —Sus manos unidas reposaban sobre la mesa del café.

Lloyd casi nunca pensaba en la vida afectiva de la generación de su madre (eran personas de mediana edad y casadas, y eso parecía explicarlo todo), pero ahora veía que entre Walter y Maud existía un extraño vínculo que iba mucho más allá de los hábitos adquiridos por un matrimonio maduro con el paso del tiempo. Eran realistas: sabían que si se quedaban en Berlín ponían en peligro sus vidas y las de sus hijos. Pero tenían un compromiso común que desafiaba a la muerte.

Lloyd se preguntó si alguna vez encontraría un amor como ese.

Ethel miró el reloj.

—¡Oh, Dios mío! —exclamó—. ¡Vamos a perder el tren!

Lloyd cogió el equipaje y echaron a correr por el andén. Sonó un silbato. Subieron al tren justo a tiempo. Ambos se asomaron por la ventanilla mientras salían de la estación.

Walter y Maud se quedaron en el andén, despidiéndose con la mano, haciéndose cada vez más pequeños, hasta que al final desaparecieron.

2

1935

I

Hay dos cosas que debes saber sobre las chicas de Buffalo —dijo Daisy Peshkov—. Beben como cosacos y son todas unas esnobs.

Eva Rothmann soltó una risilla nerviosa.

—No te creo —respondió. Su acento alemán había desaparecido casi por completo.

—Pues es verdad —repuso Daisy. Estaban en su cuarto, decorado en tonos blancos y rosas, probándose ropa ante el espejo tríptico de cuerpo entero—. A lo mejor te queda bien la combinación de azul marino y blanco —sugirió Daisy—. ¿Qué te parece? —Levantó una blusa hasta situarla a la altura de la cara de Eva y estudió el contraste. La mezcla de colores le sentaba bien.

Daisy estaba rebuscando en su armario un conjunto que su amiga pudiera llevar a un almuerzo en la playa. Eva no era una chica bonita, y los volantes y lazos que complementaban muchas de las prendas de Daisy solo contribuían a que Eva pareciera anticuada y sin gracia. Las rayas le pegaban más a sus facciones marcadas.

Eva tenía el pelo negro y los ojos castaño oscuro.

—Puedes llevar colores claros —le sugirió Daisy.

Eva tenía poca ropa. Su padre, médico judío en Berlín, había pasado la vida ahorrando para enviarla a Estados Unidos y, hacía un año, la joven había llegado con lo puesto a ese país. Una organización benéfica le había pagado para que fuera al internado donde estudiaba Daisy. Las jóvenes tenían la misma edad: diecinueve años. No obstante, Eva no tenía adónde ir durante las vacaciones de verano y, en un arrebato, su amiga la había invitado a casa.

Al principio, la madre de Daisy, Olga, se había mostrado reticente.

—¡Vaya, pero si te pasas todo el año en el internado, lejos de casa...! Tenía muchas ganas de tenerte en exclusiva para mí durante el verano.

—De verdad que es estupenda, mamá —había dicho Daisy—. Es encantadora, de trato fácil y amiga fiel.

—Supongo que te da pena porque es una refugiada que huye de los nazis.

—A mí los nazis me traen sin cuidado, me gusta ella.

—Está bien, pero ¿tiene que vivir con nosotros?

—Mamá, ¡no tiene adónde ir!

Como siempre, Olga dejó que Daisy se saliera con la suya.

Ahora, mientras ambas amigas se probaban ropa, Eva retomó la conversación.

—¿Esnobs? ¡Nadie debería ser esnob contigo! —dijo Eva.

—Pues claro que lo serán.

—Pero si tú eres muy guapa y jovial.

Daisy no se molestó en negarlo.

—Eso es lo que odian de mí.

—Y eres rica.

Era cierto. El padre de Daisy era rico, su madre había heredado una fortuna, y Daisy tendría dinero al cumplir los veintiuno.

—Eso no significa nada. En esta ciudad lo que de verdad cuenta es desde cuándo eres rico. Si trabajas, no eres nadie. La élite está formada por los que viven de los millones que les dejaron sus bisabuelos. —Habló con tono de burla despreocupada para ocultar su resentimiento.

—¡Y tu padre es famoso! —exclamó Eva.

—Creen que es un gángster.

El abuelo de Daisy, Josef Vyalov, había sido dueño de bares y hoteles. Su padre, Lev Peshkov, había invertido los beneficios en la compra de teatros de vodevil de capa caída para convertirlos en cines. En ese momento, además, era dueño de un estudio de producción de Hollywood.

Eva se indignó por Daisy.

—¿Cómo pueden decir semejante cosa?

—Creen que era contrabandista. Y seguramente están en lo cierto. Si no, no me explico cómo pudo hacer dinero con los bares en plena época de la Ley Seca. En cualquier caso, es el motivo por el que no invitarán nunca a mi madre a unirse a la Sociedad de Damas de Buffalo.

Ambas se quedaron mirando a Olga, que estaba sentada en la cama de su hija leyendo el *Buffalo Sentinel*. En fotografías que le habían sacado de joven, la madre de Daisy parecía una mujer bella de figura esbelta. En la actualidad era regordeta y sin ningún atractivo destacable. Había perdido todo interés en su apariencia, aunque compraba compulsivamente con Daisy, sin reparar en gastos en el empeño de que su hija luciera estupenda.

Olga levantó la vista del periódico.

—No creo que la supuesta condición de contrabandista de tu padre sea lo que de verdad les importa, hija —dijo—. Lo que pasa es que es inmigrante y ruso, y las pocas veces que decide asistir a la liturgia religiosa, acude a la iglesia ortodoxa rusa de Ideal Street, lo cual es casi tan malo como ser católico.

—Eso es muy injusto —comentó Eva.

—Debo advertirte, además, que tampoco les gustan mucho los judíos —añadió Daisy. En realidad, Eva era medio judía—. Siento ser tan sincera.

—Sé tan sincera como quieras; después de Alemania, este país me parece la tierra prometida.

—No te acomodes demasiado —le advirtió Olga—. Según este periódico, son muchos los directivos de empresa estadounidenses que odian al presidente Roosevelt y admiran a Adolf Hitler. Y a mí me consta, porque el padre de Daisy es uno de ellos.

—Qué aburrida es la política —opinó Daisy—. ¿Es que no dicen nada interesante en el *Sentinel*?

—Sí, sí que hay algo interesante. Van a presentar a Muffie Dixon ante la corte británica.

—Bien por ella —comentó Daisy con acritud, sin poder ocultar la envidia que sentía.

Olga leyó la noticia:

—«La señorita Muriel Dixon, hija del difunto Charles "Chuck" Dixon, caído en Francia durante la guerra, acudirá el próximo martes al palacio de Buckingham en compañía de la señora de Robert W. Bingham, embajador estadounidense, para ser presentada ante la corte británica.»

Daisy ya había escuchado bastante sobre Muffie Dixon.

—He estado en París, pero nunca en Londres —dijo a Eva—. ¿Y tú?

—Ni en un sitio ni en otro —respondió—. La primera vez que salí de Alemania fue para mi travesía rumbo a Estados Unidos.

—¡Oh, santo cielo! —exclamó Olga de pronto.

—¿Qué pasa? —preguntó Daisy.

Su madre arrugó el periódico.

—Tu padre ha llevado a Gladys Angelus a la Casa Blanca.

—¿Qué? —Fue como una bofetada para Daisy—. Pero ¡si dijo que me llevaría a mí!

El presidente Roosevelt había organizado una recepción para un centenar de empresarios en un intento de que aceptasen su *new deal*. Lev Peshkov opinaba que Franklin D. Roosevelt era peor que un comunista, aunque le halagaba que lo hubiera invitado a la Casa Blanca. Sin embargo, Olga se había negado a acompañarlo y había argumentado, airada: «No pienso fingir ante el presidente que somos un matrimonio normal».

Oficialmente, Lev vivía allí, en la elegante casa de campo de antes de la guerra construida por el abuelo Vyalov, aunque pasaba más noches en el moderno apartamento que le había comprado a su amante de hacía ya tantos años, Marga. Para colmo, todo el mundo suponía que tenía una aventura con la estrella más rutilante de su estudio de producción, Gladys Angelus. Daisy entendía por qué su madre se sentía despreciada. Ella también se sentía rechazada cuando Lev subía al coche para ir a pasar la noche con su otra familia.

Daisy se había emocionado cuando su padre le había pedido que lo acompañara a la Casa Blanca en sustitución de su madre. La joven ya había contado a todo el mundo que iría. Ninguno de sus amigos había conocido al presidente, a excepción de los hermanos Dewar, cuyo padre era senador.

Lev no le había dicho la fecha exacta, y ella había supuesto que la informaría en el último momento, como acostumbraba a hacerlo todo. Sin embargo, su padre había cambiado de idea o sencillamente se había olvidado. Fuera como fuese, había vuelto a rechazar a Daisy.

—Lo siento, cielo —dijo su madre—. Pero tu padre nunca ha dado mucho valor a las promesas.

Eva se mostró compasiva. Su lástima hirió a Daisy. El padre de Eva se encontraba a miles de kilómetros y cabía la posibilidad de que no volviera a verlo jamás, pero se sentía triste por Daisy, como si el padecimiento de su amiga fuera peor.

Lo ocurrido hizo que Daisy se rebelase; no pensaba permitir que le arruinara el día.

—Pues seré la única chica de Buffalo a la que hayan dado plantón por Gladys Angelus —concluyó—. Bueno, ¿qué me pongo?

Ese año se llevaban las faldas exageradamente cortas en París, pero el círculo conservador de Buffalo seguía los cánones de la moda parisina guardando ciertas distancias. No obstante, Daisy tenía un vestido de tenis, de largo hasta la rodilla, en color azul celeste como sus ojos. Tal vez ese fuera el día ideal para estrenarlo. Se quitó lo que llevaba y se puso la prenda nueva.

—¿Qué te parece? —preguntó.

—¡Oh, Daisy, es muy bonito! Pero… —titubeó Eva.

—Se les saldrán los ojos de las órbitas —concluyó Olga. Le gustaba cuando su hija se vestía para matar. Puede que le recordara su propia juventud.

—Daisy, si son tan esnobs, ¿por qué quieres ir a la fiesta?

—Irá Charlie Farquharson, y estoy pensando en casarme con él —aclaró Daisy.

—¿Hablas en serio?

—Es un gran partido —añadió Olga con entusiasmo.

—¿Cómo es? —preguntó Eva.

—Totalmente adorable —dijo Daisy—. No es el chico más guapo de Buffalo, pero es cariñoso y amable, y bastante tímido.

—Parece muy distinto a ti.

—Los polos opuestos se atraen.

—Los Farquharson —terció Olga de nuevo— se cuentan entre las familias más antiguas de Buffalo.

Eva enarcó sus negras cejas.

—¿Son esnobs?

—Y mucho —respondió Daisy—. Pero el padre de Charlie perdió todo su dinero durante el *crash* de Wall Street y murió; se suicidó, en realidad. Por eso necesitan recuperar la fortuna familiar.

Eva se quedó pasmada.

—¿Esperas que se case contigo por dinero?

—No, se casará conmigo porque lo encandilaré. Pero su madre me aceptará por mi dinero.

—Has dicho que lo encandilarás. ¿Y él está al tanto?

—Todavía no. Pero creo que podría empezar esta tarde. Sí, este es el vestido ideal, está decidido.

Daisy se puso el azul celeste y Eva el de rayas blancas y azules. Cuando por fin estuvieron listas, ya se les había hecho tarde.

La madre de Daisy no tenía chófer.

—Me casé con el chófer de mi padre y eso me arruinó la vida —decía en ocasiones. Le aterrorizaba que Daisy acabara cometiendo un error similar, por eso le gustaba tanto Charlie Farquharson. Si necesitaba ir a algún sitio en su destartalado Stutz de 1925, hacía que Henry, el jardinero, se quitara las botas de goma y se enfundara un traje negro. Sin embargo, su hija tenía coche propio: un coupé deportivo Chevrolet de color rojo.

A Daisy le gustaba conducir, le encantaba el poder y la velocidad que sentía al volante. Se dirigían hacia la salida sur de la ciudad, y la verdad era que lamentaba estar a tan solo ocho kilómetros de la playa a la que iban.

Mientras conducía iba imaginando su vida como esposa de Charlie. Con el dinero que ella tenía y la posición social de él, serían la pareja de moda en la sociedad de Buffalo. En sus cenas, las mesas serían tan elegantes que los invitados quedarían boquiabiertos del asombro. Tendrían el yate con mayor eslora del embarcadero y celebrarían fiestas a bordo para otras parejas ricas y amantes de la diversión. Todos anhelarían recibir una invitación de la señora de Charles Farquharson. No habría acontecimiento benéfico con éxito sin la presencia de Daisy y Charlie en la mesa presidencial. Daisy se montó toda la película y se imaginó con un elegantísimo vestido confeccionado en París, caminando entre una multitud de hombres y mujeres que la admiraban mientras ella recibía sus cumplidos con una grácil sonrisa.

Seguía soñando despierta cuando por fin llegaron a su destino.

La ciudad de Buffalo se encontraba al norte del estado de Nueva York, próxima a la frontera con Canadá. La playa de Woodlawn era un arenal de kilómetro y medio a orillas del lago Erie. Daisy aparcó, y Eva y ella cruzaron las dunas.

Ya habían llegado unas cincuenta o sesenta personas. Eran los hijos adolescentes de la élite de Buffalo: un grupito privilegiado que pasaba los veranos navegando y practicando esquí acuático durante el día y asistiendo a fiestas y a bailes por la noche. Daisy saludó a las personas que conocía, que era casi todo el mundo, y fue presentando a Eva. Se sirvieron unas copas de ponche. Daisy lo probó con cautela: a algunos chicos les parecía hilarante aderezar las bebidas con un par de botellas de ginebra.

La fiesta se celebraba en honor a Dot Renshaw, una joven de lengua afilada con quien nadie quería casarse. Los Renshaw eran una antigua familia de Buffalo, como los Farquharson, pero su fortuna había sobrevivido al *crash*. Daisy se aseguró de acercarse al anfitrión, el padre de Dot, para darle las gracias.

—Siento el retraso —se excusó—. ¡He perdido la noción del tiempo!

Philip Renshaw la miró de pies a cabeza.

—Esa falda es muy corta. —La desaprobación compitió con la lascivia en su mirada.

—Me alegro mucho de que le guste —respondió Daisy, fingiendo que había entendido claramente el comentario como un cumplido.

—En cualquier caso, está bien que por fin hayas llegado —prosiguió él—. Va a venir un fotógrafo del *Sentinel* y necesitamos que salgan chicas guapas en la foto.

—Por eso me han invitado… ¡Qué amable por su parte habérmelo dicho! —susurró Daisy al oído de Eva.

Dot se acercó. Tenía el rostro afilado y la nariz puntiaguda. Daisy siempre había pensado que tenía cara de estar a punto de dar un picotazo a alguien.

—Creía que ibas a ir con tu padre a conocer al presidente —le soltó.

Daisy se sintió morir. Deseó no haber presumido de ello ante todo el mundo.

—Ya he visto que ha llevado a su… Esto… ¿Cómo decirlo…? A su actriz principal —dijo Dot—. Es algo que no se estila mucho en la Casa Blanca.

Daisy respondió:

—Supongo que al presidente también le gusta conocer a estrellas de cine de vez en cuando. Se merece un poco de glamour, ¿no te parece?

—No creo que Eleanor Roosevelt lo haya aprobado. Según el *Sentinel*, todos los demás invitados llevaron a sus esposas.

—¡Qué caballeros tan considerados! —Daisy dio media vuelta, en desesperada huida.

Localizó a Charlie Farquharson, que intentaba instalar una red para jugar al tenis playa. Él era demasiado bueno para burlarse de Daisy por el asunto de Gladys Angelus.

—¿Cómo estás, Charlie? —preguntó, animada.

—Bien, supongo. —Se incorporó: era un muchacho alto de unos veinticinco años, con ligero sobrepeso y algo encorvado, como si temiera que su altura resultase intimidatoria.

Daisy le presentó a Eva. La incomodidad que sentía Charlie en compañía de otras personas era enternecedora, sobre todo con las chicas, aunque hizo un esfuerzo y preguntó a Eva si le gustaba Estados Unidos y qué noticias había recibido de su familia en Berlín.

Eva le preguntó si estaba disfrutando de la merienda.

—No mucho —respondió él con candidez—. Preferiría estar en casa con mis perros.

No cabía duda de que creía que era más fácil tratar con sus mascotas que con las chicas, o eso pensaba Daisy. Pero el hecho de que mencionara a los perros era un dato interesante.

—¿De qué raza son? —le preguntó ella.

—Terriers Jack Russell.

Daisy lo memorizó.

Se les acercó una mujer de facciones angulosas y unos cincuenta años.

—Por el amor de Dios, Charlie, ¿todavía no has puesto la red?

—Ya casi está, mamá —respondió.

Nora Farquharson llevaba una fina esclava de oro, de las que se habían puesto de moda en las pistas de tenis, aretes de diamante y un collar de Tiffany; más joyas de las realmente necesarias para asistir a una merienda. A Daisy se le ocurrió que la pobreza de los Farquharson era relativa. Afirmaban que lo habían perdido todo, pero la señora Farquharson seguía teniendo doncella, chófer y un par de caballos para salir a montar por el parque.

—Buenas tardes, señora Farquharson. Esta es mi amiga Eva Rothmann, de Berlín.

—Encantada —dijo Nora Farquharson sin tenderle la mano. No sentía necesidad alguna de ser amable con los rusos arribistas, ni mucho menos con los invitados judíos.

Entonces pareció como si hubiera tenido una súbita ocurrencia.

—¡Ah, Daisy!, ¿puedes darte una vuelta y averiguar a quién le apetece jugar al tenis?

La joven sabía que estaba tratándola como a una criada, pero decidió ser complaciente.

—Por supuesto —respondió—. Propongo parejas mixtas.

—Buena idea. —La señora Farquharson le entregó un lápiz pequeño y un trozo de papel—. Apunta los nombres.

Daisy sonrió con dulzura y se sacó del bolso un bolígrafo dorado y una pequeña libretita con tapas de cuero.

—Voy equipada.

Sabía quiénes jugaban al tenis: quiénes eran buenos y quiénes eran malos. Pertenecía al Club de Tenis, que no era tan exclusivo como el Club Náutico. Emparejó a Eva con Chuck Dewar, el hijo de catorce años del senador Dewar. Puso a Joanne Rouzrokh con el primogénito de los Dewar, Woody, que solo tenía quince años, pero que ya era tan alto como el larguirucho de su padre. Naturalmente, ella se apuntó como pareja de Charlie.

Daisy se sorprendió al toparse con alguien que le resultaba familiar: su hermanastro, Greg, el hijo de Marga. No se encontraban a menudo, y hacía un año que no lo veía. Al parecer, en ese lapso de tiempo, se había hecho un hombre. Medía unos quince centímetros más y aunque tenía solo quince años, la sombra de una barba asomaba en su rostro. De pequeño iba siempre despeinado y en eso no había cambiado. Vestía su ropa cara con despreocupación: las mangas de la americana arremangadas; la corbata a rayas con el nudo suelto; los pantalones de lino con las perneras mojadas por el mar y llenas de arena.

Daisy siempre se sentía avergonzada al encontrarse con Greg. Era la prueba viviente de las veces que su padre las abandonaba a ella y a su madre para estar con Marga y su hijo. Muchos hombres casados tenían aventuras, Daisy ya lo sabía; pero su padre, y no otro, era el que hacía gala de una descarada indiscreción en todas las fiestas. Su padre debería haber llevado a vivir a Marga y a Greg a Nueva York, donde todo el mundo era anónimo, o a California, donde nadie veía nada malo en el adulterio. En Buffalo, eran objeto de escándalo permanente, y Greg era parte de la razón por la que los demás miraban a Daisy por encima del hombro.

El muchacho tuvo la cortesía de preguntarle cómo estaba.

—Estoy hasta el moño, por si te interesa —contestó ella—. Mi padre me ha decepcionado… otra vez.

—¿Qué ha hecho? —preguntó Greg con cautela.

—Me había pedido que fuera con él a la Casa Blanca… y al final ha llevado a esa fulana de Gladys Angelus. Ahora soy el hazmerreír de la ciudad.

—Debe de haber sido una buena estrategia publicitaria para *Pasión*, su nueva película.

—Tú siempre te pones de su parte porque eres su preferido.

Greg pareció molesto.

—A lo mejor es porque yo lo admiro en lugar de estar quejándome continuamente por lo que hace.

—No… —Daisy estuvo a punto de negar que siempre se estuviera quejando, pero se dio cuenta de que era cierto—. Bueno, a lo mejor sí que me quejo, pero él podría cumplir sus promesas, ¿no crees?

—Tiene demasiadas cosas en la cabeza.

—Pues a lo mejor no debería tener dos amantes además de una esposa.

Greg se encogió de hombros.

—No puede atender a todo el mundo.

Ambos cayeron en la cuenta de cómo había sonado aquello y, pasados unos segundos, rompieron a reír.

—Bueno, supongo que no debería culparte a ti. Tú no pediste nacer —dijo Daisy.

—Y supongo que yo no debería culparte a ti por llevarte a mi padre tres noches a la semana, sin importar lo mucho que llorase o le rogase que no se marchara.

Daisy jamás lo había considerado desde esa óptica. Para ella, Greg era el usurpador, el hijo ilegítimo que no paraba de robarle a su padre. Sin embargo, en ese momento, se dio cuenta de que él se sentía tan herido como ella.

Se quedó mirándolo. Algunas chicas podían considerarlo atractivo, supuso. No obstante, era demasiado joven para Eva. Y seguramente se convertiría en un hombre tan egoísta e informal como su padre.

—En cualquier caso —dijo Daisy—, ¿sabes jugar al tenis?

Él negó con la cabeza.

—En el Club de Tenis no admiten a gente como yo. —Forzó una sonrisa de indiferencia y Daisy se dio cuenta de que, al igual que ella, Greg se sentía rechazado por la sociedad de Buffalo—. Yo practico el hockey sobre hielo —aclaró.

—Lástima.

Daisy siguió con su ronda.

Cuando ya tuvo suficientes nombres, regresó junto a Charlie, que por fin había conseguido instalar la red. Envió a Eva a buscar a las dos primeras parejas del primer partido de dobles.

—Ayúdame a preparar el cuadro de enfrentamientos —le pidió a Charlie.

Se arrodillaron uno al lado del otro y trazaron un diagrama en la arena con eliminatorias, semifinales y una final.

—¿Te gusta el cine? —preguntó Charlie mientras escribían los nombres.

Daisy pensó en si estaría a punto de pedirle una cita.

—Claro —respondió.

—¿Por casualidad has visto *Pasión*?

—No, Charlie, no la he visto —contestó, exasperada—. La protagoniza la amante de mi padre.

Él se quedó perplejo.

—La prensa dice que son solo buenos amigos.

—¿Y por qué crees que la señorita Angelus, que apenas tiene veinte años, es tan amiguita de mi padre, que ya tiene cuarenta? —preguntó Daisy con sarcasmo—. ¿Crees que le gusta su pelo, que ya empieza a ralear? ¿O su barriga incipiente? ¿O serán más bien sus cincuenta millones de dólares?

—Ah, entiendo —dijo Charlie, avergonzado—. Lo siento.

—No deberías sentirlo. He sido un poco bruta. Tú no eres como los demás… no piensas siempre lo peor de todo el mundo.

—Supongo que soy un tonto.

—No. Eres agradable.

Charlie parecía avergonzado, aunque encantado.

—Vamos a ponernos con esto —propuso Daisy—. Tenemos que arreglarlo para que los mejores jugadores lleguen a la final.

Nora Farquharson volvió a hacer acto de presencia. Miró a Charlie y a Daisy arrodillados uno junto al otro en la arena y se quedó contemplando su dibujo.

—Está bastante bien, mamá, ¿no te parece? —Anhelaba su aprobación, saltaba a la vista.

—Muy bien. —Y escrutó a Daisy con la mirada, como una perra que ve que un desconocido se acerca a sus cachorros.

—Charlie lo ha hecho casi todo —aclaró Daisy.

—No, no es cierto —desmintió la señora Farquharson sin ningún reparo. Dirigió la mirada hacia su hijo y volvió a escudriñar a Daisy—. Eres una chica lista —opinó. La miró como si estuviera a punto de añadir algo más, pero dudara si hacerlo.

—¿Qué? —preguntó Daisy.

—Nada —respondió ella.

Daisy se levantó.

—Sé lo que estaba pensando —murmuró a Eva.

—¿Qué?

—Eres una chica lista… Y serías casi lo bastante buena para mi hijo si pertenecieras a una familia mejor.

Eva se mostró escéptica.

—Eso no puedes saberlo.

—Claro que puedo. Y me casaré con él aunque solo sea para demostrar que su madre se equivoca.

—¡Oh, Daisy!, ¿por qué te importa tanto lo que piense esta gente?

—Vamos a ver el partido de tenis.

Daisy se sentó en la arena junto a Charlie. Tal vez no fuera guapo, pero adoraría a su esposa y haría cualquier cosa por ella. La suegra sería un problema, pero Daisy estaba convencida de poder apañárselas.

Sacó Joanne Rouzrokh, que era alta y llevaba una faldita blanca que resaltaba sus largas piernas. Su pareja, Woody Dewar, que era incluso más alto, le pasó la pelota. Hubo algo en su forma de mirar a Joanne que hizo pensar a Daisy que se sentía atraído por ella, puede que incluso estuviera enamorado. Pero él tenía quince años y ella dieciocho, así que no tenían ningún futuro.

Daisy se volvió hacia Charlie.

—Quizá debería ir a ver *Pasión* —dijo.

Él no captó la indirecta.

—Sí, quizá sí —respondió con indiferencia. Ya no era el momento.

Daisy se volvió hacia Eva.

—Me gustaría saber dónde puedo comprar un terrier Jack Russell.

II

Lev Peshkov era el mejor padre que un hijo puede tener, o al menos lo habría sido si se hubiera dejado caer un poco más por casa. Era rico y generoso, era más listo que nadie y, además, vestía bien. Seguramente había sido guapo de joven ya que incluso en su madurez las mujeres caían rendidas a sus pies. Greg Peshkov lo adoraba y su única queja era que no lo veía lo suficiente.

—Debería haber vendido la maldita fundición cuando tuve la oportunidad —se lamentó Lev mientras recorrían la fábrica silenciosa y vacía—. Ya perdía dinero incluso antes de la condenada huelga. Debería limitarme a los cines y a los bares. —Agitó un dedo con gesto didáctico—. La gente siempre gasta en alcohol, en los buenos y en los malos tiempos. Y van al cine aunque no puedan permitírselo. Nunca lo olvides.

A Greg le constaba que su padre no solía meter la pata en cuestión de negocios.

—Entonces, ¿por qué te la quedaste? —preguntó.

—Por sentimentalismo —respondió Lev—. Cuando tenía tu edad trabajaba en un lugar como este, en la fábrica metalúrgica Putílov, en San Petersburgo. —Echó un vistazo a las calderas, los moldes, los tornos, los cabrestantes y los bancos de trabajo que los rodeaban—. En realidad, aquel lugar era mucho peor.

Metalurgia Buffalo fabricaba ventiladores mecánicos de todas clases, incluidas gigantescas hélices para barcos. Greg sentía verdadera fascinación por la matemática de las aspas curvas. Era el primero de la clase en matemáticas.

—¿Eras ingeniero? —preguntó.

Lev sonrió de oreja a oreja.

—Eso es lo que cuento cuando tengo que impresionar a alguien —respondió—. Pero la verdad es que cuidaba los caballos. Era el mozo de cuadras. Jamás se me han dado bien las máquinas. Ese era el talento de mi hermano Grigori. Tú has salido a él. Bueno, a lo que iba: nunca compres una fundición.

—No lo haré.

Greg tenía que pasar el verano pegado a su padre para aprender el negocio. Lev acababa de regresar de Los Ángeles, y las lecciones paternas habían empezado aquel mismo día. Sin embargo, el chico no quería saber cosas sobre la fundición. Era bueno en matemáticas, pero lo que le interesaba era el poder. Deseaba que su padre lo llevase en uno de sus frecuentes viajes a Washington en busca de financiación para la industria del cine. Allí era donde se tomaban las auténticas decisiones.

Greg estaba deseando que llegara la hora del almuerzo. Su padre y él iban a reunirse con el senador Gus Dewar. Greg quería pedirle un favor. No obstante, no lo había comentado todavía con su padre. Le ponía nervioso el preguntárselo así que, en lugar de hacerlo, dijo:

—¿Has vuelto a saber algo de tu hermano de Leningrado?

Lev negó con la cabeza.

—No desde la guerra. No me sorprendería que hubiera muerto. Muchos viejos bolcheviques han desaparecido.

—Y hablando de la familia, el sábado vi a mi hermanastra. Fue en una merienda celebrada en la playa.

—¿Lo pasasteis bien?

—Está muy enfadada contigo, ¿lo sabías?

—¿Qué he hecho ahora?

—Dijiste que la llevarías a la Casa Blanca y luego llevaste a Gladys Angelus.

—Es verdad. Lo olvidé. Pero es que quería promocionar *Pasión*.

Se les acercó un hombre alto con un traje de rayas que resultaba chabacano incluso para la moda de la época.

—Buenos días, jefe —dijo el hombre, que se tocó el ala de su sombrero fedora.

—Joe Brekhunov se encarga de la seguridad de este lugar. Joe, este es mi hijo Greg —dijo Lev.

—¡Qué pasa, chico! —respondió Brekhunov.

Greg le estrechó la mano. Como en muchas fábricas, la fundición tenía su propio cuerpo de policía. Aunque Brekhunov tenía más pinta de gorila que de poli.

—¿Todo bien? —preguntó Lev.

—Un pequeño incidente nocturno —contestó Brekhunov—. Dos operarios han intentado birlar una barra de acero de unos cuarenta centímetros, de calidad aeronáutica. Les hemos echado el guante intentando pasarla por encima de la verja.

—¿Has llamado a la policía? —preguntó Greg.

—No ha hecho falta. —Brekhunov sonrió de forma exagerada—. Hemos tenido una charlita sobre el concepto de propiedad privada y los hemos enviado al hospital a pensar de lo que hemos hablado.

A Greg no le sorprendió saber que los encargados de la seguridad de su padre hubieran propinado semejante paliza a los ladrones para enviarlos directos al hospital. Aunque Lev jamás había pegado ni a él ni a su madre, Greg intuía que la violencia era un rasgo que afloraba fácilmente a la encantadora superficie del carácter de su padre. Suponía que era por el pasado juvenil de Lev en los bajos fondos de San Petersburgo.

Un tipo corpulento con traje azul y gorra de obrero apareció por detrás de una caldera.

—Este es el jefe del sindicato, Brian Hall —anunció Lev—. Buenos días, Hall.

—Buenos días, Peshkov.

Greg levantó las cejas. La gente solía dirigirse a su padre llamándolo señor Peshkov.

Lev estaba de pie con las piernas separadas y los brazos en jarra.

—Bueno, ¿ya tienes una respuesta?

A Hall le cambió la expresión de la cara, que ahora reflejaba terquedad.

—Los hombres no volverán al trabajo con un recorte salarial, si es eso a lo que te refieres.

—Pero ¡si he mejorado mi oferta!

—Sigue siendo un recorte salarial.

Greg empezó a ponerse nervioso. A su padre no le gustaba que le llevasen la contraria y podía estallar en cualquier momento.

—El gestor me ha dicho que no recibimos encargos porque no puede ofertar un precio competitivo con lo que gastamos en salarios.

—Eso te pasa porque tienes la maquinaria anticuada, Peshkov. ¡Hay calderas que estaban aquí antes de la guerra! Necesitas modernizarte.

—¿En plena depresión? ¿Has perdido el juicio? No pienso tirar más dinero.

—Eso es lo que opinan tus hombres —sentenció Hall, con aire de haber sabido jugar su baza—. No piensan darte dinero cuando no tienen suficiente ni para ellos mismos.

Greg pensó que los obreros eran idiotas porque hacían huelga en plena depresión y le enfurecía el cuajo demostrado por Hall. El hombre hablaba como si fuera un igual de Lev, no su empleado.

—Bueno, tal como están las cosas, estamos perdiendo dinero —aclaró Lev—. ¿Qué sentido tiene eso?

—Ahora ya no está en mis manos —anunció Hall. A Greg le sonó petulante—. El sindicato va a enviar un equipo desde la central para que se encargue del tema. —Se sacó un aparatoso reloj de acero del bolsillo del chaleco—. Tendrían que llegar en tren dentro de una hora.

A Lev se le ensombreció el rostro.

—No necesitamos a nadie de fuera que venga a crear problemas.

—Si no quieres problemas, no deberías haberlos provocado.

Lev cerró un puño, pero Hall se marchó.

Peshkov se volvió hacia Brekhunov.

—¿Sabías algo de esos tipos de la central? —preguntó, furioso.

El matón parecía nervioso.

—Ahora mismo me encargo, jefe.

—Averigua quiénes son y dónde van a alojarse.

—No será difícil.

—Luego envíalos de vuelta a Nueva York en una maldita ambulancia.

—Déjemelo a mí, jefe.

Lev se volvió y Greg lo siguió. «Eso sí que es poder», pensó el joven con cierto asombro. Su padre daba la orden y los jefes sindicales recibían una paliza.

Salieron al exterior y subieron al coche de Lev, un sedán Cadillac de cinco plazas, un modelo de la nueva línea aerodinámica. Sus guardabarros alargados y curvilíneos recordaban a Greg las caderas femeninas.

Lev condujo por Porter Avenue hasta el muelle y aparcó en el Club Náutico de Buffalo. La luz del sol proyectaba hermosos reflejos sobre los barcos del puerto deportivo. Greg estaba bastante seguro de que su padre no pertenecía a aquel club elitista. Gus Dewar debía de ser miembro.

Avanzaron por el embarcadero. La sede del club estaba construida sobre unos pilares sumergidos en el agua. Lev y Greg entraron y dejaron sus sombreros en el guardarropa. El joven se sintió incómodo al instante, consciente de que era un invitado en un club que no lo admitía como miembro. Las personas allí presentes seguramente creían que se sentía privilegiado de que le permitieran la entrada. Se metió las manos en los bolsillos y caminó encorvado y arrastrando los pies, para dar a entender que no se había dejado impresionar.

—Antes yo era miembro de este club —dijo Lev—. Pero en 1921, el presidente me dijo que tenía que renunciar porque era un contrabandista. Luego me pidió que le vendiera una caja de whisky.

—¿Por qué quiere comer contigo el senador Dewar? —preguntó Greg.

—Ahora lo sabremos.

—¿Te importa si le pido un favor?

Lev frunció el ceño.

—Supongo que no. ¿Qué andas tramando?

Sin embargo, antes de que Greg pudiera responder, Lev saludó a un hombre de unos sesenta años.

—Este es Dave Rouzrokh —dijo a Greg—. Es mi principal competidor.

—Me halagas —dijo el hombre.

Las salas de cine Roseroque era una cadena de desvencijados cines de Nueva York, aunque su dueño era la antítesis de la decrepitud. Poseía cierto aire patricio: era alto, canoso y con nariz aguileña. Llevaba una americana de cachemir azul con el escudo del club en el bolsillo de la pechera.

—Este sábado tuve el placer de ver jugar al tenis a su hija Joanne —comentó Greg.

Dave se mostró encantado.

—Es bastante buena, ¿verdad?

—Muy buena.

—Me alegro de haberte encontrado, Dave… Estaba pensando en llamarte —dijo Lev.

—¿Por qué?

—Tus cines necesitan una remodelación. Se han quedado muy anticuados.

A Dave pareció hacerle gracia.

—¿Habías pensado en llamarme para decirme eso?

—¿Por qué no tomas medidas?

El hombre se encogió de hombros con elegancia.

—¿Para qué molestarse? Gano dinero suficiente. A mi edad, ya no me interesa meterme en líos.

—Seguramente podrías doblar tus beneficios.

—Subiendo el precio de las entradas. No, gracias.

—Estás loco.

—No todo el mundo está obsesionado con el dinero —replicó Dave con cierto desprecio.

—Entonces, véndemelos —sugirió Lev.

Greg estaba sorprendido. Eso no se lo esperaba.

—Te haré una buena oferta —añadió Lev.

Dave negó con la cabeza.

—Me gusta ser dueño de unos cines —afirmó—. Entretienen a la gente.

—Ocho millones de dólares —ofreció Lev.

Greg estaba desconcertado. Pensó: «¿De verdad acabo de oír a mi padre ofrecer ocho millones de dólares?».

—Es un precio justo —admitió Dave—. Pero no voy a vender.

—Nadie te dará tanto —insistió Lev, exasperado.

—Ya lo sé. —Dave puso cara de haber soportado ya bastante intimidación. Apuró la copa de un sorbo—. Encantado de haberos visto a ambos —dijo, y se alejó del bar en dirección al comedor.

Lev parecía asqueado.

—No todo el mundo está obsesionado con el dinero —repitió—. El bisabuelo de Dave llegó a este país desde Persia hace cien años con lo que llevaba puesto y seis alfombras. Él no habría rechazado ocho millones de dólares.

—No sabía que tenías tanto dinero —comentó Greg.

—No lo tengo, no en dinero contante y sonante. Para eso están los bancos.

—Entonces, ¿habrías pedido un préstamo para pagar a Dave?

Lev levantó una vez más el dedo índice.

—Nunca uses tu propio dinero si puedes gastar el de otros.

Gus Dewar entró; era un hombre alto con la cabeza alargada. Tenía unos cuarenta y tantos y su pelo castaño claro estaba jaspeado de canas. Los saludó con despreocupada cortesía, les estrechó la mano y les ofreció una copa. Greg se percató al instante de la mutua animadversión que se profesaban Lev y Gus. Temió que eso supusiera que el senador no fuera a hacerle el favor que quería pedirle. Quizá debía olvidarlo todo.

Gus era un pez gordo. Su padre ya había sido senador, una sucesión dinástica que, en opinión de Greg, no formaba parte de las costumbres norteamericanas. Gus había ayudado a Franklin D. Roosevelt a convertirse en gobernador de Nueva York y más tarde en presidente. Ahora era miembro de la poderosa Comisión de Relaciones Exteriores del Senado.

Sus hijos, Woody y Chuck, iban al mismo colegio que Greg. Woody era un cerebrito; Chuck, un deportista destacado.

—Senador, ¿el presidente te ha ordenado que arregle lo de mi huelga? —preguntó Lev.

—No… No todavía, en cualquier caso. —Gus sonrió.

Lev se volvió hacia Greg.

—La última vez que hubo una huelga en la fundición, hace veinte años, el presidente Wilson envió a Gus a intimidarme para que subiera el sueldo a los obreros.

—Te ahorré dinero —comentó el senador con amabilidad—. Pedían un dólar más y yo lo arreglé para que fuera la mitad.

—Que fueron exactamente cincuenta centavos más de lo que yo quería darles.

Gus sonrió y se encogió de hombros.

—¿Comemos?

Entraron al comedor.

—El presidente se alegra de que hayas podido asistir a la recepción en la Casa Blanca —dijo Gus en cuanto les tomaron nota.

—Seguramente no debería de haber llevado a Gladys —admitió Lev—. La señora Roosevelt estuvo algo fría con ella. Supongo que no le gustan las estrellas de cine.

Greg pensó: «Lo que seguramente no le gustan son las estrellas de cine que se acuestan con hombres casados», pero no dijo nada.

Gus charló con despreocupación mientras comían. Greg esperó que llegara el momento adecuado para pedirle el favor. Quería trabajar en Washington un verano, para aprender cómo funcionaba todo y hacer contactos. Su padre seguramente podría haberle conseguido algún trabajo dentro de la Casa Blanca, como becario, pero habría sido con algún político republicano y su partido ya no estaba en el poder. Greg quería trabajar para el grupo del influyente y respetado senador Dewar, amigo personal y aliado del presidente.

Se preguntó a sí mismo por qué le pondría tan nervioso el hecho de pedírselo. Lo peor que podía ocurrir era que Dewar se negara a ayudarlo.

Cuando terminaron el postre, Gus fue directo al grano.

—El presidente me ha pedido que hable contigo sobre la Liberty League —anunció.

Greg había oído hablar de esa organización: un grupo ultraconservador que se oponía al *new deal*.

Lev encendió un cigarrillo y echó el humo por la boca.

—Debemos mantenernos en guardia ante el sigiloso avance del socialismo.

—El *new deal* es lo único que nos libra de la pesadilla que están viviendo en Alemania, por ejemplo.

—Los de la Liberty League no son nazis.

—¿Ah, no? Tienen un plan de levantamiento armado para derrocar al presidente. No es algo realista, por supuesto, pero de todas formas...

—Creo que tengo derecho a tener mis propias ideas.

—Pues estás apoyando a la gente equivocada. Los de la Liberty League no tienen nada que ver con la libertad y tú lo sabes.

—No me hables de libertad —le espetó Lev con rabia contenida—. Cuando tenía doce años, la policía de San Petersburgo me dio una paliza porque mis padres estaban en huelga.

Greg no estaba seguro de por qué había dicho eso su padre. La brutalidad del régimen del zar parecía un argumento a favor del socialismo, no en su contra.

—Roosevelt sabe que financias la Liberty League y quiere que dejes de hacerlo.

—¿Cómo sabe él a quién le doy dinero?

—Se lo cuenta el FBI. Investigan a gente como esa.

—¡Vivimos en un Estado policial! Y tú te haces llamar liberal.

Los argumentos de su padre no tenían mucha lógica, Greg se percató de ello. Lev estaba haciendo todo lo posible para pillar desprevenido a Gus y no le importaba tener que contradecirse en el proceso.

El senador permaneció tranquilo.

—Estoy intentando conseguir que no se convierta en un asunto policial —advirtió.

Lev sonrió.

—¿El presidente sabe que te levanté a la prometida?

Eso era nuevo para Greg, pero tenía que ser cierto, porque Lev consiguió por fin desestabilizar a Gus. El senador parecía fuera de combate; apartó la mirada y se ruborizó. «Primer tanto para nuestro equipo», pensó Greg.

Lev se lo explicó a su hijo.

—Gus estaba prometido con Olga, en 1915 —dijo—. Pero ella se lo pensó mejor y se casó conmigo.

Gus recuperó la compostura.

—Éramos todos demasiado jóvenes.

—Está claro que olvidaste a Olga bastante rápido —comentó Lev.

Gus dedicó a Lev una mirada gélida.

—Tú también —le soltó.

Greg se percató de que entonces fue su padre el avergonzado. El senador se había marcado un tanto.

Se produjo un violento silencio y Gus lo rompió.

—Tú y yo hemos estado en una guerra, Lev. Yo estaba en un batallón de ametralladoras con mi amigo de la escuela Chuck Dixon. En un pueblecito francés llamado Château-Thierry, Chuck voló en pedazos delante de mis narices. —Gus mantenía un tono de conversación cordial, pero Greg cayó en la cuenta de que él estaba conteniendo la respiración. El senador prosiguió—: Lo que ambiciono para mis hijos es que no tengan que pasar nunca por lo que nosotros pasamos. Esa es la razón por la que hay que cortar de raíz la existencia de grupos como la Liberty League.

Greg vio que esa era su oportunidad.

—Yo también estoy interesado en política, senador, y me gustaría aprender más. ¿Podría emplearme como ayudante durante un verano? —Contuvo la respiración.

Gus pareció sorprendido.

—Siempre me viene bien tener un joven a mi lado dispuesto a trabajar en equipo —dijo al final, lo cual no era ni un sí ni un no.

—Soy el primero de la clase en matemáticas y capitán del equipo de hockey —insistió Greg aprovechando para venderse—. Pregunte a Woody sobre mí.

—Lo haré. —Gus se volvió hacia Lev—. ¿Y tú pensarás en la petición del presidente? Es muy importante.

Daba la sensación de que Gus estaba sugiriendo un intercambio de favores. Pero ¿accedería a ello Lev?

El padre de Greg se mostró dubitativo durante largo rato, apagó el cigarrillo y dijo:

—Supongo que podríamos hacer un trato.

El senador se levantó.

—Bien —dijo—. El presidente estará encantado.

«¡Lo conseguí!», pensó Greg.

Salieron del club y se dirigieron a los coches.

Cuando llegaban al aparcamiento, Greg dijo:

—Gracias, papá. Te agradezco lo que has hecho de todo corazón.

—Has sabido escoger el momento —dijo Lev—. Me alegro de que seas tan listo.

El cumplido encantó a Greg. En cierta forma sabía más que Lev —sin duda alguna entendía mejor las ciencias en general y las matemáticas en particular—, pero temía no ser tan astuto como su padre.

—Quiero que seas un tipo listo —prosiguió Lev—. No como uno de esos lechuguinos. —Greg no tenía ni idea de quiénes eran los lechuguinos—. Tienes que ir siempre un paso por delante de los demás. Así es como se avanza en la vida.

Lev condujo hasta su despacho, situado en un moderno edificio del centro de la ciudad.

—Ahora voy a dar una lección a ese idiota de Dave Rouzrokh —dijo Lev cuando entraron en el vestíbulo de mármol.

Mientras subían en el ascensor, Greg se preguntó cómo tendría pensado hacerlo.

Peshkov Pictures ocupaba todo el ático. Greg siguió a Lev por un ancho pasillo y hasta una zona de recepción con dos secretarias jóvenes y atractivas.

—Ponme a Sol Starr al teléfono, ¿quieres? —ordenó Lev al entrar en su despacho.

Lev se sentó tras la mesa de escritorio.

—Solly es dueño de uno de los estudios más importantes de Hollywood —explicó.

El teléfono del escritorio sonó y Lev se puso al aparato.

—¡Sol! —exclamó—. ¿Cómo estás? —Greg escuchó las pullas entre machitos y, pasado un rato, Lev fue directo al grano—. Un consejito —dijo—. Aquí en Nueva York hay una cadena de cines de mala muerte llamados Salas Roseroque… Sí, esa es… hazme caso, no les envíes películas de estreno este verano, puede que no te paguen. —Greg supo que aquello supondría un duro golpe para Dave: sin emocionantes películas de estreno que exhibir, la recaudación de la taquilla caería en picado—. A buen entendedor… Ya sabes lo que quiero decir. Solly, no me des las gracias, tú harías lo mismo por mí.

Una vez más, Greg quedó anonadado ante el poder de su padre. Podía hacer que dieran una paliza a alguien. Podía ofrecer ocho millones de dólares del dinero de otros. Podía amedrentar al presidente. Podía seducir a la prometida de otro hombre. Y podía arruinar un negocio con una simple llamada telefónica.

—Tú espera y verás —anunció su padre—. Dentro de un mes, Dave Rouzrokh me rogará que le compre el negocio por la mitad de dinero que le he ofrecido hoy.

III

—No sé qué le ocurre a este cachorro —se lamentó Daisy—. No hace nada de lo que le ordeno. Estoy volviéndome loca. —Le temblaba la voz y tenía los ojos bañados en lágrimas, y eso que estaba exagerando solo un poco.

Charlie Farquharson miró de cerca al perro.

—No le ocurre nada —sentenció—. Es un cachorro encantador. ¿Cómo se llama?

—Jack.

—Mmm…

Estaban sentados en el impecable jardín de ocho mil metros cuadrados de la casa de Daisy. Eva había saludado a Charlie y luego había tenido el detalle de retirarse a escribir una carta para su familia. El jardinero, Henry, estaba pasando la azada a un parterre de pensamientos violetas y amarillos situado a lo lejos. Su esposa, Ella, la criada, les había llevado una jarra de limonada y un par de vasos, y los había dispuesto sobre una mesita plegable.

El cachorro era un pequeño terrier Jack Russell, menudo y robusto, blanco con manchitas marrones. Tenía una mirada inteligente, como si entendiera todas y cada una de las palabras que le decían, pero, al parecer, no estaba muy dispuesto a obedecer. Daisy lo tenía sobre el regazo y le acariciaba el hocico con la clara intención de inquietar a Charlie, de una forma que a él le resultaba extrañamente desconcertante.

—¿No te gusta el nombre?

—¿No te parece un tanto obvio? —Charlie se quedó mirando la blanca mano sobre el hocico del perro y se removió con incomodidad en la silla.

Daisy no quería excederse. Si excitaba demasiado a Charlie, acabaría por marcharse a su casa. Era la razón por la que seguía soltero a los veinticinco: varias chicas de Buffalo, incluidas Dot Renshaw y Muffie Dixon, habían fracasado en su intento de echarle el guante. Pero Daisy era distinta.

—Entonces deberías ponerle nombre tú —sugirió ella.

—Conviene que sea un nombre de dos sílabas, como Bonzo, para que le resulte más fácil reconocerlo.

Daisy no tenía ni idea de cómo poner nombre a un perro.

—¿Qué te parece Rover?

—Demasiado común. Rusty estaría mejor.

—¡Perfecto! —exclamó ella—. Entonces se llamará Rusty.

El perro consiguió zafarse sin esfuerzo de Daisy y saltó al suelo. Charlie lo levantó. La joven se fijó en que tenía las manos grandes.

—Tienes que enseñar a Rusty que tú eres la que manda —le aconsejó Charlie—. Agárralo con fuerza y no lo dejes bajar hasta que tú se lo digas. —Volvió a colocarle el cachorro en el regazo.

—Pero ¡es que tiene mucha fuerza! Y tengo miedo de hacerle daño.

Charlie sonrió con condescendencia.

—No le harías daño ni aunque lo intentaras. Agárralo con fuerza por la piel del cogote, retuércesela un poco si hace falta, y luego ponle la otra mano sobre el lomo con firmeza.

Daisy siguió las órdenes de Charlie. El perro percibió el aumento de presión en el tacto de Daisy y se quedó quieto, como si esperase a ver qué ocurría a continuación.

—Da la orden de *sit* y luego empújale los cuartos traseros hacia abajo.

—*Sit* —dijo Daisy.

—Dilo más alto y pronuncia con mucha claridad la letra te. Luego vuelve a empujarlo con fuerza por detrás.

—¡*Sit*, Rusty! —exclamó ella y lo empujó hacia abajo. El perrito se sentó.

—Ya lo tienes —dijo Charlie.

—¡Eres tan listo! —exclamó ella con efusión.

El joven parecía encantado.

—El único secreto es actuar con convicción —respondió con modestia—. Siempre hay que mostrarse enérgico y decidido con los perros. Prácticamente hay que ladrarles. —Se repanchingó en el asiento, satisfecho. Era bastante gordito y llenaba la silla. Hablar sobre los temas en los que era experto lo relajaba, tal como Daisy había supuesto.

Lo había llamado aquella mañana.

—¡Estoy desesperada! —le había dicho—. Me he comprado un cachorro y soy incapaz de controlarlo. ¿Podrías darme algún consejo?

—¿De qué raza es el cachorro?

—Es un Jack Russell.

—Pues resulta que es mi raza preferida. ¡Tengo tres!

—Pero ¡qué casualidad!

Tal como Daisy había supuesto, Charlie se ofreció para ir a su casa y ayudarle a adiestrar al perrito.

—¿De veras crees que Charlie te conviene? —había preguntado Eva, con reservas.

—¿Hablas en serio? —respondió la joven—. ¡Es uno de los solteros de oro más cotizados de Buffalo!

Ya en compañía de Charlie, Daisy comentó:

—Seguro que también se te darán muy bien los niños.

—Bueno, eso no lo sé.

—Te encantan los perros, pero eres firme con ellos. Estoy segura de que esa técnica también funciona con los niños.

—No tengo ni idea. —Cambió de tema—. ¿Tienes intención de ir a la universidad en septiembre?

—Puede que vaya a Oakdale. Es una universidad para señoritas con licenciaturas de dos años. A menos que...

—¿A menos que qué?

«A menos que me case», quería decir, pero dijo:

—No lo sé. A menos que ocurra alguna otra cosa.

—¿Como qué?

—Me gustaría visitar Inglaterra. Mi padre fue a Londres y conoció al príncipe de Gales. ¿Y tú? ¿Tienes algún plan?

—Siempre habían supuesto que tomaría el relevo de mi padre en su banco, pero ahora ya no hay banco que valga. Mi madre tiene algo de dinero de su familia, y yo lo gestiono, pero, salvo por eso, voy tirando sin rumbo fijo.

—Deberías criar caballos —sugirió Daisy—. Sé que tendrías mano para ello. —Ella era buena amazona y había ganado premios de pequeña. Se imaginó a sí misma y a Charlie en el parque, a lomos de dos caballos grises idénticos, con sus dos hijos a la zaga, montando en poni. La visión le produjo un cálido rubor.

—Me encantan los caballos —confesó Charlie.

—¡Y a mí también! Quiero criar caballos de carreras. —Daisy no tuvo que fingir entusiasmo. Soñaba con producir una estirpe de campeones. Consideraba a los dueños de purasangres la élite internacional de moda.

—Pero los purasangres cuestan muchísimo dinero —comentó Charlie en tono lúgubre.

A Daisy le sobraba el dinero. Si Charlie se casaba con ella, no tendría que volver a preocuparse jamás por ello. Por supuesto que ella no dijo nada, pero suponía que el joven estaba rumiándolo y dejó la idea en el aire permaneciendo en silencio todo el tiempo que pudo.

Al final, Charlie retomó la conversación.

—¿Es verdad que tu padre ordenó dar una paliza a esos dos líderes sindicales?

—¡Qué idea tan absurda! —Daisy no sabía si Lev Peshkov había hecho tal cosa, aunque en realidad no le habría sorprendido.

—Los hombres que llegaron de Nueva York para encargarse de la huelga —insistió Charlie—. Han sido hospitalizados. El *Sentinel* dice que tuvieron una bronca con líderes sindicales de Buffalo, pero todo el mundo cree que tu padre está detrás.

—Yo nunca hablo de política —respondió Daisy con despreocupación—. ¿Cuándo tuviste tu primer perro?

Charlie empezó una larga rememoración. Daisy pensó qué paso debía dar a continuación: «Ya lo tengo aquí y he logrado que se relaje; ahora hay que ponerlo a tono. Pero acariciando al perro de forma sugerente lo he puesto nervioso». Lo que hacía falta era que sus cuerpos se rozaran como por casualidad.

—¿Qué es lo que debo hacer ahora con Rusty? —preguntó cuando Charlie hubo terminado con su historia.

—Tienes que enseñarle a caminar pegado a ti —respondió el joven sin pensarlo.

—¿Eso cómo se hace?

—¿Tienes galletas para perros?

—Claro. —Las ventanas de la cocina estaban abiertas, y Daisy alzó la voz para que la criada pudiera oírla—. Ella, ¿serías tan amable de traerme la caja de huesitos Milkbone?

Charlie partió una de las galletas por la mitad y se subió el cachorro al regazo. Se metió una galleta en el puño, dejó que Rusty la olfateara, abrió la mano y permitió que el perro diera un mordisco. Tomó otra galleta y se aseguró de que el animal se percatase de que la tenía en su poder. Entonces se levantó y dejó al cachorro a sus pies. Rusty mantuvo la mirada atenta dirigida al puño cerrado de Charlie.

—¡Al pie! —ordenó Charlie y dio un par de pasos.

El perro lo siguió.

—¡Buen chico! —dijo Charlie y le dio a Rusty otra galleta.

—¡Ha sido maravilloso! —exclamó Daisy.

—Después de un tiempo ya no necesitarás la galleta, lo hará para recibir una palmadita. Y al final, lo hará de forma automática.

—Charlie, ¡eres un genio!

El joven estaba rebosante de satisfacción. Daisy observó que tenía unos bonitos ojos castaños, al igual que el perro.

—Ahora, inténtalo tú —sugirió a la joven.

Ella imitó lo que Charlie había hecho y obtuvo el mismo resultado.

—¿Lo ves? —dijo él—. No es tan difícil.

Daisy rió, encantada.

—Deberíamos montar un negocio —comentó—. Farquharson y Peshkov, adiestradores caninos.

—Qué idea tan buena —afirmó él, y parecía hablar en serio.

«Esto está yendo sobre ruedas», pensó Daisy.

Fue hacia la mesa y sirvió dos vasos de limonada.

—Por lo general, soy bastante tímido con las chicas —dijo Charlie, que se encontraba junto a ella.

«¡No me digas!», pensó Daisy, pero no abrió la boca.

—Es muy fácil hablar contigo —prosiguió el joven. Creía que todo fue una casualidad.

Cuando Daisy le pasó el vaso, le tiró un poco de limonada encima.

—¡Oh, qué torpe! —exclamó ella.

—No pasa nada —la disculpó él, pero la bebida le había manchado la americana de lino y los pantalones de algodón blanco. Sacó un pañuelo y empezó a secarse.

—Espera, déjame a mí —dijo Daisy, y le quitó el pañuelo de la imponente mano.

Se pegó muchísimo a él para secarle la solapa. Charlie se quedó quieto y Daisy estaba plenamente convencida de que él podía oler su perfume Jean Naté: notas de lavanda con un leve aroma de almizcle. Se entretuvo recorriendo la pechera de la americana con el pañuelo, aunque allí no había líquido derramado.

—Ya casi está —dijo como si lamentase tener que parar tan pronto.

Luego hincó una rodilla como si estuviera venerándolo. Empezó a secar las manchas de humedad en los pantalones con delicados roces, como una mariposa juguetona. Mientras le acariciaba el muslo puso una mirada de inocencia cautivadora y levantó la vista. Él estaba mirándola, resollando con fuerza, boquiabierto y pasmado.

IV

Woody Dewar inspeccionaba con impaciencia el *Sprinter*, revisando que los muchachos lo hubieran dejado todo limpio y ordenado. Se trataba de un yate de vela para regata de catorce metros y medio de eslora, alargado y de líneas afiladas como un cuchillo. Dave Rouzrokh lo había dejado prestado a los Amigos de la Vela, un club al que Woody pertenecía que invitaba a navegar a los hijos de los desempleados de Buffalo por el lago Erie y les enseñaba los rudimentos de la navegación. Woody se alegró al ver que las amarras del muelle y las defensas estaban colocadas, las velas recogidas y plegadas, las drizas atadas y todos los demás cabos enrollados y en orden.

Su hermano Chuck, que tenía catorce años y con el que se llevaba solo doce meses, ya estaba en el embarcadero bromeando con un par de chicos de color. Chuck era una persona de trato tan fácil que se llevaba bien con todo el mundo. Woody, que quería dedicarse a la política como su padre, envidiaba el encanto natural de su hermano.

Los chicos solo llevaban pantalones cortos y sandalias, y la imagen de los tres en el embarcadero era como una postal de la fuerza y vitalidad juveniles. A Woody le habría gustado sacarles una foto si hubiera llevado encima la cámara. Era un fotógrafo entusiasta y se había montado un cuarto oscuro en casa para poder revelar e imprimir sus propias fotos.

Contento de que hubieran dejado el *Sprinter* tal como lo había encontrado esa misma mañana, Woody bajó de un salto al muelle. Un grupo de doce jóvenes descendió a la vez de la embarcación, despeinados por el viento y tostados por el sòl. Se mostraban doloridos pero satisfechos por el esfuerzo y reían aliviados, mientras recordaban las meteduras de pata, los costalazos y las bromas de la jornada.

El abismo que separaba a los dos hermanos ricos del grupo de chicos pobres había desaparecido mientras se encontraban en el agua, trabajando juntos para gobernar el barco, pero en ese momento, en el aparcamiento del Club Náutico de Buffalo, ese abismo se reabría. Había dos vehículos estacionados uno al lado del otro: el Chrysler Airflow del senador Dewar, con chófer uniformado al volante, para Woody y Chuck, y una ranchera Roadster de Chevrolet con dos bancos de madera en la parte trasera para los demás. Woody se sintió avergonzado mientras se despedía con la mano al tiempo que el chófer le aguantaba la puerta. Sin embargo, a los chicos no parecía importarles ya que le dieron las gracias.

—¡Hasta el sábado que viene! —le dijeron.

Mientras recorrían Delaware Avenue, Woody comentó:

—Ha sido divertido, pero no estoy seguro de si les hacemos mucho bien.

Chuck se sorprendió.

—¿Por qué?

—Bueno, no estamos ayudando a sus padres a encontrar trabajo y eso es lo único que en realidad importa.

—Esto podría ayudar a sus hijos a encontrar trabajo dentro de unos años. —Buffalo era una ciudad portuaria; en épocas de bonanza había miles de puestos de trabajo en los barcos mercantes que surcaban los Grandes Lagos y el canal Erie, así como en cruceros de placer—. Eso en caso de que el presidente no sea capaz de volver a relanzar la economía.

Chuck se encogió de hombros.

—Pues vete a trabajar para Roosevelt.

—¿Por qué no? Papá trabajó para Woodrow Wilson.

—Yo me quedaré con los barcos.

Woody consultó su reloj de pulsera.

—Tenemos el tiempo justo para cambiarnos antes del baile. —Iban a asistir a una cena en el Club de Tenis. Las expectativas que abrigaba hicieron que se le acelerase el pulso—. Deseo estar con seres de piel tersa, que hablen con voz aguda y lleven vestidos rosas.

—Mmm —masculló Chuck con sorna—. Joanne Rouzrokh no ha llevado rosa en su vida.

Woody se quedó perplejo. Había estado soñando con Joanne todo el día y la mitad de las noches de las pasadas dos semanas, pero ¿cómo se habría enterado su hermano?

—¿Qué te hace pensar que…?

—¡Oh, venga ya! —espetó Chuck con desdén—. Cuando llegó a la fiesta de la playa con su faldita corta de tenis estuviste a punto de desmayarte. Todo el mundo ve que estás loco por ella. Por suerte, ella no se ha dado cuenta.

—¿Y por qué es eso una suerte?

—Por el amor de Dios… tienes quince años y ella dieciocho. ¡Es vergonzoso! Ella busca un marido, no un colegial.

—¡Oh, vaya, muchas gracias!, se me había olvidado que eres todo un experto en mujeres.

Chuck se ruborizó. Jamás había tenido novia.

—No hay que ser un experto para darse cuenta de algo evidente.

Hablaban así todo el tiempo. No había malicia en su tono: la sinceridad entre hermanos era brutal. Eran familia, por tanto, no había necesidad de ser agradable con el otro.

Llegaron a casa, una mansión que imitaba el estilo gótico edificada por su difunto abuelo, el senador Cam Dewar. Corrieron adentro para ducharse y cambiarse.

Woody ya medía lo mismo que su padre, y se puso uno de sus antiguos trajes. Estaba un poco desgastado, pero no pasaba nada. Los chicos más jóvenes llevarían el uniforme del colegio o americana, pero los universitarios llevarían esmoquin, y Woody quería parecer mayor. «Esta noche bailaré con ella», pensaba mientras se peinaba con brillantina. Podría sostenerla entre sus brazos. Sentiría la calidez de su piel en la palma de las manos. La miraría a los ojos y le sonreiría. Ella le rozaría la chaqueta con los senos mientras bailaban.

Cuando bajó, sus padres esperaban en la sala de estar: su padre estaba bebiendo un cóctel y su madre estaba fumando un cigarrillo. Su padre era alto y delgado, e iba hecho un pincel con su esmoquin cruzado. Su madre era guapa, pese a tener un solo ojo y mantener el otro permanentemente cerrado; era un defecto de nacimiento. Esa noche estaba arrebatadora con su vestido largo hasta el suelo, de raso negro sobre fondo de seda roja, complementado con un bolero de terciopelo también negro.

La abuela de Woody fue la última en llegar. A sus sesenta y ocho años era una dama de gran aplomo y elegancia, tan delgada como su hijo pero menuda. Se quedó mirando el vestido de su nuera y dijo:

—Rosa, querida, estás maravillosa. —Siempre era amable con la esposa de su hijo. Con todos los demás era mordaz.

Gus le preparó un cóctel sin preguntarle previamente. Woody ocultó su impaciencia mientras ella se tomaba su tiempo para beberlo. La abuela jamás tenía prisa. Daba por supuesto que ningún acontecimiento social empezaría antes de que ella llegara: era la gran dama anciana de la sociedad de Buffalo, viuda de un senador y madre de otro, matriarca de una de las familias más antiguas y distinguidas de la ciudad.

Woody intentó pensar en cuándo se había enamorado de Joanne. La conocía prácticamente de toda la vida, aunque siempre había considerado a las chicas meras e insulsas espectadoras de las emocionantes aventuras de los chicos. Hasta hacía dos o tres años, cuando las chicas, de pronto, se convirtieron en algo más fascinante incluso que los coches o las lanchas motoras. En ese momento se había interesado más en muchachas de su misma edad o un poco menores. Joanne, por su parte, siempre lo había tratado como a un niño: un niño muy listo, con el que valía la pena hablar de vez en cuando, pero saltaba a la vista que no lo consideraba un novio futurible. Sin embargo, ese verano, y, para él, sin motivo aparente, de pronto había empezado a verla como la chica más atractiva del mundo. Por desgracia, los sentimientos de ella hacia él no habían experimentado la misma transformación.

Aún no.

—¿Qué tal va el colegio, Chuck? —preguntó la abuela.

—Fatal, abuela, como ya muy bien sabes. Soy el cretino de la familia, una involución a nuestro origen simiesco.

—Los cretinos no usan expresiones del tipo «nuestro origen simiesco», por lo que yo sé. ¿Estás del todo seguro que la vagancia no tiene nada que ver con ello?

Rosa metió baza.

—Los profesores de Chuck dicen que se esfuerza bastante en el colegio, mamá.

—Y siempre me gana al ajedrez —añadió Gus.

—Entonces me gustaría saber cuál es el problema —insistió la abuela—. Si esto sigue así no irá a Harvard.

—Es que me cuesta leer, eso es todo —confesó Chuck.

—Curioso —comentó la abuela—. Mi suegro, tu bisabuelo paterno, fue el banquero con más prestigio de su generación; sin embargo, apenas sabía leer ni escribir.

—No lo sabía —dijo Chuck.

—Es cierto —confirmó ella—. Pero no lo uses como excusa. Esfuérzate aún más.

Gus se miró el reloj.

—Si ya estás lista, mamá, será mejor que nos vayamos.

Al final subieron al coche y se dirigieron al club. El padre de Woody había reservado una mesa para la cena y había invitado a los Renshaw y a sus hijos, Dot y George. Woody echó un vistazo a su alrededor, pero, para su decepción, no vio a Joanne. Revisó el listado de las mesas, colocado sobre un caballete del vestíbulo, y se le cayó el alma a los pies al ver que el apellido Rouzrokh no figuraba entre los asistentes. ¿Es que no iban a asistir? Eso le arruinaría la velada.

La conversación mantenida entre el plato de langosta y el de la carne versó sobre los últimos acontecimientos en Alemania. Philip Renshaw opinaba que Hitler estaba haciendo un buen trabajo.

—Según el *Sentinel* de hoy, han encarcelado a un sacerdote católico por criticar a los nazis —comentó el padre de Woody.

—¿Eres católico? —preguntó la señora Renshaw, sorprendida.

—No, episcopaliano.

—No es una cuestión religiosa, Philip —intervino Rosa con resolución—. Es una cuestión de libertad. —La madre de Woody había sido anarquista en su juventud y seguía siendo libertaria de corazón.

Algunas personas se saltaron la cena y llegaron más tarde, directamente al baile; continuaron apareciendo fiesteros mientras servían el postre a los Dewar. Woody seguía con los ojos abiertos de par en par por si veía llegar a Joanne. En el salón contiguo, la orquesta empezó a tocar «The Continental», un éxito del año anterior.

Woody no habría sabido decir con exactitud qué le resultaba tan cautivador de Joanne. La mayoría de las personas no la consideraban una gran belleza, aunque no podían negar su intenso atractivo. Parecía una reina azteca, con los pómulos marcados y la misma nariz aguileña de su padre, Dave. Tenía el pelo negro, grueso y abundante, y la piel cetrina, sin duda alguna por su ascendencia persa. Irradiaba una intensidad turbadora que hacía que Woody anhelara conocerla mejor, conseguir que se relajara y susurrarle suavemente al oído dulces palabras. Tenía la sensación de que su formidable presencia era una señal inequívoca de su entrega total a la pasión. Tras aquella reflexión, se dijo: «¿Quién es ahora el experto en mujeres?».

—¿Buscas a alguien, Woody? —preguntó la abuela, a la que no se le escapaba ni una.

Chuck soltó una risita porque supo que lo habían pillado.

—A nadie, solo estaba viendo quién ha asistido al baile —respondió Woody como si nada, aunque no pudo evitar ruborizarse.

Seguía sin haberla visto cuando su madre se levantó y todos abandonaron la mesa. Desconsolado, entró caminando desganado al salón de baile mientras sonaban los acordes de «Moonglow», compuesta por Benny Goodman. Allí estaba Joanne: debía de haber entrado justo cuando él no estaba mirando. Al verla le subió la moral.

Esa noche, lucía un vestido de seda gris perla de llamativa sencillez con un profundo escote en pico que realzaba su figura. El día de la merienda en la playa estaba sensacional con una sencilla falda corta de tenis, que dejaba a la vista sus piernas largas y doradas por el sol, pero la prenda de aquella noche era incluso más sugerente. A medida que avanzaba por la sala, con gracilidad y determinación, Woody notó que se le iba secando la boca.

El joven se dirigió hacia Joanne, pero el salón de baile estaba de bote en bote y, de pronto, Woody se convirtió en un muchacho de popularidad irritante: todo el mundo quería hablar con él. Mientras se abría paso entre la multitud, le sorprendió ver al atontado de Charlie Farquharson bailando animadamente con la vivaracha Daisy Peshkov. No recordaba haber visto nunca al joven Farquharson bailando con nadie, ni mucho menos con un bombón como Daisy. ¿Qué habría hecho ella para sacarlo del cascarón?

En el momento en que llegó junto a Joanne, ella se encontraba en el extremo de la sala más alejado de la orquesta y, para decepción de Woody, se hallaba inmersa en una acalorada discusión con un grupo de chicos cuatro o cinco años mayores que él. Por suerte, Woody era más alto que la mayoría de ellos, por lo que la diferencia no resultaba tan evidente. Ninguno de los muchachos era lo bastante mayor como para comprar bebidas alcohólicas de forma legal, así que todos sostenían vasos de Coca-Cola, aunque Woody olió a whisky. Uno de ellos debía de llevar una petaca en el bolsillo.

Al unirse al grupo, oyó que Victor Dixon decía:

—Ninguno de nosotros aprueba los linchamientos, pero debes entender los problemas que tienen en el Sur.

Woody sabía que el senador Wagner había hecho una propuesta de ley para que se castigara a los *sheriffs* que permitían los linchamientos, pero el presidente Roosevelt se había negado a respaldarla.

Joanne estaba escandalizada.

—¿Cómo puedes decir algo así, Victor? ¡El linchamiento es un asesinato! ¡No debemos mostrar comprensión por sus problemas, debemos impedir que sigan matando!

Woody se sintió encantado al ver hasta qué punto Joanne compartía sus ideales políticos. Sin embargo, le quedó claro que no era el momento más propicio para pedirle un baile, lo que era una desgracia.

—No lo entiendes, Joanne, querida —dijo Victor—. Esos negros sureños no están civilizados.

«Puede que yo sea joven e inexperto —pensó Woody—, pero no habría cometido el error de hablarle en un tono tan condescendiente a Joanne.»

—¡Los que no están civilizados son los responsables de los linchamientos! —exclamó la joven.

Woody decidió que había llegado el momento de participar en la discusión.

—Joanne tiene razón —afirmó. Habló en un tono más grave de lo habitual para parecer mayor—. Hubo un linchamiento en la ciudad natal de nuestro servicio doméstico, Joe y Betty, que nos han cuidado a mi hermano y a mí desde que nacimos. Al primo de Betty lo dejaron desnudo y lo quemaron con un soplete mientras una multitud observaba lo que ocurría. Luego lo ahorcaron. —Victor se quedó mirando lleno de resentimiento a ese crío que estaba captando toda la atención de Joanne; el resto del grupo lo escuchaba con horrorizado interés—. Me da igual qué delito hubiera cometido —dijo Woody—. Los blancos que le hicieron eso son unos salvajes.

—Sin embargo, tu querido presidente Roosevelt no ha apoyado la propuesta de ley en contra del linchamiento, ¿verdad? —apostilló Victor.

—Es cierto, y ha sido muy decepcionante —comentó Woody—. Sé por qué ha tomado esa decisión. Tenía miedo de que los congresistas del Sur contrariados se vengasen saboteando el *new deal*. De todos modos, a mí me hubiera gustado mandarlos al cuerno.

—¿Y tú qué sabes? —le espetó Victor—. No eres más que un mocoso. —Se sacó una petaca plateada del bolsillo de la chaqueta y se llenó la copa hasta arriba.

—Las ideas políticas de Woody son mucho más maduras que las tuyas, Victor —afirmó Joanne.

Woody se creció.

—En casa, la política es un asunto de familia —dijo. A continuación, se sintió irritado porque alguien le dio un codazo. Como era demasiado educado para no hacerle caso, se volvió y vio a Charlie Farquharson, sudoroso por sus esfuerzos en la pista de baile.

—¿Puedo hablar contigo un minuto? —preguntó Charlie.

Woody resistió la tentación de decirle que se fuera a paseo. Charlie era un chico amable que no hacía daño a nadie. Había que sentir lástima por un hombre con una madre como la suya.

—¿Qué ocurre, Charlie? —preguntó con toda la amabilidad que pudo.

—Es sobre Daisy.

—Te he visto bailando con ella.

—¿Verdad que baila de maravilla?

—¡Ni que lo digas! —dijo Woody con cordialidad, a pesar de que no se había fijado en ello.

—Lo hace todo de maravilla.

—Charlie —dijo Woody intentando disimular su incredulidad—, ¿Daisy y tú estáis cortejando?

El joven Farquharson se mostró tímido.

—Hemos ido a montar a caballo por el parque un par de veces y cosas por el estilo.

—Entonces, sí que estáis cortejando. —Woody estaba sorprendido. No pegaban mucho como pareja. Charlie era un zoquete y Daisy, un encanto.

Charlie añadió:

—No es como las demás chicas. ¡Con ella puedo hablar tan fácilmente! Y le encantan los perros y los caballos. Pero la gente cree que su padre es un gángster.

—Y supongo que sí lo es, Charlie. Todo el mundo le compraba alcohol durante la Ley Seca.

—Eso es lo que dice mi madre.

—Así que a tu madre no le gusta Daisy. —A Woody no le sorprendía.

—Sí que le gusta Daisy. Lo que no le gusta es su familia.

A Woody se le ocurrió una idea incluso más sorprendente.

—¿No estarás pensando en casarte con Daisy?

—¡Oh, Dios, sí! —respondió Charlie—. Si se lo pidiera, creo que aceptaría.

«Bueno —pensó Woody—, Charlie tiene clase, pero no tiene dinero, y con Daisy pasa justo lo contrario; tal vez se complementen el uno con el otro.»

—Cosas más raras se han visto —dijo. Era algo fascinante, pero lo que él quería era concentrarse en su propia vida amorosa. Echó un vistazo a su alrededor para ver si Joanne seguía por ahí—. ¿Por qué me lo cuentas a mí? —preguntó a Charlie. No es que fueran amigos íntimos precisamente.

—Puede que mi madre cambiara de idea si invitaran a la señora Peshkov a pertenecer a la Sociedad de Damas de Buffalo.

Aquello pilló a Woody por sorpresa.

—¿Por qué? ¡Si es el club más esnobista de la ciudad!

—Exacto. Si Olga Peshkov fuera miembro, ¿cómo iba a poner pega alguna mi madre a Daisy?

Woody no sabía si ese plan funcionaría o no, pero no cabía duda del genuino candor de los sentimientos de Charlie.

—Puede que estés en lo cierto —dijo Woody.

—¿Podrías tantear a tu abuela por mí?

—¡Vaya, vaya! Echa el freno. Mi abuela es una leona. En la vida se me ha ocurrido pedirle un favor para mí, ni mucho menos voy a pedirle uno para ti.

—Woody, escúchame. Ya sabes que es la jefa de esa camarilla. Si quiere a alguien dentro, entra, y si no, pues se queda fuera.

Era cierto. La Sociedad de Damas tenía una presidenta, una secretaria y una tesorera, pero Ursula Dewar dirigía el club como si fuera suyo. De todas formas, Woody se mostraba reticente a pedirle nada. Podía arrancarle la cabeza de un mordisco.

—No sé —dijo con tono de disculpa.

—¡Oh, vamos, venga ya, Woody, por favor! Tú no lo entiendes. —Charlie bajó el volumen de su voz—. No sabes qué se siente cuando uno está tan enamorado de alguien.

«Sí, sí que lo sé —pensó Woody, y eso le hizo cambiar de parecer—. Si Charlie se siente tan mal como yo, ¿cómo puedo negarle mi ayuda? Me gustaría que alguien hiciera lo mismo por mí, en el caso de que tuviera más posibilidades con Joanne.»

—Está bien, Charlie —accedió—. Hablaré con ella.

—¡Gracias! Y… tu abuela está aquí, ¿no? ¿Podrías hacerlo esta noche?

—¡Por el amor de Dios, no! Tengo otras cosas en las que pensar.

—Vale, sí, claro… pero ¿cuándo lo harás?

Woody se encogió de hombros.

—Lo haré mañana.

—¡Tú sí que eres un amigo!

—No me des las gracias todavía. Seguramente dirá que no.

Woody se volvió para hablar con Joanne, pero ella se había marchado.

Empezó a buscarla, pero se detuvo. No debía parecer desesperado. Un hombre necesitado no resultaba interesante, eso sí lo sabía.

Bailó diligentemente con varias chicas: Dot Renshaw, Daisy Peshkov y con la amiga alemana de Daisy, Eva. Cogió una Coca-Cola y salió al exterior, al lugar donde los chicos fumaban cigarrillos. George Renshaw le echó un poco de whisky en la Coca-Cola de Woody, lo que mejoró su sabor, aunque él no quería emborracharse. Ya lo había hecho antes y no le había gustado.

Woody pensó que a Joanne le gustaría un hombre con quien pudiera compartir sus intereses intelectuales y eso dejaba fuera de la competición a Victor Dixon. Woody había oído a Joanne mencionar a Karl Marx y a Sigmund Freud. En la biblioteca pública había leído el *Manifiesto comunista*, pero le había parecido pura perorata política. Se lo había pasado mejor con *Estudios sobre la histeria*, de Freud, una especie de narración detectivesca sobre casos de enfermedades mentales.

Esa noche estaba decidido a bailar con Joanne aunque fuera una vez y, pasado un rato, fue a buscarla. No la encontró en el salón de baile ni en el bar. ¿Acaso había perdido su oportunidad? ¿Había permanecido demasiado pasivo para no parecer desesperado? Le resultaba insoportable pensar que el baile pudiera tocar a su fin sin que él hubiera podido siquiera tocarle el hombro.

Volvió a salir. Era de noche, pero la vio prácticamente enseguida. Estaba alejándose de Greg Peshkov, un tanto sofocada, como si hubiera estado discutiendo con él.

—Puede que seas la única persona de este lugar que no es un maldito conservador —le espetó a Woody. Sonaba algo borracha.

Woody sonrió.

—Gracias por el cumplido… o eso creo.

—¿Sabes lo de la manifestación de mañana? —le preguntó la joven de sopetón.

Sí que lo sabía. Los huelguistas de Metalurgia Buffalo planeaban una manifestación en repulsa de la paliza que habían recibido los sindicalistas de Nueva York. Woody supuso que ese había sido el tema de la discusión con Greg: su padre era el dueño de la fábrica.

—Había pensado en asistir —dijo—. Tal vez saque unas cuantas fotos.

—Muchísimas gracias —respondió ella, y le besó.

Él se quedó tan sorprendido que estuvo a punto de no reaccionar. Durante un segundo permaneció paralizado mientras ella lo besaba apasionadamente y él degustaba sus labios con sabor a whisky.

Pero entonces recobró la compostura. La rodeó con sus brazos y atrajo su cuerpo hacia sí, sintió sus senos y los muslos deliciosamente apretados contra él. Una parte de él temía que ella pudiera sentirse ofendida, lo empujase y lo acusase, airada, de tratarla de forma irrespetuosa; pero un instinto más profundo le indicaba que pisaba terreno seguro.

Tenía poca experiencia besando a chicas, y ninguna besando a mujeres maduras de dieciocho años, pero le gustaba tanto el tacto terso de la boca de Joanne que movía los labios sobre los de ella con movimientos similares a pequeños mordisquitos que le producían un goce exquisito. Ella lo recompensó gimiendo suavemente de placer.

Era consciente, aunque solo en parte, de que si alguno de los invitados adultos pasaba por allí, el beso podría convertirse en una escena embarazosa, pero estaba demasiado excitado para preocuparse por ello.

Joanne abrió la boca y él notó su lengua. Aquello era nuevo para él: las pocas chicas que había besado no lo habían hecho. Aunque imaginó que ella debía de saber lo que hacía. Emuló los movimientos de la lengua de Joanne. Aquel contacto era de una intimidad impactante y tremendamente excitante. Y debía de estar haciéndolo como tocaba, porque ella volvió a gemir.

Armándose de valor, le posó la mano derecha sobre el seno izquierdo. Descubrió una tersura y voluptuosidad inimaginables bajo el vestido de seda. Mientras lo acariciaba notó una pequeña protuberancia y pensó, con el escalofrío que dan los descubrimientos, que debía de tratarse del pezón. Jugueteó con él sirviéndose del dedo pulgar.

Joanne se apartó de golpe.

—¡Por el amor de Dios! —exclamó—. Pero ¿qué estoy haciendo?

—Estás besándome —respondió Woody con despreocupación. Posó las manos sobre sus torneadas caderas. Sintió el calor de su piel a través del vestido de seda—. Vamos a seguir un rato más.

Joanne le apartó las manos de sopetón.

—Debo de haberme vuelto loca. Estamos en el Club de Tenis, por el amor de Dios.

Woody se dio cuenta de que el hechizo se había roto y de que, por desgracia, ya no habría más besos aquella noche.

Echó un vistazo a su alrededor.

—Tranquila —dijo—. Nadie lo ha visto. —La complicidad le resultaba agradable.

—Será mejor que me vaya a casa, antes de que haga algo incluso más estúpido.

Él intentó no sentirse ofendido.

—¿Puedo acompañarte hasta el coche?

—¿Estás loco? Si entramos juntos, todos sabrán lo que hemos estado haciendo, sobre todo por esa sonrisa idiota que se te ha puesto.

Woody intentó dejar de sonreír.

—Entonces, ¿por qué no entras y yo me quedo aquí fuera esperando un minuto?

—Buena idea.

Joanne se marchó.

—Hasta mañana —le dijo él.

Ella no se volvió a mirar.

V

Ursula Dewar tenía sus dependencias privadas, con más de una habitación, en la antigua mansión de Delaware Avenue. Constaban de un dormitorio, un baño y un vestidor; cuando su marido falleció, transformó el vestidor en una pequeña sala de estar. La mayoría del tiempo, disfrutaba de toda la casa para ella sola: Gus y Rosa viajaban a menudo a Washington, y Woody y Chuck residían en un internado. Sin embargo, cuando llegaban a casa, Ursula pasaba gran parte del día en su apartamento.

Woody fue a hablar con ella el domingo por la mañana. Seguía flotando en una nube después del beso de Joanne, aunque había pasado media noche intentando imaginar qué habría querido decir aquel gesto. Podría haber significado cualquier cosa, desde amor verdadero hasta verdadera borrachera. Lo único que sabía con certeza era que se moría de ganas de volver a ver a Joanne.

Entró en el dormitorio de su abuela detrás de la criada, Betty, cuando esta le llevó la bandeja del desayuno. Le había gustado que Joanne se enfadase al saber que los familiares sureños de Betty se habían visto en peligro. En política, los argumentos desapasionados estaban sobrevalorados, así opinaba él. La gente debía rebelarse contra la crueldad y las injusticias.

La abuela ya estaba sentada en la cama, con una mañanita de encaje sobre un camisón de seda color arena.

—¡Buenos días, Woodrow! —exclamó, sorprendida.

—Me gustaría tomar una taza de café contigo, abuela, si es posible.

—Ya había pedido a Betty que sirviera dos tazas.

—Será un honor —dijo Ursula.

Betty era una mujer de pelo cano, de unos cincuenta años, con un tipo de complexión que en algunas ocasiones podría calificarse de generosa. Situó la bandeja delante de Ursula, y Woody sirvió el café en tazas de porcelana de Meissen pintada a mano.

El joven había estado pensando en qué debía decir y se había armado de argumentos. La época de la Ley Seca había terminado y Lev Peshkov era un empresario legal, esa sería su tesis principal. Además, no era justo castigar a Daisy porque su padre hubiera sido un delincuente, sobre todo teniendo en cuenta que la gran mayoría de las familias respetables de Buffalo habían comprado sus bebidas ilegales.

—¿Conoces a Charlie Farquharson? —preguntó para empezar.

—Sí.

Por supuesto que lo conocía. Conocía a todas las familias del Libro Azul, el «Quién es quién» de Buffalo.

—¿Quieres una tostada? —le preguntó la abuela.

—No, gracias, ya he desayunado.

—Los chicos de tu edad nunca se cansan de comer. —Lo miró con sagacidad—. A menos que estén enamorados.

Parecía que se había levantado de buen humor.

—Charlie vive bajo el yugo de su madre —dijo Woody.

—También tenía sometido a su marido —comentó Ursula con sequedad—. Morirse fue la única forma que tuvo de liberarse. —Tomó un poco de café y empezó a comerse el pomelo con un tenedor.

—Charlie se acercó a mí anoche y me preguntó si podía pedirte un favor.

Ursula levantó una ceja, pero no dijo nada.

Woody inspiró con fuerza.

—Quiere que invites a la señora Peshkov a unirse a la Sociedad de Damas de Buffalo.

Ursula tiró el tenedor y se oyó el tintineo de la plata sobre la porcelana fina.

—Sírveme más café, por favor, Woody —dijo, como para disimular su turbación.

El joven obedeció la orden y no dijo nada más por el momento. No recordaba haberla visto desconcertada jamás.

Ursula tomó un sorbo de café.

—¡Por el amor de Dios! —exclamó—. ¿Por qué iba a querer Charles Farquharson o cualquier otra persona, para el caso, que Olga Peshkov perteneciera a la Sociedad?

—Es que quiere casarse con Daisy.

—¿Ah, sí?

—Y tiene miedo de que su madre se oponga.

—No anda desencaminado.

—Pero cree que podría convencerla…

—Si yo admitiera a Olga en la Sociedad.

—La gente olvidaría que su padre era un gángster.

—¿Un gángster?

—Bueno, contrabandista, como mínimo.

—¿Es por eso? —dijo Ursula con desprecio—. Pues no lo es.

—¿De veras? —Era el turno de Woody para mostrarse sorprendido—. Entonces, ¿por qué es?

Ursula adoptó una expresión reflexiva. Permaneció en silencio durante tanto tiempo que Woody se preguntó si se habría olvidado de que él estaba allí. Pero entonces su abuela retomó la palabra.

—Tu padre estaba enamorado de Olga Peshkov.

—¡Dios!

—No seas vulgar.

—Lo siento, abuela, me has sorprendido.

—Estaban prometidos.

—¿Prometidos? —preguntó Woody, asombrado. Se quedó pensando un instante y luego dijo—: Supongo que soy la única persona de Buffalo que no lo sabía.

La abuela le sonrió.

—Existe una extraña combinación de sabiduría e inocencia que es solo propia de los adolescentes. La recuerdo con toda claridad en tu padre y también la veo en ti. Sí, en Buffalo lo sabe todo el mundo, aunque tu generación debe de considerarla una historia antigua y aburrida.

—Bueno, ¿qué ocurrió? —preguntó Woody—. Lo que quiero decir es ¿quién cortó?

—Fue ella, al quedarse embarazada.

Woody se quedó boquiabierto.

—¿De papá?

—No, de su chófer, Lev Peshkov.

—¿Era el chófer? —Estaba recibiendo un impacto tras otro. Woody permanecía en silencio, intentando asimilarlo—. ¡Por Dios santo!, papá debió de haberse sentido como un idiota.

—Tu padre nunca ha sido un idiota —le espetó Ursula con brusquedad—. La única idiotez que ha hecho en toda su vida ha sido pedir la mano de Olga.

Woody recordó su misión.

—En cualquier caso, abuela, eso ocurrió hace un montón.

—«Hace muchísimo tiempo» es más correcto. «Hace un montón» es vulgar. Aunque tu óptica sobre los hechos es más apropiada que tu expresión oral. Sí que hace mucho tiempo.

Su tono sonaba esperanzador.

—Entonces, ¿lo harás?

—¿Cómo crees que le sentaría a tu padre?

Woody lo pensó. Sabía que no podía hacerse el tonto con Ursula, habría descubierto el pastel en un abrir y cerrar de ojos.

—¿Que si le importaría? Supongo que se sentiría avergonzado si Olga rondase por ahí como recordatorio constante de un capítulo humillante de su juventud.

—Pues supones bien.

—Por otra parte, está convencido de que debe comportarse justamente con las personas que lo rodean. Odia las injusticias. No le gustaría castigar a Daisy por algo que hizo su madre. Ni mucho menos castigar a Charlie. Mi padre tiene un corazón bastante generoso.

—Más generoso que el mío, has querido decir —puntualizó Ursula.

—No pretendía insinuar eso, abuela. Pero apuesto a que, si se lo preguntases, no pondría objeción a que Olga entrara a formar parte de la Sociedad.

Ursula asintió.

—Estoy de acuerdo. Pero me gustaría saber si te has planteado quién es la verdadera persona solicitante de esta petición.

Woody vio adónde quería ir a parar.

—¡Oh!, ¿insinúas que fue Daisy quien dio la idea a Charlie? No me sorprendería. ¿Cambia eso tu opinión sobre la conveniencia o inconveniencia de la decisión final?

—Supongo que no.

—Entonces, ¿lo harás?

—Me alegro de tener un nieto con buen corazón, aunque sospecho que lo está utilizando en beneficio propio una chica lista y ambiciosa.

Woody sonrió.

—¿Eso es que sí, abuela?

—Ya sabes que no puedo asegurarte nada. Lo sugeriré a la comisión.

Las sugerencias de Ursula eran consideradas por todas las demás como mandatos reales, pero Woody no pensaba decirlo.

—Gracias. Eres muy amable.

—Ahora dame un beso y prepárate para la iglesia.

Woody salió pitando.

Olvidó rápidamente a Charlie y a Daisy. Sentado en un banco de la catedral de St. Paul, en Shelton Square, no escuchó el sermón —sobre Noé y el diluvio universal— y pensó todo el rato en Joanne Rouzrokh. Sus padres habían acudido a la iglesia, pero ella no. ¿De verdad que iría a la manifestación? Si iba, él le pediría una cita. Pero ¿aceptaría?

«Es demasiado lista para preocuparse por la diferencia de edad», pensó Woody. Seguro que sabía que tenía más cosas en común con él que con cabezas de chorlito como Victor Dixon. ¡Y ese beso! Todavía le ponía la piel de gallina. Eso que había hecho ella con la lengua… ¿Las otras chicas lo hacían? Deseaba volver a probarlo, y lo antes posible.

Pensando en el futuro se planteó qué ocurriría en septiembre si ella accedía a salir con él. Joanne acudiría a la Universidad de Vassar, en la ciudad de Poughkeepsie, Woody lo sabía. Él regresaría al colegio y no la vería hasta Navidad. Vassar era solo para chicas, pero en Poughkeepsie había hombres. ¿Saldría ella con otros chicos? Woody ya estaba celoso.

Al salir de la iglesia dijo a sus padres que no comería en casa, sino que iría a la manifestación de protesta.

—¡Bien por ti! —exclamó su madre. De joven había sido la directora del *Buffalo Anarchist*. Se volvió hacia su marido—. Tú también deberías ir, Gus.

—El sindicato ha presentado cargos —respondió el padre de Woody—. Ya sabes que no puedo defender juicios paralelos previos al fallo del tribunal sobre un caso.

La esposa del senador se volvió hacia Woody.

—Tú procura que los matones de Lev Peshkov no te den una paliza.

Woody sacó la cámara del maletero del coche de su padre. Era una Leica III, tan pequeña que podía llevarla colgando con una correa alrededor del cuello. A pesar de su tamaño, tenía una velocidad de obturación de 1/500.

Caminó un par de manzanas hasta Niagara Square, donde iba a iniciarse la marcha. Lev Peshkov había intentado convencer al ayuntamiento de que prohibiese la manifestación argumentando que acabaría siendo violenta, pero el sindicato había insistido en que sería un acto pacífico. Al parecer, los sindicalistas se habían salido con la suya, porque varios cientos de personas se amontonaban alrededor del ayuntamiento. Muchos llevaban pancartas bordadas a mano, banderines rojos y carteles que rezaban: JEFE, LLÉVATE A TUS MATONES. Woody echó un vistazo para localizar a Joanne, pero no tuvo éxito.

Hacía buen tiempo y los asistentes estaban animados; el joven Dewar sacó unas cuantas fotografías: obreros con el traje de los domingos tocados con sombrero, un coche decorado con pancartas, un joven policía mordiéndose las uñas. Seguía sin ver ni rastro de Joanne, y Woody empezó a pensar que no aparecería por allí. Quizá se había despertado con dolor de cabeza.

La marcha debía empezar a mediodía. Al final no se puso en movimiento hasta unos minutos antes de la una. Woody se percató de la importante presencia policial en todo el recorrido. Se dio cuenta de que había quedado prácticamente en el centro de la multitud de manifestantes.

Cuando se dirigían hacia el sur por Washington Street, con destino al núcleo industrial de la ciudad, vio a Joanne uniéndose a la marcha unos metros por delante, y le dio un vuelco el corazón. Vestía unos pantalones de sastre que resaltaban sus curvas. Woody apretó el paso para alcanzarla.

—¡Buenas tardes! —la saludó, pletórico.

—¡Por el amor de Dios, sí que estás animado! —comentó ella.

Se había quedado corta, Woody estaba exultante de felicidad.

—¿Tienes resaca?

—Una de dos: o tengo resaca o he cogido la peste negra. ¿Tú qué crees que es?

—Si tienes picores, es la peste. ¿Tienes alguna mancha? —Woody no sabía lo que decía—. No soy médico, pero me encantaría hacerte un chequeo.

—Para un poco el carro. Ya sé que eres encantador, pero no estoy de humor.

Woody intentó tranquilizarse.

—Te hemos echado de menos en la iglesia —dijo—. El sermón ha sido sobre Noé.

Para su sorpresa, ella rompió a reír.

—Ay, Woody, me gustas tanto cuando te pones gracioso… pero, por favor, hoy no me hagas reír.

Imaginó que aquel comentario era algo favorable, pero estaba muy equivocado.

Localizó una tienda de comestibles abierta en la acera de enfrente.

—Necesitas líquido —dijo—. Enseguida vuelvo. —Entró corriendo al comercio y compró dos botellas de Coca-Cola, muy frescas, recién sacadas de la nevera. Pidió al tendero que se las abriera y regresó a la marcha. Le dio una botella a Joanne.

—¡Oh, vaya, eres mi salvador! —dijo ella. Se llevó el refresco a los labios y echó un buen trago.

Woody tuvo la sensación de que iba poniéndose en cabeza.

Los manifestantes mostraban buen ánimo, pese al desagradable incidente contra el que protestaban. Un grupo de ancianos coreaba himnos políticos y canciones populares. Incluso había un par de familias con niños. Y el cielo estaba despejado.

—¿Has leído *Estudios sobre la histeria*? —preguntó Woody mientras avanzaban.

—No había oído ese título en mi vida.

—¡Ahí va! Pues es de Sigmund Freud. Creía que te gustaba.

—Me interesan sus ideas. Pero no he leído ningún libro suyo.

—Deberías. *Estudios sobre la histeria* es asombroso.

Ella lo miró con curiosidad.

—¿Y qué te ha llevado a leer un libro de ese tipo? Apuesto a que no enseñan psicología en tu carísimo colegio de tradición clásica.

—Pues no lo sé. Supongo que al escucharte hablar de psicoanálisis, pensé que sonaba realmente extraordinario. Y sí que lo es.

—¿En qué sentido?

Woody tenía la sensación de que estaba poniéndolo a prueba, para ver si de verdad había entendido el libro o estaba fanfarroneando.

—La idea de que un acto de locura, como derramar de forma obsesiva tinta sobre un mantel, pueda tener alguna lógica oculta.

Joanne asintió con la cabeza.

—Sí —dijo—. Eso es.

Woody intuyó que ella no tenía ni idea de lo que estaba hablando. Ya la había superado en cuanto a conocimientos sobre Freud, pero a Joanne le daba vergüenza reconocerlo.

—¿Qué es lo que más te gusta hacer? —le preguntó él—. ¿Ir al teatro? ¿A conciertos de música clásica? Supongo que ir al cine no suena muy emocionante para alguien cuyo padre tiene unas cien salas de cine.

—¿Por qué lo preguntas?

—Bueno… —decidió ser sincero—. Quiero pedirte una cita y me gustaría tentarte con algo que de verdad te guste. Tú di qué es y lo haremos.

Ella le sonrió, pero no era el tipo de sonrisa que él esperaba. Era una sonrisa amigable, aunque compasiva, y le anunciaba que se aproximaban malas noticias.

—Woody, me gustaría, pero tienes quince años.

—Como dijiste anoche, soy más maduro que Victor Dixon.

—Tampoco saldría con él.

A Woody se le secó la boca y se le quebró la voz.

—¿Estás dándome calabazas?

—Sí, con total rotundidad. No quiero salir con un chico tres años más joven que yo.

—¿Puedo pedírtelo otra vez dentro de tres años? Entonces ya tendremos la misma edad.

Ella se rió.

—Deja de hacerte el listillo, me das dolor de cabeza.

Woody decidió no ocultar su dolor. ¿Qué tenía que perder? Angustiado, preguntó:

—Entonces, ¿qué significó ese beso?

—No significó nada.

Sacudió la cabeza, abatido.

—Pues para mí sí que significó algo. Ha sido el mejor beso que he dado nunca.

—¡Oh, Dios!, sabía que iba a ser un error. Mira, lo pasamos bien y punto. Sí, me gustó; ya puedes sentirte halagado, te lo mereces. Eres un crío muy mono, listo como el que más, pero un beso no es una declaración de amor, Woody, sin importar lo mucho que lo disfrutes.

Habían llegado prácticamente a la cabeza de la marcha, y Woody vio su destino justo enfrente: el elevado muro que rodeaba Metalurgia Buffalo. La verja estaba cerrada y vigilada por una docena o más de policías de la fábrica: matones con camisas celestes en imitación del uniforme de la policía.

—Y estaba borracha —añadió Joanne.

—Sí, yo también estaba borracho —dijo Woody.

Fue un intento penoso de salvar su dignidad, aunque Joanne tuvo el amable detalle de fingir que le creía.

—Entonces ambos hemos hecho una pequeña tontería y deberíamos olvidarla —sugirió ella.

—Sí —respondió Woody y apartó la mirada.

En ese momento se encontraban a la entrada de la fábrica. Los que encabezaban la marcha se detuvieron en la puerta, y algunos empezaron a pronunciar un discurso por el megáfono. Al mirar con mayor detenimiento, Woody se dio cuenta de que el orador era un jefe sindical local, Brian Hall. El padre de Woody lo conocía y era de su agrado: en algún momento del pasado remoto habían trabajado juntos para poner fin a una huelga.

La cola de la marcha seguía avanzando y se formó una aglomeración en todo lo ancho de la calle. La policía de la fábrica mantenía despejada la entrada, aunque la verja estaba cerrada. Woody se percató en ese momento de que iban armados con porras como las de los agentes oficiales.

—¡Manténganse alejados de la entrada! ¡Esto es propiedad privada! —gritaba uno de ellos. Woody levantó la cámara y sacó una foto.

Sin embargo, las personas que estaban en primera fila eran empujadas por las de atrás. Woody agarró a Joanne por el brazo e intentó sacarla del foco de tensión. No obstante, resultaba difícil: la multitud era numerosa y nadie quería apartarse. Contra su voluntad, Woody se dio cuenta de que estaba cada vez más cerca de la entrada de la fábrica y de los guardias con sus porras.

—Esto se pone feo —dijo a Joanne.

Pero ella estaba encendida de emoción.

—¡Esos cabrones no podrán detenernos! —gritó.

—¡Sí, señor! ¡Di que sí, joder! —exclamó un hombre que estaba junto a ella.

La multitud seguía a unos diez metros de distancia de la puerta, pero, de todas formas y aunque no fuera necesario, los guardias empezaron a apartar a empujones a los manifestantes. Woody sacó una foto.

Brian Hall había estado gritando por el megáfono, hablando sobre matones y señalando con dedo acusador a la policía de la fábrica. Pero entonces cambió la cantinela e inició un llamamiento a la calma.

—Alejaos de la verja, por favor, compañeros —dijo—. Retroceded, no nos pongamos violentos.

Woody vio cómo un guardia empujaba a una joven con la fuerza suficiente como para hacerla tambalear. Ella no se cayó, pero gritó y el hombre que la acompañaba le espetó al guardia:

—Oye, tómatelo con calma, ¿vale?

—¿Es que intentas provocarme? —preguntó el guardia, desafiante.

—¡Deja de empujar y ya está! —gritó la mujer.

—¡Atrás, atrás! —bramó el guardia. Levantó la porra. La mujer gritó.

Justo cuando la porra descendía, Woody sacó una foto.

—¡El muy hijo de puta ha golpeado a esa mujer! —gritó Joanne y avanzó unos pasos.

Sin embargo, la mayoría de los manifestantes empezaron a moverse en dirección contraria, alejándose de la fábrica. Si daban la vuelta, los guardias se les echaban encima, empujando, dando patadas y propinando golpes con sus porras.

—¡No hay ninguna necesidad de usar la violencia! —exclamó Brian Hall—. Policías de la fábrica, ¡atrás! ¡No uséis las porras más! —Y el megáfono salió despedido de su mano al recibir el porrazo de un policía.

Algunos jóvenes respondían a la agresión. Media docena de auténticos policías se mezclaron con la multitud. No hacían nada por reprimir a la policía de la fábrica, pero empezaron a detener a todo el que se defendía.

El guardia que había empezado el altercado cayó al suelo y dos manifestantes la emprendieron a patadas con él.

Woody sacó una foto.

Joanne gritaba de rabia. Se abalanzó sobre un guardia y le arañó la cara. El hombre lanzó un manotazo para quitársela de encima. Por accidente o no, quién sabe, la mano impactó violentamente contra el tabique nasal de Joanne. Ella cayó al suelo con la nariz ensangrentada. El guardia levantó la porra. Woody la agarró por la cintura y tiró de ella hacia atrás. La porra no le dio.

—¡Vamos! —le gritó Woody—. ¡Hay que largarse de aquí!

El golpe en la cara había desinflado su arranque de furia, y no opuso resistencia mientras Woody medio tiraba de ella y medio la arrastraba para alejarla de la verja de la fábrica lo más rápido posible, con la cámara bailándole colgada al cuello. A esas alturas, la multitud estaba aterrorizada: los manifestantes tropezaban, caían y otros los pisaban en un intento ofuscado de escapar.

Woody era más alto que la mayoría y consiguió evitar que los derribasen. Lograron avanzar pese al tumulto, manteniéndose justo por delante de las porras. Al final, la multitud fue reduciéndose. Joanne se soltó de Woody y ambos empezaron a correr.

El alboroto del enfrentamiento se oía cada vez más lejos. Doblaron un par de esquinas y, pasado un minuto, llegaron a una calle desierta, poblada de fábricas y almacenes, todos cerrados porque era domingo. Frenaron el paso y caminaron a velocidad normal, para recuperar el aliento. Joanne empezó a reír.

—¡Ha sido muy emocionante! —exclamó.

Woody no podía compartir su entusiasmo.

—Ha sido detestable —soltó—. Y podría haber acabado peor. —La había rescatado, y albergaba cierta esperanza de que aquello pudiera hacerla cambiar de parecer sobre el hecho de salir con él.

Aunque ella no creía que le debiera mucho.

—¡Vamos, venga ya! —exclamó con tono de menosprecio—. No ha habido muertos.

—¡Esos guardias han provocado el altercado de forma deliberada!

—¡Por supuesto que sí! Peshkov quiere que los sindicalistas sean los malos de la película.

—Bueno, pero nosotros sabemos la verdad. —Woody dio un golpecito a su cámara—. Y yo puedo probarlo.

Caminaron casi un kilómetro, Woody vio un taxi que pasaba y lo paró. Dio al conductor la dirección de la casa de la familia Rouzrokh.

El joven iba sentado en la parte trasera del taxi y sacó un pañuelo del bolsillo.

—No quiero llevarte a casa de tu padre en estas condiciones —dijo. Desplegó el rectángulo de algodón blanco y le secó con sumo cuidado la sangre del labio superior.

Fue un acto íntimo, y a él le pareció sensual, pero ella no permitió que se prolongase.

—Ya lo hago yo —dijo al cabo de unos segundos. Le quitó el pañuelo y se limpió ella sola—. ¿Qué tal ahora?

—Te has dejado un poco —mintió. Recuperó el pañuelo. Joanne abrió mucho la boca, tenía los dientes blancos y los labios con una hinchazón encantadora. Woody fingió haber visto algo bajo su labio inferior. Lo limpió con delicadeza y dijo—: Mejor así.

—Gracias. —Lo miró con expresión extrañada, entre simpática y molesta. Ella sabía que él le había mentido sobre la sangre en la barbilla, y él lo suponía, pero no estaba segura de si enfadarse con él o no.

El taxi se detuvo en la puerta de la casa de Joanne.

—No entres —le pidió—. Voy a mentir a mis padres sobre dónde he estado y no quiero que se te escape la verdad.

Woody sabía que, seguramente, él era el más discreto de los dos, pero no dijo nada.

—Te llamaré más tarde.

—Está bien.

Ella bajó del taxi y avanzó por el caminito que llevaba a la puerta al tiempo que se despedía con la mano con gesto mecánico.

—Es un bomboncito —comentó el conductor—. Pero es demasiado mayor para ti.

—Lléveme a Delaware Avenue —dijo Woody. Dio el número y el nombre de la calle que cruzaba por allí. No pensaba hablar de Joanne con un taxista de pacotilla.

Reflexionó sobre el hecho de que lo hubieran rechazado. No debería de haberle sorprendido: todo el mundo, desde su hermano hasta el taxista, decía que era demasiado joven para ella. Eso no quitaba que le doliera. Tenía la sensación de no saber qué hacer con su vida a partir de ese momento. ¿Cómo podría sobrevivir el resto del día?

Ya en casa, sus padres estaban echando la acostumbrada cabezadita de los domingos por la tarde. Chuck suponía que era el momento que aprovechaban para tener relaciones. Betty informó a Woody de que su hermano se había marchado con un grupo de amigos.

Woody entró al cuarto oscuro para revelar la película de su cámara. Echó agua tibia en la palangana para poner los productos químicos a la temperatura ideal, luego metió la película en una bolsa negra para transferirla a un tanque de revelado.

Era un proceso largo que requería paciencia, pero le gustaba estar

sentado en la oscuridad y pensar en Joanne. Sobrevivir juntos al altercado no había provocado que ella se enamorase de él, pero seguro que
los había acercado más. Estaba convencido de que al menos empezaba
a gustarle un poco más. Quizá su rechazo no fuera definitivo. Quizá
debía seguir intentándolo. Tenía claro que no iba a interesarse por
otras chicas.

Cuando sonó el minutero, pasó la película al baño de paro para
detener la reacción química. Luego la introdujo en un baño fijador
para hacer que la imagen fuera permanente. Por último, lavó y secó
la película y analizó las imágenes del negativo en blanco y negro del
carrete.

Le parecieron bastante buenas.

Cortó la película foto a foto y colocó la primera en el ampliador.
Puso una hoja de papel fotográfico de veinte por veinticinco centímetros en la base del ampliador, encendió la luz y expuso el papel a la
imagen del negativo mientras contaba los segundos. Luego colocó el
papel en un baño abierto de líquido revelador.

Esa era la mejor parte del proceso. Poco a poco, el papel blanco
empezaba a revelar manchas grises, y aparecía la imagen que había
fotografiado. Siempre le parecía un milagro. En la primera imagen se
veía a un negro y a un hombre blanco, ambos con el traje de los domingos y tocados con sombrero, sujetando una pancarta que decía
FRATERNIDAD con grandes letras. Cuando la imagen se veía con nitidez pasaba la hoja a un baño de fijador, luego la lavaba y la secaba.

Imprimió todas las fotos que había sacado, las expuso a la luz y las
desplegó sobre la mesa del comedor. Estaba encantado: eran escenas
vívidas, con movimiento, que reflejaban con toda claridad una secuencia
de acontecimientos. Cuando oyó que sus padres empezaban a moverse
en el piso de arriba, llamó a su madre. Ella había sido periodista antes de
casarse y todavía escribía libros y artículos para algunas revistas.

—¿Qué opinas? —le preguntó.

Su madre estudió las imágenes a conciencia con su único ojo.

—Creo que son buenas. Deberías llevarlas a un periódico —dijo al
cabo de un rato.

—¿De veras? —preguntó él. Empezaba a emocionarse—. ¿A qué
periódico?

—Por desgracia, son todos conservadores. Quizá al *Buffalo Sentinel*. El director es Peter Hoyle, lleva allí desde que el mundo es mundo. Conoce bien a tu padre, seguramente accederá a verte.

—¿Cuándo debería enseñarle las fotos?

—Ahora. La manifestación es una noticia candente. Mañana saldrá en todos los periódicos. Necesitan las fotos esta noche.

Woody se sentía electrizado.

—Está bien —dijo. Recogió el papel satinado y formó una pila ordenada. Su madre sacó una carpeta de cartulina del estudio de su padre. Woody la besó y salió de casa.

Cogió un autobús en dirección al centro de la ciudad.

La entrada principal de la redacción del *Sentinel* estaba cerrada. La desilusión se apoderó de Woody durante un instante, pero luego pensó que los periodistas debían de poder entrar y salir si tenían que imprimir un periódico para la mañana del lunes; y encontró la entrada alternativa.

—Tengo unas fotos para el señor Hoyle —dijo a un hombre que estaba sentado del otro lado de la puerta y lo remitieron al segundo piso.

Localizó el despacho del director, una secretaria tomó nota de su nombre y, pasado un minuto, estaba estrechando la mano a Peter Hoyle. El director era un hombre alto e imponente, con el pelo cano y bigote negro. Por lo visto, estaba poniendo fin a una reunión con un colega más joven. Hablaba con voz muy alta, como si estuviera gritando para que se le oyera a pesar del ruido de las rotativas.

—El hilo conductor de la historia está bien, pero el principio es un asco, Jack —dijo con un gesto de despedida apoyando una mano en el hombro del tipo, dirigiéndole hacia la puerta—. Enfócalo desde un punto de vista diferente. Desplaza la declaración del alcalde hacia el final y empieza con los niños lisiados. —Jack se marchó y Hoyle se volvió hacia Woody—. ¿Qué tienes, muchacho? —preguntó sin más preámbulos.

—Hoy he participado en la manifestación.

—Querrás decir en el altercado.

—No ha sido un altercado hasta que los guardias de la fábrica han empezado a golpear a las mujeres con sus porras.

—He oído que los manifestantes intentaron entrar en la fábrica y que los guardias lo impidieron.

—No es cierto, señor, y las fotos lo demuestran.

—Enséñamelas.

Woody las había dispuesto en orden mientras viajaba en el autobús. Colocó la primera sobre la mesa del director.

—El principio fue pacífico.

Hoyle apartó la foto.

—Esto no demuestra nada —dijo.

Woody sacó una foto que había hecho en la fábrica.

—Los guardias estaban esperando en la puerta. Aquí se ven las porras. —La siguiente foto la había sacado cuando empezaron los empujones—. Los manifestantes estaban al menos a diez metros de la verja, los guardias no tenían por qué obligarlos a retroceder. Fue una provocación deliberada.

—Está bien —dijo Hoyle, y no apartó las fotos.

Woody sacó su mejor instantánea: un guardia blandiendo la porra para golpear a una mujer.

—Fui testigo de todo este incidente —afirmó el joven—. Lo único que hizo la mujer fue decirle que dejara de empujarla, y él le pegó así.

—Buena foto —comentó Hoyle—. ¿Alguna más?

—Una —anunció Woody—. La mayoría de los manifestantes escaparon en cuanto empezó el altercado, pero unos cuantos contraatacaron. —Mostró a Hoyle la fotografía de dos manifestantes pateando a un guardia en el suelo—. Estos hombres la emprendieron a golpes con el guardia que pegó a la mujer.

—Has hecho un buen trabajo, joven Dewar —dijo Hoyle. Se sentó a la mesa y tomó un formulario de una bandeja—. ¿Te parece bien veinte pavos?

—¿Quiere decir que va a publicar mis fotos?

—He supuesto que estabas aquí por eso.

—Sí, señor, gracias, veinte dólares me parece bien, quiero decir que me parece muy bien. Bueno, quiero decir que me parece un montón.

Hoyle garabateó algo en el formulario y lo firmó.

—Llévaselo a la cajera. Mi secretaria te dirá adónde tienes que ir.

El teléfono del escritorio empezó a sonar. El director lo cogió y contestó con brusquedad.

—Hoyle. —Woody supuso que debía irse y salió del despacho.

Estaba en éxtasis. La paga había sido asombrosa, pero era todavía más emocionante que el periódico fuera a utilizar sus fotos. Siguió las indicaciones de la secretaria para llegar a una pequeña habitación con un mostrador y una ventanilla, y recibió sus veinte dólares. Luego volvió a casa en un taxi.

Sus padres estaban encantados con aquel golpe maestro e incluso su hermano parecía admirado. Durante la cena, la abuela expresó su opinión.

—Está bien, siempre que no te plantees el periodismo como carrera. Eso sería caer muy bajo.

En realidad, Woody había pensado que podría estudiar para ser fotógrafo de prensa en lugar de político, y le sorprendió saber que su abuela no lo aprobaba.

Su madre sonrió.

—Pero, Ursula, querida, yo era periodista —dijo.

—Eso es distinto, tú eres mujer —respondió la abuela—. Woodrow debe convertirse en un hombre distinguido, como su padre y su abuelo antes que él.

Rosa no se sintió ofendida con el comentario. Le gustaba la abuela y la escuchaba con simpática tolerancia mientras lanzaba sus peroratas radicales.

Sin embargo, Chuck se sintió contrariado pues anhelaba para sí el interés familiar por el primogénito.

—¿Y qué queréis que sea yo, un mindundi? —preguntó.

—No seas ordinario, Charles —dijo la abuela, que, como siempre, tenía la última palabra.

Esa noche Woody permaneció largo rato en vela. Estaba impaciente por ver las fotos publicadas en el periódico. Se sentía como un niño en Nochebuena: el anhelo por que amaneciera lo mantenía insomne.

Pensaba en Joanne. Ella se equivocaba al creer que él era demasiado joven. Era el hombre perfecto para ella. A ella le gustaba: tenían muchas cosas en común y había disfrutado besándole. Woody seguía creyendo que podía ganarse su amor.

Al final se durmió y, al despertar, ya había amanecido. Se puso un batín sobre el pijama y bajó corriendo las escaleras. Joe, el mayordomo, siempre salía a primera hora para comprar los periódicos y los disponía en abanico sobre la mesa del desayuno. Los padres de Woody estaban ya allí: su padre comiendo huevos revueltos y su madre bebiendo café a sorbitos.

Woody tomó el *Sentinel*. Su obra estaba en primera plana.

Aunque no como él esperaba.

Habían usado solo una de sus fotos, la última. En ella se veía a un guardia de la fábrica tirado en el suelo recibiendo las patadas de dos trabajadores. El titular rezaba: ALTERCADO PROTAGONIZADO POR LOS HUELGUISTAS DEL METAL.

—¡Oh, no! —exclamó.

Leyó el artículo con incredulidad. Afirmaba que los manifestantes habían intentado entrar a la fuerza en la fábrica y que habían repelido con violencia a los guardias del recinto, varios de los cuales habían sufrido heridas leves. El comportamiento de los trabajadores había sido condenado por el alcalde, el jefe de policía y Lev Peshkov. Al pie del artículo, como declaración de última hora, citaban al portavoz sindicalista Brian Hall, quien negaba la veracidad de la historia y culpaba a los guardias de la violencia.

Woody puso el periódico delante de su madre.

—Le conté a Hoyle que los guardias habían provocado el follón y ¡le di las fotos para probarlo! —exclamó, furioso—. ¿Por qué ha publicado todo lo contrario a la verdad?

—Porque es conservador —respondió ella.

—¡Se supone que los periódicos deben contar la verdad! —exclamó Woody, alzando la voz por la indignación enfurecida—. ¡No pueden inventarse mentiras!

—Sí, sí que pueden —replicó ella.

—Pero ¡eso no es justo!

—Bienvenido al mundo real —concluyó su madre.

VI

Greg Peshkov y su padre estaban en el vestíbulo del hotel Ritz-Carlton de Washington, donde se encontraron con Dave Rouzrokh.

Dave llevaba traje blanco y sombrero de paja. Los miró con desprecio. Lev lo saludó, pero él le volvió la espalda con desdén y no le respondió.

Greg sabía por qué. Dave había perdido dinero todo el verano, porque las Salas Roseroque no conseguían películas de estreno. Y Dave debía de suponer que Lev tenía parte de culpa.

La semana anterior, Lev había ofrecido a su contrincante cuatro millones de dólares por su cadena de cines, la mitad con respecto a la oferta original, y Dave había vuelto a rechazarla. «El precio sigue cayendo, Dave», le había advertido Lev.

—Me gustaría saber qué está haciendo aquí —comentó Greg.

—Va a reunirse con Sol Starr. Va a preguntarle por qué no le facilita buenas películas. —Estaba claro que Lev lo sabía todo.

—¿Y qué hará el señor Starr?

—Darle largas.

A Greg le maravillaba la habilidad de su padre para saberlo todo y permanecer en la cresta de la ola durante una situación de cambio. Siempre jugaba con ventaja.

Entraron al ascensor. Era la primera vez que Greg visitaba la suite permanente que su padre tenía en el hotel. Su madre, Marga, jamás había estado allí.

Lev pasaba mucho tiempo en Washington porque el gobierno interfería continuamente en el negocio del cine. Hombres que se consideraban a sí mismos líderes morales se alteraban de lo lindo por lo que se mostraba en la gran pantalla, y ejercían presión para que el gobierno censurase las películas. Lev lo veía como una negociación —consideraba su vida entera como tal—, y su objetivo constante era evitar la censura formal cumpliendo voluntariamente con un código, una estrategia que contaba con el respaldo de Sol Starr y la gran mayoría de los peces gordos de Hollywood.

Llegaron a un comedor de extremado lujo, mucho más que el del espacioso apartamento de Buffalo donde vivían Greg y su madre, y que para el joven siempre había sido lujoso. Aquella sala tenía muebles de patas alargadas y delgadas que al hijo de Lev le parecieron franceses, ventanas vestidas con pesadas cortinas de terciopelo en tonos marrones y un enorme fonógrafo.

Se quedó de piedra al ver, en el centro de la habitación, sentada en un sofá de seda amarilla, a la estrella de cine Gladys Angelus.

La gente decía que era la mujer más hermosa del mundo.

Y Greg entendió por qué. Irradiaba sensualidad: desde sus insinuantes ojos azul oscuro hasta las largas piernas cruzadas bajo su ceñida falda. Cuando le tendió una mano para estrechársela, sus rojos labios dibujaron una sonrisa y sus redondeados senos se movieron con erótico balanceo bajo su terso jersey.

Greg dudó un instante antes de corresponder el gesto. Sentía que era ser desleal con su madre, Marga. Ella nunca mencionaba el nombre de Gladys Angelus, clara señal de que sabía lo que se rumoreaba sobre la actriz y Lev. Greg tenía la sensación de que podía estar entablando amistad con la enemiga de su madre. Pensó: «Si mamá se enterase, se pondría a llorar».

Pero lo habían pillado por sorpresa; de haber sido advertido, de haber tenido tiempo para pensar en su reacción, habría estado preparado y habría ensayado una retirada cortés. Sin embargo, no encontró la fuerza para ser torpemente grosero ante aquella mujer de belleza arrebatadora.

Así que le dio la mano, miró a sus asombrosos ojos y le dedicó una sonrisa de esas que sirven para tragar bilis, como suele decirse.

Ella siguió sin soltarle la mano.

—Me alegro mucho de conocerte por fin —dijo—, después de tanto tiempo. Tu padre me lo ha contado todo sobre ti, aunque ¡no había mencionado lo guapo que eras!

Aquel comentario le resultó desagradable, como si ella se creyera dueña y señora del lugar, como si fuera miembro de la familia en lugar de la furcia que le había robado el hombre a su madre. De todos modos, cayó de forma irremediable bajo su hechizo.

—Me encantan sus películas —dijo como sin pensarlo.

—¡Oh, déjalo, no tienes por qué decirlo! —respondió ella, aunque Greg se percató de que le había gustado oírlo de todas formas—. Ven y siéntate a mi lado —prosiguió ella—. Quiero conocerte mejor.

Greg obedeció. No pudo evitarlo. Gladys le preguntó a qué colegio iba y, mientras él se lo contaba, sonó el teléfono. El joven apenas escuchaba lo que su padre decía.

—Se suponía que era mañana… De acuerdo, si es necesario, podemos adelantarlo… Déjamelo a mí, yo me encargaré.

Lev colgó e interrumpió a Gladys.

—Tu habitación está al final del pasillo, Greg —dijo. Le pasó una llave—. Dentro encontrarás un regalo de mi parte. Acomódate y disfruta. Nos veremos para cenar a las siete.

Fue algo brusco, y Gladys puso cara de decepción, pero Lev podía ser autoritario algunas veces, y lo mejor era obedecer y punto. Greg cogió la llave y se marchó.

En el pasillo había un hombre de espaldas anchas y traje barato. A Greg le recordó a Brekhunov, el jefe de seguridad de Metalurgia Buffalo. Greg lo saludó con la cabeza.

—Buenas tardes, señor —dijo el tipo. Se suponía que era un empleado del hotel.

Greg entró en su habitación. Era lo bastante agradable, aunque no tan elegante como la suite de su padre. No veía el regalo que había mencionado Lev, pero su maleta ya estaba allí y empezó a sacar las cosas mientras pensaba en Gladys. ¿Estaba siendo desleal con su madre al estrechar la mano a la amante de su padre? Aunque, en realidad, Gladys solo estaba haciendo lo mismo que Marga hizo en su día, acostarse con un hombre casado. De todas formas, era presa de una dolorosa incomodidad. ¿Iba a contar a su madre que había conocido a Gladys? ¡Por el amor de Dios, no!

Mientras colgaba las camisas oyó que alguien llamaba. El golpe procedía de una puerta que conducía, por lo visto, a la habitación de al lado. Pasado un segundo, la puerta se abrió y apareció una chica.

Era mayor que Greg, pero no mucho. Tenía la piel de color chocolate, llevaba un vestido de lunares con canesú y un bolsito tipo *baguette*. Sonrió de oreja a oreja, lo que dejó a la vista su blanca dentadura.

—Hola, tengo la habitación de al lado —le dijo.

—Eso ya lo supongo —respondió Greg—. ¿Quién eres?

—Jacky Jakes. —Le tendió una mano—. Soy actriz.

Greg saludó a la segunda actriz hermosa que había conocido en cuestión de una hora. Jacky tenía una mirada divertida que a Greg le pareció más atractiva que el magnetismo arrebatador de Gladys. Su boca era como un lazo de color rosa oscuro.

—Mi padre me ha dicho que tenía que darme un regalo. ¿Eres tú? Ella rió con nerviosismo.

—Supongo que sí. Me dijo que me gustarías. Me ha prometido un lugar en el mundo del cine.

Greg entendió toda la película. Su padre había supuesto que se sentiría mal por mostrarse amable con Gladys. Jacky era su premio por no haberle montado una escenita. Supuso que debería haber rechazado un soborno de esa clase, pero no pudo resistirse.

—Eres un regalo precioso —dijo.

—Tu padre es muy bueno contigo.

—Es maravilloso —afirmó Greg—. Y tú también.

—Eres una monada. —La chica dejó el bolso sobre la cómoda, avanzó hacia Greg, se puso de puntillas y lo besó en la boca. Tenía los labios tersos y cálidos—. Me gustas —declaró. Le palpó los hombros—. Estás fuerte.

—Juego a hockey sobre hielo.

—Eso hace que una se sienta segura. —Apoyó las manos en sus mejillas y volvió a besarlo durante más tiempo, luego suspiró y exclamó—: ¡Madre mía, creo que vamos a pasárnoslo muy bien!

—¿Ah, sí?

Washington era una ciudad del Sur, donde todavía había mucha segregación racial. En Buffalo, blancos y negros podían comer en los mismos restaurantes y beber en los mismos bares, en su gran mayoría, pero en la capital era distinto. Greg no conocía el dictado exacto de la ley, pero estaba seguro de que, en la práctica, el hecho de que un hombre blanco estuviera con una mujer negra podía traerle problemas. Le sorprendió que Jacky ocupase una habitación en ese hotel: Lev debía de haberlo arreglado. Lo que no ocurriría de ninguna manera era que Greg y Jacky fueran a salir por la ciudad en plan parejas con Lev y Gladys. Entonces, ¿cómo pensaba Jacky que iban a pasarlo bien juntos? Greg cayó en la cuenta: aunque no diera crédito, ella podía estar pensando en acostarse con él.

La rodeó por la cintura con las manos, la atrajo hacia así para darle otro beso, pero la chica lo apartó.

—Necesito darme una ducha —advirtió—. Dame un par de minutos. —Se volvió y desapareció por la puerta que comunicaba las habitaciones; la cerró a su paso.

Greg se sentó en la cama para intentar asimilar lo ocurrido. Jacky quería entrar en el mundo del cine y parecía dispuesta a usar el sexo como arma para medrar en su carrera. Sin duda no era la primera actriz, blanca o negra, que utilizaba aquella estrategia. Gladys estaba haciendo lo mismo al acostarse con Lev. Greg y su padre eran los afortunados beneficiarios.

Se percató de que la chica se había dejado su bolsito *baguette*. Lo cogió e intentó abrir la puerta. No estaba cerrada con llave. Entró.

Jacky estaba al teléfono, llevaba un albornoz rosa.

—Sí, todo marcha a las mil maravillas —estaba diciendo—, sin problemas. —Su voz sonaba distinta, más natural, y Greg se dio cuenta de que con él había utilizado un tono de niñita provocativa que no era espontáneo. Entonces ella lo vio, sonrió y volvió a la voz aniñada para decir por teléfono—: Por favor, no me pase ninguna llamada. No quiero que me molesten. Gracias. Adiós.

—Te has dejado esto —dijo Greg, y le entregó el bolsito.

—Tú lo que querías era verme en albornoz —respondió con voz coqueta. La parte delantera del batín no tapaba del todo sus senos, y él pudo ver la encantadora curvatura de su tersa piel marrón.

Greg sonrió de oreja a oreja.

—No, pero me alegro de haberlo hecho.

—Vuelve a tu habitación. Voy a darme una ducha. A lo mejor luego te dejo ver más.

—¡Oh, Dios! —exclamó él.

Regresó a su habitación. Aquello era asombroso.

—A lo mejor luego te dejo ver más —repitió para sí en voz alta. ¡Menuda frasecita para una chica!

Tenía una erección, pero no quería masturbarse cuando lo bueno de verdad estaba al caer. Para dejar de pensar en ello, siguió deshaciendo la maleta. Tenía un carísimo conjunto de afeitado, cuchilla y brocha con mangos de nácar, regalo de su madre. Dejó sus útiles de aseo en el baño y se preguntó si aquello impresionaría a Jacky cuando lo viera.

Las paredes eran delgadas y pudo oír el ruido del agua corriente de la habitación de al lado. Imaginar su cuerpo desnudo y húmedo lo obsesionaba. Intentó concentrarse en ordenar su ropa interior y los calcetines en un cajón.

Entonces la oyó chillar.

Se quedó paralizado. Durante unas décimas de segundo se sintió tan impactado que fue incapaz de moverse. ¿Qué significaba aquello? ¿Por qué habría chillado así? Entonces volvió a chillar y Greg se lanzó a la acción. Abrió de golpe la puerta que comunicaba las habitaciones y entró.

Ella estaba desnuda. Él nunca había visto una mujer desnuda en la vida real. Tenía los pechos puntiagudos con los pezones color marrón oscuro. Y su entrepierna era una mata de hirsuto vello negro. Estaba pegada a la pared, intentando en vano ocultar su desnudez con las manos.

De pie, delante de ella, se encontraba Dave Rouzrokh, con dos arañazos simétricos en sus aristocráticas mejillas, supuestamente hechos por las uñas pintadas de rosa de Jacky. Había sangre en la amplia solapa de la blanca chaqueta cruzada de Dave.

Jacky gritó:

—¡Apártalo de mí!

Greg levantó un puño. Dave era unos cuarenta centímetros más alto que él, pero era un viejo, y el hijo de Lev, un adolescente atlético. El puñetazo impactó contra la barbilla de Dave, más por casualidad que por puntería; el hombre se tambaleó hacia atrás y cayó al suelo.

Se abrió la puerta de la habitación.

Era el empleado del hotel de espaldas anchas que Greg había visto entrar antes. Debía de ser el portero, o eso creyó él.

—Soy Tom Cranmer, detective del hotel —anunció el hombre—. ¿Qué está pasando aquí?

Greg lo explicó:

—La he oído chillar y, al entrar, me lo he encontrado aquí.

—¡Ha intentado violarme! —gritó Jacky.

Dave se levantó como pudo.

—Eso no es verdad —dijo—. Me han pedido que subiera a esta habitación para reunirme con Sol Starr.

Jacky empezó a sollozar.

—Oh, ¡ahora va a mentir sobre lo ocurrido!

—Póngase algo encima, por favor, señorita —dijo Cranmer.

Jacky se puso el albornoz rosa.

El detective levantó el teléfono de la habitación, marcó un número y dijo:

—Suele haber un poli en la esquina. Sal a buscarlo y llévalo al vestíbulo ahora mismo.

Dave estaba mirando a Greg.

—Tú eres el hijo bastardo de Peskhov, ¿verdad?

Greg estuvo a punto de volver a pegarle.

—¡Oh, Dios mío, esto ha sido una encerrona! —exclamó Dave.

Greg quedó impactado por el comentario. Tuvo la intuición de que estaba en lo cierto. Dejó caer el puño. Lev debía de haber orquestado toda aquella escena. Dave Rouzrokh no era un violador. Jacky estaba fingiendo. Y Greg no había sido más que otro actor de la película. Se sentía abrumado.

—Por favor, acompáñeme, señor —dijo Cranmer y agarró a Dave con firmeza por el brazo—. Vosotros dos también.

—No puede detenerme —protestó Dave.

—Sí, señor, sí que puedo —respondió Cranmer—. Y voy a entregarlo al agente de policía.

—¿Quieres vestirte? —le preguntó Greg a Jacky.

Ella negó con la cabeza rápida y decididamente. Greg se dio cuenta de que era parte del plan que ella saliese en albornoz.

Tomó a Jacky por el brazo y siguieron a Cranmer y a Dave por el pasillo hasta el ascensor. Había un policía esperando en el vestíbulo del hotel. Greg supuso que tanto él como el detective del hotel debían de estar metidos en el ajo.

—Oí un grito en su habitación y encontré a este viejo dentro. Ella dice que ha intentado violarla. El chico ha sido testigo —dijo Cranmer.

Dave parecía aturdido, como si estuviera pensando que aquello debía ser una pesadilla. Greg se dio cuenta de que sentía lástima por Dave. Le habían tendido una trampa cruel. Lev era más despiadado de lo que su hijo había imaginado. Una parte de él admiraba a su padre;

pero la otra parte se preguntaba si aquella falta de misericordia era realmente necesaria.

—Ya está, vamos —dijo el policía tras esposar a Dave.

—¿Vamos? ¿Adónde? —preguntó Dave.

—Al centro —respondió el policía.

—¿Tenemos que ir todos? —inquirió Greg.

—Sí.

Cranmer habló a Greg en voz baja.

—No te preocupes, hijo —dijo—. Has hecho un gran trabajo. Iremos a la comisaría del distrito y prestaremos declaración. Después ya te la puedes tirar sin parar hasta el día de Navidad.

El policía condujo a Dave hasta la puerta del hotel y los demás los siguieron.

Al salir a la calle, un fotógrafo disparó su flash.

VII

Woody Dewar consiguió un ejemplar de *Estudios sobre la histeria*, de Freud, que le había enviado por correo un librero de Nueva York. La noche del baile del Club Náutico —el acontecimiento social culminante de la temporada de verano en Buffalo—, lo envolvió con delicadeza en papel de embalar y le puso un lazo rojo.

—¿Bombones para una chica con suerte? —preguntó su madre al pasar junto a él en la entrada de su casa. Era tuerta, pero no se le escapaba una.

—Un libro —dijo—. Para Joanne Rouzrokh.

—Ella no irá al baile.

—Ya lo sé.

Su madre se detuvo y le echó una mirada analítica.

—¿Es serio lo que sientes por ella? —le preguntó al cabo de un rato.

—Supongo que sí. Pero ella cree que soy demasiado joven.

—Seguramente tenga algo que ver con su orgullo. Sus amigas le preguntarían por qué no sale con un chico de su edad. Las chicas son así de crueles.

—Pues pienso insistir hasta que madure.

Su madre sonrió.

—Estoy segura de que la haces reír.

—Sí. Es mi mejor baza.

—Pues bueno, ¡qué diablos!, yo esperé bastante a tu padre.

—¿Ah, sí?

—Me enamoré de él la primera vez que lo vi. Estuve coladita por él durante años. Tuve que ver cómo bebía los vientos por esa superficial de Olga Vyalov, que no lo merecía pero que tenía dos ojos sanos. Gracias a Dios que su chófer le hizo un bombo. —El lenguaje de su madre podía ser un poco subidito de tono, sobre todo si la abuela no estaba presente. Había adquirido malas costumbres durante sus años en la redacción del periódico—. Luego se marchó a la guerra. Tuve que seguirle hasta Francia antes de poder conseguir echarle el lazo.

La nostalgia se mezclaba con el dolor en su recuerdo, Woody se percató de ello.

—Pero entonces se dio cuenta de que tú eras su chica.

—Al final sí.

—A lo mejor a mí me ocurre lo mismo.

Su madre le dio un beso.

—Buena suerte, hijo mío —le deseó ella.

La casa de los Rouzrokh se encontraba a menos de un kilómetro y medio de distancia y Woody fue caminando. Ningún miembro de la familia Rouzrokh iría al Club Náutico esa noche. Dave había salido en todos los periódicos después de un misterioso incidente que había tenido lugar en el hotel Ritz-Carlton de Washington. Uno de los titulares más publicados había sido: MAGNATE DEL CINE ACUSADO POR JOVEN ACTRIZ. Woody había aprendido hacía poco a desconfiar de la prensa. Sin embargo, los crédulos decían que debía de haber algo de verdad en el asunto; de no ser así, ¿por qué habrían detenido a Dave?

Desde entonces, no se había visto a ningún miembro de la familia en eventos sociales de ninguna clase.

En la entrada de la casa había un guardia armado que cortó el paso a Woody.

—La familia no recibe visitas —le advirtió con brusquedad.

Woody supuso que el hombre había pasado mucho tiempo repeliendo la entrada de reporteros, y le perdonó el tono de descortesía. Entonces recordó el nombre de la criada de los Rouzrokh.

—Por favor, pídale a la señorita Estella que le diga a Joanne que Woody Dewar tiene un libro para ella.

—Puede entregármelo a mí —dijo el guardia y tendió una mano.

Woody agarró el libro con firmeza.

—Gracias, pero no.

El guardia parecía disgustado, pero condujo a Woody por el camino de entrada y tocó el timbre de la puerta. Estella la abrió y exclamó de inmediato:

—¡Hola, señorito Woody, entre! ¡Joanne estará encantada de verlo! —Woody se permitió lanzar una mirada triunfal al guardia al entrar en la casa.

Estella lo llevó hasta una sala de estar vacía. Le ofreció leche y galletas, como si todavía fuera un niño, y él rechazó la oferta con amabilidad. Transcurrido un minuto, entró Joanne. Tenía el rostro demacrado y su piel cetrina parecía descolorida, pero le lanzó una sonrisa amable a Woody y se sentó a charlar con él.

Estaba encantada con el libro.

—Ahora tendré que leer al doctor Freud en lugar de limitarme a fanfarronear hablando de él —dijo ella—. Eres una buena influencia para mí, Woody.

—Me gustaría poder ser una mala influencia.

Joanne pasó el comentario por alto.

—¿No vas al baile?

—Tengo una entrada, pero, si tú no vas, no me interesa. ¿Preferirías ir al cine en lugar de al baile?

—No, gracias, en serio.

—O podríamos ir simplemente a cenar. A algún sitio tranquilo de verdad. Si no te importa ir en autobús.

—Vamos, Woody, pues claro que no me importa ir en autobús, pero es que eres demasiado joven para mí. De todas formas, el verano ya casi ha terminado. Tú pronto volverás a la escuela y yo voy a ir a Vassar.

—Donde saldrás con chicos, supongo.

—¡Eso espero!

Woody se levantó.

—Vale, está bien, voy a hacer voto de castidad y a ingresar en un monasterio. Por favor, no vengas a verme, distraerías a los demás hermanos.

Joanne rió.

—Gracias por hacerme pensar en otra cosa que no sean nuestros problemas familiares.

Era la primera mención que hacía a lo que le había ocurrido a su padre. Woody no había pensado en sacar el tema, pero, ahora que ella lo había hecho, no dejó pasar la oportunidad.

—Ya sabes que estamos todos de vuestra parte. Nadie se cree la historia de esa actriz. Toda la ciudad sabe que fue un montaje ideado por ese cerdo de Lev Peshkov, y estamos furiosos por ello.

—Ya lo sé —dijo ella—. Pero la simple acusación es algo demasiado fuerte que mi padre no puede soportar. Creo que mi madre y él van a trasladarse a Florida.

—Lo siento mucho.

—Gracias. Ahora, vete al baile.

—A lo mejor voy.

Joanne lo acompañó hasta la puerta.

—¿Puedo darte un beso de despedida? —preguntó él.

Ella se inclinó hacia delante y le dio un beso en los labios. A Woody no le supo a último beso y tuvo el instinto de no tomarla entre sus brazos ni presionar sus labios sobre su boca. Fue un beso amable, sintió sus labios en contacto con su propia boca durante un dulce instante que duró un suspiro. Luego ella se alejó y abrió la puerta de la casa.

—Buenas noches —dijo Woody al salir.

—Adiós —se despidió ella.

VIII

Greg Peshkov estaba enamorado.

Sabía que su padre le había comprado a Jacky Jakes como recompensa por ayudarle a tender una trampa a Dave Rouzrokh, pero, a pesar de ello, lo que sentía por esa chica era amor verdadero.

Había perdido la virginidad unos minutos después de regresar de la comisaría del distrito, y, desde entonces, los dos habían pasado casi una semana metidos en la cama del Ritz-Carlton. Greg no tuvo que usar ningún método anticonceptivo, se lo dijo ella, porque, según sus palabras, ya lo tenía todo «apañado». Greg tenía una idea muy vaga de lo que significaba eso, pero confió en Jacky.

No había sido más feliz en toda su vida y la adoraba, sobre todo cuando había dejado la pose de niñita para dejar paso a una inteligencia sagaz y un sentido del humor mordaz. Admitió que había seducido a Greg siguiendo órdenes de su padre, pero confesó que, sin poder evitarlo, se había enamorado de él. Su verdadero nombre era Mabel Jakes y, aunque fingía tener diecinueve años, en realidad tenía dieciséis; era solo un par de meses mayor que Greg.

Lev le había prometido un papel en una película, pero, según dijo, seguía buscando el personaje indicado para ella.

—Aunque *crrreo* que no está matándose mucho para *encontrrrarlo* —dijo imitando a la perfección el acento con deje ruso de Lev.

—Supongo que no hay muchos papeles escritos para actores negros —dijo Greg.

—Ya lo sé. Acabaré interpretando a la criada, poniendo los ojos en blanco y diciendo frasecitas del tipo: «Sí, señorita». Salen africanos en películas y obras teatrales, como en Cleopatra, Aníbal, Otelo, pero normalmente los interpretan actores blancos. —Su padre, que ya había fallecido, había sido profesor en una facultad para negros, y ella sabía más de literatura que Greg—. En cualquier caso, ¿por qué tienen los negros que interpretar solo a personas de color? Si Cleopatra puede ser interpretada por una actriz blanca, ¿por qué Julieta no puede ser negra?

—A la gente le parecería raro.

—La gente se acostumbraría. Se acostumbran a todo. ¿Jesús tiene que ser interpretado por un judío? A nadie le importa.

Greg pensó que ella tenía razón, pero, de todas formas, nunca sucedería.

Cuando Lev había anunciado su regreso a Buffalo —dejándolo para el último minuto, como siempre—, su hijo se había quedado desconsolado. Le había preguntado a su padre si Jacky podía ir a Buffalo, pero Lev se había reído y había dicho:

—Hijo, no mezcles el placer con lo de comer. Ya la verás la próxima vez que vengas a Washington.

A pesar de aquello, Jacky lo había seguido hasta Buffalo al día siguiente y se había instalado en un modesto piso cerca de Canal Street.

Lev y Greg estuvieron ocupados durante las dos semanas siguientes en la conquista de Salas Roseroque. Al final, Dave había vendido su negocio por dos millones de dólares, una cuarta parte de la oferta original, y la admiración que Greg sentía por su padre creció un punto más. Jacky había retirado los cargos y se había filtrado a la prensa que había aceptado un acuerdo económico. A Greg le atemorizaba la falta de escrúpulos de su padre.

Y él había conseguido a Jacky. Le decía a su madre que salía todas las noches con sus amigos, aunque en realidad pasaba todo su tiempo libre en compañía de Jacky. Le había enseñado la ciudad, habían merendado en la playa, incluso había logrado salir a navegar con ella en una lancha motora prestada. Nadie la relacionaba con la imagen bastante borrosa de la chica que salía del hotel Ritz-Carlton en albornoz. Pasaron gran parte del verano gozando de interminables sesiones de sexo, empapados en sudor y embriagados por una felicidad delirante, enredándose en las sábanas desgastadas de la estrecha cama del pequeño piso de Jacky. Decidieron que iban a casarse en cuanto hubieran cumplido la mayoría de edad.

Esa noche, Greg iba a llevarla al baile del Club Náutico.

Había resultado tremendamente difícil conseguir las entradas, pero el hijo de Lev había sobornado a un amigo del colegio.

Había comprado a Jacky un vestido de satén rosa. Había conseguido que Marga le prestase una generosa suma y a Lev le encantaba regalarle de tapadillo cincuenta pavos de cuando en cuando, por lo que siempre contaba con más dinero del que necesitaba.

No quería darle demasiadas vueltas, pero una alarma interna le advertía de cierto peligro. Jacky sería la única negra del baile que no estaría sirviendo bebidas. Ella se mostró muy reticente a asistir, pero Greg había acabado convenciéndola. Los chicos más jóvenes lo envidiarían, aunque los mayores tal vez se mostrasen hostiles, estaba convencido de ello. Se harían comentarios por lo bajo. Sin embargo, Greg tenía la intuición de que la belleza y el encanto de Jacky bastarían para que muchos superasen sus prejuicios: ¿cómo podría nadie resistirse a sus encantos? Pero si algún imbécil se emborrachaba y la insultaba, Greg le daría una lección con sus puños.

Aunque pensara así, no podía dejar de oír el consejo de su madre cuando le decía que no se comportara como un idiota por amor. Pero un hombre no puede ir por la vida escuchando siempre a su madre.

Mientras caminaba por Canal Street con frac y pajarita, se moría de impaciencia por verla con su vestido nuevo; tal vez se arrodillase para levantarle la falda hasta verle la ropa interior y el liguero.

Llegó a su edificio, una casa antigua dividida en apartamentos. Había una alfombra roja deshilachada en las escaleras y olor a comida muy condimentada. Entró en el piso de ella con su propia llave.

El lugar estaba vacío.

¡Qué raro! ¿Adónde habría ido ella sin él?

Con el corazón encogido, abrió el armario. El vestido de fiesta de satén rosa era la única prenda que colgaba del perchero. El resto de su ropa ya no estaba.

—¡No! —gritó Greg. ¿Cómo había podido ocurrir?

Sobre la maltrecha mesa de madera de pino había un sobre. Lo tomó y vio su nombre escrito en él, con la caligrafía clara y de colegiala de Jacky. Lo invadió el miedo.

Desgarró el sobre y con las manos temblorosas leyó el breve mensaje.

> Mi querido Greg:
> Las tres últimas semanas han sido las más felices de toda mi vida.
> En mi interior sabía que nunca podríamos casarnos, pero ha sido bonito fingir que lo haríamos.
> Eres un muchacho adorable y te convertirás en un buen hombre, si no te pareces demasiado a tu padre.

¿Había descubierto Lev que Jacky vivía allí y de algún modo la había obligado a marcharse? No habría sido capaz de hacerlo, ¿verdad?

> Adiós y no me olvides.
> Tu regalo,
> Jacky.

Greg arrugó el papel y rompió a llorar.

IX

—Estás deslumbrante —le dijo Eva Rothmann a Daisy Peshkov—. Si fuera un chico me enamoraría de ti al instante.

Daisy sonrió. Eva ya estaba algo enamorada de ella. Y Daisy estaba realmente deslumbrante, con su vestido de fiesta de organdí color azul hielo que intensificaba el celeste de sus ojos. La falda del vestido tenía volantes, por delante le llegaba hasta los tobillos, pero, por detrás, se levantaba, coquetamente, hasta la mitad de la pantorrilla, lo cual proporcionaba una seductora visión de las piernas de Daisy enfundadas en unas medias transparentes.

Además lucía un collar de zafiros de su madre.

—Me lo compró tu padre cuando todavía se dignaba a ser agradable conmigo de vez en cuando —dijo Olga—. Pero, date prisa, Daisy, o llegaremos tarde.

Olga iba de azul marino, con aspecto de matrona, y Eva, de rojo, un color que favorecía a su tono oscuro de piel.

Daisy bajó las escaleras flotando en una nube de felicidad.

Salieron de la casa. Henry, el jardinero, que hacía de chófer esa noche, abrió las puertas del viejo Stutz negro, flamante y recién lavado.

Era la gran noche de Daisy. Durante la velada, Charlie Farquharson se le declararía formalmente. Le ofrecería un anillo de diamantes que era una herencia familiar; ella lo había visto y le había dado su aprobación, y ya lo habían ajustado para que le entrase. Daisy aceptaría la proposición, y luego anunciarían su compromiso a todos los asistentes al baile.

Subió al coche sintiéndose como Cenicienta.

Solo Eva había expresado ciertas dudas.

—Creía que ibas a pretender a alguien más acorde contigo —había dicho.

—Tú quieres decir un hombre que no me dejase mangonearlo —había respondido Daisy.

—No, pero sí alguien más parecido a ti: guapo, encantador y atractivo.

Había sido un comentario especialmente hiriente viniendo de Eva: implicaba que Charlie era vulgar, sin encantos ni glamour. A Daisy la había pillado por sorpresa y no supo qué responder.

Su madre la había sacado del atolladero.

—Yo me casé con un hombre que era guapo, encantador y atractivo, y me hizo profundamente desgraciada.

Eva no había dicho nada más.

A medida que el coche se aproximaba al Club Náutico, Daisy se juró a sí misma que intentaría reprimirse. No debía mostrar lo triunfal que se sentía. Debía actuar como si no hubiera nada de inesperado en el hecho de que a su madre le ofrecieran unirse a la Sociedad de Damas de Buffalo. Cuando mostrase a las demás chicas su enorme pedrusco, debía tener la gracilidad de afirmar que no se merecía a alguien tan maravilloso como Charlie.

Tenía planes para convertirlo en alguien incluso más encantador. En cuanto terminase la luna de miel, Charlie y ella empezarían a construir el establo para la cría de purasangres. En cuestión de cinco años, podrían participar en las carreras más prestigiosas del mundo: Saratoga Springs, Longchamps, Ascot.

El verano iba convirtiéndose en otoño y ya estaba anocheciendo cuando el coche llegó al puerto.

—Me temo que esta noche regresaremos muy tarde, Henry —anunció Daisy con alegría.

—Eso está muy bien, señorita Daisy —respondió. La adoraba—. Ahora pásenlo de maravilla.

Al entrar, la hija de Olga se percató de que Victor Dixon iba detrás de ellas.

—Oye, Victor, he oído que tu hermana ha conocido al rey de Inglaterra. ¡Felicidades! —le dijo, ya que se sentía de buen ánimo con todo el mundo.

—Mmm… sí —dijo él, azorado.

Entraron al club. La primera persona a la que vieron fue Ursula Dewar, que había accedido a aceptar a Olga en su club esnobista.

—Buenas noches, señora Dewar —dijo Daisy, sonriendo con calidez.

Ursula parecía distraída.

—Disculpa un momento —respondió, y se dirigió al otro extremo del vestíbulo.

Daisy pensó que se creía una reina, pero ¿significaba eso que no tenía por qué tener buenos modales? Un día, Daisy sería la reina de la sociedad de Buffalo, pero se juró a sí misma que siempre sería encantadora con todo el mundo.

Las tres mujeres entraron en el tocador de señoras, donde comprobaron su aspecto en el espejo, por si algo se les había descolocado en los veinte minutos que llevaban fuera de casa. Dot Renshaw entró, las miró y volvió a salir.

—Menuda estúpida —espetó Daisy.

Pero su madre parecía preocupada.

—¿Qué está ocurriendo? —preguntó—. ¡Llevamos aquí cinco minutos y ya nos han vuelto la cara tres personas!

—Está celosa —aclaró Daisy—. A Dot le habría gustado ser ella quien se casase con Charlie.

—A estas alturas, a Dot Renshaw le gustaría casarse más o menos con cualquiera —añadió Olga.

—Venga, vamos a divertirnos —dijo Daisy, y fue la primera en salir.

Al entrar en el salón de baile, Woody Dewar la saludó.

—Por fin, ¡un caballero! —exclamó Daisy.

—Solo quería decirte que creo que está mal que la gente te culpe a ti por cualquier cosa que haya hecho tu padre —dijo él en voz baja.

—¡Sobre todo cuando todos le compraban alcohol! —respondió ella.

Entonces vio a su futura suegra, con un vestido de fiesta de color rosa y tela plisada que no favorecía en absoluto a su figura huesuda. Nora Farquharson no estaba pletórica con la elección de novia de su hijo, pero había aceptado a Daisy y se había mostrado encantadora con Olga en sus mutuas visitas.

—¡Señora Farquharson! —exclamó Daisy—. ¡Qué vestido tan bonito!

Nora Farquharson le volvió la espalda y se alejó.

Eva lanzó un suspiro ahogado.

Una horrorosa sensación invadió a Daisy. Se volvió hacia Woody.

—Esto no es por lo del alcohol, ¿verdad?

—No.

—Entonces, ¿por qué es?

—Tendrás que preguntárselo a Charlie. Aquí llega.

Charlie estaba sudando, aunque no hacía calor.

—¿Qué ocurre? —le preguntó Daisy—. ¡Todo el mundo me da la espalda!

El joven estaba hecho un manojo de nervios.

—La gente está muy enfadada con tu familia —aclaró él.

—¿Por qué motivo? —preguntó ella alzando la voz.

Varias personas que se encontraban por allí cerca se percataron del tono elevado y se volvieron para ver quién hablaba. A ella le daba igual.

—Tu padre ha arruinado a Dave Rouzrokh —dijo Charlie.

—¿Te refieres al incidente en el Ritz-Carlton? ¿Qué tiene que ver eso conmigo?

—Dave cae bien a todo el mundo, aunque sea persa o algo así. Y no creen que sea un violador.

—¡Jamás he dicho tal cosa!

—Ya lo sé —dijo Charlie, que, era evidente, estaba sufriendo muchísimo.

Los presentes los miraban con descaro: Victor Dixon, Dot Renshaw, Chuck Dewar.

—Pero la culpa la tengo yo, ¿verdad? —dijo Daisy.

—Tu padre ha hecho algo horrible.

Daisy estaba paralizada por el miedo. ¿De verdad podía sufrir una derrota en el último momento?

—Charlie —dijo—. ¿Qué estás queriendo decirme? Habla claro, por el amor de Dios.

Eva rodeó con un brazo por la cintura a su amiga como gesto de apoyo.

—Mi madre opina que es imperdonable —respondió Charlie.

—¿Qué significa eso de «imperdonable»?

Él la miró, abatido. No le salían las palabras.

Aunque no eran necesarias. Ella sabía lo que iba a decirle.

—Se ha terminado, ¿verdad? —preguntó ella—. Estás dándome plantón.

Él asintió en silencio.

—Daisy, tenemos que irnos —dijo Olga, que estaba llorando.

Su hija echó un vistazo a su alrededor. Levantó la barbilla con altivez y los miró a todos, uno por uno: Dot Renshaw, con una mirada de satisfacción maliciosa; Victor Dixon, con gesto de admiración; Chuck Dewar, boquiabierto e impresionado como adolescente que era, y su hermano Woody, con expresión compasiva.

—¡Idos todos al infierno! —exclamó Daisy—. ¡Yo me voy a Londres a bailar con el rey!

3

1936

I

Era una soleada tarde de sábado. Corría el mes de mayo de 1936 y Lloyd Williams estaba terminando su segundo año en Cambridge cuando el cruel fantasma del fascismo volvió a aparecerse entre los claustros de piedra blanca de la antigua universidad.

Lloyd asistía al Emmanuel College —más conocido como «Emma»—, donde estudiaba Lenguas Modernas. Había escogido francés y alemán, pero el alemán le gustaba más. Mientras se empapaba del esplendor de la cultura germana leyendo a Goethe, Schiller, Heine y Thomas Mann, de vez en cuando levantaba la cabeza del escritorio que ocupaba en la silenciosa biblioteca para contemplar con tristeza cómo Alemania se hundía aquellos días en la barbarie.

Poco después, la sección local de la Unión Británica de Fascistas anunció que su fundador, sir Oswald Mosley, pronunciaría un discurso en un mitin que iba a celebrarse en Cambridge. Esa noticia trasladó a Lloyd al Berlín de tres años atrás. Volvió a ver a los matones de los camisas pardas destrozando las oficinas de la revista de Maud von Ulrich; volvió a oír el crispante sonido de la voz preñada de odio de Hitler mientras, de pie ante su Parlamento, cargaba lleno de desprecio contra la democracia; de nuevo se estremeció al recordar las fauces ensangrentadas de aquellos perros que habían atacado a Jörg, mientras tenía la cabeza tapada con un cubo.

Lloyd se encontraba en el andén de la estación ferroviaria de Cambridge, esperando a que llegara su madre en el tren de Londres. Junto a él estaba Ruby Carter, una compañera militante del Partido Laborista local. Ruby le había ayudado a organizar el mitin de ese día, que trataría sobre «La verdad del fascismo». La madre de Lloyd, Eth Leckwith, era una de las oradoras. Su libro sobre Alemania había tenido un éxito enorme; Eth había vuelto a presentarse a las elecciones al Parlamento en 1935 y otra vez ocupaba un escaño en la cámara como parlamentaria por Aldgate.

Lloyd estaba algo nervioso por lo del mitin. El nuevo partido político de Mosley había conseguido muchos miles de afiliados, gracias en parte al entusiasta apoyo que les brindaba el *Daily Mail*, que había publicado en portada el desafortunado titular de «¡Un hurra por los camisas negras!». Mosley era un orador con muchísimo carisma y era indudable que en el mitin de ese día volvería a reclutar nuevos miembros, así que empezaba a ser fundamental que una clara voz de la razón se alzara para contrarrestar sus seductoras mentiras.

Ruby, por el contrario, estaba muy habladora y no hacía más que quejarse de la vida social de Cambridge.

—Con los chicos de por aquí me aburro muchísimo —decía—. Lo único que quieren hacer es ir a un pub a emborracharse.

Lloyd se sorprendió. Siempre había creído que la vida social de Ruby era de lo más animada. La chica solía vestirse con prendas baratas que siempre le quedaban algo ceñidas y con las que lucía sus generosas curvas. Lloyd pensaba que la mayoría de los hombres debían de encontrarla atractiva.

—¿Y a ti qué te gusta hacer? —le preguntó él—. Aparte de organizar mítines del Partido Laborista.

—Me encanta ir a bailar.

—Pues seguro que no te faltarán parejas de baile. En la universidad hay doce hombres por cada mujer.

—Sin ánimo de ofender, pero la mayoría de los hombres de la universidad son mariquitas.

Cierto. Lloyd sabía que había muchos homosexuales en la Universidad de Cambridge, pero se sobresaltó al oírle sacar el tema. Ruby era famosa por su franqueza, pero una afirmación como aquella resultaba escandalosa incluso viniendo de ella. No sabía cómo reaccionar ante ese comentario, de modo que no dijo nada.

—Tú no serás uno de ellos, ¿verdad? —preguntó Ruby.

—¡No! Qué cosas dices.

—No tienes por qué ofenderte. Eres lo bastante guapo para ser mariquita, lo único que te sobra es esa nariz aplastada que tienes.

Lloyd se echó a reír.

—Menudo cumplido, la verdad es que no sé cómo tomármelo.

—Pero es verdad que eres guapo. Te pareces un poco a Douglas Fairbanks Junior.

—Vaya, pues gracias, pero no soy mariquita.

—¿Tienes novia?

Aquello se estaba poniendo tenso.

—No, ahora mismo no. —Hizo como si consultase su reloj de pulsera y miró a ver si el tren llegaba ya.

—¿Por qué no?

—Porque no he conocido aún a la chica adecuada.

—Ah, muchas gracias por la parte que me toca.

Lloyd la miró y comprobó que hablaba medio en broma. Aun así, se sintió avergonzado al ver que se había tomado el comentario de una forma tan personal.

—No me refería…

—Sí, sí que te referías a mí. Pero tranquilo. Ahí llega el tren.

La locomotora entró en la estación y se detuvo envuelta en una nube de vapor. Las puertas se abrieron y los pasajeros bajaron al andén: estudiantes con chaquetas de tweed, matronas de granja que iban a hacer sus compras, obreros con sus gorras planas. Lloyd paseó la mirada por aquella muchedumbre buscando a su madre.

—Estará en un vagón de tercera —dijo—. Cuestión de principios.

—¿Vendrás a mi fiesta de cumpleaños? Cumplo veintiuno.

—Claro que sí.

—Tengo una amiga que vive en un pequeño apartamento de Market Street, y su casera es sorda.

Lloyd no se sentía cómodo con esa invitación y dudó si había hecho lo correcto aceptando, pero entonces vio a su madre, guapa como un petirrojo con su abrigo ligero de color carmesí y un vistoso sombrerito. Le dio un abrazo y un beso.

—Estás estupendo, cariño mío —dijo Ethel—, pero tengo que comprarte un traje nuevo para el próximo semestre.

—Con este tengo bastante, mamá.

Lloyd contaba con una beca que le pagaba la matrícula de la universidad y los gastos de manutención más básicos, pero no le daba para trajes. Cuando entró en Cambridge, su madre había echado buena mano de sus ahorros y le había comprado un traje de tweed para diario y un traje de etiqueta para las cenas formales. El de tweed se lo había puesto todos los días durante los dos últimos años, y ya empezaba a notarse. A Lloyd le preocupaba mucho su aspecto y siempre se aseguraba de llevar la camisa blanca bien limpia, la corbata con el nudo perfecto y un pañuelo blanco doblado que sobresalía del bolsillo superior de la chaqueta; debía de tener algún antepasado dandi en la familia. A pesar de que llevaba el traje muy bien planchado, era cierto que se veía ya algo desaliñado, y la verdad es que le hubiera gustado tener uno nuevo, pero no quería que su madre se gastara los ahorros en eso.

—Ya veremos —repuso la mujer. Se volvió hacia Ruby, le sonrió con cariño y le tendió una mano—. Soy Eth Leckwith —dijo, presentándose con la gracia natural de una duquesa que estaba de visita.

—Encantada de conocerla. Yo soy Ruby Carter.

—¿Tú también estudias aquí, Ruby?

—No, trabajo de doncella en Chimbleigh, una gran casa solariega. —Ruby parecía algo avergonzada al hacer esa confesión—. Queda a unos ocho kilómetros de la ciudad, pero siempre hay alguien que me deja una bicicleta.

—¡Qué casualidad! —dijo Ethel—. Cuando yo tenía tu edad, también era doncella en una casa de campo, en Gales.

Ruby se quedó de piedra.

—¿Usted, doncella? ¡Y ha llegado a parlamentaria!

—Bueno, en eso consiste la democracia.

—Ruby y yo hemos organizado juntos el mitin de hoy —dijo Lloyd.

—¿Y qué tal va por ahora? —preguntó su madre.

—Lleno total. De hecho, hemos tenido que buscar un salón de actos más grande.

—Te dije que funcionaría.

El mitin había sido idea de Ethel. Ruby Carter y muchos otros miembros del Partido Laborista habían querido organizar una manifestación de protesta para marchar por la ciudad. Al principio Lloyd también había estado de acuerdo con ellos.

—Tenemos que aprovechar todas las oportunidades que se nos presenten para enfrentarnos públicamente al fascismo —había argumentado.

Ethel, sin embargo, le había aconsejado seguir otra táctica.

—Si marchamos gritando consignas, la gente creerá que somos iguales que ellos —había dicho—. Demostradles que somos diferentes. Organizad un mitin tranquilo e inteligente para debatir sobre la realidad del fascismo. —Lloyd había tenido sus dudas—. Yo misma iré a hablar, si quieres —le había propuesto su madre.

Lloyd había trasladado esa oferta al partido de Cambridge, donde se había producido un vivo debate en el que Ruby había sido la mayor detractora del plan de Ethel, pero al final la posibilidad de contar con una parlamentaria y feminista de fama hablando para ellos había acabado por zanjar la discusión.

Lloyd todavía no estaba seguro de que hubieran tomado la decisión acertada. Recordaba a Maud von Ulrich en Berlín, diciendo: «No debemos combatir la violencia con más violencia». Esa había sido la política del Partido Socialdemócrata alemán. Una política que, para la familia Von Ulrich y para Alemania, había resultado una catástrofe.

Salieron atravesando la arquería de medio punto de la estación, toda construida en ladrillo amarillento, y se apresuraron a bajar por la frondosa Station Road, una calle de engreídas casas de clase media hechas con ese mismo ladrillo amarillo pardusco. Ethel tomó el brazo a Lloyd.

—Bueno, ¿cómo le va a mi pequeño universitario? —preguntó.

Él sonrió al oír ese «pequeño». Era diez centímetros más alto que ella, y su entrenamiento con el equipo de boxeo de la universidad le había hecho desarrollar la musculatura: podría haberla levantado en alto con una sola mano. Sabía que su madre estaba que no cabía en sí de orgullo. Pocas cosas en la vida la habían complacido tanto como verlo ir a estudiar a Cambridge. Seguramente por eso quería comprarle trajes.

—Me encanta estar aquí, ya lo sabes —contestó él—. Y aún me gustará más cuando esté lleno de chicos de clase obrera.

—¡Y chicas! —añadió Ruby.

Torcieron por Hills Road, la vía principal que conducía al centro de la ciudad. Desde la llegada del ferrocarril, Cambridge se había expandido en dirección sur, hacia la estación, y a lo largo de Hills Road se habían construido varias iglesias para dar servicio a ese nuevo barrio de las afueras. Ellos se dirigían a un templo baptista cuyo pastor, que era de izquierdas, había accedido a cedérselo sin cobrarles nada.

—He llegado a un acuerdo con los fascistas —explicó Lloyd—. Les dije que nos abstendríamos de salir en manifestación si ellos prometían no marchar.

—Me sorprende que hayan aceptado —dijo Ethel—. A los fascistas les encantan las marchas.

—Al principio no querían, pero les comuniqué mi propuesta a las autoridades universitarias y a la policía, y entonces no les quedó más opción.

—Qué inteligente.

—Pero, mamá, ¿a que no sabes quién es su jefe aquí, en la ciudad? El vizconde de Aberowen, también conocido como Boy Fitzherbert. ¡El hijo de tu antiguo patrón, el conde Fitzherbert! —Boy tenía veintiún años, la misma edad que Lloyd. Estudiaba en el Trinity College, al que asistían todos los aristócratas.

—¿Qué? ¡Dios mío!

Parecía más afectada de lo que su hijo había esperado; él la miró con atención: se había quedado pálida.

—¿Te sorprende mucho?

—¡Sí! —Parecía que iba recobrando la compostura—. Su padre es subsecretario del Foreign Office. —El gobierno estaba formado por una coalición de mayoría conservadora—. Fitz debe de estar avergonzado.

—A mí me parece que la mayoría de los conservadores son bastante transigentes con el fascismo. No ven nada de malo en matar comunistas y perseguir judíos.

—Puede que algunos sí, pero estás exagerando. —Miró a Lloyd de reojo—. O sea, ¿que fuiste a ver a Boy?

—Sí. —Lloyd intuía que aquello tenía algún significado especial para Ethel, pero no lograba imaginar por qué—. Me pareció un joven de lo más espantoso. En su habitación del Trinity tenía toda una caja de whisky escocés… ¡doce botellas!

—Ya lo habías conocido antes. ¿No te acuerdas?

—No. ¿Cuándo fue?

—Tenías nueve años. Te llevé al palacio de Westminster, poco después de que me eligieran. Nos encontramos a Fitz y a Boy en las escaleras.

Lloyd lo recordaba con vaguedad. En aquel entonces, igual que en esta ocasión, el incidente pareció resultar misteriosamente importante para su madre.

—¿Ese era él? Qué curioso.

—Yo lo conozco. Es un cerdo. Se dedica a manosear a las criadas —terció Ruby.

Lloyd se sorprendió, pero a su madre no pareció extrañarle.

—Es algo muy desagradable, pero sucede en todas partes. —Su cruda aceptación hizo que a Lloyd le pareciera más horrible aún.

Llegaron al templo y entraron por la puerta de atrás. Allí, en una especie de sacristía, encontraron a Robert von Ulrich con un traje de cuadros verdes y marrones y una corbata de rayas que le conferían un aspecto asombrosamente británico. Se puso en pie y Ethel le dio un abrazo.

—Querida Ethel, qué sombrero tan perfectamente encantador —dijo Robert en un inglés impecable.

Lloyd presentó a su madre a las mujeres de la sección local del Partido Laborista, que estaban preparando grandes teteras y platos de galletas para servir después del mitin. Como había oído a Ethel quejarse muchísimas veces de que la gente que organizaba actos políticos parecía creer que los parlamentarios nunca tenían que ir al baño, dijo:

—Ruby, antes de empezar, ¿podrías enseñarle a mi madre dónde está el servicio de señoras?

Las dos mujeres se marcharon y Lloyd se sentó junto a Robert para darle conversación.

—¿Qué tal va el negocio?

Robert era el propietario de un restaurante muy frecuentado por esos homosexuales de los que Ruby acababa de quejarse hacía un rato. De algún modo se había enterado de que Cambridge, en los años treinta, era un lugar muy tolerante con esos hombres, igual que lo había sido el Berlín de los años veinte. Su nuevo local llevaba el mismo nombre que el antiguo, Bistro Robert.

—El negocio va bien —respondió. En su rostro apareció una sombra, una expresión de auténtico miedo, breve pero intensa—. Esta vez espero poder conservar lo que he construido.

—Hacemos todo lo posible por acabar con los fascistas, y mítines como este son la mejor forma de conseguirlo —dijo Lloyd—. Tu charla será de gran ayuda. Le abrirá los ojos a mucha gente. —Robert iba a hablarles de su experiencia personal bajo un régimen fascista—. Muchos dicen que aquí nunca podría suceder algo así, pero se equivocan.

Robert asintió con gesto adusto.

—El fascismo es una mentira, pero con un gran poder de seducción.

La visita de Lloyd a Berlín, hacía ya tres años, seguía muy viva en su recuerdo.

—A menudo me pregunto qué habrá sido del viejo Bistro Robert —dijo el chico.

—Recibí una carta de un amigo —contestó Robert con la voz cargada de tristeza—. Ninguno de los antiguos habituales sigue yendo por allí. Los hermanos Macke malvendieron la bodega. Ahora la clientela consiste sobre todo en polizontes de medio pelo y burócratas. —Su expresión de dolor se acentuó al añadir—: Ya no usan manteles. —Cambió de tema con brusquedad—. ¿Vas a ir al baile del Trinity?

La mayoría de los *colleges* organizaban bailes de verano para celebrar que se habían acabado los exámenes. Esos bailes, con las fiestas y las meriendas campestres que los acompañaban, constituían la Semana de Mayo, que paradójicamente tenía lugar en junio. El baile del Trinity era famoso por su derroche.

—Me encantaría, pero no me lo puedo permitir —dijo Lloyd—. Las entradas valen dos guineas, ¿verdad?

—Me han regalado una, pero te la puedes quedar si quieres. Varios cientos de estudiantes borrachos bailando al ritmo de una banda de jazz es justamente la idea que tengo yo del infierno.

Lloyd se sintió tentado.

—Pero es que no tengo frac. —Los bailes de los *colleges* exigían traje de gala y pajarita.

—Te dejo el mío. El pantalón te vendrá un poco ancho de cintura, pero somos igual de altos.

—Entonces, sí que iré. ¡Gracias!

Ruby volvió a aparecer.

—Tu madre es un encanto —le comentó a Lloyd—. ¡No sabía que antes hubiera sido doncella!

—Hace más de veinte años que conozco a Ethel —dijo Robert—. Es una persona realmente extraordinaria.

—Ahora entiendo por qué no has encontrado a la chica adecuada —le dijo Ruby a Lloyd—. Estás buscando a alguien como ella, y no hay muchas.

—En esto último, por lo menos, tienes razón —repuso Lloyd—. No hay nadie como ella.

Ruby se estremeció, como si le doliera algo.

—¿Qué te sucede? —preguntó Lloyd.

—Me duele la muela.

—Tienes que ir al dentista.

Ella se quedó mirándolo como si acabara de decir una estupidez, y Lloyd se dio cuenta de que, con su paga, una doncella no podía permitirse ir al dentista; se sintió como un idiota.

Después se acercó a la puerta para asomarse a la nave principal. Igual que en muchos templos no conformistas, era una sencilla sala rectangular con las paredes pintadas de blanco. El día era cálido y las ventanas de cristales claros estaban abiertas. Las hileras de sillas estaban llenas y el público esperaba con expectación.

—Si a todo el mundo le parece bien, yo daré comienzo al mitin —dijo Lloyd cuando apareció Ethel—. Después Robert nos contará su experiencia personal, y luego mi madre extraerá de ella las conclusiones políticas.

Todos estuvieron de acuerdo.

—Ruby, ¿te encargarás de tener vigilados a los fascistas? Si sucede algo, dímelo.

Ethel frunció el ceño.

—¿De verdad es necesario?

—No creo que debamos albergar grandes esperanzas en que cumplan su promesa.

—Piensan reunirse a unos seiscientos metros de aquí, calle arriba. No me importa acercarme corriendo un momento a ver.

Ruby salió por la puerta de atrás, y Lloyd entró con los demás en la iglesia. No había ningún escenario, sino una mesa con tres sillas que habían dispuesto casi en el altar, con un atril a un lado. Mientras Ethel y Robert ocupaban sus asientos, Lloyd se acercó al atril y los asistentes aplaudieron con moderación.

—El fascismo se ha puesto en marcha —empezó diciendo Lloyd—, y resulta peligrosamente atractivo. Les da falsas esperanzas a los parados. Se viste de un patriotismo espurio, igual que los fascistas mismos se visten con imitaciones de uniformes militares.

Para consternación de Lloyd, el gobierno británico tendía a mostrarse más bien complaciente con los regímenes fascistas. Estaba formado por una coalición en la que dominaban los conservadores, con algunos liberales y algún que otro ministro laborista renegado que había roto con su partido. El pasado noviembre, apenas unos días después de que fuera reelegido, el secretario del Foreign Office había propuesto ceder gran parte de Abisinia a los conquistadores italianos y a su líder fascista, Benito Mussolini.

Peor aún, Alemania se estaba rearmando y era cada vez más agresiva. Apenas un par de meses antes, Hitler había violado el Tratado de Versalles al enviar tropas a la desmilitarizada Renania… y Lloyd se había escandalizado al ver que ningún país parecía dispuesto a impedírselo.

Cualquier esperanza que pudiera haber albergado de que el fascismo no era más que una aberración temporal se había desvanecido ya.

Lloyd creía que países democráticos como Francia y Gran Bretaña deberían estar dispuestos a tomar las armas. En su discurso de ese día, no obstante, no dijo nada de eso porque sabía que su madre y la mayoría del Partido Laborista se oponían al rearme de su país, y esperaban que la Sociedad de las Naciones fuera capaz de lidiar con los dictadores europeos. Querían evitar a cualquier precio que se repitiera la espantosa carnicería de la Gran Guerra. Lloyd simpatizaba con esa esperanza, pero temía que no fuese realista.

Él ya se estaba preparando para una guerra. Había sido oficial cadete en el colegio y, al llegar a Cambridge, se había unido al Cuerpo de Instrucción de Oficiales: el único chico de clase obrera y, desde luego, el único miembro del Partido Laborista que había entrado en él.

Se sentó oyendo de nuevo ese comedido aplauso. Era un orador claro y coherente, pero no poseía la habilidad de su madre para llegar al corazón de la gente… todavía no, por lo menos.

Robert se acercó al atril.

—Yo soy austríaco —dijo—. Fui herido en la guerra, los rusos me capturaron y me enviaron a un campo de prisioneros de Siberia. Cuando los bolcheviques firmaron la paz con las Potencias Centrales, los guardias abrieron las puertas y nos dijeron que podíamos irnos a donde quisiéramos. Volver a casa era problema nuestro, no de ellos. Desde Siberia hay un largo camino hasta Austria… casi cinco mil kilómetros. No había ningún autobús, así que empecé a andar.

Unas risas de asombro recorrieron la sala acompañadas de algún aplauso de reconocimiento. Lloyd vio que Robert ya se los había metido en el bolsillo.

Ruby se le acercó con cara de estar algo preocupada y le habló al oído.

—Los fascistas acaban de pasar por aquí delante. Boy Fitzherbert llevaba a Mosley a la estación en coche, y un grupo de exaltados con camisas negras corrían detrás de ellos lanzando vítores.

Lloyd torció el gesto.

—Prometieron no organizar ninguna marcha. Supongo que dirán que correr detrás de un coche no cuenta.

—Me gustaría saber qué diferencia hay entre lo uno y lo otro.

—¿Eran violentos?

—No.

—No bajes la guardia.

Ruby se retiró. Lloyd estaba preocupado, era evidente que habían violado el espíritu del acuerdo, aunque quizá no la letra pequeña. Habían salido a la calle vestidos con sus uniformes sabiendo que no se encontrarían con ninguna contramanifestación. Los socialistas estaban allí dentro, en la iglesia, invisibles. Lo único que demostraba su postura era una pancarta que colgaba en la pared del templo y que decía LA VERDAD SOBRE EL FASCISMO en grandes letras rojas.

—Es un placer para mí estar aquí; es un honor que me hayan invitado para hablarles, y estoy encantado de ver a muchos clientes de Bistro Robert entre el público. Sin embargo, debo advertirles que la historia que tengo que contar es más bien desagradable, puede que incluso truculenta.

Robert relató cómo a Jörg y a él los habían arrestado después de negarse a vender el restaurante de Berlín a un nazi. Describió a Jörg como su chef, además de socio durante muchísimo tiempo, sin decir nada de su relación sexual, aunque los más avispados del público seguramente lo imaginaron.

Los asistentes guardaron el más completo silencio mientras él empezaba a describir los sucesos que había vivido en el campo de concentración. Lloyd oyó cómo contenían el aliento con horror cuando llegó a la parte en que aparecían aquellos perros hambrientos. Robert narró la tortura de Jörg con una voz grave, clara, que se proyectaba hasta el final de la sala. Cuando llegó a la muerte de Jörg, había mucha gente llorando.

El propio Lloyd revivió la crueldad y la angustia de aquellos momentos, se sintió presa de un arrebato de rabia hacia idiotas como ese Boy Fitzherbert, cuyo capricho pasajero por las marchas militares y los uniformes elegantes amenazaba con llevar a Inglaterra ese mismo tormento.

Robert se sentó y Ethel se acercó al atril. Justo cuando empezaba a hablar, Ruby apareció de nuevo y con aspecto de estar furiosa.

—¡Te dije que esto no saldría bien! —le siseó a Lloyd al oído—. Mosley se ha ido ya, pero sus chicos están cantando «Rule, Britannia» frente a la estación.

Lloyd, airado, pensó que con eso sí que incumplían el acuerdo. No había duda. Boy había roto su promesa. Adiós muy buenas a su palabra de caballero inglés.

Ethel estaba explicando que el fascismo ofrecía falsas soluciones, culpando de una forma simplista a grupos como los judíos y los comunistas de problemas mucho más complejos, como el paro o la delincuencia. Se burló sin contemplaciones del concepto del «triunfo de la voluntad» y dejó al Führer y al Duce como dos matones de patio de colegio. Clamaban por el apoyo popular, pero prohibían toda forma de oposición.

Lloyd se dio cuenta de que, cuando los fascistas regresaran desde la estación al centro de la ciudad, tendrían que pasar por delante del templo. Empezó a prestar atención a los sonidos que llegaban por las ventanas abiertas y oyó el rugido de coches y camiones avanzando por Hills Road, interrumpido por algún que otro timbre de bicicleta o el grito de un chiquillo. Creyó oír entonces un griterío a lo lejos y le pareció que sonaba como el alboroto organizado por unos gamberros demasiado jóvenes aún para sentirse orgullosos de la gravedad recién estrenada de sus voces. Aquello no presagiaba nada bueno. Se puso tenso, intentando oír mejor, y percibió más gritos. Los fascistas estaban marchando.

Ethel se vio obligada a levantar la voz a medida que el jaleo de fuera se hacía cada vez más fuerte. Defendía que los obreros de todas las procedencias tenían que unir sus fuerzas mediante los sindicatos y el Partido Laborista para así construir una sociedad más justa dando un paso democrático después de otro, y no recurriendo a levantamientos violentos como los que tan mal habían acabado en la Rusia comunista o la Alemania nazi.

Ruby entró una vez más.

—Ya están marchando por Hills Road, vienen hacia aquí —dijo en un murmullo grave, apremiante—. ¡Tenemos que salir a hacerles frente!

—¡No! —susurró Lloyd—. El partido tomó una decisión colectiva: no nos manifestaremos. Debemos atenernos a eso. ¡Tenemos que ser un movimiento disciplinado! —Sabía que con la mención a la disciplina de partido la convencería más.

Los fascistas ya no estaban muy lejos y entonaban sus cánticos a voz en grito. Lloyd calculó que debían de ser unos cincuenta o sesenta. Se moría de ganas de salir ahí fuera y encararse a ellos. Dos jóvenes que estaban sentados bastante al fondo se levantaron y fueron a las ventanas a mirar. Ethel pidió cautela.

—No respondáis a las provocaciones de esos gamberros convirtiéndoos también vosotros en lo mismo —dijo—. Lo único que conseguiréis así es darles a los periódicos una excusa para decir que un bando es tan malo como el otro.

Se oyó un estrépito de cristales rotos y una piedra entró volando por la ventana. Una mujer dio un grito y varias personas se pusieron de pie.

—Permaneced sentados, por favor —dijo Ethel—. Seguro que se marchan dentro de nada. —Continuó hablando con una voz serena y tranquilizadora, pero ya pocas personas prestaban atención a su discurso.

Todo el mundo miraba hacia atrás, a la puerta del templo, donde se oían los gritos y silbidos de abucheo que soltaban los alborotadores en el exterior. A Lloyd le costó muchísimo trabajo quedarse en su sitio. Miraba a su madre con una expresión neutra, como si se hubiese puesto una máscara. Todos los huesos de su cuerpo querían salir corriendo allí fuera y empezar a soltar puñetazos.

Pasados unos minutos, el público empezó a tranquilizarse hasta cierto punto. Volvieron a prestar atención a Ethel, aunque aún se removían en sus asientos y no dejaban de mirar atrás por encima del hombro.

—Somos como una camada de conejos —murmuró Ruby— que se revuelve en la madriguera mientras el zorro acecha fuera. —Había desdén en su voz, y Lloyd se dio cuenta de que tenía razón.

Pero el pronóstico de su madre resultó ser acertado y ya no tiraron más piedras. Los cánticos fueron remitiendo.

—¿Por qué desean los fascistas la violencia? —dijo Ethel, lanzando una pregunta retórica—. Puede que esos que están ahí fuera, en Hills Road, no sean más que unos gamberros, pero alguien los está dirigiendo y su táctica tiene un propósito. Si se producen altercados en las calles, podrán afirmar que se ha quebrantado el orden público y que se necesitan medidas drásticas para restablecer el imperio de la ley. Esas medidas de emergencia supondrán también la prohibición de partidos políticos democráticos como el Laborista, la condena de la acción sindical y el encarcelamiento de personas sin juicio previo: personas como nosotros, hombres y mujeres de paz, cuyo único delito es el de no estar de acuerdo con el gobierno. ¿Os parece algo demasiado fantasioso, improbable, algo que jamás podría suceder? Bueno, pues son justamente las tácticas que utilizaron en Alemania… y funcionaron.

Pasó entonces a hablar de cómo había que enfrentarse al fascismo: mediante grupos de discusión, en reuniones y mítines como ese, escribiendo cartas a los periódicos, aprovechando toda oportunidad para advertir a los demás de ese peligro. Pero incluso a Ethel le resultaba difícil conseguir que esa postura pareciera valerosa y decisiva.

Lloyd se había sentido herido en lo más profundo de su ser con ese comentario de Ruby sobre los conejos. Se sentía un cobarde, y eso lo frustraba tanto que apenas podía estarse quieto en la silla.

La atmósfera de la sala fue recuperando poco a poco la normalidad. Lloyd se volvió hacia Ruby y dijo:

—Al menos los conejos están a salvo.

—Por ahora —repuso ella—, pero el zorro volverá.

II

—Si un chico te gusta, puedes dejar que te dé un beso en la boca —dijo Lindy Westhampton, sentada en el césped tomando el sol.

—Y si te gusta de verdad, puede tocarte los pechos —dijo su hermana gemela, Lizzie.

—Pero nada de nada por debajo de la cintura.

—Por lo menos hasta que os hayáis prometido.

Daisy estaba intrigada. Había imaginado que las chicas inglesas serían algo reprimidas, pero se había equivocado. Las gemelas Westhampton estaban obsesionadas con el sexo.

Estar invitada en Chimbleigh, la casa de campo de sir Bartholomew «Bing» Westhampton, era toda una sensación para Daisy. Sentía que la sociedad inglesa ya la había aceptado en su seno, aunque todavía no había conocido al rey.

Recordó la humillación de la que había sido objeto en el Club Náutico de Buffalo con una sensación de bochorno que todavía le escocía, como una quemadura en la piel que sigue doliendo aun mucho después de que la llama se haya extinguido. Pero cada vez que sentía ese dolor, pensaba en que un día iría a bailar con el rey, y se las imaginaba a todas —a Dot Renshaw, Nora Farquharson, Ursula Dewar— comiéndose con los ojos su fotografía en el *Buffalo Sentinel* y leyendo hasta la última palabra de la crónica, envidiándola y deseando poder decir, sin faltar a la verdad, que siempre habían sido amigas suyas.

Al principio nada había resultado fácil. Daisy había llegado hacía tres meses con su madre y su amiga Eva. Su padre les había dado unas cuantas cartas de presentación dirigidas a personas que habían resultado no ser precisamente la flor y nata del panorama social de Londres. Daisy empezaba a arrepentirse de haberse marchado del baile del Club Náutico con tanta prepotencia: ¿y si al final no llegaba a ninguna parte?

Sin embargo, era una chica decidida y no le faltaban recursos, así que por el momento le bastaba con tener un pie dentro. Incluso en espectáculos que eran más o menos públicos, como las carreras de caballos o las funciones de ópera, podía codearse una con gente de alta alcurnia. Daisy coqueteaba con los hombres y despertaba la curiosidad de las matronas dejándoles caer que era rica y estaba soltera. Muchas familias aristocráticas inglesas se habían arruinado en la Gran Depresión, y una heredera estadounidense siempre era bienvenida, incluso aunque no fuese guapa y encantadora. Les gustaba su acento, le toleraban que cogiera el tenedor con la mano derecha y les divertía saber que era capaz de ponerse al volante de un coche; en Inglaterra eran los hombres quienes conducían. Muchas chicas inglesas montaban a caballo igual de bien que Daisy, pero muy pocas igualaban la coqueta seguridad que exhibía ella sobre la silla. Algunas de las mujeres más mayores la miraban con recelo, pero incluso a ellas se las acabaría ganando, estaba segura.

Coquetear con Bing Westhampton había resultado fácil. Era un hombrecillo menudo y con una sonrisa irresistible al que se le iban los ojos detrás de las chicas guapas; y el instinto le decía a Daisy que los ojos no serían lo único que se le iría si tenía la oportunidad de llevársela a dar un oscuro paseo por el jardín al atardecer. Estaba claro que sus hijas habían salido a él.

La reunión en la casa de campo de los Westhampton era una de las muchas que se celebraban en Cambridgeshire durante la Semana de Mayo y que duraban varios días. Entre los invitados se contaban el conde Fitzherbert, conocido como Fitz, y su esposa, Bea. Ella era la condesa Fitzherbert, claro está, pero prefería utilizar su título de princesa rusa. Su hijo mayor, Boy, estudiaba en el Trinity College.

La princesa Bea era una de las matriarcas de la alta sociedad que todavía miraban a Daisy con cierto reparo. Sin llegar a decir ninguna falsedad, Daisy había dado a entender que su padre era un noble ruso que lo había perdido todo en la revolución, y no un obrero de una fábrica que había huido a América escapando de la policía. Pero Bea no se había dejado engañar.

—No recuerdo a ninguna familia de nombre Peshkov en San Petersburgo ni en Moscú —le había dicho sin molestarse demasiado en fingir desconcierto, a lo que Daisy se había obligado a sonreír como si el hecho de que la princesa lo recordara o no fuese del todo intrascendente.

En la casa había otras tres chicas de la misma edad que Daisy y Eva: las gemelas Westhampton y May Murray, que era hija de un general. Los bailes se alargaban toda la noche, así que todos dormían hasta el mediodía, pero las tardes se hacían un poco pesadas. Las cinco chicas pasaban los ratos muertos en el jardín o se iban a pasear por el bosque.

—¿Y qué es lo que se puede hacer después de haberse prometido? —preguntó Daisy en ese momento, incorporándose en su hamaca.

—Puedes frotarle la cosa —respondió Lindy.

—Hasta que le sale el chorrito —añadió su hermana.

—¡Qué asqueroso! —exclamó May Murray, que no era tan atrevida como las gemelas.

Eso no hizo más que animarlas.

—También se la puedes chupar —dijo Lindy—. Eso es lo que más les gusta.

—¡Callaos ya! —protestó May—. Os lo estáis inventando.

Lo dejaron correr, ya habían molestado bastante a May.

—Me aburro —dijo Lindy—. ¿Qué podríamos hacer?

Daisy se dejó llevar por un impulso travieso.

—¿Por qué no nos presentamos a la cena vestidas de hombre? —Se arrepintió nada más haberlo dicho. Un numerito como ese podía dar al traste con su carrera social cuando apenas si había empezado.

El decoro alemán de Eva hizo que se sintiera violentada.

—¡Daisy, no lo dirás en serio!

—No —admitió ella—. Ha sido una tontería.

Las gemelas tenían el mismo pelo rubio y fino que su madre, no los rizos oscuros de su padre, pero sí habían heredado de él su vena pícara, y a las dos les encantó la idea.

—Hoy bajarán todos con frac, así que podemos robarles los esmóquines —dijo Lindy.

—¡Eso! —soltó su hermana gemela—. Lo haremos cuando estén tomando el té.

Daisy se dio cuenta de que ya era demasiado tarde para dar marcha atrás.

—¡Pero no podemos presentarnos así en el baile! —exclamó May Murray. Todos ellos pensaban asistir al baile del Trinity después de cenar.

—Nos cambiaremos otra vez antes de salir hacia allí —dijo Lizzie.

May era una criatura tímida, a la que seguramente su padre militar había apocado el carácter, y siempre accedía a todo lo que decidían las demás. Eva, siendo la única voz discrepante, se vio anulada y el plan siguió adelante.

Cuando llegó el momento de vestirse para la cena, una doncella llevó dos trajes de etiqueta a la habitación que Daisy compartía con Eva. La doncella se llamaba Ruby y el día anterior había tenido un dolor de muelas horrible, así que Daisy le había dado dinero para que fuera al dentista, donde le habían arrancado la pieza. Ruby, con el dolor de muelas ya olvidado, tenía los ojos encendidos de la emoción.

—¡Aquí tienen, señoras! —dijo—. Sir Bartholomew debe de llevar una talla lo bastante pequeña para usted, señorita Peshkov, y el traje del señor Andrew Fitzherbert para la señorita Rothmann.

Daisy se quitó el vestido y se puso la camisa. Ruby la ayudó con los extraños gemelos y los puños, a los que no estaba acostumbrada. Después se metió dentro de los pantalones de Bing Westhampton, negros y con una raya de raso. Remetió por dentro la combinación y luego se subió los tirantes hasta los hombros. Al cerrar los botones de la bragueta, se sintió algo osada.

Ninguna de las chicas sabía hacer el lazo de la pajarita, así que los lacios resultados dejaron mucho que desear. Daisy, sin embargo, fue la que consiguió el toque más convincente: cogió un lápiz para las cejas y se pintó un bigote.

—¡Qué maravilla! —dijo Eva—. ¡Estás aún más guapa!

Daisy le pintó unas patillas a Eva.

Las cinco chicas se reunieron en el dormitorio de las gemelas. Daisy se puso a andar con un balanceo masculino que desató las risitas histéricas de las demás.

May expresó la preocupación que también ocupaba en parte el pensamiento de Daisy.

—Espero que no vayamos a meternos en un lío por esto.

—Bah, ¿y a quién le importa? —dijo Lindy.

Daisy decidió dejar de lado sus recelos y pasárselo bien, así que encabezó la marcha para bajar al salón.

Fueron las primeras en llegar, la sala estaba vacía. Repitiendo algo que le había oído a Boy Fitzherbert decirle al mayordomo, Daisy puso voz de hombre y, arrastrando las palabras, pidió:

—Grimshaw, pórtese bien conmigo y sírvame un whisky… este champán sabe a meados.

Las demás casi estallaron en carcajadas nerviosas.

Bing y Fitz entraron juntos. Bing, con su chaleco blanco, le hizo pensar a Daisy en una aguzanieves pinta, un descarado pájaro blanco y negro. Fitz era un hombre apuesto, de mediana edad, con el pelo oscuro entreverado de gris. A causa de las heridas de guerra caminaba con una ligera cojera y tenía un párpado medio caído, pero esas pruebas de su valor en la batalla no hacían sino aumentar su gallardía.

Fitz vio a las chicas y tuvo que mirarlas una segunda vez.

—¡Dios santo! —exclamó. Su tono era de severa reprobación.

Daisy vivió unos instantes de pánico absoluto. ¿Lo había estropeado todo? Los ingleses podían ser puritanos a más no poder, todo el mundo lo sabía. ¿La invitarían a dejar la casa? Algo así sería espantoso. Si volvía a Buffalo con deshonor, Dot Renshaw y Nora Farquharson se lo restregarían por las narices. Preferiría morirse.

Sin embargo, Bing se echó a reír a carcajada limpia.

—Caray, esto sí que es bueno —dijo—. Mire eso, Grimshaw.

El anciano mayordomo, que entraba con una botella de champán metida en una cubitera de plata, las observó con gesto sombrío.

—Muy divertido, sir Bartholomew —dijo con un deje de mordaz hipocresía.

Bing siguió mirándolas a todas con una mezcla de regocijo y lascivia, y Daisy se dio cuenta, demasiado tarde, de que vestirse como el sexo contrario podía inducir a algunos hombres a suponer un grado de libertad sexual y una voluntad de experimentar que no se correspondían con la realidad; una insinuación que, evidentemente, podía acarrearles problemas.

Cuando los invitados se reunieron para la cena, casi todos siguieron el ejemplo de su anfitrión y se tomaron la broma de las chicas como una payasada divertida, aunque Daisy percibió con claridad que no todo el mundo estaba igual de encantado. Su madre se quedó blanca del susto al verlas y se sentó enseguida, como si estuviera a punto de caerse. La princesa Bea, una encorsetada mujer de cuarenta y tantos años que en el pasado debió de ser guapa, arrugó la frente empolvada en un gesto de censura. Pero lady Westhampton era una mujer alegre que se enfrentaba a la vida, igual que a su díscolo marido, con una sonrisa tolerante: se rió con ganas y felicitó a Daisy por el bigote.

Los chicos, que fueron los últimos en llegar, también se mostraron encantados. El hijo del general Murray, el teniente Jimmy Murray, que no era tan envarado como su padre, estalló en placenteras carcajadas. Los hijos de los Fitzherbert, Boy y Andy, entraron juntos, pero fue la reacción de Boy la que resultó más interesante que ninguna otra. Se quedó mirando fijamente a las chicas, fascinado, embelesado. Intentó disimularlo con su jovialidad, mofándose de ellas como los demás hombres, pero estaba claro que sentía una extraña turbación.

En la cena, las gemelas hicieron igual que Daisy y hablaron como si fueran hombres, con voces graves y en tono campechano, lo que desató las risas de todo el mundo. Lindy levantó su copa de vino y dijo:

—¿Qué me dices de este burdeos, Liz?

—Pues creo que tiene muy poco cuerpo, muchacho. Me da a mí la impresión de que Bing lo ha rebajado con agua, ¿no te parece?

Durante toda la cena, Daisy no hizo más que sorprender a Boy mirándola con insistencia. No se parecía mucho a su apuesto padre, pero de todas formas era guapo, y había heredado los ojos azules de su madre. La chica empezó a sentir vergüenza, como si Boy le estuviera mirando los pechos todo el rato.

—¿Has tenido exámenes, Boy? —dijo para romper el hechizo.

—Santo cielo, no —contestó él.

—Ha estado demasiado ocupado volando en su avión para estudiar nada —dijo su padre. Aunque pretendía ser una crítica, sonó como si en realidad Fitz estuviera orgulloso de su hijo mayor.

Boy se hizo el ofendido.

—¡Calumnias! —exclamó.

Eva estaba perpleja.

—¿Para qué vas a la universidad si no quieres estudiar?

—Algunos chicos no se molestan en graduarse, sobre todo si no tienen inclinaciones académicas —explicó Lindy.

—Sobre todo si son ricos y holgazanes —añadió Lizzie.

—¡Yo sí que estudio! —protestó Boy—. Pero la verdad es que no tengo ninguna intención de someterme a los exámenes. Tampoco deseo acabar ganándome la vida trabajando de médico, precisamente.

—Boy heredaría una de las mayores fortunas de Inglaterra a la muerte de Fitz.

Y su afortunada esposa sería la condesa Fitzherbert.

—Espera un momento —dijo Daisy—. ¿De verdad tienes tu propio avión?

—Desde luego. Un Hornet Moth. Soy miembro del Club Aéreo de la Universidad. Tenemos un pequeño campo de aviación en las afueras de la ciudad.

—¡Qué maravilla! ¡Tienes que llevarme a volar!

—¡Ay, no, por favor! —exclamó la madre de Daisy.

—¿No tendrás miedo? —le preguntó Boy.

—¡Ni una pizca!

—Entonces te llevaré. —Se volvió hacia Olga y dijo—: Es muy seguro, señora Peshkov. Le prometo que le devolveré a su hija intacta.

Daisy estaba emocionada.

La conversación viró hacia el tema predilecto de ese verano: el elegante nuevo monarca, Eduardo VIII, y su romance con Wallis Simpson, una norteamericana separada de su segundo marido. Los periódicos de Londres no decían nada de esa historia y se limitaban a incluir a la señora Simpson en las listas de invitados a los acontecimientos reales, pero la madre de Daisy hacía que le enviaran los periódicos estadounidenses, y esos sí que iban cargados de especulaciones sobre el futuro divorcio de Wallis del señor Simpson para casarse con el rey.

—Es algo del todo impensable —dijo Fitz con severidad—. El rey es el jefe de la Iglesia anglicana. Es imposible que se case con una divorciada.

Cuando las damas se retiraron y dejaron a los hombres disfrutando del oporto y los puros, las chicas corrieron arriba a cambiarse de ropa. Daisy quiso dejar claro que en realidad era muy femenina y se decidió por un vestido de baile de seda rosa con un estampado de florecillas minúsculas que tenía una chaquetita de manga farol a juego.

Eva se puso un espectacular vestido sin mangas de sencilla seda negra. Ese último año había perdido peso, se había cambiado el peinado y, siguiendo las enseñanzas de Daisy, había aprendido a vestirse con un estilo elegante y simple que le favorecía mucho. Eva se había convertido en una más de la familia, y a Olga le encantaba comprarle ropa. Para Daisy era como la hermana que nunca había tenido.

Todavía no se había puesto el sol cuando todos se subieron a coches y carruajes para recorrer los ocho kilómetros que los separaban del centro de la ciudad.

Daisy pensó que Cambridge era el sitio más pintoresco que había visto en la vida, con sus callecitas sinuosas y los elegantes edificios de los *colleges*. Una vez llegados al Trinity, se apearon y ella levantó la mirada hacia la estatua de su fundador, el rey Enrique VIII. Cuando cruzaron la puerta de ladrillo de la torre de la entrada, construida en el siglo XVI, Daisy se quedó sin habla de emoción al ver lo que tenía ante sus ojos: un gran patio rectangular con un césped verde muy bien cuidado, recorrido por senderos adoquinados y con una fuente arquitectónica en el centro. En cada uno de los cuatro lados, unos edificios de desgastada piedra dorada formaban el telón de fondo contra el que muchísimos jóvenes ataviados con frac bailaban con chicas espléndidamente vestidas para la ocasión, mientras decenas de camareros con traje de gala les ofrecían bandejas repletas de copas de champán. Daisy dio una palmada uniendo las manos con regocijo: aquello sí que era lo que le gustaba a ella.

Bailó con Boy y luego con Jimmy Murray, después con Bing, que la abrazó con fuerza mientras dejaba que su mano derecha se deslizara desde el final de la espalda hacia la ondulación de la cadera. Daisy decidió no protestar. La música de la orquesta inglesa era una descafeinada imitación de una banda de jazz norteamericana, pero los músicos eran animados y rápidos, y se sabían todos los últimos éxitos.

Cayó la noche y el patio rectangular quedó iluminado por brillantes antorchas. Daisy descansó un momento para ir a ver cómo estaba Eva, que no era demasiado segura y a veces necesitaba un poco de ayuda para presentarse. Sin embargo, no tendría que haberse preocupado: la encontró hablando con un estudiante guapísimo que llevaba un traje algo grande para su talla. Eva se lo presentó: Lloyd Williams.

—Estábamos hablando sobre el fascismo en Alemania —dijo Lloyd, como si Daisy pudiera querer unirse a la conversación.

—Pero qué aburridos llegáis a ser los dos —dijo Daisy.

Lloyd no pareció oír su comentario.

—Estuve en Berlín hace tres años, cuando Hitler subió al poder. Entonces no coincidí con Eva, pero resulta que tenemos varios conocidos en común.

Jimmy Murray apareció de repente y le pidió un baile a Eva. Lloyd se quedó claramente decepcionado al verla marchar, pero echó mano de sus buenos modales, le pidió a Daisy con elegancia que le concediera un baile y juntos se acercaron algo más a la orquesta.

—Su amiga Eva es una persona muy interesante —le dijo.

—Caray, señor Williams, eso es lo que todas las chicas deseamos que nos diga nuestra pareja de baile —repuso Daisy. En cuanto las palabras salieron de su boca, lamentó haber sido tan maliciosa, pero Lloyd se rió.

—Qué torpe soy, tiene usted razón —dijo, sonriendo—. Me merezco la reprimenda. Debo intentar ser más caballero.

A Daisy empezó a gustarle en cuanto vio que era capaz de reírse de sí mismo. Eso demostraba seguridad.

—¿Está usted invitada en Chimbleigh, como Eva? —preguntó Lloyd.

—Sí.

—Entonces debe de ser la norteamericana que le dio dinero a Ruby Carter para que fuera al dentista.

—¿Cómo diantre se ha enterado de eso?

—Es amiga mía.

Daisy se sorprendió.

—¿Es muy frecuente que los estudiantes de la universidad sean amigos de las doncellas?

—¡Cielo santo, qué comentario más esnob por su parte! Mi madre fue doncella antes de llegar a parlamentaria.

Daisy sintió que se sonrojaba. Detestaba el esnobismo y a menudo acusaba a los demás de esa actitud, sobre todo en Buffalo. Ella se creía totalmente inocente de conductas tan indignas.

—He empezado con mal pie con usted, ¿verdad?

—No tanto —dijo él—. Le parece aburrido hablar de fascismo, pero acoge en su casa a una refugiada alemana e incluso la invita a viajar a Inglaterra con usted. Cree que las doncellas no tienen derecho a ser amigas de los estudiantes, pero le pagó a Ruby esa visita al dentista. No creo que esta noche conozca a ninguna otra chica ni la mitad de fascinante que usted.

—Lo tomaré como un cumplido.

—Aquí llega su amigo fascista, Boy Fitzherbert. ¿Quiere que lo espante?

Daisy percibió que a Lloyd le encantaría disponer de una oportunidad para enfrentarse con él.

—¡De ninguna manera! —exclamó, y se volvió para sonreír a Boy. Este le dirigió una breve cabezada de saludo a Lloyd.

—Buenas noches, Williams.

—Buenas noches —respondió él—. Me decepcionó mucho ver que tus fascistas marchaban por Hills Road el sábado pasado.

—Ah, sí —dijo Boy—. Quizá se sobrepasaron en su entusiasmo.

—Me sorprendió, sobre todo porque tú habías dado tu palabra de que no lo harían.

Daisy vio que Lloyd, bajo esa máscara de fría educación, estaba muy enfadado. Pero Boy se negó a tomar en serio sus comentarios.

—Lo siento mucho —dijo como si nada, y se volvió hacia Daisy—. Ven, te enseñaré la biblioteca —le dijo—. Es de Christopher Wren.

—¡Será un placer! —exclamó Daisy. Se despidió de Lloyd con la mano y dejó que Boy la cogiera del brazo.

Lloyd parecía molesto al verla marchar, lo cual a ella le agradó bastante.

En el lado oeste del gran rectángulo había un pasaje que llevaba a un patio más pequeño con un único y elegante edificio al fondo. Mientras Daisy admiraba el claustro de la planta baja, Boy le explicó que los libros estaban en el primer piso porque el río Cam solía desbordarse a menudo.

—¿Quieres ir a ver el río? —propuso—. Por la noche está muy bonito.

Daisy tenía veinte años y, aunque carecía de experiencia en ese campo, sabía que en realidad a Boy no le interesaba mucho la contemplación nocturna de ríos. Por otro lado, después de su reacción al verla vestida de hombre, se preguntó si no le gustarían más los chicos que las chicas. Supuso que estaba a punto de descubrirlo.

—¿De verdad conoces al rey? —le preguntó mientras él la llevaba hacia un tercer patio.

—Sí. Es más amigo de mi padre, desde luego, pero a veces viene a casa. Y, además, le encantan algunas de mis ideas políticas, eso te lo aseguro.

—Me encantaría conocerlo. —Sabía que se estaba portando como una ingenua, pero era su oportunidad y no pensaba desaprovecharla.

Cruzaron una verja y salieron a un cuidado césped que descendía en suave pendiente hasta un río encerrado por un estrecho canal.

—Esta zona recibe el nombre de The Backs —explicó Boy—. La mayoría de los *colleges* más antiguos tienen en propiedad los campos que hay al otro lado del río. —Le rodeó la cintura con su brazo mientras se acercaban al pequeño puente. Su mano se deslizó hacia arriba, como por casualidad, hasta que con el dedo índice rozó toda la curva inferior de un pecho de Daisy.

Al otro extremo del puentecillo había dos criados del *college* vestidos de uniforme montando guardia, seguramente para evitar que nadie se colara sin invitación.

—Buenas noches, vizconde de Aberowen —murmuró uno de ellos, y el otro contuvo una risilla.

Boy respondió con un gesto de la cabeza apenas perceptible. Daisy se preguntó a cuántas otras chicas no habría llevado Boy por ese puente. Sabía que tenía un motivo muy concreto para llevarla a hacer esa pequeña excursión, sin duda. Boy se detuvo en la oscuridad y posó las manos en los hombros de ella.

—Caray, estabas más que atractiva con ese traje que te has puesto en la cena. —Su voz sonaba algo ronca a causa de la excitación.

—Me alegro de que te lo pareciera. —Sabía que se acercaba el beso y solo con pensarlo se acaloró, pero no estaba del todo preparada. Puso una mano con la palma extendida en la pechera de Boy, para mantenerlo a cierta distancia—. Me gustaría muchísimo ser presentada ante la corte real —dijo—. ¿Es muy difícil conseguirlo?

—No es difícil, en absoluto —contestó él—. Al menos no para mi familia. Y menos aún en el caso de una chica tan guapa como tú. —Anhelante, bajó la cabeza hacia ella.

Daisy se apartó.

—¿Harías eso por mí? ¿Lo prepararías todo para que me presenten en la corte?

—Claro que sí.

Ella se acercó un poco y sintió la erección que crecía dentro de sus pantalones. «No —pensó—, no le gustan los chicos.»

—¿Me lo prometes?

—Te lo prometo —dijo Boy sin aliento.

—Gracias. —Y dejó que la besara.

III

Era la una de la tarde del sábado y la pequeña casa de Wellington Row, en Aberowen, Gales del Sur, estaba abarrotada. El abuelo de Lloyd estaba sentado a la mesa de la cocina con aspecto de sentirse muy orgulloso. A un lado tenía a su hijo Billy Williams, un minero del carbón que había llegado a parlamentario por Aberowen. Al otro lado tenía a su nieto, Lloyd, estudiante de la Universidad de Cambridge. La que no estaba era su hija, miembro del Parlamento también. La dinastía Williams. Allí nadie hablaría nunca de una dinastía —la sola idea resultaba antidemocrática, y esa gente creía en la democracia igual que el Papa creía en Dios—, pero de todas formas Lloyd sospechaba que el abuelo lo sentía así.

A esa misma mesa estaba sentado Tom Griffiths, amigo de toda la vida y delegado del tío Billy. Para Lloyd era todo un honor estar sentado entre esos hombres. El abuelo era un veterano del sindicato de mineros; al tío Billy le habían formado un consejo de guerra en 1919 por revelar la guerra secreta de Gran Bretaña contra los bolcheviques; Tom había luchado junto a Billy en la batalla del Somme. Aquello era más impresionante que cenar con la realeza.

La abuela de Lloyd, Cara Williams, les había servido estofado de ternera con pan hecho en casa y ahora, después de comer, estaban tomando un té y fumando. Amigos y vecinos se les habían unido, como hacían siempre que Billy volvía por allí, y media docena de ellos estaban apoyados contra las paredes, fumando en pipa o cigarrillos de liar, y llenando la cocina con los olores de hombres y tabaco.

Billy era de estatura baja y tenía los hombros anchos, igual que muchos mineros, pero, al contrario que los demás, iba bien vestido, con un traje azul marino y una camisa blanca, limpia, rematada por una corbata roja. Lloyd se dio cuenta de que todos se dirigían a menudo a él por su nombre de pila, como para recalcar que era uno de ellos, elevado al poder gracias a sus votos. A Lloyd le llamaban «muchacho», dejando claro que no les impresionaba en absoluto que estudiara en la universidad, pero al abuelo siempre se dirigían como «señor Williams»: era a él al que respetaban de verdad.

Por la puerta de atrás, que estaba abierta, Lloyd veía la escombrera de la mina, una montaña que no dejaba de crecer y que ya había llegado hasta el camino que había detrás de la casa.

Ese verano, Lloyd pasaba las vacaciones trabajando por poco dinero como organizador en un campamento para carboneros parados. Tenían el proyecto de renovar la Biblioteca del Instituto de Mineros. El ejercicio físico que suponía lijar, pintar y construir estanterías resultaba un grato cambio para Lloyd después de leer a Schiller en alemán y a Molière en francés. Le gustaban las bromas que se gastaban los hombres: había heredado de su madre el amor por el sentido del humor galés.

Aquello estaba muy bien, pero no era luchar contra el fascismo. Se estremecía cada vez que recordaba cómo se había agazapado en el templo baptista mientras Boy Fitzherbert y sus matones cantaban por las calles y les lanzaban piedras por la ventana. Deseó haber salido allí fuera y haberle pegado un puñetazo a alguno de ellos. Puede que hubiera sido una estupidez, pero se habría sentido mejor. Lo pensaba todas las noches, antes de quedarse dormido.

También pensaba en Daisy Peshkov y su chaqueta de seda rosa con mangas farol.

La había visto una segunda vez durante la Semana de Mayo. Lloyd había ido a un recital en la capilla del King's College, porque el estudiante que ocupaba la habitación contigua a la suya en el Emmanuel iba a tocar el violonchelo; Daisy también estaba entre el público, con los Westhampton. Llevaba un sombrero de paja con el ala un poco levantada que la hacía parecer una colegiala traviesa. Lloyd la había buscado al terminar y le había hecho preguntas sobre Estados Unidos, un país en el que él no había estado. Sentía curiosidad por la administración del presidente Roosevelt y por si tenía algo que enseñarle a Gran Bretaña, pero Daisy no hablaba más que de las fiestas que se organizaban en los partidos de tenis, los torneos de polo y los clubes náuticos. A pesar de eso, lo había vuelto a cautivar por completo una vez más. A Lloyd le encantaba su alegre palabrería, sobre todo porque de vez en cuando estaba salpicada de inesperados dardos de un ingenio sarcástico.

—No quisiera separarte de tus amigos… pero me gustaría preguntarte por el *new deal* —le había dicho.

—Caramba, tú sí que sabes cómo halagar a una chica —había respondido ella. Pero al despedirse, le había dicho—: Llámame cuando vengas a Londres: Mayfair dos cuatro tres cuatro.

Ese día Lloyd había parado a comer en casa de sus abuelos de camino a la estación de tren. En el campamento de trabajo le habían dado unos días libres, y pensaba coger el tren a Londres para disfrutar de un breve descanso. Tenía la vaga esperanza de tropezarse allí con Daisy, como si Londres fuese una ciudad igual de pequeña que Aberowen.

En el campamento también le habían encargado la educación política, y en ese momento le contó a su abuelo que había organizado una serie de conferencias por parte de catedráticos de Cambridge que eran de izquierdas.

—Les digo que es una oportunidad para salir de su torre de marfil y entrar en contacto con la clase trabajadora, así que les resulta muy difícil negarse.

Los pálidos ojos azules del abuelo bajaron la mirada por su nariz larga y afilada.

—Espero que nuestros chicos les enseñen tres o cuatro cosas sobre el mundo real.

Lloyd señaló al hijo de Tom Griffiths, que estaba de pie en el umbral de la puerta de atrás, escuchando. A sus dieciséis años, Lenny ya tenía esa sombra de barba negra tan característica de los Griffiths, que no desaparecía de sus mejillas ni cuando estaban recién afeitados.

—Lenny tuvo una discusión con un profesor marxista.

—Bien por ti, Len —dijo el abuelo.

El marxismo era muy popular en Gales del Sur, que a veces recibía medio en broma el nombre de Pequeño Moscú, pero el abuelo siempre había sido un anticomunista acérrimo.

—Cuéntale al abuelo lo que le dijiste, Lenny.

Lenny sonrió con malicia y recitó:

—En 1872 el cabecilla anarquista Mijaíl Bakunin advirtió a Karl Marx de que si los comunistas llegaban al poder serían tan represores como la aristocracia a la que sustituían. Después de lo que ha sucedido en Rusia, ¿puede decir con sinceridad que Bakunin se equivocaba?

El abuelo se puso a aplaudir. Un buen tema de debate siempre era muy bien recibido en torno a la mesa de su cocina.

La abuela de Lloyd le sirvió una taza de té recién hecho. Cara Williams era una mujer gris, llena de arrugas y encorvada, igual que todas las mujeres de su edad en Aberowen.

—¿Ya le haces la corte a alguna chica, cariño mío? —le preguntó a Lloyd, que se ruborizó al instante.

—Ando muy ocupado con los estudios, abuela. —Pero la imagen de Daisy Peshkov se cruzó por su mente junto con aquel número de teléfono: Mayfair dos cuatro tres cuatro.

—Entonces, ¿quién es esa tal Ruby Carter? —preguntó la mujer.

Los hombres se echaron a reír.

—¡Te han pescado, muchacho!

Estaba claro que la madre de Lloyd se había ido de la lengua.

—Ruby es la responsable de afiliados del Partido Laborista de Cambridge, nada más —protestó Lloyd.

—Sí, claro, claro. Muy convincente —dijo Billy con sarcasmo, y todos se echaron a reír de nuevo.

—Abuela, no te gustaría que Ruby y yo fuéramos novios, créeme —dijo Lloyd—. Me dirías que lleva la ropa demasiado ceñida.

—Pues no me parece apropiada para ti —dijo Cara—. Ahora eres todo un universitario, así que tienes que apuntar más alto.

Lloyd se dio cuenta de que era igual de esnob que Daisy.

—Ruby Carter no tiene nada de malo —dijo—. Solo que no estoy enamorado de ella.

—Tú tienes que casarte con una mujer instruida, una maestra de escuela o una enfermera con titulación.

El problema era que su abuela había acertado. A Lloyd le gustaba

Ruby, pero nunca la amaría. Era bastante guapa, e inteligente también, y Lloyd sentía tanta debilidad por las figuras curvilíneas como cualquier hijo de vecino, pero, aun así, sabía que no era la mujer adecuada para él. Peor aún, la abuela había metido su dedo viejo y arrugado en la llaga: Ruby tenía muy poca amplitud de miras, sus horizontes eran muy limitados. No era emocionante. No era como Daisy.

—Ya basta de tanto hablar de mujeres —dijo Cara—. Billy, cuéntanos qué noticias hay de España.

—La cosa está mal —contestó él.

Europa entera estaba pendiente de España. El gobierno de izquierdas que había salido elegido el pasado mes de febrero había sufrido una tentativa de golpe de Estado apoyado por los fascistas y los conservadores. El general rebelde, Franco, había conseguido el respaldo de la Iglesia católica. La noticia había sacudido el resto del continente como si fuera un terremoto. Después de Alemania e Italia, ¿también España, de pronto, caería bajo la maldición del fascismo?

—La sublevación ha sido una chapuza, como seguro que sabréis ya, y ha estado a punto de fracasar —siguió contando Billy—. Pero Hitler y Mussolini han acudido al rescate y han salvado el alzamiento transportando por avión a miles de soldados rebeldes de refuerzo desde el norte de África.

—¡Pero los sindicatos han salvado al gobierno! —intervino Lenny.

—Eso es cierto —dijo Billy—. El gobierno ha reaccionado con lentitud, pero los sindicatos se han puesto al frente organizando a los trabajadores y proveyéndolos de armas que han sacado de arsenales militares, buques de guerra, armerías y de allí de donde las han podido encontrar.

—Al menos alguien contraataca —dijo el abuelo—. Hasta ahora los fascistas se han salido con la suya en todas partes. En Renania y Abisinia simplemente hicieron acto de presencia y cogieron lo que les dio la gana. Gracias tenemos que darle a Dios por los españoles, vaya. Han tenido suficientes agallas para oponerse.

Se produjo un murmullo de aprobación entre los hombres que estaban apoyados en las paredes.

Lloyd recordó de nuevo aquel sábado por la tarde en Cambridge. También él había dejado que los fascistas se salieran con la suya. Bullía por dentro de frustración.

—Pero ¿pueden imponerse? —preguntó el abuelo—. Parece que ahora lo crucial son las armas, ¿verdad?

—Justamente —dijo Billy—. Los alemanes y los italianos suministran armamento y munición a los rebeldes, y también aviones de combate y pilotos. Pero al gobierno de España elegido en las urnas no lo ayuda nadie.

—¿Y por qué demonios no? —preguntó Lenny, enfadado.

Cara levantó la mirada desde los fogones. Sus oscuros ojos mediterráneos refulgían en un gesto de desaprobación, y Lloyd creyó ver en ellos a la chica guapa que había sido su abuela una vez.

—¡No quiero palabrotas en mi cocina! —advirtió.

—Lo siento, señora Williams.

—Yo puedo explicaros el verdadero porqué —dijo Billy, y todos los hombres callaron para escucharlo—. El primer ministro francés, Léon Blum, socialista, como ya sabéis, lo tenía todo dispuesto para enviar ayuda. Ya cuenta con un vecino fascista, Alemania, y lo último que quiere es un régimen fascista también en su frontera sur. Enviar armas al gobierno español pondría en pie de guerra a toda la derecha francesa, y también a los socialistas católicos del país, pero eso Blum podría soportarlo, sobre todo si tuviera el apoyo británico y pudiera decir que armar al gobierno de España es una iniciativa internacional.

—¿Y qué se torció? —preguntó el abuelo.

—Nuestro gobierno le quitó la idea de la cabeza. Blum vino a Londres y el secretario del Foreign Office, Anthony Eden, le dijo que no lo secundaríamos.

El abuelo montó en cólera.

—¿Por qué necesita ningún apoyo? ¿Cómo puede un primer ministro socialista dejarse mangonear así por un gobierno conservador de otro país?

—Porque también en Francia existe el peligro de un golpe de Estado militar —explicó Billy—. Allí la prensa es de la derecha más recalcitrante, y están espoleando a sus propios fascistas hasta límites insospechados. Blum podría enfrentarse a ellos con el apoyo de Gran Bretaña... pero quizá no sin él.

—O sea, ¡que otra vez tenemos que ver cómo nuestro gobierno conservador adopta una actitud benévola con el fascismo!

—Todos esos *tories* tienen dinero invertido en España: vino, carbón, acero, industrias textiles... y les da miedo que el gobierno de izquierdas acabe expropiándolo todo.

—¿Qué dice Estados Unidos? Ellos creen en la democracia. ¿No están dispuestos a vender armas a España?

—Se diría que sí, ¿verdad? Pero existe un influyente grupo católico muy bien financiado, encabezado por un millonario llamado Joseph Kennedy, que se opone a enviar cualquier tipo de ayuda al gobierno español. Y un presidente demócrata necesita el apoyo de los católicos. Roosevelt no hará nada que ponga en peligro su *new deal*.

—Bueno, de todas formas sí hay algo que podemos hacer —dijo Lenny Griffiths, y en su expresión se reflejó toda su rebeldía adolescente.

—¿El qué, Len, muchacho? —preguntó Billy.

—Podemos ir a España a luchar.

—No digas bobadas, Lenny —dijo su padre.

—Hay mucha gente que habla de ir allí, en todo el mundo, incluso en Estados Unidos. Quieren formar unidades de voluntarios para luchar junto al ejército regular.

Lloyd se irguió en su asiento.

—¿De verdad? —Era la primera vez que oía hablar de ello—. ¿Cómo lo sabes?

—Lo he leído en el *Daily Herald*.

Lloyd no salía de su asombro. ¡Voluntarios que se iban a España a luchar contra los fascistas!

—Bueno, pues tú no vas a ir, y punto —le dijo Tom Griffiths a Lenny.

—¿Recordáis a aquellos chicos que mintieron sobre su edad para poder luchar en la Gran Guerra? —preguntó Billy—. Fueron miles.

—Y la mayoría no sirvieron para nada de nada —repuso Tom—. Recuerdo a aquel chico que se echó a llorar antes de la batalla del Somme. ¿Cómo se llamaba, Billy?

—Owen Bevin. Al final huyó, ¿verdad?

—Sí… de cabeza a un pelotón de fusilamiento. Los muy cabrones lo mataron por desertor. Quince años, tenía, el pobre chiquillo.

—Yo tengo dieciséis —soltó Lenny.

—Sí —dijo su padre—. Menuda diferencia.

—Nuestro Lloyd va a perder el tren de Londres que sale dentro de diez minutos —dijo el abuelo.

Lloyd se había quedado tan afectado con la revelación que le había hecho Lenny que se había olvidado de la hora. Se puso en pie de un salto, le dio un beso a su abuela y cogió su pequeña maleta.

—Te acompañaré a la estación —dijo Lenny.

Lloyd se despidió de todo el mundo.

Mientras se apresuraban colina abajo, Lenny no decía nada. Parecía absorto en sus pensamientos. Lloyd agradeció no tener que darle conversación: también él sentía cierta confusión mental.

El tren ya había llegado. Lloyd compró un billete de tercera a Londres y, cuando ya estaba a punto de subir a su vagón, Lenny habló por fin.

—Oye, Lloyd, dime una cosa, ¿cómo se saca uno el pasaporte?

—Decías muy en serio eso de ir a España, ¿verdad?

—Venga, hombre, no me fastidies, quiero saberlo.

Sonó el silbato y Lloyd subió al tren, cerró la puerta y bajó la ventanilla.

—Tienes que ir a correos y pedir un formulario.

—Si voy a la oficina de correos de Aberowen y pido un formulario para sacarme el pasaporte, mi madre se habrá enterado unos treinta segundos después.

—Pues vete a Cardiff —dijo Lloyd, y el tren se puso en marcha.

Ocupó su asiento y se sacó del bolsillo un ejemplar de *Le Rouge et le Noir* de Stendhal, en francés, pero se quedó mirando la página sin asimilar nada de lo que leía. Solo podía pensar en una cosa: ir a España.

Sabía que debería darle miedo, pero lo único que sentía era entusiasmo ante la idea de irse a luchar (a luchar de verdad, no solo organizando mítines) contra la clase de hombres que habían azuzado a los perros contra Jörg. Estaba claro que el miedo aparecería tarde o temprano. Antes de un combate de boxeo, en el vestuario, nunca estaba asustado, pero en cuanto salía al ring y veía al hombre que quería dejarlo inconsciente de un puñetazo, veía sus hombros musculados, los puños contundentes y el rostro cruel, entonces se le secaba la boca y el corazón empezaba a latirle con tanta fuerza que tenía que contener el impulso de dar media vuelta y salir corriendo.

En aquel momento, casi lo único que le preocupaba eran sus padres. Bernie estaba tan orgulloso de tener a un hijastro estudiando en Cambridge —se lo había contado a medio barrio del East End—, que le destrozaría ver marchar a Lloyd antes de sacarse el título. El temor de Ethel por que pudieran herir a su hijo, o matarlo, sería constante. Los dos se quedarían muy afectados.

Pero también había otros asuntos que tener en cuenta. ¿Cómo llegaría a España? ¿A qué ciudad podía dirigirse? ¿Cómo pagaría el billete? Aunque lo cierto es que solo había un inconveniente que lo frenara de verdad.

Daisy Peshkov.

«No seas tonto», se dijo. Solo la había visto dos veces y ella ni siquiera demostraba mucho interés por él, lo cual era inteligente por su parte, porque no eran la pareja más adecuada el uno para el otro. Ella era hija de un millonario, una chiquilla superficial que solo vivía para las fiestas de sociedad y que pensaba que hablar de política era aburrido. Le gustaban hombres como Boy Fitzherbert: solo con eso bastaba para ver que no era mujer para Lloyd. Y aun así, no podía dejar de pensar en ella, y la sola idea de irse a España y perder cualquier oportunidad de volver a verla lo hundía en la tristeza.

Mayfair dos cuatro tres cuatro.

Le avergonzaba sentir tantas dudas, sobre todo cuando recordaba la sencilla y firme determinación de Lenny. Lloyd llevaba años hablando de luchar contra el fascismo. De pronto tenía la oportunidad de hacerlo y... ¿cómo podía no ir?

Llegó a Londres, a la estación de Paddington, cogió el metro hasta Aldgate y se dirigió a pie hasta la humilde casa adosada de Nutley Street donde había nacido. Abrió con su propia llave. Aquel lugar no había cambiado demasiado desde que él era niño, pero sí contaba con una innovación: el teléfono que había en una mesita junto al perchero. Era el único teléfono de toda la calle, y los vecinos lo trataban como si fuera de propiedad pública. Junto al aparato había una caja en la que dejaban dinero cada vez que hacían una llamada.

Su madre estaba en la cocina. Llevaba puesto el sombrero, así que debía de estar a punto de salir para ir a dar un discurso en algún mitin del Partido Laborista —¿qué, si no?—, pero puso agua a calentar y le preparó un té.

—¿Cómo están todos por Aberowen? —preguntó.

—El tío Billy ha ido a pasar el fin de semana —explicó Lloyd—. Todos los vecinos se han reunido en la cocina del abuelo. Aquello es como una corte medieval.

—¿Tus abuelos están bien?

—El abuelo está como siempre. A la abuela se la ve mayor. —Se detuvo un momento—. Lenny Griffiths quiere ir a España a luchar contra los fascistas.

Su madre apretó los labios en un gesto de disgusto.

—¿Eso quiere?

—Yo también estoy pensando en ir con él. ¿Qué te parecería?

Lloyd esperaba encontrar resistencia por parte de su madre, pero aun así le sorprendió su reacción.

—Ni se te ocurra, maldita sea —le soltó en tono agresivo, sin ningún reparo a decir palabrotas, a diferencia de su abuela—. ¡No quiero ni oír hablar de ello! —Dejó la tetera en la mesa con un fuerte golpe—. ¡Te parí con mucho sufrimiento y grandes dolores, te crié, te puse los zapatos para enviarte al colegio y no pasé por todo eso para que ahora tú te desgracies la vida en una puñetera guerra!

Lloyd se quedó de piedra.

—No tengo intención de desgraciarme la vida —dijo—, pero sí que la pondría en peligro por una causa en la que tú misma me has enseñado a creer.

Se sintió desconcertado al ver que su madre empezaba a sollozar. Casi nunca lloraba; de hecho, Lloyd no recordaba la última vez que la había visto hacerlo.

—Madre, no. —Le rodeó los hombros temblorosos con un brazo—. Todavía no ha pasado nada.

Bernie, un hombre fornido de mediana edad con una calva incipiente, entró en la cocina.

—¿Qué es todo esto? —preguntó. Parecía algo asustado.

—Lo siento, papá, la he disgustado —dijo Lloyd. Retrocedió un paso y dejó que Bernie abrazara a Ethel.

—¡Se nos va a España! ¡Lo matarán! —gritó ella.

—Vamos a calmarnos todos un poco y a discutir esto con algo de sensatez —dijo Bernie.

Su padrastro era un hombre muy sensato, llevaba un sensato traje oscuro y unos zapatos de sensatas suelas gruesas reparados miles de veces con betún. No había duda de que por eso mismo lo votaba la gente: era político municipal y representaba a Aldgate en el Consejo del Condado de Londres. Lloyd no había conocido a su verdadero padre, pero no podía imaginar querer a un padre de verdad más de lo que quería a Bernie, que había sido un padrastro cariñoso, siempre dispuesto a consolarlo o a aconsejarle, reacio a dar órdenes y a castigar. Trataba a Lloyd exactamente igual que a su propia hija, Millie.

Bernie convenció a Ethel de que se sentara a la mesa de la cocina, y Lloyd le sirvió una taza de té.

—Una vez pensé que mi hermano había muerto —dijo Ethel, que no dejaba de llorar—. A Wellington Row llegaban telegramas y ese desdichado chico de correos tenía que ir de casa en casa, entregando a hombres y mujeres esos papelitos que decían que sus hijos y maridos habían muerto. Pobre muchacho, ¿cómo se llamaba? Geraint, me parece. Pero nunca trajo ningún telegrama a nuestra casa y yo, que soy una mala mujer, ¡le daba gracias a Dios porque fueran otros los que habían muerto, y no Billy!

—Tú no eres una mala mujer —dijo Bernie, tranquilizándola con unas palmaditas.

La hermanastra de Lloyd, Millie, bajó del piso de arriba. Tenía dieciséis años, pero parecía mayor, sobre todo cuando se vestía como esa tarde, con un traje negro muy elegante y unos pequeños pendientes de oro. Hacía dos años que trabajaba en una tienda de ropa femenina de Aldgate, pero era una chica inteligente y ambiciosa, y unos días antes había conseguido un empleo en unos grandes almacenes muy chic del West End. Miró a Ethel.

—Mamá, ¿qué te pasa? —Hablaba con acento *cockney*.

—¡Que tu hermano quiere irse a España para que lo maten! —exclamó Ethel.

Millie lanzó una mirada acusadora a Lloyd.

—Pero ¿qué le has dicho? —Millie siempre culpaba enseguida de cualquier cosa a su hermano mayor; le parecía que todo el mundo lo adoraba sin demasiada razón.

Lloyd reaccionó con una tolerancia cariñosa.

—Lenny Griffiths, de Aberowen, se va a luchar contra los fascistas, y le he dicho a mamá que yo estaba pensando en irme con él.

—Serás capaz —dijo Millie, indignada.

—Dudo que logres llegar allí —dijo Bernie, siempre tan práctico—. A fin de cuentas, el país está sumido en plena guerra civil.

—Puedo ir en tren hasta Marsella. Barcelona no queda muy lejos de la frontera con Francia.

—A ciento treinta o ciento cincuenta kilómetros, y la travesía por los Pirineos es muy fría.

—Tiene que haber barcos que vayan de Marsella a Barcelona. Por mar no está tan lejos.

—Es verdad.

—¡Basta ya, Bernie! —exclamó Ethel—. Ni que estuvierais decidiendo la forma más rápida de llegar a Piccadilly Circus. ¡Está hablando de irse a la guerra! No pienso permitirlo.

—Tiene veintiún años, Ethel —dijo Bernie—. No podemos impedírselo.

—¡Sé perfectamente cuántos años tiene, maldita sea!

Bernie consultó su reloj.

—Tenemos que irnos ya al mitin. Eres la oradora principal y Lloyd no se irá a España esta noche.

—¿Cómo lo sabes? —contestó ella—. ¡A lo mejor volvemos a casa y nos encontramos una nota diciendo que ha cogido el tren que enlaza con el barco a París!

—Vamos a hacer una cosa —dijo Bernie—. Lloyd, prométele a tu madre que no te irás por lo menos hasta dentro de un mes. No es mala idea, de todas formas. Antes de marcharte corriendo deberías hacer algunas averiguaciones para saber con qué te vas a encontrar al llegar. Déjala tranquila, al menos por el momento. Más adelante ya volveremos a hablarlo.

Era una solución de compromiso muy típica de Bernie, calculada para que todo el mundo accediera sin tener que ceder; pero Lloyd se resistía a comprometerse a nada. Por otra parte, seguramente tampoco podía subirse a un tren y listos. Antes tendría que ver qué gestiones había puesto en marcha el gobierno español para recibir a los voluntarios. Lo ideal sería ir acompañado de Lenny y otros más. Necesitaría visados, moneda extranjera, un buen par de botas…

—Está bien —accedió—. No me iré hasta dentro de un mes.

—¿Lo prometes? —dijo su madre.

—Lo prometo.

Ethel se tranquilizó un poco. Al cabo de un rato se empolvó la cara y su aspecto ya fue más normal. Se bebió la taza de té.

Después se puso el abrigo y Bernie y ella salieron.

—Bueno, pues yo también me marcho —dijo Millie.

—¿Adónde vas? —le preguntó Lloyd.

—Al Gaiety.

Era un *music-hall* del East End.

—¿Dejan entrar a las chicas de dieciséis años?

Millie lo miró arqueando las cejas.

—¿Quién tiene dieciséis años? Yo no. Además, Dave también va, y él solo tiene quince. —Estaba hablando de su primo, David Williams, hijo del tío Billy y la tía Mildred.

—Bueno, pues que os lo paséis muy bien.

Millie fue hacia la puerta pero luego retrocedió.

—Y a ti que no te maten en España, pedazo de idiota. —Lo abrazó y lo estrechó con fuerza, después salió sin decir nada más.

En cuanto oyó que se cerraba la puerta de la calle, Lloyd fue hasta el teléfono.

No tuvo que esforzarse para recordar el número. Veía a Daisy en su recuerdo, volviéndose mientras él la dejaba, con una gran sonrisa encantadora bajo su sombrero de paja y diciendo: «Mayfair dos cuatro tres cuatro».

Descolgó el teléfono y marcó.

¿Qué iba a decirle? ¿«Me dijiste que te llamara, pues aquí me tienes»? Era una excusa muy floja. ¿La verdad? «No te admiro ni mucho menos, pero no consigo dejar de pensar en ti.» Estaría bien invitarla a algo, pero ¿a qué? ¿A un mitin del Partido Laborista?

Contestó un hombre.

—Residencia de la señora Peshkov. Buenas tardes. —Por lo deferente del tono, Lloyd supuso que debía de ser un mayordomo. Seguro que la madre de Daisy había alquilado una casa en Londres con el servicio incluido.

—Soy Lloyd Williams… —Quería decir algo que explicara o justificara su llamada, y añadió lo primero que le vino a la cabeza—: Del Emmanuel College. —Eso no quería decir nada, pero con ello esperaba impresionar un poco al hombre—. ¿Podría hablar con la señorita Daisy Peshkov?

—No, lo siento, profesor Williams —dijo el mayordomo, suponiendo que Lloyd debía de ser catedrático—. Han salido todos a la ópera.

«Desde luego», pensó Lloyd, decepcionado. Ningún habitual de los acontecimientos de sociedad estaba en casa a esa hora de la tarde, y menos aún en sábado.

—Ah, ahora lo recuerdo —mintió—. Me dijo que pensaba ir, pero lo había olvidado. A Covent Garden, ¿verdad? —Contuvo la respiración.

Sin embargo, el mayordomo no vio nada sospechoso.

—Sí, señor. *La flauta mágica*, me parece.

—Gracias. —Lloyd colgó.

Se fue a su habitación y se cambió de ropa. En el West End, la gente llevaba traje de etiqueta hasta para ir al cine. Pero ¿qué haría al llegar allí? No podía permitirse una entrada a la ópera, y de todas formas la función pronto habría acabado.

Fue hacia allí en el metro. Aunque no resultara muy apropiado, la Royal Opera House estaba situada junto a Covent Garden, el mercado mayorista de frutas y verduras de Londres. Ambas instituciones se llevaban bien porque sus horarios eran muy diferentes: el mercado abría las puertas a las tres o las cuatro de la madrugada, cuando hasta los juerguistas más incorregibles empezaban a marcharse a casa, y cerraba mucho antes de la matiné.

Lloyd pasó por delante de los puestos cerrados del mercado y miró al interior del teatro de la ópera a través de sus puertas de cristal. El esplendoroso vestíbulo estaba vacío y se oía a Mozart amortiguado de fondo. Entró, adoptó una despreocupada actitud de clase alta y se dirigió al ujier.

—¿A qué hora baja el telón?

Si se hubiese presentado con su traje de tweed, seguramente le habrían dicho que aquello no era de su incumbencia, pero el traje de etiqueta era el uniforme de la autoridad, así que el ujier respondió:

—Dentro de unos cinco minutos, señor.

Lloyd asintió brevemente. Decir un «Gracias» habría sido delatarse.

Salió del edificio y dio la vuelta a la manzana. Era un momento muy tranquilo. En los restaurantes, la gente estaba pidiendo ya el café; en los cines, la película principal se acercaba a su melodramático clímax. Todo cambiaría dentro de pocos instantes, cuando las calles quedaran invadidas de gente pidiendo taxis, caminando hacia los clubes nocturnos, despidiéndose con besos en las paradas del autobús y corriendo para no perder el último tren de regreso a los barrios periféricos.

Lloyd regresó a la ópera y volvió a entrar. La orquesta estaba ya en silencio y el público justo había empezado a salir. Liberados del largo cautiverio de sus butacas, charlaban muy animadamente, elogiando a los cantantes, criticando el vestuario y acabando de concretar los planes para las cenas a las que asistirían a continuación.

Lloyd vio a Daisy casi al instante.

Llevaba un vestido en tonos lavanda con una pequeña capa de visón color champán que le cubría los hombros desnudos; estaba arrebatadora. Salió del auditorio encabezando un grupito de gente de su misma edad. Lloyd lamentó reconocer a Boy Fitzherbert a su lado y verla a ella riéndole alegremente algo que le había murmurado al oído mientras bajaban la escalinata cubierta por una alfombra roja. Detrás de ella iba aquella chica alemana tan interesante, Eva Rothmann, escoltada por un joven alto vestido con uniforme de gala, el equivalente de un traje de etiqueta en uniforme militar.

Eva reconoció a Lloyd y le sonrió. Él se dirigió a ella en alemán.

—Buenas noches, fräulein Rothmann, espero que haya disfrutado de la ópera.

—Mucho, sí, gracias —respondió ella en el mismo idioma—. No me había dado cuenta de que estuviera usted entre el público.

—Eh, chicos, ¿por qué no habláis en inglés? —dijo Boy con tono amigable. Parecía que iba algo bebido. Era apuesto y tenía un aire algo disoluto, como un adolescente guapo y malhumorado, o un perro de pedigrí al que a menudo le dan sobras para comer. Tenía un carácter afable, y seguro que sabía ser irresistiblemente encantador cuando quería.

—Vizconde de Aberowen, este es el señor Williams —dijo Eva, en inglés.

—Ya nos conocemos —aclaró Boy—. Estudia en el Emma.

—Hola, Lloyd —dijo Daisy—. Nos vamos de juerga a los barrios bajos.

Lloyd ya había oído antes esa expresión. Significaba ir al East End a visitar pubs de mala muerte para ver cómo se divertía la clase trabajadora, como el que va a ver peleas de perros.

—Seguro que Williams conoce muchos sitios —dijo Boy.

Lloyd dudó solo una fracción de segundo. ¿Estaba dispuesto a tolerar a Boy para poder disfrutar de Daisy? Desde luego.

—Lo cierto es que sí —dijo—. ¿Queréis que os acompañe?

—¡Fantástico!

De pronto apareció una mujer mayor señalando a Boy con un dedo índice conminatorio.

—Tienes que acompañar a estas chicas a casa antes de la medianoche —dijo con acento norteamericano—. Y ni un segundo después, por favor. —Lloyd supuso que sería la madre de Daisy.

—Déjelo en manos del ejército, señora Peshkov —dijo el hombre alto de uniforme de gala—. Seremos puntuales.

Detrás de la señora Peshkov se acercó el conde Fitzherbert con una mujer gruesa que debía de ser su esposa. A Lloyd le habría gustado preguntarle al conde por la política de su gobierno respecto a España.

Fuera tenían ya dos coches esperándolos. El conde, su mujer y la madre de Daisy se subieron a un Rolls-Royce Phantom III de color negro y crema. Boy y su grupo se apiñaron en el otro, una limusina Daimler E20 de color azul oscuro, el coche preferido de la familia real. En total eran siete jóvenes, contando a Lloyd. Eva parecía estar con el soldado, que se presentó él mismo a Lloyd como el teniente Jimmy Murray. La tercera chica era su hermana, May, y el otro muchacho (una versión más callada y delgada de Boy) resultó ser Andy Fitzherbert.

Lloyd le dio instrucciones al chófer para ir al Gaiety.

Se dio cuenta de que Jimmy Murray pasaba discretamente un brazo alrededor de la cintura de Eva. La reacción de la chica fue la de acercarse un poco a él: era evidente que estaban cortejando. Lloyd se alegró por ella. No era muy guapa, pero sí inteligente y encantadora. Le caía bien y se alegraba de que hubiera encontrado a un soldado alto. Aun así, se preguntó cómo reaccionarían otros en esas esferas de la alta sociedad si Jimmy anunciara que pensaba casarse con una alemana medio judía.

Entonces se le ocurrió que los demás formaban otras dos parejas: Andy y May, y (aunque no le hiciera ninguna gracia) Boy y Daisy. Lloyd era el único que quedaba solo. Como no quería mirarlos con demasiada insistencia, decidió estudiar la caoba pulida que enmarcaba las ventanillas. El coche subió por Ludgate Hill hacia la catedral de San Pablo.

—Vaya por Cheapside —le dijo Lloyd al chófer.

Boy dio un largo trago de una petaca de plata.

—Sí que sabes moverte por aquí, Williams —dijo tras limpiarse la boca.

—Vivo aquí —repuso Lloyd—. Nací en el East End.

—Qué maravilla —dijo Boy; Lloyd no estaba seguro de si hablaba con una ligera descortesía o si estaba siendo desagradablemente sarcástico.

En el Gaiety todas las sillas estaban ocupadas, pero había mucho sitio para estar de pie y el público se movía sin parar por todo el local para ir a saludar a amigos o pedir algo en la barra. Todos iban muy arreglados, las mujeres con vestidos de colores vivos y los hombres con sus mejores trajes. El ambiente era caluroso y estaba lleno de humo, el olor de la cerveza derramada lo invadía todo. Lloyd encontró sitio para su grupo casi al fondo. Su vestimenta los señalaba como visitantes del West End, pero no eran los únicos: los *music-halls* tenían mucho éxito entre todas las clases.

En el escenario, una artista algo madurita con un vestido rojo y una peluca rubia estaba interpretando un número de equívocos.

—Y entonces le dije: «No pienso dejarte entrar en mi pasadizo». —El público estalló en carcajadas—. Y él me dijo: «Ya lo veo desde aquí, cielo». Y yo le dije: «¡Deja de asomar las narices!». —Afectaba un tono de indignación—. Y entonces me contestó: «Pues a mí me parece que necesita una buena limpieza. ¡Bueno! ¿Qué me decís de eso?».

Lloyd vio que Daisy sonreía de oreja a oreja. Se inclinó hacia ella y le murmuró algo al oído.

—¿Te habías dado cuenta de que es un hombre?

—¡No!

—Mírale las manos.

—¡Ay, santo cielo! —exclamó ella—. ¡Esa mujer es un hombre!

David, el primo de Lloyd, pasó de largo junto a ellos y, al reconocer a Lloyd, volvió sobre sus pasos.

—¿Para qué vais vestidos tan de gala? —preguntó con su acento *cockney*. Él llevaba un pañuelo anudado al cuello y una gorra de tela.

—Hola, Dave, ¿qué tal te va?

—Me voy a España con Lenny Griffiths y contigo.

—No, ni hablar —dijo Lloyd—. Tienes quince años.

—En la Gran Guerra lucharon chicos de mi edad.

—Pero no sirvieron de nada… pregúntale a tu padre. De todas formas, ¿a ti quién te ha dicho que yo voy a ir?

—Tu hermana, Millie —contestó Dave, y siguió su camino.

—¿Qué bebe la gente por aquí, Williams? —preguntó Boy.

—Pintas de la mejor cerveza amarga, los hombres, y oporto con limón, las chicas —dijo Lloyd, aunque pensó que a Boy ya no le convenía beber más alcohol.

—¿Oporto con limón?

—Es oporto rebajado con limonada.

—Suena de lo más repugnante —dijo Boy, y desapareció.

El cómico llegó al clímax de su número.

—Y entonces le dije: «¡Idiota, que no es ese pasadizo!». —Él, o ella, se retiró entre tremendos aplausos.

Millie apareció frente a Lloyd.

—Hola —dijo, y miró a Daisy—. ¿Quién es tu amiga?

Lloyd se alegró al ver a Millie tan guapa con su sofisticado vestido negro, su collar de perlas falsas y un discreto toque de maquillaje.

—Señorita Peshkov —dijo—, permítame presentarle a mi hermana, la señorita Leckwith. Millie, esta es Daisy.

Se dieron la mano.

—Encantada de conocer a la hermana de Lloyd —dijo Daisy.

—Hermanastra, más bien.

—Mi padre murió en la Gran Guerra —explicó Lloyd—. Nunca lo conocí. Mi madre volvió a casarse cuando yo no era más que un niño.

—Que disfrutéis del espectáculo —dijo Millie antes de dar media vuelta; luego, cuando ya se iba, le comentó en voz baja a Lloyd—: Ahora entiendo por qué Ruby Carter no tiene ninguna posibilidad.

Lloyd refunfuñó por dentro. Estaba visto que su madre le había contado a toda la familia que andaba cortejando a Ruby.

—¿Quién es Ruby Carter? —preguntó Daisy.

—Es una doncella de Chimbleigh. La chica a la que le diste dinero para que fuera al dentista.

—Ya me acuerdo. O sea que su nombre está sentimentalmente unido al tuyo.

—En la imaginación de mi madre, sí.

Daisy se rió al verlo tan incómodo.

—O sea que no vas a casarte con una doncella.

—No voy a casarme con Ruby.

—Puede que sea la mujer ideal para ti.

Lloyd la miró directamente a los ojos.

—No siempre nos enamoramos de la persona que más nos conviene, ¿verdad?

Ella miró al escenario. El espectáculo estaba a punto de terminar y todo el reparto empezaba a cantar una conocida canción. El público se les unió con entusiasmo. Los clientes que estaban de pie al fondo se cogieron de los brazos y empezaron a balancearse al ritmo de la tonada, y el grupo de Boy siguió su ejemplo.

Cuando bajó el telón, Boy todavía seguía desaparecido.

—Iré a buscarlo —dijo Lloyd—. Creo que sé dónde puedo encontrarlo.

El Gaiety tenía servicios para señoritas, pero el de hombres era un patio trasero con un retrete que tenía el suelo de tierra y varios bidones de aceite cortados por la mitad. Encontró a Boy devolviendo en uno de ellos.

Le pasó un pañuelo para que se limpiara la boca, luego lo sostuvo del brazo, lo acompañó hasta el interior del establecimiento, que ya se estaba vaciando, y lo llevó hasta la limusina Daimler. Los demás ya estaban esperándolos. Subieron todos y Boy se quedó dormido al instante.

Cuando llegaron de nuevo al West End, Andy Fitzherbert le dijo al conductor que fuera primero a casa de los Murray, en una calle modesta que quedaba cerca de Trafalgar Square.

—Vosotros seguid. Yo acompañaré a May hasta la puerta y luego me iré a casa caminando —dijo mientras bajaba del coche con May.

Lloyd supuso que Andy pensaba dedicarle una romántica despedida a la chica en la puerta de su casa.

Siguieron camino hacia Mayfair. Cuando el coche se acercaba a

Grosvenor Square, donde estaban alojadas Daisy y Eva, Jimmy le dijo al chófer:

—Pare en la esquina, por favor. —Y luego a Lloyd, en voz baja—: Oye, Williams, no te importa acompañar a la señorita Peshkov hasta la puerta, ¿verdad? Yo te sigo con fräulein Rothmann dentro de medio minuto.

—Desde luego.

Jimmy quería despedirse de Eva con un beso en el coche, era evidente. Boy no se enteraría: estaba roncando. Y el conductor, con la esperanza de conseguir una propina, fingiría no ver nada de nada.

Lloyd bajó del coche y le ofreció una mano a Daisy. Cuando ella se la aceptó, sintió un estremecimiento similar a una leve corriente eléctrica. La cogió del brazo y juntos echaron a andar lentamente por la acera. A medio camino entre dos farolas, donde la luz era más tenue, Daisy se detuvo.

—Démosles tiempo —dijo.

—Me alegra mucho que Eva tenga un pretendiente.

—Sí, a mí también.

Lloyd respiró hondo.

—No puedo decir lo mismo de ti con Boy Fitzherbert.

—¡Me presentó ante la corte! —explicó Daisy—. Y bailé con el rey en un club nocturno… Salió en todos los periódicos de mi país.

—¿Por eso dejas que te corteje? —dijo Lloyd sin poder creérselo.

—No solo por eso. Le gusta todo lo que hago: ir a fiestas, las carreras de caballos, la ropa bonita. ¡Es muy divertido! Incluso tiene su propio avión.

—Nada de eso importa —dijo Lloyd—. Déjalo y sé mi novia.

A Daisy pareció gustarle la declaración, pero se rió.

—Estás loco. Aunque me gustas.

—Lo digo en serio —insistió él, desesperado—. No puedo dejar de pensar en ti, aunque seas la última persona del mundo con la que me convendría casarme.

Ella volvió a reír.

—¡Cómo puedes decir esas barbaridades! No sé ni por qué hablo contigo. Supongo que me pareces agradable, detrás de esa fachada de rudas maneras.

—En realidad no soy rudo… solo me pasa contigo.

—Te creo. Pero no voy a casarme con un socialista muerto de hambre.

Lloyd le había abierto su corazón y ella lo había rechazado con gracia. Estaba destrozado. Volvió la mirada hacia el Daimler.

—Me pregunto cuánto más van a tardar —dijo con desconsuelo.

—Pero sí podría besar a un socialista, aunque solo sea por probar.

Lloyd tardó un momento en reaccionar. Pensó que Daisy solo estaba especulando. Pero una chica jamás diría algo así solo por especular. Era una invitación, y él había sido tan tonto como para estar a punto de dejarla pasar.

Se acercó a ella y le puso las manos en la cintura. Daisy alzó la cabeza hacia arriba, y su belleza lo dejó sin habla. Lloyd se inclinó y le dio un suave beso en la boca. Ella no cerró los ojos, tampoco él. Estaba excitadísimo, mirando a sus ojos azules mientras sus labios se movían contra los de ella. Daisy abrió la boca apenas un poco, y él rozó sus labios separados con la punta de la lengua. Un momento después, sintió que la lengua de ella le correspondía. Todavía lo miraba a los ojos, y Lloyd estaba en el paraíso, quería seguir preso de ese abrazo por toda la eternidad. Daisy apretó más su cuerpo contra el suyo. Él tenía una erección y retrocedió un poco, le daba vergüenza que ella lo notara… pero ella volvió a acercarse más y, mirándola a los ojos, Lloyd se dio cuenta de que quería sentir el roce de su miembro con su suave cuerpo. Eso lo encendió más todavía. Casi no podía soportarlo, sentía que iba a eyacular, y pensó que a lo mejor ella incluso lo deseaba.

Entonces oyeron que la puerta del Daimler se abría, y a Jimmy Murray hablando a un volumen algo exagerado para ser natural, como si les dirigiera un aviso. Lloyd puso fin al abrazo con Daisy.

—Vaya —murmuró ella, sorprendida—, ha sido un placer inesperado.

—Más que un placer —dijo Lloyd, la voz algo ronca.

Jimmy y Eva llegaron entonces donde estaban ellos y todos juntos caminaron hasta la puerta de la casa de la señora Peshkov. Era un edificio señorial, con unos escalones que subían hasta un porche cubierto. Lloyd se preguntó si el porche les proporcionaría cobijo suficiente para camuflar otro beso, pero mientras subían los escalones la puerta se abrió desde dentro. Un hombre vestido de etiqueta, seguramente el mayordomo con el que había hablado Lloyd antes. ¡Cómo se alegraba de haber hecho esa llamada!

Las dos chicas dijeron buenas noches con recato, sin que nada delatara que apenas segundos antes habían estado inmersas en sendos abrazos apasionados; después, la puerta se cerró y ellas desaparecieron.

Lloyd y Jimmy bajaron los escalones.

—Yo volveré a casa andando desde aquí —dijo Jimmy—. ¿Quieres que le diga al chófer que te lleve otra vez al East End? Debes de estar a cinco o seis kilómetros de casa. Y a Boy no le importará… seguirá durmiendo hasta el desayuno, diría yo.

—Es muy amable por tu parte, Murray, y te lo agradezco; pero, lo creas o no, me apetece caminar. Tengo mucho en qué pensar.

—Como prefieras. Buenas noches, entonces.

—Buenas noches —dijo Lloyd, y con la cabeza aún dándole vueltas mientras la erección disminuía poco a poco, se volvió hacia el este y echó a andar hacia casa.

IV

La temporada social de Londres terminó a mediados de agosto y Boy Fitzherbert todavía no le había propuesto matrimonio a Daisy Peshkov.

Daisy se sentía herida, y desconcertada también. Todos sabían que salían juntos. Se veían casi todos los días. El conde Fitzherbert le hablaba a Daisy como a una hija, e incluso la recelosa princesa Bea la trataba con más calidez. Boy la besaba cada vez que tenía ocasión, pero nunca decía nada del futuro.

La larga serie de comidas y cenas opíparas, fiestas y bailes esplendorosos, acontecimientos deportivos tradicionales y meriendas campestres con champán que constituían la temporada de Londres llegó a un abrupto final. De pronto, muchos de los nuevos amigos de Daisy habían abandonado la ciudad. La mayoría se trasladaban a sus casas de campo, donde, por lo que ella había podido dilucidar, pasaban los días cazando zorros, acechando a ciervos y probando su puntería con las aves.

Daisy y Olga se quedaron para asistir a la boda de Eva Rothmann. Al contrario que Boy, Jimmy Murray tenía prisa por casarse con la mujer a la que amaba. La ceremonia tuvo lugar en la parroquia de sus padres, en Chelsea.

Daisy tenía la sensación de haber hecho muy buen trabajo con Eva. Le había enseñado a su amiga a elegir la ropa que le sentaba bien, un estilo elegante sin muchas florituras, con intensos colores lisos que hacían resaltar su pelo oscuro y sus ojos castaños. Eva, al ir ganando en seguridad, había aprendido a sacar partido de su calidez natural y su rápida inteligencia para encandilar a hombres y mujeres por igual. Y Jimmy se había enamorado de ella. Jimmy no era ninguna estrella de cine, pero era alto y resultaba toscamente atractivo. Venía de familia militar y disponía de una modesta fortuna, así que Eva tendría una vida cómoda, aunque sin nadar en la abundancia.

Los británicos tenían tantos prejuicios como cualquiera, y al principio el general Murray y su señora no habían mostrado mucho entusiasmo ante la idea de que su hijo se casara con una refugiada alemana medio judía. Eva se los había ganado enseguida, pero muchos de sus amigos todavía expresaban solapadamente sus recelos. En la boda, a Daisy le habían comentado lo «exótica» que era Eva, que Jimmy era «muy valiente» y que los Murray eran «maravillosamente tolerantes», todas ellas formas de intentar sacarle el lado positivo a una pareja nada afortunada.

Jimmy le había escrito formalmente al doctor Rothmann, a Berlín, y había recibido su permiso para pedir la mano de Eva en matrimonio, pero las autoridades alemanas se habían negado a dejar que la familia Rothmann asistiera a la boda.

—¡Odian tanto a los judíos —había dicho Eva entre lágrimas—, que casi tendrían que alegrarse de verlos salir del país!

El padre de Boy, Fitz, había oído ese comentario y más adelante había hablado con Daisy de ello.

—Dile a tu amiga Eva que no vaya hablando por ahí de los judíos si puede evitarlo —le había comentado con el tono de quien lanza una advertencia amistosa—. Tener una esposa medio judía no va a ayudar mucho a Jimmy a hacer carrera en el ejército, ¿sabes?

Daisy no había trasladado ese consejo tan desagradable.

La feliz pareja se fue de luna de miel a Niza. Daisy, con una punzada de culpabilidad, se dio cuenta de que era un alivio haberse quitado de encima a Eva. Boy y sus compañeros de partido despreciaban tanto a los judíos que Eva empezaba a ser un problema. Boy y Jimmy incluso habían puesto fin a su amistad: Boy se había negado a ser el padrino de Jimmy.

Después de la boda, los Fitzherbert invitaron a Daisy y a Olga a una cacería que tendría lugar en su casa de campo de Gales. Daisy se hizo ilusiones. Ahora que Eva había desaparecido de escena, no había nada que impidiera a Boy proponerle matrimonio. Seguro que el conde y la princesa suponían que su hijo estaba a punto de decidirse; quizá incluso habían planeado que lo hiciera ese fin de semana.

Daisy y Olga fueron a la estación de Paddington un viernes por la mañana para coger el tren hacia el oeste. Cruzaron el corazón de Inglaterra, ricas tierras de labranza que se extendían por las suaves colinas salpicadas de aldeas, cada una con su iglesia y su campanario de piedra elevándose desde un pedestal de árboles viejísimos. Tenían un vagón de primera para ellas solas, y Olga le preguntó a Daisy cómo creía que actuaría Boy.

—Tiene que saber que me gusta —respondió su hija—. Le he dejado besarme varias veces.

—¿Has demostrado interés en algún otro? —le preguntó su madre con sagacidad.

Daisy apartó de su mente el culpable recuerdo de aquel fugaz momento de locura con Lloyd Williams. No había forma de que Boy se hubiera enterado, y de todas formas ella no había vuelto a ver a Lloyd, como tampoco había contestado a las tres cartas que le había enviado.

—En nadie más —contestó.

—Entonces es por Eva —dijo Olga—. Y ahora ya no está.

El tren entró en el largo túnel subterráneo que cruzaba el estuario del río Severn y, cuando salieron de él, ya se encontraron en Gales. Unas ovejas pastaban por las colinas, y en la vaguada de cada valle había una pequeña ciudad minera, con el cabrestante de su bocamina alzándose desde un puñado de feos edificios industriales.

El Rolls-Royce negro y crema del conde Fitzherbert las estaba esperando en la estación de Aberowen. A Daisy, aquella pequeña ciudad de casuchas de piedra gris dispuestas en filas que bajaban por las escarpadas colinas le pareció deprimente. El coche salió de la localidad y recorrió aproximadamente un kilómetro y medio antes de llegar a la casa del conde, Tŷ Gwyn.

Daisy contuvo un suspiro de placer cuando cruzaron la verja. Tŷ Gwyn era una mansión enorme y elegante, con largas hileras de altas ventanas en una fachada perfectamente clásica. El edificio se alzaba entre suntuosos jardines de flores, arbustos y especímenes arbóreos que eran sin duda el orgullo del propio conde. Qué alegría debía de sentirse siendo la señora de esa casa, pensó. Aunque la aristocracia inglesa ya no gobernara el mundo, habían perfeccionado el arte de vivir bien, y Daisy anhelaba ser uno de ellos.

Tŷ Gwyn significaba «Casa Blanca», pero en realidad aquel edificio era gris, y a Daisy le explicaron por qué se le ensuciaban los dedos de polvo de carbón cuando tocaba sus piedras con la mano.

Le habían asignado una habitación que recibía el nombre de Suite Gardenia.

Esa tarde, antes de cenar, Boy y ella se sentaron en la terraza a contemplar la puesta de sol sobre la violácea cima de la montaña, Boy fumando un puro y Daisy dando sorbos de champán. Estuvieron solos un buen rato, pero Boy no sacó el tema del matrimonio.

La inquietud de la chica creció a lo largo del fin de semana. Boy había tenido más oportunidades para hablar a solas con ella, la propia Daisy se había asegurado de ello. El sábado, los hombres salieron de caza, pero Daisy fue a recibirlos al final de la tarde, y Boy y ella regresaron paseando juntos por el bosque. El domingo por la mañana, los Fitzherbert y la mayoría de sus invitados asistieron a la iglesia anglicana de la localidad. Después del oficio, Boy se llevó a Daisy a un pub llamado Two Crowns, donde los mineros recios, bajos pero de hombros anchos, todos ellos con gorra, se la quedaron mirando a ella y a su abrigo de cachemir color lavanda como si Boy hubiese entrado llevando a un leopardo con correa.

Daisy le dijo que su madre y ella pronto tendrían que regresar a Buffalo, pero él no captó la indirecta.

¿Podía ser que a Boy le gustara, pero no lo suficiente como para casarse con ella y ya está?

Llegados a la comida del domingo, Daisy ya no sabía qué más hacer. Al día siguiente, su madre y ella regresaban a Londres. Si Boy no le proponía matrimonio antes, sus padres empezarían a pensar que las intenciones del chico con ella no eran serias y ya no habría más invitaciones a Tŷ Gwyn.

Esa perspectiva tenía a Daisy aterrorizada. Estaba decidida a casarse con Boy. Quería ser la vizcondesa de Aberowen, y más adelante, algún día, condesa Fitzherbert. Siempre había sido rica, pero deseaba con ansia el respeto y la deferencia que solo se conseguían con la posición social. Deseaba que se dirigieran a ella con un «milady». Codiciaba la tiara de diamantes de la princesa Bea. Quería contar con miembros de la realeza entre sus amigos.

Sabía que a Boy le gustaba, no cabía duda del deseo que sentía cuando la besaba.

—Necesita que le den un último empujón —le murmuró Olga a Daisy mientras tomaban el café en la sobremesa, reunidas con las demás damas en el salón.

—Pero ¿cómo?

—Hay algo que nunca falla con los hombres.

Daisy levantó las cejas.

—¿Sexo? —Su madre y ella hablaban de casi todo, pero normalmente eludían ese tema.

—Con un embarazo lo conseguirías —dijo Olga—. Pero eso únicamente sucede justo cuando una no lo desea.

—Entonces, ¿qué hago?

—Tienes que dejarle entrever la tierra prometida, pero sin dejarlo entrar.

Daisy sacudió la cabeza.

—No estoy segura, pero me parece que a lo mejor él ya ha estado en la tierra prometida con otra persona.

—¿Con quién?

—No sé… Una criada, una actriz, una viuda… Solo me lo imagino. Es que no tiene un aire demasiado virginal.

—Estás en lo cierto, no lo tiene. Eso quiere decir que deberás ofrecerle algo que otras no puedan darle. Algo por lo que esté dispuesto a hacer cualquier cosa.

Daisy pensó por un momento de dónde había sacado su madre toda esa sabiduría si se había pasado la vida atrapada en un frío matrimonio. Tal vez había reflexionado largo y tendido sobre por qué su marido, Lev, había acabado buscando consuelo en los brazos de su amante, Marga. De todas formas, Daisy no tenía nada que ofrecerle a Boy que él no pudiera conseguir de cualquier otra chica, ¿o sí?

Las mujeres estaban terminando ya el café y poco a poco iban subiendo a sus habitaciones para hacer una siesta. Los hombres estaban todavía en el comedor, fumando puros, pero las seguirían también al cabo de un cuarto de hora. Daisy se levantó.

—¿Qué vas a hacer? —preguntó Olga.

—No estoy segura, pero algo se me ocurrirá.

Salió de la salita. Pensaba ir a la habitación de Boy, ya lo había decidido, pero no quería decir nada por si su madre le ponía algún reparo. Lo estaría esperando cuando subiera a echarse la siesta. Los criados también tenían un rato de asueto a esa hora del día, así que no era muy probable que nadie más entrara en el dormitorio.

Tendría a Boy para ella sola. Pero ¿qué le diría, qué haría? Eso no lo sabía aún. Tendría que improvisar.

Se fue a la Suite Gardenia, se lavó los dientes, se dio unos toquecitos de colonia de Jean Naté en el cuello y avanzó por el pasillo dando silenciosos pasos en dirección a la habitación de Boy.

Nadie la vio entrar.

Su cuarto era un dormitorio espacioso con vistas a las cimas neblinosas. Se notaba que aquella era su habitación desde hacía años. Había sillas de cuero muy masculinas, cuadros de aviones y caballos de carreras en las paredes, una cigarrera de madera de cedro llena de aromáticos puros, una mesita con decantadores de whisky y brandy y una bandeja con vasos de cristal.

Abrió un cajón y vio papel de cartas de Tŷ Gwyn, un tintero y plumas y lápices. El papel era azul y llevaba el escudo de los Fitzherbert. ¿Sería algún día también su escudo?

Se preguntó qué diría Boy al encontrarla allí. ¿Le gustaría, la estrecharía entre sus brazos y la besaría? ¿O se enfadaría al ver que había invadido su intimidad y la acusaría de ser una fisgona? Tenía que arriesgarse.

Entró en el vestidor contiguo y vio un pequeño lavamanos con un espejo encima. El juego de afeitado de Boy estaba sobre el mármol. Daisy pensó que le gustaría aprender a afeitar a su marido. ¡Qué íntimo sería eso!

Abrió las puertas del armario y miró su ropa: chaqués formales, trajes de tweed, ropa de montar, una cazadora de cuero de piloto con forro de pieles y dos trajes de etiqueta.

Entonces se le ocurrió una idea.

Recordó cómo se había excitado Boy al verlas a ella y a las demás chicas vestidas de hombres en la casa de Bing Westhampton, el pasado mes de junio. Aquella noche la había besado por primera vez. Daisy no entendía muy bien por qué se había excitado tanto, pero, bueno, esas cosas muchas veces eran inexplicables. Lizzie Westhampton le había dicho que a algunos hombres les gustaba azotar a las mujeres en el trasero: ¿qué podía justificar semejante conducta?

Quizá podía vestirse con la ropa de Boy.

«Algo por lo que esté dispuesto a hacer cualquier cosa», había dicho su madre. ¿Acertaría con eso?

Se quedó mirando la hilera de trajes colgados de sus perchas, la pila de camisas blancas dobladas, los zapatos de cuero bien lustrados, cada uno con su horma de madera dentro. ¿Daría resultado? ¿Tenía tiempo?

¿Tenía acaso algo que perder?

Podía coger toda la ropa que necesitara, llevarla a la Suite Gardenia, cambiarse allí y luego volver a todo correr esperando que nadie la viera…

No. No había tiempo para todo eso. El puro que se estaba fumando Boy no era tan largo. Tenía que cambiarse allí mismo, y deprisa… u olvidarse de esa idea.

Se decidió.

Se quitó el vestido.

De pronto estaba en peligro. Hasta ese momento podría haber explicado su presencia allí, de un modo ligeramente plausible, fingiendo que se había desorientado entre los kilómetros de pasillos de Tŷ Gwyn y había entrado por error en la habitación que no era. Pero no había reputación femenina alguna que pudiera seguir intacta después de ser descubierta en ropa interior en la habitación de un hombre.

Cogió la primera camisa de la pila. Refunfuñó al ver que había que abotonar el cuello con gemelos. Encontró una docena de cuellos almidonados en un cajón, junto a una caja de gemelos, y le puso uno a la camisa antes de pasársela por la cabeza.

Oyó los pesados pasos de un hombre en el pasillo, ante la puerta, y se quedó de piedra. El corazón le latía tan fuerte como si fuera un tambor; pero los pasos pasaron de largo.

Decidió ponerse un elegante chaqué. Los pantalones, de rayas, no llevaban tirantes, pero encontró unos en otro cajón. Estuvo probando hasta conseguir abrocharlos a los pantalones y luego se los puso. Dentro de aquella cinturilla había sitio para dos como ella.

Metió sus pies, cubiertos por medias, en un par de brillantes zapatos negros y se anudó los cordones.

Se abrochó los botones de la camisa y se puso una corbata de un gris plateado. El nudo estaba medio deshecho, pero no importaba, porque de todas formas ella no sabía cómo hacerlo, así que lo dejó tal cual.

Se puso un chaleco cruzado de color beige y un chaqué negro, después se miró en el espejo de cuerpo entero que había en el interior de la puerta del armario.

La ropa le quedaba holgada, pero aun así estaba guapa.

Al ver que le sobraba tiempo, se puso también unos gemelos de oro en los puños de la camisa y un pañuelo blanco en el bolsillo del chaqué.

Le faltaba algo, así que se quedó mirando su reflejo hasta que descubrió qué más necesitaba.

Un sombrero.

Abrió otro armario y vio una hilera de sombrereras en una estantería que quedaba bastante arriba. Encontró una chistera gris y se la colocó en lo alto de la cabeza.

Recordó entonces el bigote.

Esta vez no llevaba ningún lápiz de ojos encima. Regresó al dormitorio de Boy y se inclinó ante la chimenea. Todavía era verano, así que no habían encendido el fuego. Recogió un poco de hollín con la punta de un dedo, volvió al espejo y se dibujó con cuidado un bigote sobre el labio superior.

Ya estaba lista.

Se sentó en uno de los sillones de cuero a esperarlo.

Su instinto le decía que estaba haciendo lo correcto aunque racionalmente le pareciera extrañísimo. Sin embargo, la excitación sexual era un fenómeno inexplicable. Ella misma se sentía húmeda cuando él la llevaba en su avión. Mientras Boy estaba concentrado en pilotar la pequeña avioneta les era imposible besuquearse, pero casi era mejor así, porque el solo hecho de estar surcando el aire le resultaba a Daisy tan excitante que seguramente le habría dejado hacer con ella todo lo que hubiera querido.

Aun así, los chicos a veces eran impredecibles; Daisy tenía miedo de que Boy pudiera enfadarse. Cuando eso sucedía, su apuesto rostro se crispaba en una mueca nada atractiva, empezaba a dar golpecitos nerviosos con el pie y también podía portarse con bastante crueldad. Una vez que un camarero un poco cojo se había equivocado al servirle la bebida, Boy le había soltado: «Vete renqueando otra vez hasta la barra y tráeme el whisky escocés que te he pedido; que estés lisiado no quiere decir que seas sordo, ¿verdad?». Aquel pobre hombre se había sonrojado de vergüenza.

Se preguntó qué diría Boy si se enfadaba al encontrársela en su habitación.

Llegó al cabo de cinco minutos.

Ella oyó sus pasos al otro lado de la puerta y se dio cuenta de que ya lo conocía tanto como para reconocerlo solo por ese detalle.

La puerta se abrió y él entró sin verla.

Daisy impostó una voz grave y dijo:

—Hola, viejo amigo, ¿cómo estás?

—¡Dios mío! —exclamó él. Pero luego la miró mejor—. ¿Daisy?

Ella se levantó.

—La misma —contestó con su voz normal. Boy la seguía mirando sin salir de su asombro. Ella se quitó el sombrero, se inclinó ligeramente y dijo—: A su servicio. —Y volvió a ponérselo, algo ladeado.

Boy tardó un momento en recuperarse de la sorpresa, pero enseguida le sonrió.

«Gracias a Dios», pensó Daisy.

—Caray, qué bien te queda esa chistera.

—Me la he puesto para gustarte. —Se acercó más a él.

—Un detalle precioso por tu parte, debo decir.

Daisy volvió la cara hacia arriba en actitud provocadora. Le gustaba besarle. La verdad es que le gustaba besar a casi todos los hombres. En secreto, se sentía algo avergonzada de lo mucho que lo disfrutaba. Incluso había sentido placer besando a sus compañeras del internado, donde a veces pasaban semanas enteras sin que vieran a ningún chico.

Él inclinó la cabeza y dejó que sus labios se tocaran. La chistera cayó al suelo y los dos se echaron a reír. De pronto Boy le metió la lengua en la boca, ella se relajó y lo disfrutó. Boy era de los que se entusiasmaban con toda clase de placeres sensuales, y a ella le excitaba su ansia.

Entonces recordó que todo aquello lo hacía por algo. Las cosas progresaban en la dirección correcta, pero ella quería que se le declarara. ¿Quedaría satisfecho solo con un beso? Tenía que hacerle desear más que eso. Muchas veces, si disponían de algo más que un par de apresurados minutos, a Boy le gustaba acariciarle los pechos.

En gran parte dependía de la cantidad de vino que hubiese tomado en la comida. Tenía mucho aguante, pero llegaba un momento en que perdía el deseo.

Daisy se le acercó para apretar su cuerpo contra el de él, que le puso una mano en el pecho, pero como llevaba un holgado chaleco de paño de lana, Boy no logró encontrar sus pequeños senos y resopló de frustración.

Entonces su mano bajó hacia el vientre de ella y se coló por la ancha cinturilla de aquellos pantalones que le venían tan grandes.

Daisy nunca había dejado que la tocara ahí abajo.

Todavía llevaba puesta la combinación de seda y unos calzones de algodón grueso, así que estaba claro que Boy no podía notar demasiado, pero su mano llegó a la horcadura de sus muslos y apretó con firmeza a través de las capas de tela. Daisy sintió una punzada de placer.

Lo apartó de sí.

—¿He ido demasiado lejos? —preguntó Boy, jadeando.

—Cierra la puerta con llave.

—Madre mía. —Fue hasta la puerta, giró la llave y regresó.

Volvieron a abrazarse y Boy retomó sus maniobras donde las había dejado. Ella le tocó la parte delantera del pantalón, sintió su miembro erecto a través de la tela y lo agarró con firmeza. Él gimió de placer.

Daisy volvió a separarse de él.

En el rostro de Boy apareció un asomo de furia. Daisy recordó un episodio desagradable. Una vez que había obligado a un chico que se llamaba Theo Coffman a que le quitara la mano de los pechos, él se había puesto desagradable y la había llamado «calientabraguetas». Nunca había vuelto a verlo, pero ese insulto la había hecho sentirse irracionalmente avergonzada. Por un momento temió que Boy pudiera estar a punto de lanzarle una acusación parecida.

Entonces vio que suavizaba un poco su expresión.

—Me gustas una barbaridad, lo sabes, ¿verdad?

Aquel era su momento. O hundirse o nadar, se dijo.

—No deberíamos hacer esto —dijo Daisy sin tener que exagerar demasiado el pesar de su voz.

—¿Por qué no?

—Ni siquiera estamos prometidos.

Las palabras quedaron colgando en el aire un largo momento. Que una chica dijera eso era casi como si se hubiese atrevido a proponerle matrimonio. Daisy lo miró a la cara, le aterrorizaba que él pudiera asustarse, dar media vuelta, mascullar una excusa y pedirle que se fuera.

Boy no decía nada.

—Yo deseo hacerte feliz —dijo Daisy—, pero…

—Te quiero, Daisy.

Con eso no bastaba.

—¿De verdad? —preguntó ella, sonriéndole.

—Muchísimo.

Daisy no dijo más, siguió mirándolo llena de esperanza.

—¿Quieres casarte conmigo? —preguntó él al fin.

—Ay, sí —dijo ella, y volvió a besarle.

Con la boca apretada contra sus labios, le desabrochó la bragueta, hundió la mano entre su ropa interior, encontró su pene y lo sacó. Notó su piel sedosa y caliente. Lo acarició, recordando una conversación con las gemelas Westhampton. «Puedes frotarle la cosa», había dicho Lindy, y Lizzie había añadido: «Hasta que le sale el chorrito». Daisy estaba intrigada y excitada ante la idea de conseguir que un hombre hiciera eso. Lo agarró más fuerte.

Entonces recordó el siguiente comentario de Lindy. «También se la puedes chupar… Eso es lo que más les gusta.»

Apartó los labios de los de Boy y le habló al oído.

—Por mi marido haría cualquier cosa.

Y entonces se arrodilló.

V

Fue la boda del año. Daisy y Boy se casaron en la iglesia de St. Margaret, en Westminster, el sábado 3 de octubre de 1936. Daisy estaba algo triste porque no había podido ser en la abadía de Westminster, pero le dijeron que allí solo se casaba la familia real.

Coco Chanel le hizo el vestido de novia. La moda de la Gran Depresión imponía líneas sencillas y las mínimas extravagancias. El traje de Daisy era de raso, cortado al bies y largo hasta el suelo, tenía unas coquetas mangas acampanadas y una cola corta que podía sostener un solo paje.

Su padre, Lev Peshkov, cruzó el Atlántico para asistir a la ceremonia. Su madre, Olga, accedió a sentarse a su lado en la iglesia solo por mantener las apariencias, y en general fingió que eran un matrimonio más o menos feliz. La pesadilla de Daisy era ver aparecer en algún momento a Marga con Greg, el hijo ilegítimo de Lev, cogido del brazo; pero eso no sucedió.

Las gemelas Westhampton y May Murray fueron sus damas de honor, y Eva Murray la dama principal. Boy se había puesto un poco escrupuloso con eso de que Eva era medio judía —de hecho, no había querido invitarla siquiera—, pero Daisy había insistido en ello.

En esos momentos se encontraba ya en la antiquísima iglesia, consciente de que estaba arrebatadoramente guapa, feliz de entregarse a Boy Fitzherbert en cuerpo y alma.

Firmó el registro como «Daisy Fitzherbert, vizcondesa de Aberowen». Llevaba semanas practicando esa firma en papeles que después rompía hasta convertirlos en pedacitos ilegibles, pero ahora ya tenía derecho a ella. Ese era su nombre.

Mientras salían de la iglesia en procesión, Fitz cogió a Olga del brazo con gentileza, pero la princesa Bea puso un metro de espacio vacío entre Lev y ella.

La princesa Bea no era una persona agradable. Sí que se portaba de una forma bastante educada con la madre de Daisy, y si su tono estaba cargado de condescendencia, Olga no reparaba en ello, así que su relación era amistosa. Pero Bea no soportaba a Lev.

Daisy se dio cuenta entonces de que Lev carecía de esa pátina de respetabilidad social. Caminaba y hablaba, comía y bebía, fumaba y reía y se rascaba como un gángster, y no le importaba lo que pensara la gente de él. Hacía lo que le venía en gana porque era un millonario norteamericano, igual que Fitz hacía lo que le venía en gana porque era un conde inglés. Daisy siempre lo había sabido, pero le resultó especialmente duro al ver a su padre entre toda aquella gente de la alta sociedad inglesa durante el desayuno de la boda, que había tenido lugar en el magnífico salón de baile del hotel Dorchester.

Sin embargo, poco importaba ya. Era «lady Aberowen», y eso nadie podía quitárselo.

A pesar de todo, la continua hostilidad con la que Bea trataba a Lev era algo irritante, como un leve hedor o un zumbido lejano, y Daisy no podía evitar cierta sensación de descontento. Sentada junto a Lev a la mesa presidencial, Bea siempre estaba ligeramente vuelta hacia el otro lado. Cuando él le hablaba, contestaba de forma escueta y sin mirarlo a los ojos. Él parecía no darse cuenta, no dejaba de sonreír y de beber champán, pero Daisy, sentada al otro lado de Lev, sabía que las señales no le habían pasado por alto. Su padre era zafio, pero no idiota.

Cuando los brindis llegaron a su fin y los hombres empezaron a fumar, Lev, que siendo el padre de la novia era el que pagaba la cuenta, miró a lo largo de la mesa y dijo:

—Bueno, Fitz, espero que haya disfrutado de la comida. ¿Han estado los vinos a la altura de lo que esperaba?

—Todo muy bien, gracias.

—Tengo que decir que a mí me ha parecido un banquete de primera, puñeta.

Bea chasqueó incluso con desagrado. Los hombres educados no decían «puñeta» en su presencia.

Lev se volvió hacia la princesa. Sonreía, pero Daisy reconoció la peligrosa expresión que vio en su mirada.

—Caray, princesa, ¿es que la he ofendido?

Ella no quería responderle, pero aquel hombre no dejaba de mirarla esperando una contestación, no apartaba los ojos de ella.

—Prefiero no oír palabras soeces —dijo al cabo.

Lev cogió un puro de su caja. No lo encendió todavía, sino que inspiró su aroma con fuerza y se dedicó a darle vueltas entre los dedos.

—Déjenme que les cuente una historia —dijo, y miró a uno y otro lado de la mesa para asegurarse de que todos le prestaban atención, Fitz, Olga, Boy, Daisy y Bea—. Siendo yo un niño, acusaron a mi padre de llevar a apacentar el ganado a las tierras de otra persona. Pensarán que eso no es nada del otro mundo, aunque fuera declarado culpable. Pero lo arrestaron, y el administrador de las tierras construyó un patíbulo en la pradera norte. Entonces llegaron los soldados, nos cogieron a mi hermano, a mi madre y a mí y nos llevaron hasta aquel lugar. Mi padre estaba en ese patíbulo, con una soga al cuello. Al cabo de poco llegó el dueño de las tierras.

Daisy, que nunca le había oído contar esa historia, miró a su madre. Olga parecía tan sorprendida como ella.

El pequeño grupo de la mesa guardaba silencio.

—Nos obligaron a mirar mientras ahorcaban a mi padre —dijo Lev, y se volvió hacia Bea—. ¿Y sabe una cosa curiosa? La hermana del terrateniente también estaba allí. —Se metió el puro en la boca, humedeció la punta y lo volvió a sacar.

Daisy vio que Bea palidecía. ¿Tenía algo que ver con ella?

—La hermana tenía entonces unos diecinueve años, y era princesa —dijo Lev, con la mirada fija en su puro. Daisy oyó que a Bea se le escapaba un leve grito y se dio cuenta de que sí, aquella historia hablaba de ella—. Se quedó allí de pie, mirando el ahorcamiento, fría como el hielo —concluyó Lev.

Entonces miró directamente a Bea.

—Bueno, pues eso a mí sí que me parece soez.

Se produjo un largo silencio.

Después Lev volvió a meterse el puro en la boca.

—¿Alguien tiene fuego?

VI

Lloyd Williams estaba sentado a la mesa de la cocina de la casa de su madre, en Aldgate, mirando un mapa con gran interés.

Era domingo, 4 de octubre de 1936, y ese día se iban a producir altercados.

La antigua ciudad romana de Londres, construida sobre una colina junto al río Támesis, había acabado por convertirse en el distrito financiero, apodado como «la City». Al oeste de esa colina se encontraban los palacios de los ricos, así como los teatros, tiendas y catedrales que les ofrecían sus servicios. La casa en la que Lloyd estaba sentado se encontraba al este de la colina, cerca de los muelles y los barrios bajos. Allí habían ido a parar siglos de oleadas de inmigrantes, todos ellos decididos a dejarse la piel trabajando para que sus nietos, algún día, pudieran trasladarse desde su humilde East End a aquel rico West End.

El mapa que Lloyd estudiaba con tanto empeño se había publicado en una edición especial del *Daily Worker*, el periódico del Partido Comunista, e indicaba el itinerario de la marcha que la Unión Británica de Fascistas pensaba celebrar ese día. Habían previsto reunirse frente a la Torre de Londres, en la frontera entre la City y el East End, y luego marchar hacia el este…

Directos al barrio de abrumadora mayoría judía de Stepney.

A menos que Lloyd y más gente que pensaba como él pudieran impedirlo.

En Gran Bretaña había 330.000 judíos, según el periódico, y la mitad de ellos vivían en el East End. La mayoría eran refugiados de Rusia, Polonia y Alemania, donde habían vivido con el temor a que cualquier día la policía, el ejército o los cosacos pudieran hacer una batida en la ciudad y robar en sus casas, apalear a los ancianos y ultrajar a las mujeres más jóvenes, o hacer formar en fila contra una pared a padres y hermanos para fusilarlos.

Allí, en los arrabales de Londres, esos judíos habían encontrado un lugar donde tenían tanto derecho a vivir como cualquiera. ¿Cómo se sentirían si, al mirar por la ventana, veían a una panda de matones uniformados marchando por sus propias calles con el evidente deseo de aniquilarlos a todos? Lloyd tenía claro que una cosa así no podía permitirse.

El *Worker* destacaba que desde la Torre en realidad solo había dos rutas que pudieran seguir los manifestantes. Una cruzaba Gardiner's Corner, una encrucijada de cinco vías conocida como la Puerta del East End; la otra seguía Royal Mint Street y luego enlazaba con la estrecha Cable Street. Por las calles laterales había una decena de rutas más si se iba solo, pero no eran practicables para una manifestación. St. George Street conducía más bien hacia el católico Wapping, y no al Stepney judío, por lo que a los fascistas tampoco les servía de nada.

El *Worker* hacía un llamamiento para formar una muralla humana que bloqueara el acceso a Gardiner's Corner y Cable Street, y así impedir la marcha.

El periódico a veces exhortaba a acciones que luego no tenían lugar: huelgas, revoluciones o, hacía poco, una alianza de partidos de izquierdas para formar un Frente Popular. Puede que la muralla humana no fuera más que otra de sus fantasías. Harían falta muchos miles de personas para lograr cerrar los accesos al East End. Lloyd no sabía si se presentarían suficientes voluntarios.

Lo único que sabía a ciencia cierta era que habría problemas.

A la mesa, con Lloyd, estaban sentados sus padres, Bernie y Ethel; su hermana, Millie, y Lenny Griffiths, el chico de dieciséis años de Aberowen, con su ropa de domingo. Lenny formaba parte de un pequeño ejército de mineros galeses que habían acudido a Londres para unirse a la contramanifestación.

Bernie levantó la mirada de su periódico.

—Los fascistas afirman que los billetes de tren de todos los galeses que habéis venido a Londres los han pagado los peces gordos judíos —le dijo a Lenny.

El chico tragó un buen bocado de huevo frito.

—No conozco a ningún pez gordo judío —contestó—. A menos que cuente la señora de Levy Sweetshop, que es bastante gorda. De todas formas, yo he llegado a Londres metido en la parte de atrás de un camión con sesenta corderos de Gales que iban rumbo al mercado de carne de Smithfield.

—Eso explica lo del olor —dijo Millie.

—¡Millie! No seas maleducada —la regañó su madre.

Lenny iba a compartir con Lloyd su habitación, y ya les había confiado a todos que no pensaba regresar a Aberowen después de la manifestación. Dave Williams y él se iban a España a unirse a las Brigadas Internacionales que se estaban formando para luchar contra la insurrección fascista.

—¿Has conseguido el pasaporte? —le había preguntado Lloyd.

Los trámites no eran complicados, pero el solicitante tenía que aportar referencias de un clérigo, un médico, un abogado o alguna otra persona de buena posición, para que así a un joven le resultara más difícil mantenerlo en secreto.

—No hace falta —había dicho Lenny—. Iremos a la estación de Victoria y pediremos un billete de fin de semana de ida y vuelta a París. Para eso no se necesita pasaporte.

Lloyd tenía una vaga idea al respecto. Era un vacío de regulación pensado para satisfacer a la próspera clase media, pero los antifascistas podían sacarle partido.

—¿Cuánto cuesta ese billete?

—Tres libras y quince chelines.

Lloyd había levantado las cejas. Era más dinero del que pudiera tener un minero del carbón que estaba en el paro.

—Pero el Partido Laborista Independiente me lo paga —había añadido Lenny—, y a Dave se lo paga el Partido Comunista.

Debían de haber mentido al decirles la edad.

—¿Y luego? ¿Qué haréis al llegar a París? —había preguntado Lloyd.

—Los comunistas franceses irán a recibirnos a la Gare du Nord. —Lo pronunció «guer du nor», porque no hablaba ni una palabra de francés—. Desde allí nos escoltarán hasta la frontera española.

Lloyd había estado retrasando su propia marcha. A la gente le decía que quería dejar a sus padres tranquilos, pero la verdad era que no se daba por vencido con Daisy. Todavía soñaba con que abandonaría a Boy. No tenía ninguna oportunidad —ella ni siquiera le contestaba las cartas—, pero no podía olvidarla.

Mientras tanto, Gran Bretaña, Francia y Estados Unidos habían llegado a un acuerdo con Alemania e Italia para adoptar una política de no intervención en España, lo cual quería decir que ninguno de ellos suministraría armas a ninguno de los dos bandos. Solo eso ya había puesto furioso a Lloyd: ¿es que las democracias no tenían el deber de apoyar a un gobierno elegido en las urnas? Pero la cosa era aún peor, porque Alemania e Italia quebrantaban ese acuerdo todos los días, tal como la madre de Lloyd y el tío Billy advertían en los numerosos mítines públicos que habían celebrado ese otoño en Gran Bretaña para hablar de la cuestión española. El conde Fitzherbert, como ministro del gobierno responsable, defendía su política con firmeza y decía que no había que armar al gobierno de España por temor a que se decantara hacia el comunismo.

Aquello, tal como Ethel había expuesto en un discurso mordaz, era la pescadilla que se mordía la cola: la única nación que estaba dispuesta a apoyar al gobierno español era la Unión Soviética, de modo que era natural que los españoles quisieran acercarse al único país del mundo que les ofrecía ayuda.

Lo cierto era que los conservadores tenían la sensación de que España había elegido a unos representantes peligrosamente izquierdistas. A hombres como Fitzherbert no les desagradaría ver que el gobierno español era derrocado por la fuerza y sustituido por otro de extrema derecha. Lloyd hervía de frustración.

Y entonces se le había presentado esa oportunidad de luchar contra el fascismo en su propio país.

—Es ridículo —había dicho Bernie hacía una semana, cuando se había anunciado la marcha—. La policía metropolitana tiene que obligarlos a cambiar de ruta. Están en su derecho a manifestarse, claro, pero no en Stepney.

Sin embargo, la policía alegaba que no tenía poder para interferir en una manifestación perfectamente legal.

Bernie y Ethel, con los alcaldes de ocho distritos municipales de Londres, habían montado una delegación para suplicarle al secretario del Home Office, sir John Simon, que prohibiera la marcha o que por lo menos la desviara; pero también él se había excusado diciendo que no tenía poder para actuar.

La cuestión de qué acciones había que tomar a continuación había dividido al Partido Laborista, a la comunidad judía y a la familia Williams.

El Consejo del Pueblo Judío contra el Fascismo y el Antisemitismo, fundado por el propio Bernie y más personas hacía tres meses, había hecho un llamamiento a una contramanifestación multitudinaria para impedirles a los fascistas la entrada a las calles judías. Su lema era una frase en español: «¡No pasarán!», el grito de los defensores antifascistas de Madrid. El Consejo era una organización pequeña con un nombre grandilocuente. Ocupaba dos salas en un piso de un edificio de Commercial Road, y no tenía en propiedad más que un ciclostil Gestetner y un par de viejas máquinas de escribir, pero, a pesar de todo, contaba con muchísimo apoyo en el East End. En cuarenta y ocho horas había recogido la increíble cantidad de cien mil firmas para solicitar que se prohibiera la marcha. A pesar de ello, el gobierno no hizo nada.

Solo uno de los partidos políticos principales apoyaba la contramanifestación, y eran los comunistas. La protesta también contaba con el respaldo del minoritario Partido Laborista Independiente, al que pertenecía Lenny. Los demás partidos estaban en contra.

—He visto que el *Jewish Chronicle* ha aconsejado a sus lectores que no salgan hoy a la calle.

Lloyd creía que ese era justamente el problema. Mucha gente estaba tomando la posición de que lo mejor era evitar cualquier tipo de enfrentamiento, pero eso les dejaba vía libre a los fascistas.

Bernie, que era judío aunque no practicante, le dijo a Ethel:

—¿Cómo puedes venir a decirme nada del *Jewish Chronicle*? Creen que los judíos no tendrían que estar en contra del fascismo, solo del antisemitismo. ¿Qué clase de sentido político tiene algo así?

—He oído decir que la Junta de Representantes de los Judíos Británicos dice lo mismo que el *Chronicle* —insistió Ethel—. Por lo visto ayer hicieron un anuncio en todas las sinagogas.

—Esos mal llamados representantes son todos unos *alrightniks*, nuevos ricos de Golders Green —dijo Bernie con desprecio—. A esos nunca los han insultado en las calles los gamberros fascistas.

—Y tú eres miembro del Partido Laborista —dijo Ethel en tono acusador—. Nuestra política es la de no enfrentarnos a los fascistas en la calle. ¿Dónde ha quedado tu solidaridad?

—¿Y la solidaridad para con mis congéneres judíos? —preguntó Bernie.

—Tú solo eres judío cuando te viene bien. Y nadie te ha insultado nunca en la calle.

—Me da lo mismo, el Partido Laborista ha cometido un error político.

—Tú recuerda una cosa, si dejas que los fascistas provoquen actos violentos, la prensa le echará la culpa de todo a la izquierda, no importa quién haya empezado.

—Si los chicos de Mosley provocan una pelea, tendrán lo que se merecen —saltó Lenny en un arrebato.

Ethel suspiró.

—Piénsalo, Lenny: en este país, ¿quién tiene más armas? ¿Lloyd y tú y el Partido Laborista, o los conservadores con el ejército y la policía de su parte?

—Ah —dijo Lenny. Estaba claro que no había pensado en eso.

—¿Cómo puedes hablar así? —le recriminó Lloyd a su madre, enfadado—. Estuviste en Berlín hace tres años… viste lo que pasó. La izquierda alemana intentó hacer frente al fascismo de forma pacífica y mira cómo han terminado.

—Los socialdemócratas alemanes —intervino Bernie— no consiguieron formar un frente popular con los comunistas. Eso permitió que los liquidaran por separado. Juntos, podrían haber salido vencedores. —Bernie se había enfadado mucho cuando la delegación local del Partido Laborista rechazó una oferta de los comunistas para formar una coalición en contra de la marcha.

—Una alianza con los comunistas es algo peligroso —dijo Ethel.

Bernie y ella no estaban de acuerdo en ese punto. De hecho, era un tema que había dividido también al Partido Laborista. Lloyd pensaba que Bernie tenía razón y que Ethel se equivocaba.

—Tenemos que aprovechar todos los recursos que tengamos a mano para derrotar al fascismo —sentenció. Después, con algo de diplomacia, añadió—: Pero mamá tiene razón, para nosotros será mejor que el día de hoy termine sin violencia.

—Será mejor que os quedéis todos en casa y os enfrentéis a los fascistas por los canales habituales de la política democrática —dijo Ethel.

—Ya intentaste conseguir la igualdad de salarios para las mujeres mediante los canales normales de la política democrática —replicó Lloyd—, y no lo conseguiste.

En abril de ese mismo año, las parlamentarias laboristas habían presentado un proyecto de ley para garantizarles a las funcionarias gubernamentales la misma paga que recibían los hombres por el mismo trabajo. El proyecto había sido rechazado en la votación de una Cámara de los Comunes dominada por hombres.

—La democracia no es algo que se abandone cada vez que se pierde una votación —contestó Ethel con brusquedad.

El problema era, y Lloyd lo sabía, que esas divisiones podían debilitar de una forma fatídica a las fuerzas antifascistas, igual que había sucedido en Alemania. Ese día sería una dura prueba. Los partidos políticos podían intentar erigirse en líderes, pero la gente elegiría a quién seguir. ¿Se quedarían en casa, tal como aconsejaban el apocado Partido Laborista y el *Jewish Chronicle*? ¿O saldrían a las calles a miles para decirle «No» al fascismo? Al final del día conocerían la respuesta.

Alguien llamó a la puerta de atrás, y su vecino, Sean Dolan, entró vestido con su traje de los domingos.

—Me reuniré con vosotros después de misa —le dijo a Bernie—. ¿Dónde queréis que nos encontremos?

—En Gardiner's Corner, a las dos en punto a más tardar —repuso este—. Esperamos reunir a suficiente gente para detener a los fascistas allí.

—Tendréis hasta al último estibador del East End con vosotros —dijo Sean con entusiasmo.

—¿Y eso por qué? —preguntó Millie—. A vosotros no os odian los fascistas, ¿verdad?

—Eres demasiado joven para acordarte, querida niña, pero los judíos siempre nos han apoyado —explicó Sean—. Durante la huelga de los muelles de 1912, cuando yo no era más que un chaval de nueve años, mi padre no tenía para darnos de comer, así que la señora Isaacs, la mujer del panadero de New Road, nos acogió a mi hermano y a mí. Dios bendiga ese gran corazón suyo. En aquel entonces, las familias judías se hicieron cargo de cientos de hijos de estibadores. Lo mismo pasó en 1926. No pensamos dejar que esos fascistas malnacidos se paseen por nuestras calles… perdón por mi lenguaje, señora Leckwith.

Lloyd recuperó los ánimos. En el East End había miles de estibadores: si se presentaban en bloque, sus filas crecerían una enormidad.

Desde fuera de la casa llegó el sonido de un altavoz.

—Impidamos que Mosley entre en Stepney —decía una voz masculina—. Reunámonos en Gardiner's Corner a las dos en punto.

Lloyd se bebió el té y se levantó de la silla. Ese día su papel era el de hacer de espía y comprobar las posiciones de los fascistas para pasarle informes al Consejo del Pueblo Judío de Bernie. Llevaba los bolsillos cargados de grandes peniques cobrizos para llamar desde los teléfonos públicos.

—Será mejor que me ponga en marcha —dijo—. Seguro que los fascistas ya se están congregando.

Su madre se puso de pie y lo siguió hasta la puerta.

—No te metas en ninguna pelea —le pidió—. Recuerda lo que sucedió en Berlín.

—Iré con cuidado —prometió Lloyd.

—A tu americana rica no le gustarás sin dientes —insistió ella en un tono más ligero.

—De todas formas no le gusto.

—No me lo creo. ¿Qué chica podría resistirse a tus encantos?

—No me pasará nada, mamá —dijo Lloyd—. De verdad que no.

—Supongo que debería alegrarme de que hayas olvidado esa maldita idea de irte a España.

—No me iré hoy, por lo menos. —Le dio un beso a su madre y salió.

Era una luminosa mañana de otoño, el sol calentaba más de lo habitual para la estación. Un grupo de hombres había levantado una tribuna improvisada en plena Nutley Street, y uno de ellos hablaba por un megáfono.

—¡Gente del East End! ¡No tenemos por qué quedarnos de brazos cruzados mientras una muchedumbre de antisemitas desfilan insultándonos! —Lloyd reconoció al orador, era un dirigente local del Movimiento Nacional de Obreros Parados. A causa de la Gran Depresión, había miles de sastres judíos sin trabajo que se registraban a diario en la Oficina de Empleo de Settle Street.

Antes de que Lloyd hubiese recorrido diez metros, Bernie salió tras él y le dio una bolsa de papel llena de esas bolitas de cristal que los niños llamaban canicas.

—He estado en muchas manifestaciones —dijo—. Si la policía montada carga contra la gente, tira esto a los cascos de los caballos.

Lloyd sonrió. Su padrastro era pacifista, al menos casi siempre, pero no era de los que se dejaban pisar.

De todas formas, a Lloyd no le convenció demasiado eso de las canicas. Nunca había tenido mucho que ver con caballos, pero le parecían unos animales pacientes e inofensivos, y no le gustaba la idea de hacerlos caer al suelo.

Bernie le leyó el pensamiento.

—Es mejor que caiga un caballo y no que pisoteen a mi chico —dijo.

Lloyd se metió las canicas en el bolsillo, pensando que eso tampoco lo comprometía a tener que usarlas.

Le gustó ver a tanta gente ya en las calles. Encontró también otras señales alentadoras. El lema de «No pasarán», tanto en español como en inglés, estaba escrito a tiza en las paredes allá donde mirara. Se notaba también una gran presencia de los comunistas, que estaban repartiendo panfletos. Las banderas rojas cubrían los alféizares de muchas ventanas. Un grupo de hombres que lucían condecoraciones de la Gran Guerra sostenían una pancarta en la que se leía: «Asociación de Excombatientes Judíos». Los fascistas detestaban que les recordaran la cantidad de judíos que habían luchado del lado de Gran Bretaña. Cinco soldados judíos habían recibido la más alta condecoración al valor del país, la Cruz Victoria.

Lloyd empezaba a pensar que, al final, a lo mejor sí que habría personas suficientes como para detener la marcha.

Gardiner's Corner era una amplia intersección de cinco calles que recibía su nombre de la tienda de ropa escocesa, Gardiner and Company, que ocupaba el edificio de la esquina con su inconfundible torre de reloj. Nada más llegar allí, Lloyd vio que se esperaba alboroto. Había varios puestos de primeros auxilios y cientos de voluntarios de St. John Ambulance vestidos con sus uniformes. Había ambulancias aparcadas en todas las calles. Lloyd esperó que no se produjeran peleas; pero era mejor arriesgarse a la violencia, pensó, que dejar que los fascistas marcharan sin ningún impedimento.

Decidió dar un rodeo y llegarse hasta la Torre de Londres desde el noroeste para que no lo identificaran como vecino del East End. Pocos minutos antes de llegar allí ya se oían las bandas de música.

La Torre era un palacio que se levantaba junto al río y había simbolizado autoridad y represión durante ochocientos años. Estaba rodeada por un largo muro de vieja piedra clara que parecía haber perdido el color tras siglos y siglos de lluvia londinense. En el exterior de esa muralla, en el lado que daba a tierra firme, había un parque llamado Tower Gardens, y era allí donde se estaban reuniendo los fascistas. Lloyd calculó que ya debían de ser unos dos mil, y su formación ocupaba una franja que se alargaba hacia el oeste, donde se internaba en el distrito financiero. De vez en cuando entonaban a ritmo una consigna:

Un, dos, tres, cuatro,
con los judíos hay que acabar.
¡Hay que acabar, hay que luchar!
¡Con los judíos hay que acabar!

Las banderas que llevaban eran la Union Jack. Lloyd se preguntó por qué aquellos que querían destruir todo lo bueno de su país eran precisamente los que más prisa se daban en enarbolar la bandera nacional.

Su aspecto militar impresionaba, todos con sus anchos cinturones de cuero negro y sus camisas negras, formando ordenadas columnas sobre la hierba. Los oficiales llevaban un uniforme más elegante: una chaqueta negra de corte militar, pantalones de montar de color gris, botas altas, una gorra militar negra con una punta metálica y un brazalete rojo y blanco. Había muchos motoristas de uniforme dando estruendosas vueltas en sus motocicletas con gran ostentación, entregando mensajes y ofreciendo saludos fascistas. Cada vez llegaban más integrantes de la marcha, algunos de ellos en furgonetas acorazadas con una malla metálica en las ventanillas.

Aquello no era un partido político. Era un ejército.

El objetivo de aquella exhibición era arrogarse una falsa autoridad, supuso Lloyd. Querían que pareciera que tenían derecho a cancelar mítines y a vaciar edificios, a irrumpir en casas y oficinas y arrestar a gente, a llevárselos a rastras hasta calabozos y campamentos para allí apalearlos, interrogarlos y torturarlos, igual que hacían los camisas pardas en Alemania bajo ese régimen nazi tan admirado por Mosley y el propietario del *Daily Mail*, lord Rothermere.

Aterrorizarían a los vecinos del East End, gente cuyos padres y abuelos habían huido de la represión y los pogromos de Irlanda, Polonia y Rusia.

¿Saldrían los habitantes del barrio a las calles para enfrentarse a ellos? Si no lo hacían, si la marcha de ese día salía adelante como habían planeado, ¿a qué se atreverían los fascistas el día de mañana?

Caminó bordeando el parque, haciéndose pasar por uno de los casi cientos de espectadores fortuitos. Las calles secundarias se extendían desde aquel centro como los radios de una rueda. Por una de ellas, Lloyd vio acercarse un Rolls-Royce negro y crema que le resultó familiar. El chófer abrió la puerta de atrás y Lloyd, estupefacto y consternado, vio que quien bajaba era Daisy Peshkov.

No había duda de para qué estaba allí. Llevaba una versión femenina del uniforme de cuidada confección, con una larga falda gris en lugar de los pantalones de montar. Sus rubios rizos escapaban por debajo de la gorra negra. Por mucho que odiara aquella vestimenta, Lloyd no pudo evitar pensar que estaba irresistiblemente seductora.

Se detuvo, sin poder quitarle los ojos de encima. No sabía de qué se sorprendía: Daisy le había dicho que le gustaba Boy Fitzherbert, y era evidente que las ideas políticas de Boy no podían cambiar eso. Pero verla apoyando abiertamente a los fascistas en su ataque a los judíos londinenses le cayó como un mazazo que le hizo comprender lo ajena que era ella a todo lo que le importaba a él en la vida.

Lo mejor habría sido dar media vuelta y punto, pero no pudo. Al verla apresurarse por la acera, le bloqueó el paso.

—¿Qué narices estás haciendo tú aquí? —preguntó con brusquedad.

Ella se mantuvo serena.

—Yo podría hacerle a usted la misma pregunta, señor Williams

—contestó—. Supongo que no tendrá intención de marchar con nosotros.

—¿Es que no entiendes lo que representa esta gente? Revientan mítines pacíficos, acosan a periodistas, meten en la cárcel a sus rivales políticos. Tú eres norteamericana... ¿cómo puedes ponerte en contra de la democracia?

—La democracia no es necesariamente el sistema político más apropiado para todos los países y todas las épocas. —Lloyd supuso que estaba citando la propaganda de Mosley.

—¡Pero esta gente tortura y mata a todo el que no está de acuerdo con ellos! —Pensó en Jörg—. Lo he visto con mis propios ojos, en Berlín. Estuve brevemente en uno de sus campos. Me obligaron a mirar cómo unos perros hambrientos mataban a un hombre desnudo en un ataque salvaje. Esa es la clase de cosas que hacen tus amigos los fascistas.

Daisy no se dejó intimidar.

—¿Y exactamente a quién han matado los fascistas aquí, en Inglaterra, en los últimos tiempos?

—Los fascistas británicos aún no han llegado al poder, pero ese Mosley tuyo admira a Hitler. Si algún día tienen la oportunidad, harán exactamente lo mismo que los nazis.

—¿Te refieres a que eliminarán el desempleo y le darán al pueblo orgullo y esperanza?

La atracción que Lloyd sentía hacia ella era tan fuerte que se le rompió el corazón al oírla escupir aquella sarta de sandeces.

—Sabes perfectamente lo que han hecho los nazis con la familia de tu amiga Eva.

—Eva se ha casado, ¿lo sabías? —comentó Daisy con el tono resueltamente alegre de quien intenta cambiar de tema durante una cena para tocar asuntos más propios—. Con el bueno de Jimmy Murray. Ahora es una esposa inglesa.

—¿Y sus padres?

Daisy apartó la mirada.

—No los conozco.

—Pero sí sabes lo que les han hecho los nazis. —Eva se lo había explicado todo a Lloyd durante el baile del Trinity—. A su padre ya no le permiten ejercer la medicina, así que trabaja de ayudante en una farmacia. No puede entrar en los parques ni en las bibliotecas públicas. ¡Incluso han borrado el nombre del padre de él del monumento a los caídos en la guerra que hay en su pueblo! —Lloyd se dio cuenta de que había subido la voz. Más calmado, añadió—: ¿Cómo puedes estar aquí, apoyando a los mismos que han hecho todo eso?

Ella parecía turbada.

—Voy a llegar tarde. Si me disculpas —dijo, en lugar de contestarle a la pregunta.

—No hay forma de disculpar lo que estás haciendo.

—Muy bien, hijo, ya basta —intervino el chófer.

Era un hombre de mediana edad y estaba claro que no hacía demasiado ejercicio, así que Lloyd no se sintió ni mucho menos intimidado, pero tampoco quería provocar una pelea.

—Ya me voy —dijo en un tono más calmado—. Pero no me llame «hijo».

El chófer lo cogió del brazo.

—Será mejor que me quite las manos de encima o lo tumbaré de un puñetazo antes de irme —añadió Lloyd, mirándolo a los ojos.

El chófer dudó un momento y Lloyd se puso en guardia, preparándose para reaccionar a la espera de la más mínima señal, como haría en el ring de boxeo. Si el chófer intentaba atacarlo, sería con un golpe directo pero lento y cadencioso, le resultaría fácil esquivarlo.

El hombre, sin embargo, o bien percibió que Lloyd estaba en guardia, o bien notó los músculos trabajados del brazo que le tenía agarrado; por una u otra razón, el caso es que retrocedió y lo soltó.

—Tampoco hace falta andarse con amenazas.

Daisy se alejó.

Lloyd se quedó mirando su espalda, vestida con aquel uniforme que le caía a la perfección, mientras caminaba a toda prisa hacia las filas de los fascistas. Con un gran suspiro de frustración, dio media vuelta y echó a andar en la dirección contraria.

Intentó concentrarse en el trabajo que tenía entre manos. Había sido una tontería amenazar a aquel conductor. Si se hubiera metido en una pelea, seguramente lo habrían detenido y habría tenido que pasarse el día en un calabozo de la policía... ¿En qué habría ayudado eso a derrotar al fascismo?

Ya eran las doce y media. Se alejó de Tower Hill, buscó un teléfono público y llamó al Consejo del Pueblo Judío para hablar con Bernie. Después de informarle de todo lo que había visto, Bernie le pidió un cálculo aproximado de la cantidad de policías que había en las calles entre la Torre y Gardiner's Corner.

Lloyd cruzó hacia el lado este del parque y exploró las calles secundarias que salían desde allí. Lo que vio lo dejó sin habla.

Había esperado encontrarse con un centenar de agentes, más o menos. En realidad eran miles.

Flanqueaban las calles a lo largo de las aceras, esperaban en decenas de autobuses aparcados, y también montados ya en enormes caballos que formaban unas filas increíblemente cerradas. Solo dejaban un estrechísimo pasillo para la gente que quería recorrer las calles a pie. Había más policía que fascistas.

Desde el interior de uno de los autobuses, un agente uniformado le dirigió el saludo hitleriano.

Lloyd lo recibió con consternación. Si todos esos policías estaban del lado de los fascistas, ¿cómo iban a enfrentarse a ellos los contramanifestantes?

Aquello era mucho peor que una simple marcha fascista: era una marcha fascista con autoridad policial. ¿Qué clase de mensaje enviaban con ello a los judíos del East End?

En Mansell Street vio a un policía al que conocía de cuando hacía la ronda, Henry Clark.

—Hola, Nobby —dijo. Por alguna razón, a todos los Clark los llamaban «Nobby»—. Un policía acaba de hacerme el saludo hitleriano.

—No son de por aquí —explicó Nobby en voz baja, como si le estuviera haciendo una confidencia—. No viven con los judíos, como yo. Yo ya les he dicho que los judíos son como todo el mundo, que casi todos son gente decente y que acata las leyes, y algunos, maleantes y buscapleitos. Pero no me creen.

—Aun así… ¿el saludo de Hitler?

—A lo mejor ha sido una broma.

Lloyd no creía que lo fuera.

Dejó a Nobby y siguió su camino. Vio que la policía estaba formando cordones allí donde las calles secundarias se adentraban ya en la zona de Gardiner's Corner.

Entró en un pub que tenía teléfono (el día anterior había localizado todos los teléfonos que tendría a mano) y le dijo a Bernie que había por lo menos cinco mil policías en el vecindario.

—No podemos enfrentarnos a tantos polizontes —dijo, sombrío.

—No estés tan seguro —repuso Bernie—. Ve a echar un vistazo a Gardiner's Corner.

Lloyd encontró la forma de evitar el cordón policial y se unió a la contramanifestación. Hasta que no logró llegar al centro de la calle, frente a Gardiner's, no pudo apreciar en su totalidad la magnitud de la muchedumbre.

Era la mayor reunión de gente que había visto en la vida.

La encrucijada de las cinco calles estaba abarrotada, pero eso era solo el principio. La gente ocupaba también todo Whitechapel High Street, al este, hasta donde alcanzaba la vista. Commercial Road, que se extendía en dirección sudeste, también estaba llena hasta los topes. Por Leman Street, donde se encontraba la comisaría, no se podía ni pasar.

Lloyd pensó que debían de ser un centenar de miles de personas. Sintió ganas de lanzar el sombrero al aire y soltar un grito de júbilo. Los vecinos del East End habían salido en bloque a impedir el avance de los fascistas. Ya no había duda de cuáles eran sus sentimientos.

En el centro del cruce había un tranvía detenido, abandonado por el conductor y los pasajeros.

Lloyd, cada vez más imbuido de optimismo, se dio cuenta de que nada podría atravesar aquella multitud de personas.

Vio a su vecino, Sean Dolan, subirse a una farola y atar una bandera roja en lo alto. La banda de viento de la Brigada de Jóvenes Judíos estaba tocando... seguramente sin el conocimiento de los respetables y conservadores dirigentes del club. Una avioneta de la policía sobrevolaba la zona, una especie de autogiro, le pareció a Lloyd.

Cerca de los escaparates de Gardiner's se encontró con su hermana, Millie, y su amiga, Naomi Avery. No quería que Millie se viera envuelta en ninguna situación violenta: solo con pensarlo se le helaba el corazón.

—¿Sabe papá que has venido? —le preguntó en tono de reprimenda.

—No seas bobo —contestó Millie, siempre tan despreocupada.

De hecho, a Lloyd le sorprendía mucho encontrársela allí.

—Pero si a ti normalmente no te interesa nada que tenga que ver con la política —dijo—. Pensaba que te iba más hacer dinero.

—Es verdad —dijo ella—, pero esto es diferente.

Lloyd se imaginó el disgusto que se llevaría Bernie si Millie resultaba herida.

—Me parece que será mejor que vuelvas a casa.

—¿Por qué?

Él miró en derredor. El ambiente de la aglomeración era amistoso y tranquilo. La policía estaba a bastante distancia, a los fascistas no se los veía por ninguna parte. Ese día no habría ninguna marcha, estaba claro. La gente de Mosley no podría abrirse camino a codazos por una muchedumbre de cien mil personas decididas a detenerlos, y sería una locura por parte de la policía dejar que lo intentaran. Seguro que no habría ningún peligro para Millie.

Justo cuando estaba pensando eso, todo cambió.

Se oyeron muchos silbatos y, al mirar en dirección a esos sonidos, Lloyd vio a la policía montada acercarse formando una fila siniestra. Los caballos pisaban con fuerza y resoplaban de agitación. Los agentes habían sacado unas largas porras que parecían espadas.

Daba la sensación de que se estaban preparando para cargar… pero aquello no podía ser, era imposible.

Un momento después, lo hicieron.

Se oyeron gritos furiosos y chillidos de pavor entre la gente. Todo el mundo echó a correr como pudo para apartarse del camino de aquellos enormes caballos. La muchedumbre fue abriendo una vía, pero los que quedaron al borde cayeron bajo los imperiosos cascos de los animales. La policía golpeaba a diestro y siniestro con sus largas porras. Lloyd intentó retroceder empujando, pero no podía.

Estaba furioso: ¿qué se creía la policía que estaba haciendo? ¿Eran tan estúpidos como para pensar que podrían abrirle paso a la gente de Mosley para marchar? ¿De verdad imaginaban que dos o tres mil fascistas entonando cánticos insultantes podrían atravesar una muchedumbre de cien mil personas, a quienes iban dirigidos esos insultos, sin que se produjeran disturbios? ¿Es que la policía estaba dirigida por imbéciles, o acaso no había nadie al mando? No sabía qué era peor.

Los agentes retrocedieron haciendo dar media vuelta a sus caballos, que resollaban, y se reagruparon formando una fila irregular; entonces se oyó un silbato y los policías espolearon a sus monturas para lanzarlas en una carga temeraria.

Esta vez Millie estaba asustada. Solo tenía dieciséis años y su bravuconería había desaparecido. Gritó de miedo cuando la avalancha la aplastó contra la luna de uno de los escaparates de Gardiner and Company. Maniquíes vestidos con trajes y abrigos baratos miraban fijamente a aquella muchedumbre aterrorizada y a los jinetes casi bélicos. El rugido de miles de voces gritando sus temerosas protestas ensordeció a Lloyd. Se colocó delante de Millie y resistió la presión con todas sus fuerzas intentando protegerla, pero todo fue en vano. A pesar de sus esfuerzos, lo aplastaron contra su hermana. Cuarenta o cincuenta personas que no dejaban de gritar habían quedado atrapadas con la espalda contra los escaparates, y la presión no dejaba de aumentar peligrosamente.

Lloyd, furioso, se dio cuenta de que la policía estaba decidida a abrir un camino entre la muchedumbre al precio que fuera.

Un momento después se oyó un terrible estrépito de cristales rotos y el escaparate cedió. Lloyd cayó encima de Millie, y Naomi sobre él. Decenas de personas gritaban de dolor y pánico.

Lloyd se puso en pie como pudo. Era un milagro que hubiera resultado ileso. Miró en derredor con angustia, buscando a su hermana. Era desesperante lo difícil que resultaba distinguir a la gente entre los maniquíes del escaparate. Entonces vio a Millie tirada entre un montón de cristales rotos. La cogió de los brazos y tiró de ella para ayudarla a ponerse en pie. Estaba llorando.

—¡La espalda! —decía.

Lloyd le dio la vuelta. Su hermana tenía el abrigo hecho jirones y estaba toda ensangrentada. La angustia se apoderó de él y abrazó a su hermana a la altura de los hombros para protegerla.

—Hay una ambulancia allí, a la vuelta de la esquina —le dijo—. ¿Puedes andar?

Apenas habían recorrido unos metros cuando volvieron a oírse los silbatos de la policía. A Lloyd le daba pavor verse arrastrado con Millie de vuelta al interior del escaparate de Gardiner's. Entonces se acordó de lo que le había dado Bernie y sacó de su bolsillo la bolsa de papel llena de canicas.

La policía cargó.

Cogiendo impulso con el brazo, Lloyd lanzó la bolsa de papel por encima de las cabezas de la gente para que cayera justo delante de los caballos. No era el único que se había equipado así, y muchos otros lanzaron entonces sus canicas. Cuando los caballos llegaron a ellas se oyó un ruido como de petardos. Un animal resbaló sobre las bolas de cristal y cayó al suelo. Otros se detuvieron y retrocedieron ante esos estallidos de fuegos artificiales. La carga policial se convirtió en un tumulto. Naomi Avery había logrado llegar al frente de la muchedumbre de alguna forma y Lloyd la vio reventar una bolsita de pimienta bajo los ollares de un caballo, con lo que el animal apartó la cabeza dando enérgicas sacudidas.

El gentío remitió un poco, y Lloyd se llevó a Millie hasta la esquina. Todavía le dolía, pero había dejado de llorar.

Había una fila de gente esperando a ser atendida por los voluntarios de St. John Ambulance: una niña que lloraba y a la que parecía que le habían aplastado una mano; varios jóvenes a los que les sangraba la cabeza y la cara; una mujer mayor sentada en el suelo, sujetándose una rodilla inflamada. Cuando Lloyd y Millie llegaron a la cola, Sean Dolan se iba de allí con un vendaje que le rodeaba toda la cabeza, directo al corazón de la muchedumbre.

Una enfermera le echó un vistazo a la espalda de Millie.

—Tiene mal aspecto —dijo—. Será mejor que vayas al Hospital de Londres. Te llevaremos en una ambulancia. —Miró a Lloyd—. ¿Quieres ir tú con ella?

Lloyd quería, pero también se suponía que tenía que ir llamando para informar, así que dudó.

Millie acabó con su dilema echando mano de su habitual genio.

—Ni te atrevas a acompañarme —dijo—. No puedes hacer nada por mí, y aquí tienes un trabajo importante del que ocuparte.

Tenía razón. La ayudó a subir a una ambulancia que había aparcada allí al lado.

—¿Estás segura…?

—Sí, estoy segura. Intenta no acabar en el hospital tú también.

Lloyd se convenció de que la estaba dejando en las mejores manos. Le dio un beso en la mejilla y regresó a la refriega.

Los agentes habían cambiado de táctica. La gente había resistido las cargas de los caballos, pero la policía seguía decidida a abrirse paso. Mientras Lloyd se dirigía hacia el frente de la manifestación, cargaron a pie, atacando con las porras. Los manifestantes, desarmados, se acobardaron ante ellos, retrocedieron como hojas que apila el viento y luego avanzaron en tropel por otra parte de la línea.

La policía empezó a efectuar detenciones, quizá con la esperanza de minar la resolución del gentío llevándose a los cabecillas. En el East End, llevarse a alguien detenido no era una mera formalidad legal. Poca gente salía del calabozo sin un ojo morado o unos cuantos dientes de menos. La comisaría de Leman Street tenía una reputación especialmente mala.

Lloyd se encontró detrás de una joven que vociferaba sus protestas alzando una bandera roja. Reconoció a Olive Bishop, una vecina de Nutley Street. Un agente la golpeó en la cabeza con su cachiporra.

«¡Puta judía!», le gritó. Olive no era judía, y menos aún puta; de hecho, tocaba el piano en el Calvary Gospel Hall, pero por lo visto había olvidado que Jesús siempre hablaba de poner la otra mejilla, y le arañó toda la cara al policía, en cuya piel dejó varias líneas rojas paralelas. Otros dos agentes la agarraron de los brazos y la sostuvieron mientras el que había recibido el arañazo volvía a golpearla en la cabeza.

Ver a tres hombres fuertes atacando a una chica enfureció a Lloyd. Se adelantó y le lanzó al agresor de Olive un derechazo en el que imprimió toda la rabia que sentía. El golpe le dio al policía en la sien. Aturdido, se tambaleó un poco y cayó al suelo.

Más agentes acudieron al lugar de los sucesos sin dejar de atizar con sus porras a diestro y siniestro, golpeando contra brazos, piernas, cabezas y manos. Cuatro de ellos cogieron a Olive, cada uno de un brazo o una pierna. La chica gritó y se debatió desesperadamente, pero no logró liberarse.

Los manifestantes que estaban allí, sin embargo, tampoco se quedaron quietos. Atacaron a los policías que querían llevársela para intentar apartar de ella a los hombres uniformados. Los agentes se volvieron contra los defensores de Olive al grito de «¡Judíos malnacidos!», aunque no todos eran judíos, y uno era incluso un marino somalí negro.

Los agentes soltaron a Olive y la dejaron caer sobre la calzada, entonces empezaron a defenderse. La chica se abrió paso entre la gente y desapareció. Los policías retrocedían golpeando en su retirada a todo el que tenían al alcance.

Lloyd, exaltado ante la perspectiva del triunfo, vio que la estrategia de la policía no estaba dando resultado. A pesar de toda su brutalidad, los ataques no habían logrado abrir una vía de paso entre la muchedumbre. Volvieron entonces a la carga con sus bastones, pero el gentío enardecido se precipitó hacia delante para hacerles frente, esta vez ansiosos por combatirlos.

Lloyd decidió que había llegado el momento de informar otra vez. Se abrió paso entre la gente hacia la retaguardia y buscó un teléfono.

—No creo que vayan a conseguirlo, papá —le dijo a Bernie, exaltado—. Están intentando abrir un camino a palos, pero no consiguen avanzar. Somos demasiados.

—Le estamos diciendo a la gente que vaya a Cable Street —repuso Bernie—. La policía podría estar a punto de cambiar de ofensiva pensando que tendrán más posibilidades por ahí, así que estamos enviando refuerzos. Ve tú también hacia allí a ver qué está pasando y házmelo saber.

—De acuerdo —dijo Lloyd, y colgó antes de darse cuenta de que no le había dicho a su padrastro que se habían llevado a Millie al hospital. Aunque quizá era mejor no preocuparlo por el momento.

Llegar a Cable Street no iba a resultar tarea fácil. Desde Gardiner's Corner, Leman Street llevaba directamente en dirección sur hasta el extremo más cercano de Cable Street, una distancia de unos ochocientos metros, pero la calzada estaba bloqueada por manifestantes que se enfrentaban a la policía. Lloyd tuvo que dar un rodeo para llegar. Se abrió paso como pudo en dirección este hasta Commercial Road. Una vez allí, de nuevo resultaba complicado seguir adelante. No había policía, por lo que no había violencia, pero la aglomeración de gente era igual o incluso mayor. Era frustrante, pero Lloyd se consoló pensando que tampoco la policía conseguiría abrirse camino a la fuerza entre tantísimas personas.

Se preguntó qué estaría haciendo Daisy Peshkov. Seguramente estaría sentada en el coche, esperando a que empezara la marcha, tamborileando con la punta de su caro zapato en la alfombrilla del Rolls-Royce. La idea de que él estaba ayudando a frustrar sus planes le transmitía un extraño sentimiento de maliciosa satisfacción.

Con persistencia y tratando con cierta brusquedad a todo el que se le cruzaba por el camino, Lloyd se abrió paso entre la gente. La línea férrea que cruzaba por el extremo norte de Cable Street le cortaba el paso, así que tuvo que caminar un buen trecho antes de llegar a una calle lateral en la que encontró un paso subterráneo que le permitió cruzar bajo las vías y llegar a su destino.

Allí la aglomeración de gente no era tan grande, pero Cable Street era una calle estrecha y aún se hacía difícil avanzar. Eso tenía una parte positiva: a la policía le resultaría más complicado todavía abrirse paso. Pero Lloyd vio entonces que había otra obstrucción. Alguien había cruzado un camión en la calle y la gente lo había volcado. Luego habían extendido la barricada a uno y otro lado del vehículo para que ocupara toda la calle con mesas y sillas viejas, tablones de madera sueltos y toda clase de basura apilada.

¡Una barricada! Lloyd no pudo evitar pensar en la Revolución francesa, solo que aquello no era una revolución. Los vecinos del East End no pretendían derrocar el gobierno británico. Al contrario, sentían un profundo respeto por sus elecciones, sus consejos municipales y su Parlamento. Les gustaba tanto su sistema de gobierno que estaban dispuestos a defenderlo contra el fascismo, aunque él mismo no quisiera defenderse.

Había salido del paso subterráneo justo detrás de la barrera y entonces se acercó más a ella para ver lo que sucedía. Se subió a un muro para tener mejor panorámica y se encontró con una ajetreada escena. Al otro lado, la policía intentaba desmantelar la obstrucción apartando muebles rotos y arrastrando viejos colchones para liberar el paso, pero no les estaba resultando fácil. Sobre sus cascos caía una lluvia de objetos, algunos lanzados desde detrás de la barricada, otros desde las ventanas de los pisos superiores de las casas que se alzaban a lado y lado de la estrecha calle: piedras, botellas de leche, botes rotos y ladrillos que, por lo que vio Lloyd, habían sacado de un almacén de material para la construcción que había allí cerca. Unos cuantos jóvenes atrevidos se habían subido a lo alto de la barricada y desde allí arremetían contra los agentes tirándoles palos. De vez en cuando estallaba una refriega cuando la policía intentaba tirar de uno de ellos para hacerlo caer y patearlo en el suelo. Lloyd se sobresaltó al reconocer a dos de los chicos en lo alto de la barricada. Eran Dave Williams, su primo, y Lenny Griffiths, de Aberowen. Codo con codo se enfrentaban a los agentes y los ahuyentaban con palas.

Sin embargo, a medida que pasaban los minutos, Lloyd vio que la policía iba ganando terreno. Trabajaban de forma sistemática, recogían los trastos que formaban la barricada y se los llevaban de allí. Desde dentro, la gente iba reforzando el muro y recolocaba de nuevo lo que la policía había apartado, pero estaban menos organizados y no contaban con un suministro infinito de material. A Lloyd le dio la sensación de que la policía no tardaría mucho en imponerse. Y si conseguían desobstruir Cable Street, dejarían que los fascistas marcharan por allí, pasando por delante de una tienda judía detrás de otra.

Entonces miró hacia atrás y vio que quien fuera que estaba organizando la defensa de Cable Street se había anticipado ya a todo eso. Aunque la policía desmantelara la barricada, se encontraría con otra unos cientos de metros más allá calle abajo.

Lloyd retrocedió y se puso a ayudar con entusiasmo a construir la segunda barrera. Los estibadores levantaban los adoquines de la calle con piquetas, las amas de casa sacaban cubos de la basura de sus patios y los tenderos buscaban cajas y cajones vacíos. Lloyd ayudó a levantar un banco de parque, después arrancó un tablón de anuncios de un edificio municipal. Los constructores de la barricada habían aprendido de la experiencia y esta vez hacían un mejor trabajo, utilizaban los materiales de forma más eficiente, asegurándose de que la estructura fuese resistente.

De nuevo, Lloyd miró hacia atrás y vio una tercera barricada que ya estaban levantando más al este.

La gente empezó a retirarse de la primera y a reagruparse detrás de la segunda. Unos minutos después, la policía por fin consiguió abrir un paso en la primera barrera y se precipitó por él. Los primeros agentes en atravesarla fueron tras los pocos jóvenes que aún quedaban allí, y Lloyd vio a Dave y a Lenny corriendo delante de ellos por una callejuela. Las casas de uno y otro lado quedaron clausuradas enseguida, puertas y ventanas se cerraron de golpe.

Entonces Lloyd vio que la policía no sabía qué hacer a continuación. Lo único que habían conseguido atravesando la barricada era encontrarse con otra, más sólida aún. No parecían tener ánimo suficiente para ponerse a desmontar la segunda, así que se quedaron dando vueltas en mitad de Cable Street, intercambiando impresiones con desgana y mirando con resquemor a los vecinos que los observaban desde las ventanas superiores.

Era demasiado pronto para proclamar la victoria, pero de todas formas Lloyd no podía contener una alegre sensación de éxito. Empezaba a parecer que ese día iban a ganar los antifascistas.

Se quedó en su puesto otro cuarto de hora, pero la policía no hizo nada más, así que al final abandonó la escena para ir en busca de una cabina de teléfono desde la que llamar.

Bernie se mostró prudente.

—No sabemos qué está sucediendo —dijo—. Parece que en todas partes nos están dando tregua, pero tenemos que descubrir cuál es la intención de los fascistas. ¿Puedes regresar a la Torre?

Estaba claro que Lloyd no podía cruzar por entre aquella congregación de policías, pero a lo mejor había otro camino.

—Podría intentarlo yendo por St. George Street —dijo con ciertas dudas.

—Tú haz lo que puedas. Quiero saber cuál será su siguiente movimiento.

Lloyd regresó hacia el sur por un laberinto de callejuelas. Esperaba no equivocarse con St. George Street. Quedaba fuera de la zona más comprometida, pero era posible que la muchedumbre se hubiera extendido hasta allí.

Sin embargo, tal como había esperado, allí no había aglomeraciones, aunque todavía oía el alboroto de la contramanifestación y también los gritos y los silbatos de la policía. Había algunas mujeres hablando en la calle, y una pandilla de niñas que saltaban a la comba en medio de la calzada. Lloyd torció hacia el oeste apretando el paso hasta ir casi corriendo. A cada esquina esperaba ver grupos de manifestantes y policía. Se encontró con unas personas que intentaban alejarse de los altercados —dos hombres con vendajes en la cabeza, una mujer con el abrigo desgarrado, un excombatiente con medallas que llevaba el brazo en cabestrillo—, pero no había muchedumbres. Al final corrió hasta el lugar en que la calle desembocaba en la Torre y logró entrar caminando sin impedimentos en Tower Gardens.

Los fascistas seguían allí.

Solo eso ya era todo un logro; así lo sintió Lloyd. Eran las tres y media: los integrantes de la marcha llevaban horas esperando inmóviles. Vio que su ánimo exultante había desaparecido. Ya no cantaban ni entonaban consignas; se limitaban a esperar callados e indiferentes, todavía en formación pero ya no en filas tan ordenadas. Habían bajado sus estandartes, las bandas habían dejado de tocar. Ya parecían derrotados.

Sin embargo, pocos minutos después se produjo un cambio. Un coche sin capota salió de una travesía lateral y recorrió las líneas de los fascistas, que lo recibieron con gritos de júbilo. Las filas se enderezaron, los oficiales saludaron, los fascistas se pusieron firmes. En el asiento de atrás de ese coche iba sentado su cabecilla, sir Oswald Mosley, un hombre apuesto, con bigote, vestido con el uniforme completo, gorra incluida. La espalda erguida con rigidez, iba saludando sin parar mientras su coche avanzaba a paso lento, como si fuera un monarca pasando revista a sus tropas.

Su presencia insufló un nuevo ímpetu a las fuerzas fascistas y preocupó a Lloyd. Aquello significaba que seguramente marcharían tal como habían planeado. Si no, ¿qué hacía ese hombre allí? El coche recorrió toda la formación fascista y se internó en el distrito financiero por una calle lateral. Lloyd esperó. Media hora después, Mosley regresó, esta vez a pie, saludando de nuevo y recibido con más vítores.

Cuando llegó a la cabeza de la marcha, dio media vuelta y, acompañado por uno de sus oficiales, entró en una travesía.

Lloyd lo siguió.

Mosley se acercó a un grupo de hombres de más edad que formaban un corrillo en la acera. Lloyd se sorprendió al reconocer entre ellos a sir Philip Game, el inspector jefe de la policía, con pajarita y sombrero de fieltro. Los dos hombres se enzarzaron en una conversación enardecida. Sir Philip debía de estar diciéndole a sir Oswald que la muchedumbre de los contramanifestantes era demasiado nutrida y que no podrían dispersarla. Pero ¿cuál sería su consejo para los fascistas? Lloyd deseó poder acercarse lo bastante para oír lo que decían, pero decidió no arriesgarse a acabar detenido y se quedó a una distancia prudencial.

El inspector jefe fue el que más habló. El cabecilla de los fascistas asintió con brío varias veces e hizo algunas preguntas. Después, los dos hombres se dieron la mano y Mosley se alejó.

Regresó al parque y consultó con sus oficiales. Entre ellos Lloyd reconoció a Boy Fitzherbert, que llevaba el mismo uniforme que Mosley. A Boy no le quedaba tan bien: el corte militar de esa vestimenta no parecía ajustarse a su constitución blanda, suave, y a la relajada sensualidad de su pose.

Parecía que Mosley estaba dándoles órdenes. Los hombres se despidieron con un saludo y se alejaron, sin duda para llevar a cabo sus instrucciones. ¿Qué les habría ordenado? La única opción sensata era que se dieran por vencidos y se marcharan a casa; pero, de haber tenido algo de sensatez, no habrían sido fascistas.

Se oyeron silbatos, las órdenes se transmitieron a gritos, las bandas empezaron a tocar y los hombres se pusieron firmes. Lloyd comprendió que iban a marchar. La policía debía de haberles asignado un itinerario. Pero ¿cuál?

Entonces iniciaron la marcha… y avanzaron en la dirección contraria. En lugar de dirigirse hacia el este y el East End, fueron hacia el oeste, al distrito financiero, que estaba desierto aquel domingo por la tarde.

Lloyd casi no se lo podía creer.

—¡Se han rendido! —gritó en voz alta.

—Eso parece, ¿verdad? —dijo un hombre que estaba a su lado.

Se quedó cinco minutos mirando cómo las columnas se iban alejando lentamente. Cuando ya no hubo duda alguna de lo que estaba sucediendo, corrió a una cabina y llamó a Bernie.

—¡Están marchando!

—¿Qué? ¿Por el East End?

—¡No, en la otra dirección! Van hacia el oeste, hacia la City. ¡Hemos ganado!

—¡Dios bendito! —Bernie habló entonces con la gente que tenía junto a él—: ¡Oídme todos! Los fascistas marchan hacia el oeste. ¡Se han rendido!

Lloyd oyó cómo toda la sala estallaba en gritos de alegría.

—No les quites ojo de encima y avísanos cuando ya no quede ni uno solo en Tower Gardens —dijo Bernie cuando pudo hablar, un minuto después.

—Desde luego. —Lloyd colgó.

Recorrió todo el perímetro del parque loco de entusiasmo. A cada minuto que pasaba estaba más claro que los fascistas habían sido derrotados. Sus bandas tocaban y ellos marchaban siguiendo el ritmo, pero sus pasos no tenían ímpetu alguno y ellos ya no cantaban que pensaban acabar con los judíos. Los judíos habían acabado con ellos.

Al pasar por delante de Byward Street, volvió a ver a Daisy.

Caminaba hacia el inconfundible Rolls-Royce negro y crema, y su ruta la haría cruzarse con Lloyd. Él no pudo resistir la tentación de regodearse.

—La gente del East End os ha rechazado, a vosotros y a vuestras ideas repugnantes —le dijo.

Ella se detuvo y lo miró, fría como nunca.

—Nos ha obstruido el paso una panda de maleantes —espetó con desdén.

—Aun así, ahora marcháis en la dirección contraria.

—Habéis ganado una batalla, pero no la guerra.

Lloyd pensó que eso podía ser cierto, pero había sido una batalla bastante importante.

—¿No vuelves a casa marchando con tu novio?

—Prefiero ir en coche —contestó ella—. Y no es mi novio.

A Lloyd le dio un vuelco el corazón, lleno de esperanza.

Pero Daisy añadió:

—Es mi marido.

Se quedó mirándola. Nunca había pensado que de verdad pudiera ser tan tonta. Lo había dejado sin habla.

—Es verdad —dijo ella al ver la incredulidad de su expresión—. ¿No viste las crónicas de nuestro enlace en los periódicos?

—No leo las páginas de sociedad.

Daisy le enseñó la mano izquierda, en la que llevaba un anillo de compromiso de diamantes y una alianza de oro.

—Nos casamos ayer. Hemos pospuesto la luna de miel para participar hoy en la marcha. Mañana volamos a Deauville en el avión de Boy.

Recorrió los pasos que había hasta el coche y el chófer le abrió la puerta.

—A casa, por favor —le dijo ella.

—Sí, milady.

Lloyd estaba tan furioso que quería pegarle un puñetazo a alguien.

Daisy volvió la mirada por encima del hombro.

—Adiós, señor Williams.

—Adiós, señorita Peshkov —logró contestar Lloyd.

—Ah, no. Ahora soy la vizcondesa de Aberowen.

Él se dio cuenta de lo mucho que le gustaba decirlo. Se había convertido en una «lady» con título nobiliario, y eso lo era todo para ella.

Daisy se subió al coche y el chófer cerró la puerta.

Lloyd dio media vuelta. Se avergonzó al notar que tenía lágrimas en los ojos.

—Maldita sea —dijo en voz alta.

Inspiró fuerte y se tragó las lágrimas. Irguió los hombros y se dirigió de nuevo al East End apretando el paso. El triunfo del día había quedado empañado. Sabía que había sido una tontería encapricharse de ella puesto que estaba claro que él no le interesaba en absoluto, pero de todas formas le partía el corazón que Daisy hubiera decidido echarse a perder junto a Boy Fitzherbert.

Intentó quitársela de la cabeza.

Los agentes de la policía estaban regresando a sus autobuses y se marchaban de la zona. A Lloyd no le había sorprendido su brutalidad —había vivido en el East End toda su vida, y era un barrio duro—, pero sí que le había extrañado su antisemitismo. Habían insultado a las mujeres llamándolas «putas judías», y a los hombres, «judíos malnacidos». En Alemania, la policía había apoyado a los nazis y había hecho frente común con los camisas pardas. ¿Sucedería lo mismo en Inglaterra? ¡Claro que no!

El gentío de Gardiner's Corner había empezado a celebrarlo dando gritos de alegría. La banda de la Brigada de Jóvenes Judíos tocaba una melodía de jazz para que hombres y mujeres bailaran, y las botellas de whisky y ginebra ya habían empezado a pasar de mano en mano. Lloyd decidió ir al Hospital de Londres a ver cómo estaba Millie. Después seguramente tendría que ir a la sede del Consejo Judío y darle a Bernie la noticia de que habían herido a su hija.

Antes de poder hacer nada más, se tropezó con Lenny Griffiths.

—¡Los hemos mandado al cuerno! —exclamó con entusiasmo.

—¡Ya lo creo que sí! —Lloyd sonreía de oreja a oreja.

Lenny bajó entonces la voz.

—Vencimos a los fascistas aquí y también los venceremos en España.

—¿Cuándo os marcháis?

—Mañana. Dave y yo vamos a coger el tren a París por la mañana.

Lloyd le puso un brazo sobre los hombros.

—Me voy con vosotros —dijo.

4

1937

I

Volodia Peshkov agachó la cabeza ante la copiosa nevada mientras cruzaba el puente sobre el río Moscova. Llevaba un grueso sobretodo, un sombrero de piel y un par de botas de cuero fuerte. Pocos moscovitas vestían tan bien. Volodia era afortunado.

Siempre había tenido botas de buena calidad. Su padre, Grigori, era comandante del ejército. Era un hombre con poca ambición: aunque había sido un héroe de la revolución bolchevique y había conocido a Stalin, su carrera se había estancado en algún punto durante los años veinte. Con todo, su familia siempre había vivido con holgura.

Por contra, Volodia sí tenía ambiciones. Después de terminar la universidad había ingresado en la prestigiosa Academia de los Servicios Secretos del Ejército. Un año más tarde lo habían destinado al cuartel general de los servicios secretos del Ejército Rojo.

Su mayor filón había sido conocer a Werner Franck en Berlín, donde su padre trabajaba como agregado militar en la embajada soviética. Werner estudiaba en la misma escuela que él, aunque en una clase de grado inferior. Al enterarse de que el joven Werner odiaba el fascismo, Volodia le sugirió que la mejor forma de luchar contra los nazis era trabajar de espía para los rusos.

En aquel entonces Werner solo tenía catorce años, pero ahora había cumplido los dieciocho, trabajaba en el Ministerio del Aire, odiaba a los nazis aún más y poseía un poderoso transmisor de radio y un libro de códigos. Era ingenioso y valiente, asumía grandes riesgos y recogía información de valor inestimable. Y Volodia era su contacto.

Volodia no veía a Werner desde hacía cuatro años, pero lo recordaba perfectamente. Era alto, tenía el pelo de un llamativo color bermejo y, por su apariencia y comportamiento, siempre daba la impresión de ser mayor de lo que en realidad era; incluso a los catorce años tenía un éxito envidiable con las mujeres.

Hacía poco que Werner lo había puesto sobre aviso con respecto a Markus, un diplomático de la embajada alemana en Moscú que era comunista en secreto. Volodia se había puesto en contacto con Markus y lo había reclutado como espía. Markus llevaba unos cuantos meses proporcionándole continuos informes que Volodia traducía al ruso y trasladaba a su jefe. El último era un relato fascinante de cómo los líderes empresariales estadounidenses filonazis abastecían a los insurgentes derechistas españoles de camiones, neumáticos y combustible. El presidente de Texaco y admirador de Hitler, Torkild Rieber, utilizaba los petroleros de la compañía para pasar combustible de contrabando a las tropas de Franco vulnerando la disposición expresa del presidente Roosevelt.

Volodia iba camino de encontrarse con Markus.

Avanzó por la avenida Kutúzovski y torció hacia la estación de Kiev. Ese día su cita debía tener lugar en un bar cercano a la estación frecuentado por obreros. Nunca se encontraban dos veces en un mismo sitio sino que al final de cada reunión concertaban la siguiente: Volodia era muy meticuloso en relación con la forma de efectuar los intercambios. Siempre utilizaban bares o cafés baratos donde los colegas diplomáticos de Markus no pondrían los pies ni por asomo. Si por algún motivo Markus acababa despertando sospechas y lo seguía un agente de contraespionaje alemán, Volodia lo sabría porque el hombre destacaría entre los demás clientes.

El bar en cuestión se llamaba Ucrania. Su estructura era de madera, como la de la mayoría de los edificios de Moscú. Las ventanas se veían empañadas, o sea que por lo menos el interior debía de estar caldeado. No obstante, Volodia no entró enseguida, tenía que tomar más precauciones. Cruzó la calle y se coló en el portal de un edificio de viviendas. Aguardó de pie en el frío vestíbulo mientras observaba el bar a través de un ventanuco.

Se preguntaba si Markus aparecería. Hasta el momento, lo había hecho siempre; sin embargo, no podía estar seguro. Y si acudía a la cita, ¿qué información le llevaría? España era el tema más candente de la política internacional, pero los servicios secretos del Ejército Rojo también estaban sumamente interesados en los armamentos alemanes.

¿Cuántos tanques fabricaban al mes? ¿Cuántas ametralladoras Mauser MG34 al día? ¿Cuál era la fiabilidad del bombardero Heinkel He 111? Volodia anhelaba poseer esa información para comunicársela a su jefe, el comandante Lemítov.

Transcurrió media hora, y Markus no apareció.

Volodia empezaba a preocuparse. ¿Habrían descubierto a Markus? Trabajaba como ayudante del embajador y, por tanto, veía todo lo que pasaba por su escritorio; pero Volodia le había instado a que se procurara acceso a otros documentos, en especial a la correspondencia de los agregados militares. ¿Habría cometido un error pidiéndoselo? ¿Habría reparado alguien en Markus mientras trataba de meter las narices en telegramas que no eran de su incumbencia?

Entonces apareció caminando por la calle, una figura imponente con gafas y un abrigo loden de estilo austríaco cuyo paño verde estaba salpicado de blancos copos de nieve. Entró en el bar Ucrania. Volodia aguardó, observándolo. Otro hombre entró detrás de Markus, y Volodia frunció el entrecejo con preocupación; sin embargo, estaba claro que era un obrero ruso, no un agente de contraespionaje alemán. Se trataba de un hombre bajito con cara de rata que llevaba un abrigo raído y las botas envueltas con andrajos, y se enjugaba la húmeda punta de la nariz afilada con la manga.

Volodia cruzó la calle y entró en el bar.

Era un local cargado de humo, no precisamente limpio, y estaba impregnado del olor de hombres que no se bañaban a menudo. En las paredes había colgadas acuarelas desvaídas de paisajes ucranianos con marcos baratos. Era media tarde, y no había muchos clientes. La única mujer del local tenía aspecto de ser una prostituta avejentada que se estaba recuperando de una resaca.

Markus se encontraba al fondo del local, encorvado sobre una jarra de cerveza intacta. Estaba en la treintena pero parecía mayor, con su barba y su bigote rubios y cuidados. Había arrojado su abrigo de modo que quedaba abierto y revelaba el forro de piel. El ruso con cara de rata estaba sentado a dos mesas de distancia y liaba un cigarrillo.

Cuando Volodia se acercó, Markus se puso en pie y le propinó un puñetazo en la boca.

—¡Enculavacas! —le gritó en alemán—. ¡Grandísimo hijo de perra!

Volodia estaba tan asombrado que, por un instante, no reaccionó. Le dolían los labios y notaba el sabor de la sangre. En un acto reflejo, levantó el brazo para devolverle el golpe, pero se contuvo.

Markus quiso pegarle otra vez, pero en esta ocasión Volodia estaba prevenido y esquivó la brutal andanada con facilidad.

—¿Por qué lo has hecho? —gritó Markus—. ¿Por qué?

Entonces, de forma igualmente repentina, se dejó caer en el asiento, hundió el rostro entre las manos y empezó a sollozar.

Volodia habló con los labios ensangrentados.

—Cállate, estúpido —le espetó. Se dio media vuelta y se dirigió a los otros clientes, que miraban de hito en hito—. No pasa nada, está disgustado.

Todos apartaron la mirada, y un hombre se marchó. Los moscovitas nunca se metían en líos si podían evitarlo. Incluso separar a dos borrachos enzarzados en una pelea podía resultar peligroso, no fuera a ser que uno de ellos tuviera influencia en el partido. Y sabían que Volodia era de esos; lo deducían por su abrigo de primera calidad.

Volodia se volvió hacia Markus y, con voz baja y tono airado, le dijo:

—¿A qué cuernos viene eso? —le preguntó en alemán ya que Markus hablaba mal el ruso.

—Has detenido a Irina —respondió el hombre entre lágrimas—. Puto malnacido; le has quemado los pezones con un cigarrillo.

Volodia crispó el rostro. Irina era la novia de Markus, y era rusa. Empezaba a comprender de qué iba todo aquello y tuvo un mal presentimiento. Se sentó enfrente de Markus.

—Yo no he detenido a Irina —dijo—. Y si le han hecho daño, lo siento. Cuéntame qué ha ocurrido.

—Fueron a buscarla de madrugada. Su madre me lo contó. No dijeron quiénes eran, pero no se trataba de simples agentes de policía; iban mejor vestidos. Su madre no sabe adónde se la han llevado. Le empezaron a hacer preguntas sobre mí y la acusaron de ser una espía. La torturaron y la violaron, y luego la sacaron de casa.

—Joder —exclamó Volodia—. Lo siento de veras.

—¿Que lo sientes? Tiene que haber sido cosa tuya. ¿De quién, si no?

—Los servicios secretos no han tenido nada que ver, te lo juro.

—Eso no cambia las cosas —repuso Markus—. No quiero saber nada más de ti, ni tampoco quiero saber nada más del comunismo.

—A veces se sufren bajas en la guerra contra el capitalismo. —Incluso a Volodia, mientras lo decía, le sonó a pura palabrería.

—Niñato estúpido —le espetó Markus con virulencia—. ¿No comprendes que el socialismo implica liberarse de toda esa mierda?

Volodia levantó la cabeza y vio entrar a un hombre fornido con un abrigo de cuero. Su instinto le decía que no había acudido simplemente a tomar un trago.

Allí se estaba cociendo algo y Volodia no sabía el qué. Era novato en el juego, y en esos precisos momentos acusaba su falta de experiencia tanto como si careciera de un brazo o una pierna. Creía que podía estar en peligro pero no sabía qué hacer.

El recién llegado se acercó a la mesa de Volodia y Markus.

Entonces el hombre con cara de rata se puso en pie. Tenía más o menos la misma edad que Volodia y, sorprendentemente, habló en un registro culto.

—Ustedes dos quedan detenidos.

Volodia soltó unas palabrotas.

Markus se puso en pie de un salto.

—¡Soy agregado comercial en embajada alemana! —gritó en un ruso gramaticalmente incorrecto—. ¡No pueden detener! ¡Tengo inmunidad diplomática!

Los otros clientes abandonaron el bar a toda prisa, propinándose empujones mientras se apretujaban para pasar por la puerta. Solo se quedaron dos personas: el camarero, que limpiaba la barra nervioso con un trapo mugriento, y la prostituta, que estaba fumándose un cigarrillo y contemplaba un vaso de vodka vacío.

—A mí tampoco pueden detenerme —dijo Volodia con calma, y sacó la tarjeta de identificación de su bolsillo—. Soy el teniente Peshkov, de los servicios secretos del ejército. ¿Y usted? ¿Quién cojones es?

—Dvorkin, del NKVD.

—Berezovski, del NKVD —dijo el hombre del abrigo de cuero.

La policía secreta. Volodia refunfuñó: debería haberlo supuesto. Las competencias del NKVD se solapaban con las de los servicios secretos. Le habían advertido que las dos organizaciones se pasaban la vida pisándose el terreno, pero era la primera vez que le ocurría a él. Se dirigió a Dvorkin.

—Supongo que sois vosotros los que habéis torturado a la novia de este hombre.

Dvorkin se limpió la nariz con la manga; al parecer, la desagradable costumbre no formaba parte de su disfraz.

—No tenía información.

—O sea que le habéis quemado los pezones para nada.

—Ha tenido suerte. Si hubiera sido una espía, le habría ido peor.

—¿No se os ocurrió consultarlo primero con nosotros?

—¿Es que vosotros nos habéis consultado algo alguna vez?

—Yo me voy —dijo Markus.

Volodia se exasperó. Estaba a punto de perder a un buen contacto.

—No te vayas —le suplicó—. Arreglaremos lo de Irina de alguna forma. Le conseguiremos el mejor tratamiento hospitalario...

—Vete a la mierda —le espetó Markus—. No volverás a verme nunca más. —Y salió del bar.

Dvorkin, evidentemente, no sabía qué hacer. No quería dejar que Markus se marchara, pero estaba claro que no podía detenerlo sin dar la impresión de que cometía una estupidez. Al final le dijo a Volodia:

—No deberías permitir que te hablaran de ese modo, te hacen quedar como un blando. Deberían respetarte más.

—Cabrón —saltó Volodia—. ¿Acaso no ves lo que has hecho? Ese hombre era una fuente fidedigna de información secreta, pero jamás volverá a trabajar para nosotros, gracias a vuestro error garrafal.

Dvorkin se encogió de hombros.

—Tal como tú mismo has dicho, a veces se sufren bajas.

—Maldita la hora —repuso Volodia, y abandonó el local.

Sintió unas ligeras náuseas mientras cruzaba el río de regreso. Le repugnaba lo que el NKVD había hecho a una mujer inocente, y estaba abatido por haber perdido a su contacto. Tomó el tranvía: no tenía la categoría suficiente para disponer de coche propio. Iba cavilando mientras el vehículo avanzaba poco a poco entre la nieve rumbo a su puesto de trabajo. Tenía que informar al comandante Lemítov, pero vacilaba, preguntándose cómo iba a explicarle la historia. Necesitaba dejar claro que la culpa no era suya sin que pareciera que buscaba pretextos.

La sede central de los servicios secretos del ejército ocupaba una esquina del aeródromo de Jodinka, donde una paciente máquina quitanieves iba de un lado a otro para mantener la pista despejada. Tenía un estilo arquitectónico peculiar: un edificio de dos plantas sin ventanas en ninguna fachada exterior rodeaba un patio en el que se ubicaba el edificio de nueve plantas de las oficinas centrales, que sobresalía cual dedo índice de un puño de ladrillo. No se permitía la entrada con mecheros ni plumas estilográficas puesto que podían hacer saltar los detectores de metales de la puerta, así que el ejército proveía a su plantilla de ambas cosas en el interior. Las hebillas de los cinturones también resultaban problemáticas, por lo que la mayoría del personal llevaba tirantes. Las medidas de seguridad estaban de más, por supuesto. Los moscovitas procuraban mantenerse alejados del edificio por todos los medios; ninguno estaba lo bastante loco para querer colarse allí.

Volodia compartía un despacho con tres oficiales más, sus escritorios de acero estaban situados uno al lado del otro, contra las paredes opuestas. Había tan poco espacio que el escritorio de Volodia impedía que la puerta se abriera del todo. Kamen, el cerebrito del despacho, observó sus labios hinchados.

—Déjame adivinarlo… Su marido regresó a casa antes de lo previsto —dijo.

—No me preguntes nada —repuso Volodia.

En su escritorio había un mensaje descodificado de la sección de radiotelegrafía; las palabras en alemán aparecían escritas en lápiz letra por letra debajo de los grupos de códigos.

El mensaje era de Werner.

Al principio, Volodia reaccionó con temor. ¿Habría denunciado Markus lo sucedido a Irina y habría convencido a Werner para que también dejara el espionaje? Parecía un día lo bastante aciago como para que coincidieran dos desastres de semejante calibre.

Pero el mensaje no anunciaba ningún desastre sino todo lo contrario.

Volodia lo leyó con creciente perplejidad. Werner explicaba que el ejército alemán había decidido enviar espías a España para hacerse pasar por voluntarios antifascistas a la espera de poder luchar junto al gobierno en la guerra civil. Desde el frente, informarían de forma clandestina a los puestos radiotelegráficos del campamento de las tropas nacionales atendidos por los alemanes.

Eso solo ya era información sumamente importante.

Pero había más.

Werner tenía los nombres.

Volodia tuvo que refrenarse para no ponerse a gritar de alegría. Pensó que una situación como aquella solo se daba una vez en la vida de un agente de los servicios secretos. Compensaba de sobra la pérdida de Markus. Werner era un auténtico tesoro. A Volodia le daba miedo pensar en los riesgos que tenía que haber corrido para sustraer la lista con los nombres y sacarla a escondidas de las oficinas centrales del Ministerio del Aire en Berlín.

Sintió la tentación de echar a correr escaleras arriba e irrumpir en el despacho de Lemítov de inmediato, pero se contuvo.

Los cuatro oficiales compartían una máquina de escribir. Volodia levantó la pesada y vieja máquina del escritorio de Kamen y la colocó en el suyo. Con el dedo índice de ambas manos, tecleó una traducción al ruso del mensaje de Werner. Mientras lo hacía, la luz del día empezó a apagarse y los potentes focos de seguridad del exterior del edificio se encendieron.

Tras dejar una copia de papel carbón en el cajón de su escritorio, tomó la hoja superior y subió las escaleras. Lemítov se encontraba en su despacho. Se trataba de un hombre bien plantado de unos cuarenta años, con el pelo oscuro peinado hacia atrás con brillantina. Era sagaz, y tenía el don de pensar siempre un poco más allá que Volodia, que se esforzaba por emular su capacidad de anticipación. No comulgaba con la rígida doctrina del ejército según la cual el orden militar consistía en gritar e intimidar al prójimo; sin embargo, no tenía compasión con los incompetentes. A Volodia le infundía respeto y temor.

—Es posible que esta información sea de una utilidad tremenda —dijo Lemítov cuando hubo leído la traducción.

—¿Cómo que «es posible»? —Volodia no veía ninguna razón para dudarlo.

—Podría tratarse de información falsa —observó Lemítov.

Volodia no quería creerlo, pero, con un sentimiento de decepción, reparó en que tenía que considerar la posibilidad de que hubieran descubierto a Werner y este se hubiera convertido en un agente doble.

—¿Qué clase de información falsa? —preguntó con desaliento—. ¿Nombres de personas inexistentes para hacernos perder el tiempo?

—Tal vez. También es posible que los nombres sean verdaderos y correspondan a auténticos voluntarios, a comunistas y socialistas que han huido de la Alemania nazi y se han dirigido a España para luchar por la libertad. Podríamos acabar deteniendo a auténticos antifascistas.

—Maldita sea.

Lemítov sonrió.

—¡No pongas esa cara tan triste! Aun así, la información es de gran valor. En España tenemos espías propios, jóvenes soldados y oficiales rusos que se han alistado «voluntariamente» en las Brigadas Internacionales. Ellos lo investigarán. —Tomó un lápiz rojo y escribió en la hoja de papel con letra menuda y pulcra—. Buen trabajo —dijo.

Volodia lo interpretó como una autorización para retirarse y se dirigió a la puerta.

—¿Has visto hoy a Markus? —preguntó Lemítov.

Volodia se dio media vuelta.

—Hemos tenido un problema.

—Lo imaginaba, por cómo tienes la boca.

Volodia le explicó lo ocurrido.

—Así que he perdido a un buen confidente —concluyó—. Pero no sé de qué otro modo podría haber obrado. ¿Tendría que haber hablado con el NKVD de Markus y advertirles que se mantuvieran al margen?

—Y una mierda —exclamó Lemítov—. No son nada de fiar, nunca les cuentes nada. Pero no te preocupes, no has perdido a Markus. Puedes recuperarlo fácilmente.

—¿Cómo? —preguntó Volodia sin comprenderlo—. Ahora nos odia a todos.

—Vuelve a detener a Irina.

—¿Qué? —Volodia estaba horrorizado. ¿Acaso la chica no había sufrido ya bastante?—. Así aún nos odiará más.

—Dile que si no continúa colaborando con nosotros, volveremos a someterla a todo el interrogatorio.

Volodia trató desesperadamente de disimular la repugnancia que sentía. Era importante no parecer demasiado impresionable. Además, sabía que el plan de Lemítov funcionaría.

—Claro —logró responder.

—Solo que esta vez —prosiguió Lemítov— dile que le meteremos los cigarrillos encendidos por el coño.

Volodia creía estar a punto de vomitar. Tragó saliva y respondió:

—Buena idea. Voy por ella.

—Basta con que vayas esta madrugada —dijo Lemítov—. A las cuatro, para lograr el máximo efecto.

—Sí, señor. —Volodia salió del despacho y cerró la puerta tras de sí.

Se detuvo un momento en el pasillo, se sentía mareado. Pero un empleado administrativo que pasaba por allí lo miró con cara rara y se obligó a seguir caminando.

Iba a tener que hacerlo. No torturaría a Irina, por descontado: bastaría con la amenaza. Pero ella se la tomaría en serio y se llevaría un susto de muerte. Volodia tenía la impresión de que él en su lugar se volvería loco. Cuando se alistó en el Ejército Rojo nunca imaginó que tendría que llevar a cabo semejantes prácticas. Claro que en el ejército se mataba a gente, eso ya lo sabía; pero ¿torturar a muchachas?

El edificio se estaba quedando desierto, empezaban a apagarse las luces de los despachos y por los pasillos circulaban hombres con el sombrero puesto. Era hora de marcharse a casa. De camino a su despacho, Volodia telefoneó a la policía militar y convino en encontrarse con una brigada a las tres y media de la madrugada para detener a Irina. Luego se puso el abrigo y salió para tomar un tranvía hasta su casa.

Volodia vivía con sus padres, Grigori y Katerina, y con su hermana Ania, que tenía diecinueve años y todavía estudiaba en la universidad. Durante el trayecto en el tranvía, se preguntó si podía hablar con su padre de aquello. Se imaginó preguntándole: «¿Tenemos que torturar a gente en la sociedad comunista?». Pero ya sabía cuál sería la respuesta. Se trataba de una necesidad temporal, imprescindible para proteger la revolución de los espías y los elementos subversivos contratados por los imperialistas capitalistas. Tal vez podría preguntarle: «¿Cuánto tiempo falta para que abandonemos unas prácticas tan atroces?». Por supuesto, su padre no lo sabía; nadie lo sabía.

Cuando la familia Peshkov regresó de Berlín, se trasladó a vivir a la residencia gubernamental, también llamada a veces la Casa del Dique, un bloque de pisos situado en la orilla del río opuesta al Kremlin, destinado a alojar a miembros de la élite soviética. Era un edificio colosal de estilo constructivista que albergaba más de quinientas viviendas.

Volodia saludó con la cabeza al policía militar apostado en la entrada antes de cruzar el espléndido vestíbulo (tan amplio que algunas noches se celebraban bailes amenizados por una banda de jazz) y subir con el ascensor. El piso era lujoso para los estándares soviéticos, con agua caliente constante y teléfono, pero no resultaba tan acogedor como su hogar de Berlín.

Su madre se encontraba en la cocina. Katerina era una cocinera mediocre y poco amante de las tareas domésticas, pero el padre de Volodia la adoraba. En 1914, en San Petersburgo, la había salvado de las indeseadas atenciones de un policía acosador, y desde entonces estaba enamorado de ella. A sus cuarenta y tres años seguía siendo atractiva, según deducía Volodia, y durante el tiempo que la familia llevaba formando parte del círculo diplomático había aprendido a vestir con más elegancia que la mayoría de las rusas, aunque procuraba no lucir un aspecto occidental: eso en Moscú constituía una grave ofensa.

—¿Te has dado un golpe en la boca? —le preguntó después de que él la saludara con un beso.

—No es nada. —Volodia notó el aroma del pollo—. ¿Tenemos una cena especial?

—Ania ha invitado a un amigo.

—¡Ah! ¿Son compañeros de clase?

—No lo creo. No sé muy bien a qué se dedica.

Volodia se alegró. Adoraba a su hermana, pero sabía que no era guapa. Era baja y regordeta, y vestía ropa poco favorecedora de colores oscuros. No había tenido muchos novios, y el hecho de que alguno lo atrajera lo suficiente como para presentarlo en casa era una grata noticia.

Se dirigió a su dormitorio, se despojó de la chaqueta y se lavó la cara y las manos. Sus labios casi habían recuperado el aspecto normal. Markus no le había pegado muy fuerte. Mientras se secaba las manos oyó voces, por lo que dedujo que Ania y su amigo debían de haber llegado.

Se puso una chaqueta de punto para estar más cómodo y salió del dormitorio. Luego entró en la cocina. Ania se encontraba sentada a la mesa con un hombre bajito con cara de ratón que Volodia reconoció.

—¡Oh, no! —exclamó—. ¡Tú!

Era Ilia Dvorkin, el agente del NKVD que había detenido a Irina. Se había quitado el disfraz y llevaba un traje convencional de color oscuro y unas botas decentes. Se quedó mirando a Volodia, sorprendido.

—Claro… ¡Peshkov! —dijo—. No había atado cabos.

Volodia se volvió hacia su hermana.

—No me digas que este es tu novio.

—¿Qué ocurre? —preguntó Ania, consternada.

—Nos hemos conocido esta mañana. —respondió Volodia—. Este hombre ha echado a perder una importante operación del ejército por meter las narices donde no debía.

—Estaba haciendo mi trabajo —protestó Dvorkin, que se limpió la punta de la nariz con la manga.

—¡Menudo trabajo!

Katerina intervino para salvar la situación.

—No mezcléis el trabajo con la familia —dijo—. Volodia, por favor, sirve un vaso de vodka a nuestro invitado.

—¿Lo dices en serio?

Los ojos de su madre destellaban de ira.

—¡Pues claro que lo digo en serio!

—Muy bien. —Cogió la botella de la repisa con desgana. Ania sacó vasos de un armario y Volodia sirvió la bebida.

Katerina tomó un vaso.

—A ver, empezaremos de nuevo —dijo—. Ilia, este es mi hijo Vladímir, a quien siempre llamamos Volodia. Volodia, este es Ilia, un amigo de Ania que ha venido a cenar. ¿Por qué no os dais la mano?

Volodia no tuvo más remedio que estrecharle la mano al hombre.

Katerina sirvió algunas cosas para picar: pescado ahumado, pepinillos en vinagre y salchicha cortada en rodajas.

—En verano comemos lechuga de la que tengo plantada en la dacha, pero en esta época del año no hay ninguna, por supuesto —dijo en tono de disculpa.

Volodia se dio cuenta de que deseaba impresionar a Ilia. ¿De verdad su madre quería que Ania se casara con semejante rastrero? Supuso que así era.

Grigori entró ataviado con su uniforme del ejército, prodigando sonrisas a la vez que olisqueaba el pollo y se frotaba las manos. A sus cuarenta y ocho años, era un hombre corpulento y de rostro rubicundo: costaba imaginarlo tomando por asalto el Palacio de Invierno, tal como había hecho en 1917. Seguramente entonces estaba más delgado.

Besó a su esposa con deleite. Volodia tenía la impresión de que su madre agradecía las descaradas muestras de voluptuosidad por parte de su padre aunque no le correspondía por igual. Le sonreía cuando él le daba palmaditas en el trasero, lo atraía hacia sí cuando la abrazaba y lo besaba siempre que él quería, pero nunca tomaba la iniciativa. Lo encontraba atractivo, lo respetaba y parecía feliz casada con él; no obstante, saltaba a la vista que no ardía de pasión. Volodia pensó que él esperaba más del matrimonio.

Sin embargo, la cuestión no iba más allá del plano meramente hipotético: Volodia había tenido aproximadamente una docena de noviazgos cortos; no obstante, todavía no había conocido a una mujer con quien deseara casarse.

Sirvió un poco de vodka a su padre, y Grigori se lo bebió con ansia de un solo trago antes de tomar un poco de pescado ahumado.

—Así, Ilia, ¿a qué te dedicas?

—Trabajo en el NKVD —respondió Ilia, orgulloso.

—¡Ah! ¡Es magnífico trabajar para esa organización!

Volodia sospechaba que, en realidad, Grigori no pensaba eso; solo trataba de ser amable. En su opinión, la familia debería comportarse con antipatía para tratar de ahuyentar a Ilia.

—Supongo, padre, que cuando el resto del mundo imite a la Unión Soviética y adopte el sistema comunista, la policía secreta dejará de ser necesaria, y entonces el NKVD podría suprimirse.

Grigori optó por pasar de puntillas sobre el asunto.

—¡Nada de policía! —exclamó con jovialidad—. Nada de juicios criminales, nada de prisiones. Nada de departamentos de contraespionaje, puesto que no habrá espías. ¡Tampoco habrá ejército, puesto que no tendremos enemigos! ¿A qué nos dedicaremos entonces? —Se echó a reír con ganas—. Claro que es posible que todavía falte un poquito de tiempo para eso.

Ilia parecía receloso, como si notara que el discurso tenía algo de subversivo pero no acabara de captar qué era.

Katerina llevó a la mesa un plato con pan negro y cinco cuencos de borsch caliente, y todos empezaron a comer.

—Cuando era niño y vivía en el campo —empezó Grigori—, mi madre se pasaba todo el invierno guardando la piel de las verduras, el corazón de las manzanas, las hojas de la col que no nos comíamos, los filamentos de las cebollas y todo de cosas así; lo dejaba en un barril grande y viejo en el exterior de la casa para que se helara. Luego, cuando llegaba la primavera, la nieve se derretía y con eso preparaba borsch. Eso es el borsch en realidad: sopa de mondaduras. Vosotros, los jóvenes, no tenéis ni idea de lo bien que vivís.

Llamaron a la puerta. Grigori arrugó la frente, no esperaba visitas.

—¡Uy, se me olvidaba! —exclamó Katerina—. También viene la hija de Konstantín.

—¿Te refieres a Zoya Vorotsintsev? ¿La hija de Magda la comadrona?

—Recuerdo a Zoya —dijo Volodia—. Una niña flacucha con tirabuzones rubios.

—Ya no es ninguna niña —observó Katerina—. Tiene veinticuatro años y es científica. —Se levantó para dirigirse a la puerta.

Grigori frunció el entrecejo.

—No hemos vuelto a verla desde que murió su madre. ¿A qué viene esta visita repentina?

—Quiere hablar contigo —respondió Katerina.

—¿Conmigo? ¿De qué?

—De física. —Katerina salió de la cocina.

—Su padre, Konstantín, y yo fuimos delegados del Sóviet de Petrogrado en 1917. Promulgamos la famosa «Orden Número Uno». —Se le ensombreció el rostro—. Murió después de la guerra civil, por desgracia.

—Debía de ser joven… ¿De qué murió? —preguntó Volodia.

Grigori echó un vistazo disimulado a Ilia y se apresuró a apartar la mirada.

—De neumonía —dijo, y Volodia comprendió que estaba mintiendo.

Katerina regresó, seguida de una mujer que dejó a Volodia sin respiración.

Era una clásica belleza rusa, alta y delgada, con el pelo rubio claro, los ojos de un azul casi incoloro de tan pálido y un cutis blanco e impecable. Llevaba un sencillo vestido verde Nilo cuya sobriedad obligaba a concentrar toda la atención en su esbelta figura.

Le presentaron a todos los comensales; luego se sentó a la mesa y aceptó un cuenco de borsch.

—Así que eres científica, Zoya —dijo Grigori.

—Soy licenciada; ahora estoy cursando el doctorado e imparto clases en la universidad —aclaró ella.

—Aquí, Volodia, trabaja en los servicios secretos del Ejército Rojo —explicó Grigori con orgullo.

—Qué interesante —respondió la chica, aunque era evidente que quería decir lo contrario.

Volodia se percató de que Grigori veía en Zoya a una posible nuera. Esperaba que su padre no fuera demasiado insistente con las indirectas. Ya había decidido pedirle una cita antes de que terminara la velada, pero podía arreglárselas solo. No necesitaba la ayuda de su padre. Al contrario: si alardeaba de forma demasiado evidente podría disuadirla.

—¿Qué tal está la sopa? —preguntó Katerina a Zoya.

—Deliciosa, gracias.

Volodia empezaba a captar la personalidad pragmática que se ocultaba tras su físico espléndido. Era una combinación fascinante: una mujer guapa que no hacía ningún esfuerzo por mostrarse encantadora.

Ania retiró los cuencos de sopa mientras Katerina llevaba el segundo plato: pollo con patatas a la cazuela. Zoya se lanzó al ataque; se llenaba la boca de comida, masticaba, tragaba y comía más. Como la mayoría de los rusos, no solía probar comida tan rica como aquella.

—¿A qué te dedicas dentro del mundo científico, Zoya? —preguntó Volodia.

Obviamente contrariada, ella dejó de comer para responderle.

—Soy física —dijo—. Intentamos analizar el átomo: cuáles son sus componentes y qué los mantiene juntos.

—¿Es interesante?

—Absolutamente fascinante. —Dejó el tenedor—. Trabajamos para descubrir de qué está hecho el universo en realidad. No hay nada más emocionante. —Sus ojos se iluminaron. Al parecer, la física era lo único capaz de desviar su atención de la cena.

Ilia habló por primera vez.

—Ya, pero ¿de qué sirven todas esas monsergas teóricas a la revolución?

Los ojos de Zoya centelleaban de ira, y a Volodia aún le gustaron más.

—Algunos camaradas cometen el error de subestimar la ciencia pura en favor de la investigación práctica —dijo—. Sin embargo, los adelantos técnicos, como por ejemplo los aeronáuticos, dependen en última instancia de los avances teóricos.

Volodia disimuló una sonrisa. Una simple conversación informal había dejado a Ilia como un trapo.

Pero Zoya no había terminado.

—Por eso quería hablar con usted, señor —dijo dirigiéndose a Grigori—. Los físicos leemos las revistas científicas que se publican en Occidente; los muy tontos revelan sus resultados al mundo entero. Y, últimamente, hemos observado que están dando pasos de gigante en la comprensión de la física atómica, lo cual resulta alarmante. La ciencia soviética corre un grave peligro de quedar rezagada. Me pregunto si el camarada Stalin es consciente de eso.

La sala quedó en silencio. El mínimo amago de crítica contra Stalin resultaba peligroso.

—Lo sabe casi todo —dijo Grigori.

—Por supuesto —convino Zoya de forma automática—. Pero seguramente algunas veces los camaradas leales como usted tienen que hacerle reparar en cuestiones que son importantes.

—Sí, eso es verdad.

—Sin duda el camarada Stalin cree que la ciencia debe ser consecuente con la ideología marxista-leninista —opinó Ilia.

Volodia vislumbró un destello de desafío en los ojos de Zoya, pero esta bajó la mirada y añadió con humildad:

—No cabe duda de que tiene razón. Es evidente que los científicos tenemos que redoblar nuestros esfuerzos.

Aquello era una estupidez supina, y todos los presentes lo sabían, pero nadie pensaba decir nada al respecto. Debían comportarse con decoro.

—Claro —dijo Grigori—. No obstante, lo mencionaré la próxima vez que tenga la oportunidad de hablar con el camarada secretario general del partido. Es posible que quiera analizarlo más a fondo.

—Eso espero —dijo Zoya—. Queremos ir por delante de Occidente.

—Y, aparte del trabajo, ¿qué más nos cuentas, Zoya? —preguntó Grigori en tono jovial—. ¿Tienes novio? ¿Estás prometida tal vez?

—¡Papá! ¡Eso no es asunto nuestro! —se indignó Ania.

A Zoya no pareció importarle.

—No estoy prometida —respondió en tono moderado—. Y tampoco tengo novio.

—¡Te va igual de mal que a mi hijo, Volodia! Él también está soltero. Tiene veintitrés años y un buen nivel de estudios, es alto y guapo... ¡Y aun así no tiene novia!

Volodia se moría de vergüenza ante tan descarada indirecta.

—Cuesta creerlo —dijo Zoya, y cuando miró a Volodia este observó cierto brillo burlón en sus ojos.

Katerina posó la mano en el brazo de su marido.

—Ya está bien —dijo—. Deja de incomodar a la pobre chica.

Sonó el timbre de la puerta.

—¿Otra vez? —saltó Grigori.

—Ahora sí que no tengo ni idea de quién puede ser —dijo Katerina saliendo de la cocina.

Regresó con el jefe de Volodia, el comandante Lemítov.

Volodia, sobresaltado, se puso en pie de golpe.

—Buenas noches, señor —dijo—. Este es mi padre, Grigori Peshkov. Papá, te presento al comandante Lemítov.

Lemítov saludó con elegancia.

—Descanse, Lemítov —dijo Grigori—. Siéntese y pruebe el pollo. ¿Ha hecho algo malo mi hijo?

Esa era precisamente la sospecha que hacía que a Volodia le temblaran las manos.

—No, señor; más bien al contrario. Pero... esperaba poder hablar en privado con él y con usted.

Volodia se relajó un poco. Tal vez no estuviera en apuros, después de todo.

—Bueno, casi hemos acabado de cenar —dijo Grigori poniéndose en pie—. Vamos a mi despacho.

Lemítov miró a Ilia.

—¿Usted no trabaja en el NKVD? —preguntó.

—Y a mucha honra. Me llamo Dvorkin.

—¡Claro! Usted es quien ha intentado detener a Volodia esta tarde.

—Me parecía que se comportaba como un espía. Y tenía razón, ¿no?

—Tiene que aprender a detener a los espías enemigos, no a los nuestros. —Lemítov abandonó la sala.

Volodia sonrió. Era la segunda vez que Dvorkin se llevaba una reprimenda.

Volodia, Grigori y Lemítov cruzaron el recibidor. El despacho ocupaba una pequeña habitación apenas amueblada. Grigori se instaló en el único sillón que había. Lemítov se sentó junto a una mesita baja. Volodia cerró la puerta y se quedó de pie.

—¿Tu camarada padre tiene noticia del mensaje que hemos recibido esta tarde de Berlín? —preguntó Lemítov a Volodia.

—No, señor.

—Será mejor que se lo cuentes.

Volodia le explicó la historia de los espías de España. Su padre se mostró encantado.

—¡Buen trabajo! —exclamó—. Claro que podría tratarse de información falsa, pero lo dudo, los nazis no son tan imaginativos. Sin embargo, nosotros sí. Somos capaces de detener a espías y utilizar sus radios para enviar mensajes falsos a los rebeldes de derechas.

A Volodia no se le había ocurrido pensarlo. Tal vez su padre se hiciera el tonto con Zoya, pensó, pero seguía siendo muy perspicaz en lo relativo a los servicios secretos.

—Exacto —dijo Lemítov.

Grigori se dirigió a Volodia.

—Tu compañero de escuela, Werner, es un hombre con agallas. —Y le preguntó a Lemítov—: ¿Cómo piensa tratar el asunto?

—Necesitamos enviar buenos agentes a España para que investiguen a esos alemanes. No debería ser muy difícil. Si de verdad son espías, habrá pruebas: libros de códigos, equipos de radio y demás. —Vaciló—. He venido para proponerle que enviemos a su hijo.

Volodia se quedó estupefacto. Eso no se lo esperaba.

El semblante de Grigori se ensombreció.

—Vaya —empezó con aire pensativo—, debo confesar que la perspectiva me llena de consternación. Lo echaríamos mucho de menos. —Entonces adoptó una expresión resignada, como si se hubiera dado cuenta de que, en realidad, no tenía elección—. Pero lo primero es defender la revolución, por supuesto.

—Los agentes de los servicios secretos se forman con la práctica —dijo Lemítov—. Usted y yo hemos combatido, señor, pero la generación más joven nunca ha estado en el campo de batalla.

—Cierto, cierto. ¿Cuándo debería partir?

—Dentro de tres días.

Volodia se daba cuenta de que su padre estaba buscando desesperadamente alguna razón que lo retuviera en casa, pero no encontraba ninguna. Él, por su parte, se sentía emocionado. ¡España! Pensó en el vino tinto como la sangre, en las muchachas de pelo oscuro con las piernas fuertes y morenas, y en el cálido sol en lugar de la nieve de Moscú. Correría peligro, por supuesto, pero no se había alistado en el ejército para tener una vida segura.

—Bueno, Volodia, ¿qué dices tú? —preguntó Grigori.

Volodia sabía que su padre deseaba que pusiera alguna objeción, pero el único inconveniente que se le ocurría era que no tendría tiempo de conocer mejor a la deslumbrante Zoya.

—Es una oportunidad magnífica —dijo—. Me halaga que me hayan elegido.

—Muy bien —dijo su padre.

—Solo hay un pequeño problema —le advirtió Lemítov—. Se ha estipulado que los servicios secretos del ejército se ocupen de la investigación pero que no lleven a cabo las detenciones. Eso es prerrogativa del NKVD. —No había el menor atisbo de humor en su sonrisa—. Me temo que te tocará trabajar junto con tu amigo Dvorkin.

II

Era impresionante, pensó Lloyd Williams, lo rápido que se aprendía a amar un lugar. Solo llevaba diez meses en España, pero la pasión que ese país había despertado en él era casi tan fuerte como su apego por Gales. Adoraba ver una flor poco común abriendo los pétalos en medio del paisaje agostado; disfrutaba durmiendo la siesta; le gustaba el hecho de que se tomara vino aun cuando no hubiera nada de comer. Había descubierto sabores que no había probado hasta entonces: las olivas, el pimentón, el chorizo y el fuerte licor que llamaban orujo.

Se detuvo en una cuesta y, con un mapa en la mano, posó la mirada más allá del paisaje velado por la cálida neblina. Había unos cuantos prados bordeando el río, y algunos árboles en las laderas distantes, pero en medio se extendía un desierto árido y monótono de polvo y piedras.

—No hay gran cosa para cubrir nuestro avance —observó con preocupación.

—Nos espera una batalla dura de narices —dijo Lenny Griffiths, a su lado.

Lloyd consultó el mapa. Zaragoza se extendía a ambas orillas del río Ebro, a más de doscientos kilómetros de la desembocadura en el Mediterráneo. La ciudad concentraba la mayor parte de las comunicaciones de la región de Aragón. Era una importante encrucijada, un lugar en el que confluían varias líneas ferroviarias y tres ríos. Allí, el ejército republicano combatía a los antidemócratas de Franco en una desértica tierra de nadie.

Algunas personas llamaban a las fuerzas del gobierno los «republicanos» y a los rebeldes, los «nacionales», pero esos nombres podían inducir a error a los extranjeros. En ambos bandos había muchos republicanos, en el sentido de que no querían ser gobernados por ningún rey. Y todos eran nacionales, en el sentido de que amaban su país y estaban dispuestos a morir por él. Lloyd los consideraba el gobierno y los sublevados.

En esos momentos, Zaragoza estaba ocupada por los sublevados de Franco, y Lloyd observaba la ciudad desde un mirador situado a ochenta kilómetros hacia el sur.

—Aun así, si logramos tomar la ciudad, el enemigo quedará retenido en el norte durante otro invierno —dijo.

—Si lo logramos —puntualizó Lenny.

El pronóstico era desalentador, pensó Lloyd con tristeza, puesto que solo podían aspirar, como máximo, a detener el avance de las tropas de Franco. Ese año el gobierno no preveía ninguna victoria.

Con todo, una parte de Lloyd aguardaba expectante el momento de la batalla. Llevaba en España diez meses, y esa sería su primera oportunidad de entrar en acción. Hasta el momento se había limitado a hacer de instructor en un campamento. Cuando, recién incorporado, los españoles descubrieron que había formado parte del Cuerpo de Instrucción de Oficiales de Gran Bretaña, enseguida lo ascendieron a teniente y lo pusieron al mando de los soldados recién reclutados. Él tenía que instruirlos hasta que obedecieran órdenes como si fuera un acto reflejo, tenía que obligarlos a marchar hasta que los pies dejaban de sangrarles y las ampollas se tornaban callos, y también tenía que enseñarles a desmontar y limpiar los pocos fusiles que hubiera disponibles.

Sin embargo, la afluencia de voluntarios había disminuido y se recibían muy pocas solicitudes, por lo que los instructores habían sido trasladados a batallones de combate.

Lloyd iba ataviado con una boina, una cazadora con cremallera con el galón que indicaba su rango burdamente cosido en la manga y unos pantalones de pana. Llevaba un fusil español Mauser de cañón corto que disparaba proyectiles de 7 mm, al parecer robados de algún arsenal de la Guardia Civil.

Lloyd, Lenny y Dave habían pasado un tiempo separados, pero al final los reunieron en el batallón británico de la 15.ª Brigada Internacional para la batalla que se preparaba. Lenny lucía una barba negra y aparentaba diez años más de los diecisiete que tenía. Lo habían ascendido a sargento, aunque no tenía uniforme; tan solo llevaba unos pantalones azules de peto y un fular de rayas. Parecía más un pirata que un soldado.

—De todos modos, esta ofensiva no tiene nada que ver con retener a los de Franco. Es algo puramente político. Esta región siempre ha estado dominada por los anarquistas.

Lloyd había visto el anarquismo en acción durante una breve estancia en Barcelona. Era una forma alegremente radical de comunismo. Los oficiales y los soldados rasos percibían la misma paga. Los comedores de los grandes hoteles se habían convertido en cantinas para los obreros. Los camareros devolvían las propinas, explicando amablemente que la práctica de ofrecerlas resultaba degradante. Por todas partes había carteles denunciando la prostitución como una forma de explotar a las camaradas del sexo femenino. Se respiraba un maravilloso ambiente de liberación y compañerismo. Los rusos lo odiaban.

Lenny prosiguió.

—Ahora el gobierno ha traído tropas comunistas de la zona de Madrid y nos ha fusionado a todos para formar el nuevo Ejército del Este; bajo el mando general de los comunistas, claro.

Los discursos de ese tipo sacaban de quicio a Lloyd. La única posibilidad de ganar que tenían las facciones izquierdistas era operando juntas, tal como habían hecho, por lo menos al final, en la batalla de Cable Street. Sin embargo, los anarquistas y los comunistas se habían enfrentado en las calles de Barcelona.

—El primer ministro Negrín no es comunista —dijo.

—Pues se comporta como si lo fuera.

—Lo que pasa es que sabe que sin el apoyo de la Unión Soviética estamos acabados.

—Pero ¿significa eso que debemos abandonar la democracia y dejar que los comunistas se hagan con el poder?

Lloyd asintió. Todas las conversaciones sobre el gobierno terminaban igual: ¿tenemos que hacer todo lo que los soviéticos quieran solo porque son los únicos dispuestos a vendernos armas?

Descendieron por el collado.

—Vamos a tomarnos una buena taza de té, ¿te parece?

—Sí, por favor. Para mí, dos terrones de azúcar.

Era una broma consabida. Todos ellos llevaban meses sin probar el té.

Llegaron a su campamento, situado junto al río. La sección de Lenny se había instalado en un pequeño grupo de edificios de piedra tosca que probablemente habían servido de establos antes de que la guerra ahuyentara a los granjeros. Unos cuantos kilómetros río arriba, los alemanes de la 11.ª Brigada Internacional habían ocupado un cobertizo para guardar barcas.

Dave Williams, el primo de Lloyd, acudió al encuentro de este y de Lenny. Al igual que Lenny, Dave había madurado diez años en uno solo. Se le veía flaco y endurecido, tenía la piel curtida y cubierta de polvo, y en las comisuras de sus ojos aparecían arrugas cuando los entornaba ante el sol. Llevaba una guerrera y unos pantalones de color caqui, un cinturón de cuero con cartucheras y unas botas tobilleras que se ceñían a la pierna mediante hebillas, lo cual constituía el uniforme reglamentario del que pocos soldados disponían al completo. También lucía un fular de algodón rojo alrededor del cuello. Llevaba un fusil ruso Moisin-Nagant con la anticuada bayoneta de pincho colocada al revés, lo cual confería al arma un aspecto menos tosco. Colgada del cinturón llevaba una Luger alemana de 9 mm que debía de haber robado al cadáver de un oficial rebelde. Al parecer, tenía muy buena puntería con el fusil y la pistola.

—Tenemos visita —dijo con entusiasmo.

—¿Quién es?

—¡Una mujer! —exclamó Dave, y la señaló.

A la sombra de un informe álamo negro, una decena de soldados británicos y alemanes conversaban con una mujer de extraordinaria belleza.

—*Duw!* —exclamó Lenny, utilizando la palabra galesa que designaba a Dios—. Qué regalo para la vista.

Aparentaba unos veinticinco años, pensó Lloyd, y era menuda, con los ojos grandes y una gruesa mata de pelo negro recogida en la coronilla y cubierta por un gorro de cuartel. Por algún motivo, el amplio uniforme dibujaba sus formas cual vestido de noche.

Un voluntario llamado Heinz, que sabía que Lloyd comprendía el alemán, se dirigió a él en ese idioma.

—Esta es Teresa, señor. Ha venido para enseñarnos a leer.

Lloyd asintió. Las Brigadas Internacionales estaban formadas por voluntarios extranjeros además de por soldados españoles, y entre estos últimos la alfabetización era un problema. Habían pasado la infancia recitando el catecismo en escuelas rurales dirigidas por la Iglesia católica. Muchos párrocos evitaban enseñar a leer a los niños, por miedo a que más adelante tuvieran acceso a libros socialistas. Como resultado, solo la mitad de la población estaba alfabetizada durante la monarquía. El gobierno republicano, elegido en 1931, había mejorado la educación; aun así, millones de españoles seguían sin saber leer ni escribir, y los soldados continuaban recibiendo formación incluso en el frente.

—Soy analfabeto —dijo Dave, que no lo era.

—Yo también —dijo Joe Eli, que impartía clases de literatura española en la Universidad de Columbia, en Nueva York.

Teresa habló en español. Su voz era queda, pausada y muy sugerente.

—¿Cuántas veces creen que he oído esa broma? —dijo, pero no parecía muy molesta.

Lenny se acercó más.

—Soy el sargento Griffiths —se presentó—. Haré todo cuanto esté en mis manos para ayudarla, por supuesto. —Su mensaje era de carácter práctico, pero el tono de voz hizo que pareciera una proposición amorosa.

Ella lo obsequió con una sonrisa deslumbrante.

—Eso me será de gran ayuda —dijo.

Lloyd se dirigió a ella formalmente con su mejor español.

—Me alegro mucho de tenerla aquí, señorita. —Había pasado la mayor parte de los últimos diez meses estudiando el idioma—. Soy el teniente Williams. Puedo decirle con exactitud qué miembros del grupo necesitan recibir clases… y cuáles no.

Lenny prosiguió en tono displicente.

—Pero el teniente tiene que partir hacia Bujaraloz para recibir nuestras órdenes. —Bujaraloz era la pequeña población donde las fuerzas del gobierno habían establecido su cuartel general—. Tal vez usted y yo podríamos ir a echar un vistazo y buscar un lugar apropiado para las clases. —Bien podía estar proponiéndole un paseo a la luz de la luna.

Lloyd sonrió y asintió para mostrar su conformidad. No le importaba en absoluto que Lenny flirteara con Teresa, él no estaba de humor para romances y Lenny ya parecía enamorado. En opinión de Lloyd, las posibilidades de Lenny eran más bien nulas. Teresa era una muchacha de veinticinco años con estudios que probablemente recibía una decena de proposiciones a diario, mientras que Lenny era un minero del carbón de diecisiete años que llevaba un mes entero sin bañarse. Aun así, no dijo nada: Teresa daba la impresión de saber cuidar de sí misma.

Apareció una nueva figura, un hombre de la edad de Lloyd que le resultaba vagamente familiar. Iba mejor vestido que los soldados, con unos pantalones de montar de lana y una camisa de algodón, y llevaba una pistola en una funda con botón. Tenía el pelo tan corto que parecía haberse rapado hacía poco, un estilo habitual en los rusos. No pasaba de teniente, pero desprendía un aire de autoridad; de poder, incluso. Habló en un alemán fluido.

—Estoy buscando al teniente García.

—No está aquí —respondió Lloyd en el mismo idioma—. ¿De qué nos conocemos usted y yo?

El ruso pareció asombrado y molesto al mismo tiempo, como quien acaba de encontrarse una serpiente en el petate.

—No nos conocemos —respondió con firmeza—. Se confunde.

Lloyd chasqueó los dedos.

—Berlín —dijo—. 1933. Nos atacaron los camisas pardas.

Una fugaz expresión de alivio surcó el rostro del hombre, como si esperara algo peor.

—Sí, estuve allí —dijo—. Me llamo Vladímir Peshkov.

—Pero le llamábamos Volodia.

—Sí.

—Allí, en Berlín, estaba con un muchacho llamado Werner Franck.

Por un momento, Volodia se alarmó, pero hizo un esfuerzo y disimuló sus emociones.

—No conozco a nadie con ese nombre.

Lloyd decidió no insistir. Comprendía por qué Volodia estaba a la defensiva. Los rusos temían tanto como los demás a su policía secreta, el NKVD, que estaba actuando en España y tenía fama de ser muy represiva. Para ellos, cualquier ruso que mostrara amabilidad con los extraños podía ser un traidor.

—Soy Lloyd Williams.

—Le recuerdo. —Volodia lo observó con una mirada penetrante de sus ojos azules—. Qué raro resulta que volvamos a encontrarnos aquí.

—En realidad, no tanto —opinó Lloyd—. Luchamos contra los fascistas siempre que tenemos la oportunidad.

—¿Podemos hablar en privado?

—Por supuesto.

Se alejaron unos cuantos metros de los demás.

—Hay un infiltrado en la sección de García —dijo Peshkov.

Lloyd se quedó anonadado.

—¿Un espía? ¿Quién?

—Un alemán llamado Heinz Bauer.

—Vaya, es ese de la camisa roja. ¿Es un espía? ¿Está seguro?

Peshkov no se molestó en responder a la pregunta.

—Quiero que lo mande llamar a su barracón, si lo tiene, o a cualquier otro lugar privado.

Peshkov miró su reloj de pulsera.

—Dentro de una hora vendrá a llevárselo una unidad de arrestos.

—Utilizo ese establo como despacho —dijo Lloyd, señalándolo—. Pero tengo que hablar de esto con mi comandante. —Su comandante era comunista, y era poco probable que interfiriera, pero Lloyd necesitaba tiempo para pensar.

—Como quiera. —Era obvio que a Volodia le traía sin cuidado lo que opinara el comandante de Lloyd—. Quiero que se lleven al espía con discreción, sin armar ningún escándalo. Ya he explicado a la unidad de arrestos que es sumamente importante que actúen con tino. —Se expresaba como si no estuviera seguro de que sus órdenes fueran a obedecerse—. Cuanta menos gente lo sepa, mejor.

—¿Por qué? —preguntó Lloyd, pero antes de que Volodia pudiera responder, dedujo la respuesta—. Tiene intenciones de convertirlo en un espía doble, para que envíe información falsa al enemigo. Pero si hay demasiada gente que sepa que lo han descubierto, otros espías podrían alertar a los rebeldes, y entonces no darían crédito a la información.

—Es mejor no especular sobre esos temas —dijo Peshkov con gravedad—. Venga, vamos a su barracón.

—Espere un momento —lo atajó Lloyd—. ¿Cómo sabe que es un espía?

—No puedo decírselo sin poner en peligro la seguridad.

—Esa explicación resulta un tanto deficiente.

Peshkov parecía exasperado. Era obvio que no estaba acostumbrado a que le dijeran que sus explicaciones eran deficientes. El hecho de que las órdenes se pusieran en entredicho era una de las cosas que más detestaban los rusos de la guerra civil española.

Antes de que Peshkov pudiera añadir algo más, otros dos hombres se acercaron al grupo que aguardaba bajo el árbol. Uno de los recién llegados llevaba una chaqueta de cuero a pesar de la elevada temperatura. El otro, que daba la impresión de estar al mando, era de constitución esquelética y tenía la nariz larga y la barbilla hundida.

Peshkov soltó una exclamación airada.

—¡Demasiado pronto! —dijo, y luego pronunció algo en ruso con tono indignado.

El hombre esquelético hizo un ademán desdeñoso. Con un español tosco, preguntó:

—¿Quién es Heinz Bauer?

Nadie respondió. El hombre esquelético se limpió la punta de la nariz con la manga.

Heinz hizo un movimiento. No huyó de inmediato, sino que chocó contra el hombre de la chaqueta de piel y lo tiró al suelo. Entonces echó a correr; pero el hombre esquelético le puso la zancadilla.

Heinz sufrió una buena caída y resbaló por la tierra árida. Se quedó aturdido; tan solo fueron unos instantes, pero aun así duraron demasiado. Mientras se ponía de rodillas, los dos hombres se abalanzaron sobre él y volvieron a derribarlo.

Permaneció inmóvil. No obstante, los hombres empezaron a agredirle. Sacaron sendos garrotes de madera y, cada uno por un lado, le golpearon en la cabeza y el cuerpo por turnos, levantando los brazos por encima de la cabeza y luego bajándolos de golpe, como si interpretaran los movimientos de una danza macabra. Al cabo de pocos segundos el rostro de Heinz había quedado ensangrentado por completo. Trató de escapar con desesperación, pero cuando logró ponerse de rodillas volvieron a derribarlo. Entonces se ovilló, gimoteando. Era obvio que estaba acabado, pero los dos agresores no habían terminado con él. Siguieron propinándole un porrazo tras otro al pobre hombre.

Lloyd se descubrió protestando a voz en grito mientras tiraba del hombre esquelético. Lenny hizo lo propio con el otro individuo. Lloyd rodeó a su presa fuertemente con los brazos y la levantó del suelo; Lenny derribó a la suya. Entonces Lloyd oyó a Volodia decir en inglés:

—¡Quietos, o disparo!

Lloyd soltó a su hombre y se dio la vuelta sin dar crédito a lo que oía. Volodia había desenfundado el revólver, un Nagant ruso M1895 corriente, y lo montó.

—En cualquier ejército del mundo, amenazar a un oficial con un arma es motivo suficiente para formar un consejo de guerra —dijo Lloyd—. Está en un grave aprieto, Volodia.

—No sea estúpido —repuso Volodia—. ¿Cuándo fue la última vez que un ruso tuvo problemas en este ejército? —No obstante, bajó el revólver.

El hombre de la chaqueta de cuero alzó el garrote como si fuera a golpear a Lenny, pero Volodia le gritó:

—¡Atrás, Berezovski!

Y el hombre obedeció.

Aparecieron otros soldados, guiados por el misterioso magnetismo que empuja a los hombres a una pelea, y en cuestión de segundos el número de ellos ascendía a veinte.

El hombre esquelético señaló a Lloyd con el dedo.

—¡Se ha inmiscuido en asuntos que no le conciernen! —dijo en un inglés de acento muy marcado.

Lloyd ayudó a Heinz a ponerse en pie. Gemía de dolor y estaba todo cubierto de sangre.

—¡No pueden presentarse aquí y empezar a propinar palizas! —dijo Lloyd al hombre esquelético—. ¿Dónde está su autorización?

—¡Este alemán es un espía trotskista-fascista! —soltó el hombre a voz en cuello.

—Cállese, Ilia —le espetó Volodia.

Ilia no le hizo caso.

—¡Ha estado fotografiando documentos! —exclamó.

—¿Dónde están las pruebas? —preguntó Lloyd con serenidad.

Era evidente que Ilia no lo sabía, o le traía sin cuidado. Pero Volodia suspiró.

—Registre su petate —dijo.

Lloyd señaló con la cabeza a Mario Rivera, un cabo.

—Ve a comprobarlo —le ordenó.

El cabo Rivera corrió hacia el cobertizo y entró en él.

Sin embargo, Lloyd tenía el terrible presentimiento de que Volodia decía la verdad.

—Aunque tenga razón, Ilia, podría ser un poco más cortés —dijo.

—¿Cortés? —saltó Ilia—. Esto es la guerra, no la ceremonia inglesa del té.

—Le evitaría conflictos innecesarios.

Ilia pronunció unas palabras despectivas en ruso.

Rivera salió del cobertizo con una pequeña cámara fotográfica de aspecto sofisticado y un montón de documentos oficiales. Se los mostró a Lloyd. El de encima de todo era una orden general del día anterior para el despliegue de las tropas antes del inminente ataque. La hoja tenía una mancha de vino que a Lloyd le resultaba familiar, y le impactó descubrir que se trataba de su propio documento y que debían de haberlo hurtado de su barracón.

Miró a Heinz, y este se puso firme, hizo el saludo fascista y exclamó:

—*Heil Hitler!*

Ilia adoptó una expresión triunfal.

—Bien, Ilia, acaba de echar a perder la posibilidad de que el prisionero se convierta en un agente doble —dijo Volodia—. Otro golpe maestro del NKVD. Felicidades. —Y se alejó.

III

Lloyd entró en combate por primera vez el martes 24 de agosto.

Su bando, el gobierno republicano elegido por el pueblo, tenía ochenta mil hombres. Los rebeldes antidemócratas solo ascendían a la mitad. El gobierno también contaba con doscientos aviones frente a los quince de los rebeldes.

Para sacar el máximo partido a su superioridad numérica, los republicanos avanzaron con un frente amplio, formando una línea norte-sur de noventa y seis kilómetros de longitud, por lo que los rebeldes no podían concentrar su limitado número de hombres.

El plan era acertado; entonces, se preguntó Lloyd dos días más tarde, ¿por qué no funcionaba?

Las cosas habían empezado bastante bien. El primer día, el bando republicano había tomado dos poblaciones situadas al norte de Zaragoza y dos más situadas al sur. El grupo de Lloyd, emplazado en el sur, había vencido una fuerte resistencia para ocupar una población llamada Codo. El único fallo había tenido lugar en el avance central subiendo por el valle del río, que había llegado a un punto muerto en el municipio de Fuentes del Ebro.

Antes de la batalla, Lloyd tenía miedo y había pasado la noche en blanco imaginando cómo se desarrollarían los acontecimientos, tal como a veces hacía antes de un combate de boxeo. No obstante, una vez iniciada, estaba demasiado ocupado para preocuparse. El peor momento fue el avance a través de la maleza estéril sin más protección que los arbustos raquíticos, mientras los nacionales disparaban desde el interior de edificios de piedra. Pero, incluso entonces, lo que había sentido no era miedo sino una especie de imperiosa agudización del ingenio que lo impulsaba a correr en zigzag, a arrastrarse y rodar por el suelo cuando las balas pasaban demasiado cerca; y, luego, a levantarse y echar a correr, doblarse por la mitad y avanzar unos cuantos kilómetros más. El principal problema era la escasez de municiones: tenían que obtener provecho de cada disparo. Tomaron Codo gracias a su superioridad numérica, y Lloyd, Lenny y Dave terminaron el día ilesos.

Los nacionales eran fuertes y valerosos; claro que las fuerzas republicanas también lo eran. Las brigadas extranjeras estaban compuestas por voluntarios idealistas que habían acudido a España sabiendo que tal vez tendrían que sacrificar su vida. A menudo los elegían como punta de lanza de los ataques debido a su reputado coraje.

La ofensiva empezó a torcerse durante el segundo día. Las fuerzas del norte habían mantenido la posición, sin atreverse a avanzar debido a la falta de información sobre las defensas de los rebeldes, lo cual a Lloyd le pareció una excusa barata. El grupo central seguía sin poder tomar Fuentes del Ebro, a pesar de haber recibido refuerzos durante el tercer día, y a Lloyd le horrorizó oír que habían perdido casi todos los carros de combate ante el devastador fuego defensivo. El grupo del sur, el de Lloyd, en lugar de forzar el avance, recibió órdenes de desviarse hacia la población ribereña de Quinto. De nuevo tuvieron que vencer a grupos tenaces de soldados nacionales combatiendo casa por casa. Cuando el enemigo se rindió, el grupo de Lloyd hizo un millar de prisioneros.

En ese momento, Lloyd estaba sentado a la luz del atardecer en el exterior de una iglesia destruida por el fuego de artillería, rodeado del polvo que desprendían los escombros de las casas y de los cuerpos extrañamente inmóviles de los muertos recientes. Un grupo de hombres exhaustos se reunió en torno a él: Lenny, Dave, Joe Eli, el cabo Rivera y un galés llamado Muggsy Morgan. En España había tantos galeses que alguien inventó una rima burlesca que jugaba con la similitud de sus nombres:

> *Había un soldadito llamado Price*
> *y otro soldadito llamado Price*
> *y un soldadito llamado Roberts*
> *y un soldadito llamado Roberts*
> *y otro soldadito llamado Price.*

Los hombres fumaban en silencio, a la espera de descubrir si esa noche les tocaría cenar. Se encontraban demasiado cansados incluso para bromear con Teresa, que continuaba allí, algo fuera de lo habitual, puesto que el transporte que debía llevarla a la zona de retaguardia no apareció. De vez en cuando, oían una ráfaga de disparos procedentes de los combates que se estaban librando para eliminar los últimos puntos de resistencia, a pocas calles de distancia.

—¿Qué hemos ganado? —preguntó Lloyd a Dave—. Hemos ahorrado las municiones, hemos perdido a muchos hombres, y aun así no hemos conseguido avanzar. Peor todavía, hemos dado tiempo a los fascistas para que reciban refuerzos.

—Yo te diré para qué cojones ha servido —dijo Dave con su acento del East End. Su espíritu se había curtido más aún que su cuerpo, y se había vuelto cínico y desdeñoso—. Nuestros oficiales tienen más miedo de los comisarios políticos que del puto enemigo. Con la menor excusa podrían tacharlos de espías trotskistas-fascistas y torturarlos hasta la muerte, y por eso les aterra asomar demasiado la cabeza. Prefieren quedarse sentados antes que moverse, no harán nada por iniciativa propia, y menos asumir riesgos. Me apuesto algo a que ni siquiera cagan si no reciben la orden por escrito.

Lloyd se preguntó si el irrespetuoso razonamiento de Dave era acertado. Los comunistas no paraban de hablar de la necesidad de disponer de un ejército disciplinado con una cadena de mando bien definida. Se referían a un ejército que acatara las órdenes de los rusos, claro. Con todo, Lloyd comprendía sus motivos. Sin embargo, un exceso de disciplina podía acabar con el pensamiento crítico. ¿Era eso lo que no acababa de funcionar?

Lloyd prefería creer que no. A buen seguro los socialdemócratas, los comunistas y los anarquistas eran capaces de luchar por una causa común sin que ningún grupo tiranizara a los demás: todos odiaban el fascismo, y todos creían en una sociedad futura más justa para todo el mundo.

Se preguntó qué pensaba Lenny, pero Lenny estaba sentado junto a Teresa, hablándole en voz baja. Algo de lo que le dijo hizo que ella soltara una risita, y Lloyd dedujo que lo suyo debía de estar progresando. Si conseguías que una chica se riera, era una buena señal. Entonces ella le tocó el brazo, le dirigió unas palabras y se levantó.

—Vuelve pronto —dijo Lenny.

Ella se volvió y le sonrió.

Qué afortunado era Lenny, pensó Lloyd, pero no sentía ninguna envidia. No le atraían los romances pasajeros; no les veía la gracia. Suponía que él era un hombre de los de todo o nada. La única muchacha a quien había amado de verdad era Daisy, por entonces esposa de Boy Fitzherbert, y Lloyd todavía no había conocido a otra muchacha que ocupara ese lugar en su corazón. Algún día la conocería, estaba seguro; pero, mientras tanto, no le seducían las sustitutas temporales, aunque fueran tan fascinantes como Teresa.

—Ahí están los rusos —dijo alguien.

Quien había hablado era Jasper Johnson, un electricista de raza negra procedente de Chicago. Lloyd levantó la cabeza y vio aproximadamente a una decena de asesores militares que atravesaban la población como si fueran conquistadores. Los rusos se distinguían por sus guerreras de cuero y sus fundas de pistola abotonadas.

—Qué raro, no los he visto mientras luchábamos —prosiguió Jasper con ironía—. Debían de estar en otra zona del campo de batalla.

Lloyd miró alrededor para asegurarse de que no había cerca ningún comisario político que pudiera oír la charla subversiva.

Cuando los rusos cruzaron el camposanto de la iglesia en ruinas, Lloyd divisó a Ilia Dvorkin, el taimado agente de la policía secreta con quien había discutido hacía una semana. El ruso se topó con Teresa y se detuvo a hablar con ella. Lloyd oyó que le decía algo sobre la cena con su pobre español.

Ella le respondió, él volvió a hablarle y ella negó con la cabeza, obviamente rehusando su proposición. Se volvió para seguir su camino, pero él la agarró del brazo y la retuvo.

Lloyd vio enderezarse a Lenny, atento a la imagen de las dos figuras encuadradas por un arco de piedra que había dejado de servir de entrada.

—Mierda —exclamó Lloyd.

Teresa trató de alejarse de nuevo, pero Ilia pareció agarrarla con más fuerza.

Lenny se dispuso a ponerse en pie, pero Lloyd le posó la mano en el hombro y lo mantuvo sentado.

—Deja que me ocupe yo —dijo.

Dave musitó una advertencia.

—Cuidado, compañero; es del NKVD. Más vale no mezclarse con esos putos malnacidos.

Lloyd se acercó a Teresa e Ilia.

El ruso lo vio y le dijo en español:

—Piérdase.

—Hola, Teresa —saludó Lloyd.

—Puedo arreglármelas sola, no se preocupe —respondió ella.

Ilia miró a Lloyd con mayor atención.

—Yo a usted lo conozco —dijo—. La semana pasada quiso impedirme que detuviera a un peligroso espía trotskista-fascista.

—¿Y esta joven también es una peligrosa espía trotskista-fascista? —le espetó Lloyd—. Me ha parecido oír que la invitaba a cenar.

Entonces apareció Berezovski, el adlátere de Ilia, y se situó peligrosamente cerca de Lloyd.

Con el rabillo del ojo, Lloyd observó que Dave extraía la Luger de su funda.

La situación empezaba a salirse de madre.

—He venido a decirle, señorita, que el coronel Bobrov quiere que acuda de inmediato a su cuartel. Por favor, sígame y yo la acompañaré hasta allí —dijo Lloyd.

Bobrov era un «asesor» militar ruso de alto rango. No había hecho llamar a Teresa, pero la historia era verosímil, Ilia no sabía que se trataba de una mentira.

Transcurrieron unos instantes de desconcierto en los que Lloyd no sabía qué iba a ocurrir. Entonces se oyó un disparo cercano, tal vez procedente de la calle contigua, que pareció devolver a los rusos a la realidad. Teresa se apartó de Ilia de nuevo, y esa vez la dejó ir.

Ilia señaló a Lloyd con gesto pugnaz.

—Nos veremos las caras —dijo, y se alejó con un ademán teatral. Berezovski lo siguió con actitud servil.

—Maldito imbécil —espetó Dave.

Ilia fingió no haberlo oído.

Todos se sentaron.

—Te has buscado un enemigo peligroso, Lloyd —dijo Dave.

—No tenía muchas opciones.

—Sea como sea, a partir de ahora guárdate las espaldas.

—Solo ha sido una disputa por una chica —dijo Lloyd quitándole importancia—. Ocurre miles de veces a diario.

Al caer la noche, una campanilla los convocó a la cocina de campaña. Lloyd recibió un cuenco de carne estofada cortada muy fina, un pedazo de pan duro y un gran vaso de vino tinto tan fuerte que tuvo la impresión de que le iba a corroer el esmalte de los dientes. Mojó el pan en el vino, lo cual mejoró el sabor de ambas cosas.

Cuando se hubo terminado la comida, seguía teniendo hambre, como de costumbre.

—Nos darán una buena taza de té, ¿verdad? —preguntó.

—Claro —respondió Lenny—. Dos terrones de azúcar para mí, por favor.

Desenrollaron las delgadas mantas y se prepararon para dormir. Lloyd fue a buscar una letrina, pero no encontró ninguna y orinó en un pequeño huerto a las afueras de la población. Había casi luna llena, y pudo observar las polvorientas hojas de los olivos que habían sobrevivido al fuego de artillería.

Mientras se abotonaba la bragueta oyó pasos. Se volvió despacio; demasiado despacio. Para cuando vio el rostro de Ilia, el garrote estaba a punto de golpearle la cabeza. Notó un dolor atroz y cayó al suelo. Medio mareado, miró hacia arriba. Berezovski lo apuntaba a la cabeza con un revólver de cañón corto. Ilia, apostado a su lado, dijo:

—No se mueva o es hombre muerto.

Lloyd estaba aterrado. Sacudió la cabeza con fuerza para aclararse las ideas. Qué situación tan absurda.

—¿Muerto? —preguntó con incredulidad—. ¿Y cómo justificarán el asesinato de un teniente?

—¿Asesinato? —dijo Ilia, y sonrió—. Esto es el frente. Le ha alcanzado una bala perdida. —Lo siguiente lo dijo en inglés—. Golpes del azar.

Lloyd reconoció con desesperanza que Ilia tenía razón. Cuando encontraran su cadáver, parecería que hubiera perdido la vida en la batalla.

Menuda forma de morir.

Ilia se dirigió a Berezovski.

—Acaba con él.

Se oyó un disparo.

Lloyd no notó nada. ¿Era eso la muerte? Entonces Berezovski se derrumbó y cayó al suelo. Al mismo tiempo, Lloyd se dio cuenta de que el disparo procedía de detrás y se volvió con incredulidad. A la luz de la luna vio a Dave empuñando la Luger robada, y lo invadió una gran sensación de alivio, como si fuera un maremoto. ¡Estaba vivo!

También Ilia había visto a Dave, y echó a correr como un conejo asustado.

Dave lo siguió con el arma unos segundos, y Lloyd deseó que disparara, pero Ilia, frenético, empezó a corretear entre los olivos como una rata en un laberinto hasta que desapareció en la oscuridad.

Dave bajó la pistola.

Lloyd miró a Berezovski. No respiraba.

—Gracias, Dave —dijo.

—Ya te había dicho que te guardaras las espaldas.

—Por suerte, me las has guardado tú. Lástima que no hayas podido acabar también con Ilia. Ahora el NKVD irá por ti.

—Me pregunto si Ilia querrá que la gente sepa que su compinche ha perdido la vida por su culpa, por haberlo metido en una pelea por una mujer —dijo Dave—. Hasta el NKVD tiene miedo del NKVD. Me parece que preferirá mantenerlo en secreto.

Lloyd volvió a mirar el cadáver.

—¿Cómo explicaremos esto?

—Ya has oído a ese tipo —respondió Dave—. Esto es el frente. No hay nada que explicar.

Lloyd asintió. Dave e Ilia tenían razón. Nadie preguntaría cómo había muerto Berezovski. Lo había alcanzado una bala perdida.

Dejaron el cadáver donde estaba y se alejaron.

—Golpes del azar —dijo Dave.

IV

Lloyd y Lenny hablaron con el coronel Bobrov y se quejaron de que el ataque a Zaragoza había llegado a un punto muerto.

Bobrov era un ruso mayor que ellos, con el pelo cano casi al rape, estaba a punto de jubilarse y era sumamente ortodoxo. En teoría, solo estaba allí para ayudar y aconsejar a los mandos españoles. En la práctica, los rusos eran quienes tenían la última palabra.

—Estamos perdiendo tiempo y energías en estas poblaciones pequeñas —dijo Lloyd, traduciendo al alemán lo que opinaban Lenny y los hombres experimentados—. Se supone que los tanques son puños blindados que deben utilizarse para la incursión profunda, para penetrar bien en territorio enemigo. La infantería debe ir detrás para limpiar el terreno y afianzar la operación una vez que se ha conseguido dispersar al enemigo.

Volodia se apostaba cerca, escuchando, y por su expresión parecía estar de acuerdo aunque no dijera nada.

—Los pequeños puntos fortificados como este pueblucho de mala muerte no deben retrasar el avance sino que debemos rodearlos y dejar que las fuerzas de segunda línea se ocupen de ellos —terminó Lloyd.

Bobrov parecía escandalizado.

—¡Esa es la teoría del desacreditado mariscal Tuchachevski! —espetó en voz muy baja. Era como si Lloyd hubiera pedido a un obispo que rezara a Buda.

—¿Y qué? —preguntó Lloyd.

—Confesó que era un traidor y un espía, y lo ejecutaron.

Lloyd se quedó mirándolo sin dar crédito.

—¿Me está diciendo que el gobierno de España no puede utilizar las modernas tácticas de los tanques porque en Moscú han purgado a un general?

—Teniente Williams, me está faltando al respeto.

—Aunque los cargos contra Tuchachevski sean ciertos, eso no implica que sus métodos no funcionen —repuso Lloyd.

—¡Ya está bien! —rugió Bobrov—. Esta conversación ha terminado.

Si Lloyd todavía albergaba alguna esperanza, debió de desvanecerse cuando hicieron retroceder a su batallón desde Quinto en otra maniobra indirecta. El 1 de septiembre participaron en la ofensiva de Belchite, una pequeña población con buenas defensas pero sin ningún valor estratégico, situada a cuarenta kilómetros de distancia de su objetivo.

La batalla también fue dura.

Unos siete mil soldados del bando nacional se encontraban bien parapetados en San Agustín, la mayor iglesia de la localidad, y en una cumbre cercana, con trincheras y albarradas. Lloyd y su sección alcanzaron las inmediaciones de la ciudad sin haber sufrido bajas, pero entonces fueron atacados con una violenta ráfaga de disparos procedentes de las ventanas y los tejados.

Al cabo de seis días seguían allí.

Los cadáveres exhalaban un olor fétido bajo el calor. Además de personas, también había animales muertos, pues el suministro de agua estaba cortado y el ganado moría de sed. Siempre que podían, los ingenieros apilaban los cadáveres, los rociaban con gasolina y les prendían fuego; pero el olor de los cuerpos humanos abrasándose era peor que la hediondez de la descomposición. Costaba respirar, y algunos hombres llevaban puesta la máscara antigás.

Los callejones que rodeaban la iglesia eran campos de exterminio. No obstante, Lloyd ideó una manera de avanzar sin salir al exterior. Lenny había encontrado unas herramientas en un taller y dos hombres se encontraban abriendo un agujero en la pared de la casa donde se refugiaban. Joe Eli utilizaba un pico, y el sudor perlaba su coronilla calva. El cabo Rivera, que llevaba una camisa de rayas rojas y negras, los colores de los anarquistas, empuñaba un mazo. La pared estaba construida con los delgados ladrillos color ocre propios del lugar, fijados de forma precaria con argamasa. Lenny dirigía la operación para asegurarse de que no derribaran la casa entera: como era minero, tenía cierta intuición acerca de la resistencia de una techumbre.

Cuando la abertura fue lo bastante grande para que un hombre pudiera pasar por ella, Lenny hizo una señal con la cabeza a Jasper, otro cabo. Jasper tomó una de las pocas granadas que le quedaban en la cartuchera, tiró de la anilla y la arrojó contra la casa vecina para evitar una posible emboscada. En cuanto explotó, Lloyd se coló por el agujero con el fusil a punto.

Se encontró en otra humilde morada española, con las paredes encaladas y el suelo de tierra compactada. Dentro no había nadie, ni vivo ni muerto.

Los treinta y cinco hombres que formaban su sección lo siguieron a través de la abertura y registraron el lugar a toda prisa para hacer salir a los posibles enemigos. La casa era pequeña y estaba desierta.

De esa forma, avanzaron despacio pero seguros por una serie de casas en dirección a la iglesia.

Estaban empezando a abrir el siguiente boquete pero, antes de lograrlo, un comandante llamado Márquez que había seguido su mismo recorrido a través de las aberturas en las paredes de las casas los obligó a detenerse.

—Olvídense de eso —dijo en inglés con acento español—. Vamos a asaltar la iglesia.

Lloyd se quedó helado. Aquello era un suicidio.

—¿Ha sido idea del coronel Bobrov? —preguntó.

—Sí —respondió el comandante Márquez sin pronunciarse al respecto—. Aguarden la señal: tres toques fuertes de silbato.

—¿Pueden traernos más munición? —preguntó Lloyd—. No tenemos suficiente, y menos para una acción semejante.

—No hay tiempo —dijo el comandante, y se marchó.

Lloyd estaba horrorizado. En los pocos días transcurridos desde que había entrado en combate había aprendido muchas cosas, y sabía que la única forma de asaltar una posición bien defendida era con la ayuda de una cortina de fuego de contención. De otro modo, los defensores acabarían acribillándolos.

Entre los hombres se respiraba un ambiente de rebelión.

—Es imposible —sentenció el cabo Rivera.

Lloyd era el responsable de mantenerles la moral alta.

—Nada de quejas, muchachos —dijo en tono jovial—. Todos sois voluntarios. ¿Acaso creíais que la guerra no era peligrosa? Si fuera algo seguro, vuestras hermanas podrían ocupar vuestro lugar.

Todos se echaron a reír, y la sensación de peligro pasó, por el momento.

Lloyd avanzó hacia la parte delantera de la casa, abrió un poco la puerta y asomó la cabeza por la rendija. El sol caía implacable sobre el estrecho callejón bordeado de casas y establecimientos comerciales. Los edificios y el suelo presentaban el mismo color pálido del pan sin terminar de cocer, a excepción de las zonas donde la artillería había abierto brechas que revelaban el color rojo de la tierra. Justo al otro lado de la puerta yacía un miliciano muerto y una nube de moscas se estaban dando un festín en el agujero de bala de su pecho. Al mirar hacia la plaza, Lloyd vio que la calle se ensanchaba cerca de la iglesia. Los hombres armados de las altas torres gemelas gozaban de una buena visión, por lo que les costaría poco disparar a cualquiera que se acercara. En el suelo había pocas cosas que ofrecieran protección: unos cuantos escombros, un caballo muerto y una carretilla.

«Moriremos todos», pensó.

«Pero, si no, ¿para qué hemos venido aquí?»

Se volvió hacia sus hombres, preguntándose qué podía decirles. Tenía que lograr que siguieran pensando en positivo.

—Avanzad pegados a los laterales de la calle, cerca de las casas —les aconsejó—. Recordad que cuanto más lentos seáis, más tiempo estaréis en peligro; así que esperad a oír el silbato y echaos a correr a toda leche.

Los tres toques estridentes del silbato del comandante Márquez sonaron antes de lo esperado.

—Lenny, tú saldrás el último —dijo.

—¿Quién irá el primero? —preguntó Lenny.

—Yo, por supuesto.

«Adiós, mundo —pensó Lloyd—. Al menos moriré combatiendo a los fascistas.»

Abrió la puerta del todo.

—¡Vamos! —gritó, y echó a correr.

El efecto sorpresa le concedió unos segundos de gracia y pudo correr sin obstáculos por la calle en dirección a la iglesia. Notaba en el rostro la quemazón del sol de mediodía y oía tras de sí las pisadas de las botas de sus hombres; y, con un extraño sentimiento de gratitud, reparó en que esas sensaciones significaban que seguía con vida. Entonces el fuego estalló como una granizada. Durante unos instantes más siguió corriendo mientras oía los silbidos y los estallidos de las balas; hasta que, de repente, notó una sensación en el brazo izquierdo, como si hubiera recibido el impacto de algo y, sin razón aparente, cayó al suelo.

Se dio cuenta de que estaba herido. No sentía dolor, pero tenía el brazo entumecido y sin fuerza. Consiguió rodar por el suelo hasta topar con la pared del edificio más cercano. Los disparos continuaban surcando el aire, y se sentía tremendamente vulnerable, pero a poca distancia vio un cadáver. Era un soldado nacional, apoyado en la casa. Daba la impresión de haberse quedado dormido sentado en el suelo, con la espalda contra la pared; solo que tenía una herida de bala en el cuello.

Lloyd avanzó serpenteando, con movimientos extraños, sosteniendo el fusil con la mano derecha y arrastrando el brazo izquierdo tras de sí. Luego se agazapó detrás del cadáver y trató de encogerse.

Apoyó el cañón de su fusil en el hombro del soldado muerto y apuntó a una ventana alta de la torre de la iglesia. Disparó los cinco proyectiles de la recámara uno tras otro. No sabía si había herido a alguien o no.

Se volvió a mirar atrás. Horrorizado, observó la calle tapizada con los cadáveres de los hombres de su sección. El cuerpo inmóvil de Mario Rivera con su camisa roja y negra parecía una bandera anarquista arrugada. Junto a Mario yacía Jasper Johnson, con los rizos negros cubiertos de sangre. Tantas horas de viaje desde una fábrica de Chicago para acabar muriendo en una calle de una pequeña población española, pensó Lloyd, y todo porque creía en un mundo mejor.

Peor era contemplar a los que aún vivían, tendidos en el suelo gritando y quejándose. En algún lugar había un hombre agonizando, pero Lloyd no podía ver dónde estaba ni quién era. Unos cuantos hombres seguían corriendo, pero, mientras los miraba, algunos más cayeron y otros se arrojaron al suelo. Al cabo de unos segundos no se movía nadie a excepción de los heridos que se retorcían de dolor.

Menuda matanza, pensó, y una mezcla de ira y pesar ascendió desde sus entrañas y se atoró en su garganta.

¿Dónde estaban las otras unidades? No era posible que la sección de Lloyd fuera la única implicada en la ofensiva, ¿verdad? Tal vez los demás habían avanzado por calles paralelas que desembocaban en la plaza. Una operación de asalto requería una superioridad numérica abrumadora. Lloyd y sus treinta y cinco hombres eran a todas luces insuficientes. Los fascistas los habían matado o herido a prácticamente todos, y los pocos miembros de la sección de Lloyd que seguían en pie se habían visto obligados a resguardarse antes de alcanzar la iglesia.

Cruzó una mirada con Lenny, que se asomaba por detrás del caballo muerto. Al menos él seguía vivo. Lenny levantó el fusil e hizo un ademán de impotencia, como diciendo «no tengo municiones». Lloyd tampoco las tenía. Al cabo de un minuto, los disparos procedentes de la calle cesaron cuando también los demás se quedaron sin balas.

Adiós al asalto a la iglesia. De todos modos, era una misión imposible; y sin municiones habría resultado un suicidio en vano.

La lluvia de disparos procedentes de la iglesia había amainado tras eliminar a los blancos más fáciles; aun así, de vez en cuando se producía alguno dirigido a quienes permanecían a resguardo. Lloyd se dio cuenta de que todos sus hombres acabarían muertos. Tenían que retirarse.

Aunque, probablemente, también los matarían mientras se replegaban.

Volvió a cruzar una mirada con Lenny e hizo un gesto enérgico hacia atrás, en dirección opuesta a la iglesia. Lenny miró alrededor y repitió la señal a los pocos que quedaban vivos. Tendrían más posibilidades de salvarse si se movían todos a la vez.

Cuando ya habían advertido al máximo número posible de hombres, Lloyd se esforzó por ponerse en pie.

—¡Retirada! —gritó a todo pulmón.

Entonces echó a correr.

No había más de doscientos metros, pero se le antojó el trayecto más largo de su vida.

Los rebeldes abrieron fuego desde la iglesia en cuanto vieron moverse a las tropas republicanas. Con el rabillo del ojo, Lloyd creyó ver a cinco o seis de sus hombres batiéndose en retirada. Corrió dando zancadas irregulares ya que el brazo herido lo desequilibraba. Lenny iba delante de él y, al parecer, estaba ileso. Las balas batían las fachadas de los edificios frente a los que Lloyd pasaba tambaleándose. Lenny llegó a la casa de la que habían salido, entró a toda prisa y abrió la puerta. Lloyd la cruzó resollando y se dejó caer en el suelo. Detrás entraron tres hombres más.

Lloyd se quedó mirando a los supervivientes: Lenny, Dave, Muggsy Morgan y Joe Eli.

—¿Estamos todos? —preguntó.

—Sí —respondió Lenny.

—Cielo santo. Conseguimos salir cinco; cinco de treinta y seis.

—Qué gran asesor militar es el coronel Bobrov.

Se pusieron en pie entre jadeos, luchando por recobrar el aliento. Lloyd recuperó la sensibilidad del brazo; el dolor era insoportable. Sintió que a pesar de todo podía moverlo, así que tal vez no lo tuviera roto. Bajó la mirada y vio que tenía la manga empapada en sangre. Dave se quitó el fular rojo y con él improvisó un cabestrillo.

A Lenny lo habían herido en la cabeza. Tenía el rostro ensangrentado pero dijo que no era más que un rasguño, y tenía buen aspecto.

Milagrosamente, Dave, Muggsy y Joe habían resultado ilesos.

—Será mejor que regresemos a por nuevas órdenes —dijo Lloyd cuando llevaban unos cuantos minutos tumbados—. De todos modos, sin munición no podemos llevar a cabo ninguna acción.

—¿Qué os parece si antes nos tomamos una buena taza de té? —bromeó Lenny.

—No podemos, no tenemos cucharillas —dijo Lloyd.

—Ah, de acuerdo.

—¿No podemos descansar un rato más? —preguntó Dave.

—Ya descansaremos en la retaguardia —respondió Lloyd—. Es más seguro.

Deshicieron el camino a través de la serie de casas, colándose por los boquetes que habían abierto en las paredes. Lloyd estaba mareado de tanto agacharse. Se preguntó si la pérdida de sangre lo habría debilitado.

Salieron al exterior lejos de la iglesia de San Agustín, donde no podían verlos, y avanzaron a toda prisa por una calle lateral. El alivio que Lloyd sentía al seguir vivo estaba dando paso rápidamente a la furia por la absurda pérdida de las vidas de sus hombres.

Llegaron al establo de las afueras de la población que las fuerzas del gobierno habían convertido en su cuartel. Lloyd vio al comandante Márquez detrás de una pila de cajas de embalar, repartiendo municiones.

—¿Por qué no había para nosotros? —preguntó, furioso.

Márquez se encogió de hombros.

—Le comunicaré lo sucedido a Bobrov —dijo Lloyd.

El coronel Bobrov se encontraba en la puerta del establo, sentado en una silla frente a una mesa. Los dos muebles parecían haber sido robados de alguna casa. Tenía el rostro enrojecido, quemado por el sol. Estaba hablando con Volodia Peshkov. Lloyd fue directo hacia ellos.

—Hemos asaltado la iglesia, pero no hemos recibido apoyo —dijo—. ¡Y nos hemos quedado sin municiones porque Márquez se ha negado a abastecernos!

Bobrov miró a Lloyd con frialdad.

—¿Qué está haciendo aquí? —le espetó.

Lloyd se quedó perplejo. Esperaba que Bobrov lo felicitara por el audaz esfuerzo y que, al menos, le mostrara su empatía por la falta de apoyo.

—Ya se lo he dicho —repuso él—. No hemos recibido apoyo. No puede asaltarse un edificio fortificado con tan solo una sección. Hemos hecho todo cuanto hemos podido, pero nos han aniquilado. He perdido a treinta y uno de mis treinta y seis hombres. —Señaló a sus cuatro compañeros—. ¡Esto es todo lo que queda de mi sección!

—¿Quién les ha ordenado que se retiraran?

Lloyd hacía esfuerzos para no marearse. Sentía que estaba a punto de perder el conocimiento, pero tenía que explicarle a Bobrov con qué coraje habían luchado sus hombres.

—Hemos venido por nuevas órdenes. ¿Qué otra cosa podíamos hacer?

—Tendrían que haber seguido luchando mientras quedara un hombre en pie.

—¿Y con qué teníamos que luchar? ¡No nos quedaban balas!

—¡Silencio! —rugió Bobrov—. ¡Firmes!

Al instante, todos se cuadraron. Lloyd, Lenny, Dave, Muggsy y Joe formaron en línea. Lloyd temía desmayarse de un momento a otro.

—¡Media vuelta!

Todos se volvieron de espaldas. «Y ahora, ¿qué?», pensó Lloyd.

—Los heridos, rompan filas.

Lloyd y Lenny dieron un paso atrás.

—Los heridos leves serán trasladados al servicio de escolta de prisioneros.

Lloyd imaginó vagamente que le tocaría vigilar a prisioneros de guerra en un tren con destino a Barcelona. Se tambaleó sin llegar a caerse. En esos momentos no sería capaz ni de vigilar un rebaño de ovejas, pensó.

—Retirarse cuando uno se encuentra bajo el fuego enemigo sin haber recibido órdenes es desertar.

Lloyd se dio la vuelta y miró a Bobrov. Preso del horror y la estupefacción, vio que había sacado el revólver de su funda con botón.

Bobrov dio un paso adelante, de modo que se situó justo detrás de los tres hombres que permanecían firmes.

—Los tres son culpables y son condenados a pena de muerte. —Levantó la pistola hasta que el cañón estuvo a siete centímetros y medio de la parte posterior de la cabeza de Dave.

Entonces disparó.

Se oyó un estampido. En la cabeza de Dave apareció un agujero de bala y su frente explotó en un amasijo de sangre y sesos.

Lloyd no daba crédito a lo que estaba presenciando.

Junto a Dave, Muggsy se dispuso a volverse con la boca abierta para gritar; pero Bobrov fue más rápido. Situó la pistola contra el cuello de Muggsy y disparó de nuevo. La bala penetró por detrás de la oreja derecha y salió por el ojo izquierdo, y Muggsy se derrumbó.

Al final Lloyd recuperó la voz, y gritó:

—¡No!

Joe Eli se dio media vuelta, bramando de estupor y furia, y levantó las manos para aferrar a Bobrov. Se produjo un nuevo disparo y Joe recibió un balazo en la garganta. La sangre brotaba del cuello como de un manantial y salpicó el uniforme del Ejército Rojo de Bobrov, lo cual provocó que el coronel retrocediera de un salto, maldiciendo. Joe cayó al suelo pero no murió de inmediato. Lloyd observó, impotente, cómo la sangre manaba de la arteria carótida de Joe y teñía la reseca tierra española. Daba la impresión de que Joe quería hablar, pero no logró pronunciar palabra; y entonces sus ojos se cerraron y lo abandonaron las fuerzas.

—No hay clemencia para los cobardes —dijo Bobrov, y se alejó.

Lloyd contempló a Dave tendido en el suelo: delgado, mugriento, valiente como un león, con dieciséis años y muerto. No lo habían matado los fascistas sino un oficial soviético estúpido y sanguinario. Qué pérdida tan absurda, pensó Lloyd, y se le arrasaron los ojos en lágrimas.

Un sargento salió corriendo del establo.

—¡Se han rendido! —gritó con alegría—. La ciudad ha capitulado; han izado la bandera blanca. ¡Hemos tomado Belchite!

Al final el mareo venció a Lloyd, y se desmayó.

V

El clima en Londres era frío y húmedo. Lloyd recorrió Nutley Street bajo la lluvia, en dirección a casa de su madre. Aún lucía la cazadora con cremallera y los pantalones de pana que constituían el uniforme del ejército español, y unas botas sin calcetines. Llevaba una pequeña mochila que contenía la muda limpia, una camisa y una taza de hojalata. Alrededor del cuello llevaba el fular rojo que Dave había convertido en un cabestrillo improvisado para su brazo herido. El brazo seguía doliéndole, pero ya no necesitaba el cabestrillo.

Era un atardecer de octubre.

Tal como esperaba, lo habían subido a un tren de abastecimiento con rumbo a Barcelona, atestado de prisioneros rebeldes. El trayecto no debía de ser de más de ciento cincuenta kilómetros, pero habían tardado tres días en recorrerlo. En Barcelona, lo habían separado de Lenny y perdieron el contacto. Luego logró que lo recogiera un camión que se dirigía hacia el norte. Tras apearse, caminó, hizo autoestop y viajó en vagones de tren llenos de carbón, de grava y, en una afortunada ocasión, de cajas de vino. Cruzó la frontera de Francia a hurtadillas, de noche. Había dormido al raso, mendigado comida y realizado todo tipo de tareas a cambio de unas pocas monedas; y durante dos semanas tuvo la suerte de trabajar de vendimiador en una viña de Burdeos, lo que le permitió ahorrar el dinero necesario para cruzar el canal de la Mancha en barco. Ahora estaba en casa.

Aspiró el olor del hollín y la humedad de Aldgate como si fuera perfume. Se detuvo frente a la verja del jardín y observó la casa donde había nacido más de veintidós años atrás. La luz brillaba tras las ventanas azotadas por la lluvia: había alguien en casa. Se dirigió a la puerta principal. Aún tenía la llave, la guardaba junto con el pasaporte. Entró.

Dejó la mochila en el suelo del recibidor, junto a la percha para sombreros.

Oyó una voz procedente de la cocina.

—¿Quién es? —Era su padrastro, Bernie.

Lloyd descubrió que se había quedado sin habla.

Bernie salió al recibidor.

—¿Quién…? —Entonces reconoció a Lloyd—. ¡Válgame Dios! —exclamó—. Eres tú.

—Hola, papá —lo saludó Lloyd.

—Hijo mío —dijo Bernie, y le dio un fuerte abrazo—. Estás vivo. —Lloyd notó el temblor de sus sollozos.

Al cabo de un minuto, Bernie se frotó los ojos con la manga de la chaqueta de punto y se dirigió al pie de las escaleras.

—¡Eth! —gritó.

—¿Qué?

—Tienes visita.

—Un momento.

Bajó al cabo de unos segundos ataviada con un vestido azul, tan guapa como siempre. A mitad de las escaleras, reparó en el rostro de Lloyd y palideció.

—Oh, *Duw* —dijo—. Lloyd… —Bajó corriendo el resto de los escalones y le echó los brazos al cuello—. ¡Estás vivo! —exclamó.

—Te escribí desde Barcelona…

—No he recibido esa carta.

—Así, no sabes…

—¿Qué?

—Que Dave Williams murió.

—¡Oh, no!

—Lo mataron en la batalla de Belchite. —Lloyd había decidido no contar la verdad acerca de la forma en que Dave había muerto.

—¿Y Lenny Griffiths?

—No lo sé. Perdimos el contacto. Esperaba que hubiera regresado a casa antes que yo.

—No, no saben nada de él.

—¿Qué tal van las cosas por allí? —preguntó Bernie.

—Los fascistas están ganando. Y la culpa es sobre todo de los comunistas, que están más interesados en combatir a los otros grupos de izquierdas.

Bernie se quedó horrorizado.

—No puede ser.

—Es cierto. Si algo he aprendido en España es que tenemos que combatir a los comunistas tanto como a los fascistas. Son perversos, los unos y los otros.

Su madre lanzó una sonrisa irónica.

—No sé por qué, ya me lo imaginaba. —Lloyd se dio cuenta de que hacía mucho tiempo que lo sospechaba.

—Basta de política —dijo él—. ¿Cómo estás, mamá?

—Ah, igual que siempre. Pero ¿y tú? Mírate, ¡estás en los huesos!

—En España no había gran cosa para comer.

—Voy a prepararte algo.

—No hay prisa. Llevo doce meses pasando hambre; podré resistirlo unos minutos más. Pero te diré qué me apetece mucho.

—¿Qué? ¡Pide lo que sea!

—Me encantaría que me prepararas una buena taza de té.

5

1939

I

Thomas Macke vigilaba la embajada soviética en Berlín cuando Volodia Peshkov salió de ella.

La policía secreta prusiana se había transformado en la nueva y más eficiente Gestapo hacía seis años, pero el comisario Macke continuaba al cargo de la sección que seguía el rastro a traidores y subversivos en la ciudad de Berlín. De ellos, los más peligrosos sin duda estaban recibiendo órdenes desde aquel edificio situado en los números 63-65 de Unter den Linden. Por ello Macke y sus hombres vigilaban a todo el que entraba y salía de él.

La embajada era una fortaleza *art déco* de piedra blanca que reflejaba la luz cegadora del sol de agosto. Una linterna sustentada en columnas se erigía atenta sobre la edificación central, y en las alas que se extendían a ambos lados había hileras de ventanas altas y estrechas, como soldados de gala en posición de firmes.

Macke estaba sentado frente a él, en la terraza de una cafetería. Por la avenida más elegante de Berlín transitaba un sinfín de coches y bicicletas; las mujeres iban de compras ataviadas con vestidos y sombreros veraniegos; los hombres caminaban con paso enérgico con trajes o elegantes uniformes. Resultaba difícil creer que aún hubiese comunistas alemanes. ¿Cómo podía nadie oponerse a los nazis? Alemania estaba transformada. Hitler había erradicado el desempleo, algo que ningún otro dirigente europeo había conseguido hacer. Las huelgas y las manifestaciones no eran sino un recuerdo lejano de los malos tiempos, ya pasados. La policía gozaba de eficaces competencias para sofocar la criminalidad. El país prosperaba; muchas familias disponían ya de una radio y pronto tendrían «coches del pueblo» con los que viajar por las nuevas autopistas.

Y eso no era todo. Alemania volvía a ser fuerte. El ejército estaba bien armado y era poderoso. En los dos años anteriores, tanto Austria como Checoslovaquia habían sido anexionados por la Gran Alemania, que era ya la potencia dominante de Europa. La Italia de Mussolini se había aliado con Alemania mediante el Pacto de Acero. Ese mismo año, Madrid había caído finalmente en manos de los rebeldes de Franco, y España tenía ahora un gobierno afín al fascismo. ¿Cómo podía ningún alemán desear la reversión de todo eso y colocar el país bajo el puño de los bolcheviques?

A ojos de Macke, quienes lo hacían eran escoria, mugre, sabandijas que había que buscar de forma implacable y aniquilar. Mientras pensaba en ellos, su cara se contrajo en un gesto ceñudo y furioso, y repiqueteó con el pie sobre la acera como preparándose para pisotear a un comunista.

Entonces vio a Peshkov.

Era un hombre joven, ataviado con un traje de sarga azul y con un abrigo ligero colgado del brazo, como en previsión de que el tiempo fuese a cambiar. Pese a ir vestido de civil, el pelo cortado al rape y el brío de sus andares evocaban al ejército, y el modo en que escrutó la calle, con un gesto falsamente despreocupado pero minucioso, hacía pensar en los servicios secretos del Ejército Rojo o bien en el NKVD, la policía secreta rusa.

A Macke se le aceleró el pulso. Obviamente, sus hombres y él conocían de vista a todos los empleados de la embajada. Las fotografías de sus pasaportes estaban archivadas, y el equipo las examinaba a todas horas. Pero él no sabía mucho acerca de Peshkov. Recordaba haber leído en su expediente que tenía unos veinticinco años, de modo que debía de ser un subalterno irrelevante. O tal vez se le daba bien fingir que lo era.

Peshkov cruzó Unter den Linden y caminó hacia donde se encontraba Macke, cerca de la esquina con Friedrichstrasse. Mientras se aproximaba a él, Macke observó que el ruso era bastante alto y de complexión atlética. Tenía un aire vivaz y mirada intensa.

Macke volvió la cara, repentinamente nervioso. Tomó la taza y sorbió los posos fríos del café, tapándose parcialmente la cara con ella. No quería encontrarse con aquellos ojos azules.

Peshkov dobló por Friedrichstrasse. Macke hizo un gesto afirmativo en dirección a Reinhold Wagner, que estaba apostado en la esquina de enfrente, y Wagner siguió a Peshkov. A continuación, Macke se puso en pie y siguió a Wagner.

No todos los agentes de los servicios secretos del Ejército Rojo eran espías al uso, claro está. Conseguían la mayor parte de la información por medios legítimos, en particular los periódicos alemanes. No creían necesariamente todo lo que leían, pero tomaban nota de claves como el anuncio de una fábrica de armas que solicitara diez torneros con experiencia. Asimismo, los rusos podían viajar libremente por Alemania y observar a su aire, a diferencia de los diplomáticos alemanes en la Unión Soviética, a quienes no se permitía abandonar Moscú sin escolta. El joven a quien Macke y Wagner seguían bien podía pertenecer a la clase de informadores mansos, un lector de periódicos; lo único que se requería para llevar a cabo ese trabajo era hablar alemán con fluidez y tener una buena capacidad de síntesis.

Siguieron a Peshkov más allá del restaurante del hermano de Macke. Aún se llamaba Bistro Robert, pero su clientela era distinta. Habían desaparecido ya los homosexuales opulentos, los ejecutivos judíos y sus señoras, y las actrices con sueldos desorbitados que pedían champán rosado. Todos ellos trataban ahora de pasar inadvertidos, si acaso no estaban ya en campos de concentración. Algunos habían abandonado Alemania, toda una bendición, pensó Macke, aunque eso significase, por desgracia, que el restaurante no tuviese tantos beneficios.

Se preguntó qué habría sido del anterior propietario, Robert von Ulrich. Recordaba vagamente que se había ido a Inglaterra. Tal vez hubiese abierto allí un restaurante para pervertidos.

Peshkov entró en un bar.

Wagner lo hizo uno o dos minutos después, y Macke se quedó fuera para vigilar la entrada. Era un local popular. Mientras esperaba a que Peshkov reapareciese, Macke vio entrar a un soldado y a una chica, y salir y alejarse a dos mujeres bien vestidas y a un anciano con un abrigo mugriento. Al poco Wagner salió solo, miró directamente a Macke y abrió los brazos en un gesto de perplejidad.

Macke cruzó la calle. Wagner parecía consternado.

—¡No está dentro!

—¿Has mirado en todas partes?

—Sí, incluso en los servicios y la cocina.

—¿Has preguntado si ha salido alguien por la puerta de atrás?

—Me han dicho que no.

Wagner estaba asustado, y con razón. Aquella era la nueva Alemania, y los errores ya no se sancionaban con un tirón de orejas. Podría recibir un castigo severo.

Aunque no en esa ocasión.

—Está bien —dijo Macke.

Wagner no pudo ocultar el alivio que sintió.

—¿De veras?

—Hemos averiguado algo importante —dijo Macke—. Que nos haya dado esquinazo con tanta pericia nos confirma que es un espía… y muy bueno.

II

Volodia entró en la estación de Friedrichstrasse y subió a bordo de un tren del U-bahn. Se quitó la gorra, las gafas y la gabardina sucia que le habían conferido la apariencia de un anciano. Se sentó, sacó un pañuelo y limpió el polvo con que se había embadurnado los zapatos para darles un aspecto gastado.

Había dudado con respecto a la gabardina. Era un día tan soleado que temía que la Gestapo hubiese reparado en ella y deducido lo que se proponía. Pero no habían sido tan astutos y nadie le había seguido desde el bar después de que se cambiara en el servicio de caballeros.

Estaba a punto de hacer algo extremadamente peligroso. Si lo sorprendían contactando con un disidente alemán, lo mejor que podía esperar era que lo deportasen de vuelta a Moscú con su carrera arruinada. Si tenía menos suerte, el disidente y él desaparecerían en el sótano de los cuarteles generales de la Gestapo, en Prinz Albrecht Strasse, y no volverían a ser vistos. Los soviéticos reclamarían la desaparición de uno de sus diplomáticos, y la policía alemana fingiría llevar a cabo una búsqueda del susodicho para, a continuación, informar de que, lamentándolo, no habían obtenido resultados.

Obviamente, Volodia nunca había estado en los cuarteles generales de la Gestapo, pero sabía cómo debían de ser. El NKVD disponía de unas instalaciones similares en la Delegación Comercial soviética, en el número 11 de la Lietsenburgerstrasse: puertas de acero, sala de interrogatorios con paredes de azulejos que podían lavarse fácilmente para retirar la sangre, una bañera para descuartizar los cuerpos y un horno eléctrico para incinerarlos.

Volodia había sido enviado a Berlín para ampliar la red de espías soviéticos en la ciudad. El fascismo triunfaba en Europa, y Alemania constituía más que nunca una amenaza para la URSS. Stalin había destituido a su ministro de Exteriores, Litvínov, y lo había reemplazado por Viacheslav Mólotov. Pero ¿qué podía hacer Mólotov? Los fascistas parecían imparables. El Kremlin estaba acosado por el humillante recuerdo de la Gran Guerra, en la que los alemanes habían derrotado a un ejército ruso formado por seis millones de hombres. Stalin había dado pasos para firmar un pacto con Francia y Gran Bretaña a fin de refrenar a Alemania, pero las tres potencias habían sido incapaces de ponerse de acuerdo, y las conversaciones habían fracasado en los últimos días.

Se esperaba que, antes o después, estallara la guerra entre Alemania y la Unión Soviética, y el trabajo de Volodia consistía en recabar información militar secreta que ayudara a los soviéticos a ganar esa guerra.

Se apeó del tren en Wedding, un distrito obrero y deprimido situado al norte del centro de Berlín. Una vez fuera de la estación, se detuvo a esperar, observando a los pasajeros que salían y fingiendo consultar un horario pegado a la pared. No se puso en marcha hasta que estuvo del todo seguro de que nadie lo había seguido hasta allí.

Se encaminó hacia el restaurante barato que había escogido como lugar de encuentro. Siguiendo su táctica habitual, no entró en él sino que aguardó en una parada de autobús situada en la acera de enfrente y desde allí vigiló la entrada. Tenía la certeza de haber despistado a cualquiera que pudiera haberle estado siguiendo, pero en aquel momento necesitaba asegurarse de que tampoco nadie seguía a Werner.

Dudaba de si reconocería a Werner Franck, que era un muchacho de catorce años la última vez que lo había visto y que contaba ya veinte. A Werner le ocurría otro tanto, por lo que habían acordado llevar ambos un ejemplar de aquel día del *Berliner Morgenpost* abierto por la sección de deportes. Volodia leía un avance de la nueva temporada de fútbol mientras esperaba, alzando la mirada cada pocos segundos en busca de Werner. Desde sus años de escolar en Berlín, Volodia había seguido la trayectoria del principal equipo de la ciudad, el Hertha. Había cantado a menudo el «¡Ha! ¡Ho! ¡He! ¡Hertha B-S-C!». Le interesaba la situación del equipo, pero el nerviosismo le impedía concentrarse y leyó el mismo reportaje una y otra vez sin retener nada.

Los dos años que había pasado en España no habían potenciado su carrera como él había esperado; más bien, había ocurrido todo lo contrario. Volodia había destapado a numerosos espías nazis, como Heinz Bauer, entre los «voluntarios» alemanes. Pero después el NKVD se había servido de ello como pretexto para arrestar a voluntarios genuinos que únicamente habían expresado una leve disconformidad con la línea comunista. Centenares de hombres jóvenes e idealistas habían sido torturados y asesinados en las prisiones del NKVD. En ocasiones había dado la impresión de que los comunistas estaban más interesados en luchar contra los aliados anarquistas que contra sus enemigos fascistas.

Y todo para nada. La política de Stalin había sido un fracaso catastrófico: al final se había acabado imponiendo una dictadura de derechas, el peor resultado imaginable para la Unión Soviética. Pero la culpa se achacaba a los rusos que habían estado en España, aunque se hubiesen limitado a seguir fielmente las instrucciones del Kremlin. Algunos de ellos habían desaparecido al poco de regresar a Moscú.

Volodia había vuelto a casa atemorizado tras la caída de Madrid y había encontrado muchos cambios. En 1937 y 1938, Stalin había purgado el Ejército Rojo. Miles de altos mandos habían desaparecido, entre ellos numerosos habitantes de la residencia gubernamental, donde vivían sus padres. Sin embargo, hombres a los que previamente se había dejado de lado, como Grigori Peshkov, habían recibido ascensos y ahora ocupaban los puestos de las víctimas de la purga. Así, la carrera de Grigori había experimentado un nuevo impulso. Estaba al cargo de la defensa de Moscú contra los ataques aéreos y sumido en un ajetreo frenético. Probablemente, su ascenso era el motivo por el que Volodia no se contaba entre los chivos expiatorios del fracaso de la política española de Stalin.

De algún modo, el desagradable Ilia Dvorkin también había eludido el castigo. Estaba de vuelta en Moscú y casado con Ania, hermana de Volodia, para gran pesar de este. Era evidente que sobre las decisiones que tomaban las mujeres en estas cuestiones no había nada escrito. Ya estaba embarazada, y Volodia no conseguía reprimir la angustiosa imagen de ella arrullando a un bebé con cabeza de rata.

Tras un breve permiso, Volodia había sido destinado a Berlín, donde había vuelto a demostrar su valía.

Alzó la mirada una vez más y vio a Werner acercándose por la calle.

No había cambiado mucho. Era algo más alto y corpulento, pero conservaba aquel cabello bermejo, que le caía sobre la frente de un modo que a las chicas les parecía irresistible, así como la mirada risueña y tolerante en sus ojos azules. Llevaba un elegante traje de verano de color azul cielo y en sus puños destellaban unos gemelos de oro.

Nadie lo seguía.

Volodia cruzó la calle y lo interceptó antes de que llegase a la cafetería. Werner esbozó una amplia sonrisa, dejando a la vista una blanca dentadura.

—No te habría reconocido con ese corte de pelo militar —dijo—. Me alegro de verte, después de tantos años.

Volodia advirtió que no había perdido un ápice de su calidez y su encanto.

—Vayamos dentro.

—No querrás entrar en ese tugurio… —dijo Werner—. Estará lleno de fontaneros comiendo salchichas con mostaza.

—Lo que no quiero es que nos quedemos en la calle. Podría vernos cualquiera que pasara.

—Hay un callejón a tres puertas de aquí.

—De acuerdo.

Caminaron un breve trecho y doblaron por un estrecho callejón situado entre un patio de almacén y venta de carbón y una tienda de comestibles.

—¿A qué te has dedicado todo este tiempo? —preguntó Werner.

—A luchar contra los fascistas, igual que tú. —Volodia se planteó la conveniencia de proporcionarle más información—. Estuve en España. —No era ningún secreto.

—Donde no tuviste más éxito que nosotros aquí, en Alemania.

—Pero aún no ha terminado.

—Deja que te pregunte algo —dijo Werner, apoyándose contra la pared—: si creyeras que el bolchevismo es perverso, ¿trabajarías como espía contra la Unión Soviética?

El primer impulso de Volodia fue contestar: «¡No! ¡Por supuesto que no!». Sin embargo, antes de pronunciar esas palabras comprendió que sería una respuesta desconsiderada, pues la opción que más lo repugnaba era precisamente la que Werner había elegido, traicionando a su país por una causa más elevada.

—No lo sé —dijo—. Supongo que para ti debe de ser difícil trabajar contra Alemania, aunque odies a los nazis.

—Sí, tienes razón —repuso Werner—. ¿Y qué ocurriría si estallara la guerra? ¿Tendría que ayudarte a matar a nuestros soldados y a bombardear nuestras ciudades?

Volodia se inquietó. Werner parecía flaquear.

—Es la única forma de derrotar a los nazis —dijo—. Lo sabes.

—Sí. Tomé una decisión hace mucho tiempo. Y los nazis no han hecho nada para que cambie de opinión. Es duro, eso es todo.

—Lo entiendo —dijo Volodia, comprensivo.

—Me pediste que te recomendase a otras personas que pudiesen hacer el mismo trabajo que yo —añadió Werner.

Volodia asintió.

—Personas como Willi Frunze. ¿Te acuerdas de él? El chaval más inteligente de la escuela. Era un socialista serio… Presidió aquel mitin que reventaron los camisas pardas.

Werner negó con la cabeza.

—Se marchó a Inglaterra.

A Volodia se le cayó el alma a los pies.

—¿Por qué?

—Es un físico brillante y estudia en Londres.

—Mierda.

—Pero he pensado en otro.

—¡Bien!

—¿Conoces a Heinrich von Kessel?

—Creo que no. ¿Estudió en nuestra escuela?

—No, fue a una escuela católica. Y en aquel entonces tampoco compartía nuestros ideales políticos. Su padre era un pez gordo del Partido de Centro…

—¡El partido que puso a Hitler en el poder en 1933!

—Exacto. Heinrich trabajaba para su padre entonces. El padre se ha unido a los nazis, pero el hijo vive atormentado por el sentimiento de culpa.

—¿Cómo lo sabes?

—Se emborrachó y se lo dijo a mi hermana Frieda, que tiene diecisiete años. Creo que le gusta.

Aquello prometía. Volodia se animó.

—¿Es comunista?

—No.

—¿Qué te hace creer que trabajará para nosotros?

—Se lo pregunté directamente: «Si tuvieras la oportunidad de luchar contra los nazis espiando para la Unión Soviética, ¿lo harías?». Dijo que sí.

—¿En qué trabaja?

—Está en el ejército, pero tiene problemas respiratorios, por lo que le han asignado tareas administrativas, por suerte para nosotros, porque ahora trabaja para el Alto Mando, en el departamento de planificación financiera y abastecimiento.

Volodia estaba impresionado. Un hombre en aquel puesto sabría con exactitud cuántos camiones, tanques, ametralladoras y submarinos estaba comprando el ejército alemán mes a mes, y dónde los estaban desplegando. Empezó a entusiasmarse.

—¿Cuándo puedo reunirme con él?

—Ahora. He quedado con él para tomar una copa en el hotel Adlon al salir del trabajo.

Volodia gruñó. El Adlon era el hotel más chic de Berlín. Estaba en Unter den Linden, en el distrito gubernamental y político, por lo que su bar era el lugar de encuentro predilecto de los periodistas, que lo frecuentaban con la esperanza de hacerse con algún chismorreo. No habría sido el que Volodia habría escogido para la ocasión, pero no podía permitirse perder aquella oportunidad.

—De acuerdo —dijo—, pero no pienso dejarme ver hablando con ninguno de los dos en ese sitio. Entraré detrás de ti, identificaré a Heinrich, lo seguiré afuera y lo abordaré más tarde.

—Muy bien. Te llevo. Tengo el coche a la vuelta de la esquina.

Mientras caminaban hacia el otro extremo del callejón, Werner dio a Volodia las direcciones del lugar de trabajo y del domicilio de Heinrich y sus números de teléfono, y Volodia los memorizó.

—Ya estamos —dijo Werner—. Sube.

El coche era un Mercedes 540K Autobahn Kurier, un modelo de impactante belleza, con guardabarros de curvas sensuales, un capó más largo que un Ford T de extremo a extremo y una parte trasera aerodinámica. Era tan caro que apenas se habían vendido un puñado desde que había salido al mercado.

Volodia se lo quedó mirando horrorizado.

—¿No deberías tener un coche menos ostentoso? —preguntó con incredulidad.

—Es un doble farol —contestó Werner—. Seguro que piensan que ningún espía de verdad sería tan ampuloso.

Volodia estaba a punto de preguntar cómo podía costearse un coche como aquel, pero entonces recordó que el padre de Werner era un acaudalado fabricante.

—No pienso subir a esa cosa —dijo Volodia—. Iré en tren.

—Como quieras.

—Nos vemos en el Adlon, pero no me saludes.

—Tranquilo.

Media hora después, Volodia vio el coche de Werner aparcado de cualquier manera frente al hotel. Aquella actitud desdeñosa de Werner le parecía insensata, pero se preguntó si acaso no sería un componente necesario de su coraje. Quizá tenía que fingir indolencia para asumir los terribles riesgos que conllevaba el espionaje de los nazis. De reconocer el peligro que corría, tal vez no sería capaz de seguir adelante.

El bar del Adlon estaba lleno de mujeres vestidas a la moda y hombres refinados, muchos con elegantes uniformes entallados. Volodia vio a Werner nada más entrar, sentado a una mesa con otro hombre, presumiblemente Heinrich von Kessel. Al pasar cerca de ellos, Volodia oyó que Heinrich decía, con ganas de discutir: «Buck Clayton es mucho mejor trompetista que Hot Lips Page». Se hizo sitio con dificultad en la barra, pidió una cerveza y observó con discreción al espía potencial.

Heinrich tenía la tez pálida y una densa mata de pelo, algo largo para los patrones militares. Aunque hablaban de un tema relativamente trivial como el jazz, parecía muy vehemente, discutiendo con gestos y pasándose una y otra vez los dedos por el pelo. Llevaba un libro en el bolsillo de la guerrera, y Volodia habría apostado a que era poesía.

Volodia se tomó dos cervezas y fingió leer el *Morgenpost* de principio a fin. Intentó no hacerse demasiadas ilusiones con Heinrich. El hombre parecía alentadoramente prometedor, pero no había garantías de que fuera a cooperar.

Reclutar informadores era la parte más ardua del trabajo de Volodia. No era fácil tomar precauciones porque el objetivo aún no se había pronunciado. Con frecuencia había que hacer la propuesta en lugares inapropiados, por lo general públicos. Era imposible saber cómo reaccionaría: podía enfurecerse y negarse a gritos, o aterrarse y salir corriendo literalmente. Pero poco podía hacer el reclutador para controlar la situación. En algún momento, sencillamente tenía que plantear la pregunta, simple y directa: «¿Quieres ser un espía?».

Pensó en cómo abordaría a Heinrich. Era probable que la religión fuese la clave de su personalidad. Volodia recordaba que su jefe, Lemítov, había dicho: «Los católicos renegados son buenos agentes. Rechazan la autoridad absoluta de la Iglesia solo para aceptar la autoridad absoluta del partido». Tal vez Heinrich necesitara buscar el perdón por lo que había hecho. Pero ¿arriesgaría la vida?

Al final Werner pagó la cuenta y los dos hombres salieron. Volodia los siguió. Una vez fuera del hotel se separaron, Werner al volante de su coche, haciendo chirriar los neumáticos, y Heinrich a pie por el parque. Volodia fue tras Heinrich.

Empezaba a anochecer, pero el cielo estaba despejado y había visibilidad. Muchas personas paseaban y disfrutaban del aire cálido de la tarde, la mayoría en parejas. Volodia miró atrás varias veces para asegurarse de que nadie los había seguido ni a él ni a Heinrich desde el Adlon. Cuando estuvo seguro, respiró hondo, se armó de valor y alcanzó a Heinrich.

—Hay expiación para el pecado —dijo Volodia, mientras caminaba a su lado.

Heinrich lo miró con recelo, como a un loco.

—¿Es usted sacerdote?

—Podría devolver el golpe al régimen que contribuyó a crear.

Heinrich siguió caminando, pero parecía inquieto.

—¿Quién es usted? ¿Qué sabe de mí?

Volodia siguió obviando las preguntas de Heinrich.

—Algún día los nazis serán derrotados. Ese día podría estar más cerca con su ayuda.

—Si es un agente de la Gestapo con la esperanza de tenderme una trampa, ahórrese la molestia. Soy un alemán leal.

—¿Reconoce mi acento?

—Sí... Parece ruso.

—¿Cuántos agentes de la Gestapo hablan alemán con acento ruso, o poseen suficiente imaginación para impostarlo?

Heinrich se rió nervioso.

—No sé nada de los agentes de la Gestapo —dijo—. No tendría que haber sacado el tema... Ha sido una estupidez por mi parte.

—Su despacho elabora informes de la cantidad de armamento y otros suministros que compra el ejército. Disponer de una copia de esos informes resultaría sumamente útil a los enemigos de los nazis.

—Al Ejército Rojo, querrá decir.

—¿Quién, si no, va a acabar con este régimen?

—Hacemos un seguimiento muy meticuloso de esos informes.

Volodia contuvo un arrebato de triunfalismo. Heinrich estaba pensando en dificultades de carácter práctico. Eso significaba que, en principio, estaba predispuesto a aceptar.

—Podría hacer una copia de carbón adicional —dijo Volodia—. O a mano. O conseguir la copia que otro guarde en su archivo. Hay maneras.

—Claro que las hay. Y cualquiera de ellas podría hacer que me mataran.

—Si no hacemos nada con los crímenes que está cometiendo este régimen... ¿merece la pena vivir?

Heinrich se detuvo y miró fijamente a Volodia, que no conseguía adivinar qué estaba pensando, pero el instinto le aconsejó que guardara silencio. Tras una larga pausa, Heinrich suspiró y dijo:

—Lo pensaré.

«Lo tengo», pensó Volodia, exultante.

—¿Cómo me pondré en contacto con usted? —preguntó Heinrich.

—No lo hará —contestó Volodia—. Seré yo quien se ponga en contacto con usted.

Se tocó el ala del sombrero y se alejó por donde había venido.

Se sentía eufórico. Si Heinrich no hubiera tenido intención de aceptar la propuesta, la habría rehusado tajantemente. La promesa de pensarlo era casi tan buena como la aceptación. Lo consultaría con la almohada. Consideraría el peligro. Pero, finalmente, lo haría. Volodia estaba casi seguro.

Se obligó a no sentirse demasiado confiado. Un centenar de cosas podían ir mal.

Con todo, rebosaba esperanza cuando salió del parque y se internó en el bullicio de la ciudad, dejando atrás las tiendas y los restaurantes de Unter den Linden. No había cenado, pero no podía permitirse hacerlo en aquella avenida.

Tomó un tranvía en dirección al este, hacia el barrio humilde llamado Friedrichshain, y después se encaminó a un bloque de pisos. Le abrió la puerta de un pequeño apartamento una chica guapa, menuda y rubia de unos dieciocho años. Llevaba un jersey rosa y unos pantalones negros y holgados, e iba descalza. Aunque era delgada, tenía unos senos deliciosamente generosos.

—Siento presentarme sin avisar —dijo Volodia—. ¿Llego en mal momento?

Ella sonrió.

—En absoluto —respondió—. Pasa.

Entró. Ella cerró la puerta y lo abrazó.

—Siempre me alegro de verte —dijo, y lo besó con avidez.

Lili Markgraf era una joven con mucho cariño por dar. Volodia había salido con ella una vez por semana desde que había vuelto a Berlín. No estaba enamorado y sabía que ella salía con otros hombres, entre ellos Werner, pero cuando estaban juntos se mostraba ardiente.

—¿Has oído la noticia? ¿Has venido por eso? —le preguntó un momento después.

—¿Qué noticia?

Lili trabajaba como secretaria en una agencia de noticias y siempre era la primera en enterarse de las novedades.

—¡La Unión Soviética ha firmado un pacto con Alemania! —dijo.

Aquello no tenía sentido.

—Querrás decir Gran Bretaña y Francia, contra Alemania.

—¡No! Esa es la sorpresa: Stalin y Hitler se han hecho amigos.

—Pero… —Volodia enmudeció, desconcertado.

¿De pronto eran amigos de Hitler? Parecía una locura. ¿Era esa la solución ideada por el nuevo ministro de Exteriores soviético, Mólotov?

«Como no hemos conseguido detener la marea del fascismo mundial, ¿dejamos de intentarlo?

»¿Libró mi padre una revolución para esto?»

III

Woody Dewar volvió a ver a Joanne Rouzrokh cuatro años después.

Ninguna de las personas que conocían a su padre creía que en verdad hubiera intentado violar a una aspirante a estrella en el hotel Ritz-Carlton. La joven había retirado los cargos, pero el periódico apenas le había dado prominencia a una noticia tan tediosa. En consecuencia, Dave seguía siendo un violador a los ojos de la población de Buffalo. Por ello, los padres de Joanne se mudaron a Palm Beach, y Woody perdió el contacto con ella.

La siguiente vez que la vio, fue en la Casa Blanca.

Woody estaba con su padre, el senador Gus Dewar, y juntos iban a ver al presidente. Woody había coincidido con Franklin D. Roosevelt en varias ocasiones. Su padre y el presidente eran amigos desde hacía muchos años. Pero se había tratado de eventos sociales en los que Roosevelt había estrechado la mano a Woody y le había preguntado cómo le iba en la escuela. Aquella iba a ser la primera vez que Woody asistía a una auténtica reunión política con el presidente.

Franquearon la entrada principal del Ala Oeste, cruzaron el vestíbulo y accedieron a una amplia sala de espera; y allí estaba ella.

Woddy la miró deleitado. Apenas había cambiado. Con la cara fina y altiva y la nariz aguileña, seguía pareciendo la suma sacerdotisa de una religión ancestral. Como siempre, llevaba ropa sencilla pero efectista: aquel día, un traje de color azul oscuro y fresco, y un sombrero de paja del mismo color y ala ancha. Woody se alegró de haberse puesto aquella mañana una camisa blanca y su nueva corbata de rayas.

Ella parecía alegrarse de verlo.

—¡Tienes un aspecto fantástico! —dijo—. ¿Ahora trabajas en la ciudad?

—Solo durante el verano, ayudando a mi padre —contestó él—. Sigo estudiando en Harvard.

Ella se volvió hacia su padre.

—Buenas tardes, senador —lo saludó, con cortesía.

—Hola, Joanne.

A Woody le emocionó encontrarla allí. Seguía siendo tan seductora como siempre. Quería prolongar la conversación.

—¿Qué haces aquí? —le preguntó.

—Trabajo en el Departamento de Estado.

Woody asintió. Eso explicaba la deferencia para con su padre. Ella había ingresado en un mundo en el que la gente inclinaba la cabeza ante el senador Dewar.

—¿En qué consiste tu trabajo? —preguntó Woody.

—Soy ayudante de una ayudante. Mi jefe está ahora con el presidente, pero yo no tengo nivel para entrar con él.

—Siempre te interesó la política. Recuerdo una discusión sobre el linchamiento.

—Echo de menos Buffalo. ¡Cómo nos divertíamos allí!

Woody se acordó de que la había besado en el baile del Club de Tenis y notó cómo se ruborizaba.

—Por favor, saluda a tu padre de mi parte —dijo Gus, dando a entender que no podían demorarse más.

Woody estaba pensando en pedirle su número de teléfono, pero ella se le adelantó.

—Me encantaría volver a verte, Woody —dijo.

Él estaba deleitado.

—¡Claro!

—¿Haces algo esta noche? Unos amigos van a venir a casa a tomar una copa.

—¡Suena fantástico!

Joanne le dio su dirección, un piso situado no muy lejos de allí, y su padre lo apremió para que fuera con él hacia una puerta situada en el otro extremo de la sala.

Un guardia saludó a Gus con un gesto de familiaridad, y ambos accedieron a otra sala de espera.

—Bien, Woody, no digas nada a menos que el presidente se dirija a ti —le advirtió Gus.

Woody intentó concentrarse en la inminente reunión. En Europa se había producido un terremoto político: la Unión Soviética había firmado un acuerdo de paz con la Alemania nazi, lo cual había desbaratado los cálculos de todos. El padre de Woody era un miembro clave de la Comisión de Relaciones Exteriores del Senado, y el presidente quería conocer su opinión.

Gus Dewar tenía otra cuestión que comentar. Quería persuadir a Roosevelt para que reactivara la Sociedad de las Naciones.

No iba a resultarle fácil. Estados Unidos nunca había sido miembro de la Sociedad y sus compatriotas no le profesaban simpatía. La Sociedad había fracasado estrepitosamente en el manejo de la crisis de los años treinta: la agresión japonesa en Extremo Oriente, el imperialismo italiano en África, las anexiones nazis en Europa, el colapso de la democracia en España. Pero Gus estaba decidido a probar. Woody sabía que siempre había sido su sueño: un consejo mundial para resolver los conflictos y evitar la guerra.

Lo respaldaba totalmente. Había pronunciado un discurso al respecto en Harvard. Cuando dos países discrepaban, la peor medida que se podía tomar era matar a los del otro bando. Era algo que le parecía obvio. «Entiendo por qué ocurre, por supuesto —había dicho en el debate—, del mismo modo que entiendo por qué los borrachos se enzarzan en peleas a puñetazos. Pero eso no hace que sea menos irracional.»

Sin embargo, en aquel momento a Woody le costaba pensar en la amenaza de una guerra en Europa. Sus viejos sentimientos por Joanne regresaron en tropel. Se preguntaba si volvería a besarlo…, tal vez lo hiciera esa noche. Él siempre le había gustado, y parecía que aún le gustaba…, ¿por qué, si no, lo habría invitado a su fiesta? En 1935 lo había rechazado porque él tenía quince años y ella, dieciocho, algo comprensible, aunque él no lo había considerado así en aquel entonces. Pero ahora que los dos tenían cuatro años más, la diferencia de edad no parecía tan grande…, ¿o sí? Confiaba en que no. Había salido con chicas en Buffalo y en Harvard, pero por ninguna había sentido la arrolladora pasión que Joanne había despertado en él.

—¿Lo has entendido? —dijo su padre.

Woody se sentía ridículo. Su padre estaba a punto de hacer una propuesta al presidente que podría acarrear la paz mundial, y él solo podía pensar en besar a Joanne.

—Sí, claro —contestó—. No diré nada a menos que me hable él primero.

Una mujer alta y delgada, de cuarenta y pocos años, entró en la sala con aire tranquilo y seguro, como si fuese la dueña del lugar, y Woody la reconoció: Marguerite LeHand, apodada Missy y encargada del despacho de Roosevelt. Tenía la cara alargada, masculina, y la nariz grande, y su cabello negro lucía un matiz gris. Le dedicó una sonrisa cálida a Gus.

—Qué placer volver a verlo, senador.

—¿Cómo está, Missy? ¿Se acuerda de mi hijo, Woodrow?

—Sí. El presidente los espera.

La devoción que Missy profesaba a Roosevelt era notoria. El presidente estaba más encariñado con ella de lo que cabía esperar de un hombre casado, según las habladurías de Washington. Woody sabía, por comentarios comedidos pero reveladores de sus padres, que su esposa, Eleanor, se había negado a dormir con él desde que diera a luz a su sexto hijo, a pesar de que la parálisis que había sufrido el presidente cinco años después no afectaba a sus aptitudes sexuales. Tal vez un hombre que no dormía con su esposa desde hacía veinte años tenía derecho a una secretaria cariñosa.

Los acompañó por otra puerta y por otro pasillo estrecho, y finalmente llegaron al Despacho Oval.

El presidente estaba sentado de espaldas a tres ventanales saledizos curvados. Los estores estaban bajados para atenuar el sol de agosto que iluminaba aquella vidriera orientada al sur. Woody observó que Roosevelt descansaba en una silla de oficina corriente, no en la de ruedas. Llevaba un traje blanco y fumaba con boquilla.

No era especialmente atractivo. Tenía entradas pronunciadas y mentón prominente, y llevaba unos quevedos que parecían aproximar sus ojos entre sí. Con todo, había algo que le confería un atractivo inmediato en su encantadora sonrisa, en su gesto al tender la mano y en el cordial tono de voz con que dijo:

—Me alegro de verte, Gus. Pasa.

—Señor presidente, supongo que recordará a mi hijo mayor, Woodrow.

—Por supuesto. ¿Cómo te va en Harvard, Woody?

—Bien, señor, gracias. Estoy en el grupo de debate. —Sabía que los políticos tenían la habilidad de fingir que conocían a todo el mundo íntimamente. O tenían una excelente memoria o sus secretarias se la refrescaban con suma eficacia.

—Yo también estudié en Harvard. Sentaos, sentaos. —Roosevelt retiró el resto del cigarrillo de la boquilla y lo apagó en un cenicero a rebosar—. Gus, ¿qué diablos está ocurriendo en Europa?

Woody pensó que, obviamente, el presidente sabía lo que estaba ocurriendo en Europa. Disponía de todo un Departamento de Estado para que le informase al respecto. Pero quería conocer el análisis de Gus Dewar.

—En mi opinión, Alemania y la Unión Soviética siguen siendo enemigos mortales —dijo Gus.

—Es lo que todos creemos. Pero, entonces, ¿por qué han firmado el pacto?

—Por la conveniencia de ambos a corto plazo. Stalin necesita tiempo. Quiere reforzar el Ejército Rojo para derrotar a los alemanes si se da el caso.

—¿Y el otro?

—Hitler está a todas luces a punto de hacer algo en Polonia. La prensa alemana va repleta de historias ridículas sobre el maltrato que los polacos dispensan a la población germanohablante. Hitler no espolea el odio sin una finalidad. Sea lo que sea lo que está planeando, no quiere que los soviéticos se interpongan en su camino. De ahí el pacto.

—Hull opina prácticamente lo mismo —Cordell Hull era secretario de Estado—, pero no sabe qué ocurrirá después. ¿Permitirá Stalin que Hitler haga lo que quiera?

—Me inclino a creer que se repartirán Polonia en las próximas dos semanas.

—Y después, ¿qué?

—Hace unas horas los británicos han firmado un nuevo tratado con los polacos comprometiéndose a brindarles ayuda si son atacados.

—Pero ¿qué pueden hacer?

—Nada, señor. El ejército, la armada y las fuerzas aéreas británicas no tienen capacidad para evitar que los alemanes invadan Polonia.

—¿Qué crees que deberíamos hacer, Gus? —preguntó el presidente.

Woody sabía que aquella era la oportunidad de su padre. Iba a disponer de toda la atención del presidente durante unos minutos. Era una ocasión extraordinaria para hacer que algo ocurriese. Woody cruzó los dedos discretamente.

Gus se inclinó hacia delante.

—No queremos que nuestros hijos vayan a la guerra, como hicimos nosotros. —Roosevelt tenía cuatro hijos de entre veinte y treinta años. Woody comprendió en ese instante por qué se encontraba allí: su padre lo había llevado a la reunión para que su presencia hiciese pensar al presidente en sus propios hijos. Gus prosiguió, pausadamente—: No podemos volver a enviar a los jóvenes estadounidenses a Europa para que los aniquilen. El mundo necesita un cuerpo policial.

—¿En qué estás pensando? —dijo Roosevelt, sin comprometerse.

—La Sociedad de las Naciones no ha sido el fracaso que la gente cree. En los años veinte solventó un conflicto de fronteras entre Finlandia y Suecia, y otro entre Turquía e Irak. —Gus enumeraba también aquellos logros con los dedos—. Impidió que Grecia y Yugoslavia invadiesen Albania y convenció a Grecia para que se retirase de Bulgaria. Y envió una fuerza de paz para evitar hostilidades entre Colombia y Perú.

—Cierto. Pero en los años treinta...

—La Sociedad no era lo bastante fuerte para frenar la agresión fascista. La Sociedad estuvo coja desde el principio porque el Congreso se negó a ratificar el pacto, por lo que Estados Unidos nunca formó parte de ella. Necesitamos una versión nueva, liderada por Estados Unidos, eficaz. —Gus hizo una pausa—. Señor presidente, es demasiado pronto para renunciar a un mundo en paz.

Woody contuvo el aliento. Roosevelt asintió con la cabeza, aunque Woody sabía que lo hacía siempre. Rara vez discrepaba abiertamente. Detestaba la confrontación. Woody había oído decir a su padre que convenía ser prudente y no interpretar su silencio como un consentimiento. No se atrevió a mirarlo, pero, sentado a su lado, percibía la tensión en él.

—Creo que tienes razón —dijo el presidente al cabo de un instante.

Woody tuvo que reprimir un grito de alegría. ¡El presidente consentía! Miró a su padre. Gus, que por lo general se mostraba imperturbable, apenas ocultaba su sorpresa. Había sido una victoria ciertamente rápida.

Gus se apresuró a consolidarla.

—En tal caso, ¿puedo sugerir que Cordell Hull y yo redactemos un borrador de propuesta para que lo considere?

—Hull está muy atareado. Habla con Welles.

Sumner Welles era el subsecretario de Estado, un hombre tan ambicioso como extravagante, y Woody sabía que no habría sido la primera opción de su padre. Pero hacía mucho tiempo que era amigo de la familia Roosevelt; había sido paje en la boda del presidente.

En cualquier caso, Gus no tenía intención de poner objeciones en este aspecto.

—Por supuesto —dijo.

—¿Algo más?

Era, sin duda, un formalismo para despacharlos. Gus se puso en pie, y Woody lo imitó al instante.

—¿Cómo se encuentra su madre, la señora Roosevelt, señor? —preguntó Gus—. Lo último que he sabido es que estaba en Francia.

—Su barco zarpó ayer, gracias a Dios.

—Me alegra saberlo.

—Gracias por venir —dijo Roosevelt—. Valoro mucho tu amistad, Gus.

—Nada podría complacerme más, señor —repuso Gus.

Estrechó la mano del presidente, y Woody hizo lo propio. Después se marcharon.

Woody albergaba una ínfima esperanza de que Joanne siguiera por allí, pero ya se había ido.

—Vayamos a tomar una copa para celebrarlo —propuso Gus mientras salían del edificio.

Woody consultó su reloj. Eran las cinco en punto.

—Claro —dijo.

Fueron al Old Ebbitt, en la calle Quince, cerca de la F: vidrieras de colores, terciopelo verde, lámparas de latón y trofeos de caza. El local estaba lleno de congresistas, senadores y su séquito habitual: asesores, representantes de lobbies y periodistas. Gus pidió directamente un dry martini con una rodaja de limón para él y una cerveza para Woody, que sonrió; quizá le habría apetecido un martini. En verdad, no le apetecía —para él solo sabía a ginebra fría—, pero le habría gustado que le preguntase. Pese a ello, alzó la copa y dijo:

—Felicidades. Has conseguido lo que querías.

—Lo que el mundo necesita.

—Has estado brillante.

—Casi no hacía falta convencer a Roosevelt. Es un liberal, pero pragmático. Sabe que no es posible hacerlo todo, que hay que elegir las batallas que pueden ganarse. El *new deal* es su prioridad absoluta, que los parados vuelvan a tener trabajo. No hará nada que interfiera en eso, es su principal misión. Si mi plan resulta demasiado controvertido y disgusta a sus partidarios, lo rechazará.

—De modo que aún no hemos ganado nada.

Gus sonrió.

—Hemos dado el primer paso, muy importante. Pero no, no hemos ganado nada.

—Es una lástima que te obligue a trabajar con Welles.

—No del todo. Sumner refuerza el proyecto. Está más cerca que yo del presidente. Pero es impredecible. Podría coger el proyecto y encauzarlo en otra dirección.

Woody miró hacia el fondo del local y vio una cara conocida.

—Adivina quién está ahí. Debería haberlo sabido.

Su padre miró en la misma dirección.

—De pie en la barra —dijo Woody—. Con un par de tipos mayores que él con sombrero y una chica rubia. Greg Peshkov.

Como de costumbre, Greg iba desaliñado pese a la ropa exquisita que vestía: llevaba la corbata torcida, la camisa se le salía por la cinturilla y lucía una mancha de ceniza de tabaco en los pantalones de color marfil. Sin embargo, la rubia lo miraba con veneración.

—El mismo —dijo Gus—. ¿Lo ves a menudo en Harvard?

—Se está especializando en física, pero no sale con científicos; demasiado aburridos para él, supongo. Suelo encontrármelo en la redacción del *Crimson*. —El *Harvard Crimson* era el periódico estudiantil en el que Woody publicaba fotografías y Greg, artículos—. Está haciendo prácticas en el Departamento de Estado este verano, por eso está aquí.

—En la oficina de prensa, imagino —dijo Gus—. Los dos hombres con los que está son periodistas; el del traje marrón trabaja para el *Tribune* de Chicago y el de la pipa, para el *Plain Dealer* de Cleveland.

Woody vio que Greg hablaba con los periodistas como si fuesen viejos amigos, tomando del brazo a uno y acercándose a él para decirle algo en voz baja, y dando palmadas en la espalda al otro en un gesto falso de felicitación. Los otros parecían a gusto con él, pensó Woody mientras se reían a carcajadas de algo que había dicho. Woody envidiaba ese talento. Resultaba muy útil para los políticos…, aunque quizá no imprescindible; su padre carecía de ese talante jovial y campechano y era uno de los estadistas más veteranos de Estados Unidos.

—Me pregunto qué opinará su hermanastra, Daisy, sobre la amenaza de guerra. Está en Londres. Se casó con un lord inglés —dijo Woody.

—Para ser exactos, se casó con el primogénito del conde Fitzherbert, a quien llegué a conocer muy bien.

—Es la envidia de todas las chicas de Buffalo. El rey asistió a su boda.

—También conocí a la hermana de Fitzherbert, Maud… una mujer maravillosa. Se casó con Walter von Ulrich, un alemán. Yo también me habría casado con ella si no se me hubiese adelantado Walter.

Woody arqueó las cejas. No era propio de su padre hablar de aquel modo.

—Eso fue antes de que me enamorase de tu madre, por supuesto.

—Por supuesto. —Woody reprimió una sonrisa.

—Walter y Maud desaparecieron del mapa después de que Hitler ilegalizara a los socialdemócratas. Espero que estén bien. Si estalla una guerra…

Woody advirtió que su padre se ponía nostálgico al hablar de la guerra.

—Al menos Estados Unidos está al margen.

—Eso es lo que creímos la última vez. —Gus cambió de tema—. ¿Qué sabes de tu hermano pequeño?

Woody suspiró.

—No va a cambiar de idea, papá. No irá a Harvard, ni a ninguna otra universidad.

Era una crisis familiar. Chuck había anunciado que en cuanto cumpliera los dieciocho se enrolaría en la armada. Careciendo de un título universitario, sería un soldado raso, sin posibilidades de llegar a oficial. Era algo que horrorizaba a sus exitosos padres.

—¡Maldita sea! Es lo bastante inteligente para ir a la universidad.

—Me gana al ajedrez.

—A mí también. ¿Qué le ocurre?

—Detesta estudiar. Y adora los barcos. Navegar es lo único que le importa. —Woody consultó su reloj de pulsera.

—Tienes una fiesta a la que ir —dijo su padre.

—No hay prisa…

—Sí que la hay. Es una chica muy atractiva. Lárgate de aquí.

Woody sonrió. Su padre podía ser sorprendentemente astuto.

—Gracias, papá. —Se puso en pie.

Greg Peshkov se marchaba en ese momento, y salieron juntos.

—Hola, Woody. ¿Cómo va todo? —preguntó Greg con tono cordial. Iban en la misma dirección.

Hubo un tiempo en que Woody habría asestado un puñetazo a Greg por su implicación en el turbio asunto de Dave Rouzrokh. Esos sentimientos se habían enfriado con los años, y en realidad el responsable había sido Lev Peshkov, no su hijo, que entonces solo tenía quince años. De todos modos, Woody se limitó a ser correcto.

—Estoy disfrutando de Washington —dijo mientras caminaban por uno de los amplios bulevares parisinos de la ciudad—. ¿Y tú?

—Me gusta. Se sorprenden al conocer mi nombre, pero se les pasa enseguida. —Al ver la mirada inquisitiva de Woody, Greg se explicó—: En el Departamento de Estado todo son Smith, Faber, Jensen y McAllister. Nadie se apellida Kozinski, Cohen o Papadopoulos.

Woody cayó en la cuenta de que era verdad. Las riendas del gobierno las llevaba un reducido y bastante exclusivo grupo étnico. ¿Cómo no había reparado en eso antes? Tal vez porque se había encontrado lo mismo en la escuela, en la iglesia y en Harvard.

—Pero no son estrechos de miras —prosiguió Greg—. Están dispuestos a hacer una excepción con alguien que habla ruso con fluidez y proviene de una familia acaudalada.

Greg se mostraba displicente, pero se atisbaba en él un trasfondo de auténtico rencor, y Woody advirtió que estaba ciertamente resentido.

—Creen que mi padre es un gángster —dijo Greg—, pero no les importa. La mayoría de los ricos cuentan con algún gángster entre sus antepasados.

—Hablas como si odiaras Washington.

—¡Todo lo contrario! No viviría en ningún otro lugar. El poder está aquí.

Woody se sintió más magnánimo.

—Yo he venido porque hay cosas que quiero hacer, cosas que quiero cambiar.

Greg sonrió.

—Supongo que te refieres a la misma «cosa»: el poder.

—Hum. —Woody no se lo había planteado de esa forma.

—¿Crees que habrá guerra en Europa? —preguntó Greg.

—Tú deberías saberlo, ¡trabajas en el Departamento de Estado!

—Sí, pero estoy en la oficina de prensa. Lo único que sé son los cuentos de hadas que les soltamos a los periodistas. No tengo ni idea de cuál es la verdad.

—Ya, yo tampoco. Acabo de estar con el presidente y creo que ni él lo sabe.

—Mi hermana, Daisy, está allí.

El tono de Greg había cambiado. Woody vio que su preocupación era genuina e intentó reconfortarlo.

—Lo sé.

—Si hay bombardeos, ni siquiera las mujeres y los niños estarán a salvo. ¿Crees que los alemanes bombardearán Londres?

Solo había una respuesta franca:

—Supongo que sí.

—Ojalá hubiera vuelto a casa.

—Tal vez no estalle la guerra. El año pasado, Chamberlain, el primer ministro británico, firmó un pacto in extremis con Hitler en relación con Checoslovaquia.

—Una claudicación in extremis.

—Cierto. Así que es posible que haga lo mismo en relación con Polonia… aunque se acaba el tiempo.

Greg asintió taciturno y cambió de tema.

—¿Adónde vas ahora?

—Al apartamento de Joanne Rouzrokh. Celebra una fiesta.

—Sí, he oído algo. Conozco a una de sus compañeras de piso, pero no me han invitado, como seguramente supondrás. Su edificio es… ¡Santo Dios! —Greg dejó la frase a medias.

Woody también se detuvo. Greg miraba fijamente al frente. Woody miró en esa misma dirección y vio a una atractiva mujer negra que caminaba hacia ellos por la calle E. Tenía aproximadamente su edad y era hermosa, con unos labios carnosos de color marrón rosáceo que hicieron pensar a Woody de nuevo en besos. Llevaba un sencillo vestido negro que podría haber formado parte de un uniforme de camarera, pero lo acompañaba con un coqueto sombrero y unos zapatos modernos que le conferían un aire elegante.

Ella los vio, miró a Greg y volvió la cara.

—¿Jacky? ¿Jacky Jakes? —preguntó Greg.

La chica lo obvió y siguió caminando, pero a Woody le pareció que se inquietaba.

—Jacky, soy yo, Greg Peshkov —insistió Greg.

Jacky, si acaso era ella, no contestó, aunque daba la impresión de estar a punto de romper a llorar.

—Jacky... Te llamas Mabel, en realidad. ¡Me conoces! —Greg se colocó en medio de la acera con los brazos extendidos en un gesto de súplica.

Ella lo esquivó deliberadamente, sin pronunciar palabra ni mirarlo a los ojos, y siguió andando.

Greg se volvió.

—¡Espera un momento! —gritó a sus espaldas—. Hace cuatro años me abandonaste sin más... ¡Me debes una explicación!

Aquello era impropio de Greg, pensó Woody. Siempre había sabido engatusar a las chicas, tanto en la escuela como en Harvard. En aquel momento parecía disgustado de verdad: desconcertado, herido, casi desesperado.

«Hace cuatro años», reflexionó Woody. ¿Podía ser aquella la chica del escándalo? Había tenido lugar allí, en Washington. Sin duda ella vivía en la ciudad.

Greg corrió tras ella. Un taxi había parado en la esquina y el pasajero, un hombre con esmoquin, se había apeado y pagaba al taxista desde la acera. Jacky subió al coche y dio un portazo.

Greg se acercó y gritó a través de la ventanilla:

—¡Habla conmigo, por favor!

El taxi se alejó y dejó a Greg allí, mirándolo.

Greg volvió con paso lento hasta donde Woody lo esperaba, intrigado.

—No lo entiendo —dijo Greg.

—Parecía asustada —comentó Woody.

—¿De qué? Nunca le hice daño. Estaba loco por ella.

—Pues algo la asustaba.

Greg parecía afectado.

—Lo siento —dijo—. En cualquier caso, no es tu problema. Discúlpame.

—No hay de qué.

Greg señaló un bloque de pisos situado a apenas unos pasos.

—Ese es el edificio de Joanne —dijo—. Que te diviertas. —Y se marchó.

Algo desconcertado, Woody se encaminó hacia la entrada. Pero enseguida olvidó la vida sentimental de Greg y empezó a pensar en la suya. ¿De veras le gustaba a Joanne? Tal vez no lo besara esa noche, pero quizá podría pedirle una cita.

Era un edificio modesto, sin portero ni conserje. Un listado en el portal le informó de que Rouzrokh compartía piso con Stewart y Fisher, presumiblemente otras dos chicas. Woody subió en el ascensor. En ese momento cayó en la cuenta de que iba con las manos vacías; debería haber comprado dulces o flores. Pensó en dar media vuelta, pero llegó a la conclusión de que eso sería llevar demasiado lejos los buenos modales. Llamó al timbre.

Una chica de poco más de veinte años abrió la puerta.

—Hola. Soy… —dijo Woody.

—Pasa —dijo ella, sin esperar a oír su nombre—. Las bebidas están en la cocina, y hay comida en la mesa del comedor, si es que queda algo. —Y se dio media vuelta, con la evidente certeza de que aquel recibimiento había sido más que suficiente.

El pequeño apartamento estaba repleto de gente que bebía, fumaba y se gritaba para hacerse oír sobre el ruido del fonógrafo. Joanne había dicho «unos amigos», y Woody había imaginado a ocho o nueve jóvenes sentados alrededor de una mesa de centro charlando sobre la crisis en Europa. Se sintió desilusionado; en aquella fiesta tan concurrida difícilmente iba a encontrar la ocasión de demostrar a Joanne cuánto había crecido.

La buscó con la mirada. Era más alto que la mayoría y podía mirar sobre sus cabezas. No la vio. Se abrió paso entre los invitados sin dejar de buscarla. Una chica de pechos turgentes y bonitos ojos castaños lo miró mientras él pasaba a duras penas por su lado y le dijo:

—Hola, grandullón. Soy Diana Taverner. ¿Y tú?

—Estoy buscando a Joanne —contestó él.

Ella se encogió de hombros.

—Buena suerte. —Y se dio media vuelta.

Consiguió llegar a la cocina. El volumen del ruido disminuyó un instante. No se veía a Joanne por ninguna parte, de modo que Woody decidió servirse una copa. Un hombre de unos treinta años y anchas espaldas agitaba una coctelera. Bien vestido, con traje de color canela, camisa azul cielo y corbata azul marino, era evidente que no se trataba del camarero, aunque se comportaba como un anfitrión.

—El whisky escocés se ha terminado —dijo a otro invitado—. Sírvete. Estoy preparando martinis para quien quiera.

—¿Hay bourbon? —preguntó Woody.

—Aquí. —El hombre le tendió una botella—. Soy Bexforth Ross.

—Woody Dewar. —Woody encontró un vaso y se sirvió.

—El hielo está en esa cubitera —dijo Bexforth—. ¿A qué te dedicas, Woody?

—Estoy haciendo prácticas en el Senado. ¿Y tú?

—Trabajo en el Departamento de Estado. Estoy a cargo de la sección de Italia. —Empezó a repartir los martinis.

Sin duda una figura emergente, pensó Woody. El hombre parecía tan seguro de sí mismo que resultaba irritante.

—Buscaba a Joanne.

—Está por ahí. ¿De qué la conoces?

En este punto Woody sintió que podía hacer gala de una obvia superioridad.

—Oh, somos viejos amigos —dijo como si nada—. En realidad, la conozco de toda la vida, de cuando éramos niños en Buffalo. ¿Y tú?

Bexforth tomó un trago largo de martini y soltó un suspiro de satisfacción. Luego miró a Woody con aire especulativo.

—No conozco a Joanne desde hace tanto tiempo como tú —dijo—, pero creo que la conozco mejor.

—¿Y eso?

—Tengo intención de casarme con ella.

Woody se sintió como si lo hubiesen abofeteado.

—¿Casarte con Joanne?

—Sí. ¿No es fantástico?

Woody fue incapaz de ocultar su consternación.

—¿Lo sabe ella?

Bexforth se rió y dio unas palmadas a Woody en el hombro con actitud condescendiente.

—Pues claro que lo sabe, y está encantada. Soy el hombre más afortunado del mundo.

Era evidente que Bexforth había adivinado que Woody se sentía atraído por Joanne. Woody se sintió como un estúpido.

—Felicidades —dijo con desaliento.

—Gracias.

Bexforth se alejó.

Woody dejó su copa intacta.

—Joder —musitó. Y se marchó.

IV

El primero de septiembre fue un día sofocante en Berlín. Carla von Ulrich se despertó bañada en sudor e incómoda, con las sábanas en el suelo tras una noche de intenso calor. Miró por la ventana de su dormitorio y vio la ciudad cubierta por una capa de nubes grises y bajas que encerraban el calor como la tapadera de una cazuela.

Aquel era un gran día para ella. De hecho, iba a decidir el rumbo de su vida.

Se colocó frente al espejo. Había heredado la tez de su madre, y el cabello negro y los ojos verdes de los Fitzherbert. Era más guapa que Maud, que tenía facciones angulosas, más impactantes que bellas. Pero había una diferencia aún mayor entre ellas. Su madre atraía a prácticamente todos los hombres que conocía. Carla, por el contrario, no sabía flirtear. Veía hacerlo a otras chicas de su edad, luciendo sonrisas afectadas, ciñéndose los jerséis a la altura del pecho, apartándose el pelo y pestañeando, y se sentía abochornada. Su madre era más sutil, naturalmente, de modo que los hombres no podían saber que los estaba hechizando, pero en esencia era el mismo juego.

En cualquier caso, aquel día Carla no quería parecer atractiva. Por el contrario, necesitaba dar una impresión de joven pragmática, sensata y competente. Se puso un sencillo vestido de algodón de color piedra que le llegaba hasta media pantorrilla, se calzó las sandalias planas y nada sofisticadas de la escuela y se recogió el pelo en dos trenzas, siguiendo el popular estilo de doncella alemana. El espejo le devolvió la imagen de la estudiante ideal: conservadora, adusta, asexuada.

Se había levantado y arreglado antes que el resto de la familia. La criada, Ada, estaba en la cocina, y Carla la ayudó a poner la mesa para el desayuno.

El siguiente en aparecer fue su hermano. Erik, de diecinueve años y con bigote negro y recortado; apoyaba a los nazis, algo que enfurecía al resto de la familia. Estudiaba en la Charité, la facultad de medicina de la Universidad de Berlín, igual que su mejor amigo Hermann Braun, también filonazi. Los Von Ulrich no podían costear las tasas de matriculación, pero Erik había obtenido una beca.

Carla también la había solicitado para estudiar en la misma institución. La entrevista tendría lugar ese día. Si salía airosa, estudiaría y llegaría a ser médico. En caso contrario…

No sabía a qué otra profesión podría dedicarse.

La llegada al poder de los nazis había destrozado la vida de sus padres. Su padre ya no era diputado del Reichstag; había perdido el cargo con la ilegalización del Partido Socialdemócrata y de todos los demás partidos salvo el nazi. No había ningún empleo que requiriese su experiencia como político y diplomático. Se ganaba la vida traduciendo artículos periodísticos alemanes para la embajada británica, donde aún conservaba algunos amigos. Su madre había sido famosa como periodista de izquierdas, y los periódicos tenían vetados sus artículos.

A Carla la situación le parecía desgarradora. Adoraba a su familia, de la que también formaba parte Ada. Le entristecía el declive de su padre, que cuando ella era niña había trabajado con denuedo y había gozado de cierto poder político, y ahora no era sino un hombre derrotado. Aún peor era el coraje que había demostrado su madre, una famosa representante sufragista en Inglaterra antes de la guerra que ahora impartía clases de piano para ganar unos cuantos marcos.

Pero ambos decían que podían soportar cualquier cosa mientras sus hijos tuviesen una vida feliz y satisfactoria.

Carla siempre había estado segura de que consagraría su vida a hacer del mundo un lugar mejor, como habían hecho sus padres. No sabía si habría seguido a su padre en la política o a su madre en el periodismo, pero ambas opciones estaban ya descartadas.

¿A qué otra profesión podía dedicarse con un gobierno que premiaba la crueldad y la brutalidad por encima de todo lo demás? Su hermano le había dado la pista. Los médicos hacían del mundo un lugar mejor al margen de quién gobernase, por lo que se había propuesto ingresar en la facultad de medicina. Se aplicaba más en los estudios que cualquier otra chica de su clase y había aprobado todos los exámenes con notas excelentes, sobre todo en las asignaturas de ciencias. Estaba mejor capacitada que su hermano para obtener una beca.

—No hay ninguna chica en mi promoción —dijo Erik. Parecía malhumorado.

Carla creía que no le hacía gracia la idea de que siguiera sus pasos. Sus padres estaban orgullosos de sus logros, pese a sus repulsivos ideales políticos. Tal vez temía que lo eclipsara.

—He sacado mejores notas que tú en todo: biología, química, matemáticas… —dijo Carla.

—Vale, vale.

—Y, en principio, las chicas también podemos solicitar la beca. Lo he comprobado.

Su madre entró al final de esta conversación, vestida con una bata de muaré gris, con doble vuelta del cinturón alrededor de su fina cintura.

—Deberían seguir sus propias normas —dijo—. Al fin y al cabo, esto es Alemania. —Su madre decía que amaba a su país de adopción, y tal vez lo hiciera, pero desde la llegada de los nazis había empezado a hacer comentarios irónicos fruto del desaliento.

Carla mojó el pan en el café con leche.

—¿Cómo te sentirás si Inglaterra ataca a Alemania?

—Terriblemente desgraciada, como me sentí la última vez —contestó—. Me casé con vuestro padre justo antes de la Gran Guerra, y durante más de cuatro años, todos los días, me aterró la posibilidad de que pudieran matarlo.

—Pero ¿de qué bando estarías? —preguntó Erik con tono desafiante.

—Soy alemana —dijo ella—. Me casé con un alemán, para bien o para mal. Claro que nunca imaginamos que fuera a existir algo tan perverso y opresor como el régimen nazi. Nadie lo imaginó. —Erik gruñó a modo de protesta; ella lo obvió—. Pero una promesa es una promesa, y, en cualquier caso, quiero a vuestro padre.

—Aún no estamos en guerra —repuso Carla.

—No del todo —dijo Maud—. Si los polacos tienen algo de sentido común, recularán y darán a Hitler lo que pide.

—Eso es lo que deberían hacer —añadió Erik—. Alemania ahora es fuerte. Podemos quedarnos con lo que queramos, les guste o no.

Maud puso los ojos en blanco.

—Dios nos libre.

Se oyó el claxon de un coche. Carla sonrió. Un minuto después, su amiga Frieda Franck entró en la cocina. Iba a acompañar a Carla a la entrevista, solo para darle apoyo moral. Ella también iba vestida como una estudiante sobria y formal, aunque, a diferencia de Carla, tenía un armario repleto de ropa a la última moda.

Tras ella entró su hermano mayor. A Carla, Werner Franck le parecía maravilloso. Contrariamente a la mayoría de los chicos guapos, él era amable, atento y divertido. En el pasado había sido muy de izquierdas, pero sus antiguos ideales parecían haberse desvanecido y se había vuelto apolítico. Había tenido varias novias, guapas y modernas. De haber sabido flirtear, Carla habría empezado con él.

—Te ofrecería café, Werner, pero solo tenemos sucedáneo y sé que en casa tomas café auténtico —se disculpó Maud.

—¿Quiere que hurte un poco de nuestra cocina para usted, frau Von Ulrich? —dijo él—. Creo que se lo merece.

Maud se sonrojó levemente, y Carla comprendió, con una punzada de desaprobación, que incluso a los cuarenta y ocho años su madre era sensible al encanto de aquel muchacho.

Werner miró su reloj de oro.

—Tengo que irme —anunció—. Últimamente hay una actividad frenética en el Ministerio del Aire.

—Gracias por traerme —dijo Frieda.

—Un momento… —le dijo Carla a Frieda—. Si has venido en coche con Werner, ¿dónde está tu bicicleta?

—Fuera. La hemos traído atada a la parte trasera del coche.

Las dos chicas eran miembros del Club Ciclista Mercury e iban en bicicleta a todas partes.

—Mucha suerte en la entrevista, Carla —dijo Werner—. Adiós a todos.

Carla acabó de comerse el pan. Cuando estaba a punto de irse, su padre bajó. No se había afeitado ni puesto corbata. Carla lo recordaba algo rechoncho de cuando era niña, pero ahora estaba delgado. Walter la besó cariñosamente.

—¡No hemos escuchado las noticias! —dijo Maud. Encendió la radio que había en un estante.

Mientras el aparato se calentaba y entraba en funcionamiento, Carla y Frieda se marcharon, sin oír las noticias.

El hospital universitario se encontraba en Mitte, en el centro de Berlín, donde vivían los Von Ulrich, de modo que el trayecto en bicicleta fue corto. Carla empezó a sentirse nerviosa. Los gases que despedían los coches le resultaban nauseabundos, y en ese momento preferiría no haber desayunado. Llegaron al hospital, un edificio nuevo construido en los años veinte, y se dirigieron al despacho del profesor Bayer, encargado de la recomendación de estudiantes para la beca. Una altanera secretaria les dijo que llegaban pronto y que esperasen.

Carla deseó haberse puesto sombrero y guantes. La habrían ayudado a parecer mayor y más seria, alguien en quien los enfermos confiarían. La secretaria habría sido amable con una chica con sombrero.

La espera fue larga, pero Carla lamentó que llegara a su fin y que la secretaria le dijera que el profesor podía recibirla ya.

—¡Buena suerte! —le susurró Frieda.

Carla entró.

Bayer era un hombre delgado, de unos cuarenta y tantos años y con bigote fino y cano. Estaba sentado a un escritorio y llevaba una chaqueta de lino de color canela sobre el chaleco de un traje de calle gris. En la pared colgaba una fotografía en la que aparecía estrechando la mano de Hitler.

Lejos de saludar a Carla, bramó:

—¿Qué es un número imaginario?

Su brusquedad la pilló desprevenida, pero al menos era una pregunta fácil.

—La raíz cuadrada de un número real negativo; por ejemplo, la raíz cuadrada de menos uno —contestó con voz trémula—. No se le puede asignar un valor numérico real, pero sí puede emplearse en cálculos.

El hombre pareció algo sorprendido. Tal vez había esperado dejarla sin palabras.

—Correcto —dijo, tras vacilar un instante.

Carla miró alrededor. No había silla para ella. ¿Iba a entrevistarla de pie?

El profesor le hizo varias preguntas de química y biología, a las cuales respondió sin dificultad. Empezaba a sentirse algo más relajada.

—¿Te mareas al ver sangre? —preguntó él de pronto.

—No, señor.

—¡Ajá! —repuso él con aire triunfal—. ¿Cómo lo sabes?

—Asistí en un parto cuando tenía once años —contestó ella—. Vi bastante sangre.

—¡Deberías haber avisado a un médico!

—Lo hice —replicó ella, indignada—, pero los bebés no esperan por los médicos.

—Hum. —Bayer se levantó—. Espera aquí. —Y abandonó el despacho.

Carla se quedó allí, de pie. Estaba siendo sometida a una rigurosa prueba, pero creía que por el momento lo estaba haciendo bien. Afortunadamente, estaba acostumbrada a las conversaciones de toma y daca con hombres y mujeres de todas las edades; las discusiones acaloradas eran habituales en el hogar de los Von Ulrich, y ella las mantenía con sus padres y su hermano desde que le alcanzaba la memoria.

Bayer llevaba ausente ya varios minutos. ¿Qué estaba haciendo? ¿Habría ido a buscar a un colega para que conociese a aquella candidata de cualidades sin precedentes? Eso sería demasiado esperar.

Sintió la tentación de coger un libro de la estantería y ponerse a leer, pero temía ofenderlo, por lo que siguió de pie sin hacer nada.

Bayer volvió al cabo de diez minutos con una cajetilla de cigarrillos. No era posible que la hubiese dejado plantada en mitad del despacho mientras él iba a la tabaquería… ¿O se trataba de otra prueba? Empezó a irritarse.

El profesor se tomó su tiempo para encender un cigarrillo, como si necesitara poner en orden sus pensamientos. Al cabo de un rato exhaló el humo y preguntó:

—¿De qué modo tratarías, como mujer, a un hombre con una infección en el pene?

Ella se sintió azorada y notó que se ruborizaba. Nunca había hablado del pene con un hombre. Pero sabía que tenía que ser fuerte en situaciones como aquella si quería llegar a ser médico.

—Del mismo modo que usted, como hombre, trataría una infección vaginal —contestó. Él parecía horrorizado y ella temió haber sido insolente. Se apresuró a añadir—: Examinaría minuciosamente la zona afectada, intentaría identificar la naturaleza de la infección y con toda probabilidad la trataría con sulfamida, aunque debo admitir que en la asignatura de biología de mi escuela no hemos contemplado este caso.

—¿Alguna vez has visto a un hombre desnudo? —preguntó él, escéptico.

—Sí.

Él fingió escandalizarse.

—¡Pero eres una joven soltera!

—Poco antes de morir, mi abuelo estuvo postrado en cama y sufrió incontinencia. Yo ayudaba a mi madre a asearlo; ella no podía hacerlo sola, pesaba demasiado. —Esbozó una sonrisa—. Las mujeres hacemos estas cosas a todas horas, profesor, con los más pequeños y los más viejos, con los enfermos y los impedidos. Estamos acostumbradas. Solo los hombres encuentran embarazosas estas tareas.

Él parecía cada vez más airado, aunque Carla estaba respondiendo bien. ¿Qué era lo que iba mal? Casi daba la impresión de que él hubiese preferido intimidarla con su actitud y que sus respuestas hubiesen sido necias.

Apagó el cigarrillo con aire pensativo en el cenicero que tenía sobre el escritorio.

—Me temo que no eres apta como candidata a esta beca —dijo.

Ella se quedó atónita. ¿En qué había fallado? ¡Había contestado a todas las preguntas!

—¿Por qué no? —preguntó—. Mis notas son intachables.

—Eres poco femenina. Hablas sin tapujos de la vagina y del pene.

—¡Ha sido usted quien ha sacado el tema! Yo me he limitado a responder a su pregunta.

—Es evidente que has crecido en un entorno ordinario en el que has visto la desnudez de los varones de tu familia.

—¿Cree que algún hombre le cambiaría el pañal a un anciano? ¡Me gustaría verlo a usted haciéndolo!

—Y lo peor de todo: eres irrespetuosa e impertinente.

—¡Me ha hecho preguntas provocadoras! Si le hubiese dado respuestas tímidas, me habría dicho que no soy lo bastante fuerte para ser médico, ¿no es así?

Bayer enmudeció unos instantes, y ella supo que eso era exactamente lo que habría dicho.

—Me ha hecho perder el tiempo —dijo ella, y se encaminó a la puerta.

—Cásate —dijo él—. Ten hijos para el Führer. Esa es tu función en la vida. ¡Cumple con tu deber!

Carla salió y cerró de un portazo.

Frieda la miró inquieta.

—¿Qué ha pasado?

Carla se dirigió a la salida sin contestar. Miró a la secretaria, que parecía complacida, sabedora, sin duda, de lo que había ocurrido.

—Borra esa sonrisita de tu cara, zorra vieja y marchita —le soltó, y tuvo la satisfacción de ver su conmoción y su horror.

Una vez fuera del edificio, le dijo a Frieda:

—No tenía ninguna intención de recomendarme para la beca porque soy mujer. Mis notas son irrelevantes. Todo lo que he trabajado no ha servido para nada. —Y rompió a llorar.

Frieda la abrazó.

Un minuto después, ya se sentía mejor.

—No pienso tener hijos para el maldito Führer —musitó.

—¿Qué?

—Vamos a casa. Te lo contaré cuando lleguemos.

Montaron en las bicicletas.

Se respiraba un aire extraño en las calles, pero Carla estaba demasiado sumida en sus tribulaciones para preguntarse qué estaría sucediendo. La gente se congregaba alrededor de los altavoces que en ocasiones emitían discursos de Hitler desde la Ópera Kroll, el edificio que sustituía en sus funciones al incendiado Reichstag. Probablemente estaba a punto de hablar.

Cuando llegaron a casa de los Von Ulrich, Maud y Walter seguían en la cocina, él sentado junto a la radio con expresión ceñuda y de concentración.

—Me han rechazado —anunció Carla—. Al margen de lo que digan sus normas, no quieren conceder becas a las chicas.

—Oh, Carla, lo siento —dijo su madre.

—¿Qué dicen en la radio?

—¿No te has enterado? —contestó Maud—. Hemos invadido Polonia esta mañana. Estamos en guerra.

V

La temporada había concluido en Londres, pero la mayoría de sus habitantes seguían en la ciudad a causa de la crisis. El Parlamento, por lo general en receso en esa época del año, había sido convocado en sesión extraordinaria. Pero no se celebraban fiestas, ni recepciones reales, ni bailes. Era como encontrarse en un centro turístico de playa en febrero, pensó Daisy. Aquel día era sábado y ella se preparaba para ir a cenar a casa de su suegro, el conde Fitzherbert. ¿Podía haber algo más tedioso?

Se sentó al tocador con un vestido de gala de seda de color verde pálido y escote en pico con falda plisada. Llevaba flores de seda en el pelo y una fortuna en diamantes alrededor del cuello.

Su marido, Boy, también se preparaba en su vestidor. Se alegraba de que estuviera allí. Él pasaba muchas noches fuera. Aunque vivían en la misma casa de Mayfair, a veces transcurrían varios días sin que se viesen. Pero esa noche él estaba en casa.

Cogió una carta que su madre le había escrito desde Buffalo. Olga había deducido que no era feliz en su matrimonio. Daisy debía de haber dejado entrever algo en sus cartas. Su madre tenía buena intuición. «Solo quiero que seas feliz —le escribía—, de modo que hazme caso cuando te digo que no te rindas demasiado pronto. Algún día serás la condesa Fitzherbert, y tu hijo, si lo tienes, será conde. Podrías arrepentirte de tirar todo eso por la borda solo porque tu marido no te presta suficiente atención.»

Tal vez tuviera razón. Todos se dirigían a Daisy como «milady» desde hacía ya casi tres años, aunque era algo que seguía produciéndole un rapto de placer, como una calada a un cigarrillo.

Sin embargo, Boy parecía opinar que aquel matrimonio no tenía por qué alterar en nada su vida. Pasaba las noches con amigos, viajaba por todo el país para asistir a carreras de caballos y rara vez informaba a su esposa de sus planes. A Daisy le resultaba bochornoso acudir a una fiesta y sorprenderse al encontrárselo allí. Pero si quería saber adónde iba, tenía que preguntar a su ayuda de cámara, y aquello era demasiado degradante.

¿Iría madurando poco a poco y empezaría a comportarse como correspondía a un marido, o sería siempre así?

Boy asomó por la puerta.

—Vamos, Daisy, llegaremos tarde.

Guardó la carta de su madre en un cajón, lo cerró con llave y salió.

Boy la esperaba en el vestíbulo, ataviado con esmoquin. Fitz había sucumbido finalmente a la moda y permitía la asistencia a sus cenas con ese atuendo informal.

Podrían haber ido caminando hasta la vivienda de Fitz, pero llovía y Boy había pedido que le llevasen el coche. Era un turismo Bentley Airline de color crema y llantas blancas. Boy compartía la pasión de su padre por los coches bonitos.

Boy se puso al volante. Daisy confiaba en que a la vuelta la dejase conducir a ella. Le gustaba conducir y, en cualquier caso, no era sensato que lo hiciese él después de cenar, especialmente con el pavimento mojado.

Londres se preparaba para la guerra. Por toda la ciudad flotaban globos de barrera a unos seiscientos metros de altitud para entorpecer la acción de los bombarderos. En caso de que fallasen, se había apilado sacos de arena en el exterior de los edificios importantes. También se había pintado de blanco los adoquines alternos de los bordillos para que los conductores pudiesen orientarse mejor durante los apagones, que habían comenzado el día anterior, así como franjas blancas en los árboles de mayor envergadura, en las estatuas de las calles y en otros obstáculos que pudieran ocasionar accidentes.

La princesa Bea recibió a Boy y a Daisy. Rondaba los cincuenta años y estaba gruesa, pero seguía vistiendo como una jovencita. Aquella noche llevaba un vestido rosa adornado con cuentas y lentejuelas. Nunca hablaba de aquello que el padre de Daisy había aireado en la boda, pero había dejado de insinuar que Daisy era inferior socialmente, y ahora siempre se dirigía a ella con cortesía, si no con calidez. Daisy se mostraba cautelosamente cordial, y trataba a Bea como a una tía ligeramente chiflada.

El hermano pequeño de Boy, Andy, ya estaba allí. May y él tenían dos hijos, y a los curiosos ojos de Daisy daba la impresión de que May estuviera esperando el tercero.

Boy, obviamente, quería tener un hijo varón, que sería el heredero del título y la fortuna de los Fitzherbert, pero por el momento Daisy no se había quedado embarazada. Era un tema espinoso, y la evidente fecundidad de Andy y May lo agravaba. Daisy habría tenido más posibilidades de quedarse encinta si Boy hubiese pasado más noches en casa.

Le encantó encontrar allí a su amiga Eva Murray, aunque sin su esposo. Jimmy Murray, ahora capitán, se encontraba con su unidad y no había podido ausentarse, pues la mayoría de los soldados estaban en los barracones y, con ellos, los oficiales. Eva formaba ya parte de la familia, pues Jimmy era hermano de May, y por consiguiente se habían convertido en parientes políticas. Por ello, Boy se había visto obligado a superar sus prejuicios contra los judíos y a mostrarse educado con Eva.

Eva seguía adorando a Jimmy como en el día de su boda, tres años antes. También ellos habían tenido dos hijos en ese tiempo. Pero aquella noche Eva parecía preocupada, y a Daisy no le costó imaginar el motivo.

—¿Cómo están tus padres? —le preguntó.

—No pueden salir de Alemania —contestó Eva, abatida—. El gobierno no les concede el visado para viajar al extranjero.

—¿Fitz no puede hacer nada?

—Lo ha intentado.

—¿Qué han hecho para merecer esto?

—No son solo ellos. Hay miles de judíos alemanes en la misma situación. Solo unos pocos consiguen el visado.

—Lo lamento.

Sus palabras se quedaban cortas para expresar lo que sentía. Se estremeció abochornada al recordar que Boy y ella habían apoyado a los fascistas en sus inicios. Ella empezó a albergar dudas rápidamente a medida que la brutalidad del fascismo, tanto en el país como fuera, se tornaba más evidente, y al final sintió incluso alivio cuando Fitz les dijo que lo estaban abochornando y les suplicó que abandonasen el partido de Mosley. Ahora Daisy se sentía completamente necia por haber incluso llegado a afiliarse a él.

Boy no estaba tan arrepentido. Seguía creyendo que los europeos de clase alta constituían una raza superior, elegida por Dios para gobernar la Tierra. Pero ya no la consideraba una filosofía política práctica. La democracia británica lo enfurecía a menudo, aunque no abogaba por abolirla.

Se sentaron a cenar temprano.

—Neville va a comparecer en la Cámara de los Comunes a las siete y media —dijo Fitz. Neville Chamberlain era primer ministro—. Quiero verlo. Me sentaré en la tribuna de los pares. Tal vez tenga que dejaros antes del postre.

—¿Qué crees que va a ocurrir, papá? —preguntó Andy.

—En verdad no lo sé —contestó Fitz con una nota de exasperación—. Naturalmente, todos preferiríamos evitar la guerra, pero es importante no dar una imagen de indecisión.

Daisy se sorprendió. Fitz creía en la lealtad y raramente criticaba a sus colegas del gobierno, ni siquiera de forma tan indirecta.

—Si estalla la guerra, me iré a vivir a Tŷ Gwyn —dijo la princesa Bea.

Fitz negó con la cabeza.

—Si estalla la guerra, el gobierno pedirá a todos los propietarios de mansiones que las pongan a disposición del ejército mientras dure. Como miembro del gobierno, debo dar ejemplo. Tendré que ceder Tŷ Gwyn a los Fusileros Galeses para que la utilicen como centro de entrenamiento, o quizá como hospital.

Bea estaba indignada.

—¡Pero es mi casa de campo!

—Tal vez podamos reservar parte de la casa para uso privado.

—¡No quiero vivir en una pequeña parte de la casa! ¡Soy una princesa!

—Quizá sería acogedor. Podríamos utilizar la despensa del mayordomo como cocina, y la sala del desayuno como salón, además de tres o cuatro habitaciones pequeñas.

—¡Acogedor! —Bea parecía asqueada, como si le hubiesen colocado delante algo vomitivo, pero no dijo nada más.

—Es posible que Boy y yo tengamos que alistarnos en los Fusileros Galeses —intervino Andy.

May emitió un sonido gutural, similar a un sollozo.

—Yo me alistaré en las Fuerzas Aéreas —dijo Boy.

Fitz estaba perplejo.

—Pero… no puedes. El vizconde de Aberowen siempre ha combatido con los Fusileros Galeses.

—No disponen de aviones. La próxima guerra será aérea. La RAF necesitará desesperadamente pilotos. Y yo llevo años volando.

Fitz estaba a punto de iniciar una discusión, pero en ese momento entró el mayordomo y dijo:

—El coche está preparado, milord.

Fitz miró el reloj que había sobre la repisa de la chimenea.

—¡Diantre! Tengo que irme. Gracias, Grout. —Miró a Boy—. No tomes una decisión definitiva hasta que hayamos hablado más al respecto. Estás equivocado.

—Muy bien, papá.

Fitz miró a Bea.

—Discúlpame, querida, por marcharme en mitad de la cena.

—Por supuesto —dijo ella.

Fitz se levantó de la mesa y se dirigió a la puerta. Sin poder evitarlo, Daisy reparó en su cojera, un funesto recordatorio de las secuelas de la última guerra.

El resto de la cena transcurrió sumida en el desánimo. Todos se preguntaban si el primer ministro declararía la guerra.

Cuando las damas se pusieron en pie para retirarse, May pidió a Andy que le ofreciera su brazo. Él se excusó ante los otros dos hombres.

—Mi esposa se encuentra en un estado delicado. —Era el eufemismo habitual para referirse al embarazo.

—Ojalá mi esposa fuese igual de rápida para ponerse delicada —dijo Boy.

Fue un golpe bajo, y Daisy notó cómo se le encendía el rostro. Contuvo una réplica, pero al instante se preguntó por qué tenía que guardar silencio.

—Ya sabes lo que dicen los futbolistas, Boy —contestó en voz bien alta—: para marcar, hay que disparar.

Ahora fue Boy quien se ruborizó.

—¡Cómo te atreves! —le espetó, furioso.

Andy se echó a reír.

—Te lo has buscado, hermano.

—Basta, los dos —exclamó Bea—. Espero de mis hijos que sean lo bastante respetuosos para enzarzarse en esta clase de discusiones cuando las damas se hayan ausentado. —Y se marchó.

Daisy la siguió, pero se separó de las demás mujeres en el rellano y subió las escaleras, aún airada y con ganas de estar sola. ¿Cómo podía Boy decir algo así? ¿En verdad la consideraba responsable de que no se quedase embarazada? ¡La misma parte de culpa tenía él! Tal vez lo sabía e intentaba culparla porque temía que la gente creyera que era estéril. Probablemente esa era la verdad, aunque ello no justificaba un insulto en público.

Se dirigió a su antiguo dormitorio. Después de casarse, habían vivido tres meses allí mientras redecoraban su futura casa. Se habían alojado en dos habitaciones, la de Boy y la contigua, aunque en aquel entonces dormían juntos todas las noches.

Entró y encendió la luz. Para su sorpresa, vio que todo daba la impresión de que Boy seguía viviendo allí. Había una navaja de afeitar en el lavamanos y un ejemplar de la revista *Flight* en la mesilla de noche. Abrió un cajón y encontró una lata de Leonard's Liver-Aid, remedio que tomaba todas las mañanas antes del desayuno. ¿Dormía allí cuando se encontraba en un estado de embriaguez lo bastante nauseabundo para no dar la cara ante su esposa?

El cajón inferior estaba cerrado con llave, pero sabía que la guardaba en un jarro que había sobre la repisa de la chimenea. No tuvo reparos en husmear; a su modo de ver, su esposo no debía tener secretos con ella. Abrió el cajón.

Lo primero que encontró fue un libro de fotografías de mujeres desnudas. Por lo general, en los cuadros y las fotografías artísticas las mujeres posaban ocultando casi por completo sus partes íntimas, pero aquellas chicas hacían justo lo contrario: piernas en jarras, nalgas separadas, incluso los labios de la vagina abiertos para dejar a la vista su interior. Daisy fingiría conmoción si alguien la sorprendía, pero en realidad estaba fascinada. Hojeó todo el libro con sumo interés, comparándose con aquellas mujeres: el tamaño y la forma de sus senos, la cantidad de vello, sus órganos sexuales. ¡Qué maravillosa variedad existía entre los cuerpos femeninos!

Algunas de las chicas se estimulaban, o aparentaban hacerlo, y otras aparecían en parejas, estimulándose la una a la otra. En el fondo, a Daisy no le sorprendía que a los hombres les gustase esa clase de cosas.

Se sentía una fisgona. Aquello le hizo recordar la época en que iba a su habitación en Tŷ Gwyn, antes de casarse. En aquel entonces estaba desesperada por saber más de él, por conocer íntimamente al hombre al que amaba, por encontrar el modo de hacerlo suyo. ¿A qué se dedicaba ahora? A espiar a su marido, que ya no parecía quererla, y a tratar de comprender qué había hecho mal.

Debajo del libro había una bolsa de papel marrón. Dentro, varios sobres pequeños y cuadrados, de color blanco y con inscripciones en rojo en el anverso. Las leyó:

Prentif. Marca registrada
SERVISPAK

ADVERTENCIA
No dejar el sobre
ni su contenido en lugares públicos.
Podría resultar ofensivo

Manufactura británica
Goma de látex
Soporta todos los climas

Nada de aquello tenía sentido. Tampoco especificaba qué contenía el sobre, de modo que lo abrió.

Dentro había una pieza de goma. La desenrolló. Tenía forma de tubo, cerrado por un extremo. Le llevó varios segundos caer en la cuenta de qué era.

Nunca había visto uno, pero había oído a la gente hablar de ellos. Los estadounidenses lo llamaban «troyano»; los británicos, «goma». El término correcto era «preservativo», y servía para prevenir embarazos.

¿Por qué tenía su esposo una bolsa llena? Solo podía haber una respuesta: para utilizarlos con otra mujer.

Sintió ganas de llorar. Le había dado todo lo que él quería. Nunca le había dicho que estaba demasiado cansada para hacer el amor —aunque lo estuviera— ni le había negado nada de lo que él le proponía en la cama. Incluso habría posado como las mujeres del libro, si se lo hubiera pedido.

¿Qué había hecho mal?

Decidió que se lo preguntaría.

La aflicción se tornó en cólera. Se puso en pie. Bajaría los sobres de papel al salón y se los plantaría delante. ¿Por qué tenía que proteger sus sentimientos?

En ese instante entró él.

—He visto la luz desde el vestíbulo —dijo—. ¿Qué haces aquí? —Vio los cajones abiertos de la mesilla de noche—. ¿Cómo te atreves a espiarme?

—Sospechaba que me estabas siendo infiel —contestó ella. Sostuvo en alto el preservativo—. Y estaba en lo cierto.

—¡Maldita fisgona!

—¡Maldito adúltero!

Boy levantó una mano.

—Debería pegarte como un esposo victoriano.

Ella cogió un pesado candelabro de la repisa de la chimenea.

—Inténtalo y te golpearé yo como una esposa del siglo xx.

—Esto es ridículo —dijo él, y se sentó pesadamente en una silla que había junto a la puerta, con aire derrotado.

Su visible desdicha apaciguó la ira de Daisy, que ya solo sentía tristeza. Se sentó en la cama. Sin embargo, no había perdido la curiosidad.

—¿Quién es ella?

Él sacudió la cabeza.

—Qué más da.

—¡Quiero saberlo!

Él se removió, incómodo.

—¿Acaso importa?

—Por supuesto que sí. —Sabía que acabaría sonsacándoselo.

Él no la miraba.

—Nadie que conozcas o que vayas a conocer.

—¿Una prostituta?

La sugerencia lo hirió.

—¡No!

Ella siguió incitándolo.

—¿Le pagas?

—No. Sí. —Era evidente que se sentía demasiado abochornado para negarlo—. Bueno, una asignación. No es lo mismo.

—¿Por qué le pagas, si no es una prostituta?

—Para que no tengan que ver a nadie más.

—¿Tengan? ¿Tienes varias amantes?

—¡No! Solo dos. Viven en Aldgate. Son madre e hija.

—¿Qué? No puedes hablar en serio…

—Bueno, un día Joanie tenía…, como dicen los franceses, *elle avait les fleurs*.

—Las chicas estadounidenses la llaman «la maldición».

—Así que Pearl se ofreció a…

—¿A hacer de suplente? ¡Es lo más sórdido que se puede imaginar! Entonces, ¿te acuestas con las dos?

—Sí.

Daisy pensó en el libro de fotografías, y de pronto le asaltó una vergonzosa posibilidad. Tenía que preguntárselo.

—Pero no a la vez…

—Ocasionalmente.

—Es del todo repugnante.

—No tienes que preocuparte por las enfermedades. —Señaló el preservativo que ella tenía en la mano—. Eso evita el contagio.

—Me abruma tu consideración.

—Mira, la mayoría de los hombres hacen estas cosas, lo sabes. Al menos, la mayoría de los hombres de nuestra clase.

—No, no lo hacen —dijo, pero pensó en su padre, que tenía una mujer y una amante desde hacía muchos años, y aun así necesitaba flirtear con Gladys Angelus.

—Mi padre no es fiel —dijo Boy—. Tiene hijos bastardos por todas partes.

—No te creo. Es evidente que quiere a tu madre.

—Estoy seguro de que al menos tiene uno.

—¿Dónde?

—No lo sé.

—Entonces no puedes estar tan seguro.

—Una vez oí que le decía algo a Bing Westhampton. Ya sabes cómo es Bing.

—Sí —dijo Daisy. Aquel parecía un momento apropiado para la verdad, por lo que añadió—: Me toca el culo siempre que puede.

—Viejo verde. En cualquier caso, todos estábamos un poco borrachos, y Bing dijo: «La mayoría tenemos uno o dos bastardos escondidos por ahí, ¿no es así?». Y papá contestó: «Yo estoy bastante seguro de que solo tengo uno». Entonces pareció caer en la cuenta de lo que acababa de decir, carraspeó como un idiota y cambió de tema.

—Bien, no me importa cuántos hijos bastardos tenga tu padre, soy una chica norteamericana moderna y no pienso vivir con un marido infiel.

—¿Y qué vas a hacer?

—Te dejaré. —Puso una expresión desafiante, pero se sentía herida, como si él la hubiese apuñalado.

—¿Y volverás a Buffalo con el rabo entre las piernas?

—Es posible. O podría hacer alguna otra cosa. Tengo mucho dinero. —Cuando se casaron, los abogados de su padre se aseguraron de que Boy no metiera las zarpas en la fortuna Vyalov-Peshkov—. Podría ir a California. Actuar en una de las películas de mi padre. Hacerme estrella de cine. Estoy segura de que lo conseguiría. —Todo era una impostura. Solo quería llorar.

—Pues déjame —dijo él—. Por mí puedes irte al infierno.

Ella se preguntó si sería verdad. Mirándole a la cara, creyó que no.

Oyeron un coche. Daisy apartó un poco la cortina opaca y vio el Rolls-Royce negro y crema de Fitz, con la luz atenuada por las rejillas de los faros.

—Tu padre ha vuelto —dijo—. Me pregunto si estaremos en guerra.

—Será mejor que bajemos.

—Ve tú delante.

Boy salió y Daisy se miró en el espejo. Se sorprendió al ver que su aspecto no difería del de la mujer que había entrado allí media hora antes. Su vida se había trastocado, pero no había indicio de ello en su semblante. Sentía una inmensa lástima por sí misma y quería llorar, pero se contuvo. Hizo de tripas corazón y bajó.

Fitz estaba en el salón, con gotas de lluvia en los hombros del esmoquin. Como había tenido que irse antes del postre, Grout, el mayordomo, le había llevado queso y fruta. La familia se sentó alrededor de la mesa mientras Grout le servía una copa de burdeos.

—Ha sido absolutamente espantoso —dijo Fitz después de tomar un trago.

—¿Qué demonios ha ocurrido? —preguntó Andy.

Fitz degustó una lámina de queso cheddar antes de contestar.

—Neville ha hablado cuatro minutos. Ha sido la peor comparecencia de un primer ministro que jamás he visto. Farfullaba y divagaba, y dijo que es probable que Alemania se retire de Polonia, algo que no se cree nadie. Ni una palabra sobre la guerra, ni tampoco sobre un ultimátum.

—Pero ¿por qué? —dijo Andy.

—En privado, Neville dice que está esperando a que los franceses dejen de titubear y declaren la guerra simultáneamente con nosotros. Pero muchos sospechan que no es más que una excusa cobarde. —Tomó otro trago de vino—. Después de él ha hablado Arthur Greenwood. —Greenwood era diputado y dirigente del Partido Laborista—. Cuando se puso en pie, Leo Amery, un parlamentario conservador, por cierto, gritó: «¡Habla por Inglaterra, Arthur!». ¡Y pensar que un maldito socialista podía hablar por Inglaterra mientras un primer ministro conservador no había sabido hacerlo! Neville parecía descompuesto.

Grout le llenó la copa.

—Greenwood ha estado bastante moderado, pero ha dicho: «Me pregunto cuánto tiempo podemos permitirnos seguir dudando», y al oír esto parlamentarios de los dos lados de la cámara han estallado en gritos y vítores. Estoy seguro de que Neville quería que se lo tragara la tierra. —Fitz cogió un melocotón y lo cortó en rodajas con cuchillo y tenedor.

—¿Cómo han quedado las cosas? —preguntó Andy.

—¡No se ha resuelto nada! Neville ha vuelto al número diez de Downing Street. Pero la mayor parte del gabinete se ha encerrado en el despacho de Simon, en la Cámara de los Comunes. —Sir John Simon era canciller del Exchequer—. Dicen que no saldrán hasta que Neville envíe un ultimátum a los alemanes. Mientras tanto, el Comité Ejecutivo Nacional laborista está reunido, y parlamentarios descontentos se reúnen también en el piso de Winston.

Daisy siempre había afirmado que no le gustaba la política, pero desde que formaba parte de la familia de Fitz y lo veía todo desde dentro había empezado a interesarse por ella, y la situación le parecía fascinante y aterradora.

—Entonces, ¡el primer ministro debe actuar! —dijo.

—Sí, sin duda —convino Fitz—. Antes de que el Parlamento vuelva a reunirse mañana al mediodía, creo que Neville debería declarar la guerra o dimitir.

Sonó el teléfono en el vestíbulo y Grout fue a contestar. Un minuto después volvió y dijo:

—Llamaban del Foreign Office, milord. El caballero no ha querido esperar a que usted se pusiera al teléfono, pero ha insistido en que le transmita un recado —el anciano mayordomo parecía desconcertado, como si le hubiesen hablado con brusquedad—: el primer ministro ha convocado una reunión inmediata del gabinete.

—¡Movimiento! —dijo Fitz—. ¡Bien!

—Al secretario del Foreign Office —prosiguió Grout— le gustaría que usted asistiese, si no tiene inconveniente.

Fitz no formaba parte del gabinete, pero en ocasiones se solicitaba a los subsecretarios que asistieran a reuniones de su ámbito de especialización, en las que no se sentaban a la mesa central sino a un lado de la sala para responder a preguntas muy pormenorizadas.

Bea miró el reloj.

—Son casi las once. Supongo que tienes que asistir.

—Sí, debo ir. La frase: «Si no tiene inconveniente» es un mero formalismo. —Se dio unos toquecitos en los labios con una servilleta nívea y volvió a marcharse renqueando.

—Prepara más café, Grout —dijo la princesa Bea—, y llévalo a la sala de estar. Puede que esta noche nos acostemos tarde.

—Sí, alteza.

Todos volvieron a la sala de estar, charlando animadamente. Eva estaba a favor de la guerra: quería ver aplastado el régimen nazi. Lo lamentaba por Jimmy, por supuesto, pero se había casado con un soldado y siempre había sabido que él tendría que arriesgar su vida en combate. Bea también era partidaria de la guerra, ahora que los alemanes se habían aliado con los bolcheviques a los que tanto odiaba. May temía que pudiesen matar a Andy y era incapaz de dejar de llorar. Boy no entendía por qué dos grandes países como Inglaterra y Alemania tenían que ir a la guerra por un erial semibárbaro como Polonia.

En cuanto tuvo ocasión, Daisy pidió a Eva que la acompañara a otra estancia donde pudiesen hablar en privado.

—Boy tiene una amante —le dijo de inmediato. Le mostró a Eva los preservativos—. He encontrado esto.

—Oh, Daisy, lo siento —dijo Eva.

Daisy pensó en compartir con Eva los truculentos detalles —solían contárselo todo—, pero en esa ocasión se sentía demasiado humillada, por lo que se limitó a decir:

—Me he enfrentado a él, y lo ha admitido.

—¿Se arrepiente?

—No exactamente. Dice que todos los hombres de su clase lo hacen, incluido su padre.

—Jimmy no —repuso Eva con determinación.

—No, estoy segura de que no.

—¿Qué vas a hacer?

—Voy a dejarle. Podemos divorciarnos para que otra mujer sea la vizcondesa.

—¡Pero no podrás si estalla la guerra!

—¿Por qué no?

—Es demasiado cruel, él estará en el campo de batalla.

—Debería haber pensado en eso antes de acostarse con un par de prostitutas de Aldgate.

—Pero, además, sería cobarde. No puedes dejar a un hombre que está arriesgando la vida para protegerte.

Reticente, Daisy comprendió su argumento. La guerra transformaría a Boy, un despreciable adúltero que merecía repulsa, en un héroe que defendía a su esposa, a su madre y a su país del terror de la invasión y la conquista. Y no le preocupaba solo que todo el mundo en Londres y en Buffalo fuese a verla como una cobarde por abandonarlo, sino que ella también se sentiría así. Si iba a haber una guerra, quería ser valiente, aunque no estaba segura de lo que eso podía implicar.

—Tienes razón —dijo a regañadientes—. No puedo dejarle si estalla la guerra.

Se oyó un trueno. Daisy miró el reloj; era medianoche. El sonido de la lluvia se volvió estrepitoso cuando esta se convirtió en un aguacero torrencial.

Daisy y Eva volvieron a la sala de estar. Bea dormía en un sofá. Andy rodeaba con un brazo a May, que seguía sollozando. Boy fumaba un cigarro y bebía brandy. Daisy decidió que, definitivamente, sería ella quien conduciría de vuelta a casa.

Fitz llegó pasada la medianoche, con el esmoquin empapado.

—Se acabó el titubeo —dijo—. Por la mañana Neville enviará un ultimátum a los alemanes. Si no empiezan a retirar sus tropas de Polonia a mediodía, a las once de aquí, estaremos en guerra.

Todos se levantaron y se dispusieron a marcharse.

—Yo conduciré —dijo Daisy, ya en el vestíbulo.

Boy no se opuso. Subieron al Bentley de color crema, y Daisy puso en marcha el motor. Grout cerró la puerta de casa. Daisy accionó los limpiaparabrisas, pero no se movió.

—Boy —dijo—, volvamos a intentarlo.

—¿A qué te refieres?

—No quiero dejarte.

—Y yo de ningún modo quiero que te vayas.

—Deja de ver a esas mujeres de Aldgate. Duerme conmigo todas las noches. Vamos a intentar de verdad tener un bebé. Eso es lo que quieres, ¿no es así?

—Sí.

—Entonces, ¿harás lo que te pido?

Hubo un largo silencio.

—De acuerdo —dijo él al cabo.

—Gracias.

Ella lo miró; esperaba un beso, pero él permaneció inmóvil, mirando al frente a través del vidrio mientras los rítmicos limpiaparabrisas retiraban la incesante lluvia.

VI

El domingo dejó de llover y salió el sol. Lloyd Williams tenía la sensación de que le habían lavado la cara a Londres.

A lo largo de la mañana la familia Williams fue congregándose en la cocina de la casa de Ethel, en Aldgate. No lo habían planeado, sino que todos fueron presentándose allí de forma espontánea. Querían estar juntos, supuso Lloyd, si se declaraba la guerra.

Lloyd ansiaba que se actuase contra los fascistas, y al mismo tiempo sentía pavor ante la perspectiva de la guerra. En España ya había visto suficiente sangre derramada y sufrimiento para lo que le quedaba de vida. Aun así, confiaba con toda su alma que Chamberlain no reculase. Había sido testigo en Alemania de lo que significaba el fascismo, y los rumores procedentes de España eran igual de aterradores: el régimen de Franco estaba asesinando a los antiguos partidarios del gobierno electo por centenares y millares, y los sacerdotes volvían a controlar las escuelas.

Aquel verano, justo después de graduarse, se había alistado en los Fusileros Galeses, y como antiguo miembro del Cuerpo de Instrucción de Oficiales se le había asignado el rango de teniente. El ejército se preparaba con brío para el combate, y a él le había resultado muy difícil conseguir un permiso de veinticuatro horas para visitar a su madre el fin de semana. Si el primer ministro declaraba la guerra ese día, Lloyd se contaría entre los primeros en ir.

Billy Williams llegó a la casa de Nutley Street el domingo por la mañana, después del desayuno. Lloyd y Bernie estaban sentados junto a la radio con los periódicos abiertos sobre la mesa de la cocina mientras Ethel preparaba una pierna de cerdo para la cena. El tío Billy estuvo a punto de llorar al ver a Lloyd uniformado.

—Es solo que me hace pensar en nuestro Dave —dijo—. Ahora sería un recluta, si hubiese regresado de España.

Lloyd nunca le había contado a Billy la verdad sobre cómo había muerto Dave. Fingía desconocer los detalles, que lo único que sabía era que Dave había muerto en acto de servicio en Belchite y que probablemente estaba enterrado allí. Billy había participado en la Gran Guerra y sabía la displicencia con que se trataban los cuerpos de los caídos en el campo de batalla, y sin duda eso agravaba su dolor. Su gran esperanza era poder visitar Belchite algún día, cuando España fuera libre al fin, y presentar sus respetos al hijo que murió luchando por aquella gran causa.

Lenny Griffiths era otro de los que nunca regresaron de España. Nadie sabía dónde podía estar enterrado. Era incluso posible que siguiera vivo, en alguno de los campos de prisioneros de Franco.

En ese momento la radio emitió la alocución del primer ministro Chamberlain en la Cámara de los Comunes de la noche anterior, pero no dio más información.

—A saber el jaleo que se montaría después —comentó Billy.

—La BBC nunca informa de los jaleos —dijo Lloyd—. Siempre intentan tranquilizar.

Billy y Lloyd eran miembros de la Ejecutiva Nacional del Partido Laborista, Lloyd como representante de la sección juvenil del partido. Después de volver de España, se las había ingeniado para que lo readmitiesen en la Universidad de Cambridge, y mientras terminaba sus estudios había recorrido el país dirigiéndose a grupos del Partido Laborista, explicando a la gente cómo el gobierno electo de España había sido traicionado por el británico, afín a los fascistas. De nada había servido —los rebeldes antidemocráticos de Franco habían acabado ganando—, pero Lloyd se había convertido en un personaje conocido, incluso en una especie de héroe, especialmente entre los jóvenes de izquierdas, de ahí su elección para la Ejecutiva.

Así, tanto Lloyd como el tío Billy habían asistido la noche anterior a la reunión del comité. Sabían que Chamberlain había prometido presionar desde el gabinete y enviado el ultimátum a Hitler. Ahora esperaban en ascuas el desenlace.

Por lo que sabían, aún no se había recibido respuesta de Hitler.

Lloyd se acordó de Maud, la amiga de su madre, y de su familia, que vivían en Berlín. Los dos niños tendrían ya diecisiete y diecinueve años, calculó. Los imaginaba sentados alrededor de una radio preguntándose si acabarían enzarzados en una guerra contra Inglaterra.

A las diez en punto llegó la hermanastra de Lloyd, Millie. Tenía diecinueve años y estaba casada con el hermano de su amiga Naomi Avery, Abe, un mayorista de cuero. Ganaba bastante dinero como dependienta a comisión en una tienda de ropa cara. Tenía intención de abrir en el futuro su propio establecimiento, y Lloyd no dudaba de que acabaría haciéndolo. Aunque no era la profesión que Bernie habría elegido para ella, Lloyd veía lo orgulloso que se sentía de su inteligencia, su ambición y su elegancia.

Sin embargo, aquel día su serena confianza se había derrumbado.

—Cuando estuviste en España fue horrible —le dijo a Lloyd entre lágrimas—. Y Dave y Lenny no volvieron. Ahora tú y mi Abie os marcharéis a saber dónde y las mujeres nos pasaremos aquí el día esperando noticias vuestras, preguntándonos si ya habréis muerto.

—Y también tu primo Keir. Ya tiene dieciocho años —intervino Ethel.

—¿En qué regimiento combatió mi padre biológico? —preguntó Lloyd a su madre.

—Oh, ¿acaso importa eso? —Nunca se mostraba muy dispuesta a hablar del padre de Lloyd, tal vez por consideración para con Bernie.

Pero Lloyd quería saberlo.

—A mí sí me importa —dijo.

Ella echó una patata pelada en una cazuela con más ímpetu del necesario.

—Combatió con los Fusileros Galeses.

—¡Como yo! ¿Por qué no me lo has dicho antes?

—Lo pasado, pasado está.

Lloyd sabía que podía haber algún otro motivo que justificase su reserva. Tal vez estuviera embarazada cuando se casó. No era algo que molestase a Lloyd, pero para la generación de ella era ignominioso. Aun así, insistió.

—¿Mi padre era galés?

—Sí.

—¿De Aberowen?

—No.

—¿De dónde, entonces?

Ella suspiró.

—Sus padres viajaban mucho, por el trabajo de su padre, pero creo que eran de Swansea. ¿Contento?

—Sí.

La tía Mildred llegó de la iglesia; era una mujer moderna de mediana edad, guapa salvo por su prominente dentadura. Llevaba un caprichoso sombrero; regentaba un pequeño taller de sombreros. Las dos hijas que tenía de su primer matrimonio, Enid y Lillian, ambas cerca ya de los treinta años, estaban casadas y tenían hijos. Su primogénito era el Dave que había muerto en España. Su hijo menor, Keir, entró tras ella en la cocina. Mildred insistía en llevar a sus hijos a la iglesia, aunque su marido, Billy, no quería saber nada de la religión. «Ya tuve más que suficiente cuando era niño —solía decir—. Si aún no estoy salvado, nadie lo está.»

Lloyd miró a su alrededor. Aquella era su familia: su madre, su padrastro, su hermanastra, su tío, su tía y su primo. No quería dejarlos y marcharse a algún lugar para morir.

Lloyd consultó su reloj, un modelo de acero inoxidable con esfera cuadrada que Bernie le había dado como regalo de graduación. Eran las once en punto. En la radio, la voz pastosa del locutor Alvar Liddell anunció que se esperaba que el primer ministro compareciera en breve, a lo que prosiguió música clásica solemne.

—Ahora, callaos todos —dijo Ethel—. Después os prepararé una taza de té.

La cocina quedó en silencio.

Alvar Liddell anunció al primer ministro, Neville Chamberlain.

El contemporizador del fascismo, pensó Lloyd, el hombre que había entregado Checoslovaquia a Hitler, el hombre que se había negado tozudamente a ayudar al gobierno electo de España después de que se hiciese incontestablemente obvio que los alemanes y los italianos estaban armando a los rebeldes. ¿Iba a ceder de nuevo?

Lloyd observó cómo sus padres se daban la mano y cómo los dedos de Ethel se hundían en la palma de Bernie.

Volvió a mirar el reloj. Las once y cuarto.

Entonces oyeron decir al primer ministro:

—Les hablo desde la sala de reuniones del gabinete, en el número diez de Downing Street.

La voz de Chamberlain era atiplada y excesivamente meticulosa.

Parecía un maestro de escuela pedante. «Lo que necesitamos es un guerrero», pensó Lloyd.

—Esta mañana el embajador británico en Berlín ha entregado al gobierno alemán una última notificación declarando que, a menos que el gobierno británico fuera informado por su parte antes de las once en punto de que estaban dispuestos a retirar de inmediato sus tropas de Polonia, existiría entre nosotros un estado de guerra…

Lloyd se impacientó con la palabrería de Chamberlain. «Existiría entre nosotros un estado de guerra»; qué modo tan extraño de definirlo. «Sigue —pensó—, ve al grano. Es una cuestión de vida o muerte.»

Chamberlain adoptó un tono de voz más profundo, digno de un estadista. Quizá ya no miraba el micrófono, sino que veía a millones de sus compatriotas en sus casas, sentados junto a las radios, esperando las fatídicas palabras.

—Debo comunicarles que no se ha recibido tal notificación.

—Oh, Dios nos libre —oyó decir a su madre. La miró. Su rostro se tiñó de un tono cenizo.

Chamberlain pronunció muy despacio las siguientes y funestas palabras.

—… Y que, por consiguiente, este país está en guerra con Alemania.

Ethel rompió a llorar.

SEGUNDA PARTE

Los años sangrientos

6

1940 (I)

I

Aberowen había cambiado. En sus calles había coches, camiones y autobuses. Cuando Lloyd, de niño, había visitado la localidad para ir a ver a sus abuelos en la década de 1920, un coche aparcado era una rareza que atraía incluso una muchedumbre.

Sin embargo, la ciudad seguía estando dominada por las torres gemelas de la bocamina, con sus ruedas girando majestuosamente como siempre. No había nada más: ni fábricas ni edificios de oficinas, ninguna otra industria que no fuera la del carbón. Casi todos los hombres de la localidad trabajaban en el fondo del pozo, a excepción de tan solo algunas decenas: unos cuantos tenderos, varios clérigos de todas las confesiones, un secretario del ayuntamiento, un médico. Cada vez que la demanda de carbón caía y se producían despidos, como había sucedido en los años treinta, los mineros no podían dedicarse a ninguna otra actividad. Por eso la reclamación más vehemente del Partido Laborista era la de una ayuda para los desempleados, para que esos hombres no volvieran a sufrir jamás la angustia y la humillación de verse incapaces de alimentar a sus familias.

El teniente Lloyd Williams llegó en el tren de Cardiff un domingo de abril de 1940. Llevaba una pequeña maleta y recorrió a pie toda la cuesta que subía hasta Tŷ Gwyn. Había pasado ocho meses formando a nuevos reclutas —el mismo trabajo del que se había encargado en España— y entrenando al equipo de boxeo de los Fusileros Galeses, pero el ejército por fin se había dado cuenta de que hablaba alemán con fluidez, así que lo habían destinado a los servicios secretos y lo habían enviado a un curso de instrucción.

La instrucción era lo único a lo que se había dedicado el ejército hasta el momento. Las tropas británicas todavía no se habían enfrentado al enemigo en ningún combate mínimamente significativo. Alemania y la URSS habían invadido Polonia y se la habían repartido entre ambos, y la garantía de independencia para los polacos propuesta por los Aliados había quedado en nada.

Los británicos llamaban al conflicto «la guerra falsa», y estaban impacientes por que llegara la hora de la verdad. Lloyd no se hacía ninguna ilusión romántica con la guerra; había oído las voces lastimeras de los hombres agonizantes suplicando un poco de agua en los frentes de España. Pero aun así, estaba deseoso por dar comienzo a la confrontación definitiva con el fascismo.

El ejército esperaba enviar más tropas a Francia, ya que suponía que los alemanes la invadirían. Sin embargo, nada de eso había ocurrido todavía, así que los soldados aguardaban preparados y, mientras tanto, no dejaban de recibir instrucción.

La iniciación de Lloyd a los misterios de los servicios secretos militares tendría lugar en la casa solariega que durante tanto tiempo había ocupado un lugar preeminente en el destino de su familia. Los acaudalados y nobles propietarios de muchas de esas mansiones las habían cedido temporalmente a las fuerzas armadas, quizá por miedo a que, de otro modo, pudieran confiscárselas para siempre.

El ejército había transformado muchísimo el aspecto general de Tŷ Gwyn, sin duda. En el jardín había aparcados una docena de vehículos de un anodino verde oliva, y sus neumáticos se habían comido el exuberante césped del conde. El elegante patio de la entrada, con sus escalones curvos de granito, se había convertido en un almacén de suministros, y había latas gigantescas de alubias cocidas y manteca para cocinar amontonadas en tambaleantes pilas allí donde, antaño, mujeres enjoyadas y hombres de frac habían bajado de sus carruajes. Lloyd sonrió de oreja a oreja: le gustaba la forma en que la guerra lo igualaba todo.

Entró en la mansión y allí lo recibió un oficial algo mofletudo, vestido con un uniforme arrugado y lleno de manchas.

—¿Viene para el curso de los servicios secretos, teniente?

—Sí, señor. Me llamo Lloyd Williams.

—Yo soy el comandante Lowther.

Lloyd había oído hablar de él. Era el marqués de Lowther, y sus amigos lo llamaban «Lowthie».

Miró en derredor. Habían protegido los cuadros de las paredes con enormes sábanas para que no quedaran cubiertos de polvo. Las ornamentadas chimeneas de mármol labrado se habían cerrado con tablones toscos y únicamente habían dejado una estrecha abertura para encender el fuego. El oscuro mobiliario antiguo del que su madre hablaba a veces con cariño había desaparecido y lo habían sustituido por escritorios de acero y sillas baratas.

—Dios mío, qué diferente está esto —comentó.

Lowther sonrió.

—Ya había estado aquí antes. ¿Conoce a la familia?

—Estudié en Cambridge con Boy Fitzherbert. También allí conocí a la vizcondesa, aunque por aquel entonces aún no estaban casados. Pero imagino que habrán trasladado su residencia a algún otro lugar mientras dura la guerra.

—No del todo. Han reservado algunas habitaciones para su uso particular, pero no nos molestan en absoluto. O sea, ¿que estuvo usted aquí como invitado?

—Santo cielo, no, no somos tan amigos. No, cuando era pequeño me dejaron entrar en la casa un día en que la familia había salido. Mi madre trabajó aquí, en la mansión, hace mucho tiempo.

—¿De veras? ¿A cargo de la biblioteca del conde o algo así?

—No, como doncella. —En cuanto esas palabras salieron de su boca, Lloyd supo que había cometido un error.

La expresión de Lowther se transformó en una mueca de desagrado.

—Vaya —dijo—. Qué interesante.

Lloyd supo que acababa de quedar señalado como un proletario advenedizo. A partir de ese momento lo tratarían como a un ciudadano de segunda durante toda su estancia allí. Tendría que haber omitido cualquier referencia al pasado de su madre: sabía lo esnob que podía llegar a ser el ejército.

—Acompañe al teniente a su habitación, sargento. Dependencias del desván.

A Lloyd le habían asignado un cuarto en las antiguas habitaciones de los criados. No le importó mucho. «Fue lo bastante bueno para mi madre», pensó.

Mientras subían por las escaleras del servicio, el sargento le comunicó a Lloyd que no tenía ninguna obligación hasta la cena, y que esta se servía en el comedor de oficiales. Lloyd preguntó si alguno de los Fitzherbert estaba por casualidad en la casa en esos momentos, pero el hombre no lo sabía.

Tardó dos minutos en deshacer la maleta. Se peinó un poco, se puso una camisa de uniforme limpia y fue a visitar a sus abuelos.

La casa de Wellington Row parecía más pequeña y gris que nunca, aunque ya disponía de agua caliente en el fregadero y un retrete con cadena en el escusado exterior. La decoración no se había alterado en el recuerdo de Lloyd: la misma alfombra tejida a mano en el suelo, las mismas cortinas de estampado desvaído, las mismas pesadas sillas de roble en la sala única que conformaba la planta baja y que hacía las veces de cocina y comedor.

Pero sus abuelos sí que habían cambiado. Los dos tenían ya unos setenta años, suponía Lloyd, y su aspecto era frágil. El abuelo sufría de dolores en las piernas y se había retirado a regañadientes de su puesto en el sindicato de mineros. La abuela tenía el corazón débil: el doctor Mortimer le había dicho que pusiera los pies en alto durante un cuarto de hora después de las comidas.

Les encantó ver a Lloyd vestido de uniforme.

—Teniente, ¿verdad? —le preguntó la abuela. A pesar de haber sido toda la vida una combatiente de la lucha de clases, no lograba esconder el orgullo que sentía al ver a su nieto vestido de oficial.

Las noticias corrían como la pólvora en Aberowen, y el hecho de que el nieto de Dai el Sindicalista estuviera allí de visita seguramente había recorrido la mitad de la ciudad antes de que Lloyd se hubiera acabado la primera taza del fuerte té que preparaba la abuela. Por eso no le sorprendió ver que Tommy Griffiths se dejaba caer por allí.

—Supongo que mi Lenny también habría llegado a teniente, como tú, si hubiera vuelto de España —dijo Tommy.

—Supongo que sí —repuso Lloyd. Nunca había conocido a ningún oficial que hubiese trabajado de minero del carbón en su anterior vida civil, pero cualquier cosa podía suceder una vez la guerra se hubiera puesto verdaderamente en marcha—. Fue un gran sargento en España, eso se lo aseguro.

—Los dos pasasteis por mucho juntos.

—Pasamos un infierno —dijo Lloyd—. Y perdimos, pero los fascistas no ganarán esta vez.

—Brindo por eso —dijo Tommy, y vació su taza de té.

Lloyd acompañó a sus abuelos al oficio de tarde del templo de Bethesda. La religión no era una parte muy importante de su vida, y desde luego no compartía en absoluto el dogmatismo del abuelo. Lloyd creía que el universo era misterioso y que la gente haría mejor en admitirlo, pero a sus abuelos les gustaba que acudiera al templo con ellos.

Las oraciones improvisadas eran muy elocuentes, engarzaban frases bíblicas con el lenguaje de a pie sin ningún tipo de reparo. A Lloyd el sermón se le hizo un poco pesado, pero los cánticos le entusiasmaban. Los parroquianos galeses cantaban automáticamente a cuatro voces y, cuando se animaban, eran capaces de organizar todo un recital.

Al unirse a ellos, Lloyd sintió que allí, en el interior de ese templo de paredes blanqueadas, era donde se encontraba el palpitante corazón de Gran Bretaña. La gente que tenía a su alrededor iba mal vestida y carecía de educación, sus vidas consistían en una interminable jornada de duro trabajo, los hombres extrayendo el carbón subterráneo, las mujeres criando a la siguiente generación de mineros. Sin embargo, tenían espaldas fuertes y mentes perspicaces, y ellos solos habían creado toda una cultura que hacía que la vida valiera la pena. En su cristianismo no conformista encontraban esperanza, y también en la política de izquierdas. Disfrutaban con los partidos de rugby y los coros de voces masculinas, y todos ellos se sentían unidos por la generosidad en los buenos tiempos y por la solidaridad en los malos. Justamente por todo eso lucharía Lloyd: por esa gente, por esa ciudad. Y si al final tenía que dar su vida por ellos, lo haría por una buena causa.

El abuelo se preparó para pronunciar la oración final. Se levantó con los ojos cerrados y se apoyó en su bastón.

—Ves hoy entre nosotros, oh, Señor, a tu joven siervo Lloyd Williams, ahí sentado con su uniforme. Te pedimos, en toda tu sabiduría y tu gracia, que protejas su vida durante el conflicto que está por llegar. Por favor, Señor, tráenoslo de vuelta a casa sano y salvo. Hágase tu voluntad, Señor.

La congregación pronunció un sentido «Amén», y Lloyd se enjugó una lágrima.

Acompañó a los ancianos a casa mientras el sol se ponía tras la montaña y una penumbra crepuscular descendía sobre las hileras de casitas grises. Rechazó la cena que le ofreció su abuela y se apresuró a regresar a Tŷ Gwyn, donde llegó justo a tiempo para cenar en el comedor de oficiales.

Les sirvieron ternera estofada, patatas hervidas y col. No era ni mejor ni peor que la mayoría de la comida del ejército, y Lloyd la devoró, consciente de que la habían pagado personas como sus abuelos, que estaban cenando apenas un pedazo de pan con manteca. En la mesa había una botella de whisky y Lloyd bebió un poco por mostrarse cordial. Miró con detenimiento a sus compañeros de instrucción e intentó recordar cómo se llamaban.

Cuando ya se iba a la cama cruzó el Salón Escultórico, en el que no se veían obras de arte, sino que había quedado amueblado con una pizarra y doce escritorios baratos. Allí se encontró con que el comandante Lowther estaba hablando con una mujer. Al mirar mejor, vio que la mujer era Daisy Fitzherbert.

Se quedó tan sorprendido que se detuvo. Lowther miró en derredor con una expresión molesta. Vio a Lloyd y dijo con un tono renuente:

—Lady Aberowen, me parece que ya conoce al teniente Williams.

«Si lo niega —pensó Lloyd—, le recordaré aquella vez que me besó, ese beso largo e impetuoso en la oscuridad de Mayfair Street.»

—Me alegro de volver a verlo, señor Williams —dijo ella, y le tendió una mano para saludarlo.

Tenía la piel cálida y suave al tacto. A Lloyd se le aceleró el corazón.

—Williams me ha contado que su madre trabajó de sirvienta en esta casa —comentó Lowther.

—Ya lo sabía —repuso Daisy—. Me lo contó él mismo en un baile del Trinity. También me reprendió por ser una esnob, y siento decir que tenía toda la razón.

—Es usted generosa, lady Aberowen —dijo Lloyd, algo avergonzado—. No sé qué me impulsaría a decirle semejante cosa. —Daisy parecía menos frágil de lo que él recordaba: quizá había madurado.

—La madre del señor Williams es ahora parlamentaria, no obstante —le dijo Daisy a Lowther.

Este se quedó de piedra.

—¿Y cómo está su amiga judía, Eva? —preguntó Lloyd—. Sé que se casó con Jimmy Murray.

—Tienen ya dos niños.

—¿Consiguió sacar a sus padres de Alemania?

—Es usted muy amable acordándose de eso… pero no, por desgracia, los Rothmann no pueden tramitar visados para salir del país.

—Lo siento muchísimo. Debe de ser muy duro para ella.

—Lo es.

Lowther estaba a todas luces impaciente por poner fin a esa conversación sobre criadas y judíos.

—Volviendo a lo que le decía, lady Aberowen…

—Les deseo buenas noches —dijo Lloyd. Salió de la habitación y subió corriendo al desván.

Mientras se preparaba para acostarse, se descubrió cantando el último himno del oficio de esa tarde:

> No hay tormenta que turbe mi calma
> pues a Su roca me aferro.
> El Señor es el Amor que la tierra abarca,
> ¿cómo no cantarle a Su aliento?

II

Tres días después, Daisy estaba acabando de escribir a su hermanastro, Greg. Al estallar la guerra, él le había enviado una carta llena de ternura expresándole su inquietud, y desde entonces se escribían más o menos una vez al mes. Greg le había hablado de su encuentro con Jacky Jakes, la chica de quien había estado perdidamente enamorado. La había visto en la calle E, en Washington, y le preguntaba a Daisy qué podía haber provocado que una chica reaccionara huyendo de esa manera. Su hermana no tenía ni idea. Así se lo dijo y le deseó suerte. Luego firmó.

Miró el reloj de la pared. Faltaba solo una hora para la comida de los alumnos, así que las clases habrían terminado ya y tenía muchas probabilidades de encontrar a Lloyd en su cuarto.

Subió a las antiguas dependencias del servicio, en el desván. Los jóvenes oficiales estaban sentados o tumbados en sus camas, leyendo o escribiendo. Encontró a Lloyd en un estrecho dormitorio que tenía un viejo espejo de pie. Estaba sentado junto a la ventana, estudiando un libro ilustrado.

—¿Lees algo interesante? —preguntó.

Él se puso en pie, sobresaltado.

—Caray, menuda sorpresa. —Se sonrojó.

Seguramente seguía medio enamorado de ella. Había sido muy cruel por su parte besarlo cuando no tenía ninguna intención de dejar que la relación fuera más allá, pero aquello había sucedido hacía cuatro años, cuando los dos no eran más que unos niños. Lloyd debería haberlo superado, a esas alturas.

Daisy miró el libro que tenía en las manos. Estaba escrito en alemán y en él se veían ilustraciones de insignias a color.

—Tenemos que reconocer los emblemas alemanes —explicó él—. Gran parte de la información de los servicios secretos se obtiene interrogando a los prisioneros de guerra inmediatamente después de haberlos capturado. Algunos no dicen nada, claro está, así que el interrogador tiene que ser capaz de distinguir, solo con mirar el uniforme del prisionero, cuál es su rango y a qué cuerpo del ejército pertenece, si es de infantería, de caballería, de artillería o de alguna unidad especializada, como la veterinaria, por ejemplo.

—¿Eso es lo que aprendéis aquí? —preguntó ella con escepticismo—. ¿El significado de las insignias alemanas?

Lloyd rió.

—Es una de las cosas que aprendemos. Una de la que puedo hablarte sin desvelar ningún secreto militar.

—Ah, vaya.

—¿Por qué estás aquí, en Gales? Me sorprende que no estés haciendo nada para contribuir a la campaña de guerra.

—Ya estamos otra vez —repuso Daisy—. Una reprimenda moral. ¿A ti quién te ha dicho que esa es buena forma de cautivar a las mujeres?

—Perdona —dijo él con incomodidad—. No pretendía recriminarte nada.

—Además, tampoco existe ninguna campaña de guerra. En el aire flotan globos de barrera para obstaculizar a unos aviones alemanes que no llegan nunca.

—En Londres tendrías vida social, al menos.

—¿Sabes que antes eso para mí era lo más importante del mundo y ahora ya no? —dijo ella—. Debo de estar haciéndome mayor.

Había otro motivo por el que había dejado Londres, pero no pensaba decirle nada.

—Y yo que te imaginaba con uniforme de enfermera…

—No es muy probable. No soporto a los enfermos. Pero, antes de que me dediques otra de tus muecas de reproche, mira esto. —Le pasó una fotografía enmarcada que había subido consigo.

Él la miró con detenimiento, arrugando la frente.

—¿De dónde la has sacado?

—Estaba revisando una caja de fotos viejas en el trastero del sótano. Era una fotografía de grupo tomada en el jardín oriental de

Tŷ Gwyn una mañana de verano. En el centro se veía al conde Fitzherbert de joven con un gran perro blanco a los pies. La chica que estaba junto a él debía de ser su hermana, Maud, a quien Daisy no conocía. Formando a uno y otro lado de ambos había unos cuarenta o cincuenta hombres y mujeres vestidos con diferentes uniformes del servicio.

—Mira la fecha —dijo Daisy.

—Mil novecientos doce —leyó Lloyd en voz alta.

Ella se quedó mirándola para estudiar sus reacciones ante la foto que sostenía.

—¿Sale tu madre?

—¡Santo cielo! Podría ser. —Lloyd la observó detenidamente—. Me parece que sí —dijo al cabo de un rato.

—Enséñamela.

Lloyd señaló con un dedo.

—Me parece que es esta de aquí.

Daisy vio a una joven delgada y guapa de unos diecinueve años, con el pelo negro y rizado asomando bajo una cofia blanca de sirvienta, y una sonrisa que irradiaba algo más que un asomo de picardía.

—¡Caray, es encantadora! —comentó.

—Al menos lo era en aquel entonces —dijo Lloyd—. Ahora la gente suele decir de ella que es imponente.

—¿Llegaste a conocer a lady Maud? ¿Crees que es la que está al lado de Fitz?

—Supongo que la conozco de toda la vida, aunque solo a temporadas. Mi madre y ella fueron sufragistas juntas. No la veo desde que me fui de Berlín, en 1933, pero no me cabe la menor duda que la de la foto es ella.

—No es tan guapa.

—Puede, pero es una mujer muy preparada, y viste muy bien.

—En fin, he pensado que te gustaría tener esta fotografía.

—¿Puedo quedármela?

—Por supuesto. Nadie más la quiere… por eso estaba en una caja en el sótano.

—¡Gracias!

—No hay de qué. —Daisy fue hacia la puerta—. Sigue estudiando.

Mientras bajaba las escaleras del servicio esperó no haber coqueteado con él. Lo cierto era que no debería haber ido a verlo siquiera, pero había sucumbido a un impulso de generosidad. No quisiera el cielo que Lloyd la malinterpretara.

Sintió una punzada de dolor en el vientre y se detuvo en un descansillo intermedio. Llevaba todo el día con un ligero dolor de espalda —que ella había achacado al colchón barato en el que tenía que dormir—, pero aquello era diferente. Intentó recordar lo que había comido, pero no logró identificar nada que pudiera haberle sentado mal: ni pollo demasiado crudo ni fruta verde. Tampoco había comido ostras... ¡no había tenido esa suerte! El dolor desapareció tan deprisa como se había presentado y Daisy se dijo que no sería nada.

Regresó a sus aposentos del sótano. Estaba alojada en lo que había sido las dependencias del ama de llaves: un dormitorio diminuto, una salita, una pequeña cocina y un cuarto de baño aceptable, con bañera. Un viejo lacayo de nombre Morrison era el que hacía de conserje y se ocupaba de la casa, y Daisy tenía como doncella a una joven de Aberowen. A la chica la llamaban Maisie Owen la Pequeña, aunque era bastante grande.

—Mi madre también se llama Maisie, así que yo siempre he sido Maisie la Pequeña, aunque ahora ya soy más alta que ella, la verdad —le había explicado la chica.

Sonó el teléfono justo cuando Daisy entraba. Descolgó y oyó la voz de su marido.

—¿Cómo estás? —preguntó Boy.

—Bien. ¿A qué hora vas a llegar? —Una misión había llevado a Boy a St. Athan, una gran base aérea de la RAF que había a las afueras de Cardiff, y le había prometido que iría a verla y pasaría la noche con ella.

—No voy a poder, lo siento.

—¡Ay, qué decepción!

—Tenemos una cena solemne en la base y me han pedido que asista.

No parecía especialmente abrumado por no poder verla, lo cual la enfureció.

—Qué suerte tienes —dijo.

—Será muy aburrido, pero no puedo negarme.

—No será ni la mitad de aburrido que estar viviendo aquí yo sola.

—Debe de ser tedioso, pero estás mejor ahí, en tu estado.

Miles de personas habían salido de Londres en cuanto había estallado la guerra, pero la mayoría habían ido regresando al ver que los esperados bombardeos aéreos y los ataques con gas no se materializaban. Sin embargo, Bea y May, e incluso Eva, habían estado de acuerdo en que Daisy debía pasar su embarazo en Tŷ Gwyn. Muchas mujeres daban a luz sin peligro en Londres todos los días, había alegado Daisy; pero, claro está, el heredero del condado era diferente.

Lo cierto era que tampoco le importaba tanto como había pensado en un principio. A lo mejor el embarazo la había vuelto extrañamente mansa. De todas formas, la vida social de Londres estaba a medio gas desde la declaración de guerra, como si la gente sintiera que no tenía derecho a divertirse. Eran como párrocos en un pub, sabedores de que aquello tenía que ser divertido pero incapaces de imbuirse del espíritu festivo.

—Ojalá tuviera aquí mi motocicleta —dijo—. Así, al menos podría explorar Gales. —La gasolina estaba racionada, pero no demasiado.

—¡Qué cosas tienes, Daisy! —exclamó él, en tono reprobatorio—. No puedes montar en motocicleta… el médico te lo ha prohibido terminantemente.

—Bueno, da igual, he descubierto la literatura —repuso ella—. La biblioteca de aquí es una maravilla. Algunas ediciones poco comunes y muy valiosas las han guardado, pero casi todos los demás libros siguen en las estanterías. Estoy adquiriendo ahora la educación que tanto me esforcé por evitar en el colegio.

—Fantástico. Bueno, tú acurrúcate con una buena novela de misterio y asesinatos y pásalo bien.

—Hace un rato he sentido un dolor en el vientre.

—Seguro que será indigestión.

—Espero que tengas razón.

—Dale recuerdos de mi parte a ese vago de Lowthie.

—No bebas demasiado oporto en esa cena.

Justo cuando colgaba, Daisy volvió a sentir esa especie de contracción. Esta vez duró más. Maisie entró y, al verle la cara, dijo:

—¿Se encuentra usted bien, milady?

—No es más que una punzada.

—He venido a preguntar si ya está lista para la cena.

—No tengo hambre. Creo que esta noche no cenaré.

—Pero si le he preparado un pastel de carne delicioso… —dijo Maisie en tono de reproche.

—Tápalo bien y guárdalo en la alacena. Me lo comeré mañana.

—¿Le preparo una buena taza de té?

—Sí, por favor —respondió Daisy, solo para librarse de ella. A pesar de llevar cuatro años allí, seguía sin acostumbrarse a ese té británico tan fuerte, con leche y azúcar.

El dolor fue remitiendo, y ella se sentó y abrió *El molino del Floss*. Se obligó a beberse el té de Maisie y se fue encontrando algo mejor. Después de terminarse la infusión, cuando la chica fregó la taza y el platito, la envió a casa. Tenía que caminar kilómetro y medio en la oscuridad, pero llevaba una linterna y decía que no le importaba.

Una hora después, el dolor regresó y esta vez no se le pasaba. Daisy fue al baño con la leve esperanza de aliviar la presión de su abdomen. Le sorprendió y le preocupó ver unas oscuras manchas de rojo sangre en su ropa interior.

Se puso unos calzones limpios y, ahora ya sí muy inquieta, descolgó el teléfono. Pidió el número de la base aérea de St. Athan y llamó.

—Tengo que hablar con el teniente de aviación el vizconde de Aberowen —dijo.

—No podemos pasarles llamadas personales a los oficiales —respondió un galés puntilloso.

—Se trata de una emergencia. Tengo que hablar con mi marido.

—No hay teléfonos en las habitaciones, esto no es el hotel Dorchester. —Puede que fuera su imaginación, pero aquel hombre parecía encantado de no poder ayudarla.

—Mi marido estará en el banquete solemne. Por favor, envíe a un ordenanza a buscarlo.

—Yo no tengo ordenanzas y, además, aquí no hay ningún banquete.

—¿No hay banquete? —Por un momento, Daisy no supo qué más decir.

—Solo la cena habitual en el comedor de oficiales —añadió el operador—, y ya hace una hora que ha terminado.

Daisy colgó de golpe. ¿Cómo que no había ningún banquete? Boy le había dicho claramente que debía asistir a una cena solemne en la base. Tenía que haberle mentido. Sintió ganas de llorar. Boy había preferido no verla y, en lugar de eso, irse a beber con sus amigotes, o incluso a visitar a alguna otra mujer. Poco importaba el motivo. Daisy no era su prioridad.

Respiró hondo. Necesitaba ayuda. No sabía cuál era el teléfono del médico de Aberowen, si es que lo había. ¿Qué podía hacer?

La última vez, antes de irse, Boy le había dicho: «Tendrás a un centenar de oficiales del ejército, o más, para cuidar de ti en caso necesario», pero no podía acudir al marqués de Lowther para decirle que sangraba por la vagina.

El dolor era cada vez peor y Daisy sentía algo tibio y pegajoso entre las piernas. Fue al baño otra vez y se lavó. Vio que había coágulos en la sangre. No tenía ninguna compresa a mano… había pensado que las embarazadas no las necesitaban para nada. Cortó un jirón de una toalla de manos y se lo colocó en el interior de los calzones.

Entonces pensó en Lloyd Williams.

Era un hombre amable. Lo había criado una feminista de fuertes convicciones. Adoraba a Daisy. La ayudaría.

Subió al vestíbulo. ¿Dónde podría estar? Los alumnos ya habían terminado la cena, así que quizá lo encontraría arriba, pero le dolía tanto la tripa que no creyó que pudiera llegar hasta lo alto del desván.

A lo mejor estaba en la biblioteca. Los alumnos utilizaban esa sala para estudiar en silencio. Entró. Había un sargento inclinado sobre un atlas.

—¿Sería usted tan amable —le pidió Daisy— de ir a buscar al teniente Lloyd Williams de mi parte?

—Desde luego, milady —dijo el hombre, cerrando el libro—. ¿Qué quiere que le diga?

—Pídale que baje un momento al sótano.

—¿Se encuentra usted bien, señora? Está un poco pálida.

—No me pasará nada, pero vaya a buscar a Williams lo antes posible.

—Ahora mismo.

Daisy regresó a sus dependencias. El esfuerzo de ofrecer un aspecto normal la había dejado exhausta y se tumbó en la cama. Poco después sintió ya la sangre que le empapaba el vestido, pero el dolor era demasiado intenso para que nada de eso le importara. Consultó el reloj. ¿Por qué no había bajado Lloyd? A lo mejor el sargento no lo encontraba. Aquella casa era muy grande. Quizá se moriría allí abajo, sola.

Alguien llamó a la puerta y luego, para inmenso alivio suyo, Daisy oyó su voz.

—Soy Lloyd Williams.

—Adelante —respondió. Iba a encontrarla en un estado espantoso. Puede que jamás volviera a mirarla como antes.

Lo oyó pasar a la salita contigua.

—He tardado un rato en encontrar tus aposentos —dijo Lloyd—. ¿Dónde estás?

—Por aquí.

Lloyd entró en el dormitorio.

—¡Dios bendito! —exclamó—. ¿Qué demonios te ha pasado?

—Ve a buscar ayuda —pidió ella—. ¿Hay algún médico en esta ciudad?

—Pues claro, el doctor Mortimer. Hace siglos que vive aquí, pero puede que no tengamos tiempo. Deja que… —Dudó un momento—. A lo mejor te estás desangrando, pero sin mirar no puedo estar seguro.

Daisy cerró los ojos.

—Adelante. —Tenía demasiado miedo para conservar algo de vergüenza.

Sintió que Lloyd le levantaba la falda del vestido.

—Dios mío —dijo—. Pobrecilla. —Entonces le rasgó la ropa interior—. Lo siento. ¿Hay agua por algún…?

—En el baño —contestó ella, señalando hacia allí.

Lloyd entró en el baño y abrió un grifo. Un momento después, ella sintió el trapo tibio y mojado con el que la estaba limpiando.

—No es más que un pequeño goteo. He visto a hombres morir desangrados, y no corres ese peligro. —Ella abrió los ojos y vio cómo le volvía a bajar la falda—. ¿Dónde está el teléfono? —preguntó Lloyd.

—En la sala.

—Póngame con el doctor Mortimer —lo oyó pedir—, lo antes posible. —Se produjo una pausa—. Lloyd Williams al aparato, estoy en Tŷ Gwyn, ¿podría hablar con el doctor?… Ah, hola, señora Mortimer, ¿cuándo se espera que regrese?… Es una mujer con dolor abdominal y una hemorragia vaginal… Sí, soy consciente de que la mayoría de las mujeres pasan por eso todos los meses, pero esto se sale claramente de lo normal… Tiene veintitrés… Sí, casada… Sin hijos… Se lo preguntaré. —Levantó la voz—: ¿Podrías estar embarazada?

—Sí —contestó Daisy—. De tres meses.

Lloyd repitió la respuesta al teléfono y luego se produjo un largo silencio. Al final colgó el auricular y regresó junto a ella.

Se sentó en el borde de la cama.

—El médico vendrá en cuanto pueda, pero está operando a un minero que ha sido arrollado por una vagoneta fuera de control. Sin embargo, su mujer está casi segura de que has tenido un aborto natural. —Le cogió la mano—. Lo siento, Daisy.

—Gracias —susurró ella. El dolor parecía ir remitiendo, pero la tristeza cada vez era mayor. El heredero del condado ya no existía. Boy se enfadaría muchísimo.

—La señora Mortimer dice que es bastante frecuente —le contó Lloyd—, y que la mayoría de las mujeres sufren uno o dos abortos entre embarazos. No hay ningún peligro, siempre que la hemorragia no sea muy abundante.

—¿Y si empeora?

—Entonces tendría que llevarte en coche al hospital de Merthyr. Pero recorrer quince kilómetros en un camión del ejército podría perjudicarte mucho, así que deberíamos evitarlo a menos que tu vida corriese peligro.

Daisy ya no estaba asustada.

—Me alegro mucho de que estuvieras aquí.

—¿Puedo hacer una sugerencia?

—Claro.

—¿Crees que podrás dar algunos pasos?

—No sé.

—Déjame que te prepare un baño. Si puedes llegar hasta allí, te sentirás mucho mejor cuando estés limpia.

—Sí.

—Y luego a lo mejor puedes improvisar algún tipo de vendaje.

—Sí.

Lloyd regresó al cuarto de baño y ella oyó correr el agua. Se incorporó en la cama. Estaba mareada, así que descansó unos momentos. Enseguida sintió la cabeza más despejada y bajó los pies al suelo. Estaba sentada encima de aquella sangre helada, sentía repugnancia de sí misma.

Oyó que los grifos se cerraban y Lloyd regresó y la cogió del brazo.

—Si crees que te vas a desmayar, dímelo —le advirtió—. No te dejaré caer. —Tenía una fuerza asombrosa y casi la llevó en volandas mientras ella daba pasos en dirección al baño. Su ropa interior, hecha jirones, cayó en algún momento al suelo. Daisy se quedó de pie junto a la bañera y dejó que él le desabrochara los botones de la parte de atrás del vestido—. ¿Podrás tú sola con el resto? —le preguntó.

Daisy asintió y él salió del baño.

Inclinada sobre la cesta de la ropa sucia, se fue quitando todas las prendas despacio y las fue dejando en el suelo, en un montón ensangrentado. Se metió en la bañera con muchísimo cuidado. El agua tenía la temperatura justa y el dolor empezó a pasar en cuanto se tumbó e intentó relajarse. Se sentía desbordada por la gratitud hacia Lloyd. Era tan bueno con ella que tenía ganas de llorar.

Al cabo de unos minutos, la puerta se abrió un resquicio y la mano de él apareció con algo de ropa limpia.

—Un camisón y demás —dijo. Lo dejó todo encima del cesto de la ropa sucia y cerró de nuevo.

Cuando el agua empezó a enfriarse, Daisy se levantó. Volvía a estar algo mareada, pero fue solo un momento. Se secó con una toalla y luego se puso el camisón y la ropa interior que le había traído Lloyd. Se colocó una toalla de manos dentro de los calzones para que empapara la sangre que seguía expulsando.

Cuando regresó al dormitorio, se encontró la cama hecha con sábanas y mantas limpias. Se metió en ella y se quedó sentada, muy erguida, tapándose hasta el cuello con las mantas.

Él entró desde la sala.

—Seguro que ya te encuentras mejor —le dijo—. Parece que tengas vergüenza.

—Vergüenza no es la palabra. Bochorno, tal vez, aunque incluso eso me parece demasiado suave.

La verdad no era tan sencilla. Se estremecía solo con recordar cómo la había visto… pero, por otra parte, él no parecía haber sentido ningún asco.

Lloyd entró en el cuarto de baño y recogió la ropa que ella había dejado allí tirada. Por lo visto no era nada aprensivo con la sangre menstrual.

—¿Qué has hecho con las sábanas? —preguntó Daisy.

—He encontrado un gran fregadero en la sala de las flores. Las he puesto a remojo en agua fría. Haré lo mismo con tu ropa, ¿te parece bien?

Ella asintió con la cabeza.

Lloyd volvió a desaparecer. ¿Dónde había aprendido a ser tan competente y autosuficiente? En la guerra civil española, supuso.

Lo oía moverse por la cocina y entonces reapareció con dos tazas de té.

—Seguro que este mejunje no te gusta nada, pero hará que te sientas mejor. —Daisy se tomó el té. Lloyd abrió la palma de la mano y le enseñó dos píldoras blancas—. ¿Aspirina? A lo mejor te alivia un poco los retortijones.

Ella las aceptó y las tragó ayudándose del té caliente. Lloyd siempre le había parecido muy maduro para su edad. Recordó entonces la seguridad con la que había salido a buscar a Boy, borracho, en el teatro del Gaiety.

—Siempre has sido así —le dijo—. Un hombre hecho y derecho, cuando el resto de nosotros solo fingíamos ser mayores.

Se terminó el té y sintió que la vencía el sueño. Lloyd se llevó las tazas.

—Puede que cierre los ojos un momento —dijo Daisy—. ¿Te quedarás aquí, si me duermo?

—Me quedaré todo el rato que tú quieras —contestó él. Después dijo algo más, pero su voz parecía desvanecerse a lo lejos a medida que Daisy se quedaba dormida.

III

A partir de esa noche, Lloyd empezó a pasar muchas horas en el pequeño apartamento del ama de llaves.

Durante todo el día esperaba que llegara el momento.

Bajaba unos minutos pasadas las ocho, cuando ya había terminado la cena en el comedor de oficiales y la doncella de Daisy se había ido a casa a dormir. Se sentaban uno frente al otro en los dos viejos sillones, Lloyd llevaba consigo algún libro para estudiar —siempre tenían «tareas» y exámenes por la mañana— y Daisy leía una novela; pero lo que más hacían era charlar. Se contaban lo que había sucedido durante el día, conversaban sobre lo que fuera que estaban leyendo y se explicaban uno al otro la historia de su vida.

Él le relató sus experiencias en la batalla de Cable Street.

—Estando allí de pie, entre aquella muchedumbre pacífica, la policía montada cargó contra nosotros gritando que éramos «sucios judíos» —dijo—. Nos golpearon con las porras y nos empujaron contra las lunas de los escaparates hasta que se rompieron.

A ella la habían obligado a quedarse con los fascistas sin salir de Tower Gardens, de manera que no había visto nada de los altercados.

—No fue así como nos informaron de lo sucedido —comentó. Ella había creído a los periódicos que habían hablado de disturbios en las calles provocados por bandas de alborotadores.

A Lloyd no le sorprendió.

—Mi madre vio el noticiario en el cine, el Aldgate Essoldo, una semana después —recordó—. Ese comentarista de voz engolada dijo: «La policía no ha recibido por parte de observadores imparciales otra cosa que no sean elogios». Mi madre me contó que todo el público se echó a reír con ganas.

A Daisy le sorprendió el escepticismo con que se tomaba las noticias. Lloyd le explicó que la mayoría de los periódicos británicos eliminaban todos los artículos que hablaban de las atrocidades del ejército de Franco en España, y en cambio exageraban cualquier noticia que les llegaba sobre el mal comportamiento de las fuerzas republicanas. Ella admitió que siempre había creído a pies juntillas la versión del conde Fitzherbert de que los rebeldes eran unos cristianos altruistas que pretendían liberar España de la amenaza del comunismo. Daisy no sabía nada de las ejecuciones masivas, las violaciones ni los saqueos perpetrados por los franquistas.

Por lo visto nunca se le había ocurrido pensar que los periódicos eran propiedad de capitalistas y que estos podían restarle importancia a las noticias que dejaran en mal lugar al gobierno conservador, el ejército o la clase empresarial, y que sin embargo aprovechaban cualquier incidente de conductas reprochables por parte de sindicalistas o partidos de izquierdas.

Lloyd y Daisy hablaban también de la guerra. Por fin se había pasado a la acción. Tropas británicas y francesas habían desembarcado en Noruega, y allí se disputaban con los alemanes, que habían hecho lo propio, el control del país. Los periódicos no lograban ocultar del todo el hecho de que a los Aliados no les estaba yendo nada bien.

La actitud de Daisy para con Lloyd había cambiado. Ya no flirteaba con él. Siempre se alegraba de verlo, y se quejaba si llegaba tarde por la noche, a veces incluso lo regañaba; pero nunca con ánimo de coquetear. Le comentó lo decepcionados que estaban todos por el niño que había perdido: Boy, Fitz, Bea, su madre, en Buffalo, e incluso su padre, Lev. No conseguía quitarse de encima la sensación irracional de que había hecho algo vergonzoso, y le preguntó si él creía que era una tonta por ello. Lloyd no lo creía. Nada de lo que hiciera la convertía en una tonta a sus ojos.

Sus conversaciones eran personales, pero siempre mantenían la distancia física entre ambos. Él no pensaba aprovecharse de la gran intimidad que había surgido entre ellos la noche del aborto de Daisy. Aunque, desde luego, aquella escena viviría en su corazón para siempre. Limpiarle la sangre de los muslos y el vientre no había sido nada sensual —en absoluto—, pero sí le había resultado de una ternura insoportable. Sin embargo, se trataba de una emergencia médica, y eso le impedía tomarse libertades después. Tenía tanto miedo de transmitir una impresión equivocada a ese respecto que siempre actuaba con mucha precaución para no tocarla.

A las diez en punto ella preparaba un chocolate, que a él le encantaba y Daisy decía que a ella también, aunque Lloyd se preguntaba si lo diría solo por ser amable. Después él le deseaba las buenas noches y subía arriba, a su habitación del desván.

Se habían convertido en dos viejos amigos. No era lo que Lloyd deseaba, pero Daisy era una mujer casada y aquello era lo mejor a lo que podía aspirar.

A menudo se le olvidaba la posición que ocupaba Daisy allí. Una noche se sorprendió cuando ella le anunció que iba a hacerle una visita al mayordomo retirado del conde, Peel, que vivía en una casita que lindaba con los límites de la propiedad.

—¡Tendrá ochenta años! —le dijo a Lloyd—. Seguro que Fitz se ha olvidado de él. Debería acercarme a ver cómo está.

Lloyd levantó las cejas, sorprendido, y ella añadió:

—Necesito asegurarme de que se encuentra bien. Es mi deber como miembro del clan Fitzherbert. Ocuparse de los viejos criados es una obligación de las familias adineradas… ¿No lo sabías?

—Lo había olvidado.

—¿Querrás acompañarme?

—Desde luego.

El día siguiente era domingo, y salieron por la mañana, cuando Lloyd no tenía ninguna clase. A los dos les sorprendió el estado en que se encontraba la casita. La pintura estaba desconchada, el papel de pared se despegaba y las cortinas estaban grises a causa del polvo de carbón. La única decoración consistía en una hilera de fotografías recortadas de periódicos y clavadas con tachuelas en la pared: el rey y la reina, Fitz y Bea, así como algunos miembros más de la nobleza. Hacía años que nadie limpiaba aquel sitio como es debido y todo olía a orines, ceniza y podredumbre. Lloyd, no obstante, supuso que no era nada fuera de lo común para un anciano que vivía con una pobre pensión.

Peel tenía las cejas blancas. Miró a Lloyd y dijo:

—Buenos días, milord… ¡Pensaba que había muerto usted!

Lloyd sonrió.

—Solo soy una visita.

—¿De veras, señor? Mi pobre cerebro está revuelto, igual que los huevos del desayuno. El viejo conde murió hará, ¿qué?, ¿treinta y cinco o cuarenta años? Bueno, bueno, ¿y quién es usted, joven caballero?

—Lloyd Williams. Conoció usted a mi madre, Ethel, hace muchos años.

—¿Es el chico de Eth? Bueno, en tal caso, desde luego…

—En tal caso ¿qué, señor Peel? —preguntó Daisy.

—Ah, pues nada. ¡Tengo el cerebro revuelto, igual que los huevos del desayuno!

Le preguntaron si necesitaba algo, y él insistió en que tenía todo cuanto un hombre podía desear.

—No como demasiado, y casi nunca bebo cerveza. Tengo dinero suficiente para comprar el periódico y picadura para la pipa. ¿Cree usted que nos invadirá ese Hitler, joven Lloyd? Espero no vivir para verlo.

Daisy le limpió un poco la cocina, aunque las tareas domésticas no eran su fuerte.

—No puedo creerlo —le dijo a Lloyd en voz baja—. Viviendo aquí, así, y dice que lo tiene todo… ¡Cree que es un hombre afortunado!

—Muchos hombres de su edad viven peor —repuso Lloyd.

Estuvieron una hora hablando con Peel. Antes de marcharse, al anciano se le ocurrió algo que sí quería. Miró la hilera de retratos de la pared.

—En el funeral del viejo conde tomaron una fotografía —dijo—. Yo entonces no era más que un lacayo, todavía no era el mayordomo. Formamos todos en fila junto al coche fúnebre. Había una gran cámara, de las de antes, con un paño negro cubriéndola, no como esas pequeñas modernas de ahora. Era 1906.

—Me parece que sé dónde puede estar esa fotografía —comentó Daisy—. Iremos a ver.

Regresaron a la mansión y bajaron al sótano. El trastero, junto a la bodega, era bastante grande. Estaba lleno de cajas y arcones, además de adornos que no servían para nada: un barco dentro de una botella, una maqueta de Tŷ Gwyn hecha de cerillas, una cómoda en miniatura, una espada con una vaina ornamental.

Empezaron a buscar entre fotos y cuadros viejos. El polvo hacía estornudar a Daisy, pero ella insistió en continuar.

Encontraron la fotografía que quería Peel y, en esa misma caja, había otra aún más antigua del conde anterior. Lloyd se quedó mirándola con cierto asombro. El retrato color sepia tenía doce centímetros de alto por unos siete y medio de ancho, y en él se veía a un joven vestido con el uniforme de un oficial del ejército victoriano.

Era igual que Lloyd.

—Mira esto —dijo, pasándole la foto a Daisy.

—Podrías ser tú, si te dejaras patillas —repuso ella.

—A lo mejor el viejo conde tuvo una aventura con alguna antepasada mía —comentó Lloyd con ligereza—. Si era una mujer casada, puede que hiciera pasar al niño como hijo de su marido. No me haría mucha gracia, eso sí puedo decírtelo, enterarme de que desciendo ilegítimamente de la aristocracia... ¡Un socialista convencido como yo!

—Lloyd, ¿cómo puedes ser tan estúpido? —dijo Daisy.

Él no supo si tomárselo en serio. Además, tenía una mancha de polvo tan graciosa en la nariz que sintió ganas de besarla.

—Bueno —respondió—, me he puesto en evidencia más de una vez, pero no veo...

—Escúchame. Tu madre fue doncella en esta casa. De repente, en 1914, se marchó a Londres y se casó con un hombre llamado Teddy del que nadie sabe nada, aparte de que se apellidaba Williams, igual que ella, así que no tuvo que cambiarse el nombre de soltera. El misterioso señor Williams murió antes de que nadie pudiera conocerlo, y con su seguro de vida ella pudo costearse la casa en la que vive aún.

—Exacto. ¿Adónde quieres ir a parar?

—Después, cuando el señor Williams murió, dio a luz a un hijo que resulta guardar un asombroso parecido con el difunto conde Fitzherbert.

Lloyd empezó a ver por dónde quería llevarlo Daisy.

—Continúa.

—¿Nunca se te había ocurrido pensar que toda esa historia podría tener una explicación completamente diferente?

—No, hasta ahora...

—¿Qué hace una familia aristocrática cuando una de sus hijas queda embarazada? Sucede muchísimas veces, ¿sabes?

—Supongo que sí, pero no sé cómo actúan. Esas cosas nunca se explican.

—Exactamente. La chica desaparece unos cuantos meses, se va a Escocia, a la Bretaña o a Ginebra, con su doncella. Cuando las dos regresan del viaje, la doncella trae consigo a un pequeño al que, según dice, dio a luz durante las vacaciones. La familia la trata con una gentileza sorprendente, aunque haya admitido haber fornicado, y la envía a vivir a una distancia segura, con una pequeña pensión.

Parecía algo sacado de un cuento de hadas, nada que ver con la vida real; pero de todas formas Lloyd se sentía intrigado e inquieto.

—¿Y tú crees que yo fui el niño de una de esas farsas?

—Creo que lady Maud Fitzherbert tuvo un amorío con un jardinero, un minero o quizá un encantador granuja de Londres, y quedó embarazada. Después se fue a algún sitio a dar a luz en secreto. Tu madre accedió a fingir que el niño era suyo, y a cambio le compraron una casa.

A Lloyd lo asaltó un recuerdo que parecía confirmar la historia.

—Siempre responde con evasivas cuando le pregunto por mi verdadero padre. —De pronto le parecía sospechoso.

—¡Ahí lo tienes! Jamás existió ningún Teddy Williams. Para mantener su respetabilidad, tu madre dijo que era viuda. Llamó a su difunto y ficticio marido Williams para evitar el problema del cambio de apellido.

Lloyd negó con la cabeza, no podía creerlo.

—Suena demasiado fantasioso.

—Maud y ella siguieron siendo amigas, y Maud la ayudó a criarte. En 1933, tu madre te llevó a Berlín porque tu verdadera madre quería volver a verte.

Lloyd tenía la sensación de estar soñando, o que acababa de despertar.

—¿Crees que soy hijo de Maud? —preguntó con incredulidad.

Daisy dio unos golpecitos con el dedo en el marco de la foto que aún sostenía en las manos.

—¡Y que eres clavado a tu abuelo!

Lloyd estaba perplejo. No podía ser cierto... y, aun así, todo encajaba.

—Estoy acostumbrado a que Bernie no sea mi verdadero padre —dijo—. ¿Tampoco Ethel será mi verdadera madre?

Daisy debió de ver una expresión de gran indefensión en su rostro, porque se inclinó hacia delante, lo tocó, algo que no solía hacer nunca, y dijo:

—Lo siento, ¿he hablado con demasiada crudeza? Solo quería que vieras lo que tienes delante de los ojos. Si Peel sospecha la verdad, ¿no crees que también otros podrían hacerlo? Esta clase de noticias es mejor que te las dé alguien que te... que te las dé un amigo.

Se oyó un gong a lo lejos.

—El almuerzo, será mejor que suba al comedor de oficiales —dijo Lloyd mecánicamente. Sacó la fotografía del marco y se la guardó en un bolsillo de la guerrera del uniforme.

—Estás disgustado —comentó Daisy, preocupada.

—No, no. Solo… desconcertado.

—Los hombres siempre niegan estar disgustados. Ven a verme después, por favor.

—Está bien.

—No te vayas a dormir sin volver a hablar conmigo.

—No lo haré.

Lloyd salió del trastero y subió por las escaleras en dirección al grandioso comedor, utilizado ahora por los oficiales. Se comió la ternera picada en conserva como un autómata; su agitación interior no le daba tregua. En la mesa, no participó en la conversación sobre los combates que estaban asolando Noruega.

—¿Sueña despierto, Williams? —preguntó el comandante Lowther.

—Lo siento, señor —respondió Lloyd sin pensar. Enseguida improvisó una excusa—. Intentaba recordar qué rango alemán es más alto, *Generalleutnant* o *Generalmajor*.

—El de *Generalleutnant* es más alto. —Y luego Lowther añadió con calma—: Lo que no tiene que olvidar es la diferencia entre *meine Frau* y *deine Frau*.

Lloyd sintió que se sonrojaba. Estaba visto que su amistad con Daisy no era todo lo discreta que él imaginaba. Había llegado a oídos de Lowther. Estaba indignado: Daisy y él no habían hecho nada impropio. Aun así, no protestó. Se sentía culpable aunque no lo fuera. No podía llevarse la mano al corazón y jurar que sus intenciones eran puras. Sabía lo que le diría el abuelo: «Cualquiera que mira a una mujer para codiciarla, ya cometió adulterio con ella en su corazón». Tales eran las enseñanzas de Jesucristo, un «déjate de tonterías» al que no le faltaba razón.

Al pensar en sus abuelos acabó preguntándose si sabrían quiénes eran sus verdaderos padres. Tener dudas sobre su ascendencia lo hacía sentirse perdido, o como si estuviera soñando que caía al vacío. Si le habían mentido sobre eso, también podían haberle engañado con cualquier otra cosa.

Decidió que les preguntaría al abuelo y la abuela. Podía hacerlo ese mismo día, ya que era domingo. En cuanto encontró una excusa para disculparse educadamente y abandonar el comedor, bajó a pie la colina hasta Wellington Row.

Se le ocurrió que si les preguntaba directamente si era hijo de Maud, a lo mejor ellos se lo negaban todo en redondo. Quizá con una táctica más soslayada podría sacarles algo más de información.

Los encontró sentados en la cocina. Para ellos el domingo era el Día del Señor, un día consagrado a la religión, y no leían los periódicos ni escuchaban la radio. Pero se alegraron de verlo y la abuela preparó té, como siempre.

—Ojalá supiera algo más sobre mi verdadero padre —empezó a decir Lloyd—. Mamá siempre dice que Teddy Williams estaba en los Fusileros Galeses, ¿lo sabíais?

—Ay, ¿y a qué viene remover ahora el pasado? —dijo la abuela—. Tu padre es Bernie.

Lloyd no la contradijo.

—Bernie Leckwith ha sido todo lo que un padre debiera haber sido para mí.

El abuelo asintió con la cabeza.

—Judío, pero buen hombre, de eso no hay duda. —Imaginó que estaba siendo magnánimamente tolerante.

Lloyd pasó el comentario por alto.

—El caso es que siento curiosidad. ¿Llegasteis a conocer a Teddy Williams?

El abuelo parecía enfadado.

—No —dijo—, pero ese hombre fue una desgracia para nosotros.

—Vino a Tŷ Gwyn como ayuda de cámara de uno de los huéspedes. No supimos que tu madre se veía con él en términos amorosos hasta que se marchó a Londres para casarse.

—¿Por qué no fuisteis a la boda?

Los dos guardaron silencio.

—Dile la verdad, Cara —dijo entonces el abuelo—. De las mentiras nunca sale nada bueno.

—Tu madre cayó en la tentación —explicó la abuela—. Cuando el ayuda de cámara ya se había marchado de Tŷ Gwyn, descubrió que estaba encinta. —Lloyd lo había sospechado, creía que eso podía explicar sus evasivas—. Tu abuelo se puso furioso —añadió la mujer.

—Demasiado —admitió el abuelo—. Olvidé que Jesucristo dijo: «No juzguéis, para que no seáis juzgados». Su pecado fue la lujuria, pero el mío fue el orgullo. —Lloyd se quedó de piedra al ver lágrimas en los ojos azul claro de su abuelo—. Dios la perdonó, pero yo no, durante muchísimo tiempo. Para entonces a mi yerno ya lo habían matado, en Francia.

Lloyd estaba más desconcertado que antes. De pronto tenía otra historia llena de detalles que no acababan de coincidir con lo que siempre le había dicho su madre, y completamente diferente de la teoría de Daisy. ¿Lloraba el abuelo por un yerno que nunca había existido?

No se dio por vencido.

—¿Y la familia de Teddy Williams? Mi madre me dijo que era de Swansea. Seguramente tendría padres, hermanos…

—Tu madre nunca nos dijo nada de su familia —repuso la abuela—. Me parece que estaba avergonzada. Fuera cual fuese el motivo, nunca quiso conocerlos. Y no era cosa nuestra llevarle la contraria en eso.

—Pero a lo mejor tengo otros dos abuelos en Swansea. Y tíos y tías y primos a los que no conozco.

—Pues sí —dijo el abuelo—. Pero no lo sabemos.

—Mi madre sí que lo sabe.

—Supongo que lo sabrá.

—Pues se lo preguntaré a ella —dijo Lloyd.

IV

Daisy estaba enamorada.

De pronto se daba cuenta de que, antes de Lloyd, nunca había amado a nadie. A Boy nunca lo había querido de verdad, aunque sí la excitaba. En cuanto al pobre Charlie Farquharson, como mucho le había tenido cariño. Siempre había creído que el amor era algo que podía concederle a quien ella quisiera, y que su mayor responsabilidad era elegir con inteligencia. De pronto sabía que todo eso no era así. La inteligencia no tenía nada que ver con ello, y tampoco había tenido elección. El amor era un terremoto.

La vida estaba vacía salvo por esas dos horas que pasaba con Lloyd todas las noches. El resto del día lo ocupaba la espera impaciente; la noche era para el recuerdo.

Lloyd era la almohada en la que apoyaba la mejilla. Era la toalla con la que se secaba los pechos al salir de la bañera. Era el nudillo que se metía en la boca y succionaba, ensimismada en sus pensamientos.

¿Cómo podía no haberle hecho ningún caso durante cuatro años? El amor de su vida se había presentado ante ella en aquel baile del Trinity, ¡y a ella solo se le había ocurrido que parecía llevar puesto un traje prestado! ¿Por qué no lo había abrazado y lo había besado, por qué no había insistido en que se casaran inmediatamente?

Él lo había sabido desde el principio, suponía. Debía de haberse enamorado de ella desde el primer momento. Le había suplicado que abandonara a Boy. «Déjalo —le había dicho aquella noche al regresar del Gaiety—, y sé mi novia.» Y ella se había reído de él. De él, que había visto enseguida una verdad que ella había sido incapaz de ver.

Sin embargo, una intuición en lo más profundo de su ser la había hecho besarlo, allí, en aquella acera de Mayfair, en la oscuridad de entre dos farolas. En aquel momento lo había considerado un capricho pasajero, pero lo cierto es que era lo más inteligente que había hecho en la vida, porque seguramente con ello había sellado la devoción de él.

En esos momentos, en Tŷ Gwyn, Daisy se negaba a pensar en qué sucedería a partir de entonces. Vivía el día a día, en las nubes, sonriendo por nada. Recibió una carta llena de inquietud desde Buffalo, de su madre, que se preocupaba por su salud y su estado de ánimo después del aborto, y ella le envió una respuesta tranquilizadora. Olga le explicaba también alguna que otra novedad: Dave Rouzrokh había muerto en Palm Beach; Muffie Dixon se había casado con Philip Renshaw; la mujer del senador Dewar, Rosa, había escrito un libro titulado *La Casa Blanca entre bastidores*, con fotografías de Woody, que había sido un éxito de ventas. Un mes atrás, una carta así le habría hecho sentir nostalgia, pero de repente la noticia apenas despertaba un leve interés en ella.

Solo se entristecía cuando pensaba en el niño que había perdido. El dolor había remitido de inmediato, y la hemorragia tardó solo una semana en desaparecer del todo, pero la pérdida le seguía pesando. Ya no lloraba por ello, pero de vez en cuando se sorprendía mirando al vacío y pensando si habría sido niño o niña, a quién se habría parecido… y entonces, sobresaltada, se daba cuenta de que llevaba una hora sin moverse.

Llegó la primavera y Daisy salía a pasear por la ladera de la montaña con botas de agua y una gabardina para protegerse del viento. A veces, cuando estaba segura de que nadie más que las ovejas podría oírla, gritaba a pleno pulmón: «¡Le quiero!».

Le inquietaba la reacción de Lloyd a las dudas que le había planteado sobre sus padres. Quizá había hecho mal sacando el tema: solo había conseguido entristecerlo. Sin embargo, su excusa había sido muy pertinente: la verdad seguramente saldría a la luz tarde o temprano, y era mejor enterarse de esas cosas por boca de alguien querido. El doloroso desconcierto que veía en él le llegaba al corazón, y eso hacía que lo quisiera más todavía.

Un día Lloyd le dijo que había pedido un permiso. Quería ir a una localidad vacacional de la costa sur, Bournemouth, para asistir al congreso anual del Partido Laborista la segunda semana de mayo, en la Pascua de Pentecostés, que en Gran Bretaña era festivo.

Su madre también estaría en Bournemouth, le había dicho, así que tendría ocasión de preguntarle por sus verdaderos padres; y Daisy pensó que parecía impaciente y temeroso a la vez.

Lowther se habría negado a dejarlo marchar, evidentemente, pero Lloyd había hablado con el coronel Ellis-Jones ya en marzo, cuando lo habían asignado al curso, y el coronel, bien porque sentía simpatía por Lloyd o porque simpatizaba con el partido —o ambas cosas—, había accedido. Lowther no podía contradecir su orden. Aun así, si los alemanes invadían Francia, desde luego nadie podría disfrutar de ningún permiso.

Daisy sintió una extraña sensación de miedo ante la perspectiva de que Lloyd se marchara de Aberowen sin saber que ella lo amaba. No sabía muy bien por qué, pero tenía que decírselo antes de que se fuera.

Lloyd tenía pensado marcharse el miércoles y regresar seis días después. Casualmente, Boy había anunciado que iría a hacerle una visita a Daisy y llegaría el miércoles por la noche. Ella, por razones que no era capaz de entender del todo, se alegró de que los dos hombres no fueran a coincidir en la casa.

Decidió hacerle su confesión a Lloyd el martes, el día antes de su partida. No tenía la menor idea de lo que iba a decirle a su marido, un día después.

Al imaginar la conversación que tendría con Lloyd, se dio cuenta de que él seguramente la besaría y, cuando se besaran, sus sentimientos los desbordarían y acabarían haciendo el amor. Después pasarían toda la noche abrazados uno al otro.

En ese punto, sus fantasías se vieron interrumpidas por la necesidad de discreción. Nadie debía ver a Lloyd saliendo de las dependencias de ella por la mañana, por el bien de ambos. Lowthie ya sospechaba algo: Daisy lo sabía por la actitud que tenía hacia ella, que era a la vez de reproche y picardía, casi como si el hombre creyera que tendría que ser él, y no Lloyd, el que la hubiese enamorado.

Sin duda, sería mucho mejor que Lloyd y ella pudieran verse en algún otro lugar para tener esa providencial conversación. Pensó en los dormitorios del ala oeste que estaban vacíos y sintió que se quedaba sin aire. Él podría dejarla al alba, y si alguien lo veía, no sabrían que había estado con ella. Ella podría bajar más tarde, vestida ya, y fingir que andaba buscando algún objeto perdido propiedad de la familia, quizá un cuadro. De hecho, elaborando la mentira que explicaría si la sorprendían, pensó que podía hacerse con algún cachivache del trastero y llevarlo al dormitorio un poco antes, y así ya estaría allí preparado para servir de prueba material de su coartada.

A las nueve en punto del martes, cuando todos los alumnos estaban en clase, recorrió el piso superior llevando un conjunto de botellitas de perfume con tapones de plata deslustrada y un espejo de mano a juego. Ya se sentía culpable. Habían quitado la alfombra y sus pasos resonaban con fuerza sobre los tablones del suelo, como si anunciaran la llegada de una mujer marcada con la letra escarlata. Por suerte, no había nadie en las habitaciones.

Fue a la Suite Gardenia, que vagamente creía recordar que se estaba utilizando como almacén de ropa de cama. No había nadie en el pasillo cuando entró. Cerró la puerta enseguida. Le faltaba el aire. «Pero si todavía no he hecho nada...», se dijo.

No le fallaba la memoria: por toda la habitación, en altas pilas apoyadas contra el papel decorado de gardenias de la pared, vio pulcros juegos de sábanas, mantas y almohadones, envueltos en ruda tela de algodón y atados con cordel en enormes paquetes.

La habitación olía un poco a moho, así que abrió una ventana. El mobiliario original seguía allí: una cama, un armario, una cómoda, un pequeño escritorio y un tocador de líneas sinuosas con tres espejos. Dejó las botellitas de perfume en el tocador y luego hizo la cama con uno de aquellos juegos. Las sábanas estaban frías al tacto.

«Ahora ya sí que he hecho algo —pensó—. He hecho la cama para mi amante y para mí.»

Miró las almohadas blancas y las mantas de color rosa con su ribete de satén, y se vio a sí misma con Lloyd, unidos en un largo abrazo, besándose con locura. Solo con pensarlo se excitó tanto que se sintió desfallecer.

Fuera oyó unos pasos que resonaban en los tablones igual que acababan de hacer los suyos. ¿Quién podría ser? Morrison, quizá, el viejo lacayo, de camino a ocuparse de un canalón que goteaba o un cristal roto. Esperó, sintiendo los culpables latidos de su corazón, hasta que los pasos llegaron ante la puerta y luego se alejaron de nuevo.

El susto relajó su excitación y enfrió el calor que sentía por dentro. Contempló la escena una última vez y se fue.

No había nadie en el pasillo.

Sus zapatos, de nuevo, anunciaban su avance al caminar, pero ahora podía mostrarse del todo inocente, se dijo. Podía ir a donde quisiera, tenía más derecho a estar allí que ninguna otra persona: ella estaba en su casa, su marido era el heredero de toda aquella mansión.

El marido al que con tantas precauciones pensaba traicionar.

Sabía que la culpabilidad tendría que paralizarla, pero en realidad estaba impaciente por hacerlo, la consumía el anhelo.

Lo siguiente sería informar a Lloyd. La noche anterior había ido a verla a sus dependencias, como siempre, pero ella todavía no había podido proponerle esa cita, porque él habría querido algún tipo de explicación y Daisy sabía que entonces se lo habría dicho todo, se lo habría llevado a la cama y habría estropeado su plan. Así que tendría que conseguir hablar con él durante el día.

Normalmente no se veían durante la jornada, a menos que tropezaran por casualidad en el vestíbulo o la biblioteca. ¿Cómo podía asegurarse de encontrarlo? Subió las escaleras del desván. Los alumnos no estaban en sus habitaciones, pero en cualquier momento uno de ellos podía regresar a su cuarto a buscar algo que se hubiera dejado. Daisy tenía que darse prisa.

Entró en el dormitorio de Lloyd. Olía a él. No sabía decir exactamente cuál era la fragancia; no vio ninguna botella de colonia en la habitación, pero sí había un bote con una especie de loción para el pelo junto a su cuchilla de afeitar. Lo abrió e inspiró: sí, eso era, limón y especias. Se preguntó si sería presumido. A lo mejor un poco. Normalmente se lo veía bien vestido, aun con el uniforme.

Tenía que dejarle una nota. Encima del tocador encontró un cuaderno barato. Lo abrió y luego miró a su alrededor buscando algo con lo que escribir. Sabía que Lloyd tenía una estilográfica negra con su nombre grabado en el cañón, pero seguro que se la había llevado consigo para tomar apuntes en clase. Encontró un lápiz en el primer cajón.

¿Qué podía escribirle? Tenía que ser cuidadosa por si alguna otra persona leía la nota. Al final decidió poner simplemente «Biblioteca» y dejó el cuaderno abierto encima del tocador, donde seguro que lo vería. Después se marchó.

No la vio nadie.

Seguramente Lloyd regresaría a su cuarto en algún momento del día, supuso, tal vez para recargar la pluma con el tintero que había en el tocador. Entonces vería la nota e iría a buscarla.

Bajó a la biblioteca a esperarlo.

La mañana fue larga. Daisy estaba leyendo a autoras victorianas —parecían comprender cómo se sentía en aquellos momentos—, pero ni siquiera la señora Gaskell lograba captar toda su atención, y se pasó gran parte del tiempo mirando por la ventana. Era mayo, y normalmente el surtido de flores primaverales de los jardines de Tŷ Gwyn habría sido esplendoroso, pero la mayoría de los jardineros se habían enrolado en las fuerzas armadas, y los que no, cultivaban verduras, no flores.

Muchos alumnos entraron en la biblioteca poco antes de las once y se acomodaron en los sillones de cuero verde con sus cuadernos, pero Lloyd no estaba entre ellos.

Daisy sabía que la última clase de la mañana terminaba a las doce y media. En ese momento los hombres se levantaron y salieron de la biblioteca, pero Lloyd seguía sin aparecer.

Seguro que subiría a su habitación, pensó, aunque solo fuera para dejar los libros y lavarse las manos en el cuarto de baño del desván.

Pasaron los minutos y sonó el gong de la comida.

Lloyd entró al fin, y a Daisy le dio un vuelco el corazón.

Parecía inquieto.

—He visto tu nota —dijo—. ¿Te encuentras bien?

Ella era siempre su principal preocupación. Un problema de Daisy no era una molestia, sino una ocasión para ayudarla, y estaba más que dispuesto a ello. Ningún otro hombre se había ocupado así de ella, ni siquiera su padre.

—Sí, todo va bien. ¿Sabes cómo son las gardenias? —Llevaba toda la mañana ensayando su discurso.

—Supongo que sí. Se parecen un poco a las rosas. ¿Por qué?

—En el ala oeste hay unas habitaciones a las que llaman Suite Gardenia. Tienen una gardenia blanca pintada en la puerta principal y ahora es el almacén de la ropa de cama. ¿Crees que podrás encontrarla?

—Desde luego.

—Nos reuniremos allí esta noche, en lugar de en mi apartamento. A la hora de siempre.

Lloyd se quedó mirándola, intentando adivinar qué ocurría.

—Allí estaré —dijo—. Pero ¿por qué?

—Quiero decirte una cosa.

—Qué emocionante —repuso él, algo desconcertado.

Daisy imaginaba todo lo que le estaba pasando por la cabeza. De bía de sentirse electrizado ante la idea de que ella pudiera haber preparado una cita romántica, y al mismo tiempo se estaría diciendo que aquello era un sueño inalcanzable.

—Ve a comer —le dijo.

Lloyd dudó.

—Te veré esta noche —insistió ella.

—Me muero de impaciencia —dijo él, y salió.

Daisy regresó a sus habitaciones. Maisie, que no era muy buena cocinera, le había preparado un sándwich con dos rebanadas de pan y una loncha de jamón en conserva, pero Daisy estaba demasiado nerviosa: no podría haber comido ni aunque le hubiesen ofrecido helado de melocotón.

Se tumbó a descansar. Sus fantasías sobre la noche próxima eran tan explícitas que incluso se ruborizaba. Había aprendido mucho de sexo gracias a Boy, al que sin duda no le faltaba experiencia con otras mujeres, así que sabía muy bien lo que les gustaba a los hombres. Y quería hacérselo todo a Lloyd, besarle en todos los rincones de su cuerpo, hacerle lo que Boy llamaba un *soixante-neuf*, tragarse su semen. Todo ello le resultaba tan excitante que tuvo que echar mano de toda su fuerza de voluntad para resistir a la tentación de darse placer ella misma.

A las cinco se tomó un café, después se lavó el pelo y se dio un largo baño, que aprovechó para afeitarse las axilas y recortarse un poco el vello púbico, que le crecía demasiado abundante. Se secó y se aplicó una suave loción por todo el cuerpo. Se perfumó y empezó a vestirse.

Se puso ropa interior limpia. Se probó todos sus vestidos. Le gustaba uno de rayitas azules y blancas, pero por la parte de delante tenía una larga hilera de botones que tardaba siglos en desabrocharse, y sabía que ese día querría desnudarse deprisa. «Pienso como una furcia», se dijo, aunque no sabía si eso la divertía o la avergonzaba. Al final se decidió por un sencillo vestido de cachemir, de color verde menta, que le llegaba hasta las rodillas y con el que enseñaba sus bonitas pantorrillas.

Se miró con detenimiento en el estrecho espejo del interior de la puerta del armario. Estaba guapa.

Se sentó en el borde de la cama para ponerse las medias, y entonces entró Boy.

Daisy se sintió desfallecer. De no haber estado ya sentada, se habría caído. Se lo quedó mirando sin dar crédito.

—¡Sorpresa! —exclamó él con jovialidad—. He llegado un día antes.

—Sí —dijo ella cuando por fin logró recuperar la voz—. Qué sorpresa.

Se inclinó y la besó. A ella nunca le había gustado demasiado que le metiera la lengua en la boca, porque siempre le sabía a alcohol y tabaco. A él eso le traía sin cuidado; de hecho, incluso parecía gustarle llevarla al límite. En ese momento, no obstante, a causa de la culpabilidad, Daisy respondió con su propia lengua.

—¡Caramba! —dijo Boy al quedarse sin aliento—. Qué juguetona estás.

«Ni te lo imaginas —pensó Daisy—. Al menos, eso espero.»

—Han adelantado un día el ejercicio —explicó él—. No he tenido tiempo de avisarte.

—O sea, ¿que estarás aquí esta noche?

—Sí.

Y Lloyd se marchaba por la mañana.

—No pareces muy contenta —dijo Boy. Se fijó en su vestido—. ¿Tenías planes?

—¿Qué planes voy a tener? —repuso ella. Tenía que recuperar la compostura—. ¿Una salida al Two Crowns, a lo mejor? —preguntó con sarcasmo.

—Ahora que lo mencionas, ¿por qué no tomamos una copa? —Salió de la habitación en busca de alcohol.

Daisy hundió el rostro entre las manos. ¿Cómo podía ser? Sus planes se habían ido al traste. Tendría que encontrar la forma de avisar a Lloyd. Y no podría declararle su amor en un susurro apresurado, con Boy a la vuelta de la esquina.

Se dijo que tendría que posponer sin remedio toda su estrategia. Sería solo por unos días: Lloyd tenía previsto regresar el martes siguiente. El retraso sería una tortura para ella, pero sobreviviría, y su amor también. Aun así, casi lloró de decepción.

Terminó de ponerse las medias y los zapatos, después fue a la pequeña salita.

Boy encontró una botella de whisky escocés y dos vasos. Ella bebió un poco por educación.

—He visto que esa chica está haciendo un pastel de pescado para la cena. Me muero de hambre. ¿Es buena cocinera? —preguntó Boy.

—No demasiado. Lo que prepara se puede comer, si tienes mucha hambre.

—Ah, bueno, siempre nos queda el whisky —dijo Boy, y se sirvió otro vaso.

—¿Qué has estado haciendo? —Estaba desesperada por hacerlo hablar y así no tener que darle conversación ella—. ¿Has volado a Noruega? —Los alemanes estaban ganando allí la primera batalla terrestre.

—No, gracias a Dios. Aquello es un desastre. Esta noche habrá un gran debate en la Cámara de los Comunes. —Empezó a hablar de los errores que habían cometido los comandantes británicos y franceses.

Cuando la cena estuvo lista, Boy bajó a la bodega a buscar un vino y Daisy vio entonces la ocasión de subir a alertar a Lloyd. Pero ¿dónde estaría? Consultó su reloj de pulsera. Eran las siete y media. Estaría cenando en el comedor de oficiales. No podía entrar en esa sala y susurrarle algo al oído mientras estaba sentado a la mesa con sus compañeros; eso sería prácticamente como decirle a todo el mundo que eran amantes. ¿Había alguna forma de sacarlo de allí? Se devanó los sesos; pero antes de que se le ocurriera nada, Boy regresó ya, triunfal, con una botella de Dom Pérignon de 1921 en las manos.

—De la primera cosecha que hicieron —dijo—. Histórica.

Se sentaron a la mesa y se comieron el pastel de pescado de Maisie. Daisy bebió una copa de champán, pero le resultó difícil comer nada. Paseó un poco la comida por el plato en un claro intento de fingir normalidad. Boy, en cambio, repitió.

De postre, Maisie les sirvió melocotones en almíbar con leche condensada.

—La guerra ha sido un duro golpe para la cocina británica —dijo Boy.

—Tampoco es que antes fuera nada del otro mundo —comentó Daisy, esforzándose aún por fingir normalidad.

A esas alturas Lloyd debía de estar ya en la Suite Gardenia. ¿Qué haría si ella no era capaz de hacerle llegar un mensaje? ¿Se quedaría allí toda la noche, con la esperanza de verla aparecer? ¿Se rendiría a medianoche y regresaría a su propia cama? ¿O bajaría a buscarla? Eso podría resultar incómodo.

Boy sacó un gran puro y empezó a fumárselo con satisfacción, sumergiendo de vez en cuando el extremo apagado en un vaso de brandy. Daisy intentó pensar en alguna excusa para dejarlo un momento y subir arriba, pero no se le ocurrió nada. ¿Qué pretexto podía dar para ir a visitar a los alumnos a sus habitaciones a aquellas horas de la noche?

Todavía no había hecho nada cuando Boy apagó el puro y dijo:

—Bueno, ya es hora de dormir. ¿Quieres ir tú primero al baño?

Sin saber qué más hacer, Daisy se levantó y entró en el dormitorio. Despacio, se quitó la ropa con la que tan cuidadosamente se había vestido para Lloyd. Se lavó la cara y se puso su camisón menos seductor. Después se metió en la cama.

Boy estaba algo bebido cuando se tumbó junto a ella, pero aun así tenía ganas de sexo. La sola idea horrorizaba a Daisy.

—Lo siento —le dijo—. El doctor Mortimer ha dicho que nada de relaciones maritales durante tres meses. —No era verdad. Mortimer había dicho que todo iría bien en cuanto cesara la hemorragia. Se sentía terriblemente deshonesta. Había planeado hacerlo con Lloyd esa noche.

—¿Qué? —espetó Boy, indignado—. ¿Por qué?

—Si lo hacemos demasiado pronto —respondió Daisy, improvisando—, podría afectar a las probabilidades de que vuelva a quedarme embarazada, parece ser.

Con eso lo convenció. No había nada que Boy deseara más que un heredero.

—Ah, bueno —dijo, y se volvió del otro lado.

Al cabo de un minuto ya estaba dormido.

Daisy seguía despierta, la cabeza no dejaba de darle vueltas. ¿Podría escaparse un momento? Tendría que vestirse… de ningún modo podía pasearse por la casa en camisón. Boy tenía el sueño pesado, pero se despertaba a menudo para ir al baño. ¿Y si lo hacía justo cuando ella no estaba, y la veía regresar con la ropa puesta? ¿Qué historia podría explicarle que tuviera una pequeña posibilidad de resultar creíble? Todo el mundo sabía que solo había una razón que pudiera llevar a una mujer a recorrer de puntillas una mansión por la noche.

Lloyd tendría que sufrir. Y ella sufría con él, imaginándolo solo y decepcionado en aquella habitación mohosa. ¿Se tumbaría sin quitarse el uniforme y se quedaría dormido? Tendría frío, a menos que se tapara con una manta. ¿Pensaría que había tenido alguna emergencia, o creería que lo había dejado plantado sin más? A lo mejor se sentía defraudado, a lo mejor se enfadaba con ella.

Se le saltaron las lágrimas. Boy estaba roncando, así que no se dio cuenta de nada.

Daisy se quedó traspuesta ya de madrugada y soñó que tenía que coger un tren, pero que no dejaban de ocurrir tonterías que cada vez la retrasaban más: el taxi la llevaba a un lugar equivocado, tenía que caminar muchísimo cargando con su maleta, no encontraba el billete y, cuando al fin llegaba al andén, resultaba que la estaba esperando una antigua diligencia que tardaría días en llegar a Londres.

Al despertar de ese sueño, Boy estaba en el baño, afeitándose.

Daisy se sentía abatida. Se levantó y se vistió. Maisie preparó el desayuno y Boy tomó huevos con beicon y una tostada con mantequilla. Cuando hubo terminado ya eran las nueve. Lloyd había dicho que se marchaba a las nueve. Puede que estuviera en el vestíbulo, con la maleta en la mano.

Boy se levantó de la mesa y fue al baño, llevándose con él el periódico. Daisy conocía sus costumbres matutinas: estaría allí dentro cinco o diez minutos. De pronto su apatía desapareció. Salió del apartamento y corrió escaleras arriba hacia el vestíbulo.

Lloyd no estaba por ninguna parte. Debía de haberse ido ya. Se sintió vencida por el desánimo.

Pero seguro que iría a pie hasta la estación: solo los ricos y los enfermos tomaban taxis para recorrer poco más de un kilómetro. A lo mejor podía alcanzarlo aún, así que salió por la puerta principal.

Lo vio a unos cuatrocientos metros camino abajo, andando con paso elegante y la maleta en la mano, y le dio un vuelco el corazón. Abandonando toda precaución, echó a correr tras él.

Un camión ligero del ejército, de esos que llamaban «Tilly», bajaba también a toda velocidad por delante de ella. Para su desgracia, aminoró la marcha al acercarse a Lloyd.

—¡No! —gritó Daisy, pero Lloyd estaba demasiado lejos para oírla.

Lanzó la maleta a la parte de atrás y subió de un salto a la cabina, junto al conductor.

Daisy no dejó de correr, pero no serviría de nada. El pequeño camión estaba cogiendo velocidad.

Daisy se detuvo. Allí de pie, vio cómo el Tilly cruzaba la verja de Tŷ Gwyn y desaparecía a lo lejos. Intentó no llorar.

Al cabo de un momento se volvió y entró otra vez en la casa.

V

De camino a Bournemouth, Lloyd tenía que pasar una noche en Londres; y esa noche, la del miércoles 8 de mayo, estuvo en la tribuna de

381

espectadores de la Cámara de los Comunes, asistiendo al debate que decidiría el destino del primer ministro, Neville Chamberlain.

Era como estar en el gallinero del teatro: los asientos eran muy estrechos y duros, y miraba uno hacia abajo, en un vertiginoso picado, al espectáculo que se desarrollaba en la cámara. Esa noche la tribuna estaba llena. A Lloyd y a su padrastro, Bernie, les había costado bastante conseguir entradas y solo lo habían logrado gracias a la influencia de su madre, Ethel, que en esos momentos estaba sentada con su tío Billy entre los parlamentarios laboristas, allí, en la abarrotada cámara.

Lloyd no había tenido ocasión de preguntar aún por sus verdaderos padres: todo el mundo estaba demasiado preocupado por la crisis política. Tanto Lloyd como Bernie querían que Chamberlain dimitiera. El contemporizador del fascismo tenía poca credibilidad como líder en la guerra, y la debacle de Noruega no había hecho más que ponerlo de manifiesto.

El debate había comenzado la noche anterior. Chamberlain había sido objeto de feroces ataques, no solo por parte de parlamentarios laboristas, sino también de los de su propio partido, según les había explicado Ethel. El conservador Leo Amery le había citado a Cromwell: «Habéis estado demasiado tiempo aquí sentado para el bien que habéis hecho. Marchad, os digo, y libradnos de vos. ¡En el nombre de Dios, marchad!». Eran unas palabras muy crudas viniendo de un correligionario, y aún fueron más hirientes a causa de las voces de «¡Eso, eso!» que se alzaron a uno y otro lado de la cámara.

La madre de Lloyd y las demás mujeres del Parlamento se habían reunido en su propia sala del palacio de Westminster y habían acordado forzar una votación. Los hombres no podían impedírselo, así que en lugar de eso se unieron a ellas. Cuando se hizo el anuncio, ya el miércoles, la sesión quedó convertida en una moción de confianza contra Chamberlain. El primer ministro había aceptado el reto y —en lo que Lloyd percibió como una señal de debilidad— apeló a sus amigos para que lo respaldaran.

Los ataques proseguían aún por la noche y Lloyd los estaba disfrutando. Detestaba al primer ministro por la política que había mantenido respecto a España. Durante dos años, de 1937 a 1939, Chamberlain había seguido insistiendo en la «no intervención» de Gran Bretaña y Francia, mientras que Alemania e Italia no hacían más que enviar armas y tropas al ejército rebelde, y los ultraconservadores estadounidenses vendían gasolina y camiones a los franquistas. Si había algún político británico culpable de los asesinatos en masa que estaba llevando a cabo Franco, ese era Neville Chamberlain.

—Y aun así —le dijo Bernie a Lloyd durante una pausa—, lo cierto es que no se puede culpar a Chamberlain del desastre de Noruega. Winston Churchill es el primer lord del Almirantazgo, y tu madre dice que fue él quien presionó para que se realizara la invasión. Después de todo lo que ha hecho Chamberlain, España, Austria, Checoslovaquia, sería irónico que abandonara el poder a causa de algo que en realidad no es culpa suya.

—Todo es, en última instancia, culpa del primer ministro —dijo Lloyd—. Eso es lo que implica tener el poder.

Bernie sonrió con ironía, y Lloyd supo que estaba pensando que los jóvenes veían las cosas de un modo demasiado simple; pero el hecho de que no dijera nada honraba a su padrastro.

El debate estaba siendo acalorado, pero la cámara quedó en silencio cuando el antiguo primer ministro, David Lloyd George, se puso en pie. A Lloyd le habían puesto su nombre por él. Con sus ya setenta y siete años, era un anciano hombre de Estado de pelo cano que hablaba con la autoridad del artífice de la victoria en la Gran Guerra.

No tuvo piedad.

—No es cuestión de quiénes son aquí amigos del primer ministro —dijo, afirmando lo evidente con un sarcasmo mordaz—. Se trata de un asunto de proporciones mucho mayores.

De nuevo, Lloyd se sintió alentado al ver que el coro de aprobación venía tanto del bando conservador como de la oposición.

—Él ha instado a que se hagan sacrificios —dijo Lloyd George, y su acento nasal de Gales del Norte parecía afilar las cuchillas de su desprecio—. No hay nada que pueda contribuir más a la victoria, en esta guerra, que el hecho de que él sacrifique su sello oficial.

La oposición rugió su aprobación, y Lloyd vio a su madre aclamando al viejo hombre de Estado.

Churchill cerró el debate. Como orador podía equipararse a Lloyd George, y Lloyd temió que su oratoria pudiera salvar a Chamberlain. Pero tenía a la cámara en contra, interrumpiéndolo y jaleando a veces con tanto alboroto que no se lo oía por encima del clamor.

Churchill se sentó a las once de la noche y entonces se realizó la votación.

El sistema se hacía lento y pesado. En lugar de levantar las manos o marcar papeletas, los parlamentarios tenían que abandonar la cámara para ser contados a medida que pasaban a uno de los dos vestíbulos, el del «Sí» o el del «No». El procedimiento se alargó durante quince o veinte minutos. Ethel siempre decía que solo podía haber sido ideado así por hombres que no tenían nada más que hacer. Estaba segura de que no tardarían en modernizarlo.

Lloyd estaba en ascuas. La caída de Chamberlain le proporcionaría una profunda satisfacción, pero no era ni mucho menos segura.

Para distraerse pensó en Daisy, siempre una ocupación agradable. Qué extrañas habían sido las últimas veinticuatro horas en Tŷ Gwyn: primero aquella nota con una sola palabra, «Biblioteca»; después la conversación apresurada y aquella tentadora cita en la Suite Gardenia; luego toda una noche de espera, con frío, aburrido y desconcertado, y todo por una mujer que no había aparecido. Lloyd había estado allí hasta las seis de la mañana, abatido pero reacio a abandonar las esperanzas hasta el momento en que se viera obligado a lavarse, afeitarse y cambiarse de ropa, hacer la maleta y salir de viaje.

Estaba claro que algo había salido mal, o a lo mejor Daisy había cambiado de opinión; pero ¿cuál había sido su intención en primer lugar? Le había susurrado que tenía algo que decirle. ¿Tenía pensado confesarle algo tan estremecedor como para merecer todo aquel montaje? ¿O sería algo tan banal que se había olvidado incluso de su cita? Tendría que esperar hasta el martes siguiente para preguntárselo.

No le había dicho a su familia nada de que Daisy estaba en Tŷ Gwyn. Eso habría supuesto tener que explicarles también la nueva relación que lo unía a ella, y no podía hacerlo porque ni siquiera él acababa de entenderla. ¿Estaba enamorado de una mujer casada? No lo sabía. ¿Qué sentía ella por él? No lo sabía. Lo más probable, pensó, era que Daisy y él se hubieran convertido en dos buenos amigos que habían perdido su oportunidad con el amor. Y en cierta forma, no quería admitir eso delante de nadie, porque entonces le resultaría insoportablemente definitivo.

—¿Quién subirá al poder si Chamberlain cae?

—Las apuestas favorecen a Halifax. —Lord Halifax era entonces secretario del Foreign Office.

—¡No! —exclamó Lloyd, indignado—. No podemos tener a un conde como primer ministro en un momento así. Además, también es un contemporizador, ¡es tan malo como Chamberlain!

—Estoy de acuerdo —dijo Bernie—. Pero ¿quién queda, si no?

—¿Y Churchill?

—¿Sabes qué dijo Stanley Baldwin de Churchill? —Baldwin, conservador, había sido primer ministro antes que Chamberlain—. Cuando nació Winston, muchas hadas bajaron revoloteando hasta su cuna para llevarle dones: la imaginación, la elocuencia, la diligencia, la capacidad… Y entonces llegó un hada que dijo: «Ninguna persona tiene derecho a tantos dones». Lo cogió en brazos y le dio tal meneo y tal sacudida que lo dejó sin discernimiento ni sensatez.

Lloyd sonrió.

—Muy gracioso, pero ¿es eso cierto?

—Algo de ello hay. En la última guerra fue el responsable de la batalla de los Dardanelos, que supuso una terrible derrota para nosotros. Ahora nos ha empujado a la aventura noruega, otro fracaso. Es un orador vehemente, pero la historia indica que tiene cierta tendencia a dejarse llevar por quimeras.

—Estuvo en lo cierto con la necesidad de rearme durante los años treinta, cuando todo el mundo se mostraba en contra, el Partido Laborista incluido.

—Churchill exigirá el rearme hasta en el Paraíso, cuando el león morará con el cordero.

—Me parece que necesitamos a alguien con cierta agresividad. Queremos que nuestro primer ministro ladre, no que gimotee.

—Bueno, a lo mejor se cumple tu deseo. Ya entran otra vez los escrutadores.

Se anunciaron los votos: 280 para el «Sí», 200 para el «No». Chamberlain había ganado. La cámara estalló en protestas. Los partidarios del primer ministro lo vitoreaban, pero los demás le gritaban que dimitiese.

Lloyd quedó amargamente decepcionado.

—¿Cómo pueden desear que se quede, después de todo eso?

—No saques conclusiones precipitadas —dijo Bernie mientras el primer ministro salía y el alboroto empezaba a remitir. Bernie estaba haciendo unos cálculos a lápiz en el margen del *Evening News*—. El gobierno suele tener una mayoría de unos 240 votos. Ahora han caído hasta 80. —Hizo unas rápidas anotaciones numéricas, sumas y restas—. Suponiendo por encima el número de parlamentarios ausentes, calculo que unos cuarenta partidarios del gobierno han votado en contra de Chamberlain, y otros sesenta se han abstenido. Es un golpe durísimo para un primer ministro: un centenar de sus compañeros de partido no depositan su confianza en él.

—Pero ¿bastará eso para obligarlo a dimitir? —preguntó Lloyd con impaciencia.

Bernie extendió los brazos en un gesto de rendición.

—No lo sé.

VI

Al día siguiente, Lloyd, Ethel, Bernie y Billy se fueron a Bournemouth en tren.

El tren estaba lleno de delegados venidos de toda Gran Bretaña, que se pasaron el trayecto entero discutiendo acerca del debate de la noche anterior y del futuro del primer ministro. Sus acentos iban desde el crudo sincopado de Glasgow hasta las fintas y los regates del *cockney*. Una vez más, Lloyd no encontró la ocasión de plantearle a su madre aquel tema que lo tenía obsesionado.

Igual que la mayoría de los delegados, tampoco ellos podían permitirse los hoteles de postín que se alzaban al borde de los acantilados, así que se alojaron en una casa de huéspedes de las afueras. Esa tarde, los cuatro fueron a un pub y se sentaron en un rincón tranquilo, y entonces Lloyd vio su oportunidad.

Bernie pidió una ronda de bebidas. Ethel se preguntó en voz alta cómo debía de estarle yendo a su amiga Maud en Berlín: ya no recibía noticias suyas, puesto que la guerra había interrumpido el servicio postal entre Alemania y Gran Bretaña.

Lloyd bebió unos sorbos de su pinta de cerveza y luego dijo con aplomo:

—Me gustaría saber algo más sobre mi verdadero padre.

—Tu padre es Bernie —repuso Ethel, cortante.

¡Otra vez con evasivas! Lloyd contuvo la furia que sintió crecer al instante en su interior.

—Eso no hace falta ni que lo digas —contestó—. Como tampoco hace falta que yo le diga a Bernie que lo quiero como a un padre, porque ya lo sabe.

Bernie le dio unas palmadas en el hombro, un gesto de afecto torpe pero genuino.

Lloyd adoptó un tono de apremio.

—Pero siento curiosidad por Teddy Williams.

—De lo que hay que hablar es del futuro, no del pasado... Estamos en guerra.

—Exactamente —dijo Lloyd—. Por eso quiero respuestas para mis preguntas ahora mismo. No estoy dispuesto a esperar, porque pronto tendré que irme al frente y no quiero morir en la ignorancia. —No veía forma de que pudiera rebatirle ese argumento.

—Ya sabes todo lo que hay que saber —dijo Ethel, pero evitaba mirarlo a los ojos.

—No, eso no es cierto —insistió Lloyd, obligándose a tener paciencia—. ¿Dónde están mis otros abuelos? ¿Tengo tíos, tías, primos?

—Teddy Williams era huérfano —contestó Ethel.

—¿Y creció en un orfanato?

—¿Por qué eres tan cabezota? —dijo su madre, molesta.

Lloyd dejó que su voz adoptara un tono de fastidio correspondiente.

—¡Porque soy igual que tú!

Bernie no pudo contener una sonrisa.

—Por lo menos eso es verdad.

Lloyd no le veía la gracia.

—¿Qué orfanato?

—Puede que me lo dijera, pero no me acuerdo. Uno de Cardiff, creo.

Entonces intervino Billy:

—Estás metiendo el dedo en la llaga, Lloyd, muchacho. Bébete la cerveza y déjalo correr.

—Yo también tengo esa misma llaga, maldita sea, tío Billy, muchísimas gracias. Ya estoy harto de mentiras.

—Vamos, vamos —dijo Bernie—. No hablemos de mentiras.

—Lo siento, papá, pero alguien tenía que decirlo. —Lloyd levantó una mano para acallar cualquier interrupción—. La última vez que le pregunté, mamá me dijo que la familia de Teddy Williams era de Swansea, pero que se habían trasladado muchas veces a causa del trabajo de su padre. Ahora me dice que creció en un orfanato de Cardiff. Una de las dos historias tiene que ser mentira... si es que no lo son las dos.

Ethel por fin lo miró a los ojos.

—Bernie y yo te alimentamos, te compramos ropa y te enviamos a la escuela y luego a la universidad —dijo, indignada—. No tienes nada de qué quejarte.

—Y yo siempre os daré las gracias por ello, y siempre os querré —dijo Lloyd.

—¿Por qué ha salido el tema, entonces?

—Por algo que me han dicho en Aberowen.

Su madre no dijo nada, pero en sus ojos apareció un destello de miedo. «En Gales hay alguien que sabe la verdad», pensó Lloyd.

—Me dijeron que a lo mejor Maud Fitzherbert se quedó encinta en 1914 —siguió diciendo Lloyd, implacable—, y que hicieron pasar a su bebé por hijo tuyo, por lo que te recompensaron con la casa de Nutley Street.

Ethel soltó un bufido de desdén.

Lloyd levantó una mano.

—Eso explicaría dos cosas —dijo—. Una, la insólita amistad entre lady Maud y tú. —Buscó algo en el bolsillo de su chaqueta—. Y dos, este retrato mío con patillas. —Les enseñó la fotografía a todos.

Ethel se quedó mirándola sin decir nada.

—Podría ser yo, ¿verdad? —inquirió Lloyd.

—Sí, Lloyd, podrías ser tú —repuso Billy—. Pero es evidente que no es el caso, así que deja de tomarnos el pelo y dinos de una vez quién es.

—Es el padre del conde Fitzherbert. Así que deja de tomarme el pelo tú a mí, tío Billy, y también tú, mamá. ¿Soy hijo de Maud?

—La amistad entre Maud y yo fue, ante todo, una alianza política. Se interrumpió al no llegar a un acuerdo en cuanto a la estrategia de las sufragistas, pero después la retomamos. Le tengo mucho cariño y me ha ofrecido oportunidades importantes en la vida, pero no existe entre nosotras ningún vínculo secreto. Ella no sabe quién es tu padre.

—De acuerdo, mamá —dijo Lloyd—. Podría creerte en eso. Pero es que esta foto…

—La explicación de ese parecido… —Ethel se quedó sin voz.

Lloyd no pensaba dejarla escapar.

—Vamos —dijo sin piedad alguna—. Dime la verdad.

Billy intervino de nuevo.

—Le estás ladrando al árbol equivocado, muchacho.

—¿De veras? Bueno, pues entonces, ¿por qué no me dices en qué dirección ladrar?

—Yo no soy quién para hacerlo.

Eso era casi una confesión.

—O sea que sí que me habéis mentido.

Bernie se había quedado sin habla.

—¿Estás diciendo que la historia de Teddy Williams no es cierta? —le preguntó a Billy. Estaba claro que también él la había creído durante todos esos años, igual que Lloyd.

Billy no contestó.

Todos miraron a Ethel.

—Al cuerno —espetó ella—. Como diría mi padre: «Sabed que os alcanzará vuestro pecado». Bueno, has pedido la verdad, pues la tendrás. Aunque no te va a gustar.

—Ponme a prueba —contestó Lloyd con ánimo temerario.

—No eres hijo de Maud —dijo Ethel—. Sino de Fitz.

VII

Al día siguiente, el viernes 10 de mayo, Alemania invadió Holanda, Bélgica y Luxemburgo.

Lloyd oyó la noticia por la radio mientras estaba desayunando con sus padres y el tío Billy en la casa de huéspedes. No le sorprendió: en el ejército todo el mundo creía que la invasión era inminente.

Las revelaciones de la noche anterior lo tenían mucho más aturdido. Se había pasado las horas en vela sin poder dormir, furioso por haber vivido tanto tiempo engañado, consternado al saber que era hijo de un contemporizador aristócrata y de derechas que, por una extraña casualidad, también era el suegro de la encantadora Daisy.

—¿Cómo pudiste enamorarte de él? —le había preguntado a su madre en el pub.

Su respuesta había sido cortante:

—No seas hipócrita. Tú estabas loco por tu norteamericana rica, y era tan de derechas que hasta se casó con un fascista.

Lloyd hubiese querido contestarle que aquello era diferente, pero enseguida se dio cuenta de que era exactamente lo mismo. Fuera cual fuese la relación que lo unía a Daisy, no había duda de que en el pasado sí había estado enamorado de ella. El amor no conocía la lógica. Si él había sucumbido a una pasión irracional, también su madre podía haberlo hecho; lo cierto era que ambos habían tenido la misma edad, veintiún años, cuando les había sucedido.

Lloyd le había dicho a su madre que tendría que haberle contado la verdad desde el principio, pero también para eso tenía ella un buen argumento.

—¿Cómo habrías reaccionado, cuando eras niño, si te hubiera dicho que eras hijo de un hombre rico, de un conde? ¿Cuánto tiempo habrías tardado en alardear de ello delante de los otros niños del colegio? Piensa en cómo se habrían burlado de tus fantasías infantiles. Piensa en cómo te habrían odiado por ser superior a ellos.

—Pero más tarde…

—No sé —dijo Ethel con cansancio—. Nunca parecía ser buen momento.

Al principio Bernie se quedó blanco de asombro, pero no tardó en recuperarse y volver a ser el mismo hombre flemático de siempre. Dijo que comprendía que Ethel no le hubiera contado la verdad.

—Un secreto compartido deja de ser un secreto.

Lloyd se preguntó cuál sería la relación de su madre con el conde en la actualidad.

—Supongo que debes de encontrártelo muchos días, en Westminster.

—Solo de vez en cuando. Los pares disponen de una sección del palacio propia, con bares y restaurantes para ellos solos, y cuando los vemos suele ser porque hemos concertado una cita.

Esa noche, Lloyd estaba demasiado conmocionado y desconcertado para saber cuáles eran sus sentimientos. Su padre era Fitz: el aristócrata, el *tory*, el padre de Boy, el suegro de Daisy. ¿Tenía que sentir tristeza, ira, impulsos suicidas? La revelación era tan demoledora que casi lo había dejado entumecido. Era como una herida tan grave que al principio no producía dolor.

Las noticias de la mañana le dieron algo más en qué pensar.

Durante la madrugada, el ejército alemán había realizado un avance relámpago hacia el oeste. Aunque ya lo habían anticipado, Lloyd sabía que los servicios secretos aliados se habían mostrado incapaces de averiguar la fecha por adelantado, así que los alemanes habían pillado a los ejércitos de esos pequeños países desprevenidos. Aun así, contraatacaban con valentía.

—Seguramente es cierto —comentó el tío Billy—, pero la BBC lo diría aunque no lo fuera.

El primer ministro, Chamberlain, había convocado una reunión del gabinete ministerial que se estaba produciendo en esos mismos instantes. Sin embargo, el ejército francés, con el refuerzo de diez divisiones británicas que ya estaban en Francia, hacía tiempo que tenía decidido un plan para enfrentarse a esa posible invasión, y ese plan se había puesto en marcha automáticamente. Las tropas aliadas habían cruzado la frontera francesa hacia Holanda y Bélgica desde el oeste y corrían a encontrarse con los alemanes.

Con el corazón en un puño a causa de esa trascendental noticia, la familia Williams tomó el autobús hacia el centro de la localidad para llegar al Pabellón Bournemouth, donde iba a celebrarse el congreso del partido.

Allí se enteraron de las noticias procedentes de Westminster. Chamberlain se aferraba al poder. Billy supo que el primer ministro había pedido al jefe del Partido Laborista, Clement Attlee, que fuera ministro de su gabinete, con lo que convertiría al gobierno en una coalición de los tres partidos principales.

A los tres les horrorizaba esa idea. Chamberlain, el contemporizador, seguiría siendo primer ministro y, con un gobierno de coalición, el Partido Laborista se vería obligado a respaldarlo. No soportaban ni pensarlo siquiera.

—¿Qué ha dicho Attlee? —preguntó Lloyd.

—Que tendría que consultarlo con su Comité Ejecutivo Nacional —respondió Billy.

—Esos somos nosotros. —Tanto Lloyd como Billy eran miembros del comité, que tenía una reunión programada para las cuatro de esa misma tarde.

—Tienes razón —terció Ethel—. Empecemos a sondear a la gente para ver con cuánto apoyo podría contar el plan de Chamberlain dentro de nuestro ejecutivo.

—Yo diría que con ninguno —repuso Lloyd.

—No estés tan seguro —dijo su madre—. Habrá quienes quieran mantener allí a Churchill a cualquier precio.

Lloyd pasó las siguientes horas inmerso en una incesante actividad política, hablando con los miembros del comité, con sus amigos y sus ayudantes, en las cafeterías y bares que había en el pabellón y el paseo marítimo. No comió nada al mediodía, pero bebió tanto té que creyó que hasta podría flotar en el agua.

Le decepcionó descubrir que no todos compartían sus opiniones sobre Chamberlain y Churchill. Todavía quedaban algunos pacifistas de la última guerra que deseaban la paz a cualquier precio y aprobaban la actitud acomodaticia de Chamberlain. Por otra parte, los parlamentarios galeses aún pensaban en Churchill como en el secretario del

Home Office que había enviado a las tropas a reventar una huelga en Tonypandy. Aquello había sucedido hacía treinta años, pero Lloyd estaba aprendiendo que, en política, la memoria podía alargarse mucho.

A las tres y media, Lloyd y Billy recorrieron el paseo marítimo acompañados por una fresca brisa y entraron en el hotel Highcliff, donde iba a celebrarse la reunión. Pensaban que la mayoría del comité estaría en contra de aceptar la oferta de Chamberlain, pero no podían estar completamente seguros, y Lloyd seguía preocupado por el resultado.

Entraron en la sala y se sentaron a la larga mesa junto al resto de los miembros del comité. El jefe del partido llegó puntualmente a las cuatro.

Clem Attlee era un hombre delgado, tranquilo, sin pretensiones, calvo y con bigote. Tenía pinta de abogado —como lo era su padre— y la gente solía subestimarlo. Con su habitual tono seco y poco emotivo, resumió ante el comité los hechos de las últimas veinticuatro horas, incluida la oferta de Chamberlain de una coalición con los laboristas.

—Tengo dos preguntas que hacerles —dijo entonces—. La primera es la siguiente: ¿formarían ustedes parte de un gobierno de coalición con Neville Chamberlain como primer ministro?

Se oyó un «No» rotundo entre los reunidos alrededor de la mesa, más contundente de lo que había esperado Lloyd. Estaba entusiasmado. Chamberlain, el amigo de los fascistas, el traidor de España, estaba acabado. Sí que había justicia en el mundo.

Lloyd también reparó en lo sutil que había sido el insustancial Attlee para controlar la reunión. No había abierto el tema a un debate general. Su pregunta no había sido: ¿qué debemos hacer? No le había dado a la gente ocasión de expresar inseguridades ni vacilaciones. Con su discreto proceder, los había puesto entre la espada y la pared y les había hecho elegir. Lloyd estaba seguro de que la respuesta que le habían dado era la que él había querido.

—La segunda pregunta —dijo Attlee— es: ¿formarían parte de una coalición con otro primer ministro?

La respuesta no fue tan vehemente, pero fue un «Sí». Mientras Lloyd recorría la mesa con la mirada, comprendió que casi todo el mundo estaba a favor. Si había alguien en contra, no se molestó en solicitar una votación.

—En tal caso —dijo Attlee—, le comunicaré a Chamberlain que nuestro partido formará parte de una coalición, pero únicamente si él dimite y otro primer ministro ocupa su lugar.

Se oyó un murmullo de aquiescencia por toda la mesa.

Lloyd se dio cuenta de lo inteligente que había sido Attlee al evitar la pregunta de quién creían que debía ser el nuevo primer ministro.

—Ahora mismo iré a pedir una comunicación telefónica con el número diez de Downing Street —dijo, y abandonó la sala.

VIII

Esa noche, Winston Churchill fue convocado al palacio de Buckingham, según mandaba la tradición, y el rey le pidió que asumiera el cargo de primer ministro.

Lloyd tenía muchas esperanzas puestas en Churchill, aunque fuera conservador. A lo largo del fin de semana, Churchill se ocupó de las disposiciones que creyó pertinentes. Constituyó un Gabinete de Guerra del que formaban parte Clem Attlee y Arthur Greenwood, presidente y vicepresidente del Partido Laborista, respectivamente. El líder sindicalista Ernie Bevin fue nombrado ministro de Trabajo. Era evidente, pensó Lloyd, que Churchill pretendía formar un gobierno auténticamente pluripartidista.

Lloyd hizo la maleta para llegar a tiempo a coger el tren que lo llevaría de vuelta a Aberowen. Una vez allí, suponía que le asignarían un nuevo destino, seguramente en Francia, pero él solo necesitaba una o dos horas. Estaba desesperado por conocer la explicación del comportamiento de Daisy del último martes. Como sabía que iba a verla pronto, su impaciencia por comprenderlo no hacía más que crecer.

Mientras tanto, el ejército alemán avanzaba implacable por Holanda y Bélgica, aplastando la enérgica oposición a una velocidad que tenía a Lloyd asombrado. El domingo por la tarde noche, Billy habló por teléfono con un contacto en el Ministerio de Guerra, y después Lloyd y él le pidieron a la propietaria de la casa de huéspedes que les dejara un viejo atlas escolar y estudiaron el mapa del noroeste de Europa.

El índice de Billy trazó una línea de este a oeste desde Düsseldorf hasta Lille, pasando por Bruselas.

—Los alemanes se están abriendo camino por las partes más débiles de las defensas francesas, la sección septentrional de la frontera con Bélgica. —Su dedo descendió por la página—. El sur de Bélgica linda con la región de las Ardenas, una gran franja de terreno accidentado y boscoso, prácticamente intransitable para los ejércitos motorizados modernos. Eso ha dicho mi amigo del Ministerio de Guerra. —Volvió a desplazar el dedo—. Sin embargo, más al sur, la frontera franco-alemana está defendida por una serie de firmes fortificaciones que reciben el nombre de Línea Maginot y que se extiende hasta tocar con Suiza. —Su dedo regresó a lo alto de la página—. Pero no hay fortificaciones entre Bélgica y el norte de Francia.

Lloyd estaba desconcertado.

—¿Es que a nadie se le había ocurrido pensarlo hasta ahora?

—Claro que lo hemos pensado, y tenemos una estrategia para enfrentarnos a ello. —Billy bajó la voz—. Se llama Plan D. Ya no puede seguir considerándose secreto, puesto que lo estamos desplegando sobre el terreno. Lo mejor del ejército francés, además de toda la Fuerza Expedicionaria Británica, que ya se encuentra allí, están cruzando la frontera belga a toda velocidad. Formarán una sólida línea de defensa en el río Dyle. Eso detendrá el avance de los alemanes.

Aquello no acabó de convencer a Lloyd.

—O sea, ¿que estamos dedicando la mitad de nuestras fuerzas al Plan D?

—Tenemos que asegurarnos de que dé resultado.

—Más vale.

Los interrumpió la propietaria, que traía un telegrama para Lloyd.

Tenía que ser del ejército, porque le había facilitado al coronel Ellis-Jones esa dirección antes de coger el permiso. Le extrañó no haber recibido noticias antes aún. Rasgó el sobre y leyó el telegrama:

NO REGRESE ABEROWEN STOP PRESÉNTESE MUELLES SOUTHAMPTON DE INMEDIATO STOP À BIENTÔT FDO ELLISJONES

No volvería a Tŷ Gwyn. Southampton era uno de los mayores puertos de Gran Bretaña, habitual punto de embarco para viajar al continente, y se encontraba a tan solo unos kilómetros de Bournemouth siguiendo la costa, quizá a una hora en tren o autobús.

Con una punzada en el corazón, Lloyd comprendió que no vería a Daisy al día siguiente. Puede que nunca llegara a saber qué era lo que había querido decirle.

Ese «À BIENTÔT» del coronel Ellis-Jones confirmaba sus evidentes sospechas.

Lloyd se iba a Francia.

7

1940 (II)

I

Erik von Ulrich pasó los tres primeros días de la batalla de Francia en un atasco.

Erik y su amigo Hermann Braun pertenecían a una unidad médica adjunta a la 2.ª División Panzer. Durante el recorrido para cruzar el sur de Bélgica, no habían sido testigos de la acción bélica, el trayecto había consistido en kilómetros y kilómetros de verdes colinas y árboles. Sin duda se encontraban en la región boscosa de las Ardenas. Viajaban por caminos angostos, muchos de los cuales ni siquiera estaban pavimentados, y un tanque averiado podía provocar un atasco de unos ochenta kilómetros en cuestión de segundos. Permanecían detenidos, atascados en largas colas, más que en movimiento.

Hermann tenía el rostro pecoso congelado en una mueca de ansiedad.

—¡Esto es ridículo! —murmuró a Erik, en voz tan baja que nadie más pudo oírlo.

—Parece mentira que precisamente tú digas eso. Tú que estuviste en las Juventudes Hitlerianas —respondió su compañero con templanza—. Ten fe en el Führer —espetó, aunque no estaba lo bastante furioso como para denunciar a su amigo.

Al avanzar experimentaban una incomodidad dolorosa. Iban sentados en el duro suelo de madera de un camión militar y este pasaba rebotando sobre raíces de árboles y esquivaba con brusquedad los baches. Erik anhelaba poder entrar en combate solo para poder bajarse de aquel maldito vehículo.

—¿Qué estamos haciendo aquí? —preguntó Hermann elevando la voz.

Su jefe, el doctor Rainer Weiss, iba sentado en un asiento de verdad junto al conductor.

—Obedecemos las órdenes del Führer, que son siempre las correctas, por supuesto —lo dijo sin cambiar de expresión, aunque Erik tuvo la certeza de que estaba siendo sarcástico. El comandante Weiss, un hombre delgado de pelo negro y gafas, acostumbraba a hablar con cinismo del gobierno y los militares, aunque siempre lo hacía en ese tono enigmático, para que no pudiera probarse nada en su contra. De todas formas, el ejército no podía permitirse prescindir de un buen médico a esas alturas de la batalla.

Viajaban otros dos ordenanzas médicos en el camión, ambos mayores que Erik y Hermann. Uno de ellos, Christof, tenía una respuesta más satisfactoria para la pregunta de Hermann.

—Puede que los franceses no esperen que ataquemos por aquí, por la gran dificultad del terreno.

—Tendremos la ventaja del factor sorpresa y su defensa será débil —apuntó su amigo Manfred.

—Gracias a ambos por la lección de tácticas de guerra —agradeció Weiss con sarcasmo—. Ha sido muy esclarecedor. —Aunque no dijo que estuvieran equivocados.

Pese a todo lo que había ocurrido, todavía quedaban personas a las que les flaqueaba la fe en el Führer, para asombro de Erik. Su propia familia seguía negándose a reconocer los triunfos de los nazis. Su padre, que había sido un hombre con un buen cargo y poder, se había convertido en un personaje lastimero. En lugar de regocijarse por la conquista de Polonia, no hacía más que quejarse de lo mal que trataban a los polacos, algo que debía de haber escuchado de forma clandestina en alguna emisora de radio extranjera. Un comportamiento así podía meterlos en líos a todos, incluyendo a Erik, que sería acusado de no informar de ello al supervisor nazi de la comunidad.

La madre de Erik daba los mismos problemas. Cada cierto tiempo desaparecía con pequeños paquetes de pescado ahumado o huevos. No daba ninguna explicación, pero Erik estaba seguro de que se lo llevaba a frau Rothmann, cuyo marido judío ya no tenía permitida la práctica de la medicina.

A pesar de ello, Erik enviaba a casa un buen pellizco de su soldada, pues sabía que sus padres pasarían hambre y frío si no lo hacía. Detestaba sus ideas políticas, pero los quería. Ellos, sin duda, sentían lo mismo por las ideas políticas de su hijo y por él.

La hermana de Erik, Carla, había querido ser médico, como su hermano, y se había puesto hecha un basilisco cuando le dejaron claro que, en la Alemania que le había tocado vivir, esa profesión era asunto de hombres. En ese momento estaba formándose como enfermera, una ocupación mucho más apropiada para una chica alemana. Y ella también ayudaba a sus padres con su exiguo sueldo.

Erik y Hermann soñaban con alistarse en las unidades de infantería. La idea que tenían del combate era que iban a abalanzarse corriendo sobre el enemigo mientras disparaban su fusil y que iban a matar o morir por la madre patria. Pero no matarían a nadie. Ambos tenían un año de medicina, y una formación así no podía desperdiciarse; acabaron nombrándolos ordenanzas médicos.

El cuarto día en Bélgica, el lunes 13 de mayo, fue como los tres primeros hasta la tarde. Por encima del estruendoso rugido de cientos de motores de tanques y camiones, empezaron a oír otro sonido más alto. Eran aviones que sobrevolaban bajo, a no mucha distancia, bombardeando algún objetivo. Erik arrugó la nariz al olfatear los explosivos de gran potencia.

Hicieron un alto en el camino para la pausa de media tarde en un terreno elevado con vistas a un serpenteante valle fluvial. El comandante Weiss informó que se trataba del río Mosa, y que se encontraban al oeste de la ciudad de Sedán. Por tanto, ya habían entrado en Francia. Los aviones de la Luftwaffe los sobrepasaban volando y rugiendo, uno tras otro, y se lanzaban en picado sobre el río a unos kilómetros de distancia, bombardeando y acribillando las aldeas que salpicaban las riberas, donde, supuestamente, se encontraban las posiciones defensivas francesas. Se elevaban columnas humeantes de los incontables incendios entre las viviendas y las granjas arrasadas. La cortina de fuego era incesante, y Erik empezó a sentir pena por cualquiera que pudiera haber quedado atrapado en aquel infierno.

Aquella era la primera contienda que presenciaba. No pasaría mucho tiempo hasta que él entrara en combate, y tal vez hubiera un joven soldado francés que estuviera observando la batalla desde un seguro punto aventajado y sintiera lástima por los alemanes a los que acorralaban y mataban. Esa idea le aceleró el pulso a Erik, la emoción hacía que el corazón le retumbase como un enorme tambor en el pecho.

Al mirar hacia el este, donde los detalles del paisaje quedaban difuminados por la distancia, pudo ver, no obstante, los aviones como pequeños puntos y las volutas de humo que ascendían hacia el cielo, y se percató de que la batalla se había librado a lo largo de varios kilómetros de aquel río.

Mientras miraban, el bombardeo aéreo tocó a su fin, los aviones viraban, ponían rumbo al norte y agitaban las alas como para decir: «Buena suerte» cuando los sobrevolaban de regreso a casa.

Cerca de donde se encontraba Erik, sobre la planicie que conducía al río, los tanques alemanes estaban entrando en acción.

Se encontraban a unos tres kilómetros del enemigo, pero la artillería francesa ya estaba martilleándolos desde el pueblo. A Erik le sorprendió la cantidad de artilleros que habían sobrevivido al bombardeo. Sin embargo, el fuego seguía refulgiendo entre las ruinas, el estruendo de los cañones retumbaba por los campos y una auténtica lluvia de tierra francesa caía sobre los puntos donde impactaban los proyectiles. Erik vio que un tanque salía volando por los aires tras un impacto directo: humo, fragmentos de metal y cuerpos desmembrados fueron escupidos por la boca del cráter. El joven soldado se sintió desfallecer.

No obstante, el bombardeo francés no detuvo el avance de los alemanes. Los tanques reptaban sin pausa hacia el tramo del río situado al este de la población, que, según Weiss, se llamaba Donchery. La infantería los seguía de cerca, en camiones y a pie.

—El ataque aéreo no ha sido suficiente —valoró Hermann—. ¿Dónde está nuestra artillería? Necesitamos que saquen la artillería pesada en el pueblo y que den a nuestros tanques y a la infantería una oportunidad para cruzar el río y levantar una cabeza de puente.

Erik deseó cerrarle la bocaza de un puñetazo. Estaban a punto de entrar en acción, ¡debían ser optimistas!

—Tienes razón, Braun, pero la munición de nuestra artillería se encuentra en pleno atasco en el bosque de las Ardenas —comentó Weiss—. Tenemos solo cuarenta y ocho proyectiles.

Un comandante de rostro enrojecido pasó corriendo.

—¡Moveos! ¡Moveos! —les exhortó.

—Instalaremos el hospital de campaña en el este —indicó el comandante Weiss señalando con el dedo—. Donde está esa granja. —Erik logró distinguir un tejado bajo y de color gris a unos setecientos metros del río—. ¡Está bien, en marcha!

Subieron de un salto al camión y salieron colina abajo con el motor a todo gas. Tras el descenso avanzaron dando tumbos por un camino de tierra. Erik se preguntó qué harían con la familia que supuéstamente vivía en el edificio que pensaban convertir en hospital de campaña. Supuso que los echarían de su casa o que los matarían si daban muchos problemas. Pero ¿accederían a irse? Estaban en pleno campo de batalla.

No tenía por qué preocuparse: ya se habían marchado.

El edificio estaba a un kilómetro de lo más cruento de la batalla, según apreció Erik. Imaginó que no tenía sentido montar un hospital de campaña en el radio de alcance del fuego enemigo.

—¡Camilleros, adelante! —gritó Weiss—. Cuando regreséis, ya estaremos listos.

Erik y Hermann agarraron una camilla enrollable y un equipo de primeros auxilios del camión de material sanitario, y se dirigieron hacia el campo de batalla. Christof y Manfred iban justo por delante de ellos, y una docena de sus camaradas les iban a la zaga. «Ya está —pensó Erik, exultante—, esta es nuestra oportunidad de convertirnos en héroes. ¿Quién mantendrá la calma bajo el fuego enemigo y quién perderá el norte y se arrastrará para esconderse en un agujero?»

Corrieron a campo través en dirección al río. Fue una larga carrera e iba a parecerles más larga de regreso, pues transportarían a los heridos.

Pasaron junto a tanques calcinados, pero no quedaban supervivientes; Erik apartó la mirada de los restos de hombres descuartizados, desperdigados entre el metal retorcido. Las bombas caían alrededor de ellos, aunque no eran demasiadas: la defensa del río era más bien débil, y la práctica totalidad de artilleros habían sucumbido en el ataque aéreo. En cualquier caso, para Erik, era la primera vez en la vida que le disparaban, y sintió el impulso estúpido e infantil de taparse los ojos con las manos. Pero siguió corriendo hacia delante.

Entonces una bomba cayó justo enfrente de ellos.

Se oyó un terrorífico estruendo seco y la tierra tembló como si un gigante hubiera dado un enérgico pisotón. Christof y Manfred recibieron el impacto directo, y Erik vio que sus cuerpos salían despedidos por los aires, como si de plumas se tratara. La explosión tiró a Erik al suelo. Mientras yacía tumbado boca arriba, quedó cubierto por la lluvia de tierra generada por la detonación, pero no resultó herido. Se levantó como pudo. Justo delante de él se encontraban los cuerpos desmembrados de Christof y Manfred. Christof estaba tendido como una muñeca rota, como si le hubieran arrancado las extremidades. La explosión había decapitado a Manfred, y la cabeza le había quedado tendida a los pies todavía calzados con las botas.

Erik quedó paralizado por el horror. En la facultad de medicina no había practicado con cuerpos mutilados y sangrantes. Estaba acostumbrado a los cadáveres de la clase de anatomía —trabajaban con uno cada dos estudiantes y Hermann y él habían compartido el cadáver de una anciana marchita—, también había visto a personas vivas sobre la mesa de operaciones abiertas en canal con el bisturí. Sin embargo, ninguna de aquellas prácticas lo había preparado para lo que estaba viendo en ese momento.

Solo deseaba salir corriendo.

Dio media vuelta. No podía sentir ni pensar en nada que no fuera el miedo. Empezó a desandar el camino que habían hecho hasta allí, se dirigía al bosque, alejándose del campo de batalla, con grandes y decididas zancadas.

Hermann lo salvó. Se puso delante de Erik.

—¿Adónde vas? ¡No seas idiota! —exclamó Hermann.

Erik continuó avanzando e intentó pasar por delante de su amigo. Este le propinó un fuerte puñetazo en la boca del estómago; Erik se dobló sobre sí mismo y cayó de rodillas.

—¡No huyas! —gritó Hermann, consternado—. ¡Te fusilarán por desertor! ¡Entra en razón!

Mientras Erik intentaba recuperar el aliento, logró pensar en frío. No podía salir huyendo, no debía desertar, debía quedarse allí, de pronto lo vio claro. Poco a poco, la fuerza de voluntad se fue imponiendo al terror que sentía. Al final logró levantarse.

Hermann lo miró con preocupación.

—Lo siento —se disculpó Erik—. Me he dejado llevar por el pánico. Ahora ya estoy bien.

—Entonces levanta la camilla y vamos.

Erik levantó la camilla enrollable, se la puso en equilibrio sobre el hombro, se volvió y empezó a correr.

Al acercarse más al río, Erik y Hermann se mezclaron con la infantería. Algunos soldados descargaban a pulso los botes neumáticos de la parte trasera de los camiones y los llevaban hasta la orilla del río, mientras los tanques intentaban cubrirlos disparando a las defensas francesas. Sin embargo, Erik, que había recobrado rápidamente la lucidez, se dio cuenta de que aquella era una batalla perdida: los franceses se encontraban tras los muros y en el interior de los edificios, mientras que la infantería alemana había quedado expuesta en la orilla del río. En cuanto botaran una lancha neumática, esta sería el blanco de una intensa ráfaga de fuego de ametralladoras.

En un tramo superior, el río describía una curva hacia la derecha, por eso el cuerpo de infantería no podría escapar del alcance de los franceses sin antes retroceder una larga distancia.

Tal como estaba la situación, ya había un gran número de muertos y heridos en el campo de batalla.

—Recojamos a este —ordenó Hermann con decisión, y Erik se agachó para obedecer.

Desenrollaron la camilla sobre el suelo junto a un soldado de infantería que gemía de dolor. Erik le dio de beber agua de una cantimplora, como había aprendido en la facultad. Apreció que el hombre presentaba numerosas heridas superficiales en la cara y un brazo descoyuntado. Erik supuso que había sido alcanzado por las ametralladoras, aunque, por suerte, los disparos no habían afectado a los órganos vitales. No había hemorragia, por lo que no se entretuvieron en hacerle un torniquete. Levantaron al herido y lo colocaron en la camilla, lo alzaron e iniciaron el camino de regreso corriendo hacia el hospital de campaña.

El herido emitía gritos agónicos mientras avanzaban.

—¡No paréis, no paréis! —gritó cuando se detuvieron, y apretó los dientes.

Llevar a un hombre en camilla no era tan fácil como podía parecer. Erik tenía la sensación de que iban a caérsele los brazos y estaban solo a mitad del recorrido. Sin embargo, sabía que el dolor del paciente era mucho más intenso, así que se limitó a seguir corriendo.

Se percató, agradecido, de que las bombas habían dejado de caer a su alrededor. Los franceses habían fijado su objetivo en la orilla del río, en un intento de evitar que los alemanes lo cruzasen.

Erik y Hermann llegaron por fin a la granja con su carga. Weiss tenía el lugar organizado: las habitaciones despejadas de los muebles prescindibles; lugares marcados en el suelo para colocar a los pacientes, y la mesa de la cocina dispuesta como mesa de operaciones. Indicó a Erik y a Hermann dónde situar al hombre herido. A continuación, los envió de regreso al campo, en busca de su próximo paciente.

La carrera de regreso al río fue más fácil. Iban libres de carga y el camino describía una ligera pendiente cuesta abajo. A medida que se aproximaban al río, Erik iba preguntándose, preocupado, si volvería a ser presa del pánico.

Le atemorizó el darse cuenta de que la batalla seguía yendo mal. Había varias embarcaciones a la deriva en pleno río y más cuerpos en la orilla; y todavía no se divisaban alemanes a lo lejos.

—Esto es una catástrofe —sentenció Hermann—. ¡Deberíamos haber esperado a nuestra artillería! —Su voz se había tornado estridente.

—Entonces habríamos perdido la ventaja del factor sorpresa —terció Erik—, y los franceses habrían tenido tiempo de pedir refuerzos. La larga travesía por las Ardenas no habría servido para nada.

—Bueno, pues esto no está funcionando —concluyó Hermann.

En su fuero interno, Erik empezaba a preguntarse si los planes del Führer eran realmente infalibles. Esa idea hizo tambalear su determinación y amenazó con desestabilizarlo por completo. Por suerte, no tenían más tiempo para la reflexión. Se detuvieron junto a un hombre con una pierna casi desmembrada. Tenía más o menos la misma edad que ellos, unos veinte años, la piel pálida y pecosa, y el pelo rojizo. La pierna izquierda le acababa a mitad del muslo, en un muñón descarnado. Resultaba sorprendente, pero no se había desmayado, y los miró como si fueran dos ángeles de la guarda.

Erik localizó el punto de presión en la ingle y detuvo la hemorragia mientras Hermann sacaba un torniquete y se lo aplicaba. Luego lo colocaron en la camilla y regresaron a la carrera.

Hermann era un alemán leal, aunque a veces se dejaba llevar por sus sentimientos negativos. Si Erik tenía esa clase de sentimientos, se cuidaba mucho de expresarlos en voz alta. De esa forma no menospreciaba las convicciones de nadie y no se metía en líos.

Sin embargo, no podía evitar pensar. Al parecer, el avance a través de las Ardenas no había resultado en la victoria fácil que los alemanes esperaban obtener. Las defensas del río Mosa eran débiles, pero los franceses contraatacaban con virulencia. Erik se planteó si su primera experiencia en la batalla podría acabar con la fe que tenía en el Führer. Ese pensamiento hizo que sintiera verdadero pánico.

Se preguntó si a los destacamentos alemanes apostados más al este estaría yéndoles mejor. La 1.ª y la 10.ª Panzer habían avanzado junto a la división de Erik, la 2.ª, en su aproximación a la frontera, y debían ser ellas las responsables del ataque río arriba.

Sufría un constante y lacerante dolor en la musculatura de los brazos.

Llegaron al hospital de campaña por segunda vez. El lugar era un hervidero de actividad: el suelo estaba atestado de hombres que gemían y lloraban; había vendas manchadas de sangre por todas partes; Weiss y sus ayudantes pasaban a todo correr de un cuerpo mutilado al siguiente. Erik jamás había imaginado que un lugar tan pequeño pudiera albergar tanto sufrimiento. En cierto modo, cuando el Führer hablaba de la guerra, el joven jamás había imaginado ese tipo de situación.

Entonces se percató de que su paciente tenía los ojos cerrados.

El comandante Weiss le tomó el pulso.

—Llevadlo al granero ¡y no perdáis el tiempo trayéndome cadáveres, joder! —espetó.

Erik podría haber empezado a gritar de frustración y por el dolor de brazos, que empezaba a afectarle también a las piernas.

Llevaron el cuerpo al granero y vieron que allí ya había una docena de jóvenes muertos.

Aquello era peor que cualquier cosa que hubiera podido imaginar. Hasta ese momento, la idea de la contienda le había evocado el valor ante el peligro, el estoicismo ante el sufrimiento, el heroísmo ante la adversidad. Sin embargo, lo que estaba viendo en ese instante era la agonía, los gritos, el terror irracional, los cuerpos mutilados y la total desconfianza en la lógica de su misión.

Regresaron una vez más al río.

El sol estaba bajo y algo había cambiado en el campo de batalla. Los defensores franceses de Donchery estaban siendo objeto de un ataque aéreo en el extremo más distante del río. Erik supuso que más arriba, la 1.ª Panzer había tenido mejor fortuna, y había asegurado la cabeza de puente en la orilla meridional; en ese momento, los hombres habían llegado hasta el punto donde podían recibir ayuda de sus camaradas de los flancos. Estaba claro que su munición no estaba retenida en el bosque.

Animados, Erik y Hermann rescataron a otro herido. Esta vez, al regresar al hospital de campaña, les sirvieron dos latas de sabrosa sopa. En el descanso de diez minutos, mientras bebían el caldo, Erik deseó tumbarse a dormir toda la noche. Hizo falta un esfuerzo sobrehumano por su parte para que se levantase, agarrase su extremo de la camilla y regresara corriendo de vuelta al campo de batalla.

En ese momento fueron testigos de una escena distinta. Los tanques cruzaban el río. Los alemanes procedentes del curso superior llegaban bajo una intensa ráfaga de fuego, pero estaban respondiendo con ayuda de los refuerzos de la 1.ª Panzer.

Erik entendió que, a pesar de todo, su bando tenía alguna oportunidad de lograr su objetivo. Eso lo animó y empezó a sentirse avergonzado por haber dudado del Führer.

Hermann y él siguieron rescatando heridos durante horas, hasta que olvidaron lo que era no sentir dolor en brazos y piernas. Algunos de los hombres que transportaban estaban inconscientes; otros les daban las gracias, algunos los insultaban; muchos solo gritaban; algunos vivían y otros morían.

A las ocho de la tarde había una cabeza de puente alemana en el curso superior del río y, a las diez, ya estaba asegurada.

La contienda tocó a su fin al caer la noche. Erik y Hermann continuaron barriendo el campo de batalla en busca de heridos. A medianoche llevaron el último al hospital. Luego se tumbaron bajo un árbol y se sumieron en un sueño profundo, de puro agotamiento.

Al día siguiente, Erik y Hermann y el resto de la 2.ª Panzer regresaron al oeste y penetraron en lo que quedaba de las defensas del ejército francés.

Dos días más tarde, ya se encontraban a ochenta kilómetros de distancia, en el río Oise, y avanzaban a toda prisa por territorio sin defender.

El 20 de mayo, una semana después de haber aparecido por sorpresa en el bosque de las Ardenas, habían llegado a la costa del canal de la Mancha.

El comandante Weiss explicó su logro a Erik y a Hermann.

—Veréis, nuestro ataque de Bélgica fue un amago. Su objetivo era atraer a franceses e ingleses a una trampa. Nosotros, las divisiones Panzer, éramos las mandíbulas del cepo y ahora los tenemos entre las fauces. La mayor parte del ejército francés y casi toda la Fuerza Expedicionaria Británica están en Bélgica, rodeados por el ejército alemán. Les faltan víveres y refuerzos, están desesperados y abatidos.

—¡Ese era el plan del Führer desde un principio! —exclamó Erik con tono triunfal.

—Sí —afirmó Weiss y, aunque Erik no supo si estaba siendo sincero, añadió—: ¡Nadie piensa como el Führer!

II

Lloyd Williams se encontraba en un estadio de fútbol de algún lugar entre Calais y París. Con él había otros mil prisioneros de guerra ingleses o más. No tenían dónde cobijarse del sol abrasador de junio, aunque agradecían la calidez de las noches, ya que no había mantas. Tampoco había baños ni agua para asearse.

Lloyd estaba cavando un agujero con las manos. Había organizado un grupo de trabajo con algunos de los mineros galeses para construir unas letrinas en uno de los extremos del campo de fútbol. Él trabajaba con ellos, codo con codo, para dar ejemplo de fuerza de voluntad. Otros hombres se sumaron, pues no tenían otra cosa que hacer, y pronto fueron cerca de un centenar colaborando. Cuando un guardia pasó por allí rondando para ver qué se cocía, Lloyd se lo explicó.

—Hablas bien el alemán —comentó el guardia con amabilidad—. ¿Cómo te llamas?

—Lloyd.

—Yo soy Dieter.

Lloyd decidió sacar partido a aquella pequeña muestra de simpatía.

—Podríamos cavar más deprisa si tuviéramos herramientas.

—¿A qué viene tanta prisa?

—Una mejor higiene os beneficiaría a vosotros tanto como a nosotros.

Dieter se encogió de hombros y se alejó.

Lloyd tenía la incómoda sensación de ser un fracasado. No había entrado en acción. Los Fusileros Galeses habían ido a Francia en calidad de reservistas, como reemplazo de otros soldados en una contienda que se preveía prolongada. Sin embargo, los alemanes habían tardado solo diez días en derrotar al grueso del ejército aliado. Muchos de los ingleses vencidos habían sido evacuados de Calais y Dunkerque, pero miles de soldados habían perdido el barco, y Lloyd se contaba entre ellos.

Supuestamente, los alemanes se dirigían hacia el sur a marchas forzadas. A Lloyd le constaba que los franceses seguían luchando, pero sus mejores tropas habían quedado aisladas en Bélgica. Los guardias alemanes lucían una expresión triunfalista, como si tuvieran el convencimiento de una victoria garantizada.

Lloyd era prisionero de guerra, pero ¿durante cuánto tiempo más? A esas alturas del conflicto, las naciones debían de estar presionando al gobierno británico para la firma de un tratado de paz. Churchill jamás accedería, pero era un disidente, distinto a todos los demás políticos, y podía ser destituido. Los hombres como lord Halifax se andarían con pocos miramientos a la hora de firmar un tratado de paz con los nazis. Aunque a Lloyd le entristeciera reconocerlo, lo mismo podía decirse del subsecretario de Asuntos Exteriores, el conde Fitzherbert, quien ahora resultaba ser su padre, para bochorno de su hijo ilegítimo.

Si la paz llegaba pronto, sus días como prisionero de guerra serían contados. Tal vez pasara todo el conflicto allí, en aquel estadio francés. Regresaría a casa esquelético y quemado por el sol, pero, salvo por eso, de una pieza.

No obstante, si los ingleses persistían en la lucha, sería harina de otro costal. La última guerra se había prolongado durante más de cuatro años. Lloyd no podía soportar la idea de perder cuatro años de su vida en un campo de prisioneros de guerra. Decidió que intentaría fugarse para escapar a ese destino.

Dieter reapareció cargado con una docena de palas.

Lloyd las repartió entre los hombres más robustos y el trabajo se aceleró.

En algún momento, los prisioneros serían trasladados a un campo de concentración de forma permanente. Esa sería la ocasión perfecta para intentar la huida. Basándose en su experiencia en España, Lloyd supuso que el ejército no consideraría prioritaria la vigilancia de los prisioneros. Si uno intentaba huir, tenía la posibilidad de salir airoso o podía caer abatido de un disparo; de una forma u otra, sería una boca menos que alimentar.

Pasaron lo que quedaba del día terminando las letrinas. Aparte de constituir una mejora para la higiene, ese proyecto les había levantado la moral, y Lloyd permaneció aquella noche en vela, contemplando las estrellas e intentando idear nuevas actividades en grupo. Decidió que organizaría una competición deportiva por todo lo alto: unos Juegos Olímpicos para prisioneros.

Aunque no tuvo la oportunidad de ponerlo en práctica, porque, a la mañana siguiente, los obligaron a marchar a pie.

Al principio, no estaba seguro de en qué dirección los llevaban, pero, transcurrido cierto tiempo, llegaron a la Route Napoléon, una carretera de dos carriles, y avanzaron hacia el este sin desviarse. A Lloyd se le ocurrió, que, con toda probabilidad, pretendían llevarlos caminando hasta Alemania.

Sabía que, en cuanto hubieran llegado, la huida le resultaría mucho más difícil. Debía aprovechar esa oportunidad. Cuanto antes, mejor. Estaba asustado, ahí estaban los guardias con sus armas, pero decidido.

No había mucho tráfico rodado, salvo algún que otro coche oficial alemán, pero la carretera estaba atestada de personas que viajaban a pie, justo en el sentido contrario al grupo de prisioneros. Transportaban sus posesiones en carretas y carromatos, algunos llevaban a sus reses encabezando la marcha. A todas luces, se trataba de refugiados cuyos hogares habían quedado destruidos en la contienda. Lloyd la consideró una visión alentadora. Un prisionero fugado podía confundirse entre ellos.

Los prisioneros no estaban sometidos a una vigilancia muy férrea. Solo había diez alemanes encargados de esa columna de un millar de hombres en movimiento. Los guardias tenían un coche y una motocicleta; los demás viajaban a pie y en bicicletas que debían de haber sustraído a los habitantes del lugar.

De todas formas, en un principio, Lloyd consideró la fuga como imposible. No había matas tras las que ocultarse, como en Inglaterra, y la cuneta no tenía la profundidad suficiente como para esconderse en ella. Un hombre a la fuga sería un blanco fácil para un fusilero experto.

Entonces llegaron a una aldea. Allí los guardias tendrían mayor dificultad para mantener vigilado a todo el mundo. Los aldeanos, hombres y mujeres, se mantenían a ambos lados de la columna, observando a los prisioneros. Un pequeño rebaño de ovejas se mezcló entre ellos. Había cabañas y tiendas al borde del camino. Lloyd observaba todo a la espera de una oportunidad. Necesitaba un lugar donde ocultarse de forma inmediata: una puerta abierta, un pasaje entre casas o un arbusto tras el cual refugiarse. Y debía pasar junto a ese escondite en el momento exacto en que no hubiera guardias a la vista.

Transcurridos un par de minutos, habían dejado atrás la aldea sin haberse presentado la mentada oportunidad.

Lloyd estaba furioso y tuvo que obligarse a tener paciencia. Habría más oportunidades. Quedaba un largo recorrido hasta Alemania. Por otra parte, con cada día que pasara, los alemanes consolidarían el domino del territorio conquistado, mejorarían su organización, impondrían toques de queda, pases y controles, impedirían el movimiento de refugiados. Estar fugado sería fácil al principio, pero se dificultaría con el paso del tiempo.

Hacía calor, y se quitó la chaqueta y la corbata del uniforme. Se desharía de esas prendas en cuanto pudiera. Visto de cerca, quizá siguiera teniendo aspecto de soldado inglés, con los pantalones y la camisa caquis, aunque, a cierta distancia, esperaba no resultar tan sospechoso.

Pasaron por dos aldeas más hasta llegar a una pequeña ciudad. Lloyd pensó con nerviosismo que allí contaría con mayor número de posibles vías de escape. Se dio cuenta de que, en parte, deseaba no llegar a tener una buena oportunidad, así no tendría que ponerse a tiro de los fusiles alemanes. ¿Es que estaba habituándose al cautiverio? Era demasiado fácil continuar marchando: doloroso para los pies, pero seguro. Debía cortar con aquello de raíz.

Por desgracia, la carretera era bastante ancha en el tramo que atravesaba la ciudad. La columna se mantuvo en el centro de la calle, dejando un pasillo a cada lado que cualquier hombre a la fuga debería cruzar antes de encontrar un escondite. Algunas tiendas estaban cerradas y unos pocos edificios estaban tapiados con tablas, pero Lloyd localizó prometedores callejones, cafeterías con las puertas abiertas y una iglesia, aunque no podía llegar hasta ninguno de esos lugares sin dejar de ser observado.

Analizó los rostros de los vecinos del lugar mientras contemplaban a los prisioneros que pasaban. ¿Eran expresiones de compasión? ¿Recordarían que aquellos hombres habían luchado por Francia? ¿O tendrían tanto miedo a los alemanes, cosa por otra parte comprensible, que rechazarían ponerse en peligro? Seguramente era cierto al cincuenta por ciento. Algunos arriesgarían su vida por ayudarlo; otros lo entregarían a los alemanes sin pensarlo. Y él no sabría distinguir quién haría qué hasta que fuera demasiado tarde.

Llegaron al centro de la ciudad. «Ya he perdido la mitad de oportunidades —se dijo—. Ha llegado la hora de actuar.»

Más adelante divisó un cruce de caminos. Una cola de coches que iba en dirección contraria esperaba para girar a la izquierda, pues tenía el paso bloqueado por los hombres que marchaban. Lloyd identificó una camioneta civil en la cola. Polvorienta y maltrecha, parecía el vehículo de algún contratista o un peón de carreteras. La parte trasera estaba abierta, pero Lloyd no veía el interior porque los laterales eran altos.

Pensó que conseguiría montar a la camioneta por un lado y darse impulso hasta saltar a su interior.

Una vez dentro no sería visible para nadie que estuviera de pie o caminando por la calle, ni para los guardias montados en bicicleta. Pero sí podrían verlo directamente las personas apostadas en las ventanas superiores de los edificios que flanqueaban las calles. ¿Lo traicionarían?

Se acercó más a la camioneta.

Miró hacia atrás. El guardia más próximo se encontraba a unos ciento ochenta metros por detrás de él.

Miró hacia delante. Había un guardia en bicicleta a unos veinte metros en esa dirección.

—Aguántame esto un momento, ¿quieres? —dijo al hombre que se encontraba a su lado, y le entregó la chaqueta.

Se puso a la altura de la cabina de la camioneta. Al volante iba un hombre de expresión hastiada con mono de trabajo y tocado con boina, con un cigarrillo colgado del labio. Lloyd lo dejó avanzar. Entonces se situó junto al lateral del vehículo. No había tiempo de volver a comprobar dónde se encontraban los guardias.

Sin detenerse, Lloyd puso ambas manos en el lateral de la camioneta, se dio impulso, levantó una pierna por encima de la carrocería y luego la otra, cayó dentro e impactó contra el suelo del vehículo con un golpe tan fuerte que sonó estruendoso a pesar del barullo del millar de pares de pies que marchaban por el camino. Se pegó al suelo boca abajo sin pensarlo. Se quedó ahí quieto, esperando escuchar una algarabía de gritos en alemán, el rugido de una motocicleta aproximándose o el restallido de un disparo de fusil.

Oyó el rugido irregular del motor de la camioneta, el paso firme y también el arrastrado de los pies de los prisioneros, los ruidos de fondo del tráfico rodado y de los viandantes de una pequeña ciudad. ¿Se había salido con la suya?

Miró a su alrededor, manteniendo la cabeza gacha. Junto a él, en la camioneta, vio unos cubos, tablones, una escalera de mano y una carretilla. Había albergado la esperanza de encontrar algunos sacos con los que taparse, pero no había ninguno.

Oyó una motocicleta. Le pareció que frenaba en seco por allí cerca. Luego, a unos centímetros de donde él se encontraba, alguien habló en francés con un fuerte acento alemán.

—¿Adónde se dirige? —Un guardia estaba hablando con el conductor de la camioneta, supuso Lloyd, con el corazón en la boca. ¿Intentaría el guardia revisar la parte trasera del vehículo?

Oyó responder al conductor, con tono indignado y con un francés tan acelerado que Lloyd no logró descifrar. Casi con total seguridad, el soldado alemán tampoco fue capaz de entenderlo. Repitió la pregunta.

Lloyd levantó la vista y vio a dos mujeres apostadas en una ventana mirando a la calle. Lo miraban, boquiabiertas. Una estaba señalándolo, asomando el brazo por la ventana abierta.

Lloyd intentó que lo mirase a los ojos. Inmóvil en el suelo, agitó una mano de lado a lado con un gesto que quería decir: «No».

Ella captó el mensaje. Bajó el brazo y se tapó la boca con la mano como si hubiera caído en la cuenta, horrorizada, de que su gesto podría suponer una sentencia de muerte.

Lloyd deseaba que ambas mujeres se apartasen de la ventana, pero eso era desear demasiado, y siguió mirándolas.

El guardia de la motocicleta no quiso seguir insistiendo. Pasados unos minutos, la motocicleta se alejó con gran estruendo.

Las pisadas se oían cada vez más lejos. El grupo de prisioneros había pasado. ¿Era libre?

Se oyó el ruido de los motores y la camioneta se movió. Lloyd notó que doblaba la esquina y tomaba velocidad. Se quedó quieto, demasiado asustado para moverse.

Miraba a lo alto de los edificios a medida que iban pasando, alerta por si alguien lo divisaba, aunque no sabía qué haría si eso ocurría. Cada segundo que transcurría lo alejaba de los guardias, eso pensaba para animarse.

Para su decepción, la camioneta no tardó nada en detenerse. El conductor apagó el motor, abrió su portezuela y la cerró de golpe. Luego no pasó nada. Lloyd permaneció quieto durante un rato, pero el conductor no regresaba.

Lloyd elevó la vista al cielo. El sol estaba alto: debían de ser más de las doce. Seguramente, el conductor había ido a comer.

El problema era que Lloyd seguía siendo visible desde las ventanas de los pisos superiores de ambas aceras. Si permanecía donde estaba, se percatarían de su presencia tarde o temprano. Y entonces no cabía ninguna duda de lo que ocurriría.

Vio que una cortina se movía en un ático, y eso lo hizo decidirse.

Se levantó y miró hacia un lado. En la acera vio a un hombre con traje de oficina, este se quedó mirándolo con curiosidad, pero no se detuvo.

Lloyd saltó como pudo por el lateral del vehículo y cayó al suelo. Se encontró en la entrada de un bar restaurante. Ese era el lugar al que había ido el conductor, estaba claro. Lloyd se percató, horrorizado, de que había dos hombres con uniforme del ejército alemán sentados en una mesa junto a la ventana, con jarras de cerveza en la mano. De puro milagro, no miraron en dirección al prisionero fugado.

Lloyd se alejó caminando a toda prisa.

Miraba a su alrededor, alerta, mientras avanzaba. Todas las personas con las que se cruzaba se quedaban mirándolo: sabían exactamente qué era. Una mujer soltó un grito y salió corriendo. Lloyd entendió que debía cambiarse la camisa y el pantalón caquis por alguna prenda más francesa lo antes posible.

Un joven lo agarró por el brazo.

—Venga *conmigó* —dijo con un fuerte acento francés—. Le *ayudagué* a *escondegse*.

Tomaron un callejón paralelo. Lloyd no tenía motivos para confiar en ese muchacho, pero debía tomar una decisión sin pensarlo, y se dejó llevar.

—Por aquí —le indicó el joven, y condujo a Lloyd al interior de una pequeña casa.

En una cocina vacía había una chica con un bebé. El joven se presentó, dijo que se llamaba Maurice; ella era su esposa, Marcelle, y la pequeña se llamaba Simone.

Lloyd se permitió un instante de agradecido alivio. ¡Había huido de los alemanes! Seguía en peligro, pero ya no estaba en la calle y se encontraba en un hogar hospitalario.

El francés académico y formal que Lloyd había aprendido en la escuela se había vuelto más coloquial durante su huida desde España y, sobre todo, durante las dos semanas que había pasado vendimiando en Burdeos.

—Sois muy amables —dijo—. Gracias.

Maurice le respondió en francés, a todas luces aliviado por no tener que hablar en inglés.

—Supongo que te apetecerá comer algo.

—Muchísimo.

Marcelle rebanó a toda prisa una alargada barra y la sirvió en la mesa junto a un queso redondo y una botella de vino sin etiquetar. Lloyd se sentó y lo engulló con avidez.

—Te prestaré algo de ropa vieja —se ofreció Maurice—. Pero además deberías intentar caminar de otra forma. Ibas andando sin dejar de mirar a tu alrededor, demasiado alerta e interesado en el entorno. Es como si llevaras un cartel colgado al cuello que dijera: «Visitante de Inglaterra». Será mejor que vayas arrastrando los pies con la vista clavada al suelo.

—Lo recordaré —dijo Lloyd con la boca llena de pan y queso.

Había una pequeña estantería de libros, entre los que se contaban traducciones al francés de Marx y de Lenin. Maurice se dio cuenta de que Lloyd estaba mirándolas.

—Yo era comunista, hasta el pacto entre Hitler y Stalin —aclaró—. Ahora, se acabó. —Hizo un gesto de corte limpio con la mano—. Sea como sea, tenemos que vencer al fascismo.

—Yo estuve en España —explicó Lloyd—. Antes de eso, creía en la posibilidad de un frente unido de todos los partidos de izquierdas. Pero ya no.

Simone rompió a llorar. Marcelle se sacó un voluptuoso pecho por debajo del vestido holgado y empezó a amamantar al bebé. Las francesas hacían gala de una actitud más relajada ante la lactancia materna que las mojigatas damas inglesas, Lloyd no lo había olvidado.

Cuando terminó de comer, Maurice lo llevó al piso de arriba. De un armario casi vacío, sacó un par de monos de trabajo azul marino, una camisa celeste, calzoncillos y calcetines, todo usado pero limpio. La generosidad de aquel hombre sin duda pobre abrumó a Lloyd, y no tenía ni idea de cómo expresarle su agradecimiento.

—Deja el uniforme militar en el suelo —le indicó Maurice—. Yo lo quemaré.

A Lloyd le habría gustado lavarse, pero no había aseo. Supuso que estaba en el patio trasero.

Se puso la ropa limpia y se miró fijamente en un espejo que colgaba de la pared. El azul francés le sentaba mejor que el caqui militar, aunque seguía pareciendo inglés.

Volvió a bajar.

Marcelle estaba sacándole el flato a la pequeña.

—Una gorra —dijo.

Maurice sacó la típica boina francesa azul oscuro, y Lloyd se la encasquetó.

Entonces su generoso anfitrión miró con preocupación las resistentes botas de piel negra del ejército inglés que calzaba Lloyd, polvorientas pero de excelente calidad.

—Te delatan —aseguró.

Lloyd no quería dejar sus botas. Le quedaba un largo camino por recorrer.

—¿Y si hacemos que parezcan viejas? —sugirió.

Maurice no se mostró muy convencido.

—¿Cómo?

—¿Tienes un cuchillo afilado?

El francés se sacó una navaja del bolsillo.

Lloyd se descalzó. Se hizo unos agujeros en la punta, luego rajó las cañas. Les retiró los cordones y volvió a colocarlos, retorciéndolos y liándolos. Ahora ya parecían las botas de un pobre, aunque seguían siendo cómodas y le durarían muchos kilómetros.

—¿Adónde irás? —preguntó Maurice.

—Tengo dos opciones —respondió Lloyd—. Puedo dirigirme al norte, hacia la costa, y allí convencer a algún pescador de que me ayude a cruzar el canal de la Mancha. O puedo ir en dirección sudoeste para cruzar la frontera con España. —España era un país neutral, y todavía tenía cónsules ingleses en las principales ciudades—. Conozco la ruta española, la he hecho dos veces.

—El canal de la Mancha está mucho más cerca que España —le aclaró Maurice—. Pero creo que los alemanes cerrarán todos los puertos marítimos y comerciales.

—¿Dónde está la primera línea?

—Los alemanes han tomado París.

Lloyd sufrió un brutal impacto fugaz. ¡París ya había caído!

—El gobierno francés se ha trasladado a Burdeos —informó Maurice y se encogió de hombros—. Pero nos han derrotado. Ya nada puede salvar a Francia.

—Toda Europa será fascista —vaticinó Lloyd.

—Salvo Inglaterra. Por eso debes volver a casa.

Lloyd se lo pensó. ¿Norte o sudoeste? No lograba decidir cuál sería mejor opción.

—Tengo un amigo, un antiguo comunista —dijo Maurice—, que vende pienso para el ganado a los granjeros. Sé que va a hacer una entrega esta tarde a un lugar al sudoeste de aquí. Si decides ir a España, podría llevarte unos treinta kilómetros.

Eso ayudó a Lloyd a tomar una decisión.

—Iré con él —dijo.

III

Daisy había realizado un largo viaje para acabar llegando al punto de partida.

Cuando enviaron a Lloyd a Francia, se le partió el corazón. Había perdido la oportunidad de confesarle que lo amaba. ¡Ni siquiera lo había besado!

Y tal vez no volviera a tener oportunidad de hacerlo. Lo habían declarado desaparecido en combate después de Dunkerque. Eso significaba que no habían encontrado su cuerpo para identificarlo, aunque tampoco estaba registrado como prisionero de guerra. Lo más probable era que estuviera muerto: mutilado en mil pedazos por el impacto de un proyectil o quizá atrapado, sin identificar, bajo las ruinas de alguna granja derruida. Daisy estuvo días llorando.

Durante un mes más anduvo como alma en pena por Tŷ Gwyn, con la esperanza de obtener más información, pero no llegó noticia alguna. Entonces empezó a sentirse culpable. Había muchas mujeres en una situación tan penosa como la suya o incluso peor. Algunas tenían que enfrentarse a la realidad de tener que criar a dos o tres niños sin ayuda del hombre de la casa. Ella no tenía ningún derecho a sentir lástima de sí misma porque hubiera desaparecido el hombre con el que había deseado mantener una relación.

Debía recuperar el buen sentido y hacer algo positivo. El destino no había querido que estuviera con Lloyd, eso era indudable. Ella ya tenía marido, un marido que arriesgaba la vida a diario. Se dijo a sí misma que era su deber cuidar de Boy.

Regresó a Londres. Reabrió la casa de Mayfair, la acondicionó lo mejor que pudo con el limitado número de criados, y la convirtió en un hogar agradable al que pudiera regresar Boy cuando estuviera de permiso.

Debía olvidar a Lloyd y ser una buena esposa. Tal vez volviera a quedarse embarazada.

Muchas mujeres se alistaban en el ejército, se unían a la Fuerza Aérea Auxiliar Femenina, o desempeñaban tareas de labranza en el Ejército Femenino para el Trabajo de la Tierra. Otras trabajaban de forma altruista para el Servicio Voluntario Femenino de Prevención para los Bombardeos. Sin embargo, no había recursos suficientes para todo lo que esas mujeres querían hacer. *The Times* había publicado cartas al director en las que los lectores se quejaban de que las medidas preventivas para los bombardeos eran un desperdicio de dinero.

La guerra en la Europa continental parecía haber finalizado. Alemania había ganado. Europa era fascista desde Polonia hasta Sicilia, y desde Hungría hasta Portugal. Ya no se libraban combates en ningún sitio. Se rumoreaba que el gobierno británico había negociado con los alemanes los términos del tratado de paz.

Sin embargo, Churchill no firmó la paz con Hitler, y ese verano estalló la Batalla de Inglaterra.

Al principio, los civiles no se vieron muy afectados. Las campanas de las iglesias fueron silenciadas, su repique se reservó al anuncio de la esperada invasión alemana. Daisy siguió el consejo del gobierno y colocó cubos de arena y agua en todos los rellanos de la casa, como precaución contra incendios, aunque no fueron necesarios. La Luftwaffe bombardeaba los puertos, con el objeto de cortar las vías de suministro de Inglaterra. Siguieron con las bases militares, en un intento de destruir la Royal Air Force. Boy pilotaba un Spitfire y derribaba cazas enemigos en batallas aéreas contempladas por granjeros boquiabiertos de Kent y Sussex. En una de las pocas cartas que escribía a casa contaba con orgullo que había derribado tres aviones alemanes. No le concederían ningún permiso hasta al cabo de varias semanas, y Daisy se quedó plantada y sola en una casa plagada de flores para él.

Al final, la mañana del sábado 7 de septiembre, Boy se presentó con un pase de fin de semana. Hacía un tiempo fantástico, caluroso y soleado, un último momento de calidez que llamaban veranillo de San Martín.

Dio la casualidad de que fue el día en que la Luftwaffe cambió de estrategia.

Daisy besó a su marido y se aseguró de tener camisas limpias y muda de ropa interior recién planchada en el vestidor.

Por lo que había oído decir a otras mujeres, los combatientes regresaban a casa deseosos de sexo, alcohol y buena comida, en ese orden.

Boy y ella no se habían vuelto a acostar desde el aborto. Esa sería la primera vez. Se sentía culpable por no arder en deseos de hacerlo. Sin embargo, no pensaba negarse a cumplir con sus deberes de buena esposa.

Daisy esperaba que Boy la tirase sobre la cama en cuanto llegara, pero no estaba tan desesperado. Se quitó el uniforme, se bañó, se lavó el pelo y volvió a vestir su atuendo de civil. Daisy ordenó a la cocinera que no escatimara en cupones de racionamiento para la preparación de un suculento menú, y Boy subió de la bodega una de sus botellas de clarete de mejor añada.

—Voy a salir un par de horas. Volveré para la cena —anunció Boy.

Daisy se sintió sorprendida y dolida. Deseaba ser una buena esposa, pero no pasiva.

—¡Es el primer permiso que tienes desde hace meses! —protestó—. ¿Adónde narices vas?

—A ver un caballo.

Eso estaba bien.

—¡Ah, bueno! Pues te acompaño.

—No, no me acompañarás. Si me presento allí con una mujer pegada a mí, creerán que soy un calzonazos y me subirán el precio.

Ella fue incapaz de ocultar su malestar.

—Siempre soñé con que sería algo que haríamos juntos, comprar y criar caballos de carreras.

—Pues ese no es un mundo para mujeres.

—¡Oh, al diablo con eso! —exclamó, indignada—. Sé tanto de caballos como tú.

Boy parecía molesto.

—Puede que sí, pero sigo sin querer que estés por ahí mientras yo negocio con esos tipos y no se hable más.

Ella desistió.

—Como gustes —respondió, sumisa, y se marchó del comedor.

Pero su instinto le dijo que él mentía. Los combatientes de permiso no piensan en comprar caballos. Se decidió a averiguar qué estaba tramando. Incluso los héroes deben ser sinceros con sus esposas.

Fue a su cuarto y se vistió con pantalones y botas. Mientras Boy descendía la escalinata de la entrada, ella bajó corriendo por las escaleras de servicio, salió por la cocina, cruzó el patio trasero y llegó a las viejas cuadras. Allí se puso una chaqueta de cuero, gafas de motorista y un casco. Abrió la puerta del garaje que daba al pasaje y sacó su motocicleta, una Triumph Tiger 100, llamada así porque alcanzaba los ciento sesenta kilómetros por hora. Pisó el pedal del gas y salió disparada hacia la calle.

Se había pasado rápidamente a la motocicleta cuando el racionamiento de gasolina volvió a entrar en vigor en septiembre de 1939. Era como montar en bicicleta, pero más fácil. Le encantaba la libertad y la independencia que le hacía sentir.

Entró en la calle justo a tiempo de ver el Bentley Airline color crema de Boy desaparecer al doblar la siguiente esquina.

Lo siguió.

Él cruzó Trafalgar Square y recorrió el barrio de los teatros. Daisy lo seguía a una distancia prudencial, pues no quería levantar sospechas. El tráfico todavía era denso en el centro de Londres, donde había cientos de coches en misiones oficiales. Además, el racionamiento de gasolina para los vehículos particulares no era especialmente restrictivo, sobre todo, para las personas que solo querían conducir por la ciudad.

Boy siguió hacia el este, por el distrito financiero. Por allí había poco tráfico un sábado por la tarde, y a Daisy empezó a preocuparle que la vieran. Sin embargo, no era fácil reconocerla con las gafas de motorista y el casco. Y Boy no prestaba mucha atención al entorno, pues iba conduciendo con la ventanilla abierta y fumando un puro.

Se dirigió hacia Aldgate, y Daisy tuvo la terrible sensación de saber por qué.

Se adentró en una de las calles menos miserables del East End y aparcó a la entrada de una agradable casa del siglo XVIII. No se veía ningún establo: no era un lugar en que se comprasen y vendiesen purasangres. ¡Menuda patraña le había contado Boy!

Daisy paró la motocicleta al cabo de la calle y se quedó mirando. Su marido bajó del coche y cerró la puerta de golpe. No miró a su alrededor ni comprobó el número de la casa; estaba claro que había estado allí antes y que sabía exactamente adónde iba. Caminando con aire desenvuelto, con el puro en la boca, se dirigió a la puerta de entrada y la abrió con una llave.

Daisy sintió ganas de llorar.

Boy desapareció en el interior de la vivienda.

En algún punto del este se produjo una explosión.

Daisy miró en esa dirección y vio aviones en el cielo. ¿Es que los alemanes habían escogido justo ese día para bombardear Londres?

Si así era, a ella le daba igual. No pensaba dejar que Boy disfrutase de su infidelidad en paz. Daisy se acercó hasta la casa y aparcó la moto detrás del coche de Boy. Se quitó el casco y las gafas, se acercó a la puerta y llamó.

Oyó una nueva explosión, esta última se produjo más cerca; a continuación, las sirenas que anunciaban el bombardeo iniciaron su funesto cántico.

La puerta se abrió un poquito, y Daisy le dio un fuerte empujón. Una joven con uniforme negro de criada gritó y se tambaleó hacia atrás, y la airada esposa entró. Cerró de un portazo tras ella. Se hallaba en el vestíbulo de una típica casa londinense de clase media, aunque estaba decorada con un estilo exótico: con alfombras orientales, pesadas cortinas y un cuadro de mujeres desnudas dándose un baño.

Abrió de golpe la puerta que le quedaba más a mano y entró en el salón principal. La iluminación era tenue, cortinas de terciopelo filtraban la luz del sol. Había tres personas en la habitación. De pie, mirándola anonadada, vio a una mujer de unos cuarenta años, con un batín de seda muy suelto, aunque cuidadosamente maquillada con carmín rojo: la madre, supuso. Detrás de ella, sentada en un sillón, se encontraba una chica de unos dieciséis años vestida solamente con ropa interior y medias, y estaba fumando un cigarrillo. Junto a la chica estaba sentado Boy, con la mano sobre el muslo de ella, por encima de la media. Apartó la mano de golpe, en un gesto de culpabilidad. Fue una reacción ridícula, como si el hecho de retirar la mano hiciera que aquella escenita pareciera inocente.

Daisy contuvo las lágrimas.

—¡Me prometiste que las dejarías! —gritó. Quería mostrarse fría y enfadada, como el ángel vengador, pero se oyó hablar y percibió que la tristeza y el dolor ya le habían quebrado la voz.

Boy se ruborizó y adoptó una expresión de pánico.

—Pero ¿qué narices estás haciendo aquí?

—Joder, que es su mujer —exclamó la mujer mayor.

Se llamaba Pearl, Daisy lo recordaba, y la hija era Joanie. Qué horroroso saber los nombres de unas mujeres así.

La criada se asomó por la puerta de la sala.

—Yo no he dejado entrar a esta puta, ¡ha entrado dándome un empujón! —la acusó.

—¡Yo que me había esforzado tanto en que la casa estuviera acogedora y bonita para ti... y aun así prefieres esto! —reprochó Daisy a su marido.

Boy iba a decir algo, pero no encontraba las palabras. Balbuceó de forma incoherente durante un instante. Una potente y cercana explosión hizo temblar el suelo y vibrar las ventanas.

—¿Es que están todos sordos? —dijo la criada—. ¡Hay un puto bombardeo ahí fuera! —Nadie la miró—. Voy a bajar al sótano —anunció, y desapareció.

Todos necesitaban buscar refugio. Pero Daisy tenía algo que decir a Boy antes de irse.

—No vuelvas a venir a mi cama, jamás, por favor. Me niego a que me contamines.

—Pero si solo estamos divirtiéndonos un poco, cariño. ¿Por qué no te unes a la fiesta? A lo mejor te gusta —sugirió la chica del sillón, Joanie.

Pearl, la mayor, miró a Daisy de arriba abajo.

—Tiene un cuerpo menudo y bonito.

Daisy se dio cuenta de que la humillarían aún más si les daba la ocasión. No les hizo caso y se dirigió a Boy.

—Tú has elegido —dijo—. Y yo ya me he decidido. —Salió de la habitación con la cabeza bien alta, aunque se sentía humillada y rechazada.

—¡Oh, mierda, vaya lío! —oyó decir a Boy.

«¿Vaya lío? —pensó ella—. ¿Eso es todo?»

Salió a la calle.

Entonces miró hacia arriba.

El cielo estaba plagado de aviones.

La visión la hizo estremecer de miedo. Estaban muy arriba, a unos tres mil metros, aunque parecían tapar el sol. Eran cientos de aparatos, enormes bombarderos y cazas estilizados y ligeros como avispas, una flota que debía de tener unos treinta kilómetros de ancho. Hacia el este, en dirección a los muelles y Woolwich Arsenal, columnas de humo se elevaban desde el suelo, donde impactaban las bombas. Las explosiones se sucedían con tormentoso estruendo, como el del mar embravecido.

Daisy recordó que Hitler había pronunciado un discurso en el Parlamento alemán, precisamente aquel pasado miércoles, en el que despotricó contra la debilidad de los bombardeos aéreos de la RAF sobre Berlín y amenazó con borrar las ciudades inglesas del mapa como represalia. Por lo visto, lo había dicho en serio. Pretendían arrasar con Londres.

Tal como estaban las cosas, aquel ya era el peor día de la vida de Daisy. Entonces se dio cuenta de que podía ser el último.

No obstante, no tenía cuerpo para volver a entrar a esa casa y compartir el refugio subterráneo con sus ocupantes. Tenía que escapar. Necesitaba estar en su hogar, donde podría llorar en privado.

A toda prisa, se puso el casco y las gafas. Resistió un impulso irracional aunque poderoso de ocultarse tras el primer muro que encontrase. Subió a la moto de un salto y se puso en marcha.

No llegó muy lejos.

A dos calles de allí, cayó una bomba sobre una casa que estaba justo en su campo de visión, y frenó en seco. Vio el agujero en el techo, sintió la vibración del golpe sordo provocado por la detonación y, pasados un par de segundos, vio las llamas que ardían en el interior, como si el queroseno de un calentador se hubiera derramado y hubiera prendido. Unos segundos después, una niña de unos doce años salió de la casa, gritando, con el pelo en llamas y corriendo directamente hacia Daisy.

Ella bajó de un salto de la motocicleta, se quitó la chaqueta de cuero y la utilizó para tapar la cabeza de la pequeña; la envolvió con fuerza para dejar sin oxígeno a las llamas.

Los gritos cesaron. Daisy retiró la cazadora. La niña seguía llorando. Ya no se sentía morir, pero estaba calva.

Daisy miró la calle de punta a punta. Un hombre con casco metálico y una banda en el brazo de encargado voluntario de Prevención para los Bombardeos se acercó corriendo con una caja metálica de primeros auxilios que llevaba una cruz pintada en el lateral.

La niña miró a Daisy, abrió la boca y gritó:

—¡Mi madre está dentro!

—Tranquila, cariño, primero vamos a echarte un vistazo —dijo el supervisor de Prevención.

Daisy dejó a la niña con él y corrió hacia la puerta de entrada del edificio. Parecía una casa antigua parcelada en apartamentos. Los pisos superiores estaban ardiendo, pero podía entrar en el recibidor. Guiada por una corazonada, corrió hacia el fondo y llegó a la cocina. Allí vio a una mujer inconsciente en el suelo y a un bebé en una cuna. Agarró al bebé y volvió a salir corriendo.

—¡Es mi hermana! —gritó la niña con el pelo chamuscado.

Daisy depositó a la pequeña en brazos de su hermana y volvió a entrar en la vivienda.

La mujer inconsciente pesaba demasiado para poder levantarla sin ayuda. Daisy se situó detrás de ella, la incorporó hasta sentarla, la agarró por las axilas y la arrastró por el suelo de la cocina hasta sacarla por el vestíbulo y salir a la calle.

Había llegado una ambulancia: era un turismo reconvertido, con la parte trasera cubierta por un techo de lona y sin puertas. El voluntario de Prevención estaba ayudando a la niña a subir al vehículo. El conductor se acercó a Daisy a toda prisa. Entre ambos, metieron a la mujer en la ambulancia.

—¿Queda alguien más en la casa? —preguntó el conductor a Daisy.

—¡No lo sé!

El hombre se precipitó hacia el recibidor. En ese momento, todo el edificio tembló. Los pisos se desplomaron sobre el suelo. El conductor de la ambulancia se adentró en un verdadero infierno.

Daisy se oyó gritar.

Se tapó la boca con una mano y se quedó mirando las llamas, en busca del conductor, aunque no hubiera podido ayudarlo y habría sido un suicidio intentarlo.

—¡Oh, Dios mío, Alf ha muerto! —exclamó el encargado de Prevención.

Se oyó otra explosión cuando una bomba impactó a unos noventa metros calle arriba.

—Ahora no tengo conductor, no puedo abandonar el lugar —dijo el voluntario, y miró a ambos lados de la calle. Había pequeños grupos de gente a la entrada de algunas casas, pero la mayoría estaban en los refugios.

—Ya conduzco yo. ¿Dónde tengo que ir? —preguntó Daisy.

—¿Sabes conducir?

La mayoría de las mujeres inglesas no sabían conducir, seguía siendo cosa de hombres.

—No hagas preguntas idiotas —replicó Daisy—. ¿Adónde hay que llevar la ambulancia?

—A St. Bart's. ¿Sabes dónde está?

—Por supuesto. —St. Bartholomew's era uno de los mayores hospitales de Londres, y Daisy había vivido cuatro años en la ciudad—. En West Smithfield —añadió, para asegurarse de que la creía.

—Urgencias está por detrás.

—Ya lo encontraré. —Subió al vehículo de un salto. El motor todavía estaba en marcha.

—¿Cómo te llamas? —gritó el encargado de Prevención.

—Daisy Fitzherbert. ¿Y tú?

—Nobby Clarke. Cuídame bien la ambulancia.

El coche tenía el cambio de marchas clásico. Daisy metió primera y partió.

Los aviones continuaban rugiendo sobre sus cabezas y las bombas caían sin pausa. Daisy deseaba con todas sus fuerzas trasladar a los heridos al hospital, y St. Bart's estaba a poco menos de kilómetro y medio, pero el trayecto era de una dificultad desquiciante. Condujo por Leadenhall Street, Poultry y Cheapside, pero en varias ocasiones encontró el camino bloqueado, por lo que debía retroceder y dar con una ruta alternativa. Se fijó en que, al menos, había una casa destruida por calle. La totalidad del paisaje estaba en ruinas y humeante, y había personas sangrando y llorando.

Sintiendo un tremendo alivio, llegó al hospital y siguió a otra ambulancia hasta la entrada de urgencias. El lugar era una verdadera locura: una docena de vehículos descargaban pacientes mutilados y quemados para ponerlos en manos de acelerados camilleros ataviados con delantales cubiertos de sangre. «Tal vez haya salvado a la madre de esas niñas —pensó Daisy—. Aunque mi marido no me quiera, no soy una inútil total.»

La niña sin pelo seguía llevando a su hermanita en brazos. Daisy ayudó a ambas a bajar de su ambulancia.

Una enfermera la ayudó a levantar a la mujer inconsciente y a llevarla dentro.

Sin embargo, Daisy se percató de que la mujer había dejado de respirar.

—¡Estas dos niñas son sus hijas! —gritó a la enfermera, y se percató del tono de histeria en su propia voz—. ¿Qué será ahora de ellas?

—Ya me encargaré yo —respondió la enfermera de forma expeditiva—. Tendrás que volver.

—¿Tengo que hacerlo? —preguntó Daisy.

—Tranquilízate —le aconsejó la enfermera—. Habrá muchos más muertos y heridos antes de que acabe la noche.

—Está bien —respondió Daisy, y volvió a ponerse al volante de la ambulancia dispuesta a partir.

IV

En una cálida tarde mediterránea de octubre, Lloyd Williams llegó a la soleada ciudad francesa de Perpiñán, a solo treinta y dos kilómetros de la frontera con España.

Había pasado el mes de septiembre en la zona de Burdeos, trabajando en la vendimia, al igual que había hecho el aciago año de 1937. Ahora tenía dinero en el bolsillo para autobuses y tranvías, y podía comer en restaurantes baratos en lugar de alimentarse de hortalizas verdes arrancadas en huertas particulares o de huevos crudos robados en los gallineros. Estaba regresando por la ruta que había tomado al salir de España hacía tres años. Había llegado desde Burdeos pasando por Toulouse y Béziers, recorriendo ciertos tramos como polizón en trenes de carga y, gran parte del trayecto, viajando con camioneros que accedían a llevarlo.

En ese momento se encontraba en un bar de paso situado junto a la carretera principal que recorría el sudeste, desde Perpiñán en dirección a la frontera con España. Todavía ataviado con el mono de trabajo y la boina de Maurice, llevaba una pequeña bolsa de lona donde transportaba una paleta oxidada y un nivel salpicado de argamasa, pruebas de que era un albañil español que regresaba a casa. Dios no quisiera que alguien le ofreciese trabajo: no tenía ni idea de cómo levantar un muro.

Le preocupaba si sabría orientarse por las montañas. Hacía tres meses, cuando estaba en Picardía, se había dicho a sí mismo, en un exceso de confianza, que sería capaz de reencontrar la ruta a través de los Pirineos por la que lo habían llevado los guías a España en 1936, tramos de la cual había recorrido en sentido contrario cuando se había marchado un año más tarde. Sin embargo, cuando los picos de color violeta y los pasos de montaña verdes empezaron a asomar en el lejano horizonte, las perspectivas se le antojaron más desalentadoras. Había pensado que cada paso del camino quedaría grabado en su memoria; sin embargo, cuando intentaba recordar sendas concretas, puentes y curvas, se dio cuenta de que tenía las imágenes borrosas y no lograba rememorar los detalles exactos, lo cual lo enfurecía.

Terminó su almuerzo —un guiso de pescado con mucha pimienta— y luego charló tranquilamente con un grupo de camioneros que ocupaba la mesa contigua.

—Necesito que alguien me lleve hasta Cerbère. —Era la aldea situada justo antes de la frontera con España—. ¿Alguno va en esa dirección?

Seguramente iban en esa dirección, era la única razón para encontrarse en esa carretera del sudeste. De todas formas, se lo pensaron. Era la Francia de Vichy: desde el punto de vista técnico, se trataba de una zona independiente; en la práctica, estaba bajo el yugo de los alemanes que ocupaban la otra mitad del país. Nadie corría a ayudar a un extranjero con acento de otro país.

—Soy albañil —aseguró Lloyd, y levantó su bolsa de lona—. Vuelvo a mi casa, en España. Me llamo Leandro.

—Yo puedo llevarte hasta medio camino —se ofreció un hombre gordo con camiseta interior.

—Gracias.

—¿Estás listo ya?

—Por supuesto.

Salieron del restaurante y entraron en una furgoneta Renault mugrienta y sucia con el nombre de una tienda de suministros eléctricos en el lateral. Al arrancar, el conductor preguntó a Lloyd si estaba casado. Siguieron una serie de desagradables preguntas personales, y Lloyd se percató de que el hombre sentía verdadera fascinación por la vida sexual de los demás. Sin duda alguna, esa era la razón por la que había accedido a llevar a Lloyd: le daba oportunidad de hacer su indiscreto interrogatorio. Varios de los hombres que habían llevado a Lloyd tenían algún perverso motivo por el estilo.

—Soy virgen —informó Lloyd, y era cierto; pero eso solo llevó a un interrogatorio sobre los ardientes tocamientos que hubiera podido practicar con colegialas. En realidad, Lloyd tenía una considerable experiencia en el tema, aunque no pensaba compartirla. Se negó a dar detalles al tiempo que intentaba no resultar grosero, pero el conductor acabó desesperándose.

—Hasta aquí puedo llegar —anunció, y detuvo el vehículo.

Lloyd le dio las gracias por el viaje y siguió andando.

Había aprendido a no caminar como un soldado y arrastraba los pies de una forma que a él le parecía bastante creíble y propia de un campesino. Jamás llevaba encima ni un periódico ni un libro. La última vez que le habían cortado el pelo lo había hecho un barbero sumamente incompetente en el barrio más pobre de Toulouse. Se afeitaba aproximadamente una vez a la semana, por lo que solía llevar barba de varios días, que resultaba de una tremenda efectividad para hacerlo parecer un don nadie. Dejó de lavarse y adquirió un olor rancio que actuaba como repelente contra posibles curiosos.

Pocas personas de clase trabajadora tenían reloj, en Francia o en España, y tuvo que deshacerse del reloj de pulsera cuadrado de acero inoxidable que le había regalado Bernie por su graduación. No pudo regalárselo a ninguno de los muchos franceses que lo habían ayudado, pues un reloj inglés los habría incriminado también a ellos. Al final, con gran pesar, lo había lanzado a un estanque.

Su talón de Aquiles era el ir indocumentado.

Había intentado comprar la documentación a un hombre que se parecía ligeramente a él, y había planeado robársela a otros dos, pero todo el mundo estaba alerta para evitar ese tipo de hurtos, y no resultaba sorprendente. Así las cosas, la estrategia de Lloyd consistía en evitar las situaciones en las que podían obligarle a identificarse. Conseguía pasar inadvertido, caminaba a campo través en lugar de ir por carreteras cuando tenía la posibilidad, y jamás viajaba como pasajero en tren porque solía haber puestos de control en las estaciones. Hasta ese momento, la suerte le había sonreído. El gendarme de una aldea le había pedido los papeles, y cuando le explicó que se los habían robado después de emborracharse y quedar inconsciente en un bar de Marsella, el policía le había creído y le había ordenado que circulase.

Sin embargo, la suerte dejó de sonreírle.

Pasaba por un terreno agrícola pobre. Estaba en las faldas de los Pirineos, cerca del Mediterráneo, y el suelo era arenoso. El camino polvoriento recorría pequeñas parcelas que luchaban por sobrevivir y paupérrimas aldeas. Era un paisaje pobremente poblado. A su izquierda, entre las colinas, vislumbró el azul del lejano mar.

Lo último que esperaba era que lo adelantase un Citroën verde en el que viajaban tres gendarmes.

Ocurrió de forma muy repentina. Oyó cómo se acercaba el coche, el único que había oído desde que el hombre gordo lo había dejado en el camino. Seguía arrastrando los pies al caminar, como un cansado trabajador de regreso a casa. A ambos lados de la carretera había campos yermos cubiertos de malas hierbas y tocones. Cuando el vehículo se detuvo, se planteó durante un segundo salir corriendo a campo través. Desestimó la idea al ver las cartucheras de los dos gendarmes que descendieron de un salto del coche. Seguramente no tenían muy buena puntería, pero era mejor no arriesgarse. Tenía más posibilidades de salir airoso hablando con ellos. Eran gendarmes locales, de pueblo, más amigables que los estirados policías urbanos franceses.

—¿Documentación? —preguntó en francés el gendarme más próximo a él.

Lloyd separó las manos con gesto de impotencia.

—*Monsieur*, soy tan desgraciado que me han robado la documentación en Marsella. Me llamo Leandro, soy albañil español, me dirijo a…

—Sube al coche.

Lloyd dudó un instante, pero no tenía salida. La opción de escapar era peor.

Un gendarme lo agarró con fuerza por el brazo, lo metió con brusquedad en el asiento trasero y se sentó a su lado.

El alma se le cayó a los pies cuando el coche se puso en marcha.

—¿Eres inglés o qué? —le preguntó el gendarme que iba sentado a su lado.

—Soy español. Me llamo…

—No gastes saliva —aconsejó el francés haciendo un gesto despectivo con la mano.

Lloyd se dio cuenta de que había sido demasiado optimista. Era un extranjero indocumentado que se dirigía a la frontera española: no les costó suponer que se trataba de un soldado inglés a la fuga. Si tenían alguna duda, encontrarían pruebas cuando le pidieran que se desnudase, porque verían la placa identificativa que llevaba colgada al cuello. No la había tirado, porque, sin ella, le dispararían sin pensarlo por espía.

Ahora estaba encerrado en aquel coche con tres hombres armados, y no tenía ninguna probabilidad de poder escapar.

Siguieron avanzando, en la misma dirección en la que viajaba Lloyd, mientras el sol se ocultaba tras las montañas del lado derecho. No había grandes ciudades entre ese punto del camino y la frontera, por eso supuso que iban a encerrarlo en un cuartel local para pasar la noche. Tal vez pudiera escapar de allí. Si no lo lograba, sin duda lo llevarían de regreso a Perpiñán al día siguiente y lo entregarían a la policía de la ciudad. ¿Y entonces qué? ¿Lo someterían a un interrogatorio? Esa posibilidad hizo que sintiera un miedo aterrador. La policía francesa le golpearía, los alemanes lo torturarían. Si sobrevivía, acabaría en un campo de prisioneros de guerra, donde permanecería hasta el final de la contienda o hasta morir de desnutrición. Lo irónico era que ¡estaba solo a unos kilómetros de la frontera!

Llegaron a una pequeña ciudad. ¿Podría escapar en el trayecto del coche a la prisión? No podía hacer ningún plan: desconocía el terreno. No había nada que pudiera hacer salvo mantenerse alerta y aprovechar cualquier oportunidad.

El coche viró por la calle principal y se adentró en un callejón situado justo detrás de una hilera de tiendas. ¿Iban a ejecutarlo allí y dejar tirado su cadáver?

El coche se detuvo en la entrada trasera de un restaurante. El patio estaba cubierto de cajas y latas gigantescas. A través de una pequeña ventana, Lloyd divisó una cocina muy iluminada.

El gendarme sentado en el asiento del copiloto bajó del coche y abrió la portezuela de Lloyd, por el lado que quedaba más próximo al edificio. ¿Era esta su oportunidad? Tendría que salir corriendo del coche y recorrer a toda prisa el callejón. Estaba oscuro: tras una carrera de pocos metros, dejaría de ser un blanco fácil.

El gendarme se metió en el coche y agarró a Lloyd por el brazo, reteniéndolo mientras bajaba y se enderezaba. El segundo gendarme salió inmediatamente detrás del inglés. La oportunidad no era lo bastante buena.

Pero ¿para qué lo habían llevado hasta allí?

Lo hicieron entrar a la cocina. Un cocinero batía huevos en un cuenco y un chico adolescente lavaba platos en una pica enorme.

—Aquí tienes a un inglés. Se hace llamar Leandro —informó uno de los gendarmes.

—¡Teresa! ¡Ven aquí! —gritó el cocinero sin dejar de trabajar y levantando la cabeza.

Lloyd recordó a otra Teresa, una bella anarquista española que enseñaba a los soldados a leer y escribir.

La puerta de la cocina se abrió de golpe y ella entró.

Lloyd se quedó mirándola, atónito. No había posibilidad de error: jamás olvidaría aquellos ojazos ni esa mata de pelo negro, aunque llevase una gorra de algodón blanco y un delantal de camarera.

Al principio, ella no lo miró. Dejó una pila de platos en el mostrador, junto al joven lavaplatos, se volvió hacia los gendarmes con una sonrisa y los besó a ambos en la mejilla.

—¡Pierre! ¡Michel! ¿Cómo estáis? —preguntó. Luego se volvió hacia Lloyd, se quedó mirándolo y dijo en español—: No... no es posible. Lloyd... ¿De verdad eres tú?

Él no pudo más que asentir con cara de embobado.

Ella lo abrazó, lo achuchó y le plantó dos besos en las mejillas.

—Pues ya estamos —dijo uno de los gendarmes—. Todo arreglado. Tenemos que irnos. ¡Buena suerte! —Pasó a Lloyd su bolsa de lona y se marcharon.

Lloyd por fin logró hablar.

—¿Qué está pasando? —preguntó a Teresa en español—. ¡Creía que iban a llevarme a prisión!

—Odian a los nazis y por eso nos ayudan —aclaró ella.

—¿Cómo que «nos»?

—Ya te lo explicaré más tarde. Acompáñame. —Teresa abrió una puerta que daba a unas escaleras y lo llevó al piso superior, donde había una habitación con pocos muebles—. Espera aquí, te traeré algo de comer.

Lloyd se tumbó en la cama y se quedó pensando en su inmensa suerte. Hacía cinco minutos había creído que estaban a punto de torturarlo y matarlo. Ahora estaba esperando que una hermosa mujer le llevara la cena.

La situación podía volver a dar un giro radical, era consciente de ello.

Teresa regresó media hora después con una tortilla y unas patatas fritas servidas en un robusto plato.

—Hemos estado ocupados, pero cerramos temprano —dijo ella—. Volveré en un par de minutos.

Lloyd engulló la comida con avidez.

Cayó la noche. Oyó el murmullo de la conversación entre los clientes que se marchaban y el entrechocar metálico de los cacharros que se recogían; luego Teresa reapareció con una botella de vino tinto y dos vasos.

Lloyd le preguntó por qué se había marchado de España.

—Nuestros compatriotas están muriendo asesinados por millares —aseguró—. Para aquellos a los que no han matado, han aprobado la Ley de Responsabilidades Políticas, y criminalizan a todo aquel que haya apoyado al gobierno republicano. Puedes perder todas tus propiedades si te opones a Franco incluso por «pasividad grave». Solo te consideran inocente si puedes probar que lo has apoyado.

Lloyd pensó con amargura en la confianza con que Chamberlain había informado a la Cámara de los Comunes de que Franco había renunciado a las represalias políticas. ¡Qué maldito mentiroso había resultado ser Chamberlain!

—Muchos de nuestros camaradas se encuentran en campos de prisioneros en condiciones infrahumanas —añadió Teresa.

—Supongo que no tendrás ni idea de lo que le pudo pasar al sargento Lenny Griffiths, mi amigo.

Teresa negó con la cabeza.

—No volví a verlo después de Belchite.

—¿Y tú...?

—Yo escapé de las tropas de Franco, llegué a este lugar, conseguí trabajo de camarera... Y descubrí que podía dedicarme a otra cosa.

—¿A qué otra cosa?

—Ayudo a cruzar las montañas a los soldados fugitivos. Por eso los gendarmes te han traído hasta aquí.

Lloyd se sintió animado. Había pensado llegar solo hasta España y se había estado preocupando por si sabría encontrar el camino. Y ahora incluso contaría con una guía.

—Tengo a otros dos esperando —dijo—. Un soldado de artillería inglés y un piloto canadiense. Están en una granja de las montañas.

—¿Cuándo quieres que crucemos?

—Esta noche —respondió ella—. No bebas demasiado vino.

Volvió a marcharse y regresó media hora después con un viejo abrigo raído.

—Iremos por un lugar frío —explicó.

Salieron con sigilo por la puerta de la cocina y se abrieron paso por la pequeña ciudad iluminados por las estrellas. Una vez que dejaron atrás las casas, siguieron por un sendero ascendente con una cuesta cada vez más pronunciada. Tras una hora de recorrido llegaron a un pequeño grupo de edificaciones de piedra. Teresa silbó y abrió la puerta de un granero, y de él salieron dos hombres.

—Siempre usamos nombres falsos —comentó ella en inglés—. Yo soy María y estos dos son Fred y Tom. Nuestro nuevo amigo es Leandro. —Los hombres se estrecharon la mano. Ella prosiguió—: Nada de hablar, ni de fumar y el que se retrase, ahí se queda. ¿Estamos listos?

Desde ese punto, el camino se volvía más empinado. Lloyd empezó a resbalar con las piedras. De cuando en cuando, se agarraba a los raquíticos matojos de brezo que crecían junto al sendero y se daba impulso hacia arriba con su ayuda. La menuda Teresa imprimía un ritmo que no tardó en hacer resollar y resoplar a los tres hombres. Ella llevaba una linterna, pero se negaba a encenderla mientras brillasen las estrellas, argumentando que no quería gastar la pila.

El aire fue enfriándose. Cruzaron un arroyo gélido, y a Lloyd no volvieron a calentársele los pies después de aquello.

—Aquí procurad permanecer en el centro del camino —les advirtió Teresa una hora después.

Lloyd miró hacia abajo y se percató de que estaba al borde de un precipicio entre dos laderas escarpadas. Cuando vio el abismo al que podía caer, se sintió algo mareado y rápidamente levantó la vista y la clavó al frente, en la silueta grácil y ligera de Teresa. En circunstancias normales, habría disfrutado de cada minuto de la caminata tras un cuerpo como aquel, pero en ese momento estaba tan cansado y tenía tanto frío que ni siquiera le quedaban energías para comérsela con los ojos.

Las montañas no estaban habitadas. En un punto del camino, un perro ladró a lo lejos; en otro, escucharon un espeluznante repiqueteo de campanas, que asustó a los hombres hasta que Teresa les explicó que los pastores colgaban cencerros a sus ovejas para poder localizar los rebaños.

Lloyd pensaba en Daisy. ¿Estaría aún en Tŷ Gwyn? ¿O habría regresado con su marido? Esperaba que no hubiera regresado a Londres, porque, según publicaba la prensa francesa, la ciudad era bombardeada todas las noches. ¿Estaría viva o muerta? ¿Volvería a verla alguna vez? Si lo hacía, ¿qué sentiría ella por él?

Se detenían cada dos horas para descansar, beber agua y tomar un par de tragos de una botella de vino que llevaba Teresa.

Empezó a llover casi al despuntar el alba. El sotobosque se tornó de inmediato resbaladizo y traicionero, y todos tropezaban y se trastabillaban, pero Teresa no aminoró la marcha.

—Dad gracias de que no nieve —dijo.

La luz del día reveló un paisaje de maleza entre la que asomaban afloramientos de roca cual lápidas. La lluvia no cesaba y una fría bruma oscurecía el horizonte.

Después de un rato, Lloyd se dio cuenta de que iban caminando cuesta abajo.

—Ya estamos en España —anunció Teresa en su siguiente parada.

Lloyd debería haberse sentido aliviado, pero sencillamente se sentía agotado.

Poco a poco, el paisaje se volvió más agradable, las piedras fueron dando paso a la densa hierba y los toscos matorrales.

De pronto, Teresa se dejó caer al suelo y se quedó tumbada boca arriba.

Los tres hombres la imitaron al instante, sin necesidad de que los animara a hacerlo. Siguiendo la mirada de Teresa, Lloyd vio a dos hombres con uniforme verde y unas peculiares gorras: guardias fronterizos españoles, supuestamente. Se dio cuenta de que el hecho de estar en España no suponía que se hubiera librado de los problemas. Si lo pillaban entrando en el país de forma ilegal, podían incluso enviarlo de vuelta. Peor aún, podía acabar desapareciendo en un campo de prisioneros franquista.

La patrulla fronteriza avanzaba por un sendero de montaña en dirección a los fugitivos. Lloyd se dispuso para la pelea. Tendría que moverse deprisa para derribarlos antes de que sacaran las armas. Se preguntó cómo se defenderían los otros dos en un altercado.

Sin embargo, no tenía nada que temer. Los dos guardias llegaron a una especie de frontera invisible y dieron media vuelta. Teresa reaccionó como si hubiera sabido que aquello iba a ocurrir. Cuando los guardias se esfumaron, ella se levantó y los cuatro siguieron caminando.

Poco después, la bruma se disipó. Lloyd vio una aldea de pescadores a orillas de una bahía arenosa. Ya había estado allí antes, durante su estancia en España en 1936. Incluso recordaba que había una estación de tren.

Llegaron caminando al pueblo. Era un lugar tranquilo, sin señal alguna de burocracia: ni policía, ni ayuntamiento, ni soldados, ni puestos de control. Sin duda alguna, era la razón por la que Teresa lo había escogido como punto de destino.

Fueron a la estación y Teresa compró los billetes, coqueteando con el vendedor como si fueran viejos amigos.

Lloyd se sentó en un banco del sombrío andén, con los pies hinchados y doloridos, agotado, agradecido y feliz.

Una hora más tarde, subieron al tren con destino a Barcelona.

V

Daisy no había entendido hasta ese momento el verdadero significado del trabajo.

Ni del agotamiento.

Ni de la tragedia.

Se sentó en un aula de colegio, mientras bebía un dulce té inglés en una taza sin platillo. Llevaba casco de acero y botas de goma. Eran las cinco de la tarde y todavía estaba cansada por el trabajo de la noche anterior.

Formaba parte del grupo voluntario de Prevención para los Bombardeos destinado al barrio de Aldgate. En teoría realizaba un turno de ocho horas, seguidas de ocho horas de guardia y ocho horas de descanso. En la práctica trabajaba mientras duraba el bombardeo y había heridos que trasladar al hospital.

Londres fue bombardeado todas las noches de octubre de 1940.

Daisy siempre trabajaba con otra mujer, la ayudante de la conductora, y cuatro hombres que componían el equipo de primeros auxilios. Su cuartel general era un colegio, y en ese momento estaban sentados a los pupitres de los niños, a la espera de que los aviones y las sirenas empezaran a aullar y las bombas a caer.

La ambulancia que conducía era un Buick estadounidense reconvertido. También tenían vehículos sin reconvertir y un conductor para transportar lo que llamaban «casos de asiento»: heridos que podían permanecer sentados sin ayuda mientras los trasladaban al hospital.

Su ayudante era Naomi Avery, una atractiva joven rubia del East End a la que le gustaban los hombres y la camaradería de equipo. Aprovechaba el descanso para bromear con el supervisor de zona, Nobby Clarke, un policía jubilado.

—El supervisor jefe es un hombre —dijo ella—. El supervisor del barrio es un hombre. Tú eres un hombre.

—Eso espero —dijo Nobby, y los demás estallaron de risa.

—Hay muchas mujeres en Prevención para los Bombardeos —prosiguió Naomi—. ¿Cómo es que ninguna tiene un puesto de mando?

Los hombres rieron.

—Ya estamos otra vez con lo de los derechos de las mujeres —terció un calvo con una narizota enorme llamado George el Guapo. Era un hombre con cierta tendencia misógina.

Daisy se unió a la conversación.

—¿De verdad creéis que todos los hombres sois más inteligentes que las mujeres?

—Pues resulta que hay algunas supervisoras jefes —respondió Nobby.

—No las he visto en mi vida —respondió Naomi.

—Es como una tradición, ¿verdad? —comentó Nobby—. Las mujeres siempre han sido amas de casa.

—Como Catalina la Grande de Rusia —añadió Daisy con sarcasmo.

—O la reina Isabel de Inglaterra —intervino Naomi.

—Amelia Earhart.

—Jane Austen.

—Marie Curie, la única científica que ha ganado el premio Nobel dos veces.

—¿Catalina la Grande? —preguntó George el Guapo—. ¿No hay una historia sobre ella y su caballo?

—Bueno, bueno, que hay señoritas delante —advirtió Nobby en tono reprobatorio—. De todas formas, yo puedo responder a la pregunta de Daisy —añadió.

—Adelante pues —lo invitó Daisy, deseosa de escuchar ese argumento en su favor.

—Os garantizo que hay mujeres tan inteligentes como los hombres —dijo Nobby como si estuviera haciendo una concesión de increíble generosidad—. No obstante, existe una razón de peso para que casi todos los altos cargos de Prevención sean hombres.

—¿Y qué razón es esa, Nobby?

—Es muy simple. Los hombres no aceptarían órdenes de una mujer. —Volvió a repantigarse con expresión triunfal, seguro de haber ganado la discusión.

Lo irónico era que, cuando las bombas caían y rebuscaban entre las ruinas a los heridos, hombres y mujeres sí eran iguales. Entonces no existían las jerarquías. Si Daisy le decía a gritos a Nobby que levantara el otro extremo de una viga derribada, él la obedecía sin demora.

A Daisy le encantaban aquellos hombres, incluso George. Habrían dado su vida por ella y ella habría reaccionado de igual modo.

Oyó un silbido en el exterior, que poco a poco fue subiendo de tono hasta convertirse en la ya cansina y familiar sirena que avisaba del inicio de un ataque aéreo. Transcurridos unos segundos, cayó la bomba y se oyó una explosión a lo lejos. La alarma antiaérea solía llegar tarde; siempre sonaba cuando ya habían caído las primeras bombas.

El teléfono sonó y Nobby contestó.

—¿Es que estos alemanes no se toman ni un puñetero día libre? —comentó George, asqueado.

—Nutley Street —anunció Nobby tras colgar el teléfono.

—Sé dónde está —dijo Naomi mientras salían a toda prisa—. La parlamentaria de nuestra circunscripción vive allí.

Subieron a toda prisa a los vehículos.

—¡Qué época tan feliz! —comentó Naomi, sentada junto a Daisy, cuando esta puso el motor en marcha.

Naomi estaba siendo irónica aunque, por raro que pudiera resultar, Daisy sí era feliz. «Qué sensación tan rara», pensó mientras tomaban a toda prisa una curva. Todas las noches era testigo de la destrucción, del dolor desgarrador y de cuerpos terriblemente mutilados. Había muchas probabilidades de que ella misma muriese en una explosión esa misma noche. Con todo, se sentía de maravilla. Estaba trabajando y sufriendo por una causa y, paradójicamente, eso era mejor que concederse caprichos a sí misma. Formaba parte de un grupo que lo arriesgaba todo por salvar a los demás y esa era la mejor sensación del mundo.

Daisy no odiaba a los alemanes porque intentaran matarla. Su suegro, el conde Fitzherbert, le había contado por qué bombardeaban Londres. Hasta el mes de agosto, la Luftwaffe había atacado solo puertos y aeropuertos. Fitz le había explicado, en un momento de candidez nada típico en él, que los ingleses no eran tan escrupulosos: el gobierno había aprobado el ataque a objetivos civiles alemanes, y ya en el mes de mayo, y durante los meses de junio y julio, la RAF había lanzado sus bombas sobre mujeres y niños que se encontraban en sus casas. El hecho enfureció a la opinión pública alemana, que exigió venganza. El Blitz fue el resultado.

Daisy y Boy mantenían las apariencias, pero ella cerraba con llave la puerta de su habitación cuando él estaba en casa, y él no ponía ninguna objeción. Su matrimonio era una farsa, pero ambos estaban demasiado preocupados para hacer algo al respecto. Cuando Daisy pensaba en ello, se entristecía; porque ahora había perdido tanto a Boy como a Lloyd. Por suerte, apenas tenía tiempo para pensar en ello.

Nutley Street estaba envuelta en llamas. La Luftwaffe había lanzado un combinado de bombas incendiarias y explosivos de gran potencia. El fuego provocó los mayores daños, pero los explosivos de gran potencia contribuyeron a propagar las llamas, lo que reventó los cristales de las ventanas y avivó el incendio con más oxígeno.

Daisy frenó la ambulancia en seco y todos se pusieron manos a la obra.

Las personas con heridas de poca gravedad fueron conducidas hasta el puesto más próximo de primeros auxilios. Los heridos más graves fueron trasladados a St. Bart's o al Hospital de Londres, en Whitechapel. Daisy hizo un viaje tras otro. Cuando cayó la noche, encendió los faros. Estos estaban cubiertos con una rejilla y proyectaban un tenue haz de luz, como parte del camuflaje del vehículo, aunque resultaba una medida un tanto innecesaria cuando Londres estaba encendida como una gigantesca hoguera.

El bombardeo se prolongó hasta el amanecer. A plena luz del día, los cazas eran un blanco demasiado fácil para la flota de aviones de combate pilotada por Boy y sus camaradas, así que la patrulla aérea se retiró, agotada. Cuando la fría luz grisácea bañó las ruinas, Daisy y Naomi regresaron a Nutley Street y vieron que ya no quedaban víctimas que trasladar al hospital.

Se sentaron exhaustas entre los cascotes de un jardín con muros de ladrillo. Daisy se quitó el casco de acero. Estaba destrozada y cubierta de polvo. «Me gustaría saber qué pensarían ahora de mí las chicas del Club Náutico de Buffalo», pensó. Y luego se dio cuenta de que ya no le importaba gran cosa lo que pensasen. Los días en que su aprobación era lo más importante le parecían estar ya en un pasado muy lejano.

—¿Te apetece una taza de té, querida mía? —le preguntó alguien.

Reconoció el acento galés. Levantó la vista y vio a una atractiva mujer de mediana edad con una bandeja en las manos.

—Oh, Dios, es justo lo que necesito —respondió, y se sirvió ella misma. Ahora ya le gustaba el té. Tenía un sabor amargo, pero un notable efecto revitalizante.

La mujer besó a Naomi.

—Somos parientes —aclaró ella—. Su hija, Millie, está casada con mi hermano, Abie.

Daisy observó cómo la mujer llevaba la bandeja hacia el pequeño grupo de encargados de Prevención para los Bombardeos, bomberos y vecinos. Imaginó que debía de ser alguien influyente en la zona: rezumaba autoridad. Aunque estaba claro que, al mismo tiempo, también era una mujer campechana, hablaba a todo el mundo con amabilidad y los hacía sonreír. Conocía a Nobby y a George el Guapo, y los saludó como a dos viejos amigos.

Se sirvió la última taza de té de la bandeja para ella y fue a sentarse junto a Daisy.

—Pareces norteamericana —dijo en tono agradable.

Daisy asintió en silencio.

—Estoy casada con un inglés.

—Yo vivo en esta calle, pero mi casa se libró anoche del bombardeo. Soy parlamentaria de la circunscripción de Aldgate. Me llamo Eth Leckwith.

A Daisy se le paró el corazón. ¡Era la famosa madre de Lloyd! Se estrecharon la mano.

—Daisy Fitzherbert.

Ethel levantó las cejas.

—¡Oh! —exclamó—. Eres la vizcondesa de Aberowen.

Daisy se ruborizó y habló en voz baja.

—En Prevención para los Bombardeos no lo saben.

—Tu secreto está a salvo conmigo.

—Conocía a su hijo, Lloyd —dijo Daisy, titubeante. No pudo evitar que se le llenasen los ojos de lágrimas cuando pensó en su época juntos en Tŷ Gwyn, y en la forma en que él la había cuidado tras el aborto—. Fue muy amable conmigo en una ocasión que necesité ayuda.

—Gracias —dijo Ethel—. Pero no hables de él como si hubiera muerto.

El reproche fue amable, pero Daisy tuvo la sensación de haber tenido poquísimo tacto.

—¡Lo siento mucho! —se disculpó—. Está desaparecido en combate, lo sé. ¡Qué estúpido comentario por mi parte!

—Pero ya no está desaparecido —aclaró Ethel—. Escapó por España. Llegó ayer a casa.

—¡Oh, Dios mío! —A Daisy se le aceleró el pulso—. ¿Se encuentra bien?

—Perfectamente. De hecho, tiene muy buen aspecto a pesar de todo lo que le ha tocado vivir.

—¿Dónde...? —Daisy tragó saliva—. ¿Dónde está ahora?

—Bueno, debe de andar por aquí. —Ethel miró a su alrededor—. ¿Lloyd? —lo llamó.

Daisy miró con extrema atención entre la multitud. ¿Podía ser aquello cierto?

Un hombre con un ajado abrigo marrón se volvió.

—¿Sí, mamá?

Daisy se quedó mirándolo. Tenía el rostro quemado por el sol y estaba en los huesos, pero más atractivo que nunca.

—Ven aquí, cariño mío —lo invitó Ethel.

Lloyd avanzó un paso y entonces vio a Daisy. De pronto se le demudó el rostro. Sonrió de felicidad.

—Hola —saludó.

Daisy se levantó de un salto.

—Lloyd, aquí hay alguien a quien tal vez recuerdes... —dijo Ethel.

Daisy no pudo reprimirse. Salió corriendo en dirección a Lloyd y se echó en sus brazos. Miró sus ojos verdes, lo besó en las mejillas morenas y luego en los labios.

—¡Te quiero, Lloyd! —exclamó sin pensarlo—. ¡Te quiero, te quiero, te quiero!

—Yo también te quiero, Daisy —respondió él.

A sus espaldas, Daisy oyó el comentario irónico de Ethel.

—Bueno, ya veo que la recuerdas.

VI

Lloyd estaba comiendo una tostada con mermelada cuando Daisy entró en la cocina de la casa de Nutley Street. Se sentó a la mesa, con cara de cansada, y se quitó el casco. Tenía el rostro manchado y el pelo sucio de ceniza y polvo, y a Lloyd le pareció arrebatadora.

Llegaba la mayoría de las mañanas cuando el bombardeo había finalizado y la última víctima había sido trasladada al hospital. La madre de Lloyd le había dicho que no necesitaba invitación y ella se lo había tomado al pie de la letra.

Ethel sirvió a Daisy una taza de té.

—¿Una noche dura, querida mía? —preguntó.

Daisy asintió con gesto grave.

—Una de las peores. El edificio Peabody de Orange Street se ha incendiado.

—¡Oh, no! —Lloyd estaba horrorizado. Conocía el lugar: un bloque de apartamentos de familias pobres con muchísimos niños.

—Es un edificio enorme —comentó Bernie.

—Era —rectificó Daisy—. Cientos de personas han muerto quemadas y Dios sabe cuántos niños habrán quedado huérfanos. Casi todos mis pacientes han muerto de camino al hospital.

Lloyd alargó la mano sobre la pequeña mesa y tomó la de Daisy.

Ella levantó la vista de la taza de té.

—Una no llega a acostumbrarse. Crees que con el tiempo te acabarás curtiendo, pero no. —Estaba destrozada por la pena.

Ethel le puso una mano en el hombro con gesto compasivo.

—Y nosotros vamos a hacer lo mismo con las familias de Alemania —concluyó Daisy.

—Incluidos mis viejos amigos Maud y Walter y sus hijos, supongo —intervino Ethel.

—¿Verdad que es horrible? —Daisy sacudió la cabeza con desesperación—. Pero ¿qué nos ocurre?

—¿Qué le ocurre a la especie humana? —inquirió Lloyd.

—Iré más tarde a Orange Street para comprobar que está haciéndose todo lo posible por los niños —terció Bernie, siempre tan práctico.

—Te acompañaré —dijo Ethel.

Bernie y Ethel pensaban igual y actuaban en equipo sin esfuerzo; a menudo parecía que eran capaces de leerse la mente. Desde su regreso a casa, Lloyd había estado observándolos con detenimiento, preocupado porque su matrimonio pudiera haberse visto afectado por la impactante revelación de que Ethel jamás había tenido un marido llamado Teddy Williams, y que el padre de Lloyd era el conde Fitzherbert. Lo había hablado largo y tendido con Daisy, que ya conocía toda la verdad. ¿Cómo se sentiría Bernie al descubrir que le habían mentido durante veinte años? Sin embargo, Lloyd no detectaba signos de que eso hubiera cambiado nada. A su manera en absoluto sentimental, Bernie adoraba a Ethel, y, en su opinión, ella no podía hacer nada mal. Creía que su esposa jamás haría nada para herirlo, y estaba en lo cierto. Todo aquello hacía que Lloyd deseara poder tener un matrimonio así algún día.

Daisy se percató de que Lloyd llevaba puesto el uniforme.

—¿Adónde vas esta mañana?

—Me han convocado en el Ministerio de Guerra. —Miró el reloj de la repisa de la chimenea—. Será mejor que me vaya.

—Creía que ya habías dado el parte.

—Ven a mi cuarto mientras me pongo la corbata y te lo cuento. Tráete la taza de té.

Subieron a la habitación. Daisy miró a su alrededor con interés y él se dio cuenta de que nunca antes había estado allí. Él miró la cama individual, la balda con libros en alemán, francés y español y el escritorio con la hilera de lápices afilados, y se preguntó qué estaría pensando ella al ver todo aquello.

—¡Qué cuartito tan encantador! —comentó Daisy.

No era un cuarto pequeño. Tenía las mismas dimensiones que cualquiera de las otras habitaciones de la casa. Pero ella tenía estándares distintos.

La joven tomó una fotografía enmarcada. En ella se veía a toda la familia en la costa: el pequeño Lloyd con pantalones cortos, Millie de bebé con traje de baño, una joven Ethel con una pamela de ala ancha, Bernie con traje gris y camisa blanca, con el cuello desabrochado y un pañuelo atado en la cabeza.

—Southend —explicó Lloyd. Tomó su taza, la colocó sobre el velador y abrazó a Daisy. La besó en los labios. Ella lo besó con ternura y agotamiento, le acarició una mejilla y dejó reposar su cuerpo sobre el de Lloyd.

Pasado un minuto, él la soltó. Ella estaba realmente cansada para los mimos y él tenía un compromiso.

Daisy se quitó las botas y se tumbó en la cama.

—Los del Ministerio de Guerra me han pedido que vaya a verlos de nuevo —explicó él mientras se hacía el nudo de la corbata.

—Pero si la última vez estuviste cuatro horas allí.

Era cierto. Había tenido que estrujarse el cerebro para recordar hasta el último minuto de su fuga desde Francia. Querían saber el rango y regimiento de todos los alemanes con los que se había topado. No había sido capaz de recordarlos todos, por supuesto, pero había realizado de forma meticulosa todas las tareas del curso de Tŷ Gwyn y estaba en disposición de entregarles gran cantidad de información detallada.

Era un procedimiento habitual para los servicios secretos militares. Aunque también le habían preguntado por la fuga, por los caminos que había seguido y sobre quién lo había ayudado. Se interesaron incluso por Maurice y Marcelle, y le reprocharon que no conociera su apellido. Se habían entusiasmado mucho ante la mención de Teresa, que sin duda podía ser un pilar clave para la ayuda de futuros fugitivos.

—Hoy me reúno con otro grupo. —Se quedó mirando una nota mecanografiada que tenía sobre el velador—. En el hotel Metropole, en Northumberland Avenue. Habitación 424. —El lugar se encontraba a la salida de Trafalgar Square, en un barrio de despachos oficiales—. Al parecer es un nuevo departamento encargado de los prisioneros de guerra ingleses. —Se puso su gorra acabada en pico y se miró al espejo—. ¿Estoy guapo?

No recibió respuesta. Miró a la cama. Daisy se había quedado dormida.

La tapó con una manta, la besó en la frente y salió.

Le dijo a su madre que Daisy estaba durmiendo en su cama y ella respondió que subiría más tarde para ver si seguía bien.

Lloyd tomó el metro hasta el centro.

Le había contado a Daisy la verdadera historia sobre su padre, lo cual la desengañó de la idea de que era hijo de Maud. Daisy creyó la historia, pues recordó de pronto que Boy le había contado que Fitz tenía un hijo ilegítimo en algún lugar.

—Es espeluznante —había comentado con expresión reflexiva—. Los dos ingleses de los que me he enamorado son hermanastros. —Y tras lanzar una mirada inquisitiva a Lloyd, había añadido—: Tú has heredado la belleza de tu padre. Boy solo ha heredado su egoísmo.

Lloyd y Daisy todavía no habían hecho el amor. Uno de los motivos era que ella no había tenido noches libres. Además, en la única ocasión que habían estado a solas, las cosas se habían torcido.

Había sido el domingo anterior, en la casa de Daisy, en Mayfair. Sus criadas tenían la tarde del domingo libre, y ella lo había llevado a su habitación en la casa vacía. Pero Daisy estuvo nerviosa e incómoda desde un principio. Lo besó, pero luego apartó la cara. Cuando él le puso las manos en los senos, ella las apartó. Él se sintió confuso: si se suponía que no debía comportarse así, ¿qué hacían en la habitación de ella?

—Lo siento —se disculpó Daisy al final—. Te quiero, pero no puedo hacer esto. No puedo engañar a mi marido en su propia casa.

—Pero él te engañó a ti.

—Al menos lo hacía en otro lugar.

—Está bien.

Ella lo miró.

—¿Crees que soy tonta?

Él se encogió de hombros.

—Después de todo lo que hemos pasado, me parece que te estás poniendo demasiado escrupulosa, sí, pero… escucha, tienes la libertad de sentirte como quieras. Sería un cabrón si intentara forzarte a hacer algo para lo que todavía no estás preparada.

Ella lo abrazó y le dio un buen achuchón.

—Ya te lo he dicho antes —dijo—. Has madurado.

—No dejemos que esto nos estropee la tarde —sugirió él—. Vamos al cine.

Vieron *El gran dictador*, de Charlie Chaplin, y se partieron de la risa, luego ella volvió al trabajo.

De camino a la estación de Embankment la mente de Lloyd se mantuvo ocupada con agradables pensamientos sobre Daisy, luego caminó por Northumberland Avenue hasta el Metropole. En el hotel habían retirado las reproducciones de antigüedades y lo habían amueblado con mesas y sillas más utilitarias.

Tras un par de minutos de espera, llevaron a Lloyd en presencia de un coronel alto con ademanes enérgicos.

—He leído su informe, teniente —anunció—. Bien hecho.

—Gracias, señor.

—Esperamos que otras personas sigan sus pasos y nos gustaría ayudarles. Tenemos un interés especial en los pilotos caídos. Su formación es cara y nos interesa que regresen para que vuelvan a volar.

A Lloyd le pareció algo duro. Si un hombre sobrevivía a un accidente aéreo, ¿de verdad podía pedírsele que se arriesgara a pilotar de nuevo? Pero a los heridos los enviaban de regreso al campo de batalla en cuanto se recuperaban. Así era la guerra.

—Estamos construyendo una especie de línea férrea clandestina que va desde Alemania hasta España —le informó el coronel—. Usted habla alemán, francés y español, por lo que veo, pero, lo que es más importante, ha estado en una situación límite. Nos gustaría trasladarlo de forma temporal a nuestro departamento.

Lloyd no se lo esperaba y no estaba muy seguro de cómo encajarlo.

—Gracias, señor. Es un honor. Pero ¿se trata de un cargo burocrático?

—En absoluto. Queremos que vuelva a Francia.

A Lloyd se le disparó el pulso. Creía que no tendría que enfrentarse de nuevo a esos peligros.

El coronel se percató de su expresión de desesperación.

—Ya sabe lo peligroso que es.

—Sí, señor.

—Puede negarse si quiere —sugirió el coronel con tono brusco.

Lloyd pensó en Daisy en pleno Blitz, y en las personas que habían muerto quemadas en el edificio Peabody, y supo que ni siquiera tenía ganas de negarse.

—Si usted considera que es importante, señor, volveré encantado, por supuesto.

—Buen muchacho —dijo el coronel.

Media hora más tarde, Lloyd se dirigía, aturdido, a la estación de metro. Ahora formaba parte de un departamento llamado MI9. Regresaría a Francia con documentación falsa y una gran suma de dinero en efectivo. Docenas de alemanes, holandeses, belgas y franceses habían sido reclutados en territorio ocupado para llevar a cabo la misión arriesgada y potencialmente letal de ayudar a los soldados ingleses y pilotos de la Commonwealth en su regreso a casa. Iba a convertirse en uno de los numerosos agentes del MI9 que ampliasen la red de actuación.

Si lo atrapaban, lo torturarían.

Aunque estaba asustado, lo embargaba la emoción. Iba a viajar en avión hasta Madrid: sería su primer viaje en avión. Volvería a Francia cruzando los Pirineos y contactaría con Teresa. Se disfrazaría para confundirse con el enemigo, rescataría a personas en las narices de la Gestapo. Se aseguraría de que esos hombres siguieran sus pasos para que no se sintieran tan solos y desamparados como él.

Regresó a Nutley Street a las once de la mañana.

«Miss América no ha movido ni un pelo», le informaba su madre en una nota.

Tras visitar el lugar del bombardeo, Ethel iría a la Cámara de los Comunes, y Bernie, al ayuntamiento. Lloyd y Daisy tenían la casa para ellos solos.

Lloyd subió a su habitación. Daisy seguía durmiendo. Su cazadora de cuero y sus pantalones de gruesa lana estaban tirados en el suelo de cualquier manera. Seguía en la cama en ropa interior. Era la primera vez.

Él se quitó la chaqueta y la corbata.

—Y lo demás —le ordenó Daisy con voz adormilada desde la cama.

Él se quedó mirándola.

—¿Qué?

—Que te quites toda la ropa y te metas en la cama.

La casa estaba vacía, nadie les molestaría.

Se quitó las botas, los pantalones, la camiseta, los calcetines y dudó.

—No tendrás frío —dijo ella. Se meneó bajo las mantas y le tiró sus bragas de seda.

Él había creído que sería un momento solemne de pasión encendida, pero, por lo visto, a Daisy le parecía algo divertido. Lloyd esperaba que ella lo orientase.

Se quitó la camiseta y los calzoncillos y se metió en la cama junto a ella. Su cuerpo era todo calidez y entrega. Él estaba nervioso: no le había confesado que era virgen.

Siempre había oído que el hombre debía tomar la iniciativa, pero parecía que Daisy no lo sabía. Lo besó y lo acarició, y luego le agarró el pene.

—¡Vaya! —exclamó—. Esperaba que tendrías uno de estos.

Tras aquello, Lloyd dejó de sentirse nervioso.

8

1941 (I)

I

Un frío domingo de invierno, Carla von Ulrich acompañó a Ada, su criada, a visitar a su hijo Kurt a la Clínica Infantil Wannsee, situada a orillas del lago homónimo, en el extrarradio occidental de Berlín. Tardaron una hora en llegar en tren. Carla se había acostumbrado a acudir a aquellas visitas vestida con el uniforme de enfermera, pues el personal de la clínica hablaba con mayor franqueza sobre Kurt a una colega de profesión.

En verano, el lago se llenaba de familias con niños que jugaban en la arena y chapoteaban en la orilla, pero aquel día apenas había unas cuantas personas paseando, bien abrigadas, y un robusto nadador a quien su esposa esperaba nerviosa en la orilla.

La clínica, especializada en el cuidado de niños con discapacidades graves, se alojaba en una antigua mansión cuyos salones habían sido divididos en espacios más pequeños, pintados de color verde pálido y amueblados con camas de hospital y cunas.

Kurt tenía ya ocho años. Podía caminar y comer solo casi con la misma autonomía de un niño de dos, pero no sabía hablar y seguía llevando pañales. No había dado muestras de mejoría durante años. Sin embargo, era indudable que se alegraba al ver a Ada. Irradiaba felicidad, barbotaba emocionado, extendía los brazos para que lo cogiera, y la abrazaba y la besaba.

También reconocía a Carla. Siempre que lo veía, ella recordaba el aterrador drama de su nacimiento; había asistido al parto mientras su hermano Erik iba a buscar al doctor Rothmann.

Jugaron con él durante aproximadamente una hora. Le gustaban los trenes y los coches de juguete, y también los libros con dibujos de colores vivos. Luego llegó la hora de la siesta, y Ada le cantó hasta que se durmió.

Cuando salían, una enfermera se dirigió a Ada.

—Frau Hempel, acompáñeme al despacho de herr professor doktor Willrich, por favor. Quiere hablar con usted.

Willrich era el director de la clínica. Carla no lo conocía y creía que Ada tampoco.

—¿Hay algún problema? —preguntó Ada, nerviosa.

—Estoy segura de que el director solo quiere comentarle los progresos de Kurt —contestó la enfermera.

—Fräulein Von Ulrich vendrá conmigo.

A la enfermera no le gustó la idea.

—El profesor Willrich solo la ha mencionado a usted.

Pero Ada podía ser tozuda cuando lo creía necesario.

—Fräulein Von Ulrich vendrá conmigo —repitió con firmeza.

La enfermera se encogió de hombros.

—Acompáñenme —dijo con sequedad.

Las precedió hasta un agradable despacho. Aquella sala no había sido dividida. Tenía una chimenea donde en aquel momento ardía carbón y una ventana saulediza con vistas al lago Wannsee. Carla vio a alguien navegando por él, surcando las pequeñas olas contra una tenaz brisa. Willrich estaba sentado al otro lado de un escritorio tapizado en cuero. Sobre él había una tabaquera y un expositor con pipas de diferentes medidas. Rondaba los cincuenta años y era alto y de complexión fuerte. Todas sus facciones parecían grandes: nariz prominente, mandíbula angulosa, orejas enormes y cabeza ovalada y calva.

Miró a Ada.

—Frau Hempel, supongo —dijo. Ada asintió. Willrich se volvió hacia Carla—. Y usted es fräulein…

—Carla von Ulrich, profesor. Soy la madrina de Kurt.

Él arqueó las cejas.

—Un poco joven para ser madrina, ¿no le parece?

—¡Asistió al parto de Kurt! —exclamó Ada con indignación—. Solo tenía once años, pero lo hizo mejor que el médico, ¡porque el médico no estaba allí!

Willrich pasó por alto sus palabras y siguió mirando a Carla.

—Y, por lo que veo, tiene intención de ser enfermera —dijo con desdén.

Carla llevaba el uniforme de aprendiz, pero se consideraba más que una mera aspirante.

—Soy enfermera en prácticas —repuso. No le gustaba Willrich.

—Siéntense, por favor. —Abrió una carpeta delgada—. Kurt tiene ocho años pero apenas ha alcanzado la etapa de desarrollo propio de los dos años. —Hizo una pausa. Ninguna de ellas dijo nada—. El progreso no es satisfactorio —concluyó.

Ada miró a Carla, que no sabía adónde pretendía llegar el doctor, y se lo hizo saber encogiéndose de hombros.

—Existe un tratamiento nuevo para casos como este. Sin embargo, para que Kurt se beneficie de él tiene que ser trasladado a otro hospital. —Willrich cerró la carpeta. Miró a Ada y, por primera vez, sonrió—. Estoy seguro de que le complace la idea de que Kurt se someta a una terapia que podría mejorar su estado de salud.

A Carla no le gustaba su sonrisa, le parecía repulsiva.

—¿Podría decirnos algo más sobre el tratamiento, profesor? —preguntó.

—Me temo que no alcanzaría a entenderlo —contestó él—, aunque sea enfermera en prácticas.

Carla no tenía intención de consentirle aquello.

—Estoy segura de que frau Hempel querrá saber si requiere cirugía, medicación o corrientes eléctricas, por ejemplo.

—Medicación —dijo él con evidente reticencia.

—¿Adónde tendría que ir? —preguntó Ada.

—El hospital está en Akelberg, en Baviera.

Ada no tenía muchos conocimientos de geografía, y Carla sabía que no podía hacerse una idea de la distancia a la que se encontraba aquel lugar.

—Está a algo más de trescientos kilómetros de aquí —dijo.

—¡Oh, no! —exclamó Ada—. ¿Cómo iría a visitarlo?

—En tren —contestó Willrich impaciente.

—Serían cuatro o cinco horas de viaje. Probablemente tendría que pernoctar allí. ¿Y qué hay del coste del billete?

—¡Yo no puedo preocuparme por esas cosas! —espetó Willrich, airado—. ¡Soy médico, no agente de viajes!

Ada estaba al borde de las lágrimas.

—Si eso significa que Kurt mejorará, que aprenderá a decir aunque sea unas palabras y que no necesitará usar pañales…, quizá un día podrá volver a casa.

—Exactamente —dijo Willrich—. Estaba seguro de que dejaría de lado los motivos personales y egoístas y de que no lo privaría de la oportunidad de mejorar.

—¿Es eso lo que nos está diciendo? —preguntó Carla—. ¿Que Kurt podría llevar una vida normal?

—La medicina no ofrece garantías —contestó él—. Incluso una enfermera en prácticas debería saberlo.

Carla había aprendido de sus padres a no tolerar las evasivas.

—No le pido una garantía —repuso con sequedad—. Le pido un pronóstico. Y lo tiene, porque de lo contrario no estaría proponiendo el tratamiento.

El hombre se ruborizó.

—El tratamiento es nuevo. Confiamos en que Kurt mejorará con él. Eso es lo que le estoy diciendo.

—¿Es experimental?

—Toda la medicina es experimental. Todas las terapias funcionan con algunos pacientes y con otros no. Debe escuchar lo que le digo: la medicina no ofrece garantías.

Carla quería enfrentarse a él solo por su arrogancia, pero comprendió que no tenía argumentos para contradecirlo. Además, no estaba segura de que Ada tuviese alternativa. Los médicos podían oponerse a los deseos de los padres si la salud del niño estaba en peligro; de hecho, podían hacer lo que quisieran. Willrich no estaba pidiendo permiso a Ada, no tenía la necesidad de hacerlo. Solo la informaba para evitar un escándalo.

—¿Puede decirle a frau Hempel cuánto tiempo podría pasar hasta que Kurt volviera de Akelberg? —preguntó Carla.

—No mucho —contestó Willrich.

No era una respuesta, pero Carla tenía la impresión de que si lo presionaba volvería a irritarlo.

Ada parecía sentirse impotente. Carla la entendía; a ella también le resultaba difícil decidir. No les habían dado suficiente información. Carla había observado que los médicos solían comportarse de ese modo, como si quisiesen guardar en secreto todos sus conocimientos. Preferían engatusar a los pacientes con obviedades y adoptar una actitud defensiva ante sus preguntas.

Ada tenía los ojos llorosos.

—Bueno, si hay alguna posibilidad de que mejore…

—Esa es la actitud —dijo Willrich.

Pero Ada no había acabado.

—¿Qué opinas, Carla?

Willrich pareció indignarse al ver que le pedía opinión a una simple enfermera.

—Estoy de acuerdo contigo, Ada. Hay que aprovechar esta oportunidad por el bien de Kurt, aunque sea duro para ti.

—Muy sensata —dijo Willrich, y se puso en pie—. Gracias por venir a verme.

Se acercó a la puerta y la abrió. Carla tuvo la impresión de que deseaba librarse de ellas.

Salieron de la clínica y se dirigieron a pie a la estación. Mientras el tren, casi vacío, se ponía en marcha, Carla cogió un panfleto que alguien había dejado en el asiento. Bajo el encabezamiento «Cómo combatir a los nazis», enumeraba diez consejos para precipitar el fin del régimen, empezando por ralentizar el ritmo de trabajo.

Carla había visto otros folletos similares, aunque no muchos. Los distribuía algún movimiento de resistencia clandestino.

Ada se lo arrebató, lo estrujó y lo tiró por la ventana.

—¡Podrían detenerte por leer esas cosas! —dijo.

Había sido su niñera, y a veces se comportaba como si todavía fuera una cría. A Carla no le importaban aquellos arrebatos ocasionales, pues sabía que eran fruto del cariño.

Sin embargo, en esa ocasión Ada no estaba reaccionando de forma exagerada. Leer panfletos como aquel e incluso no informar de haber encontrado uno eran motivos de encarcelamiento. Ada podría tener problemas por el mero hecho de haberlo arrojado por la ventana. Por suerte, iban solas en el vagón y nadie la había visto hacerlo.

Ada seguía inquieta por lo que le habían dicho en la clínica.

—¿Te parece que hemos hecho lo correcto? —le preguntó a Carla.

—No estoy segura —contestó Carla con franqueza—, pero creo que sí.

—Eres enfermera, entiendes más que yo de estas cosas.

A Carla le gustaba ser enfermera, aunque seguía sintiéndose frustrada porque no le hubiesen permitido estudiar para ser médico. Con tantos jóvenes en el ejército, la actitud para con las estudiantes de medicina había cambiado y cada vez había más mujeres en la facultad de medicina. Carla podía haber vuelto a solicitar la beca, pero su familia era tan extremadamente pobre que dependía incluso de sus magros ingresos. Su padre no tenía trabajo, su madre daba clases de piano y

Erik enviaba a casa cuanto podía de la asignación que recibía del ejército. La familia llevaba años sin pagar a Ada.

Ada era estoica por naturaleza, y para cuando llegaron a casa empezaba ya a superar el disgusto. Fue a la cocina, se puso el delantal y empezó a preparar la cena; la cómoda rutina pareció consolarla.

Carla no cenaría en casa. Había quedado. Tenía la sensación de estar abandonando a Ada en un momento triste para ella, y se sentía algo culpable, pero no lo bastante para sacrificar sus planes.

Se puso un vestido de tenis que le llegaba por las rodillas y que había confeccionado cortando el dobladillo deshilachado de un vestido viejo de su madre. No iba a jugar al tenis, sino a bailar, y su intención era parecer norteamericana. Se pintó los labios, se maquilló y se cepilló el pelo desafiando la preferencia del gobierno por las trenzas.

El espejo le devolvió la imagen de una chica moderna, guapa y con aire retador. Sabía que su confianza en sí misma y su templanza ahuyentaban a muchos chicos. A veces deseaba ser seductora, además de competente, algo que su madre siempre había conseguido sin esfuerzo, pero ella no era así. Hacía mucho tiempo que había dejado de intentar ser cautivadora; solo le hacía sentirse tonta. Los chicos tenían que aceptarla como era.

A algunos los asustaba, pero a otros los atraía, y en las fiestas solía acabar rodeada de varios admiradores. A ella le gustaban los chicos, especialmente cuando dejaban de intentar impresionar a la gente y empezaban a hablar con normalidad. Sus predilectos eran los que la hacían reír. Hasta el momento no había tenido ningún novio formal, aunque había besado a unos cuantos.

Acabó de vestirse con una chaqueta deportiva de rayas que había comprado en un puesto ambulante de ropa de segunda mano. Sabía que a sus padres no les gustaría su aspecto y que intentarían obligarla a cambiarse con el argumento de que era peligroso cuestionar los prejuicios nazis, así que tenía que salir de la casa sin que la vieran. Sería fácil. Su madre estaba dando una clase de piano; Carla oía las vacilantes notas de su alumno. Su padre estaría leyendo el periódico en la misma sala, pues no podían permitirse caldear más de una estancia. Erik siempre estaba fuera, con el ejército, aunque en ese momento estaba destinado cerca de Berlín y pronto volvería de permiso.

Se abrigó con una gabardina convencional y se guardó los zapatos blancos en un bolsillo.

Bajó al recibidor y abrió la puerta de la calle.

—¡Adiós! ¡Volveré pronto! —gritó, y salió a toda prisa.

Se encontró con Frieda en la estación de Friedrichstrasse. Su amiga iba vestida de un modo similar, con un vestido de rayas bajo un abrigo liso de color canela, y también llevaba el cabello suelto; la principal diferencia entre ambas era que la ropa de Frieda era nueva y cara. En el andén, dos chicos ataviados con el uniforme de las Juventudes Hitlerianas las miraron con una mezcla de reprobación y deseo.

Se apearon del tren en Wedding, un distrito proletario situado en el norte de Berlín que tiempo atrás había sido un baluarte de izquierdas. Se dirigieron a la sala Pharus, donde en el pasado los comunistas habían pronunciado conferencias. Obviamente, ya no se llevaba a cabo en él ninguna actividad política. Sin embargo, el edificio se había convertido en sede del movimiento denominado Jóvenes del Swing.

Jóvenes de entre quince y veinticinco años empezaban a congregarse ya en las calles aledañas a la sala. Los chicos vestían chaquetas de cuadros y llevaban paraguas para parecer ingleses. Se dejaban el pelo largo como muestra de su desprecio por el ejército. Las chicas iban muy maquilladas y llevaban ropa de sport norteamericana. Todos creían que los adeptos a las Juventudes Hitlerianas eran estúpidos y aburridos, con su música folclórica y sus bailes colectivos.

A Carla le parecía irónico. Cuando era pequeña, los otros niños se burlaban de ella y la llamaban «extranjera» porque su madre era inglesa; ahora, aquellos mismos niños, mayores ya, consideraban que todo lo inglés estaba de moda.

Carla y Frieda entraron en la sala. Los jóvenes que se habían reunido allí eran convencionales e inocentes: chicas con faldas plisadas y chicos en pantalón corto jugando al tenis de mesa y bebiendo pringosos refrescos de naranja. Pero la acción se encontraba en las salas adyacentes.

Frieda se apresuró a llevar a Carla a una especie de trastero grande con sillas apiladas contra las paredes. Allí, su hermano Werner había instalado un tocadiscos. Cincuenta o sesenta chicos y chicas bailaban el swing *jitterbug*. Carla reconoció la canción que sonaba: «Ma, He's Making Eyes at Me». Las dos se arrancaron a bailar.

Los discos de jazz estaban prohibidos porque la mayoría de los mejores músicos eran negros. Los nazis denigraban todos los productos de calidad que no hubiesen salido de manos arias, pues suponían una amenaza para sus teorías sobre la superioridad racial. Desafortunadamente para ellos, a los alemanes les gustaba el jazz tanto como a cualquiera. Quienes visitaban otros países volvían con discos, que también podían comprarse en Hamburgo a marineros norteamericanos. Había un mercado negro muy activo.

Werner tenía infinidad de discos, por descontado. De hecho, lo tenía todo: un coche, ropa moderna, cigarrillos, dinero. Seguía siendo el chico de los sueños de Carla, aunque él siempre elegía a chicas mayores que ella; mujeres, en realidad. Todos daban por hecho que se acostaba con ellas. Carla era virgen.

El mejor amigo de Werner, Heinrich von Kessel, se acercó enseguida y se puso a bailar con Frieda. La chaqueta negra y el chaleco que llevaba realzaban de forma espectacular su pelo largo. Estaba prendado de Frieda. A ella también le gustaba él —disfrutaba hablando con hombres inteligentes—, pero no podía salir con él porque, como tenía veinticinco o veintiséis años, era demasiado mayor.

Enseguida un chico al que Carla no conocía se acercó a bailar con ella, de modo que la noche empezaba bien.

Carla se abandonó a la música: el irresistible y sensual ritmo de la percusión, la sugerente voz del cantante, los estimulantes solos de trompeta, el alegre vuelo del clarinete. Daba vueltas y patadas al aire, hacía que su falda se alzara de forma escandalosa, se dejaba caer en los brazos de su compañero y volvía a saltar.

Cuando llevaban alrededor de una hora bailando, Werner puso una canción lenta. Frieda y Heinrich se abrazaron para bailarla. Carla no vio a nadie que le gustara lo suficiente para compartir una lenta, así que salió y fue a buscar una Coca-Cola. Alemania no estaba en guerra con Estados Unidos, por lo que la Coca-Cola se importaba y embotellaba en Alemania.

Para su sorpresa, Werner salió tras ella después de dejar a alguien al cargo de la música. A Carla la halagó que el hombre más atractivo de la sala quisiera hablar con ella.

Le comentó que iban a trasladar a Kurt a Akelberg, y Werner le dijo que a su hermano Axel, de quince años, también iban a llevarlo allí. Axel había nacido con espina bífida.

—¿Puede funcionar el mismo tratamiento para los dos? —preguntó Werner con la frente arrugada.

—Lo dudo, pero la verdad es que no lo sé —contestó Carla.

—¿Por qué los médicos no explican nunca lo que hacen? —dijo Werner, irritado.

Ella se rió sin ganas.

—Creen que si la gente entiende de medicina dejarán de venerarlos como a héroes.

—El mismo principio que el del prestidigitador: el truco resulta más impresionante si se ignora cómo se hace —dijo Werner—. Los médicos son igual de egocéntricos que todos.

—Incluso más —convino Carla—. Lo sé por experiencia.

Le habló del panfleto que había leído en el tren.

—¿Qué opinas? —le preguntó Werner.

Carla dudó. Era peligroso hablar abiertamente sobre esos temas. Pero conocía a Werner de toda la vida, él siempre había sido de izquierdas y pertenecía a los Jóvenes del Swing. Podía confiar en él.

—Me alegra que alguien quiera combatir a los nazis. Eso demuestra que no todos los alemanes están paralizados por el miedo.

—Se pueden hacer muchas cosas contra los nazis —dijo él, pausadamente—. No solo pintarse los labios.

Ella dio por hecho que se refería a distribuir esa clase de panfletos. ¿Podía estar dedicándose a esa actividad? No, él disfrutaba demasiado de su faceta de seductor. En el caso de Heinrich, más comprometido y profundo, podía ser diferente.

—No, gracias —dijo—. Me da demasiado miedo.

Acabaron de tomarse la Coca-Cola y volvieron al trastero. Lo encontraron a rebosar, sin apenas espacio para bailar.

Para sorpresa de Carla, Werner le pidió el último baile. Puso «Only Forever», de Bing Crosby. Carla se emocionó. Él la acercó a sí y, más que bailar, empezaron a mecerse al ritmo de la balada.

Al final, como ya era tradición, alguien apagó la luz un minuto para que las parejas pudieran besarse. Carla se azoró; conocía a Werner desde que los dos eran niños, pero siempre se había sentido atraída por él, y en ese momento alzó ansiosa la cara. Tal como había esperado, él la besó con pericia, y ella le devolvió el beso extasiada. Para su deleite, notó cómo una mano de él le apretaba tiernamente un pecho. Ella le invitó a seguir, abriendo la boca. Entonces volvió la luz y todo acabó.

—Bueno —dijo ella, sin aliento—, menuda sorpresa.

Él le brindó su sonrisa más encantadora.

—Si quieres podría volver a sorprenderte algún día.

Carla cruzaba el recibidor camino de la cocina para desayunar cuando sonó el teléfono. Lo descolgó.

—¿Sí?

Oyó la voz de Frieda.

—¡Oh, Carla! ¡Mi hermano pequeño ha muerto!

—¿Qué? —Carla no podía creerlo—. ¡Frieda, lo siento mucho! ¿Dónde ha sido?

—En ese hospital. —Frieda sollozaba.

Carla recordó que Werner le había dicho que habían enviado a Axel al mismo hospital de Akelberg que Kurt.

—¿Cómo ha muerto?

—Apendicitis.

—Es terrible. —Carla estaba triste por su amiga, pero sentía cierto recelo. Había tenido una mala sensación cuando el profesor Willrich les había hablado del tratamiento para Kurt hacía un mes. ¿Había sido más experimental de lo que había dicho? ¿Podía llegar a ser peligroso?—. ¿Sabes algo más?

—Solo hemos recibido una carta con cuatro líneas. Mi padre está furioso. Ha llamado al hospital, pero no ha conseguido hablar con los responsables.

—Voy a verte. Llegaré enseguida.

—Gracias.

Carla colgó y entró en la cocina.

—Axel Franck ha muerto en ese hospital de Akelberg —dijo.

Su padre, Walter, leía el correo.

—¡Oh! —dijo—. Pobre Monika.

Carla recordó que la madre de Axel, Monika Franck, había estado enamorada de Walter, según se contaba en la familia. La expresión de inquietud y dolor en el rostro de Walter era tan intensa que Carla se preguntó si acaso no sentiría cierta ternura por Monika, pese a estar enamorado de Maud. Qué complicado era el amor.

—Debe de estar destrozada —dijo la madre de Carla, que era la mejor amiga de Monika.

Walter siguió revisando el correo.

—Hay una carta para Ada —anunció con tono de sorpresa.

La cocina quedó en silencio.

Carla miró el sobre blanco mientras Ada lo cogía de manos de Walter.

Ada no recibía muchas cartas.

Erik estaba en casa —aquel era el último día de su breve permiso—, por lo que había cuatro personas mirando a Ada mientras abría el sobre.

Carla estaba expectante.

Ada sacó una carta mecanografiada en una hoja con membrete. La leyó rápidamente, contuvo el aliento y gritó.

—¡No! —dijo Ada—. ¡No puede ser!

Maud se puso en pie de un salto y abrazó a Ada.

Walter cogió la carta que aún sostenía Ada y la leyó.

—Oh, Dios mío, es una desgracia —dijo—. Pobrecillo Kurt. —Dejó el papel sobre la mesa del desayuno.

Ada rompió a llorar.

—Mi hijito, mi querido hijito, y ha muerto sin su madre… ¡No soporto pensarlo!

Carla contuvo las lágrimas. Estaba desconcertada.

—¿Axel y Kurt? —dijo—. ¿Al mismo tiempo?

Cogió la carta. Llevaba el nombre del hospital y su dirección de Akelberg. Decía:

> Apreciada señora Hempel:
> Lamento informarle de la triste defunción de su hijo, Kurt Walter Hempel, de ocho años de edad. Falleció el 4 de abril en este hospital a consecuencia de una apendicitis. Se hizo todo lo posible por él, pero fue en vano. Acepte mis más sinceras condolencias.

Iba firmada por el director.

Carla alzó la vista. Ada no dejaba de llorar y su madre se había sentado a su lado, rodeándola con un brazo y sosteniéndole la mano.

Estaba apesadumbrada, pero más entera que Ada. Se dirigió a su padre con voz trémula.

—Aquí hay algo sucio.

—¿Qué te hace pensarlo?

—Vuelve a leer la carta. —Se la tendió—. Apendicitis.

—¿Y?

—A Kurt ya le habían extirpado el apéndice.

—Sí, lo recuerdo —dijo su padre—. Lo operaron de urgencias, justo después de cumplir los seis años.

La tristeza de Carla se mezclaba con una angustiosa sospecha.

¿Había acabado con la vida de Kurt un peligroso experimento que el hospital trataba ahora de encubrir?

—¿Por qué tendrían que mentir? —dijo.

Erik dio un puñetazo en la mesa.

—¿Por qué dices que mienten? —gritó—. ¿Por qué siempre tienes que acusar al régimen? ¡Es evidente que se trata de un error! ¡Alguna mecanógrafa se habrá equivocado al teclear!

Carla no estaba segura.

—Es muy probable que los mecanógrafos que trabajan en un hospital sepan lo que es el apéndice.

—¡Eres capaz incluso de aprovechar esta tragedia personal para atacar a las autoridades!

—Callaos los dos —intervino su padre.

Ambos lo miraron. Había un matiz diferente en su voz.

—Erik podría estar en lo cierto —dijo—. En tal caso, el hospital no tendrá ningún reparo en responder a nuestras preguntas y proporcionarnos más detalles de la muerte de Kurt y Axel.

—Por supuesto que lo harán —dijo Erik.

—Y si es Carla quien está en lo cierto —prosiguió Walter—, intentarán evitar esas preguntas, se negarán a dar información e intimidarán a los padres de los niños insinuando que su curiosidad es ilegítima.

Erik parecía menos cómodo con esa opción.

Media hora antes, su padre parecía un hombre hundido y menguado. En ese momento, de algún modo, daba la impresión de volver a llenar el traje que llevaba.

—Lo averiguaremos en cuanto empecemos a preguntar.

—Voy a ver a Frieda —dijo Carla.

—¿Hoy no trabajas? —preguntó su madre.

—Me toca el turno de noche.

Carla llamó por teléfono a Frieda y le dijo que Kurt también había muerto, y que iba a su casa para hablar de eso. Se puso el abrigo, el sombrero y los guantes, y sacó la bicicleta a la calle. Estaba habituada a pedalear deprisa y solo tardó un cuarto de hora en llegar a la villa de los Franck, en Schöneberg.

El mayordomo la dejó entrar y le dijo que la familia estaba reunida en el comedor. En cuanto entró, el padre de Frieda, Ludwig Franck, bramó:

—¿Qué te dijeron en la Clínica Infantil Wannsee?

A Carla no le gustaba Ludwig. Era un fanfarrón de derechas y

454

había secundado a los nazis en sus primeros tiempos. Puede que hubiera cambiado de parecer —muchos empresarios lo habían hecho ya—, pero daba pocas muestras de la humildad que debía proseguir a un error de semejante calibre.

Carla no respondió inmediatamente. Se sentó a la mesa y miró a la familia: Ludwig, Monika, Werner y Frieda, y el mayordomo atareado en un segundo plano. Puso en orden sus pensamientos.

—¡Vamos, muchacha! ¡Contesta! —exigió Ludwig. Tenía en la mano una carta que se parecía mucho a la de Ada, y la agitaba airado.

Monika posó una mano en el brazo de su marido para calmarlo.

—Tranquilízate, Ludi.

—¡Quiero saberlo! —vociferó él.

Carla observó su cara sonrosada y su fino bigote negro. Vio que el dolor lo torturaba. En otras circunstancias, se habría negado a hablar con alguien tan grosero, pero en aquel momento pensó que sus rudos modales estaban justificados y decidió pasarlos por alto.

—El director, el profesor Willrich, nos dijo que había un nuevo tratamiento para la enfermedad de Kurt.

—Lo mismo que nos dijo a nosotros —repuso Ludwig—. ¿Qué clase de tratamiento?

—Eso le pregunté. Me dijo que no lo entendería. Insistí y me contestó que tenía que ver con fármacos, pero no me dio más información. ¿Me permite ver su carta, herr Franck?

El semblante de Ludwig le hizo saber que era él quien se creía en la posición de hacer las preguntas, pero le tendió la carta.

Era idéntica a la que había recibido Ada, y Carla tuvo la extraña sensación de que el mecanógrafo había hecho varias copias, cambiando solo el nombre.

—¿Cómo es posible que dos niños hayan muerto de apendicitis al mismo tiempo? No es una enfermedad contagiosa —dijo Franck.

—Es imposible que Kurt muriese de apendicitis porque no tenía apéndice. Se lo extirparon hace dos años —añadió Carla.

—Muy bien —dijo Ludwig—. Basta de cháchara. —Arrancó la carta de manos de Carla—. Voy a consultar esto con alguien del gobierno. —Y se marchó.

Monika lo siguió, y también el mayordomo.

Carla se acercó a Frieda y le tomó la mano.

—Lo siento mucho —dijo.

—Gracias —susurró Frieda.

Carla fue hasta Werner, que estaba de pie y la abrazó. Ella notó una lágrima en la frente. La atenazó una emoción que no habría sabido identificar. Tenía el corazón henchido de dolor, y sin embargo se estremeció al sentir el cuerpo de Werner contra el suyo y el delicado tacto de sus manos.

Al cabo de un rato, Werner se apartó.

—Mi padre ha llamado dos veces al hospital —dijo, disgustado—. La segunda vez le han dicho que no disponían de más información y le han colgado. Pero voy a averiguar qué le ha ocurrido a mi hermano, y no pienso permitir que se me quiten de encima.

—Averiguarlo no nos lo devolverá —dijo Frieda.

—Aun así, quiero saberlo. Si es preciso, iré a Akelberg.

—Tal vez haya alguien en Berlín que pueda ayudarnos —dijo Carla.

—Tendría que ser alguien del gobierno —repuso Werner.

—El padre de Heinrich trabaja para el gobierno —terció Frieda.

Werner chasqueó los dedos.

—Eso es. Antes militaba en el Partido de Centro, pero ahora es nazi, y una figura de peso en el Ministerio de Asuntos Exteriores.

—¿Heinrich nos llevaría a verle? —preguntó Carla.

—Lo hará si Frieda se lo pide —contestó Werner—. Heinrich haría cualquier cosa por Frieda.

Carla estaba segura. Heinrich siempre se había mostrado muy comprometido con todo lo que hacía.

—Voy a llamarle —dijo Frieda.

Salió al recibidor, y Carla y Werner se sentaron el uno al lado del otro. Él la rodeó con un brazo y ella recostó la cabeza en su hombro. No sabía si aquellas muestras de afecto eran solo fruto de la tragedia o significaban algo más.

Frieda volvió al salón.

—El padre de Heinrich nos recibirá si vamos ahora mismo —dijo.

Los tres subieron al coche deportivo de Werner, apretujándose en el asiento delantero.

—No entiendo cómo logras seguir utilizando el coche —dijo Frieda mientras se ponían en camino—. Ni siquiera papá consigue gasolina para uso particular.

—Le digo a mi jefe que la necesito para tareas oficiales —contestó él. Werner trabajaba para un importante general—. Pero no sé cuánto tiempo seguirá colando.

La familia Von Kessel vivía en la misma zona residencial. Llegaron en cinco minutos.

La casa era lujosa, aunque más pequeña que la de los Franck. Heinrich los recibió en la entrada y los acompañó a un salón en el que había libros encuadernados en cuero y una talla alemana antigua de un águila.

Frieda lo besó.

—Gracias por hacer esto —dijo—. Seguramente no ha sido fácil… Sé que no te llevas muy bien con tu padre.

A Heinrich se le iluminó la cara.

Su madre les llevó café y pastel. Parecía una mujer cálida y sencilla. Cuando les hubo servido, se marchó, como si fuese una criada.

El padre de Heinrich, Gottfried, entró en ese momento. Tenía el pelo hirsuto, como él, pero plateado en lugar de negro.

—Papá, te presento a Werner y Frieda Franck; su padre fabrica radios del pueblo —dijo Heinrich.

—Ah, sí —contestó Gottfried—. He visto a vuestro padre en el Herrenklub.

—Y esta es Carla von Ulrich. Creo que también conoces a su padre.

—Trabajamos juntos en la embajada alemana en Londres —repuso Gottfried con cautela—. Eso fue en 1914.

Era evidente que le incomodaba que le recordasen su relación con un socialdemócrata. Cogió una porción de pastel y se le cayó torpemente sobre la alfombra y, después de intentar recoger sin éxito las migas, abandonó el esfuerzo y se sentó.

«¿De qué tiene miedo?», pensó Carla.

Heinrich abordó directamente el motivo de la visita.

—Papá, supongo que has oído hablar de Akelberg.

Carla observaba con atención a aquel hombre. Un destello fugaz se reflejó en su rostro, pero Gottfried adoptó de inmediato un aire de indiferencia.

—¿La pequeña ciudad de Baviera? —preguntó.

—Allí hay un hospital —prosiguió Heinrich— para discapacitados.

—Creo que eso no lo sabía.

—Sospechamos que está ocurriendo algo extraño en el centro y pensábamos que igual tú sabrías algo al respecto.

—La verdad es que no. ¿Qué creéis que está sucediendo?

—Mi hermano ha muerto allí, teóricamente de apendicitis —intervino Werner—. El hijo de la criada de herr Von Ulrich murió al mismo tiempo, en el mismo hospital y por la misma causa.

—Muy triste…, aunque sin duda se trata de una coincidencia.

—El hijo de mi criada no tenía apéndice —dijo Carla—. Se lo habían extirpado hace dos años.

—Comprendo vuestro interés por conocer la verdad —repuso Gottfried—. Es una situación desconcertante. No obstante, la explicación más probable es que se trate de un error de transcripción.

—En tal caso, nos gustaría cerciorarnos —dijo Werner.

—Por supuesto. ¿Habéis escrito al hospital?

—Yo lo hice para preguntar cuándo podría mi criada visitar a su hijo. No me contestaron —dijo Carla.

—Mi padre ha llamado por teléfono esta mañana —terció Werner—. El director le ha colgado sin más.

—Vaya por Dios, qué falta de educación. Pero, como sabéis, no es algo que competa al Ministerio de Asuntos Exteriores.

Werner se inclinó hacia delante.

—Herr Von Kessel, ¿es posible que los dos niños estuviesen participando en un experimento secreto que saliera mal?

Gottfried se reclinó contra el respaldo de la silla.

—En absoluto —contestó, y Carla tuvo la sensación de que decía la verdad—. Es del todo imposible. —Parecía aliviado.

Werner daba la impresión de haberse quedado sin preguntas, pero Carla no estaba convencida. Le extrañaba que Gottfried pareciese tan satisfecho con la rotunda afirmación que acababa de hacer. ¿Estaría ocultando algo peor?

De pronto la asaltó una posibilidad tan atroz que apenas soportaba considerarla.

—Bien, si eso es todo… —dijo Gottfried.

—¿Está completamente seguro, señor, de que no murieron a consecuencia de una terapia experimental fallida? —preguntó Carla.

—Completamente.

—Para saber con tanta certeza que no es verdad, debe de tener conocimiento de lo que se está haciendo en Akelberg.

—No necesariamente —contestó él, aunque volvió a parecer tenso, y Carla supo que había llegado a algo.

—Una vez vi un cartel nazi —prosiguió ella. Fue ese recuerdo lo que le hizo plantearse aquella idea horrible—. En él se veía a un enfermero y a un hombre discapacitado mental. El texto decía algo como:

«Sesenta mil marcos imperiales es lo que esta persona que sufre una deficiencia hereditaria le cuesta al pueblo a lo largo de su vida. Compatriota, ¡también es tu dinero!». Creo que era un anuncio de una revista.

—He visto esa clase de propaganda —dijo Gottfried con aire desdeñoso, como si no tuviese nada que ver con él.

Carla se puso en pie.

—Usted es católico, herr Von Kessel, y ha educado a Heinrich en la fe católica.

Gottfried emitió un sonido despectivo.

—Heinrich ahora dice que es ateo.

—Pero usted no lo es, y cree que la vida humana es sagrada.

—Sí.

—Usted dice que los médicos de Akelberg no están probando terapias nuevas y peligrosas con personas discapacitadas y yo le creo.

—Gracias.

—Pero ¿están haciendo alguna otra cosa? ¿Algo peor?

—No, no.

—¿Están matando deliberadamente a los discapacitados?

Gottfried negó con la cabeza en silencio.

Carla se acercó un poco más a él y bajó la voz, como si estuviesen solos en el salón.

—Como católico que cree que la vida humana es sagrada, ¿estaría dispuesto a decirme con la mano en el corazón que en Akelberg no están matando a los niños que sufren enfermedades mentales?

Gottfried sonrió, hizo un gesto tranquilizador y abrió la boca para hablar, pero fue incapaz de pronunciar ni una sola palabra.

Carla se arrodilló en la alfombra, frente a él.

—¿Lo hará, por favor, ahora mismo? Aquí tiene a cuatro jóvenes alemanes, su hijo y tres amigos. Tan solo díganos la verdad. Míreme a los ojos y diga que nuestro gobierno no está matando a niños discapacitados.

El silencio se apoderó del salón. Gottfried parecía a punto de hablar, pero cambió de opinión. Cerró los ojos con fuerza, contrajo la boca en una mueca y agachó la cabeza. Los cuatro observaban sus muecas con perplejidad.

Al cabo abrió los ojos. Los miró uno por uno, y finalmente su mirada se clavó en su hijo.

Luego se levantó y abandonó el salón.

III

—Es horrible —le dijo Werner a Carla al día siguiente—. Llevamos veinticuatro horas hablando de lo mismo. Si no hacemos otra cosa nos volveremos locos. Vayamos a ver una película.

Fueron a Kurfürstendamm, una calle de cines y tiendas conocida como Ku'damm. Hacía años que la mayoría de los directores alemanes de películas de calidad se habían ido a Hollywood, y las producciones nacionales eran de segunda fila. Vieron *Tres soldados*, ambientada en la invasión de Francia.

Los tres soldados eran un sargento nazi, un hombre quejica y llorón con cierto aire de judío y un joven fervoroso. El joven planteaba preguntas ingenuas del tipo: «¿En verdad nos perjudican de algún modo los judíos?», y el sargento le ofrecía largas peroratas a modo de respuesta. Al entrar en combate, el quejica admitía ser comunista, desertaba y moría en un ataque aéreo. El joven fervoroso luchaba con coraje, era ascendido a sargento y acababa admirando al Führer. Pese al nefasto guión, las escenas de batallas eran emocionantes.

Werner sostuvo la mano de Carla de principio a fin. Ella esperaba que la besara en la oscuridad, pero no lo hizo.

—Bueno, es malísima, pero al menos me ha distraído durante un par de horas —dijo él cuando se encendieron las luces.

Salieron y se dirigieron a su coche.

—¿Damos un paseo? —propuso Werner—. Podría ser nuestra última oportunidad. La semana que viene este coche irá al desguace.

Pusieron rumbo al Grunewald. Por el camino, los pensamientos de Carla regresaron inevitablemente a la conversación del día anterior con Gottfried von Kessel. Por mucho que la reprodujese mentalmente, no conseguía eludir la terrible conclusión a la que los cuatro habían acabado llegando. Gottfried lo había negado todo de modo convincente. Pero no había sido capaz de negar que el gobierno estuviese matando deliberadamente a los discapacitados y mintiendo a las familias. Resultaba difícil de creer, incluso tratándose de seres tan despiadados y crueles como los nazis. Sin embargo, la respuesta de Gottfried había sido el ejemplo más claro de sentimiento de culpabilidad que jamás había presenciado Carla.

Cuando se encontraban ya en el bosque, Werner dejó la carretera y enfiló por una pista hasta que los arbustos ocultaron el coche. Carla supuso que había llevado allí a otras chicas para besarlas.

Werner apagó las luces, y quedaron sumidos en la más densa penumbra.

—Voy a hablar con el general Dorn —dijo él. Dorn era su jefe, un importante oficial de las Fuerzas Aéreas—. ¿Qué vas a hacer tú?

—Mi padre dice que ya no queda oposición política, pero las iglesias siguen siendo fuertes. Nadie que sea consecuente con sus creencias religiosas podría tolerar lo que se está haciendo.

—¿Eres religiosa? —preguntó Werner.

—No exactamente. Mi padre sí. Para él, la fe protestante forma parte del patrimonio alemán que tanto adora. Mi madre lo acompaña a la iglesia, aunque sospecho que su teología es poco ortodoxa. Yo creo en Dios, pero no creo que a Él le importe que la gente sea protestante, católica, musulmana o budista. Y me gusta cantar himnos.

La voz de Werner se redujo a un susurro.

—Yo no puedo creer en un Dios que permite que los nazis maten a niños.

—No te culpo.

—¿Qué va a hacer tu padre?

—Hablará con el pastor de nuestra iglesia.

—Bien.

Guardaron silencio un rato. Él la rodeó con un brazo.

—¿Te molesta? —le preguntó con un hilo de voz.

Ella estaba tensa y expectante por lo que estaba a punto de suceder, y parecía flaquearle la voz. Su respuesta brotó en forma de gruñido. Volvió a intentarlo y al fin consiguió decir:

—Si hace que dejes de sentirte triste…, no.

Él la besó.

Ella le devolvió el beso con ansia. Él le acarició el pelo, y después los senos. Carla sabía que muchas chicas paraban al llegar a ese punto. Decían que si una iba más allá perdía el control.

Decidió arriesgarse.

Le acarició una mejilla mientras él la besaba. Le acarició el cuello con la yema de los dedos, disfrutando de la calidez de su piel. Introdujo una mano bajo su chaqueta y exploró su cuerpo: los omóplatos, las costillas, la espalda.

Ella suspiró al notar su mano en un muslo, debajo de la falda. Cuando la mano se deslizó al interior de sus muslos, separó las rodillas. Todas sus amigas decían que podrían considerarla una chica fácil por hacer eso, pero fue incapaz de resistirse.

Él la tocó en el lugar preciso. No intentó introducir la mano por la ropa interior, sino que la acarició con delicadeza a través del algodón. Ella se sorprendió emitiendo sonidos guturales, débiles al principio pero cada vez más intensos. Acabó gritando de placer, hundiendo la cara en su cuello para amortiguar su voz, y al final tuvo que retirar la mano de Werner porque se sentía demasiado sensible.

Jadeaba. Cuando empezó a recuperar el aliento, él la besó en el cuello y le acarició la cara con ternura.

—¿Puedo hacerte yo algo? —le preguntó ella un minuto después.

—Solo si quieres.

Carla se sintió azorada al comprender cuánto lo deseaba.

—Es que…, yo nunca…

—Lo sé —dijo él—. Yo te enseñaré.

IV

El pastor Ochs era un clérigo corpulento y campechano; vivía en una casa grande y tenía una agradable esposa y cinco hijos, y Carla temía que se negara a implicarse en aquello. Pero lo subestimaba. El hombre ya había oído rumores que atribulaban su conciencia y accedió a acompañar a Walter a la Clínica Infantil Wannsee. El profesor Willrich difícilmente podría negarle una visita a un clérigo.

Decidieron llevar a Carla con ellos porque había presenciado la entrevista de Ada con el director, a quien le resultaría más difícil cambiar de versión en su presencia.

En el tren, Ochs propuso que fuera él quien hablara.

—Es probable que el director sea nazi —dijo. La mayoría de quienes ocupaban cargos de responsabilidad en aquel momento eran miembros del partido—. Naturalmente, considerará un enemigo a un antiguo diputado socialdemócrata. Representaré el papel de árbitro imparcial. Creo que así averiguaremos más.

Carla no estaba segura. Creía que su padre tenía más experiencia interrogando, pero Walter aceptó la sugerencia del pastor.

Era primavera, y hacía más calor que en la anterior visita de Carla. En el lago había barcas. Carla pensó que le propondría a Werner ir allí de picnic. Quería disfrutar de él cuanto pudiese antes de que se interesara por otra chica.

El profesor Willrich tenía la chimenea encendida, aunque una de las ventanas de su despacho estaba abierta y dejaba entrar la fresca brisa procedente del lago.

El director estrechó la mano del pastor Ochs y de Walter. Dirigió a Carla una fugaz mirada a modo de saludo y acto seguido dejó de prestarle atención. Los invitó a sentarse, pero Carla advirtió que su cortesía superficial escondía una furiosa hostilidad. Era obvio que no le gustaba que lo interrogasen. Cogió una de sus pipas y jugueteó nervioso con ella. Aquel día parecía menos arrogante, confrontado a dos hombres maduros en lugar de a dos mujeres jóvenes.

Ochs inició la conversación.

—Profesor Willrich, herr Von Ulrich y otras personas de mi congregación están consternadas por la muerte en circunstancias misteriosas de varios niños discapacitados a los que conocían.

—Aquí no ha muerto ningún niño en circunstancias misteriosas —le espetó Willrich—. De hecho, aquí no ha muerto ningún niño en los últimos dos años.

Ochs se volvió hacia Walter.

—Algo muy tranquilizador, ¿no le parece?

—Sí —contestó Walter.

A Carla no se lo parecía, pero por el momento decidió guardar silencio.

—Estoy seguro de que aquí procuran los mejores cuidados a sus pacientes —prosiguió Ochs con afectación.

—Sí. —Willrich parecía algo menos nervioso.

—Pero trasladan a niños a otros hospitales.

—Por supuesto, si otra institución puede ofrecerles un tratamiento del que aquí no disponemos.

—Y, cuando se traslada a un niño, supongo que después no acostumbran a mantenerlo informado del tratamiento que le aplican o de su estado.

—¡Exacto!

—A menos que regrese.

Willrich no dijo nada.

—¿Ha regresado alguno?

—No.

Ochs se encogió de hombros.

—Entonces es imposible que usted sepa lo que fue de ellos.

—Cierto.

Ochs se recostó en la silla y abrió las manos en un gesto de franqueza.

—Entonces, ¡usted no tiene nada que ocultar!

—Nada en absoluto.

—Algunos de los niños trasladados han muerto.

Willrich no dijo nada.

Ochs insistió sutilmente.

—Eso es verdad, ¿no?

—No puedo responderle con total seguridad, herr pastor.

—¡Ah! —exclamó Ochs—. Porque no le informarían siquiera en el caso de que alguno de esos niños muriese.

—Como ya hemos comentado.

—Discúlpeme si me repito, pero sencillamente quisiera dejar del todo claro que usted no puede arrojar luz sobre esas muertes.

—En absoluto.

Ochs se volvió de nuevo hacia Walter.

—Creo que estamos aclarando las cosas muy deprisa.

Walter asintió.

Carla sintió el impulso de decir: «¡No hemos aclarado nada!».

Pero Ochs volvió a hablar.

—Aproximadamente, ¿cuántos niños ha trasladado en, digamos, los últimos doce meses?

—Diez —contestó Willrich—. Exactamente. —Sonrió con suficiencia—. Los científicos preferimos evitar las aproximaciones.

—Diez pacientes… ¿de cuántos?

—Hoy tenemos ciento siete.

—¡Una proporción mínima! —dijo Ochs.

Carla se enfurecía por momentos. ¡Era evidente que Ochs estaba del lado de Willrich! ¿Por qué consentía aquello su padre?

—Y esos niños, ¿padecían la misma enfermedad o diferentes dolencias?

—Diferentes. —Willrich abrió una carpeta que tenía sobre el escritorio y leyó—: Idiocia, síndrome de Down, microcefalia, hidrocefalia, malformaciones de las extremidades, la cabeza y la espina dorsal, y parálisis.

—Esos son los casos que tiene orden de enviar a Akelberg.

Al fin un salto. Era la primera mención que se hacía de Akelberg, y la primera insinuación de que Willrich recibía órdenes de una autoridad superior. Tal vez Ochs fuera más sutil de lo que parecía.

Willrich abrió la boca para decir algo, pero Ochs se le adelantó con otra pregunta.

—¿Todos los niños que ha enviado allí iban a recibir el mismo tratamiento especial?

Willrich sonrió.

—Le repito que no me han informado y que, por consiguiente, no puedo contestarle.

—Usted se ha limitado a cumplir…

—Órdenes, sí.

Ochs sonrió.

—Es usted un hombre juicioso. Escoge las palabras con cuidado. ¿Tenían los niños diferentes edades?

—En un principio, el programa estaba restringido a niños menores de tres años, pero más tarde se amplió para que se beneficiasen otros, de diferentes edades, sí.

Carla reparó en la palabra «programa», algo que no se había admitido hasta el momento. Empezó a caer en la cuenta de que Ochs era más astuto de lo que daba a entender.

El pastor pronunció su siguiente frase como confirmando algo que ya se hubiese afirmado.

—Y todos los niños discapacitados judíos también estaban incluidos, al margen de la enfermedad que padeciesen. —Hubo un momento de silencio. Willrich parecía sorprendido. Carla se preguntó cómo sabría Ochs lo de los niños judíos. Tal vez no lo supiese, tal vez solo estuviese especulando—. Los niños judíos y los de raza mixta, debería haber dicho —añadió Ochs tras una pausa.

Por toda respuesta, Willrich asintió levemente.

—Hoy en día no es muy habitual que los niños judíos tengan algún tipo de preferencia, ¿no le parece?

Willrich apartó la mirada.

El pastor se puso en pie y, cuando volvió a hablar, su voz brotó rebosante de ira.

—Me ha dicho que diez niños aquejados de diferentes enfermedades y que, por tanto, era imposible que pudiesen beneficiarse del mismo tratamiento fueron enviados a un hospital especial del que nunca regresaron, y que los judíos tenían prioridad. ¿Qué cree usted que fue de ellos, herr professor doktor Willrich? ¡Por el amor de Dios!, ¿qué cree usted que fue de ellos?

Willrich daba la impresión de estar a punto de llorar.

—Puede guardar silencio, por supuesto —dijo Ochs algo más calmado—, pero algún día una autoridad superior le hará esta misma pregunta, en realidad, la más elevada de todas las autoridades.

Alargó un brazo y lo señaló con un dedo acusador.

—Y ese día, hijo mío, contestará.

Dicho esto, se dio media vuelta para salir del despacho.

Carla y Walter lo siguieron.

V

El inspector Thomas Macke sonrió. A veces, los enemigos del Estado le hacían el trabajo. En lugar de operar en secreto y ocultarse en sitios donde fuese difícil encontrarlos, se identificaban ante él y le proporcionaban generosamente pruebas irrefutables de sus delitos. Eran como peces con los que no era necesario utilizar cebo y anzuelo sino que saltaban del agua directos a la cesta del pescador y suplicaban que los friesen.

El pastor Ochs era uno de ellos.

Macke volvió a leer su carta. Iba dirigida al ministro de Justicia, Franz Gürtner.

Apreciado ministro:

¿Está el gobierno matando a niños discapacitados? Se lo pregunto de una forma tan directa porque necesito una respuesta simple y concisa.

¡Qué insensato! Si la respuesta era «No», aquello era una difamación; si era «Sí», Ochs sería culpable de desvelar secretos de Estado. ¿Acaso no era capaz de llegar él solo a esa conclusión?

Frente a la imposibilidad de seguir pasando por alto los rumores que circulaban en mi congregación, he visitado la Clínica Infantil Wannsee y he hablado con su director, el profesor Willrich. Sus respuestas han sido tan poco convincentes que he llegado a la conclusión de que algo terrible está ocurriendo allí, algo que podría ser un crimen y que sin duda es un pecado.

¡Aquel hombre tenía la desvergüenza de escribir sobre crímenes! ¿No se le había pasado por la cabeza que acusar a las agencias gubernamentales de actos ilegales era en sí un acto ilegal? ¿Imaginaba que estaba viviendo en una democracia liberal degenerada?

Macke sabía a qué se refería Ochs. El programa se llamaba Aktion T4 por el lugar donde se llevaba a cabo, el número 4 de Tiergartenstrasse. La agencia era oficialmente la Fundación General para el Bienestar y el Cuidado Institucional, aunque estaba supervisada por el despacho personal de Hitler, la Cancillería del Führer. Su función consistía en planificar la muerte sin dolor de personas discapacitadas que no podrían sobrevivir sin unos costosos cuidados. Había hecho un trabajo espléndido en los dos años anteriores, deshaciéndose de decenas de miles de personas inútiles.

El problema era que la opinión pública alemana no era aún lo bastante evolucionada para comprender la necesidad de tales muertes, por lo que era preciso mantener el programa en secreto.

Macke participaba de él. Había sido ascendido a inspector y finalmente admitido en la élite paramilitar del Partido Nazi, las Schutzstaffel, las SS. Se le había informado sobre el Aktion T4 cuando le asignaron el caso Ochs. Se sentía orgulloso; ahora ya se encontraba en el corazón del régimen.

Por desgracia, algunas personas habían sido imprudentes y el secreto del Aktion T4 corría peligro de salir a la luz.

La responsabilidad de Macke era soldar la fuga.

Gracias a unas pesquisas preliminares, enseguida se supo que había tres hombres a quienes era preciso silenciar: el pastor Ochs, Walter von Ulrich y Werner Franck.

Franck era el primogénito de un fabricante de radios y un prominente defensor de los nazis en los inicios del movimiento. El propio fabricante, Ludwig Franck, había exigido información sobre la muerte de su hijo menor, discapacitado, pero tras la amenaza de cerrar sus fábricas había guardado silencio. El joven Werner, un oficial del Ministerio del Aire con una carrera fulgurante, había seguido haciendo incómodas preguntas con la intención de implicar a su influyente jefe, el general Dorn.

El Ministerio del Aire tenía su scde en el edificio considerado el más grande de Europa; ocupaba toda una manzana de la Wilhelmstrasse y se encontraba a la vuelta de la esquina de los cuarteles generales de la Gestapo, en Prinz-Albrecht-Strasse. Macke fue allí a pie.

Ataviado con el uniforme de las SS pudo entrar sin detenerse ante los guardias.

—Quiero ver al teniente Werner Franck de inmediato —bramó al llegar al mostrador de recepción.

La recepcionista lo acompañó en el ascensor y después por un pasillo hasta una puerta abierta que daba a un pequeño despacho. El joven sentado al escritorio no alzó la mirada de los documentos que tenía frente a sí. Observándolo, Macke supuso que tendría unos veintidós años. ¿Por qué no se encontraba en primera línea del frente, bombardeando Inglaterra? Probablemente, su padre habría movido hilos, pensó Macke, resentido. Werner parecía el típico hijo privilegiado: uniforme entallado, anillos de oro y pelo demasiado largo, algo contrario a los patrones militares. Macke sintió un desprecio inmediato hacia él.

Werner redactó una nota a lápiz y lo miró. La expresión cordial de su rostro desapareció en cuanto vio el uniforme de las SS, y Macke advirtió, complacido, un destello de temor.

El muchacho trató de adoptar un aire de afabilidad, poniéndose en pie con deferencia y esbozando una sonrisa de bienvenida, pero Macke no se dejó engañar.

—Buenas tardes, inspector —lo saludó Werner—. Siéntese, por favor.

—*Heil Hitler* —dijo Macke.

—*Heil Hitler*. ¿En qué puedo ayudarle?

—Siéntate y cierra la boca, niñato estúpido —le espetó Macke.

Werner intentó ocultar el miedo que lo atenazó al instante.

—Cielo santo, ¿qué puedo haber hecho para despertar semejante ira?

—No te atrevas a preguntarme nada. Habla solo cuando se te pida que lo hagas.

—Como desee.

—A partir de este momento no volverás a hacer preguntas sobre tu hermano Axel.

A Macke le sorprendió apreciar una fugaz mirada de alivio en el rostro de Werner. Le pareció desconcertante. ¿Acaso temía alguna otra cosa, algo más aterrador que la mera orden de dejar de hacer preguntas sobre su hermano? ¿Podía estar Werner implicado en otras actividades subversivas?

Seguramente no, pensó Macke tras meditarlo. Lo más probable era que a Werner le aliviase que no lo detuviesen y lo llevasen al sótano de Prinz-Albrecht-Strasse.

Werner aún no estaba del todo intimidado y se armó de valor.

—¿Por qué no debería preguntar cómo murió mi hermano? —inquirió.

—Ya te he dicho que no me hagas preguntas. Debes saber que solo se te trata con amabilidad porque tu padre ha sido un preciado amigo del Partido Nazi. De no ser así, serías tú quien estaría en mi despacho. —Era una amenaza que todo el mundo entendía.

—Le agradezco su paciencia —dijo Werner, esforzándose por conservar un ápice de dignidad—, pero quiero saber quién mató a mi hermano, y por qué.

—No sabrás nada más, al margen de lo que hagas, pero cualquier indagación por tu parte se considerará traición.

—No necesitaré hacer muchas más indagaciones, después de su visita. Ahora ya está claro que mis peores sospechas eran ciertas.

—Te exijo que pongas fin a tu actitud sediciosa de inmediato.

Werner lo miraba desafiante, pero guardó silencio.

—Si no lo haces, el general Dorn será informado de que tu lealtad está en duda —lo amenazó Macke.

Werner sabía perfectamente a qué se refería. Perdería su plácido empleo en Berlín y sería enviado a los barracones de algún aeródromo en el norte de Francia.

Werner parecía menos desafiante, más reflexivo.

Macke se puso en pie. Ya llevaba demasiado tiempo allí.

—Al parecer, el general Dorn te considera un ayudante capaz e inteligente —dijo—. Si haces lo correcto, tal vez conserves esa imagen. —Salió del despacho.

Se sentía crispado y algo insatisfecho. No estaba seguro de haber conseguido doblegar la voluntad de Werner. Había percibido en él una actitud desafiante que permanecía intacta.

Centró sus pensamientos en el pastor Ochs. A él tendría que abordarlo de un modo diferente. Macke regresó al cuartel general de la Gestapo y reunió a un reducido grupo: Reinhold Wagner, Klaus Richter y Günther Schneider. Los cuatro subieron a un Mercedes 260D negro, el automóvil predilecto de la Gestapo que pasaba inadvertido con facilidad, pues muchos taxis de Berlín eran del mismo modelo y color. En un principio, la Gestapo tenía instrucciones de actuar a la vista de todo el mundo para dar muestra de la brutalidad con que reprendía cualquier clase de oposición. Sin embargo, hacía tiempo que el pueblo alemán vivía aterrorizado y ya no era necesario que la violencia fuese visible. En aquel momento la Gestapo actuaba con discreción, siempre bajo una capa de legalidad.

Fueron a casa de Ochs, situada junto a la gran iglesia protestante de Mitte, en el distrito central. Del mismo modo que Werner podía creer que estaba protegido por su padre, Ochs probablemente imaginaba que su iglesia le brindaba seguridad. Estaba a punto de saber que no era así.

Macke llamó al timbre; tiempo antes, habrían derribado la puerta a patadas, solo por efectismo.

Una criada abrió la puerta, y Macke accedió a un recibidor amplio y bien iluminado, con el suelo pulido y recias alfombras. Los otros tres lo siguieron.

—¿Dónde está tu patrón? —le preguntó Macke a la criada con voz afable.

No la había amenazado, pero aun así la mujer estaba asustada.

—En su estudio, señor —contestó, y señaló la puerta.

—Reúne a las mujeres y a los hombres en la sala de al lado —le dijo Macke a Wagner.

Ochs abrió la puerta del estudio y miró hacia el recibidor con gesto de enfado.

—¿Se puede saber qué está pasando? —preguntó, indignado.

Macke se encaminó hacia él con decisión, lo cual obligó a Ochs a retroceder, y entró en el estudio. Era un cuarto pequeño y ordenado, con un escritorio tapizado en cuero y estanterías repletas de ensayos bíblicos.

—Cierre la puerta —dijo Macke.

Ochs le obedeció, reticente.

—Será mejor que tenga una buena explicación a esta intrusión —dijo.

—Siéntese y cierre la boca —espetó Macke.

Ochs estaba atónito. Probablemente no le habían mandado callar desde que era niño. Los clérigos no solían recibir insultos, ni siquiera de la policía, pero los nazis no hacían caso de esos convencionalismos debilitadores.

—¡Esto es un ultraje! —consiguió proferir Ochs al cabo, antes de sentarse.

Fuera del despacho se oyeron las protestas de una mujer; con toda probabilidad era su esposa. Ochs palideció al oírla y se levantó de la silla.

Macke lo sentó de un empujón.

—Quédese donde está.

Ochs era un hombre corpulento y más alto que Macke, pero no opuso resistencia.

A Macke le deleitaba ver cómo el miedo bajaba los humos a tipos pedantes como aquel.

—¿Quién es usted? —preguntó Ochs.

Macke no se lo dijo. Siempre podían suponerlo, claro está, pero la situación resultaba más aterradora si no estaban seguros del todo. Después, en el improbable caso de que alguien hiciese preguntas, el equipo al completo juraría que habían empezado identificándose como agentes de la policía y mostrando sus distintivos.

Salió. Sus hombres apremiaban a varios niños hacia el salón. Macke le dijo a Reinhold Wagner que entrase en el estudio y retuviese allí a Ochs. Luego siguió a los niños hasta el salón.

La estancia estaba decorada con cortinas de flores, fotografías de la familia sobre la repisa de la chimenea y un juego de cómodas sillas tapizadas con tela de cuadros. Era un hogar agradable, y era una familia agradable. ¿Por qué no podían ser leales al Reich y preocuparse solo por sus asuntos?

La criada estaba junto a la ventana, tapándose la boca con una mano para no gritar. Cuatro niños se apiñaban alrededor de la esposa de Ochs, una mujer sencilla de treinta y tantos años y grandes senos. Sostenía a su quinta hija en brazos, una niña de unos dos años con tirabuzones rubios.

Macke le dio unas palmaditas en la cabeza.

—¿Y cómo se llama esta? —preguntó.

Frau Ochs estaba aterrada.

—Lieselotte —susurró—. ¿Qué quiere de nosotros?

—Ven con el tío Thomas, pequeña Lieselotte —dijo Macke extendiendo los brazos.

—¡No! —gritó frau Ochs. Estrechó a la niña contra sí y se dio media vuelta.

Lieselotte rompió a llorar.

Macke hizo un gesto afirmativo en dirección a Klaus Richter.

Richter agarró a frau Ochs por detrás y tiró de sus brazos, obligándola a soltar a la niña. Macke cogió a Lieselotte antes de que cayese al suelo. La niña se retorcía como un pez, pero él la sujetó con fuerza, como habría sujetado a un gato. La pequeña gritó con mayor desesperación.

Un niño de unos doce años se abalanzó contra Macke y le golpeó con sus pequeños puños. Macke decidió que ya era hora de que aprendiese a respetar a la autoridad. Se colocó a Lieselotte sobre la cadera izquierda y con la mano derecha agarró al niño por la pechera de la camisa y lo lanzó al otro lado del salón, asegurándose de que caería sobre una silla tapizada. El pequeño soltó un chillido de miedo, y frau Ochs también gritó. La silla se volcó y el niño cayó al suelo. No se había hecho daño, pero rompió a llorar.

Macke se llevó a Lieselotte al recibidor. La pequeña reclamaba a su madre con gritos desgarradores. Macke la dejó en el suelo. La niña corrió hasta la puerta del salón y la aporreó, chillando de terror. Macke observó que aún no había aprendido a accionar las manijas de las puertas.

Dejó a la niña en el recibidor y entró en el estudio. Wagner se encontraba junto a la puerta, haciendo guardia; Ochs estaba de pie en el centro de la sala, pálido de miedo.

—¿Qué les están haciendo a mis hijos? —preguntó—. ¿Por qué grita Lieselotte?

—Va usted a escribir una carta —dijo Macke.

—Sí, sí, lo que sea —repuso Ochs dirigiéndose al escritorio.

—Ahora no, más tarde.

—De acuerdo.

Macke estaba disfrutando. Ochs se había derrumbado por completo, a diferencia de Werner.

—Una carta al ministro de Justicia —prosiguió.

—De modo que se trata de eso.

—Le dirá que ha averiguado que no hay nada cierto en las alegaciones que hizo en su primera carta. Que unos comunistas clandestinos lo habían engañado. Se disculpará al ministro por las molestias que le han causado sus imprudentes actos y le asegurará que no volverá a hablar del asunto con nadie.

—Sí, sí, lo haré. ¿Qué le están haciendo a mi esposa?

—Nada. Grita por lo que le ocurrirá si usted no escribe esa carta.

—Quiero verla.

—Será peor para ella si me fastidia con peticiones estúpidas.

—Por supuesto. Lo siento. Le ruego que me disculpe.

Los oponentes al nazismo eran tan débiles…

—Escriba la carta esta noche y envíela por la mañana.

—Sí. ¿Debo enviarle una copia a usted?

—Llegará a mí de todos modos, idiota. ¿Cree que el ministro lee en persona sus garabatos?

—No, no, claro que no, lo entiendo.

Macke se encaminó a la puerta.

—Y manténgase alejado de personas como Walter von Ulrich.

—Lo haré, se lo prometo.

Macke salió e indicó con señas a Wagner que lo siguiera. Lieselotte estaba sentada en el suelo gritando, presa de la histeria. Macke abrió la puerta del salón y llamó a Richter y a Schneider.

Los cuatro salieron de la casa.

—A veces la violencia es ciertamente innecesaria —dijo Macke con aire reflexivo mientras subían al coche.

Wagner se puso al volante y Macke le dio la dirección de los Von Ulrich.

—Y, sin embargo, a veces es el método más sencillo —añadió.

Von Ulrich vivía cerca de la iglesia. Su casa era una edificación antigua y espaciosa cuyo mantenimiento, saltaba a la vista, no podía costear. La pintura empezaba a desconcharse, los pasamanos estaban oxidados y un cartón ocupaba el lugar de un vidrio roto en una de las ventanas. No era algo insólito; la austeridad de la guerra conllevaba el descuido de muchas casas.

Una criada abrió la puerta. Macke supuso que era la madre del niño discapacitado que había provocado todo aquello, pero no se molestó en preguntar. No tenía sentido detener a mujeres.

Walter von Ulrich salió al vestíbulo desde una de las salas que daban a él.

Macke lo recordaba. Era primo de Robert von Ulrich, cuyo restaurante habían comprado Macke y su hermano hacía ocho años. En aquellos tiempos era un hombre orgulloso y arrogante. Ahora llevaba un traje andrajoso, aunque parecía conservar la audacia.

—¿Qué quiere? —preguntó, tratando de dar la impresión de que aún estaba en condiciones de exigir explicaciones.

Macke no tenía intención de perder mucho tiempo allí.

—Esposadlo —dijo.

Wagner se adelantó con las esposas.

Una mujer alta y atractiva apareció y se colocó delante de Von Ulrich.

—Díganme quiénes son y qué quieren —preguntó. Obviamente, era su esposa. Tenía un leve acento extranjero. No era de sorprender.

Wagner le asestó una fuerte bofetada que la hizo trastabillar.

—Dese la vuelta y junte las muñecas —le dijo Wagner a Von Ulrich—. De lo contrario, haré que su mujer se trague los dientes de un puñetazo.

Von Ulrich obedeció.

Una hermosa joven ataviada con uniforme de enfermera bajó las escaleras a toda prisa.

—¡Papá! —exclamó—. ¿Qué está pasando?

Macke se preguntó cuántas personas habría en la casa. Sintió una punzada de inquietud. Una familia convencional nunca superaría a unos agentes de policía entrenados, pero una numerosa podría armar un altercado durante el cual Von Ulrich podría escapar.

Sin embargo, ni siquiera el hombre parecía dispuesto a resistirse.

—¡No te enfrentes a ellos! —le dijo a su hija con voz apremiante—. ¡Quédate ahí!

La enfermera parecía aterrada y obedeció.

—Llevadlo al coche —dijo Macke.

La esposa empezó a sollozar.

—¿Adónde lo llevan? —preguntó la enfermera.

Macke se acercó a la puerta y miró a las tres mujeres: la criada, la esposa y la hija.

—Tantas molestias —dijo— por un retrasado mental de ocho años. Nunca entenderé a esta gente.

Dio media vuelta y se dirigió al coche.

Recorrieron la corta distancia que los separaba de Prinz-Albrecht-Strasse. Wagner aparcó en la parte trasera del edificio que albergaba los cuarteles generales de la Gestapo, junto a una docena de coches negros idénticos. Todos se apearon.

Entraron por un acceso secundario y llevaron a Von Ulrich al sótano, donde le hicieron entrar en una sala de azulejos blancos.

Macke abrió un cajón y sacó tres garrotes largos y recios como bates de béisbol. Entregó uno a cada uno de sus ayudantes.

—Moledlo a palos —dijo, y se marchó.

VI

El capitán Volodia Peshkov, responsable de la sección de Berlín de los servicios secretos del Ejército Rojo, se reunió con Werner Franck en el Cementerio de los Inválidos, junto al canal de navegación que unía Berlín y Spandau.

Era una buena elección. Tras inspeccionar meticulosamente el cementerio, Volodia confirmó que nadie había seguido a Werner. La única persona que había allí era una anciana con un pañuelo negro en la cabeza, y que ya se dirigía a la salida.

El punto de encuentro era la tumba del general Von Scharnhorst, formada por un gran pedestal sobre el que se erigía un león somnoliento fabricado con la fundición de cañones enemigos. Era un día soleado de primavera, y los dos jóvenes espías se quitaron la chaqueta mientras paseaban entre los sepulcros de héroes alemanes.

Después de que Hitler y Stalin firmasen el tratado, hacía casi dos años, el espionaje soviético había seguido activo en Alemania, y también la vigilancia del personal de la embajada soviética. Todo el mundo creía que era un pacto temporal, aunque nadie sabía cuánto duraría. Por ello, los agentes del contraespionaje aún seguían a Volodia a todas partes.

Volodia sospechaba que debían de saber en qué ocasiones salía para cumplir con una misión secreta, pues era entonces cuando les daba esquinazo. Si solo iba a comprar una salchicha para almorzar, dejaba que le pisaran los talones. Se preguntaba si serían lo bastante astutos para caer en la cuenta de eso.

—¿Has visto a Lili Markgraf últimamente? —preguntó Werner.

Era una chica con la que ambos habían salido en el pasado. Volodia la había reclutado después, y ella había aprendido a cifrar y descifrar mensajes con el código de los servicios secretos del Ejército Rojo. Obviamente, era algo que Volodia no iba a decirle a Werner.

—Llevo tiempo sin verla —mintió—. ¿Y tú?

Werner negó con la cabeza.

—Otra mujer ha conquistado mi corazón. —Parecía tímido. Quizá le avergonzaba refutar su reputación de conquistador—. Bueno, ¿para qué querías verme?

—Hemos recibido una información demoledora —contestó Volodia—, una noticia que cambiará el curso de la historia… si es cierta. —Werner lo miró escéptico. Volodia prosiguió—: Una fuente nos ha

informado de que Alemania invadirá la Unión Soviética en junio.
—Volvió a estremecerse al decirlo. Era una inmensa victoria para los servicios secretos del Ejército Rojo, y una terrible amenaza para la URSS.

Werner se apartó un mechón de los ojos con un gesto que sin duda aceleraba el pulso de las chicas.

—¿Una fuente fidedigna?

Se trataba de un periodista de Tokio que gozaba de la confianza del embajador alemán en Japón, aunque en realidad era un comunista clandestino. Todo cuanto había comunicado hasta el momento había sido veraz. Pero Volodia no podía decirle eso a Werner.

—Sí —contestó.

—Entonces, ¿crees que ocurrirá?

Volodia vaciló. Ese era el problema. Stalin no lo creía. Opinaba que se trataba de desinformación de los Aliados con la intención de dar muestras de desconfianza entre Hitler y él. El escepticismo de Stalin frente a aquel golpe maestro de los servicios secretos había desolado a los superiores de Volodia y les había amargado la jubilación.

—Queremos confirmarlo —contestó.

Werner recorrió con la mirada los árboles del cementerio, que empezaban a verdear.

—Dios, espero que sea verdad —dijo con repentina fiereza—. Eso acabaría con los malditos nazis.

—Sí —convino Volodia—, si el Ejército Rojo está preparado.

Werner se sorprendió.

—¿No estáis preparados?

Una vez más, Volodia no podía decirle a Werner toda la verdad. Stalin creía que los alemanes no atacarían antes de que hubiesen derrotado a los británicos, temerosos de una guerra en dos frentes; creía que mientras Gran Bretaña siguiera desafiando a Alemania, la Unión Soviética estaba a salvo. En consecuencia, el Ejército Rojo no estaba ni de lejos preparado para una invasión alemana.

—Lo estaremos —respondió Volodia—, si consigues corroborar los planes de invasión.

Sintió a su pesar una leve sensación de protagonismo. Su espía podía ser la clave.

—Por desgracia, no puedo ayudarte —dijo Werner.

Volodia frunció el entrecejo.

—¿Qué quieres decir?

—No puedo corroborar ni desmentir esa información, ni tampoco proporcionarte nada más. Están a punto de despedirme del Ministerio del Aire. Es probable que me destinen a Francia…, o, si tu información es cierta, que me envíen a invadir la Unión Soviética.

Volodia estaba horrorizado. Werner era su mejor espía. La información que él le había facilitado era lo que había favorecido su ascenso a capitán. Le costaba respirar.

—¿Qué demonios ha ocurrido? —preguntó, no sin esfuerzo.

—Mi hermano murió en una clínica para discapacitados, igual que el ahijado de mi novia, y estamos haciendo demasiadas preguntas.

—¿Por qué iban a degradarte por eso?

—Los nazis están matando a los discapacitados, pero es un programa secreto.

Volodia se distrajo un momento de su misión.

—¿Qué? ¿Los matan, sin más?

—Eso parece. Aún no conocemos los detalles, pero si no tuviesen nada que ocultar, no me habrían castigado a mí, ni a otros, por hacer preguntas.

—¿Cuántos años tenía tu hermano?

—Quince.

—¡Dios mío! ¡Si aún era un niño!

—No se van a salir con la suya. Me niego a ocultar esto.

Se detuvieron frente a la tumba de Manfred von Richthofen, un as de la aviación. Era una lápida enorme, de casi dos metros de altura y casi el doble de ancho. En ella se leía esculpida, con elegantes letras mayúsculas, una única palabra: RICHTHOFEN. A Volodia le resultó conmovedora aquella sencillez.

Intentó recobrar la compostura. Se dijo que, al fin y al cabo, la policía secreta soviética asesinaba a gente, en especial a los sospechosos de deslealtad. El jefe del NKVD, Lavrenti Beria, era un torturador cuya práctica predilecta consistía en secuestrar a dos chicas guapas en la calle y violarlas por la noche como divertimento, según ciertos rumores. Pero pensar que los comunistas podían ser tan brutales como los nazis no lo consolaba en absoluto. Algún día, se recordó, los soviéticos se desharían de Beria y de los tipos de su calaña, y entonces podrían construir el auténtico comunismo. Mientras tanto, la prioridad era derrotar a los nazis.

Llegaron al muro del canal y se quedaron allí, contemplando el lento avance de una barcaza que despedía un humo negro y oleoso. Volodia meditó sobre la alarmante confesión de Werner.

—¿Qué ocurriría si dejases de investigar esas muertes de niños discapacitados? —preguntó.

—Perdería a mi novia —contestó Werner—. Está tan furiosa como yo.

A Volodia lo asaltó el temor de que Werner pudiese desvelarle la verdad a su novia.

—Obviamente no podrías confesarle el verdadero motivo de tu cambio de parecer —dijo con tono categórico.

Werner parecía sorprendido, pero no discutió.

Volodia cayó en la cuenta de que convenciendo a Werner para que abandonase aquella campaña estaría ayudando a los nazis a ocultar sus crímenes. Desechó al instante aquel incómodo pensamiento.

—Pero ¿te permitirían conservar tu puesto con el general Dorn si accedieras a olvidarte del asunto?

—Sí. Eso es lo que quieren. Pero no voy a permitirles que se salgan con la suya después de haber matado a mi hermano. Me enviarán al frente, pero no me callaré.

—¿Qué crees que te harán cuando sepan lo decidido que estás?

—Me llevarán a algún campo de prisioneros.

—¿Y qué ganarás con eso?

Volodia tenía que recuperar a Werner, pero de momento no lo estaba consiguiendo. Werner tenía respuesta para todo. Era un tipo inteligente. Y eso era lo que hacía de él un espía tan valioso.

—¿Y los otros? —preguntó Volodia.

—¿Qué otros?

—Debe de haber miles de adultos y niños discapacitados. ¿Los nazis van a matarlos a todos?

—Es probable.

—Es evidente que no podrás impedírselo si estás en un campo de prisioneros.

Por primera vez, Werner se quedó sin réplica.

Volodia se volvió de espaldas al agua y recorrió el cementerio con la mirada. Un joven trajeado se arrodilló frente a un pequeño sepulcro. ¿Los estaría siguiendo? Volodia lo observó atentamente. El hombre sollozaba y temblaba. Su aflicción parecía auténtica; los agentes del contraespionaje no eran buenos actores.

—Míralo —le dijo Volodia a Werner.

—¿Por qué?

—Se lamenta. Es lo que estás haciendo tú.

—¿Y qué?

—Tú míralo.

Un minuto después, el hombre se puso en pie, se enjugó la cara con un pañuelo y se alejó.

—Ahora ya se ha desahogado. En eso consiste lamentarse. Con el lamento no se consigue nada, solo hace que uno se sienta mejor.

—¿Crees que estoy indagando solo para sentirme mejor?

Volodia se volvió y lo miró a los ojos.

—No te juzgo —dijo—. Quieres averiguar la verdad y gritarla a los cuatro vientos. Pero intenta pensar con lógica. La única forma de acabar con lo que me has contado es derrocar al régimen. Y la única forma de conseguir que eso ocurra es que el Ejército Rojo derrote a los nazis.

—Es posible.

Werner empezaba a flaquear. Volodia vio un brote de esperanza.

—¿Es posible? —dijo—. ¿Quién más hay? Los ingleses están postrados, intentando desesperadamente repeler a la Luftwaffe. A los estadounidenses no les interesan las contiendas europeas. Todos los demás respaldan a los fascistas. —Posó las manos en los hombros de Werner—. El Ejército Rojo es tu única esperanza, amigo mío. Si perdemos, esos nazis seguirán matando a niños discapacitados, y a judíos, y a comunistas, y a homosexuales, durante otros mil sangrientos años.

—Mierda —espetó Werner—. Tienes razón.

VII

El domingo, Carla y su madre fueron a la iglesia. Maud estaba angustiada por la detención de Walter y desesperada por averiguar adónde lo habían llevado. Obviamente, la Gestapo se había negado a darle ninguna información. Pero la iglesia del pastor Ochs era muy popular, a sus oficios religiosos asistía gente de barrios más pudientes, y entre la congregación se contaban algunos hombres poderosos, un par de ellos en posición de hacer preguntas.

Carla inclinó la cabeza y rezó por que su padre no estuviera siendo maltratado ni torturado. En verdad no creía en las oraciones, pero estaba lo bastante consternada para probarlo todo.

Se alegró al ver a la familia Franck sentada varias filas por delante de ella. Observó la nuca de Werner. El cabello rizado le colgaba ligeramente sobre el cuello, en contraste con la mayoría de los hombres, que lo llevaban prácticamente al rape. Ella había tocado y besado aquel cuello. Era un hombre adorable, probablemente el más agradable de cuantos la habían besado. Todos los días, antes de acostarse, revivía la noche en que habían ido al Grunewald.

Pero no estaba enamorada de él, se dijo.

Aún no.

Cuando el pastor Ochs entró, ella enseguida advirtió que lo habían doblegado. El cambio que se apreciaba en él era aterrador. Se dirigió lentamente al facistol, con la cabeza gacha y los hombros caídos, ante lo cual varios feligreses intercambiaron susurros asombrados. Recitó inexpresivo las oraciones y después leyó el sermón. Hacía dos años que Carla era enfermera y reconoció en él los síntomas de la depresión. Supuso que también él había recibido una visita de la Gestapo.

Observó que frau Ochs y sus cinco hijos no ocupaban el lugar habitual, en el primer banco.

Mientras cantaban el último himno, Carla juró que no se rendiría, pese a lo atemorizada que estaba. Aún tenía aliados: Frieda, Werner y Heinrich. Pero ¿qué podían hacer ellos?

Deseó disponer de alguna prueba de lo que los nazis estaban haciendo. No albergaba la menor duda de que estaban exterminando a los discapacitados; aquella campaña de la Gestapo lo evidenciaba. Pero no podría convencer a los demás sin una prueba irrefutable.

¿Cómo podía conseguirla?

Al acabar el oficio religioso, salió de la iglesia con Frieda y Werner y los llevó a un lado, lejos de sus padres.

—Creo que tenemos que conseguir alguna prueba de lo que está pasando —les dijo.

Frieda sabía a qué se refería.

—Deberíamos ir a Akelberg —propuso—, al hospital.

Al principio, Werner había sugerido eso mismo, pero finalmente decidieron comenzar las pesquisas allí, en Berlín. En ese momento, Carla reconsideró la idea.

—Necesitaremos permisos para viajar.

—¿Cómo vamos a conseguirlos?

Carla chasqueó los dedos.

—Las dos somos socias del Club Ciclista Mercury. Ellos gestionan permisos para hacer salidas en bicicleta. —Era la clase de actividades que fomentaban los nazis: ejercicio saludable al aire libre para los jóvenes.

—¿Entraremos en el hospital?

—Podríamos intentarlo.

—Creo que deberíais abandonar —dijo Werner.

Carla estaba perpleja.

—¿Qué quieres decir?

—Es evidente que al pastor Ochs le han dado un buen susto. Esto es muy peligroso. Podríais acabar en la cárcel, torturadas. Y nada nos devolverá a Axel y a Kurt.

Ella siguió mirándolo, incrédula.

—¿Quieres que abandonemos?

—Tenéis que abandonar. ¡Habláis como si Alemania fuese un país libre! Conseguiréis que os maten a las dos.

—¡Tenemos que asumir riesgos! —replicó Carla, airada.

—Yo me quedo al margen —dijo Werner—. Yo también he recibido la visita de la Gestapo.

A Carla se le heló la sangre.

—Oh, Werner… ¿Qué ha pasado?

—Solo amenazas, de momento. Si sigo haciendo preguntas, me enviarán al frente.

—Bueno, gracias a Dios que no es algo peor.

—Pero ya es bastante malo.

Las chicas guardaron silencio un momento, y después Frieda dijo lo que Carla estaba pensando.

—Tienes que ver que esto es más importante que tu trabajo.

—No me digas lo que tengo que ver —contestó Werner. Parecía enfadado, pero Carla advirtió que lo que en realidad sentía era vergüenza—. No es tu carrera lo que está en juego —prosiguió—. Y tú aún no sabes cómo se las gasta la Gestapo.

Carla estaba atónita. Creía que conocía a Werner. Estaba segura de que lo vería del mismo modo que ella.

—En realidad, sí —dijo—. Han detenido a mi padre.

Frieda se quedó helada.

—¡Oh, Carla! — exclamó, y la rodeó con un brazo.

—No conseguimos saber dónde está —añadió Carla.

Werner no dio muestras de compasión.

—¡Pues entonces ya sabrás que no conviene desafiarlos! —dijo—.

También te habrían detenido a ti si el inspector Macke no creyera que las chicas sois inofensivas.

Carla sintió ganas de llorar. Había estado a punto de enamorarse de Werner, y ahora resultaba ser un cobarde.

—¿Estás diciendo que no vas a ayudarnos? —preguntó Frieda.

—Sí.

—¿Porque quieres conservar tu empleo?

—No tiene sentido... ¡Es imposible vencerlos!

Carla estaba furiosa con él por su cobardía y su derrotismo.

—¡No podemos permitir que esto ocurra!

—Es una locura enfrentarse directamente a ellos. Hay otras formas de combatirlos.

—¿Cómo? ¿Trabajando despacio, como defienden esos panfletos? ¡Eso no hará que dejen de matar a niños discapacitados!

—¡Desafiar al gobierno es suicida!

—¡Y todo lo demás, cobardía!

—¡Me niego a que me juzguen dos chicas! —Dicho lo cual, Werner se marchó a grandes zancadas.

Carla contuvo las lágrimas. No podía llorar en presencia de las doscientas personas congregadas al sol frente a la iglesia.

—Creía que él era diferente —dijo.

Frieda estaba disgustada, pero también desconcertada.

—Es diferente —repuso—. Lo conozco de toda la vida. Le pasa algo más, algo que no nos dice.

La madre de Carla se acercó a ellas. No percibió la aflicción de su hija, algo insólito en ella.

—¡Nadie sabe nada! —dijo, desconsolada—. No consigo saber dónde puede estar tu padre.

—Seguiremos intentándolo —contestó Carla—. ¿No tenía amigos en la embajada estadounidense?

—Conocidos. Ya les he preguntado, pero no han averiguado nada.

—Volveremos a preguntarles mañana.

—Oh, Dios, supongo que hay millones de mujeres alemanas en mi situación.

Carla asintió.

—Vamos a casa, mamá.

Volvieron caminando despacio, sin hablar, sumidas en sus pensamientos. Carla estaba furiosa con Werner, más aún por haber creído que era tan diferente. ¿Cómo podía haberse prendado de alguien tan débil?

Llegaron a su calle.

—Mañana iré a la embajada estadounidense —dijo Maud mientras se acercaban a casa—. Esperaré en la recepción todo el día si hace falta. Les suplicaré que hagan algo. Si de verdad quisieran, podrían llevar a cabo una investigación semioficial sobre el cuñado de un ministro británico. ¡Oh! ¿Por qué está abierta la puerta?

Lo primero que pensó Carla era que la Gestapo había vuelto a visitarles, pero no había ningún coche negro apareado en la acera. Y de la cerradura colgaba una llave.

Maud entró en el recibidor y gritó.

Carla corrió tras ella.

Un hombre yacía en el suelo bañado en sangre.

Carla consiguió reprimir un grito.

—¿Quién es? —preguntó.

Maud se arrodilló junto al hombre.

—Walter —dijo—. Oh, Walter, ¿qué te han hecho?

Carla vio entonces que era su padre. Estaba tan malherido que apenas resultaba reconocible. Tenía un ojo cerrado; la boca, hinchada y convertida en una gran magulladura; el pelo, cubierto de sangre coagulada, y un brazo retorcido. La pechera de su chaqueta estaba manchada de vómito.

—¡Walter, háblame, háblame! —le urgió Maud.

Él abrió su destrozada boca y gruñó.

Carla contuvo el dolor histérico que bullía en su interior recurriendo a su profesionalidad. Cogió un cojín y se lo colocó bajo la cabeza. Fue a la cocina a por un vaso de agua y le vertió un poco sobre los labios. Walter tragó y abrió la boca pidiendo más. Cuando pareció saciado, Carla fue a su estudio, cogió una botella de aguardiente y le dio unas gotas. Su padre las tragó y tosió.

—Voy a avisar al doctor Rothmann —dijo Carla—. Lávale la cara y dale más agua. No intentes moverlo.

—Sí, sí. ¡Date prisa! —dijo Maud.

Carla salió de casa con la bici y se puso en camino a toda prisa. Al doctor Rothmann ya no se le permitía ejercer —los judíos no podían ser médicos—, pero, extraoficialmente, seguía atendiendo a la gente.

Carla pedaleó con furia. ¿Cómo había llegado a casa su padre? Suponía que lo habían llevado en coche y que él se las había arreglado para llegar renqueante desde la acera, y que una vez dentro se había desplomado.

Llegó a casa del doctor. Al igual que la suya, estaba en pésimas condiciones. Los antisemitas habían roto la mayoría de los vidrios de las ventanas. Frau Rothmann abrió la puerta.

—Han dado una paliza a mi padre —dijo Carla jadeante—. La Gestapo.

—Mi marido irá enseguida —respondió frau Rothmann. Se volvió y gritó en dirección a las escaleras—: ¡Isaac! —El médico bajó—. Es herr Von Ulrich —le informó su esposa.

El médico cogió un cesto de la compra que había junto a la puerta. Dado que tenía prohibido practicar la medicina, Carla supuso que nunca llevaba nada que pareciese un maletín con instrumental.

Salieron de la casa.

—Iré delante con la bicicleta —dijo Carla.

Cuando llegó, encontró a su madre sentada en el portal, llorando.

—¡El médico está de camino! —exclamó.

—Llega tarde —contestó Maud—. Tu padre ha muerto.

VIII

Volodia se encontraba a las puertas de los almacenes Wertheim, justo enfrente de Alexanderplatz, a las dos y media de la tarde. Había inspeccionado la zona varias veces, en busca de hombres que pudiesen ser policías vestidos de civil. Estaba seguro de que no lo habían seguido hasta allí, pero cabía la posibilidad de que algún agente de la Gestapo de paso lo reconociese y dedujese lo que se traía entre manos. Un lugar concurrido era el mejor camuflaje, pero no infalible.

¿Eran ciertos los planes de invasión? De serlo, Volodia no permanecería en Berlín mucho tiempo más. Se despediría con un beso de Gerda y Sabine. Y probablemente volvería a la sede de los servicios secretos del Ejército Rojo en Moscú. Anhelaba pasar algún tiempo con su familia. Su hermana, Ania, tenía gemelos a los que él aún no había visto. Y creía que le sentaría bien descansar un poco. El trabajo clandestino conllevaba una tensión permanente: dar esquinazo a los agentes de la Gestapo que lo seguían, organizar encuentros secretos, reclutar espías y preocuparse por las posibles traiciones. Agradecería pasar uno o dos años en los cuarteles generales, si es que la Unión Soviética sobrevivía tanto tiempo. Otra posibilidad era que lo enviasen a otro destino en el extranjero. Le apetecía Washington. Siempre había deseado conocer Estados Unidos.

Se sacó del bolsillo un pañuelo de papel arrebujado y lo tiró en una papelera. Un minuto antes de las tres, encendió un cigarrillo, aunque no fumaba. Dejó caer cuidadosamente la cerilla entre los pliegues del pañuelo y se alejó.

Segundos después, alguien gritó: «¡Fuego!».

Justo cuando todo el vecindario miraba hacia la papelera en llamas, un taxi se detuvo a la puerta de los almacenes, un Mercedes 260D negro. Un apuesto joven con uniforme de teniente de las Fuerzas Aéreas se apeó de él. Mientras el teniente pagaba al taxista, Volodia subió al coche y cerró de un portazo.

En el suelo del taxi, donde el conductor no podía verlo, había un ejemplar de *Neues Volk*, la revista nazi de propaganda racista. Volodia lo cogió, pero no lo leyó.

—Algún idiota ha prendido fuego a una papelera —dijo el taxista.

—Al hotel Adlon —le indicó Volodia.

Por el camino hojeó la revista y verificó que entre sus hojas había escondido un sobre de color beige.

Ansiaba abrirlo, pero esperó.

Al llegar al hotel bajó del coche, aunque no entró, sino que franqueó la Puerta de Brandenburgo y se internó en el parque. Los árboles lucían vívidos brotes. Era un día cálido de primavera y mucha gente paseaba.

La revista parecía quemarle las manos. Volodia encontró un banco discreto y se sentó.

Volvió a hojear la revista y, protegiéndolo de la vista con ella, abrió el sobre de color beige.

Sacó de él un documento. Era una copia de carbón, mecanografiada y algo borrosa, pero legible. Llevaba un encabezamiento.

DIRECTIVA N.º 21: OPERACIÓN BARBARROJA

Federico Barbarroja era el nombre del emperador alemán que había encabezado la tercera cruzada en el año 1189.

El texto comenzaba así: «La Wehrmacht alemana debe estar preparada, antes incluso del fin de la guerra contra Gran Bretaña, para derrotar a la Unión Soviética en una rápida campaña».

Volodia se sorprendió resollando. Aquello era dinamita. El espía de Tokio había acertado, y Stalin se había equivocado. Y la Unión Soviética corría un peligro mortal.

Con el corazón desbocado, Volodia miró el final del documento, donde vio una rúbrica: «Adolf Hitler».

Leyó las páginas en diagonal, buscando una fecha, y la encontró. La invasión estaba programada para el 15 de mayo de 1941.

Junto a ella había una nota a lápiz, con la letra de Werner Franck: «La fecha ha cambiado al 22 de junio».

—Oh, Dios mío, lo ha hecho —dijo Volodia en voz alta—. Ha confirmado la invasión.

Devolvió el documento al sobre y lo escondió entre las hojas de la revista.

Eso lo cambiaba todo.

Se levantó y se encaminó de vuelta a la embajada soviética para comunicar la noticia.

IX

En Akelberg no había estación de tren, por lo que Carla y Frieda se apearon en la más próxima, situada a unos quince kilómetros, y recorrieron esa distancia en bicicleta.

Llevaban pantalones cortos, sudaderas y sandalias cómodas, y se habían recogido el pelo en trenzas. Parecían miembros de la Liga de Muchachas Alemanas, la Bund Deutscher Mädel o BDM, muy aficionadas a las salidas en bicicleta. Se especulaba mucho sobre si, aparte de eso, hacían o no algo más, especialmente por la noche en los austeros albergues en los que se alojaban. Los chicos decían que las siglas BDM correspondían a *Bubi Drück Mir*, algo así como «Muchacho, arrímate a mí».

Carla y Frieda consultaron el mapa que llevaban y salieron de la ciudad en dirección a Akelberg.

Carla pensaba en su padre a todas horas. Sabía que nunca se recuperaría de la terrible experiencia de haberlo encontrado salvajemente golpeado y moribundo. Había llorado durante días. Pero otra emoción convivía con su dolor: la rabia. No se iba a conformar con sentirse triste. Iba a hacer algo con ella.

Maud, también deshecha de dolor, había intentado convencer a Carla de que no fuese a Akelberg.

—Mi marido está muerto, mi hijo está en el ejército, ¡no quiero que mi hija también ponga su vida en peligro! —había sollozado.

Después del funeral, cuando el horror y la histeria dieron paso a un duelo más sereno y profundo, Carla le preguntó qué era lo que habría querido Walter. Maud lo meditó mucho. No le contestó hasta el día siguiente.

—Habría querido que siguieses con la lucha.

Para Maud fue duro decir aquello, pero las dos sabían que era verdad.

Frieda no mantuvo esa discusión con sus padres. Su madre, Monika, había estado enamorada de Walter en el pasado y su muerte la dejó desolada; sin embargo, le habría horrorizado saber lo que Frieda estaba haciendo. Su padre, Ludi, la habría encerrado en el sótano. Sin embargo, creían que solo había salido de excursión en bicicleta. En todo caso, habrían podido sospechar que iba a encontrarse con algún novio no especialmente idóneo.

El terreno era montañoso y encontraron fuertes pendientes, pero las dos estaban en forma, y una hora después descendían ya hacia la pequeña ciudad de Akelberg. Carla sintió aprensión; estaban penetrando en territorio enemigo.

Fueron a una cafetería. No había Coca-Cola. «¡Esto no es Berlín!», les espetó muy indignada la mujer que había al otro lado del mostrador, como si hubiesen pedido que una orquesta les tocase una serenata. Carla no entendía por qué alguien con tanta aversión hacia los foráneos regentaba una cafetería.

Tomaron sendos vasos de Fanta, un producto alemán, y aprovecharon la ocasión para llenar de agua sus botellines.

No sabían dónde estaba exactamente el hospital. Tendrían que preguntar, pero a Carla le preocupaba despertar sospechas. Los nazis del lugar podrían interesarse por dos extrañas que fueran por ahí haciendo preguntas.

—Tenemos que encontrarnos con el resto del grupo en un cruce de caminos que hay al lado del hospital —dijo Carla mientras pagaban—. ¿Por dónde se va?

La mujer no la miró a los ojos.

—Aquí no hay ningún hospital.

—La Institución Médica Akelberg —insistió Carla, citando el encabezamiento de la carta.

—Debe de estar en otro Akelberg.

A Carla le pareció que mentía.

—Qué extraño —dijo, sin dejar de fingir—. Espero que no nos hayamos equivocado de sitio.

Enfilaron con las bicicletas por la calle principal. No había alternativa, pensó Carla: tendrían que preguntar por la dirección.

En un banco situado frente a la puerta de un bar había un anciano de aspecto inofensivo, disfrutando del sol vespertino.

—¿Dónde está el hospital? —le preguntó Carla, tratando de ocultar su nerviosismo con una actitud jovial.

—Tenéis que cruzar la ciudad y subir la colina que os quedará a la izquierda —contestó—. Pero no entréis... ¡No son muchos los que salen! —Se rió a carcajadas como si acabara de hacer un chiste.

Las señas eran poco precisas, pero Carla pensó que bastarían. Decidió no llamar más la atención volviendo a preguntar.

Una mujer con un pañuelo en la cabeza tomó del brazo al anciano.

—No le hagáis caso, no sabe lo que dice —se disculpó, con aire consternado. Lo puso en pie con brusquedad y lo apremió por la acera—. A ver si aprendes a estar callado, viejo idiota —masculló.

Daba la impresión de que aquella gente sospechaba lo que estaba ocurriendo en su comunidad. Por suerte, casi todos reaccionaban igual: mostrándose hoscos y desentendiéndose de aquello. Era poco probable que tuviesen mucho interés en informar a la policía o al Partido Nazi.

Carla y Frieda siguieron avanzando por aquella calle y encontraron el albergue juvenil. Había miles como aquel en Alemania, al servicio de personas idénticas a las que ellas fingían ser: jóvenes atléticas haciendo deporte unos días al aire libre. Se registraron. Las instalaciones eran muy rudimentarias, con literas de tres camas, pero era barato.

Salieron de la ciudad en bicicleta ya entrada la tarde. Después de recorrer aproximadamente un kilómetro y medio, encontraron un desvío a su izquierda. No estaba señalizado, pero la carretera ascendía por la colina y decidieron enfilar por ella.

La aprensión de Carla se intensificó. Cuanto más se acercaban, más difícil les resultaría parecer inocentes en caso de que alguien las interrogase.

Unos dos kilómetros más adelante vieron una casa grande en mitad de un parque. No parecía tener muros ni cercas, y la carretera llevaba hasta su puerta. Tampoco allí había carteles.

Sin ser consciente de ello, Carla había esperado encontrar en la cima un castillo imponente de piedra gris con barrotes en las ventanas y puertas de roble reforzadas con hierro. Pero aquella era una típica casa de campo bávara, con tejados salientes y muy pronunciados, balcones de madera y un pequeño campanario. No era posible que allí se estuviese llevando a cabo algo tan espantoso como el asesinato de niños... También parecía pequeña para ser un hospital. Entonces vio una moderna edificación adosada a una de las fachadas laterales, con una chimenea alta.

Desmontaron y apoyaron las bicicletas contra una de las fachadas laterales del edificio. Carla tenía el corazón en la boca mientras subían los escalones de la entrada. ¿Por qué no había guardias? ¿Tal vez porque nadie sería tan insensato para intentar investigar aquel lugar?

No había timbre ni aldaba, pero la puerta cedió cuando Carla la empujó. Entró, seguida de Frieda. Se encontraron en un fresco vestíbulo con suelo de piedra y paredes blancas y desnudas. Varias puertas daban a sendas estancias, pero todas ellas estaban cerradas. Una mujer de mediana edad y con lentes bajó por las amplias escaleras. Llevaba un elegante vestido gris.

—¿Sí? —preguntó.

—Hola —la saludó Frieda con aire informal.

—¿Qué estáis haciendo? No podéis entrar aquí.

Frieda y Carla se habían preparado para aquella pregunta.

—Solo quería visitar el lugar donde murió mi hermano —dijo Frieda—. Tenía quince años...

—¡Esto no es una institución pública! —replicó la mujer, indignada.

—Sí, lo es. —Frieda había crecido en el seno de una familia acaudalada y no se amilanaba ante funcionarios de medio pelo.

Una enfermera de unos diecinueve años salió por una de las puertas que daban al vestíbulo y se las quedó mirando. La mujer del vestido gris se dirigió a ella.

—Enfermera König, vaya a buscar a herr Römer inmediatamente.

La enfermera se alejó a toda prisa.

—Deberíais haber avisado con antelación, por carta —dijo la mujer.

—¿No han recibido mi carta? —contestó Frieda—. Escribí al director. —No era verdad, Frieda estaba improvisando.

—¡No hemos recibido esa carta! —Obviamente, la mujer creía que una solicitud tan descabellada como la de Frieda no podía haberse pasado por alto.

Carla escuchaba con atención. En aquel lugar reinaba un extraño silencio. Ella había tratado con personas que sufrían discapacidades físicas y mentales, adultos y niños, y sabía que eran ruidosos. Incluso a través de aquellas puertas cerradas debería haber oído gritos, risas, llantos, quejas a voces, desvaríos disparatados. Pero no se oía nada. Aquello parecía más una morgue.

Frieda probó con un nuevo derrotero.

—Tal vez pueda decirme dónde está la tumba de mi hermano. Me gustaría visitarla.

—Aquí no hay tumbas. Tenemos un incinerador. —Se corrigió al instante—: Un crematorio.

—He visto la chimenea —dijo Carla.

—¿Qué hicieron con las cenizas de mi hermano? —preguntó Frieda.

—Se te enviarán a su debido tiempo.

—No las mezcle con las de otros, por favor.

A la mujer se le sonrojó el cuello, y Carla dedujo que mezclaban las cenizas de los muertos, creyendo que nadie se daría nunca cuenta.

La enfermera König regresó seguida de un hombre fornido y vestido con el uniforme blanco de enfermero.

—Ah, Römer —dijo la mujer—. Por favor, acompaña a estas chicas a la salida.

—Un momento —dijo Frieda—. ¿Está segura de que está haciendo lo correcto? Solo quería ver el lugar donde murió mi hermano.

—Completamente segura.

—Entonces no le importará decirme su nombre.

Hubo un instante de duda.

—Frau Schmidt. Y ahora, por favor, marchaos.

Römer avanzó hacia ellas con aire amenazador.

—Ya nos vamos —dijo Frieda con frialdad—. No tenemos intención de proporcionar a herr Römer una excusa para molestarnos.

El hombre se hizo a un lado y les abrió la puerta.

Carla y Frieda salieron, montaron en sus bicicletas y descendieron por la carretera.

—¿Crees que se ha tragado el bulo?

—Sí —contestó Carla—. Ni siquiera nos ha preguntado cómo nos llamamos. Si hubiese sospechado la verdad, enseguida habría avisado a la policía.

—Pero no hemos averiguado mucho. Hemos visto la chimenea, pero no hemos encontrado nada que podamos considerar una prueba.

Carla se sentía algo abatida. Conseguir pruebas no era tan fácil como parecía.

Volvieron al albergue. Se asearon, se cambiaron y salieron a comer algo. La única cafetería que vieron era la de la propietaria gruñona. Comieron crepes de patata con salchichas. Después fueron al bar de la ciudad. Pidieron cerveza e intentaron charlar cordialmente con otros clientes, pero nadie quiso hablar con ellas. El mero hecho de hacerlo ya era sospechoso. En todas partes, la gente recelaba de los extraños, pues cualquiera podía ser un soplón nazi, pero aun así Carla se preguntaba cuántas ciudades habría donde dos chicas jóvenes pudieran pasar una hora en un bar sin que nadie intentase flirtear con ellas.

Regresaron al albergue para acostarse temprano. A Carla no se le ocurría qué otra cosa podían hacer. Al día siguiente volverían a casa con las manos vacías. Parecía increíble que pudiesen saber que se estaban cometiendo aquellos atroces asesinatos y no pudiesen detenerlos. Se sentía tan frustrada que tenía ganas de gritar.

Se le ocurrió que frau Schmidt —si en verdad se llamaba así— podría haber sospechado de las dos visitantes. En aquel momento, había tomado a Carla y a Frieda por lo que ambas fingían ser, pero podría haber empezado a recelar después y haber llamado a la policía solo por prudencia. Si eso había ocurrido, no les costaría encontrarlas. Aquella noche solo había cinco personas en el albergue, y ellas eran las únicas chicas. Aguzó el oído esperando oír la temible llamada a la puerta.

Si las interrogaban, confesarían parte de la verdad, diciendo que el hermano de Frieda y el ahijado de Carla habían muerto en Akelberg y que querían visitar sus tumbas, o al menos ver el lugar donde habían muerto y dedicar unos minutos a su memoria. La policía local podría tragarse aquella mentira. Pero si indagaban en Berlín, enseguida averiguarían su relación con Walter von Ulrich y Werner Franck, dos hombres que habían sido investigados por la Gestapo por hacer preguntas desleales sobre Akelberg. Entonces, Carla y Frieda estarían en un grave aprieto.

Se preparaban para acostarse en aquellas camas de aspecto tan incómodo cuando alguien llamó a la puerta.

A Carla se le paró el corazón. Pensó en lo que la Gestapo le había hecho a su padre. Sabía que ella no podría soportar la tortura. En dos minutos largaría los nombres de todos los Jóvenes del Swing que conocía.

Frieda era menos fantasiosa.

—¡No te asustes tanto! —dijo, y abrió la puerta.

No era la Gestapo, sino una chica menuda, guapa y rubia. Carla tardó un momento en reconocer en ella a la enfermera König, sin uniforme.

—Tengo que hablar con vosotras —dijo. Parecía angustiada, sofocada y llorosa.

Frieda la invitó a entrar. La chica se sentó en una cama y se enjugó los ojos con la manga del vestido.

—No puedo seguir ocultando esto.

Carla miró a Frieda. Estaban pensando lo mismo.

—¿Ocultar qué, enfermera König? —le preguntó Carla.

—Me llamo Ilse.

—Soy Carla y ella es Frieda. ¿A qué te refieres, Ilse?

Ilse habló con un hilo de voz.

—Los matamos —dijo.

Carla se quedó sin aliento.

—¿En el hospital? —consiguió decir.

Ilse asintió.

—A los pobres enfermos que llegan en autobuses grises. Niños, incluso bebés, ancianos, abuelas. Todos tienen alguna discapacidad. A veces llegan en un estado espantoso, babeando y haciéndose sus necesidades encima, pero no pueden evitarlo, y algunos son muy dulces e inocentes. Lo mismo da…, los matamos a todos.

—¿Cómo lo hacéis?

—Con una inyección de morfina y escopolamina.

Carla asintió. Era un anestésico habitual, mortal en dosis elevadas.

—¿Y los tratamientos especiales que se supone que aplicáis?

Ilse negó con la cabeza.

—No hay tratamientos especiales.

—Ilse, a ver si lo entiendo bien. ¿Matáis a todos los pacientes que llegan?

—A todos.

—¿En cuanto llegan?

—Al día siguiente, o como mucho a los dos días.

Era lo que Carla sospechaba, pero, aun así, la cruda realidad le pareció espeluznante y sintió náuseas.

—¿Hay algún paciente ahora en el hospital? —preguntó al cabo de un minuto.

—Vivo, no. Esta tarde hemos administrado inyecciones. Por eso se alteró tanto frau Schmidt al veros allí.

—¿Por qué no hay ninguna medida de seguridad para que la gente no pueda acceder al edificio?

—Creen que si hubiese guardias o una cerca de alambre de espino sería evidente que allí está pasando algo siniestro. De todos modos, nadie había intentado visitarnos nunca.

—¿Cuántas personas han muerto hoy?

—Cincuenta y dos.

Carla sintió un escalofrío.

—¿El hospital ha matado a cincuenta y dos personas esta tarde, mientras estábamos allí?

—Sí.

—Entonces, ¿ahora ya están todos muertos?

Ilse asintió.

Una idea había ido fraguando en la cabeza de Carla, y en ese momento se materializó.

—Quiero verlo —dijo.

Ilse parecía asustada.

—¿A qué te refieres?

—Quiero entrar en el hospital y ver los cadáveres.

—Ya los están incinerando.

—Pues entonces quiero ver cómo lo hacen. ¿Podrías ayudarnos a entrar en el hospital?

—¿Esta noche?

—Ahora mismo.

—Oh, Dios.

—Tú no tendrás que hacer nada —dijo Carla—. Ya has sido bastante valiente viniendo a hablar con nosotras. No te preocupes si prefieres no hacer nada más. Pero si queremos detener esto, necesitamos pruebas.

—¿Pruebas?

—Sí. Mira, el gobierno se avergüenza de este proyecto, por eso lo mantiene en secreto. Los nazis saben que los alemanes de a pie no consentirían el asesinato de niños. Pero la gente prefiere creer que esto no está ocurriendo, y para ellos es fácil desestimar un rumor, sobre todo si procede de una chica. Así que tenemos que demostrárselo con pruebas.

—Entiendo. —La hermosa cara de Ilse adoptó una expresión de adusta determinación—. Muy bien, pues. Os llevaré.

Carla se puso en pie.

—¿Cómo sueles ir hasta allí?

—En bicicleta. La tengo fuera.

—Entonces iremos las tres en bicicleta.

Salieron. Ya había anochecido. El cielo estaba parcialmente nublado y la luz de las estrellas era débil. Utilizaron los faros de las bicicletas para orientarse mientras salían de la ciudad y ascendían por la colina. Cuando atisbaron el hospital, los apagaron y siguieron a pie, empujando las bicicletas. Ilse las guió por un sendero del bosque que llevaba a la parte trasera del edificio.

Carla percibió un olor desagradable, similar al de los humos que despedían los coches. Olfateó el aire.

—La incineradora —susurró Ilse.

—¡Oh, no!

Escondieron las bicicletas entre unos arbustos y se encaminaron sigilosamente hasta la puerta trasera. No estaba cerrada con llave, y entraron.

Los pasillos estaban iluminados. Ningún rincón quedaba a oscuras; ciertamente parecía el hospital que fingía ser. Cualquiera que anduviese por allí podría verlas sin dificultad. Su ropa las delataría como intrusas. ¿Qué harían entonces? Probablemente, correr.

Ilse avanzó presurosa por un pasillo, dobló una esquina y abrió una puerta.

—Es aquí —susurró.

Las tres entraron.

Frieda dejó escapar un chillido de horror y se tapó la boca.

—Oh, Dios santo —musitó Carla.

En una sala grande y fría yacían sobre mesas los cuerpos sin vida de unas treinta personas, todos boca arriba y desnudos. Algunos eran corpulentos; otros, delgados; algunos, viejos y ajados; otros, niños, y también un bebé de aproximadamente un año. Varios parecían contorsionados, pero el aspecto físico de la mayoría era normal.

Todos tenían un apósito en el brazo izquierdo, donde les habían aplicado la inyección.

Carla oyó sollozar a Frieda. Intentó hacer de tripas corazón.

—¿Dónde están los demás? —susurró.

—Ya los han llevado al horno —contestó Ilse.

Oyeron voces procedentes del otro lado de unas puertas batientes situadas al final de la sala.

—Vámonos —dijo Ilse.

Salieron al pasillo. Carla ajustó la puerta dejando una ínfima rendija por la que mirar. Vio a herr Römer y a otro hombre empujando una camilla a través de las puertas.

Ninguno de los dos miró en su dirección. Discutían sobre fútbol.

—Solo hace nueve años que ganamos el campeonato nacional —oyó Carla que decía Römer—. Ganamos al Eintracht de Frankfurt por dos a cero.

—Sí, pero la mitad de nuestros mejores jugadores eran judíos y se han marchado todos.

Carla comprendió que hablaban del Bayern de Munich.

—Los viejos tiempos volverán, solo tenemos que poner en práctica las tácticas correctas.

Sin dejar de discutir, los dos hombres se acercaron a una mesa donde yacía el cadáver de una mujer corpulenta. La tomaron por los hombros y las rodillas y la trasladaron sin miramientos a la camilla, gruñendo por el esfuerzo.

Llevaron la camilla hasta otra mesa y colocaron otro cadáver encima del primero.

Cuando tuvieron tres apilados, salieron con la camilla.

—Voy a seguirles —dijo Carla.

Cruzó la morgue hasta la doble puerta, y Frieda e Ilse fueron tras ella. Accedieron a una zona que parecía más industrial que médica: paredes pintadas de marrón, suelo de cemento, armarios de almacenaje y ristras de herramientas.

Asomaron por una esquina.

Vieron una sala grande similar a un garaje, con luces muy intensas y sombras definidas. El aire estaba caldeado y se percibía un ligero olor a comida cocinada. En el centro de aquel espacio había un cajón de acero de tamaño suficiente para albergar un automóvil. Una especie de dosel metálico conectaba la parte superior del cajón con el techo. Carla supo que estaba viendo el horno.

Los dos hombres descargaron un cuerpo de la camilla y lo depositaron sobre una cinta transportadora de acero. Römer pulsó un botón que había en la pared. La cinta se puso en movimiento, una portezuela se abrió y el cadáver se introdujo en el horno.

Colocaron el siguiente cuerpo en la cinta.

Carla ya había visto suficiente.

Se dio media vuelta e hizo un gesto a las otras para indicarles que retrocedieran. Frieda tropezó con Ilse, que dejó escapar un grito. Las tres se quedaron petrificadas.

—¿Qué ha sido eso? —oyeron decir a Römer.

—Un fantasma —contestó el otro.

—¡No bromees con esas cosas! —A Römer le temblaba la voz.

—¿Piensas coger de los pies a este fiambre o qué?

—Vale, vale.

Las tres chicas volvieron a toda prisa a la morgue. Al ver el resto de los cuerpos, Carla sintió una intensa punzada de dolor por el hijo de Ada, Kurt. Él también había estado allí, con un apósito en el brazo, y después lo habían arrojado a la cinta transportadora y se habían deshecho de él como si fuese una bolsa de basura. «Pero no te olvidamos, Kurt», pensó.

Salieron al pasillo. Cuando se dirigían a la puerta trasera, oyeron pasos y la voz de frau Schmidt.

—¿Por qué tardarán tanto esos dos?

Apretaron el paso y cruzaron la puerta. La luna iluminaba el parque. Carla alcanzaba a ver los arbustos donde habían ocultado las bicicletas, de las que las separaban unos doscientos metros de césped.

Frieda fue la última en salir y, con las prisas, dejó que la puerta se cerrase de golpe.

Carla intentó pensar deprisa. Era más que probable que frau Schmidt quisiera saber qué había producido ese ruido. No conseguirían llegar a los arbustos antes de que abriese la puerta. Tenían que esconderse.

—¡Por aquí! —susurró Carla, y rodeó corriendo la esquina del edificio. Las otras la siguieron.

Se apretaron de espaldas contra la pared. Carla oyó cómo se abría la puerta. Contuvo el aliento.

Hubo una larga pausa. Luego frau Schmidt masculló algo ininteligible y la puerta volvió a cerrarse con un golpe.

Carla asomó por la esquina. Frau Schmidt ya no estaba.

Las chicas corrieron por el césped y recuperaron las bicicletas.

Las llevaron a pie por el sendero del bosque y salieron a la carretera. Allí encendieron los faros, montaron y se alejaron a toda prisa. Carla se sentía eufórica. ¡Lo habían conseguido!

Sin embargo, mientras se acercaban a la ciudad, el entusiasmo cedió ante consideraciones de carácter más práctico. Exactamente, ¿qué habían conseguido? ¿Qué iban a hacer?

Tenían que decirle a alguien lo que habían visto. No sabía a quién.

En cualquier caso, tenían que convencer a alguien. ¿Las creerían? Cuanto más pensaba en ello, menos segura estaba.

—Gracias a Dios que ya ha terminado —dijo Ilse cuando llegaron al albergue y desmontaron—. Nunca había pasado tanto miedo.

—No ha terminado —dijo Carla.

—¿Qué quieres decir?

—Que no terminará hasta que hayamos cerrado ese hospital, y otros por el estilo.

—¿Cómo vamos a conseguirlo?

—Te necesitamos —le dijo Carla—. Tú eres la prueba.

—Temía que dijeses eso.

—¿Vendrás con nosotras mañana a Berlín?

Hubo una larga pausa.

—Sí, iré con vosotras —dijo Ilse al fin.

X

Volodia Peshkov se alegraba de volver a estar en casa. Moscú se encontraba en el apogeo del verano, soleado y caluroso. El lunes 30 de junio volvió a la sede de los servicios secretos del Ejército Rojo, situados al lado del aeródromo de Jodinka.

Tanto Werner Franck como el espía de Tokio estaban en lo cierto: Alemania invadió la Unión Soviética el 22 de junio. Volodia y todo el personal de la embajada soviética en Berlín habían regresado a Moscú, en barco y en tren. A Volodia le habían dado prioridad y volvió antes que la mayoría; algunos todavía estaban de camino.

Volodia comprendía ahora cuánto lo deprimía Berlín. Los nazis resultaban tediosos con su fariseísmo y su triunfalismo. Eran como un equipo de fútbol después de ganar un partido, cada vez más borrachos y cansinos, negándose a irse a casa. Estaba harto de ellos.

Había quien podía decir que la URSS era parecida, con su policía secreta, su rígida ortodoxia y sus actitudes puritanas ante placeres tan abstractos como la pintura y la moda. Se equivocaban. El comunismo era una obra en construcción, y era normal cometer errores por el camino hacia una sociedad justa. El NKVD, con sus cámaras de tortura, era una aberración, un cáncer en el cuerpo del comunismo. Algún día lo extirparían. Pero probablemente no mientras durase la guerra.

En previsión del estallido de la guerra, hacía mucho tiempo que Volodia había equipado a sus espías de Berlín con radios clandestinas y códigos. Ahora era más primordial que nunca que aquel puñado de valerosos opositores de los nazis siguieran pasando información a los soviéticos. Antes de marcharse había destruido todo registro de sus nombres y sus direcciones, que solo conservaba ya en su memoria.

Había encontrado a sus padres sanos y bien, aunque su padre parecía agobiado: tenía en sus manos la responsabilidad de preparar Moscú para los bombardeos aéreos. Volodia había ido a ver a su hermana, Ania, al esposo de esta, Ilia Dvorkin, y a los mellizos, que ya tenían dieciocho meses, Dimitri, a quien llamaban Dimka, y Tatiana, a quien llamaban Tania. Desgraciadamente, a Volodia el padre de ambos le seguía pareciendo igual de ratonil y deleznable que siempre.

Tras un placentero día en casa y una noche de sueño reparador en su antigua habitación, estaba preparado para volver al trabajo.

Pasó por el detector de metales situado a la entrada de la sede de los servicios secretos. Los conocidos pasillos y escaleras le provocaron cierta nostalgia, pese a su estilo austero y pragmático. Caminando por ellos, casi esperaba que sus compañeros salieran a felicitarle; muchos de ellos debían de saber que había sido él quien había confirmado la Operación Barbarroja. Pero nadie lo hizo; quizá preferían ser discretos.

Accedió a un espacio amplio y abierto donde trabajaban mecanógrafos y archiveros, y habló con la recepcionista, una mujer de mediana edad.

—Hola, Nika. Veo que sigues aquí.

—Buenos días, capitán Peshkov —contestó ella, sin la calidez que él habría esperado—. El coronel Lemítov quiere verlo cuanto antes.

Al igual que el padre de Volodia, Lemítov no había sido lo bastante importante para que le afectase la gran purga llevada a cabo a finales de los años treinta, lo habían ascendido y ocupaba el puesto de su antiguo y desafortunado superior. Volodia no sabía mucho de la purga, pero le costaba creer que tantos veteranos hubiesen sido lo bastante desleales para merecer un castigo. Tampoco sabía en qué había consistido el castigo. Podían estar exiliados en Siberia, o encarcelados, o muertos. Lo único que sabía era que habían desaparecido.

—Ahora ocupa el despacho grande, al final del pasillo principal —añadió Nika.

Volodia cruzó aquel espacio, saludando con la cabeza y sonriendo a un par de conocidos, pero de nuevo tuvo la sensación de que no era el héroe que creía. Llamó a la puerta de Lemítov, con la esperanza de que el jefe pudiera aclararle algo.

—Pase.

Volodia entró, saludó y cerró la puerta.

—Bienvenido, capitán. —Lemítov salió de detrás del escritorio—. Entre usted y yo, debo decirle que hizo un gran trabajo en Berlín. Gracias.

—Es un honor, señor —contestó Volodia—. Pero ¿por qué entre usted y yo?

—Porque contradijo a Stalin. —Alzó una mano adelantándose a una posible protesta—. Stalin no sabe que fue usted, por supuesto. Pero, aun así, después de la purga, por aquí a la gente le inquieta que se la relacione con cualquiera que se salga del camino.

—¿Qué debería haber hecho? —preguntó Volodia, incrédulo—. ¿Mentir diciendo que la información era falsa?

Lemítov sacudió la cabeza con aire comprensivo.

—Hizo lo correcto, no me malinterprete. Y yo lo he protegido. Pero no espere que aquí lo traten como a un paladín.

—De acuerdo —dijo Volodia. Las cosas estaban peor de lo que había imaginado.

—Al menos ahora dispone de despacho propio, tres puertas más allá. Necesitará uno o dos días para ponerse al día.

Volodia dedujo que lo estaba despachando.

—Sí, señor —dijo. Saludó y se marchó.

Su despacho no era lujoso —una sala pequeña sin alfombras—, pero no tenía que compartirlo. Volodia no estaba al corriente del progreso de la invasión alemana, con el trajín de intentar llegar a casa lo antes posible. En aquel momento aparcó la decepción y empezó a leer los informes enviados por los comandantes desde el campo de batalla, referentes a la primera semana de guerra.

Mientras lo hacía, su desolación fue en aumento.

La invasión había encontrado desprevenido al Ejército Rojo.

Parecía imposible, pero las pruebas tapizaban su escritorio.

El 22 de junio, cuando los alemanes atacaron, muchas unidades de avanzada del Ejército Rojo «carecían de munición real».

Eso no era todo. Los aviones soviéticos estaban pulcramente alineados sin camuflaje en los aeródromos, y la Luftwaffe había destruido mil doscientos aparatos en las primeras horas de combate. Se habían enviado unidades para frenar el avance alemán sin armas apropiadas, sin soporte aéreo y sin información secreta sobre las posiciones enemigas, y, en consecuencia, todas habían sido aniquiladas.

Y, lo peor de todo, la orden irrevocable de Stalin al Ejército Rojo era la prohibición de la retirada. Todas las unidades debían luchar mientras quedase un solo soldado en pie, y los oficiales debían quitarse la vida antes que caer prisioneros. A los soldados no se les permitía reagruparse en una posición defensiva nueva y más fuerte. Eso significaba que cada derrota se convertía en una matanza.

En consecuencia, el Ejército Rojo estaba sufriendo una auténtica sangría de hombres y equipamiento.

Stalin había pasado por alto la advertencia del espía de Tokio, y también la confirmación de Werner Franck. Incluso cuando el ataque dio comienzo, Stalin insistió en un principio en que se trataba de una provocación puntual llevada a cabo por oficiales del ejército alemán a espaldas de Hitler, que la zanjaría en cuanto tuviera conocimiento de ella.

Para cuando se hizo incuestionable que no era una provocación sino la invasión de mayores proporciones de la historia bélica, los alemanes habían arrollado ya las posiciones de avanzadilla de los soviéticos. Una semana después habían cubierto casi quinientos kilómetros hacia el interior del territorio soviético.

Era una catástrofe, y Volodia sintió ganas de gritar a los cuatro vientos que podría haberse evitado.

No cabía duda de quién era el responsable. La Unión Soviética era una autocracia. Una sola persona tomaba las decisiones: Iósif Stalin. Y se había equivocado de una forma contumaz, estúpida y desastrosa. Y ahora su país corría un peligro mortal.

Hasta ese momento Volodia había creído que el comunismo soviético era la única ideología válida, solo mancillada por los excesos de la policía secreta, el NKVD. Ahora veía que el fracaso afectaba a la cúpula. Beria y el NKVD únicamente existían porque Stalin lo consentía. Era Stalin quien impedía el avance hacia el verdadero comunismo.

Al final de aquella tarde, mientras contemplaba por la ventana la soleada pista de aterrizaje, reflexionando sobre lo que acababa de saber, Volodia recibió la visita de Kamen. Ambos habían sido tenientes cuatro años antes, cuando acababan de salir de la Academia de los Servicios Secretos del Ejército, y habían compartido despacho con otros dos compañeros. En aquellos tiempos Kamen había sido el payaso que se reía de todos, burlándose osadamente de la beata ortodoxia soviética. Había ganado peso y parecía más serio. Se había dejado un fino bigote negro como el del ministro de Asuntos Exteriores, Mólotov, tal vez para parecer más maduro.

Kamen cerró la puerta y se sentó. Se sacó del bolsillo un juguete, un soldado en miniatura con una llave en la espalda. Le dio cuerda y lo dejó sobre el escritorio de Volodia. El soldado empezó a mover los brazos como si estuviese marchando y el mecanismo produjo un sonido estridente, un traqueteo.

—Nadie ha visto a Stalin en dos días.

Volodia comprendió que la función de aquel soldado mecánico era la de saturar cualquier posible dispositivo de escucha que hubiese oculto en su despacho.

—¿Qué quieres decir con que nadie lo ha visto? —preguntó.

—No ha ido al Kremlin y no contesta al teléfono.

Volodia estaba desconcertado. El gobernante de un país no podía desaparecer sin más.

—¿Qué está haciendo?

—Nadie lo sabe. —El soldado se quedó sin cuerda. Kamen volvió a ponerlo en marcha—. El sábado por la noche, cuando supo que los alemanes habían cercado al Grupo Occidental del Ejército Soviético, dijo: «Todo está perdido. Me rindo. Lenin fundó nuestro Estado y yo lo he echado a perder». Y se fue a Kuntsevo. —Stalin tenía una casa de campo cerca de la ciudad de Kuntsevo, a las afueras de Moscú—. Ayer no se presentó en el Kremlin a mediodía, la hora habitual. Cuando llamaron a Kuntsevo, nadie contestó al teléfono. Hoy, lo mismo.

Volodia se inclinó hacia delante.

—¿Está sufriendo… —su voz se redujo a un susurro— una crisis nerviosa?

Kamen hizo un gesto de impotencia.

—No sería de extrañar. En contra de todas las pruebas de que disponía, insistió en que Alemania no nos atacaría en 1941, y mira ahora.

Volodia asintió. Aquello tenía sentido. Stalin había permitido que se le denominase oficialmente Padre, Maestro, Gran Líder, Transformador de la Naturaleza, Gran Timonel, Genio de la Humanidad y el Mayor Genio de Todos los Tiempos y los Pueblos. Pero había quedado demostrado, incluso para él mismo, que se había equivocado y que todos los demás habían estado en lo cierto. En tales circunstancias, un hombre se suicidaba.

La crisis era incluso peor de lo que Volodia había creído. La Unión

Soviética no solo estaba siendo atacada y vencida. También carecía de un dirigente. El país debía de encontrarse en el momento más peligroso desde la revolución.

Pero ¿supondría aquella situación también una oportunidad? ¿Podría ser una oportunidad para librarse de Stalin?

La última vez que Stalin había parecido vulnerable había sido en 1924, cuando en su «testamento político» Lenin afirmaba que Stalin no era el hombre adecuado para ostentar el poder. Habiendo sobrevivido a esa crisis, parecía intocable, pese a haber tomado decisiones —Volodia lo veía ahora con claridad— rayanas en la locura: las purgas, los terribles errores en España, la designación del sádico Beria como jefe de la policía secreta, el pacto con Hitler. ¿Constituía aquella emergencia la oportunidad de acabar con su poder?

Volodia ocultó su exaltación ante Kamen y ante todos los demás. Se guardó para sí aquellos pensamientos durante el trayecto en autobús de vuelta a casa bajo la tenue luz de una tarde estival que ya declinaba. El viaje se vio ralentizado por un lento convoy de camiones que remolcaban baterías antiaéreas, probablemente desplegadas por su padre, que estaba a cargo de la defensa de Moscú contra los bombardeos aéreos.

¿Era posible derrocar a Stalin?

Se preguntó cuántos hombres del Kremlin estarían haciéndose esa misma pregunta.

Entró en el edificio de diez plantas donde vivían sus padres, la residencia gubernamental, situado enfrente del Kremlin, en la ribera opuesta del río Moscova. Cuando llegó, ellos no estaban, pero sí su hermana con los mellizos, Dimka y Tania. El niño, Dimka, tenía los ojos y el pelo oscuros, y garabateaba con un lápiz de color rojo en un periódico viejo. Los ojos azules de la niña tenían la mirada intensa de Grigori y, a decir de muchos, de Volodia. La pequeña enseguida le enseñó su muñeca.

También estaba allí Zoya Vorotsintsev, la física de espectacular belleza a quien Volodia había visto por última vez cuatro años antes, cuando estaba a punto de irse a España. Ania y ella compartían el interés por la música folclórica rusa; iban juntas a recitales, y Zoya tocaba el gudok, un violín de tres cuerdas. Ninguna podía permitirse un fonógrafo, pero Grigori tenía uno, y en ese momento escuchaban un disco de una orquesta de balalaikas. Volodia no era muy aficionado a la música, pero aquella le parecía alegre.

Zoya llevaba un vestido veraniego de manga corta y color azul claro, como sus ojos. Cuando Volodia le preguntó cómo estaba, ella contestó con sequedad:

—Muy enfadada.

En aquellos momentos había infinidad de motivos por los que los soviéticos podían estar enfadados.

—¿Por qué? —preguntó Volodia.

—Han cancelado mi investigación sobre física nuclear. Han asignado otras funciones a todos mis compañeros científicos. Ahora estoy trabajando en la mejora del diseño de visores de bombardeo.

Algo que a Volodia le pareció muy razonable.

—A fin de cuentas, estamos en guerra.

—No lo entiendes —dijo ella—. Escucha, cuando se somete el uranio a un proceso llamado «fisión», se liberan enormes cantidades de energía. Y cuando digo enormes no exagero. Nosotros lo sabemos, y los científicos occidentales también. Hemos leído los artículos que han publicado en revistas científicas.

—Aun así, el asunto de los visores de bombardeo parece más urgente.

—Ese proceso, la fisión —replicó Zoya, airada—, podría utilizarse para fabricar bombas que serían cien veces más potentes que ninguna de las que ahora existen. Una explosión nuclear podría arrasar Moscú. ¿Y si la fabrican los alemanes y nosotros no la tenemos? ¡Sería como si ellos luchasen con fusiles y nosotros con espadas!

—Pero ¿hay algún motivo para creer que científicos de otros países estén trabajando en una bomba de fisión? —preguntó Volodia con escepticismo.

—Estamos seguros de que lo están haciendo. El concepto de la fisión hace pensar automáticamente en la posibilidad de una bomba. Si a nosotros se nos ha ocurrido, ¿por qué no a ellos? Pero hay otro motivo. Siempre publicaban en esas revistas los resultados que iban obteniendo, y de pronto, hace un año, dejaron de hacerlo. No han vuelto a aparecer artículos científicos sobre fisión desde hace justo un año.

—Y crees que los políticos y los generales occidentales advirtieron el potencial militar de la investigación y ahora la llevan en secreto.

—No se me ocurre otra razón. Y, aun así, en la Unión Soviética ni siquiera hemos empezado a buscar yacimientos de uranio.

—Hum…

Volodia fingió dudar, pero en realidad todo aquello le parecía perfectamente verosímil. Ni siquiera los mayores admiradores de Stalin

—un grupo en el que se contaba su padre— aseguraban que entendiera de ciencia. Y para un autócrata era muy fácil hacer caso omiso de todo aquello que lo incomodase.

—Se lo he explicado a tu padre —prosiguió Zoya—. Me escucha, pero nadie le escucha a él.

—¿Qué vas a hacer?

—¿Qué puedo hacer? Voy a diseñar un fantástico visor de bombardeo para nuestros pilotos, y a confiar después en lo mejor.

Volodia asintió. Le gustaba aquella actitud. Le gustaba aquella chica. Era inteligente y batalladora, y una gran conversadora. Se preguntó si querría ir al cine con él.

Hablar sobre física le hizo pensar en Willi Frunze, que había sido su amigo en la Academia Juvenil Masculina de Berlín. Según Werner Franck, Willi se había convertido en un físico brillante y estudiaba en Inglaterra. Tal vez supiera algo de la bomba de fisión que tanto preocupaba a Zoya. Y si seguía siendo comunista, quizá estuviera dispuesto a decir lo que sabía. Volodia decidió que le enviaría un cable a los servicios secretos del Ejército Rojo en la embajada en Londres.

Llegaron sus padres. Él iba ataviado con el uniforme completo; ella, con abrigo y sombrero. Habían asistido a una de las muchas e interminables ceremonias que tanto gustaban al ejército; Stalin insistía en que se prosiguiera con los rituales pese a la invasión alemana porque eran buenos para la moral.

Dedicaron unos minutos a jugar con los mellizos, pero Grigori parecía distraído. Musitó algo sobre una llamada telefónica y se fue a su estudio. Katerina se dispuso a preparar la cena.

Volodia charló con las tres mujeres en la cocina, pero estaba ansioso por hablar con su padre. Creía adivinar el motivo de su llamada: en aquel mismo instante se estaba planificando o bien evitando el derrocamiento de Stalin, y quizá incluso en aquel mismo edificio.

Minutos después decidió arriesgarse a sufrir la cólera del viejo e interrumpirle. Se excusó y fue a su estudio, del que su padre salía justo entonces.

—Tengo que ir a Kuntsevo —dijo.

Volodia ansiaba saber qué estaba pasando.

—¿Por qué? —preguntó.

Grigori no hizo caso de la pregunta.

—He pedido que me traigan el coche, pero mi chófer ya se ha ido a casa. Podrías llevarme tú.

Volodia se estremeció de la emoción. Nunca había estado en la dacha de Stalin. Y estaba a punto de ir en un momento de profunda crisis.

—Vamos —dijo su padre, impaciente.

Se despidieron a voces desde el recibidor y salieron.

Grigori tenía un ZIS 101-A negro, una copia soviética del Packard norteamericano, con caja de cambios automática de tres velocidades; alcanzaba los ciento treinta kilómetros por hora. Volodia se sentó al volante y arrancó el motor.

Cruzó Arbat, un barrio de artesanos e intelectuales, y se dirigió a la autopista de Mozhaisk, en dirección al oeste.

—¿Te ha convocado el camarada Stalin? —preguntó a su padre.

—No. Stalin lleva dos días incomunicado.

—Eso he oído.

—¿De veras? Se suponía que era secreto.

—Es imposible mantener en secreto algo así. ¿Qué está ocurriendo ahora?

—Unos cuantos vamos a reunirnos con él.

Volodia formuló la pregunta clave:

—¿Para qué?

—Principalmente, para averiguar si está vivo o muerto.

¿Podía en verdad estar muerto ya y que nadie lo supiera?, se preguntó Volodia.

Parecía poco probable.

—¿Y si está vivo?

—No lo sé. Pero, pase lo que pase, prefiero estar allí para verlo a enterarme más tarde.

Volodia sabía que los dispositivos de escucha no eran viables en los coches —el micrófono solo captaba el ruido del motor—, por lo que estaba seguro de que nadie podía oírlos. Sin embargo, sintió miedo al preguntar lo inimaginable:

—¿Podría ser derrocado Stalin?

—Ya te he dicho que no lo sé —contestó su padre, irritado.

Volodia se estremeció de pies a cabeza. Aquella pregunta exigía una negativa rotunda. Todo lo demás era un sí. Su padre había admitido la posibilidad de que se pudiera acabar con Stalin.

Sus esperanzas crecieron como la espuma.

—¡Piensa en lo que eso supondría! —dijo alegremente—. ¡No más purgas! Se clausurarían los campos de trabajos forzados. La policía secreta ya no secuestraría a más chicas en plena calle para violarlas. —En cierto modo, esperaba que su padre lo interrumpiese, pero Grigori se limitó a escucharlo con los ojos entornados. Volodia prosiguió—: Se dejaría de decir la estupidez esa de que Trotski es un espía fascista. Las unidades del ejército que se están viendo superadas en número y armamento podrían retirarse en lugar de sacrificarse inútilmente. Se tomarían decisiones de forma racional, y las tomarían grupos de hombres inteligentes que sabrían lo que es mejor para todos. ¡Sería el comunismo con el que soñabas hace treinta años!

—Eres joven y estúpido —replicó su padre con desdén—. Lo último que queremos en este momento es perder a nuestro dirigente. ¡Estamos en guerra y perdiendo! Nuestro único objetivo debe ser defender la revolución, a cualquier precio. Ahora necesitamos a Stalin más que nunca.

Volodia se sintió como si lo hubiesen abofeteado. Habían pasado muchos años desde la última vez que su padre lo había llamado estúpido.

¿Tenía razón el viejo? ¿Necesitaba la Unión Soviética a Stalin? Había tomado tantas decisiones desastrosas que Volodia no alcanzaba a ver cómo el país podía empeorar con otra persona al mando.

Llegaron a su destino. A la vivienda de Stalin se la denominaba tradicionalmente «dacha», pero no era una casa de campo. Se trataba de un edificio bajo y alargado, con cinco ventanales altos a cada lado de un imponente portal y pintado de verde claro para que se confundiese con los pinos que lo rodeaban. Centenares de soldados armados custodiaban las cancelas y el cercado de alambre de espino. Grigori señaló una batería antiaérea parcialmente oculta bajo redes de camuflaje.

—Aparcaré allí —dijo.

El guardia apostado en la cancela reconoció a Grigori, pero, aun así, le pidió sus documentos identificativos. Aunque era general y Volodia, capitán de los servicios secretos, los cachearon en busca de armas.

Volodia condujo hasta el portal. No había más coches frente a la casa.

—Esperaremos a los demás —dijo su padre.

Momentos después llegaron otras tres limusinas ZIS. Volodia recordó que el acrónimo ZIS correspondía a Zavod Imeni Stalin, «Fábrica Stalin». ¿Llegaban los verdugos en coches que debían su nombre a su víctima?

Ocho hombres de mediana edad, con traje y sombrero y con el futuro de su país en las manos, se apearon de los vehículos. Entre ellos,

Volodia reconoció al ministro de Asuntos Exteriores, Mólotov, y al jefe de la policía secreta, Beria.

—Vamos —dijo Grigori.

Volodia estaba perplejo.

—¿Voy a entrar contigo?

Grigori tanteó debajo de su asiento y entregó a Volodia una pistola Tokarev TT-33.

—Guárdate esto en el bolsillo —le dijo—. Si el hijo de puta de Beria intenta arrestarme, dispárale.

Volodia la cogió con cautela: la TT-33 no tenía seguro. Se la metió en el bolsillo de la chaqueta —medía unos dieciocho centímetros de largo— y bajó del coche. Recordó que la recámara de ese modelo era de ocho balas.

Entraron con los demás. Volodia temía que volviesen a cachearlo y descubriesen la pistola, pero no hubo una segunda inspección.

La casa estaba pintada de colores oscuros y la iluminación era pobre. Un oficial condujo al grupo hasta lo que parecía un pequeño comedor. Stalin se encontraba allí, sentado en un sillón.

El hombre más poderoso del hemisferio oriental parecía demacrado y abatido. Alzó la mirada hacia los que entraban en el salón.

—¿Por qué habéis venido? —preguntó.

Volodia contuvo el aliento. Era evidente que creía que estaban allí para arrestarlo o para ejecutarlo.

Hubo un largo silencio, y Volodia comprendió que el grupo no había previsto qué hacer. ¿Cómo iban a prever nada sin saber siquiera si Stalin estaba vivo? Pero ¿qué harían ahora? ¿Dispararle? Era posible que no volviera a darse la ocasión.

Finalmente, Mólotov avanzó un paso.

—Le pedimos que vuelva al trabajo —dijo.

Volodia tuvo que reprimir el impulso de intervenir.

Pero Stalin negó con la cabeza.

—¿Puedo estar a la altura de las esperanzas del pueblo? ¿Puedo llevar el país a la victoria?

Volodia estaba pasmado. ¿Estaba en verdad dispuesto a renunciar?

—Podría haber candidatos mejores —añadió.

¡Les estaba dando una segunda oportunidad para dispararle!

Otro miembro del grupo habló, y Volodia reconoció en él al mariscal Voroshílov.

—Ninguno más digno —dijo.

¿De qué servía aquello? No era precisamente un momento para andarse con lisonjas.

Entonces su padre se sumó a él.

—¡Es cierto! —exclamó.

¿No iban a dejar marchar a Stalin? ¿Cómo podían ser tan necios?

Mólotov fue el primero en decir algo sensato.

—Proponemos una forma de gabinete de guerra que se llame Comité de Defensa del Estado, una especie de ultrapolitburó con muy pocos miembros y poderes absolutos.

—¿Quién lo dirigirá? —se apresuró a preguntar Stalin.

—¡Usted, camarada Stalin!

Volodia quiso gritar: «¡No!».

Se produjo otro largo silencio.

Al final, Stalin retomó la palabra.

—Bien —dijo—. ¿A quién más debemos incluir en el comité?

Beria avanzó un paso y empezó a proponer nombres.

Volodia cayó en la cuenta de que todo estaba acabado y se sintió aturdido por la frustración y la decepción. Habían desperdiciado su oportunidad. Podrían haber derrocado a un tirano, pero les había faltado valor. Como los hijos de un padre violento, temían no ser capaces de salir adelante sin él.

De hecho, era mucho peor que eso, comprendió Volodia con creciente desaliento. Tal vez Stalin hubiese sufrido un crisis nerviosa —parecía más que posible—, pero también había efectuado un movimiento político brillante. Todos los hombres que podían reemplazarlo se encontraban en aquel salón. En el momento en que les había demostrado a sus rivales que su criterio era pésimo y catastrófico, los había obligado a salir y suplicarle que volviera a ser su dirigente. Había trazado una línea bajo su atroz error y se había concedido una nueva oportunidad.

Stalin no solo había vuelto.

Era más fuerte que nunca.

XI

¿Quién iba a tener el coraje de protestar públicamente por lo que estaba sucediendo en Akelberg? Carla y Frieda lo habían presenciado, y contaban con Ilse König como testigo, pero ahora necesitaban un abogado.

Ya no había representantes elegidos democráticamente, todos los diputados del Reichstag eran nazis. Tampoco había auténticos periodistas, solo aduladores serviles. Todos los jueces habían sido designados por los nazis y estaban al servicio del gobierno. Carla nunca había sido consciente de la medida en que había vivido protegida por los políticos, los periodistas y los abogados. Sin ellos, comprendía ahora, el gobierno podía hacer cuanto le placiera, incluso matar a personas.

¿A quién podían recurrir? El admirador de Frieda, Heinrich von Kessel, tenía un amigo que era sacerdote católico. «Peter era el chaval más inteligente de mi clase —les había dicho—, pero no el más popular, quizá por su rectitud y su terquedad. Pero creo que os escucharía.»

Carla creía que valía la pena intentarlo. Su pastor protestante las había ayudado hasta que la Gestapo había conseguido aterrarlo y silenciarlo con sus amenazas. Era posible que volviera a ocurrir eso. Pero no sabía qué más podía hacer.

Heinrich acompañó a Carla, Frieda e Ilse a la iglesia de Peter, en Schöneberg, a primera hora de la mañana de un domingo de julio. Heinrich se había puesto un traje negro muy elegante; las tres chicas llevaban el uniforme de enfermera pues parecía inspirar confianza y seriedad. Entraron por una puerta lateral y se dirigieron a una sala pequeña y polvorienta en la que había varias sillas viejas y un armario ropero grande. Allí encontraron al padre Peter solo, rezando. Debía de haberles oído entrar, pero siguió arrodillado un minuto antes de levantarse y darse la vuelta para saludarlos.

Peter era alto, delgado y de facciones discretas, y llevaba el pelo pulcramente cortado. Carla calculó que tendría veintisiete años, si era de la generación de Heinrich. Él los miró con expresión ceñuda, sin molestarse en ocultar su irritación por haber sido importunado.

—Me estoy preparando para la misa —dijo con voz severa—. Me complace verte en la iglesia, Heinrich, pero ahora debéis marcharos. Os veré después.

—Se trata de una emergencia espiritual, Peter —dijo Heinrich—. Siéntate, tenemos que contarte algo importante.

—Difícilmente puede ser más importante que la misa.

—Lo es, Peter, créeme. En cinco minutos me darás la razón.

—Muy bien.

—Esta es mi novia, Frieda Franck.

Carla se sorprendió. ¿Frieda era ahora su novia?

—Mi hermano pequeño nació con espina bífida —dijo Frieda—.

Hace unos meses lo trasladaron a un hospital de Akelberg, en Baviera, para someterlo a un tratamiento especial. Poco después recibimos una carta en la que nos informaban que había muerto de apendicitis.

Se volvió hacia Carla, quien prosiguió con el relato.

—Mi criada tenía un hijo que había nacido con una lesión cerebral al que también trasladaron a Akelberg. Recibió una carta idéntica el mismo día.

Peter abrió las manos en un gesto que daba a entender que aquello no le parecía nada extraordinario.

—Ya he sabido de casos similares. Es propaganda antigubernamental. La Iglesia no se inmiscuye en la política.

Menuda patraña, pensó Carla. La Iglesia estaba metida hasta el cuello en la política. Pero prefirió pasar por alto aquel comentario.

—El hijo de mi criada no tenía apéndice —prosiguió—. Se lo habían extirpado dos años antes.

—Por favor —dijo Peter—. ¿Qué demuestra eso?

Carla se sintió descorazonada. Era obvio que Peter se posicionaba contra ellos.

—Espera, Peter. No lo has oído todo. Esta es Ilse. Trabajaba en el hospital de Akelberg.

Peter la miró expectante.

—Me educaron en el catolicismo, padre —dijo Ilse; Carla lo ignoraba—, pero no soy una buena católica —añadió.

—Bueno es Dios, no nosotros, hija mía —dijo Peter, piadosamente.

—Pero sabía que lo que estaba haciendo era pecado. Y aun así lo hice, porque me lo ordenaban, y yo estaba asustada. —Rompió a llorar.

—¿Qué hiciste?

—Matar a gente. Oh, padre, ¿me perdonará Dios?

El sacerdote miró fijamente a la joven enfermera. No podía considerar aquello propaganda; tenía ante sí un alma atormentada. Palideció.

Los otros guardaron silencio. Carla contuvo el aliento.

—Llevan a personas discapacitadas al hospital en autobuses grises —dijo Ilse—. No reciben un tratamiento especial. Les administramos una inyección, y mueren. Después los incineramos. —Alzó la mirada hacia Peter—. ¿Seré perdonada algún día por lo que he hecho?

Él abrió la boca para hablar. Se le atoraron las palabras en la garganta y tosió.

—¿Cuántos? —dijo finalmente con voz tenue.

—Por lo general, cuatro. Autobuses, quiero decir. Suelen llegar unos veinticinco pacientes en cada autobús.

—¿Cien personas?

—Sí. Por semana.

La ufana compostura de Peter se había desvanecido. Tenía la tez pálida y plomiza, y la boca abierta.

—¿Cien personas discapacitadas por semana?

—Sí, padre.

—¿Qué tipo de discapacidades?

—De todo tipo, mentales y físicas. Ancianos seniles, bebés con malformaciones, hombres y mujeres, parapléjicos y retrasados, o sencillamente personas improductivas.

Peter tuvo que repetirlo.

—¿Y el personal del hospital los mata a todos?

Ilse sollozó.

—Lo siento, lo siento, sabía que estaba mal.

Carla observó a Peter. No quedaba ni rastro de su aire altanero y desdeñoso. Se apreciaba en él una notable transformación. Después de escuchar en confesión los pequeños pecados de los prósperos católicos de aquel acaudalado distrito, de pronto se veía enfrentado a la maldad en estado puro. Estaba conmocionado.

Pero ¿qué haría?

Peter se puso en pie. Tomó a Ilse de ambas manos y la ayudó a levantarse de la silla.

—Vuelve a la Iglesia —le dijo—. Confiésate con tu sacerdote. Dios te perdonará. De eso estoy seguro.

—Gracias —susurró ella.

Soltó sus manos y miró a Heinrich.

—No será tan sencillo para los demás —dijo.

Se volvió de espaldas a ellos y se arrodilló para rezar de nuevo.

Carla miró a Heinrich, y este se encogió de hombros. Se levantaron y salieron de la sala. Carla rodeó con un brazo a Ilse, que seguía llorando.

—Nos quedaremos a la misa —dijo Carla—. Quizá quiera volver a hablar con nosotros después.

Entraron en la nave de la iglesia. Ilse finalmente se calmó. Frieda se agarró del brazo de Heinrich. Se sentaron entre la congregación, formada por hombres prósperos, mujeres rollizas y niños revoltosos, todos ellos ataviados con sus mejores galas. Carla pensó que gente como aquella nunca mataría a personas discapacitadas. Aunque su gobierno sí, por el bien de todos ellos. ¿Cómo había llegado a ocurrir algo así?

No sabía qué esperar del padre Peter. Era evidente que había acabado creyéndolos. En un principio había querido despacharlos considerando que sus motivaciones eran políticas, pero la sinceridad de Ilse lo había convencido. Se había quedado horrorizado. Pero no había hecho ninguna promesa, salvo que Dios perdonaría a Ilse.

Carla miró a su alrededor. La decoración de la iglesia era más vistosa y colorida de lo que ella estaba habituada a ver en las iglesias protestantes. Había más estatuas y frescos, más mármol, más doraduras, más leyendas y más cirios. Recordó que protestantes y católicos se habían enfrentado por trivialidades como esas. Qué extraño parecía que en un mundo donde era posible asesinar a niños alguien se preocupase por los cirios.

La misa comenzó. Los sacerdotes entraron con las sotanas; el padre Peter era el más alto. Carla no supo apreciar en su semblante más que una adusta devoción.

Permaneció indiferente a los himnos y las oraciones. Había rezado por su padre, y dos horas después lo había encontrado cruelmente apaleado y moribundo en el suelo de su casa. Lo añoraba todos los días, a veces hora tras hora. Sus rezos no lo habían salvado, ni protegerían a aquellos a quienes el gobierno consideraba inútiles. Se requería acción, no palabras.

Pensar en su padre le hizo acordarse de Erik. Estaba en algún lugar de la Unión Soviética. Había escrito una carta a casa, celebrando exultante el rápido progreso de la invasión, y negándose, furioso, a creer que a Walter lo había matado la Gestapo. Sostenía que, obviamente, a su padre la Gestapo lo había soltado ileso y luego lo habían agredido en la calle criminales, comunistas o judíos. Vivía en una fantasía, más allá de la razón.

¿Sería también el caso del padre Peter?

Peter subió al púlpito. Carla no sabía que iba a pronunciar un sermón. Sintió curiosidad por saber qué diría. ¿Se inspiraría en lo que había descubierto aquella mañana? ¿Hablaría de algo irrelevante, la virtud de la modestia o el pecado de la envidia? ¿O cerraría los ojos y daría las gracias a Dios devotamente por las constantes victorias del ejército alemán en la Unión Soviética?

Se apostó en el púlpito y recorrió la iglesia con una mirada que bien podría haber sido arrogante, orgullosa o desafiante.

—El quinto mandamiento dice: «No matarás».

Carla miró a Heinrich. ¿Qué estaban a punto de oír?

La voz del sacerdote resonó entre las reverberantes piedras de la nave.

—¡Hay un lugar en Akelberg, Baviera, donde nuestro gobierno está contraviniendo ese mandamiento cien veces por semana!

Carla se quedó paralizada. Lo estaba haciendo…, ¡estaba pronunciando un sermón contra el programa! Aquello podía cambiarlo todo.

—Nada importa que las víctimas sean discapacitados, o enfermos mentales, o personas que no pueden comer solas, o parapléjicos. —Peter daba rienda a su cólera—. Tanto los bebés indefensos como los ancianos seniles son hijos de Dios, y sus vidas son tan sagradas como las vuestras o la mía. —El volumen de su voz fue aumentando—. ¡Matarlos es pecado mortal! —Alzó el brazo derecho y cerró la mano en un puño, y su voz tembló de emoción—. Os digo que si no hacemos nada al respecto, seremos tan pecadores como los médicos y las enfermeras que administran esas inyecciones letales. Si guardamos silencio… —Hizo una pausa—. ¡Si guardamos silencio, también seremos asesinos!

XII

El inspector Thomas Macke estaba furioso. Le habían hecho quedar como un idiota a los ojos del superintendente Kringelein y del resto de sus superiores. Él les había asegurado que había soldado la fuga. El secreto de Akelberg —y de hospitales similares situados en diversos lugares del país— estaba a salvo, había dicho. Había localizado a los tres agitadores, Werner Franck, el pastor Ochs y Walter von Ulrich, y, de diferentes formas, los había silenciado a los tres.

Y, aun así, el secreto se había difundido.

El responsable era un sacerdote joven y arrogante llamado Peter.

El padre Peter se encontraba frente a Macke en ese momento, desnudo, atado por las muñecas y los tobillos a una silla fabricada a tal efecto. Sangraba por los oídos, la nariz y la boca, y una capa de vómito le cubría el pecho. Tenía electrodos adheridos a los labios, los pezones y el pene. Una cinta alrededor de la frente impedía que se fracturase el cuello con las convulsiones.

Un médico sentado al lado del sacerdote le auscultaba el corazón con un estetoscopio y parecía vacilante.

—No aguantará mucho más —dijo con total naturalidad.

El sedicioso sermón del padre Peter se había propagado por todas partes. El obispo de Münster, un clérigo mucho más relevante, había pronunciado un sermón similar en el que había denunciado el programa T4 y apelado a Hitler para que salvara a aquellas personas de manos de la Gestapo, dando a entender astutamente que no era posible que el Führer tuviera conocimiento del programa, y ofreciendo así a Hitler un pretexto.

Aquel sermón se había mecanografiado y copiado y pasado de mano en mano por toda Alemania.

La Gestapo había detenido a todo aquel que había encontrado en posesión de una copia, en vano. Era la primera vez en la historia del Tercer Reich en que se producía una protesta pública contra una medida gubernamental.

La represión fue salvaje, pero infructuosa: los duplicados del sermón seguían proliferando, otros clérigos rezaban por los discapacitados e incluso se llevó a cabo una manifestación en Akelberg. El asunto estaba fuera de control.

Y Macke era el culpable.

Se inclinó sobre Peter. El sacerdote tenía los ojos cerrados y respiraba con dificultad, pero estaba consciente.

—¿Quién te habló de Akelberg? —le gritó Macke al oído.

No hubo respuesta.

Peter era la única pista de que disponía Macke. Las indagaciones en la ciudad de Akelberg no habían reportado nada significativo. Reinhold Wagner había hablado de dos chicas que habían visitado el hospital en bicicleta, pero nadie sabía quiénes eran; y corría otro rumor sobre una enfermera que había renunciado de un día para otro, tras enviar una carta en la que decía que iba a casarse de forma precipitada aunque sin especificar con quién. Ninguna de las dos pistas había conducido a nada. En cualquier caso, Macke estaba seguro de que aquella calamidad no podía ser obra de dos crías.

Hizo un gesto afirmativo en dirección al técnico que operaba la máquina, y este accionó un mando.

Peter profirió un grito agónico cuando la corriente eléctrica empezó a recorrer su cuerpo destrozándole los nervios. Se convulsionó como si estuviera sufriendo un ataque y se le erizó el cabello.

El operador desconectó la corriente.

—¡Dime cómo se llama ese hombre! —gritó Macke.

Finalmente, Peter abrió la boca.

Macke se acercó más a él.

—No es un hombre —susurró Peter.

—¡Pues la mujer! ¡Dime cómo se llama!

—Es un ángel.

—¡Maldito seas! —Macke agarró el mando y lo accionó—. ¡Pienso seguir hasta que me lo digas! —bramó mientras Peter se sacudía y gritaba.

La puerta se abrió. Un joven detective asomó por ella, palideció y le hizo señas a Macke para que se acercase.

El técnico desconectó la corriente y los gritos cesaron. El médico se inclinó sobre el pecho de Peter.

—Discúlpeme, inspector Macke —dijo el detective—, pero el superintendente Kringelein le requiere.

—¿Ahora? —repuso Macke, irritado.

—Eso ha dicho, señor.

Macke miró al médico, y este se encogió de hombros.

—Es joven —dijo—. Seguirá vivo cuando vuelva.

Macke abandonó la sala y subió las escaleras con el detective. El despacho de Kringelein se encontraba en la primera planta. Macke llamó a la puerta y entró.

—El maldito cura todavía no ha hablado —dijo sin preámbulos—. Necesito más tiempo.

Kringelein era un hombre delgado y con lentes, inteligente pero de voluntad débil. Converso tardío al nazismo, no pertenecía a la élite de las SS. Carecía del fervor de entusiastas como Macke.

—No se moleste más con ese cura —dijo—. Ya no nos interesan los clérigos. Envíelos a un campo y olvídelos.

Macke no daba crédito a lo que acababa de oír.

—¡Pero esa gente ha conspirado para debilitar al Führer!

—Y lo ha conseguido —repuso Kringelein—. Mientras que usted ha fracasado.

Macke sospechaba que Kringelein se complacía de ello secretamente.

—Se ha tomado una decisión en las altas esferas —prosiguió el superintendente—. El Aktion T4 ha sido cancelado.

Macke estaba atónito. Los nazis nunca permitían que sus decisiones estuviesen influidas por los recelos de los ignorantes.

—¡No hemos llegado hasta aquí agachando la cabeza ante la opinión pública! —dijo.

—Pues esta vez vamos a hacerlo.

—¿Por qué?

—El Führer no ha podido explicarme su decisión en persona —contestó Kringelein con sarcasmo—, pero puedo adivinarlo. El programa ha suscitado protestas furiosas en un público por lo general pasivo. Si persistimos en él, nos arriesgamos a que estalle una confrontación abierta con iglesias de todas las fes, algo que no nos conviene. No debemos debilitar la unidad y la determinación del pueblo alemán, en especial ahora que estamos en guerra con la Unión Soviética, por el momento nuestro enemigo más fuerte. De modo que el programa queda cancelado.

—Muy bien, señor —dijo Macke, controlando su cólera—. ¿Algo más?

—Puede irse —dijo Kringelein.

Macke se dirigió a la puerta.

—Macke…

Se volvió.

—¿Sí, señor?

—Cámbiese de camisa.

—¿Cómo?

—La lleva manchada de sangre.

—Sí, señor. Lo lamento, señor.

Macke bajó las escaleras iracundo y con paso firme. Volvió a la sala del sótano. El padre Peter seguía vivo.

—¿Quién te habló de Akelberg? —volvió a bramar, furibundo.

No hubo respuesta.

Activó la corriente a la máxima potencia.

El padre Peter gritó durante largo rato; instantes después, se sumió en un último silencio.

XIII

La villa donde vivía la familia Franck se encontraba en un parque. A doscientos metros, sobre un discreto montículo, había una pequeña pagoda abierta por los cuatro costados y con asientos. De niñas, Carla y Frieda habían jugado en ella durante horas fingiendo que era su casa de campo y que celebraban grandes fiestas en las que decenas de sirvientes atendían a sus glamurosos invitados. Tiempo después se convirtió en su lugar predilecto para sentarse a charlar sin que nadie las oyese.

—La primera vez que me senté en este banco no me llegaban los pies al suelo —dijo Carla.

—Me encantaría volver a aquellos tiempos —comentó Frieda.

Era una tarde bochornosa, nublada y húmeda, y las dos llevaban vestidos sin mangas. Se sentían apesadumbradas. El padre Peter había muerto, se había suicidado estando detenido tras caer en la depresión que le había provocado el conocimiento de aquellos crímenes, según la policía. Carla se preguntó si lo habrían torturado, como a su padre. Parecía espantosamente probable.

Los detenidos se contaban por docenas en los calabozos de la policía por toda Alemania. Algunos habían protestado públicamente contra aquellos asesinatos de discapacitados, otros no habían hecho más que distribuir copias del sermón del obispo Von Galen. Carla se preguntaba si los torturarían a todos. Se preguntaba cuánto tiempo eludiría ella aquel sino.

Werner salió de casa con una bandeja y cruzó el jardín hasta la pagoda.

—¿Un poco de limonada, chicas? —preguntó alegremente.

Carla apartó la mirada.

—No, gracias —contestó con frialdad. No entendía cómo podía pretender ser su amigo tras la cobardía de que había dado muestra.

—Yo tampoco —dijo Frieda.

—Espero que no hayamos dejado de ser amigos —dijo Werner, mirando a Carla.

¿Cómo podía dudarlo? Por supuesto que habían dejado de ser amigos.

—El padre Peter ha muerto, Werner —le informó Frieda.

—Posiblemente torturado por la Gestapo —añadió Carla—, porque se negara a aceptar el asesinato de personas como tu hermano. Mi padre ha muerto por el mismo motivo. Muchos otros están en la cárcel o en campos de prisioneros. Pero tú has conservado tu cómodo puesto de trabajo, así que no pasa nada.

Werner parecía herido. Y eso sorprendió a Carla. Había esperado una actitud desafiante, o al menos un gesto de indiferencia. Pero parecía verdaderamente disgustado.

—¿No creéis que cada uno tiene su manera de hacer lo que puede? —dijo.

Era un argumento poco convincente.

—¡Tú no has hecho nada! —replicó Carla.

—Tal vez —contestó él, abatido—. Entonces, ¿no queréis limonada?

Ninguna contestó, y Werner volvió a la casa.

Carla estaba indignada y enfadada, pero no pudo evitar sentirse también algo pesarosa. Antes de saber que Werner era un cobarde, se había embarcado en una relación sentimental con él. Le gustaba mucho, diez veces más que cualquier otro chico al que hubiera besado. No tenía el corazón roto, pero sí sentía una profunda decepción.

Frieda tenía más suerte. Le sobrevino aquel pensamiento al ver a Heinrich salir de la casa. Frieda era sofisticada y divertida, y Heinrich, reflexivo e intenso, pero de algún modo hacían buena pareja.

—¿Sigues enamorada de él? —le preguntó Carla mientras Heinrich aún no podía oírlas.

—Aún no lo sé —contestó Frieda—. Aunque es muy dulce. Lo adoro.

Puede que eso no fuera amor, pensó Carla, pero iba camino de serlo.

Heinrich llegó cargado de noticias.

—Tenía que venir enseguida a decíroslo —dijo—. Mi padre me lo ha contado después de almorzar.

—¿Qué? —preguntó Frieda.

—El gobierno ha cancelado el proyecto. Se llamaba Aktion T4. El asesinato de discapacitados. Están dejando de hacerlo.

—¿Quieres decir que hemos ganado? —preguntó Carla.

Heinrich asintió vigorosamente.

—Mi padre está muy sorprendido. Dice que nunca había visto al Führer ceder ante la opinión pública.

—¡Y nosotros le hemos obligado a hacerlo! —dijo Frieda.

—Gracias a Dios que nadie lo sabe —repuso Heinrich con el mismo fervor.

—¿De verdad van a cerrar los hospitales y a cancelar el programa sin más?

—No exactamente.

—¿A qué te refieres?

—Mi padre dice que están trasladando a todos esos médicos y enfermeras.

—¿Adónde? —preguntó Carla con expresión ceñuda.

—A Rusia —contestó Heinrich.

9

1941 (II)

I

El teléfono del escritorio de Greg Peshkov sonó una calurosa mañana de julio. Acababa de terminar su penúltimo año en Harvard y, durante el verano, volvía a realizar prácticas en el Departamento de Estado, en la oficina de prensa. Se le daban muy bien la física y las matemáticas, y superó los exámenes sin esfuerzo, pero no tenía ningún interés en convertirse en científico puesto que su verdadera pasión era la política. Respondió a la llamada.

—Greg Peshkov.

—Buenos días, señor Peshkov. Soy Tom Cranmer.

A Greg se le aceleró un poco el corazón.

—Gracias por devolverme la llamada. Es evidente que se acuerda de mí.

—Hotel Ritz-Carlton, 1935. Es la única vez que han publicado una foto mía en el periódico.

—¿Todavía es el detective del hotel?

—Cambié al ramo del comercio. Ahora soy detective en unos grandes almacenes.

—¿Ha trabajado alguna vez por cuenta propia?

—Por supuesto. ¿En qué está pensando?

—Estoy en mi despacho. Me gustaría que habláramos en privado.

—Trabaja en el Viejo Edificio de la Oficina Ejecutiva, enfrente de la Casa Blanca.

—¿Cómo sabe eso?

—Soy detective.

—Claro.

—Estoy a dos pasos, en el café Aroma, en la esquina de las calles F y Diecinueve.

—Ahora mismo no puedo ir. —Greg miró el reloj—. De hecho, tengo que colgar inmediatamente.

—Esperaré.

—Deme una hora.

Greg se precipitó escaleras abajo, y llegó a la entrada principal justo en el momento en que en la calle se apagaba el ruido del motor de un Rolls-Royce. Un chófer con sobrepeso salió del vehículo y abrió la portezuela trasera. El pasajero que se apeó era alto, delgado y bien parecido, con una gran mata de pelo plateado. Llevaba un traje cruzado de franela gris perla y corte perfecto que lo envolvía con un estilo que solo los sastres de Londres eran capaces de conseguir. Subió los peldaños de granito que daban acceso al colosal edificio mientras el grueso chófer corría tras él con su maletín.

Se trataba de Sumner Welles, subsecretario de Estado, número dos del Departamento de Estado y amigo personal del presidente Roosevelt.

El chófer estaba a punto de entregar el maletín a un ujier del Departamento de Estado cuando Greg se adelantó.

—Buenos días, señor —saludó, y, como quien no quiere la cosa, tomó el maletín de la mano del chófer mientras mantenía la puerta abierta. Luego siguió a Welles hacia el interior del edificio.

Greg consiguió entrar a trabajar en la oficina de prensa gracias a los artículos bien documentados y de redacción fluida que había realizado para el *Harvard Crimson*, pero no tenía ningunas ganas de acabar como agregado de prensa. Sus ambiciones eran mayores.

Admiraba a Sumner Welles, que le recordaba a su padre. Su buena apariencia, sus prendas selectas y su aire cautivador escondían una personalidad implacable. Welles estaba decidido a desbancar a su jefe, el secretario de Estado Cordell Hull, y nunca vacilaba a la hora de actuar a sus espaldas y hablar directamente con el presidente, lo cual sacaba de quicio a Hull. A Greg le resultaba muy estimulante estar tan cerca de alguien que tenía poder y no temía utilizarlo; era lo que a él le gustaría ser.

Welles se había fijado en él. La gente solía fijarse en Greg, en especial cuando él lo propiciaba, pero en el caso de Welles entraba en juego otro factor. Aunque estaba casado (con una heredera y, al parecer, felizmente), sentía debilidad por los jóvenes atractivos.

Greg era heterosexual hasta la médula. En Harvard tenía novia formal, una estudiante de Radcliffe llamada Emily Hardcastle que le había prometido colocarse un dispositivo intrauterino antes de septiembre; y en Washington salía con Rita, la exuberante hija del congresista Lawrence de Texas. Con Welles, bailaba en la cuerda floja. Evitaba todo contacto físico mientras se mostraba lo bastante afable para seguir gozando de su favor. Y siempre trataba de permanecer alejado de él después de la hora del cóctel porque entonces el hombre entrado en años bajaba la guardia y empezaba a poner las manos donde no debía.

En esos momentos los altos cargos estaban acudiendo a la oficina para la reunión de las diez.

—Puedes quedarte, jovencito. Esto contribuirá a tu formación.

Greg estaba emocionadísimo. Se preguntaba si la reunión le brindaría la oportunidad de destacar, puesto que deseaba atraer la atención de los presentes e impresionarlos.

Al cabo de pocos minutos, llegó el senador Dewar con su hijo Woody. Padre e hijo eran desgarbados y tenían la cabeza grande, y llevaban sendos trajes muy parecidos de corte recto confeccionados con una veraniega tela de lino azul marino. Sin embargo, Woody se distinguía de su padre por su vena artística: las fotografías que había realizado para el *Harvard Crimson* le habían valido premios. Woody saludó con la cabeza al primer ayudante de Welles, Bexforth Ross. Debían de conocerse de antemano. Bexforth era un tipo excesivamente pagado de sí mismo que llamaba a Greg «Ruski» a causa de su apellido.

Welles fue el primero en tomar la palabra.

—Tengo que revelarles una información altamente confidencial que no debe comentarse fuera de esta sala. El presidente se reunirá con el primer ministro británico a principios del mes que viene.

Greg estuvo a punto de soltar una exclamación de asombro, pero se contuvo a tiempo.

—¡Estupendo! —dijo Gus Dewar—. ¿Dónde?

—El plan es que se encuentren en un barco en algún punto del Atlántico, por seguridad y también para ahorrarle parte del recorrido a Churchill. El presidente quiere que yo lo acompañe, mientras que el secretario de Estado, Hull, se quedará en Washington para ocuparse del negocio. También quiere que asista usted, Gus.

—Será un honor —dijo Gus—. ¿Cuál es el orden del día?

—Al parecer, los británicos han repelido la amenaza de invasión, pero son demasiado débiles para atacar a los alemanes en el continente europeo; a menos que nosotros les ayudemos. Con ese fin, Churchill nos pedirá que declaremos la guerra a Alemania. Nosotros nos negaremos, por supuesto. Cuando zanjemos eso, el presidente quiere que se firme una declaración de intenciones conjunta.

—Pero no de guerra —dijo Gus:

—No, porque Estados Unidos no está en guerra y no tiene previsto participar en ella. Sin embargo, somos aliados no beligerantes de los británicos, los abastecemos de prácticamente todo lo que necesitan con crédito ilimitado, y, cuando al fin se logre la paz, esperamos tener voto en la forma en que debe gobernarse el mundo en la era posterior a la guerra.

—¿Eso implica un fortalecimiento de la Sociedad de las Naciones? —preguntó Gus. Greg sabía que la idea le atraía, y a Welles también.

—Por eso quería hablar con usted, Gus. Si queremos que nuestro plan se lleve a cabo, tenemos que estar preparados. Tenemos que conseguir que Roosevelt y Churchill se comprometan a ello como parte de la declaración.

—Los dos sabemos que, en teoría, el presidente está a favor, pero le inquieta la opinión pública.

Entró un funcionario y entregó una nota a Bexforth. Este la leyó.

—¡Dios mío! —exclamó.

—¿Qué pasa? —dijo Welles con irritación.

—El Consejo Imperial Japonés se reunió la semana pasada, como ya sabe —dijo Bexforth—. Hemos recibido información secreta sobre las deliberaciones.

No precisaba de dónde procedía la información, pero Greg ya sabía a qué se refería. La unidad de señales de los servicios secretos del ejército estadounidense era capaz de interceptar y descodificar mensajes que el Ministerio de Asuntos Exteriores de Japón enviaba desde Tokio a sus embajadas en el extranjero. Los datos de esas descodificaciones se conocían con el nombre en clave de «MAGIC». Greg sabía algunas cosas sobre eso, a pesar de que no debería saberlas; de hecho, si el ejército llegaba a enterarse de que estaba al corriente del secreto, se armaría un escándalo de órdago.

—Los japoneses se plantean extender su imperio —prosiguió Bexforth. Greg sabía que ya se habían anexionado la vasta región de Manchuria y que habían enviado tropas a gran parte del resto de China—. Pero su preferencia no es avanzar en dirección oeste, hacia Siberia, lo que supondría entrar en guerra con la Unión Soviética.

—¡Qué bien! —exclamó Welles—. Eso significa que los rusos pueden concentrarse en combatir a los alemanes.

—Sí, señor. Pero esos japoneses planean ampliar su territorio hacia el sur, haciéndose primero con el control absoluto de Indochina y ocupando después las Indias Orientales Neerlandesas.

Greg se quedó anonadado. Eso era un bombazo, y él estaba entre los primeros en enterarse.

Welles estaba indignado.

—¡Pero bueno! ¡Eso no es ni más ni menos que una guerra imperialista!

—En rigor, Sumner, no se trata de ninguna guerra —terció Gus—. Los japoneses ya tienen tropas en Indochina, con permiso formal de la potencia colonial correspondiente, Francia, representada por el gobierno de Vichy.

—¡Títeres de los nazis!

—He dicho «en rigor». Y las Indias Orientales Neerlandesas, en teoría, dependen de los Países Bajos, ahora ocupados por los alemanes, que están más que satisfechos de que sus aliados japoneses ocupen una colonia neerlandesa.

—Eso son sutilezas.

—Sí, sutilezas a las que tendremos que hacer frente; seguro que, sin ir más lejos, el embajador japonés nos plantea la cuestión.

—Tiene razón, Gus, y gracias por ponerme sobre aviso.

Greg estaba pendiente de la menor oportunidad de intervenir en la conversación. Deseaba por encima de todo impresionar a las importantes figuras que tenía alrededor. No obstante, todos sabían muchas más cosas que él.

—¿Qué es lo que quieren los japoneses en última instancia? —preguntó Welles.

—Petróleo, caucho y estaño. Quieren asegurarse el acceso a los recursos naturales, lo cual no es de extrañar puesto que no paramos de interceptar su abastecimiento. —Estados Unidos había prohibido la exportación de bienes como el petróleo y la escoria de hierro a Japón, en un intento fallido de disuadir a los japoneses de anexionarse territorios aún más extensos de Asia.

Welles respondió de mal talante.

—La prohibición nunca se ha aplicado de forma muy estricta.

—No, pero, obviamente, basta con la amenaza para que en Japón cunda el pánico, puesto que apenas disponen de recursos naturales propios.

—Está claro que tenemos que tomar medidas más efectivas —soltó Welles—. Los japoneses tienen mucho dinero depositado en bancos estadounidenses. ¿Podemos congelar sus activos?

Los funcionarios presentes en la sala parecían desaprobar la idea, era demasiado radical.

—Supongo que sí —dijo Bexforth al cabo de unos instantes—. Surtiría más efecto que cualquier prohibición. De esa forma les será imposible comprar petróleo ni ninguna otra materia prima aquí, en Estados Unidos, porque no podrán pagarlo.

—El secretario de Estado, como siempre, tratará de evitar cualquier acción que pueda originar una guerra —observó Gus Dewar.

Tenía razón. Cordell Hull era cauto hasta el punto de resultar apocado, y muchas veces chocaba con el subsecretario Welles, de mayor empuje.

—El señor Hull siempre ha seguido esa línea, y muy sabiamente —opinó Welles. El protocolo lo exigía, aunque todos sabían que no hablaba con sinceridad—. No obstante, Estados Unidos debe pasearse por el escenario internacional con la cabeza bien alta. Somos prudentes, no cobardes. Pienso plantearle la idea de la congelación de activos al presidente.

Greg estaba impresionado. Eso era lo que significaba el poder. En un abrir y cerrar de ojos, Welles podía realizar una propuesta capaz de convulsionar a una nación entera.

Gus Dewar frunció el entrecejo.

—Si Japón no puede importar petróleo, su economía quedará paralizada y su ejército carecerá de poder.

—¡Lo cual es fantástico! —exclamó Welles.

—¿En serio? ¿Qué imagina que hará el gobierno militar de Japón ante semejante catástrofe?

A Welles no le gustaba que lo contradijeran.

—¿Por qué no me lo dice usted, senador?

—No lo sé. Pero creo que deberíamos tener una respuesta antes de actuar. Los hombres desesperados son peligrosos. Y sé que Estados Unidos no está preparado para entrar en guerra con Japón. Nuestra marina no está preparada, y nuestras fuerzas aéreas tampoco.

Greg vio su oportunidad de intervenir y la aprovechó.

—Señor subsecretario, tal vez le sería de ayuda saber que un sesenta y seis por ciento de la opinión pública es más partidaria de entrar en guerra con Japón que de la contemporización.

—Buena observación, Greg, gracias. Los estadounidenses no están dispuestos a consentir que Japón se salga con la suya.

—Pero tampoco quieren la guerra —dijo Gus—. Da igual lo que diga el sondeo.

Welles cerró la carpeta que tenía sobre el escritorio.

—Bueno, senador, estamos de acuerdo en lo de la Sociedad de las Naciones y discrepamos respecto a lo de Japón.

Gus se puso en pie.

—Y en ambos casos la decisión la tomará el presidente.

—Me alegro de que haya venido a verme.

La reunión finalizó.

Cuando Greg se marchó, no cabía en la piel de satisfacción. Lo habían invitado a la reunión informativa, se había enterado de noticias sorprendentes y había hecho un comentario que Welles le agradeció. Era una maravillosa manera de empezar el día.

Salió disimuladamente del edificio y se dirigió al café Aroma.

Hasta entonces, nunca había contratado los servicios de un detective privado. Tenía una vaga sensación de estar comportándose de forma ilícita. No obstante, Cranmer era un ciudadano respetable, y, además, no tenía nada de delictivo tratar de ponerse en contacto con una antigua novia.

En el café Aroma había dos chicas con aspecto de secretarias tomándose un respiro, una pareja de edad disfrutando de un día de compras y Cranmer, un hombre corpulento con un traje de arrugado cloqué, apurando un cigarrillo. Greg se sentó a su mesa y pidió a la camarera que le sirviera un café.

—Estoy tratando de recuperar el contacto con Jacky Jakes —explicó a Cranmer.

—¿La muchacha de color?

Entonces sí que era una muchacha, pensó Greg con nostalgia; tenía la tierna edad de dieciséis años, aunque intentaba parecer mayor.

—Han pasado seis años —dijo a Cranmer—. Ya no es ninguna muchacha.

—Fue su padre quien la contrató para la pantomima, no yo.

—No quiero preguntarle a él. Usted puede encontrarla, ¿verdad?

—Espero que sí. —Cranmer sacó un pequeño cuaderno y un lápiz—. Imagino que Jacky Jakes es un seudónimo, ¿no?

—En realidad se llama Mabel Jakes.

—Y es actriz, ¿verdad?

—Quería serlo. No tengo noticia de que lo haya conseguido. —La chica derrochaba atractivo y encanto, pero no había muchos papeles para actores de color.

—Está claro que no aparece en el listín telefónico, si no, no me necesitaría.

—Podría tratarse de un error, pero lo más probable es que no pueda permitirse pagar el teléfono.

—¿Ha vuelto a verla desde 1935?

—Dos veces. La primera, hace dos años, no muy lejos de aquí, en la calle E. La segunda vez fue hace dos semanas, a dos manzanas.

—Bueno, está clarísimo que no vive en este barrio tan lujoso, o sea que debe de trabajar por aquí. ¿Tiene alguna foto suya?

—No.

—Me acuerdo un poco de ella. Una chica guapa, de piel negra, con una amplia sonrisa.

Greg asintió, recordando su sonrisa de mil vatios.

—Solo quiero saber su dirección, para poder enviarle una carta.

—No necesito saber para qué quiere la información.

—Estupendo. —¿De verdad la cosa era tan fácil?, se preguntó Greg.

—Cobro diez dólares por día, con un mínimo de dos días, además de los gastos.

Era menos de lo que Greg esperaba. Sacó su billetera y entregó a Cranmer un billete de veinte dólares.

—Gracias —dijo el detective.

—Buena suerte —dijo Greg.

II

El sábado hacía mucho calor, así que Woody fue a la playa con su hermano, Chuck.

La familia Dewar en pleno se encontraba en Washington. Se alojaban en un piso de nueve habitaciones cercano al hotel Ritz-Carlton. Chuck estaba de permiso de la armada, el padre trabajaba doce horas al día en la planificación de la cumbre a la que llamaba Conferencia del Atlántico y la madre estaba escribiendo un nuevo libro sobre las esposas de los presidentes.

Woody y Chuck se pusieron los pantalones cortos y los polos, cogieron las toallas, las gafas de sol y unos cuantos periódicos y tomaron un tren hasta Rehoboth Beach, en la costa de Delaware. Se tardaba un par de horas en llegar, pero era el único lugar posible al que acudir un sábado de verano. Había una gran extensión de arena y se respiraba la refrescante brisa del océano Atlántico. Y también había un millar de chicas en traje de baño.

Los dos hermanos eran distintos. Chuck era más bajo, pero de complexión fibrosa y atlética. Había heredado el atractivo físico y la irresistible sonrisa de su madre. En la escuela era mediocre, aunque también hacía gala de la peculiar forma de pensar de su madre y siempre optaba por una visión de la vida poco convencional. Los deportes se le daban mejor que a Woody, a excepción de correr, porque las largas piernas de Woody lo hacían más veloz, y boxear, porque los largos brazos de Woody lo convertían en un adversario difícil de alcanzar.

En casa, Chuck no hablaba mucho de la armada, sin duda porque sus padres seguían enfadados con él por no haber querido estudiar en Harvard. Sin embargo, cuando se encontraba a solas con Woody se sinceraba un poco.

—Hawai es fabuloso, pero me fastidia tener que trabajar en tierra —dijo—. Me alisté en la armada para estar en el mar.

—¿Qué haces exactamente?

—Formo parte de la unidad de señales de los servicios secretos. Escuchamos mensajes transmitidos por radio, sobre todo de la Armada Imperial Japonesa.

—¿No están en clave?

—Sí, pero pueden saberse muchas cosas incluso sin descodificarlos. Se llama análisis del tráfico. Un aumento repentino de la cantidad de mensajes indica que va a llevarse a cabo alguna acción de forma inminente. Y se aprende a reconocer los patrones del tráfico de información. Un desembarco anfibio tiene una configuración de señales específica, por ejemplo.

—Es fascinante. Y apuesto a que se te da bien.

Chuck se encogió de hombros.

—Yo no soy más que un subalterno, transcribo los mensajes y luego los entrego. Pero no puedes evitar captar lo básico.

—¿Qué hay de vida social en Hawai?

—Nos divertimos mucho. En los bares de la armada pueden llegar a armarse unas juergas de miedo. El mejor es el café Black Cat. Tengo un buen amigo, Eddie Parry, y siempre que podemos vamos juntos a hacer surf en la playa de Waikiki. He pasado momentos buenos, pero preferiría estar a bordo de un barco.

Nadaron en las frías aguas del Atlántico, comieron perritos calientes, se hicieron fotos con la cámara de Woody y contemplaron los trajes de baño hasta que el sol empezó a ponerse. Cuando se marchaban, sorteando a los bañistas, Woody vio a Joanne Rouzrokh.

No tuvo que mirarla dos veces. En la playa no había ninguna chica como ella, ni siquiera en todo Delaware. Sus pómulos prominentes, su nariz de cimitarra, su hermoso y abundante pelo negro y su piel, del color y la textura del café con leche, no tenían parangón.

Sin dudarlo, fue directo hacia ella.

Tenía un aspecto absolutamente sensacional. Los finos tirantes de su bañador negro de una pieza revelaban los elegantes huesos de los hombros. La prenda trazaba una línea recta en la parte alta de los muslos y dejaba al descubierto la mayor parte de las piernas largas y morenas.

Apenas podía creer que un día había estrechado en sus brazos a esa mujer fabulosa y que la había besado como si no hubiera un mañana.

Ella lo miró, haciendo visera con la mano para protegerse del sol.

—¡Woody Dewar! No sabía que estabas en Washington.

Era todo cuanto él necesitaba para animarse. Se arrodilló junto a ella en la arena, y su simple cercanía le aceleró la respiración.

—Hola, Joanne. —Echó un fugaz vistazo a la chica rellenita de ojos castaños tendida al lado—. ¿Dónde está tu marido?

Ella soltó una carcajada.

—¿Qué te hace pensar que estoy casada?

Él se aturulló.

—Fui a una fiesta que celebraste en tu piso, hace unos cuantos veranos.

—¿En serio?

La amiga de Joanne intervino en la conversación.

—Ya me acuerdo. Te pregunté cómo te llamabas, pero no me respondiste.

Woody no la recordaba en absoluto.

—Siento haber sido tan descortés —dijo—. Soy Woody Dewar, y este es mi hermano Chuck.

La chica de ojos castaños estrechó la mano a ambos y se presentó.

—Soy Diana Taverner. —Chuck se sentó a su lado en la arena, lo cual pareció complacerla puesto que el chico era atractivo, mucho más guapo que Woody.

Woody prosiguió.

—La cuestión es que, buscándote, entré en la cocina y un hombre llamado Bexforth Ross se presentó como tu prometido. Suponía que a estas alturas estarías casada. ¿O es que el vuestro es un noviazgo de los largos?

—No seas tonto —soltó ella con un amago de irritación, y entonces él recordó que no le sentaban bien las bromas—. Bexforth contaba que estábamos prometidos porque prácticamente vivía en casa.

Woody se quedó atónito. ¿Quería eso decir que Bexforth dormía allí? ¿Con Joanne? No era algo tan infrecuente, desde luego, pero pocas chicas lo reconocían abiertamente.

—Era él quien hablaba de casarnos —prosiguió ella—. Yo nunca estuve de acuerdo.

O sea que era soltera. Woody se sentía más feliz que si le hubiera tocado la lotería. Claro que igual tenía novio, se previno. Tendría que averiguarlo. De todos modos, no era lo mismo tener novio que tener marido.

—Hace unos días coincidí en una reunión con Bexforth —dijo Woody—. Es un pez gordo en el Departamento de Estado.

—Llegará lejos, y encontrará a una mujer que le convenga más que yo a un pez gordo del Departamento de Estado.

Por su tono, daba la impresión de que no sentía cariño alguno por su antiguo amante, y Woody descubrió que tal cosa le complacía, aunque no habría sabido decir por qué.

Se recostó sobre el codo. La arena estaba caliente. Si ella tuviera novio formal, habría encontrado la forma de decírselo sin dejar pasar tanto tiempo, de eso estaba seguro.

—Hablando del Departamento de Estado —dijo Woody—, ¿sigues trabajando allí?

—Sí. Soy ayudante del subsecretario de Asuntos Europeos.

—Qué emocionante.

—Por el momento sí.

Woody se dedicaba a contemplar la línea que el bañador formaba sobre las caderas y pensaba que por poca ropa que llevaran las chicas, los hombres siempre imaginaban las partes de su cuerpo que quedaban ocultas. Empezó a tener una erección y se tendió boca abajo para ocultarlo.

Joanne captó la dirección de su mirada.

—¿Te gusta mi bañador? —preguntó. Siempre se mostraba así de sincera, lo cual era una de las muchas cosas de su persona que atraían a Woody.

Decidió hablarle con igual franqueza.

—Me gustas tú, Joanne. Siempre me has gustado.

Ella se echó a reír.

—No te andes por las ramas, Woody. ¡Habla claro!

A su alrededor, la gente empezaba a recoger sus pertenencias.

—Será mejor que nos marchemos —opinó Diana.

—Mi hermano y yo nos marchábamos ya —dijo Woody—. ¿Queréis venir con nosotros?

Era la oportunidad para que Joanne se lo quitara de encima amablemente. Le sería muy fácil decir: «No, gracias, adelantaos vosotros».

—Claro, ¿por qué no? —respondió en cambio.

Las chicas se pusieron un vestido encima del bañador y arrojaron sus bártulos en sendas bolsas. Luego se marcharon juntos de la playa.

El tren estaba lleno de bañistas como ellos, bronceados y muertos de hambre y de sed. Woody compró cuatro Coca-Colas en la estación y las repartió cuando el tren arrancaba.

—Un día que hacía mucho calor, en Buffalo, me invitaste a una Coca-Cola, ¿te acuerdas?

—En aquella manifestación. Claro que me acuerdo.

—No éramos más que unos niños.

—Utilizo mucho el truco de la Coca-Cola con las chicas guapas.

Ella se echó a reír.

—¿Surte efecto?

—No me he ganado un solo achuchón de esa forma.

Ella levantó la botella para brindar.

—Pues sigue intentándolo.

Él lo interpretó como una invitación.

—Cuando lleguemos a la ciudad, ¿queréis que vayamos a comer una hamburguesa o algo así y luego al cine? —propuso.

Era la oportunidad para que ella lo rechazara diciéndole: «No, gracias, he quedado con mi novio».

—A mí sí que me apetece —se apresuró a responder Diana—. ¿Y a ti, Joanne?

—Perfecto.

O sea que de novio, nada. ¡Y tenían una cita! Woody trató de disimular la euforia que sentía.

—Podríamos ir a ver *Una novia contra reembolso* —propuso—. He oído que es muy divertida.

—¿Quién sale? —preguntó Joanne.

—James Cagney y Bette Davis.

—Me gustaría verla.

—A mí también —dijo Diana.

—Pues está hecho —concluyó Woody.

—¿Y a ti, Chuck? ¿Te apetece? —bromeó el propio Chuck—. Claro, me parece fenomenal, gracias por preguntármelo, hermanito.

La cosa no tenía ninguna gracia, pero Diana rió por cortesía.

Al poco, Joanne se quedó dormida con la cabeza apoyada en el hombro de Woody. Su pelo oscuro le hacía cosquillas en el cuello y notaba su cálido aliento sobre la piel por debajo de la vuelta de la camiseta de manga corta. Woody estaba exultante de satisfacción.

Se separaron en Union Station para ir a casa a cambiarse de ropa, y volvieron a encontrarse en un céntrico restaurante chino.

Mientras tomaban *chow mein* con cerveza, hablaron de Japón. Todo el mundo hablaba de Japón.

—Hay que parar los pies a esa gente —opinó Chuck—. Son unos fascistas.

—Es posible —dijo Woody.

—Son militaristas y agresivos, y la manera como tratan a los chinos es racista. ¿Qué más tienen que hacer para que se los considere fascistas?

—Yo os lo explicaré —terció Joanne—. La diferencia radica en la visión del futuro. Los verdaderos fascistas quieren aniquilar a todos sus enemigos y luego crear una sociedad radicalmente nueva. Los japoneses hacen todo eso en defensa de los grupos de poder tradicionales, la clase militar y el emperador. Por el mismo motivo, España no es fascista en realidad: Franco asesina a gente en beneficio de la Iglesia católica y la vieja aristocracia, pero no para crear un mundo nuevo.

—En cualquier caso, hay que frenar a los japoneses —convino Diana.

—Yo lo veo de otra forma —repuso Woody.

—Muy bien, Woody, ¿cómo lo ves tú? —preguntó Joanne.

Joanne estaba muy implicada en la política y Woody sabía que apreciaría una respuesta bien meditada.

—Japón es un país dedicado al comercio que no dispone de recursos naturales; no tienen petróleo ni hierro, solo algunos bosques. Su única forma de supervivencia son las transacciones. Por ejemplo, importan algodón crudo, lo tejen y lo venden a la India y a Filipinas. Pero durante la Depresión, los dos grandes imperios económicos, Gran

Bretaña y Estados Unidos, implantamos barreras arancelarias para proteger nuestras propias industrias. Ese fue el fin del comercio de Japón con el Imperio británico, incluida la India, y con el territorio norteamericano, incluido Filipinas. Fue un golpe durísimo.

—¿Y eso les da derecho a conquistar el mundo? —preguntó Diana.

—No, pero les hace pensar que lo único que garantiza la seguridad económica es tener un imperio propio, como los británicos, o, al menos, tener una posición dominante en tu hemisferio, como Estados Unidos. De esa forma nadie puede hacer fracasar tus negocios. Por eso quieren que Extremo Oriente sea su feudo.

Joanne se mostró de acuerdo.

—Y el punto débil de nuestra política es que cada vez que imponemos sanciones económicas para castigar a los japoneses por su agresividad, solo sirven para reforzar su sentimiento de que tienen que autoabastecerse.

—Es posible —convino Chuck—. Aun así, hay que frenarlos.

Woody se encogió de hombros. No tenía respuesta para eso.

Después de cenar, fueron al cine. La película les pareció sensacional. Luego Woody y Chuck acompañaron a las chicas de vuelta a su casa. Por el camino, Woody cogió a Joanne de la mano y ella correspondió con el mismo gesto, algo que Woody interpretó como una invitación para que siguiera adelante.

Cuando llegaron frente al edificio donde vivían las chicas, la abrazó. Con el rabillo del ojo vio que Chuck hacía lo propio con Diana.

Joanne besó a Woody en los labios de forma fugaz, casi casta.

—Es el tradicional beso de buenas noches —dijo.

—El último beso que te di no tenía nada de tradicional —repuso él, y agachó la cabeza para volver a besarla, pero ella le posó un dedo en la barbilla y lo apartó.

No era posible que todo cuanto obtuviese fuera ese beso tan breve, ¿verdad?, pensó él.

—Aquella noche había bebido —repuso ella.

—Ya lo sé. —Él se percató de cuál era el problema; tenía miedo de que la tomara por una facilona—. Sobria resultas más atractiva incluso.

Ella pareció meditar unos instantes.

—Has dicho la frase acertada —respondió al fin—. El premio es tuyo. —Volvió a besarlo, con suavidad, prolongando el beso, no con la avidez propia de la pasión sino con una concentración que insinuaba ternura.

De repente, Woody oyó que Chuck se despedía.

—¡Buenas noches, Diana!

Joanne interrumpió el beso.

—¡Mi hermano ha terminado rápido! —exclamó Woody con consternación.

Ella rió con discreción.

—Buenas noches, Woody —dijo, luego se dio media vuelta y caminó hasta el edificio.

Diana ya estaba en la puerta, y se la veía a todas luces decepcionada.

—¿Podemos salir otro día? —le espetó Woody. Sonaba demasiado ansioso, incluso a él mismo se lo pareció, y maldijo su impaciencia.

Sin embargo, a Joanne no pareció importarle.

—Llámame —dijo, y entró.

Woody siguió con la mirada a las dos chicas hasta que desaparecieron, luego la emprendió contra su hermano.

—¿Por qué no te has entretenido más besando a Diana? —preguntó de mal humor—. Parece muy agradable.

—No es mi tipo —respondió Chuck.

—¿En serio? —Woody estaba más perplejo que enfadado—. Tiene los pechos redonditos, la cara bonita… ¿Qué es lo que no te gusta? Yo la habría besado, si no hubiera estado con Joanne.

—Tenemos gustos diferentes.

Empezaron a caminar hacia casa de sus padres.

—Bueno, así, ¿cuál es tu tipo? —preguntó Woody a Chuck.

—Creo que hay una cosa que debería decirte antes de que sigas concertando más citas a dúo.

—Muy bien. ¿Qué es?

Chuck se detuvo, obligando a Woody a hacer lo propio.

—Tienes que prometerme que no se lo dirás nunca a papá ni a mamá.

—Te lo prometo. —Woody escrutó a su hermano bajo la luz amarillenta de las farolas—. ¿Cuál es ese gran secreto?

—No me gustan las chicas.

—Son un incordio, lo admito, pero qué se le va a hacer.

—Me refiero a que no me gusta abrazarlas ni besarlas.

—¿Qué dices? No seas estúpido.

—Todos somos diferentes, Woody.

—Sí, pero entonces tendrías que ser marica.

—Sí.

—¿Sí, qué?

—Que sí, que soy marica.

—Menudo bromista estás hecho.

—No es ninguna broma, Woody. Hablo muy en serio.

—¿Eres invertido?

—Exacto. No lo he elegido yo. Cuando de jovencitos empezamos a hacernos pajas, tú solías pensar en tetas gordas y en conejos peludos. Nunca te lo confesé, pero yo siempre pensaba en pollas grandes y tiesas.

—¡Chuck! ¡Eso es una asquerosidad!

—No, no es ninguna asquerosidad, algunos chicos somos así. Hay más de los que crees; sobre todo en la armada.

—¿En la armada hay maricas?

Chuck asintió con ímpetu.

—Muchos.

—Bueno… ¿cómo lo sabes?

—Solemos reconocernos, igual que los judíos siempre reconocen a los otros judíos. Por ejemplo, el camarero del restaurante chino.

—¿Él también lo es?

—¿No lo has oído decirme que le gustaba mi chaqueta?

—Sí, pero no se me había ocurrido pensar eso.

—Pues ahí lo tienes.

—¿Le has gustado?

—Creo que sí.

—¿Por qué?

—Probablemente, por el mismo motivo que le gusto a Diana. Soy más guapo que tú, diantre.

—Se me hace muy raro.

—Venga, vamos a casa.

Prosiguieron su camino. Woody seguía dándole vueltas al tema.

—¿Quieres decir que hay chinos maricas?

Chuck se echó a reír.

—¡Pues claro!

—No sé, nunca se me había ocurrido pensar eso de un chino.

—Recuerda, ni una palabra a nadie, y menos a nuestros padres. A saber qué diría papá.

Al cabo de un rato, Woody rodeó a Chuck por los hombros.

—Bueno, pues a la porra —dijo—. Por lo menos, no eres republicano.

534

Greg Peshkov se embarcó junto con Sumner Welles y el presidente Roosevelt en un crucero pesado, el *Augusta*, rumbo a la bahía de Placentia, en la costa de Terranova. En la flota también viajaban el acorazado *Arkansas*, el crucero *Tuscaloosa* y diecisiete destructores.

Fondearon en dos largas líneas, con un ancho pasillo de mar entre ambas. A las nueve en punto de la mañana del sábado 9 de agosto, bajo un sol radiante, los integrantes de la tripulación de las veinte naves se reunieron en cubierta ataviados con sus trajes blancos mientras el acorazado británico *Prince of Wales* llegaba escoltado por tres destructores y entraba en el espacio central echando vapor majestuosamente, con el primer ministro Churchill a bordo.

Era el despliegue de poder más impresionante que Greg había visto jamás, y estaba encantado de formar parte de él.

También estaba preocupado. Esperaba que los alemanes no tuvieran noticia de la cita. Si llegaban a enterarse, un U-Boot podría aniquilar a los dos últimos dirigentes de la civilización occidental. Y a Greg Peshkov.

Antes de salir de Washington, Greg había vuelto a reunirse con el detective, Tom Cranmer. Este le había comunicado una dirección correspondiente a una casa de un barrio humilde ubicado en la parte más alejada de Union Station.

—Trabaja de camarera en el Club Universitario de Mujeres, cerca del Ritz-Carlton. Por eso la ha visto dos veces en el barrio —explicó mientras se guardaba en el bolsillo los honorarios pendientes—. Imagino que la carrera de actriz no debió de irle muy bien; pero sigue haciéndose llamar Jacky Jakes.

Greg le había escrito una carta:

> Querida Jacky:
> Solo quiero saber por qué me abandonaste hace seis años. Yo creía que éramos muy felices juntos, pero debía de estar equivocado. Me fastidia, eso es todo.
> Cuando me ves, te muestras asustada, pero no tienes nada que temer. No estoy enfadado, solo me pica la curiosidad. Nunca haría nada para herirte, tú fuiste la primera mujer a quien amé.
> ¿Podemos vernos para tomar un café o algo así y charlar?
> Muy atentamente,
>
> GREG PESHKOV

Había añadido su número de teléfono y había enviado la carta por correo el día que partió hacia Terranova.

El presidente tenía interés en que la conferencia acabara con una declaración conjunta. El jefe de Greg, Sumner Welles, redactó un borrador, pero Roosevelt se negó a utilizarlo aduciendo que era mejor que el primer borrador lo escribiera Churchill.

Greg comprendió de inmediato que Roosevelt era un negociador con vista. Quien redactara el primer borrador tendría que incluir, para ser justo, algunas de las peticiones de la otra parte además de las propias. Así, los puntos de la otra parte incluidos en la declaración pasarían a ser un mínimo irreductible, mientras que todas las peticiones propias seguirían estando pendientes de negociación, con lo cual quien redactara el primer borrador empezaría con desventaja. Greg se prometió a sí mismo que recordaría no redactar nunca un primer borrador.

El sábado, el presidente y el primer ministro disfrutaron de una agradable comida a bordo del *Augusta*. El domingo asistieron a un oficio religioso en la cubierta del *Prince of Wales*, con el altar cubierto por el rojo, el blanco y el azul de las banderas de Estados Unidos y del Reino Unido. El lunes por la mañana, cuando ya habían trabado una sólida amistad, entraron en faena.

Churchill presentó una propuesta de cinco puntos que hizo las delicias de Sumner Welles y Gus Dewar al solicitar la creación de una organización internacional con poder efectivo que garantizara la seguridad de todos los Estados miembros; en otras palabras, una Sociedad de las Naciones con mayor fuerza. Sin embargo, les decepcionó descubrir que Roosevelt lo consideraba ir demasiado lejos. Estaba a favor de la idea, pero temía la reacción de los aislacionistas, los ciudadanos que seguían pensando que Estados Unidos no debía intervenir en los problemas del resto del mundo. Era extraordinariamente sensible a la opinión pública, y hacía incesantes esfuerzos para no suscitar oposición.

Welles y Dewar no se dieron por vencidos, ni los británicos tampoco. Se reunieron para hallar una solución que pareciera aceptable a ambos dirigentes. Greg tomó anotaciones para Welles. El grupo redactó una cláusula que hacía un llamamiento al desarme «con vistas al posible establecimiento de un sistema de seguridad general más amplio y permanente».

Lo presentaron a los dos prohombres, y estos lo aceptaron.

Welles y Dewar no cabían en sí de satisfacción, pero Greg no lo comprendía.

—Me parece muy poca cosa, después de tantos esfuerzos —opinó—. Los dirigentes de dos importantes naciones han tenido que recorrer miles de kilómetros para reunirse, han hecho falta decenas de empleados, veinticuatro barcos y tres días de negociaciones; y todo para redactar cuatro palabras que ni siquiera expresan lo que de verdad queremos.

—Las cosas de palacio van despacio —dijo Gus Dewar con una sonrisa—. La política es así.

IV

Woody y Joanne llevaban cinco semanas saliendo juntos.

Por él se habrían visto todas las noches, pero ella se hacía la remolona. Aun así, habían salido cuatro veces en los últimos siete días. El domingo habían ido a la playa; el miércoles, a cenar; el viernes habían visto una película, y hoy sábado habían quedado para pasar todo el día juntos.

Woody nunca se cansaba de conversar con ella. Era divertida e inteligente, y de lengua mordaz. Le encantaba que tuviera ideas tan claras con respecto a todo. Charlaban durante horas de lo que les gustaba y lo que detestaban.

Las noticias que llegaban desde Europa eran desalentadoras. Los alemanes seguían causando estragos en el Ejército Rojo. Al este de Smolensk, habían destruido el XVI y el XX Ejército ruso, haciendo 300.000 prisioneros y dejando pocas fuerzas soviéticas entre los alemanes y Moscú. Con todo, las malas noticias procedentes de tierras lejanas no podían enturbiar la euforia de Woody.

Probablemente, Joanne no estaba tan loca por él como él lo estaba por ella, pero Woody notaba que le tenía cariño. Siempre se daban el beso de buenas noches, y ella parecía disfrutarlo aunque no demostraba la pasión que él sabía que era capaz de expresar. Tal vez fuera porque siempre tenían que besarse en lugares públicos, como el cine o el umbral de algún edificio de la calle donde vivía Joanne. Cuando subían a su casa, en la sala de estar siempre había por lo menos una de sus dos compañeras, y todavía no lo había invitado a entrar en su dormitorio.

El permiso de Chuck había finalizado hacía semanas, y este había regresado a Hawai. Woody seguía sin saber qué pensar de su confesión. A veces se sentía tan desconcertado como si el mundo se hubiera vuelto del revés; otras veces se preguntaba si eso cambiaba en algo las cosas. Aun así, mantuvo su promesa de no contárselo a nadie, ni siquiera a Joanne.

El padre de Woody partió de viaje con el presidente y su madre se marchó a Buffalo para pasar unos cuantos días con sus padres, así que Woody se quedó solo en el piso de Washington, con sus nueve dormitorios. Decidió buscar el momento de invitar a subir a Joanne Rouzrokh con la esperanza de que le diera un beso de los de verdad.

Habían comido juntos y habían visitado una exposición titulada «Arte negro», que los críticos conservadores habían dejado por los suelos diciendo que el arte negro no existía, a pesar del indiscutible talento de figuras como el pintor Jacob Lawrence y la escultora Elizabeth Catlett.

—¿Te gustaría tomar un cóctel mientras decidimos adónde vamos a cenar? —propuso Woody cuando salieron de la exposición.

—No, gracias —respondió ella con su habitual tono categórico—. Lo que de verdad me apetece es una taza de té.

—¿Té? —Woody no sabía muy bien en qué lugar de Washington servían buenos tés. Entonces se le encendió la bombilla—. Mi madre tiene té inglés. Podemos ir a mi casa.

—De acuerdo.

El edificio se encontraba a unas cuantas manzanas, en la calle Veintidós Noroeste, cerca de la calle L. Respiraron al abandonar el bochorno del exterior y entrar en el vestíbulo con aire acondicionado. El portero los subió en el ascensor.

—A tu padre me lo encuentro continuamente por Washington, pero hace años que no hablo con tu madre —dijo Joanne cuando entraron en el piso—. Tengo que felicitarla por su nuevo best seller.

—Ahora mismo no está en casa —respondió Woody—. Ven a la cocina. —Llenó la tetera con agua del grifo y la puso a calentar. Luego abrazó a Joanne—. Por fin solos —dijo.

—¿Dónde están tus padres?

—Fuera de la ciudad, los dos.

—Y Chuck está en Hawai.

—Sí.

Ella se apartó.

—Woody, ¿cómo has podido hacerme una cosa así?

—¿El qué? ¡Lo único que estoy haciendo es prepararte té!

—¡Me has traído aquí con excusas! Creía que tus padres estaban en casa.

—Yo no he dicho tal cosa.

—¿Por qué no me has explicado que estaban de viaje?

—¡No me lo has preguntado! —exclamó él indignado, aunque ella tenía una gran parte de razón en quejarse. Realmente no quería mentirle, pero esperaba no tener que explicarle de antemano que no había nadie en casa.

—¡Me has traído aquí para intentar propasarte! Me tomas por una cualquiera.

—¡No es verdad! Lo que pasa es que nunca estamos realmente a solas. Esperaba poder besarte, eso es todo.

—No me tomes el pelo.

Joanne estaba siendo muy injusta. Claro que quería acostarse con ella, pero no esperaba hacerlo ese día.

—Vámonos —decidió él—. Tomaremos el té en otra parte. El Ritz-Carlton está en esta misma calle. Todos los británicos se alojan allí, así que tienen que tener té.

—Venga, no seas tonto, no hace falta que nos marchemos. No me das miedo, yo soy más fuerte que tú. Solo me he enfadado porque no quiero a un hombre que sale conmigo porque cree que soy una facilona.

—¿Facilona? —exclamó él alzando la voz—. ¡Unas narices! Tuve que esperar seis años para que accedieras a salir conmigo. Y ahora igual, solo te estoy pidiendo un beso. ¡Si eso es ser fácil, no soportaría enamorarme de una chica difícil!

Para su sorpresa, ella se echó a reír.

—Y ahora, ¿qué pasa? —preguntó él de mal humor.

—Lo siento, tienes razón. Si buscaras a una chica fácil, hace tiempo que me habrías dejado.

—¡Exacto!

—Creía que tenías una opinión muy pobre de mí, después de que te besara de aquella forma cuando estaba bebida. Suponía que lo que buscabas era pasar un buen rato, y llevo todas estas semanas preocupada por eso. Te he juzgado mal, lo siento.

Él estaba desconcertado por sus rápidos cambios de humor, pero interpretó la última frase como un avance positivo.

—Estaba loco por ti incluso antes de que me besaras aquel día —confesó—. Supongo que no te habías fijado en ello.

—¡Ni siquiera me había fijado en ti!

—Pues soy bastante alto.

—Físicamente, es el único atractivo que tienes.

Él sonrió.

—Desde luego, no me voy a volver un engreído hablando contigo, no.

—No, si puedo evitarlo.

La tetera empezó a silbar. Woody puso té en una jarra de porcelana y vertió agua encima.

Joanne tenía aire pensativo.

—Hace un momento has dicho otra cosa.

—¿Qué?

—Que no soportarías enamorarte de una chica difícil. ¿Lo has dicho en serio?

—¿El qué?

—Lo de enamorarte.

—¡Ah! No lo decía por eso. —Decidió abandonar toda precaución—. Pero bueno, sí, narices; si quieres saber la verdad, estoy enamorado de ti. Creo que llevo años enamorado de ti. Te adoro. Quiero…

Ella le echó los brazos al cuello y lo besó.

Esta vez el beso fue de los de verdad, su boca recorría la de él con apremio, la punta de la lengua le rozaba los labios y todo su cuerpo se apretaba contra él. Era igual que en 1935, solo que no había probado el whisky. Esa era la chica a la que amaba, la auténtica Joanne, pensó extasiado: una mujer de fuertes pasiones. La tenía en sus brazos, y lo besaba con toda su alma.

Coló las manos por dentro de su veraniega camisa de sport y le acarició el pecho, hundiendo los dedos en sus costillas, rozándole los pezones con las palmas, aferrándole los hombros, como si quisiera enterrar las manos en su carne. Y él se dio cuenta de que también ella tenía una fuente de deseo contenido que ahora rebosaba como una presa resquebrajada, desbordada. Él le hizo lo mismo, le acarició los costados y aferró sus pechos con un dichoso sentimiento de liberación, como un niño a quien hubieran dado un día de vacaciones de la escuela sin esperarlo.

Cuando introdujo la ávida mano entre sus muslos, ella se apartó.

No obstante, lo que le dijo lo sorprendió.

—¿Tienes preservativos?

—¡No! Lo siento…

—No pasa nada. De hecho, es mejor así. Eso demuestra que no tenías intenciones de seducirme.

—Ojalá tuviera alguno.

—No importa. Conozco a una doctora que el lunes lo arreglará. Mientras tanto, decidiremos sobre la marcha. Bésame otra vez.

Mientras lo hacía, notó que ella le desabrochaba los pantalones.

—Vaya —exclamó al cabo de un momento—. Qué bien.

—Es lo mismo que estaba pensando yo —susurró él.

—Pero necesitaré las dos manos.

—¿Qué?

—Supongo que va en función de la estatura.

—No sé de qué me estás hablando.

—Entonces mejor me callo y te beso. Dame un pañuelo —le pidió al cabo de unos minutos.

Por suerte, llevaba uno encima.

Él abrió los ojos unos instantes antes del final, y vio que ella lo estaba mirando. En su expresión captó deseo, excitación y algo más que incluso podía ser amor.

Cuando hubo terminado, sintió una plácida serenidad. «La amo —pensó—, y soy feliz. Qué bella es la vida.»

—Ha sido maravilloso —dijo—. Me gustaría hacerte lo mismo.

—¿Lo harías? —preguntó ella—. ¿En serio?

—Por supuesto.

Seguían estando de pie en la cocina, apoyados en la puerta de la nevera, pero ninguno de los dos quería moverse. Ella le tomó la mano y lo guió por debajo de su vestido de verano y de la prenda interior de algodón. Él notó la piel ardiente, el pelo crespo, y una hendidura húmeda. Trató de introducir el dedo, pero ella lo atajó.

—No.

Le cogió la punta del dedo y lo guió por entre los suaves pliegues. Notó algo pequeño y duro, del tamaño de un guisante. Ella empezó a moverle el dedo en pequeños círculos.

—Sí —dijo, cerrando los ojos—. Justo así.

Woody contempló su rostro con adoración mientras ella se abandonaba al placer. Al cabo de un par de minutos, soltó un pequeño grito que repitió dos o tres veces. Luego le retiró la mano y se dejó caer contra él.

—Se te enfriará el té —dijo Woody al cabo de un rato.

Ella se echó a reír.

—Te amo, Woody.

—¿En serio?

—Espero que no te asuste que te lo diga.

—No. —Sonrió—. Me hace muy feliz.

—Ya sé que las chicas no deberían decirlo así de claro, pero yo no sé disimular. Cuando me decido, ya no hay vuelta atrás.

—Sí —dijo Woody—. Ya lo había notado.

V

Greg Peshkov vivía en el apartamento del Ritz-Carlton que su padre tenía permanentemente a su disposición. De vez en cuando, Lev se alojaba allí unos cuantos días en sus idas y venidas entre Buffalo y Los Ángeles. Ahora Greg disponía del piso para él solo; bueno, lo acompañaba Rita Lawrence. La escultural hija del congresista se había quedado a pasar la noche y presentaba un aspecto adorable, despeinada y vestida con un batín masculino de seda roja.

Un camarero les llevó el desayuno, la prensa y un sobre con un mensaje.

La declaración conjunta de Roosevelt y Churchill había provocado mayor revuelo del que Greg esperaba. Una semana más tarde, seguía siendo la noticia más candente. La prensa lo llamaba la Carta del Atlántico. Para Greg no era más que un conjunto de frases cautelosas y compromisos vagos, pero el mundo lo veía de otro modo. Lo acogían como el toque de corneta para la libertad, la democracia y el comercio a escala mundial. De Hitler se decía que estaba furioso, que lo consideraba equivalente a una declaración de guerra contra Alemania por parte de Estados Unidos.

Los países que no habían formado parte de la conferencia querían, de todos modos, firmar la carta, y Bexforth Ross había propuesto que los firmantes fueran bautizados como las Naciones Unidas.

Mientras tanto, los alemanes estaban invadiendo la Unión Soviética. En el norte, se estaban aproximando a Leningrado. En el sur, los rusos que se batían en retirada volaron la presa del Dniéper, la central hidroeléctrica más grande del mundo y su mayor orgullo, para privar de su potencia a los victoriosos alemanes; un sacrificio desgarrador.

—El Ejército Rojo ha contenido un poco la invasión —explicó Greg a Rita mientras leía la noticia en *The Washington Post*—. Pero los alemanes siguen avanzando ocho kilómetros al día. Y dicen haber matado a tres millones y medio de soldados soviéticos. ¿Es posible?

—¿Tienes familia en Rusia?

—Pues, de hecho, sí. Un día que mi padre estaba un poco borracho me contó que había dejado embarazada a una chica.

Rita puso cara de reproche.

—Me temo que no puede evitarlo —prosiguió él—. Es un gran hombre, y los grandes hombres no cumplen las normas.

Ella no dijo nada, aunque por su expresión Greg dedujo lo que estaba pensando. No compartía su punto de vista, pero no estaba dispuesta a discutir con él sobre eso.

—La cuestión es que tengo un hermanastro ruso, ilegítimo como yo —prosiguió Greg—. Se llama Vladímir, pero no sé nada más de él. Claro que a estas alturas, igual ya no existe. Tiene la edad para combatir, así que es probable que se encuentre entre los tres millones y medio de muertos. —Volvió la página.

Cuando hubo terminado con el periódico, leyó el mensaje que le había entregado el camarero.

Era de Jacky Jakes. Había un número de teléfono y solo ponía: «No llamar de una a tres».

De repente, Greg no veía el momento de librarse de Rita.

—¿A qué hora te esperan en casa? —preguntó sin ningún tiento.

Ella miró el reloj.

—¡Cielos! Tengo que volver antes de que mi madre empiece a buscarme. —Había contado a sus padres que pasaría la noche en casa de una amiga.

Se vistieron a la vez y se marcharon en dos taxis.

Greg imaginó que el número de teléfono era del trabajo de Jacky, y que entre la una y las tres estaba ocupada. La llamaría a media mañana.

Se preguntaba por qué estaba tan emocionado; después de todo, solo sentía curiosidad. Rita Lawrence era imponente y muy sensual, pero ni con ella ni con las muchas otras había logrado revivir las emociones de aquella primera aventura con Jacky. Sin duda, se debía a que solo se tenían quince años una vez en la vida.

Llegó al Viejo Edificio de la Oficina Ejecutiva y empezó la principal tarea asignada para ese día, que consistía en confeccionar el borrador de un comunicado de prensa para poner sobre aviso a los estadounidenses que vivían en el norte de África, donde británicos, italianos y alemanes avanzaban y retrocedían combatiendo, sobre todo, en una franja costera de tres mil doscientos kilómetros de largo y sesenta y cuatro de ancho.

A las diez y media marcó el número de teléfono del mensaje.

Respondió una voz femenina.

—Club Universitario de Mujeres. —Greg nunca había estado allí: solo podían asistir hombres si acompañaban a las socias.

—¿Está Jacky Jakes? —preguntó.

—Sí, está esperando una llamada. No cuelgue, por favor.

Probablemente necesitaba un permiso especial para recibir llamadas en el trabajo, dedujo.

—Soy Jacky, ¿quién llama? —oyó al cabo de unos instantes.

—Greg Peshkov.

—Lo imaginaba. ¿Cómo has conseguido mi dirección?

—Contraté a un detective privado. ¿Podemos vernos?

—Supongo que no queda otro remedio. Pero con una condición.

—¿Cuál?

—Tienes que jurarme por todo lo que más quieras que no se lo contarás a tu padre. Nunca jamás.

—¿Por qué?

—Te lo explicaré luego.

Él se encogió de hombros.

—De acuerdo.

—¿Me lo juras?

—Claro.

Ella insistió.

—Pues dilo.

—Te lo juro, ¿de acuerdo?

—Muy bien. Invítame a comer.

Greg arrugó la frente.

—¿Hay algún restaurante en este barrio donde un hombre blanco y una mujer negra puedan comer juntos?

—Solo conozco uno; el Electric Diner.

—Me suena. —Se había fijado en el nombre, pero nunca había entrado. Era un local económico frecuentado por conserjes y mensajeros—. ¿A qué hora?

—A las once y media.

—¿Tan temprano?

—¿A qué hora crees que comemos las camareras? ¿A la una, o qué?

Él sonrió.

—Veo que sigues teniendo el mismo desparpajo de siempre.

Jacky colgó.

Greg terminó el comunicado de prensa y llevó las hojas mecanografiadas al despacho del jefe. Depositó el borrador en la bandeja de entrada.

—¿Hay algún problema si salgo a comer temprano, Mike? —preguntó—. Sobre las once y media.

Mike estaba leyendo las páginas de opinión de *The New York Times*.

—No, ningún problema —respondió sin levantar la cabeza.

Caminando a pleno sol, Greg pasó por delante de la Casa Blanca y llegó al restaurante a las once y veinte. Estaba casi vacío, solo había unas cuantas personas disfrutando de un receso a media mañana. Se sentó a una mesa y pidió un café.

Se preguntaba qué le contaría Jacky. Estaba impaciente por conocer la clave del misterio que lo llevaba de cabeza desde hacía seis años.

Ella llegó a las once y treinta y cinco, ataviada con un vestido negro y unos zapatos planos; Greg supuso que era el uniforme de camarera sin el delantal. El negro le sentaba muy bien, y él rememoró vívidamente el puro placer de mirarla, de contemplar su boca en forma de corazón y sus grandes ojos castaños. Se sentó frente a él y pidió una ensalada y una Coca-Cola. Greg tomó otro café: estaba demasiado tenso para comer.

Su rostro había perdido la redondez infantil que él recordaba. Cuando se conocieron, ella tenía dieciséis años, o sea que ahora tenía veintidós. Entonces no eran más que chiquillos jugando a ser mayores pero ahora eran adultos de verdad. Captó en su semblante unas vivencias que seis años atrás no estaban presentes; vivencias de desengaño, sufrimiento y penuria.

—Hago el turno de día —le explicó—. Entro a las nueve, pongo las mesas y arreglo el comedor. Espero a que termine la comida, recojo y a las cinco salgo.

—Casi todas las camareras trabajan de noche.

—Yo prefiero tener libres las noches y los fines de semana.

—¡Sigues viviendo de noche!

—No, casi siempre me quedo en casa y escucho la radio.

—Supongo que te salen montones de novios.

—Todos los que quiero.

Él tardó unos instantes en darse cuenta de que eso podía significar cualquier cosa.

Les sirvieron la comida. Ella se tomó la Coca-Cola y picó un poco de ensalada.

—Así, ¿por qué te marchaste, en 1935? —preguntó él.

Ella suspiró.

—No quiero decírtelo, porque no te gustará.

—Necesito saberlo.

—Recibí una visita de tu padre.

Greg asintió.

—Suponía que él tenía algo que ver.

—Lo acompañaba un indeseable; un tal Joe no sé qué.

—Joe Brekhunov. Es un matón. —Greg estaba empezando a enfadarse—. ¿Te hizo daño?

—No fue necesario, Greg. Se me pusieron los pelos de punta solo con verlo. Habría hecho cualquier cosa que tu padre me hubiera pedido.

Greg contuvo la ira.

—¿Qué quería?

—Me pidió que me marchara, en aquel mismo momento. Podría haberte dejado una nota, pero él la habría visto. No me quedó más remedio que volver a Washington. Me puso muy triste tener que dejarte.

Greg recordó su propio padecimiento.

—Yo también lo pasé mal —dijo. Se sentía tentado de estirar el brazo y cogerle la mano, pero no estaba seguro de que ella lo deseara.

—Dijo que me pagaría una cantidad semanal solo por que me mantuviera alejada de ti. Todavía me paga. No son más que unos pocos dólares, pero me sirven para cubrir el alquiler. Le di mi palabra; aun así, no sé cómo, reuní fuerzas para ponerle una condición.

—¿Cuál?

—Que nunca se tomaría libertades conmigo. Si no, te lo contaría todo.

—¿Y aceptó?

—Sí.

—No hay mucha gente que consiga intimidarlo.

Ella apartó el plato.

—Luego me dijo que si faltaba a mi palabra, le ordenaría a Joe que me rajara la cara, y me enseñó la navaja.

Todo cobraba sentido.

—Por eso sigues asustada.

Su tez oscura tenía el color quebrado a causa del miedo.

—Me juego el pellejo.

La voz de Greg se tornó en un susurro.

—Jacky, lo siento.

Ella esbozó una sonrisa forzada.

—¿Estás seguro de que hizo tan mal? Solo tenías quince años. No es una buena edad para casarse.

—Si me lo hubiese explicado, tal vez sería distinto. Pero él toma decisiones por su cuenta y riesgo y las lleva a cabo como si nadie más tuviera derecho a opinar.

—De todas formas, pasamos momentos buenos.

—Ya lo creo.

—Era tu regalo.

Él se echó a reír.

—El mejor que me han hecho en la vida.

—Bueno, ¿y a qué te dedicas ahora?

—Trabajo en la oficina de prensa del Departamento de Estado durante el verano.

Jacky hizo una mueca.

—Suena aburrido.

—¡Al contrario! Es muy emocionante observar a los hombres poderosos tomar decisiones trascendentales sin tener que levantarse de la silla. ¡Son los dueños del mundo!

Ella parecía escéptica.

—Bueno, probablemente es mejor que trabajar de camarera.

Él empezó a darse cuenta de los caminos tan distintos que habían tomado sus vidas.

—En septiembre volveré a Harvard para cursar el último año de carrera.

—Seguro que tus compañeras están encantadas contigo.

—Hay muchos hombres y muy pocas mujeres.

—Pero te va bien, ¿no?

—No puedo mentirte.

Se preguntaba si Emily Hardcastle habría cumplido su promesa de colocarse un dispositivo intrauterino.

—Te casarás con una de ellas y tendréis unos hijos preciosos y viviréis en una mansión a orillas de un lago.

—Me gustaría llegar a ser alguien en política, tal vez secretario de Estado, o senador, como el padre de Woody Dewar.

Ella apartó la mirada.

Greg pensó en la mansión a orillas de un lago. Debía de ser el sueño de Jacky. Lo sentía por ella.

—Lo conseguirás —dijo ella—. Lo sé. Tienes un porte especial, ya lo tenías a los quince años. Eres igual que tu padre.

—¿Qué dices? ¡Vamos!

Ella se encogió de hombros.

—Piénsalo bien, Greg. Sabías que no quería verte, pero has contratado a un detective privado para que me encuentre. «Toma decisiones por su cuenta y riesgo y las lleva a cabo como si nadie más tuviera derecho a opinar.» Es lo que has dicho de él hace un momento.

Greg estaba consternado.

—Espero no ser igual que él en todo.

Ella lo miró con aire escrutador.

—Eso aún está por ver.

La camarera se llevó el plato de Jacky.

—¿Tomarán postre? —preguntó—. El pastel de melocotón está muy rico.

Ninguno de los dos quiso postre, así que la camarera entregó la cuenta a Greg.

—Espero haber saciado tu curiosidad.

—Gracias, has sido muy amable.

—La próxima vez que te cruces conmigo por la calle, sigue andando como si tal cosa.

—Lo haré, si es lo que quieres.

Ella se puso en pie.

—Saldremos por separado. Me sentiré más cómoda.

—Como quieras.

—Buena suerte, Greg.

—Buena suerte para ti también.

—Dale una propina a la camarera —dijo ella, y se marchó.

10
1941 (III)

I

En octubre la nieve cayó y no cuajó, y las calles de Moscú estaban heladas y húmedas. Volodia estaba rebuscando en la despensa sus *valenki*, las tradicionales botas de felpa que abrigaban los pies de los moscovitas en invierno, cuando le sorprendió encontrar las seis cajas de vodka.

Sus padres no eran grandes bebedores. Rara vez tomaban más de un vasito. Muy de vez en cuando, su padre acudía a una de las largas y alcoholizadas cenas de Stalin con los viejos camaradas, y entraba dando tumbos por la puerta al despuntar el alba, borracho como una cuba. Sin embargo, en su casa, una botella de vodka duraba un mes o incluso más.

Volodia entró a la cocina. Sus padres estaban desayunando, sardinas en lata con pan negro y té.

—Papá —dijo—, ¿por qué tenemos vodka para seis años en la despensa?

Su padre pareció sorprendido.

Ambos hombres miraron a Katerina, que se ruborizó. Entonces encendió la radio y bajó el volumen hasta un rumor susurrante. Volodia se preguntó si sospecharía de la presencia de aparatos de escucha en el piso.

Ella habló en voz baja pero con rotundidad.

—¿Qué usaréis como moneda de cambio cuando lleguen los alemanes? —preguntó—. Dejaremos de pertenecer a la élite privilegiada. Moriremos de hambre a menos que podamos comprar comida en el mercado negro. Yo estoy demasiado vieja para hacer la calle. El vodka será más valioso que el oro.

A Volodia le impactó oír a su madre hablando de ese modo.

—Los alemanes no van a llegar hasta aquí —afirmó su padre.

Su hijo no estaba seguro. El ejército alemán volvía a avanzar, cerrando las fauces de su cepo en torno a Moscú. Habían llegado hasta Kalinin por el norte y hasta Kaluga por el sur, ambas ciudades a tan solo ciento sesenta kilómetros de la capital. Las bajas soviéticas eran increíblemente numerosas. Hacía un mes, 800.000 soldados del Ejército Rojo habían combatido en defensa de la primera línea, pero solo habían sobrevivido 90.000, según los cálculos que habían llegado al despacho de Volodia.

—¿Quién demonios va a detenerlos? —preguntó a su padre.

—Sus líneas de abastecimiento no dan más de sí. No están preparados para pasar nuestro invierno. Contraatacaremos cuando sus fuerzas estén debilitadas.

—Entonces, ¿por qué estáis evacuando al gobierno de Moscú?

La burocracia estaba en proceso de ser trasladada a un lugar situado a tres mil kilómetros al este, a la ciudad de Kuibishev. Los ciudadanos de la capital se sintieron turbados ante la visión de los funcionarios gubernamentales saliendo de los edificios de oficinas, con sus cajas llenas de archivos que cargaban en camiones.

—Es solo por precaución —afirmó Grigori—. Stalin sigue aquí.

—Hay una solución —terció Volodia—. Tenemos cientos de miles de hombres en Siberia. Los necesitamos como refuerzos.

Grigori sacudió la cabeza.

—No podemos dejar el este sin defensas. Japón sigue constituyendo una amenaza.

—Japón no nos atacará, ¡eso ya lo sabemos! —Volodia miró a su madre. Sabía que no debía hablar sobre secretos de Estado delante de ella, pero lo hizo de todas formas—. Nuestro hombre en Tokio, que nos advirtió, con razón, de que los alemanes estaban a punto de invadir, nos asegura que los japoneses no lo harán. ¡No vamos a cometer el error de no creerle por segunda vez!

—Valorar la veracidad de la información de los servicios secretos no ha sido jamás una tarea fácil.

—¡No nos queda otra alternativa! —exclamó Volodia, furioso—. Tenemos doce ejércitos en reserva, un millón de hombres. Si los desplegáramos, Moscú podría resistir. Si no lo hacemos, estamos acabados.

Grigori parecía consternado.

—No hables así, ni siquiera en casa.

—¿Por qué no? De todas formas, pronto estaré muerto.

Su madre rompió a llorar.

—Mira lo que has hecho —le reprochó su padre.

Volodia salió de la sala. Mientras se calzaba las botas se preguntó por qué le habría gritado a su padre y habría hecho llorar a su madre. Se dio cuenta de que había sido porque ahora ya estaba convencido de que Alemania vencería a la Unión Soviética. El alijo de vodka de su madre para usarlo como moneda de cambio durante la ocupación nazi lo había obligado a enfrentarse a la realidad. «Vamos a perder —se dijo—. Ya se vislumbra el final de la Revolución rusa.»

Se puso el abrigo y el gorro. Y entonces regresó a la cocina. Besó a su madre y abrazó a su padre.

—¿A qué viene esto? —preguntó Grigori—. Si solo te vas a trabajar.

—Es por si no volvemos a vernos —anunció Volodia. Y salió.

Cuando cruzó el puente se percató de que todos los transportes públicos estaban parados. El metro estaba cerrado y no había ni autobuses de línea ni tranvías.

Por lo visto, todo eran malas noticias.

El boletín de aquella mañana del Buró Soviético de Información, retransmitido por radio y por los altavoces pintados de negro instalados en los postes de las esquinas, había hecho gala de una honestidad poco frecuente.

—Durante la noche del 14 al 15 de octubre, la posición del frente occidental ha empeorado —afirmaba—. Un gran número de tanques alemanes ha penetrado en nuestras defensas. —Todo el mundo sabía que el Buró Soviético de Información siempre mentía, así que supusieron que la situación real era mucho más adversa.

El centro de la ciudad estaba atestado de refugiados. Llegaban en oleadas continuas del oeste, con sus pertenencias en carros, con rebaños de vacas escuálidas, cerdos mugrientos y ovejas mojadas, con dirección a la zona rural situada al este de Moscú, desesperados por distanciarse lo máximo posible del avance alemán.

Volodia intentó que alguien lo llevase en coche. No había mucho tráfico civil en Moscú por aquellos días. El combustible se ahorraba para los incontables convoyes militares que circulaban por la Sadovaya, una de las avenidas circulares que rodeaban el centro de la ciudad. Lo recogió un todoterreno GAZ-64 nuevo.

Mirando desde el vehículo sin capota, observó los graves destrozos producidos por las bombas. Los diplomáticos que regresaban desde Inglaterra afirmaban que aquello no era nada en comparación con el Blitz de Londres, aunque a los moscovitas les parecía una verdadera catástrofe. Volodia pasó junto a numerosos edificios en ruinas y decenas de casas de madera calcinadas.

Grigori, al mando de la defensa antiaérea, había instalado cañones antiaéreos en las azoteas de los edificios más altos y se lanzaron globos de barrera para que flotasen por debajo de las nubes de nieve. Su decisión más extravagante había consistido en ordenar que se pintasen las cúpulas doradas en forma de cebolla de las iglesias de verde y marrón de camuflaje. Había reconocido ante Volodia que esa medida no afectaba en absoluto en la precisión del ataque, pero que, según dijo, confería a los ciudadanos la sensación de que los estaban protegiendo.

Si los alemanes ganaban, y los nazis gobernaban Moscú, el sobrino y la sobrina de Volodia, los mellizos de su hermana, Ania, crecerían no como comunistas patrióticos, sino como esclavos de los nazis, leales a Hitler. Rusia sería como Francia, un país servil, tal vez gobernado en parte por un gobierno profascista que deportaría a los judíos para enviarlos a campos de concentración. La simple idea le resultaba insoportable. Volodia deseaba un futuro en el que la Unión Soviética pudiera liberarse del maligno yugo de Stalin y de la brutalidad de la policía secreta, y empezar a construir un verdadero comunismo.

Cuando Volodia llegó al cuartel general en el aeródromo de Jodinka, encontró la atmósfera llena de copos grisáceos que no eran de nieve, sino de ceniza. El Servicio Secreto del Ejército Rojo estaba quemando sus archivos para evitar que cayeran en manos enemigas.

Poco después de haber llegado, el coronel Lemítov se presentó en su despacho.

—Envió usted un informe a Londres sobre un médico alemán llamado Wilhelm Frunze. Fue una ocurrencia muy inteligente. Al final ha resultado ser un pez gordo. Bien hecho.

«¿Y eso qué importa ahora?», pensó Volodia. Los Panzer estaban a tan solo ciento sesenta kilómetros. Era demasiado tarde para que los espías pudieran ayudar. Sin embargo, se obligó a concentrarse.

—Frunze, sí. Fui al colegio con él en Berlín.

—Los agentes de Londres han contactado con él y está dispuesto a hablar. Se han reunido en una vivienda segura. —Mientras Lemítov hablaba, jugueteaba con su reloj de pulsera. No era muy típico de él mostrarse tan inquieto. Saltaba a la vista que estaba en tensión. Todo el mundo estaba en tensión.

Volodia no dijo nada. Era evidente que parte de la información de la reunión se había filtrado; de otro modo, Lemítov no habría dicho aquello.

—Londres dice que Frunze se mostró receloso al principio y que sospechaba que nuestro hombre pertenecía a la policía secreta británica —comentó Lemítov con una sonrisa—. De hecho, tras la entrevista inicial, acudió a Kensington Palace Gardens, llamó a la puerta de nuestra embajada y exigió que le confirmasen que nuestro hombre ¡era realmente de los nuestros!

Volodia sonrió.

—Un auténtico aficionado.

—Exacto —confirmó Lemítov—. Un señuelo para la desinformación jamás habría cometido una estupidez así.

La Unión Soviética todavía no estaba acabada, no del todo; así que Volodia debía continuar como si el asunto de Willi Frunze tuviera importancia.

—¿Qué información nos ha proporcionado, señor?

—Afirma que sus colegas científicos y él están colaborando con los estadounidenses en la creación de una súper bomba.

Volodia, atónito, recordó lo que le había dicho Zoya Vorotsintsev. Aquello confirmaba sus más funestos temores.

—Hay un problema con la información —prosiguió Lemítov.

—¿Cuál?

—La hemos traducido, pero seguimos sin entender una palabra. —Lemítov pasó a Volodia un fajo de hojas mecanografiadas.

Volodia leyó uno de los títulos en voz alta.

—«Separación del isótopo por difusión gaseosa.»

—Ya ve lo que quiero decir.

—Yo estudié idiomas en la universidad, no física.

—Pero usted había mencionado a una física que conocía. —Lemítov sonrió—. Una rubia estupenda que rechazó una invitación suya para ir al cine, si no recuerdo mal.

Volodia se ruborizó. Había hablado a Kamen sobre Zoya, y Kamen debía de haber estado chismorreando sobre el tema. El problema de tener a un espía de jefe era que no se le escapaba ni una.

—Es una amiga de la familia. Me habló sobre un proceso explosivo llamado fisión. ¿Quiere que la interrogue?

—De forma extraoficial y sin presiones. No quiero que se arme un alboroto hasta que lo haya entendido. Puede que Frunze sea un chiflado, y no conviene que nos haga quedar como idiotas. Averigüe de qué tratan los informes, y si las afirmaciones de Frunze tienen alguna base científica. Si dice la verdad, ¿pueden los ingleses y los estadounidenses estar creando una súper bomba? ¿Y también los alemanes?

—Hace dos o tres meses que no veo a Zoya.

Lemítov se encogió de hombros. En realidad no importaba lo bien que Volodia conociese a Zoya. En la Unión Soviética, responder a preguntas de las autoridades jamás era algo opcional.

—La localizaré.

Lemítov asintió en silencio.

—Hágalo hoy. —Y salió.

Volodia frunció el entrecejo, pensativo. Zoya tenía la certeza de que los estadounidenses estaban trabajando en una súper bomba, y había sido lo bastante persuasiva como para convencer a Grigori, quien, a su vez, lo había hablado con Stalin, que, sin embargo, no lo había tomado en serio. Ahora había un espía en Inglaterra que afirmaba lo mismo que Zoya. Daba la impresión de que ella había estado en lo cierto. Y de que Stalin se había equivocado… otra vez.

Los gobernantes de la Unión Soviética tenían una peligrosa tendencia a negar la autenticidad de las malas noticias. Hacía una semana, sin ir más lejos, una misión de reconocimiento aéreo había localizado vehículos blindados alemanes a tan solo ciento treinta kilómetros de Moscú. El Estado Mayor se había negado a creerlo hasta que el avistamiento fue confirmado en dos ocasiones. A continuación, argumentando «provocación», había ordenado al NKVD el arresto y tortura del oficial de operaciones aéreas que había entregado el informe.

Resultaba difícil pensar a largo plazo cuando los alemanes estaban tan cerca, pero la posibilidad de que cayera una bomba que arrasara con Moscú no podía descartarse, incluso en ese momento de peligro extremo. Si los soviéticos vencían a los alemanes, después podían sufrir el ataque de Inglaterra y Estados Unidos: algo parecido a lo que había ocurrido tras la guerra de 1914-1918. ¿Se encontraría la URSS indefensa ante una súper bomba imperialista y capitalista?

Volodia encargó a su ayudante, el teniente Belov, que averiguase el paradero de Zoya.

Mientras esperaba que le remitieran la dirección, Volodia estudió los informes de Frunze, en su versión original en inglés y en la traducción, y memorizó lo que parecían las frases principales, pues no podía sacar los documentos del edificio. Después de una hora entendió lo suficiente como para hacer más preguntas.

Belov averiguó que Zoya no estaba ni en la universidad ni en el edificio de apartamentos cercano al campus y destinado a los científicos. Sin embargo, el administrador del edificio le contó que los residentes más jóvenes habían sido llamados a colaborar en la construcción de defensas internas para la ciudad, y le indicó la dirección donde podía estar trabajando Zoya.

Volodia se puso el abrigo y salió.

Se sentía emocionado, aunque no estaba seguro si era por Zoya o por la súper bomba. Tal vez fuera por ambas cosas.

Pudo conseguir una limusina ZIS militar con chófer.

Al pasar por la estación de Kazán —de donde partían los trenes con dirección el este—, vio lo que parecía una revuelta en toda regla. Por lo visto, la gente no podía entrar en la estación, ni mucho menos subir a los trenes. Una gran masa de hombres y mujeres luchaba para llegar a las puertas de entrada con sus hijos, sus mascotas, sus maletas y sus baúles. Volodia se sintió conmocionado al ver que, a tal fin, se propinaban puñetazos y patadas sin reparo. Unos pocos policías contemplaban la escena, impotentes: habría hecho falta un ejército para imponer el orden.

Los chóferes del ejército solían ser tipos taciturnos, pero este se sintió impelido a hacer un comentario.

—¡Putos cobardes! —espetó—. Van y se escapan, y nos dejan aquí para luchar contra los nazis. Mírelos, con sus putos abrigos de pieles.

Volodia estaba sorprendido. La crítica a la élite gobernante era peligrosa. Comentarios de esa clase podían provocar que recayera una denuncia sobre quien los hacía. Luego, el denunciado pasaría una semana o dos en el sótano del cuartel general del NKVD, en la plaza de Lubianka. Era posible que saliera de allí lisiado de por vida.

Volodia tenía la desconcertante sensación de que el rígido sistema de jerarquía y deferencia que sostenía al comunismo soviético empezaba a debilitarse y a desintegrarse.

Encontraron al grupo de las barricadas justo donde había supuesto el administrador del edificio. Volodia bajó del coche, indicó al conductor que esperase y observó la obra.

Se trataba de una vía central cubierta de «erizos» para la defensa antitanque. Un erizo era una estructura construida con tres tramos de vía de acero, de un metro de longitud cada uno, unidos por el centro en forma de asterisco, que se sostenía en pie sobre tres pies y del que asomaban tres brazos hacia arriba. Por lo visto, impedían el rodaje de las orugas de los tanques.

Detrás del campo de erizos estaban cavando una zanja con piquetas y palas, y detrás de aquello estaban levantando un muro, con huecos para los francotiradores. Habían dejado un angosto camino en zigzag entre los obstáculos con el fin de que la ruta siguiera siendo transitable para los moscovitas hasta que llegasen los alemanes.

Casi todas las personas que se afanaban en la excavación y la construcción de estructuras eran mujeres.

Volodia encontró a Zoya junto a un montículo de arena, llenando sacos con ayuda de una pala. Se quedó mirándola desde lejos un minuto. Llevaba un abrigo polvoriento, manoplas de lana y botas de fieltro. Llevaba el pelo rubio peinado hacia atrás y cubierto con un pañuelo descolorido anudado bajo la barbilla. Tenía el rostro manchado de barro, pero seguía pareciendo atractiva. Movía la pala de forma rítmica y trabajaba con diligencia. Entonces, el supervisor sopló un silbato y el trabajo se detuvo.

Zoya se sentó sobre una pila de sacos de arena y se sacó del bolsillo de su abrigo un pequeño paquete envuelto con papel de periódico. Volodia se sentó junto a ella.

—Podrías conseguir una excedencia de este trabajo —le dijo.

—Es mi ciudad —terció ella—. ¿Por qué no querría colaborar en su defensa?

—Así que no huyes al este.

—No pienso huir de esos putos nazis.

Su vehemencia lo sorprendió.

—Hay mucha gente que sí lo hace.

—Ya lo sé. Creía que tú te habrías ido hacía tiempo.

—No me tienes en muy alta estima. Crees que pertenezco a una élite egoísta.

Ella se encogió de hombros.

—Los que tienen la oportunidad de salvarse, suelen hacerlo.

—Bueno, pues te equivocas. Toda mi familia sigue aquí, en Moscú.

—Puede que te haya juzgado mal. ¿Quieres una tortita? —Abrió el paquete de papel de periódico y descubrió cuatro pálidas tortas envueltas en hojas de col—. Prueba una.

Él aceptó la invitación y dio un mordisco. No era muy sabrosa.

—¿Qué es?

—Mondaduras de patata. Te dan un cubo gratis en la puerta trasera de cualquier cantina del partido o del comedor de los oficiales. Se rallan bien con el rallador, se hierven hasta reblandecerlas, se mezclan con un poco de harina y leche, se añade sal, si tienes, y se fríen con manteca.

—No sabía que estabas tan necesitada —comentó él, abochornado—. En nuestra casa siempre tendrás un plato de comida.

—Gracias. ¿Qué te trae por aquí?

—Una pregunta. ¿Qué es la separación del isótopo por difusión gaseosa?

Ella se quedó mirándolo.

—¡Oh, Dios mío!, ¿qué ha ocurrido?

—No ha ocurrido nada. Solo intento valorar cierta información de naturaleza dudosa.

—¿Al final estamos construyendo la bomba de fisión nuclear?

La reacción que tuvo Zoya le dio indicios de que la información de Frunze era probablemente real. Ella había entendido de inmediato la importancia de sus palabras.

—Por favor, responde la pregunta —exigió Volodia con seriedad—. Aunque seamos amigos, este es un asunto oficial.

—Está bien. ¿Sabes lo que es un isótopo?

—No.

—Algunos elementos existen en formas ligeramente distintas. Los átomos de carbono, por ejemplo, siempre tienen seis protones, pero algunos tienen seis neutrones y otros tienen siete u ocho. Los distintos tipos son los isótopos, llamados carbono 12, carbono 13 y carbono 14.

—Es bastante simple, incluso para un estudiante de letras —dijo Volodia—. ¿Por qué es importante?

—El uranio tiene dos isótopos, el U-235 y el U-238. En el uranio natural ambos están mezclados. Pero solo el U-235 es explosivo.

—Así que tenemos que separarlos.

—En teoría, la difusión gaseosa sería una forma. Cuando se difunde un gas a través de una membrana, las moléculas más ligeras la atraviesan más deprisa, por eso el gas emergente es más rico en el isótopo más bajo. Por supuesto, yo nunca lo he visto hacer.

Frunze aseguraba en su informe que los ingleses estaban construyendo una planta de difusión en Gales, al oeste del Reino Unido. Los estadounidenses estaban construyendo otra.

—¿Una planta así podría destinarse a alguna otra cosa?

—No conozco ningún otro motivo para la separación de isótopos. —Zoya negó con la cabeza—. Imagina las posibilidades. Cualquiera que dé prioridad a esa clase de proceso en época de guerra, o bien se ha vuelto majara o está construyendo un arma.

Volodia vio un coche que se acercaba a la barricada y empezó a abrirse paso por el camino en zigzag. Era un KIM-10, un pequeño utilitario de dos puertas diseñado para familias acomodadas. Alcanzaba los ciento diez kilómetros por hora, pero ese iba tan sobrecargado que seguramente no llegaba a los sesenta.

Un hombre sesentón iba al volante, llevaba sombrero y abrigo de paño de estilo occidental. Junto a él viajaba una joven con gorro de pieles. El asiento trasero del coche estaba atestado de cajas de cartón apiladas. Había un piano cuidadosamente atado en la baca del coche.

A todas luces se trataba de un alto cargo de la élite gobernante intentando salir de la ciudad con su esposa o su amante, como muchas de las otras propiedades que se llevaba; la clase de individuo que Zoya había supuesto que era Volodia. Seguramente ese había sido el motivo por el que había rechazado su invitación para ir al cine. Él se preguntó si estaría replanteándose la opinión que tenía sobre su persona.

Una de las voluntarias de la barricada situó uno de los erizos frente al KIM-10, y Volodia intuyó que habría problemas.

El coche fue avanzando milímetro a milímetro hasta que el parachoques topó con la defensa antitanque. Quizá el conductor pensase que podría apartarlo a empujones. Otras muchas mujeres se acercaron a mirar. El artefacto estaba diseñado para resistir ante una fuerza ejercida para desplazarlo. Sus patas se clavaron en el suelo, hasta el fondo, y resistió con firmeza. Se oyó el ruido del metal que se hundía cuando el parachoques del coche empezó a deformarse. El conductor metió la marcha atrás y retrocedió.

Asomó la cabeza por la ventanilla.

—¡Apartad eso de ahí ahora mismo! —gritó. Por su tono, parecía que estaba acostumbrado a que lo obedeciesen.

La voluntaria, una mujer corpulenta de mediana edad con gorra masculina a cuadros, se cruzó de brazos.

—¡Aparta tú, desertor! —respondió a gritos.

El conductor salió del coche con el semblante encendido por la rabia, y a Volodia le sorprendió ver que se trataba del coronel Bobrov, a quien había conocido en España. Bobrov se había hecho famoso por pegar un tiro en la nuca a sus propios hombres si se batían en retirada.

«No hay piedad para los cobardes» era su lema. En Belchite, Volodia lo había visto matar a un brigadista internacional por batirse en retirada cuando se quedaron sin munición. En ese momento, Bobrov vestía de civil. Volodia se preguntó si dispararía a la mujer que estaba impidiéndole el paso.

Bobrov se situó delante del coche y agarró el erizo. Pesaba más de lo que esperaba, pero, esforzándose un poco, fue capaz de apartarlo del camino.

Mientras se dirigía de regreso al coche, la mujer de la gorra a cuadros volvió a poner la defensa frente al automóvil.

Las demás voluntarias se habían aproximado al lugar, observaban el enfrentamiento, sonreían satisfechas y empezaban a hacer bromas.

Bobrov se dirigió hacia la mujer y se sacó del bolsillo del abrigo su tarjeta de identidad.

—¡Soy el general Bobrov! —exclamó. Debían de haberlo ascendido desde su regreso de España—. ¡Déjame pasar!

—¿Y te consideras un soldado? —preguntó la mujer con sorna—. ¿Por qué no estás luchando?

Bobrov se ruborizó. Sabía que aquel reproche estaba justificado. Volodia se preguntó si el viejo y sangriento militar habría sido inducido a la huida por aquella joven esposa.

—Yo digo que eres un traidor —sentenció la voluntaria de la gorra—, que intenta huir con su piano y su putita. —Entonces le quitó el sombrero a Bobrov de un manotazo.

Volodia se quedó pasmado. Jamás había presenciado tamaño desafío a la autoridad en la Unión Soviética. Estando en Berlín, antes de que los nazis subieran al poder, le había sorprendido ver a alemanes de a pie discutiendo sin miedo con agentes de policía; eso no ocurría en Moscú.

La multitud de mujeres vitoreó a su camarada.

Bobrov llevaba el pelo cortado al uno. Se quedó mirando su sombrero mientras este salía rodando por el húmedo camino. Dio un paso para ir tras él, pero se lo pensó mejor.

Volodia no sintió la tentación de intervenir. No había nada que pudiera hacer para impedir el altercado, y, en cualquier caso, no sentía simpatía alguna hacia Bobrov. Le parecía justo que tratasen al general con la misma brutalidad que él había demostrado siempre para con los demás.

Otra voluntaria, una mujer mayor envuelta en una sucia manta, abrió el maletero del coche.

—¡Mirad todo esto! —gritó.

El maletero estaba lleno de maletas de piel. Tiró una de ellas y reventó los cierres. La tapa se abrió de golpe y cayó al suelo todo el contenido: ropa interior de encaje, combinaciones y camisones de lino, medias y camisolas de seda, todo evidentemente fabricado en Occidente, más delicado de lo que cualquier mujer rusa pudiera haber visto jamás y, ni que decir tiene, comprado jamás. Las prendas transparentes cayeron a la sucia nieve fangosa y quedaron allí, enterradas como pétalos en un estercolero.

Algunas de las mujeres empezaron a recogerlas. Otras sacaron más maletas. Bobrov corrió a la parte trasera del coche y empezó a apartarlas a empujones. Volodia observó que la escena se volvía cada vez más desagradable. Bobrov iba armado casi con total seguridad y podía sacar la pistola en cualquier momento. Sin embargo, la mujer de la manta levantó una pala y golpeó al general en la cabeza. Una mujer capaz de cavar una zanja con una pala no era precisamente una delicada florecilla, así que el golpe produjo un repulsivo ruido sordo al impactar contra el cráneo. El general cayó al suelo y la mujer lo pateó.

La joven amante salió del coche.

—¿Has venido para ayudarnos a cavar? —le gritó la voluntaria de la gorra, y las demás empezaron a reír.

La querida del general, que debía de tener unos treinta años, agachó la cabeza y regresó por el camino que había recorrido el coche. La voluntaria de la gorra a cuadros la empujó, pero la joven la esquivó agachándose entre los erizos y apretó a correr. La voluntaria le salió a la zaga. La amante del general llevaba tacones de ante, resbaló en el suelo húmedo y cayó. Su sombrero de pieles salió disparado. Se levantó como pudo y volvió a correr. La voluntaria fue a por el gorro y dejó escapar a la querida.

En ese momento, la totalidad de las maletas yacían abiertas alrededor del coche abandonado. Las trabajadoras sacaron las cajas del asiento trasero y las volcaron en la acera, vaciaron su contenido en la calle. Se desparramó un juego de cubertería, se rompió la porcelana y la cristalería se hizo trizas. Las sábanas bordadas a mano y las blancas toallas cayeron en la nieve fangosa. Una docena de hermosos pares de zapatos quedaron desperdigados sobre el asfalto.

Bobrov se arrodilló e intentó ponerse en pie. La mujer de la manta volvió a golpearle con la pala. Bobrov se desplomó sobre el suelo. Ella desabrochó el fino abrigo del general e intentó quitárselo. Bobrov luchaba, intentaba resistirse. La mujer se puso furiosa y volvió a golpearle hasta que él quedó inmóvil, con su cabeza de pelo cano cortado al uno cubierta de sangre. Entonces la mujer lanzó la manta y se puso el abrigo del general.

Volodia caminó hacia el cuerpo inerte de Bobrov. Tenía la mirada fija en unos ojos vítreos. Volodia se arrodilló para comprobar si respiraba, si le latía el corazón o si tenía pulso. No detectó ninguno de esos signos vitales. El hombre estaba muerto.

—No hay piedad para los cobardes —dijo Volodia, aunque cerró los ojos a Bobrov.

Algunas de las mujeres desembalaron el piano. El instrumento cayó deslizándose desde la baca del coche e impactó contra el suelo y se oyó un estruendo discordante. Empezaron a regodearse con su destrucción a fuerza de picotazos y paletazos. Otras se peleaban por los objetos de valor desparramados por la calle, recogían como podían la cubertcría, se metían bajo la ropa las sábanas, y desgarraban la lencería íntima al luchar por quedársela. Estallaron rencillas por doquier. Una tetera de porcelana salió disparada y no dio en la cabeza a Zoya de puro milagro.

Volodia regresó corriendo a su lado.

—Esto está convirtiéndose en una revuelta en toda regla —dijo—. Cuento con un vehículo militar con chófer. Te sacaré de aquí.

Ella dudó tan solo un instante.

—Gracias —respondió, y salieron corriendo en dirección al vehículo, subieron de un salto y se alejaron de allí.

II

La fe de Erik von Ulrich en el Führer se vio reforzada por la invasión de la Unión Soviética. A medida que los ejércitos alemanes avanzaban por la vasta Rusia, barriendo al Ejército Rojo como si fuera paja, Erik se henchía de júbilo por la brillantez estratégica del líder al que había jurado lealtad.

Y no se trataba de una misión fácil. Durante el lluvioso mes de octubre, el campo se había convertido en un barrizal: lo llamaban *rasputitsa*, la época sin caminos. La ambulancia de Erik había avanzado con grandes dificultades por un lodazal. Una ola de barro se elevó ante el vehículo, y fue ralentizando su marcha de forma gradual, hasta que

Hermann y él tuvieron que salir del coche para retirarla con las palas antes de poder seguir conduciendo. La situación era la misma para todo el ejército alemán, y el avance hacia Moscú se había convertido en una carrera a paso de tortuga. Además, las carreteras empantanadas provocaban que los camiones de suministros no pudieran seguir el ritmo de los combatientes. El ejército andaba escaso de munición, combustible y comida, y la unidad de Erik sufría la peligrosa falta de medicamentos y otros recursos sanitarios.

Por ese motivo, el joven ordenanza se había alegrado en un primer momento, cuando cayó la helada a principios de noviembre. El hielo parecía una bendición, pues hacía que el asfalto fuera sólido y permitía a la ambulancia avanzar a velocidad normal. Sin embargo, Erik temblaba con su abrigo de verano y su ropa interior de algodón; los uniformes de invierno todavía no habían llegado desde Alemania. Tampoco habían llegado los líquidos anticongelantes necesarios para que siguiera funcionando el motor de su ambulancia, y los motores de todos los camiones, tanques y artillería rodante del ejército. Durante el viaje, Erik se levantaba dos veces cada noche para encender el motor y tenerlo en marcha durante cinco minutos, era la única forma de evitar que el aceite se congelase y que el refrigerante se solidificase al convertirse en hielo. Incluso tomaba la precaución de encender una pequeña hoguera bajo el coche todas las mañanas una hora antes de partir.

Cientos de vehículos se averiaban y quedaban abandonados. Los aviones de la Luftwaffe, que quedaban a la intemperie toda la noche en improvisados campos de aviación, se congelaban y se negaban a encenderse, y la protección aérea sencillamente había desaparecido.

A pesar de todo, los rusos se batían en retirada. Lucharon con denuedo, aunque siempre se veían obligados a retroceder. La unidad de Erik se detenía continuamente para retirar los cadáveres de los rusos, y los muertos congelados apilados en la carretera componían un horroroso terraplén. Sin descanso, con determinación implacable, el ejército alemán estaba estrechando el cerco en torno a Moscú.

Erik tenía la certeza de que no tardaría en ver los Panzer rodando con majestuosidad por la Plaza Roja, mientras las banderas con la esvástica ondearían alegremente en las torres del Kremlin.

Mientras tanto, la temperatura era de diez grados bajo cero, y bajando.

La unidad de hospital de campaña de Erik estaba en un pequeño pueblo junto a un canal congelado, rodeado de un bosque de pinos. Erik no conocía el nombre del lugar. Los rusos a menudo lo destruían todo en la retirada, pero esa población había sobrevivido más o menos intacta. Contaba con un moderno hospital, que los alemanes habían hecho suyo. El doctor Weiss había dado enérgicas órdenes a los médicos locales para que enviasen sus pacientes a casa, sin importar el estado en que se encontrasen.

En ese momento Erik analizaba la condición de un paciente que sufría congelación, un muchacho de unos dieciocho años. Tenía la piel amarilla como la cera y dura al tacto por la congelación. Cuando Erik y Hermann le quitaron el delgado uniforme de verano tras desgarrarlo, descubrieron que estaba cubierto de moratones en brazos y piernas. Las botas raídas y agujereadas habían sido rellenadas con papel de periódico en un patético intento de conservar el calor. Cuando Erik se las quitó al chico percibió el característico hedor a podredumbre de la gangrena.

Sin embargo, creyó que podían hacer algo para evitar la amputación.

Sabían qué hacer. Estaban tratando más casos de congelación que de heridas de guerra.

Erik llenó una bañera, y a continuación, con la ayuda de Hermann Braun, sumergieron al paciente en el agua tibia.

Erik se quedó mirando detenidamente el cuerpo mientras se descongelaba. Vio el color negro de la gangrena en un pie y en los dedos del otro.

Cuando el agua empezó a enfriarse, lo sacaron, lo secaron a golpecitos, lo metieron en la cama y lo taparon con unas mantas. Luego lo rodearon con piedras calientes y lo envolvieron en toallas.

El paciente estaba consciente y alerta.

—¿Voy a perder el pie?

—Eso depende del médico —respondió Erik de forma automática—. Nosotros solo somos ordenanzas.

—Pero ustedes ven muchos pacientes —insistió—. ¿Qué opina usted?

—Creo que vas a ponerte bien —respondió Erik. De no ser así, sabía qué ocurriría. En el pie menos afectado, Weiss amputaría los dedos, los cercenaría con unas enormes tenazas. La otra pierna la amputarían por debajo de la rodilla.

Weiss llegó unos minutos más tarde y examinó el pie del muchacho.

—Preparen al paciente para la amputación —ordenó con brusquedad.

Erik estaba desolado. Otro joven fuerte y lozano que quedaría lisiado de por vida. ¡Qué lamentable!

Sin embargo, el paciente lo consideró desde otro punto de vista.

—¡Gracias a Dios! —suspiró—. Ya no tendré que luchar más.

Cuando tuvieron al muchacho listo para operar, Erik pensó en que ese paciente era uno más de los que insistían en la actitud derrotista: su propia familia entre ellos. Pensaba mucho en su difunto padre y sentía una profunda rabia mezclada con pena y sentimiento de pérdida. Pensó con amargura que el viejo no se habría alegrado como la mayoría ni habría celebrado el triunfo del Tercer Reich. Se habría quejado por algo, habría cuestionado las decisiones del Führer, habría socavado la moral de las fuerzas armadas. ¿Por qué había sido tan rebelde? ¿Por qué había sentido tanto apego hacia la anticuada ideología democrática? La libertad no había hecho nada por Alemania, mientras que ¡el fascismo había salvado el país!

A pesar de que estaba enfadado con su padre, se le anegaron los ojos en lágrimas cuando pensó en la forma en que había muerto. En un principio, Erik había negado la responsabilidad directa de la Gestapo, aunque no tardó en darse cuenta de que, seguramente, era cierto. Sus agentes no daban clases de catecismo: daban palizas a los que contaban mentiras flagrantes sobre el gobierno. Su padre insistía en preguntar por qué el gobierno mataba a niños lisiados. Se había dejado sugestionar por su esposa inglesa y su hija en extremo sentimental. Erik los quería, lo que hacía muy difícil y mucho más doloroso el hecho de que estuvieran tan desorientados y se obstinaran en mantener esa actitud.

Durante su permiso en Berlín, Erik había ido a visitar al padre de Hermann, el hombre que le había hablado por primera vez de la emocionante filosofía nazi cuando Hermann y él eran unos críos. Herr Braun era miembro de las SS. Erik dijo que había conocido a un hombre en un bar que aseguraba que el gobierno mataba a los lisiados en hospitales especiales.

—Es cierto que los deformes son una carga muy costosa para el avance de la nueva Alemania —había reconocido herr Braun ante Erik—. La raza debe ser purificada, eliminando a los judíos y a otras clases degradadas, y evitando los matrimonios mixtos que puedan producir mestizos. Pero la eutanasia jamás ha sido la política nazi. Aunque somos decididos, incluso brutales en ocasiones, no asesinamos a las personas. Eso es una mentira comunista.

Las acusaciones lanzadas por su padre eran falsas. Aun así, Erik lloraba en ocasiones.

Por suerte, estaba ocupadísimo. Siempre había un momento de mucha afluencia de pacientes por la mañana, sobre todo, hombres heridos el día anterior. Luego disfrutaron de un rato de calma antes de la llegada de las primeras bajas de esa jornada. Cuando Weiss hubo operado al chico afectado por la gangrena, Erik, Hermann y él se tomaron un descanso de media mañana en la atestada sala de reuniones.

Hermann levantó la vista del periódico.

—¡En Berlín empiezan a decir que ya hemos ganado! —exclamó—. Tendrían que venir y verlo con sus propios ojos.

El doctor Weiss habló con su cinismo habitual.

—El Führer pronunció un discurso muy interesante en el Sportpalast —comentó—. Habló de la bestialidad de los rusos. Me pareció alentador. Tenía la sensación de que los rusos eran los combatientes más duros con los que nos habíamos topado. Han luchado con más firmeza y durante más tiempo que los polacos, los belgas, los franceses o los ingleses. Puede que no tengan el equipamiento adecuado, que sus líderes sean unos blandos o que estén medio muertos de hambre, pero se abalanzan a todo correr sobre nuestras ametralladoras, blandiendo sus fusiles obsoletos, como si les trajera sin cuidado vivir o morir. Me alegra oír que no es más que un signo de su bestialidad. Empezaba a temer que pudieran ser valerosos y patrióticos.

Como siempre, Weiss fingía estar de acuerdo con el Führer, aunque en realidad quería decir lo contrario. Hermann parecía confuso, pero Erik lo entendió y estaba furioso.

—Sean lo que sean los rusos, están perdiendo —sentenció—. Estamos a sesenta y cuatro kilómetros de Moscú. Se ha demostrado que el Führer tenía razón.

—Y es mucho más brillante que Napoleón —afirmó el doctor Weiss.

—En la época de Napoleón no había nada que se moviera más rápido que un caballo —dijo Erik—. Hoy en día tenemos los vehículos motorizados y la telegrafía inalámbrica. Las comunicaciones modernas nos han permitido salir airosos en los casos en los que Napoleón fracasó.

—O nos lo permitirán, cuando tomemos Moscú.

—Cosa que sucederá dentro de un par de días, cuando no, dentro de un par de horas. ¡No le quepa la menor duda!

—¿Ah, no? Creo que algunos de nuestros generales han sugerido que nos quedemos donde estamos y construyamos una línea de defensa. Podríamos asegurar nuestras posiciones, reabastecernos durante el invierno y regresar a la ofensiva cuando llegue la primavera.

—¡Eso me suena a asquerosa cobardía! —exclamó Erik, enardecido.

—Tiene razón; debe de tenerla, puesto que es exactamente lo que Berlín ha dicho a los generales, según tengo entendido. Evidentemente, el punto de vista del cuartel general es más acertado que el de los hombres que se encuentran en primera línea de batalla.

—¡Casi hemos acabado con el Ejército Rojo!

—Pero es como si Stalin se sacara las armas de la nada, como si fuera un mago. Al principio de esta campaña creíamos que tenía doscientas divisiones. Ahora creemos que tiene más de trescientas. ¿Dónde encontrará otras cien divisiones?

—Una vez más, se demostrará que el Führer tenía razón.

—Por supuesto que sí, Erik.

—¡Todavía no se ha equivocado!

—Un hombre creyó que podía volar, así que saltó de la azotea de un edificio de diez plantas, y cuando pasó volando por la quinta planta, agitando los brazos en vano, lo oyeron decir: «Hasta aquí vamos bien».

Un soldado irrumpió a toda prisa en la sala de reuniones.

—Ha habido un accidente —anunció—. En la presa situada al norte de la ciudad. Un choque, tres vehículos. Hay algunos oficiales de las SS heridos.

Las SS, o Schutzstaffel, habían sido, en su origen, la guardia personal de Hitler, y ahora componían una élite poderosa. Erik admiraba su excelsa disciplina, sus uniformes de tremenda elegancia y su relación tan estrecha con Hitler.

—Enviaremos una ambulancia —anunció Weiss.

—Se trata del *Einsatzgruppe,* el Grupo Especial —detalló el soldado.

Erik había oído hablar vagamente de los Grupos Especiales. Seguían al ejército hasta el territorio conquistado y señalaban a los alborotadores o posibles rebeldes, como los comunistas. Era probable que estuvieran montando un campo de prisioneros a las afueras de la ciudad.

—¿Cuántos heridos? —preguntó Weiss.

—Seis o siete. Siguen sacando a gente de los coches.

—Está bien. Braun y Von Ulrich, vayan ustedes.

Erik estaba encantado. Le alegraba poder trabajar codo con codo con los más leales colaboradores del Führer, le alegraría más incluso poder serles de utilidad.

El soldado le entregó una nota con indicaciones para llegar al lugar del siniestro.

Erik y Hermann se bebieron de golpe el té, apagaron los cigarrillos y salieron de la sala de reuniones. Erik se puso un abrigo de pieles que había quitado a un oficial ruso muerto, pero lo había dejado abierto para que se viera su uniforme. Se apresuraron a bajar hasta el garaje, y Hermann sacó la ambulancia. Erik leyó en voz alta las indicaciones mientras intentaba ver a través de una fina cortina de nieve.

La carretera salía de la ciudad y se adentraba serpenteando en el bosque. Dejaron atrás a varios autobuses y camiones que circulaban en sentido contrario. La nieve caída en el camino se había endurecido, y Hermann no podía ir muy rápido sobre la reluciente superficie helada. A Erik no le costó imaginar cómo se habría producido el accidente.

Era la tarde de un día breve. En esa época del año había luz desde las diez de la mañana hasta las cinco de la tarde. Una luz grisácea penetró entre las nubes de nieve. Los altos pinos que crecían por montones a ambos lados del camino oscurecían definitivamente la vía. Erik tuvo la sensación de estar en uno de los cuentos de los hermanos Grimm, siguiendo el camino hasta lo más profundo del bosque, donde residía el mal.

Buscaban un giro a la izquierda, y lo encontraron custodiado por un soldado que les señaló el camino. Avanzaron dando tumbos por una senda llena de baches entre árboles hasta que llegaron a un segundo guardia.

—Avancen como si fueran a pie, no más deprisa. Esa fue la causa del accidente —les advirtió.

Pasado un minuto, llegaron al lugar indicado. Tres vehículos accidentados formaban un amasijo de hierros: un autobús, un todoterreno y una limusina Mercedes con cadenas para la nieve en las ruedas. Erik y Hermann bajaron de un salto de la ambulancia.

El autobús estaba vacío. Había tres hombres en el suelo, quizá fueran los ocupantes del todoterreno. Varios soldados estaban reunidos en torno al coche aplastado entre los otros dos vehículos, por lo visto, intentando sacar a sus ocupantes.

Erik oyó la detonación de un disparo de fusil, y se preguntó, por un instante, quién habría disparado, aunque dejó de lado ese pensamiento y continuó concentrado en su labor.

Hermann y él fueron pasando de un hombre a otro, valorando la gravedad de sus heridas. De las tres personas que había en el suelo, una estaba muerta, había otro hombre con el brazo roto y el tercero tenía solo unos cuantos cardenales. En el interior del vehículo, un hombre se había desangrado hasta la muerte, otro estaba inconsciente y un tercero gritaba.

Erik inyectó una dosis de morfina al que gritaba. Cuando el potente calmante hizo efecto, Hermann y él sacaron al paciente del coche para subirlo a la ambulancia. Una vez que lo hubieron quitado de en medio, los soldados pudieron empezar a liberar al hombre inconsciente, que estaba atrapado en la carrocería deformada del Mercedes. El militar tenía una herida en la cabeza que a Erik le pareció mortal de necesidad, aunque no se lo dijo a nadie. Se concentró en los hombres del todoterreno. Hermann entablilló el brazo roto, y Erik llevó al hombre herido a la ambulancia y se sentó junto a él.

Regresó al Mercedes.

—Lo habremos sacado en cinco o diez minutos —dijo un capitán—. Espere.

—Está bien —respondió Erik.

Volvió a oír disparos, y se adentró algo más en el bosque, movido por la curiosidad de qué podría estar haciendo el Grupo Especial. La nieve depositada en el suelo, entre los árboles, estaba llena de pisadas y colillas, corazones de manzana, periódicos viejos y otra clase de basura, como el rastro dejado por un grupo de trabajadores al salir de la fábrica.

Se adentró en un claro donde había aparcados camiones y autobuses. Habían llevado a muchas personas a aquel lugar. Algunos autobuses se marchaban, rodeando el lugar del accidente; otro llegó justo cuando Erik pasaba por allí. Dejó atrás el aparcamiento y llegó hasta un grupo de un centenar o más de rusos de todas las edades: eran prisioneros, aunque muchos llevaban maletas, cajas y sacos que agarraban con fuerza como si estuvieran custodiando preciosas posesiones. Había un hombre que sujetaba un violín. Una niñita con una muñeca captó la atención de Erik, y un desagradable presentimiento le encogió el corazón.

Los prisioneros eran vigilados por policía local armada con porras. Estaba claro que el Grupo Especial tenía colaboradores para lo que quisiera que estuvieran haciendo. Los policías lo miraron, se percataron del uniforme del ejército alemán visible bajo el abrigo desabrochado, y no dijeron nada.

Cuando pasó por allí, un prisionero ruso bien vestido se dirigió a él en alemán.

—Señor, soy el director de la fábrica de neumáticos de esta ciudad. Nunca he creído en el comunismo, pero trabajo de soplón, como tienen que hacer todos los jefes. Puedo ayudarle, sé dónde está todo. Por favor, sáqueme de aquí.

Erik no le hizo caso y siguió caminando en dirección a los disparos.

Llegó a la presa. Era un enorme socavón irregular en el suelo, con el borde rodeado por pinos como guardias de uniforme verde oscuro cubiertos de nieve. El final de una larga pendiente llevaba al agujero. Mientras miraba, una docena de prisioneros empezaron a descender, de dos en dos, dirigidos por soldados, hasta el valle de sombras.

Erik se percató de la presencia de tres mujeres y un niño de unos once años que estaba entre ellas. ¿Estaba el campo de prisioneros en algún lugar de la presa? Pero ya no llevaban equipaje alguno. La nieve caía sobre sus cabezas descubiertas como una bendición.

Erik habló con un sargento de las SS que estaba por ahí cerca.

—¿Quiénes son los prisioneros, sargento?

—Comunistas —respondió el hombre—. De la ciudad. Comisarios políticos y gente de esa calaña.

—¿Cómo?, ¿incluso ese niño pequeño?

—Judíos, también —aclaró el sargento.

—Bueno, ¿qué son, comunistas o judíos?

—¿Qué diferencia hay?

—No es lo mismo.

—No sabe lo que dice, imbécil. La mayoría de los comunistas son judíos. Y la mayoría de los judíos son comunistas. ¿Es que no sabe nada?

El director de la fábrica de neumáticos que había hablado con Erik no parecía ser una cosa ni la otra, o eso le pareció a él.

Los prisioneros llegaron al lecho rocoso de la presa. Hasta ese momento habían avanzado arrastrando los pies como las ovejas de un rebaño, sin hablar ni mirar a su alrededor, pero en ese instante se inquietaron y empezaron a señalar algo que había en el suelo. Mirando a través de los copos de nieve, Erik vio lo que parecían cuerpos desperdigados entre las piedras, con la ropa emblanquecida por la ventisca.

Por primera vez, Erik se percató de la presencia de doce hombres armados con fusiles, apostados al borde de un barranco, entre los árboles. Doce prisioneros, doce tiradores: se dio cuenta de lo que estaba ocurriendo, y sintió un reflujo bilioso de incredulidad mezclada con horror.

Levantaron las armas y apuntaron a los prisioneros.

—¡No! —gritó Erik—. ¡No, no podéis! —Nadie lo escuchó.

Una prisionera gritó. Erik la vio agarrar al niño de once años y pegárselo al cuerpo, como si rodeándolo con sus brazos pudiera detener las balas. Parecía su madre.

—Fuego —ordenó un oficial.

Los fusiles detonaron. Los prisioneros se tambalearon y se desplomaron. El ruido provocó la caída de unos copos de nieve de los pinos, y llovió sobre los soldados, una lluvia de blanco níveo.

Erik vio caer al pequeño y a su madre, todavía fundidos en un abrazo.

—¡No! —gritó—. ¡No, por favor!

El sargento se quedó mirándolo.

—Pero ¿qué mosca le ha picado? —preguntó, airado—. ¿Quién es usted, por cierto?

—Soy ordenanza médico —dijo Erik, sin poder apartar la vista de la espantosa escena de la fosa.

—¿Qué está haciendo aquí?

—He traído la ambulancia para los oficiales heridos en el accidente. —Erik vio a otros doce prisioneros a los que conducían por la cuesta hacia la presa—. Por Dios santo, mi padre tenía razón —se lamentó—. Estamos asesinando gente.

—Deje de lloriquear y vuelva a la puta ambulancia.

—A sus órdenes, sargento —respondió Erik.

III

A finales de noviembre, Volodia solicitó el traslado a una unidad de combate. Su labor de espionaje ya no parecía importante: el Ejército Rojo no necesitaba espías para descubrir las intenciones de un ejército alemán que ya estaba a las afueras de Moscú. Y quería luchar por su ciudad.

Sus recelos sobre el gobierno llegaron a parecerle una trivialidad. La estupidez de Stalin, la brutalidad de la policía secreta, la forma en que nada funcionaba en la Unión Soviética como se suponía que debía hacerlo… la importancia de todo eso se mitigó. Lo único que sentía era la encendida urgencia de repeler al invasor, que amenazaba con llevar la violencia, la violación, el hambre y la muerte a su madre, su hermana, los mellizos Dimka y Tania, y Zoya.

Era muy consciente de que si todo el mundo opinaba lo mismo, se quedarían sin espías. Sus informadores alemanes eran personas que habían decidido que el patriotismo y la lealtad no eran tan importantes como la terrible maldad de los nazis. Él se sentía agradecido por su valor y la férrea moralidad que los impulsaba a actuar así. Sin embargo, su sentir era distinto.

También lo hacían muchos de los miembros más jóvenes de los servicios secretos del Ejército Rojo, y un pequeño grupo de ellos se unió al batallón de fusileros a principios de diciembre. Volodia besó a sus padres, escribió una nota a Zoya en la que decía que esperaba sobrevivir para volver a verla, y se trasladó a los barracones.

Después de mucho esperar, Stalin convocó a los refuerzos del este de Moscú. Treinta divisiones siberianas se desplegaron para combatir a los alemanes, que ahora se encontraban más cerca que nunca. De camino a la primera línea, algunos de ellos realizaron una breve parada en Moscú, y los moscovitas presentes en las calles se quedaron mirándolos con sus blancos abrigos acolchados y sus calientes botas de borreguito, con sus esquíes y sus gafas protectoras y robustos caballos esteparios. Llegaron a tiempo para el contraataque ruso.

Aquella era la última oportunidad del Ejército Rojo. Una y otra vez, en los últimos cinco meses, la Unión Soviética había desplegado cientos de miles de hombres contra el invasor. Y en todas las ocasiones, los alemanes habían hecho una pausa, habían repelido el ataque y habían proseguido con su avance imparable. Pero si este intento fracasaba no habría más ocasiones de triunfo. Los alemanes tomarían Moscú, y cuando eso ocurriera, tomarían la URSS. Y entonces su madre tendría que vender vodka para conseguir leche en el mercado negro para Dimka y Tania.

El 4 de diciembre las fuerzas soviéticas salieron en dirección al norte de la ciudad, al oeste y al sur, y tomaron posiciones para la última campaña. Viajaban con los faros apagados para evitar poner en guardia al enemigo. No les estaba permitido encender hogueras ni cigarrillos.

Esa noche los soldados de primera línea recibieron la visita de los agentes del NKVD. Volodia no vio a su cuñado con cara de rata, Ilia Dvorkin, quien debía encontrarse entre ellos. Una pareja que no reconoció se acercó al campamento donde Volodia y una docena de hombres estaban limpiando sus fusiles.

—¿Has oído a alguien que critique al gobierno? —preguntaron—. ¿Qué dicen los compañeros sobre el camarada Stalin? ¿Quién, de entre tus colegas, cuestiona la inteligencia de la estrategia y las tácticas del ejército?

Volodia no daba crédito. ¿Qué importaba eso a esas alturas? En los días siguientes, Moscú sería salvado o estaría perdido para siempre. ¿A quién le preocupaba si los soldados echaban pestes contra sus oficiales? Cortó el interrogatorio de raíz, diciendo que él y sus hombres tenían orden de permanecer en silencio, y que debía pegar un tiro a cualquiera que la incumpliese, pero que, añadió de modo temerario, no informaría a la policía secreta si se marchaban de inmediato.

Eso funcionó, aunque a Volodia no le cabía duda de que el NKVD estaba socavando la moral de los soldados de toda la primera línea.

El 5 de diciembre por la tarde, la artillería rusa entró en acción con fuerza arrolladora. A la mañana siguiente, al alba, Volodia y su batallón avanzaron en medio de una ventisca. Tenían órdenes de tomar una ciudad situada al otro lado de un canal.

Volodia no hizo caso de las órdenes de realizar un ataque frontal a las defensas alemanas; esa era una táctica rusa anticuada, y no era momento de aferrarse con obstinación a ideas mal planteadas. Con su compañía de cien hombres se dirigió río arriba y cruzaron el suelo helado hacia el norte de la ciudad, luego se aproximaron al flanco alemán. Oía las detonaciones e impactos de la contienda a su izquierda, por eso supo que estaban justo detrás de la primera línea enemiga.

Volodia estaba prácticamente cegado por la ventisca. Los cañonazos ocasionales disipaban las nubes unos instantes, pero la visibilidad al nivel del suelo era de unos pocos metros. Sin embargo, pensó con optimismo, eso contribuiría a que los rusos pudieran avanzar con sigilo en dirección a los alemanes y pillarlos por sorpresa.

Hacía un frío endemoniado, hasta 35 °C bajo cero en algunos lugares, y aunque eso era terrible para ambos bandos, lo pasaban peor los alemanes, que carecían de medios para soportar el frío.

En cierta forma, para su sorpresa, Volodia descubrió que los nazis, que siempre se habían mostrado diligentes, no habían consolidado el frente. No tenían trincheras, ni zanjas antitanque, ni refugios subterráneos. El frente alemán no era más que una serie de fortines. Era fácil colarse por los huecos descuidados y llegar a la ciudad para buscar puntos débiles, barracones, cantinas y depósitos de munición.

Sus hombres dispararon a tres centinelas para tomar un campo de fútbol donde había aparcados cincuenta camiones. «¿De verdad va a ser tan fácil?», se preguntó Volodia. ¿El ejército que había conquistado Rusia estaba ahora debilitado y acabado?

Los cadáveres de los soldados soviéticos, caídos en combates previos y abandonados para que se congelasen donde habían muerto, no tenían ni botas ni abrigos, que seguramente habían robado los ateridos alemanes.

Las calles de la ciudad estaban plagadas de vehículos abandonados, camiones vacíos con las puertas abiertas, tanques cubiertos de nieve con los motores congelados, y jeeps con el capó levantado, como para demostrar que los mecánicos habían intentado repararlos, pero que lo habían dejado, desesperados.

Al cruzar una calle principal, Volodia oyó el motor de un coche y distinguió, a través de la ventisca, un par de faros que se aproximaban por su izquierda. Al principio, supuso que se trataba de un vehículo soviético que avanzaba por las líneas alemanas. Pero entonces dispararon a sus soldados y también a él, y les ordenó a gritos que se pusieran a cubierto. El coche resultó ser un Kubelwagen, un todoterreno de Volkswagen con la rueda de repuesto en el parachoques y cubierta por una funda. Tenía un motor de ventilación fría, que era la razón por la que no se había congelado. Pasó junto a ellos traqueteando y a máxima velocidad, mientras los ocupantes disparaban desde sus asientos.

Volodia se quedó tan atónito que se olvidó incluso de responder a los disparos. ¿Por qué estaba el vehículo lleno de alemanes armados que huían de la batalla?

Llevó a su compañía por el camino. Había imaginado que, a esas alturas, ya estarían luchando por avanzar, poniéndose a cubierto de casa en casa, pero se toparon con una oposición débil. Los edificios de la ciudad ocupada estaban cerrados con llave, clausurados, a oscuras. Cualquier ruso allí presente con un poco de sentido común debía de estar escondido bajo la cama.

Aparecieron más coches por el camino, y Volodia decidió que los oficiales debían de estar huyendo del campo de batalla. Envió una sección con una ametralladora ligera Degtyarev DP-28 a tomar posiciones en una cafetería para poder dispararles desde allí. No quería que esos alemanes viviesen para matar rusos al día siguiente.

Justo a la salida de la carretera principal localizó un edificio bajo de ladrillo con potentes luces encendidas tras unas delgadas cortinas. Después de pasar a rastras por delante de un centinela que apenas veía por la ventisca de nieve, pudo mirar en el interior de la vivienda y distinguir unos oficiales que había dentro. Supuso que se trataba del cuartel general del batallón.

Dio órdenes entre susurros a sus sargentos. Dispararon a los cristales y luego lanzaron granadas al interior. Salieron unos cuantos alemanes con las manos sobre la cabeza. Pasado un minuto, Volodia había tomado el edificio.

Oyó un ruido nuevo. Se quedó escuchando, y arrugó la frente, confundido. Más que ninguna otra cosa, parecía el estruendo de un partido de fútbol. Salió del edificio del cuartel general. El sonido procedía de la primera línea, y cada vez se oía con más fuerza.

Entonces se oyó una ráfaga de disparos de ametralladora y, a unos noventa metros de la carretera principal, un camión empezó a dar bandazos y se salió de la carretera para ir a estamparse contra un muro de ladrillo, luego se prendió fuego; supuestamente había recibido el impacto de la DP-28 de los hombres de Volodia. Otros dos vehículos que iban justo detrás salieron huyendo.

Volodia corrió hacia la cafetería. La ametralladora estaba colocada sobre su bípode en una mesa del local. El sobrenombre de ese modelo era «la Grabadora», por el cargador en forma de disco situado justo encima del cañón. Los hombres estaban divirtiéndose.

—¡Es como el tiro al pichón, señor! —exclamó un artillero—. ¡Qué fácil! —Uno de los hombres había registrado la cocina y había encontrado un gran bote de helado que, milagrosamente, no estaba caducado, y se estaban turnando para engullirlo.

Volodia miró por la luna hecha añicos de la cafetería. Vio otro vehículo que se acercaba, aunque esta vez era un todoterreno y, detrás de este, unos hombres corriendo. Cuando se acercaron reconoció los uniformes alemanes. A estos les seguían más hombres, docenas, tal vez cientos. Eran los responsables del ruido como de partido de fútbol.

El artillero apuntó la ametralladora hacia el coche que se aproximaba, pero Volodia le puso una mano en el hombro.

—Espera —dijo.

Miró hacia la ventisca, lo que le produjo picor en los ojos. Todo cuanto pudo ver fueron más vehículos y más hombres avanzando a la carrera, además de unos cuantos caballos.

Un soldado levantó su fusil.

—No dispares —ordenó Volodia. La multitud se acercó más—. No podemos detener a todos estos... nos derrotarían en un minuto —advirtió—. Dejémosles pasar. Poneos a cubierto. —Los hombres se tumbaron. El artillero retiró de la mesa la DP-28. Volodia se sentó en el suelo y miró por el alféizar.

El ruido se tornó estruendo. Los hombres que iban en cabeza llegaron a la altura de la cafetería y pasaron por delante. Iban corriendo, tropezaban y avanzaban renqueantes. Algunos llevaban fusiles, la mayoría parecía haber perdido su arma; algunos portaban gorro y abrigo, otros no llevaban más que la guerrera. Muchos estaban heridos. Volodia vio caer a un hombre con la cabeza vendada, avanzó a gatas unos metros y se desplomó. Nadie se percató. Un soldado de caballería sobre su montura hizo caer a uno de infantería y le pasó por encima, sin pensárselo dos veces. Los jeeps y los coches oficiales pasaban de forma temeraria a través de la multitud, patinando sobre el hielo, tocando el claxon de forma enloquecida y obligando a los hombres a apartarse hacia ambos lados.

Volodia se dio cuenta de que era un repliegue en desbandada. Marchaban por millares. Era una estampida. Estaban huyendo.

Al final, los alemanes se batían en retirada.

11

1941 (IV)

I

Woody Dewar y Joanne Rouzrokh viajaban desde Oakland, California, con destino a Honolulu en un Boeing B-314 de pasajeros. El vuelo de Pan Am duraba catorce horas. Justo antes de llegar, la pareja tuvo una gran discusión.

Tal vez fuera efecto de haber pasado tanto tiempo en un espacio tan reducido. El avión era una de las naves más grandes del mundo, pero los pasajeros iban acomodados en seis pequeñas cabinas individuales, y cada una de ellas contaba con dos filas de cuatro asientos, una frente a otra.

—Prefiero el tren —comentó Woody al tiempo que cruzaba sus largas piernas con incomodidad, y Joanne tuvo el detalle de no señalar que no se podía viajar a Hawai en tren.

El viaje había sido idea de los padres de Woody. Habían decidido ir de vacaciones a Hawai para poder visitar al hermano pequeño de Woody, Chuck, que estaba destinado allí. Entonces invitaron a su otro hijo y a Joanne a acompañarlos durante su segunda semana de visita.

Woody y Joanne estaban prometidos. Él le había pedido la mano a finales del verano, tras cuatro semanas de tiempo caluroso y amor apasionado en Washington. Joanne había respondido que era demasiado pronto, pero Woody había señalado que llevaba seis años enamorado de ella, y le había preguntado cuánto tiempo más creía ella que era suficiente. Joanne había accedido. Se casarían el mes de junio, en cuanto Woody se licenciase en Harvard. Mientras tanto, su condición de prometidos les permitía disfrutar juntos de las vacaciones familiares.

Ella lo llamaba Woods y él la llamaba Jo.

El avión empezó a descender cuando se aproximaban a Oahu, la isla principal. Vieron montañas boscosas, aldeas desperdigadas en las tierras bajas y una franja de arena contra la que rompía el oleaje.

—Me he comprado un bañador nuevo —comentó Joanne. Estaban sentados uno al lado del otro, y el rugido de los motores de los catorce cilindros Wright Twin Cyclone era demasiado atronador para que se oyera lo que ella había dicho.

Woody estaba leyendo *Las uvas de la ira*, pero dejó la lectura sin problema.

—Me muero por vértelo puesto. —Y lo decía muy en serio. Ella era el sueño de cualquier diseñador de bañadores: todas las prendas destacaban en su figura.

Ella lo miró con una caída de párpados.

—Me gustaría saber si tus padres nos han reservado una habitación de matrimonio o dos individuales. —Sus ojos castaño oscuro parecieron derretirse.

Su condición de prometidos no les permitía dormir juntos, al menos, no de forma oficial; aunque a la madre de Woody no se le escapaba una y debía de haber imaginado que eran amantes.

—Te encontraré, estés donde estés.

—Más te vale.

—No me digas esas cosas. Ya estoy lo bastante incómodo en este asiento.

Ella sonrió, satisfecha.

La base naval estadounidense apareció en la lontananza. Una laguna en forma de hoja de palmera formaba una gigantesca bahía natural. La mitad de la flota del Pacífico estaba allí, un centenar de embarcaciones. Las hileras de tanques para el abastecimiento de combustible parecían los cuadros de un tablero de ajedrez.

En el centro de la laguna había una franja de tierra con una pista de aterrizaje. En el extremo oeste de la isla, Woody divisó más de una docena de hidroaviones amarrados.

Pegada a la laguna se encontraba la base aérea de Hickam. Varios cientos de aviones estaban aparcados con precisión militar en la pista, con las alas tocándose entre sí.

Para la maniobra de aproximación, el avión sobrevoló una playa de palmeras y sombrillas de rayas de alegres colores —que Woody supuso que debía de ser Waikiki—, luego pasaron sobre una pequeña población que tenía que ser Honolulu, la capital.

El Departamento de Estado debía unos días de permiso a Joanne, pero Woody había tenido que saltarse una semana de clases para poder disfrutar de esas vacaciones.

—Me sorprende lo que ha hecho tu padre —comentó Joanne—. Suele estar en contra de cualquier cosa que interrumpa tus estudios.

—Lo sé —confirmó Woody—. Pero ¿sabes cuál es el verdadero motivo de este viaje, Jo? Cree que es la última vez que verá a Chuck con vida.

—¡Oh, Dios mío!, ¿en serio?

—Cree que va a haber una guerra, y Chuck está en la armada.

—Creo que tiene razón. Habrá una guerra.

—¿Por qué lo dices tan segura?

—El mundo entero se muestra hostil ante la libertad. —Señaló el libro que tenía en el regazo, un best seller titulado *Diario de Berlín*, escrito por el locutor radiofónico William Shirer—. Los nazis tienen Europa. Los bolcheviques tienen Rusia. Y, ahora, los japoneses están haciéndose con el control de Extremo Oriente. No veo cómo va a poder sobrevivir Estados Unidos en un mundo así. ¡Habrá que pactar con alguien!

—Es una opinión muy parecida a la de mi padre. Cree que entraremos en guerra con Japón el año que viene. —Woody frunció el entrecejo con gesto pensativo—. ¿Qué está pasando en Rusia?

—Los alemanes no parecen capaces de tomar Moscú. Justo antes de marcharme se rumoreaba la posibilidad de un contraataque ruso a gran escala.

—¡Esas son buenas noticias!

Woody miró por la ventanilla. Podía ver el aeropuerto de Honolulu. Supuso que el avión amerizaría en una ensenada junto a la pista.

—Espero que no ocurra nada importante mientras estoy fuera.

—¿Por qué?

—Quiero un ascenso, Woods, no quiero que alguien brillante y prometedor destaque en mi ausencia.

—¿Ascenso? No me lo habías dicho.

—Todavía no me lo han dado, pero aspiro al puesto de jefa de investigación.

Él sonrió.

—¿Hasta dónde quieres llegar?

—Me gustaría ser embajadora de algún lugar fascinante y complejo, Nankín o Addis Abeba.

—¿De verdad?

—No pongas esa cara de incredulidad. Frances Perkins es la primera mujer secretaria de Trabajo y es buenísima en lo que hace.

Woody asintió en silencio. Perkins había sido secretaria de Trabajo desde los inicios de la presidencia de Roosevelt ocho años atrás, y había conseguido el respaldo sindical para el *new deal*. Una mujer excepcional podía aspirar a casi cualquier cosa en esos días. Y Joanne era realmente excepcional. Sin embargo, en cierta forma, a él le impactó que su prometida fuera tan ambiciosa.

—Pero una embajadora tiene que vivir en el extranjero —replicó Woody.

—¿Verdad que sería genial? Una cultura extranjera, clima raro, costumbres exóticas.

—Pero… ¿Cómo encaja eso con el matrimonio?

—¿Disculpa? —preguntó ella con aspereza.

Él se encogió de hombros.

—Es una pregunta normal, ¿no crees?

A Joanne no se le alteró el semblante, salvo por el hecho de que se le levantaron las aletas de la nariz: era una clara señal de que estaba enfadándose, y él lo sabía.

—¿Te he hecho yo esa pregunta? —espetó ella.

—No, pero…

—¿Y bien?

—Nada, es que estaba pensando, Jo… ¿Esperas que me vaya a vivir al lugar adonde te lleve tu profesión?

—Intentaré adaptarme a tus necesidades y espero que tú intentes adaptarte a las mías.

—Pero no es lo mismo.

—¿Ah, no? —Ahora sí que estaba enfadada de verdad—. Menuda novedad.

Woody se preguntó cómo era posible que la conversación se hubiera vuelto tan violenta en tan poco tiempo. Se esforzó por hablar con un tono de voz amigable y razonable.

—Habíamos hablado de tener hijos, ¿verdad?

—Serán tan tuyos como míos.

—No de la misma forma exactamente.

—Si el hecho de tener hijos me convierte en una ciudadana de segunda clase en este matrimonio, no pienso tenerlos.

—¡No quería decir eso!

—¿Y qué narices querías decir?

—Si te nombran embajadora de algún país, ¿esperas que lo deje todo y me vaya contigo?

—Espero que digas: «Cariño, es una maravillosa oportunidad para ti, no pienso interponerme». ¿Es que no es razonable?

—¡Sí! —Woody estaba perplejo y enfadado—. ¿Qué sentido tiene estar casados si no estamos juntos?

—Si estalla la guerra, ¿te presentarás voluntario a filas?

—Cabría la posibilidad.

—Y el ejército podría enviarte allá donde fuera necesario: Europa, Extremo Oriente.

—Sí, claro.

—Irías donde el deber te llamase, y me dejarías en casa.

—Sí, si fuera necesario.

—Pero yo no puedo hacerlo.

—¡No es lo mismo! ¿Por qué lo planteas como si lo fuera?

—Por raro que pueda parecerte, mi carrera y mi servicio al país me parecen importantes, al igual que te lo parecen a ti.

—¡Estás siendo mala!

—Bueno, Woods, de verdad siento que pienses así, porque hablaba muy en serio sobre nuestro futuro juntos. Ahora me pregunto si tenemos algún futuro.

—¡Por supuesto que sí! —Woody podría haberse puesto a llorar de desesperación—. ¿Cómo ha ocurrido esto? ¿Cómo hemos llegado hasta aquí?

Sintieron una sacudida, y el avión amerizó en Hawai.

II

A Chuck Dewar le aterrorizaba que sus padres descubrieran su secreto.

Estando en casa, en Buffalo, jamás había tenido una auténtica relación sentimental, solo un par de escarceos en callejones oscuros con chicos que apenas conocía. El principal motivo que lo había impulsado a enrolarse en la armada era, en gran parte, el hecho de poder ser él mismo sin que sus padres lo supieran.

Desde que había llegado a Hawai todo había sido distinto. Allí era parte de una comunidad clandestina de personas similares a él. Iba a bares, restaurantes y salones de baile donde no tenía que fingir ser heterosexual. Había tenido algunas relaciones e incluso se había enamorado. Muchas personas conocían su secreto.

Y ahora habían llegado sus padres.

Invitaron a su padre a conocer la unidad del Servicio de Inteligencia de Señales en la base naval, conocida como Estación HYPO. Como miembro de la Comisión de Relaciones Exteriores del Senado, el senador Dewar era informado de secretos militares, y ya le habían enseñado el cuartel general de Inteligencia de Señales, al que en Washington llamaban Op-20-G.

Chuck lo recogió en su hotel de Honolulu en un coche de la armada, una limusina Packard LeBaron. Su padre llevaba un sombrero blanco de paja. Cuando viajaban por la orilla del puerto, soltó un silbido.

—¡La flota del Pacífico! —exclamó—. ¡Qué visión tan maravillosa!

Chuck estaba de acuerdo.

—Es bastante bonito, ¿verdad? —comentó.

Los barcos eran preciosos, sobre todo en la armada estadounidense, donde los pintaban, los pulían y les sacaban brillo. Chuck pensaba que la marina era genial.

—Todos esos barcos perfectamente alineados… —comentó Gus, maravillado.

—Lo llamamos la Fila de Acorazados. Amarrados en alta mar están el *Maryland,* el *Tennessee,* el *Arizona,* el *Nevada,* el *Oklahoma* y el *West Virginia.* —Los acorazados tenían nombres de estados norteamericanos—. También tenemos el *California* y 'el *Pennsylvania* en el puerto, pero no se ven desde aquí.

En la entrada principal del Astillero Naval, el marine que estaba de centinela reconoció el coche oficial y les hizo un gesto con la mano para que entrasen. Fueron con el vehículo hasta la base submarina y se detuvieron en el aparcamiento situado tras el cuartel general, el Viejo Edificio de la Administración. Chuck llevó a su padre al ala que acababan de estrenar.

El capitán Vandermeier estaba esperándolos.

Vandermeier era a quien más temía Chuck. Le había cogido manía al joven y había adivinado su secreto. Siempre estaba llamándolo «sarasa» o «mariposón». Si podía, haría saltar la liebre.

Vandermeier era un hombre bajito y corpulento con la voz grave y halitosis. Saludó a Gus y le estrechó la mano.

—Bienvenido, senador. Será un privilegio enseñarle la Unidad de Inteligencia para la Comunicación del 14.º Distrito de la Armada. —Era el nombre deliberadamente vacuo que le habían puesto al grupo de rastreo de señales de radar de la Armada Imperial japonesa.

—Gracias, capitán —respondió Gus.

—Debo advertirle algo de antemano, señor. Se trata de un grupo informal. Este tipo de trabajo lo realizan personas muy excéntricas y no siempre visten el uniforme de la marina. El oficial al mando, el capitán de fragata Rochefort, lleva una americana de ante roja. —Vandermeier sonrió en un gesto de complicidad masculina—. Parece un puñetero mariquita.

Chuck intentó no torcer el gesto.

—No volveré a hablar hasta que nos adentremos en zona segura —advirtió Vandermeier.

—Muy bien —respondió Gus.

Bajaron las escaleras hasta el sótano; para llegar hasta allí cruzaron dos puertas blindadas.

La Estación HYPO era una instalación tipo celda, sin ventanas e iluminada con fluorescentes. Además de los habituales escritorios y sillas, tenía gigantescas mesas con mapas, hileras de exóticas impresoras, clasificadoras e intercaladoras de tarjetas IBM, y dos catres donde los criptoanalistas echaban sus sueñecitos entre las maratonianas sesiones de desciframiento de códigos. Algunos de los hombres vestían pulcros uniformes, pero otros, como Vandermeier había advertido, iban con desaliñados atuendos civiles, sin afeitar y, a juzgar por el hedor, sin asear.

—Como en todas las armadas de guerra, los japoneses cuentan con muchos códigos distintos y utilizan el más sencillo para las señales menos secretas, como los partes meteorológicos, y reservan los complejos para los mensajes de más alto secreto —explicó Vandermeier—. Por ejemplo, las señales para identificar al emisor de un mensaje y su destinatario son en un código primitivo, incluso cuando el texto en sí es en un código de alto nivel. Hace poco que han cambiado el código por señales de llamada, pero desciframos las nuevas en unos pocos días.

—Muy impresionante —dijo Gus.

—También podemos averiguar el lugar donde se ha originado la señal, gracias a la triangulación. Con las localizaciones y las señales de llamada, podemos hacernos una imagen bastante clara de la ubicación de la mayoría de las naves de la armada japonesa, aunque no podamos leer sus mensajes.

—Así que sabemos dónde están y qué rumbo van a tomar, pero desconocemos sus órdenes —recapituló Gus.

—Por lo general, así es.

—Pero si quisieran esconderse, lo único que tendrían que hacer es imponer el silencio de las radiofrecuencias.

—Cierto —reconoció Vandermeier—. Si se quedan callados, toda esta operación no vale para nada, y estaremos con la mierda hasta el cuello.

Un hombre con chaqueta de esmoquin y zapatillas de felpa se acercó, y Vandermeier lo presentó como el jefe de la unidad.

—El capitán de fragata Rochefort habla japonés con fluidez, además de ser un genio del criptoanálisis —informó Vandermeier.

—Íbamos muy bien descifrando el código principal de los japoneses justo hasta hace un par de días —comentó Rochefort—. Luego, los muy cabrones lo cambiaron y se cargaron todo nuestro trabajo.

—El capitán Vandermeier estaba contándome que pueden averiguar muchas cosas sin necesidad de leer los mensajes —dijo Gus.

—Sí. —Rochefort señaló un mapa de la pared—. Ahora mismo, gran parte de la flota japonesa ha abandonado las aguas nacionales y se dirige rumbo al sur.

—Eso no presagia nada bueno.

—Está claro que no. Pero dígame, senador, ¿cuáles cree usted que son las intenciones de los japoneses?

—Creo que declararán la guerra a Estados Unidos. Nuestro embargo de petróleo está haciéndoles mucho daño. Los ingleses y los holandeses se niegan a abastecerlos, y ahora mismo intentan transportarlo por mar desde Sudamérica. No pueden sobrevivir así eternamente.

—Pero ¿qué conseguirían atacándonos? ¡Un país pequeño como Japón no puede invadir Estados Unidos! —exclamó Vandermeier.

—Inglaterra es un país pequeño pero consiguió dominar el mundo gracias al gobierno de los mares. Los japoneses no tienen que conquistar Estados Unidos, solo necesitan vencernos en una batalla naval para poder controlar el Pacífico y que nadie los detenga a la hora de comerciar —terció Gus.

—Así que, en su opinión, ¿qué cree que podrían estar haciendo al dirigirse hacia el sur?

—Su objetivo más probable debe de ser Filipinas.

Rochefort asintió mostrando su acuerdo.

—Ya hemos reforzado la presencia de hombres en esa base. Pero hay algo que me preocupa: el capitán del portaaviones de la flota japonesa lleva varios días sin recibir señales de radio.

—Silencio en el sistema de comunicaciones. ¿Ya había ocurrido alguna vez? —preguntó Gus con el entrecejo fruncido.

—Sí. Los portaaviones permanecen en silencio cuando regresan a aguas nacionales. Así que hemos supuesto que, esta vez, esa era la explicación.

—Parece razonable —asintió Gus.

—Sí —respondió Rochefort—. Ojalá pudiera estar seguro de ello.

III

El paisaje resplandecía de luz y color con los adornos navideños de Fort Street, en Honolulu. Era sábado por la noche, el día 6 de diciembre, y el exterior estaba abarrotado de marineros con su blanco uniforme tropical, todos con su blanca gorra redondeada y su corbatín negro, dispuestos a pasar un buen rato.

La familia Dewar paseaba disfrutando del ambiente: Rosa, del brazo de Chuck, y Gus y Woody a ambos lados de Joanne.

Woody había hecho las paces con su prometida. Se disculpó por haber hecho suposiciones erróneas sobre lo que Joanne esperaba de su matrimonio. Joanne admitió que se le había ido un poco la mano en la discusión. Nada quedó aclarado en realidad, pero les bastó como reconciliación para arrancarse la ropa y meterse en la cama.

Después de hacer el amor, la riña no parecía tan grave y nada importaba salvo el hecho de que ambos se amaban. Juraron entonces que, en el futuro, discutirían para llegar a un acuerdo de forma cariñosa y tolerante. Mientras se vestían, Woody sintió que habían superado un hito. Habían tenido una amarga discusión sobre una marcada diferencia en sus puntos de vista, pero lo habían superado. Podía ser incluso una buena señal.

En ese momento iban camino de la cena, Woody llevaba su cámara e iba sacando fotos de cuanto les rodeaba a medida que avanzaban. Antes de haber caminado mucho más, Chuck se detuvo y les presentó a otro marino.

—Este es mi colega, Eddie Parry. Eddie, te presento al senador Dewar, a la señora Dewar, a mi hermano Woody y a su prometida, la señorita Joanne Rouzrokh.

—Encantada de conocerte, Eddie. Chuck te ha mencionado varias veces en las cartas que nos escribe. ¿Vendrás con nosotros a cenar? Solo vamos a un chino —dijo Rosa.

Woody estaba sorprendido, no era muy típico de su madre invitar a un desconocido a una comida familiar.

—Gracias, señora. Será un honor —respondió Eddie con acento del sur de Estados Unidos.

Entraron al restaurante Delicias Celestiales y ocuparon una mesa para seis. Eddie tenía unos modales muy correctos, llamaba «señor» a Gus y «señoras» a las mujeres, aunque parecía relajado. Cuando ya hubieron pedido, intervino.

—He oído hablar tanto sobre esta familia, que tengo la sensación de conocerles ya a todos. —Tenía el rostro pecoso y una amplia sonrisa, y Woody se dio cuenta de que les caía bien a todos.

Eddie preguntó a Rosa si le había gustado Hawai.

—A decir verdad, Honolulu es como una ciudad estadounidense en miniatura. Esperaba que fuera más oriental.

—Estoy de acuerdo —corroboró Eddie—. Son todo cafeterías pequeñas, moteles de carretera y grupos de jazz.

Preguntó a Gus si iba a estallar la guerra. Todo el mundo le hacía la misma pregunta.

—Hemos intentado por todos los medios encontrar un *modus vivendi* con Japón —explicó Gus. Woody se preguntó si Eddie sabría qué significaba *modus vivendi*—. El secretario de Estado Hull ha mantenido una serie de conversaciones con el embajador Nomura a lo largo del verano. Pero no han llegado a ningún acuerdo.

—¿Qué problema hay? —preguntó Eddie.

—La economía estadounidense necesita una zona de comercio libre en Extremo Oriente. Japón está de acuerdo: les encanta el comercio libre, pero no solo en el patio de nuestra casa, sino por todo el mundo. Estados Unidos no puede admitirlo, aunque quisiéramos. Así que Japón responde que, como otros países tienen su propia zona económica, ellos también necesitan una.

—Sigo sin entender por qué tienen que invadir China.

Rosa, que siempre intentaba ver la otra cara de las cosas, intervino.

—Los japoneses quieren a sus tropas en China e Indochina y en las

Indias Orientales Neerlandesas para proteger sus intereses, al igual que nosotros, los estadounidenses, tenemos soldados en Filipinas, los ingleses en la India, los franceses en Argelia, etcétera.

—Dicho así, ¡los japoneses parecen razonables!

—Son razonables —afirmó Joanne con rotundidad—, pero están equivocados. Conquistar un imperio es la solución del siglo XIX. El mundo está cambiando. Nos alejamos de los imperios y de las zonas económicas cerradas. Darles lo que quieren supondría un retroceso.

Les sirvieron la comida.

—Antes de que se me olvide —dijo Gus—, mañana desayunaremos a bordo del *Arizona*. A las ocho en punto.

—Yo no estoy invitado —respondió Chuck—, pero me han dado órdenes de que os acompañe hasta allí. Os recogeré a las siete y media y os llevaré al Astillero Naval, luego os conduciré hasta la nave en lancha.

—Bien.

Woody se puso a comer arroz frito.

—Esto es genial —dijo—. Deberíamos servir comida china en nuestra boda.

Gus soltó una risa.

—Me parece que no.

—¿Por qué no? Es barata y está rica.

—Una boda es algo más que la comida, es una ocasión especial. Y hablando del tema, Joanne, tengo que llamar a tu madre.

Joanne arrugó la frente.

—¿Por la boda?

—Por la lista de invitados.

Joanne dejó los palillos en el plato.

—¿Hay algún problema? —Woody observó cómo se le abrían las aletas de la nariz y supo que la cosa iba a ponerse fea.

—En realidad no es un problema —aclaró Gus—. Tengo una cantidad bastante numerosa de amigos y aliados en Washington que se sentirían ofendidos si no fueran invitados a la boda de mi hijo. Voy a sugerir a tu madre que compartamos todos los gastos.

Woody adivinó que su padre lo había pensado mucho. Como Dave había vendido su empresa por una suma ridícula antes de morir, era posible que la madre de Joanne no tuviera mucho dinero para pagar una boda extravagante. Pero a Joanne no le gustó la idea de dos progenitores encargándose de los preparativos de la boda a sus espaldas.

—¿Quiénes son esos amigos y aliados en los que había pensado? —preguntó Joanne con frialdad.

—Senadores y congresistas, en su mayoría. Debemos invitar al presidente, aunque no vendrá.

—¿Qué senadores y congresistas? —insistió Joanne.

Woody se dio cuenta de que su madre disimulaba una sonrisa. Le encantaba la insistencia de Joanne. No había muchas personas con el temperamento suficiente para poner a Gus contra las cuerdas.

Gus empezó a recitar una lista de nombres.

Joanne lo interrumpió.

—¿Ha dicho congresista Cobb?

—Sí.

—¡Si votó en contra de la propuesta de ley para prohibir los linchamientos!

—Peter Cobb es un buen hombre. Pero es político de Mississippi. Vivimos en una democracia, Joanne: representamos a nuestros votantes. Los sureños no darían su apoyo jamás a una ley que prohibiese los linchamientos. —Miró al amigo de Chuck—. Espero no haber metido la pata, Eddie.

—No mida sus palabras por mí, señor —respondió Eddie—. Soy de Texas, pero me avergüenzo al pensar en nuestros políticos sureños. Odio los prejuicios. Un hombre lo es sin importar el color de su piel.

Woody miró a Chuck. Se sentía tan henchido de orgullo por Eddie que podría haber estallado ahí mismo.

En ese momento, Woody se dio cuenta de que Eddie era algo más que el colega de Chuck.

¡Qué situación tan rara!

Había tres parejas que se amaban en la mesa: su padre y su madre, Joanne y él, y Chuck y Eddie.

Se quedó mirando a Eddie. Y supuso que era el amante de Chuck.

Era raro de verdad.

Eddie lo pilló mirándolo y le devolvió una cálida sonrisa.

Woody apartó la mirada de golpe. «Gracias a Dios que papá y mamá no se lo han imaginado», pensó.

A menos que esa fuera la razón por la que su madre había invitado a Eddie a cenar con la familia. ¿Lo sabía? ¿Lo aprobaba siquiera? No, eso iba más allá de todos los límites de lo posible.

—De todas formas, Cobb no tiene alternativa —decía su padre—. Y, por todo lo demás, es liberal.

—Eso no tiene nada de democrático —respondió Joanne, acalorada—. Cobb no representa a las personas del Sur. Solo a los blancos a los que permiten votar en esa parte del país.

—Nada es perfecto en esta vida —terció Gus—. Cobb dio su apoyo al *new deal* de Roosevelt.

—Eso no significa que tenga que invitarlo a mi boda.

Woody intervino.

—Papá, yo tampoco quiero que venga. Tiene las manos manchadas de sangre.

—Eso es injusto.

—Es lo que sentimos.

—Bueno, pues no eres tú quien toma esas decisiones; la madre de Joanne es quien da la fiesta y, si me deja, compartiremos los gastos. Supongo que eso nos da al menos el derecho de poder hacer sugerencias para la lista de invitados.

Woody se echó para atrás en su asiento.

—¡Demonio, es nuestra boda!

Joanne miró a Woody.

—A lo mejor deberíamos celebrar una boda tranquila en el ayuntamiento, con un par de amigos y ya está.

Woody se encogió de hombros.

—Por mí, vale.

—Eso molestaría a muchas personas —sentenció Gus con severidad.

—Pero no a nosotros —dijo Woody—. La persona más importante ese día es la novia. Yo solo quiero lo que ella quiera.

Rosa habló.

—Escuchadme todos —dijo—. No nos rasguemos las vestiduras. Gus, querido, tendrás que coger a Peter Cobb aparte y explicarle, con amabilidad, que tienes mucha suerte de tener un hijo idealista que va a casarse con una maravillosa chica igual de idealista, y que se niegan en redondo a que el congresista Cobb asista a la boda. Dile que lo sientes, pero que no puedes seguir tus impulsos al igual que no los pudo seguir Peter al votar la ley en contra de los linchamientos. Esbozará una sonrisa y te dirá que lo entiende; siempre le has gustado porque vas con la verdad por delante.

Gus dudó durante largo rato, luego decidió acceder con amabilidad.

—Supongo que tienes razón, querida —admitió. Sonrió a Joanne—. En cualquier caso, sería un idiota si me pelease con mi encantadora nuera por Pete Cobb.

—Gracias… ¿Puedo empezar ya a llamarte papá?

Woody estuvo a punto de lanzar un grito ahogado. Era el comentario perfecto. ¡Joanne era tan lista!

—Me encantaría —respondió Gus.

Woody creyó ver una lágrima en la comisura del ojo de su padre.

—Pues entonces, gracias, papá.

«¿Qué te parece? —pensó Woody—. Se ha enfrentado a él y ha ganado.»

¡Menuda chica!

IV

El domingo por la mañana, Eddie quiso acompañar a Chuck a recoger a la familia a su hotel.

—No sé, cariño —respondió Chuck—. Se supone que tú y yo somos amigos, no inseparables.

Estaban en la cama de un motel, al amanecer. Debían volver a hurtadillas a los barracones antes de que saliera el sol.

—Te avergüenzas de mí —dijo Eddie.

—¿Cómo puedes decir eso? ¡Si te he llevado a cenar con mi familia!

—Fue idea de tu madre, no tuya. Pero a tu padre le gusté, ¿verdad?

—Todos te adoran. ¿Quién no lo haría? Pero no saben que eres un asqueroso marica.

—No soy un asqueroso marica. Soy un marica muy limpio.

—Es verdad.

—Por favor, llévame contigo. Quiero conocerlos mejor. De verdad que es muy importante para mí.

Chuck suspiró.

—Está bien.

—Gracias. —Eddie le besó—. ¿Tenemos tiempo de…?

Chuck sonrió de oreja a oreja.

—Si lo hacemos deprisa.

Dos horas más tarde se encontraban en la entrada del hotel, subidos en el Packard de la armada. Sus cuatro ocupantes se presentaron a las siete y media. Rosa y Joanne llevaban sombrero y guantes; Gus y Woody, traje de lino blanco. Woody llevaba la cámara.

Woody y Joanne iban cogidos de la mano.

—Mira a mi hermano —murmuró Chuck a Eddie—. ¡Es tan feliz!

—Es una chica preciosa.

Les abrieron las puertas y los Dewar se acomodaron en la parte trasera de la limusina. Woody y Joanne desplegaron los asientos auxiliares. Chuck puso en marcha el coche y se dirigió hacia la base naval.

Era una mañana soleada. La radio, sintonizada en la emisora KGMB, emitía himnos militares. El sol brillaba sobre la laguna y se reflejaba en los ojos de buey y en las pulidas barandillas de latón de cientos de barcos.

—¿Verdad que es una vista preciosa? —preguntó Chuck.

Entraron a la base y condujeron hasta el Astillero Naval, donde se encontraban una docena de barcos en los muelles y en los diques secos para su reparación, mantenimiento y recarga de combustible. Chuck aparcó en la Zona de Desembarco de Oficiales. Bajaron todos y miraron al otro lado de la laguna, a los imponentes barcos de guerra bajo la luz de la mañana. Woody sacó una foto.

Faltaban escasos minutos para las ocho. Chuck oyó el tañido de las campanas de una iglesia situada en la cercana Pearl City. En los barcos, el turno de mañana era llamado a desayunar, y coloridos grupos se reunían para izar las enseñas a las ocho en punto. Una banda de música situada en la cubierta del *Nevada* estaba tocando «The Star-Spangled Banner».

Se dirigieron al embarcadero, donde estaba esperándoles una lancha amarrada. El bote tenía capacidad para doce personas y un motor dentro de borda, bajo una trampilla de popa. Eddie encendió el motor mientras Chuck ayudaba a subir a los pasajeros. El pequeño motor inició un enérgico borboteo en el agua. Chuck permaneció en la borda mientras Eddie empujaba la lancha para alejarla del muelle y orientarla hacia los buques de guerra. La proa se irguió cuando la lancha tomó velocidad, y levantó dos ondas idénticas de espuma, como las alas de una gaviota.

Chuck oyó un avión y levantó la vista. Procedía del oeste y parecía como si estuviera a punto de chocar. Supuso que aterrizaría en una pista aérea naval de Ford Island.

Woody, sentado junto a Chuck en la borda, frunció el entrecejo.

—¿Qué clase de avión es ese?

Chuck conocía todos los aviones, tanto los del ejército como los de la armada, pero no logró identificar ese.

—Parece un Tipo 97 —dijo. Era el avión torpedero de portaaviones de la Armada Imperial Japonesa.

Woody apuntó con su cámara.

Cuando el avión se aproximó, Chuck divisó dos enormes soles rojos pintados en las alas.

—¡Es un avión japonés! —exclamó.

Eddie, que gobernaba la lancha desde popa, lo oyó.

—Debe de ser un falso avión japonés, para las prácticas —comentó—. Una maniobra sorpresa para estropear la mañana del domingo a todo el mundo.

—Supongo que sí —respondió Chuck.

Y entonces vio un segundo avión detrás del primero.

Y otro más.

—¿Qué demonios pasa aquí? —oyó preguntar a su padre con impaciencia.

Los aviones se lanzaron en picado sobre el Astillero Naval e hicieron un vuelo rasante justo por encima de la lancha; el rugido de sus motores se convirtió en estruendo, como el de las cataratas del Niágara. Chuck vio que eran unos diez; no, veinte; no, más.

Volaban directamente hacia la Fila de Acorazados.

Woody dejó por un instante de sacar fotos.

—No puede ser un ataque real, ¿verdad? —Su voz estaba teñida de miedo y duda.

—¿Cómo van a ser japoneses? —preguntó Chuck con incredulidad—. ¡Japón está a casi seis mil quinientos kilómetros! ¡Ningún avión puede recorrer tanta distancia!

Entonces recordó que los portaaviones que transportaban los torpederos japoneses habían mantenido en silencio las comunicaciones por radio. La unidad de Inteligencia de Señales había supuesto que estaban en aguas nacionales, pero no habían podido confirmarlo.

Vio la mirada de su padre y supuso que estaba recordando la misma conversación.

De pronto, todo estuvo claro y la incredulidad se tornó terror.

El avión situado en cabeza se aproximó aún más al *Nevada,* el abanderado de la Fila de Acorazados. Se oyó la detonación de un cañón. En cubierta, los marinos se desperdigaron y la banda se escabulló entre un entrecortado *diminuendo* de notas abandonadas.

En el interior de la lancha, Rosa gritó.

—¡Por Dios santo! —chilló Eddie—, ¡es un ataque!

A Chuck se le aceleró el pulso. Los japoneses estaban bombardeando Pearl Harbor, y él estaba en una pequeña embarcación en medio de la laguna. Miró los rostros aterrorizados de los demás: sus padres, su hermano y Eddie, y se dio cuenta de que toda la gente a la que quería estaba en esa lancha con él.

Torpedos alargados empezaron a caer de los vientres abultados de los aviones y a impactar contra las mansas aguas de la laguna.

—¡Da media vuelta, Eddie! —exclamó Chuck. Aunque Eddie ya estaba haciéndolo, describiendo una curva cerrada con la lancha.

Cuando se volvieron, Chuck vio, sobre la base aérea de Hickham, otro grupo de aviones con los discos rojos en las alas. Eran bombarderos de los que se dejaban caer en picado, y se abalanzaban como aves de presa sobre las hileras de aviones estadounidenses alineados perfectamente en las pasarelas de aterrizaje.

Pero ¿cuántos cabrones de esos había? Parecía que la mitad de la fuerza aérea japonesa estaba en el cielo sobre Pearl Harbor.

Woody todavía estaba sacando fotos.

Chuck oyó una detonación grave, como una explosión subterránea, y luego otra, inmediatamente después. Se volvió. Vio el destello de una llamarada en la cubierta del *Arizona,* y una columna de humo que empezaba a elevarse.

La popa de la lancha se hundió más en el agua cuando Eddie puso el motor a toda potencia.

—¡Deprisa! ¡Deprisa! —ordenó Chuck sin necesidad.

Desde uno de los barcos, Chuck oyó el insistente grito de una sirena del cuartel general, que convocaba a la tripulación a ocupar sus puestos de combate; el joven Dewar fue consciente de que, efectivamente, aquello era una batalla, y su familia estaba justo en medio. Pasado un instante, en Ford Island empezó a sonar la sirena de bombardeo aéreo con su grave gemido que fue identificándose hasta alcanzar una desesperada y aguda nota.

Se produjo una larga serie de explosiones procedentes de la Fila de Acorazados a medida que los aviones torpederos daban en sus blancos.

—¡Mirad el *Wee Vee*! —Era así como llamaban al *West Virginia*—. ¡Escora en dirección al puerto! —gritó Eddie.

Chuck se dio cuenta de que tenía razón. El casco del barco había quedado agujereado por el lado más próximo a los aviones atacantes.

Millones de toneladas de agua debían de haber entrado en su interior en pocos segundos para que una nave tan gigantesca se ladeara de esa forma.

Junto a ese acorazado, el *Oklahoma* sufría el mismo destino, y, para su horror, Chuck vio cómo los marinos resbalaban sin poder evitarlo, deslizándose por la cubierta inclinada hasta caer al agua por la borda.

Las olas producidas por la explosión sacudieron la lancha. Todos se aferraron a los bordes.

Chuck vio caer una lluvia de bombas sobre la base de hidroaviones situada en el extremo de Ford Island más próximo a ellos. Los aviones estaban amarrados muy juntos, y la frágil flota quedó hecha añicos, fragmentos de alas y fuselaje salieron volando por los aires como hojas en medio de un huracán.

Chuck, con su mente entrenada para los servicios secretos, intentaba identificar los tipos de avión, y en ese momento distinguió un tercer modelo entre los atacantes japoneses: los letales Mitsubishi «Zero», el mejor caza de portaaviones del mundo. Contaba únicamente con dos bombas de pequeñas dimensiones, pero estaba armado con dos ametralladoras idénticas y un par de cañones de 20 mm. Su misión en ese ataque debía de ser escoltar a los bombarderos, defenderlos de los aviones de combate estadounidenses; aunque todos los cazas estadounidenses seguían en tierra, donde muchos de ellos ya habían sido destruidos. Eso daba vía libre a los Zero para bombardear los edificios, el equipamiento y a las tropas.

O, tal como pensó Chuck, bombardear a una familia que cruzaba la laguna y que intentaba llegar a la orilla por todos los medios.

Por fin Estados Unidos empezó a responder al ataque. En Ford Island, y en las cubiertas de los barcos a los que todavía no habían bombardeado, los cañones antiaéreos cobraron vida y sumaron su estruendo a la algarabía del ruido letal. Los obuses antiaéreos estallaban en el cielo como flores negras abriéndose. De manera casi inmediata, un artillero de ametralladora de la isla hizo impacto directo en un bombardero de los que se lanzaban en picado. La cabina quedó envuelta en llamas y el avión impactó contra el agua con un potente chapuzón. Chuck se dio cuenta de que estaba dando saltos de alegría, agitando un puño en el aire.

El *West Virginia*, que hasta el momento estaba escorado, volvió a recuperar la posición vertical, pero siguió hundiéndose, y Chuck se percató de que el capitán debía de haber abierto las válvulas de fondo de estribor, para cerciorarse de que la nave permanecía vertical mientras se hundía. De esa forma, la tripulación tenía más oportunidades de sobrevivir. Sin embargo, el *Oklahoma* no tuvo tanta suerte, y todos contemplaron, aterrorizados, cómo una embarcación tan poderosa empezaba a volcarse.

—¡Oh, Dios mío, mirad la tripulación! —gritó Joanne.

Los marinos intentaban escalar por la cubierta cada vez más empinada y saltar por la borda en un desesperado intento de salvar la vida. Aunque Chuck se dio cuenta de que esos primeros hombres tuvieron suerte, porque, al final, la nave quedó boca abajo como una tortuga, se oyó un terrible crujido y empezó a hundirse, por lo que ¿cuántos centenares de marinos quedarían atrapados bajo las cubiertas?

—¡Agarraos fuerte! —gritó Chuck.

Una inmensa ola provocada por la vuelta de campana del *Oklahoma* se aproximaba hacia ellos. Su padre agarró a su madre y Woody tomó de la mano a Joanne. La ola llegó hasta ellos y levantó la lancha hasta una altura imposible. Chuck se tambaleó pero siguió aferrado al borde. La lancha permaneció a flote. Le siguieron olas más pequeñas, los hizo balancearse, pero todo el mundo estaba a salvo.

Chuck observó, consternado, que todavía estaban a más de medio kilómetro de la orilla.

Asombrosamente, el *Nevada*, que había sido bombardeado al principio, empezó a desplazarse. Alguien debió de tener la presencia de ánimo de mandar un mensaje por radar a todos los barcos para que soltaran amarras. Si lograban salir del puerto podrían separarse y convertirse en blancos menos fáciles.

A continuación, desde la Fila de Acorazados llegó una explosión diez veces más intensa que cualquiera de las que se habían oído hasta entonces. El estallido fue tan violento, que Chuck sintió la detonación como un golpe en el pecho, aunque ya casi estaba a un kilómetro de distancia. Salió una llamarada de la torreta del cañón n.º 2 del *Arizona*. Una décima de segundo después, la mitad frontal del barco estalló. Los restos de la nave salieron volando por los aires, esquirlas de acero retorcido y chapas deformadas se elevaban entre el humo con una lentitud de pesadilla, como tiras de papel calcinado por una hoguera. Las llamas y el humo envolvían la proa del barco. El poderoso mástil se inclinó hacia delante como un tipo borracho.

—¿Qué ha sido eso? —preguntó Woody.

—La reserva de munición del barco ha explotado —aclaró Chuck, y sintió un doloroso vuelco en el corazón al darse cuenta de que cientos de sus compañeros de la marina habrían muerto en esa gigantesca explosión.

Una columna de humo rojo oscuro se elevó hacia el cielo, como surgida de una pira funeraria.

Se oyó un impacto y la lancha dio unos bandazos porque algo había chocado con ella. Todos se agacharon. Cayeron de rodillas al suelo; Chuck pensó que debía de ser una bomba, pero luego se dio cuenta de que eso era imposible, porque seguía vivo. Cuando se recuperó, vio que un enorme fragmento de metal había agujereado la cubierta justo encima del motor. Era un milagro que no le hubiera dado a nadie.

Sin embargo, el motor se había parado.

La lancha redujo la marcha hasta quedarse quieta. Se bamboleaba en el oleaje picado mientras los aviones japoneses sembraban de fuego la laguna.

—Chuck, tenemos que salir de aquí ahora mismo —ordenó Gus con rotundidad.

—Ya lo sé. —Chuck y Eddie examinaron los daños. Agarraron el fragmento de metal e intentaron desclavarlo de la cubierta de teca, pero estaba muy encajado en la madera.

—¡No tenemos tiempo para eso! —advirtió Gus.

—De todas formas, el motor ya no sirve para nada, Chuck —terció Woody.

Estaban todavía a medio kilómetro de la costa. Sin embargo, la lancha estaba equipada para emergencias como esa. Chuck desenvolvió un par de remos. Cogió uno y Eddie tomó el otro. La embarcación era muy grande para hacerla avanzar remando y se movían con lentitud.

Por suerte para ellos, se produjo una pausa en el ataque. El cielo ya no estaba plagado de aviones. Gigantescas volutas de humo se elevaban de los barcos destruidos por las bombas, incluyendo una columna de trescientos metros de alto perteneciente al aniquilado *Arizona*, aunque no se produjeron nuevas explosiones. El *Nevada*, cuya tripulación demostró un valor increíble, se dirigía hacia la entrada del puerto.

El agua que rodeaba a los barcos estaba llena de botes salvavidas, lanchas motoras y hombres nadando o agarrados a restos flotantes de los acorazados hundidos. Ahogarse no era su único temor: el combustible de los barcos perforados se había derramado por la superficie y estaba ardiendo. Los gritos de auxilio de quienes no podían nadar se mezclaban de forma horrible con los chillidos de los quemados.

Chuck echó una mirada furtiva a su reloj de pulsera. Tenía la sensación de que hubieran pasado varias horas, pero, por increíble que pareciera, habían sido solo treinta minutos.

Justo cuando estaba pensando en eso, empezó la segunda fase del ataque.

En esta ocasión, los aviones provenían del este. Algunos perseguían al *Nevada*, que intentaba huir; otros apuntaban al Astillero Naval donde los Dewar habían embarcado. De forma casi inmediata, el destructor *Shaw*, en un muelle flotante, estalló y quedó envuelto por enormes lenguas de fuego y columnas de humo. El combustible se vertió en el agua y empezó a arder. Luego, en el dique seco más grande, el acorazado *Pennsylvania* recibió un impacto. Dos destructores en el mismo dique seco saltaron por los aires cuando la carga de munición que llevaban hizo ignición.

Chuck y Eddie iban dándole a los remos, sudando como caballos de carreras.

Aparecieron los marines en el Astillero Naval, supuestamente, de los barracones cercanos, y sacaron el equipo contra incendios.

Al final la lancha llegó a la Zona de Desembarco de Oficiales. Chuck bajó de un salto y rápidamente amarró la embarcación mientras Eddie ayudaba a bajar a los ocupantes. Todos corrieron hacia el coche.

Chuck saltó al asiento del conductor y le dio al contacto. La radio del coche se encendió de forma automática y oyeron al locutor de la KGMB decir: «Llamada general a las armas a todos los soldados del ejército, la armada y los marines». Chuck no había tenido la oportunidad de informar a nadie, pero estaba seguro de que habría recibido órdenes de garantizar la seguridad de cuatro civiles a su cuidado, sobre todo, porque dos eran mujeres y uno, senador.

En cuanto todos estuvieron en el coche, salió disparado.

La segunda fase del ataque parecía estar tocando a su fin. Casi todos los aviones japoneses estaban alejándose del puerto. De todas formas, Chuck pisó a fondo el acelerador: podía haber una tercera fase.

La verja principal estaba abierta. De haber estado cerrada, habría sentido el impulso de derribarla.

No había más vehículos en el camino.

Se alejó a toda velocidad del puerto por la carretera de Kamehameha.

Supuso que, cuanto más se alejasen de Pearl Harbor, más segura estaría su familia.

Entonces vio un Zero solitario dirigiéndose hacia el coche.

Volaba bajo y seguía la carretera, y, pasados unos minutos, Chuck se dio cuenta de que su coche era el objetivo.

El cañón estaba en las alas, y había muchas posibilidades de que no le diera a un blanco tan estrecho como el coche; pero las ametralladoras estaban juntas, a ambos lados del carenado del motor. Esa era el arma que usaría el piloto si era listo.

Chuck miró desesperado a ambos lados de la carretera. No había lugar donde esconderse, solo cañaverales.

Empezó a zigzaguear. El piloto tuvo el buen juicio de no imitarle. La carretera era ancha y, si Chuck metía el coche en el cañaveral, tendría que reducir la marcha hasta casi detenerse. Pisó a fondo el acelerador, y se dio cuenta de que, cuanto más rápido fuera, más oportunidades tenía de que no le dieran.

Pero entonces fue demasiado tarde para reflexionar sobre la mejor opción. El avión estaba tan cerca que Chuck veía los agujeros negros del cañón de las alas. Sin embargo, tal como había supuesto, el piloto empezó a disparar las ametralladoras, y las balas impactaron en el asfalto, justo por delante del coche.

Chuck dio un volantazo a la izquierda, hacia el centro de la calzada; luego, en lugar de seguir por la izquierda, se situó a la derecha. El piloto rectificó. Las balas dieron en la capota. El parabrisas se hizo añicos. Eddie rugió de dolor y, en la parte trasera, una de las mujeres gritó.

Y el Zero desapareció.

El coche empezó a dar bandazos, fuera de control. Debía de haberse pinchado una de las ruedas delanteras. Chuck luchó con el volante, intentando no salirse de la carretera. El coche iba de un lado para el otro, deslizándose por el asfalto hasta que fue a dar contra el cultivo al borde de la carretera y se detuvo por el impacto.

Empezaron a salir llamas del motor, y Chuck olió a gasolina.

—¡Todo el mundo fuera! —gritó—. ¡Antes de que explote el depósito!

Abrió su puerta y saltó al suelo. Tiró de la portezuela trasera y su padre salió disparado, llevando a su madre de la mano. Chuck vio que los demás salían por el otro lado.

—¡Corred! —gritó, pero fue innecesario.

Eddie ya se dirigía hacia el cañaveral cojeando como si estuviera herido. Woody tiraba de Joanne y al mismo tiempo la llevaba en volandas; ella también parecía herida. Sus padres iban corriendo por el sembrado, en principio, ilesos. Chuck se unió a ellos. Corrieron cientos de metros hasta que se tiraron en plancha al suelo.

Hubo un momento de silencio. El ruido de los aviones se convirtió en un rumor lejano. Chuck levantó la vista y vio el humo del combustible que se elevaba desde el puerto a varios miles de metros del suelo. Por encima de aquello, los últimos bombarderos de alto nivel se dirigieron hacia el norte.

Entonces se produjo una explosión que les retumbó en los tímpanos. Incluso con los ojos cerrados, Chuck vio el fogonazo del combustible que había provocado la detonación. Una ola de calor le pasó por encima.

Levantó la cabeza y miró hacia atrás. El coche estaba en llamas.

Se levantó de golpe.

—¡Mamá! ¿Estás bien?

—Es un milagro, pero no estoy herida —respondió con seriedad mientras su marido la ayudaba a levantarse.

Recorrió el campo con la mirada para localizar a los demás. Corrió hacia Eddie, que estaba sentado, apretándose el muslo.

—¿Te han dado?

—Me duele a rabiar —respondió Eddie—. Pero no hay mucha sangre. —Logró esbozar una sonrisa—. Es en la parte superior del muslo, creo, pero no está afectado ningún órgano vital.

—Te llevaremos al hospital.

En ese instante, Chuck oyó un ruido terrible.

Su hermano estaba llorando.

Woody estaba llorando no como un bebé, sino como un niño perdido: era un llanto intenso, de profundísima desdicha.

Chuck supo de inmediato que era el lamento de un corazón roto.

Corrió hacia su hermano. Woody estaba de rodillas, le temblaba el pecho, tenía la boca abierta y le caían lágrimas de los ojos. Tenía todo el traje de lino blanco cubierto de sangre, pero no estaba herido.

—¡No, no! —gritaba entre sollozos.

Joanne estaba tendida en el suelo frente a él, boca arriba.

Chuck se dio cuenta enseguida de que estaba muerta. No se movía y tenía los ojos abiertos, mirando al vacío. La pechera de su alegre vestido de rayas estaba empapado de sangre arterial, roja y brillante, que ya empezaba a oscurecerse en algunas partes. Chuck no logró ver la herida, pero supuso que la bala habría impactado en el hombro y le habría perforado la arteria axilar. Debía de haber muerto desangrada en cuestión de minutos.

No sabía qué decir.

Los demás se acercaron y permanecieron a su lado: su madre, su padre y Eddie. Su madre se arrodilló junto a Woody y lo rodeó con los brazos.

—Mi pobre niño —dijo, como si fuera muy pequeño.

Eddie rodeó con un brazo a Chuck por los hombros y le dio un discreto apretón.

El senador se arrodilló junto al cuerpo. Alargó un brazo y tomó a Woody de la mano.

Este dejó de llorar por un instante.

—Ciérrale los ojos, Woody —dijo su padre.

A Woody le temblaba la mano. Con un gran esfuerzo, logró controlar el temblor.

Alargó los dedos hacia los párpados de su amada.

Y, a continuación, con gesto de infinita ternura, le cerró los ojos.

12

1942 (I)

I

El primer día de 1942, Daisy recibió una carta de su antiguo prometido, Charlie Farquharson.

La abrió sentada a la mesa del desayuno en la casa de Mayfair, sola salvo por el anciano mayordomo que le sirvió el café y la criada de quince años que le llevó la tostada caliente de la cocina.

Charlie no escribía desde Buffalo, sino desde Duxford, una base aérea de la RAF que quedaba en el este de Inglaterra. Daisy había oído hablar de aquel lugar: estaba cerca de Cambridge, donde había conocido tanto a su marido, Boy Fitzherbert, como al hombre al que amaba, Lloyd Williams.

Le alegró tener noticias de Charlie. La había dejado plantada, no cabía duda, y en aquel entonces lo había odiado por ello, pero ya había pasado mucho tiempo. Daisy sentía que era una persona diferente. En 1935 había sido una heredera norteamericana, la señorita Peshkov; en 1942 era la vizcondesa de Aberowen, una aristócrata inglesa. Fuera como fuese, le gustó saber que Charlie se acordaba de ella. Una mujer siempre prefería ser recordada a caer en el olvido.

Charlie escribía con una pesada pluma negra. Su caligrafía resultaba desaliñada, las letras eran grandes e irregulares. Daisy leyó:

> Antes que nada, claro está, necesito disculparme por la forma en que te traté cuando aún vivías en Buffalo. Me estremezco de vergüenza cada vez que lo recuerdo.

«Madre mía —pensó Daisy—, parece que ha madurado.»

Qué esnobs éramos todos, y qué débil fui yo al permitir que mi difunta madre me presionara para que me portara tan mal contigo.

«Ah —pensó—, su "difunta" madre. O sea que la vieja arpía ha muerto. Eso podría explicar el cambio.»

Me he unido al 133.º Escuadrón Eagle. Volamos con aviones Hurricane, pero cualquier día de estos nos traerán los Spitfire.

Había tres escuadrones Eagle, unidades de la Royal Air Force tripuladas por voluntarios norteamericanos. Daisy se sorprendió: no había pensado que Charlie pudiera presentarse voluntario para ir a luchar. Cuando ella frecuentaba su compañía, lo único que le interesaba eran los perros y los caballos. Sí que había madurado.

Si encuentras en tu corazón la fuerza para perdonarme, o al menos para dejar atrás el pasado, me encantará verte y conocer a tu marido.

Supuso que la mención a un marido era una forma educada de decir que no tenía intenciones románticas.

La semana que viene estaré en Londres, de permiso. ¿Dejarías que os invitara a los dos a cenar? Acepta, por favor.
Con mis mejores deseos,

CHARLES H. B. FARQUHARSON

Boy no estaba en casa ese fin de semana, pero Daisy aceptó aunque tuviera que acudir ella sola. Echaba en falta la compañía de un hombre, igual que muchas mujeres en el Londres de la guerra. Lloyd se había ido a España y había desaparecido. Antes de marchar le había dicho que ocuparía un puesto de agregado militar en la embajada británica de Madrid, y Daisy deseó que fuera cierto que tuviera un trabajo tan seguro, aunque no le creyó. Cuando le preguntó por qué enviaba el gobierno a un joven oficial tan capaz a hacer un trabajo de despacho en un país neutral, él le había explicado lo importante que era conseguir que España no entrara en la contienda para ponerse del lado de los fascistas. Pero se lo dijo con una sonrisa compungida que a ella le confirmó claramente que no podía engañarla. Daisy temía que en realidad hubiese cruzado la frontera en secreto para unirse a la Resistencia francesa, y tenía pesadillas en las que lo capturaban y lo torturaban.

Hacía más de un año que no lo veía. Su ausencia era como una amputación: la sentía todas las horas del día. Sin embargo, se alegró de tener la oportunidad de salir fuera una noche acompañada por un hombre, aunque ese hombre fuera Charlie Farquharson, con su torpeza, su absoluta falta de glamour y su sobrepeso.

Charlie había reservado una mesa en el restaurante asador del hotel Savoy.

En el vestíbulo, mientras un camarero la ayudaba a quitarse el abrigo de visón, se le acercó un hombre alto con un esmoquin de buena hechura que le resultó vagamente conocido.

—Hola, Daisy —dijo con timidez tras tenderle una mano—. Es un placer verte después de tantos años.

Al oír su voz se dio cuenta de que era Charlie.

—¡Santo cielo! —exclamó—. ¡Cómo has cambiado!

—He perdido algo de peso —admitió él.

—Desde luego. —Unos veinte o veintidós kilos, calculó ella. Estaba más guapo. Parecía un hombre de rasgos duros, en lugar de poco agraciado.

—Pero tú no has cambiado nada de nada —comentó él, mirándola de arriba abajo.

Daisy se había esforzado por estar radiante. La sobriedad de la guerra le había impedido comprarse nada nuevo desde hacía años, pero para esa noche había rescatado un vestido de seda, de color azul zafiro y con los hombros descubiertos, que había adquirido en su último viaje a París, antes de que estallara el conflicto.

—Dentro de un par de meses cumpliré veintiséis años —dijo—. No puedo creer que esté igual que cuando tenía dieciocho.

—Créeme que sí —repuso él tras mirarle el escote y sonrojarse.

Entraron en el restaurante y tomaron asiento.

—Tenía miedo de que no vinieras —confesó Charlie.

—Se me había parado el reloj. Siento haber llegado tarde.

—Solo han sido veinte minutos. Habría esperado una hora entera.

Un camarero les preguntó si querían tomar una copa.

—Este es uno de los pocos sitios de Inglaterra donde sirven un martini decente.

—Dos martinis, por favor —pidió Charlie.

—A mí me gusta sin hielo y con aceituna.

—Igual que a mí.

Se lo quedó mirando, intrigada por lo mucho que se había transformado. Su antigua torpeza se había suavizado y se había convertido en una timidez encantadora, aunque todavía era difícil imaginarlo pilotando un caza y derribando aviones alemanes. Bueno, de todas formas el Blitz sobre Londres había terminado hacía medio año y ya no se libraban batallas aéreas en los cielos del sur de Inglaterra.

—¿Qué clase de vuelos realizas? —preguntó.

—Sobre todo operaciones *circus* diurnas en el norte de Francia.

—¿Qué es una operación *circus*?

—Un ataque de bombarderos con una abundante escolta de cazas. Su objetivo principal consiste en atraer al enemigo para provocar una batalla aérea en la que están en inferioridad numérica.

—Detesto los bombarderos —comentó Daisy—. Tuve que vivir el Blitz.

Él pareció sorprenderse.

—Habría dicho que te gustaría ver a los alemanes tragando un poco de su propia medicina.

—Ni mucho menos. —Daisy lo había pensado en numerosas ocasiones—. Podría echarme a llorar solo con pensar en todas las mujeres y los niños inocentes que murieron quemados o quedaron mutilados en Londres… Y saber que hay mujeres y niños alemanes sufriendo lo mismo no ayuda en nada.

—Nunca lo había considerado así.

Pidieron la cena. Las disposiciones especiales para tiempos de guerra la restringían a tres platos, y la comida no podía costarles más de cinco chelines. En la carta había platos nuevos por motivos de austeridad, como el «Sucedáneo de pato» (hecho de salchichas de cerdo) o el «Pastel de carne Woolton», que no contenía ni una pizca de carne.

—Soy incapaz de expresar lo mucho que me alegra oír a una chica hablar americano de verdad —dijo Charlie—. Me gustan las inglesas, e incluso he salido con una, pero echo de menos las voces de Estados Unidos.

—A mí me pasa lo mismo —repuso ella—. Esto se ha convertido en mi hogar y no creo que regrese nunca a Norteamérica, pero sé cómo te sientes.

—Lamento no haber podido conocer al vizconde de Aberowen.

—Está en la fuerza aérea, como tú. Es instructor de pilotos. Viene a casa de vez en cuando… pero este fin de semana no está.

Daisy había vuelto a dormir con Boy en sus ocasionales visitas. Después de sorprenderlo con esas espantosas mujeres de Aldgate, había jurado que jamás volvería a acostarse con él, pero Boy la había presionado diciéndole que los hombres que luchaban en la guerra necesitaban consuelo al regresar a casa. Además, le había prometido que nunca volvería a relacionarse con prostitutas. No es que Daisy creyera en sus promesas, pero cedió de todas formas, aun en contra de sus propios deseos. «A fin de cuentas —se dijo—, me casé con él para lo bueno y para lo malo.»

Sin embargo, por desgracia ya ni siquiera disfrutaba del sexo cuando estaba con su marido. Podía irse a la cama con Boy, pero no podía volver a enamorarse de él. Tenía que utilizar crema para lubricarse. Había intentado revivir aquellos sentimientos de cariño que una vez sintiera por él, cuando lo veía como un aristócrata joven y apasionante, con el mundo a sus pies, todo diversión, capaz de disfrutar de la vida al máximo. Pero en realidad se había dado cuenta de que no era apasionante ni mucho menos: Boy no era más que un hombre egoísta y bastante limitado con un título nobiliario. Cuando estaba encima de ella, lo único en lo que podía pensar Daisy era que a lo mejor le contagiaba una infección repugnante.

—Seguro que no te apetecerá demasiado hablar sobre la familia Rouzrokh… —comentó Charlie con cautela.

—No.

—… pero ¿te enteraste de que Joanne murió?

—¡No! —Daisy quedó sobrecogida—. ¿Cómo?

—En Pearl Harbor. Estaba prometida con Woody Dewar, y había ido con él a visitar a su hermano, Chuck, que está destinado allí. Iban en un coche que fue alcanzado por un Zero, un cazabombardero japonés, y murió.

—Lo siento muchísimo. Pobre Joanne. Pobre Woody.

Llegó entonces la cena, junto con una botella de vino. Comieron en silencio durante un rato, y Daisy descubrió que el sucedáneo de pato no sabía mucho a pato.

—Joanne fue una de las dos mil cuatrocientas personas que murieron en Pearl Harbor —dijo Charlie—. Perdimos ocho buques acorazados y otras diez embarcaciones. Malditos japoneses canallas.

—Aunque nadie lo diga, aquí la gente está contenta porque ahora Estados Unidos ha entrado en la contienda. Solo Dios sabrá por qué fue Hitler tan tonto como para declararle la guerra a Estados Unidos, pero los británicos creen que ahora, con los rusos y nosotros de su lado, por fin tienen posibilidades de ganar.

—El pueblo norteamericano está furioso por lo de Pearl Harbor.

—Aquí la gente no lo entiende.

—Los japoneses siguieron negociando hasta el último minuto... hasta mucho después de tener tomada la decisión. ¡Eso es engañar!

Daisy arrugó la frente.

—A mí me parece que es normal. Si se hubiera llegado a un acuerdo en el último momento, habrían podido abortar el ataque.

—¡Pero no declararon la guerra!

—¿Qué habría cambiado eso? Lo que esperábamos era que atacaran las Filipinas. Pearl Harbor nos habría pillado por sorpresa aun con una declaración de guerra.

Charlie extendió las manos en un gesto de desconcierto.

—Pero ¿por qué tenían que atacarnos a nosotros?

—Les robamos su dinero.

—Paralizamos sus activos.

—Ellos no ven ninguna diferencia. Además, también les cortamos el suministro de petróleo. Los teníamos entre la espada y la pared. Estaban al borde de la ruina. ¿Qué iban a hacer?

—Tendrían que haberse rendido y accedido a retirarse de China.

—Sí, es cierto. Pero si fuera Estados Unidos quien se viera acosado y otro país le ordenara qué hacer, ¿querrías tú que nos rindiéramos?

—Puede que no. —Una amplia sonrisa iluminó el rostro de Charlie—. Antes he dicho que no habías cambiado nada. Ahora me gustaría retirarlo.

—¿Por qué?

—Antes nunca hablabas así. En los viejos tiempos nunca tenías conversaciones sobre política.

—Si uno no se implica, lo que suceda es culpa suya.

—Supongo que eso es lo que hemos aprendido todos.

Pidieron los postres.

—¿Qué va a suceder con el mundo, Charlie? —preguntó Daisy—. Europa entera se ha rendido al fascismo. Los alemanes han conquistado gran parte de Rusia. Estados Unidos es un águila con un ala rota. A veces me alegro de no haber tenido hijos.

—No subestimes a Estados Unidos. Estamos heridos, no derrotados. Japón se cree ahora el amo del mundo, pero llegará el día en que el pueblo nipón derrame amargas lágrimas de arrepentimiento por Pearl Harbor.

—Espero que tengas razón.

—Tampoco a los alemanes les sale todo como ellos querrían. No han conseguido tomar Moscú y ahora se baten en retirada. ¿Te das cuenta de que la batalla de Moscú ha sido la primera derrota real de Hitler?

—¿Es una derrota, o solo un revés?

—Sea lo uno o lo otro, se trata del peor resultado militar que ha tenido jamás. Los bolcheviques les han dado una buena paliza a esos nazis.

Charlie había descubierto el oporto de reserva, un gusto muy británico. En Londres, los hombres lo bebían después de que las damas se retiraran de la mesa, una práctica tediosa que Daisy intentaba abolir en su propia casa sin demasiado éxito. Bebieron una copa cada uno. Después del martini y del vino, el oporto consiguió que Daisy se sintiera algo achispada y contenta.

Los dos recordaron su adolescencia en Buffalo y se rieron de las tonterías que habían hecho ellos y otros.

—Nos dijiste a todos que te ibas a Londres a bailar con el rey —rememoró Charlie—. ¡Y eso hiciste!

—Espero que se murieran de envidia.

—¡Y de qué manera! A Dot Renshaw le dio un soponcio.

Daisy se echó a reír con alegría.

—Qué contento estoy de que nos hayamos visto —dijo Charlie—. Me gusta mucho tu compañía.

—Yo también me alegro.

Salieron del restaurante y se pusieron los abrigos. El portero les pidió un taxi.

—Te acompaño a casa —se ofreció Charlie.

Mientras avanzaban por Strand, él la rodeó con un brazo. Daisy estuvo a punto de protestar, pero pensó: «¡Qué demonios!», y se acurrucó junto a él.

—Soy un tonto —comentó Charlie—. Ojalá me hubiera casado contigo cuando tuve la oportunidad.

—Habrías sido mejor marido que Boy Fitzherbert —repuso ella, pero entonces nunca habría conocido a Lloyd.

Se dio cuenta de que no le había hablado a Charlie de él.

Cuando torcieron por su calle, Charlie la besó.

Resultaba agradable sentirse protegida por el abrazo de un hombre y besar sus labios, pero Daisy sabía que era el alcohol lo que la hacía sentirse así, y que en realidad el único hombre al que quería besar era a Lloyd. Aun así, no apartó a Charlie hasta que el taxi se detuvo.

—¿Quieres que nos tomemos la última? —propuso él.

Por un momento, Daisy se sintió tentada. Hacía mucho que no tocaba el firme cuerpo de un hombre, pero en realidad no era a Charlie a quien deseaba.

—No —dijo—. Lo siento, Charlie, pero estoy enamorada de otro.

—No tenemos que acostarnos juntos —le susurró él—. Pero si pudiéramos, no sé, estar un rato acaramelados…

Daisy abrió la puerta y bajó del coche. Se sentía como una sinvergüenza. Él arriesgaba su vida por ella cada día, y ella no era capaz de darle ni un mínimo gusto.

—Buenas noches, Charlie, y buena suerte —dijo. Antes de poder cambiar de opinión, cerró la portezuela del coche y entró en su casa.

Subió directa arriba. Unos minutos después, sola en la cama, se sintió profundamente desdichada. Había traicionado a dos hombres: a Lloyd, porque había besado a Charlie, y a Charlie, porque lo había dejado insatisfecho.

Pasó casi todo el domingo en la cama con resaca.

El lunes por la noche recibió una llamada telefónica.

—Soy Hank Bartlett —dijo una joven voz norteamericana—. Amigo de Charlie Farquharson, de Duxford. Me había hablado de usted y he encontrado el número en su agenda.

A Daisy se le paró el corazón.

—¿Por qué llama?

—Me temo que son malas noticias —respondió él—. Charlie ha muerto hoy, lo han derribado cuando sobrevolaba Abbeville.

—¡No!

—Era su primera misión con el nuevo Spitfire.

—Me habló de ello —repuso Daisy, aturdida.

—Pensé que le gustaría saberlo.

—Gracias, sí —susurró ella.

—Él creía que era usted el no va más.

—¿Ah, sí?

—Tendría que haberlo oído hablar sin parar de lo estupenda que es.

—Lo siento —dijo—. Lo siento mucho. —Entonces ya no pudo seguir hablando y colgó el auricular.

II

Chuck Dewar miró por encima del hombro del teniente Bob Strong, uno de los criptoanalistas. Algunos eran caóticos y desordenados, pero Strong era de los prolijos, y en su escritorio no había nada más que una hoja de papel en la que había escrito unas sílabas:

YO–LO–KU–TA–WA–NA

—No lo entiendo —dijo Strong, frustrado—. Si lo hemos descifrado bien, dice que han atacado *yolokutawana*. Pero eso no quiere decir nada. Esa palabra no existe.

Chuck miró fijamente aquellas seis sílabas japonesas. Estaba seguro de que tenían que significar algo para él, aunque tan solo contaba con unas nociones del idioma. Sin embargo, al ver que no sacaba nada en claro, siguió con su trabajo.

El ambiente en el Viejo Edificio de la Administración era lúgubre.

Durante semanas después del bombardeo, Chuck y Eddie habían visto emerger desde los barcos hundidos cuerpos abotargados que luego flotaban en la aceitosa superficie del agua de Pearl Harbor. Al mismo tiempo, la información que les llegaba hablaba de más ataques devastadores por parte de los japoneses. Solo tres días después de Pearl Harbor, los aviones enemigos se habían lanzado contra la base estadounidense de Luzón, en las Filipinas, y habían destruido todo el arsenal de torpedos de la flota del Pacífico. Ese mismo día, en el mar de la China Meridional, hundieron dos acorazados británicos, el *Repulse* y el *Prince of Wales*, con lo que habían dejado a los británicos indefensos en el Extremo Oriente.

Parecía que nada podía pararlos. No hacían más que llegar malas noticias. Durante los primeros meses del nuevo año, Japón había derrotado a los estadounidenses en las Filipinas y había vencido a los británicos en Hong Kong, Singapur y Rangún, la capital de Birmania.

Muchos de los nombres de aquellos lugares resultaban extraños incluso para marinos como Chuck y Eddie. Al público norteamericano le sonaban igual que lejanos planetas de una novela de ciencia ficción: Guam, Wake, Bataán. Lo que sí conocía todo el mundo era el significado de retirada, sometimiento y rendición.

Chuck estaba perplejo. ¿De verdad conseguiría Japón derrotar a Estados Unidos? No se lo podía creer.

Allá por el mes de marzo, los japoneses ya habían conseguido lo que querían: un imperio que les proporcionaba caucho, estaño y —lo más importante— petróleo. Las filtraciones de información indicaban que gobernaban sus dominios con una brutalidad tal que habría hecho sonrojar a Stalin.

Solo una cosa les aguaba la fiesta: la armada de Estados Unidos. Saber eso llenaba a Chuck de orgullo. Los japoneses habían esperado destruir Pearl Harbor por completo y hacerse con el control total del océano Pacífico, pero no lo habían logrado. Los portaaviones y los cruceros pesados estadounidenses seguían a flote. Todas las informaciones conseguidas hacían pensar que a los comandantes japoneses les enfurecía que los norteamericanos no se dejasen aniquilar. Después de las bajas sufridas en Pearl Harbor, las fuerzas de Estados Unidos estaban en inferioridad numérica y armamentística, pero no habían huido corriendo a esconderse. Al contrario, habían contraatacado lanzando bombardeos relámpago contra buques japoneses. Con ello no habían producido daños graves, pero sí habían conseguido levantar la moral de sus hombres y hacerles llegar a los japoneses el contundente mensaje de que todavía no habían vencido.

Más adelante, el 25 de abril, unos bombarderos que habían despegado desde un portaaviones atacaron el centro de Tokio y abrieron una herida terrible en el orgullo del ejército japonés. En Hawai, las celebraciones fueron eufóricas. Chuck y Eddie se emborracharon esa noche.

Sin embargo, el siguiente enfrentamiento era inminente. Todos los hombres con los que hablaba Chuck en el Viejo Edificio de la Administración decían que los japoneses lanzarían un ataque de primera magnitud a principios de verano para conseguir que la flota estadounidense realizara un gran despliegue, preparándose para la batalla definitiva. Los japoneses tenían la esperanza de que la superioridad de fuerzas de su armada resultara decisiva y, así, aniquilar por completo la flota del Pacífico de los norteamericanos. Si Estados Unidos quería vencer, la única forma de hacerlo era estar mejor preparado y mejor informado, moverse más deprisa y ser más listo.

Durante esos meses, la Estación HYPO había trabajado día y noche para descifrar el JN-25b, el nuevo código de la Armada Imperial Japonesa. Llegado mayo, habían hecho ya algún progreso.

La armada de Estados Unidos tenía estaciones de interceptación de señales de radio por toda la costa del Pacífico, desde Seattle hasta

Australia. Allí, unos hombres conocidos como la «Cuadrilla del Tejado» se sentaban con sus receptores de radio y los auriculares puestos a escuchar el tráfico radiofónico japonés. Rastreaban las ondas y anotaban todo lo que oían en blocs de notas.

Los mensajes se transmitían en código morse, pero los puntos y las rayas de las señales navales se traducían en grupos numéricos de cinco dígitos, y cada uno de ellos representaba una letra, una palabra o una frase de un libro de códigos. Los números aparentemente aleatorios eran redirigidos mediante señales de radio seguras a unos teletipos que estaban en el sótano del Viejo Edificio de la Administración. Entonces comenzaba lo difícil: descifrar el código.

Siempre se empezaba por las cosas pequeñas. La última palabra de cualquier mensaje solía ser OWARI, que significaba «fin». El criptoanalista buscaba otras incidencias de ese grupo numérico en el mismo mensaje, y escribía «FIN?» encima de todas las que encontraba.

Los japoneses ayudaron cometiendo un error por descuido, algo inusitado en ellos.

La entrega de los nuevos libros de códigos para el JN-25b se retrasó en algunas unidades que estaban muy alejadas, así que durante unas semanas fatídicas el alto mando japonés envió algunos mensajes cifrados no en uno, sino en ambos códigos. Puesto que los norteamericanos ya habían descifrado gran parte del JN-25 original, fueron capaces de traducir el mensaje en código antiguo, alinear el texto descifrado con el nuevo código y, así, descubrir el significado de los grupos de cinco dígitos del nuevo. Durante un tiempo progresaron a pasos agigantados.

A los ocho criptoanalistas que había en un principio se unieron, después de Pearl Harbor, algunos de los músicos de la banda del acorazado *California*, que había sido hundido. Por motivos que nadie alcanzaba a comprender, a los músicos se les daba bien descifrar códigos.

Todas las señales interceptadas se guardaban y todos los mensajes descifrados se archivaban. Comparar unos con otros era fundamental para el trabajo. Un analista podía pedir todas las señales de un día en concreto, o todas las señales dirigidas a un mismo barco, o todas las señales en las que se mencionara Hawai. Chuck y el resto de personal administrativo habían desarrollado sistemas cada vez más complejos de indexación con referencias cruzadas para ayudar a los analistas a encontrar cualquier cosa que necesitaran.

La unidad predijo que durante la primera semana de mayo los japoneses atacarían Port Moresby, la base que los Aliados tenían en Papúa. Acertaron, y la armada de Estados Unidos interceptó la flota de invasión en el mar del Coral. Ambos bandos se declararon victoriosos, pero los japoneses no tomaron Port Moresby. Después de eso, el almirante Nimitz, comandante en jefe del Pacífico, empezó a confiar en sus «descifradores».

Los japoneses no utilizaban nombres comunes para las distintas ubicaciones del océano Pacífico. Cada lugar importante tenía una denominación que consistía en dos letras: de hecho, dos caracteres o *kanas* del alfabeto japonés, aunque los descifradores solían utilizar el alfabeto latino, de la A a la Z. Los hombres del sótano se esforzaban al máximo para descubrir el significado de cada una de esas denominaciones de dos *kanas*, pero progresaban de forma muy lenta. MO era Port Moresby, AH era Oahu, pero seguían sin tener muchas otras.

A lo largo de mayo empezaron a acumularse pruebas de que se estaba preparando un importante ataque japonés en una ubicación a la que llamaban AF.

La suposición más fundamentada de la unidad era que ese AF significaba Midway, el atolón que quedaba en el extremo occidental de la cadena de islas que empezaba en Hawai y se extendía a lo largo de 2.500 kilómetros. Midway quedaba a medio camino entre Los Ángeles y Tokio.

Con una suposición no bastaba, desde luego. Dada la superioridad numérica de la marina de guerra japonesa, el almirante Nimitz tenía que saberlo a ciencia cierta.

Día a día, los hombres con quienes trabajaba Chuck iban dibujando un agorero retrato del orden de batalla japonés. Sus portaaviones recibían nuevos aviones de combate, habían hecho embarcar a una «fuerza de ocupación»… Los japoneses tenían pensado aferrarse a todo territorio que conquistaran.

Parecía que aquella vez iba en serio, pero ¿dónde se produciría el ataque?

Los hombres del sótano estaban especialmente orgullosos de haber descodificado un mensaje de la flota japonesa que apelaba a Tokio: «Acelerar envío mangas repostaje». Estaban encantados, en parte por el lenguaje especializado, pero sobre todo porque esa señal demostraba la existencia de una maniobra oceánica de largo alcance inminente.

Sin embargo, el alto mando norteamericano pensaba que el ataque podía producirse en Hawai, y el ejército temía una invasión de la costa Oeste de Estados Unidos. Incluso el equipo de Pearl Harbor tenía la inquietante sospecha de que podía tratarse de la isla de Johnston, una pista de aterrizaje que quedaba a unos 1.700 kilómetros al sur de Midway.

Tenían que estar seguros al cien por cien.

A Chuck se le había ocurrido una idea para corroborarlo, pero dudaba de si decir algo. Los criptoanalistas eran muy inteligentes; él, en cambio, no. Nunca había sacado buenas notas en el colegio. Cuando iba a tercero, un compañero de clase lo llamó Chucky el Chusco y él se había echado a llorar, con lo que solo había conseguido que se le quedara el mote. Aún pensaba en sí mismo como Chucky el Chusco.

A la hora de comer, Eddie y él fueron a la cantina a por unos sándwiches y unos cafés, y luego se sentaron junto a los muelles, mirando a las aguas del puerto. El paisaje iba recuperando la normalidad. Gran parte de la gasolina había desaparecido, y también habían retirado muchos de los restos de los buques.

Mientras comían, un portaaviones tocado apareció por Hospital Point y se dispuso a entrar lentamente en el puerto dejando tras de sí una mancha de petróleo que se extendía hasta mar abierto. Chuck reconoció la nave: era el *Yorktown*. Tenía el casco ennegrecido a causa del hollín y presentaba un enorme boquete en la cubierta de vuelo, era de suponer que abierto por una bomba japonesa en la batalla del mar del Coral. Sirenas y bocinas empezaron a sonar como una fanfarria de bienvenida a medida que la embarcación se acercaba al Astillero Naval, y los remolcadores se reunieron para hacerla entrar por las compuertas abiertas del Dique Seco N.º 1.

—He oído decir que tiene trabajo para tres meses —comentó Eddie. Estaba destinado en el mismo edificio que Chuck, pero en la oficina de los servicios secretos navales, en el piso de arriba, así que se enteraba de más chismes—. Pero se hará otra vez a la mar dentro de tres días.

—¿Cómo van a conseguirlo?

—Ya han empezado. El jefe de mecánicos se trasladó en avión hasta el portaaviones… ya está a bordo, con un equipo. Y mira el dique seco.

Chuck vio que en el dique vacío se estaban reuniendo hombres y maquinaria a toda velocidad: no era capaz de contar la cantidad de sopletes que esperaban ya en el muelle.

—De todas formas solo le harán un apaño —explicó Eddie—. Repararán la cubierta y se asegurarán de que pueda navegar, todo lo demás tendrá que esperar.

El nombre de aquel barco tenía algo que inquietaba a Chuck. No se quitaba de encima esa sensación de comezón. ¿Qué significaba Yorktown? El sitio de Yorktown había sido la última gran batalla de la guerra de la Independencia de Estados Unidos. ¿Era eso significativo por alguna razón?

—Vosotros dos, mariposones, volved al trabajo —soltó el capitán Vandermeier, que pasaba por allí.

—Un día de estos le voy a dar una paliza —dijo Eddie a media voz.

—Cuando acabe la guerra, Eddie —repuso Chuck.

Al regresar al sótano y ver a Bob Strong en su escritorio, Chuck se dio cuenta de que había solucionado el problema del teniente.

Volvió a mirar por encima del hombro del criptoanalista y vio la misma hoja de papel con las mismas seis sílabas japonesas:

YO–LO–KU–TA–WA–NA

Tuvo la delicadeza de hacer que pareciera que lo había resuelto el propio Strong.

—¡Pero si ya lo tiene, teniente! —exclamó.

Strong reaccionó con desconcierto.

—¿Ah, sí?

—Es un nombre inglés, así que los japoneses lo han deletreado fonéticamente.

—¿*Yolokutawana* es un nombre inglés?

—Sí, señor. Así es como pronuncian Yorktown los japoneses.

—¿Qué? —Strong parecía perplejo.

Durante un angustioso momento, Chucky el Chusco se preguntó si no se habría equivocado por completo.

—¡Dios mío, tiene usted razón! —exclamó Strong entonces—. *Yolokutawana…* Yorktown, ¡con acento japonés! —Se echó a reír, encantado—. ¡Gracias! —le dijo, entusiasmado—. ¡Buen trabajo!

Chuck dudó un instante. Tenía otra idea. ¿Debía comentar lo que le rondaba por la cabeza? Descifrar códigos no era trabajo suyo, pero Estados Unidos estaba al borde de la derrota. Quizá sí debiera arriesgarse.

—¿Puedo hacer otra sugerencia?

—Dispare.

—Es sobre esa denominación de AF. Necesitamos la confirmación definitiva de que se trata de Midway, ¿verdad?

—Pues sí.

—¿No podríamos escribir un mensaje sobre Midway que los japoneses quisieran retransmitir en su propio código? Así, cuando interceptáramos esa retransmisión, podríamos descubrir cómo han cifrado el nombre.

Strong se quedó pensativo.

—Tal vez —dijo—. Quizá debiéramos enviar nuestro mensaje en abierto, para asegurarnos de que lo entienden.

—Podríamos hacerlo así, pero entonces tendría que ser algo no demasiado confidencial… Quizá: «Brote de enfermedades venéreas en Midway, envíen medicamentos, por favor», o algo por el estilo.

—Pero ¿por qué querrían retransmitir algo así los japoneses?

—Cierto, de modo que tiene que ser algo con relevancia militar, pero no alto secreto. Como las condiciones climatológicas.

—Hasta los partes meteorológicos son secretos, en la actualidad.

—¿Y algo sobre la escasez de agua? —sugirió el criptoanalista del escritorio contiguo—. Si están pensando en una ocupación, esa información será importante para ellos.

—Maldita sea, sí que podría funcionar. —Strong se iba entusiasmando por momentos—. Supongamos que Midway envía un mensaje en abierto a Hawai, diciendo que se les ha averiado la planta de desalinización.

—Y Hawai responde, diciendo que envían un cargamento de agua —añadió Chuck.

—Seguro que los japoneses retransmitirán el mensaje, si están planeando atacar el atolón. Tendrán que hacer planes para enviar agua potable.

—Y cifrarán el mensaje para evitar alertarnos de su interés por Midway.

Strong se puso en pie.

—Venga conmigo —le dijo a Chuck—. Vamos a planteárselo al jefe, a ver qué le parece a él la idea.

Los mensajes se enviaron ese mismo día.

Al día siguiente, un mensaje de radio japonés informaba de la escasez de agua potable en AF.

El objetivo era Midway.

El almirante Nimitz se dispuso a tender una trampa.

III

Esa noche, mientras más de mil trabajadores se afanaban por arreglar el portaaviones *Yorktown*, inutilizado desde el ataque a Pearl Harbor, y reparar los daños a la luz de arcos voltaicos, Chuck y Eddie salieron a The Band Round The Hat, un bar que había en una callejuela oscura de Honolulu. El local estaba abarrotado, como siempre, lleno de marineros y de lugareños. Casi todos los clientes eran hombres, aunque también había unas cuantas enfermeras, en parejas. A Chuck y a Eddie les gustaba aquel sitio porque los demás hombres eran como ellos. A las lesbianas les gustaba porque los hombres no intentaban ligar con ellas.

Nada sucedía abiertamente, claro está. A un hombre podían expulsarlo de la armada y encarcelarlo por cometer actos de homosexualidad. Aun así, en aquel establecimiento se sentían cómodos. El líder de la banda llevaba maquillaje. El cantante hawaiano iba travestido, aunque el resultado era tan convincente que había quien no se había dado cuenta de que era un hombre. El propietario tenía más pluma que un pavo real. Los hombres podían bailar juntos y a nadie le llamaban «finolis» por pedir vermut.

Desde la muerte de Joanne, Chuck sentía que quería a Eddie más aún. Evidentemente, siempre había sabido que a Eddie podían matarlo, en teoría; pero el peligro nunca le había parecido real. De pronto, tras el ataque a Pearl Harbor, no pasaba un día sin que visualizara a aquella chica tan guapa tirada en el suelo y cubierta de sangre, y a su hermano sollozando a su lado con el corazón roto. Bien podría haber sido el propio Chuck, arrodillado junto a Eddie, sintiendo ese mismo dolor insoportable. Chuck y Eddie habían escapado de la muerte el 7 de diciembre, pero seguían estando en guerra y la vida era algo fugaz. Cada día que pasaban juntos era muy valioso porque podía ser el último.

Chuck estaba apoyado en la barra con una cerveza en la mano, y Eddie se había sentado en un taburete. Se estaban riendo de un piloto de la armada que se llamaba Trevor Paxman —a quien todos conocían como Trixie—, que les estaba relatando la única ocasión en que había intentado acostarse con una chica.

—¡Estaba horrorizado! —exclamó Trixie—. Creía que ahí abajo todo sería pulcro, no sé, suave, como las chicas de los cuadros… ¡pero tenía más pelo que yo! —Todos estallaron en carcajadas—. ¡Era como un gorila! —En ese momento, Chuck vio con el rabillo del ojo la fornida figura del capitán Vandermeier entrando en el local.

Pocos oficiales frecuentaban los bares de los soldados rasos. No es que estuviera prohibido, simplemente se percibía como una falta de consideración, una descortesía, era como entrar con las botas llenas de barro en el restaurante del Ritz-Carlton. Eddie se volvió de espaldas con la esperanza de que Vandermeier no lo viera.

No tuvo suerte. Vandermeier fue directo hacia ellos.

—Vaya, vaya, todas las chicas vamos a parar al mismo sitio, ¿verdad? —dijo.

Trixie dio media vuelta y se fundió con la gente.

—¿Adónde va ese? —preguntó Vandermeier. Estaba ya tan borracho que arrastraba las palabras.

Chuck vio que el rostro de Eddie se ensombrecía.

—Buenas noches, capitán —dijo Chuck con formalidad—. ¿Me deja que le invite a una cerveza?

—Whisky con hielo.

Chuck le pidió la bebida. Vandermeier dio un buen trago.

—Bueno —dijo después—, he oído decir que en este sitio la acción está fuera, en la parte de atrás… ¿es eso cierto? —Miró a Eddie.

—Ni idea —repuso este con frialdad.

—Anda, venga —insistió Vandermeier—. Extraoficialmente.

Le dio unas palmaditas en la rodilla a Eddie, que se levantó con tal brusquedad que empujó el taburete hacia atrás.

—No me toque —dijo.

—Tranquilo, Eddie —advirtió Chuck.

—¡Ningún reglamento de la armada dice que tenga que dejarme manosear por esta reinona!

—¿Qué me has llamado? —preguntó Vandermeier con voz etílica.

—Si me vuelve a tocar, juro que le arranco esa cabeza repugnante que tiene.

—Capitán Vandermeier, señor, conozco otro sitio mucho mejor que este. ¿Le apetece que vayamos allí? —propuso Chuck.

—¿Qué? —El capitán parecía confuso.

—Un sitio más pequeño, más tranquilo… —improvisó Chuck—. Como este, pero más íntimo. ¿Sabe a qué me refiero?

—¡Suena bien! —Apuró su vaso.

Chuck tomó a Vandermeier del brazo derecho y le hizo una señal a Eddie para que se ocupara del izquierdo. Entre los dos sacaron al capitán borracho del local.

Por suerte, había un taxi esperando en la penumbra del callejón. Chuck abrió la portezuela del coche.

En ese momento, Vandermeier besó a Eddie. Lo rodeó con sus brazos y apretó los labios contra los del chico.

—Te quiero —dijo.

Chuck sintió que el miedo se apoderaba de él. Ya no había forma de acabar bien con aquello.

Eddie le atizó un puñetazo a Vandermeier en el estómago con todas sus fuerzas. El capitán soltó un gruñido y resopló. Eddie volvió a golpearle, esta vez en la cara. Chuck se interpuso entre ambos. Antes de que Vandermeier pudiera caer al suelo, lo empujó con destreza hacia el asiento de atrás del taxi.

Se inclinó por la ventanilla del acompañante y le dio al conductor un billete de diez dólares.

—Llévelo a casa y quédese con el cambio.

El taxi se alejó.

Chuck miró a Eddie.

—Vaya, hombre —dijo—, nos has metido en un buen lío.

IV

Sin embargo, nadie acusó a Eddie Parry de agredir a un oficial.

El capitán Vandermeier apareció a la mañana siguiente en el Viejo Edificio de la Administración con un ojo morado, pero no presentó cargos. Chuck supuso que la carrera del hombre terminaría en cuanto admitiera que se había visto involucrado en una pelea en The Band Round The Hat. Sin embargo, eso no impidió que allí todos comentaran su moratón.

—Vandermeier dice que resbaló por culpa de una mancha de gasolina que había en su garaje y que se dio un golpe en la cara contra el cortacésped, pero yo creo que ese ojo morado se lo ha puesto su mujer. ¿La habéis visto? Se parece a Jack Dempsey, el boxeador.

Ese día, los criptoanalistas del sótano le dijeron al almirante Nimitz que los japoneses atacarían Midway el 4 de junio. En concreto, informaron de que la fuerza japonesa se situaría a 280 kilómetros al norte del atolón a las siete de la mañana.

Estaban casi tan seguros como hacían pensar sus palabras.

Eddie tenía un ánimo sombrío.

—¿Qué posibilidades tenemos? —preguntó cuando Chuck y él se reunieron para comer.

Como también él trabajaba en los servicios secretos de la armada, conocía el potencial de las fuerzas japonesas, según las estimaciones de los descifradores.

—Los japoneses han movilizado doscientos buques, prácticamente la totalidad de su marina de guerra, ¿y cuántos tenemos nosotros? ¡Treinta y cinco!

Chuck no era tan pesimista.

—Pero sus fuerzas de ataque solo ascienden a una cuarta parte de esos efectivos. El resto lo componen las fuerzas de ocupación y de distracción estratégica, y las reservas.

—¿Y qué? ¡Una cuarta parte de sus efectivos sigue siendo más que toda nuestra flota del Pacífico!

—Las fuerzas de ataque japonesas cuentan únicamente con cuatro portaaviones.

—Pero nosotros solo tenemos tres. —Eddie señaló con su sándwich de jamón hacia el portaaviones ennegrecido por el humo que seguía en el dique seco, repleto de obreros haciéndole reparaciones—. Y eso contando el *Yorktown*, que sigue inutilizado.

—Bueno, pero nosotros sabemos que vienen y ellos no saben que los estamos esperando.

—Espero que eso nos dé tanta ventaja como piensa Nimitz.

—Sí, yo también.

Cuando Chuck regresó al sótano, le dijeron que ya no trabajaba allí. Lo habían trasladado. Al *Yorktown*.

—Es la forma que tiene Vandermeier de castigarme —dijo Eddie esa noche con lágrimas en los ojos—. Cree que morirás.

—No seas tan pesimista —repuso Chuck—. A lo mejor ganamos la guerra.

Unos días antes del ataque, los japoneses cambiaron sus libros de códigos. Los hombres del sótano suspiraron y empezaron otra vez desde cero, pero obtuvieron muy poca información nueva antes de la batalla. Nimitz tendría que conformarse con lo que tenían y esperar que el enemigo no revisara todo el plan en el último minuto.

Los japoneses esperaban tomar Midway por sorpresa y aplastarlo con facilidad. Tenían la esperanza de que los norteamericanos contraatacaran con todas sus fuerzas, en un intento de recuperar el atolón.

En ese momento, la flota de reserva japonesa entraría en acción y arrasaría con toda la flota estadounidense. Japón dominaría el Pacífico.

Y Estados Unidos solicitaría conversaciones de paz.

Nimitz tenía pensado cortar ese plan de raíz tendiendo una emboscada a las fuerzas de ataque antes de que pudieran tomar Midway.

Chuck había pasado a formar parte de esa emboscada.

Se echó el petate al hombro y se despidió de Eddie con un beso, después salieron juntos hacia el muelle.

Allí se toparon con Vandermeier.

—No ha habido tiempo para reparar los compartimentos estancos —les dijo—. Si le abren un agujero, se hundirá como un ataúd de plomo.

Chuck le puso una mano en el hombro a Eddie para contenerlo.

—¿Qué tal ese ojo, capitán? —preguntó.

La boca de Vandermeier se torció en una mueca de maldad.

—Buena suerte, marica. —Y los dejó allí plantados.

Chuck le dio un apretón de manos a Eddie y subió a bordo.

Al instante se olvidó de Vandermeier, porque por fin iba a hacerse a la mar… y en uno de los mayores barcos jamás construidos.

El *Yorktown* era el primero entre los portaaviones de su clase. Medía más de dos campos de fútbol americano y contaba con una tripulación de más de dos mil hombres. Transportaba noventa aviones: viejos torpederos Douglas Devastator con alas plegables; bombarderos de picado Douglas Dauntless, más nuevos; y cazas Grumman Wildcat para escoltar a los bombarderos.

Casi todo quedaba bajo cubierta, salvo por la estructura del puente, que se alzaba hasta nueve metros por encima de la cubierta de vuelo. Este contenía el centro de mando y comunicaciones del navío, el puente en sí, la sala de radio justo debajo, la sala de mapas y la sala de guardia de pilotos. Detrás de todo ello se levantaba una enorme chimenea que tenía tres tiros dispuestos en fila.

Algunos de los mecánicos seguían a bordo, terminando aún su trabajo, cuando la embarcación dejó el dique seco y salió lentamente de Pearl Harbor. Chuck se emocionó al sentir la vibración de sus descomunales motores mientras se hacía a la mar. Cuando llegaron a aguas profundas y la embarcación empezó a ascender y descender al ritmo del oleaje del océano Pacífico, se sintió como si estuviera bailando.

Habían destinado a Chuck a la sala de radio, una decisión muy sensata, pues allí sacarían partido de su experiencia en señales.

El portaaviones avanzaba a toda máquina hacia su cita al nordeste de Midway; sus parches recién soldados rechinaban como zapatos nuevos. En el barco había una heladería, conocida como el Gedunk, donde servían helados recién hechos. Allí, la primera tarde, Chuck se encontró con Trixie Paxman, al que no había visto desde aquella noche en The Band Round The Hat. Se alegró de contar con un amigo a bordo.

El miércoles 3 de junio, el día antes de la supuesta fecha del ataque, un hidroavión de la armada en misión de reconocimiento al oeste de Midway avistó un convoy de buques de transporte japoneses: se concluyó que debían de transportar las fuerzas de ocupación que se harían con el control del atolón después de la batalla. La noticia fue transmitida a todos los barcos estadounidenses, y Chuck, en la sala de radio del *Yorktown*, fue de los primeros en saberlo. Se trataba de una confirmación sólida de que sus compañeros del sótano habían acertado y sintió cierto alivio al ver que su suposición quedaba corroborada. Entonces se dio cuenta de lo irónico de la situación: si sus compañeros se hubiesen equivocado y los japoneses estuvieran en otra parte, él no se encontraría en peligro.

Llevaba en la armada un año y medio, pero hasta ese momento nunca había entrado en combate. El *Yorktown*, reparado con tantas prisas, sería el blanco de las bombas y los torpedos japoneses; avanzaba a toda máquina hacia unos hombres que harían todo cuanto estuviera en sus manos por hundirlo, y hundir a Chuck con él. Era una sensación peculiar. Casi todo el rato sentía una extraña calma, pero de vez en cuando lo invadía el impulso de saltar por la borda y empezar a nadar de vuelta a Hawai.

Esa noche escribió a sus padres. Si moría al día siguiente, seguramente tanto la carta como él se hundirían con el barco, pero la escribió de todas formas. En ella no dijo nada sobre los motivos de su traslado. Se le pasó por la cabeza confesarles que era invertido, pero enseguida cambió de opinión. Les dijo que los quería y que les daba las gracias por todo lo que habían hecho por él. «Si muero luchando por un país democrático en contra de una cruel dictadura militar, no habré perdido la vida en vano», escribió. Al releerlo le pareció un poco presuntuoso, pero lo dejó tal cual.

La noche fue corta. La tripulación aérea oyó el toque de aviso para el desayuno a la una y media de la madrugada. Chuck se acercó a desearle buena suerte a Trixie Paxman. Como recompensa por haberse levantado tan temprano, a los pilotos les sirvieron filete y huevos.

Sacaron los aviones de los hangares que había en una cubierta inferior y los subieron en los enormes montacargas del barco, después los condujeron a mano hasta las plazas que debían ocupar en la cubierta de vuelo, donde repostaban y cargaban municiones. Unos cuantos pilotos despegaron y partieron en busca del enemigo. El resto aguardaba en la sala de instrucciones, ataviados ya con el equipo de vuelo a la espera de cualquier noticia.

Chuck entró de guardia en la sala de radio. Poco antes de las seis de la mañana recibió una comunicación de un hidroavión de reconocimiento:

NUMEROSOS AVIONES ENEMIGOS HACIA MIDWAY

Unos minutos después recibió una señal parcial:

PORTAAVIONES ENEMIGOS

Había empezado.

Cuando llegó el informe completo, un minuto después, supieron que las fuerzas de ataque japonesas se situaban casi exactamente donde habían predicho los criptoanalistas. Chuck estaba orgulloso... y asustado.

Los tres portaaviones norteamericanos —el *Yorktown*, el *Enterprise* y el *Hornet*— seguían un rumbo que dejaría a sus aviones a una distancia desde la que podrían alcanzar a los buques japoneses.

En el puente estaba el almirante Frank Fletcher, un hombre de cincuenta y siete años y con la nariz alargada que había recibido la Cruz de la Armada en la Primera Guerra Mundial. Mientras llevaba un mensaje al puente, Chuck lo oyó decir:

—Todavía no hemos visto ni un avión japonés. Eso quiere decir que aún no saben que estamos aquí.

Chuck era consciente de que lo único que tenían los estadounidenses a su favor era eso: la ventaja de estar mejor informados.

Sin duda, los japoneses esperaban sorprender a Midway en plena siesta y así repetir la escena de Pearl Harbor, pero eso, gracias a los criptoanalistas, no sucedería. Los aviones norteamericanos de Midway no serían blancos fáciles aparcados en las pistas. Cuando los bombarderos japoneses llegaran, todos ellos estarían en el aire buscando pelea.

Mientras escuchaban en tensión el crepitar de las señales de radio que llegaban desde Midway y los buques japoneses, los oficiales y los hombres de la sala de radio del *Yorktown* no tenían duda alguna de que sobre el diminuto atolón ya estaba teniendo lugar un terrible combate aéreo; lo que no sabían era quién iba ganando.

Poco después, los aviones norteamericanos destinados en Midway se lanzaron al ataque y arremetieron contra los portaaviones japoneses.

En ambas batallas, por lo que pudo colegir Chuck, los cañones antiaéreos habían sido los protagonistas. La base de Midway tan solo había sufrido daños moderados, y casi todas las bombas y los torpedos dirigidos contra la flota japonesa habían errado el tiro; pero en ambos combates se habían derribado muchos aviones.

Parecía que de momento estaban muy igualados… pero eso tenía a Chuck preocupado, porque los japoneses contaban con más reservas.

Justo antes de las siete, el *Yorktown*, el *Enterprise* y el *Hornet* viraron hacia el sudeste. Era un rumbo que, por desgracia, los apartaba del enemigo, pero sus aviones tenían que despegar contra el viento, que soplaba desde esa dirección.

Hasta el último rincón del poderoso *Yorktown* temblaba bajo el estruendo de los motores de los aviones, que aceleraban al máximo por la cubierta para, uno tras otro, alzar el vuelo. Chuck se fijó en que el Wildcat tenía tendencia a levantar el ala derecha y desviarse un poco a la izquierda cuando aceleraba por la pista, una característica de la que los pilotos no hacían más que quejarse.

A eso de las ocho y media, los tres portaaviones habían lanzado 155 naves estadounidenses contra las fuerzas de ataque del enemigo.

Los primeros aviones llegaron a la zona del objetivo con una precisión milimétrica, justo cuando los japoneses estaban ocupados repostando y recargando de munición los aviones que regresaban de Midway. En las cubiertas de vuelo no había más que cajas de munición esparcidas entre el nido de serpientes de las mangas de repostaje, todo ello casi dispuesto para estallar en cuestión de segundos. Aquello debería haber acabado en una carnicería.

Pero no sucedió.

Casi todos los aviones estadounidenses de la primera partida habían sido destruidos.

Los Devastator estaban obsoletos. Los Wildcat que los escoltaban eran mejores, pero aun así no eran rival para los Zero japoneses, rápidos y maniobrables. Los aviones que habían sobrevivido para descargar su artillería quedaron diezmados por el devastador fuego antiaéreo de los portaaviones enemigos.

Lanzar una bomba desde un avión en movimiento y lograr que impactara contra un barco en movimiento, o dejar caer un torpedo de manera que alcanzara un buque, revestía una dificultad increíble, sobre todo para un piloto al que estaban disparando desde arriba y desde abajo.

La mayoría de los aviadores se dejaron la vida en el intento.

Y ninguno de ellos dio en el blanco.

Ninguna bomba y ningún torpedo estadounidense alcanzó su objetivo. Las tres primeras partidas de aviones atacantes, cada una de ellas despegada desde los tres portaaviones norteamericanos, no hicieron ningún daño a las fuerzas de ataque japonesas. La munición de las cubiertas no estalló y las líneas de combustible no se incendiaron. El enemigo había resultado intacto.

Chuck, que estaba escuchando las comunicaciones por radio, se sintió flaquear.

De nuevo veía ante sí la genialidad del ataque a Pearl Harbor de siete meses atrás. Los barcos norteamericanos allí anclados, un puñado de blancos estáticos, apiñados, relativamente fáciles de alcanzar. Los aviones de combate que podrían haberlos protegido quedaron destruidos en las pistas de despegue. Para cuando los estadounidenses cargaron y desplegaron los cañones antiaéreos, el ataque casi había terminado.

Sin embargo, la batalla de Midway todavía se estaba librando, y no todos los aviones norteamericanos habían llegado aún a la zona del objetivo. Oyó a un oficial de aviación del *Enterprise* gritar por la radio: «¡Ataquen! ¡Ataquen!», y luego la lacónica respuesta de un piloto: «¡Procedo, en cuanto encuentre a esos malnacidos!».

La buena noticia era que el comandante japonés todavía no había enviado a sus aviones a atacar los portaaviones estadounidenses. Seguía su plan al pie de la letra y no se apartaba de Midway. A esas alturas ya podría haber supuesto que los estaban atacando con aviones despegados desde portaaviones, pero puede que no estuviera seguro de dónde se encontraban las embarcaciones estadounidenses.

A pesar de esa ventaja, los norteamericanos no iban ganando.

Entonces el panorama cambió. Una partida de treinta y siete bombarderos de picado Dauntless del *Enterprise* avistó a los japoneses. Los Zero que protegían los barcos habían descendido casi hasta el nivel del mar durante su combate aéreo con los atacantes anteriores, así que los bombarderos tuvieron la suerte de encontrarse por encima de los cazas y pudieron lanzarse sobre ellos como salidos directamente del sol.

Apenas unos minutos después, otros dieciocho Dauntless del *Yorktown* alcanzaron la zona del objetivo. Uno de los pilotos era Trixie.

La radio se convirtió en una algarabía de voces exaltadas. Chuck cerró los ojos y se concentró para intentar comprender los sonidos distorsionados. No lograba identificar la voz de Trixie.

Entonces, por detrás de las palabras, empezó a oír el aullido característico de los bombarderos lanzándose en picado. El ataque había empezado.

De pronto, por primera vez, se oyeron gritos triunfales por parte de los pilotos.

—¡Ya te tengo, cabrón!

—¡Joder, cómo he notado esa explosión!

—¡Chupaos esa, hijos de perra!

—¡Le he dado!

—¡Mira cómo arde!

Los hombres de la sala de radio estallaron en gritos de júbilo, aunque no podían saber con exactitud qué estaba ocurriendo.

Todo terminó en cuestión de minutos, pero tardaron muchísimo en conseguir un informe claro de la situación. Con la euforia de la victoria, los pilotos no resultaban muy coherentes. Poco a poco, a medida que se calmaban y regresaban a sus portaaviones, se fue sabiendo qué había sucedido.

Trixie Paxman se contaba entre los supervivientes.

La mayoría de sus bombas habían errado el blanco, igual que antes, pero unas diez habían alcanzado el objetivo y, aunque eran pocas, habían causado unos daños tremendos. Tres imponentes portaaviones japoneses estaban ardiendo sin control: el *Kaga*, el *Soryu* y el buque insignia, el *Akagi*. Al enemigo solo le quedaba uno, el *Hiryu*.

—¡Tres de los cuatro! —exclamó Chuck, eufórico—. ¡Y ellos ni se han acercado aún a nuestros barcos!

Eso no tardó en cambiar.

El almirante Fletcher envió diez Dauntless a reconocer el terreno y ver en qué estado había quedado el portaaviones japonés superviviente. Sin embargo, fue el radar del *Yorktown* el que detectó una escuadrilla de aviones, que en teoría habían despegado del *Hiryu*, a ochenta kilómetros y acercándose. A mediodía, Fletcher envió doce Wildcat al encuentro de los atacantes. El resto de los aviones también recibieron órdenes de despegar para que no estuvieran en cubierta, en situación vulnerable, cuando se produjera el ataque. Mientras tanto, las líneas de combustible del *Yorktown* se inundaron con dióxido de carbono como prevención contra incendios.

La escuadrilla atacante estaba compuesta por catorce «Val», bombarderos de picado Aichi D3A, además de los Zero que los acompañaban.

«Aquí está —pensó Chuck—, mi primera acción bélica.» Sintió ganas de vomitar y tragó saliva con fuerza.

Antes de que los atacantes estuvieran a la vista, los artilleros del *Yorktown* abrieron fuego. El barco tenía cuatro pares de grandes cañones antiaéreos de un calibre de 128 mm que podían lanzar sus proyectiles a varios kilómetros de distancia. Tras determinar la posición del enemigo con la ayuda del radar, los oficiales de artillería lanzaron una salva de gigantescos proyectiles de veinticinco kilos en dirección a los aviones que se acercaban, con los temporizadores preparados para que hicieran explosión al alcanzar el objetivo.

Los Wildcat se colocaron encima de los atacantes y, según las informaciones que transmitían por radio los pilotos, abatieron seis bombarderos y tres cazas.

Chuck corrió al puente del almirante con un mensaje que decía que el resto de la escuadrilla estaba lanzándose al ataque.

—Bueno, ya me he puesto el casco de acero… no puedo hacer nada más —comentó el almirante Fletcher con frialdad.

Chuck miró por la ventanilla y vio los bombarderos de picado lanzando su aullido en el cielo, avanzando hacia él en un ángulo tan vertiginoso que parecían estar cayendo a plomo. Resistió el impulso de lanzarse al suelo.

La embarcación realizó un repentino viraje de timón todo a babor. Merecía la pena intentar cualquier maniobra que pudiera desviar al avión atacante de su curso.

La cubierta del *Yorktown* también tenía cuatro «pianos de Chicago»: unas baterías antiaéreas más pequeñas y de menor alcance, con cuatro cañones. Estos abrieron fuego en ese momento, igual que los cañones de los cruceros que escoltaban al *Yorktown*.

Cuando Chuck miró hacia delante desde el puente, aterrorizado e incapaz de hacer nada por defenderse, un artillero de cubierta encontró un Val a tiro y le dio. El avión pareció partirse en tres pedazos. Dos de ellos cayeron al mar y otro se estrelló contra el costado del portaaviones. Otro Val voló entonces en pedazos. Chuck soltó un grito de alegría.

Pero aún quedaban seis.

El *Yorktown* viró bruscamente a estribor.

Los Val hicieron frente al granizo mortal que habían desatado los cañones de cubierta y fueron tras el portaaviones.

A medida que se acercaban, las ametralladoras de las pasarelas que había a lado y lado de la cubierta de vuelo también comenzaron a abrir fuego. La artillería del *Yorktown* estaba interpretando una sinfonía letal: el grave estruendo de los cañones de 128 mm, los sonidos de medio alcance de los pianos de Chicago y el imperioso martilleo de las ametralladoras.

Chuck vio la primera bomba.

Muchos proyectiles japoneses tenían mecanismos de acción retardada. En lugar de explotar al hacer impacto, estallaban un segundo o dos después; la idea era que atravesaran la cubierta y no explotaran hasta encontrarse en el interior del barco, donde causaban una devastación mayor.

Esa bomba, no obstante, rodó sobre la cubierta del *Yorktown*.

Chuck la contempló, paralizado por el horror. Durante unos instantes pareció que no iba a provocar ningún daño, pero después hizo explosión con un estruendo y un fogonazo. Los dos pianos de Chicago de popa quedaron destruidos al instante. Aparecieron pequeños incendios en cubierta y en las torres.

Para asombro de Chuck, los hombres que tenía a su alrededor no perdieron la calma, como si estuvieran presenciando un simulacro de combate en una sala de reuniones. El almirante Fletcher seguía dando órdenes aun tambaleándose por la cubierta del puente, que no dejaba de dar bandazos. Unos momentos después, los equipos de control de daños corrían ya por la cubierta de vuelo con mangueras de incendios, y los camilleros recogían a los heridos y se los llevaban abajo, por empinadas escalerillas, hacia las unidades de curas.

No se produjeron incendios importantes: el dióxido de carbono de las líneas de combustible lo había impedido. Tampoco había aviones cargados con bombas que pudieran explotar en cubierta.

Un momento después, otro Val se precipitó aullando hacia el *Yorktown* y una bomba alcanzó la chimenea. La explosión sacudió a la poderosa embarcación. Una enorme cortina de un humo negro y oleaginoso empezó a salir de los tiros. Chuck comprendió que la bomba debía de haber dañado los motores, porque el barco perdió velocidad inmediatamente.

Hubo más bombas que erraron el blanco y acabaron en el mar, donde provocaron géiseres que salpicaron la cubierta, y allí el agua salada se mezcló con la sangre de los heridos.

El *Yorktown* acabó por detenerse. Cuando el barco inutilizado quedó a la deriva, los japoneses lo alcanzaron una tercera vez: una bomba impactó contra el montacargas de proa y explotó en algún punto de las cubiertas inferiores.

Entonces, de repente, todo terminó y los Val supervivientes ascendieron hacia el límpido cielo azul del Pacífico.

«Sigo vivo», pensó Chuck.

No habían perdido el barco. Los equipos de control de incendios habían empezado a trabajar antes aun de que los japoneses desaparecieran. En las profundidades de la embarcación, los ingenieros dijeron que tardarían una hora en poner las calderas en marcha. Las cuadrillas de reparación remendaron el boquete de la cubierta de vuelo con planchas de pino de Oregón de un metro por dos.

Sin embargo, el equipo de radio sí había quedado destruido. El almirante Fletcher estaba sordo y ciego, así que se trasladó con sus asistentes personales al crucero *Astoria*, y desde allí entregó el mando táctico a Spruance, del *Enterprise*.

—Que te jodan, Vandermeier... he sobrevivido —dijo Chuck a media voz.

Demasiado pronto había hablado.

Los motores resucitaron vibrando con fuerza. Esta vez bajo el mando del capitán Buckmaster, el *Yorktown* empezó a surcar de nuevo las olas del Pacífico. Algunos de sus aviones ya se habían refugiado en el *Enterprise*, pero otros seguían en el aire, así que el portaaviones viró contra el viento y los aparatos fueron aterrizando para repostar. Puesto que la radio no estaba operativa, Chuck y sus compañeros se reconvirtieron en un equipo de código de señales para comunicarse con los demás barcos utilizando las anticuadas banderas.

A las dos y media, el radar de un crucero que escoltaba al *Yorktown* reveló que unos aviones se acercaban en vuelo rasante desde el oeste: una escuadrilla de ataque del *Hiryu*, parecía ser. El crucero envió un mensaje para comunicárselo al portaaviones. Buckmaster mandó doce Wildcat para interceptar a los japoneses.

Los Wildcat debieron de verse incapaces de detener el ataque, porque diez aviones torpederos aparecieron casi rozando las olas, directos a por el *Yorktown*.

Chuck los vio con toda claridad. Eran Nakajima B5N, y los nor-teamericanos los llamaban «Kate». Cada uno de ellos llevaba sujeto bajo el fuselaje un torpedo que abarcaba casi la mitad de la longitud del avión.

Los cuatro cruceros pesados que escoltaban al portaaviones bom-bardearon el mar a su alrededor para levantar una pantalla de agua re-vuelta, pero los pilotos japoneses no se dejaron disuadir tan fácilmen-te y atravesaron la cortina de espuma.

Chuck vio cómo el primer avión dejaba caer el torpedo. La bomba alargada se zambulló en el agua, apuntando hacia el *Yorktown*.

El avión pasó volando tan cerca del barco que Chuck vio incluso la cara del piloto. Llevaba una cinta blanca y roja en la frente, además del casco. Agitó un puño triunfal hacia la tripulación de cubierta y enseguida desapareció.

Otros aviones se acercaron rugiendo. Los torpedos eran lentos y a veces las embarcaciones lograban esquivarlos, pero el *Yorktown* estaba inutilizado y era demasiado pesado para moverse en zigzag. Se produ-jo entonces una tremenda sacudida que hizo temblar todo el barco: los torpedos eran varias veces más poderosos que las bombas normales. Chuck tuvo la sensación de que los habían alcanzado en la popa, a babor. Poco después se produjo otra explosión, y esta llegó a levantar el barco y a tirar al suelo a la mitad de la tripulación que estaba en cu-bierta. Acto seguido, los potentes motores fallaron.

Una vez más, las cuadrillas de reparación de daños se pusieron a trabajar antes de que los aviones atacantes hubiesen desaparecido. Chuck se unió a los hombres que se ocupaban de las bombas de agua y vio que el casco de acero del gran barco había quedado abierto como una lata. Una cascada de agua marina entraba por la gran brecha. Al cabo de pocos minutos, Chuck notó que la cubierta se había inclinado. El *Yorktown* se escoraba hacia babor.

Las bombas no daban abasto para desalojar toda el agua que entra-ba, sobre todo porque los compartimentos estancos de la nave habían quedado dañados en el mar del Coral y no los habían arreglado en la reparación de urgencia.

¿Cuánto tardarían en volcar?

A las tres en punto, Chuck oyó una orden:

—¡Abandonen el barco!

Los marinos lanzaron cabos por el borde más elevado de la cubierta inclinada. En la cubierta de hangares, los tripulantes tiraron de unas cuerdas para liberar miles de chalecos salvavidas de un compartimento superior que cayeron en cascada. Las embarcaciones que formaban la escolta se acercaron al portaaviones y enviaron sus botes. La tripulación del *Yorktown* se quitó los zapatos y se reunió a un lado. Por algún motivo, dejaron los zapatos en ordenadas hileras en cubierta, cientos de pares, como si fuera un sacrificio ritual. A los hombres heridos los bajaron en camillas hasta los botes que los estaban esperando. Chuck se encontró de pronto en el agua, nadando todo lo deprisa que podía para alejarse del *Yorktown* antes de que volcara. Una ola lo pilló desprevenido y se llevó su gorra. Se alegró de estar en el cálido Pacífico; el Atlántico podría haberlo matado de frío mientras esperaba a que lo rescataran.

Lo recogió un bote salvavidas que luego siguió ayudando a más hombres. Decenas de botes hacían lo mismo. Muchos tripulantes se dejaban caer desde la cubierta principal, que estaba más abajo que la cubierta de vuelo. El *Yorktown* aún conseguía mantenerse a flote.

Cuando todos los hombres estuvieron a salvo, los transportaron hasta las embarcaciones de escolta.

Chuck se quedó de pie en cubierta, contemplando la superficie del agua mientras el sol se ponía por detrás del *Yorktown,* que zozobraba lentamente. Se le ocurrió pensar que en todo el día no había visto un solo barco japonés. La totalidad de la batalla se había librado en el aire. Se preguntó si sería la primera de un nuevo tipo de batallas navales. En tal caso, los portaaviones serían las embarcaciones fundamentales en el futuro. Ninguna otra cosa servía de mucho.

Trixie Paxman apareció junto a él. Chuck se alegró tanto de verlo vivo que le dio un abrazo.

Trixie le contó que la última escuadrilla de bombarderos de picado Dauntless, despegados desde el *Enterprise* y el *Yorktown*, había hecho arder el *Hiryu*, el único portaaviones japonés que seguía operativo, y lo había destruido.

—O sea que hemos acabado con los cuatro portaaviones japoneses —comentó Chuck.

—Eso es. Les hemos dado a todos, y nosotros solo hemos perdido uno de los nuestros.

—O sea —añadió Chuck— que ¿hemos ganado?

—Sí —confirmó Trixie—. Eso parece.

V

Después de la batalla de Midway quedó claro que la guerra del Pacífico se ganaría lanzando aviones desde los barcos. Tanto Japón como Estados Unidos pusieron en marcha programas intensivos para construir portaaviones lo más deprisa posible.

Durante 1943 y 1944, Japón fabricó siete de esas enormes y costosas embarcaciones.

En ese mismo período, Estados Unidos produjo noventa.

13

1942 (II)

I

La enfermera Carla von Ulrich entró con un carrito al cuarto donde guardaban el material médico y cerró la puerta tras de sí.

Tenía que darse prisa. Si la pillaban, la enviarían a un campo de concentración por lo que estaba a punto de hacer.

Cogió de un armario unos cuantos apósitos de distintas clases, un rollo de venda y un tarro de pomada antiséptica. Luego abrió el armario de los medicamentos, guardados bajo llave. Cogió morfina para aliviar el dolor, sulfamida para las infecciones y aspirina para la fiebre. También cogió una jeringuilla hipodérmica nueva, todavía en su estuche.

Durante varias semanas había falseado el registro para que pareciera que se había hecho un uso legítimo de lo que estaba robando. Había preferido alterarlo de antemano, de forma que si se llevaba a cabo alguna comprobación sobrase material, lo que indicaría un mero descuido, en lugar de que faltase, lo que revelaría que lo habían robado.

Había hecho eso mismo dos veces con anterioridad pero no por ello estaba menos asustada.

Salió con el carrito del cuarto del material esperando presentar un aspecto inocente: el de una enfermera que llevaba suministros de primera necesidad a un enfermo en cama.

Entró en la sala de pacientes y, consternada, vio que el doctor Ernst estaba sentado junto a uno de ellos, tomándole el pulso.

Se suponía que todos los médicos estaban comiendo.

Sin embargo, era demasiado tarde para cambiar de opinión. Trató de adoptar una actitud confiada, justo al contrario de como se sentía, y para ello mantuvo la cabeza bien alta mientras cruzaba la sala empujando el carrito.

El doctor Ernst la miró y le sonrió.

Berthold Ernst era el hombre con quien soñaban todas las enfermeras. Era un hábil cirujano con un talante afable para tratar a los pacientes, alto, guapo y soltero. Había tenido escarceos amorosos con la mayoría de las enfermeras atractivas, y con muchas había llegado a acostarse, si se daba crédito a los rumores que corrían por el hospital.

Ella lo saludó con la cabeza y pasó de largo sin entretenerse.

Salió con el carrito de la sala y torció de inmediato para entrar en el vestuario de las enfermeras.

Tenía el impermeable en el perchero. Junto a este había una cesta de la compra de mimbre que contenía un viejo fular de seda, una col y un paquete de compresas higiénicas dentro de una bolsa de papel marrón. Carla vació la cesta y, rápidamente, sacó el material médico del carrito y lo trasladó allí. Luego lo tapó con el fular, un modelo con dibujos geométricos azules y dorados que su madre debía de haber comprado en los años veinte. Depositó encima la col y las compresas higiénicas, colgó la cesta en el perchero y dispuso su abrigo de modo que la cubriera.

«Lo he logrado», se dijo. Reparó en que estaba temblando un poco. Respiró hondo, recobró el control, abrió la puerta… y vio al doctor Ernst plantado delante.

¿La había seguido? ¿Iba a acusarla de robo? No tenía aspecto de enfadado; de hecho, su expresión era amigable. Tal vez lo hubiera logrado, después de todo.

—Buenas tardes, doctor —saludó—. ¿En qué puedo ayudarlo?

Él le sonrió.

—¿Cómo está, enfermera? ¿Va todo bien?

—Estupendamente, creo. —El sentimiento de culpa hizo que prosiguiera en tono obsequioso—. Claro que es usted, doctor, quien debe decir si las cosas van bien o no.

—Ah, no tengo ninguna queja —dijo él con indiferencia.

«¿De qué va todo esto? —pensó Carla—. ¿Está jugando conmigo, demorando con sadismo el momento de acusarme?»

No dijo nada, pero se mantuvo a la espera, tratando de que el nerviosismo no la hiciera temblar.

Él miró el carrito.

—¿Por qué ha entrado con eso en el vestuario?

—Necesitaba una cosa —respondió, improvisando de forma desesperada—. Una cosa del impermeable. —La voz le temblaba de miedo y trató de disimularlo—. Un pañuelo que llevaba en el bolsillo.

«Deja de atropellarte —se dijo—. Es médico, no un agente de la Gestapo.» Aun así, le imponía el mismo respeto.

Él parecía divertido, como si se regocijase con su nerviosismo.

—¿Y el carrito?

—Voy a devolverlo a su sitio.

—El orden es esencial. Es una enfermera muy buena… fräulein Von Ulrich… ¿O debo llamarla «frau»?

—Fräulein.

—Deberíamos hablar más.

La forma en que la miraba le decía que aquella situación no tenía nada que ver con el material robado. Estaba a punto de pedirle que saliera con él. Si aceptaba, se convertiría en la envidia de decenas de enfermeras.

Sin embargo, no sentía ningún interés por él. Tal vez fuera porque ya había amado a un apuesto don Juan, Werner Franck, y este había resultado ser un cobarde egocéntrico. Supuso que Berthold Ernst también lo era.

Con todo, no quería arriesgarse a llevarle la contraria, así que se limitó a sonreír sin decir nada.

—¿Le gusta Wagner? —preguntó.

Ella ya veía por dónde iba la cosa.

—No tengo tiempo de escuchar música —respondió con determinación—. Mi madre es anciana, y debo cuidarla. —En realidad, Maud tenía cincuenta y un años y disfrutaba de una salud de hierro.

—Tengo dos entradas para asistir a un concierto mañana por la noche. Interpretan el *Idilio de Sigfrido*.

—¡Una pieza de cámara! —exclamó ella—. Es poco habitual. —La mayoría de las obras de Wagner eran de gran formato.

Él parecía complacido.

—Veo que entiende de música.

Carla deseó no haberlo dicho; solo había servido para animarlo.

—Mi familia sabe música; mi madre da clases de piano.

—Entonces tiene que acompañarme. Estoy seguro de que encontrará a alguien que se ocupe de su madre por una noche.

—Es imposible, de veras —replicó Carla—. Pero muchas gracias por la invitación. —Observó la airada expresión de sus ojos: no estaba acostumbrado a que lo rechazasen. No obstante, dio media vuelta y se dispuso a seguir empujando el carrito.

—¿Tal vez en otra ocasión? —gritó él a su espalda.

—Es muy amable —respondió ella sin aminorar la marcha.

Tenía miedo de que la siguiera, pero la ambigua respuesta a su última pregunta parecía haberlo aplacado. Cuando volvió la cabeza, él ya no estaba. Devolvió el carrito a su sitio y respiró más tranquila.

Luego retomó sus tareas. Comprobó el estado de todos los pacientes de su sala y redactó los informes pertinentes. Era hora de dar paso al turno de noche.

Se puso el impermeable y se colgó la cesta del brazo. Había llegado el momento de salir del edificio con el material robado, y el miedo volvió a invadirla.

Frieda Franck también se marchaba y salieron juntas. Frieda no tenía ni idea de que Carla ocultase material robado. Caminaron bajo el sol de junio hasta la parada del tranvía. Carla llevaba puesto el impermeable, más que nada para que no se le manchara el uniforme. Creía que presentaba un aspecto de absoluta normalidad hasta que Frieda preguntó:

—¿Te preocupa algo?

—No, ¿por qué?

—Se te ve nerviosa.

—Estoy bien. —Para cambiar de tema, señaló un cartel—. Mira eso.

El gobierno había inaugurado una exposición en el Lustgarten de Berlín, el parque que quedaba frente a la catedral. «El paraíso soviético» era el irónico nombre de una muestra sobre la vida bajo el régimen comunista que presentaba el bolchevismo como una falacia de los judíos y a los soviéticos como eslavos infrahumanos. Sin embargo, ni siquiera en los tiempos que corrían los nazis lo tenían todo a su favor, y alguien se había dedicado a recorrer Berlín fijando carteles que parodiaban los de la muestra y rezaban:

Exposición permanente
EL PARAÍSO NAZI
Guerra, hambre, mentiras, Gestapo
¿Cuánto durará?

En la marquesina de la parada del tranvía había uno de esos carteles, y Carla se animó.

—¿Quién se dedica a poner esas cosas? —comentó.

Frieda se encogió de hombros.

—Quienquiera que sea, tiene mucho valor. Si lo pillan, lo matarán.

—Entonces recordó lo que llevaba en la cesta. A ella también la matarían si la pillaban.

—Eso seguro —se limitó a responder Frieda.

Ahora era Frieda quien parecía un poco nerviosa. ¿Sería una de las encargadas de colgar los carteles? Probablemente no. Tal vez fuera cosa de su novio, Heinrich, un tipo vehemente y moralizador capaz de hacer una cosa así.

—¿Cómo está Heinrich? —preguntó Carla.

—Quiere que nos casemos.

—¿Y tú no?

Frieda bajó la voz.

—No quiero tener hijos. —Era un comentario subversivo: las mujeres jóvenes debían mostrarse encantadas de tener hijos para el Führer. Frieda señaló con la cabeza el cartel ilegal—. No quiero traer hijos a este paraíso.

—Supongo que yo tampoco —dijo Carla. Tal vez fuera por eso por lo que había rechazado al doctor Ernst.

Llegó un tranvía y se subieron. Carla depositó la cesta en el regazo con aire despreocupado, como si no contuviera nada más importante que la col. Observó a los demás pasajeros y la alivió no ver ningún uniforme.

—Ven a mi casa esta noche —la invitó Frieda—. Escucharemos jazz. Podemos poner los discos de Werner.

—Me encantaría, pero no puedo —se disculpó Carla—. Tengo que hacer una llamada. ¿Te acuerdas de la familia Rothmann?

Frieda miró alrededor con cautela. No era seguro que Rothmann fuera un nombre judío, pero podría serlo. Por suerte, no había nadie lo bastante cerca para oírlas.

—Claro, el padre era nuestro médico de cabecera.

—En teoría ya no ejerce. Eva Rothmann se marchó a Londres antes de la guerra y se casó con un soldado escocés. Pero los padres no pueden salir de Alemania, claro. Su hijo, Rudi, fabricaba violines y al parecer se le daba muy bien. Pero perdió el trabajo y ahora se dedica a reparar instrumentos y a afinar pianos. —Cuatro veces al año acudía a casa de los Von Ulrich para afinar el piano de cola Steinway—. La cuestión es que esta noche me había comprometido a pasar a verlos.

—Oh —exclamó Frieda. Fue la prolongada exclamación propia de quien acaba de reparar en algo.

—¿Qué ocurre? —preguntó Carla.

—Ahora entiendo por qué aferras ese capazo como si contuviera el Santo Grial.

Carla se quedó sin habla. ¡Frieda había descubierto el secreto!

—¿Cómo lo has adivinado?

—Has dicho que «en teoría ya no ejerce», lo cual indica que en la práctica sí que lo hace.

Carla se dio cuenta de que acababa de traicionar al doctor Rothmann. Debería haber dicho que no ejercía porque lo tenía prohibido. Por suerte, solo lo había delatado ante Frieda.

—¿Qué otra cosa puede hacer? Los enfermos se presentan en su casa y le piden de rodillas que los cure. ¡No puede echarlos! Ni siquiera gana dinero; todos sus pacientes son judíos y otras pobres gentes que le pagan con cuatro patatas o un huevo.

—Por mí no hace falta que lo justifiques —dijo Frieda—. Me parece muy valiente. Y tú eres toda una heroína por robar material del hospital y llevárselo. ¿Es la primera vez?

Carla negó con la cabeza.

—La tercera. Pero me siento muy estúpida por haber permitido que lo descubras.

—No eres ninguna estúpida. Lo que ocurre es que te conozco demasiado bien.

El tranvía estaba llegando a la parada de Carla.

—Deséame suerte —dijo, y se apeó.

Cuando entró en casa, oyó las vacilantes notas del piano procedentes del piso de arriba. Maud estaba con un alumno, y Carla se alegró de ello, pues así su madre se animaría y, de paso, ganaría un poco de dinero.

Se despojó del impermeable, entró en la cocina y saludó a Ada. Cuando Maud había anunciado a Ada que no podía seguir pagándole, esta le preguntó si podía quedarse a vivir allí de todas formas. Ahora trabajaba de noche limpiando una oficina, y de día limpiaba la casa de los Von Ulrich a cambio de la comida y el alojamiento.

Carla arrojó los zapatos debajo de la mesa y se frotó un pie con el otro para aliviar el dolor. Ada le preparó una taza de sucedáneo de café.

Maud entró en la cocina con ojos centelleantes.

—¡Tengo un alumno nuevo! —dijo, y mostró a Carla un fajo de billetes—. ¡Y quiere que le dé clases todos los días! —Lo había dejado practicando escalas, y el sonido de fondo de su inexperta pulsación recordaba al de un gato paseándose por encima del teclado.

—Estupendo —dijo Carla—. ¿Quién es?

—Un nazi, por supuesto, pero necesitamos el dinero.

—¿Cómo se llama?

—Joachim Koch. Es bastante joven y tímido. Si te lo encuentras, por lo que más quieras, muérdete la lengua y sé amable.

—Claro.

Maud desapareció.

Carla sorbió el café con gusto. Se había acostumbrado al sabor de las bellotas tostadas, como casi todo el mundo.

Charló unos minutos con Ada. En otro tiempo la mujer había sido rellenita, pero ahora estaba delgada. En la Alemania actual había poca gente metida en carnes; sin embargo, en el caso de Ada ocurría algo más. La muerte de su hijo discapacitado, Kurt, había supuesto un duro golpe. Se la veía apática. Cumplía bien con su trabajo, pero luego se pasaba horas sentada frente a la ventana con expresión ausente. Carla le tenía cariño, y se compadecía de ella, pero no sabía qué hacer para ayudarla.

El sonido del piano cesó y, unos instantes después, Carla oyó dos voces en el recibidor, la de su madre y la de un hombre. Supuso que Maud estaba despidiéndose de herr Koch; pero al cabo de unos instantes se horrorizó cuando su madre entró en la cocina seguida de cerca por un hombre ataviado con un inmaculado uniforme de teniente.

—Esta es mi hija —dijo Maud en tono alegre—. Carla, este es el teniente Koch, un alumno nuevo.

Koch era un hombre atractivo y de aspecto tímido que rondaba los veinte años. Llevaba un bigote rubio, y a Carla le recordó a las fotografías de cuando su padre era joven.

A Carla se le aceleró el corazón por el miedo. La cesta con el material médico robado se encontraba en la silla de la cocina que tenía justo al lado. ¿Se delataría ante el teniente Koch por accidente tal como había hecho con Frieda?

Apenas podía hablar.

—En... en... encantada de conocerlo —farfulló.

Maud la observó con curiosidad, sorprendida de su nerviosismo. Todo cuanto Maud deseaba era que Carla se mostrase amable con el nuevo alumno para que este no abandonase las clases. No veía nada de malo en invitar a entrar a la cocina a un oficial del ejército; no tenía ni idea de que Carla ocultase material robado en la cesta de la compra.

Koch efectuó una formal reverencia.

—El placer es mío —dijo.

—Y Ada es la criada.

Ada lo obsequió con una mirada hostil pero él no se percató: nunca prestaba atención al servicio. Apoyó todo el peso en una pierna y permaneció inclinado; trataba de adoptar una actitud relajada pero daba justo la impresión contraria.

Su comportamiento era más infantil que su apariencia. En él se adivinaba una inocencia que hacía pensar que de niño lo habían protegido en exceso. De todos modos, seguía siendo un peligro.

Cambió de postura y posó las manos sobre el respaldo del asiento que ocupaba la cesta de Carla.

—Veo que es enfermera —observó.

—Sí. —Carla trató de pensar con claridad. ¿Tenía idea Koch de quiénes eran los Von Ulrich? Parecía demasiado joven para saber qué era un socialdemócrata puesto que hacía nueve años que habían ilegalizado el partido. Tal vez la infamia de la familia Von Ulrich se hubiera desvanecido con la muerte de Walter. En cualquier caso, daba la impresión de que Koch los tomaba por una respetable familia alemana que, simplemente, era pobre porque había perdido al cabeza de familia, una situación en la que se veían muchas mujeres de buena cuna.

No había razón para que mirase dentro de la cesta.

Carla se esforzó por hablarle en tono amable.

—¿Qué tal le va con el piano?

—¡Me parece que estoy progresando muy rápido! —Miró a Maud—. Por lo menos, es lo que dice la profesora.

—Tiene talento, se le nota a pesar de que acaba de empezar —dijo Maud. Siempre decía lo mismo para animar a los alumnos a seguir con las clases; sin embargo, a Carla le pareció que en esa ocasión se estaba comportando con mayor afabilidad de la habitual. Tenía derecho a flirtear, por supuesto; hacía más de un año que era viuda. Pero no era posible que albergase sentimientos románticos hacia alguien a quien doblaba la edad.

—No obstante, tengo pensado no contarles nada a mis amigos hasta que domine el instrumento —añadió Koch—. Así los asombraré con mi arte.

—Será divertido —observó Maud—. Por favor, teniente, siéntese, si es que dispone de unos minutos. —Señaló la silla donde reposaba la cesta de Carla.

Carla se dispuso a retirarla, pero Koch se le adelantó.

—Permítame —dijo, retirando la cesta. Miró dentro—. Imagino que es para la cena —observó al ver la col.

—Sí —respondió Carla con la voz quebrada.

Él se sentó en la silla y depositó la cesta en el suelo, junto a los pies, en el lado opuesto a Carla.

—Siempre he creído que tenía aptitudes para la música, y ha llegado el momento de comprobarlo.

Cruzó las piernas y las descruzó.

Carla se preguntaba por qué se mostraba tan inquieto; él no tenía nada que temer. Por un instante, se le ocurrió pensar que tal vez su incomodidad se debiera a una cuestión sexual. Se encontraba a solas con tres mujeres. ¿Qué ideas debían de estarle pasando por la mente?

Ada le puso una taza de café enfrente y él sacó un paquete de cigarrillos. Fumaba igual que un adolescente, como si fuera inexperto. Ada le acercó un cenicero.

—El teniente Koch trabaja en el Ministerio de Guerra, en Bendlerstrasse —informó Maud.

—¿En serio? —Era el Cuartel General Supremo. Menos mal que Koch no pensaba revelar a nadie que estaba estudiando piano. Los mayores secretos del ejército alemán se guardaban en aquel edificio, y aunque Koch no lo supiera, era posible que algunos de sus compañeros se acordasen de que Walter von Ulrich estaba en contra del nazismo. Y eso sería el final de las clases con frau Von Ulrich.

—Es un gran privilegio trabajar allí —añadió Koch.

—Mi hijo está en Rusia —dijo Maud—. Estoy muy preocupada por él.

—Es natural, tratándose de su madre —observó Koch—. ¡Pero no sea pesimista, por favor! La reciente contraofensiva de Rusia se ha rechazado con contundencia.

Menudo cuento. La maquinaria propagandística no podía ocultar el hecho de que los soviéticos habían ganado la batalla de Moscú y habían hecho retroceder ciento cincuenta kilómetros a los alemanes.

—Ahora estamos en una posición que nos permitirá volver a emprender el avance —prosiguió Koch.

—¿Está seguro? —Maud parecía nerviosa, y Carla se sentía igual. A las dos las atenazaba el miedo de lo que pudiera sucederle a Erik.

Koch adoptó una sonrisa de superioridad.

—Créame, frau Von Ulrich, estoy seguro. Claro que no puedo

contarle todo lo que sé. No obstante, le aseguro que se está planeando una nueva operación muy agresiva.

—Estoy segura de que nuestras tropas disponen de todo lo necesario; comida suficiente y demás. —Posó una mano en el brazo de Koch—. Aun así, estoy preocupada. No debería decir eso, lo sé, pero tengo la impresión de que puedo confiar en usted, teniente.

—Por supuesto.

—Hace meses que no tengo noticias de mi hijo, no sé si está vivo o muerto.

Koch se llevó la mano al bolsillo y sacó un lápiz y un pequeño cuaderno.

—Lo averiguaré —dijo.

—¿Puede hacerlo? —preguntó Maud, con los ojos desorbitados.

Carla pensó que tal vez ese fuera el motivo por el que flirteaba con él.

—Claro que sí —respondió Koch—. Estoy en el Cuerpo de Estado Mayor, ya sabe… Aunque tengo un cargo muy bajo. —Trató de aparentar modestia—. Puedo preguntar por…

—Erik.

—Erik von Ulrich.

—Eso sería fantástico. Es camillero; estudiaba medicina, pero estaba impaciente por combatir para el Führer.

Decía la verdad. Erik era un exaltado nazi; aunque en sus últimas cartas dejaba entrever una actitud más moderada.

Koch anotó el nombre.

—Es usted maravilloso, teniente Koch —lo alabó Maud.

—No tiene importancia.

—Me alegro mucho de que estemos a punto de contraatacar en el frente oriental. Pero no debe decirme cuándo se iniciará la ofensiva, a pesar de que me muero de ganas de saberlo.

Maud estaba intentando sonsacarlo. Carla no veía qué razones podía tener para hacerlo, esa información no le servía de nada.

Koch bajó la voz, como si frente a la ventana abierta de la cocina pudiera haber un espía.

—Será muy pronto —confesó, y miró a las tres mujeres.

Carla reparó en que estaba intentando captar su atención. Tal vez no estuviera acostumbrado a tener a varias mujeres pendientes de sus palabras. Prolongó un poco el momento.

—La Operación Azul empezará muy pronto —dijo al fin.

Maud lo miró con ojos centelleantes.

—La Operación Azul; ¡es emocionantísimo! —Lo dijo en el mismo tono con que habría respondido a una invitación para pasar una semana en el hotel Ritz de París.

—El 28 de junio —susurró él.

Maud se llevó la mano al corazón.

—¡Qué pronto! Es una noticia excelente.

—No tendría que haber dicho nada.

Maud posó la mano sobre la de él.

—Pues me alegro mucho de que lo haya hecho. Hace que me sienta mucho mejor.

Él le miró la mano. Carla se dio cuenta de que no estaba acostumbrado a que una mujer lo tocase. Alzó la vista hasta mirar a Maud a los ojos. Ella esbozó una cálida sonrisa, tan cálida que a Carla le costaba creer que fuera del todo falsa.

Maud retiró la mano. Koch apagó el cigarrillo y se puso en pie.

—Debo marcharme —dijo.

«Gracias a Dios», pensó Carla.

Él le hizo una reverencia.

—Ha sido un placer conocerla, fräulein.

—Adiós, teniente —respondió ella en tono neutro.

Maud lo acompañó a la puerta.

—Así, hasta mañana a la misma hora —dijo.

Regresó a la cocina.

—Menudo hallazgo; ¡un tontito que trabaja en el Cuerpo de Estado Mayor!

—No comprendo por qué estás tan emocionada —dijo Carla.

—Es muy guapo —terció Ada.

—¡Nos ha revelado información secreta! —exclamó Maud.

—¿Y de qué nos sirve eso? —preguntó Maud—. No somos espías.

—Sabemos la fecha de la siguiente ofensiva; encontraremos alguna manera de informar a los rusos.

—Pues no sé cómo.

—Se supone que vivimos rodeados de espías.

—Eso no es más que propaganda. Cuando algo sale mal, los nazis siempre culpan a los agentes secretos de los judíos bolcheviques en lugar de aceptar que han metido la pata.

—Da igual, seguro que tiene que haber espías.

—¿Y cómo nos pondremos en contacto con ellos?

Su madre parecía estar reflexionando.

—Hablaré con Frieda —decidió.

—¿Por qué dices eso?

—Por intuición.

Carla recordó la situación de la parada del tranvía, cuando había preguntado en voz alta quién podía haber colgado aquellos carteles antinazis y Frieda había guardado silencio. La intuición de Carla coincidía con la de su madre.

Pero ese no era el único problema.

—Aunque pudiéramos hacerlo, ¿por qué íbamos a traicionar a nuestro país?

—Tenemos que derrotar a los nazis —afirmó Maud en tono categórico.

—Odio a los nazis más que nadie, pero sigo siendo alemana.

—Comprendo lo que quieres decir. No me gusta la idea de convertirme en una traidora, a pesar de que nací en Inglaterra. Pero no nos libraremos de los nazis si no perdemos la guerra.

—De todos modos, imagina que pasamos información a los rusos y eso hace que perdamos una batalla. ¡Erik podría morir en esa batalla! Es tu hijo... ¡y mi hermano! Podría morir por nuestra culpa.

Maud abrió la boca para responder, pero no podía hablar. En lugar de eso, se echó a llorar. Carla se puso en pie y la abrazó.

—Podría morir de todos modos —susurró Maud al cabo de un minuto—. Podría morir luchando por el nazismo. Es mejor que lo maten en una batalla perdida a que la ganen.

Carla no lo veía tan claro.

Se apartó de su madre.

—Sea como sea, te agradecería que me avisases antes de entrar con alguien en la cocina de esa forma. —Recogió la cesta del suelo—. Menos mal que el teniente Koch no ha mirado mejor aquí dentro.

—¿Por qué? ¿Qué llevas ahí?

—Cosas que he robado del hospital para el doctor Rothmann.

Maud sonrió orgullosa, con los ojos llenos de lágrimas.

—Esta es mi hija.

—Casi me da un patatús cuando ha cogido la cesta.

—Lo siento.

—No podías adivinarlo. Pero, ¿sabes qué?, voy a librarme de todo esto ahora mismo.

—Buena idea.

Carla volvió a ponerse el impermeable sobre el uniforme y salió de casa.

Avanzó con rapidez hacia la calle donde vivían los Rothmann. Su casa no era tan grande como la de los Von Ulrich, pero era una vivienda bien distribuida con espacios muy acogedores. No obstante, las ventanas estaban cerradas con tablas y en la puerta principal había una burda placa que rezaba: CONSULTORIO CERRADO.

En otros tiempos la familia había sido próspera. El doctor Rothmann había tenido muchos pacientes adinerados, y también había tratado a pacientes pobres a precios módicos. Ahora solo acudían a su consulta los pobres.

Carla se dirigió a la puerta trasera, como los pacientes.

Enseguida se dio cuenta de que algo iba mal. La puerta trasera estaba abierta, y cuando entró en la cocina vio una guitarra con el mástil roto tirada en el suelo embaldosado. Allí no había nadie, pero oyó voces procedentes de algún otro punto de la casa.

Cruzó la cocina y entró en el recibidor. En la planta baja había dos habitaciones principales que antes eran la consulta y la sala de espera. Ahora la sala de espera hacía las veces de sala de estar, y la consulta se había convertido en el taller de Rudi, con un banco de trabajo y herramientas para trabajar la madera, y también solía haber media docena de mandolinas, violines y violoncelos en diversos estados de reparación. Todo el instrumental médico quedaba fuera de la vista, cerrado bajo llave en los armarios.

Sin embargo, cuando entró vio que ya no era así.

Alguien había abierto los armarios y vaciado su contenido. El suelo estaba tapizado de cristales rotos y píldoras, polvo y líquido de diversas clases. Entre los restos, Carla descubrió un estetoscopio y un aparato para tomar la tensión. Había trozos de instrumental esparcidos por todas partes; era evidente que lo habían arrojado al suelo y luego lo habían pisoteado.

Carla estaba atónita e indignada. ¡Qué despilfarro!

Luego echó un vistazo a la otra habitación. En una esquina yacía Rudi Rothmann. Era un joven de veintidós años, alto y de constitución atlética. Tenía los ojos cerrados y gemía con agonía.

Su madre, Hannelore, estaba arrodillada a su lado. En otro tiempo Hannelore había sido rubia y guapa; ahora, en cambio, tenía el pelo gris y aspecto demacrado.

—¿Qué ha ocurrido? —preguntó Carla, temiéndose la respuesta.

—La policía —respondió Hannelore—. Acusan a mi marido de tratar a pacientes arios. Se lo han llevado. Rudi ha intentado impedirles que destrozasen la consulta. Le han… —Se le hizo un nudo en la garganta.

Carla dejó la cesta en el suelo y se arrodilló junto a Hannelore.

—¿Qué le han hecho?

Hannelore recobró el habla.

—Le han roto las manos —dijo con un hilo de voz.

Carla se dio cuenta al momento. Rudi tenía las manos rojas y retorcidas de un modo horrible. Al parecer, la policía le había roto los dedos uno a uno; no era de extrañar que gimiera. Aquello era nauseabundo. Claro que, como presenciaba horrores todos los días, sabía reprimir las emociones y prestar la ayuda requerida.

—Necesita morfina —dijo.

Hannelore señaló el revoltijo del suelo.

—Si teníamos, ya no hay.

Un acceso de pura rabia asaltó a Carla. Incluso en los hospitales faltaban medicamentos; y la policía se permitía malgastar fármacos valiosísimos en un arrebato de destrucción.

—Os he traído un poco. —Sacó de la cesta un vial de un líquido transparente y la jeringuilla nueva. Con diligencia, extrajo la jeringuilla de su estuche y la llenó con el fármaco. Luego se lo inyectó a Rudi.

El efecto fue casi instantáneo. Rudi dejó de gemir. Abrió los ojos y miró a Carla.

—Eres tú, preciosa —dijo. Entonces volvió a cerrar los ojos y pareció quedarse dormido.

—Tenemos que intentar ponerle rectos los dedos para que los huesos se suelden bien —explicó Carla. Tocó la mano izquierda de Rudi y él no reaccionó. Entonces la cogió y la levantó. Él siguió sin inmutarse.

—Nunca he enderezado huesos —dijo Hannelore—. Pero he visto hacerlo bastantes veces.

—A mí me pasa igual —confesó Carla—. Pero más nos vale intentarlo. Yo me encargaré de la mano izquierda y tú de la derecha. Tenemos que terminar antes de que se pase el efecto del fármaco. Bien sabe Dios que ya le tocará sufrir bastante.

—De acuerdo —convino Hannelore.

Carla hizo una pausa más larga. Su madre tenía razón. Debían hacer cuanto estuviera en sus manos para parar los pies al régimen nazi, aunque eso significase traicionar a su país. Ya no le cabía ninguna duda.

—Manos a la obra —dijo Carla.

Despacio, con cuidado, las dos mujeres se dispusieron a enderezar los huesos de las manos de Rudi.

II

Thomas Macke acudía al bar Tannenberg todos los viernes por la tarde.

El local no era gran cosa. En una pared había una fotografía enmarcada del propietario, Fritz, ataviado con el uniforme de la Primera Guerra Mundial, veinticinco años más joven y sin la barriga de cerveza. Se jactaba de haber dado muerte a nueve rusos en la batalla de Tannenberg. También había unas cuantas mesas y sillas, pero los clientes habituales preferían sentarse a la barra. La carta, con la cubierta de cuero, era puramente ornamental; lo único que servían era salchichas con patatas o salchichas sin patatas.

Con todo, el lugar se encontraba justo enfrente de la comisaría de Kreuzberg, por lo que lo frecuentaban policías y eso significaba que en él no había normas. Estaba permitido el juego, las mujeres de la calle hacían felaciones en el lavabo y los inspectores de sanidad del ayuntamiento de Berlín nunca entraban en la cocina. Abría sus puertas en cuanto Fritz se levantaba y las cerraba cuando se marchaba el último cliente.

Macke había sido un humilde agente de policía que trabajaba en la comisaría de Kreuzberg antes de que los nazis ascendieran al poder y dieran puerta a hombres como él sin previo aviso. Algunos de sus antiguos compañeros seguían acudiendo al Tannenberg, por lo que siempre se encontraba con alguna cara conocida. Le gustaba charlar con sus viejos amigos a pesar de haber adquirido una categoría muy superior a ellos al convertirse en inspector y miembro de las SS.

—Lo has hecho muy bien, Thomas. Esta va por ti —dijo Bernhardt Engel, que en 1932 era sargento y superior de Macke, y seguía siendo sargento—. Buena suerte, hijo. —Se llevó a los labios la jarra de cerveza a que Macke lo había invitado.

—No pienso llevarte la contraria —repuso Macke—. Aun así, te diré que el superintendente Kringelein es bastante peor jefe que tú.

—Yo era muy blando con vosotros —admitió Bernhardt.

Otro viejo compañero, Franz Edel, rió con aire burlón.

—¡Pues yo no diría que eras precisamente blando!

Macke miró por la ventana y vio detenerse a una motocicleta conducida por un joven que lucía la guerrera azul claro con cinturón propia de un oficial de las fuerzas aéreas. Le resultaba familiar, lo había visto en alguna parte. El pelo bermejo y más bien largo caía con gracioso movimiento sobre su frente patricia. Cruzó la acera y entró en el Tannenberg.

Macke recordó su nombre. Era Werner Franck, el hijo consentido del fabricante de radios Ludi Franck.

Werner se acercó a la barra y pidió un paquete de cigarrillos Camel. Lógico, pensó Macke; el playboy fumaba cigarrillos americanos, aunque fuera una imitación alemana.

Werner pagó, abrió el paquete, sacó un cigarrillo y le pidió un mechero a Fritz. Cuando se volvió para marcharse, sujetando el cigarrillo ladeado en la boca con aire desenfadado, cruzó la mirada con Macke.

—Inspector Macke —dijo, tras pensarlo unos instantes.

Todos los hombres de la barra se quedaron mirando a Macke, esperando a ver qué respondía. Él lo saludó con la cabeza de modo informal.

—¿Qué tal estás, joven Werner?

—Muy bien, señor, gracias.

Macke se sintió complacido, aunque también sorprendido, ante su tono respetuoso. Recordaba a Werner como un mocoso arrogante que no mostraba el debido respeto a la autoridad.

—Acabo de regresar de pasar una temporadita en el frente oriental, ·con el general Dorn —añadió Werner.

Macke se percató de que los policías de la barra estaban pendientes de la conversación. Un hombre que había estado en el frente oriental merecía respeto. Macke no pudo evitar sentirse complacido al verlos impresionados ante los selectos círculos en los que se movía.

Werner ofreció el paquete de cigarrillos a Macke, que aceptó uno.

—Una cerveza —dijo Werner a Fritz—. ¿Puedo invitarle a tomar algo, inspector? —preguntó volviéndose hacia Macke.

—Tomaré lo mismo, gracias.

Fritz llenó dos jarras. Werner levantó la jarra ante Macke.

—Quiero darle las gracias.

Macke se llevó otra sorpresa.

—¿Por qué? —preguntó.

Sus amigos seguían escuchando con interés.

—Hace un año me dio una buena reprimenda —dijo Werner.

—En ese momento no pareció agradecerlo.

—Y me disculpo por ello. Di muchas vueltas a lo que me dijo, y al final comprendí que tenía razón. Había permitido que las emociones me nublasen la razón y usted me metió en cintura. Nunca lo olvidaré.

Macke estaba emocionado. Antes sentía aversión por Werner, y le había hablado con dureza. Sin embargo, el joven se había tomado a pecho sus palabras y había cambiado de actitud. Macke se sintió lleno de orgullo al saberse capaz de obrar semejante transformación en la vida de un joven.

Werner prosiguió.

—De hecho, el otro día me acordé de usted. El general Dorn hablaba de capturar espías y nos preguntó si podíamos seguirles la pista a través de las señales que enviaban por radio. Temo que no fui capaz de explicarle gran cosa.

—Tendría que habérmelo preguntado a mí —dijo Macke—. Es mi especialidad.

—¿En serio?

—Venga, siéntese.

Llevaron las bebidas a una mesa mugrienta.

—Esos hombres son agentes de policía —explicó Macke—. Y aunque no fuera así, no debe hablarse de esas cosas delante de la gente.

—Claro. —Werner bajó la voz—. Pero sé que puedo confiar en usted. Mire, algunos comandantes del frente le explicaron a Dorn que, según creen, muchas veces el enemigo conoce nuestras intenciones de antemano.

—¡Ah! —exclamó Macke—. Me lo temía.

—¿Qué puedo contarle a Dorn sobre la detección de señales de radio?

—El término correcto es «goniometría». —Macke se paró a pensar. Era una oportunidad de impresionar a un influyente general, aunque fuera de manera indirecta. Tenía que ser claro y poner de relieve la importancia de lo que estaba haciendo sin exagerar los resultados. Imaginó al general Dorn diciendo al Führer como quien no quiere la cosa: «En la Gestapo hay un buen elemento, se llama Macke. Es solo inspector, por ahora, pero es muy eficiente y…»—. Disponemos de un instrumento que nos indica la dirección de la que procede la señal —empezó—. Si realizamos tres escuchas desde lugares bastante separados, podemos trazar tres líneas en el mapa. La intersección es el punto donde se encuentra el emisor.

—¡Es fantástico!

Macke alzó la mano con gesto de advertencia.

—En teoría —añadió—. En la práctica, resulta más difícil. El pianista, que es como llamamos al operador de radio, no suele permanecer en un mismo sitio el tiempo suficiente para que lo encontremos. Un pianista cauteloso envía dos señales desde el mismo punto. Y nuestro instrumento se encuentra en una furgoneta que tiene una antena muy llamativa en el techo, o sea que nos ven venir.

—Pero han obtenido buenos resultados.

—Ya lo creo. De todos modos, una noche de estas debería venir con nosotros, así vería todo el proceso… y podría explicárselo al general Dorn de primera mano.

—Buena idea —convino Werner.

III

Moscú en junio era cálido y soleado. A la hora de comer, Volodia esperaba a Zoya junto a una fuente de los jardines Alexander, detrás del Kremlin. Había cientos de personas paseando, la mayoría en pareja, aprovechando que hacía buen día. Corrían tiempos difíciles y habían cortado el suministro de agua de la fuente para ahorrar energía, pero el cielo era azul, los árboles estaban poblados de hojas y el ejército alemán se encontraba a ciento cincuenta kilómetros de distancia.

Volodia se henchía de orgullo cada vez que recordaba la batalla de Moscú. El temible ejército alemán, experto en la guerra relámpago, había llegado hasta las puertas de la ciudad; pero lo habían rechazado. Los soldados soviéticos habían luchado como leones para salvar su capital.

Por desgracia, en marzo el contraataque soviético había llegado a un punto muerto. Habían conseguido reconquistar gran parte del territorio, por lo que los moscovitas se sentían más seguros, pero los alemanes se habían recuperado del golpe y se estaban preparando para volver a intentarlo.

Y Stalin seguía a la cabeza.

Volodia vio a Zoya entre la multitud, dirigiéndose hacia él. Llevaba un vestido a cuadros rojos y blancos. Caminaba con brío y su pelo rubio claro parecía botar al compás de sus pasos. Todos los hombres la miraban.

Volodia había tenido unas cuantas novias guapas, pero se le hacía raro estar saliendo con Zoya. Durante años, ella lo había tratado con fría indiferencia y no le hablaba de nada que no fuese física nuclear. De repente, un día, para su gran asombro, le preguntó si quería acompañarla al cine.

Ocurrió poco después del motín en el que asesinaron al general Bobrov. Aquel día había cambiado de actitud con respecto a él, y Volodia no estaba seguro de comprender por qué. De algún modo, la experiencia compartida había creado un clima de intimidad entre los dos. La cuestión era que habían ido juntos a ver *George's Dinky Jazz Band*, una astracanada protagonizada por un inglés que tocaba el banjo y se llamaba George Formby. La película se había hecho muy popular, y en Moscú estuvo en cartelera durante meses. El argumento era de lo más surrealista: George ignoraba que su instrumento enviaba mensajes a los U-Boot alemanes. Era tan tonto que los dos se habían reído a mandíbula batiente.

Desde aquel día, salían de forma habitual.

Hoy iban a comer con el padre de él. Volodia había quedado en esperarla antes junto a la fuente para disponer de unos minutos a solas.

Zoya lo obsequió con su sonrisa de mil vatios y se puso de puntillas para besarlo. Era alta, pero él lo era más. Volodia se deleitó con el beso, notando sus labios suaves y húmedos, pero terminó demasiado rápido.

Él todavía no tenía plena confianza en la relación. Estaban en la fase de cortejo, tal como lo llamaba la generación anterior. Se besaban a menudo, pero aún no se habían acostado. No es que fueran demasiado jóvenes: él tenía veintisiete años y ella, veintiocho. Con todo, Volodia intuía que Zoya no se acostaría con él hasta que no estuviera preparada.

Una parte de su ser se resistía a creer que acabase pasando una sola noche con esa muchacha de ensueño. Le parecía demasiado rubia, demasiado inteligente, demasiado alta, demasiado segura de sí misma, demasiado sensual para entregarse a un hombre. Probablemente, nunca tendría la oportunidad de ver cómo se quitaba la ropa, de contemplarla desnuda, de acariciarle todo el cuerpo, de tumbarse sobre ella…

Caminaron por el parque estrecho y alargado. A un lado había una calle muy transitada. A lo largo del otro, las torres del Kremlin se cernían por encima de un alto muro.

—Mirando eso parece que los ciudadanos rusos tengan prisioneros a los dirigentes —dijo Volodia.

—Sí —convino Zoya—. En vez de lo contrario.

Él se volvió a mirar atrás, pero no los había oído nadie. Aun así, era una imprudencia hablar de ese modo.

—No me extraña que mi padre te considere un peligro.

—Antes creía que tú eras igual que tu padre.

—Ojalá. Mi padre es un héroe. ¡Asaltó el Palacio de Invierno! No creo que yo llegue nunca a cambiar el curso de la historia.

—Ah, ya, pero él tiene una mentalidad cerrada y conservadora. Tú no eres así.

Volodia pensó que sí que era como su padre, pero no pensaba discutir.

—¿Estás libre esta noche? —preguntó ella—. Me gustaría cocinar para ti.

—¡Por supuesto!

Era la primera vez que lo invitaba a su casa.

—Tengo carne de ternera.

—¡Genial! —La ternera de calidad era un lujo incluso en el privilegiado hogar de Volodia.

—Y los Kovalev han salido de viaje.

Esa noticia era aún mejor. Como muchos moscovitas, Zoya vivía en un piso con otra familia. Disponía de dos habitaciones para su uso, y compartía la cocina y el baño con otro científico, el doctor Kovalev, además de su esposa y su hijo. Pero los Kovalev no estaban, así que Zoya y Volodia tendrían el piso para ellos solos. Se le aceleró el pulso.

—¿Me llevo el cepillo de dientes? —preguntó.

Ella le dirigió una sonrisa enigmática y no respondió a la pregunta.

Salieron del parque y cruzaron la calle en dirección a un restaurante. Muchos habían cerrado, pero el centro de la ciudad estaba lleno de despachos cuyos ocupantes tenían que comer en algún sitio, por lo que unos cuantos bares y cafés habían sobrevivido.

Grigori Peshkov ocupaba una mesa en la terraza. Dentro del Kremlin había mejores restaurantes, pero le gustaba dejarse ver en lugares frecuentados por los ciudadanos de a pie; quería demostrar que por el hecho de llevar un uniforme de general no estaba por encima de los soviéticos corrientes. Con todo, había elegido una mesa bastante apartada del resto para que nadie oyera su conversación.

Desaprobaba la actitud de Zoya, pero no era invulnerable a sus encantos. Se puso en pie y la besó en ambas mejillas.

Pidieron tortitas de patata y cerveza. La única otra opción eran arenques en vinagre y vodka.

—Hoy no voy a hablarle de física nuclear, general —empezó Zoya—. Sin embargo, puedes dar por sentado que sigo creyendo en todo lo que te expliqué la última vez que tratamos del tema.

—Es un alivio —dijo él.

Ella se echó a reír, mostrando los blancos dientes.

—En vez de eso, me gustaría saber cuánto tiempo durará la guerra.

Volodia sacudió la cabeza fingiendo exasperarse. Zoya siempre tenía que provocar a su padre. Si no hubiera sido una mujer joven y guapa, hacía tiempo que Grigori la habría encarcelado.

—Los nazis están acabados, pero no lo reconocerán —dijo Grigori.

—En Moscú, todo el mundo se pregunta qué ocurrirá este verano; claro que seguramente vosotros dos lo sabéis.

—Te aseguro que aunque lo supiera, no se lo contaría a mi novia; por muy loco que esté por ella —dijo Volodia. «Sobre todo porque podrían pegarle un tiro», pensó; pero eso no lo confesó.

Llegaron las tortitas de patata y empezaron a comer. Como siempre, Zoya devoró su parte. A Volodia le encantaba la avidez con que atacaba la comida. A él, sin embargo, no le gustaron mucho las tortitas.

—Estas patatas saben sospechosamente a nabo —protestó.

Su padre le lanzó una mirada de desaprobación.

—No me estoy quejando —se apresuró a añadir.

Cuando hubieron terminado, Zoya fue al servicio. Cuando se hubo alejado lo suficiente para que no pudiera oírlo, Volodia dijo:

—Creemos que la ofensiva alemana es inminente.

—Opino lo mismo —convino su padre.

—¿Estamos preparados?

—Claro que sí —aseguró Grigori, pero se le veía nervioso.

—Atacarán por el sur. Quieren hacerse con los yacimientos de petróleo del Cáucaso.

Grigori sacudió la cabeza.

—Volverán a Moscú. Es lo único que importa.

—Stalingrado también es todo un símbolo. Lleva el nombre de nuestro dirigente.

—A la mierda los símbolos. Si conquistan Moscú, se acabó la guerra. Si no, no habrán ganado, da igual los sitios que invadan.

—Estás haciendo conjeturas —repuso Volodia con irritación.

—Tú también.

—Al contrario, yo tengo pruebas. —Miró alrededor, pero no había nadie cerca—. La ofensiva se conoce con el nombre en clave de Operación Azul. Empezará el 28 de junio. —Había obtenido la información de la red de espías que Werner Franck tenía en Berlín—. Encontramos parte de la información en el maletín de un oficial alemán que durante un reconocimiento aéreo tuvo que realizar un aterrizaje de emergencia cerca de Járkov.

—Los jefes de reconocimiento no andan con los planes de combate en el maletín —dijo Grigori—. El camarada Stalin cree que es una treta para engañarnos, y yo estoy de acuerdo. Los alemanes quieren debilitar nuestro frente central haciendo que enviemos fuerzas al sur para enfrentarse a lo que no resultará ser más que una distracción.

Ese era el problema de la información secreta, pensó Volodia, contrariado. Incluso cuando se disponía de ella, los viejos cabezotas seguían creyendo lo que les daba la gana.

Vio que Zoya regresaba, todos los ojos se posaron en ella cuando cruzó la terraza.

—¿Qué necesitas para convencerte? —preguntó a su padre antes de que ella llegase.

—Más pruebas.

—¿Por ejemplo?

Grigori se quedó pensativo un momento; se había tomado en serio la pregunta.

—Muéstrame el plan de combate.

Volodia suspiró. Werner Franck todavía no había obtenido el documento.

—Si lo consigo, ¿Stalin lo pensará mejor?

—Si lo consigues, le pediré que lo haga.

—Un trato es un trato —dijo Volodia.

Se estaba precipitando. No tenía ni idea de cómo iba a conseguir el plan. Werner, Heinrich, Lili y los demás ya habían corrido unos riesgos terribles. Ahora tendría que presionarlos todavía más.

Zoya llegó a la mesa y Grigori se puso en pie. Los tres iban a tomar caminos distintos, así que se despidieron.

—Hasta esta noche —dijo Zoya a Volodia.

Él la besó.

—Llegaré a las siete.

—Trae el cepillo de dientes —dijo ella.

Él se marchó sintiéndose un hombre afortunado.

IV

Una muchacha sabe cuándo su mejor amiga guarda un secreto. Tal vez no sepa cuál es ese secreto, pero sabe que existe, igual que se sabe que hay un mueble bajo la sábana que lo protege del polvo. A fuerza de respuestas reticentes y lacónicas a preguntas inocentes, descubre que su amiga está viéndose con quien no debería; no sabe su nombre, aunque adivina que el amor prohibido es un hombre casado, o un extranjero de piel oscura, u otra mujer. Se fija en el collar de su amiga y, por la silenciosa reacción de esta, deduce que está vinculado a alguna historia vergonzosa. Sin embargo, hasta años más tarde no descubre que lo robó del joyero de su senecta abuela.

Eso era lo que pensaba Carla meditando sobre Frieda.

Frieda tenía un secreto, y estaba relacionado con la resistencia a los nazis. Era posible que estuviera muy implicada, hasta un punto delictivo. Tal vez todas las noches registrara el maletín de su hermano Werner, copiara documentos secretos y entregara las copias a algún espía ruso; aunque lo más probable era que la cosa no fuera tan dramática: seguramente tan solo ayudaba a imprimir y distribuir los carteles y panfletos ilegales que criticaban al gobierno.

Así, Carla estaba decidida a contarle a Frieda lo de Joachim Koch. Sin embargo, no se le presentó la ocasión de inmediato. Carla y Frieda trabajaban de enfermeras en distintas salas de un gran hospital, y cubrían turnos diferentes, por lo que no siempre se veían a diario.

Mientras tanto, Joachim acudía diariamente a su clase de piano. No reveló más información secreta, pero Maud seguía coqueteando con él.

—¿Se da cuenta de que tengo casi cuarenta años? —le oyó decir un día Carla, aunque en realidad tenía cincuenta y uno. Joachim estaba prendadísimo de ella, y Maud disfrutaba comprobando que todavía era capaz de seducir a un joven atractivo, aunque se tratase de uno muy ingenuo. A Carla se le pasó por la cabeza que su madre podría estar encariñándose con aquel muchacho de bigote rubio que se parecía un poco a Walter cuando era joven; pero la idea le pareció ridícula.

Joachim se deshacía por complacerla, y pronto le llevó noticias de su hijo. Erik seguía con vida y se encontraba bien.

—Su unidad está en Ucrania —informó Joachim—. Es todo cuanto puedo decirle.

—Ojalá consiguiera un permiso para volver a casa —dijo Maud con nostalgia.

El joven oficial vaciló.

—Una madre sufre mucho —prosiguió ella—. Si al menos pudiera verlo, aunque fuera por un día, me quedaría mucho más tranquila.

—Tal vez… Tal vez pueda arreglarlo.

Maud fingió estupefacción.

—¿De verdad? ¿Tanto poder tiene?

—No es seguro. Pero puedo intentarlo.

—Solo por eso, le estoy muy agradecida. —Le besó la mano.

Eso sucedió una semana antes de que Carla volviera a ver a Frieda. Cuando se encontraron, le explicó todo lo de Joachim Koch. Le detalló la historia como si estuviera contándole un mero cotilleo, pero estaba segura de que su amiga no lo vería de un modo tan inocente.

—Imagínatelo —dijo—. ¡Si hasta nos ha revelado el nombre secreto de la operación y la fecha del ataque! —Aguardó para ver la reacción de Frieda.

—Podrían ejecutarlo por eso —dijo Frieda.

—Si conociéramos a alguien que tuviera contacto con Moscú, podríamos cambiar el curso de la guerra —prosiguió Carla, como recreándose en la gravedad de la acción que había cometido Joachim.

—Es posible —respondió Frieda.

Ahí estaba la prueba. Ante semejante historia, Frieda debería haber reaccionado con sorpresa y vivo interés, y hacerle más preguntas. Sin embargo, solo pronunciaba frases neutras y gruñidos evasivos. Cuando Carla regresó a casa, confirmó a su madre que sus sospechas eran ciertas.

Al día siguiente, en el hospital, Frieda apareció en la sala de Carla con aspecto desesperado.

—Tengo que hablar contigo enseguida —la apremió.

Carla se encontraba cambiando el vendaje a una joven que había sufrido graves quemaduras en la explosión de una fábrica de municiones.

—Espérame en el vestuario —dijo—. Iré en cuanto pueda.

Al cabo de cinco minutos se encontró con Frieda en el pequeño cuarto. Su amiga estaba fumando delante de una ventana abierta.

—¿Qué ocurre? —preguntó.

Frieda apagó el cigarrillo.

—Es sobre tu teniente Koch.

—Ya me lo imaginaba.

—Tienes que averiguar más cosas de él.

—¿Cómo que «tengo»? ¿De qué estás hablando?

—Puede conseguir el plan de combate completo de la Operación Azul. De momento, sabemos unas cuantas cosas, pero en Moscú necesitan conocer los detalles.

Frieda estaba dando por sentadas demasiadas cosas, pero Carla decidió seguirle la corriente.

—Puedo preguntarle…

—No. Tienes que conseguir que te muestre el plan de combate.

—Pero no sé si eso será posible. No es tonto del todo. ¿No te parece que…?

Frieda ni siquiera la escuchaba.

—Y tienes que fotografiarlo —la interrumpió. Se sacó del bolsillo del uniforme un receptáculo de acero inoxidable del tamaño aproximado de un paquete de tabaco, solo que más largo y más estrecho—. Es una cámara en miniatura especialmente diseñada para fotografiar documentos. —Carla reparó en el nombre «Minox» que aparecía en un lateral—. En cada carrete caben once fotos. Aquí tienes tres carretes. —Sacó tres cintas en forma de haltera lo bastante pequeñas para encajarlas en la cámara—. Así es como se carga. —Frieda hizo una demostración—. Para hacer una foto, tienes que mirar por esta ventanita. Si tienes dudas, léete el manual.

Carla nunca había observado en Frieda una actitud tan dominante.

—La verdad es que tengo que pensarlo.

—No hay tiempo. Este es tu impermeable, ¿verdad?

—Sí, pero…

Frieda guardó en los bolsillos de la prenda la cámara, los carretes y el folleto de instrucciones. Parecía aliviada de habérselos quitado de encima.

—Tengo que irme. —Se dirigió a la puerta.

—Pero ¡Frieda!

Al fin Frieda se detuvo y miró a Carla a la cara.

—¿Qué ocurre?

—Bueno… No te estás comportando como una amiga.

—Esto es más importante.

—Me pones entre la espada y la pared.

—Es culpa tuya, por explicarme lo de Joachim Koch. No finjas que no esperabas que hiciera algo con la información.

Era cierto. Ella solita había provocado la situación. Sin embargo, no había previsto que las cosas tomasen ese rumbo.

—¿Y si se niega?

—Entonces seguramente vivirás toda tu vida bajo el régimen nazi.

Frieda se marchó.

—Maldita sea —renegó Carla.

Permaneció sola en el vestuario, pensando. Ni siquiera podía deshacerse de la cámara sin correr riesgos. La tenía en el impermeable, y no podía arrojarla en un cubo de basura del hospital. Tendría que salir de allí con la cámara en el bolsillo y buscar un lugar donde pudiera quitársela de encima en secreto.

Pero ¿quería hacerlo?

Parecía poco probable que pudieran convencer a Koch para que sacase a hurtadillas una copia del plan de combate del Ministerio de Guerra y se la mostrase a su amada, por muy ingenuo que fuera el joven. Claro que si alguien podía persuadirlo, esa persona era Maud.

Sin embargo, Carla tenía miedo. No tendrían compasión con ella si la pillaban. La detendrían y la torturarían. Pensó en Rudi Rothmann, gimiendo de agonía a causa de los huesos rotos. Recordó a su padre; le habían propinado una paliza tan brutal que, cuando lo soltaron, murió. Su delito sería más grave que los que habían cometido ellos, y el castigo sería proporcional. La matarían, claro. Pero el sufrimiento sería breve.

Se dijo que estaba dispuesta a correr ese riesgo.

Lo que no podía aceptar era la posibilidad de que matasen a su hermano por su culpa.

Seguía en el frente oriental, Joachim lo había confirmado. Estaba implicado en la Operación Azul. Si Carla permitía que los soviéticos ganasen la batalla, Erik podría morir como resultado de ello. Eso sí que no podía consentirlo.

Volvió a ocuparse de su trabajo. Estaba distraída y cometió errores, pero, por suerte, los médicos no lo notaron y los pacientes no dijeron nada. Cuando por fin terminó el turno, se marchó deprisa. La cámara le quemaba en el bolsillo, y no encontraba un lugar seguro para deshacerse de ella.

Se preguntaba de dónde la había sacado Frieda. Su amiga tenía mucho dinero, y le habría resultado fácil comprarla, aunque para ello tendría que haberse inventado una historia que justificase para qué necesitaba una cosa así. Lo más probable era que se la hubieran dado los soviéticos cuando clausuraron la embajada un año atrás.

Cuando Carla llegó a casa, la cámara seguía en el bolsillo de su impermeable.

No se oía el piano en el piso de arriba. Ese día Joachim llegaba más tarde a la clase. Su madre se encontraba sentada a la mesa de la cocina. Cuando Carla entró, Maud sonrió.

—¡Mira quién está aquí! —exclamó.

Era Erik.

Carla se lo quedó mirando. Estaba escuálido, pero parecía ileso. Tenía el uniforme muy sucio y rasgado, aunque se había lavado la cara y las manos. Se levantó y la abrazó.

Ella lo estrechó con fuerza, sin importarle que le manchase el uniforme inmaculado.

—Sano y salvo —observó ella. Estaba tan enjuto de carnes que le notaba los huesos, las costillas, las caderas, los hombros y la columna vertebral, a través de la fina tela.

—De momento sí —dijo él.

Ella lo soltó.

—¿Cómo estás?

—Mejor que la mayoría.

—No llevarás un uniforme tan delgado en Rusia en pleno invierno, ¿verdad?

—Le robé el abrigo a un ruso muerto.

Carla se sentó a la mesa. Ada también se encontraba allí.

—Tenías razón —empezó Erik—. Me refiero a los nazis. Tenías razón.

Ella se sintió complacida, aunque no sabía muy bien a qué se refería.

—¿En qué sentido?

—Asesinan a gente. Tú me lo advertiste, y papá también; y mamá. Siento no haberos hecho caso. Lo siento, Ada, por no haber querido creer que asesinaron a tu pobre Kurt. Ahora sé que era cierto.

La transformación era impresionante.

—¿Qué te ha hecho cambiar de opinión? —preguntó Carla.

—Los vi hacerlo, en Rusia. Mandaron detener a todas las personas importantes de la ciudad, porque podían ser comunistas. Y también cogieron a los judíos. No solo a los hombres, también a las mujeres y a los niños. Y a ancianos, tan débiles que era imposible que hicieran ningún daño. —Las lágrimas le rodaban por las mejillas—. Los soldados regulares no lo hacen; son grupos especiales. Se llevan a los prisioneros fuera de la ciudad. A veces hay una cantera, o una fosa de alguna clase. Si no, obligan a los más jóvenes a cavar un gran hoyo. Entonces…

Se le hizo un nudo en la garganta; pero Carla tenía que oírselo decir.

—Entonces, ¿qué?

—Lo hacen de doce en doce; seis parejas. A veces marido y mujer se dan la mano mientras bajan a la fosa. Las madres llevan en brazos a los bebés. Los fusileros esperan a que los prisioneros estén bien situados. Entonces disparan. —Erik se enjugó las lágrimas con la sucia manga del uniforme—. ¡Pum! —exclamó.

En la cocina se hizo un largo silencio. Ada lloraba. Carla estaba horrorizada. Tan solo Maud permanecía impertérrita.

Al final, Erik se sonó. Luego sacó un paquete de cigarrillos.

—Me sorprendió que me dieran permiso y un billete para volver a casa —dijo.

—¿Cuándo tienes que volver? —preguntó Carla.

—Mañana. Solo puedo quedarme veinticuatro horas. Aun así, soy la envidia de todos mis compañeros. Darían lo que fuera por poder pasar un día en casa. El doctor Weiss me ha dicho que debo de tener amigos muy bien situados.

—Pues sí —dijo Maud—. Joachim Koch, un joven teniente que trabaja en el Ministerio de Guerra y viene a tomar clases de piano. Le pedí que te consiguiera un permiso. —Miró el reloj—. Llegará dentro de unos minutos. Me ha tomado cariño… Creo que echa en falta a una madre.

«Sí, sí, una madre», pensó Carla. La relación de Maud y Joachim no tenía nada de maternal.

Maud prosiguió.

—Es muy ingenuo. Nos contó que el 28 de junio empezará una nueva ofensiva en el frente oriental. Incluso nos dijo el nombre en clave: Operación Azul.

—Le pegarán un tiro —dijo Erik.

—Joachim no es el único a quien le pegarán un tiro —terció Carla—. Le conté lo que sabía a una persona, y ahora me han pedido que convenza como sea a Joachim para que me muestre el plan de combate.

—¡Santo Dios! —Erik estaba conmocionado—. Eso sí que es espionaje. ¡Corres más peligro tú aquí que yo en el frente!

—No te apures. No me cabe en la cabeza que Joachim haga una cosa así —dijo Carla.

—No lo tengas por seguro —replicó Maud.

Todos se la quedaron mirando.

—Es posible que lo haga por mí —opinó—. Si se lo pido tal como hace falta.

—¿Tan cándido es? —se extrañó Erik.

Ella adoptó una actitud desafiante.

—Está enamorado de mí.

—Ah. —A Erik le incomodaba la idea de que su madre tuviera una aventura amorosa.

—Da igual, no podemos hacerlo —dijo Carla.

—¿Por qué no? —preguntó Erik.

—¡Porque si los rusos ganan la batalla, tú podrías morir!

—Probablemente, moriré de todos modos.

Carla profirió un grito estridente fruto de los nervios.

—¡Pero estaríamos ayudando a los rusos a matarte!

—Aun así, quiero que lo hagáis —dijo Erik con determinación. Bajó la vista al hule de cuadros de la mesa de la cocina, pero lo que veía estaba a mil quinientos kilómetros de distancia.

Carla se sentía destrozada. Si él lo quería…

—Pero ¿por qué?

—Pienso en los que bajan a la fosa, cogidos de la mano. —Se aferró las manos sobre la mesa con tanta fuerza que se dejó un moratón—. Arriesgaré la vida con tal de que pongamos fin a todo eso. Quiero arriesgar la vida; así me sentiré mejor conmigo mismo, y con mi país. Por favor, Carla, si puedes, envía el plan de combate a los rusos.

Ella seguía vacilando.

—¿Estás seguro?

—Te lo ruego.

—Entonces, lo haré.

V

Thomas Macke pidió a sus hombres, Wagner, Richter y Schneider, que hicieran gala de sus mejores modales.

—Werner Franck solo es teniente, pero trabaja para el general Dorn. Quiero que se lleve la mejor impresión posible del equipo y del trabajo. Nada de insultos, nada de bromas, nada de comer y nada de groserías, a menos que sea imprescindible. Si pillamos a un espía comunista, podéis ponerlo verde. Pero si fallamos, no quiero que la toméis con otra persona solo para divertiros. —En condiciones normales, hacía la vista gorda ante una cosa así. Todo valía con tal de que la gente siguiera temiendo despertar la aversión de los nazis. Pero igual resultaba que Franck era un remilgado.

Werner llegó con puntualidad al cuartel general de la Gestapo en Prinz-Albrecht-Strasse montado en su motocicleta. Todos subieron a la furgoneta de vigilancia con la antena giratoria en el techo. El interior estaba abarrotado con los equipos de radio. Richter se sentó al volante y empezaron a recorrer la ciudad a última hora de la tarde, el momento preferido por los espías para enviar mensajes al enemigo.

—Me pregunto por qué lo hacen siempre a estas horas —comentó Werner.

—Casi todos los espías tienen otro trabajo —explicó Macke—. Forma parte de su identidad oculta. De día van a la oficina, o a la fábrica.

—Claro —dijo Werner—. No se me había ocurrido.

A Macke le preocupaba no descubrir nada esa noche. Le aterraba la posibilidad de que lo culpasen de los reveses que el ejército alemán estaba sufriendo en la Unión Soviética. Hacía todo cuanto podía, pero el Tercer Reich no premiaba los esfuerzos.

Algunas veces la unidad no captaba ninguna señal. Otras captaba dos o tres a la vez, y Macke debía decidir a cuál seguir la pista y a cuál no. Estaba seguro de que en la ciudad había más de una red de espías, y probablemente desconocían mutuamente su existencia. Estaba tratando de hacer un trabajo imposible con medios insuficientes.

Se encontraban cerca de Potsdamer Platz cuando oyeron una señal. Macke reconoció el sonido característico.

—Eso es un pianista —observó aliviado. Al menos podría demostrar a Werner que el equipo funcionaba. Alguien estaba transmitiendo números de cinco cifras, uno detrás del otro—. Los servicios secretos soviéticos utilizan un código según el cual dos números representan una letra —explicó Macke a Werner—. Así, por ejemplo, «11» podría representar la A. El hecho de que los agrupen de cinco en cinco es una mera convención.

El operador de radio, un ingeniero eléctrico llamado Mann, leyó unas coordenadas y Wagner trazó una línea en el plano con un lápiz y una regla. Richter encendió el motor de la furgoneta y volvieron a ponerse en marcha.

El pianista continuaba transmitiendo, dentro de la furgoneta se oían fuertes pitidos. Macke odiaba a aquel hombre, fuera quien fuese.

—Puto cerdo comunista —maldijo—. Algún día lo tendremos encerrado en el sótano, y me rogará que lo mate para acabar con el dolor.

Werner palideció. No estaba acostumbrado al trabajo policial, pensó Macke.

Al cabo de un momento, el joven recobró la compostura.

—Por la forma en que describe el código soviético, no parece muy difícil de descifrar —dijo con aire pensativo.

—¡Correcto! —Macke estaba encantado de que Werner comprendiera las cosas con tanta rapidez—. Pero lo he simplificado. La cosa es más refinada. Después de encriptar el mensaje en series de números, el pianista escribe varias veces una palabra secreta de fondo; por ejemplo, Kurfürstendamm, y también la encripta. Luego sustrae los últimos números de los primeros y transmite el resultado.

—¡Eso es prácticamente imposible de descifrar si no se conoce la palabra secreta!

—Exacto.

Volvieron a detenerse cerca del edificio incendiado del Reichstag y trazaron otra línea en el plano. Las dos se unían en Friedrichshain, al este del centro de la ciudad.

Macke ordenó al conductor que torciera hacia el nordeste, para acercarse a la supuesta ubicación y poder trazar una tercera línea desde otro ángulo.

—La experiencia demuestra que es mejor hacer tres mediciones —explicó Macke a Werner—. Los datos que se obtienen con el equipo son aproximados, y la medición extra reduce el error.

—¿Siempre lo atrapan? —preguntó Werner.

—Ni mucho menos. La mayoría de las veces no lo conseguimos, porque no vamos lo bastante rápido. Puede que a medio camino cambie de frecuencia, y entonces lo perdemos. En otras ocasiones deja la transmisión a medias y la reanuda desde otro punto. Puede que tenga vigilantes que nos vean llegar y lo avisen para que huya.

—Hay muchas trabas.

—Pero antes o después los atrapamos.

Richter detuvo la furgoneta y Mann hizo la tercera medición. Las tres líneas trazadas a lápiz en el plano de Wagner formaban un pequeño triángulo cerca de Ostbahnhof. El pianista se encontraba en algún lugar entre la línea ferroviaria y el canal.

Macke indicó la posición a Richter y añadió:

—Ve lo más rápido que puedas.

Macke notó que Werner estaba sudando. Tal vez fuera porque en la furgoneta hacía mucho calor. Y el joven teniente no estaba acostumbrado a la acción. Estaba descubriendo cómo era la vida en la Gestapo. Mejor que mejor, pensó Macke.

Richter se dirigió hacia el sur por Warschauer-Strasse, cruzó la vía y torció hacia un mísero polígono industrial ocupado por almacenes, solares y pequeñas fábricas. Vieron a un grupo de soldados con sus petates al hombro en un acceso trasero a la estación; sin duda, iban a embarcarse rumbo al frente oriental. ¡Y pensar que en ese mismo barrio había un compatriota suyo haciendo todo lo posible por traicionarlos!, pensó Macke, indignado.

Wagner señaló una calle estrecha que partía de la estación.

—Se encuentra en un radio de pocos centenares de metros, pero no sabemos en qué dirección —dijo—. Si nos acercamos más con la furgoneta, nos verá.

—Muy bien, chicos, ya sabéis lo que hay que hacer —dijo Macke—. Wagner y Richter, iréis por la izquierda. Schneider y yo iremos por la derecha. —Cogieron sendos mazos de mango largo—. Usted venga conmigo, Franck.

Había pocas personas por la calle: un hombre con un casco de obrero se dirigía con apremio hacia la estación, una mujer de edad con ropas desgastadas probablemente iba a limpiar despachos; pasaron de largo a toda prisa, no querían atraer la atención de la Gestapo.

El equipo de Macke iba entrando en todos los edificios; uno de los agentes cubría a su compañero. La mayoría de los locales estaban ya cerrados, por lo que tenían que aguardar a que el conserje acudiera a abrir, pero si tardaba más de un minuto, echaban la puerta abajo. Una vez dentro, recorrían el edificio a toda prisa, inspeccionando cada una de las salas.

El pianista no estaba en la primera manzana.

El primer edificio de la derecha de la siguiente manzana tenía un cartel desvaído que rezaba: MODA EN PIEL. Se trataba de una fábrica de dos plantas que se extendía hacia la calle lateral. Parecía abandonada, pero la puerta principal estaba blindada y las ventanas tenían barrotes: era normal que una fábrica de abrigos de piel dispusiera de fuertes medidas de seguridad.

Macke guió a Werner por la calle lateral, buscando la forma de entrar. El edificio contiguo estaba en ruinas, destrozado por las bombas. Habían retirado los escombros de la calle y un cartel pintado a mano anunciaba: PELIGRO – NO ENTRAR. Los restos del rótulo identificaban el local como un almacén de mobiliario.

Pasaron por encima de un montón de piedras y tablones rotos; iban lo más rápido posible pero tenían que mirar dónde pisaban. Uno de los muros permanecía en pie y ocultaba la parte trasera del edificio. Macke lo rodeó y encontró un boquete que conectaba con la fábrica contigua.

Tenía toda la impresión de que el pianista se encontraba allí.

Entró por el boquete, y Werner lo siguió.

Se hallaron en un despacho vacío. Había un viejo escritorio de acero sin ninguna silla y, enfrente, un archivador. El calendario colgado en la pared era de 1939, probablemente el último año en que los berlineses habían podido permitirse adquirir frivolidades tales como un abrigo de piel.

Macke oyó pasos en el piso superior.

Sacó la pistola. Werner iba desarmado.

Abrieron la puerta y se encontraron en un pasillo.

Macke reparó en que había varias puertas abiertas, unas escaleras que subían y, bajo estas, una puerta que debía de conducir a un sótano.

Macke avanzó con sigilo por el pasillo hacia las escaleras, y entonces se percató de que Werner estaba frente a la puerta del sótano.

—Me ha parecido oír un ruido abajo —dijo Werner. Accionó la manija, pero la puerta tenía otra cerradura. Entonces retrocedió y levantó el pie derecho.

—No… —dijo Macke.

—Sí. ¡Los oigo! —repuso Werner, y abrió la puerta de una patada. El estruendo hizo eco en toda la desierta fábrica.

Werner se coló rápidamente por la puerta y desapareció. Se encendió una luz que reveló unas escaleras de piedra.

—¡No se muevan! —gritó Werner—. ¡Están detenidos!

Macke bajó las escaleras tras él.

Cuando llegó al sótano, Werner se encontraba al pie de las escaleras, con expresión desconcertada.

En la sala no había nadie.

Del techo colgaban unas barras que, probablemente, habían servido para sostener los abrigos de piel. Al fondo, en una esquina, había un rollo enorme de papel marrón, seguramente para embalarlos. Pero no había ninguna radio ni ningún espía transmitiendo mensajes a Moscú.

—¡Puto imbécil! —dijo Macke a Werner.

Se dio media vuelta y se precipitó escaleras arriba. Werner salió corriendo tras él. Cruzaron el pasillo y subieron a la siguiente planta.

Varios bancos de trabajo se alineaban bajo una cubierta acristalada. En otro tiempo el lugar debía de estar repleto de mujeres cosiendo a máquina. Ahora no había nadie.

Una puerta acristalada comunicaba con la salida de incendios, pero estaba cerrada con llave. Macke se asomó y no vio a nadie.

Guardó la pistola. Respiró hondo y se apoyó en uno de los bancos de trabajo.

En el suelo vio unas cuantas colillas, una con restos de pintalabios. Parecían recientes.

—Estaban aquí —dijo a Werner, señalando el suelo—. Son dos. Al gritar los ha puesto sobre aviso y se han escapado.

—Qué estúpido he sido —se lamentó Werner—. Lo siento, pero no estoy acostumbrado a estas cosas.

Macke se dirigió a la ventana de la esquina. En la calle vio a una joven pareja que se alejaba a paso ligero. El hombre llevaba un maletín de cuero marrón. Mientras los observaba, entraron en la estación y desaparecieron.

—Mierda —maldijo.

—No creo que fueran espías —observó Werner. Señaló una cosa del suelo y Macke vio un condón arrugado—. Está usado, aunque vacío —dijo Werner—. Me parece que los hemos pillado en plena acción.

—Ojalá tenga razón —respondió Macke.

VI

El día en que Joachim Koch había prometido mostrarles el plan de combate, Carla no fue a trabajar.

Probablemente, le habría dado tiempo de cubrir el habitual turno de mañana y regresar a casa a tiempo; pero con la probabilidad no bastaba. Siempre corría el riesgo de que un incendio importante o un accidente de tráfico la obligase a alargar el turno para encargarse de la avalancha de heridos. Por eso se quedó en casa todo el día.

Al final, Maud no tuvo que pedirle a Joachim que les mostrase el documento. Él se había excusado diciendo que ese día no podría asistir a la clase. Luego, incapaz de resistir la tentación de presumir, les había explicado que debía cruzar la ciudad para entregar una copia del plan de combate.

—Pues párese a medio camino para la clase —lo incitó Maud, y él dijo que sí.

La hora de la comida fue muy tensa. Carla y Maud tomaron una sopa ligera hecha con hueso de jamón y guisantes desecados. Carla no preguntó a Maud qué había hecho, o prometido hacer, para persuadir a Koch. A lo mejor le había dicho que estaba haciendo maravillosos progresos con el piano pero que no podía permitirse perder una clase. Tal vez lo hubiera provocado preguntándole si tan poca responsabilidad tenía como para que lo controlasen continuamente; un comentario así le habría dolido, porque siempre aparentaba ser más importante de lo que en realidad era, y quizá lo habría empujado a presentarse con el plan de combate, tan solo para demostrarle que estaba equivocada. Sin embargo, el ardid que más probabilidades tenía de haber triunfado era el que Carla no quería plantearse: el sexo. Su madre coqueteaba con Koch de un modo escandaloso, y él respondía con ciega devoción. Carla sospechaba que esa era la irresistible tentación que había hecho que Joachim no hiciese caso de la voz que en su conciencia decía: «No seas tan estúpido, por Dios».

O no. Tal vez hubiera primado el sentido común. Tal vez esa tarde se presentase, pero no con una copia de papel carbón en el petate sino con una brigada de la Gestapo y esposas para todos.

Carla colocó un carrete en la cámara Minox. Luego guardó la cámara y los dos carretes de recambio en el cajón superior de un armario bajo de la cocina, oculto por unos paños. El armario se encontraba junto a la ventana, donde había mucha luz. Decidió que fotografiaría el documento encima del armario.

No sabía cómo lo harían para enviar las fotografías reveladas a Moscú, pero Frieda le había asegurado que llegarían, y Carla imaginó a algún viajante de comercio (tal vez de productos farmacéuticos, o de

Biblias en alemán) con permiso para vender la mercancía en Suiza entregando discretamente el carrete a alguien de la embajada soviética de Berna.

La tarde era larga. Maud fue a descansar a su dormitorio. Ada hizo la colada. Carla se sentó en el comedor, apenas en uso últimamente, y trató de leer, pero no podía concentrarse. En el periódico solo publicaban mentiras. Debía estudiar para los próximos exámenes de enfermería, pero los términos médicos del libro de texto bailaban ante sus ojos. Estaba leyendo un viejo ejemplar de *Sin novedad en el frente*, una novela alemana sobre la Primera Guerra Mundial que había sido todo un éxito de ventas pero que ahora estaba prohibida porque narraba con demasiada crudeza el sufrimiento de los soldados; sin embargo, se encontró con que tenía el libro en las manos mientras contemplaba por la ventana cómo el sol de junio azotaba la ciudad polvorienta.

Por fin llegó. Carla oyó pasos en el camino de entrada y se levantó de inmediato para asomarse. No vio a ninguna brigada de la Gestapo, solo a Joachim Koch con el uniforme planchado y las botas lustrosas. Su rostro de estrella de cine revelaba tanta expectación como el de un niño que acudiera a una fiesta de cumpleaños. Llevaba el petate al hombro, como siempre. ¿Habría cumplido su promesa? ¿Había en esa bolsa una copia del plan de la Operación Azul?

Llamó al timbre.

Carla y Maud habían proyectado todos los detalles a partir de ese momento. Según el plan, Carla no acudiría a abrir. Al cabo de unos instantes, vio a su madre cruzar el recibidor con un salto de cama de seda púrpura y unas zapatillas de tacón alto. «Parece una prostituta», pensó Carla con vergüenza e incomodidad. La oyó abrir la puerta de entrada y luego cerrarla. Procedente del recibidor, oyó el frufrú de la seda y unos susurros cariñosos, prueba de que le estaba dando un abrazo. Luego la prenda púrpura y el uniforme caqui pasaron por delante de la puerta del comedor y desaparecieron hacia el piso de arriba.

La prioridad de Maud era asegurarse de que llevaba encima el documento. Tenía que contemplarlo, hacer algún comentario admirativo y volver a guardarlo. Luego llevaría a Joachim junto al piano, y buscaría alguna excusa (Carla prefería no pensar cuál) para cruzar con él la doble puerta que separaba el salón del estudio contiguo, una habitación más pequeña y más íntima con cortinas de terciopelo rojo y un sofá amplio y mullido. Cuando estuvieran allí, Maud daría la señal.

Como resultaba difícil prever de antemano la secuencia exacta de sus movimientos, habían pensado en varias señales posibles, con el mismo significado. La más simple consistía en cerrar la puerta lo bastante fuerte para que se oyera por toda la casa. Otra era pulsar el timbre situado junto a la chimenea, que sonaba en la cocina; uno de los mecanismos en desuso para llamar al servicio. Si no, había decidido que cualquier otro ruido serviría: en la desesperación, arrojaría al suelo el busto de mármol de Goethe, o rompería un jarrón «por accidente».

Carla salió del comedor y permaneció de pie en el recibidor, de cara a las escaleras. No se oía ningún ruido.

Se asomó a la cocina. Ada estaba fregando la cazuela de hierro donde había preparado la sopa, frotándola con una energía que, sin duda, era producto del nerviosismo. Carla le dirigió lo que pretendía que fuera una sonrisa alentadora. Carla y Maud habrían preferido mantener a Ada al margen de todo aquel asunto secreto, no porque no confiasen en ella (al contrario, su aversión hacia los nazis era extrema) sino porque el hecho de saberlo la convertía en cómplice de traición, lo cual podía desembocar en una condena de pena capital. Sin embargo, vivían demasiado cerca para tener secretos; o sea que Ada lo sabía todo.

Carla oyó a Maud soltar una risita cantarina. Conocía ese sonido, tenía un deje artificial e indicaba que estaba llevando su poder de seducción al límite.

¿Tenía Joachim el documento, o no?

Al cabo de unos instantes, Carla oyó el piano. No cabía duda de que quien tocaba era Joachim. La melodía correspondía a una sencilla tonada infantil sobre un gato en la nieve: «A.B.C., Die Katze lief im Schnee». El padre de Carla se la había cantado cientos de veces. Al pensarlo, se le hizo un nudo en la garganta. ¿Cómo se atrevían los nazis a tocar esas canciones después de haber dejado huérfanos a tantos niños?

El sonido cesó de golpe a media canción. Algo había ocurrido. Carla se esforzó por oír algo: voces, pasos, lo que fuera; pero no oyó nada.

Transcurrió un instante, y otro.

Algo había salido mal, pero ¿qué?

Miró a Ada en la cocina, y esta dejó de frotar la cazuela y extendió las manos en un gesto que significaba: «No tengo ni idea».

Carla tenía que averiguarlo.

Se dirigió en silencio al piso de arriba, pisando con cuidado la alfombra raída.

Se detuvo frente al salón. Seguía sin oír nada: ni el piano, ni movimientos, ni voces.

Abrió la puerta con el mayor sigilo.

Se asomó. No veía a nadie. Entró y miró alrededor. El salón estaba desierto.

No había rastro del petate de Joachim.

Se volvió hacia la doble puerta que daba al estudio. Una de las dos hojas estaba entreabierta.

Carla cruzó la habitación de puntillas. Allí no había alfombra, solo las tablas de madera pulida, y sus pasos no resultaban completamente silenciosos; pero tenía que correr ese riesgo.

Al acercarse, oyó susurros.

Llegó a la puerta. Se pegó a la pared y se arriesgó a echar un vistazo dentro.

Estaban de pie, abrazados, besándose. Joachim se encontraba de espaldas a la puerta y, por tanto, a Carla; sin duda, Maud se había cuidado de situarlo en esa posición. Mientras los observaba, Maud interrumpió el beso, miró por encima del hombro de él y cruzó una mirada con Carla. Apartó la mano del cuello de Joachim y le hizo una señal apremiante.

Carla vio el petate encima de una silla.

Comprendió de inmediato lo que había ocurrido. Cuando Maud persuadió a Joachim para entrar en el estudio, él no había dejado la bolsa en el salón, tal como esperaban, sino que, presa del nerviosismo, la había llevado consigo.

Ahora Carla tenía que recuperarla.

Entró en la habitación. El pulso le palpitaba con fuerza en las sienes.

—Oh, sí, cariño, sigue así —musitó Maud.

—Te quiero, amor mío —gimió Joachim.

Carla avanzó dos pasos, cogió el petate, se dio media vuelta y salió en silencio de la habitación.

No pesaba nada.

Cruzó rápidamente el salón y corrió escaleras abajo, con la respiración agitada.

Una vez en la cocina, depositó el petate sobre la mesa y desató los cordones. Dentro había un ejemplar del día del periódico berlinés *Der*

Angriff, un paquete de cigarrillos Camel sin estrenar y una sencilla carpeta de cartón de color beige. Con las manos temblorosas, sacó la carpeta de la bolsa y la abrió. Dentro había una copia de papel carbón de un documento.

La primera hoja tenía un título:

DIRECTIVA N.º 41

En la última página había una línea de puntos para incluir la firma. No aparecía ninguna rúbrica, sin duda porque se trataba de una copia, pero el nombre mecanografiado junto a la línea de puntos era Adolf Hitler.

Entre ambas cosas se detallaba el plan de la Operación Azul.

Su corazón se llenó de júbilo, mezclado con la tensión que todavía sentía y el tremendo temor a que la descubrieran.

Colocó el documento encima del armario bajo cercano a la ventana de la cocina. Rápidamente, abrió el cajón y sacó la cámara Minox y los dos carretes de recambio. Situó bien el documento y empezó a fotografiarlo página por página.

No le llevó mucho tiempo, solo tenía diez páginas. Ni siquiera le hizo falta cambiar el carrete. Lo había hecho; había robado el plan de combate.

«Va por ti, papá.»

Volvió a guardar la cámara en el cajón, lo cerró, guardó el documento en la carpeta de cartón, metió la carpeta en el petate y cerró este tirando de los cordones.

Con todo el sigilo de que fue capaz, regresó con el petate a la planta superior.

Cuando entró en el salón oyó la voz de su madre. Maud estaba hablando con claridad y gran énfasis, expresamente para que ella la oyera, y Carla captó la advertencia de inmediato.

—Por favor, no te preocupes —decía—. Es porque estabas muy excitado. Los dos estábamos muy excitados.

Joachim respondió con un hilo de voz, en tono incómodo.

—Me siento como un tonto —dijo—. No has hecho más que tocarme, y se acabó.

Carla imaginó qué había sucedido. No tenía experiencia, pero las muchachas contaban cosas, y las conversaciones de las enfermeras contenían todo tipo de detalles. Joachim debía de haber tenido una eyaculación precoz. Frieda le había explicado que las primeras veces a Heinrich le había pasado lo mismo, y que se moría de la vergüenza, aunque pronto lo superó. Era debido al nerviosismo, le dijo ella.

El hecho de que las caricias de Maud y Joachim hubieran terminado tan pronto, creaba una dificultad añadida a Carla. Joachim se daría más cuenta de todo, ya no estaría ciego y sordo a lo que sucedía a su alrededor.

Con todo, Maud debía de estar haciendo todo lo posible para mantenerlo de espaldas a la puerta. Si Carla conseguía colarse un momento en la habitación y volver a dejar el petate en la silla sin que Joachim la viera, tal vez lo lograsen.

Carla cruzó el salón y se detuvo frente a la puerta abierta. El corazón le latía desbocado.

Maud hablaba en tono tranquilizador:

—Ocurre muchas veces; el cuerpo no puede esperar. No pasa nada.

Carla asomó la cabeza por la puerta.

Los dos seguían de pie en el mismo sitio, todavía muy cerca el uno del otro. Maud miró por detrás de Joachim y vio a Carla. Entonces posó la mano en la mejilla de él para evitar que la viera.

—Bésame otra vez, y dime que no me odias por ese pequeño accidente —dijo.

Carla puso un pie en la habitación.

—Necesito un cigarrillo —dijo Joachim.

Carla vio que se daba la vuelta y retrocedió.

Aguardó junto a la puerta. ¿Llevaba tabaco en el bolsillo o iría a por el paquete que guardaba en el petate?

Obtuvo la respuesta al cabo de un segundo.

—¿Dónde está mi petate? —preguntó.

A Carla se le paró el corazón.

—Lo has dejado en el salón —dijo Maud con voz clara.

—No, no lo he dejado en el salón.

Carla cruzó la estancia, dejó la bolsa en una silla y salió a las escaleras. Se detuvo en el rellano para escuchar.

Los oyó trasladarse del estudio al salón.

—Ahí está, ya te lo decía yo.

—Yo no lo he dejado ahí —repuso él con obstinación—. Me había propuesto no perderlo de vista. Pero, sí que lo he hecho… cuando te he besado.

—Cariño, estás disgustado por lo que nos ha ocurrido. Intenta relajarte.

—Alguien debe de haber entrado en el estudio mientras estaba distraído…

—Qué tontería.

—A mí no me lo parece.

—Vamos al piano, nos sentaremos juntos, como a ti te gusta —dijo, pero empezaba a notarse que estaba desesperada.

—¿Quién más hay en esta casa?

Carla imaginó qué ocurriría a continuación y bajó corriendo a la cocina. Ada la miró con expresión alarmada, pero no tenía tiempo de explicárselo.

Oyó las pisadas de las botas de Joachim en las escaleras.

Al cabo de un instante, apareció en la puerta de la cocina. Llevaba el petate en la mano y tenía el semblante furioso. Miró a Carla y a Ada.

—¡Una de vosotras ha registrado mi bolsa! —bramó.

Carla habló con tanta serenidad como fue capaz.

—No sé qué le hace pensar eso, Joachim —respondió.

Maud apareció por detrás de Joachim y entró a la cocina.

—Prepara café, por favor, Ada —dijo en tono alegre—. Joachim, siéntate, por favor.

Él no le hizo caso y registró la cocina. Posó la mirada en la superficie del armario bajo cercano a la ventana. Entonces Carla reparó horrorizada en que, aunque había guardado la cámara, había dejado a la vista los dos carretes de recambio.

—Eso son cintas de ocho milímetros, ¿no? —adivinó Joachim—. ¿Tenéis una minicámara?

De repente, no parecía tan ingenuo.

—¿Para eso sirven las cintas? —dijo Maud—. Me lo estaba preguntando. Se las ha dejado otro alumno, agente de la Gestapo, por cierto.

Era una improvisación brillante, pero Joachim no se lo tragó.

—Y también se ha dejado esta cámara, ¿no? —dijo. Había abierto el cajón.

Allí estaba la pequeña y pulcra cámara de acero inoxidable, encima de un paño blanco, más evidente que un charco de sangre.

Joachim parecía consternado. Quizá no creyera en serio que estaba siendo víctima de una traición; tal vez solo se estuviera desahogando por el percance sexual y ahora se viera enfrentado por primera vez a la realidad. Fuera cual fuese el motivo, permaneció aturdido unos momentos. Sin soltar el tirador del cajón, miraba la cámara como si estuviera hipnotizado. En ese breve instante, Carla se dio cuenta de que acababa de hacerse añicos el sueño romántico de un joven, y de que su furia sería terrible.

Al final levantó la cabeza. Miró a las tres mujeres a su alrededor y posó los ojos en Maud.

—Has sido tú —dijo—. Me has tendido una trampa. Pero recibirás tu castigo. —Cogió la cámara y los carretes y se los guardó en el bolsillo—. Está detenida, frau Von Ulrich. —Dio un paso adelante y la agarró del brazo—. Voy a llevarla al cuartel general de la Gestapo.

Maud se soltó de un tirón y retrocedió un paso.

Entonces Joachim estiró el brazo hacia atrás y la golpeó con toda su alma. Era alto, fuerte y joven. El puñetazo le alcanzó la cara y la tiró al suelo.

Joachim se situó encima de ella.

—¡Me has tomado por un estúpido! —aulló—. ¡Me has mentido, y yo te he creído! —Estaba histérico—. ¡La Gestapo nos torturará a los dos, y los dos nos lo merecemos! —Empezó a darle patadas en el suelo. Ella trató de apartarse rodando, pero topó con la cocina. Joachim levantó el pie derecho y le dio una patada en las costillas, el muslo, el vientre.

Ada corrió hacia él y le clavó las uñas en la cara, pero él la apartó de un manotazo. Entonces golpeó a Maud en la cabeza.

Carla se puso en movimiento.

Sabía que la gente se recuperaba de todo tipo de traumatismos en el cuerpo, pero los golpes en la cabeza a menudo causaban daños irreparables. Con todo, apenas lo pensó de forma consciente, actuó sin haberlo premeditado. Cogió de la mesa de la cocina la cazuela de hierro que Ada había estado fregando con tanto brío. La sujetó por el largo mango, la levantó en el aire y luego la estampó con todas sus fuerzas en la cabeza de Joachim.

Él se tambaleó, aturdido.

Ella volvió a golpearlo, más fuerte.

El chico se desplomó, inconsciente. Maud se incorporó antes de que cayera y se sentó contra la pared, llevándose las manos al pecho.

Carla volvió a levantar la cazuela.

—¡No! ¡Para! —gritó Maud.

Carla volvió a dejar la cazuela sobre la mesa de la cocina.

Joachim hizo un movimiento, trataba de levantarse.

Entonces Ada cogió la cazuela y lo golpeó con furia. Carla trató de sujetarle el brazo, pero la mujer estaba ciega de cólera. Aporreó la cabeza del hombre una y otra vez, hasta quedar agotada, y luego soltó la cazuela y esta cayó al suelo con un ruido metálico.

Maud se esforzó por ponerse en pie y se quedó mirando a Joachim. Tenía los ojos muy abiertos y la nariz torcida. El cráneo parecía deformado y le salía sangre de un oído. Parecía que no respiraba.

Carla se arrodilló a su lado, le puso los dedos en el cuello y buscó el pulso. No lo encontró.

—Está muerto —anunció—. Lo hemos matado. Dios mío.

—Pobre muchacho estúpido —dijo Maud. Y se echó a llorar.

—¿Y ahora qué hacemos? —preguntó Ada, jadeando por el esfuerzo.

Carla reparó en que tenían que deshacerse del cadáver.

Maud trató de ponerse en pie, pero le costaba. Tenía hinchada la mitad izquierda de la cara.

—Santo Dios, cómo duele —se quejó sujetándose el costado. Carla supuso que tenía alguna costilla rota.

—Podemos esconderlo en el desván —dijo Ada mirando a Joachim.

—Eso, hasta que los vecinos empiecen a quejarse del olor —repuso Carla.

—Pues entonces lo enterraremos en el jardín trasero.

—¿Y qué creerá la gente cuando vean a tres mujeres cavando un hoyo de un metro ochenta en el patio de una casa de Berlín? ¿Que estamos buscando oro?

—Podemos cavar de noche.

—¿Levantaremos menos sospechas?

Ada se rascó la cabeza.

—Tenemos que sacar de aquí el cadáver y arrojarlo en algún sitio —resolvió Carla—. En un parque, o un canal.

—¿Y cómo lo llevaremos? —preguntó Ada.

—No pesa mucho —observó Maud con tristeza—. Tan delgado y tan fuerte.

—El problema no es el peso —terció Carla—. Podemos llevarlo entre Ada y yo. Pero tenemos que hacerlo de modo que la gente no sospeche.

—Ojalá tuviéramos coche —dijo Maud.

Carla sacudió la cabeza.

—Nadie puede comprar gasolina.

Guardaron silencio. Estaba empezando a anochecer. Ada cogió un paño y envolvió con él la cabeza de Joachim para que la sangre no manchase el suelo. Maud lloraba en silencio, las lágrimas rodaban por su rostro demudado por la angustia. A Carla le habría gustado poder compadecerse del joven, pero antes tenía que resolver el problema.

—Podemos meterlo en una caja —propuso.

—Las únicas cajas de esa medida son los ataúdes.

—¿Y si lo metemos en un mueble? ¿Un aparador?

—Pesa demasiado. —Ada estaba meditando—. Pero el armario de mi dormitorio es bastante ligero.

Carla asintió. Se daba por sentado que una criada no necesitaba mucha ropa y, por tanto, tampoco muebles de caoba, pensó avergonzada. Por eso en la habitación de Ada solo había un ropero estrecho de madera de pino.

—Vamos a bajarlo —dijo.

Antes Ada dormía en el sótano, pero ahora estaba habilitado como refugio antiaéreo y tenía la habitación arriba. Carla la acompañó. Ada abrió el armario y sacó todas las prendas. No contenía mucha ropa: dos uniformes, unos cuantos vestidos y un abrigo de invierno, todo viejo. Lo depositó con cuidado encima de la cama individual.

Carla inclinó el armario y se lo cargó encima mientras que Ada lo levantó por el otro extremo. No pesaba mucho pero era aparatoso y tardaron un rato en hacerlo pasar por la puerta y bajarlo por las escaleras.

Al final lo dejaron tumbado en el recibidor. Carla abrió la puerta. Parecía un ataúd con la tapa de bisagras.

Carla regresó a la cocina y se inclinó sobre el cadáver. Sacó la cámara y los carretes de fotos del bolsillo de Joachim y volvió a guardarlos en el cajón.

Luego lo levantó por los brazos mientras Ada hacía lo propio por las piernas. Lo llevaron al recibidor y lo metieron en el ropero. Ada le colocó bien el paño de la cabeza, aunque había dejado de sangrar.

¿Deberían quitarle el uniforme?, se preguntó Carla. Eso haría que el cadáver resultase más difícil de identificar; pero tendrían que ocultar dos cosas en vez de una. Decidió que no era necesario.

Abrió el petate y lo arrojó en el armario, junto con el cadáver.

Cerró la puerta y dio la vuelta a la llave para asegurarse de que no se abriría de forma accidental. Se guardó la llave en el bolsillo del vestido.

Entró en el comedor y se asomó a la ventana.

—Está oscureciendo —dijo—. Menos mal.

—¿Qué pensará la gente? —preguntó Maud.

—Que nos estamos deshaciendo de un mueble. Que queremos venderlo, tal vez, para poder comprar comida.

—¿Es normal que dos mujeres acarreen un armario?

—Muchas mujeres tienen que hacer cosas así continuamente, ahora que tantos hombres están en el ejército o han muerto. Ya no se alquilan furgonetas para trasladar muebles; no hay gasolina.

—¿Y si os preguntan por qué lo hacéis de noche?

Carla dio rienda suelta a su frustración.

—No lo sé, mamá. Si me lo preguntan, ya me inventaré algo. La cuestión es que el cadáver no puede quedarse aquí.

—En cuanto lo encuentren sabrán que lo han asesinado. Examinarán las heridas.

A Carla también le preocupaba eso.

—No podemos hacer nada más.

—Seguramente querrán investigar adónde ha ido hoy.

—Dijo que no pensaba contarle a nadie lo de las clases de piano, quería asombrar a sus amigos con su arte. Si tenemos suerte, nadie sabrá que ha estado aquí. —«Y si no la tenemos, nos matarán a las tres», pensó Carla.

—¿Cuál creerán que es el móvil del asesinato?

—¿Encontrarán restos de semen en su ropa interior?

Maud volvió la cabeza, avergonzada.

—Sí.

—Entonces pensarán que ha mantenido relaciones sexuales con alguien, tal vez con otro hombre, y que han acabado peleándose.

—Ojalá tengas razón.

Carla no se sentía nada segura, pero no se le ocurría qué otra cosa podían hacer.

—Lo arrojaremos al canal —resolvió. El cadáver flotaría, y antes o después lo encontrarían; y se abriría una investigación por asesinato. Solo podían esperar que no descubrieran nada que lo relacionase con ellas.

Carla abrió la puerta principal.

Se situó delante del ropero, a la izquierda, y Ada se colocó detrás, a la derecha. Las dos se agacharon a la vez.

—Inclínalo y pon las manos debajo —dijo Ada, que sin duda tenía más experiencia en llevar peso que sus patronas.

Carla hizo lo que le aconsejaba.

—Ahora levántalo un poco.

Carla siguió las instrucciones.

Ada también colocó las manos debajo de su extremo.

—Agáchate doblando las rodillas, asegúrate de que controlas el peso y luego levántate.

Alzaron el armario hasta las caderas. Entonces Ada se agachó y se lo cargó a hombros. Carla hizo lo propio.

Las dos se irguieron.

El peso hizo que Carla se tambalease cuando bajaron los escalones de la entrada, pero podía soportarlo. Cuando llegaron a la calle, torció hacia el canal, que se encontraba a pocas manzanas de distancia.

Se había hecho de noche y no había luna, tan solo unas cuantas estrellas que proyectaban una luz tenue. Con la ciudad a oscuras, tenían bastantes posibilidades de que nadie las viera arrojando el armario al agua. Lo malo era que Carla no veía muy bien por dónde iba, tenía miedo de tropezar y caerse, y de que entonces el ropero se hiciera añicos y dejase al descubierto a la víctima.

Pasó una ambulancia con los faros cubiertos por rejillas. Seguramente acudía al lugar de un accidente de tráfico. Como en la ciudad no había luz, ocurrían muchos accidentes. Lo cual significaba que debía de haber coches de policía en las inmediaciones.

Carla recordó un asesinato espectacular que tuvo lugar al poco tiempo de decretarse la alerta antiaérea: un hombre había asesinado a su esposa, había embutido el cadáver en una caja de cartón y había cruzado de noche la ciudad con él en bicicleta para arrojarlo al río Havel. ¿Recordaría el caso la policía y sospecharía de cualquiera que transportase un bulto grande?

Mientras pensaba en eso, pasó un coche de policía. Un agente se fijó en las dos mujeres que acarreaban un armario, pero el coche no se detuvo.

Aquello cada vez pesaba más. La noche era cálida, y pronto Carla empezó a sudar. La madera se le clavaba en el hombro. Pensó que ojalá se le hubiera ocurrido ponerse un pañuelo doblado por dentro de la blusa.

Giraron en una esquina y se toparon con el accidente.

Un camión articulado de cuatro ejes que transportaba maderos había chocado de frente con un turismo de la marca Mercedes y lo había aplastado. El coche de policía y la ambulancia alumbraban el accidente con los faros. Alrededor del coche había unos cuantos hombres, agrupados bajo un débil foco de luz. La colisión debía de haber ocurrido hacía pocos minutos, pues los ocupantes seguían dentro del vehículo. Un auxiliar de la ambulancia estaba inclinado ante la puerta trasera, probablemente examinando a los heridos para determinar si podían moverlos.

El terror se apoderó de Carla. El sentimiento de culpa la paralizaba y frenó en seco, pero nadie reparó en Ada y ella acarreando el ropero, por lo que al cabo de unos instantes se dio cuenta de que lo que tenían que hacer era retroceder con sigilo, volver sobre sus pasos y tomar otro camino hasta el canal.

Se dispuso a darse media vuelta; pero justo en ese momento un atento policía las enfocó con la linterna.

Carla estuvo tentada de soltar el ropero y echar a correr, pero se reprimió.

—¿Qué están haciendo? —preguntó el policía.

—Estamos trasladando un armario, agente —respondió. Recobró el aplomo y fingió sentir una enorme curiosidad para ocultar la culpabilidad y el nerviosismo—. ¿Qué ha ocurrido? —preguntó, y, por si no era suficiente, añadió—: ¿Hay algún muerto?

Sabía que los profesionales que asistían a las víctimas detestaban esa forma de alimentarse de las desgracias ajenas; no en vano era uno de ellos. Tal como esperaba, el policía reaccionó quitándosela de encima.

—No es asunto suyo —respondió—. Márchense de aquí. —Se dio media vuelta y volvió a enfocar el coche accidentado.

A ese lado de la calle no había nadie más. Carla tomó una decisión repentina y siguió caminando en línea recta. Ada y ella se acercaron al lugar del accidente con el armario que contenía el cadáver.

Mantuvo la vista fija en el personal de emergencia reunido bajo el tenue foco de luz. Estaban completamente enfrascados en su tarea y ninguno levantó la cabeza cuando Carla pasó por su lado.

Parecía que no iban a lograr dejar atrás el camión de cuatro ejes. Entonces, cuando casi había alcanzado el extremo posterior, tuvo un ramalazo de inspiración.

Se detuvo.

—¿Qué pasa? —susurró Ada.

—Ven por aquí. —Carla se situó en la calzada, detrás del camión—. Baja el armario —musitó—. No hagas ruido.

Depositaron el ropero en el suelo con cuidado.

—¿Piensas dejarlo aquí? —preguntó Ada en voz baja.

Carla se sacó la llave del bolsillo y la colocó en la cerradura del ropero. Levantó la cabeza; por lo que veía, los hombres seguían apiñados al otro lado del coche, a seis metros de distancia.

Abrió la puerta del ropero.

Joachim Koch apareció con la mirada vacía y la cabeza envuelta en el paño ensangrentado.

—Inclínalo para que caiga al suelo —ordenó Carla—. Al lado de las ruedas.

Entre las dos, volcaron el armario, y el cadáver cayó y quedó tumbado junto a las ruedas del camión.

Carla le retiró el paño ensangrentado y lo arrojó dentro del armario. Luego dejó el petate al lado del cadáver, no veía el momento de librarse de él. Cerró con llave la puerta del ropero. Luego volvieron a levantarlo y siguieron su camino.

Ahora pesaba menos.

Cuando se encontraban a unos cincuenta metros, ocultas por la oscuridad, Carla oyó una voz distante.

—Dios mío, hay otra víctima. ¡Parece que han atropellado a un peatón!

Carla y Ada doblaron una esquina, y el alivio invadió a Carla como un maremoto. Se había librado del cadáver. Si lograba regresar a casa sin llamar más la atención, y sin que nadie mirase dentro del ropero y descubriera el paño ensangrentado, estaría a salvo. No abrirían ninguna investigación por asesinato. Ahora Joachim resultaba ser un peatón muerto en un accidente de tráfico provocado por la oscuridad. Si las ruedas del camión lo hubieran arrastrado por el pavimento adoquinado, las heridas sufridas habrían sido similares a las causadas por la dura base de la cazuela de Ada. Claro que un médico forense con experiencia notaría la diferencia; pero nadie consideraría necesaria una autopsia.

Carla pensó en deshacerse del ropero, pero decidió que no lo haría. Aunque sacasen el paño, seguía habiendo manchas de sangre, y solo por eso podría alertar a la policía para que abriera una investigación. Tenían que llevárselo y limpiarlo.

Llegaron a casa sin tropezarse con nadie más.

Dejaron el ropero en el suelo del recibidor. Luego Ada sacó el paño, lo llevó al fregadero de la cocina y abrió el agua fría. A Carla la invadió una mezcla de euforia y tristeza. Había robado el plan de combate de los nazis, pero había matado a un joven que era más insensato que malvado. Tendría que reflexionar durante mucho tiempo, años tal vez, antes de saber cómo se sentía por ello en realidad. De momento, estaba demasiado cansada.

Le contó a su madre lo que habían hecho. Maud tenía la mejilla izquierda tan hinchada que apenas podía abrir el ojo, y se presionaba el costado como para aliviar el dolor. Tenía un aspecto horrible.

—Eres muy valiente, mamá —dijo Carla—. Te admiro muchísimo por lo que has hecho.

—Pues yo no lo encuentro nada admirable —repuso ella—. Estoy muy avergonzada; me desprecio a mí misma.

—¿Porque no lo amabas? —preguntó Carla.

—No —respondió Maud—. Precisamente porque sí que lo amaba.

14

1942 (III)

I

Greg Peshkov se graduó en Harvard con la mayor distinción, *summa cum laude*. Podría haberse decidido sin ninguna dificultad por seguir con un doctorado en Física, su especialización, y así haber evitado el servicio militar. Sin embargo, no quería ser científico. Tenía la ambición de ejercer otra clase de poder y, cuando la guerra terminase, un historial militar sería una enorme ventaja para catapultar a un joven político, así que se alistó en el ejército.

Por otro lado, tampoco quería tener que combatir.

Había seguido la guerra europea con creciente interés y al mismo tiempo había presionado a todos sus contactos de Washington —que eran muchísimos— para que le consiguieran un puesto en la sede del Departamento de Guerra.

La ofensiva alemana de ese verano había dado comienzo el 28 de junio y, puesto que habían encontrado una oposición relativamente débil, enseguida habían avanzado hacia el este hasta llegar a la ciudad de Stalingrado, la antigua Tsaritsin, donde la feroz resistencia rusa les paró los pies. En esos momentos, los alemanes estaban atascados, sus líneas de abastecimiento ya no daban más de sí y cada vez parecía más posible que el Ejército Rojo les hubiera tendido una trampa.

No hacía mucho que Greg estaba realizando la instrucción básica cuando fue convocado al despacho del coronel.

—El Cuerpo de Ingenieros del Ejército necesita a un joven oficial brillante en Washington —le informó este—. Aunque tú has hecho las prácticas en Washington, no habrías sido mi primera elección... Mírate, ni siquiera eres capaz de llevar limpio el maldito uniforme. Sin embargo, es un puesto que requiere conocimientos de física, y las opciones en ese campo son bastante limitadas.

—Gracias, señor —dijo Greg.

—Prueba a dirigirle ese sarcasmo a tu nuevo jefe y lo lamentarás. Vas a ser asistente de un tal coronel Groves. Yo estuve con él en West Point y es el hijo de perra más grande que jamás he conocido, dentro y fuera del ejército. Buena suerte.

Greg llamó a Mike Penfold, de la oficina de prensa del Departamento de Estado, y descubrió que Leslie Groves había sido hasta no hacía mucho jefe de construcciones de todo el ejército de Estados Unidos, y responsable también del nuevo cuartel general del ejército en Washington, ese gigantesco edificio de cinco lados al que ya empezaban a llamar «Pentágono». Sin embargo, hacía poco lo habían asignado a un nuevo proyecto del que nadie sabía demasiado. Algunos comentaban que había ofendido a sus superiores tan a menudo que al final lo habían degradado *de facto*; otros decían que su nuevo papel era aún más importante, pero alto secreto. Todos coincidían en que era egoísta, arrogante y despiadado.

—Pero ¿es que todo el mundo lo detesta? —preguntó Greg.

—Qué va —contestó Mike—. Solo quienes lo han conocido.

El teniente Greg Peshkov sentía cierto temor cuando llegó al despacho de Groves, en el nuevo e imponente edificio del Departamento de Guerra, un palacio *art déco* color tostado claro que había en la calle Veintiuno con Virginia Avenue. Lo primero que le dijeron fue que formaría parte de un grupo llamado Distrito de Ingeniería Manhattan. Ese nombre tan deliberadamente ambiguo camuflaba a un equipo que intentaba inventar una nueva clase de bomba que utilizaba el uranio como explosivo.

Greg estaba intrigado. Sabía que la energía que se acumulaba en el isótopo más ligero del uranio, el U-235, era incalculable, y había leído varios artículos sobre el tema en publicaciones científicas. Sin embargo, el flujo de noticias sobre la investigación se había secado hacía un par de años, y al fin Greg sabía por qué.

También se enteró de que el presidente Roosevelt creía que el proyecto avanzaba demasiado despacio, de modo que habían designado a Groves para que sacara el látigo.

Greg llegó seis días después del nombramiento de Groves. Su primer trabajo para el coronel fue el de ayudarlo a colocarse las estrellas en el cuello de la camisa caqui: acababan de ascenderlo a general de brigada.

—Es más que nada para impresionar a todos esos científicos civiles con los que tenemos que trabajar —gruñó Groves—. Tengo una reunión en el despacho del secretario de Guerra dentro de diez minutos. Será mejor que vengas conmigo, te servirá para ponerte al día.

Groves era un hombre enorme. Medía más de metro ochenta y debía de pesar ciento diez kilos, puede que ciento treinta. Llevaba los pantalones del uniforme muy subidos y la barriga se le abultaba tras el cinturón militar. El pelo lo tenía de color avellana, y podría haber sido rizado si lo hubiese dejado crecer lo suficiente. Su frente era estrecha, y las abundantes mejillas rebosaban bajo la línea de su mandíbula. Llevaba un pequeño bigote que era prácticamente invisible. Era un hombre poco atractivo en todos los sentidos, y a Greg no le apetecía demasiado trabajar para él.

Groves y su séquito, incluido Greg, salieron del edificio y caminaron por Virginia Avenue hasta la Explanada Nacional.

—Cuando me dieron este trabajo —le comentó Groves a Greg por el camino—, me dijeron que con él podríamos ganar la guerra. No sé si será verdad, pero tengo pensado actuar como si así fuera. Será mejor que tú hagas lo mismo.

—Sí, señor —repuso Greg.

El secretario de Guerra todavía no se había trasladado al Pentágono, que aún estaba sin acabar, y el cuartel general del Departamento de Guerra seguía ocupando el viejo Edificio de Municiones, una estructura «temporal» alargada, baja, anticuada, que se alzaba en Constitution Avenue.

El secretario de Guerra, Henry Stimson, era republicano y el presidente lo había nombrado para impedir que su partido boicoteara la campaña de guerra poniéndoles pegas en el Congreso. A sus setenta y cinco años de edad, Stimson era un viejo hombre de Estado, un pulcro anciano con bigote blanco pero en cuyos ojos grises seguía brillando la luz de la inteligencia.

La reunión fue todo un acontecimiento, la sala estaba llena de peces gordos, entre ellos el jefe del Estado Mayor del ejército, George Marshall. Greg estaba muy nervioso y se fijó, no sin admiración, en lo sorprendentemente tranquilo que parecía Groves para ser un hombre que hasta el día anterior no había pasado de coronel.

Groves empezó por esbozar la forma en que pretendía imponer el orden entre los cientos de científicos civiles y las decenas de laboratorios de física que participarían en el proyecto Manhattan. En ningún momento intentó mostrarse deferente con aquellos hombres de alto rango que bien podían considerarse quienes estaban al mando. Informó de sus planes sin molestarse en utilizar expresiones conciliadoras como «con su permiso» o «si les parece bien». Greg se preguntó si aquel hombre estaba intentando que lo despidieran.

La reunión le supuso tal aluvión de información nueva que quiso tomar apuntes, pero nadie más lo hacía, así que pensó que no estaría bien visto.

—Tengo entendido que para el proyecto son fundamentales las existencias de uranio —dijo un miembro del grupo cuando Groves hubo terminado—. ¿Tenemos suficientes?

—Hay mil doscientas cincuenta toneladas de pecblenda, el mineral que contiene óxido de uranio, en un almacén de Staten Island.

—Entonces será mejor que adquiramos parte de ella —dijo el que había hecho la pregunta.

—La compré toda el viernes, señor.

—¿El viernes? ¿El día después de su nombramiento?

—Correcto.

El secretario de Guerra reprimió una sonrisa. La sorpresa de Greg ante la arrogancia de Groves empezó a convertirse en admiración por su atrevimiento.

—¿Qué hay del nivel de prioridad del proyecto? —preguntó un hombre vestido con uniforme de almirante—. Tiene que hablar con la Junta de Producción de Guerra para que le despejen el camino.

—Me reuní con Donald Nelson el sábado, señor —informó Groves. Nelson era el jefe civil de la junta—. Solicité que aumentaran nuestro nivel de prioridad.

—¿Cuál fue la respuesta?

—Que no.

—Eso será un problema.

—Ya no lo es. Le dije que me vería obligado a recomendarle al presidente que se abandonara el proyecto Manhattan puesto que la Junta de Producción de Guerra no estaba dispuesta a colaborar. Así que nos ha concedido la triple A.

—Bien —dijo el secretario de Guerra.

Greg volvió a quedar impresionado. Groves era un auténtico hacha.

—Bueno, pues trabajará usted bajo la supervisión de un comité que me informará a mí —anunció Stimson—. Se han propuesto nueve miembros…

—¡Diablos, ni hablar! —exclamó Groves.

—¿Cómo ha dicho? —preguntó el secretario de Guerra.

«Está claro que esta vez Groves se ha pasado de la raya», pensó Greg.

—No puedo tener a un comité de nueve personas pendiente de mí, señor secretario. Los tendré todo el día encima.

Stimson sonrió. Era un perro viejo y, por lo visto, sabía que no debía ofenderse porque le hablaran así.

—¿Cuántas personas sugiere usted, general? —preguntó con gentileza.

Greg vio que en realidad Groves quería decir que ninguna, pero su respuesta fue:

—Tres serían perfectas.

—De acuerdo —accedió el secretario de Guerra, para asombro de Greg—. ¿Algo más?

—Vamos a necesitar un recinto grande, de unas veinticinco mil hectáreas, para la planta de enriquecimiento de uranio y las instalaciones asociadas. En Oak Ridge, Tennessee, hay una zona que se ajusta a nuestras necesidades. Se trata de un valle escarpado, de modo que en caso de accidente la explosión quedaría contenida.

—¿Accidente? —comentó el almirante—. ¿Es eso probable?

Groves no ocultó que aquella pregunta le parecía estúpida.

—Estamos construyendo una bomba experimental, por el amor de Dios —repuso—. Una bomba tan poderosa que promete arrasar una ciudad de tamaño medio con una sola detonación. Seríamos bastante necios si descartáramos la posibilidad de accidentes, maldita sea.

Parecía que el almirante quería protestar, pero Stimson intervino.

—Prosiga, general.

—En Tennessee la tierra es barata —explicó Groves—. También la electricidad… y nuestra planta consumirá una cantidad descomunal de energía eléctrica.

—De modo que nos propone que compremos esa propiedad.

—Me propongo ir a verla hoy mismo. —Groves consultó su reloj—. De hecho, tengo que salir de inmediato para no perder el tren a Knoxville. —Se levantó—. Con su permiso, caballeros, no quiero desperdiciar ni un minuto.

Los hombres de la sala se quedaron estupefactos. Incluso Stimson parecía atónito. En Washington, ni en sueños se atrevía nadie a salir del despacho de un secretario si no le indicaban que la reunión había terminado. Se trataba de una falta grave de protocolo, pero a Groves no parecía importarle.

No hubo represalias.

—Muy bien —dijo Stimson—. No deje que le entretengamos.

—Gracias, señor —repuso Groves, y salió de la sala.

Greg se apresuró tras él.

II

La secretaria civil más atractiva del nuevo edificio del Departamento de Guerra era Margaret Cowdry. Tenía los ojos grandes y oscuros, y una boca ancha, sensual. Cuando los hombres la veían sentada detrás de su máquina de escribir, ella los miraba desde su silla y les sonreía, y ellos se sentían como si ya estuvieran haciendo el amor con ella.

Su padre había convertido la panadería en un negocio de producción industrial. «¡Las galletitas Cowdry son tan crujientes como las de mamá!» La chica no tenía ninguna necesidad de trabajar, pero aportaba su grano de arena a la campaña bélica. Antes de invitarla a comer, Greg se aseguró de que supiera que también él era hijo de millonario. Las herederas solían preferir a los chicos ricos: así podían estar seguras de que no iban detrás de su dinero.

Era octubre y hacía frío. Margaret llevaba un elegante abrigo azul marino con hombreras y la cintura entallada. La boina a juego le daba cierto aire militar.

Fueron al Ritz-Carlton, pero al entrar en el comedor Greg vio a su padre sentado con Gladys Angelus. No quería convertir la cita en una comida de parejas, así que se lo explicó a Margaret.

—No pasa nada —dijo ella—. Comeremos en el Club Universitario de Mujeres. Está a la vuelta de la esquina y soy socia.

Greg nunca había estado allí, pero tenía la sensación de que ese sitio le sonaba de algo. Por un momento estuvo rebuscando entre sus recuerdos, pero la información le rehuía, así que lo dejó correr.

En el club, Margaret se quitó el abrigo y dejó ver un vestido de cachemir azul real que se le ceñía de manera seductora. El sombrero y los guantes se los dejó puestos, como hacía toda mujer respetable cuando comía fuera de casa.

Como siempre, Greg disfrutó de la sensación de entrar en un local con una bella mujer del brazo. En el comedor del Club Universitario de Mujeres solo había unos cuantos hombres, pero todos ellos lo envidiaron. Aunque no estuviera dispuesto a admitirlo delante de nadie, eso le gustaba casi tanto como acostarse con chicas.

Pidió una botella de vino. Margaret aclaró el suyo con agua mineral, al estilo francés.

—No quiero pasarme la tarde corrigiendo errores de mecanografía.

Él le habló del general Groves.

—Es un hombre con muchísima ambición. En cierta forma, es como una versión mal vestida de mi padre.

—Todo el mundo lo detesta —dijo Margaret.

Greg asintió con la cabeza.

—Le cae mal a la gente.

—¿Tu padre es así?

—A veces, aunque casi siempre utiliza su encanto.

—¡El mío hace lo mismo! A lo mejor todos los hombres de éxito son iguales.

Les sirvieron los platos bastante deprisa. En Washington el servicio se había acelerado. El país estaba en guerra y los hombres tenían trabajo urgente que atender.

Una camarera les trajo la carta de los postres. Greg se la quedó mirando y se sorprendió al reconocer a Jacky Jakes.

—¡Hola, Jacky! —exclamó.

—Hola, Greg —repuso la chica, que intentó disimular su nerviosismo hablándole con familiaridad—. ¿Qué tal te va todo?

Greg recordó que el detective le había contado que Jackie trabajaba en el Club Universitario de Mujeres. Ese era el recuerdo que antes no había podido encontrar.

—Bastante bien —contestó—. ¿Y a ti?

—Bien, muy bien.

—¿Todo sigue como siempre? —Se preguntó si su padre todavía le pagaría una asignación.

—Más o menos.

Greg supuso que el dinero se lo pagaría algún abogado, y que a Lev se le habría olvidado por completo.

—Eso está bien.

Jacky recordó entonces que estaba trabajando.

—¿Puedo ofreceros algún postre?

—Sí, por favor.

Margaret pidió una macedonia y Greg se decidió por el helado.

—Es muy guapa —dijo Margaret en cuanto Jacky los dejó solos. Luego se quedó a la espera.

—Supongo que sí.

—No lleva anillo de casada.

Greg suspiró. Las mujeres eran muy perspicaces.

—Te estás preguntando cómo es que soy amigo de una camarera negra guapa que no está casada —dijo—. Será mejor que te cuente la verdad. Tuve una aventura con ella a los quince años. Espero que no te sorprenda demasiado.

—Claro que sí —repuso Margaret—. Me dejas escandalizada. —No hablaba ni en serio ni en broma, sino a medio camino entre lo uno y lo otro. Greg sintió que en realidad no la había violentado tanto, pero que a lo mejor tampoco quería darle la impresión de que se sentía cómoda con todo lo relacionado con el sexo… al menos no en su primera cita.

Jacky les sirvió el postre y les preguntó si querían café. No tenían tiempo (el ejército no veía con buenos ojos las sobremesas largas) y Margaret pidió la cuenta.

—A los invitados no se les permite pagar —explicó.

Jacky se marchó.

—Me parece bonito que la trates con cariño —dijo Margaret entonces.

—¿Eso hago? —Greg estaba sorprendido—. Guardo con cariño los recuerdos que compartimos, supongo. No me importaría volver a tener quince años.

—Y, sin embargo, te tiene miedo.

—¡No es verdad!

—Está aterrorizada.

—Qué va.

—Créeme. Los hombres estáis ciegos, pero las mujeres vemos estas cosas.

Greg miró a Jacky con insistencia cuando les trajo la cuenta y comprendió que Margaret tenía razón. Jacky seguía teniendo miedo. Cada vez que veía a Greg, se acordaba de Joe Brekhunov y su navaja.

Eso le enfureció. La chica tenía derecho a vivir tranquila.

Tendría que hacer algo para solucionarlo.

—Y me parece que sabes de qué tiene miedo —dijo Margaret, a quien no se le escapaba ni una.

—Mi padre la ahuyentó. Le preocupaba que pudiera casarme con ella.

—¿Tanto miedo da tu padre?

—Le gusta salirse con la suya.

—El mío es igual —repuso ella—. Tierno como un bizcocho, hasta que le hacen enfadar. Entonces se vuelve cruel.

—Me alegro de que lo entiendas.

Volvieron al trabajo, pero Greg pasó toda la tarde enfadado. De algún modo, la maldición de su padre seguía siendo una losa sobre la vida de Jacky. ¿Qué podía hacer él?

¿Qué haría su padre? Esa era una buena forma de encarar el problema. Lev estaría completamente decidido a salirse con la suya, y poco le importaría a quién hiciese daño para conseguirlo. El general Groves también actuaría así. «Y también yo puedo hacerlo —pensó Greg—. Soy digno hijo de mi padre.»

El germen de un plan empezó a formarse en su mente.

Se pasó la tarde leyendo y resumiendo un informe provisional del laboratorio metalúrgico de la Universidad de Chicago. Entre los científicos de ese departamento estaba Leó Szilárd, el hombre que había concebido la idea de la reacción nuclear en cadena. Szilárd era un judío húngaro que había estudiado en la Universidad de Berlín… hasta el fatídico año de 1933. El equipo de investigadores de Chicago trabajaba bajo la dirección de Enrico Fermi, el físico italiano. Fermi, cuya mujer era judía, había salido de Italia cuando Mussolini publicó su *Manifiesto de la raza*.

Greg se preguntó si los fascistas se darían cuenta de que su racismo había provocado semejante fuga de cerebros entre los científicos más brillantes, que habían acudido corriendo al enemigo.

Él comprendía los efectos físicos a la perfección. Fermi y Szilárd tenían la teoría de que, cuando un neutrón impactaba contra un átomo de uranio, la colisión podía producir dos neutrones. Esos dos neutrones podían colisionar después con otros átomos de uranio para producir cuatro, luego ocho, y así sucesivamente. Szilárd había llamado a ese efecto «reacción en cadena»: una intuición brillante.

De esa forma, una tonelada de uranio podía producir tanta energía como tres millones de toneladas de carbón… en teoría.

En la práctica, nunca se había demostrado.

Fermi y su equipo estaban construyendo una pila de uranio en Stagg Field, un antiguo campo de fútbol americano que ya no se utilizaba y que pertenecía a la Universidad de Chicago. Para evitar que el material explotara de manera espontánea, encerraron el uranio en grafito, que absorbía los neutrones y sofocaba la reacción en cadena. El objetivo era ir aumentando la radiactividad, paulatinamente, hasta un nivel en el que se creaba más de la que se absorbía —lo cual demostraría que la reacción en cadena era una realidad—, y luego cortarla, deprisa, antes de que hiciera explotar la pila, el estadio, el campus universitario y, seguramente, toda la ciudad de Chicago.

De momento no lo habían conseguido.

Greg redactó un informe favorable sobre el proyecto, le pidió a Margaret Cowdry que lo pasara a máquina enseguida y luego se lo llevó a Groves.

El general leyó el primer párrafo y preguntó:

—¿Funcionará?

—Bueno, señor…

—Es usted científico, maldita sea. ¿Funcionará o no?

—Sí, señor. Funcionará —dijo Greg.

—Bien —repuso Groves, y luego tiró el informe a la papelera.

Greg regresó a su despacho y se quedó un rato sentado, mirando fijamente el póster de la Tabla Periódica de los Elementos que colgaba en la pared que tenía frente al escritorio. Estaba bastante seguro de que la pila nuclear funcionaría. Lo que le preocupaba más era cómo obligar a su padre a retirar sus amenazas contra Jacky.

Había pensado ocuparse del problema igual que lo habría hecho Lev, pero de pronto dudaba de cómo resolver los detalles en la práctica. Tenía que adoptar una postura drástica.

Su plan empezó a cobrar forma.

Pero ¿tendría agallas para enfrentarse a su padre?

A las cinco acabó su jornada.

De camino a casa se detuvo en una barbería y compró una navaja, de esas plegables que escondían la hoja dentro del mango.

—Con su barba, verá que le va mejor que una maquinilla de afeitar.

Greg no pensaba afeitarse con ella.

Vivía en la suite que su padre tenía permanentemente pagada en el Ritz-Carlton. Cuando llegó, Lev y Gladys estaban tomando un cóctel.

Recordó que había conocido a Gladys en aquella misma sala hacía siete años, sentada en ese mismo sofá de seda amarilla. Los años la habían convertido en una estrella aún más famosa. Lev la había colocado en una serie de películas bélicas descaradamente patrioteras en las que desafiaba a nazis desdeñosos, burlaba a japoneses sádicos y curaba las heridas de pilotos norteamericanos de mandíbula rectangular. Greg constató que ya no era tan guapa como lo había sido a los veinte años. La piel de su rostro había perdido aquella perfecta tersura; su melena ya no parecía tan sana y abundante; y llevaba sostén, algo de lo que antes sin duda se habría burlado. Sin embargo, todavía tenía esos oscuros ojos azules que parecían transmitir una invitación irresistible.

Greg aceptó un martini y se sentó. ¿De verdad iba a desafiar a su padre? No lo había hecho en los siete años que habían pasado desde que estrechara la mano de Gladys por primera vez. Quizá iba siendo hora.

«Actuaré tal como actuaría él», pensó Greg.

Dio un sorbo a su bebida y la dejó en una mesita de centro con patas arácnidas.

—Cuando tenía quince años —le dijo a Gladys como si quisiera darle conversación—, mi padre me presentó a una actriz que se llamaba Jacky Jakes.

Lev abrió mucho los ojos.

—Me parece que no la conozco —repuso Gladys.

Greg sacó la navaja del bolsillo, pero no la abrió. La sostuvo en la mano como si la estuviera sopesando.

—Yo me enamoré de ella.

—¿A qué viene sacar ahora esa historia tan vieja? —dijo Lev.

Gladys percibió la tensión y los miró, preocupada.

—Mi padre tenía miedo de que quisiera casarme con ella —siguió contando Greg.

—¿Con esa furcia barata? —preguntó Lev, riendo con desdén.

—¿Era una furcia barata? —dijo Greg—. Yo creía que era actriz.

Miró a Gladys, que se ruborizó al percibir el insulto implícito.

—Mi padre fue a hacerle una visita y se llevó con él a un compañero, Joe Brekhunov. ¿Lo conoces, Gladys?

—Creo que no.

—Pues tienes suerte. Joe tiene una navaja como esta. —Greg abrió la navaja de golpe y le mostró la hoja afilada y reluciente.

Gladys ahogó una exclamación.

—No sé a qué crees que estás jugando… —empezó a decir Lev.

—Espera un momento —lo interrumpió Greg—. Gladys quiere oír el resto de la historia. —Le sonrió a la mujer, que lo miraba aterrorizada—. Mi padre le dijo a Jacky que, si volvía a verme, Joe le rajaría la cara con su navaja.

Agitó la hoja, solo un poco, y Gladys soltó un pequeño grito.

—¡Ya basta, demonios! —exclamó Lev, y dio unos pasos hacia su hijo.

Greg levantó la mano con la que sostenía la navaja y su padre se detuvo.

Greg no sabía si sería capaz de clavársela, pero Lev tampoco.

—Jacky vive aquí, en Washington —dijo.

—¿Te la vuelves a tirar? —preguntó su padre con grosería.

—No. No me estoy tirando a nadie, aunque tengo planes para Margaret Cowdry.

—¿La heredera de las galletas?

—¿Por qué?, ¿quieres que Joe la amenace también a ella?

—No seas imbécil.

—Jacky es camarera… nunca le dieron el papel que estaba esperando. A veces me la encuentro por la calle. Hoy me ha servido en un restaurante. Cada vez que me ve la cara, cree que Joe irá a por ella.

—Está chalada —dijo Lev—. Me había olvidado completamente de ella hasta hace cinco minutos.

—¿Puedo decirle eso? —preguntó Greg—. Me parece que a estas alturas tiene derecho a vivir tranquila.

—Dile lo que te apetezca, joder. Para mí, ni existe.

—Fantástico —repuso Greg—. Le encantará saberlo.

—Guarda ya esa maldita navaja.

—Una cosa más. Una advertencia.

Lev parecía furioso.

—¿Tú me adviertes a mí?

—Como a Jacky le pase algo malo… cualquier cosa… —Greg movió la navaja de lado a lado, solo un poco.

—¿No me digas que vas a rajar a Joe Brekhunov? —comentó Lev con burla.

—No.

Su padre no logró ocultar su temor.

—¿Me rajarías a mí?

Greg dijo que no con la cabeza.

—Entonces, ¿qué? ¡Por el amor de Dios! —exclamó Lev, furioso.

Greg miró a Gladys.

Ella tardó un segundo en comprenderlo. Entonces se hizo atrás en su sofá de tapicería de seda, se llevó las dos manos a las mejillas como para protegerlas y profirió otro grito, algo más fuerte esta vez.

—Pequeño hijo de perra —dijo Lev.

Greg cerró la navaja y se levantó.

—Es lo que habrías hecho tú. —Y salió.

Cerró de un portazo y se apoyó en la pared, respirando tan trabajosamente como si hubiera estado corriendo. En toda su vida había tenido tanto miedo y, aun así, también se sentía triunfante. Le había plantado cara al viejo, había usado sus propias tácticas contra él, incluso lo había asustado un poco.

Guardó la navaja mientras caminaba hacia el ascensor. La respiración se le iba calmando. Volvió la mirada a lo largo del pasillo del hotel, casi esperando ver a su padre salir corriendo tras él. Sin embargo, la puerta de la suite siguió cerrada y Greg montó en el ascensor y bajó al vestíbulo.

Entró en el bar y pidió un martini seco.

III

El domingo, Greg decidió ir a ver a Jacky.

Quería darle la buena noticia. Recordaba la dirección: la única información por la que había pagado nunca a un detective privado. A menos que se hubiese trasladado, vivía justo enfrente de Union Station. Él le había prometido que no iría allí, pero ahora podría explicarle que esa precaución ya no era necesaria.

Fue en taxi. Mientras cruzaba la ciudad, se dijo que le gustaría mucho poner un esperado punto y final a ese asunto de Jacky. Sentía debilidad por su primera amante, pero no quería volver a verse inmiscuido en su vida en ningún sentido. Sería un alivio descargar la conciencia con respecto a ella. Así, la próxima vez que se la encontrara casualmente, la chica no tendría que llevarse un susto de muerte. Podrían decirse hola, charlar un rato y seguir cada uno su camino.

El taxi lo llevó a un barrio pobre de casas de un solo piso con pequeños patios delimitados por vallas de tela metálica no muy altas. Se preguntó cómo viviría Jacky. ¿Qué hacía durante esas noches que tanto insistía en tener para sí? Seguro que iba al cine con sus amigas. ¿Iría a ver los partidos de fútbol de los Washington Redskins o seguiría al equipo de béisbol de los Nats? Cuando le había preguntado por sus novios, la respuesta había sido enigmática. A lo mejor estaba casada y no podía permitirse una alianza. Según sus cálculos, Jacky tenía veinticuatro años. Si buscaba a don perfecto, a esas alturas ya debía de haberlo encontrado. Pero nunca le había hablado de un marido, y el detective tampoco.

Pagó al taxista frente a una casa pequeña y bonita que tenía macetas de flores en un patio de entrada de cemento… más hogareño de lo que había esperado. En cuanto abrió la verja, oyó ladrar a un perro. Le pareció lógico: una mujer que vivía sola podía sentirse más segura con un perro. Se acercó al porche y llamó al timbre. Los ladridos se hicieron más fuertes. Parecía un perro grande, aunque Greg sabía que eso podía engañar.

Nadie le abría la puerta.

Cuando el perro calló para coger aire, Greg oyó el silencio característico de una casa vacía.

Había un banco de madera en la entrada. Se sentó y esperó unos minutos. Allí no llegaba nadie, ningún vecino solícito se le acercó para decirle si Jacky estaría fuera unos minutos, todo el día o dos semanas.

Caminó varias manzanas, compró la edición del domingo de *The Washington Post* y regresó al banco a leerla. El perro seguía ladrando de vez en cuando porque sabía que él seguía allí. Era 1 de noviembre, y se alegró de haberse puesto la gorra y el sobretodo verde oliva de su uniforme: se había levantado viento. Las elecciones de mitad de mandato se celebrarían el martes, y el *Post* predecía que los demócratas se llevarían un varapalo por culpa de Pearl Harbor. Ese incidente había transformado al país, y a Greg le sorprendió darse cuenta de que había sucedido hacía menos de un año. Aquellos días, compatriotas de su edad estaban muriendo en una isla de la que nadie había oído hablar, Guadalcanal.

Oyó que se abría la verja y levantó la mirada.

Al principio Jacky no se fijó en que estaba allí, así que él tuvo un momento para mirarla bien. Tenía un aspecto modestamente respetable con su abrigo oscuro y su sencillo sombrero de fieltro, y llevaba un libro de tapas negras en la mano. Si no la conociera mejor, Greg habría pensado que venía de la iglesia.

Con ella iba un niño. El pequeño llevaba un abrigo de tweed y una gorra, y le daba la mano.

El niño fue el primero en ver a Greg.

—¡Mira, mamá, hay un soldado! —exclamó.

Jacky miró a Greg y se llevó la mano a la boca en un acto reflejo.

Greg se levantó mientras ellos subían los escalones de la entrada. ¡Un niño! Sí que se lo tenía callado… Eso explicaba por qué tenía que estar en casa por las noches. Nunca se le había ocurrido.

—Te dije que no vinieras por aquí —le recriminó Jacky mientras metía la llave en la cerradura.

—Quería decirte que ya no tienes por qué tener miedo de mi padre. No sabía que tenías un hijo.

El niño y ella entraron en la casa. Greg se quedó en la puerta, esperando. Un pastor alemán le gruñó y luego miró a Jacky para saber qué tenía que hacer. Ella fulminó a Greg con la mirada, estaba claro que pensaba cerrarle la puerta en las narices… pero un momento después soltó un suspiro de exasperación y dio media vuelta, dejándola abierta.

Greg entró y le ofreció el puño izquierdo al perro, que lo olfateó con cautela y le concedió una aprobación provisional. Greg siguió a Jacky hasta una cocina pequeña.

—Hoy es Todos los Santos —dijo. Él no era religioso, pero en el internado le habían obligado a aprenderse las festividades cristianas—. ¿Por eso has ido a la iglesia?

—Vamos todos los domingos —respondió ella.

—Hoy es un día lleno de sorpresas —murmuró Greg.

Jacky le quitó el abrigo al niño, lo sentó a la mesa y le dio una taza de zumo de naranja. Greg se sentó frente a él y le preguntó:

—¿Cómo te llamas?

—Georgy. —Lo dijo en voz baja pero con seguridad: no era tímido.

Greg lo miró con detenimiento. Era tan guapo como su madre, con la misma boca en forma de lazo, pero tenía la piel más clara que ella, de un tono más café con leche, y tenía los ojos verdes, algo inusitado en un rostro negro. A Greg le recordó un poco a su hermanastra, Daisy. Mientras tanto, Georgy clavaba en Greg una mirada tan intensa que casi resultaba intimidante.

—¿Cuántos años tienes, Georgy? —preguntó Greg.

El niño miró a su madre en busca de ayuda. Jacky miró a Greg con una expresión extraña y dijo:

—Tiene seis años.

—¡Seis! Eres un chico muy mayor, ¿verdad? Caray…

Una idea descabellada cruzó por su mente, y entonces se quedó callado. Georgy había nacido hacía seis años. Greg y Jacky habían sido amantes hacía siete. Sintió que le fallaba el corazón.

Miró a Jacky fijamente.

—No puede ser.

Ella asintió con la cabeza.

—Nació en 1936 —dijo Greg.

—En mayo —añadió Jacky—. Ocho meses y medio después de que me fuera de aquel apartamento de Buffalo.

—¿Mi padre lo sabe?

—No, ni hablar. Eso le habría dado aún más poder sobre mí.

Su hostilidad había desaparecido, de pronto parecía simplemente vulnerable. En su mirada, Greg vio una súplica, aunque no estaba muy seguro de qué era lo que le suplicaba.

Miró a Georgy con otros ojos: la piel clara, los ojos verdes, ese ligero parecido con Daisy. «¿Eres hijo mío? —pensó—. ¿Puede ser cierto?»

Pero sabía que sí.

Un extraño sentimiento le invadió el corazón. De repente, Georgy parecía terriblemente frágil, un niñito indefenso en un mundo cruel, y Greg sintió la necesidad de ocuparse de él, de asegurarse de que nadie le hiciera daño. Tuvo el impulso de estrecharlo entre sus brazos, pero se dio cuenta de que a lo mejor lo asustaba, así que se contuvo.

Georgy dejó su zumo de naranja. Bajó de la silla y rodeó la mesa hasta colocarse al lado de Greg.

—¿Tú quién eres? —dijo, mirándolo de una forma asombrosamente directa.

«Tenía que ser un niño el que te hiciera la pregunta más difícil de todas», pensó Greg. ¿Qué narices iba a decirle? La verdad era demasiado para que un chaval de seis años pudiera asimilarla. «No soy más que un viejo amigo de tu madre. Pasaba por aquí y he pensado en venir a saludar. No soy nadie especial. A lo mejor volvemos a vernos algún día, pero lo más probable es que no.»

Miró a Jacky y vio cómo se intensificaba esa expresión de súplica. Se dio cuenta de lo que estaba pensando: sentía un miedo atroz a que rechazara a Georgy.

—¿Por qué no hacemos una cosa? —dijo Greg, y se subió a Georgy a las rodillas—. ¿Por qué no me llamas tío Greg?

Greg estaba temblando de frío en la tribuna de espectadores de una pista de squash sin calefacción. Allí, bajo la grada oeste del estadio en desuso, al final del campus de la Universidad de Chicago, Fermi y Szilárd habían construido su pila atómica. Greg estaba impresionado y asustado.

La pila era un cubo de bloques grises que llegaban hasta el techo de la pista, a poquísima distancia de la pared del fondo, que todavía tenía las marcas de topos de las pelotas de squash. La pila había costado un millón de dólares y podía hacer volar la ciudad entera por los aires.

El grafito era el mismo material del que se hacían las minas de los lápices y despedía un polvillo sucio que cubría el suelo y las paredes. Todo el que pasaba un rato en esa sala acababa con la cara tan negra como la de un minero. Nadie llevaba la bata de laboratorio limpia.

El grafito no era el material explosivo; al contrario, estaba allí para suprimir la radiactividad. Sin embargo, algunos de los bloques de la construcción estaban taladrados por unos orificios estrechos que habían rellenado con óxido de uranio, y ese sí era el material que emitía los neutrones. La pila estaba perforada por diez canales en los que se insertaban las barras de control. Estas consistían en unas varas de cuatro metros hechas de cadmio, un metal que absorbía los neutrones con una voracidad aún mayor que la del grafito. En ese preciso instante, las barras lo mantenían todo en calma. Cuando las retiraran de la pila, empezaría la diversión.

El uranio ya estaba emitiendo su radiación mortal, pero el grafito y el cadmio la retenían toda. La radiación se medía con unos contadores que soltaban unos chasquidos amenazadores y con un registrador de trazo, un rollo de papel continuo compasivamente silencioso. El despliegue de controles y medidores que había junto a Greg, en la tribuna, era lo único que despedía calor en aquel lugar.

Su visita tenía lugar el miércoles 2 de diciembre, un día de viento y frío glacial en Chicago. El día en que la pila debía llegar por primera vez a niveles críticos. Greg estaba allí para asistir al experimento en representación de su jefe, el general Groves; a todo el mundo le había soltado la jovial indirecta de que Groves temía una explosión y que por eso había delegado en Greg para que se arriesgara por él. En realidad tenía una misión más siniestra. Iba a realizar una valoración inicial de los científicos con vistas a decidir quién podía suponer un peligro para la seguridad.

La seguridad del proyecto Manhattan era una pesadilla. Los científicos de élite eran extranjeros, y la mayoría del resto de colaboradores eran de izquierdas, o bien directamente comunistas, o liberales que tenían amigos comunistas. Si hubiesen despedido a todos los que eran sospechosos, apenas habría quedado nadie. Así que Greg estaba intentando averiguar quiénes de ellos suponían un riesgo mayor.

Enrico Fermi tenía unos cuarenta años. Era un hombre pequeño, con una calva incipiente y la nariz larga, y sonreía con gran encanto mientras supervisaba el aterrador experimento. Vestía un traje elegante y chaleco. A media mañana ordenó el comienzo de la prueba.

Le indicó a un técnico que extrajera todas las barras de control de la pila menos una.

—¿Qué? ¿Todas a la vez? —preguntó Greg. Aquello le parecía terroríficamente precipitado.

El científico que estaba a su lado, Barney McHugh, se lo explicó.

—Anoche llegamos hasta ese mismo punto. Funcionó bien.

—Me alegro de oírlo —repuso Greg.

McHugh, un hombre con barba y gordinflón, ocupaba los últimos lugares en la lista de sospechosos de Greg. Era estadounidense y sin intereses políticos. La única tacha en su expediente era que tenía una mujer extranjera: británica, lo cual nunca era buena señal, pero tampoco constituía una prueba de alta traición.

Greg había supuesto que contarían con algún mecanismo sofisticado para retirar e insertar las barras, pero era mucho más simple. El técnico acercaba una escalera a la pila, subía hasta la mitad de los peldaños y sacaba las barras a mano.

—En un principio íbamos a hacer esto en el bosque de Argonne —comentó McHugh como si nada.

—¿Dónde está eso?

—A unos treinta kilómetros al sudeste de Chicago. Queda bastante aislado. Menos peligro de bajas.

Greg se estremeció.

—¿Y por qué cambiasteis de opinión y decidisteis hacerlo aquí, en plena calle Cincuenta y siete?

—Los constructores que contratamos se declararon en huelga, así que tuvimos que fabricar este maldito trasto nosotros mismos, y no podíamos alejarnos tanto de los laboratorios.

—O sea que decidisteis arriesgaros a aniquilar a todo Chicago.

—No creemos que eso vaya a suceder.

Tampoco Greg lo había creído hasta ese momento, pero de pronto, allí de pie, a tan solo unos metros de la pila, ya no lo tenía tan claro.

Fermi estaba comprobando los monitores y comparando los datos con una predicción que había preparado de los niveles de radiación en cada fase del experimento. Por lo visto, la fase inicial se desarrollaba según lo previsto, porque entonces ordenó que extrajeran la última barra hasta la mitad.

Había algunas medidas de seguridad. Una barra lastrada colgaba de tal manera que podía dejarse caer automáticamente en el interior de la pila si la radiación aumentaba demasiado. En caso de que eso no funcionara, había una barra similar atada con una cuerda a la barandilla de la tribuna, y un joven físico, con pinta de sentirse un poco tonto, estaba allí al lado con un hacha, preparado para cortar la cuerda en caso de emergencia. Por último, otros tres científicos a los que llamaban el «pelotón suicida» estaban situados cerca del techo, sobre la plataforma del ascensor que habían utilizado durante la construcción, sosteniendo grandes jarras de solución de sulfato de cadmio, que verterían sobre la pila como quien sofoca una hoguera.

Greg sabía que la generación de neutrones se multiplicaba en milésimas de segundo. No obstante, Fermi argumentaba que algunos neutrones tardaban más, puede que hasta varios segundos. Si Fermi tenía razón, no habría ningún problema. Pero si se equivocaba, el pelotón de las jarras y el físico del hacha quedarían fulminados antes de pestañear siquiera.

Oyó entonces que los chasquidos se aceleraban. Miró a Fermi con inquietud, pero él seguía haciendo números con una regla de cálculo. Fermi parecía encantado. «De todas formas —pensó Greg—, si algo sale mal seguramente todo irá tan deprisa que no nos daremos ni cuenta.»

El ritmo de los chasquidos se estabilizó. Fermi sonrió y dio orden de que extrajeran la barra otros quince centímetros.

Cada vez llegaban más científicos que subían las escaleras de la tribuna con las gruesas ropas que exigía el invierno de Chicago: abrigos, sombreros, bufandas, guantes. Greg estaba horrorizado por la falta de seguridad. Nadie comprobaba las credenciales, cualquiera de aquellos hombres podía ser un espía de los japoneses.

Entre ellos, Greg reconoció al gran Szilárd, alto y grueso, con una cara redonda y el pelo rizado y abundante. Leó Szilárd era un idealista que había imaginado que la energía nuclear liberaría a la humanidad del trabajo. Si se había unido al equipo que diseñaba la bomba atómica, lo había hecho con gran pesadumbre.

Otros quince centímetros más, otro aumento en el ritmo de los chasquidos.

Greg consultó su reloj. Las once y media.

De pronto se oyó un fuerte estrépito. Todo el mundo se sobresaltó.

—Joder —dijo McHugh.

—¿Qué ha sido eso? —preguntó Greg.

—Ah, ya lo veo —repuso McHugh—. El nivel de radiación ha activado el mecanismo de seguridad y ha soltado la barra de control de emergencia, nada más.

—Tengo hambre —anunció Fermi—. *Andiamo a comere* —añadió, mezclando su italiano materno.

¿Cómo podían pensar en comida? Sin embargo, nadie puso ninguna objeción.

—Nunca se sabe cuánto va a durar un experimento —explicó McHugh—. Podría alargarse todo el día. Es mejor comer cuando se puede.

Greg sintió ganas de gritar.

Las barras de control volvieron a insertarse en la pila y quedaron aseguradas en su posición. Luego, todo el mundo salió de allí.

La mayoría de ellos se dirigieron al comedor del campus. Greg pidió un sándwich caliente de queso y se sentó junto a un solemne físico que se llamaba Wilhelm Frunze. Casi todos los científicos vestían mal, pero lo de Frunze era exagerado. Llevaba un traje verde que tenía todos los ribetes en ante color tostado: los ojales, el revestimiento del cuello, las coderas, las solapas de los bolsillos. Ese tipo ocupaba los primeros puestos de la lista de sospechosos de Greg. Era alemán, aunque había abandonado el país a mediados de la década de 1930 y se había ido a Londres. Era antinazi, pero no comunista: su inclinaciones políticas se decantaban más hacia la socialdemocracia. Estaba casado con una chica norteamericana, una artista. Charlando con él durante la comida, Greg no encontró ningún motivo de sospecha; parecía que le encantaba vivir en Estados Unidos y que le interesaban pocas cosas aparte de su trabajo. Sin embargo, con los extranjeros nunca sabía uno de qué lado recaía su verdadera lealtad.

Después de comer, Greg se quedó un rato en el estadio abandonado. Mientras contemplaba las miles de gradas vacías, pensó en Georgy.

No le había contado a nadie que tenía un hijo —ni siquiera a Margaret Cowdry, con quien ya estaba disfrutando de unas deliciosas relaciones carnales—, pero deseaba decírselo a su madre. Estaba orgulloso, aunque sin motivo: lo único que había hecho para contribuir a traer a Georgy al mundo había sido acostarse con Jacky, seguramente lo más fácil que había hecho en la vida. Sobre todo estaba entusiasmado. Sentía que se encontraba al principio de una especie de aventura. Georgy iba a crecer, a aprender y a cambiar, y un día se convertiría en un hombre; y Greg estaría allí, contemplándolo maravillado.

Los científicos volvieron a reunirse a las dos de la tarde. Esta vez había unas cuarenta personas en la tribuna, junto al equipo de control. El experimento se llevó cuidadosamente hasta el mismo punto en que lo habían dejado, y Fermi no paraba de comprobar sus instrumentos ni un segundo.

—Esta vez retiren la barra treinta centímetros —dijo entonces.

Los chasquidos se aceleraron. Greg esperó que el aumento se estabilizara como lo había hecho antes, pero no ocurrió así. Al contrario, los chasquidos eran cada vez más rápidos, hasta que se convirtieron en un rugido constante.

Al ver que todo el mundo centraba su atención en el registrador de trazo, Greg se dio cuenta de que el nivel de radiación estaba por encima del máximo marcado en los contadores. El registrador tenía una escala regulable. A medida que el nivel subía, la escala cambiaba, y así otra vez, y otra.

Fermi levantó una mano. Todos guardaron silencio.

—La pila ha alcanzado el nivel crítico —dijo. Sonrió… y no hizo nada.

Greg quería gritar: «¡Pues apague el puto aparato!», pero Fermi seguía callado e inmóvil, consultando el registrador, y su autoridad era tal que nadie se atrevió a desafiarlo. La reacción en cadena se estaba produciendo pero de manera controlada. Dejó que prosiguiera durante un minuto, luego otro más.

—Por Dios bendito —murmuró McHugh.

Greg no quería morir. Quería llegar a senador. Quería volver a acostarse con Margaret Cowdry. Quería ver a Georgy en la universidad. «Todavía no he llegado ni a la mitad de mi vida», pensó.

Por fin Fermi ordenó que recolocaran las barras de control.

El ruido de los contadores remitió hasta convertirse en un lento tictac que finalmente se detuvo.

Greg volvió a respirar con normalidad.

—¡Lo hemos demostrado! —McHugh estaba exultante—. ¡La reacción en cadena es una realidad!

—Y es controlable, lo que resulta más importante —añadió Greg.

—Sí, supongo que eso es más importante desde un punto de vista práctico.

Greg sonrió. Así eran los científicos, lo sabía desde Harvard: para ellos, la teoría era la realidad y el mundo, un modelo bastante impreciso.

Alguien sacó una botella de vino italiano que venía dentro de una cestita de mimbre y varios vasos de papel. Todos los científicos bebieron lo poco que les tocó. Esa era otra razón por la que Greg no era científico: no tenían ni idea de cómo celebrar una fiesta.

Alguien le pidió a Fermi que firmara la cestita y, después de él, todos los demás firmaron también.

Los técnicos apagaron los monitores. Todo el mundo se marchaba ya, pero Greg se quedó a observar. Al cabo de un rato, se encontró a solas con Fermi y Szilárd en la tribuna y vio cómo los dos gigantes intelectuales se daban la mano. Szilárd era un hombre grande y de cara redonda; Fermi era menudo y delicado. Por un momento, Greg tuvo la inadecuada ocurrencia de pensar en Laurel y Hardy.

Entonces oyó hablar a Szilárd.

—Amigo —dijo—, me parece que el día de hoy pasará a la historia de la humanidad como un día aciago.

«¿Qué puñetas ha querido decir con eso?», pensó Greg.

V

Greg quería que sus padres aceptaran a Georgy.

No sería fácil. Seguro que les resultaría desconcertante enterarse de que tenían un nieto desde hacía seis años y que se lo habían ocultado. Puede que se enfadaran. Puede que también despreciaran a Jacky. No tenían ningún derecho a adoptar una actitud de superioridad moral, pensó con acritud: ellos mismos tenían un hijo ilegítimo… el propio Greg. Pero la gente no era racional.

Tampoco sabía muy bien hasta qué punto importaría que Georgy fuera negro. Los padres de Greg no eran cerrados en temas raciales y nunca hablaban de «sucios negros» ni de «perros judíos», como hacían otros de su generación, pero eso podía cambiar en cuanto supieran que tenían a alguien de color en la familia.

Suponía que su padre sería el mayor obstáculo, así que habló primero con su madre.

Por Navidad, cogió varios días de permiso y fue a verla a su casa, en Buffalo. Marga tenía un enorme apartamento en el mejor edificio de la ciudad. Vivía casi siempre sola, pero tenía cocinera, dos criadas y chófer. Contaba con una caja fuerte llena de joyas y un vestidor del tamaño de un garaje de dos coches. Pero no tenía marido.

Lev estaba en la ciudad, pero el día de Nochebuena siempre sacaba a Olga a cenar. Técnicamente seguía casado con ella, aunque hacía años que no pasaba una noche en su casa. Por lo que sabía Greg, Olga y Lev se detestaban, pero por algún motivo seguían viéndose una vez al año.

Esa noche, Greg y su madre cenaron juntos en el apartamento, y él se puso el esmoquin para complacerla.

—Me encanta ver a mis hombres bien vestidos —solía decir.

Tomaron sopa de pescado, pollo al horno y el postre preferido de Greg cuando era pequeño, tarta de melocotón.

—Tengo que darte una noticia, mamá —dijo con cierto nerviosismo mientras la criada les servía el café. Le daba miedo que su madre se enfadara. No tenía miedo por sí mismo, sino por Georgy, y se preguntó si en eso consistía la paternidad: en preocuparse por otra persona más de lo que se preocupaba uno por sí mismo.

—¿Una buena noticia? —preguntó la mujer.

Había ganado peso en los últimos tiempos, pero a sus cuarenta y seis años seguía conservando todo el glamour. Si tenía alguna cana en su pelo oscuro, su peluquera la había camuflado con esmero. Esa noche llevaba un sencillo vestido negro y una gargantilla de diamantes.

—Muy buena, aunque me parece que algo sorprendente. Así que, por favor, no pierdas los nervios.

Ella levantó una ceja negra, pero no dijo nada.

Greg se llevó una mano al interior de la chaqueta y sacó una fotografía: era Georgy, montado en una bicicleta roja con cintas en el manillar. La rueda trasera de la bici tenía un par de ruedecitas estabilizadoras para que no se cayera. La expresión del chico era de auténtica felicidad. Greg estaba arrodillado junto a él con cara de orgullo.

Le pasó la fotografía a su madre.

Ella la miró con detenimiento y, al cabo de un minuto, dijo:

—Supongo que le has regalado la bicicleta a ese niño por Navidad.

—Eso es.

La mujer levantó la mirada.

—¿Me estás diciendo que tienes un hijo?

Greg asintió con la cabeza.

—Se llama Georgy.

—¿Te has casado?

—No.

Su madre soltó la foto.

—¡Por el amor de Dios! —exclamó, enfadada—. Pero ¿qué les pasa a los hombres Peshkov?

Greg estaba consternado.

—No sé qué quieres decir con eso.

—¡Otro hijo ilegítimo! ¡Otra mujer criándolo sola!

Se dio cuenta de que veía a Jacky como una versión más joven de sí misma.

—Yo tenía quince años…

—¿Por qué no podías ser normal? —gritó la mujer—. Por todos los santos, ¿qué tiene de malo una familia como es debido?

Greg bajó la mirada.

—No tiene nada de malo.

Se sentía avergonzado. Hasta ese momento se había visto como un actor pasivo de aquella obra dramática, incluso una víctima. Todo lo que había sucedido se lo había hecho su padre a él, y también a Jacky. Pero su madre no lo veía del mismo modo, y de pronto Greg comprendió que tenía razón. Al acostarse con Jacky, él no se lo había pensado dos veces; no había preguntado nada cuando ella, alegremente, le había dicho que no tenían que preocuparse por la contracepción; y tampoco se había enfrentado a su padre cuando Jacky se marchó. Entonces era muy joven, sí, pero si había sido lo bastante adulto para tener relaciones con ella, también debería haberlo sido para aceptar la responsabilidad de las consecuencias.

Su madre seguía hecha una furia.

—¿Es que no te acuerdas de tus interminables preguntas? «¿Dónde está mi papá? ¿Por qué no duerme aquí? ¿Por qué no podemos ir con él a casa de Daisy?» Y más adelante las peleas que tenías en el colegio cuando los demás niños te llamaban bastardo. Y lo mucho que te enfadaste cuando no dejaron que te hicieras socio de ese maldito club náutico.

—Claro que me acuerdo.

Su madre estampó un puño lleno de anillos en la mesa e hizo temblar las copas de cristal.

—Entonces, ¿cómo puedes hacer pasar a otro niño por esa misma tortura?

—No sabía que existía hasta hace dos meses. Papá espantó a la madre, la ahuyentó.

—¿Quién es ella?

—Se llama Jacky Jakes. Es camarera. —Sacó otra fotografía.

Su madre suspiró.

—Una negra muy guapa. —Se estaba tranquilizando.

—Quería ser actriz, pero supongo que abandonó esa esperanza cuando tuvo a Georgy.

Marga asintió con la cabeza.

—Un niño te arruina la carrera más deprisa que una gonorrea.

Greg se dio cuenta de que su madre daba por hecho que una actriz tenía que acostarse con la gente adecuada para progresar. ¿Qué iba a saber ella? Pero, claro, había sido cantante en un club nocturno cuando conoció a su padre…

Greg no quiso seguir por ahí.

—¿Qué regalo de Navidad le has hecho a ella? —preguntó la mujer.

—Un seguro médico.

—Buena elección. Mejor que un osito de peluche.

Greg oyó unos pasos en el vestíbulo. Su padre estaba en casa.

—Mamá —dijo a toda prisa—, ¿querrás conocer a Jacky? ¿Aceptarás a Georgy como nieto tuyo?

Su madre se llevó la mano a la boca.

—Ay, Dios mío, si soy abuela. —No sabía si estar horrorizada o encantada.

Greg se inclinó hacia delante.

—No quiero que papá lo rechace. ¡Por favor!

Antes de que pudiera contestarle, Lev entró en la sala.

—Hola, cariño —dijo Marga—. ¿Qué tal la cena?

Él se sentó a la mesa con cara de mal humor.

—Bueno, me han explicado mis defectos con todo detalle, así que supongo que lo he pasado de fábula.

—Pobrecillo. ¿Te has quedado con hambre? Puedo prepararte una tortilla en un momento.

—La comida ha estado bien.

Las fotografías seguían en la mesa, pero Lev todavía no las había visto.

Entonces entró la criada.

—¿Le apetece un café, señor Peshkov?

—No, gracias.

—Trae el vodka —dijo Marga—. Por si al señor Peshkov le apetece una copa después.

—Sí, señora.

Greg se fijó en lo solícita que era Marga con todo lo que tenía que ver con la comodidad y el placer de Lev. Supuso que por eso pasaba él allí la noche, y no con Olga.

La criada sacó una botella y tres vasitos en una bandeja de plata. Lev seguía bebiendo el vodka al estilo ruso, caliente y solo.

—Padre, ya conoces a Jacky Jakes… —empezó a decir Greg.

—¿Otra vez esa? —repuso Lev, molesto.

—Sí, porque hay algo que no sabes de ella.

Con eso llamó su atención. Lev detestaba pensar que los demás sabían algo y él no.

—¿El qué?

—Tiene un hijo. —Le acercó las fotografías sobre la lustrada mesa.

—¿Es tuyo?

—Tiene seis años. ¿Tú qué crees?

—Se lo tenía muy calladito, joder.

—Te tenía miedo.

—¿Qué pensaba que iba a hacer, cocinar al niño y comérmelo para cenar?

—No lo sé… El experto en asustar a la gente eres tú.

Lev lo fulminó con la mirada.

—Pero tú aprendes deprisa.

Se refería a la escena de la navaja. «A lo mejor sí que estoy aprendiendo a asustar a la gente», pensó Greg.

—¿Por qué me enseñas estas fotografías?

—Pensaba que te gustaría saber que tienes un nieto.

—¡De una maldita actriz de tres al cuarto que no pensaba más que en pescar a un ricachón!

—¡Cariño! —exclamó Marga—. Por favor, recuerda que también yo era una cantante de club nocturno de tres al cuarto que no pensaba más que en pescar a un ricachón.

Lev estaba furioso. Por un momento fulminó a Marga con la mirada, pero después relajó su expresión.

—¿Sabes qué? —dijo—. Tenéis razón. ¿Quién soy yo para juzgar a Jacky Jakes?

Greg y Marga se quedaron mirándolo, atónitos ante esa repentina humildad.

—Soy igual que ella —siguió diciendo Lev—. No era más que un timador de tres al cuarto de los arrabales de San Petersburgo hasta que me casé con Olga Vyalov, la hija de mi jefe.

Greg intercambió una mirada con su madre, que simplemente se encogió un poco de hombros como diciendo: «Nunca se sabe».

Lev volvió a mirar la fotografía.

—Menos por el color, ese niño es igual que mi hermano Grigori. Esto sí que es una sorpresa. Hasta ahora, pensaba que todos esos morenitos eran iguales.

A Greg le costaba trabajo respirar.

—¿Querrás conocerlo? ¿Me acompañarás a conocer a tu nieto?

—Qué puñetas, sí. —Lev destapó la botella, sirvió vodka en los vasitos y los repartió—. Bueno, ¿y cómo se llama el niño?

—Georgy.

Lev alzó su vaso.

—Pues por Georgy.

Bebieron los tres.

15

1943 (I)

I

Lloyd Williams ascendía por un estrecho sendero de montaña cerrando una fila de fugitivos desesperados.

No se notaba fatigado. Estaba habituado a esas caminatas. Había cruzado ya varias veces los Pirineos. Las alpargatas que calzaba le proporcionaban buena sujeción en un terreno rocoso como aquel. Llevaba un pesado abrigo sobre el mono azul. El sol calentaba con fuerza, pero más tarde, cuando el anochecer sorprendió al grupo a mayor altitud, la temperatura cayó en picado bajo cero.

Delante de él iban dos robustos caballos, tres lugareños y ocho prófugos exhaustos y desaliñados, todos ellos cargados con fardos. De los extranjeros, tres eran pilotos estadounidenses, los supervivientes de la tripulación de un bombardero B-24 Liberator que se había estrellado en Bélgica; dos, oficiales británicos que se habían fugado del campo de prisioneros de guerra Oflag 65, en Estrasburgo, y los demás, un comunista checo, una mujer judía con un violín y un misterioso inglés llamado Watermill, que con toda probabilidad era una especie de espía.

Todos habían recorrido un largo camino y sufrido infinidad de penurias. Aquella era la última etapa de su viaje, y la más peligrosa. Si los capturaban entonces, los torturarían hasta que traicionasen a los valientes hombres y mujeres que los habían ayudado en su huida.

A la cabeza del grupo iba Teresa. La ascensión era dura para quienes no estaban acostumbrados a subir montañas, pero tenían que avanzar a buen ritmo para reducir al mínimo su exposición, y Lloyd había comprobado que los refugiados se rezagaban menos cuando los precedía una mujer menuda y extremadamente bella.

En un momento dado, el sendero se allanó y se ensanchó formando un pequeño claro.

—¡Alto! —oyeron de pronto que alguien gritaba en francés pero con acento alemán.

La columna se detuvo en seco.

Dos soldados alemanes salieron de detrás de una roca. Llevaban fusiles de cerrojo convencionales Mauser, ambos con recámaras de cinco proyectiles.

Lloyd se llevó instintivamente la mano al bolsillo del abrigo en el que llevaba su pistola Luger de 9 mm cargada.

Huir del norte y del centro de Europa se había vuelto más difícil, y el trabajo de Lloyd, incluso más arriesgado. Al final del año anterior, los alemanes habían ocupado la mitad meridional de Francia, en una maniobra de desdén hacia el gobierno francés de Vichy, que siempre había sido una farsa. Habían declarado una zona prohibida de dieciséis kilómetros a lo largo de la frontera con España. Lloyd y su grupo se encontraban en esa zona.

Teresa se dirigió en francés a los soldados.

—Buenos días, caballeros. ¿Va todo bien?

Lloyd la conocía y captó el temblor en su voz, pero confió en que a los guardias les pasara inadvertido.

Entre la policía francesa había muchos fascistas y unos cuantos comunistas, pero todos eran perezosos y ninguno quería dedicarse a perseguir refugiados por los gélidos pasos de los Pirineos. Sin embargo, los alemanes sí lo hacían. Muchos soldados habían sido destinados a las ciudades fronterizas y habían empezado a patrullar los senderos de las montañas y las cañadas que seguían Lloyd y Teresa. Los ocupantes no eran soldados de élite; esos estaban combatiendo en Rusia, donde recientemente habían entregado Stalingrado después de una contienda larga y sangrienta. Muchos de los alemanes que estaban en Francia eran hombres entrados en años, muchachos y heridos que podían caminar. Sin embargo, eso solo parecía aumentar su determinación para demostrar su valía. A diferencia de los franceses, raramente hacían la vista gorda.

—¿Adónde vais? —le preguntó a Teresa el mayor de los dos soldados, de una delgadez cadavérica y bigote cano.

—Al pueblo de Lamont. Llevamos provisiones para ustedes y sus camaradas.

Aquella unidad alemana en particular se había trasladado a un pueblo de montaña remoto y había echado a patadas a sus habitantes. Luego había caído en la cuenta de lo difícil que era avituallar a los soldados apostados allí. La decisión de ofrecerse para llevar comida a aquel pueblo había sido una jugada brillante, además de bien remunerada, por parte de Teresa, pues con ello había conseguido el permiso para acceder a la zona prohibida.

El soldado delgado miró receloso a los hombres y sus cargas.

—¿Todo eso es para los soldados alemanes?

—Eso espero —contestó Teresa—. Allí arriba no hay nadie más a quien vendérselo. —Se sacó una hoja de papel del bolsillo—. Aquí está el pedido, firmado por su sargento Eisenstein.

El hombre lo leyó atentamente y se lo devolvió. Después miró al teniente coronel Will Donelly, un fornido piloto estadounidense.

—¿Ese es francés?

Lloyd rodeó el arma con la mano dentro del bolsillo.

La apariencia de los fugitivos era un problema. Los lugareños de aquel rincón del mundo, franceses y españoles, por lo general eran menudos y de tez oscura, e indefectiblemente delgados. Tanto Lloyd como Teresa encajaban con esa descripción, y también el checo y la violinista. Pero los británicos tenían la piel y el pelo claros, y los estadounidenses eran altos y corpulentos.

—Guillaume nació en Normandía. Ya sabe, la mantequilla... —dijo Teresa.

El más joven de los dos soldados, un muchacho pálido con lentes, sonrió a Teresa. No costaba hacerlo.

—¿Lleváis vino? —preguntó.

—Claro.

A los dos se les iluminó la cara visiblemente.

—¿Les apetece un poco ahora? —preguntó Teresa.

—Este sol da mucha sed —dijo el comandante.

Lloyd abrió la alforja que transportaba uno de los caballos, sacó cuatro botellas de vino blanco del Rosellón y se las ofreció. Cogieron dos cada uno. De pronto, todos sonreían y se estrechaban la mano.

—Podéis seguir, amigos —dijo el de más edad.

Los fugitivos se pusieron en marcha. Lloyd no había esperado problemas, pero nunca se sabía, y se sintió aliviado al dejar atrás el puesto de guardia.

Tardaron otras dos horas en llegar a Lamont. El pueblo era un caserío pobre y polvoriento formado por un puñado de casas rudimentarias y varios corrales vacíos, y se erigía al borde de un pequeño llano donde ya empezaba a crecer la hierba. Lloyd compadeció a la gente que lo había poblado. Habían vivido con tan poco…, e incluso eso se lo habían arrebatado.

Todos se dirigieron al centro del poblado y soltaron agradecidos los fardos. En un instante estuvieron rodeados de soldados alemanes.

Aquel era el momento más peligroso, pensó Lloyd.

El sargento Eisenstein estaba al cargo de una sección de quince o veinte hombres. Todos ayudaron a descargar las provisiones: pan, salchichón, pescado fresco, leche condensada, latas de comida. Los soldados se alegraban de recibir alimentos y de ver caras nuevas. Intentaron alegremente entablar conversación con sus benefactores.

Los fugitivos debían decir lo menos posible. Era entonces cuando podían delatarse con el menor desliz. Algunos alemanes sabían suficiente francés para detectar un acento inglés o estadounidense. Incluso los que tenían una pronunciación pasable, como Teresa y Lloyd, podían ponerse en evidencia con un simple error gramatical. Era muy fácil decir «Sur le table» en lugar de «Sur la table», pero sería algo insólito en un francés.

Para evitarlo, los dos franceses del grupo se desvivieron por mostrarse locuaces. Siempre que un soldado empezaba a hablar con un fugitivo, alguien terciaba en la conversación.

Teresa le entregó un recibo al sargento, que se tomó su tiempo para revisar las cantidades y contar el dinero.

Finalmente pudieron marcharse, con los fardos vacíos y algo más relajados.

Descendieron a lo largo de un kilómetro y allí se separaron. Teresa siguió bajando con los franceses y los caballos. Lloyd y los fugitivos enfilaron por un sendero ascendente.

Los guardias alemanes apostados en el claro probablemente estarían demasiado borrachos para apercibirse de que volvían menos personas de las que habían subido. Pero si hacían preguntas, Teresa les diría que parte del grupo se había quedado jugando a las cartas con los soldados y que volverían más tarde. Después habría un cambio de guardia y los alemanes les perderían la pista.

Lloyd hizo caminar a su grupo durante dos horas más antes de concederles un descanso de diez minutos. A todos se les había proporcionado botellas de agua y paquetes de higos deshidratados para que recuperasen energías. Se les había convencido de que no llevasen nada más; Lloyd sabía por experiencia que los libros preciados, los objetos de plata, los adornos y los discos de gramófono acababan pesando demasiado y, por ello, tirados en un barranco nevado mucho antes de que los pies doloridos de sus dueños consiguieran llegar a lo alto del paso.

Aquella era la parte más dura. Desde ese punto el camino se tornaba más oscuro, frío y rocoso.

Justo antes de empezar a pisar nieve, Lloyd les indicó que llenasen las botellas en un límpido y frío arroyo.

Cuando cayó la noche, siguieron avanzando. Era peligroso dejarles dormir, pues podían morir congelados. Estaban cansados y resbalaban y tropezaban con las rocas heladas. Inevitablemente, su paso se ralentizó. Lloyd no podía permitir que la fila se disgregara; los rezagados podían perderse o incluso caer en alguno de los numerosos y escarpados barrancos, aunque, de momento, no había perdido a nadie.

Muchos de los fugitivos eran oficiales, y ese era el momento en que en ocasiones desafiaban a Lloyd, protestando cuando se les ordenaba que no se detuviesen. Para conferirle más autoridad, a Lloyd lo habían ascendido a comandante.

A medianoche, cuando los ánimos estaban en su punto más bajo, Lloyd anunció: «¡Ya estáis en la neutral España!», y todos estallaron en vítores. En realidad no sabía dónde se encontraba exactamente la frontera, pero siempre hacía el anuncio cuando más aliento parecían necesitar.

El ánimo volvió a mejorar al amanecer. Aún les quedaba un trecho por recorrer, pero el camino era de bajada y sus frías extremidades empezaron a entrar en calor.

Al salir el sol rodearon una pequeña población con una iglesia tapizada en polvo y situada en lo alto de una colina. Al otro lado, junto a la carretera, encontraron un espacioso granero. Dentro había aparcado un camión plataforma Ford de color verde, cubierto por una lona mugrienta. El camión era lo bastante grande para llevarlos a todos. Al volante se sentó el capitán Silva, un inglés de mediana edad y ascendencia española que trabajaba con Lloyd.

Para sorpresa de Lloyd, también estaba allí el comandante Lowther, que se había encargado del curso de instrucción de los servicios secretos en Tŷ Gwyn, y que había reprobado con aire de superioridad —o tal vez solo con envidia— la amistad de Lloyd y Daisy.

Lloyd sabía que habían destinado a Lowthie a la embajada británica en Madrid y sospechaba que trabajaba para el MI6, el Servicio Secreto de Inteligencia, pero no había esperado verlo tan lejos de la capital.

Lowther llevaba un traje de franela blanco y caro, aunque arrugado y sucio. Estaba de pie junto al camión, como si fuese su amo y señor.

—Yo me encargaré desde aquí, Williams —dijo. Miró a los fugitivos—. ¿Cuál de vosotros es Watermill?

Watermill bien podía ser tanto un apellido real como un código.

El misterioso inglés se adelantó y le estrechó la mano.

—Soy el comandante Lowther. Lo llevaré directamente a Madrid. —Se volvió hacia Lloyd y añadió—: Me temo que tu grupo va a tener que seguir hasta la estación de tren más cercana.

—Un momento —repuso Lloyd—. Ese camión es propiedad de mi organización. —Lo había comprado con su presupuesto del MI9, el departamento que ayudaba a escapar a prisioneros—. Y el chófer trabaja para mí.

—Es innegociable —replicó Lowther con rotundidad—. Watermill tiene prioridad.

El Servicio Secreto de Inteligencia siempre creía que tenía prioridad.

—No estoy de acuerdo —dijo Lloyd—. No veo motivo para que no puedan ir todos a Barcelona en el camión, como estaba previsto. Después podrás llevar a Watermill a Madrid en tren.

—No te he pedido tu opinión, muchacho. Limítate a hacer lo que se te dice.

—Estaré encantado de compartir el camión —intervino Watermill con tono apaciguador.

—Permita que me encargue yo de esto, por favor —le contestó Lowther.

—Esta gente acaba de cruzar a pie los Pirineos. Están agotados —dijo Lloyd.

—Pues entonces será mejor que descansen un poco antes de seguir.

Lloyd negó con la cabeza.

—Demasiado peligroso. Ese pueblo de ahí arriba tiene un alcalde comprensivo, por eso hemos fijado este lugar como punto de encuentro. Pero más abajo del valle los políticos son diferentes. La Gestapo está en todas partes, lo sabe; y la policía española está en su mayoría de su lado, no del nuestro. Mi grupo correrá un peligro enorme de que los detengan por entrar ilegalmente en el país. Y también sabe lo difícil que es sacar a los presos de las cárceles de Franco, aunque sean inocentes.

—No pienso discutir contigo. Te supero en rango.

—No.

—¿Qué?

—Soy comandante, así que no vuelva a llamarme «muchacho» a menos que quiera que le dé un puñetazo en la nariz.

—¡Mi misión es urgente!

—¿Y por qué no ha traído su propio vehículo?

—¡Porque este estaba libre!

—Pues no, no lo estaba.

Will Donelly, el estadounidense corpulento, avanzó un paso.

—Estoy con el comandante Williams —dijo, arrastrando las palabras—. Acaba de salvarme la vida. Usted, comandante Lowther, no ha hecho una mierda.

—Eso no tiene nada que ver con esto —replicó Lowther.

—Bien, parece que la situación está clara —terció Donelly—. El camión está bajo la autoridad del comandante Williams. El comandante Lowther lo quiere, pero no puede disponer de él. Fin de la historia.

—Manténgase al margen de esto —dijo Lowther.

—Se da la circunstancia de que soy teniente coronel, así que creo que los supero en rango a los dos.

—Pero esta no es su jurisdicción.

—Ni la suya, obviamente. —Donelly se volvió hacia Lloyd—. ¿Nos ponemos en camino?

—¡Insisto! —farfulló Lowther.

Donelly se volvió hacia él.

—Comandante Lowther —dijo—, cierre la puta boca. Es una orden.

—Muy bien. Suban todos al camión —dijo Lloyd.

Lowther lo fulminó con la mirada.

—Me las pagarás, cabrón galés —le espetó.

II

Los narcisos habían brotado en Londres cuando Daisy y Boy decidieron acudir al médico.

Había sido idea de Daisy. Estaba harta de que Boy la culpara de que no se quedara embarazada. No dejaba de compararla con la esposa de su hermano, May, que ya tenía tres hijos.

—Debes de tener algún problema —le había dicho con tono agresivo.

—Ya me quedé embarazada una vez. —Se estremeció al pensar en el dolor que le había causado el aborto; luego recordó cómo la había cuidado Lloyd y sintió un tipo de dolor diferente.

—Podría haberte pasado algo desde entonces que te haya dejado estéril.

—O a ti.

—¿Qué quieres decir?

—Que hay las mismas posibilidades de que seas tú quien tenga un problema.

—No seas ridícula.

—Mira, vamos a hacer un trato. —Por un instante pensó que estaba negociando como lo habría hecho su padre, Lev—. Me someteré a un examen… si tú también lo haces.

Sorprendido, Boy dudó un momento.

—De acuerdo —dijo—. Tú primero. Si te dicen que no tienes ningún problema, entonces iré yo.

—No —replicó ella—. Tú primero.

—¿Por qué?

—Porque no confío en tus promesas.

—Muy bien, pues. Iremos juntos.

Daisy no estaba segura de por qué se molestaba en hacer aquello. No quería a Boy, hacía ya mucho tiempo que había dejado de quererlo. Estaba enamorada de Lloyd Williams, que seguía en España en una misión de la que no podía desvelar mucho. Pero estaba casada con Boy. Él le había sido infiel, y con varias mujeres. Pero ella también había cometido adulterio, aunque con un solo hombre. Le faltaba una base ética en la que sustentarse, y en consecuencia estaba paralizada. Solo tenía la sensación de que si cumplía con su deber como esposa tal vez podría conservar un ápice de respeto por sí misma.

La consulta del médico estaba en Harley Street, no muy lejos de su casa, aunque en un barrio menos caro. A Daisy la exploración le resultó desagradable. El médico era un hombre, y se quejó de que llegase con diez minutos de retraso. Le hizo un sinfín de preguntas sobre su salud general, su menstruación y lo que él denominó sus «relaciones» con su marido, sin mirarla pero tomando notas con una estilográfica.

Después le introdujo una serie de instrumentos metálicos y fríos por la vagina.

—Hago esto a diario, así que no tiene de qué preocuparse —le dijo, y le dedicó una sonrisa que transmitía todo lo contrario.

Cuando salió de la consulta, en cierto modo esperaba que Boy faltase a su palabra y se negase a hacerse el examen. En efecto, la idea parecía amargarlo, pero acabó entrando.

Mientras esperaba, Daisy releyó una carta que le había enviado su hermanastro, Greg. Había descubierto que era padre de un hijo, fruto de una aventura que había tenido a los quince años con una chica negra. Para asombro de Daisy, el seductor Greg estaba muy emocionado con la noticia y ansioso por formar parte de la vida del pequeño, aunque como tío, en lugar de como padre. Y lo que era todavía más sorprendente: Lev había conocido al niño y decía que era muy listo.

Daisy pensó en la ironía de que Greg tuviera un hijo cuando nunca lo había deseado y que Boy no lo tuviera cuando lo ansiaba con toda el alma.

Boy salió de la consulta una hora después. El doctor les dijo que les daría los resultados en una semana. Se marcharon a las doce del mediodía.

—Necesito una copa después de esto —dijo Boy.

—Yo también —convino Daisy.

Miraron a un lado y al otro de aquella calle de casas idénticas.

—Este barrio es un maldito desierto. Ni un pub a la vista.

—Yo no voy a ir a un pub —dijo Daisy—. Quiero un martini y en los pubs no saben prepararlos. —Hablaba por experiencia. Había pedido un martini seco en el King's Head de Chelsea y le habían servido un vaso de vermut asquerosamente caliente—. Llévame al hotel Claridge, por favor. Está a solo cinco minutos a pie.

—Excelente idea.

El bar del Claridge estaba lleno de conocidos. Los restaurantes tenían que aplicar en sus menús las normas de austeridad imperantes, pero el Claridge había encontrado un resquicio legal: no había restricciones en cuanto a regalar comida, de modo que ofrecían un bufet libre y solo aplicaban sus habituales precios elevados a las bebidas.

Daisy y Boy se sentaron en un espléndido salón *art déco* y degustaron unos cócteles perfectos. Daisy empezó a sentirse mejor.

—El médico me ha preguntado si he pasado las paperas —dijo Boy.

—Y así es. —Era una enfermedad que afectaba mayoritariamente a los niños, pero Boy la había contraído un par de años antes. Se había alojado unos días en una vicaría de East Anglia y los tres hijos del vicario, de corta edad, se la habían contagiado. La experiencia había sido muy dolorosa—. ¿Te ha dicho por qué?

—No. Ya sabes cómo son esos tipos. Nunca sueltan prenda.

Daisy cayó en la cuenta de que ya no era tan despreocupada como en el pasado. Antes nunca habría pensado en su matrimonio en aquellos términos. Siempre le había encantado lo que Escarlata O'Hara decía en *Lo que el viento se llevó*: «Ya lo pensaré mañana». Pero eso había cambiado. Tal vez estaba madurando.

Boy pedía el segundo cóctel cuando Daisy miró hacia la puerta y vio entrar al marqués de Lowther, ataviado con un uniforme arrugado y sucio.

Daisy lo despreciaba. Desde que conocía su relación con Lloyd la trataba con una familiaridad empalagosa, como si compartiesen un secreto que los hacía ser íntimos.

Lowther se sentó a su mesa sin esperar a que le invitaran a hacerlo, dejó caer la ceniza del cigarro sobre sus pantalones caqui y pidió un manhattan.

Daisy supo al instante que no se traía nada bueno entre manos. Había en sus ojos una mirada de malvado deleite que no podía deberse solo al placer de estar a punto de tomarse un buen cóctel.

—Hacía como un año que no te veía, Lowthie —le dijo Boy—. ¿Dónde has estado?

—En Madrid —contestó Lowthie—. No puedo contar mucho. Súper secreto, ya sabes. ¿Y tú?

—Pasé mucho tiempo formando a pilotos, aunque últimamente he volado en varias misiones, ahora que hemos intensificado el bombardeo de Alemania.

—Fantástico. Que los alemanes tomen de su propia medicina.

—Puede que tú opines eso, pero muchos pilotos empiezan a protestar.

—¿De veras? ¿Por qué?

—Porque toda esta historia de los objetivos militares es una descomunal mentira. No tiene sentido bombardear fábricas alemanas porque enseguida las reconstruyen, así que estamos bombardeando regiones densamente pobladas por gente de clase obrera. Así no pueden reemplazar tan deprisa a los trabajadores.

Lowther parecía sorprendido.

—Eso significa que nuestra política consiste en matar a civiles.

—Exacto.

—Pero el gobierno nos asegura que…

—El gobierno miente —lo interrumpió Boy—. Y la tripulación de los bombarderos lo sabe. A muchos les importa un carajo, claro, pero otros se sienten mal. Creen que si estamos haciendo lo correcto, deberíamos decirlo, y que si estamos haciendo algo malo, deberíamos parar.

Lowther parecía inquieto.

—No estoy seguro de si deberíamos hablar de esto aquí.

—Sí, supongo que tienes razón —convino Boy.

Llegó la segunda ronda de cócteles. Lowther se volvió hacia Daisy.

—¿Y qué tal la mujercita? —dijo—. Debes de estar trabajando al servicio de la guerra. La ociosidad es la madre de todos los vicios, según el proverbio.

Daisy contestó con naturalidad.

—Ahora que ha acabado el Blitz, ya no se necesitan conductores para las ambulancias, así que trabajo para la Cruz Roja estadounidense. Tenemos una oficina en Pall Mall. Hacemos lo que podemos para ayudar a los militares destinados en Londres.

—Hombres solos necesitados de compañía femenina, ¿eh?

—La mayoría solo tienen morriña. Les gusta oír el acento de su país.

Lowthie le lanzó una mirada lasciva.

—Espero que se te dé bien consolarlos.

—Hago lo que puedo.

—No me cabe la menor duda.

—Oye, Lowthie, no estarás un poco borracho… Ya sabes que esa forma de hablar no es precisamente agradable —terció Boy.

A Lowther se le avinagró el semblante.

—Oh, vamos, Boy, no me digas que no lo sabes. ¿Estás ciego o qué?

—Boy, por favor, llévame a casa —dijo Daisy.

Boy no le hizo caso y se dirigió de nuevo a Lowther.

—¿A qué diablos te refieres?

—Pregúntale por Lloyd Williams.

—¿Quién demonios es Lloyd Williams? —exclamó Boy.

—Me voy a casa sola, si no quieres llevarme —insistió Daisy.

—¿Conoces a ese tal Lloyd Williams, Daisy?

«Es tu hermano», pensó Daisy, y sintió el irrefrenable impulso de revelar el secreto y dejarlo petrificado, pero acabó resistiendo la tentación.

—Lo conoces —dijo—. Fue a Cambridge contigo. Hace años lo encontramos a la salida de un teatro del East End.

—¡Ah! —contestó Boy al recordarlo. Luego, desconcertado, le preguntó a Lowther—: ¿Él? —A Boy le resultaba difícil contemplar como rival a alguien como Lloyd. Con creciente incredulidad, añadió—: ¿Un hombre que no puede ni costearse un traje de etiqueta?

—Hace tres años asistió a mi curso de instrucción en Tŷ Gwyn, cuando Daisy vivía allí —contestó Lowther—. Creo recordar que entonces tú estabas arriesgando la vida en el cielo de Francia a bordo de un Hawker Hurricane. Ella se entretenía con esa rata galesa... ¡en la casa de tu familia!

A Boy empezaba a encendérsele la cara.

—Si te lo estás inventando, Lowthie, juro por Dios que te daré una paliza.

—¡Pregúntale a tu mujer! —dijo Lowther con una sonrisa confiada.

Boy se volvió hacia Daisy.

Daisy no se había acostado con Lloyd en Tŷ Gwyn. Había dormido con él en su antigua cama, en casa de su madre, durante el Blitz. Eso no podía decírselo a Boy en presencia de Lowther, y en cualquier caso no era más que un detalle. La acusación de adulterio era cierta, y ella no pensaba negarla. El secreto se había desvelado. Lo único que quería era conservar una apariencia de dignidad.

—Te contaré todo lo que quieras saber, Boy..., pero no delante de este esnob baboso —dijo.

Boy alzó la voz, perplejo.

—De modo que no lo niegas.

Los clientes de la mesa contigua los miraron, parecieron abochornados y volvieron a centrarse en sus copas.

Daisy también alzó la voz.

—Me niego a que se me interrogue en el bar del hotel Claridge.

—Entonces, ¿lo reconoces? —gritó Boy.

El salón quedó en silencio.

Daisy se puso en pie.

—No reconozco ni niego nada aquí. Te lo contaré todo en privado, que es donde los matrimonios civilizados hablan de estos asuntos.

—¡Dios mío, lo hiciste, te acostaste con él! —bramó Boy.

Incluso los camareros se habían detenido y observaban la discusión.

Daisy se encaminó a la puerta.

—¡Zorra! —gritó Boy.

Daisy no pensaba marcharse dejando las cosas así. Se dio la vuelta.

—Claro, tú sabes mucho de zorras. Tuve la desgracia de conocer a dos de las tuyas, ¿recuerdas? —Miró a su alrededor—. Joanie y Pearl —dijo con voz desdeñosa—. ¿Cuántas esposas soportarían eso? —Se marchó antes de que él pudiese replicar.

Subió a uno de los taxis que aguardaban en la puerta. Cuando este se ponía en marcha, vio a Boy salir del hotel y subir al siguiente taxi.

Indicó al taxista su dirección.

En cierto modo se sentía aliviada porque la verdad hubiese salido a la luz. Pero también se sentía terriblemente triste. Sabía que algo se había acabado.

La casa estaba a apenas unos cuatrocientos metros. Justo cuando llegaba, el taxi de Boy se detuvo detrás.

Boy la siguió al vestíbulo.

Daisy supo que no podría quedarse allí con él. Aquello se había acabado. No volvería a compartir su hogar ni su cama.

—Tráeme una maleta, por favor —le dijo al mayordomo.

—Enseguida, milady.

Miró a su alrededor. Era una casa del siglo XVIII, de proporciones perfectas, con unas elegantes escaleras curvadas, pero en realidad no lamentaba abandonarla.

—¿Adónde vas? —le preguntó Boy.

—A un hotel, supongo. Aunque no creo que elija el Claridge.

—¡Para encontrarte con tu amante!

—No, está en el extranjero. Pero sí, lo amo. Lo siento, Boy. No tienes derecho a juzgarme, tus agravios son peores. Y yo ya me juzgo sola.

—Se acabó —dijo él—. Voy a divorciarme de ti.

Daisy comprendió que aquellas eran las palabras que había estado esperando oír. Ahora que él las había pronunciado, todo había terminado. Su nueva vida empezaba en ese momento.

Suspiró.

—Gracias a Dios —dijo.

Daisy alquiló un apartamento en Piccadilly. Tenía un cuarto de baño espacioso, de estilo norteamericano y con ducha. Había dos servicios independientes, uno para los invitados, un lujo ridículo a los ojos de la mayoría de los ingleses.

Afortunadamente, el dinero no suponía un problema para Daisy. Era rica gracias a la herencia de su abuelo Vyalov, y administraba su fortuna desde que había cumplido veintiún años, una fortuna en dólares estadounidenses.

Era difícil comprar muebles nuevos, de modo que optó por las antigüedades, que abundaban a precios muy bajos. Colgó cuadros modernos para dar un aire alegre y juvenil al apartamento. Contrató a una lavandera entrada en años y a una chica de la limpieza, y le resultó fácil llevar la casa sin mayordomo ni cocinera, más aún sin un marido al que tener que mimar.

Los sirvientes de la casa de Mayfair empaquetaron toda su ropa y se la enviaron en un camión de mudanzas. Daisy y la lavandera pasaron la tarde abriendo las cajas y ordenándolo todo pulcramente.

La habían humillado y liberado al mismo tiempo. A fin de cuentas, pensó, estaba mejor así. La herida del rechazo cicatrizaría, pero se había librado de Boy para siempre.

Una semana después sintió curiosidad por los resultados del examen médico. El doctor, por supuesto, habría informado a Boy, en calidad de marido. Daisy no quería preguntarle a él, y de todos modos pensó que tampoco importaba ya, así que prefirió olvidar el asunto.

Disfrutó transformando aquel piso en su nuevo hogar. Durante un par de semanas estuvo demasiado ocupada para retomar la vida social. Cuando acabó de acondicionar el apartamento, decidió ver a todas las amigas a las que había descuidado.

Tenía muchas amistades en Londres. Llevaba allí siete años. Durante los últimos cuatro, Boy había pasado más tiempo fuera que dentro de casa, y ella había asistido sola a fiestas y a bailes, de modo que el hecho de no tener marido no iba a suponer una gran diferencia en su vida, supuso. Sin duda la tacharían de las listas de invitados de la familia Fitzherbert, pero había muchas más en la sociedad de Londres.

Compró cajas de whisky, ginebra y champán, recorriendo todo Londres en busca de lo poco que podía adquirirse de forma legal y consiguiendo el resto en el mercado negro. Después envió invitaciones para la fiesta de inauguración del piso que había decidido celebrar.

Las respuestas llegaron con inquietante prontitud y todas fueron negativas.

Llamó a Eva Murray con lágrimas en los ojos.

—¿Por qué nadie quiere venir a mi fiesta? —gimió.

Eva estaba en su puerta diez minutos después.

Llegó con tres niños y una niñera. Jamie tenía seis años, Anna cuatro y Karen, el bebé, dos.

Daisy le enseñó el apartamento y después pidió que les preparasen té mientras Jamie convertía el sofá en un tanque, con sus hermanas como tripulantes.

Eva habló en inglés con una mezcla de acento alemán, estadounidense y escocés.

—Daisy, cariño, esto no es Roma.

—Lo sé. ¿Seguro que estás cómoda?

Eva se encontraba en la última etapa del embarazo de su cuarto hijo.

—¿Te importa si pongo los pies en alto?

—Claro que no. —Daisy le llevó un cojín.

—La sociedad de Londres es respetable —prosiguió Eva—, aunque no creas que me entusiasma. A mí también me han excluido a menudo, y a veces el pobre Jimmy se lleva algún que otro desaire por haberse casado con una alemana medio judía.

—Es horrible.

—No se lo deseo a nadie, al margen de los motivos.

—A veces odio a los ingleses.

—Olvidas cómo son los estadounidenses. ¿No recuerdas que me dijiste que las chicas de Buffalo eran unas esnobs?

Daisy se rió.

—Parece que haya pasado mucho tiempo de aquello.

—Has dejado a tu marido —dijo Eva—. Y lo has hecho de un modo incuestionablemente espectacular, insultándolo en el bar del hotel Claridge.

—¡Y solo había tomado un martini!

Eva sonrió.

—¡Cómo me habría gustado estar allí!

—En cierto modo a mí me habría gustado no estar.

—Como supondrás, la alta sociedad londinense no ha hablado de otra cosa en las últimas tres semanas.

—Debería haberlo imaginado.

—Me temo que ahora cualquiera que se presentase en tu fiesta sería considerado partidario del adulterio y del divorcio. Ni siquiera yo quiero que mi suegra sepa que he venido a tomar té contigo.

—Pero es tan injusto... ¡Boy ya me había sido infiel!

—¿Y creías que a las mujeres se nos trata con igualdad?

Daisy recordó que Eva tenía mucho más de que preocuparse que del esnobismo. Su familia seguía en la Alemania nazi. Fitz había indagado por medio de la embajada suiza y había averiguado que su padre estaba en un campo de concentración, y que a su hermano, fabricante de violines, la policía le había dado una paliza y le había destrozado las manos.

—Cuando pienso en tus problemas, me avergüenzo de quejarme —dijo Daisy.

—No tienes de qué avergonzarte. Pero cancela la fiesta.

Daisy siguió su consejo.

Sin embargo, eso la deprimió. El trabajo para la Cruz Roja llenaba sus días, pero por las noches no tenía a donde ir ni nada que hacer. Iba al cine dos veces por semana. Intentó leer *Moby Dick*, pero le pareció aburrido. Un domingo fue a la iglesia. La de St. James, diseñada por Christopher Wren y que quedaba frente a su apartamento, en Piccadilly, había sido bombardeada, por lo que fue a la de St. Martin-in-the-Fields. Boy no estaba allí, pero sí Fitz y Bea, y Daisy pasó todo el oficio religioso mirando la nuca de Fitz y pensando que se había enamorado de los dos hijos de aquel hombre. Boy había heredado las facciones de su madre y el tenaz egoísmo de su padre; Lloyd, el atractivo de su padre y el enorme corazón de su madre. «¿Por qué habré tardado tanto en verlo?», se preguntó.

La iglesia estaba llena de conocidos, y después del oficio ninguno de ellos le dirigió la palabra. Estaba sola y casi no tenía amigos en un país extranjero y en plena guerra.

Una noche fue en taxi a Aldgate y llamó a la puerta de los Leckwith. Ethel salió a recibirla.

—He venido a pedir en matrimonio la mano de su hijo —dijo Daisy.

Ethel dejó escapar una carcajada y la abrazó.

Les llevaba un regalo, una lata de jamón norteamericano que había conseguido de manos de un copiloto de las fuerzas aéreas estadounidenses. Productos como aquel eran auténticos lujos para las familias británicas sometidas al racionamiento. Se sentó en la cocina con Ethel y Bernie, y escucharon música alegre en la radio. Cantaron juntos «Underneath the Arches», de Flanagan y Allen.

—Bud Flanagan nació aquí, en el East End —dijo Bernie, orgulloso—. Su verdadero nombre era Chaim Reuben Weintrop.

Los Leckwith estaban emocionados con el Informe Beveridge, una publicación gubernamental que había llegado a ser súper ventas.

—Encargado por un primer ministro conservador y escrito por un economista liberal —dijo Bernie—, ¡y aun así propone lo que el Partido Laborista siempre ha querido! En política, uno sabe que está ganando cuando sus oponentes le roban las ideas.

—Propone que todo el mundo en edad de trabajar pague una prima semanal —explicó Ethel— para que después tengan derecho a un subsidio cuando estén enfermos, en el paro o jubilados, o se queden viudos.

—Una propuesta sencilla, pero que transformará nuestro país —añadió Bernie con entusiasmo—. Nadie volverá a verse nunca en la indigencia.

—¿La ha aceptado el gobierno? —preguntó Daisy.

—No —contestó Ethel—. Clem Attlee ha presionado mucho a Churchill, pero Churchill no ha refrendado el Informe. El Tesoro cree que costará demasiado.

—Tendremos que ganar unas elecciones antes de que podamos llevarla a la práctica.

La hija de Ethel y Bernie, Millie, llegó en ese momento.

—No puedo quedarme mucho rato —dijo—. Abie va a cuidar de los niños media hora.

Había perdido su empleo —las mujeres ya no compraban vestidos caros, aunque pudiesen permitírselos—, pero por suerte el negocio del cuero de su marido prosperaba, y tenían dos bebés, Lennie y Pammie.

Tomaron chocolate caliente y hablaron del joven al que todos adoraban. Apenas tenían noticias de Lloyd. Cada seis u ocho meses, Ethel recibía una carta con el membrete de la embajada británica en Madrid en la que le informaban que estaba bien y que seguía contribuyendo a derrotar al fascismo. Lo habían ascendido a comandante. Nunca había escrito a Daisy, por miedo a que Boy pudiera leer su correo, pero ahora ya podía hacerlo. Daisy le dio a Ethel la dirección de su nuevo piso y anotó la de Lloyd, que era un código de la Oficina Postal del Ejército Británico.

No tenían idea de si volvería a casa de permiso.

Daisy les habló de su hermanastro, Greg, y del hijo de este, Georgy. Sabía que precisamente los Leckwith no censurarían lo sucedido y que sabrían alegrarse de la noticia.

También les narró la historia de la familia de Eva en Berlín. Bernie era judío, y se le llenaron los ojos de lágrimas cuando oyó que a Rudi le habían destrozado las manos.

—Deberían haber combatido a esos cabrones fascistas en la calle, cuando tuvieron la oportunidad —dijo—. Eso es lo que hicimos nosotros.

—Todavía tengo cicatrices en la espalda —comentó Millie—, de cuando la policía nos empujó por la vidriera rota del Gardiner. Me avergonzaba de ellas, Abie no me vio la espalda hasta que llevábamos seis meses casados, pero dice que le hacen sentirse orgulloso de mí.

—La batalla de Cable Street no fue agradable —añadió Bernie—, pero puso fin a su sangrienta estupidez. —Se quitó las gafas y se enjugó los ojos con un pañuelo.

Ethel le echó un brazo sobre los hombros.

—Aquel día le dije a la gente que se quedara en casa —recordó—. Me equivocaba, y tú tenías razón.

Bernie esbozó una sonrisa triste.

—No pasa a menudo.

—Pero fue la Ley de Orden Público, que se promulgó después de lo de Cable Street, lo que acabó con los fascistas británicos —dijo Ethel—. El Parlamento prohibió llevar uniformes políticos en público. Eso acabó con ellos. Si no podían pavonearse por todas partes con sus camisas negras, no eran nada. Los conservadores lo consiguieron. Hay que reconocer el mérito a quien lo tiene.

Familia de tradición política, los Leckwith planificaban una reforma del país a manos del Partido Laborista cuando acabase la guerra. Su líder, un hombre discreto y brillante como Clement Attlee, era ahora vicepresidente con Churchill, y el héroe sindicalista Ernie Bevin, ministro de Trabajo. Su visión hizo sentirse a Daisy esperanzada.

Millie se marchó y Bernie se fue a dormir.

—¿De verdad quieres casarte con mi Lloyd? —le preguntó Ethel a Daisy cuando se quedaron solas.

—Más que nada en el mundo. ¿Te parece bien?

—Sí. ¿Por qué no?

—Porque venimos de entornos muy diferentes. Vosotros sois muy buenas personas. Vivís volcados en el servicio a los demás.

—Excepto nuestra Millie. Es como el hermano de Bernie… Solo quiere ganar dinero.

—Aunque conserve las cicatrices de Cable Street.

—Cierto.

—Lloyd es como tú. Para él la política no es una actividad complementaria o una afición…, es el centro de su vida. Y yo soy una millonaria egoísta.

—Creo que hay dos clases de matrimonios —dijo Ethel con aire reflexivo—. Una es la de la pareja cómoda y estable, en la que dos personas comparten esperanzas y miedos, educan a los hijos como un equipo y se ofrecen consuelo y ayuda. —Daisy comprendió que hablaba de Bernie y de ella—. La otra es la de la pasión salvaje, la locura, la alegría y el sexo, quizá con alguien completamente inadecuado, quizá con alguien a quien no admiras y que ni siquiera te gusta. —Daisy estaba segura de que estaba pensando en su aventura con Fitz. Contuvo el aliento, sabía que Ethel estaba diciendo la verdad en estado puro—. Yo he sido muy afortunada, he vivido las dos —prosiguió Ethel—. Y este es el consejo que te doy: si tienes la oportunidad de experimentar ese amor loco y desenfrenado, aférrate a él con fuerza y al diablo con las consecuencias.

—Uau —dijo Daisy.

Se marchó poco después. Se sentía privilegiada porque Ethel le hubiese dejado ver parte de su alma. Pero cuando regresó a su apartamento vacío, volvió a deprimirse. Se preparó un cóctel y lo tiró sin beberlo. Puso la tetera a calentar y también la retiró. Encendió la radio y la apagó… Al final, se acostó entre sábanas frías y deseó que Lloyd estuviese allí.

Comparó la familia de Lloyd con la suya. Las dos tenían una historia turbulenta, pero Ethel había forjado a partir de una base desfavorable una familia fuerte en la que todos se apoyaban, algo que su madre había sido incapaz de conseguir, aunque era más culpa de Lev que de Olga. Ethel era una mujer excepcional, y Lloyd poseía muchas de sus cualidades.

¿Dónde estaría en ese momento? ¿Qué estaría haciendo? Fuera cual fuese la respuesta, estaba segura de que corría peligro. ¿Habría muerto ya, cuando al fin ella era libre para amarlo sin restricciones y para casarse con él? ¿Qué haría ella si moría? Tenía la sensación de que su vida también se acabaría: sin marido, sin amante, sin amigos, sin país. Cerca ya del amanecer, lloró hasta quedarse dormida.

Al día siguiente se despertó tarde. Tomaba café a mediodía en su pequeño comedor, vestida con un salto de cama negro, cuando la doncella de quince años entró.

—El comandante Williams está aquí, milady —le dijo.

—¿Qué? —chilló—. ¡No puede ser él!

Entonces Lloyd entró por la puerta con el macuto al hombro.

Parecía cansado y llevaba barba de varios días, y era evidente que había dormido con el uniforme puesto.

Daisy se lanzó a sus brazos y besó su cara rasposa. Lloyd le devolvió el beso, algo cohibido porque no podía dejar de sonreír.

—Debo de apestar —dijo entre beso y beso—. Llevo una semana sin cambiarme de ropa.

—Hueles a fábrica de quesos —contestó ella—. Me encanta. —Lo llevó al dormitorio y empezó a desnudarlo.

—Me daré una ducha rápida —dijo él.

—No —replicó Daisy. Lo empujó de espaldas sobre la cama—. Tengo demasiada prisa.

El anhelo que sentía por él era desmedido. Y lo cierto es que disfrutó del fuerte olor de su cuerpo. Debería haberla repelido, pero obró el efecto contrario. Era él, el hombre al que había creído muerto, y su olor le llenaba la nariz y los pulmones. Podría haber llorado de felicidad.

Para quitarle los pantalones habría tenido que descalzarle antes las botas, cosa que parecía complicada, así que no se molestó en hacerlo. Se limitó a desabotonarle la bragueta. Se arrancó el salto de cama y se subió el camisón hasta la cintura, sin dejar de mirar con alegre lujuria el miembro blanco que asomaba ya por la tosca tela caqui. Luego se sentó a horcajadas sobre él, se inclinó hacia delante y lo besó.

—Oh, Dios —le dijo—. No sabes cuánto te he deseado.

Estirada sobre él, no se movió mucho, tan solo lo besaba sin parar. Él tomó su cara entre las manos y la miró fijamente.

—Esto es real, ¿verdad? —le preguntó él—. No es otro sueño feliz…

—Es real —contestó ella.

—Perfecto. No quisiera despertar ahora.

—Quiero estar así siempre.

—Bonita idea, pero no creo que pueda aguantar mucho más. —Empezó a moverse bajo ella.

—Si haces eso, me correré —dijo Daisy.

Y lo hizo.

Después se quedaron en la cama mucho rato, hablando.

Lloyd tenía dos semanas de permiso.

—Instálate aquí —le propuso Daisy—. Podrás ir a ver todos los días a tus padres, pero te quiero conmigo por la noche.

—No soportaría que por mi culpa tuvieras mala reputación.

—Demasiado tarde. La sociedad de Londres ya me ha repudiado.

—Lo sé. —Había llamado por teléfono a Ethel desde la estación de Waterloo y ella le había informado de la separación de Daisy y Boy, y le había dado la dirección del piso.

—Tendremos que utilizar algún método anticonceptivo —dijo Lloyd—. Intentaré conseguir preservativos. Aunque quizá prefieras algún dispositivo permanente... ¿Qué opinas?

—¿Quieres asegurarte de que no me quede embarazada? —preguntó ella.

Había una nota de tristeza en su voz, y él la captó.

—No me malinterpretes —dijo. Se incorporó y se apoyó sobre un codo—. Soy hijo ilegítimo. Me mintieron sobre mi origen, y cuando supe la verdad fue un golpe muy duro. —Su voz temblaba sutilmente de emoción—. Nunca haría pasar a mis hijos por algo así. Nunca.

—Nosotros no tendríamos que mentirles.

—¿Les diríamos que no estamos casados? ¿Que en realidad tú estás casada con otro?

—No veo por qué no.

—Piensa en cómo se burlarían de ellos en la escuela.

Daisy no estaba convencida, pero era evidente que para él era una cuestión delicada.

—Entonces, ¿qué quieres hacer?

—Quiero que tengamos hijos. Pero no hasta que podamos casarnos.

—Lo entiendo —dijo ella—. Entonces...

—Tenemos que esperar.

Los hombres eran tan lentos captando indirectas...

—Yo no soy muy tradicional —añadió—, pero, aun así, hay ciertas cosas que...

Al fin él comprendió adónde quería llegar.

—¡Ah! Vale, un momento. —Se arrodilló en la cama—. Daisy, cariño...

Daisy estalló en carcajadas. Lloyd tenía un aspecto cómico, uniformado y con el pene flácido colgando por fuera de la braqueta.

—¿Puedo hacerte una foto así? —le preguntó ella.

Lloyd bajó la mirada y vio a qué se refería.

—Oh, lo siento.

—¡No! ¡No te atrevas a esconderlo! Quédate exactamente como estás, y dime lo que ibas a decirme.

Él sonrió.

—Daisy, cariño, ¿quieres ser mi esposa?

—Cuanto antes —contestó ella.

Volvieron a yacer abrazados.

La novedad del olor de Lloyd pronto se desvaneció. Se ducharon juntos. Daisy lo enjabonó de pies a cabeza, disfrutando alegremente de su bochorno cuando le lavó las partes más íntimas. Le frotó el pelo con champú y cepilló sus mugrientos pies.

Cuando ya estaba limpio, Lloyd insistió en lavarla a ella, pero apenas había llegado a sus pechos cuando sintieron el apremio de volver a hacer el amor. Y lo hicieron allí, de pie en la ducha, con el agua caliente derramándose por sus cuerpos. Era obvio que él había olvidado momentáneamente su aversión por los embarazos ilegítimos, y a ella no le importó.

Después Lloyd se afeitó frente al espejo. Daisy se envolvió en una toalla y se sentó sobre la tapa del retrete, contemplándolo.

—¿Cuánto tardarás en divorciarte? —le preguntó Lloyd.

—No lo sé. Será mejor que hable con Boy.

—Pero no hoy. Te quiero para mí todo el día.

—¿Cuándo vas a ir a ver a tus padres?

—Quizá mañana.

—Aprovecharé entonces para ir a hablar con Boy. Quiero acabar con esto lo antes posible.

—Muy bien —dijo Lloyd—. Decidido, pues.

IV

Daisy se sintió extraña al entrar en la casa en la que había vivido con Boy. Un mes antes había sido también su casa. Había tenido libertad para ir y venir a su antojo, y acceder a cualquier estancia sin pedir permiso. Los sirvientes habían obedecido todas sus órdenes sin replicar. Ahora era una extraña allí. Se dejó puestos el sombrero y los guantes, y tuvo que seguir al viejo mayordomo, que la precedió hasta la sala de estar.

Boy no le estrechó la mano ni la besó. Parecía desbordado por una especie de indignación justificada.

—Todavía no he contratado a un abogado —le dijo Daisy mientras tomaba asiento—. Quería hablar antes en persona contigo. Confío en que podamos hacer esto sin llegar a odiarnos. Al fin y al cabo, no hay niños por los que pelear, y los dos tenemos mucho dinero.

—¡Me has traicionado! —exclamó él.

Daisy suspiró. Estaba claro que aquello no iba a ir como ella esperaba.

—Los dos hemos cometido adulterio —respondió—. Y tú antes que yo.

—Me has humillado. ¡Todo Londres lo sabe!

—Intenté evitar que te pusieras en ridículo en el Claridge, ¡pero estabas demasiado ocupado humillándome a mí! Espero que hayas dado su merecido a ese repugnante marqués.

—¿Por qué? Me hizo un favor.

—Podría haberte hecho un favor mucho más grande hablando contigo discretamente en el club.

—No entiendo cómo has podido enamorarte de un palurdo de clase baja como Williams. He averiguado unas cuantas cosas sobre él. ¡Su madre fue criada!

—Probablemente es la mujer más impresionante que he conocido.

—Espero que estés al corriente de que nadie sabe quién es su verdadero padre.

Daisy pensó que aquello era lo más irónico que podía haber esperado.

—Sé quién es su padre —contestó.

—¿Quién?

—No pienso decírtelo.

—¿Lo ves?

—Esto no nos está llevando a ninguna parte.

—No.

—Creo que será mejor que le pida a un abogado que te escriba. —Se puso en pie—. Hubo un tiempo en que te quise, Boy —dijo con voz triste—. Eras divertido. Siento que yo no fuera suficiente para ti. Te deseo que seas feliz. Espero que te cases con alguien más adecuado para ti, y que te dé muchos hijos. Me alegraré mucho cuando eso ocurra.

—Pues no ocurrirá —contestó él.

Daisy se había encaminado a la puerta, pero al oír aquello se volvió.

—¿Por qué dices eso?

—He recibido el informe del médico al que fuimos.

Daisy se había olvidado ya de aquella visita médica. Le había parecido irrelevante después de separarse.

—¿Qué te ha dicho?

—Tú no tienes ningún problema. Puedes tener toda una camada de cachorros, si quieres. Pero yo no puedo engendrar hijos. A veces las paperas provocan infertilidad en los hombres adultos, y a mí me ha tocado. —Se rió amargamente—. Todos esos malditos alemanes disparándome durante años, y han acabado tumbándome los tres mocosos de un vicario.

Daisy sintió lástima por él.

—Oh, Boy, lo siento mucho.

—Bueno, aún lo vas a sentir más, porque no pienso divorciarme de ti.

Daisy se quedó helada.

—¿Qué quieres decir? ¿Por qué no?

—¿Por qué iba a molestarme en divorciarme? No voy a volver a casarme. No puedo tener hijos. El hijo de Andy será el heredero.

—¡Pero yo quiero casarme con Lloyd!

—¿Por qué iba a importarme eso a mí? ¿Por qué iba a tener él hijos si yo no puedo?

Daisy se sintió desolada. ¿Le iban a arrebatar la felicidad justo cuando parecía tenerla al alcance de la mano?

—¡Boy, no puedes hablar en serio!

—En toda mi vida he hablado más en serio.

Su voz denotaba angustia.

—¡Pero Lloyd quiere tener hijos!

—Debería haber pensado en eso antes de f… f… follarse a la mujer de otro.

—Muy bien —repuso ella, desafiante—. Pues entonces me divorciaré yo.

—¿Alegando qué?

—Adulterio, por supuesto.

—No tienes pruebas. —Daisy estaba a punto de decir que eso no supondría un problema cuando él sonrió con malicia y añadió—: Y yo me encargaré de que no las consigas.

Podía hacerlo si era discreto con sus aventuras, comprendió Daisy con creciente horror.

—¡Pero tú me rechazaste! —gritó.

—Le diré al juez que siempre serás bienvenida en esta casa.

Daisy intentó contener las lágrimas.

—Nunca creí que me odiaras tanto —dijo, abatida.

—¿Ah, no? —contestó Boy—. Bien, pues ahora ya lo sabes.

V

Lloyd Williams fue a la casa de Boy Fitzherbert, en Mayfair, a media mañana, momento del día en que Boy estaría sobrio, y le dijo al mayordomo que era el comandante Williams, un pariente lejano. Creía que merecía la pena mantener una conversación de hombre a hombre. Obviamente, Boy no querría dedicar el resto de su vida a vengarse... Lloyd iba uniformado, confiando en que Boy lo viera como lo que él también era, un combatiente, aunque sin duda prevalecería el sentido común.

Lo acompañaron a la sala de estar, donde Boy leía el periódico y fumaba un cigarro. Boy tardó un momento en reconocerlo.

—¡Tú! —exclamó cuando finalmente lo hizo—. Ya puedes largarte ahora mismo.

—He venido a pedirte que concedas el divorcio a Daisy —dijo Lloyd.

—Fuera de aquí. —Boy se puso en pie.

—Veo que contemplas la idea de intentar pegarme, así que para ser justos te diré que no te resultará tan fácil como imaginas. Puede que sea un poco más bajo que tú, pero soy peso ligero de boxeo y he ganado bastantes combates.

—No pienso mancharme las manos contigo.

—Buena decisión. Pero ¿vas a reconsiderar lo del divorcio?

—Rotundamente, no.

—Hay algo que no sabes —dijo Lloyd— y que tal vez te haga cambiar de opinión.

—Lo dudo —contestó Boy—, pero adelante; ya que estás aquí, dispara. —Se sentó, pero no ofreció asiento a Lloyd.

«Yo de ti no lo dudaría tanto», pensó Lloyd.

Se sacó del bolsillo una fotografía vieja de color sepia.

—Si eres tan amable, mira esta fotografía. Soy yo. —La dejó sobre la mesa de café, al lado del cenicero de Boy.

Boy la cogió.

—Este no eres tú. Se parece a ti, pero el uniforme es victoriano. Debe de ser tu padre.

—En realidad es mi abuelo. Dale la vuelta.

Boy leyó la inscripción que había en el reverso.

—¿Conde Fitzherbert? —preguntó con aire desdeñoso.

—Sí. El anterior conde, tu abuelo… y el mío. Daisy encontró esa foto en Tŷ Gwyn. —Lloyd tomó aire—. Le dijiste a Daisy que nadie sabe quién es mi padre. Bien, yo mismo puedo decírtelo. Es el conde Fitzherbert. Somos hermanos, Boy. —Esperó su respuesta.

Boy se echó a reír.

—¡Eso es ridículo!

—La misma reacción que tuve yo cuando me enteré.

—Bueno, tengo que admitir que me has sorprendido. Habría esperado que vinieras con algo mejor que esta fantasía absurda.

Lloyd había confiado en que aquella revelación conmocionaría a Boy y lo haría cambiar de actitud, pero por el momento no estaba funcionando. Sin embargo, prosiguió con su razonamiento.

—Vamos, Boy, ¿tan improbable te parece? ¿Acaso no es algo que pasa continuamente en las grandes mansiones? Criadas guapas, jóvenes nobles y ardientes, y la naturaleza sigue su curso. Cuando nace un bebé, el asunto se encubre. Por favor, no finjas que no tenías ni idea de que estas cosas pasan.

—No dudo que sea algo habitual. —Su confianza empezaba a tambalearse, pero Boy seguía fanfarroneando—. Sin embargo, mucha gente finge tener algún vínculo con la aristocracia.

—Oh, por favor —repuso Lloyd con tono despectivo—. Yo no quiero tener ningún vínculo con la aristocracia. No soy el aprendiz de un pañero con sueños de grandeza. Provengo de una distinguida familia de políticos socialistas. Mi abuelo materno fue uno de los fundadores de la Federación Minera de Gales del Sur. Lo último que necesito es tener un vínculo de bastardía con un par conservador. Ya es bastante bochornoso para mí.

Boy volvió a reírse, aunque con menos convicción.

—¡Tú, abochornado! Vaya, el típico renegado de su origen noble que ensalza la clase social inferior a la que quiere pertenecer.

—¿Inferior? Tengo más probabilidades que tú de llegar a ser primer ministro. —Lloyd comprendió que se habían enzarzado en una pelea de gallos, y no era eso lo que quería—. No importa —dijo—. Estoy tratando de convencerte de que no pases el resto de tu vida vengándote de mí... aunque solo sea porque somos hermanos.

—Sigo sin creérmelo —contestó Boy mientras dejaba la foto en la mesa y cogía el cigarro.

—Yo tampoco me lo creí al principio. —Lloyd siguió intentándolo, todo su futuro estaba en juego—. Entonces me recordaron que mi madre trabajaba en Tŷ Gwyn cuando se quedó embarazada, que siempre se había mostrado evasiva con la identidad de mi padre, y que poco antes de que yo naciera de algún modo consiguió dinero para comprar una casa de tres habitaciones en Londres. Le planteé mis sospechas y ella admitió la verdad.

—Es irrisorio.

—Pero sabes que es verdad, ¿no es así?

—Pues no.

—Yo creo que sí. ¿Ni siquiera por nuestra fraternidad harás lo más decente?

—No.

Lloyd vio que no iba a ganar. Se sintió abatido. Boy tenía el poder de arruinar su vida, y estaba decidido a hacer uso de él.

Cogió la fotografía y se la guardó en el bolsillo.

—Le preguntarás a tu padre sobre esto. No podrás resistirte. Necesitarás saberlo.

Boy profirió un sonido burlón.

Lloyd se dirigió a la puerta.

—Creo que él te dirá la verdad. Adiós, Boy.

Salió y cerró la puerta a su paso.

16

1943 (II)

I

El coronel Albert Beck recibió un balazo ruso en el pulmón derecho en Járkov en marzo de 1943. Tuvo suerte: un cirujano del campamento le practicó un drenaje en el pecho y volvió a inflarle el pulmón, lo que le permitió salvarle la vida por los pelos. Debilitado por la pérdida de sangre y por la infección casi inevitable, Beck fue trasladado a su país en tren y acabó en el hospital de Berlín donde trabajaba Carla.

Era un hombre fuerte y fibroso de cuarenta y pocos años, con calvicie prematura y una mandíbula prominente similar a la proa de un barco vikingo. La primera vez que habló con Carla estaba bajo los efectos de la medicación y tenía fiebre, por lo que fue muy indiscreto.

—Estamos perdiendo la guerra —dijo.

Ella prestó atención de inmediato. Un oficial descontento era una fuente potencial de información.

—Los periódicos dicen que estamos reduciendo la línea de batalla en el frente oriental —respondió ella sin darle demasiada importancia.

Él rió con desdén.

—Eso significa que nos estamos retirando.

Carla siguió sonsacándole información.

—Y en Italia la cosa pinta mal. —El dictador italiano Benito Mussolini, el mayor aliado de Hitler, había sido derrocado.

—¿Se acuerda de 1939 y 1940? —preguntó Beck con nostalgia—. Una brillante victoria relámpago tras otra. Eso sí que eran buenos tiempos.

Saltaba a la vista que no se movía por ninguna ideología, tal vez ni siquiera le interesara la política. Era un militar patriota normal y corriente que había dejado de engañarse a sí mismo.

Carla le siguió la corriente.

—No es posible que, como dicen, el ejército ande escaso de todo, desde balas hasta calzoncillos. —Últimamente, no era raro oír en Berlín conversaciones de ese tipo, más bien arriesgadas.

—Claro que sí. —Beck estaba desinhibido por completo pero conservaba bastante la capacidad de articular—. Alemania no puede de ninguna manera fabricar tantos fusiles y tanques como la Unión Soviética, Gran Bretaña y Estados Unidos juntos, sobre todo porque no paran de bombardearnos. Y no importa a cuántos rusos matemos, el Ejército Rojo parece disponer de una fuente inagotable de reclutas.

—¿Qué cree que ocurrirá?

—Los nazis no admitirán nunca la derrota, por supuesto, o sea que no parará de morir gente. Morirán a millones, y todo porque los nazis son demasiado orgullosos para dar su brazo a torcer. Qué locura. Qué locura. —Se quedó dormido.

Tenía que estar muy enfermo, o muy desquiciado, para pronunciar semejantes pensamientos en voz alta, pero Carla creía que cada vez había más gente que opinaba igual. A pesar de la constante propaganda del gobierno, era evidente que Hitler estaba perdiendo la guerra.

No se había abierto ninguna investigación policial por la muerte de Joachim Koch. Los periódicos lo presentaron como un atropello. Carla había superado la conmoción inicial, pero de vez en cuando la asaltaba la conciencia de que había asesinado a un hombre y revivía mentalmente su muerte, y entonces le flaqueaban las fuerzas y tenía que sentarse. Por suerte, solo le había ocurrido una vez mientras estaba trabajando y le quitó importancia aduciendo un desmayo debido al hambre, lo cual era perfectamente verosímil en el Berlín de los tiempos de la guerra. Su madre lo llevaba peor. Resultaba curioso que Maud amara a Joachim, con lo blando y tontito que era; pero nada podía justificar el amor. Carla también había sufrido un completo desengaño con Werner Franck al creerlo fuerte y valiente y luego descubrir que era débil y egoísta.

Habló mucho con Beck antes de que le dieran el alta, tratando de averiguar qué clase de persona era. Una vez recuperado, jamás volvió a tratar cuestiones bélicas con indiscreción. Descubrió que era militar de carrera, que su esposa había muerto y que su hija estaba casada y vivía en Buenos Aires. Su padre había sido concejal en el ayuntamiento de Berlín; no le había explicado a qué partido pertenecía, o sea que seguro que no era de los nazis ni de ninguno de sus aliados. Nunca decía nada malo de Hitler, aunque tampoco nada bueno, ni hablaba con desdén de los judíos o los comunistas; ni siquiera lo hizo en los días que rozó la insubordinación.

El pulmón se le curó, pero nunca volvería a gozar de la fortaleza suficiente para la vida militar activa, por lo cual iban a destinarlo al Cuerpo de Estado Mayor. Era una auténtica mina de información secreta de vital importancia. Carla se jugaba la vida si trataba de reclutarlo; pero tenía que intentarlo.

Sabía que el hombre no recordaba su primera conversación.

—Habló con mucha franqueza —dijo Carla en voz baja. No había nadie cerca—. Dijo que estábamos perdiendo la guerra.

A él le centellearon los ojos de miedo. Ya no era un paciente adormilado vestido con la bata del hospital y con barba incipiente. Iba aseado y afeitado, se sentaba muy derecho y lucía un pijama azul marino abotonado hasta el cuello.

—Supongo que me denunciará a la Gestapo —dijo—. No creo que deba tenerse en cuenta lo que dice un hombre enfermo y delirante.

—No deliraba —repuso ella—. Hablaba muy claro. Pero no pienso denunciarlo a nadie.

—¿No?

—No, porque tiene razón.

Él se sorprendió.

—Ahora soy yo quien debería denunciarla.

—Si lo hace, contaré que en su desvarío insultó a Hitler, y que cuando le amenacé con denunciarlo se inventó una historia para exculparse.

—Si yo la denuncio, usted me denuncia a mí. Estamos en tablas.

—Pero usted no me denunciará —dijo—. Lo sé porque lo conozco. Lo he cuidado mientras estaba enfermo y sé que es una buena persona. Se alistó en el ejército por amor a su país, pero odia la guerra y a los nazis. —Estaba prácticamente convencida de que era así.

—Es muy peligroso hablar de ese modo.

—Ya lo sé.

—O sea que no se trata de una conversación casual.

—Exacto. Dijo que millones de personas morirán por culpa de que los nazis son demasiado orgullosos para rendirse.

—¿Eso dije?

—Ahora puede ayudar a que algunas de esas personas se salven.

—¿Cómo?

Carla hizo una pausa. Ese era el momento en que iba a jugarse la vida.

—Yo puedo hacer llegar al destino apropiado cualquier información de que disponga. —Contuvo la respiración. Si estaba equivocada con respecto a Beck, era mujer muerta.

Captó el asombro en su mirada. Apenas le cabía en la cabeza que esa enfermera joven y eficiente fuera una espía. Sin embargo, la creía; Carla también captó eso.

—Creo que la comprendo —dijo.

Ella le tendió una carpeta verde del hospital, vacía, y él la cogió.

—¿Para qué es? —preguntó.

—Es militar, sabe lo que significa «camuflaje».

Él asintió.

—Se está jugando la vida —dijo, y Carla observó en sus ojos algo parecido a un destello de admiración.

—Ahora usted también.

—Sí —respondió el coronel Beck—. Pero yo estoy acostumbrado.

II

A primera hora de la mañana, Macke llevó al joven Werner Franck a la prisión de Plötzensee, situada en el barrio de Charlottenburg, en el oeste de Berlín.

—Tiene que ver esto —dijo—. Así podrá explicarle al general Dorn lo eficientes que somos.

Aparcó en Königsdamm y guió a Werner hasta la puerta trasera del edificio principal de la prisión. Entraron en una sala de siete metros y medio de largo y aproximadamente la mitad de ancho. Allí aguardaba un hombre ataviado con un frac, una chistera y unos guantes blancos. Werner arrugó la frente ante la peculiar indumentaria.

—Este es herr Reichhart —dijo Macke—. El verdugo.

Werner tragó saliva.

—Así, ¿vamos a presenciar una ejecución?

—Eso es.

—¿Y por qué lleva ese traje tan elegante? —preguntó Werner en un tono despreocupado que bien podía ser fingido.

—Es la tradición —respondió Macke encogiéndose de hombros.

Una cortina negra dividía la sala en dos. Macke la descorrió y reveló ocho ganchos fijados a una viga de hierro que se extendía de lado a lado del techo.

—¿Es para colgarlos? —preguntó Werner.

Macke asintió.

También había un tablero de madera con unas correas para sujetar a una persona. Al final del tablero se veía un dispositivo alto de forma inconfundible y en el suelo, una robusta cesta.

El joven teniente palideció.

—Una guillotina —dijo.

—Exacto —asintió Macke. Miró el reloj—. No tendremos que esperar mucho.

Entraron más hombres. Varios saludaron a Macke con la cabeza de modo familiar. Macke susurró a Werner al oído.

—Las normas obligan a que asistan los jueces, los funcionarios del tribunal, el director de la prisión y el capellán.

Werner tragó saliva. Macke se daba cuenta de que aquello no le gustaba ni un pelo.

De eso se trataba. No lo había llevado allí para impresionar al general Dorn. A Macke le preocupaba Werner. Había algo en él que no le resultaba convincente.

No cabía duda de que trabajaba para Dorn. Lo había acompañado durante una visita al cuartel general de la Gestapo tras la cual Dorn había escrito una nota en la que reconocía el admirable esfuerzo de Berlín por combatir el espionaje, y mencionaba a Macke, a raíz de lo cual este se había paseado durante semanas con un mefítico aire fatuo.

Sin embargo, Macke no podía olvidar el comportamiento de Werner la noche de hacía casi un año que habían estado a punto de atrapar a un espía en una fábrica desmantelada de abrigos de piel cerca de Ostbahnhof. El joven había sufrido un ataque de pánico; ¿o no? Fuese por accidente o por otro motivo, la cuestión era que había puesto sobre aviso al pianista y este había huido. Macke no lograba desechar la sensación de que el ataque de pánico había sido fingido y de que, en realidad, Werner había actuado de modo frío y deliberado para hacer saltar la alarma.

No había tenido agallas de detenerlo y torturarlo. Podría haberlo hecho, por supuesto, pero Dorn habría armado un buen escándalo y eso habría puesto en entredicho a Macke. Su jefe, el superintendente Kringelein, que no le tenía mucho aprecio, le habría preguntado qué pruebas de peso tenía contra Werner; y no tenía ninguna.

Sin embargo, ese método tenía que servir para revelar la verdad.

La puerta volvió a abrirse y dos guardias de la prisión entraron escoltando a una joven llamada Lili Markgraf.

Oyó que Werner ahogaba un grito.

—¿Qué ocurre? —preguntó Macke.

—No me había dicho que fuese una mujer.

—¿La conoce?

—No.

Macke sabía que Lili tenía veintidós años, aunque parecía menor. Esa mañana le habían cortado el pelo rubio, y ahora lo llevaba igual que un hombre. Caminaba cojeando y con el cuerpo doblado hacia delante como si sufriera alguna herida abdominal. Llevaba un sencillo vestido azul de algodón grueso sin cuello, con el escote a caja. Tenía los ojos enrojecidos de tanto llorar. Los guardias la sujetaban con fuerza por los brazos, no pensaban correr riesgos.

—La ha denunciado un familiar que encontró un libro de códigos oculto en su habitación —explicó Macke—. Los códigos rusos de cinco cifras.

—¿Por qué camina de ese modo?

—Por los efectos del interrogatorio. Pero no hemos conseguido sacarle nada.

Werner mantuvo el semblante impasible.

—Qué lástima —dijo—. Podría habernos guiado hasta otros espías.

Macke no observó señales de que estuviera fingiendo.

—Solo conoce a su compinche por el nombre de Heinrich; no sabe cuál es el apellido. Además, podría tratarse de un seudónimo. Nunca obtenemos gran provecho apresando a mujeres; saben demasiado poco.

—Pero al menos tiene el libro de códigos.

—No vale mucho la pena. Suelen cambiar la palabra clave con frecuencia, o sea que sigue suponiendo todo un reto descifrar los mensajes.

—Qué pena.

Uno de los hombres carraspeó y habló lo bastante alto para que todo el mundo lo oyera. Se presentó como el presidente del tribunal, y a continuación pronunció la sentencia de muerte.

Los guardias llevaron a Lili hasta el tablero de madera. Le ofrecieron la oportunidad de tenderse en él de forma voluntaria, pero ella dio un paso atrás y tuvieron que obligarla. No se resistió. La tumbaron boca abajo y la sujetaron con las correas.

El capellán inició una oración.

Lili empezó a suplicar.

—No, no —dijo sin levantar la voz—. No, por favor, soltadme; soltadme. —Hablaba con aplomo, como si tan solo estuviera pidiendo un favor.

El hombre de la chistera miró al presidente, pero este negó con la cabeza.

—Todavía no. El capellán tiene que terminar la oración.

Lili habló en tono más alto y apremiante.

—¡No quiero morir! ¡Me da miedo! ¡No me hagáis esto, por favor!

El verdugo volvió a mirar al presidente del tribunal, que esa vez se limitó a ignorarlo.

Macke escrutó a Werner. Parecía repugnado, pero también lo parecía el resto de los presentes en la sala. La prueba no estaba dando muy buenos resultados; lo único que demostraba la reacción de Werner era que tenía sentimientos, no que fuese un traidor. Tendría que pensar en otra cosa.

Lili empezó a chillar.

Incluso Macke estaba impaciente.

El pastor terminó la oración deprisa y corriendo.

Cuando pronunció «Amén» la chica dejó de chillar, como si supiera que todo había terminado.

El presidente asintió.

El verdugo accionó una palanca y la hoja deslastrada de la guillotina cayó.

Se oyó un siseo cuando la hoja seccionó el pálido cuello de Lili. Su cabeza de pelo corto cayó hacia delante y la sangre brotó a chorro. La cabeza aterrizó en la cesta con un ruido sordo que resonó por toda la sala.

Macke se hizo la absurda pregunta de si la cabeza sentía dolor.

III

Carla se topó con el coronel Beck en el pasillo del hospital. Iba uniformado y, de repente, le inspiró miedo. Desde que le dieron el alta, Carla vivía todos los días con el temor de que la delatara y la Gestapo acudiera a detenerla.

Sin embargo, él le sonrió.

—He venido por una visita rutinaria con el doctor Ernst.

¿Eso era todo? ¿Había olvidado la conversación que habían mantenido? ¿Pretendía haberla olvidado? ¿Habría un Mercedes negro de la Gestapo aguardándola en la puerta?

Beck llevaba en la mano una carpeta verde de las que utilizaban en el hospital.

Se acercó un oncólogo ataviado con una bata blanca.

—¿Qué tal van las cosas? —preguntó Carla a Beck en tono jovial cuando el especialista pasó por su lado.

—Estoy todo lo bien que puedo estar. No volveré a ponerme al frente de un batallón pero, dejando de lado la actividad física, puedo llevar una vida normal.

—Me alegra oír eso.

No cesaba de pasar gente. Carla temía que Beck no tuviera la oportunidad de hablarle en privado.

El hombre, en cambio, no se inmutó.

—Quería darle las gracias por su amable trato y su profesionalidad.

—No hay de qué.

—Adiós, enfermera.

—Adiós, coronel.

Cuando Beck se marchó, la carpeta había pasado a manos de Carla.

Se dirigió a toda prisa al vestuario de las enfermeras. Estaba desierto. Mantuvo el pie contra la puerta con firmeza para que nadie pudiera entrar.

Dentro de la carpeta había un gran sobre corriente de color beige de los que se usaban en todos los despachos. Carla lo abrió. Contenía varias hojas mecanografiadas. Echó un vistazo a la primera sin sacarla del sobre. El encabezado rezaba:

ORDEN OPERACIONAL N.º 6
OPERACIÓN CIUDADELA

Era el plan de combate para la ofensiva que debía llevarse a cabo en verano en el frente oriental. El corazón se le aceleró. Tenía un auténtico tesoro en las manos.

Debía entregarle el sobre a Frieda. Por desgracia, su amiga no había ido a trabajar; tenía el día libre. Carla se planteó marcharse de inmediato, antes de terminar el turno, y dirigirse a casa de Frieda, pero enseguida descartó la idea. Era mejor comportarse con normalidad para no llamar la atención.

Guardó el sobre en el bolso que tenía colgado junto con el impermeable y lo tapó con el fular de motivos azules y dorados que siempre llevaba para ocultar cosas. Permaneció quieta unos instantes hasta que pudo volver a respirar con normalidad, y regresó junto a los pacientes.

Cubrió el resto del turno lo mejor que pudo. Luego se puso el impermeable, salió del hospital y se dirigió a la estación. Al pasar junto a un edificio bombardeado, vio una pintada en los restos de un muro. Un patriota desafiante había escrito: PUEDEN DESTRUIRNOS LAS CASAS, PERO NO NOS DESTRUIRÁN EL ALMA. Sin embargo, otra persona había citado irónicamente el eslogan utilizado por Hitler en las elecciones de 1933: «Dadme cuatro años y no reconoceréis Alemania».

Compró un billete para la estación de Zoologischer Garten.

En el tren se sentía una extraña. Todos los demás pasajeros eran fieles alemanes y ella llevaba en el bolso secretos para entregar su país a Moscú. No le gustaba esa sensación. Nadie posaba los ojos en ella, pero tenía la impresión de que lo hacían expresamente, para no cruzar las miradas. No veía el momento de entregar el sobre a Frieda.

La estación de Berlin Zoo estaba al otro lado del Tiergarten. Los árboles parecían enanos al lado de la colosal torre antiaérea, una de las tres construidas en la ciudad. El bloque cuadrado de hormigón medía más de treinta metros. En cada una de las cuatro esquinas del tejado había un cañón antiaéreo de 128 mm que pesaba 25 toneladas. La estructura de hormigón visto estaba pintada de verde en un vano intento optimista de evitar que la monstruosa construcción hiriera la sensibilidad de los visitantes del parque.

Sin embargo, a pesar de su fealdad, los berlineses la adoraban. Cuando caían las bombas sobre la ciudad, su atronadora respuesta garantizaba que alguien disparaba en su defensa.

Seguía en un estado de gran tensión. Desde la estación, fue caminando hasta casa de Frieda. Era media tarde, o sea que el matrimonio Franck no debía de encontrarse en casa; Ludi estaría en la fábrica y Monika habría ido a visitar a alguna amiga, posiblemente a la madre de Carla. Vio la motocicleta de Werner aparcada en el camino de entrada.

El criado abrió la puerta.

—La señorita Frieda no está en casa, pero no tardará en volver —anunció—. Ha ido a KaDeWe a comprarse unos guantes. El señor Werner está en la cama con un fuerte resfriado.

—Esperaré a Frieda en su habitación, como siempre.

Carla se quitó el impermeable y se dirigió al piso de arriba con el bolso. Una vez en la habitación de Frieda, se descalzó, se tendió en la cama y se dispuso a leer el plan de combate de la Operación Ciudadela. Estaba más tensa que la cuerda de un arco, pero se sentiría mejor cuando hubiera entregado el documento robado.

Oyó unos sollozos en la habitación contigua, lo cual le sorprendió, puesto que se trataba del dormitorio de Werner. A Carla le costaba imaginar al engolado don Juan llorando.

No obstante, era indudable que se trataba de un hombre, y que intentaba en vano ahuyentar la pena que sentía.

Contra su voluntad, Carla se compadeció de él. Se dijo que alguna muchacha peleona debía de haberle dado calabazas, y, probablemente, con razón. Aun así, no podía evitar responder a aquellas muestras de auténtico dolor.

Saltó de la cama, volvió a guardar el plan de combate en el bolso y salió de la habitación.

Se quedó escuchando junto a la puerta del dormitorio de Werner. Allí los sollozos se oían con mayor claridad. Era demasiado bondadosa para no hacer caso de ellos. Abrió la puerta y entró.

Werner estaba sentado en el borde de la cama, con la cabeza entre las manos. Al oír que abrían la puerta, levantó la mirada, sobresaltado. Tenía el rostro enrojecido y húmedo a causa del llanto. Se había aflojado el nudo de la corbata y desabrochado el cuello de la camisa. Miró a Carla con expresión de congoja. Estaba abatido, desolado, y se sentía demasiado infeliz para preocuparle quién lo viera.

Carla no podía fingir que no le importaba.

—¿Qué te pasa? —preguntó.

—No puedo seguir con esto —respondió él.

Ella cerró la puerta tras de sí.

—¿Qué ha ocurrido?

—Le han cortado la cabeza a Lili Markgraf, y yo estaba presente.

Carla se lo quedó mirando boquiabierta.

—¿De qué demonios me estás hablando?

—Tenía veintidós años. —Sacó un pañuelo del bolsillo y se enjugó la cara—. Ahora corres peligro, pero si te lo cuento será mucho peor.

Carla estaba perpleja y su cabeza no paraba de hacer conjeturas.

—Me parece que ya sé de qué va, pero cuéntamelo —dijo.

Él asintió.

743

—De todos modos, lo adivinarías pronto. Lili ayudaba a Heinrich a transmitir mensajes a Moscú. Se va mucho más rápido si alguien te ayuda a leer los códigos, y cuanto más rápido vayas, menos posibilidades hay de que te pillen. Pero la prima de Lili pasó unos cuantos días en su casa y encontró el libro de códigos. Puta nazi.

Esas palabras confirmaban las sospechas que tenían a Carla estupefacta.

—¿Sabes lo de los espías?

Él la miró con una sonrisa irónica.

—Los dirijo yo.

—¡Dios santo!

—Por eso tuve que abandonar el asunto de los niños asesinados. Moscú me lo ordenó. Y tenían razón. Si hubiera perdido el trabajo en el Ministerio del Aire, habría dejado de tener acceso a documentos secretos y a personas que podían pasarme información.

Carla necesitaba sentarse. Se apoyó en el borde de la cama, a su lado.

—¿Por qué no me lo contaste?

—Damos por sentado que, bajo tortura, todo el mundo acaba confesando. Si no sabes nada, no puedes delatar a los demás. A la pobre Lili la torturaron, pero solo conocía a Volodia, que ha regresado a Moscú, y a Heinrich, y no sabía su apellido ni ninguna otra cosa de él.

Carla se quedó completamente helada. «Bajo tortura, todo el mundo acaba confesando.»

—Siento habértelo contado, pero al verme así lo habrías acabado adivinando de todos modos.

—O sea que me he equivocado de medio a medio contigo.

—No es culpa tuya. Te engañé a propósito.

—Pues me siento igual de tonta. Llevo dos años creyendo que eras un indeseable.

—Y yo me moría de ganas de explicártelo todo.

Ella lo rodeó con el brazo.

Él le tomó la otra mano y la besó.

—¿Podrás perdonarme?

Carla no estaba segura de lo que sentía, pero no quería rechazarlo viéndolo tan afligido.

—Claro —respondió.

—Pobre Lili —dijo él. Hablaba con un hilo de voz—. Le habían dado tal paliza que apenas podía caminar hasta la guillotina. Aun así, estuvo suplicando clemencia hasta el final.

—¿Cómo es que estabas allí?

—Me he hecho amigo de un agente de la Gestapo, el inspector Thomas Macke. Él me llevó.

—¿Macke? Me acuerdo de él; es quien detuvo a mi padre. —Recordaba perfectamente al hombre de rostro abotagado con un pequeño bigote negro, y revivió la rabia que había sentido ante su arrogante demostración de poder cuando se llevó a su padre, y la pesadumbre, cuando este murió debido a las heridas sufridas a manos de Macke.

—Creo que sospecha de mí, y que el hecho de hacerme presenciar la ejecución era una prueba. Tal vez creía que perdería el control y trataría de intervenir. Pero me parece que he superado la prueba.

—Pero si te detienen…

Werner asintió.

—Bajo tortura, todo el mundo acaba confesando.

—Y tú lo sabes todo.

—Conozco a todos los espías, todos los códigos… Lo único que no sé es desde dónde transmiten los mensajes. Dejé que ellos lo decidieran, y no quieren decírmelo.

Guardaron silencio, cogidos de las manos.

—He venido para darle una cosa a Frieda, pero también puedo dártela a ti —dijo Carla al cabo de un rato.

—¿Qué es?

—El plan de combate de la Operación Ciudadela.

Werner se sobresaltó.

—¡Llevo semanas intentando hacerme con él! ¿De dónde lo has sacado?

—Me lo ha entregado un oficial del Cuerpo de Estado Mayor. Creo que es mejor que no te diga su nombre.

—De acuerdo, no me lo digas. Pero ¿es auténtico?

—Será mejor que le eches un vistazo. —Fue a la habitación de Frieda y regresó con el sobre beige. No se le había pasado por la cabeza que el documento podía ser falso—. A mí me parece auténtico, pero yo no entiendo de estas cosas.

Werner sacó las hojas mecanografiadas.

—Es el verdadero —dijo al cabo de un minuto—. ¡Fantástico!

—Me alegro mucho.

Él se puso en pie.

—Tengo que llevárselo a Heinrich de inmediato. Tenemos que encriptarlo y transmitirlo esta misma noche.

Carla lamentó que el momento de intimidad terminara tan pronto, aunque no sabía muy bien qué esperaba de él. Lo siguió hasta el pasillo, entró a la habitación de Frieda para recuperar su bolso y bajó. Werner estaba en la puerta principal, a punto de salir.

—Me alegro de que volvamos a ser amigos —dijo.

—Yo también.

—¿Crees que seremos capaces de olvidar que hemos estado distanciados todo este tiempo?

Ella no comprendía qué trataba de decirle Werner. ¿Quería que volvieran a salir juntos o, por el contrario, le estaba diciendo que tal cosa era imposible?

—Creo que lo superaremos —respondió ella sin definirse.

—Estupendo. —Él se inclinó y le dio un fugaz beso en los labios. A continuación abrió la puerta.

Salieron a la vez, pero él se subió a la moto.

Carla recorrió el pequeño camino hasta la calle y se dirigió a la estación. Al cabo de un momento, Werner tocó el claxon y la saludó con la mano al pasar por su lado.

Una vez a solas, Carla pudo empezar a asimilar lo que Werner le había confesado. ¿Cómo se sentía? Llevaba dos años odiándolo, pero en todo ese tiempo no había tenido ninguna relación seria. ¿Acaso seguía enamorada de Werner? Al menos, en el fondo y a pesar de todo, conservaba cierto apego por él. Y hoy, al verlo tan afligido, su hostilidad se había desvanecido. Se sentía rebosante de cariño.

¿Seguía amándolo?

No lo sabía.

IV

Macke estaba sentado en el asiento trasero del Mercedes negro, al lado de Werner. Llevaba una bolsa colgada en los hombros, como una cartera de colegial, solo que la tenía delante en lugar de detrás. Era lo bastante pequeña para que quedara oculta debajo del abrigo. De la bolsa salía un cable delgado conectado a un pequeño auricular.

—Es lo último —dijo Macke—. Cuando te acercas al emisor, el sonido aumenta de volumen.

—Es más discreto que una furgoneta con una antena enorme en el techo —observó Werner.

—Tenemos que utilizar las dos cosas; la furgoneta sirve para acotar la zona y esto para dar con la ubicación exacta.

Macke tenía problemas. La Operación Ciudadela había resultado catastrófica. Incluso antes de que comenzara la ofensiva, el Ejército Rojo había atacado los aeródromos donde se agrupaba la Luftwaffe. La operación se había suspendido al cabo de una semana, pero aun así era tarde para evitar daños irreparables al ejército alemán.

Siempre que algo salía mal, los dirigentes alemanes se apresuraban a acusar de conspiración a los judíos bolcheviques. Sin embargo, en esa ocasión tenían razón. Al parecer, el Ejército Rojo conocía de antemano todos los detalles del plan de combate. Y eso, según el superintendente Kringelein, era culpa de Thomas Macke, porque era el jefe de contraespionaje en la ciudad de Berlín. Su carrera estaba en juego. Se enfrentaba a un posible despido, y a cosas peores.

Ahora su única esperanza era dar un golpe formidable, una redada masiva para acorralar a todos los espías que estaban socavando los esfuerzos bélicos de Alemania. Para ello, esa noche había tendido una trampa a Werner Franck.

Si Franck resultaba ser inocente, no sabía lo que haría.

En el asiento delantero del coche, se oyó crepitar un walkie-talkie. A Macke se le aceleró el pulso. El conductor descolgó el auricular.

—Wagner al habla. —Puso en funcionamiento el motor—. Estamos de camino. Cambio y corto.

La cosa estaba en marcha.

—¿Adónde vamos? —preguntó Macke.

—A Kreuzberg. —Se trataba de un barrio humilde y muy poblado al sur del centro de la ciudad.

Justo cuando arrancaban, sonó la sirena que anunciaba un ataque aéreo.

Era una complicación inoportuna. Macke miró por la ventanilla. Se encendieron los reflectores y los focos luminosos empezaron a oscilar de un lado a otro como batutas gigantes. Macke suponía que a veces servían para detectar los aviones, pero nunca había sido testigo de ello. Cuando las sirenas cesaron de aullar, oyó la estridencia de los bomberos aproximándose. En los primeros años de la guerra, en las misiones de bombardeo británicas participaban pocas decenas de aviones, y aun así resultaban nefastas. Ahora, sin embargo, acudían a cientos. El ruido resultaba aterrador incluso antes de que lanzaran las bombas.

—Imagino que es mejor suspender la misión de esta noche —aventuró Werner.

—No, diantres —repuso Macke.

El rugido de los aviones aumentó.

Cuando el coche se acercó a Kreuzberg, empezaron a caer bengalas y pequeñas bombas incendiarias. El barrio era un objetivo clásico según la actual estrategia de la RAF, consistente en matar el máximo número posible de obreros de las fábricas. Con una hipocresía pasmosa, Churchill y Attlee afirmaban que tan solo atacaban objetivos militares y que las muertes de civiles eran un daño colateral lamentable. Sin embargo, los berlineses sabían que no era cierto.

Wagner avanzó lo más rápido posible por las calles iluminadas de modo irregular por las llamas. No había nadie a la vista a excepción de los oficiales del cuerpo de defensa antiaérea: todos los demás ciudadanos estaban obligados por ley a permanecer bajo cubierto. Los únicos vehículos que circulaban eran ambulancias y coches de bomberos y de policía.

Macke escrutó a Werner con disimulo. El muchacho tenía los nervios a flor de piel, no paraba quieto y miraba por la ventanilla preocupado mientras, inconscientemente, daba golpes con el pie a causa de la tensión.

Macke solo había compartido sus sospechas con su equipo habitual. Iba a pasarlo mal si tenía que confesar que había desvelado las operaciones de la Gestapo a alguien a quien ahora creía un espía. Podría acabar teniendo que someterse a un interrogatorio en su propia cámara de torturas, así que no pensaba decir nada hasta que no estuviera seguro. La única forma de salir airoso era planteárselo a sus superiores demostrándoles al mismo tiempo que había capturado a un espía.

Con todo, si sus sospechas resultaban ser ciertas, no solo le echaría el guante a Werner sino también a su familia y sus amigos, y eso supondría la destrucción de una gran red de espionaje. El resultado sería muy distinto. Tal vez lo ascendieran, incluso.

Mientras el ataque aéreo proseguía, el tipo de bombas cambió, y Macke oyó el sonido grave y ensordecedor de los explosivos de alta potencia. Una vez iluminado el objetivo, la RAF era partidaria de arrojar una combinación de grandes bombas incendiarias para iniciar el fuego y explosivos de alta potencia para avivar las llamas y dificultar las tareas de los servicios de emergencia. Era un procedimiento cruel, pero Macke sabía que el de la Luftwaffe era similar.

Macke empezó a oír los sonidos en el auricular mientras avanzaban con cautela por una calle de edificios de cinco plantas. La zona estaba sufriendo un ataque terrible y se estaban derrumbando varios edificios.

—Estamos en pleno centro del objetivo, por el amor de Dios —dijo Werner con voz temblorosa.

A Macke le daba igual; para él lo que ocurriera esa noche era una cuestión de vida o muerte.

—Mejor que mejor —dijo—. Gracias al bombardeo, el pianista creerá que no tiene que preocuparse por la Gestapo.

Wagner detuvo el coche junto a una iglesia en llamas y señaló una calle lateral.

—Por ahí —dijo.

Macke y Werner saltaron del vehículo.

Macke avanzó deprisa por la calle con Werner a su lado y Wagner detrás.

—¿Está seguro de que se trata de un espía? —preguntó Werner—. ¿No podría ser otra cosa?

—¿Otra cosa, una transmisión por radio? —soltó Macke—. ¿Qué quiere que sea?

Macke seguía oyendo los sonidos en el auricular, pero muy débiles, pues el ataque aéreo era una pura algarabía: los aviones, las bombas, los cañonazos antiaéreos, el estruendo de los edificios derrumbándose y el rugido de las tremendas llamas.

Pasaron junto a un establo donde los caballos relinchaban de terror. La señal era cada vez más fuerte. Werner miraba a un lado y al otro, nervioso. Si era un espía, debía de temer que la Gestapo estuviera a punto de detener a alguno de sus compinches, y de preguntarse qué narices podía hacer para evitarlo. ¿Repetiría el truco de la última vez o se le habría ocurrido alguna otra forma de ponerlos sobre aviso? Por otra parte, si no lo era, toda aquella farsa era una auténtica pérdida de tiempo.

Macke se retiró el auricular del oído y se lo entregó a Werner.

—Escuche —dijo sin dejar de caminar.

Werner asintió.

—Es cada vez más fuerte —observó. La expresión de sus ojos era casi desesperada. Devolvió el auricular a Macke.

«Me parece que ya te tengo», pensó Macke, triunfal.

Se oyó un estruendo ensordecedor cuando una bomba aterrizó en el edificio que acababan de dejar atrás. Se volvieron y vieron que las llamas lamían ya el interior del escaparate hecho añicos de una panadería.

—Dios, qué cerca —exclamó Wagner.

Llegaron a una escuela, un edificio bajo de obra vista construido en un solar asfaltado.

—Me parece que es ahí —dijo Macke.

Los tres hombres subieron el pequeño tramo de escalones de piedra de la entrada. La puerta no estaba cerrada con llave. La cruzaron.

Se encontraron al principio de un pasillo ancho. En el otro extremo había una gran puerta que probablemente daba al vestíbulo de la escuela.

—Vamos allá —ordenó Macke.

Sacó el arma, una pistola Luger de 9 mm.

Werner iba desarmado.

Se oyó un estrépito, un golpe sordo y el rugido de una explosión, todo terriblemente cerca. Todas las ventanas del pasillo estallaron y una lluvia de cristales rotos tapizó el suelo embaldosado. Debía de haber caído una bomba en el patio.

—¡Fuera todo el mundo! —gritó Werner—. ¡El edificio se derrumbará de un momento a otro!

Macke se dio cuenta de que no había peligro de que el edificio se viniera abajo. Era una estratagema para alertar al pianista.

Werner echó a correr, pero en lugar de salir por donde habían entrado, avanzó por el pasillo hacia el vestíbulo.

Para avisar a sus compinches, pensó Macke.

Wagner sacó la pistola, pero Macke lo atajó.

—¡No! ¡No dispares! —gritó.

Werner llegó al final del pasillo y abrió de golpe la puerta del vestíbulo.

—¡Corred todos! —gritó. De repente, se calló y se quedó quieto.

Quien había en el vestíbulo era Mann, el ingeniero eléctrico del equipo de Macke, y transmitía mensajes sin sentido con una radio portátil.

Tras él estaban Schneider y Richter, ambos empuñando sus pistolas. Macke sonrió con aire triunfal. Werner había caído en la trampa.

Wagner fue directo hacia él y lo apuntó con la pistola en la cabeza.

—Estás detenido, escoria bolchevique —le espetó Macke.

Werner actuó con rapidez. Con un movimiento brusco, apartó su cabeza de la pistola de Wagner, se la arrebató y lo atrajo hacia sí mientras entraba en el vestíbulo. Durante unos instantes, Wagner le sirvió de escudo contra las armas que lo apuntaban desde allí. Luego le dio un empujón, y él tropezó y se cayó. Al cabo de un instante había salido del vestíbulo y había cerrado la puerta de golpe.

Durante unos segundos, Macke y Werner se quedaron solos en el pasillo.

Werner se dirigió hacia Macke.

Este lo apuntó con la Luger.

—Quieto, o disparo.

—No, no dispararás. —Werner se acercó más—. Tienes que interrogarme para averiguar quiénes son los demás.

Macke apuntó a las piernas de Werner.

—Pero puedo interrogarte con una bala en la rodilla —dijo, y disparó.

Había fallado.

Werner arremetió contra Macke y le golpeó la mano con que sostenía la pistola, obligándolo a soltar el arma. Cuando se agachó para recuperarla, Werner lo adelantó.

Macke recogió la pistola.

Werner llegó a la puerta de la escuela. Macke apuntó con precisión a las piernas y disparó.

Los primeros tres disparos no alcanzaron a Werner, que pudo salir del edificio.

Macke efectuó otro disparo a través de la puerta, todavía abierta, y Werner soltó un grito y cayó al suelo.

Macke corrió por el pasillo. Oyó tras de sí a sus compañeros, que habían salido del vestíbulo.

Entonces el techo se derrumbó con gran estruendo, se oyó otro ruido, como un golpe sordo, y una ola de fuego los engulló. Macke chilló de terror y, a continuación, de agonía cuando la ropa se le prendió. Cayó al suelo. Se hizo el silencio. Luego, la oscuridad.

Los médicos estaban en el vestíbulo del hospital decidiendo a qué pacientes atender primero. A aquellos que simplemente presentaban quemaduras y cortes los enviaban a la sala de espera del ambulatorio, donde las enfermeras menos experimentadas les limpiaban las heridas y les calmaban el dolor con aspirinas. Los más graves recibían tratamiento urgente en el propio vestíbulo antes de enviarlos a la planta superior para que los examinara un especialista. Los muertos eran trasladados al patio y tendidos en el frío suelo a la espera de que alguien preguntara por ellos.

El doctor Ernst examinó a una víctima de quemaduras que sufría fuertes dolores y prescribió que le administraran morfina.

—Luego quitadle la ropa y ponedle pomada en las quemaduras —dijo, y se dispuso a atender a otro paciente.

Carla llenó la jeringuilla mientras Frieda cortaba las ennegrecidas prendas del paciente. Presentaba graves quemaduras en el lado derecho, pero el izquierdo no lo tenía tan mal. Carla encontró una zona del muslo izquierdo donde los tejidos estaban intactos. Se disponía a administrarle la inyección cuando lo miró a la cara, y se quedó helada.

Conocía ese rostro abotagado con un bigote que parecía una mancha de hollín. Dos años atrás había entrado en su casa y se había llevado a su padre, y ahora que volvía a verlo, se estaba muriendo. Era el inspector Thomas Macke, de la Gestapo.

«Tú mataste a mi padre», pensó.

«Ahora yo puedo matarte a ti.»

Sería muy sencillo. Le administraría cuatro dosis de morfina de la cantidad máxima. Nadie se daría cuenta, y menos en una noche así. Perdería el conocimiento de inmediato y moriría al cabo de pocos minutos. Cualquier médico somnoliento daría por sentado que había sufrido un paro cardíaco. Nadie cuestionaría el diagnóstico y ningún escéptico haría preguntas. Pasaría a ser una de las miles de víctimas muertas a causa de un bombardeo aéreo. Descanse en paz.

Sabía que Werner temía que Macke sospechaba de él. Cualquier día podían detenerlo. «Bajo tortura, todo el mundo acaba confesando.» Werner delataría a Frieda, y a Heinrich, y a los demás; incluida Carla. En cuestión de un minuto podía salvarlos a todos.

Sin embargo, vacilaba.

Se preguntaba por qué. Macke era un torturador y un asesino, merecía la muerte mil veces.

Y ella había matado a Joachim, o al menos había contribuido a matarlo. Con todo, aquello había sido durante una pelea, y Joachim intentaba matar a patadas a su madre cuando ella le golpeó con una cazuela en la cabeza. Pero esto era otra cosa.

Macke era un paciente.

Carla no era una fervorosa creyente, pero había cosas que consideraba sagradas. Era enfermera, y los pacientes confiaban en ella. Sabía que Macke la torturaría y la mataría sin compasión; pero ella no era como Macke, ella no era así. No se trataba de quién fuera él sino de quién era ella.

Sentía que, si mataba a un paciente, tendría que abandonar la profesión porque nunca más se atrevería a cuidar enfermos. Sería como un banquero que roba dinero, o un político que acepta sobornos, o un sacerdote que mete mano a las chiquillas que acuden a que las prepare para la primera comunión. Se estaría traicionando a sí misma.

—¿A qué esperas? —dijo Frieda—. No puedo ponerle la pomada mientras no se calme.

Carla clavó la aguja a Thomas Macke, y este dejó de gritar.

Frieda empezó a aplicar la pomada en las quemaduras.

—Este solo sufre una conmoción cerebral —explicaba el doctor Ernst refiriéndose a otro paciente—. Pero tiene una bala incrustada en el trasero. —Alzó la voz para hablar al paciente—. ¿Cómo le han disparado? Precisamente lo único que la RAF no arroja son balas.

Carla se volvió a mirarlo. El paciente estaba tendido boca abajo. Le habían cortado los pantalones y se le veían las nalgas. Tenía la piel blanca y fina, y un poco de vello rubio en la parte baja de la espalda. Estaba aturdido, pero farfullaba.

—¿Dice que el arma de un policía se disparó accidentalmente? —preguntó Ernst.

—Sí —respondió el paciente con más claridad.

—Vamos a extraerle la bala. Le dolerá, pero no tenemos mucha morfina y hay pacientes que están peor que usted.

—Haga lo que tenga que hacer.

Carla le limpió la herida. Ernst cogió unos fórceps largos y delgados.

—Muerda la almohada —dijo.

Introdujo los fórceps en la herida. La almohada amortiguó el alarido de dolor del paciente.

—Intente no ponerse tenso, es peor —aconsejó Ernst.

A Carla le pareció un comentario de lo más estúpido. Nadie era capaz de relajarse mientras le hurgaban en una herida.

—¡Ay! ¡Mierda! —rugió el paciente.

—Ya la tengo —dijo el doctor Ernst—. ¡Trate de estarse quieto!

El paciente permaneció inmóvil, y Ernst extrajo la bala y la depositó en una bandeja.

Carla le limpió la sangre de la herida y le aplicó un vendaje.

El paciente se dio la vuelta.

—No —dijo Carla—. Debe permanecer de…

Se interrumpió. El paciente era Werner.

—¿Carla? —preguntó él.

—Sí, soy yo —respondió ella con alegría—. Te he puesto un apósito en el trasero.

—Te quiero —dijo él.

Ella le echó los brazos al cuello de la forma menos profesional posible y le dijo:

—Oh, amor mío. Yo también te quiero.

VI

Thomas Macke recobró el conocimiento poco a poco. Al principio se encontraba aturdido, pero pronto empezó a despertarse y se dio cuenta de que estaba en un hospital, bajo los efectos de la medicación. También deducía por qué; sentía mucho dolor, sobre todo en la mitad inferior derecha. Comprendió que la medicación le aliviaba el dolor pero no lo calmaba del todo.

Poco a poco, fue recordando cómo había llegado hasta allí. Había habido un bombardeo. Se había librado de la explosión porque perseguía a un fugitivo; si no, estaría muerto. Como sin duda estaban muertos quienes se habían quedado atrás: Mann, Schneider, Richter y el joven Wagner. Todo su equipo.

Por suerte, había cazado a Werner.

¿No era así? Le había disparado, y Werner cayó al suelo. Entonces explotó la bomba. Macke había sobrevivido, así que era posible que Werner también estuviera vivo.

Ahora él era la única persona con vida que sabía que Werner era un espía. Tenía que contárselo a su jefe, el superintendente Kringelein.

Trató de incorporarse, pero se dio cuenta de que no tenía fuerzas para moverse. Decidió avisar a una enfermera, pero cuando abrió la boca no pudo articular palabra. El esfuerzo lo dejó agotado y volvió a quedarse dormido.

La siguiente vez que se despertó, notó que era de noche. Todo estaba en silencio, nadie se movía. Abrió los ojos y vio un rostro a poca distancia del suyo.

Era Werner.

—Vas a salir de aquí ahora mismo —dijo Werner.

Macke intentó pedir ayuda, pero no tenía voz.

—Te trasladarán a otro sitio —prosiguió Werner—. Ya no serás un torturador; de hecho, el torturado serás tú.

Macke abrió la boca para gritar.

Una almohada descendió sobre su rostro y le tapó con fuerza la boca y la nariz. No podía respirar. Trató de forcejear, pero no tenía fuerzas. Quiso tomar aire, pero no lo había. Empezó a invadirlo el pánico. Consiguió mover la cabeza hacia los lados, pero presionaron la almohada con más fuerza. Al fin, consiguió emitir un sonido, pero no fue más que un gemido gutural.

El mundo era un disco luminoso que fue reduciéndose hasta convertirse en un punto minúsculo.

Luego desapareció.

17

1943 (III)

I

Quieres casarte conmigo? —preguntó Volodia Peshkov, que contuvo la respiración.

—No —respondió Zoya Vorotsintsev—. Pero gracias.

Era una mujer que se caracterizaba por su pragmatismo, pero esa respuesta brusca era excesiva incluso para ella.

Estaban en la cama, en el fastuoso hotel Moskvá, y acababan de hacer el amor. Zoya había llegado al orgasmo dos veces. Su práctica favorita era el cunnilingus. Le gustaba echarse sobre un montón de almohadas mientras él se arrodillaba entre sus piernas, para rendir adoración. Volodia se comportaba como un acólito entregado, y ella lo correspondía con entusiasmo.

Hacía más de un año que eran pareja, y todo parecía ir a las mil maravillas. Por ello, la negativa de Zoya lo desconcertó.

—¿Me quieres? —preguntó él.

—Sí. Te adoro. Gracias por quererme tanto como para pedirme que me case contigo.

Aquello estaba un poco mejor.

—¿Y por qué no aceptas?

—No quiero traer niños a un mundo en guerra.

—De acuerdo, lo entiendo.

—Pídemelo otra vez cuando hayamos ganado.

—Quizá por entonces no quiera casarme contigo.

—Si tan veleidoso eres, me alegro de haberte rechazado.

—Lo siento, por un momento he olvidado que no entiendes las bromas.

—Tengo que ir a hacer pis. —Se levantó de la cama y cruzó la habitación desnuda. Volodia a duras penas podía creer que le fuera permitido ver un espectáculo como ese. Zoya tenía el cuerpo de una modelo o una estrella de cine, la piel blanca como la nieve y el pelo de un rubio pálido..., todo su pelo. Se sentó en el váter sin cerrar la puerta del baño y Volodia la escuchó mientras hacía pis. Su falta de pudor era una fuente constante de deleite.

Se suponía que él estaba trabajando.

El personal de Moscú del servicio de espionaje se sumía en la confusión cada vez que los máximos dirigentes de los Aliados acudían a Moscú, y la rutina habitual de Volodia se había visto alterada de nuevo para la conferencia de ministros de Asuntos Exteriores que había empezado el 18 de octubre.

Los asistentes eran el secretario de Estado norteamericano, Cordell Hull, y el secretario del Foreign Office británico, Anthony Eden. Habían elaborado un plan disparatado para realizar un pacto entre cuatro potencias que incluía a China. Stalin creía que era una estupidez y no entendía por qué perdían el tiempo con ello. El estadounidense, Hull, tenía setenta y dos años y tosía sangre, su médico lo había acompañado a Moscú, pero no por ello era menos enérgico, e insistía en el pacto.

Durante la conferencia había tanto trabajo, que el NKVD —la policía secreta— se vio obligado a cooperar con sus odiados rivales del Servicio Secreto del Ejército Rojo, la organización a la que pertenecía Volodia. Tuvieron que poner micrófonos ocultos en habitaciones de hotel; había incluso uno en la habitación que ocupaban Volodia y Zoya, pero él lo había desconectado. Los ministros extranjeros y todos sus consejeros debían ser sometidos a una estricta vigilancia, minuto a minuto. Tenían que abrirles el equipaje y registrárselo de forma clandestina. Tenían que grabar, transcribir y traducir al ruso sus conversaciones telefónicas, para posteriormente leerlas y resumirlas. La mayoría de las personas con las que trataran, incluidos camareros de restaurante y camareras de hotel, eran agentes del NKVD, pero al resto de las personas con las que hablaran, ya fuera en el vestíbulo del hotel o en la calle, tendrían que investigarlas, tal vez detenerlas e interrogarlas bajo tortura. Era mucho trabajo.

A Volodia le iba todo muy bien. Sus espías de Berlín le estaban proporcionando una información secreta muy valiosa. Le habían dado el plan de batalla de la principal ofensiva alemana del verano, la Operación Ciudadela, y el Ejército Rojo le había infligido una gran derrota.

Zoya también era feliz. La Unión Soviética había retomado la investigación nuclear, y Zoya formaba parte del equipo que intentaba diseñar una bomba. Los científicos occidentales les llevaban una buena ventaja por culpa del retraso fruto del escepticismo de Stalin, pero a cambio estaban recibiendo una ayuda valiosísima de los espías comunistas de Inglaterra y Estados Unidos, incluido el viejo amigo de escuela de Volodia, Willi Frunze.

Zoya regresó a la cama.

—Cuando nos conocimos, parecía que no te gustaba demasiado —dijo Volodia.

—No me gustaban los hombres en general —contestó ella—. Y siguen sin gustarme. La mayoría son un hatajo de borrachos, matones y estúpidos. Tardé un poco en darme cuenta de que eras distinto.

—Gracias, creo —dijo Volodia—. ¿Tan malos somos los hombres?

—Mira a tu alrededor. Mira tu país.

Se estiró por encima de ella para alcanzar la radio de la mesita de noche. Aunque había desconectado el dispositivo de escucha que había detrás del cabecero, toda precaución era poca. Cuando la radio se calentó, empezó a sonar una marcha interpretada por una banda militar. Convencido de que nadie podía oírlos, Volodia retomó la conversación.

—Piensas en Stalin y Beria. Pero no se mantendrán en el poder eternamente.

—¿Sabes cómo cayó en desgracia mi padre? —preguntó Zoya.

—No. Mis padres nunca lo han mencionado.

—Hay un motivo por el que no lo han hecho.

—Cuéntamelo.

—Según mi madre, en la fábrica donde trabajaba mi padre se celebraron unas elecciones para elegir el diputado que debía representarlos en el Sóviet de Moscú. Se presentó un candidato bolchevique y un menchevique, y mi padre asistió a un mitin de este para escucharlo. No era partidario de los mencheviques y tampoco los votó, pero todos los que asistieron al mitin fueron despedidos y al cabo de unas semanas detuvieron a mi padre y lo trasladaron a la Lubianka.

Se refería a la cárcel y al cuartel general del NKVD, situado en la plaza Lubianka.

—Mi madre fue a ver a tu padre para suplicarle ayuda y él la acompañó de inmediato a la Lubianka. Rescataron a mi padre, pero fueron testigos del fusilamiento de doce obreros.

—Es horrible —dijo Volodia—. Pero fue Stalin…

—No, esto sucedió en 1920 y en aquel entonces Stalin tan solo era un comandante del Ejército Rojo que luchaba en la guerra polaco-soviética. Era Lenin quien mandaba.

—¿Eso ocurrió con Lenin?

—Sí. De modo que ya ves, no son únicamente Stalin y Beria.

La opinión de Volodia sobre la historia comunista se vio alterada considerablemente.

—Entonces, ¿qué es?

Se abrió la puerta.

Volodia cogió la pistola que tenía en el cajón de la mesilla de noche.

Sin embargo, la persona que entró era una chica vestida, a juzgar por lo que veía a simple vista, únicamente con un abrigo de piel.

—Lo siento, Volodia —dijo la chica—. No sabía que tenías compañía.

—¿Quién coño es? —preguntó Zoya.

—¿Cómo has abierto la puerta, Natasha? —preguntó Volodia.

—Me diste una llave maestra que abre todas las puertas del hotel.

—¡Aun así podrías haber llamado!

—Lo siento. Solo he venido a darte las malas noticias.

—¿De qué se trata?

—He ido a la habitación de Woody Dewar, tal y como me pediste, pero no he conseguido nada.

—¿Qué has hecho?

—Esto. —Natasha se abrió el abrigo y les mostró su cuerpo desnudo. Tenía una figura voluptuosa y una exuberante mata de vello púbico.

—De acuerdo, ya me lo imagino, cierra el abrigo —dijo Volodia—. ¿Qué te ha dicho él?

Natasha cambió al inglés.

—Se limitó a decir: «No». A lo que yo he preguntado: «¿A qué te refieres con no?». Y él ha dicho: «Es lo contrario de sí». Entonces ha aguantado la puerta abierta hasta que me he ido.

—Mierda —dijo Volodia—. Tendré que pensar en otra cosa.

II

Chuck Dewar supo que se avecinaba tormenta cuando el capitán Vandermeier entró en la sección de territorio enemigo en mitad de la tarde, con el rostro sonrosado tras un almuerzo regado con cerveza.

La unidad de inteligencia de Pearl Harbor se había ampliado. Antiguamente llamada Estación HYPO, ahora la habían bautizado con el grandilocuente nombre de Centro Conjunto de Inteligencia, Área del Océano Pacífico, o JICPOA, según sus siglas en inglés.

Vandermeier llegó acompañado de un sargento de la armada.

—Eh, vosotros dos, capullitos de alhelí —dijo Vandermeier—. Tenéis una queja de un cliente.

La operación había crecido, todo el mundo se había especializado, y Chuck y Eddie se habían convertido en expertos de levantar mapas del territorio en el que estaban a punto de aterrizar las fuerzas estadounidenses mientras se abrían camino isla a isla, por todo el Pacífico.

—Este es el sargento Donegan. —El marino era muy alto y parecía duro como un rifle. Chuck supuso que Vandermeier, con sus problemas de sexualidad, se sentía turbado.

Chuck se puso en pie.

—Encantado de conocerlo, sargento. Soy el suboficial jefe de marina Dewar.

Chuck y Eddie habían obtenido sendos ascensos. A pesar de que miles de reclutas se alistaban en el ejército estadounidense, había escasez de oficiales, y los hombres que se habían alistado antes de la guerra y que eran lo suficientemente avispados ascendían con rapidez. Ahora Chuck y Eddie podían vivir fuera de la base y habían alquilado un pequeño piso juntos.

Chuck le tendió la mano, pero Donegan no se la estrechó.

Chuck se sentó de nuevo. Tenía un rango ligeramente superior al de un sargento, y no iba a mostrarse cortés con alguien que lo trataba de forma grosera.

—¿Puedo hacer algo por usted, capitán Vandermeier?

Un capitán podía atormentar a un suboficial de la armada de diversas maneras, y Vandermeier las conocía todas. Ajustaba la lista de turnos para que Chuck y Eddie nunca tuvieran el mismo día libre. Calificaba sus informes con un «adecuado», aun sabiendo que todo lo que estuviera por debajo de «excelente» era, en realidad, un punto negativo. Enviaba mensajes confusos a la oficina de nóminas para que recibieran el sueldo con retraso o de una cantidad inferior a la que les correspondía y se vieran obligados a pasar varias horas deshaciendo el entuerto. Era un tipo verdaderamente insoportable. Y ahora se le había ocurrido una nueva forma de complicarles la vida.

Donegan se sacó del bolsillo una hoja de papel mugriento y la desdobló.

—¿Eres el responsable de esto? —preguntó con tono agresivo.

Chuck tomó la hoja de papel. Era un mapa de Nueva Georgia, una isla de las islas Salomón.

—Déjeme echarle un vistazo —dijo. Era obra suya, y lo sabía, pero quería ganar un poco de tiempo.

Se acercó a un archivador y abrió un cajón. Sacó la carpeta de Nueva Georgia y cerró el cajón con la rodilla. Regresó al escritorio, se sentó y abrió la carpeta. Contenía una copia del mapa de Donegan.

—Sí —dijo Chuck—. Es mío.

—Bueno, pues he venido a decirte que es una mierda —le espetó Donegan.

—¿Ah, sí?

—Mira, aquí. Según tu mapa, la selva llega hasta el mar cuando, en realidad, hay una playa de cuatrocientos metros de ancho.

—Lo lamento.

—¿Lo lamentas? —Donegan había bebido tanta cerveza como Vandermeier y tenía ganas de pelea—. Cincuenta de mis hombres murieron en esa playa.

Vandermeier eructó y dijo:

—¿Cómo pudiste cometer un error así, Dewar?

Chuck se estremeció. Si era el responsable de un error que había provocado la muerte de cincuenta hombres, merecía que le gritaran.

—Este es el material con el que tuvimos que trabajar —dijo. La carpeta contenía un mapa impreciso, tal vez victoriano, de las islas, y una carta de navegación más reciente que mostraba las profundidades del mar pero que no incluía las características del terreno. No había ningún informe elaborado sobre el terreno ni mensajes de radio descifrados. La única información más que contenía la carpeta era una fotografía de reconocimiento aéreo en blanco y negro y borrosa. Al señalar con el dedo el punto relevante de la fotografía, Chuck dijo—: Sin duda parece que los árboles llegan hasta el agua. ¿Hay marea alta? Si no, quizá la arena estuviera cubierta de algas cuando se tomó la fotografía. Las algas aparecen y desaparecen de forma muy rápida.

—Serías más riguroso si fueras tú el que tuviera que luchar en el terreno.

Quizá era cierto, pensó Chuck. Donegan era agresivo, maleducado y, además, Vandermeier se estaba encargando de incitarlo con toda la malicia del mundo, pero eso no significaba que estuviera equivocado.

—Sí, Dewar —terció Vandermeier—. Quizá ese mariquita amigo tuyo y tú tendríais que acompañar a los marines en la siguiente misión. Para comprobar cómo se usan vuestros mapas.

Chuck estaba intentando pensar en una réplica ingeniosa cuando se le ocurrió que quizá podía tomarse la sugerencia al pie de la letra. Tal vez debía ver un poco de acción. Era fácil adoptar un actitud displicente protegido tras un escritorio. La queja de Donegan merecía ser tomada en serio.

Sin embargo, si seguía adelante pondría en riesgo su vida.

Chuck miró a Vandermeier a los ojos.

—Me parece una buena idea, capitán —dijo—. Me gustaría ofrecerme voluntario para una misión.

Donegan se quedó sorprendido, como si empezara a pensar que tal vez había evaluado mal la situación.

Eddie abrió la boca por primera vez.

—A mí también me lo parece y quiero ir.

—Muy bien —dijo Vandermeier—. Regresaréis más sabios, o no regresaréis.

III

Volodia fue incapaz de emborrachar a Woody Dewar.

Sentados en el bar del hotel Moskvá puso un vaso de vodka delante del joven norteamericano.

—Te gustará —le dijo con un acento inglés de colegial—, es el mejor.

—Muchas gracias —dijo Woody—. Te lo agradezco. —Y no tocó el vaso.

Woody era alto, larguirucho y tan honrado que casi parecía ingenuo, motivo por el que Volodia lo había elegido como objetivo.

—¿Es Peshkov un apellido común en Rusia? —preguntó Woody a través del intérprete.

—No especialmente —contestó Volodia en ruso.

—Soy de Buffalo, una ciudad en la que hay un empresario muy famoso llamado Lev Peshkov. Me pregunto si sois familiares.

Volodia se sobresaltó. El hermano de su padre se llamaba Lev

Peshkov y había emigrado a Buffalo antes de la Primera Guerra Mundial. Sin embargo, la prudencia lo hizo actuar con precaución.

—Tendría que preguntárselo a mi padre —dijo.

—Estudié en Harvard con el hijo de Lev Peshkov, Greg. Podría ser tu primo.

—Es posible. —Volodia miró con nerviosismo a los espías de la policía que había en la mesa. Woody no entendía que cualquier vínculo con alguien de Estados Unidos podía convertir en sospechoso a un ciudadano soviético—. Mira, Woody, en este país se considera un insulto que alguien rechace una bebida.

Woody sonrió con amabilidad.

—En Estados Unidos no —replicó.

Volodia cogió su vaso y miró a los policías secretos que fingían ser funcionarios y diplomáticos.

—¡Un brindis! —dijo—. ¡Por la amistad entre Estados Unidos y la Unión Soviética!

Los demás levantaron los vasos. Woody hizo lo propio.

—¡Por la amistad! —repitieron los presentes al unísono.

Todos bebieron salvo Woody, que dejó el vaso sin haber probado el vodka.

Volodia empezaba a sospechar que no era tan ingenuo como parecía.

Woody se inclinó sobre la mesa. ,

—Volodia, tienes que entender que no conozco ningún secreto. Tengo un rango demasiado bajo.

—Yo también —dijo Volodia, lo cual distaba mucho de ser verdad.

—Lo que intento decirte es que puedes preguntarme lo que quieras. Si sé la respuesta, te la diré. Eso puedo hacerlo porque todo lo que sé no puede ser un secreto, de modo que no es necesario que me emborraches ni que me envíes prostitutas a la habitación. Puedes preguntármelo directamente.

Volodia creía que era una especie de truco. Nadie podía ser tan inocente. Sin embargo decidió seguirle la corriente a Woody. ¿Por qué no?

—De acuerdo —dijo—. Necesito saber qué queréis. No tú personalmente, claro, sino tu delegación, el secretario Hull y el presidente Roosevelt. ¿Qué esperáis obtener de esta conferencia?

—Queremos que apoyéis el Pacto Cuatripartito.

Era la respuesta esperada, pero Volodia decidió insistir.

—Eso es lo que no entendemos. —Ahora era él quien se mostraba ingenuo, quizá más de lo que debía, pero el instinto le decía que debía arriesgarse y abrirse un poco—. ¿A quién le importa un pacto con China? Lo que tenemos que hacer es derrotar a los nazis en Europa. Queremos que nos ayudéis a lograrlo.

—Y lo haremos.

—Eso decís, pero también afirmasteis que invadiríais Europa este verano.

—Bueno, invadimos Italia.

—Con eso no basta.

—Francia el año que viene. Lo hemos prometido.

—Entonces, ¿de qué os sirve el pacto?

—Bueno. —Woody hizo una pausa para ordenar sus pensamientos—. Tenemos que demostrarle al pueblo norteamericano que invadir Europa beneficiaría sus intereses.

—¿Por qué?

—¿Por qué qué?

—¿Por qué tenéis que explicárselo a la gente? Roosevelt es el presidente, ¿no? ¡Tendría que limitarse a dar la orden y listo!

—El año que viene hay elecciones y quiere que lo reelijan.

—¿Y?

—El pueblo norteamericano no lo votará si cree que ha implicado al país en la guerra de Europa de forma innecesaria. De modo que quiere transmitir el mensaje de que la intervención militar forma parte de un plan general para lograr la paz mundial. Si firmamos el Pacto Cuatripartito, para demostrar que nuestro apoyo a la Organización de las Naciones Unidas va en serio, entonces es más probable que los votantes norteamericanos acepten que la invasión de Francia es un paso más del camino para conseguir la paz mundial.

—Es increíble —dijo Volodia—. ¡Roosevelt es el presidente y, sin embargo, tiene que estar inventándose excusas continuamente para justificar todo lo que hace!

—Por ahí van los tiros —dijo Woody—. Lo llamamos democracia.

Volodia tenía la sensación de que esa increíble historia podía ser cierta.

—Así pues, el pacto es necesario para convencer a los votantes americanos de que presten su apoyo a la invasión de Europa.

—Exacto.

—Entonces, ¿por qué necesitamos a China? —Stalin recelaba especialmente de la insistencia de los Aliados para incluir a Pekín en el pacto.

—China es un aliado débil.

—Pues no le hagamos caso.

—Si los dejamos de lado, tal vez no muestren tanto fervor en la lucha contra los japoneses.

—¿Y?

—Tendremos que aumentar las fuerzas en el Pacífico y ello nos debilitará en Europa.

Aquello alarmó a Volodia. La Unión Soviética no quería que las fuerzas aliadas concentraran esfuerzos en el Pacífico.

—De modo que estáis haciendo un gesto amistoso con China para poder dedicar un mayor número de fuerzas a la invasión de Europa.

—Sí.

—Haces que parezca muy sencillo.

—Lo es —dijo Woody.

IV

En la madrugada del 1 de noviembre, Chuck y Eddie desayunaron un bistec con guarnición junto con la 3.ª División de Marines, cerca de la isla de Bougainville, en el mar del Sur.

La isla medía unos doscientos kilómetros de largo. Tenía dos bases aéreas navales japonesas, una al norte y otra al sur. Los marines se estaban preparando para aterrizar hacia la mitad de la costa oeste, que apenas contaba con medidas de defensa. Su objetivo era establecer una cabeza de playa y conquistar suficiente territorio para construir una pista de aterrizaje desde la que lanzar ataques contra las bases japonesas.

Chuck se encontraba en cubierta a las siete y veintiséis cuando marines pertrechados con cascos y mochilas empezaron a descender por las redes que colgaban por los lados del barco y saltaron en las naves de desembarco. Además de ellos había un pequeño número de perros del ejército, unos doberman pinscher que eran unos centinelas infatigables.

Mientras las naves se aproximaban a tierra, Chuck ya vio un error en el mapa que había preparado. Las olas altas rompían en una playa con una fuerte pendiente. Mientras observaba la escena, una nave se puso en paralelo a la costa y zozobró. Los marines tuvieron que nadar hasta la orilla.

—Tenemos que mostrar las condiciones del oleaje —le dijo Chuck a Eddie, que se encontraba junto a él en cubierta.

—¿Cómo vamos a averiguarlas?

—Un avión de reconocimiento tendrá que volar bajo para que las crestas de las olas aparezcan en las fotografías.

—No pueden arriesgarse a volar tan bajo cuando hay bases enemigas tan cerca.

Eddie estaba en lo cierto, pero tenía que haber una solución. Chuck tomó nota de ello, sería la principal cuestión que debería solucionar como resultado de aquella misión.

Para el aterrizaje se habían beneficiado de más información de lo que era habitual. Aparte de los mapas poco fiables y de las fotografías aéreas difíciles de descifrar, contaban con un informe de un equipo de reconocimiento que había desembarcado de un submarino seis semanas atrás. El equipo había identificado doce playas adecuadas para el desembarco de los marines en una franja de costa de siete kilómetros de largo. Pero no les habían advertido de la marea. Quizá no estaba tan alta ese día.

Por lo demás, el mapa de Chuck era correcto hasta el momento. Había una playa de arena de unos cien metros de ancho y luego un laberinto de palmeras y otra vegetación. Justo detrás de la maleza, según el mapa, había una marisma.

La costa no estaba desguarnecida por completo. Chuck oyó el rugido de fuego de artillería, y un proyectil cayó en el bajío. No causó daños, pero estaba claro que la puntería del artillero mejoraría. Los marines se vieron obligados a actuar con mayor celeridad mientras saltaban de la nave de desembarco y echaron a correr en dirección a la playa para llegar hasta la vegetación.

Chuck se alegró de haber tomado la decisión de ir. Siempre había hecho sus mapas con gran esmero, pero era beneficioso comprobar en carne propia que unos mapas correctos podían salvar las vidas de varios hombres, y que el mínimo error podía resultar mortal. Incluso antes de embarcar, Eddie y él se habían vuelto mucho más exigentes. Pidieron que se tomaran de nuevo las fotografías borrosas, hablaron por teléfono con miembros de los grupos de reconocimiento para plantearles dudas y enviaron cables a todo el mundo para conseguir mejores mapas.

Se alegraba por otro motivo. Estaba en alta mar, lo que le encantaba. Estaba en un barco con setecientos hombres jóvenes, disfrutaba del ambiente de camaradería, de las bromas, de las canciones y de la intimidad de los camarotes abarrotados y las duchas compartidas.

—Es como ser un chico heterosexual en un internado femenino —le dijo a Eddie una noche.

—Salvo que eso nunca sucede y esto sí —dijo Eddie, que se sentía igual que Chuck. Se querían mutuamente, pero no tenían reparos en mirar a marinos desnudos.

Ahora los setecientos marines estaban desembarcando y se dirigían hacia tierra tan rápido como podían. Lo mismo sucedía en otros ocho puntos de la costa. En cuanto una nave de desembarco quedaba vacía, rápidamente iba a buscar a más hombres; sin embargo, el proceso parecía desesperadamente lento.

El artillero japonés, oculto en algún lugar de la selva, finalmente dio con la distancia correcta y, para horror de Chuck, un obús bien dirigido explotó en medio de un grupo de marines e hizo volar por los aires hombres, fusiles y extremidades, y tiñó la arena de la playa de rojo.

Chuck observaba la carnicería horrorizado cuando oyó el rugido de un avión; alzó la vista y vio un Zero japonés en vuelo rasante, a lo largo de la costa. Los soles rojos pintados en las alas provocaron que el miedo se apoderara de él. La última vez que había visto esos cazabombarderos había sido en el batalla de Midway.

El Zero lanzó varias ráfagas de ametralladora en la playa. Los marines que estaban desembarcando de la nave quedaron indefensos. Algunos se tiraron en el bajío, otros intentaron esconderse tras el casco de la nave, otros corrieron en dirección a la selva. Durante unos cuantos segundos corrió la sangre y cayeron los hombres.

Entonces desapareció el avión y dejó una playa sembrada de norteamericanos muertos.

Chuck lo oyó al cabo de un instante, ametrallando la siguiente playa. No tardaría en volver.

Se suponía que contaban con la ayuda de varios aviones estadounidenses, pero no veía ninguno. El apoyo aéreo nunca estaba donde querías que estuviera, que era justo sobre tu cabeza.

Cuando todos los marines estaban en tierra, vivos y muertos, los botes transportaron a médicos y camilleros hasta la playa. Luego empezaron a desembarcar munición, agua potable, comida, medicamentos y material sanitario. En el viaje de regreso, la nave de desembarco se llevó a los heridos al barco.

Chuck y Eddie, que eran considerados personal no esencial, desembarcaron con los pertrechos.

Los marinos que manejaban el bote se habían acostumbrado al oleaje, y la embarcación mantenía una posición estable, con la rampa en la arena mientras las olas rompían en la popa. Un grupo de soldados descargaron las cajas y Chuck y Eddie saltaron al agua para llegar a la orilla.

Alcanzaron la playa juntos.

En el momento en que pisaron la arena, una ametralladora abrió fuego.

Parecía estar oculta en la selva, a unos cuatrocientos metros. ¿Había estado ahí desde el principio, esperando a que llegara el momento idóneo para atacar, o acababa de llegar a esa ubicación? Eddie y Chuck se agacharon y corrieron hacia los árboles.

Un marino que cargaba con una caja de munición al hombro profirió un grito de dolor y cayó, tirando la caja.

Luego fue Eddie el que gritó.

Chuck dio un par de pasos antes de poder detenerse. Cuando se volvió, Eddie se revolcaba en la arena, agarrándose la rodilla y gritando:

—¡Ah, joder!

Chuck corrió hasta él y se arrodilló a su lado.

—¡No pasa nada, estoy aquí! —gritó.

Eddie cerró los ojos, pero estaba vivo, y Chuck no vio ninguna otra herida aparte de la de la rodilla.

Alzó la vista. El bote que los había trasladado a tierra aún estaba cerca de la orilla; todavía no habían acabado de descargarlo. Tenía la posibilidad de trasladar a Eddie al barco en pocos minutos, pero la ametralladora no había dejado de disparar.

Se agachó.

—Esto te va a doler —dijo—. Grita cuanto quieras.

Agarró a Eddie por debajo del hombro con el brazo derecho y deslizó el izquierdo bajo los muslos. Entonces levantó el peso y se puso en pie. Eddie gritó de dolor mientras su pierna herida se balanceaba.

—Aguanta, amigo —dijo Chuck, que se volvió hacia el agua.

De pronto sintió un dolor insoportable y punzante que le fue subiendo por las piernas, la espalda y, al final, llegó hasta la cabeza. Al cabo de un instante pensó que no debía soltar a Eddie. Poco después se dio cuenta de que iba a hacerlo. Vio un fogonazo de luz que lo dejó ciego.

Y un manto de oscuridad cubrió el mundo.

V

En su día libre, Carla trabajaba en el hospital judío.

El doctor Rothmann la había convencido. Había sido liberado del campo en el que estaba recluido y nadie sabía el motivo, salvo los nazis, que no lo habían revelado. Ahora era tuerto y cojo, pero estaba vivo y podía practicar la medicina.

El hospital se encontraba en el barrio obrero de Wedding, situado al norte de la ciudad, pero su arquitectura no tenía nada de proletario. Había sido construido antes de la Primera Guerra Mundial, cuando los judíos de Berlín eran prósperos y conservaban el orgullo. Era un complejo formado por siete edificios elegantes y un gran jardín. Los diferentes pabellones estaban unidos por túneles, de modo que los pacientes y el personal sanitario podían trasladarse de uno a otro sin sufrir las inclemencias del tiempo.

Era un milagro que aún hubiera un hospital judío. Apenas quedaban judíos en Berlín. A miles de ellos los habían detenido y metido en trenes especiales. Nadie sabía adónde los habían enviado ni qué les había sucedido. Corrían unos rumores increíbles sobre unos campos de exterminio.

Cuando los pocos judíos que quedaban en Berlín estaban enfermos, no podían acudir a la consulta de médicos arios, de modo que, según la retorcida lógica del racismo nazi, permitieron que el hospital siguiera funcionando. El personal era judío principalmente y otras personas desafortunadas que no eran consideradas arias: eslavos de la Europa oriental, gente de ascendencia mixta y personas casadas con judíos. Sin embargo, no había suficientes enfermeras, por lo que Carla les echaba una mano.

El hospital estaba sometido al acoso continuo de la Gestapo, sufría una gran carencia de todo tipo de productos, en especial de medicamentos, no contaba con personal suficiente y no disponía de fondos.

Carla infringía la ley al tomarle la temperatura a un niño de once años que tenía el pie aplastado por culpa del último ataque aéreo. También era un delito que robara medicamentos del hospital en el que trabajaba a diario y los llevara al judío. Pero quería demostrar, aunque solo fuera a sí misma, que no todo el mundo había capitulado ante los nazis.

Mientras acababa la ronda vio a Werner al otro lado de la puerta, vestido con su uniforme de las fuerzas aéreas.

Durante varios días Carla y él habían vivido atemorizados, preguntándose si alguien había sobrevivido al bombardeo de la escuela y había denunciado a Werner; sin embargo, ahora estaba claro que todos habían muerto y que nadie más compartía las sospechas de Macke. Habían vuelto a salirse con la suya.

Werner se había recuperado rápidamente de la herida de bala.

Y eran amantes. Werner se había trasladado a la casa grande y medio vacía de los Von Ulrich, y dormía con Carla todas las noches. Sus padres no pusieron objeción alguna: todo el mundo vivía con la sensación de que podía morir en cualquier momento, de modo que la gente quería disfrutar de la más mínima alegría que pudiera proporcionarles aquella vida de penurias y sufrimiento.

Sin embargo, Werner tenía un aspecto más adusto de lo habitual cuando saludó a Carla con la mano a través del cristal de la puerta del pabellón. Ella le hizo un gesto para que entrara y lo besó.

—Te quiero —le dijo. Nunca se cansaba de decírselo.

—Yo también te quiero —le gustaba responder a él.

—¿Qué haces aquí? —preguntó ella—. ¿Solo querías un beso?

—Traigo malas noticias. Me han destinado al frente oriental.

—¡Oh, no! —dijo Carla, que empezó a llorar.

—Es un milagro que haya podido evitarlo hasta ahora. Pero el general Dorn no puede ayudarme más. La mitad de nuestro ejército está formado por ancianos y escolares, y yo soy un oficial sano de veinticuatro años.

—No te mueras, por favor —musitó ella.

—Lo intentaré.

—Pero ¿qué sucederá con la red? —preguntó Carla con un susurro—. Tú lo sabes todo. ¿Quién más puede dirigirla?

La miró sin decir nada.

Carla se dio cuenta de cuáles eran sus planes.

—Oh, no… ¡Yo no!

—Eres la persona más adecuada. Frieda es una buena ayudante, pero no tiene madera de líder. Tú has demostrado que posees la capacidad de reclutar a gente nueva y motivarla. Nunca te has metido en problemas con la policía y no tienes antecedentes de actividad política. Nadie conoce el papel que desempeñaste para acabar con el Aktion T4. En lo que respecta a las autoridades, eres una enfermera con un historial inmaculado.

—Pero, Werner, ¡estoy asustada!

—No estás obligada a aceptar. Pero nadie más puede sustituirme.

Entonces oyeron un fuerte ruido.

El pabellón contiguo era para pacientes mentales y no era extraño oír gritos y chillidos; sin embargo, en esta ocasión era distinto. Una voz culta se alzó entre el griterío. Luego oyeron una segunda, esta con acento berlinés y el deje intimidatorio que las personas de fuera consideraban típico de los berlineses.

Carla salió al pasillo y Werner la siguió.

El doctor Rothmann, que llevaba una estrella amarilla en la bata, discutía con un hombre vestido con el uniforme de las SS. Tras ellos, la puerta doble del pabellón psiquiátrico, que acostumbraba a permanecer cerrada, estaba abierta de par en par. Los pacientes estaban saliendo. Dos policías más y unas cuantas enfermeras acompañaban a la hilera de hombres y mujeres, la mayoría en pijama; algunos caminaban erguidos y tenían un aspecto normal, pero otros arrastraban los pies y murmuraban mientras seguían a los demás por las escaleras.

Carla se acordó de inmediato del hijo de Ada, Kurt, y del hermano de Werner, Axel, y del mal llamado hospital de Akelberg. No sabía adónde llevaban a esos pacientes, pero estaba segura de que iban a matarlos.

—¡Esta gente está enferma! —exclamó el doctor Rothmann, indignado—. ¡Necesitan tratamiento!

—No están enfermos, están locos, y los llevamos al lugar que les corresponde.

—¿A un hospital?

—Se le informará a su debido tiempo.

—Esa explicación no me basta.

Carla sabía que no debía intervenir. Si averiguaban que no era judía se metería en problemas. Sin embargo, tampoco tenía un aspecto muy ario con su pelo oscuro y los ojos verdes. Si no abría la boca, era probable que no la molestaran. Sin embargo, si mostraba su oposición a lo que las SS estaban haciendo, la detendrían e interrogarían, y entonces averiguarían que estaba trabajando de forma ilegal. De modo que apretó los dientes.

El oficial alzó la voz.

—Daos prisa, meted a esos cretinos en el autobús.

—Tiene que informarme del lugar al que los trasladan. Son mis pacientes —insistió Rothmann.

En sentido estricto no eran sus pacientes ya que no era psiquiatra.

—Si tanto se preocupa por ellos, puede acompañarlos —le espetó el hombre de las SS.

El doctor Rothmann palideció. Si aceptaba, encontraría la muerte.

Carla pensó en su mujer, Hannelore; su hijo, Rudi, y su hija, Eva, que estaba en Inglaterra; el miedo la atenazó.

El oficial sonrió.

—¿De pronto ya no está tan preocupado? —se burló.

Rothmann se puso derecho.

—Al contrario —dijo—. Acepto su oferta. Hace muchos años juré que haría todo lo que estuviera en mis manos para ayudar a los enfermos. No pienso romper el juramento ahora. Quiero morir en paz con mi conciencia. —Bajó los escalones cojeando.

Una anciana pasó ante ellos vestida únicamente con una bata, que estaba abierta y dejaba al descubierto su desnudez.

Carla fue incapaz de seguir en silencio.

—¡Estamos en el mes de noviembre! —gritó—. ¡No tienen ropa de calle!

El oficial la fulminó con la mirada.

—En el autobús estarán bien.

—Voy a buscarles ropa. —Carla se volvió hacia Werner—. Ven a ayudarme. Coge todas las mantas que encuentres.

Ambos recorrieron el pabellón psiquiátrico, cogiendo las mantas de las camas y de los armarios. Cada uno llevaba un montón y bajaron las escaleras corriendo.

El jardín del hospital estaba helado. Frente a la puerta principal había un autobús gris, con el motor al ralentí, y el conductor fumando al volante. Carla vio que llevaba un abrigo grueso, sombrero y guantes, lo que significaba que el autobús no tenía calefacción.

Había un puñado de hombres de la Gestapo y de las SS observando lo que sucedía.

Los últimos pacientes subieron a bordo. Carla y Werner hicieron lo propio y empezaron a repartir mantas.

El doctor Rothmann se encontraba al fondo.

—Carla —dijo—. Dile… dile a mi Hannelore lo que ha sucedido. Tengo que irme con los pacientes. No me queda otra elección.

—Por supuesto —dijo ella con la voz entrecortada.

—Quizá pueda protegerlos.

Carla asintió, aunque en realidad no estaba convencida de ello.

—En cualquier caso, no puedo abandonarlos.

—Se lo diré.

—Y dile que la quiero.

Carla no fue capaz de contener las lágrimas.

—Dile que eso es lo último que he dicho. Que la quiero —dijo Rothmann.

Carla asintió.

Werner la cogió del brazo.

—Vámonos.

Bajaron del autobús.

—Tú, el del uniforme de la Luftwaffe, ¿qué demonios crees que haces? —le preguntó uno de los miembros de las SS a Werner.

Werner estaba tan furioso que por un momento Carla temió que fuera a empezar una pelea. Sin embargo, habló con tono calmado.

—Dar mantas a gente que pasa frío —dijo—. ¿Acaso es algo que vaya contra la ley ahora?

—Deberías estar luchando en el frente oriental.

—Me voy mañana. ¿Y tú?

—Cuidado con lo que dices.

—Si tuvieras la amabilidad de arrestarme antes de irme, quizá me salvarías la vida.

El hombre se volvió.

Las marchas del autobús hicieron un gran estruendo y el motor emitió un sonido más agudo. Carla y Werner se dieron la vuelta para mirar. En todas las ventanas había una cara, y todas eran distintas: gritaban, babeaban, se reían de forma histérica, mostraban una expresión distraída o crispada por la angustia: todos sufrían algún trastorno. Pacientes psiquiátricos trasladados por las SS. Unos locos al mando de otros locos.

El autobús se puso en marcha.

VI

—Tal vez me habría gustado Rusia si me hubieran dejado verla —le dijo Woody a su padre.

—Opino lo mismo.

—Ni tan siquiera he podido hacer alguna fotografía decente.

Estaban sentados en el vestíbulo del hotel Moskvá, cerca de la entrada de la estación de metro. Habían hecho las maletas y estaban a punto de volver a casa.

—Tengo que decirle a Greg Peshkov que he conocido a Volodia. Aunque a Volodia no le hizo mucha gracia cuando se lo dije. Supongo que todo el que tiene vínculos con Occidente pasa a convertirse en alguien bajo sospecha.

—Y que lo digas.

—Bueno, ya tenemos lo que vinimos a buscar, eso es lo importante. Los Aliados han mostrado su compromiso con la Organización de las Naciones Unidas.

—Sí —dijo Gus con satisfacción—. Nos ha costado un poco convencer a Stalin, pero al final ha entrado en razón. Y en parte es gracias a ti y a la charla tan franca que mantuviste con Peshkov.

—Tú has luchado por esto durante toda tu vida —dijo Woody.

—No me importa admitir que este es un momento muy bueno.

Un pensamiento inquietante cruzó la mente de Woody.

—No te irás a jubilar ahora, ¿verdad?

Gus se rió.

—No. Hemos logrado un acuerdo en principio, pero el trabajo no ha hecho más que empezar.

Cordell Hull ya se había ido de Moscú, pero algunos de sus ayudantes aún estaban en la ciudad y uno de ellos se aproximó hasta los Dewar. Woody lo conocía, era un muchacho llamado Ray Baker.

—Tengo un mensaje para usted, senador —dijo. Parecía nervioso.

—Pues si llegas a venir un poco más tarde no me hubieras encontrado porque estoy a punto de irme —dijo Gus—. ¿De qué se trata?

—Es sobre su hijo Charles… Chuck.

—¿Qué mensaje traes? —preguntó Gus, que se había puesto pálido.

Al joven le costaba hablar.

—Son malas noticias, señor. Ha participado en la batalla de las islas Salomón.

—¿Está herido?

—No, señor, es peor.

—Oh, Dios —dijo Gus, que rompió a llorar.

Woody nunca había visto llorar a su padre.

—Lo siento, señor —dijo Ray—. El mensaje es que ha muerto.

18

1944

I

Woody se plantó delante del espejo del dormitorio del piso que sus padres tenían en Washington. Lucía el uniforme de teniente segundo del 510.º Regimiento Paracaidista del ejército de Estados Unidos.

Había encargado la confección del traje a un buen sastre de la ciudad, pero no le sentaba bien. El color caqui le confería un tono cetrino y las insignias y los distintivos de la guerrera parecían puestos de cualquier manera.

Probablemente, podría haberse librado de que lo llamasen a filas, pero decidió no hacerlo. Una parte de él deseaba seguir trabajando para su padre, que estaba ayudando al presidente Roosevelt a planear un nuevo orden global que evitaría más guerras mundiales. Habían conseguido la victoria en Moscú, pero Stalin no actuaba con constancia y parecía disfrutar creando problemas. En la conferencia de Teherán celebrada en diciembre, el dirigente soviético había vuelto a proponer la solución intermedia de los consejos regionales y Roosevelt había tenido que disuadirlo. Era obvio que la Organización de las Naciones Unidas debería mantenerse ojo avizor.

Sin embargo, Gus podía apañarse sin Woody, y él se sentía cada vez peor permitiendo que otros combatieran por él.

Tenía el mejor aspecto posible con el uniforme, así que entró en el salón para que su madre lo viera.

Rosa tenía visita, un joven con el uniforme blanco de la armada, y al cabo de un momento Woody reconoció el pecoso y atractivo rostro de Eddie Parry. Estaba sentado junto a Rosa en el sofá, con un bastón en la mano. Se puso en pie con dificultad para estrecharle la mano a Woody.

Su madre tenía el semblante triste.

—Eddie me estaba hablando del día en que murió Chuck —dijo.
Eddie volvió a sentarse, y Woody ocupó un asiento frente a él.

—Me gustaría oírlo —dijo Woody.

—No es una historia muy larga —empezó Eddie—. Llevábamos
unos cinco segundos en la playa de Bougainville cuando una ametralladora abrió fuego desde algún punto de la marisma. Corrimos a ponernos a cubierto, pero recibí unos cuantos disparos en la rodilla.
Chuck tendría que haber seguido corriendo hasta la hilera de árboles;
así es como hay que actuar: debes dejar que los médicos se encarguen
de los heridos. Pero, por supuesto, Chuck desobedeció las órdenes y
se detuvo para recogerme.

Eddie hizo una pausa. Tenía al lado una taza de café, en una mesita
baja, y tomó un sorbo.

—Me cogió en brazos —prosiguió—. Pobre tonto. Se puso a tiro.
Imagino que lo que quería era llevarme de vuelta a bordo. Las naves de
desembarco tienen los costados muy altos, y son de acero. Allí habíamos estado a salvo, y podría haber recibido atención médica inmediata. Pero era imposible que lo consiguiera. En cuanto se puso de pie, lo
acribillaron a balazos; le dieron en las piernas, la espalda y la cabeza.
Creo que murió antes de caer al suelo. La cuestión es que cuando fui
capaz de levantar la cabeza y mirar, ya no estaba en este mundo.

Woody vio que a su madre le estaba costando contener el llanto, y
temía que si se echaba a llorar, él haría lo mismo.

—Permanecí una hora tumbado en la playa a su lado, cogiéndole
la mano —dijo Eddie—. Hasta que vinieron a buscarme con una camilla. No quería irme porque sabía que nunca volvería a verlo. —Se cubrió el rostro con las manos—. Lo quería tanto —confesó.

Rosa lo rodeó por los anchos hombros y lo abrazó. Él apoyó la
cabeza en su pecho y empezó a sollozar como un niño. Rosa le acariciaba el pelo.

—Vamos, tranquilo —lo consoló ella—. Tranquilo.

Woody se dio cuenta de que su madre sabía qué relación tenían
Chuck y Eddie.

Al cabo de un minuto, Eddie recobró la compostura y miró a Woody.

—Ya sabes lo que se siente.

Se refería a la muerte de Joanne.

—Sí, sí que lo sé —dijo Woody—. Es lo peor que puede pasarte en
la vida; pero cada día duele un poco menos.

—Eso espero.

—¿Sigues en Hawai?

—Sí. Chuck y yo trabajamos juntos en la unidad de territorio enemigo. Bueno, trabajábamos. —Tragó saliva—. Chuck decidió que necesitábamos tener mejores conocimientos de cómo se utilizan nuestros mapas durante el combate. Por eso fuimos a Bougainville con los marines.

—Debíais de estar haciendo un buen trabajo —observó Woody—. Parece que nos estamos cargando a los japoneses en el Pacífico.

—Poco a poco —puntualizó Eddie. Se quedó mirando el uniforme de Woody—. ¿Dónde estás destinado?

—He estado en Fort Benning, en Georgia, recibiendo instrucción en paracaidismo —respondió Woody—. Ahora estoy a punto de partir hacia Londres. Me voy mañana.

Captó la mirada de su madre. De repente, le pareció que había envejecido; tenía la cara surcada de arrugas. Su cincuenta cumpleaños había pasado sin pena ni gloria. Sin embargo, Woody dedujo que el hecho de estar hablando de la muerte de Chuck mientras su otro hijo se plantaba ante ella ataviado con el uniforme del ejército había supuesto un duro golpe.

Eddie no se fijó en eso.

—Dicen que este año invadiremos Francia —comentó.

—Imagino que por eso me han instruido a toda prisa —dijo Woody.

—Seguro que entras en combate.

Rosa ahogó un sollozo.

—Espero ser tan valiente como mi hermano —declaró Woody.

—Pues yo espero que nunca llegues a averiguarlo —repuso Eddie.

II

Greg Peshkov invitó a Margaret Cowdry, la muchacha de ojos oscuros, a un concierto sinfónico de tarde. Margaret tenía una boca grande, opulenta, que adoraba los besos. Sin embargo, Greg estaba pendiente de otra cosa.

Andaba siguiendo a Barney McHugh.

Igual que un agente del FBI llamado Bill Bicks.

Barney McHugh era un físico joven y brillante. Trabajaba en el laboratorio secreto que el ejército estadounidense tenía en Los Álamos, Nuevo México, y estaba de permiso, por lo que había aprovechado para llevar a su mujer, de nacionalidad británica, a visitar Washington.

El FBI había averiguado de antemano que McHugh iba a asistir al concierto, y el agente especial Bicks se las había arreglado para conseguirle a Greg dos localidades pocas filas por detrás de él. Una sala de conciertos, con centenares de extraños que se apiñaban al entrar y al salir, era el lugar perfecto para las citas clandestinas, y Greg quería saber qué era lo que McHugh se traía entre manos.

Era una lástima que ya se conocieran. Greg había hablado con McHugh en Chicago el día que se probó la pila atómica. De eso hacía un año y medio, pero era posible que McHugh lo recordase. Por eso tenía que asegurarse de que no lo viera.

Cuando Greg y Margaret llegaron al lugar, los asientos de McHugh estaban libres. A ambos lados había sendas parejas de aspecto corriente: a la izquierda, un hombre de mediana edad que llevaba un humilde traje gris con rayas blancas y la sosaina de su esposa; a la derecha, dos mujeres de edad. Greg esperaba que McHugh se presentase. Si era un espía, quería echarle el guante.

Iban a escuchar la *Sinfonía número uno* de Chaikovski.

—Así que te gusta la música clásica —comentó Margaret con desenfado mientras la orquesta afinaba. No tenía ni idea del verdadero motivo por el que Greg la había llevado allí. Sabía que se dedicaba a la investigación de armas, lo cual en sí ya era información secreta, pero, como a la mayoría de los estadounidenses, ni siquiera le sonaba que se estuviera desarrollando una bomba atómica—. Creía que solo escuchabas jazz —dijo.

—Me encantan los compositores rusos; son muy dramáticos —respondió Greg—. Supongo que lo llevo en la sangre.

—Yo crecí rodeada de música clásica. A mi padre le gusta que una pequeña orquesta acompañe las cenas que organiza. —La familia de Margaret era tan rica que, en comparación con ella, Greg se sentía un pobretón. Todavía no conocía a sus padres, pero sospechaba que no aprobarían una relación con el hijo ilegítimo de un famoso mujeriego de Hollywood.

—¿Qué estás mirando? —preguntó.

—Nada. —Habían llegado los McHugh—. ¿Qué perfume llevas?

—Chichi de Renoir.

—Me encanta.

Los McHugh parecían felices; una pareja radiante y próspera que disfrutaba de las vacaciones. Greg se preguntaba si el motivo por el que habían llegado tarde era que habían estado haciendo el amor en la habitación del hotel.

Barney McHugh estaba sentado al lado del hombre con el traje gris de rayas. Greg notaba que la prenda era de poca calidad por la rigidez antinatural de las hombreras. El hombre no se fijó en los recién llegados. Entonces los McHugh empezaron a hacer un crucigrama; acercaban las cabezas en un gesto de intimidad mientras examinaban el periódico que sostenía Barney. Al cabo de unos minutos, apareció el director.

El concierto se inició con una obra de Saint-Saëns. Los compositores alemanes y austríacos habían perdido popularidad desde que había estallado la guerra, y los melómanos estaban descubriendo alternativas. Había un interés renovado por Sibelius.

Era probable que McHugh fuese comunista. Greg lo sabía porque J. Robert Oppenheimer se lo había confesado. Oppenheimer, un destacado físico teórico de la Universidad de California, dirigía el laboratorio de Los Álamos y era el jefe de todo el equipo científico del proyecto Manhattan. Tenía fuertes vínculos comunistas, aunque recalcaba que nunca había pertenecido al partido.

—¿Para qué quiere el ejército a todos esos rojos? —había preguntado a Greg el agente especial Bicks—. Sea lo que sea lo que quieren encontrar en la larga travesía por el desierto, ¿no hay suficientes científicos jóvenes, brillantes y de ideología conservadora en Norteamérica?

—No, no los hay —había respondido Greg—. Si los hubiera, ya los habríamos contratado.

A veces los comunistas eran más leales a su causa que a su país, y podía parecerles apropiado revelar los secretos de la investigación nuclear a la Unión Soviética. No era como pasarle información al enemigo. Los soviéticos eran aliados de Estados Unidos contra los nazis; de hecho, entre ambos países les habían plantado más cara que todos los otros aliados juntos. De todos modos, era peligroso. La información destinada a Moscú podía acabar en manos de Berlín. Además, cualquiera que dedicase más de un minuto a pensar en el orden mundial tras la guerra deduciría que Estados Unidos y la Unión Soviética no serían amigos para siempre.

El FBI creía que Oppenheimer suponía un riesgo para la seguridad y no paraba de insistirle al jefe de Greg, el general Groves, para que lo despidiera. Pero Oppenheimer era el científico más relevante de su generación y por eso el general estaba empeñado en mantenerlo en el equipo.

En un intento de demostrar su lealtad, Oppenheimer había revelado que cabía la posibilidad de que McHugh fuera comunista, y por eso Greg lo andaba siguiendo.

No obstante, el FBI tenía sus dudas.

—Oppenheimer os la está metiendo doblada —había asegurado Bicks.

—No lo creo —había replicado Greg—. Hace un año que lo conozco.

—Es un puto comunista, como su mujer, y su hermano, y su cuñada.

—Trabaja diecinueve horas al día para proveer de mejores armas a los soldados norteamericanos. ¿Qué clase de traidor haría una cosa así?

Greg esperaba que McHugh resultara ser un espía, pues así dejarían de sospechar de Oppenheimer, aumentaría la credibilidad del general Groves y, de paso, también su propio prestigio.

Se pasó toda la primera mitad del concierto observando a McHugh; no quería perderlo de vista. El físico no prestaba atención a las personas sentadas a uno ni otro lado, parecía absorto en la música y solo apartaba los ojos del escenario para lanzar miradas cariñosas a la señora McHugh, que era una típica belleza inglesa con el cutis de porcelana. ¿Estaba Oppenheimer equivocado con respecto a McHugh? ¿O había obrado con gran sutileza y lo había acusado para apartar las sospechas de sí?

Greg sabía que Bicks también lo estaba observando. Se encontraba arriba, en el primer piso. Tal vez él hubiera visto algo.

En el intermedio, Greg abandonó la sala detrás de los McHugh y se situó en la misma cola para tomar café. Ni la pareja anodina ni las dos ancianas estaban por allí cerca.

Greg se sentía frustrado. No sabía qué conclusiones sacar. ¿Eran infundadas sus sospechas? ¿O lo único inocente de los McHugh era esa particular visita a la ciudad?

Cuando Margaret y él regresaban a sus asientos, Bill Bicks se le acercó. El agente era de mediana edad, tenía un ligero sobrepeso y se estaba quedando calvo. Llevaba un traje gris pálido con manchas de sudor en las axilas.

—Tenía razón —dijo en voz baja.

—¿Cómo lo sabe?

—Fíjese en el tipo que se sienta al lado de McHugh.

—¿El del traje gris de rayas?

—Exacto. Es Nikolái Yenkov, un agregado cultural de la embajada soviética.

—¡Santo Dios! —exclamó Greg.

—¿Qué pasa? —tercíó Margaret, volviéndose a mirarlos.

—Nada —respondió Greg.

Bicks se alejó.

—Te llevas algo entre manos —dijo Margaret cuando tomaron asiento—. Me parece que no has oído ni un solo compás de Saint-Saëns.

—Estaba pensando en el trabajo.

—Dime que no es otra mujer y te dejaré en paz.

—No es otra mujer.

Durante la segunda parte, Greg empezó a ponerse nervioso. No había observado contacto alguno entre los McHugh y Yenkov. No hablaban, y Greg no vio que intercambiasen nada; ninguna carpeta, ningún sobre, ningún carrete de fotos.

La sinfonía tocó a su fin y el director recibió los aplausos pertinentes. El público empezó a desfilar. La caza del espía había sido un desastre.

Tras salir al vestíbulo, Margaret fue al servicio. Mientras Greg la esperaba, Bicks se le acercó.

—No he visto nada —dijo Greg.

—Yo tampoco.

—A lo mejor es pura casualidad que McHugh estuviera sentado al lado de Yenkov.

—Nada ocurre por casualidad.

—Pues igual han tenido algún tropiezo. Una contraseña errónea, por ejemplo.

Bicks negó con la cabeza.

—Seguro que se han pasado algo, solo que no lo hemos visto.

La señora McHugh también había ido al servicio y, como Greg, su marido esperaba por allí cerca. Greg lo observó desde detrás de una columna. No llevaba ningún maletín, ni ninguna gabardina donde ocultar un paquete o una carpeta. Con todo, algo no acababa de cuadrarle. ¿Qué era?

Entonces Greg cayó en la cuenta.

—¡El periódico! —exclamó.

—¿Cómo?

—Antes Barney llevaba un periódico. Estaba haciendo el crucigrama con su mujer mientras esperaban a que empezase el concierto. ¡Y ahora ya no lo tiene!

—O lo ha tirado… o se lo ha pasado a Yenkov, con algo oculto dentro.

—Yenkov y su mujer ya se han marchado.

—Es posible que aún estén en la puerta.

Bicks y Greg salieron corriendo.

Bicks se abrió paso entre la multitud que aún obstruía la salida. Greg lo siguió, pegándose a él. Una vez en la calle, miraron a ambos lados. Greg no observó rastro de Yenkov, pero Bicks tenía vista de lince.

—¡Ha cruzado la calle! —gritó.

El agregado y su anodina esposa aguardaban plantados en la acera mientras una limusina negra se acercaba poco a poco.

Yenkov llevaba un periódico doblado.

Greg y Bicks cruzaron a toda prisa.

La limusina se detuvo.

Greg era más rápido que Bicks y llegó antes a la otra acera.

Yenkov no había reparado en ellos. Abrió la puerta del coche con toda tranquilidad y se hizo atrás para dejar paso a su esposa.

Greg se arrojó sobre él, y ambos cayeron al suelo. La señora Yenkov se puso a chillar.

Greg consiguió ponerse en pie. El chófer había salido del vehículo y se disponía a rodearlo.

—¡FBI! —gritó Bicks, y alzó la placa.

Yenkov se disponía a recuperar el periódico que se le había caído de las manos. Sin embargo, Greg fue más rápido. Lo cogió, dio un paso atrás y lo abrió.

Dentro había un montón de hojas. La de encima de todo tenía un esquema que Greg reconoció de inmediato. Mostraba el funcionamiento del dispositivo de implosión de una bomba de plutonio.

—Dios mío —exclamó—. ¡Estos son los adelantos más recientes!

Yenkov se apresuró a subir al coche, cerró la puerta y accionó el seguro.

El chófer volvió a ocupar su asiento y se puso en marcha.

III

Era sábado por la noche y el piso que Daisy ocupaba en Piccadilly estaba abarrotado. Por lo menos había un centenar de invitados, pensó complacida.

Se había convertido en la representante de un grupo que prestaba servicios sociales en Londres y que dependía de la Cruz Roja estadounidense. Todos los sábados organizaba una fiesta para los soldados norteamericanos e invitaba a enfermeras del hospital de St. Bart. También acudían pilotos de la RAF. Bebían de sus ilimitadas reservas de whisky escocés y ginebra y bailaban al compás de los discos de Glenn Miller reproducidos en su gramófono. Consciente de que bien podía ser la última fiesta a la que los hombres asistieran, hacía todo lo posible por tenerlos contentos. Todo menos besarlos; de eso ya se encargaban las enfermeras.

Daisy nunca bebía alcohol en sus fiestas, tenía que estar pendiente de demasiadas cosas. No paraban de encerrarse parejas en el lavabo, y tenía que sacarlas de allí de modo que la gente pudiera utilizarlo para su fin original. Si algún importante general se emborrachaba, tenía que encargarse de que llegase a casa sano y salvo. Muchas veces se quedaba sin hielo; no había forma de que sus sirvientes británicos fueran conscientes de la gran cantidad de hielo que hacía falta para celebrar una fiesta.

Durante un tiempo, tras romper con Boy Fitzherbert, sus únicos amigos habían sido la familia Leckwith. La madre de Lloyd, Ethel, nunca la juzgaba. Aunque ahora Ethel era la respetabilidad personificada, en el pasado había cometido errores y eso hacía que se mostrase más comprensiva. Daisy seguía yendo a visitarla a Aldgate todos los miércoles por la noche, y se tomaban una taza de chocolate junto a la radio. Era su momento favorito de la semana.

Había sufrido el rechazo social dos veces, primero en Buffalo y luego en Londres, donde tuvo un momento de desánimo que la llevó a pensar que tal vez había sido por su culpa. Quizá, después de todo, esos grupos rancios de la alta sociedad, con sus estrictas normas de conducta, no eran para ella. Era una tonta por sentirse atraída por ellos.

El problema era que adoraba las fiestas, los picnics, los acontecimientos deportivos y toda clase de eventos en los que la gente se ponía elegante y lo pasaba bien.

No obstante, ahora sabía que no necesitaba a los británicos de alcurnia ni a los norteamericanos de familia adinerada para divertirse.

Había creado su propio grupo social, y era mucho más emocionante que los otros. Algunas de las personas que habían dejado de dirigirle la palabra tras la ruptura con Boy ahora no cesaban de insinuarle que les gustaría asistir a una de sus famosas veladas de los sábados. Y muchos invitados acudían a su casa para soltarse el pelo tras sobrevivir con esfuerzo a una opulenta cena en la suntuosa residencia Mayfair.

La fiesta de esa noche prometía ser la mejor hasta el momento, pues Lloyd estaba de permiso.

No escondían que vivían juntos en el piso. A Daisy le daba igual lo que pensase la gente: su reputación en los círculos respetables era tan mala que no podía caer más bajo. En realidad, el apremio con que se vivía el amor en tiempos de guerra había impulsado a numerosas parejas a quebrantar las normas de forma similar. Muchas veces el servicio doméstico podía ser tan rígido como las señoronas en relación con esos aspectos, pero los empleados de Daisy la adoraban, así que Lloyd y ella no se molestaban en fingir que dormían en habitaciones separadas.

Le encantaba acostarse con él. No tenía tanta experiencia como Boy, pero lo compensaba con el entusiasmo; y estaba ansioso por aprender. Cada noche era un viaje de descubrimiento en una cama de matrimonio.

Mientras observaban a los invitados charlando y riendo, bebiendo y fumando, bailando y besuqueándose, Lloyd le sonrió.

—¿Eres feliz? —preguntó.

—Casi —respondió ella.

—¿Cómo que casi?

Ella suspiró.

—Quiero tener hijos, Lloyd, me da igual que no estemos casados. Bueno, no me da igual, claro, pero aun así quiero un bebé.

El semblante de Lloyd se ensombreció.

—Ya sabes lo que opino de la ilegitimidad.

—Sí, ya me lo has explicado. Pero quiero tener algo tuyo a mi lado, por si mueres.

—Haré todo lo posible por sobrevivir.

—Ya lo sé. —Sin embargo, si las sospechas de Daisy eran ciertas y estaba cumpliendo una misión secreta en territorio ocupado, podrían ejecutarlo, tal como hacían en Gran Bretaña con los espías alemanes. Desaparecería, y a ella no le quedaría nada—. Les pasa a millones de mujeres, ya lo sé, pero no soy capaz de imaginarme la vida sin ti. Creo que me moriría.

—Si supiera cómo hacer que Boy se divorciase de ti, lo haría.

—Bueno, no es un tema que debamos tratar en una fiesta. —Posó la vista en el otro extremo de la sala—. ¿Qué te parece? ¡Creo que tenemos aquí a Woody Dewar!

Woody lucía un uniforme de teniente. Daisy se acercó a saludarlo. Le resultaba extraño volver a verlo después de nueve años; aunque no había cambiado mucho, solo se le veía más mayor.

—Tenemos a miles de soldados norteamericanos por aquí —dijo Daisy mientras bailaban el fox-trot al ritmo de «Pennsylvania Six-Five Thousand»—. Debemos de estar a punto de invadir Francia. ¿Qué otra razón puede haber?

—Te aseguro que los mandamases no comparten los planes con los tenientes novatos —dijo Woody—. Pero a mí tampoco se me ocurre ninguna otra razón para que estemos aquí. No podemos dejar que los rusos sigan llevando todo el peso del conflicto por mucho tiempo.

—¿Cuándo crees que ocurrirá?

—Las ofensivas siempre tienen lugar en verano. A finales de mayo o principios de junio, según opina casi todo el mundo.

—¡Qué pronto!

—Pero nadie sabe dónde ocurrirá.

—El paso de Dover a Calais es el más estrecho.

—Por eso las defensas alemanas se han concentrado alrededor de Calais. Pero igual intentamos sorprenderlos; por ejemplo, desembarcando en la costa sur, cerca de Marsella.

—A lo mejor entonces termina todo.

—Lo dudo. Cuando tengamos una cabeza de puente, aún nos quedará conquistar Francia, y luego Alemania. Tenemos un largo camino por delante.

—Vaya, querido. —Woody parecía necesitar que lo animasen, y Daisy conocía a la chica perfecta para hacerlo. Isabel Hernández era una estudiante becada por la fundación de Rhodes para cursar un máster de historia en el St. Hilda's College, en Oxford. Era guapísima, pero los chicos la consideraban una calientabraguetas por ser tan intelectual. A Woody, sin embargo, esas cosas le traían sin cuidado—. Ven aquí —gritó a Isabel—. Woody, esta es mi amiga Bella. Es de San Francisco. Bella, te presento a Woody Dewar, de Buffalo.

Se estrecharon la mano. Bella era alta, y tenía el pelo grueso y oscuro y la piel aceitunada, exactamente igual que Joanne Rouzrokh. Woody le sonrió.

—¿Qué haces en Londres? —preguntó.

Daisy los dejó solos.

Sirvió la cena a medianoche. Cuando conseguía provisiones de Estados Unidos, esta consistía en huevos con jamón; si no, en sándwiches de queso. La cena ofrecía el paréntesis durante el cual los invitados podían hablar, un momento parecido al intermedio en el teatro. Reparó en que Woody Dewar seguía acompañado de Bella Hernández, y parecían enfrascados en la conversación. Se aseguró de que todo el mundo dispusiera de lo que deseaba y se sentó en un rincón con Lloyd.

—Ya sé lo que quiero hacer cuando termine la guerra, si sigo con vida —dijo él—. Además de casarme contigo, quiero decir.

—¿Qué?

—Voy a presentarme como candidato al Parlamento.

Daisy estaba emocionada.

—¡Lloyd! ¡Eso es fantástico! —Le echó los brazos al cuello y lo besó.

—Es pronto para felicitaciones. He presentado mi candidatura por Hoxton, circunscripción contigua a la de mamá. Pero es posible que la sección local del Partido Laborista no me elija; y aunque lo hagan, puede que no gane. En Hoxton hay un parlamentario liberal con mucha fuerza en este momento.

—Quiero ayudarte —dijo ella—. Me gustaría ser tu mano derecha. Te redactaré los discursos; seguro que se me da bien.

—Me encantaría que me ayudases.

—¡Pues está hecho!

Los invitados de más edad se marcharon después de cenar, pero la música continuó y la bebida no se agotaba, así que la fiesta prosiguió con un ambiente más desinhibido incluso. Woody estaba bailando una pieza lenta con Bella, y Daisy se preguntó si era su primer escarceo amoroso desde la muerte de Joanne.

Las caricias iban en aumento, y los invitados empezaron a trasladarse a los dos dormitorios. Como no podían cerrar la puerta porque Daisy siempre quitaba la llave, a veces había más de una pareja en la misma habitación, pero a nadie parecía importarle. En una ocasión Daisy había encontrado a una pareja en el armario escobero, dormidos el uno en brazos del otro.

A la una de la madrugada llegó su marido.

No había invitado a Boy a la fiesta, pero este se presentó acompañado por una pareja de pilotos norteamericanos, y Daisy se encogió de hombros y los dejó entrar. Desprendía cierta euforia, y bailó con varias enfermeras. Luego se lo propuso a ella con amabilidad.

¿Estaría bebido?, se preguntó, ¿o tal vez solo se había vuelto más transigente con ella? Si era así, tal vez se replanteara lo del divorcio.

Ella accedió, y bailaron el *jitterbug*. La mayoría de los invitados no sabían que eran un matrimonio separado, pero quienes estaban al corriente no daban crédito.

—He leído en el periódico que has comprado otro caballo de carreras —dijo ella, iniciando una conversación trivial.

—Se llama Afortunado —respondió él—. Me ha costado ocho mil guineas; toda una fortuna.

—Espero que valga la pena. —Daisy adoraba los caballos, y había forjado en su mente la fantasía de que se dedicarían a comprarlos y adiestrarlos juntos. Sin embargo, él no había querido compartir la afición con su mujer. Ese había sido uno de los fracasos de su matrimonio.

Él le leyó la mente.

—Te he decepcionado, ¿verdad? —dijo.

—Sí.

—Y tú me has decepcionado a mí.

Eso era nuevo para ella.

—¿Por no cerrar los ojos a tus infidelidades? —preguntó tras meditarlo un minuto.

—Exacto. —Estaba lo bastante borracho para hablar con sinceridad.

Ella vio su oportunidad.

—¿Cuánto tiempo crees que tenemos que seguir mortificándonos?

—¿Mortificándonos? —se extrañó él—. ¿Quién se mortifica?

—Nos mortificamos el uno al otro por obligarnos a seguir casados. Tendríamos que divorciarnos, como hacen las personas sensatas.

—Tal vez tengas razón —convino él—. Pero un sábado a estas horas no es el mejor momento para hablar de eso.

Daisy se creó nuevas expectativas.

—¿Qué te parece si voy a verte un día? —propuso—. Cuando estemos despiertos, y sobrios.

Él vaciló.

—De acuerdo.

Daisy, ansiosa, aprovechó el momento.

—¿Qué tal mañana por la mañana?

—De acuerdo.

—Te veré al salir de la iglesia. ¿A las doce del mediodía te parece bien?

—De acuerdo —repitió Boy.

IV

Cuando Woody estaba cruzando Hyde Park con Bella para acompañarla a casa de una amiga que vivía en South Kensington, ella lo besó.

Nadie lo había hecho desde la muerte de Joanne y, al principio, se quedó paralizado. Bella le gustaba muchísimo, era la chica más inteligente que había conocido, aparte de Joanne. Y su forma de abrazarlo cuando bailaban le había hecho pensar que podía besarla si lo deseaba. Aun así, se había refrenado. No dejaba de pensar en Joanne.

Así que Bella tomó la iniciativa.

Abrió la boca, y él notó el roce de su lengua, pero eso solo sirvió para que recordase a Joanne haciendo lo mismo. Únicamente habían pasado dos años y medio de su muerte.

Su cerebro empezaba a barajar amables frases de rechazo cuando su cuerpo tomó el relevo. De repente, el deseo lo consumía. Empezó a besarla con avidez.

Ella respondió con entusiasmo a su arrebato de pasión. Le cogió las dos manos y las puso sobre sus pechos, grandes y suaves. Él gimió sin poder contenerse.

Había oscurecido y apenas veía pero, a juzgar por los sonidos medio ahogados procedentes de los arbustos de alrededor, dedujo que había bastantes parejas haciendo lo mismo.

Ella se apretó contra su cuerpo; Woody sabía que notaba su erección. Estaba tan excitado que tenía la impresión de que eyacularía de un momento a otro. Bella parecía igual de enardecida que él. Notó que le desabrochaba los pantalones con movimientos apresurados; tenía las manos frías en contraste con su pene ardiente. Retiró la prenda que lo cubría y luego, para sorpresa y deleite de Woody, se arrodilló. En cuanto rodeó el bálano con los labios, él se derramó en su boca sin poder controlarlo. Mientras lo hacía, ella lo succionó y lo lamió con impaciencia febril.

Tras el momento del clímax, Bella siguió besándole el miembro hasta que bajó la erección. Luego lo tapó con suavidad y se levantó.

—Ha sido muy excitante —susurró—. Gracias.

Woody estaba a punto de darle también las gracias, pero en vez de eso la abrazó y la atrajo con fuerza hacia sí. Se sentía tan agradecido que se habría echado a llorar. Hasta ese momento, no había reparado en cuánto necesitaba las atenciones de una mujer esa noche. Era como si le hubieran quitado de encima algo que lo ensombrecía.

—No sé cómo decirte… —empezó, pero no encontraba palabras para expresar lo que había significado para él.

—Pues no digas nada —repuso ella—. De todos modos, lo sé. Lo noto.

Caminaron hasta su casa.

—¿Podríamos…? —empezó él cuando llegaron a la puerta.

Ella le posó un dedo en los labios para acallarlo.

—Ve y gana la guerra —dijo.

Luego entró.

V

Cuando Daisy asistía al oficio religioso los domingos, lo cual no sucedía a menudo, evitaba las iglesias de élite frecuentadas por los fieles del West End que le volvían la cara y prefería trasladarse en metro hasta Aldgate y acudir a Calvary Gospel Hall. Las diferencias doctrinales eran numerosas, pero a ella eso no le importaba. Los cánticos del East End eran más divertidos.

Lloyd y ella llegaron por separado. Los habitantes de Aldgate la conocían, y les gustaba tener a una aristócrata peculiar en sus humildes bancos. Sin embargo, tratándose de una mujer casada y separada, habría supuesto abusar de su tolerancia entrar en la iglesia del brazo de su concubino. «Jesús no condenó a la adúltera, pero le pidió que no volviera a pecar», había dicho Billy, el hermano de Ethel.

Durante el oficio pensó en Boy. ¿Habría pronunciado en serio las palabras conciliadoras de la noche anterior, o todo había sido fruto de la debilidad del momento de embriaguez? Boy incluso le había estrechado la mano a Lloyd cuando se marchó, y eso tenía que significar que la perdonaba, ¿no? Sin embargo, se dijo que no debía permitir que sus esperanzas aumentasen. Boy era la persona más egocéntrica que había conocido en la vida, peor que su padre y su hermano Greg.

Al salir de la iglesia, Daisy solía ir a casa de Eth Leckwith a comer. Sin embargo, ese día dejó a Lloyd con su familia y se marchó a toda prisa.

Regresó al West End y llamó a la puerta de la casa que su marido ocupaba en Mayfair. El mayordomo la acompañó al salón de día.

Boy entró gritando.

—¿De qué narices va todo esto? —rugió, y le arrojó un periódico.

Lo había visto de ese humor muchísimas veces, y no le daba miedo. Solo le había levantado la mano una vez, y ella había cogido un pesado candelabro y lo amenazó con él. Nunca había vuelto a suceder.

No estaba asustada, pero sí decepcionada. La noche anterior lo había visto de un humor excelente. Claro que aún cabía la posibilidad de que atendiera a razones.

—¿Por qué estás tan contrariado? —preguntó ella con serenidad.

—Mira el maldito periódico.

Daisy se agachó y lo recogió. Era la edición del día del *Sunday Mirror*, un popular tabloide de izquierdas. En portada había una foto del nuevo caballo de Boy, Afortunado, y el titular rezaba:

AFORTUNADO...

VALE POR

28 MINEROS DEL CARBÓN

La noticia de la compra de Boy había aparecido en la prensa el día anterior, pero ese día el *Mirror* publicaba un indignado artículo de opinión que recalcaba que el precio del caballo, ocho mil cuatrocientas libras, equivalía exactamente a veintiocho veces la paga compensatoria de trescientas libras que recibía la viuda de un minero muerto en accidente de trabajo.

Y la fortuna de la familia Fitzherbert procedía de las minas de carbón.

—Mi padre está furioso —dijo Boy—. Esperaba que lo nombrasen ministro de Asuntos Exteriores del gobierno después de la guerra. Probablemente esto ha arruinado sus posibilidades.

Daisy respondió con exasperación.

—Escucha, Boy, ¿puedes hacer el favor de explicarme qué tengo yo que ver con eso?

—¡Mira quién ha escrito el maldito artículo!

Daisy miró la firma.

—¡El tío de tu novio! —soltó Boy.

—¿Te crees que antes de escribir un artículo me lo consulta a mí? Él agitó el dedo en señal de advertencia.

—¡Por alguna razón, esa familia nos odia!

—Creen que es injusto que ganes tanto dinero con el carbón mientras los propios mineros pasan penurias. Estamos en guerra, ya sabes.

—Tú también vives de una fortuna heredada —le espetó—. Además, anoche no observé mucha austeridad en tu piso de Piccadilly, y eso que estamos en guerra.

—Tienes razón —convino ella—. Pero yo me dedico a dar fiestas para los soldados. Tú, en cambio, te has gastado una fortuna en un caballo.

—¡Es mi dinero!

—Pero lo ganas con el carbón.

—¡Te has acostado tantas veces con ese cabrón de Williams que te has convertido en una maldita bolchevique!

—Esa es una de las muchas cosas que nos separan, Boy. ¿En serio quieres seguir casado conmigo? Encontrarás a alguien que te convenga, la mitad de las chicas de Londres darían cualquier cosa por convertirse en vizcondesas de Aberowen.

—No haré nada que favorezca a esos malditos Williams. Además, anoche me pareció oír que tu novio quiere convertirse en parlamentario.

—Lo hará estupendamente.

—Pues contigo cerca, lo tiene muy mal. Ni siquiera lo elegirán. Es un maldito socialista, y tú eres ex fascista.

—Ya he pensado en eso. Sé que es un poco problemático…

—¿Problemático? Es una barrera infranqueable. ¡Espera a que la noticia salga en los periódicos! Te crucificarán igual que hoy han hecho conmigo.

—Imagino que piensas vender la historia al *Daily Mail*.

—No me hará falta; lo harán sus rivales. Acuérdate de mis palabras: contigo cerca, Lloyd Williams no tendrá ni una maldita oportunidad.

VI

Durante los primeros cinco días de junio, el teniente Woody Dewar y su sección de paracaidistas, además de otros mil hombres aproximadamente, permanecieron aislados en un aeródromo del noroeste de Londres. Habían convertido un hangar en un dormitorio gigante con cientos de camas dispuestas formando largas hileras. Veían películas y escuchaban discos de jazz para entretenerse mientras esperaban.

El objetivo era Normandía. Con elaborados planes falsos, los Aliados habían intentado convencer al alto mando alemán de que el punto estratégico se encontraba trescientos kilómetros al nordeste de Calais. Si habían conseguido engañarlos, las fuerzas invasoras encontrarían poca resistencia relativamente, al menos durante las primeras horas.

El primer grupo estaría formado por los paracaidistas, que saltarían en mitad de la noche. El segundo, por el grueso de 130.000 hombres a bordo de 5.000 naves que atracarían en las playas de Normandía al amanecer. Para entonces, los paracaidistas tendrían que haber destruido los puntos fortificados del interior y haberse hecho con el control de las principales conexiones de transporte.

La sección de Woody tenía que tomar un puente que cruzaba el río en la pequeña población de Église-des-Soeurs, a dieciséis kilómetros de la playa. Cuando lo hubieran conseguido, debían controlar el acceso, bloqueando el paso a las unidades de refuerzo alemanas, hasta que llegase el grueso de la tropa. Debían evitar a toda costa que los alemanes volasen el puente.

Mientras esperaban luz verde, Ace Webber había organizado una maratoniana timba de póquer que le había hecho ganar mil dólares y luego volver a perderlos. Cameron el Zurdo no paraba de limpiar y engrasar de forma obsesiva su ligera carabina semiautomática M1, un modelo utilizado por los paracaidistas que tenía la culata plegable. Lonnie Callaghan y Tony Bonanio, que no se caían bien, iban a misa juntos todos los días. Pete Schneider, el Artero, no paraba de afilar el cuchillo de comando que había comprado en Londres, hasta tal punto que podría haberse afeitado con él. Patrick Timothy, que se parecía a Clark Gable e incluso llevaba un bigote similar al suyo, tocaba el ukelele, repitiendo una y otra vez la misma melodía y poniendo a todo el mundo frenético. El sargento Defoe escribía largas cartas a su esposa, luego las hacía pedazos y volvía a empezar. Mack el Seductor y Joe

Morgan, el Cigarros, se rapaban mutuamente con la esperanza de que eso facilitase a los médicos la tarea de curarles las heridas de la cabeza.

La mayoría tenían motes. Woody había descubierto que el suyo era «el Escocés».

El Día D se estableció el domingo 4 de junio, pero se retrasó a causa del mal tiempo.

El lunes 5 de junio, a última hora de la tarde, el coronel pronunció un discurso.

—¡Soldados! —gritó—. ¡Esta noche invadiremos Francia!

Todos rugieron en señal de aprobación. Woody pensó que era una ironía; allí estaban cómodos y a salvo, pero no veían la hora de llegar al lugar establecido, saltar de los aviones y aterrizar en brazos de las tropas enemigas que querían acabar con sus vidas.

Les sirvieron una cena especial; podían comer cuanto quisieran: ternera, cerdo, pollo, patatas fritas y helado. Woody no probó nada de eso. Era más consciente que los demás de lo que les esperaba y no quería afrontarlo con el estómago lleno. Pidió un café y un donut. El café era americano, aromático y delicioso, muy distinto del brebaje asqueroso que servían los británicos cuando, en el mejor de los casos, había café.

Se quitó las botas y se tumbó en la cama. Pensó en Bella Hernández, en su sonrisa ladeada y sus suaves pechos.

Cuando se dio cuenta, sonaba una sirena.

Por un momento, Woody creyó estar despertando de una pesadilla en la que entraba en combate y mataba gente. Luego se dio cuenta de que era la realidad.

Todos se pusieron el mono de paracaidista y prepararon el equipo. Llevaban demasiadas cosas. Algunas eran imprescindibles: una carabina con ciento cincuenta cartuchos de 30 mm, granadas antitanque, una pequeña bomba llamada granada Gammon, raciones K, tabletas para purificar el agua y un botiquín de primeros auxilios con morfina. Tendrían que prescindir de lo demás: una herramienta para construir trincheras, utensilios para afeitarse y un manual de conversación en francés. Iban tan cargados que a los hombres menos corpulentos les costaba llegar hasta los aviones alineados en la pista a oscuras.

Los aviones destinados a transportarlos eran los Skytrain C-47. Para su sorpresa y a pesar de la poca luz, Woody vio que los habían pintado con llamativas rayas negras y blancas.

—Es para que no nos derriben los nuestros por un maldito error

—dijo el piloto del avión de Woody, un hombre malcarado del Medio Oeste que respondía al nombre de capitán Bonner.

Antes de embarcarse, los hombres debían pesarse. Donegan y Bonanio llevaban sendos bazukas desmontados guardados en unas bolsas que les colgaban de las perneras y que añadían treinta y seis kilos a su peso. Cuando sumaron el total, el capitán Bonner se enfadó.

—¡Me estáis sobrecargando! —gruñó a Woody—. ¡No conseguiré levantar este puto aparato del suelo!

—No es decisión mía, capitán —repuso Woody—. Hable con el coronel.

El sargento Defoe se embarcó el primero y ocupó un asiento en la parte delantera del avión, junto al espacio abierto de la cabina de mando. Sería el último en abandonar el avión. Cualquier hombre que a última hora se arrepintiera de tener que saltar en mitad de la noche recibiría la ayuda de un buen empujón de Defoe.

A Donegan y a Bonanio, con las bolsas de los bazukas y todo lo demás, tuvieron que ayudarles a subir la escalerilla. Woody subió el último, puesto que era el comandante de la sección. Sería el primero en saltar, y también en llegar a tierra.

El interior del avión era un tubo con una fila de sencillos asientos metálicos a cada lado. Los hombres tenían problemas para abrocharse el cinturón de seguridad con todo el equipo, y algunos ni siquiera se molestaron en hacerlo. La portezuela se cerró y los motores se pusieron en funcionamiento con un rugido.

Woody se sentía tan emocionado como asustado. Contra toda lógica, no veía el momento de que empezase la batalla. Para su sorpresa, estaba impaciente por llegar a tierra, enfrentarse al enemigo y disparar las armas. Quería que terminase la espera.

Se preguntó si volvería a ver a Bella Hernández.

Le pareció notar que el avión hacía un gran esfuerzo para avanzar por la pista. A duras penas adquiría velocidad, y daba la impresión de que no dejaría nunca de traquetear en contacto con el suelo. Woody se sorprendió a sí mismo al preguntarse cuántos kilómetros tenía la maldita pista. Por fin despegó el aparato. No tenía la sensación de estar volando, y pensó que debían de estar a poca altura. Miró por la ventanilla. Estaba sentado junto a la séptima y última, al lado de la portezuela, y vio las veladas luces de la base, cada vez más lejos. Se habían elevado.

El cielo estaba turbio, pero las nubes tenían cierta luminosidad, seguramente porque la luna se encontraba por encima. Al final de cada ala, se observaba una lucecita azul, y Woody vio que el avión en el que viajaba ocupaba su lugar entre los demás, formando una V gigantesca.

En la cabina había tanto ruido que los hombres tenían que gritarse al oído, y pronto cesaron las conversaciones. Todos se removían en los rígidos asientos, tratando en vano de ponerse cómodos. Algunos cerraron los ojos, pero Woody dudaba que nadie pudiera dormir.

Volaban bajo, a poco más de mil pies, y de vez en cuando Woody observaba el brillo grisáceo de los ríos y los lagos. En un momento dado, vio un grupo de personas, cientos de cabezas levantadas, mirando los aviones que volaban sobre ellas con un ruido atronador. Sabía que había más de mil aparatos sobrevolando el sur de Inglaterra al mismo tiempo, y reparó en que la vista debía de ser magnífica. Se le ocurrió pensar que lo que toda esa gente estaba observando pasaría a formar parte de la historia, y él estaba contribuyendo a ello.

Al cabo de media hora cruzaron los centros turísticos de la costa y se encontraron sobrevolando el mar. Por un momento, la luna brilló por un resquicio entre el cúmulo de nubes y Woody descubrió los barcos. Apenas podía creer lo que veía. Era toda una ciudad flotante, naves de todos los tamaños formaban hileras zigzagueantes en el mar como las casas aisladas de una urbanización. Se observaban miles de ellas, llegaban hasta donde alcanzaba la vista. Pero antes de que pudiera avisar a sus compañeros para que contemplasen aquel panorama excepcional, las nubes volvieron a tapar la luna y la visión se desvaneció como un sueño.

Los aviones viraron hacia la derecha formando una amplia curva con la intención de situarse sobre el oeste de la zona de Francia donde debían lanzarse los paracaidistas y luego seguir la línea de la costa hacia el este, guiándose por las características del terreno para asegurarse de que cayeran donde debían.

Las islas Anglonormandas, que aunque eran británicas se encontraban más cerca de Francia, habían sido ocupadas por Alemania al final de la batalla de Francia en 1940. Mientras la flota las sobrevolaba, los cañones antiaéreos alemanes abrieron fuego. A tan poca altura los Skytrain eran muy vulnerables, y Woody se dio cuenta de que podía perder la vida antes incluso de llegar al campo de batalla. No quería morir de forma tan inútil.

El capitán Bonner zigzagueó para evitar que lo alcanzasen los disparos. Woody se alegró de que lo hiciese, pero la maniobra tuvo un efecto indeseado en los hombres. Todos empezaron a marearse, incluido Woody. Patrick Timothy fue el primero que no pudo soportarlo, y vomitó en el suelo. El hedor hizo que los demás se sintieran peor. Pete el Artero fue el siguiente en vomitar, y tras él lo hicieron varios hombres a la vez. Se habían hartado de ternera y helado, y ahora lo estaban arrojando todo. La hediondez era insoportable y el suelo quedó asquerosamente resbaladizo.

La trayectoria se tornó más estable una vez que hubieron dejado atrás las islas. Al cabo de pocos minutos, divisaron la costa francesa. El avión se ladeó y giró a la izquierda. El copiloto se levantó del asiento y habló al oído al sargento Defoe, y este se dio la vuelta y mostró a los hombres las dos manos con los dedos extendidos. Faltaban diez minutos para saltar.

El avión aminoró la velocidad de 250 km/h a los aproximadamente 160 recomendados para saltar en paracaídas.

De repente, se encontraron en medio de un banco de niebla. Era tan denso que ocultaba la luz azul del extremo de las alas. A Woody se le aceleró el corazón. Era una situación muy peligrosa para un grupo de aviones que volaban tan cerca los unos de los otros. Menuda tragedia supondría morir en un accidente aéreo, ni siquiera en combate. Sin embargo, Bonner solo podía mantener la trayectoria recta y no perder la esperanza. Cualquier cambio de dirección provocaría una colisión segura.

El avión salió del banco de niebla con tanta rapidez como había entrado en él. A ambos lados, el resto de la flota seguía manteniendo la formación de modo milagroso.

Casi de inmediato estalló el fuego antiaéreo, las mortales explosiones se sucedían en los espacios cerrados. En tales circunstancias, Woody sabía que las órdenes del piloto consistirían en mantener la velocidad y volar directamente hacia el objetivo. Pero Bonner desafió las órdenes y rompió la formación. El zumbido de los aviones aumentó hasta convertirse en un rugido de los motores a toda máquina. La nave empezó a zigzaguear otra vez. El morro del avión descendió para tratar de adquirir mayor velocidad. Woody miró por la ventanilla y vio que muchos otros pilotos estaban actuando con igual indisciplina. No podían controlar el impulso de salvar la vida.

Se encendió la luz roja de la puerta: faltaban cuatro minutos.

Woody estaba seguro de que la tripulación había encendido la luz demasiado pronto, estaban desesperados por librarse de las tropas y correr a salvar el pellejo. Sin embargo, eran ellos quienes disponían de la carta de navegación, así que no servía de nada discutir.

Se puso en pie.

—¡Levantaos y enganchaos! —gritó.

La mayoría de los hombres no podían oírlo pero sabían lo que estaba diciendo. Todos se pusieron en pie y engancharon el cabo fijo al cable situado sobre sus cabezas, para que no pudieran caer de modo accidental. La portezuela se abrió y un viento aullador penetró por ella. El avión se desplazaba a demasiada velocidad. Un salto en esas condiciones resultaba desagradable, pero ese no era el principal problema. Aterrizarían en puntos muy separados, y Woody tardaría mucho más tiempo en reunir a sus hombres. Alcanzarían el objetivo más tarde de lo previsto y empezarían la misión con retraso. Maldijo a Bonner.

El piloto continuó ladeándose hacia un lado y hacia el otro, esquivando el fuego antiaéreo. A los hombres les costaba mantener los pies en el suelo resbaladizo por los vómitos.

Woody se asomó a la portezuela. Bonner había empezado a descender mientras trataba de aumentar la velocidad y ahora el avión volaba a unos quinientos pies; demasiado bajo. Tal vez no tuvieran tiempo de abrir el paracaídas del todo antes de llegar al suelo. Vaciló, luego hizo una seña al sargento para que se acercase.

Defoe se plantó a su lado y miró abajo, luego sacudió la cabeza.

—Si saltamos desde esta altura, la mitad de los hombres se romperán los tobillos —gritó con la boca pegada al oído de Woody—. Y los de los bazukas se matarán.

Woody tomó una decisión.

—Asegúrese de que no salte nadie —gritó a Defoe.

Entonces se desenganchó del cable y, abriéndose paso entre las dos hileras de hombres, avanzó hasta la cabina de mandos. La ocupaban tres tripulantes.

—¡Arriba! ¡Arriba! —gritó a voz en cuello.

—¡Vuelva atrás y salte! —gritó Bonner a su vez.

—¡Nadie va a saltar desde esta altura! —Woody se inclinó y señaló el altímetro, que indicaba cuatrocientos ochenta pies—. ¡Es un suicidio!

—Salga de la cabina de mandos, teniente. Es una orden.

Woody debía obedecer a su superior, pero decidió dejar clara su postura.

—No, a menos que ganemos altitud.

—¡Dejaremos atrás el objetivo si no saltan ahora mismo!

Woody perdió la paciencia.

—¡Pues salta tú, cabrón! ¡Salta tú!

Bonner parecía furioso, pero Woody no se movió. Sabía que el piloto no estaría dispuesto a regresar con todos a bordo del avión porque tendría que afrontar una investigación para averiguar qué había salido mal, y Bonner ya había desobedecido demasiadas órdenes esa noche. Entre reniegos, tiró de la palanca de maniobra. El morro del avión volvió a elevarse de inmediato, y el aparato ganó altura y perdió velocidad.

—¿Satisfecho? —gruñó Bonner.

—No, joder. —Woody no pensaba volver atrás y dar tiempo a que Bonner cambiase la trayectoria—. Saltamos a mil pies.

Bonner aumentó la velocidad al máximo. Woody no apartaba los ojos del altímetro.

Cuando llegó a mil pies, se dirigió a la parte trasera del avión. Se abrió paso entre los hombres, llegó a la portezuela, se asomó, hizo el consabido gesto de aprobación levantando los pulgares y saltó.

El paracaídas se abrió de inmediato. Descendió con rapidez mientras la vela se desplegaba, hasta que esta frenó su caída. Al cabo de unos segundos se encontró en el agua. Durante una fracción de segundo, lo invadió el pánico; temía que el cobarde de Bonner los hubiera hecho lanzarse al mar. Entonces sus pies toparon con algo sólido, por lo menos mullido, y comprendió que había caído en un terreno inundado.

La seda del paracaídas lo envolvió. Luchó por librarse de sus pliegues y se desabrochó el arnés.

Se encontraba de pie en medio metro de agua y miró alrededor. O bien estaba en un terreno pantanoso o, lo más probable, en un campo inundado por los alemanes para impedir la invasión por parte de las fuerzas enemigas. No vio a nadie, ni amigo ni enemigo, ni tampoco ningún animal; claro que había muy poca luz.

Miró el reloj; eran las cuatro menos veinte de la madrugada; luego observó la brújula para orientarse.

A continuación, extrajo la carabina M1 del estuche y desplegó la culata. Colocó un cartucho de quince proyectiles en la ranura y desplazó la palanca para introducir uno en la recámara. Por fin, hizo rotar el dispositivo de seguridad hasta retirarlo.

Rebuscó en el bolsillo y sacó un pequeño objeto metálico con aspecto de juguete infantil. Al presionarlo, emitió un ruidito seco inconfundible. Lo habían repartido a todos los hombres para que pudieran reconocerse en la oscuridad sin arriesgarse a revelar contraseñas británicas.

Cuando estuvo preparado, volvió a mirar alrededor.

Probó a presionar el objeto dos veces. Al cabo de un momento, oyó un ruidito idéntico justo enfrente.

Avanzó chapoteando en el agua. Olía a vómito.

—¿Quién hay ahí? —preguntó en voz baja.

—Patrick Timothy.

—Soy el teniente Dewar. Sígueme.

Timothy había sido el segundo en saltar, así que Woody supuso que si seguían en esa misma dirección tenían muchas oportunidades de encontrar a los demás.

Tras caminar cincuenta metros toparon con Mack y con Joe el Cigarros, que ya se habían reunido.

Salieron del agua y se encontraron en una carretera estrecha, donde vieron a las primeras víctimas. Lonnie y Tony, que llevaban los bazukas en las bolsas de las perneras, habían aterrizado con demasiada fuerza.

—Creo que Lonnie está muerto —observó Tony.

Woody lo comprobó: tenía razón. Lonnie no respiraba. Al parecer, se había roto el cuello. Tony no podía moverse, y Woody pensó que debía de haberse roto una pierna. Le administró una dosis de morfina y lo arrastró desde la carretera hasta un prado cercano. Tony tendría que esperar allí a los médicos.

Woody ordenó a Mack y a Joe el Cigarros que ocultasen el cuerpo de Lonnie para que no guiara a los alemanes hasta Tony.

Trató de examinar el terreno que los rodeaba, esforzándose por reconocer algo que se correspondiera con el mapa. La tarea se le antojó imposible, y más en la oscuridad. ¿Cómo iba a guiar a esos hombres hasta el objetivo si no sabía dónde estaba? Lo único de lo que estaba bastante seguro era que no habían aterrizado donde debían.

Oyó un ruido extraño y, al cabo de un momento, vio una luz.

Hizo señas a los otros para que se agachasen.

Se suponía que los paracaidistas no utilizaban linternas, y la población francesa estaba bajo toque de queda, así que probablemente quien se acercaba era un soldado alemán.

La tenue luz permitió a Woody distinguir una bicicleta.

Se puso en pie y lo apuntó con la carabina. Primero pensó en disparar de inmediato, pero no se sentía con ánimos de hacerlo.

—*Halt! Arretez!* —gritó en cambio.

El ciclista se detuvo.

—Hola, teniente —saludó, y Woody reconoció de inmediato la voz de Ace Webber.

Woody bajó el arma.

—¿De dónde has sacado la bicicleta? —preguntó sin dar crédito.

—Estaba en la puerta de una granja —respondió Ace, lacónico.

Woody guió al grupo por donde había venido Ace, suponiendo que era más probable que los demás se encontrasen en esa dirección que en ninguna otra. Mientras, iba examinando el terreno con impaciencia para encontrar características que lo situasen en el mapa, pero estaba demasiado oscuro. Se sintió un inútil y un estúpido. Allí el oficial era él, y tenía que saber resolver problemas de ese tipo.

Encontró a más hombres de su sección en la carretera. Luego llegaron a un molino. Woody decidió que no podía seguir sin saber por dónde iba, así que fue directo al molino y llamó a la puerta.

Se abrió una ventana de la planta superior.

—¿Quién es? —preguntó un hombre en francés.

—Somos norteamericanos —respondió Woody—. *Vive la France!*

—¿Qué quieren?

—Liberarlos —dijo Woody con su francés de colegial—. Pero antes necesito que me ayude a situarme en el mapa.

El molinero se echó a reír.

—Ya bajo —dijo.

Al cabo de un minuto, Woody estaba en la cocina, extendiendo el sedoso mapa sobre la mesa, bajo una potente luz. El molinero le mostró dónde se encontraba. No estaban tan mal situados como Woody se temía. A pesar del pánico del capitán Bonner, solo habían aterrizado a seis kilómetros y medio de Église-des-Soeurs. El molinero trazó la mejor ruta en el mapa.

Una muchacha de unos trece años apareció ataviada con un camisón.

—Mamá dice que son americanos —dijo a Woody.

—Es cierto, *mademoiselle* —respondió él.

—¿Conocen a Gladys Angelus?

Woody se echó a reír.

—Pues una vez coincidí con ella en casa del padre de un amigo.

—¿Y de verdad es tan, tan guapa?

—Incluso más que en las películas.

—¡Lo sabía!

El molinero le ofreció vino.

—No, gracias —dijo Woody—. Tal vez cuando ganemos.

El molinero lo besó en ambas mejillas.

Woody salió y guió a su sección lejos de allí, en dirección a Églisedes-Soeurs. Había conseguido reunir a nueve de sus dieciocho hombres, incluido él. Habían sufrido dos bajas, Lonnie había muerto y Tony estaba herido, y siete hombres más seguían sin aparecer. Tenía órdenes de no perder demasiado tiempo tratando de encontrar a todo el mundo. Cuando tuviera suficientes hombres para afrontar la misión, tenía que dirigirse al objetivo.

Uno de los siete que faltaba apareció al cabo de un instante. Pete el Artero emergió de una zanja y se unió al grupo.

—Hola, pandilla —saludó con desenfado, como si encontrarse allí fuera lo más normal del mundo.

—¿Qué hacías metido ahí? —preguntó Woody.

—Pensaba que erais alemanes —respondió Pete—. Estaba escondido.

Woody había observado el pálido brillo de la seda del paracaídas en la zanja. Pete debía de haber permanecido allí escondido desde que aterrizaron. Era obvio que estaba muerto de miedo y se había hecho un ovillo. No obstante, Woody prefirió fingir que le creía.

A quien más deseaba encontrar era al sargento Defoe. Era un militar avezado, y Woody pensaba dejarse guiar por su experiencia. Sin embargo, no lo veía por ninguna parte.

Estaban cerca de un cruce cuando oyeron ruidos. Woody reconoció el sonido de un motor al ralentí y distinguió dos o tres voces. Ordenó a todo el mundo que se agachara, y la sección avanzó de ese modo.

Más adelante, vio que un motociclista se había detenido a hablar con dos peatones. Los tres iban uniformados, y hablaban alemán. En el cruce había un edificio, tal vez se tratase de una pequeña taberna o una panadería.

Al cabo de cinco minutos, perdió la paciencia y se dio media vuelta.

—¡Patrick Timothy! —susurró.

—¡Pat el Potas! El Escocés te llama.

Timothy avanzó a gatas. Seguía oliendo a vómito, y por eso le habían puesto ese mote. Woody había visto a Timothy jugar al béisbol, y sabía que era capaz de lanzar un objeto con fuerza y precisión.

—Arroja una granada contra esa moto —ordenó Woody.

Timothy sacó una granada de su mochila, tiró de la anilla y la lanzó por los aires.

Se oyó un ruido metálico.

—¿Qué ha sido eso? —preguntó uno de los hombres en alemán. Entonces la granada estalló.

Se oyeron dos explosiones. La primera derribó a los tres alemanes. La segunda procedía del depósito de la motocicleta, y provocó una llamarada que engulló a los tres hombres y dejó un hedor de carne carbonizada.

—¡No os mováis! —gritó Woody a su sección. Observó el edificio. ¿Habría alguien dentro? Durante los siguientes minutos, nadie abrió la puerta ni ninguna ventana. O el lugar estaba desierto o los ocupantes se habían escondido debajo de la cama.

Woody se puso en pie e hizo señas a sus hombres para que lo siguieran. Se le hizo raro pasar por encima de los horrendos cadáveres de los tres alemanes. Él había ordenado su muerte, la muerte de hombres que tenían padre y madre, esposa o novia, incluso tal vez tuvieran hijos. Ahora esos hombres habían quedado reducidos a un espeluznante amasijo de sangre y carne carbonizada. Woody debería haber experimentado una sensación triunfal, era su primer enfrentamiento con el enemigo y lo había derrotado. Sin embargo, solo sentía alguna que otra náusea.

Tras superar el cruce, empezó a andar a paso ligero y ordenó que nadie hablase ni fumase. Para conservar las energías, se comió una barrita de chocolate de la ración D que más bien parecía masilla con azúcar.

Al cabo de media hora oyó un coche y ordenó que todo el mundo se escondiera en los campos. El vehículo avanzaba deprisa con los faros encendidos. Probablemente era alemán, pero los Aliados enviaban jeeps en planeadores, además de cañones antitanque y otras armas de artillería, así que también era posible que se tratara de un vehículo amigo. Se escondió detrás de un seto y esperó a que hubiera pasado.

Circulaba demasiado rápido para identificarlo. Se preguntó si debía haber ordenado a su sección que le disparase. No, decidió; pensándolo bien, era mejor concentrarse en su misión.

Pasaron por tres aldeas que Woody logró identificar en el mapa. De vez en cuando se oía ladrar a algún perro, pero nadie salió a averiguar qué ocurría. Sin duda, los franceses habían aprendido que, bajo la ocupación enemiga, era mejor encargarse de sus propios asuntos. Resultaba inquietante tener que avanzar con cautela por carreteras extrañas sumidos en la oscuridad y armados hasta los dientes, y pasar frente a casas silenciosas cuyos ocupantes dormían ajenos a las armas mortales que acechaban frente a las ventanas.

Por fin llegaron a las inmediaciones de Église-des-Soeurs. Woody ordenó un breve descanso. Entraron en una pequeña arboleda y se sentaron en el suelo. Bebieron de las cantimploras y comieron de las raciones. Woody no permitió que nadie fumase todavía: un cigarrillo encendido resultaba visible desde distancias sorprendentes.

Era de suponer que la carretera que seguían daba directamente al puente. No disponía de mucha información sobre hasta qué punto estaba custodiado. Puesto que los Aliados habían descubierto que era importante, era lógico pensar que los alemanes también lo creían, y por tanto era probable que hubieran tomado medidas de seguridad; pero estas podían consistir en cualquier cosa, desde un hombre con un fusil hasta una sección completa. No podía planear el asalto hasta que viera el objetivo.

Al cabo de diez minutos ordenó avanzar. Ahora no le hacía falta insistir para que los hombres guardasen silencio, pues advertían el peligro. Recorrieron la calle con cautela, pasaron frente a casas, iglesias y tiendas, pegados a los muros, aguzando la vista en la oscuridad de la noche, sobresaltándose ante el mínimo sonido. Un acceso de tos ruidoso y repentino estuvo a punto de provocar que Woody disparase la carabina.

Église-des-Soeurs era más un pueblo grande que una pequeña aldea, y Woody divisó el brillo plateado del río antes de lo esperado. Alzó la mano para que todo el mundo se detuviera. La calle principal descendía con una ligera pendiente y desembocaba en el río, formando un estrecho ángulo con este, de modo que le proporcionaba una buena visibilidad. La corriente de agua tenía unos treinta metros de ancho y el puente consistía en una única arcada. Debía de tratarse de una construcción antigua, imaginó Woody, porque era tan estrecho que no podían pasar dos coches a la vez.

Lo malo era que en cada extremo habían levantado un fortín: dos cúpulas gemelas de hormigón con sendas ranuras horizontales para disparar a través de ellas. Dos centinelas montaban guardia entre ambas, uno en cada extremo. El más cercano estaba hablando a través de la ranura; probablemente charlaba con quien estuviera dentro. Luego los dos se reunieron en medio del puente y observaron por encima del pretil las negras aguas que fluían. No parecían muy tensos, por lo que Woody dedujo que no debían de haberse enterado de que había empezado la invasión. Por otra parte, tampoco se les veía ociosos, sino bien despiertos, moviéndose de un lado a otro y observando con cierta actitud vigilante.

Woody no podía adivinar cuántos hombres había dentro de los fortines ni hasta qué punto iban armados. ¿Habría ametralladoras acechando tras las ranuras o solo fusiles? La diferencia era abismal.

Le habría gustado contar con más experiencia bélica. ¿Cómo debía hacer frente a la situación? Imaginó que debía de haber miles de hombres como él, oficiales recién graduados que tenían que resolver los problemas a medida que se presentaban. Ojalá el sargento Defoe estuviese allí.

La forma más fácil de neutralizar un fortín consistía en acercarse con sigilo y lanzar una granada por la ranura. Era probable que un hombre veloz consiguiera arrastrarse hasta el primero sin ser visto. Lo malo era que Woody tenía que inutilizar las dos construcciones a la vez; si no, el ataque a la primera alertaría a los ocupantes de la segunda.

¿Cómo podía arreglárselas para llegar hasta el segundo fortín sin que los centinelas lo vieran?

Notó que sus hombres se inquietaban. No debía de gustarles percibir que su teniente no sabía cómo actuar.

—Pete el Artero —llamó—. Tú te acercarás al primer fortín y arrojarás una granada por la ranura.

—Sí, señor —respondió Pete, aunque se le veía aterrado.

Luego Woody nombró a los dos mejores tiradores de la sección.

—Joe el Cigarros y Mack —llamó—. Elegid un centinela cada uno. En cuanto Pete haya lanzado la granada, cargáoslos.

Los dos hombres asintieron y levantaron las armas.

En ausencia de Defoe, decidió nombrar a Ace Webber el segundo de mando. Eligió a cuatro hombres más.

—Seguid a Ace —ordenó—. En cuanto empiece el tiroteo, cruzad el puente a toda prisa y asaltad el otro fortín. Si sois lo bastante rápidos, aún los pillaréis desprevenidos.

—Sí, señor —respondió Ace—. Esos cabrones no sabrán ni quién los ha atacado.

Woody dedujo que la agresividad le servía para ocultar el miedo.

—Todos los que no vais con Ace, seguidme hasta el primer fortín.

A Woody no acababa de parecerle bien haber asignado a Ace y a los hombres que iban con él la tarea más arriesgada mientras él se reservaba la menos peligrosa; pero le habían repetido mil veces que un oficial no debía exponer la vida de forma innecesaria, pues entonces no habría nadie que diera órdenes a sus hombres.

Se dirigieron hacia el puente, con Pete a la cabeza. Era un momento peligroso. Diez hombres que avanzaban juntos por la calle no podían pasar desapercibidos mucho tiempo, ni siquiera de noche. Cualquiera que tuviera la atención puesta en su trayectoria percibiría el movimiento.

Si saltaba la alarma de forma prematura, Pete el Artero no conseguiría llegar al fortín, y entonces la sección perdería la ventaja del efecto sorpresa.

El camino era largo.

Pete llegó a una esquina y se detuvo. Woody supuso que estaba esperando a que el centinela más cercano abandonase su puesto junto al fortín y se dirigiera al centro del puente.

Los dos francotiradores encontraron un lugar donde ponerse a cubierto.

Woody se arrodilló sobre una pierna e indicó a los demás que hiciesen lo propio. Todos observaron al centinela.

El hombre dio una larga calada al cigarrillo, lo arrojó al suelo, pisoteó la punta para apagarlo y exhaló el humo formando una gran voluta. Luego se puso derecho, se colocó bien sobre el hombro la bandolera del fusil y empezó a caminar.

El centinela del extremo opuesto hizo lo mismo.

Pete recorrió el siguiente bloque de casas y llegó al final de la calle. Entonces se puso a cuatro patas y cruzó la calzada con rapidez. Cuando llegó junto al fortín, se levantó.

Nadie lo había descubierto. Los dos centinelas seguían caminando hacia el centro del puente.

Pete buscó una granada y tiró de la anilla. Esperó unos segundos; Woody imaginó que lo hacía para evitar que los hombres de dentro del fortín tuvieran tiempo de arrojar fuera la granada.

Luego rodeó con el brazo la construcción semiesférica y, con cuidado, soltó la granada dentro.

Se oyeron rugir las carabinas de Joe y Mack. El centinela más cercano cayó, pero el otro resultó ileso. El hombre fue muy valiente y, en lugar de darse media vuelta y echar a correr, se arrodilló sobre una pierna y descolgó el fusil. Con todo, fue demasiado lento: las carabinas volvieron a disparar de forma casi simultánea y el centinela cayó sin haber llegado a disparar.

Entonces se oyó el ruido amortiguado de la granada de Pete al explotar dentro del fortín más cercano.

Woody ya había echado a correr a toda velocidad, y los hombres lo seguían de cerca. En cuestión de segundos, llegaron al puente.

El fortín tenía una portezuela baja de madera. Woody la abrió de golpe y entró. En el suelo había tres alemanes uniformados; estaban muertos.

Se dirigió a una de las ranuras y miró por ella. Ace y los cuatro hombres que lo acompañaban estaban cruzando a toda prisa el pequeño puente y, mientras, disparaban sus armas contra el otro fortín. La longitud del puente era solo de unos trescientos metros, pero les sobraba la mitad. Cuando alcanzaron el centro, una ametralladora abrió fuego. Los norteamericanos quedaron atrapados en un estrecho paso sin ninguna posibilidad de ponerse a cubierto. La ametralladora disparaba como loca y, en cuestión de segundos, cayeron los cinco. El arma siguió acribillándolos durante varios segundos más, para asegurarse de que estuvieran muertos y, de paso, de que también lo estuvieran los dos centinelas alemanes.

Cuando el fuego cesó, no se movía nadie.

Todo quedó en silencio.

—Dios Todopoderoso —exclamó Cameron el Zurdo, situado junto a Woody.

Woody estuvo a punto de echarse a llorar. Acababa de provocar la muerte de diez hombres, cinco norteamericanos y cinco alemanes, y aún no había conseguido cumplir su objetivo. El enemigo seguía ocupando el extremo opuesto del puente y podía impedir que las fuerzas aliadas lo cruzasen.

Le quedaban cuatro hombres. Si volvían a intentarlo y cruzaban juntos el puente, los matarían a todos. Tenía que pensar en otra cosa.

Examinó el terreno. ¿Qué podía hacer? Ojalá tuviera un tanque.

Debía darse prisa, era posible que hubiese tropas enemigas en otros puntos de la población, y los disparos las habrían alertado. Pronto las tendrían encima. Podía ocuparse de eso si tomaba los dos fortines; si no, se encontraría en apuros.

Si sus hombres no podían cruzar el puente, pensó con desesperación, tal vez pudieran cruzar el río a nado. Decidió echar una rápida mirada a la orilla.

—Mack y Joe el Cigarros —dijo—, disparad al otro fortín. Intentad acertar en la ranura. Eso los mantendrá ocupados mientras yo doy un vistazo por aquí.

Las carabinas abrieron fuego, y Woody aprovechó el momento para salir por la puerta.

Pudo ponerse a cubierto detrás del fortín mientras se asomaba por encima del pretil para examinar la orilla del río. Luego tuvo que cruzar a hurtadillas la calzada para observarla por el otro lado. No obstante, nadie disparó desde la posición enemiga.

El río no tenía ningún muro de contención. En vez de eso, una pendiente de tierra se introducía en el agua. Daba la impresión de que en la orilla opuesta sucedía lo mismo, pensó; claro que la luz era insuficiente para estar seguro. Un buen nadador sería capaz de llegar hasta allí, y si nadaba por debajo del arco del puente no sería fácil descubrirlo desde la posición enemiga. Así, podrían repetir la acción de Pete el Artero y meter otra granada en el fortín opuesto.

Examinando la estructura del puente, se le ocurrió una idea mejor. Por debajo del pretil había una cornisa de piedra de unos treinta centímetros de anchura. Cualquiera con un poco de aplomo podría deslizarse a gatas por ella sin ser visto.

Regresó al fortín ocupado por sus hombres. El más menudo era Cameron el Zurdo, y también era valiente, no se arredraba así como así.

—Zurdo —dijo Woody—. Hay una cornisa oculta en la parte de fuera del puente, por debajo de la barandilla. Seguramente la utilizan para hacer trabajos de reparación. Quiero que la cruces a gatas y lances una granada dentro del otro fortín.

—Eso está hecho —dijo el Zurdo.

La respuesta era un poco atrevida después de presenciar la muerte de cinco compañeros.

Woody se volvió hacia Mack y Joe el Cigarros.

—Cubridlo —ordenó. Los hombres empezaron a disparar.

—¿Y si me caigo? —preguntó el Zurdo.

—Solo está a cinco o seis metros del agua como máximo —respondió Woody—. No te pasará nada.

—Vale —dijo el Zurdo, que se dirigió a la puerta—. Pero no sé nadar —aclaró. Y se fue.

Woody lo vio cruzar corriendo la calzada. Cameron el Zurdo se asomó por encima del pretil, luego se sentó a horcajadas sobre él y se deslizó por la parte exterior hasta desaparecer de la vista.

—Muy bien —dijo Woody a los demás—. Seguid disparando. Va hacia allí.

Todos miraron por la ranura. Fuera, no se movía nada. Woody notó que se estaba haciendo de día: la visión del pueblo era cada vez más nítida. Sin embargo, no apareció ni uno solo de los habitantes; eran demasiado listos para eso. Tal vez las tropas alemanas se estuvieran movilizando en alguna calle cercana, pero no oía nada. Entonces reparó en que estaba prestando atención a si oía algún ruido del agua, temeroso de que el Zurdo se hubiera caído al río.

Un perro cruzó trotando el puente. Era un chucho corriente, de tamaño mediano, con la cola muy tiesa. Olisqueó los cadáveres con curiosidad y luego siguió su camino con paso airoso, como si tuviera cosas más importantes que hacer. Woody lo observó pasar junto al fortín y adentrarse en el barrio del otro lado del río.

El hecho de que hubiera amanecido significaba que el grueso de la tropa estaría desembarcando en la playa. Se decía que era el ataque anfibio más importante de la historia. Woody se preguntó a qué clase de resistencia tendrían que hacer frente. No había nadie más vulnerable que un soldado de infantería cargado con todo el equipo teniendo que cruzar una marisma, pues la playa ofrecía un terreno llano y despejado para que los artilleros ocultos tras las dunas pudieran dispararle. Se sintió muy agradecido por encontrarse dentro del fortín de hormigón.

El Zurdo tardaba mucho. ¿Se habría caído al agua sin hacer ruido? ¿Era posible que alguna otra cosa hubiera salido mal?

Entonces lo vio. Su delgada silueta color caqui se deslizó boca abajo por encima del pretil en el extremo opuesto del puente. Woody contuvo la respiración. El Zurdo se puso a gatas, avanzó hasta el fortín y se levantó pegando la espalda a la curvada pared. Con la mano izquierda sacó una granada. Tiró de la anilla, esperó unos segundos y se estiró para colarla por la ranura.

Woody oyó el estruendo de la explosión y observó un fogonazo refulgente por las ranuras. El Zurdo levantó los brazos por encima de la cabeza como un campeón.

—¡Vuelve a ponerte a cubierto, imbécil! —gritó Woody, aunque el Zurdo no podía oírlo. Podía haber un soldado alemán oculto en algún edificio cercano, deseoso de vengar la muerte de sus amigos.

Sin embargo, no sonó ningún disparo. Tras su breve danza de la victoria, el Zurdo entró en el fortín, y Woody se quedó más tranquilo.

Con todo, aún no estaban a salvo del todo. En esas circunstancias, un repentino ataque por parte de unas decenas de alemanes podía hacer que volvieran a ocupar el puente. Y, entonces, todo habría sido en vano.

Se esforzó por aguardar un minuto más para ver si las tropas enemigas se dejaban ver. No observó ningún movimiento. Empezaba a darle la impresión de que en Église-des-Soeurs no había un solo alemán, aparte de los que guardaban el puente. Era posible que los relevasen cada doce horas desde unos barracones situados a varios kilómetros de distancia.

—Joe el Cigarros —dijo—. Deshazte de los alemanes muertos. Échalos al río.

Joe arrastró los tres cadáveres fuera del fortín y los arrojó al agua. Luego hizo lo mismo con los dos centinelas.

—Pete y Mack —dijo Woody—, id a reuniros con el Zurdo en el otro fortín. Los tres tenéis que aseguraros de mantener los ojos bien abiertos, aún no hemos acabado con todos los alemanes de Francia. Si veis que se acercan tropas enemigas a vuestra posición, no dudéis, no negociéis: disparadles.

Los dos hombres salieron por la puerta y se dirigieron con paso apresurado hasta el fortín opuesto. Si los alemanes trataban de volver a conquistar el puente, les costaría lo suyo, sobre todo teniendo en cuenta que se estaba haciendo de día.

Woody se dio cuenta de que los norteamericanos muertos en medio del puente llamarían la atención de las fuerzas enemigas y les harían reparar en que los fortines estaban ocupados. Eso arruinaría el efecto sorpresa.

Eso significaba que también tenía que deshacerse de los cadáveres de sus compañeros.

Explicó a Joe lo que debía hacer y salió del fortín.

El aire de la mañana era fresco y limpio.

Se dirigió al centro del puente. Comprobó que ningún cuerpo tuviera pulso. No cabía duda: estaban muertos.

Uno por uno, cargó con sus compañeros y los arrojó por encima del pretil.

El último fue Ace Webber.

—Descansad en paz, chicos —dijo Woody cuando el cadáver de Ace cayó al agua. Guardó un minuto de silencio, con la cabeza baja y los ojos cerrados.

Cuando se volvió para marcharse, el sol empezaba a ascender.

VII

El gran temor de los Aliados al planear la operación era que los alemanes enviasen rápidamente tropas de refuerzo a Normandía y organizasen un poderoso contraataque que obligara a los invasores a volver a embarcarse, en una réplica del desastre de Dunkerque.

Lloyd Williams era uno de los hombres encargados de que tal cosa no ocurriera.

La tarea de ayudar a prisioneros fugitivos a regresar a su país había pasado a un segundo plano tras la invasión, y ahora trabajaba junto con la Resistencia francesa.

A finales de mayo, la BBC empezó a transmitir mensajes encriptados que desencadenaron una campaña de sabotaje en la Francia ocupada por los alemanes. Durante los primeros días de junio, cientos de líneas telefónicas fueron cortadas, sobre todo en puntos difíciles de localizar. Se incendiaban depósitos de combustible, las carreteras quedaban cortadas por árboles caídos y se rajaban neumáticos.

Lloyd estaba ayudando a los ferroviarios, que eran comunistas acérrimos y se hacían llamar Résistance Fer. Llevaban años volviendo locos a los nazis con sus subrepticias acciones subversivas. Era un misterio por qué los trenes de las tropas alemanas se desviaban por vías recónditas y acababan a muchos kilómetros de distancia de su destino. Las máquinas se estropeaban sin motivo aparente y los vagones descarrilaban. La cosa llegó a tal punto que los invasores decidieron reclutar a ferroviarios alemanes para que controlasen el sistema. Pero la situación empeoró. En la primavera de 1944, los ferroviarios empezaron a causar destrozos en la propia red. Volaban las vías e inutilizaban las enormes grúas destinadas a retirar los trenes siniestrados.

Los nazis no se lo tomaron a la ligera. Cientos de ferroviarios fueron ejecutados, y miles, deportados a campos de concentración. Sin embargo, la campaña fue en aumento, y para el Día D el tráfico de trenes en algunas zonas de Francia había quedado interrumpido.

Ahora, una jornada después del Día D, Lloyd se encontraba tendido en la cima de un terraplén, junto a la línea principal de Ruán, la capital de Normandía, en un punto donde la vía penetraba en un túnel. Desde su atalaya, veía los trenes que se aproximaban desde un kilómetro y medio de distancia.

Lloyd estaba acompañado de dos hombres más, que respondían a los sobrenombres de Legionnaire y Cigare. Legionnaire era el jefe de la Resistencia en ese barrio. Cigare era un ferroviario. Lloyd había llevado dinamita. La principal tarea de los británicos en la Resistencia francesa era suministrar armamento.

Los tres hombres quedaban medio ocultos tras unos altos matojos de hierba salpicados de flores silvestres. Era el lugar perfecto para llevar a una chica en un día soleado como ese, pensó Lloyd. A Daisy le encantaría.

Apareció un tren en la distancia. Cigare lo escrutó mientras se acercaba. El hombre tenía unos sesenta años, era bajo y nervudo, y tenía el rostro surcado de arrugas propio de un fumador empedernido. Cuando el tren estaba a medio kilómetro de distancia, sacudió la cabeza con gesto negativo. No era el que estaban esperando. La máquina pasó de largo, expulsando humo, y entró en el túnel. Arrastraba cuatro vagones de pasajeros, todos abarrotados tanto de civiles como de hombres uniformados. Lloyd tenía una presa más importante en perspectiva.

Legionnaire miró el reloj. Tenía la piel morena y llevaba un bigote negro, y Lloyd supuso que debía de haber algún ascendiente norteafricano en su árbol genealógico. Se le veía nervioso. Allí estaban, expuestos a la intemperie y a la luz del día. Cuanto más tiempo transcurriera, mayor riesgo había de que los descubriesen.

—¿Cuánto falta? —preguntó preocupado.

Cigare se encogió de hombros.

—Ya veremos.

—Podéis marcharos si queréis —dijo Lloyd en francés—. Todo está preparado.

Legionnaire no se molestó en responder; no pensaba perderse el momento más emocionante. Por su propio prestigio y autoridad, tenía que poder decir: «Yo estuve allí».

Cigare se puso tenso, escrutando la distancia; toda la piel del contorno de sus ojos se arrugó debido al esfuerzo.

—Ya —dijo en tono críptico. Y se incorporó hasta ponerse de rodillas.

Lloyd apenas podía divisar el tren, y menos aún identificarlo. Por suerte, Cigare estaba alerta. Avanzaba a una velocidad mucho mayor que el anterior, de eso sí que se dio cuenta. Cuando estuvo más cerca, observó que también era más largo: tenía veinticuatro vagones al menos, pensó.

—Es este —dijo Cigare.

A Lloyd se le aceleró el pulso. Si Cigare tenía razón, era un tren de las tropas alemanas que trasladaba a más de mil hombres, entre oficiales y soldados, al campo de batalla de Normandía. Tal vez solo fuera el primero de muchos. El trabajo de Lloyd consistía en asegurarse que ni ese tren ni los siguientes consiguieran cruzar el túnel.

Entonces vio otra cosa. Un avión seguía al tren. Mientras lo observaba, el aparato se alineó con el convoy y empezó a descender.

Era un avión británico.

Lloyd reconoció que se trataba de un Hawker Typhoon, también conocido como «Tiffy», un cazabombardero monoplaza. Los Tiffy solían acometer la peligrosa misión de penetrar en lo más profundo del territorio enemigo para destruir las comunicaciones. Quien lo pilotaba tenía que ser todo un valiente, pensó Lloyd.

Sin embargo, eso interfería con sus planes. No quería que el tren sufriera daños que le impidieran entrar en el túnel.

—Mierda —maldijo.

El Tiffy ametralló los vagones del tren.

—¿A qué viene eso? —preguntó Legionnaire.

—No tengo ni idea —respondió Lloyd en inglés.

Se dio cuenta de que la locomotora arrastraba una mezcla de vagones de pasajeros y furgones destinados a transportar ganado. Claro que era probable que en los furgones también viajasen soldados.

El avión, volando a mayor velocidad, disparó a los vagones a la vez que adelantaba al tren. Llevaba cuatro cañones con cintas de munición de 20 mm, y provocó un estruendo aterrador que superó el ruido del motor del avión y los enérgicos resoplidos del tren. Lloyd no pudo evitar sentir lástima por los soldados allí atrapados, a quienes resultaba imposible librarse de la letal lluvia de disparos. Se preguntaba por qué el piloto no lanzaba las bombas. Causaban una gran destrucción en trenes y coches, aunque resultaba difícil dispararlos con precisión. Tal vez los hubiera utilizado en un enfrentamiento anterior.

Algunos alemanes intrépidos asomaron la cabeza por la ventanilla y apuntaron al avión con pistolas y fusiles, pero no sirvió de nada.

Sin embargo, Lloyd observó una batería ligera antiaérea emplazada en un vagón de plataforma, justo detrás de la locomotora. Dos artilleros estaban desplegando a toda prisa el cañón de mayor tamaño. Este giró sobre la base y el tubo se elevó hasta apuntar al avión británico.

El piloto no parecía haberse dado cuenta, pues mantuvo la trayectoria mientras sus ráfagas de disparos atravesaban el techo de los vagones que sobrevolaba.

El cañón disparó y falló.

Lloyd se preguntaba si el piloto era alguien conocido. Solo había unos cinco mil en servicio activo en todo el Reino Unido, y muchos habían asistido a las fiestas de Daisy. Pensó en Hubert Saint John, un brillante graduado de Cambridge con quien pocas semanas atrás había estado recordando los tiempos de estudiante; en Dennis Chaucer, oriundo de Trinidad, en las islas Occidentales, que se quejaba de lo insípida que era la comida inglesa, sobre todo el puré de patatas que servían de guarnición con todos los platos; y también en Brian Mantel, un afable australiano que había cruzado con él los Pirineos en el último viaje. El valeroso piloto del Tiffy bien podía ser alguien a quien Lloyd conocía.

El cañón antiaéreo volvió a disparar, y falló de nuevo.

O bien el piloto no lo había visto, o tenía la impresión de que era inmune a sus disparos, pues no hizo la mínima maniobra evasiva sino que continuó volando peligrosamente bajo mientras sembraba la muerte en el tren militar.

Tan solo faltaban unos segundos para que la locomotora entrase en el túnel cuando el avión fue alcanzado.

El motor estalló en llamas y se formó una nube de humo negro. Demasiado tarde, el piloto cambió el rumbo para alejarse de la trayectoria del tren.

El convoy penetró en el túnel, y los vagones pasaron a toda velocidad frente a Lloyd. Observó que todos estaban atestados de soldados alemanes; en cada uno viajaban decenas de ellos, cientos incluso.

El Tiffy iba directo hacia Lloyd. Por un momento, creyó que se estrellaría en el mismísimo lugar donde él estaba. Ya se encontraba tendido boca abajo en el suelo, pero en un arrebato de idiotez se llevó las manos a la cabeza como si eso pudiera protegerlo.

El Tiffy rugió treinta metros por encima de él.

Entonces Legionnaire apretó el émbolo del detonador.

Dentro del túnel se oyó un estruendo parecido a un trueno cuando las vías volaron por los aires, seguido de la tremenda estridencia del metal retorciéndose cuando el tren se estrelló.

Al principio los vagones repletos de soldados siguieron entrando en el túnel a toda velocidad, pero al cabo de un segundo el movimiento se interrumpió. Los extremos de dos vagones unidos se elevaron formando una V invertida. Lloyd oyó gritar a los hombres que viajaban en ellos. Todos los siguientes vagones descarrilaron y quedaron tumbados como cerillas esparcidas alrededor de la boca del túnel en forma de O. El hierro se deformaba como si fuera papel, y una lluvia de cristales rotos cayó sobre los tres saboteadores que observaban desde lo alto del terraplén. Corrían peligro de morir a causa de la explosión que ellos mismos habían provocado; por eso, sin mediar palabra, se pusieron en pie de un salto y echaron a correr.

Para cuando se encontraron a una distancia prudencial, todo había terminado. De la boca del túnel salía una gran nube de humo; en el caso improbable de que algún hombre hubiera sobrevivido al impacto, habría muerto carbonizado.

Lloyd había cumplido su misión con éxito. No solo había matado a cientos de soldados enemigos y había inutilizado un tren, sino que también había bloqueado una importante línea ferroviaria. Se tardaban semanas en despejar un túnel tras una colisión. Eso haría que a los alemanes les costase mucho más enviar refuerzos a Normandía.

Estaba horrorizado.

Había presenciado casos de muerte y destrucción en España, pero nada parecido a eso. Y lo había provocado él.

Se oyó otra explosión, y cuando miró en la dirección del sonido, vio que el Tiffy había caído al suelo. La nave ardía, pero el fuselaje no estaba destruido. Cabía la posibilidad de que el piloto siguiera con vida.

Corrió hacia el avión, y Cigare y Legionnaire lo siguieron.

El avión derribado no había quedado del revés. Tenía un ala partida por la mitad. Su único motor desprendía humo. La cúpula de plexiglás había quedado ennegrecida por el hollín y Lloyd no veía al piloto.

Se situó sobre el ala y quitó el seguro de la cúpula. Cigare hizo lo mismo en el otro lado y, juntos, la retiraron deslizándola por el riel.

El piloto estaba inconsciente. Llevaba puestos el casco y las gafas de aviador, y una máscara de oxígeno le cubría la boca y la nariz. Lloyd todavía no sabía si se trataba de algún conocido.

Se preguntó dónde estaba la bombona de oxígeno, y si había explotado ya.

Legionnaire tuvo una idea parecida.

—Tenemos que sacarlo de aquí antes de que el avión estalle.

Lloyd introdujo la mano y le desabrochó el cinturón de seguridad. Luego cogió al piloto por las axilas y tiró de él. El hombre estaba inerte por completo. Lloyd no sabía cómo averiguar qué heridas tenía. Ni siquiera estaba seguro de que siguiera con vida.

Lo sacó a rastras de la carlinga, luego se lo cargó al hombro y se alejó lo suficiente de los restos en llamas. Lo tendió boca arriba en el suelo con toda la delicadeza posible.

Oyó un ruido a medio camino entre un bufido y un golpe. Cuando se volvió, vio que las llamas habían engullido por completo el avión.

Se inclinó sobre el piloto y, con cuidado, le retiró las gafas y la máscara de oxígeno, y el rostro que quedó expuesto le resultó terriblemente familiar.

Era Boy Fitzherbert.

Y respiraba.

Lloyd le limpió la sangre de la boca y la nariz.

Boy abrió los ojos. Al principio no dio muestras de haberlo reconocido, pero al cabo de un minuto se le demudó el rostro.

—Eres tú —dijo.

—Hemos volado el tren —aclaró Lloyd.

Boy parecía incapaz de mover nada a excepción de los ojos y la boca.

—Qué pequeño es el mundo —dijo.

—Sí, ¿verdad?

—¿Quién es? —preguntó Cigare.

Lloyd vaciló.

—Es mi hermano —reveló al fin.

—Santo Dios.

Los ojos de Boy se cerraron.

—Necesitamos un médico —dijo Lloyd a Legionnaire, pero este negó con la cabeza.

—Tenemos que marcharnos de aquí, dentro de pocos minutos los alemanes vendrán a investigar el siniestro.

Lloyd sabía que tenía razón.

—Pues tenemos que llevarlo con nosotros.

Boy abrió los ojos.

—Williams —llamó.

—¿Qué pasa, Boy?

Él pareció esbozar una sonrisa.

—Ahora ya puedes casarte con la bruja —dijo.

Y murió.

VIII

Daisy lloró al enterarse de lo ocurrido. Boy era un sinvergüenza, y la había tratado fatal, pero en otro tiempo lo había amado y él le había enseñado muchas cosas sobre el sexo. La entristecía que lo hubieran matado.

Su hermano, Andy, se había convertido en vizconde y heredero del condado. La esposa de Andy, May, era la vizcondesa. Y Daisy, según las complejas normas de la aristocracia, era la vizcondesa viuda de Aberowen; hasta que se casara con Lloyd. Entonces le retirarían el título y pasaría a ser simplemente la señora Williams.

No obstante, incluso ahora era posible que faltase mucho tiempo para eso. Después del verano, todas las esperanzas de que la guerra tuviera un final rápido se habían desvanecido. El plan trazado por unos cuantos oficiales alemanes de asesinar a Hitler el 20 de julio había fallado. El ejército alemán se había batido en completa retirada en el frente oriental, y los Aliados habían tomado París en agosto, pero Hitler estaba decidido a luchar hasta el final costara lo que costase. Daisy no tenía ni idea de cuándo volvería a ver a Lloyd, y menos aún de cuándo podrían casarse.

Un miércoles de septiembre que se dirigía a Aldgate a pasar la tarde, Eth Leckwith la recibió con júbilo.

—¡Buenas noticias! —exclamó Ethel cuando Daisy entró en la cocina—. ¡Han elegido a Lloyd como posible candidato parlamentario por Hoxton!

La hermana de Lloyd, Millie, estaba presente, y la acompañaban sus hijos, Lennie y Pammie.

—¿No te parece fantástico? —dijo—. Seguro que llegará a ser primer ministro.

—Sí —dijo Daisy, y se dejó caer en una silla.

—Pues no te veo muy alborozada —observó Ethel—. Como diría mi amiga Mildred, parece que te hayan echado un jarro de agua fría. ¿Qué te pasa?

—Es que no le ayudará mucho casarse conmigo. —Se sentía fatal precisamente porque lo amaba muchísimo. ¿Cómo podía permitirse malograr sus planes? Y, por otra parte, ¿cómo podía dejarlo? Solo de pensarlo, se le desgarraba el corazón y el futuro se le antojaba desolador.

—¿Porque eres una heredera? —preguntó Ethel.

—No solo por eso. Antes de morir, Boy me dijo que Lloyd nunca resultaría elegido si se casaba con una ex fascista. —Miró a Ethel. Ella siempre decía la verdad, aunque doliera—. Tenía razón, ¿verdad?

—No del todo —respondió Ethel. Puso la tetera en el fuego y se sentó a la mesa de la cocina frente a Daisy—. No te diré que no influya, pero no creo que debas tomártelo a la tremenda.

«Eres como yo —pensó Daisy—, dices siempre lo que piensas. No me extraña que Lloyd se haya enamorado de mí: ¡soy la estampa de su madre, solo que más joven!»

—El amor lo puede todo, ¿no es así? —terció Millie. Entonces reparó en que Lennie, de cuatro años, estaba atizando a Pammie, de dos, con un soldadito de madera—. ¡No le pegues a tu hermana! —gritó. Se volvió de nuevo hacia Daisy y prosiguió—: Además, mi hermano te adora. No creo que haya amado tanto a nadie en su vida, si te digo la verdad.

—Ya lo sé —dijo Daisy. Tenía ganas de llorar—. Pero está decidido a cambiar el mundo, y no puedo soportar la idea de interponerme en su camino.

Ethel se sentó en el regazo a la criatura de dos años, que había estallado en llanto, y el hermano mayor se calmó de inmediato.

—Te diré lo que tienes que hacer: prepárate para que te acribillen a preguntas, y para enfrentarte a actitudes hostiles, pero no agaches la cabeza y escondas tu pasado —aconsejó a Daisy.

—¿Qué debo decir?

—Di que los fascistas te engañaron, igual que a millones de personas; pero que durante el Blitz te encargaste de conducir una ambulancia y que crees que ya has pagado por lo que fuiste. Prepáralo palabra por palabra con Lloyd. Ten confianza, aprovecha tu encanto irresistible y no te dejes abatir.

—¿Saldrá bien?

Ethel vaciló.

—No lo sé —dijo tras una pausa—. De verdad que no lo sé. Pero tienes que intentarlo.

—Sería horrible que tuviera que abandonar lo que más desea en el mundo por mi culpa. Una cosa así es capaz de arruinar un matrimonio.

Daisy esperaba que Ethel lo desmintiera, pero no lo hizo.

—No lo sé —repitió.

19

1945 (I)

I

Woody Dewar se acostumbró deprisa a las muletas.

Lo habían herido a finales de 1944, en Bélgica, en la batalla de las Ardenas. Un poderoso contraataque alemán sorprendió a los Aliados que avanzaban hacia la frontera germana. Woody y otros miembros de la 101.ª División Aerotransportada habían resistido en Bastoña, una ciudad situada en una encrucijada de vital importancia. Cuando los alemanes les enviaron una carta formal exigiendo la rendición, el general McAuliffe respondió con un mensaje compuesto por una única palabra que acabó siendo célebre: «*Nuts!*», «¡Y una mierda!».

Una ametralladora le destrozó la pierna derecha a Woody el día de Navidad. El dolor lo torturó, pero lo peor fue que tardó todo un mes en poder salir de la ciudad sitiada y acudir a un hospital de verdad.

Sus huesos soldarían y probablemente la cojera desaparecería, pero nunca volvería a recuperar la fuerza en la pierna para soportar los saltos en paracaídas.

La batalla de las Ardenas había sido la última ofensiva del ejército de Hitler en el frente occidental. Después ya no hubo más contraataques.

Woody volvió a la vida civil, lo que significó que pudo instalarse en el piso de sus padres, en Washington, y disfrutar de las atenciones de su madre. Cuando le quitaron el yeso, regresó al trabajo, en el despacho de su padre.

El jueves 12 de abril de 1945 se encontraba en el edificio del Capitolio, sede del Senado y de la Cámara de Representantes, renqueando por el sótano y hablando con su padre sobre los refugiados.

—Creemos que aproximadamente veintiún millones de personas se han quedado sin hogar —dijo Gus—. La Administración de las Naciones Unidas para el Auxilio y la Rehabilitación está ya preparada para ayudarlas.

—Supongo que podrán empezar a hacerlo pronto —contestó Woody—. El Ejército Rojo está a las puertas de Berlín.

—Y el ejército de Estados Unidos, a solo ochenta kilómetros.

—¿Cuánto tiempo podrá seguir resistiendo Hitler?

—Un hombre en sus cabales ya se habría rendido.

Woody bajó el tono de voz.

—Me han dicho que los soviéticos han encontrado lo que parece ser un campo de exterminio. Los nazis mataban allí a centenares de personas a diario. Un lugar llamado Auschwitz, en Polonia.

Gus asintió con aire grave.

—Es verdad. La gente aún no lo sabe, pero tarde o temprano correrá la voz.

—Deberían juzgar a alguien por eso.

—La Comisión de las Naciones Unidas para los Crímenes de Guerra lleva un par de años elaborando listados de criminales de guerra y recabando pruebas. Juzgarán a alguien, si conseguimos que las Naciones Unidas sigan existiendo después de la guerra.

—Claro que lo conseguiremos —repuso Woody, indignado—. El año pasado Roosevelt abogó por ello en su campaña y ganó las elecciones. Dentro de dos semanas se celebrará la conferencia de las Naciones Unidas en San Francisco. —San Francisco tenía un significado especial para Woody, porque Bella Hernández vivía allí, pero todavía no le había hablado a su padre de ella—. Los estadounidenses están a favor de la cooperación internacional para no volver a vivir una guerra como esta. ¿Quién podría oponerse a eso?

—Te sorprendería. Mira, la mayoría de los republicanos son hombres decentes que sencillamente tienen una visión del mundo diferente de la nuestra. Pero luego está el núcleo duro de esos jodidos chalados.

Woody estaba perplejo. Su padre casi nunca decía palabras malsonantes.

—Los tipos que planearon una insurrección contra Roosevelt en los años treinta —prosiguió Gus—. Ejecutivos como Henry Ford, que creían que Hitler era un buen líder contra el comunismo. Fichan a grupos de derechas como el America First.

Woody no recordaba haberle oído hablar nunca de una forma tan airada.

—Si esos necios salen adelante, habrá una tercera guerra mundial incluso peor que las dos anteriores —concluyó Gus—. He perdido a un hijo en la guerra, y si algún día tengo un nieto, no querré perderlo también a él.

Woody sintió una punzada de dolor. De estar viva, Joanne le habría dado nietos a Gus.

En esos momentos Woody ni siquiera salía con nadie, de modo que la posibilidad de tener hijos quedaba aún muy lejos... a menos que consiguiera encontrar a Bella en San Francisco...

—No podemos hacer nada con esos idiotas de remate —dijo Gus—, pero quizá sí con el senador Vandenberg.

Arthur Vandenberg era un republicano de Michigan, conservador y contrario al *new deal* de Roosevelt. Trabajaba con Gus en el Comité de Relaciones Exteriores del Senado.

—Constituye nuestro mayor peligro —continuó Gus—. Puede que sea prepotente y vanidoso, pero cuenta con el respeto de los altos mandos. El presidente lo ha estado cortejando y ha conseguido que se ponga de nuestro lado, pero podría cambiar de parecer.

—¿Por qué iba a hacerlo?

—Es un anticomunista recalcitrante.

—Eso no tiene nada de malo. Nosotros también lo somos.

—Sí, pero la postura de Arthur es muy rígida. Se cabreará si hacemos algo que él considere un sometimiento a Moscú.

—Como por ejemplo...

—A saber a qué tipo de acuerdos podríamos tener que llegar en San Francisco. Ya hemos accedido a admitir a Bielorrusia y a Ucrania como países independientes, lo cual solo es un modo de conceder a Moscú tres votos en la Asamblea General. Tenemos que conservar a los soviéticos en nuestro bando... pero si vamos demasiado lejos, Arthur podría posicionarse en contra del proyecto de las Naciones Unidas. Entonces el Senado podría negarse a ratificarlo, igual que rechazaron la Sociedad de las Naciones en 1919.

—De modo que nuestro trabajo en San Francisco será contentar a los soviéticos sin ofender al senador Vandenberg.

—Exacto.

Oyeron unos pasos precipitados, un sonido insólito en los solemnes pasillos del Capitolio. Los dos se volvieron. Woody se sorprendió al ver al vicepresidente, Harry Truman, corriendo por el pasillo. Iba vestido como de costumbre, con un traje gris de chaqueta cruzada y una corbata de lunares, aunque no llevaba sombrero. Parecía haber perdido a su inseparable séquito de ayudantes y guardias de los servicios secretos. Corría con paso firme, jadeante, sin mirar a nadie, y con evidente apremio.

Woody y Gus lo miraron desconcertados, como los demás presentes.

—¿Qué demonios...? —preguntó Woody cuando Truman desapareció por una esquina.

—El presidente debe de haber muerto —dijo Gus.

II

Volodia Peshkov entró en Alemania en un Studebaker US6, un camión militar de diez ruedas. Fabricado en South Bend, Indiana, había sido transportado en tren hasta Baltimore, después en barco por el Atlántico y el cabo de Buena Esperanza hasta el golfo Pérsico, y desde Persia de nuevo en tren hasta el centro de Rusia. Volodia sabía que era uno de los doscientos mil camiones Studebaker que el gobierno de Estados Unidos había proporcionado al Ejército Rojo. A los soviéticos les gustaban, eran robustos y seguros. Los hombres decían que las iniciales «USA» pintadas en los laterales correspondían a *Ubit Sukina syna Adolf*, «Matad al hijo de puta de Adolf».

También les gustaba la comida que los norteamericanos les estaban enviando, especialmente las latas de carne prensada de la marca Spam, de un extraño color rosa pero deliciosamente grasa.

Volodia había sido destinado a Alemania porque los servicios secretos sabían por los espías que en Berlín no era posible conseguir información tan actualizada como la que proporcionaban las entrevistas con prisioneros de guerra. Su fluidez con el alemán lo convertía en un interrogador de primera.

Cuando cruzó la frontera, vio un cartel gubernamental soviético en el que se leía: «Soldado del Ejército Rojo: ahora estás en suelo alemán. ¡Ha llegado la hora de la venganza!». Era uno de los ejemplos más moderados de propaganda que había visto. El Kremlin llevaba cierto tiempo fomentando el odio a los alemanes, creyendo que eso haría luchar con mayor empeño a los soldados. Los comisarios políticos habían calculado —o eso decían— el número de bajas en el campo de batalla, el número de casas incendiadas, el número de civiles asesinados por ser comunistas, eslavos y judíos, en todos los pueblos y ciudades invadidos por el ejército alemán. En el frente, muchos soldados conocían las cifras que afectaban a sus poblaciones de origen y estaban ansiosos por infligir el mismo daño en Alemania.

El Ejército Rojo había alcanzado el río Oder, que serpenteaba por Prusia de norte a sur, el último obstáculo antes de Berlín. Un millón de soldados soviéticos se encontraban ya a menos de ochenta kilómetros de la capital, preparados para atacar. Volodia formaba parte del V Ejército de Choque. Mientras esperaba a que comenzase el combate, hojeaba el periódico militar *Red Star*.

Lo que leyó lo espeluznó.

La propaganda del horror trascendía a todo lo que había visto hasta entonces. «Si no has matado a al menos un alemán al día, has malgastado ese día —leyó—. Si estás esperando a entrar en combate, mata a un alemán antes de que este comience. Si matas a un alemán, mata a otro; no hay nada que nos divierta más que un montón de cadáveres de alemanes. Mata a los alemanes, esta es la oración de tu anciana madre. Mata a los alemanes, esto es lo que tus hijos te suplican que hagas. Mata a los alemanes, este es el grito de tu tierra soviética. No dudes. No flaquees. Mátalos.»

Era repugnante, pensó Volodia. Pero implicaba algo peor. Quien había redactado aquello frivolizaba sobre el saqueo: «Las mujeres alemanas no son más que abrigos de pieles y cucharas de plata de los perdedores, que ellos habían robado antes». E incluía un chiste sesgado sobre la violación: «Los soldados soviéticos no rechazan los cumplidos de las mujeres alemanas».

Y los soldados no eran precisamente los hombres más civilizados del mundo. El comportamiento de los invasores alemanes en 1941 había encolerizado a los soviéticos. El gobierno estaba espoleando su ira con palabras de venganza. Y ahora el periódico del ejército estaba dejando claro que podían hacer cuanto se les antojara con los derrotados alemanes.

Era la fórmula del Apocalipsis.

III

A Erik von Ulrich le consumía el deseo de que la guerra terminase.

Con ayuda de su amigo Hermann Braun y del jefe de ambos, el doctor Weiss, Erik organizó un hospital de campaña en una pequeña iglesia protestante; luego se sentaron en la nave sin nada que hacer salvo esperar a que las ambulancias tiradas por caballos llegasen cargadas de hombres con heridas y quemaduras terribles.

El ejército alemán había reforzado las colinas de Seelow, que daban al río Oder en su tramo más próximo a Berlín. El puesto de socorro de Erik se encontraba en un pueblo situado a unos quinientos metros por detrás del frente.

El doctor Weiss, que tenía un amigo en los servicios secretos del ejército, afirmaba que había 110.000 alemanes defendiendo Berlín contra un millón de soviéticos. Con su habitual sarcasmo, dijo: «Pero tenemos la moral alta, y Adolf Hitler es el mayor genio de nuestra historia militar, así que estamos seguros de que ganaremos».

No había esperanza, pero los soldados alemanes seguían combatiendo con fiereza. Erik creía que el motivo eran los rumores que se filtraban sobre las atrocidades del Ejército Rojo: mataban a los prisioneros, saqueaban y destrozaban las casas, violaban a las mujeres y las clavaban a las puertas de los graneros. Los alemanes creían que estaban defendiendo a sus familias de la brutalidad comunista. La propaganda del odio por parte del Kremlin estaba fallando.

Erik anhelaba que llegara ya la derrota. Ansiaba que cesaran las muertes. Solo quería volver a casa.

Su deseo tenía que cumplirse pronto… o moriría.

Las detonaciones de armas soviéticas lo despertaron cuando dormía en un banco de madera a las tres de la madrugada del lunes 16 de abril. No era el primer bombardeo que oía, pero aquel era diez veces más estruendoso que todos los anteriores. Para los hombres que combatían en primera línea debía de ser literalmente ensordecedor.

Los heridos empezaron a llegar al amanecer, y el equipo se puso a trabajar cansinamente, amputando extremidades, recomponiendo huesos fracturados, extrayendo balas, y lavando y vendando heridas. Había escasez de todo, desde medicamentos hasta agua limpia, y administraban morfina solo a los que gritaban agónicamente.

A los hombres que aún podían caminar y tenían un arma los enviaban de vuelta al campo de batalla.

Los defensores alemanes resistían más de lo que el doctor Weiss había esperado. Al final del primer día mantenían su posición, y mientras anochecía la afluencia de heridos fue disminuyendo. La unidad médica pudo dormir un poco esa noche.

A primera hora del día siguiente llevaron al hospital de campaña a Werner Franck, con la muñeca derecha destrozada.

Ahora era capitán. Había estado a cargo de una sección del frente con treinta baterías Flak de 88 mm.

—Solo teníamos ocho proyectiles por arma —dijo mientras los dedos expertos del doctor Weiss recomponían lenta y meticulosamente sus huesos aplastados—. Teníamos orden de disparar siete a los tanques soviéticos y utilizar el octavo para destruir la batería, para que los rojos no pudieran usarla. —Se encontraba de pie junto a una Flak 88 cuando la artillería soviética impactó directamente en ella y la volcó sobre Werner—. Tuve suerte de que solo me atrapara la mano —añadió—. Podría haberme aplastado la cabeza.

»¿Has sabido algo de Carla? —le preguntó a Erik cuando el médico acabó de curarle.

Erik sabía que su hermana y Werner eran ya pareja.

—Hace semanas que no recibo cartas.

—Como yo. He oído cosas espantosas de Berlín. Espero que esté bien.

—Yo también estoy preocupado —dijo Erik.

Sorprendentemente, los alemanes resistieron en las colinas de Seelow un día y una noche más.

El puesto de socorro no recibió aviso de que el frente había caído. Atendían a una nueva remesa de heridos cuando siete u ocho soldados soviéticos entraron en la iglesia, dispararon una ráfaga de ametralladora al techo abovedado y Erik se lanzó al suelo, como hicieron todos los que podían moverse.

Al ver que no había nadie armado, los soviéticos se relajaron. Recorrieron la nave apropiándose de relojes y anillos, y luego se marcharon.

Erik se preguntó qué pasaría a continuación. Era la primera vez que quedaba atrapado tras la línea enemiga. ¿Debían abandonar el hospital de campaña e intentar reunirse con el ejército en retirada? ¿O sus pacientes estarían más seguros allí?

El doctor Weiss fue tajante.

—Seguid todos con vuestro trabajo —dijo.

Pocos minutos después, un soldado soviético entró cargando con un camarada al hombro. Apuntó con su arma a Weiss y pronunció una larga frase en ruso. Estaba aterrado, y su amigo, bañado en sangre.

Weiss reaccionó con serenidad.

—No es necesario que me apuntes. Deja a tu amigo en esta mesa.

El soldado obedeció y el equipo reanudó su trabajo. El soldado siguió apuntando al médico con el fusil.

Aquel mismo día, se llevaron a los heridos alemanes en dirección al este, algunos a pie y los demás en la parte trasera de un camión. Erik vio cómo Werner Franck desaparecía, prisionero de guerra. De niño, a Erik le habían contado a menudo la historia de su tío Robert, a quien los rusos habían apresado durante la Primera Guerra Mundial, y que había vuelto a casa andando desde Siberia, un viaje de unos seis mil quinientos kilómetros. Erik se preguntaba dónde acabaría Werner.

Llegaron más heridos soviéticos, y los alemanes los atendieron como lo habrían hecho con sus hombres.

Por la noche, Erik, antes de dormirse, exhausto, comprendió que ahora él también era un prisionero de guerra.

IV

Mientras los ejércitos aliados cercaban Berlín, los países vencedores empezaban a discutir en la conferencia de las Naciones Unidas, en San Francisco. Era algo que a Woody le habría parecido deprimente de no haber estado más interesado en intentar retomar el contacto con Bella Hernández que en aquellas discusiones.

Bella había permanecido en sus pensamientos durante el Día D, durante el combate en Francia, durante el tiempo que había pasado en el hospital y durante la convalecencia. Un año antes ella estaba acabando sus estudios en la Universidad de Oxford y planeando cursar un doctorado en Berkeley, justo allí, en San Francisco. Probablemente estuviera viviendo en casa de sus padres, en Pacific Heights, a menos que hubiese alquilado un apartamento cerca del campus.

Por desgracia, le estaba costando hacerle llegar un mensaje.

Sus cartas no recibían respuesta. Cuando llamaba a un número de teléfono del listín, una mujer de mediana edad que él sospechaba que era la madre de Bella contestaba con cortesía: «No está en casa en estos momentos. ¿Quiere que le dé algún recado?». Bella nunca le devolvía la llamada.

Era posible que tuviese novio formal. En ese caso, quería que ella misma se lo dijera. Pero tal vez su madre estuviese escondiendo las cartas y no le pasara las llamadas.

Probablemente acabaría tirando la toalla; quizá incluso estuviera haciendo el ridículo. Pero eso no era propio de él. Recordó el tiempo y el empeño que había dedicado a cortejar a Joanne. «La historia parece repetirse —pensó—. ¿Estaré haciendo algo mal?»

Mientras tanto, todas las mañanas iba con su padre al ático del hotel Fairmont, donde el secretario de Estado, Edward Stettinius, convocaba reuniones informativas para los representantes de Estados Unidos en la conferencia. Stettinius sustituía a Cordell Hull, que estaba hospitalizado. Estados Unidos tenía también un nuevo presidente, Harry Truman, que había jurado el cargo tras la muerte del gran Franklin D. Roosevelt. Era una lástima, observó Gus Dewar, que en un momento tan crucial de su historia, Estados Unidos estuviera dirigido por dos recién llegados sin experiencia.

Las cosas habían empezado mal. El presidente Truman había ofendido torpemente al ministro de Asuntos Exteriores soviético, Mólotov, en una reunión previa a la conferencia, celebrada en la Casa Blanca. En consecuencia, Mólotov llegó a San Francisco con un humor de perros. Anunció que se marcharía si la conferencia no accedía de inmediato a admitir a Bielorrusia, Ucrania y Polonia.

Nadie quería que la URSS se retirase. Sin los soviéticos, las Naciones Unidas no eran Naciones Unidas. La mayor parte de la delegación estadounidense estaba a favor de pactar con los comunistas, pero el altivo y remilgado senador Vandenberg insistió en que no podía hacerse nada bajo la presión de Moscú.

Una mañana en que disponía de un par de horas libres, Woody fue a casa de los padres de Bella.

El elegante barrio en que vivían no quedaba lejos del hotel Fairmont, en Nob Hill, pero Woody aún tenía que ayudarse de un bastón para caminar, por lo que fue en taxi. La casa, en Gough Street, era una mansión victoriana pintada de amarillo. La mujer que abrió la puerta iba demasiado bien vestida para ser una criada. Le brindó una sonrisa torcida, idéntica a la de Bella; tenía que ser su madre.

—Buenos días, señora —dijo amablemente—. Me llamo Woody

Dewar. Conocí a Bella Hernández en Londres el año pasado y me gustaría volver a verla, si no hay inconveniente.

La sonrisa desapareció del rostro de la mujer, que se quedó mirándolo un momento.

—Así que tú eres «él».

Woody no sabía qué quería decir con aquello.

—Soy Caroline Hernández, la madre de Isabel —dijo la mujer—. Será mejor que entres.

—Gracias.

La señora Hernández no le ofreció la mano y adoptó una actitud claramente hostil, aunque no había nada que pudiera justificarla. Sin embargo, Woody ya estaba dentro de la casa.

La mujer acompañó a Woody a un salón grande y acogedor, con impactantes vistas al mar. Señaló una silla, indicándole que se sentara con un gesto más bien rudo. Ella se sentó enfrente y le dirigió otra mirada severa.

—¿Cuánto tiempo pasaste con Bella en Inglaterra? —le preguntó.

—Solo unas horas. Pero no he dejado de pensar en ella desde entonces.

Hubo otra pausa elocuente.

—Cuando se fue a Oxford, Bella estaba comprometida con Victor Rolandson, un joven espléndido al que conoce prácticamente de toda la vida. Los Rolandson son viejos amigos de la familia…, o al menos lo eran hasta que Bella volvió a casa y rompió el compromiso de repente.

Woody sintió un aflujo de esperanza.

—Solo dijo que se había dado cuenta de que no amaba a Victor —prosiguió ella—. Supuse que había conocido a alguien, y ahora ya sé a quién.

—No sabía que estaba comprometida —dijo Woody.

—Llevaba una alianza con un diamante que era bastante difícil pasar por alto. Tu pobre capacidad de observación ha provocado una tragedia.

—Lo lamento mucho —contestó Woody. Y entonces se obligó a dejar de mostrarse tan sumiso—. Señora Hernández, acaba de emplear la palabra «tragedia». Mi novia, Joanne, murió en mis brazos en Pearl Harbor. A mi hermano, Chuck, lo mató una ametralladora en la playa de Bougainville. El Día D envié a la muerte a Ace Webber y a otros cuatro jóvenes estadounidenses por salvar un puente en un pueblo insignificante llamado Église-des-Soeurs. Sé lo que es la tragedia, señora, y la ruptura de un compromiso no lo es.

La señora Hernández parecía sorprendida. Woody supuso que no estaba acostumbrada a que los jóvenes le replicasen. La mujer no contestó, pero palideció levemente. Instantes después se puso en pie y abandonó el salón sin mediar palabra. Woody no estaba seguro de qué esperaba que hiciera él, pero aún no había visto a Bella, de modo que siguió sentado muy erguido.

Cinco minutos después, Bella entró.

Woody se levantó con el pulso acelerado. Solo verla le hizo sonreír. Bella llevaba un sencillo vestido de color amarillo pálido que realzaba su brillante pelo negro y su piel acanelada. Quería abrazarla y estrechar su cuerpo contra el suyo, pero esperó a ver alguna señal en ella.

Bella parecía nerviosa e incómoda.

—¿Qué haces aquí? —le preguntó.

—He estado buscándote.

—¿Por qué?

—Porque no consigo olvidarte.

—Ni siquiera nos conocemos.

—Pues remediémoslo, empezando hoy mismo. ¿Quieres cenar conmigo?

—No lo sé.

Woody se acercó a ella.

Bella se sobresaltó al verlo caminar con el bastón.

—¿Qué te ha pasado?

—Me dispararon en la rodilla en Francia. Va mejorando poco a poco.

—Lo siento.

—Bella, creo que eres maravillosa. Creo que te gusto. Ninguno de los dos estamos comprometidos. ¿Qué te preocupa?

Bella le brindó la sonrisa torcida que tanto le gustaba.

—Supongo que me siento avergonzada por lo que hice aquella noche en Londres.

—¿Solo eso?

—Fue mucho, para una primera cita.

—Esas cosas pasan a todas horas. No a mí, claro, pero lo oigo sin cesar. Creías que iba a morir en el frente.

Bella asintió.

—Nunca había hecho nada así, ni siquiera con Victor. No sé qué me pasó. ¡Y en un parque! Me siento como una puta.

—Sé exactamente lo que eres —dijo Woody—. Eres una mujer inteligente y guapa, y con un gran corazón. Así que, ¿por qué no olvidamos aquella locura de Londres y empezamos a conocernos como los dos jóvenes respetables y educados que somos?

Bella empezó a ablandarse.

—¿Podemos hacerlo?

—No lo dudes.

—De acuerdo.

—¿Te recojo a las siete?

—Sí.

Parecía que no había más que decir, pero Woody dudó.

—No sabes cuánto me alegro de haber vuelto a encontrarte —dijo.

Bella lo miró a los ojos por primera vez.

—Oh, Woody, yo también —dijo—. ¡Me alegro tanto! —Y entonces le rodeó la cintura con los brazos y lo apretó contra sí.

Aquello era lo que él había anhelado. La abrazó y posó su cara contra su maravilloso cabello. Y permanecieron así un largo minuto.

Al cabo, ella se apartó.

—Te veré a las siete —dijo.

—No lo dudes.

Woody salió de la casa rebosante de felicidad.

Fue directamente a la reunión del comité directivo, en el edificio de Veteranos, contiguo a la ópera. Había cuarenta y seis miembros en torno a la larga mesa, con ayudantes como Gus Dewar sentados detrás de ellos. Woody era ayudante de un ayudante, y se sentó contra la pared.

El ministro de Asuntos Exteriores soviético, Mólotov, inauguró la reunión. No era un hombre imponente, pensó Woody. Con su incipiente alopecia, su pulcro bigote y sus gafas, parecía el dependiente de una tienda, que era lo que había sido su padre. Pero había sobrevivido mucho tiempo en la política bolchevique. Amigo de Stalin desde antes de la revolución, era el artífice del pacto de 1939 entre nazis y soviéticos. Era muy trabajador, y lo apodaban Culo de Piedra por la infinidad de horas que pasaba sentado a su escritorio.

En su discurso inicial, propuso que Bielorrusia y Ucrania fuesen admitidas como miembros originales de las Naciones Unidas. Aquellas dos repúblicas soviéticas habían sufrido la faceta más cruda de la invasión nazi, señaló, y ambas habían contribuido al Ejército Rojo con más de un millón de hombres. Se había alegado que no eran totalmente independientes de Moscú, pero el mismo argumento podía aplicarse a Canadá y a Australia, dominios del Imperio británico a los que se había permitido participar como miembros independientes.

El voto fue unánime. Woody sabía que se había pactado con antelación. Los países latinoamericanos habían amenazado con disentir a menos que se admitiese a Argentina, que apoyaba a Hitler, y se había decidido de antemano asegurar esa concesión para ganar sus votos.

Entonces llegó el bombazo. El ministro de Asuntos Exteriores checo, Jan Masaryk, se puso en pie. Era un famoso liberal y antinazi que había aparecido en la portada de la revista *Time* en 1944. Propuso que también se admitiese a Polonia en las Naciones Unidas.

Estados Unidos se negaba hasta que Stalin permitiese la celebración de elecciones en el país, y Masaryk, como demócrata, debería haber respaldado esa condición, sobre todo porque él también trataba de implantar la democracia bajo la atenta vigilancia de Stalin. Mólotov debía de haber presionado mucho a Masaryk para conseguir que este traicionase sus ideales de aquel modo. Y, de hecho, cuando se sentó, el semblante de Masaryk era el de alguien que acabara de comer algo repugnante.

Gus Dewar también tenía un gesto adusto. Los acuerdos convenidos de antemano con respecto a Bielorrusia, Ucrania y Argentina debían haber garantizado que aquella sesión transcurriese sin sobresaltos. Pero Mólotov acababa de asestarles un golpe bajo.

El senador Vandenberg, sentado con la delegación estadounidense, estaba escandalizado. Cogió un bolígrafo y un cuaderno y empezó a escribir furiosamente. Un minuto después, arrancó la hoja, hizo una seña a Woody y le entregó la nota.

—Lleva esto al secretario de Estado —le dijo.

Woody se acercó a la mesa, se inclinó sobre el hombro de Stettinius y le dejó la nota delante.

—Del senador Vandenberg, señor.

—Gracias.

Woody volvió a su silla. «Mi papel en la historia», pensó. Había mirado la nota disimuladamente mientras se la entregaba. Vandenberg había redactado un discurso breve y acalorado rechazando la propuesta de los checos. ¿Seguiría Stettinius la batuta del senador?

Si Mólotov se salía con la suya con respecto a Polonia, Vandenberg podría sabotear las Naciones Unidas en el Senado. Pero si Stettinius recogía el cabo lanzado por Vandenberg, Mólotov podría levantarse y marcharse, lo que acabaría con las Naciones Unidas de un modo igual de eficaz.

Woody contuvo el aliento.

Stettinius se puso en pie con la nota de Vandenberg en la mano.

—Acabamos de ensalzar los acuerdos que alcanzamos en Yalta por el bien de la Unión Soviética —dijo. Se refería al compromiso contraído por Estados Unidos para apoyar a Bielorrusia y a Ucrania—. Hay otras obligaciones adquiridas en Yalta que también exigen lealtad. —Estaba empleando las palabras que Vandenberg había escrito—. Es preciso que en Polonia haya un nuevo gobierno provisional representativo.

Se oyó un murmullo de sorpresa en toda la sala. Stettinius se posicionaba contra Mólotov. Woody miró a Vandenberg, que susurraba.

—Hasta que eso ocurra —prosiguió Stettinius—, la conferencia no puede, honradamente, reconocer al gobierno de Lublin. —Miró directamente a Mólotov y citó las palabras exactas de Vandenberg—: Sería una sórdida manifestación de mala fe.

Mólotov había montado en cólera.

El secretario de Asuntos Exteriores británico, Anthony Eden, desplegó su desgarbada figura y se puso en pie para apoyar a Stettinius. Empleó un tono impecablemente cortés, pero sus palabras fueron mordaces.

—Mi gobierno no tiene modo de saber si el pueblo polaco respalda a su gobierno provisional —dijo—, porque nuestros aliados soviéticos no permiten la presencia de observadores británicos en Polonia.

Woody tuvo la impresión de que la reunión se volvía en contra de Mólotov. Era evidente que el representante ruso también se daba cuenta de ello. Consultaba con sus ayudantes en voz lo bastante alta para que Woody percibiera la ira en ella. Pero ¿se marcharía?

El ministro de Asuntos Exteriores belga, calvo, rechoncho y con papada, propuso un acuerdo, una moción que expresara la esperanza de que el nuevo gobierno polaco se organizase a tiempo para estar representado allí, en San Francisco, antes del final de la conferencia.

Todos miraron a Mólotov. Le ofrecían una oportunidad para salvar las apariencias. Pero ¿la aceptaría?

Seguía pareciendo furioso. Sin embargo, hizo un gesto de asentimiento, leve pero inequívoco.

La crisis había terminado.

«Fantástico —pensó Woody—, dos victorias en un día. Todo pinta bien.»

V

Carla fue a hacer cola para conseguir agua.

Hacía dos días que no había agua corriente. Por suerte, las amas de casa berlinesas habían descubierto que cada pocas manzanas había antiguas bombas conectadas a pozos subterráneos, que llevaban mucho tiempo en desuso. Estaban oxidadas y chirriaban, pero, sorprendentemente, aún funcionaban. De modo que todas las mañanas las mujeres hacían cola frente a ellas con cubos y jarras.

Los ataques aéreos habían cesado, posiblemente porque el enemigo estaba a punto de entrar en la ciudad. Pero aún era peligroso estar en la calle, porque la artillería del Ejército Rojo seguía bombardeando. Carla no estaba segura de por qué se molestaba en hacerlo. Gran parte de la ciudad había desaparecido ya. Edificios enteros y áreas incluso más extensas habían quedado arrasados. Todos los servicios públicos estaban fuera de servicio. No circulaban trenes ni autobuses. Miles de personas se habían quedado sin hogar, tal vez millones. La ciudad era un inmenso campo de refugiados. Pero el bombardeo proseguía. La mayoría de los ciudadanos pasaban todo el día en sótanos o en refugios antiaéreos públicos, pero tenían que salir a por agua.

En la radio, poco antes de que la electricidad se cortase definitivamente, la BBC había anunciado que el Ejército Rojo había liberado el campo de concentración de Sachsenhausen, que estaba al norte de Berlín, por lo que sin duda los soviéticos, que llegaban por el este, estaban cercando la ciudad en lugar de cruzarla. La madre de Carla, Maud, dedujo que querían dejar de lado a las fuerzas estadounidenses, británicas, francesas y canadienses, que se aproximaban con rapidez por el oeste. Había citado a Lenin: «Quien controle Berlín controlará Alemania, y quien controle Alemania controlará Europa».

Pese a ello, el ejército alemán no se había rendido. Superados en hombres y en armamento, con escasez de munición y combustible, y hambrientos, seguían luchando como podían. Una y otra vez sus comandantes los arrojaban contra las abrumadoras fuerzas enemigas, y una y otra vez ellos obedecían sus órdenes, luchaban con denuedo y coraje, y morían por centenares y miles. Entre ellos se encontraban los dos hombres a los que Carla quería: su hermano, Erik, y su novio, Werner. No tenía idea de si seguían combatiendo, ni siquiera de si seguían vivos.

Carla había abandonado el espionaje. El combate se estaba transformando en caos. Los planes de batalla significaban poco. La información secreta que se filtraba desde Berlín apenas tenía valor para los conquistadores soviéticos. Ya no merecía la pena arriesgarse. Los espías habían quemado sus libros de códigos y escondido los transmisores de radio entre los escombros de edificios bombardeados. Habían acordado no hablar nunca de su trabajo. Habían sido valientes, habían precipitado el final de la guerra y habían salvado vidas, pero era demasiado esperar que el derrotado pueblo alemán viese las cosas de ese modo. Su coraje permanecería en secreto para siempre.

Mientras Carla esperaba su turno frente a la bomba de agua, un pelotón de cazatanques de las Juventudes Hitlerianas pasó por su lado en dirección al este, hacia el combate. Estaba formado por dos hombres que pasaban de los cincuenta y una docena de adolescentes, todos en bicicleta. Acoplados al manillar de cada bicicleta llevaban dos ejemplares de una nueva arma antitanque de un solo disparo llamada Panzerfäuste. A los muchachos les quedaban grandes los uniformes, y los cascos, también grandes, les habrían conferido un aspecto cómico si su situación no hubiese sido tan patética. Iban a combatir contra el Ejército Rojo.

Iban a morir.

Carla desvió la mirada cuando pasaron; no quería recordar sus caras.

Mientras llenaba el cubo, la mujer que iba detrás de ella en la cola, frau Reichs, le habló en voz baja, para que nadie más pudiera oírla.

—Eres amiga de la esposa del médico, ¿verdad?

Carla se puso tensa. Era evidente que frau Reichs se refería a Hannelore Rothmann. El médico había desaparecido junto con los pacientes enfermos mentales del hospital judío. El hijo de Hannelore, Rudi, se había arrancado la estrella amarilla y unido a los judíos que vivían en la clandestinidad, llamados *U-Boat* en el argot berlinés. Pero Hannelore, que no era judía, seguía viviendo en su antigua casa.

Durante doce años, una pregunta como la que acababan de hacerle —«¿Eres amiga de la mujer de un judío?»— habría sido una acusación. ¿Lo era ese día? Carla no lo sabía. Apenas conocía a frau Reichs; no podía confiar en ella.

Carla cerró el grifo de la bomba.

—El doctor Rothmann era nuestro médico de cabecera cuando yo era niña —contestó con cautela—. ¿Por qué?

La otra mujer ocupó su lugar frente a la bomba y empezó a llenar una lata grande que en el pasado había contenido aceite para cocinar.

—Se han llevado a frau Rothmann —dijo frau Reichs—. Pensé que querrías saberlo.

Era algo habitual. «Se llevaban» a gente a todas horas. Pero cuando se trataba de alguien próximo, suponía un golpe duro.

No tenía sentido intentar averiguar el paradero de esas personas; de hecho, era directamente peligroso: quienes indagaban sobre esas desapariciones solían desaparecer también. En cualquier caso, Carla tenía que preguntarlo.

—¿Sabe adónde la han llevado?

Esta vez había respuesta.

—Al campo de tránsito de Schul Strasse. —Carla se sintió esperanzada—. Está en el antiguo hospital judío, en Wedding. ¿Lo conoces?

—Sí. —Carla trabajaba a veces en el hospital, de forma extraoficial e ilegal, por lo que sabía que el gobierno había tomado uno de los edificios del hospital, el laboratorio de patología, y lo había cercado con alambre de espino.

—Espero que no le haya pasado nada —dijo la otra mujer—. Se portó muy bien conmigo cuando mi Steffi enfermó. —Cerró el grifo y se alejó con la lata llena de agua.

Carla se encaminó a casa a toda prisa, en la dirección contraria.

Tenía que hacer algo por Hannelore. Siempre había sido prácticamente imposible sacar a nadie de un campo, pero ahora que todo se desintegraba quizá Carla encontrara el modo de hacerlo.

Llevó el cubo a casa y se lo dio a Ada.

Maud había ido a hacer cola para conseguir las raciones de comida. Carla se puso el uniforme de enfermera, creyendo que podría ayudar. Le dijo a Ada adónde iba y volvió a salir.

Tuvo que ir a pie a Wedding. Estaba a unos cuatro kilómetros. Dudaba que aquello mereciese la pena. Aunque encontrase a Hannelore, probablemente no podría ayudarla. Pero entonces pensó en Eva, que estaba en Londres, y en Rudi, escondido en algún lugar de Berlín, pensó en lo terrible que sería que perdiesen a su madre en las últimas horas de la guerra. Tenía que intentarlo.

La policía militar estaba en las calles, pidiendo la documentación a la gente. Trabajaban en grupos de tres, formando tribunales sumarios, y se interesaban principalmente por los hombres en edad de combatir. No se molestaron en detener a Carla al verla vestida de enfermera.

Era extraño que en aquel inhóspito paisaje urbano los manzanos y los cerezos lucieran espléndidos, con sus flores blancas y rosadas, y que en los momentos de silencio entre explosiones ella oyera el canto de los pájaros, tan alegres como todas las primaveras.

Vio horrorizada a varios hombres colgados de farolas, algunos uniformados. La mayoría de aquellos cuerpos tenían un cartel al cuello que rezaba «Cobarde» o «Desertor». Sabía que eran los hombres a quienes aquellos tribunales de calle habían considerado culpables. ¿No estaban satisfechos ya los nazis con todas las muertes que había habido? Le entraron ganas de llorar.

Tuvo que refugiarse del fuego de artillería en tres ocasiones. En la última, cuando se encontraba a apenas cien metros del hospital, los soviéticos y los alemanes parecían combatir a solo unas calles de allí. El tiroteo era tan intenso que Carla sintió tentaciones de volver a casa. Seguramente Hannelore ya estaba condenada, o incluso muerta, ¿por qué debía Carla añadir su propia vida a la lista de víctimas? Sin embargo, siguió adelante.

Anochecía cuando llegó a su destino. El hospital estaba en Iranische Strasse, en la esquina con Schul Strasse. En los árboles que bordeaban las calles empezaban a brotar hojas. El edificio del laboratorio, que se había convertido en un campo de tránsito, estaba vigilado. Carla pensó en la posibilidad de acercarse al guardia y explicarle su misión, pero le pareció una estrategia con pocas posibilidades de éxito. Se preguntó si podría colarse por algún túnel.

Se dirigió al edificio principal. El hospital estaba en funcionamiento. Se había trasladado a todos los pacientes a sótanos y túneles. El personal trabajaba a la luz de lámparas de aceite. Por el olor que percibió, Carla supuso que los servicios también carecían de agua corriente y que tenían que ir a buscarla al viejo pozo que había en el jardín.

Para su sorpresa, los soldados estaban llevando a colegas heridos en busca de ayuda. De pronto ya no les importaba que los médicos y las enfermeras pudieran ser judíos.

Siguió un túnel que cruzaba el jardín hasta el sótano del laboratorio. Tal como esperaba, la puerta estaba vigilada. Sin embargo, al ver su uniforme, el joven de la Gestapo la dejó pasar sin preguntarle nada. Quizá ya no le encontrara el sentido a su trabajo.

Ya estaba dentro del campo. No sabía si sería igual de fácil salir de él.

El olor empeoró, y Carla vio enseguida el motivo. El sótano estaba atestado. Centenares de personas se hacinaban en cuatro salas de almacenaje. Sentadas y tumbadas en el suelo; las más afortunadas, apoyadas contra una pared. Estaban sucias, malolientes y exhaustas, y la miraron sin el menor interés.

Encontró a Hannelore pocos minutos después.

La esposa del médico nunca había sido guapa, pero en el pasado había tenido una figura escultural y unas facciones imponentes. Ahora estaba descarnada, como la mayoría de la gente, y tenía el pelo gris y apagado, y las mejillas hundidas y arrugadas por la tensión.

Hablaba con una adolescente que tenía esa edad en que una chica puede parecer demasiado voluptuosa, con senos y caderas de mujer pero con cara de niña. La joven estaba sentada en el suelo, llorando, y Hannelore, arrodillada a su lado, le sostenía una mano y le hablaba con voz tenue y sosegante.

Cuando Hannelore vio a Carla, se puso en pie.

—¡Dios mío! ¿Qué haces tú aquí? —le dijo.

—Pensé que si les decía que no es judía quizá la soltarían.

—Un gesto muy valiente.

—Su marido salvó muchas vidas. Alguien debería salvar la suya.

Por un instante, Carla tuvo la impresión de que Hannelore estaba a punto de llorar, pues se le contrajo el rostro, aunque enseguida parpadeó y sacudió la cabeza.

—Te presento a Rebecca Rosen —le dijo con voz contenida—. Una bomba ha matado hoy a sus padres.

—Lo siento mucho, Rebecca —se lamentó Carla.

La chica no dijo nada.

—¿Cuántos años tienes? —le preguntó.

—Estoy a punto de cumplir catorce.

—Ahora vas a tener que comportarte como una adulta.

—¿Por qué no me ha matado a mí también esa bomba? —dijo Rebecca—. Estaba a su lado. Debería haber muerto. Ahora estoy sola.

—No estás sola —se apresuró a responder Carla—. Nosotras estamos contigo. —Se volvió hacia Hannelore—. ¿Quién está al cargo de esto?

—Se llama Walter Dobberke.

—Voy a decirle que tiene que dejarla marchar.

—Ya se ha ido. Y su mano derecha es un sargento con el cerebro de un jabalí. Pero, mira, ahí viene Gisela. Es la amante de Dobberke.

La joven que entraba en la sala era guapa, con el pelo largo y claro y piel de color crema. Nadie la miró. Su expresión era desafiante.

—Se acuesta con él en la cama de la sala de electrocardiogramas, en la planta principal. A cambio recibe raciones extra de comida. Nadie le habla excepto yo. No creo que debamos juzgar a la gente por los apaños que hacen. Al fin y al cabo, todos estamos viviendo en el infierno.

Carla no estaba tan segura. Ella no podría ser amiga de una chica judía que se acostaba con un nazi.

Gisela vio a Hannelore y se acercó.

—Walter ha recibido nuevas órdenes —dijo en voz tan baja que Carla apenas la oyó. Luego dudó.

—¿Y bien? ¿Cuáles son las órdenes? —preguntó Hannelore.

La voz de Gisela se redujo a un susurro.

—Matar a toda esta gente.

Carla sintió como si una fría mano le estrujase el corazón. A toda esa gente… incluidas Hannelore y la joven Rebecca.

—Él no quiere hacerlo —dijo Gisela—. No es mala persona, de verdad.

—¿Cuándo se supone que tiene que matarnos? —preguntó Hannelore con una calma fatalista.

—Ya. Pero antes quiere destruir todos los registros. Ahora mismo Hans-Peter y Martin están llevando los archivos al horno. Tardarán varias horas en acabar, así que disponemos de algún margen. Quizá el Ejército Rojo llegue a tiempo para salvarnos.

—Pero también es posible que no sea así —repuso Hannelore con determinación—. ¿Hay algún modo de convencerle de que desobedezca esas órdenes? ¡Por el amor de Dios, la guerra casi ha terminado!

—Antes podía hablar con él de cualquier cosa —contestó Gisela, abatida—, pero ahora se está cansando de mí. Ya sabes cómo son los hombres.

—Pero debería pensar en su propio futuro. Cualquier día los Aliados mandarán aquí. Castigarán los crímenes nazis.

—Si estamos todos muertos, ¿quién va a acusarlo? —dijo Gisela.

—Yo —intervino Carla.

Las otras dos la miraron sin decir nada.

Carla cayó en la cuenta de que, aunque no fuese judía, también la matarían a ella para que no quedasen testigos.

Pensó en otras posibilidades.

—Quizá, si Dobberke nos dejara marchar, eso le ayudaría con los Aliados.

—Es posible —dijo Hannelore—. Podríamos firmar todos una declaración diciendo que nos salvó la vida.

Carla dirigió una mirada inquisitiva a Gisela. Su expresión era dubitativa.

—Puede que lo haga —contestó, al cabo.

Hannelore miró a su alrededor.

—Allí está Hilde —dijo—. Es la secretaria de Dobberke. —Llamó a la mujer y le contó el plan.

—Redactaré documentos de liberación para todos —accedió Hilde—. Le pediremos que los firme antes de darle la declaración.

No había guardias en el sótano, solo en la planta principal y en el túnel, de modo que los prisioneros podían moverse sin restricciones. Hilde fue a la sala que hacía las veces de despacho de Dobberke en el sótano. En primer lugar, mecanografió la declaración. Hannelore y Carla recorrieron las salas informando del plan y haciendo que todos firmasen el documento. Mientras tanto, Hilde redactó los documentos.

Cuando acabaron era ya medianoche. No podían hacer nada más hasta que Dobberke volviera por la mañana.

Carla se tumbó en el suelo al lado de Rebecca Rosen. No había ningún otro sitio donde dormir.

Al rato, Rebecca rompió a llorar en silencio.

Carla no sabía qué hacer. Quería consolarla, pero no encontraba las palabras. ¿Qué se puede decir a una niña que acaba de ver cómo matan a sus padres? Los sollozos prosiguieron. Al final, Carla se dio la vuelta y la abrazó.

Supo de inmediato que había hecho lo correcto. Rebecca se acurrucó contra ella y posó la cara en su pecho. Carla le dio unas palmadas suaves en la espalda, como si fuera un bebé. Poco a poco, los sollozos cesaron y al final Rebecca se durmió.

Carla no pegó ojo. Pasó la noche imaginando discursos dirigidos al director del campo. A veces apelaba a su bondad, otras lo amenazaba con la justicia de los Aliados, otras argumentaba a favor de su propio interés.

Intentó no pensar en la posibilidad de que la fusilaran. Erik le había explicado cómo los nazis ejecutaban a la gente de doce en doce en la Unión Soviética. Carla supuso que allí contarían también con un sistema eficaz. Costaba imaginarlo. Quizá fuera el mismo.

Probablemente podría eludir la ejecución si salía del campo en ese momento, o a primera hora de la mañana. No era prisionera, ni judía, y su documentación estaba en perfecto orden. Podía salir por donde había entrado, vestida de enfermera. Pero eso significaría abandonar tanto a Hannelore como a Rebecca. Era incapaz de hacer eso, por mucho que deseara salir de allí.

El combate en las calles se prolongó hasta bien entrada la noche, luego hubo una pausa breve, y comenzó de nuevo al amanecer. Ahora estaba tan cerca que Carla no solo oía la artillería sino también las ametralladoras.

Por la mañana, temprano, los guardias llevaron una especie de urna con sopa aguada y un saco lleno de pan, en realidad restos de hogazas ya duras. Carla se tomó la sopa y se comió el pan, y luego, a regañadientes, usó el lavabo, que estaba indeciblemente sucio.

Subió con Hannelore, Gisela y Hilde a la planta principal para esperar allí a Dobberke. El bombardeo se había reanudado y ellas corrían peligro, pero querían abordarlo en cuanto llegara.

Dobberke no se presentó a la hora habitual. Hilde les dijo que solía ser puntual. Su retraso tal vez se debía al combate en las calles. También podrían haberlo matado. Carla confiaba en que no fuera ese el caso. Su mano derecha, el sargento Ehrenstein, era demasiado estúpido para discutir con él.

Pasó una hora y Carla empezó a perder la esperanza.

Después de otra hora, Dobberke llegó al fin.

—¿Qué es esto? —dijo al ver a las cuatro mujeres esperando en el vestíbulo—. ¿Una reunión de madres?

—Todos los prisioneros han firmado una declaración diciendo que usted les ha salvado la vida —contestó Hannelore—. Eso podría salvarle la vida a usted, si acepta nuestras condiciones.

—No sea ridícula —replicó él.

—Según la BBC —dijo Carla—, las Naciones Unidas tienen una lista con los nombres de los oficiales nazis que han participado en asesinatos en masa. Dentro de una semana usted será juzgado. ¿No le gustaría haber firmado una declaración según la cual salvó vidas?

—Escuchar la BBC es un delito —repuso Dobberke.

—No tan grave como el asesinato.

Hilde llevaba una carpeta en la mano.

—He redactado estas órdenes de liberación para todos los prisioneros de este centro —le informó—. Si las firma, tendrá la declaración.

—Podría obligarla a que me la diese sin más.

—Nadie creerá en su inocencia si morimos todos.

Dobberke estaba furioso por la situación en la que se encontraba, pero no lo bastante seguro para huir de ella.

—Podría fusilarlas a las cuatro por su insolencia —dijo.

—Así es la derrota —dijo Carla, impacientada—. Acostúmbrese a ella.

La ira enturbió el rostro de Dobberke, y Carla supo que se había excedido. Deseó no haber pronunciado aquellas palabras. Observó el semblante iracundo de Dobberke, tratando de no mostrar el miedo que sentía.

En ese momento una bomba estalló justo fuera del edificio. Las puertas traquetearon y los vidrios de una ventana se rompieron. Todos se agacharon instintivamente, pero nadie resultó herido.

Cuando se irguieron, la expresión de Dobberke había cambiado. La cólera había dado paso a una especie de resignación asqueada. A Carla se le aceleró el pulso. ¿Se había rendido?

El sargento Ehrenstein llegó corriendo.

—Ningún herido, señor —informó.

—Muy bien, sargento.

Ehrenstein estaba a punto de marcharse cuando Dobberke lo llamó.

—Este campo queda clausurado desde este mismo momento —le dijo.

Carla contuvo el aliento.

—¿Clausurado, señor? —preguntó el sargento con un tono que mezclaba agresividad y sorpresa.

—Nuevas órdenes. Dígales a los hombres que se marchen. —Dobberke vaciló—. Dígales que se presenten en el búnker de la estación de Friedrichstrasse.

Carla sabía que Dobberke estaba improvisando, y Ehrenstein también parecía sospecharlo.

—¿Cuándo, señor?

—Inmediatamente.

—Inmediatamente. —Ehrenstein hizo una pausa, como si la palabra «inmediatamente» requiriese más explicaciones.

Dobberke lo despachó con la mirada.

—Muy bien, señor —dijo el sargento—. Informaré a los hombres. —Y se alejó.

Carla sintió un arrebato de triunfalismo, pero se recordó que aún no era libre.

—Muéstreme esa declaración —le pidió Dobberke a Hilde.

Hilde abrió la carpeta. Había una docena de documentos, todos con el mismo encabezamiento, y el resto del espacio repleto de firmas. Se los tendió.

Dobberke los dobló y se los guardó en el bolsillo.

Hilde le plantó delante las órdenes de liberación.

—Firme esto, por favor.

—No necesitarán órdenes de liberación —repuso Dobberke—. No tengo tiempo para firmar centenares de hojas. —Se quedó inmóvil.

—La policía está en las calles —dijo Carla—. Están colgando a gente de las farolas. Necesitamos documentación.

Dobberke se dio unas palmadas en el bolsillo.

—A mí sí que me colgarán si me encuentran con esta declaración. —Se encaminó hacia la puerta.

—¡Llévame contigo, Walter! —gritó Gisela.

Dobberke se volvió hacia ella.

—¿Que te lleve conmigo? —repitió—. ¿Qué diría mi esposa? —Salió y dio un portazo a su paso.

Gisela rompió a llorar.

Carla se dirigió a la puerta, la abrió y vio a Dobberke alejarse a grandes zancadas. No había más hombres de la Gestapo a la vista; ya habían obedecido las órdenes y abandonado el campo.

El comandante llegó a la calle y echó a correr.

Dejó la cancela abierta.

Hannelore estaba de pie junto a Carla, observando la escena con incredulidad.

—Creo que somos libres —dijo Carla.

—Debemos decírselo a los demás.

—Yo lo haré —se ofreció Hilde, y bajó las escaleras del sótano.

Carla y Hannelore caminaron temerosas por el sendero que comunicaba la entrada del laboratorio con la cancela abierta. Allí dudaron y se miraron.

—Nos da miedo la libertad —dijo Hannelore.

—¡Carla, no te vayas sin mí! —exclamó una voz infantil detrás de ellas. Era Rebecca, que corría por el sendero; sus pechos oscilaban bajo la mugrienta blusa.

Carla suspiró. «Acabo de adoptar a una hija —pensó—. No estoy preparada para ser madre, pero ¿qué puedo hacer?»

—Vamos —dijo—, pero prepárate para correr.

Enseguida vio que no tenía que preocuparse por la agilidad de Rebecca, pues la chica sin duda corría más deprisa que Hannelore y ella.

Atravesaron el jardín del hospital hasta la entrada principal. Allí se detuvieron y echaron un vistazo a Iranische Strasse. Parecía tranquila.

Cruzaron la calle y corrieron hasta la esquina. Mientras miraba hacia Schul Strasse, Carla oyó una ráfaga de ametralladora y vio que más adelante había un tiroteo. Había soldados alemanes retirándose en su dirección, perseguidos por otros del Ejército Rojo.

Carla miró a su alrededor. No había dónde esconderse, salvo detrás de los árboles, que apenas ofrecían protección.

Una bomba cayó y explotó a unos cincuenta metros de ellas. Carla notó la onda expansiva, pero no estaba herida.

Las tres mujeres corrieron de vuelta al recinto del hospital.

Regresaron al edificio del laboratorio. Algunos de los demás prisioneros estaban de ese lado de la cerca de alambre de espino, como si no se atreviesen a salir.

—El sótano apesta, pero ahora mismo es el lugar más seguro —les dijo Carla. Entró en el edificio y bajó las escaleras, y la mayor parte de los demás la siguieron.

Se preguntó cuánto tiempo tendrían que quedarse allí. El ejército alemán tenía que rendirse, pero ¿cuándo lo haría? De algún modo, no conseguía imaginar a Hitler accediendo a rendirse bajo ningún pretexto. Toda la vida de aquel hombre se había basado en gritar con arrogancia que él era el jefe. ¿Cómo iba un hombre así a admitir que se había equivocado y que había sido estúpido y perverso? ¿Que había matado a millones de personas y provocado que su país fuese bombardeado hasta quedar reducido a escombros? ¿Que pasaría a la historia como el hombre más malvado que podría haber existido jamás? No, no podía. Se volvería loco, o moriría de vergüenza, o se llevaría una pistola a la boca y apretaría el gatillo.

Pero ¿cuánto tardaría en ocurrir eso? ¿Un día? ¿Una semana? ¿Más tiempo?

Se oyó un grito procedente de arriba.

—¡Ya están aquí! ¡Los rusos están aquí!

Carla oyó unas pesadas botas bajando las escaleras. ¿Dónde habían conseguido los soviéticos botas de tanta calidad? ¿De los norteamericanos?

Y allí entraron, cuatro, seis, ocho, nueve hombres con la cara sucia armados con ametralladoras con cargador de tambor, preparados para disparar en un abrir y cerrar de ojos. Parecían ocupar mucho espacio. La gente se encogió, retrocediendo de ellos, aunque eran sus libertadores.

Los soldados observaron la sala. Vieron que los demacrados prisioneros, en su mayoría mujeres, no constituían ningún peligro. Bajaron las armas. Algunos se dirigieron a las salas contiguas.

Un soldado alto se arremangó la manga derecha. Llevaba seis o siete relojes de muñeca. Gritó algo en ruso, señalando los relojes con la culata del arma. Carla creyó entenderle, pero le costaba creerlo. El hombre agarró entonces a una anciana, le cogió la mano y señaló su alianza.

—¿Van a robarnos lo poco que no nos han quitado los nazis? —preguntó Hannelore.

Así era. El soldado alto parecía frustrado e intentó arrancarle la alianza a la mujer. Cuando ella comprendió lo que quería, se la quitó y se la dio.

El ruso la cogió, asintió y señaló a todos los demás.

Hannelore avanzó un paso.

—¡Son todos prisioneros! —dijo en alemán—. ¡Judíos y familiares de judíos perseguidos por los nazis!

La entendiera o no, el soldado no le hizo el menor caso y se limitó a señalar insistentemente los relojes que llevaba en la muñeca.

Los pocos que conservaban algún objeto de valor que no les habían robado o no habían cambiado por comida se lo entregaron.

La liberación a manos del Ejército Rojo no iba a ser el acontecimiento feliz que tanta gente había esperado.

Pero lo peor estaba por llegar.

El soldado alto apuntó a Rebecca.

La chica retrocedió e intentó esconderse detrás de Carla.

Un segundo hombre, menudo y de pelo claro, agarró a Rebecca y tiró de ella. La chica soltó un grito, y él sonrió como disfrutando de aquel sonido.

Carla tuvo un horrible presentimiento de lo que iba a suceder.

El hombre bajo sujetó con fuerza a Rebecca mientras el alto le estrujaba rudamente los pechos y decía algo que hizo reír a los dos.

Se oyeron gritos de protesta entre los prisioneros.

El soldado alto alzó el arma. Carla creyó que iba a disparar y sintió terror. Mataría a docenas de personas si apretaba el gatillo de una ametralladora en una sala atestada.

Todos advirtieron el peligro y guardaron silencio.

Los dos soldados retrocedieron hacia la puerta, llevándose a Rebecca consigo. Ella chilló y forcejeó, pero no consiguió zafarse de las manos del soldado menudo.

Cuando llegaron a la puerta, Carla se adelantó.

—¡Esperad! —gritó.

Algo en su voz hizo que se detuviesen.

—Es demasiado joven —dijo Carla—. ¡Solo tiene trece años! —No sabía si la entendían. Ella levantó las dos manos mostrando los diez dedos, y luego una mostrando tres—. ¡Trece!

El soldado alto pareció entenderla y sonrió.

—*Frau ist Frau* —dijo en alemán. «Una mujer es una mujer.»

—Necesitáis una mujer de verdad —se sorprendió diciendo Carla. Avanzó lentamente—. Llevadme a mí en su lugar. —Intentó sonreír de forma seductora—. No soy una niña. Sé lo que hay que hacer. —Se acercó un poco más, lo bastante para percibir el olor rancio de un hombre que llevaba meses sin lavarse. Intentando ocultar su aversión, bajó la voz y dijo—: Yo sé lo que un hombre quiere. —Se tocó un pecho de forma sugerente—. Olvidaos de la niña.

El soldado alto volvió a mirar a Rebecca. La chica tenía los ojos rojos de llorar y le goteaba la nariz, lo que, afortunadamente, la hacía parecer aún más niña y menos mujer.

El soldado miró a Carla.

—Hay una cama arriba —dijo—. ¿Quieres que te la enseñe?

Tampoco esta vez estaba segura de que hubiese entendido sus palabras, pero lo cogió de la mano, y él la siguió por las escaleras hasta la planta principal.

El rubio soltó a Rebecca y fue tras ellos.

Ahora que se había salido con la suya, Carla lamentó su bravuconada. Quería echar a correr y huir de aquellos dos rusos. Pero probablemente le dispararían y volverían a por Rebecca. Carla pensó en la muchacha destrozada que había perdido a sus padres el día anterior. Sufrir una violación al día siguiente destruiría su alma de por vida. Carla tenía que salvarla.

«No me avergonzaré de esto —pensó—. Lo soportaré. Volveré a ser yo después.»

Los llevó a la sala de electrocardiogramas. Sintió frío, como si se le estuviese helando el corazón, presa del aturdimiento. Junto a la cama había una lata de grasa que los médicos utilizaban para mejorar la conductividad de los terminales. Se quitó la ropa interior, cogió un puñado de grasa y se la introdujo en la vagina. Eso podría evitar que sangrara.

Tenía que seguir fingiendo. Se volvió hacia los dos soldados. Para su horror, otros tres los habían seguido hasta la sala. Intentó sonreír, pero no pudo.

El alto se arrodilló entre las piernas de Carla. Le rasgó la blusa del uniforme para dejar sus pechos a la vista. Carla vio que se tocaba para provocarse una erección. El soldado se tumbó sobre ella y la penetró. Carla se dijo que aquello no tenía ninguna relación con lo que Werner y ella habían hecho juntos.

Ladeó la cabeza, pero el soldado la agarró por la barbilla y le giró la cara, obligándola a mirarle mientras la penetraba. Carla cerró los ojos. Notó cómo él la besaba, intentando introducirle la lengua en la boca. El aliento le olía a carne podrida. Al ver que ella se negaba a abrir la boca, el soldado le asestó un puñetazo. Carla gritó y separó los labios para él. Intentó pensar que aquello habría sido mucho peor para una virgen de trece años.

El soldado gimió y eyaculó dentro de ella. Carla se esforzó por que su cara no reflejase el asco que sentía.

El soldado se apartó y el rubio ocupó su lugar.

Carla intentó bloquear sus pensamientos, desligarse de su cuerpo, convertirlo en una máquina, en un objeto totalmente ajeno a ella. El segundo soldado no quiso besarla, pero le succionó los pechos y le mordió los pezones, y cuando ella gritó de dolor, él pareció complacido y volvió a hacerlo con más fuerza.

Pasó el tiempo, y el hombre eyaculó.

Otro soldado se tumbó sobre ella.

Carla cayó en la cuenta de que cuando aquello acabara no podría bañarse ni ducharse, pues en la ciudad no había agua corriente. Ese pensamiento la hizo desmoronarse. Los fluidos de aquellos hombres quedarían dentro de ella, su olor permanecería en su piel, su saliva en su boca, y ella no tendría modo de lavarse. En cierto modo, eso era peor que todo lo demás. Le flaqueó el coraje y rompió a llorar.

El tercer soldado acabó, y después el cuarto se tumbó sobre ella.

20
1945 (II)

I

Adolf Hitler se suicidó el lunes 30 de abril de 1945 en su búnker de Berlín. Exactamente una semana después, en Londres, a las ocho menos veinte de la tarde, el Ministerio de Información anunció que Alemania se había rendido. El día siguiente, el martes 8 de mayo, se declaró festivo.

Daisy se sentó junto a la ventana de su apartamento de Piccadilly a contemplar las celebraciones. La calle estaba tan abarrotada de gente que los coches y los autobuses prácticamente no podían circular. Las chicas besaban a cualquier hombre que llevara un uniforme, y miles de afortunados soldados aprovechaban al máximo la oportunidad. A primera hora de la tarde había ya muchísima gente borracha. Por la ventana abierta, Daisy oyó unos cánticos a lo lejos y supuso que la muchedumbre que se había reunido frente al palacio de Buckingham estaba entonando el «Land of Hope and Glory». Ella compartía su alegría, pero Lloyd se encontraba en algún rincón de Francia, o Alemania, y era el único soldado al que Daisy quería besar. Rezó por que no lo hubieran matado en las últimas horas de la guerra.

La hermana de Lloyd, Millie, se presentó con sus dos niños. El marido de Millie, Abe Avery, también seguía destinado en el ejército. Los niños y ella habían ido al West End para unirse a las celebraciones y subieron a casa de Daisy a descansar un rato de tanta aglomeración. Hacía tiempo que la casa de los Leckwith en Aldgate constituía un refugio para ella, así que Daisy siempre se alegraba de tener ocasión de corresponderles. Le preparó un té a Millie —el servicio había salido a la calle— y sacó también zumo de naranja para los niños. Lennie tenía ya cinco años y Pammie, tres.

Desde que habían llamado a Abe a filas, era Millie la que se encargaba del negocio de venta de cuero al por mayor. Su cuñada, Naomi Avery, era la contable, pero ella cerraba las ventas.

—Ahora todo cambiará —dijo Millie—. Los últimos cinco años hemos tenido demanda de cueros duros para botas y calzado. Ahora necesitaremos pieles más suaves, de becerro y cerdo, para hacer bolsos y carteras. Cuando se reactive el mercado del lujo, por fin habrá un buen dinero que ganar.

Daisy recordó que su padre tenía la misma forma de ver las cosas que Millie. También Lev se adelantaba siempre a los acontecimientos en busca de oportunidades.

Eva Murray apareció entonces con sus cuatro niños pegados a las faldas. Jamie, que tenía ocho años, los hizo jugar a todos al escondite y el apartamento quedó convertido en una guardería. El marido de Eva, Jimmy, había llegado a coronel y también estaba en algún lugar de Francia o Alemania. Eva padecía la misma angustia de la incertidumbre que Daisy y Millie.

—Sabremos de ellos cualquier día de estos —dijo Millie—, y entonces por fin se habrá acabado de verdad.

Eva también estaba impaciente por recibir noticias de su familia, en Berlín, pero creía que, con el caos de la posguerra, pasarían semanas o incluso meses antes de que nadie pudiera saber qué había sido de unos alemanes en particular.

—Me pregunto si mis hijos conocerán algún día a mis padres —comentó con tristeza.

A las cinco, Daisy preparó una jarra de martini. Millie fue a la cocina y, con la rapidez y la eficiencia que la caracterizaban, sacó una bandeja de tostadas con sardinas para acompañar el cóctel. Eth y Bernie llegaron justo cuando Daisy estaba preparando una segunda ronda.

Bernie le dijo a Daisy que Lennie ya sabía leer, y que Pammie cantaba el himno nacional.

—Es como todos los abuelos —soltó Ethel—. Cree que nunca ha habido niños inteligentes antes que los nuestros. —Pero Daisy vio que en el fondo se sentía tan orgullosa como él.

Con la alegría y la relajación que la embargó a mitad del segundo martini, contempló al dispar grupo que se había reunido en su hogar.

Le habían hecho el cumplido de acercarse a su puerta sin invitación, sabedores de que serían bienvenidos. Formaban parte de su vida, y ella de la de ellos. Se dio cuenta de que eran su familia.

Se sintió colmada de bendiciones.

II

Woody Dewar estaba sentado frente al despacho de Leo Shapiro, repasando un fajo de fotografías. Eran instantáneas tomadas en Pearl Harbor, la hora anterior a la muerte de Joanne. El carrete llevaba meses dentro de su cámara, pero al final lo había llevado a revelar y había imprimido las fotos. Mirarlas le producía tanta tristeza que las había guardado en un cajón de su dormitorio, en el apartamento de Washington, y allí las había dejado.

Sin embargo, ya era hora de cambiar.

Jamás olvidaría a Joanne, pero al fin volvía a estar enamorado. Adoraba a Bella y ella sentía lo mismo por él. Cuando se habían despedido en la estación de tren de Oakland, en las afueras de San Francisco, él le había dicho que la quería y ella había contestado: «Yo también te quiero». Pensaba pedirle que se casara con él. Lo habría hecho ya, pero le parecía demasiado pronto —no habían pasado aún tres meses— y no quería darles a los padres de ella, tan hostiles, ningún pretexto para que pusieran objeciones.

Además, tenía que tomar una decisión sobre su futuro.

No quería meterse en política.

Sabía que la noticia sorprendería a sus padres. Ellos siempre habían supuesto que seguiría los pasos de Gus y acabaría convirtiéndose en el tercer senador Dewar. Él mismo había aceptado esa suposición sin pensarlo demasiado. Durante la guerra, no obstante, sobre todo mientras estaba en el hospital, se había preguntado qué era lo que quería hacer de verdad, si es que sobrevivía; y la respuesta no había sido la política.

Era un buen momento para dejarlo. Su padre había logrado la ambición de su vida. El Senado había debatido la formación de la Organización de las Naciones Unidas. Era un momento de la historia similar a los días en que se fundó la antigua Sociedad de las Naciones: un recuerdo doloroso para Gus Dewar. Pero el senador Vandenberg se había pronunciado apasionadamente a favor, refiriéndose a la organización como «el sueño más anhelado de la humanidad», y la Carta de la ONU había sido ratificada por 89 votos frente a dos. El trabajo estaba hecho. Woody ya no decepcionaría a su padre con su decisión de abandonar.

Esperaba que Gus lo viera igual que él.

Shapiro abrió la puerta de su despacho y lo llamó con un gesto. Woody se levantó y entró.

El jefe de la delegación de Washington de la Agencia Nacional de Prensa era más joven de lo que Woody esperaba, de unos treinta y tantos años. Se sentó a su escritorio y dijo:

—¿En qué puedo ayudar al hijo del senador Dewar?

—Me gustaría enseñarle unas fotografías, si me lo permite.

—De acuerdo.

Woody extendió sus instantáneas sobre la mesa.

—¿Esto es Pearl Harbor? —preguntó Shapiro.

—Sí. El 7 de diciembre de 1941.

—Dios mío.

Woody las estaba mirando del revés, pero aun así se le saltaban las lágrimas. En ellas se veía a Joanne, guapísima; y a Chuck, sonriendo con alegría porque estaba con su familia y con Eddie. Después, los aviones que se acercaban, las bombas y los torpedos cayendo desde sus vientres metálicos, el humo negro de las explosiones sobre los barcos, y los marinos corriendo como podían hacia los costados, lanzándose al mar, nadando para intentar salvarse.

—Este es su padre —dijo Shapiro—. Y esa, su madre. Los reconozco.

—Y mi prometida, que murió unos minutos después. Mi hermano, al que mataron en Bougainville. Y su mejor amigo.

—¡Son unas fotografías estupendas! ¿Cuánto quiere por ellas?

—No quiero dinero —contestó Woody.

Shapiro levantó la mirada, sorprendido.

—Quiero un trabajo.

III

Quince días después del Día de la Victoria en Europa, Winston Churchill convocó elecciones generales.

A la familia Leckwith le pilló por sorpresa. Igual que casi todo el mundo, Ethel y Bernie pensaban que Churchill esperaría hasta la rendición de los japoneses. El líder laborista, Clement Attlee, había propuesto unas elecciones para octubre. Churchill los había cogido desprevenidos a todos.

El comandante Lloyd Williams fue licenciado del ejército para que pudiera presentarse como candidato del Partido Laborista por Hoxton, en el East End de Londres. Se sentía imbuido de un entusiasmo apasionado por el futuro que proponía su partido. El fascismo había sido derrotado y el pueblo británico podría crear una sociedad que aunara libertad y prestaciones sociales. Los laboristas tenían un plan que gozaba de una enorme aceptación para evitar las catástrofes de los últimos veinte años: un seguro de desempleo universal y completo para ayudar a las familias a capear los malos tiempos, planificación económica para prevenir otra depresión y una Organización de las Naciones Unidas que ayudara a mantener la paz.

—No tenéis la menor posibilidad —comentó su padrastro, Bernie, en la cocina de la casa de Aldgate el lunes 4 de junio. El pesimismo de Bernie era tanto más convincente por ser muy poco propio de él—. La gente votará a los *tories* porque Churchill ha ganado la guerra —siguió parloteando con ánimo agorero—. Pasó lo mismo con Lloyd George en 1918.

Lloyd iba a rebatir su argumento, pero Daisy se le adelantó.

—La guerra no la han ganado el libre mercado ni la empresa capitalista —espetó, indignada—. Ha sido la gente, que ha colaborado y se ha repartido las cargas, todo el mundo ha puesto de su parte. ¡Eso es socialismo!

Lloyd la quería más todavía cuando se dejaba llevar por la pasión, pero él era más reflexivo.

—Ya tenemos medidas que los antiguos *tories* habrían tildado de bolchevismo: control gubernamental del ferrocarril, las minas y el transporte marítimo, por ejemplo, todas ellas implantadas por Churchill. Y Ernie Bevin ha estado al cargo de la planificación económica durante toda la guerra.

Bernie sacudió la cabeza como con conocimiento de causa: un gesto de anciano que sacaba a Lloyd de sus casillas.

—La gente vota con el corazón, no con el cerebro —insistió su padrastro—. Querrán mostrar gratitud.

—Bueno, de nada sirve estar aquí sentado discutiendo contigo

—repuso Lloyd—, así que mejor me voy fuera, a discutir con los votantes.

Daisy y él cogieron un autobús en dirección norte y bajaron varias paradas más allá, frente al pub Black Lion, en Shoreditch, donde se encontraron con un grupo de campaña del Partido Laborista de la circunscripción de Hoxton. En realidad, hacer campaña no tenía nada que ver con discutir con los votantes y Lloyd lo sabía. Su principal objetivo era el de identificar a partidarios, de modo que el día de las elecciones la maquinaria del partido pudiera asegurarse de que todos fueran al centro electoral. Los firmes partidarios de los laboristas quedaban anotados; los firmes partidarios de otras formaciones se tachaban. Solo la gente que todavía no se había decidido merecía más de unos segundos de atención: a ellos se les ofrecía la posibilidad de hablar con el candidato.

Lloyd recibió algunas reacciones negativas.

—Conque es usted comandante, ¿eh? —dijo una mujer—. Mi Alf es cabo y dice que los oficiales casi nos hacen perder la guerra.

También hubo acusaciones de nepotismo.

—¿No eres tú el hijo de la parlamentaria por Aldgate? ¿Esto qué es, una monarquía hereditaria?

Lloyd recordó el consejo de su madre: «Nunca se gana un voto dejando en evidencia al elector. Utiliza tu encanto, sé modesto y no pierdas los nervios. Si un votante se pone agresivo y maleducado, dale las gracias por su tiempo y márchate. Lo dejarás pensando que a lo mejor te ha juzgado mal».

Los votantes de la clase trabajadora eran mayoritariamente laboristas. Mucha gente le comentaba a Lloyd que Attlee y Bevin habían hecho un buen trabajo durante la contienda. Los indecisos eran sobre todo de clase media. Cuando la gente decía que Churchill había ganado la guerra, Lloyd citaba el elegante desprecio que le había dedicado Attlee: «No ha sido un gobierno de un solo hombre, como no ha sido una guerra de un solo hombre».

Churchill había descrito a Attlee como un personaje modesto con motivos sobrados para sentir modestia. El ingenio de Attlee era menos cruel, y precisamente por ello resultaba más efectivo; al menos eso era lo que pensaba Lloyd.

Un par de electores mencionaron al parlamentario que ocupaba el escaño de Hoxton, un liberal, y dijeron que lo votarían porque los había ayudado a resolver un problema. Solía suceder que la gente acudiera a los miembros del Parlamento cuando sentían que el gobierno, su jefe o un vecino los trataba de forma injusta. Era una labor que quitaba mucho tiempo pero que hacía ganar votos.

En general, Lloyd no podía hacerse una idea de hacia dónde se decantaba la opinión pública.

Solo un votante mencionó a Daisy, un hombre que se acercó a la puerta con la boca llena de comida.

—Buenas tardes, señor Perkinson, me parece que quería usted preguntarme algo.

—Sí, su prometida era fascista —dijo el hombre sin dejar de masticar.

Lloyd supuso que lo había leído en el *Daily Mail*, que había publicado un malicioso artículo sobre ellos dos titulado «El socialista y la vizcondesa».

Asintió con la cabeza.

—El fascismo la engatusó brevemente, como a muchos otros.

—¿Cómo puede casarse un socialista con una fascista?

Lloyd miró en derredor, encontró a Daisy y le hizo una señal.

—El señor Perkinson me pregunta por mi prometida, dice que era fascista.

—Encantada de conocerlo, señor Perkinson. —Daisy le estrechó la mano al hombre—. Entiendo perfectamente su preocupación. Mi primer marido fue fascista en los años treinta, y yo lo apoyé.

Perkinson asintió con aprobación. Seguramente creía que una mujer debía adoptar las mismas opiniones que su marido.

—Qué ingenuos fuimos… —siguió relatando Daisy—. Pero cuando llegó la guerra, mi primer marido se alistó en la RAF y luchó contra los nazis con tanto coraje como el que más.

—¿Es eso cierto?

—El año pasado, sobrevolaba Francia pilotando un Typhoon para bombardear un tren alemán de transporte de tropas, cuando lo abatieron y murió. Así que soy viuda de guerra.

Perkinson tragó la comida que tenía en la boca.

—Lo siento mucho, faltaría más.

Pero Daisy no había terminado:

—En cuanto a mí, viví en Londres toda la guerra y conduje una ambulancia durante el Blitz.

—Fue usted muy valiente, no hay duda.

—Bueno, solo espero que piense que tanto mi difunto marido como yo ya hemos pagado nuestros errores.

—De eso no estoy tan seguro —dijo Perkinson, malhumorado.

—No le robaremos más tiempo —zanjó Lloyd—. Gracias por exponerme sus opiniones. Buenas tardes.

—No creo que lo hayamos convencido —dijo Daisy mientras se marchaban.

—Nunca se les convence —repuso él—, pero ahora ha visto las dos caras de la historia, y puede que eso lo haga ser menos vehemente esta noche, cuando hable de nosotros en el pub.

—Hummm…

Lloyd se dio cuenta de que no la había tranquilizado mucho.

Con la campaña ya casi terminada, esa noche la BBC retransmitiría el primer programa especial de las elecciones, y todos los que trabajaban para algún partido lo estarían escuchando. Churchill tuvo el privilegio de ser el primero en hablar.

—Estoy preocupada —dijo Daisy mientras volvían a casa en autobús—. Para ti soy una carga en estas elecciones.

—Ningún candidato es perfecto —repuso Lloyd—. Lo que importa es cómo gestiona cada cual sus puntos flacos.

—Pero yo no quiero ser tu punto flaco. A lo mejor debería hacerme a un lado.

—Al contrario, quiero que la gente lo sepa todo sobre ti desde el principio. Si eres un obstáculo tan importante, dejaré la política.

—¡No, no! No soportaría pensar que te he obligado a abandonar tus ambiciones.

—No hará falta —dijo él, pero de nuevo vio que no había logrado calmar la inquietud de Daisy.

Ya en Nutley Street, toda la familia Leckwith estaba sentada en la cocina, alrededor de la radio, y Daisy estrechó la mano de Lloyd.

—Venía aquí muchas veces cuando tú no estabas —dijo—. Solíamos escuchar swing y hablar de ti.

Esa idea hizo que Lloyd se sintiera muy afortunado.

Churchill estaba en el aire. Su conocido tono áspero resonaba ya. Durante cinco aciagos años, esa voz había inspirado fuerza, esperanza y valor a la gente. Lloyd flaqueó: incluso él se sentía tentado de votarlo.

«Amigos míos —dijo el primer ministro—, debo decirles que las políticas socialistas abominan de las ideas de libertad de los británicos.»

Bueno, era la cháchara difamatoria de siempre. Todas las ideas nuevas eran tildadas de importaciones extranjeras. Pero ¿qué le ofrecería Churchill a su pueblo? Los laboristas tenían un plan, pero ¿qué proponían los conservadores?

«El socialismo es indisociable del totalitarismo», dijo el primer ministro.

—¿No irá a insinuar que somos lo mismo que los nazis? —comentó Ethel.

—Pues me parece que sí —contestó Bernie—. Dirá que hemos derrotado al enemigo en el extranjero, y que ahora debemos derrotar al enemigo que está entre nosotros. Una táctica conservadora habitual.

—La gente no lo creerá —objetó Ethel.

—¡Chis! —intervino Lloyd.

Churchill seguía con su discurso.

«Un Estado socialista, una vez completamente instaurado en todos sus detalles y todos sus aspectos, no podría permitirse tolerar una oposición.»

—Esto es una vergüenza —dijo Ethel.

«Pero iré aún más lejos —prosiguió Churchill—. Ante ustedes declaro, desde lo más hondo de mi alma, que ningún sistema socialista puede establecerse sin una policía política.»

—¿Una policía política? —repitió Ethel con indignación—. ¿De dónde ha sacado esa bobada?

—En cierto sentido nos viene bien —dijo Bernie—. No encuentra nada que criticar de nuestro programa, o sea que nos ataca por cosas que en realidad no proponemos que se pongan en marcha. Maldito embustero.

—¡Escuchad! —gritó Lloyd.

«Tendrían que recurrir a alguna forma de Gestapo.»

Todos se pusieron en pie de repente, protestando a gritos. La voz del primer ministro quedó silenciada.

—¡Malnacido! —gritó Bernie, agitando un puño hacia la radio de Marconi—. ¡Malnacido, será malnacido!

—¿Consistirá en eso su campaña? —preguntó Ethel cuando se calmaron un poco—. ¿Nada más que mentiras sobre nosotros?

—Está claro que sí, puñetas —dijo Bernie.

—Pero ¿las creerá la gente? —añadió Lloyd.

IV

En el sur de Nuevo México, no muy lejos de El Paso, hay un desierto al que llaman la Jornada del Muerto. Durante todo el día, el sol abrasa sin piedad el espinoso cactus de la mescalina y las hojas de espada de la yuca. Sus habitantes son escorpiones, serpientes de cascabel, urticantes hormigas rojas y tarántulas. Allí, los hombres del proyecto Manhattan probaron el arma más mortífera que la especie humana había concebido jamás.

Greg Peshkov estaba con los científicos, contemplando el experimento a nueve mil metros de distancia. Tenía dos esperanzas: primero, que la bomba funcionase; y segundo, que esos nueve mil metros lo alejasen lo suficiente de ella.

La cuenta atrás dio comienzo a las cinco y nueve minutos de la madrugada (según la hora de guerra, zona de las Rocosas) del lunes 16 de julio. Estaba amaneciendo y en el cielo, al este, se veían vetas doradas.

La prueba recibía el nombre en clave de «Trinity», trinidad. Cuando Greg preguntó por qué, el científico al mando, el judío neoyorquino y de orejas puntiagudas J. Robert Oppenheimer, le citó un verso de John Donne: «Golpea mi corazón, Dios de las tres personas».

«Oppie» era la persona más inteligente que Greg había conocido nunca. Era el físico más brillante de su generación y además hablaba seis idiomas. Había leído *El Capital* de Karl Marx en su original alemán. Estaba aprendiendo sánscrito por diversión. A Greg le caía bien, lo admiraba. La mayoría de los físicos eran unos pazguatos, pero Oppie, igual que el propio Greg, era una excepción: alto, apuesto, encantador, un auténtico rompecorazones.

Oppie había ordenado al Cuerpo de Ingenieros del Ejército que construyera en pleno desierto una torre de treinta metros con puntales de acero sobre una base de cemento. En lo alto había una plataforma de roble, y hasta ella habían subido la bomba el sábado anterior con la ayuda de poleas.

Los científicos nunca usaban el término «bomba». La llamaban «el artefacto». En su núcleo había una bola de plutonio, un metal que no existía en la naturaleza, sino que se creaba como subproducto en las pilas atómicas. La bola pesaba cuatro kilos y medio y contenía todo el plutonio del mundo. Alguien había calculado que valía mil millones de dólares.

Los 32 detonadores que había en la superficie de la bola se dispararían simultáneamente y crearían una presión interior tan alta que el plutonio se volvería aún más denso y alcanzaría niveles críticos.

Nadie sabía muy bien qué sucedería después.

Los científicos habían hecho apuestas, de a un dólar cada uno, sobre la fuerza que alcanzaría la explosión medida en toneladas equivalentes de TNT. Edward Teller había apostado por 45.000 toneladas. Oppie, por 300. El pronóstico oficial hablaba de 20.000 toneladas. La noche anterior, Enrico Fermi había propuesto apostar, además, por si la explosión arrasaría la totalidad del estado de Nuevo México o no. Al general Groves no le había hecho ninguna gracia.

Los científicos habían mantenido una discusión perfectamente seria sobre si la explosión inflamaría toda la atmósfera terrestre y destruiría el planeta, pero habían llegado a la conclusión de que no. Si se equivocaban, lo único que esperaba Greg es que ocurriera deprisa.

El experimento se había programado en un principio para el 4 de julio. Sin embargo, cada vez que probaban un componente, fallaba; así que el gran día se había pospuesto varias veces. De vuelta en Los Álamos, el sábado, una maqueta a la que llamaban la «Copia China», se había negado a hacer explosión. En la porra, Norman Ramsey había apostado por el cero y había puesto su dinero a que la bomba sería un fracaso total.

La detonación de ese día estaba programada para las dos de la madrugada, pero a esa hora se había producido una tormenta eléctrica… ¡en el desierto! La lluvia habría hecho que la radiactividad se precipitase sobre las cabezas de los científicos que estarían observando, así que habían retrasado la prueba.

La tormenta había amainado al alba.

Greg se encontraba en el búnker S-10000, que albergaba la sala de control, pero había salido fuera para ver mejor, igual que casi todos los demás. La esperanza y el miedo competían por dominar su corazón. Si la bomba era un fracaso, el empeño y el esfuerzo de cientos de personas (además de unos dos mil millones de dólares) habrían caído en saco roto. Y si no lo era, puede que acabaran todos muertos al cabo de unos minutos.

Junto a él estaba Wilhelm Frunze, un joven científico alemán al que ya había conocido en Chicago.

—¿Qué habría pasado, Will, si un rayo hubiese alcanzado la bomba?

Frunze se encogió de hombros.

—Nadie lo sabe.

Una bengala verde salió disparada hacia el cielo y Greg se sobre-saltó.

—El aviso de los cinco minutos —informó Frunze.

La seguridad había sido un problema. Santa Fe, la ciudad más cer-cana a Los Álamos, estaba atestada de agentes del FBI bien vestidos. Apoyados con actitud despreocupada contra las paredes, con sus cha-quetas de tweed y sus corbatas, saltaban a la vista a todos los habitantes de la ciudad, que siempre llevaban vaqueros azules y botas de cowboy.

El FBI también había pinchado de manera ilegal los teléfonos de cientos de personas involucradas en el proyecto Manhattan. Eso tenía a Greg perplejo. ¿Cómo podía el principal organismo de salvaguarda de la ley de todo el país cometer actos delictivos de una forma tan sis-temática?

Sin embargo, el departamento de seguridad del ejército y el FBI habían identificado a algunos espías y los habían apartado discretamen-te del proyecto, entre ellos a Barney McHugh. Pero ¿los habrían descu-bierto a todos? Greg no lo sabía. Groves se había visto obligado a asu-mir el riesgo. Si hubiese despedido a todo el que señaló el FBI, no le habrían quedado científicos suficientes para acabar de fabricar la bomba.

Por desgracia, la mayoría de los hombres de ciencia eran radicales, socialistas y liberales. Apenas había ningún conservador entre ellos. Además, creían que las verdades descubiertas por la ciencia pertene-cían a la humanidad entera, y que no deberían mantenerse en secreto y al servicio de un solo régimen o país. Así que, mientras el gobierno de Estados Unidos mantenía en absoluto secreto aquel gigantesco pro-yecto, los científicos organizaban grupos de discusión sobre si la tec-nología nuclear debía compartirse con todas las naciones del mundo. El propio Oppie era sospechoso: la única razón por la que no estaba afiliado al Partido Comunista era que nunca se hacía miembro de nin-gún club.

En ese preciso instante estaba tumbado en el suelo junto a su her-mano pequeño, Frank, también un físico excepcional y también comu-nista. Ambos sostenían un trozo de cristal de soldadura a través del cual podrían ver la explosión. Greg y Frunze tenían cristales pareci-dos. Algunos científicos se habían puesto gafas de sol.

Dispararon otra bengala.

—Un minuto —dijo Frunze.

Greg oyó que Oppie decía:

—Señor, estas cosas pesan en el corazón.

Se preguntó si serían sus últimas palabras.

Greg y Frunze estaban tumbados en el suelo arenoso, cerca de Oppie y de Frank. Todos ellos se habían protegido los ojos con los visores de cristal de soldadura y estaban mirando hacia la zona de pruebas.

Al verse frente a la muerte, Greg pensó en su madre, en su padre y en su hermana Daisy, que estaba en Londres. Se preguntó cuánto lo echarían de menos. Pensó con cierta tristeza en Margaret Cowdry, que lo había dejado plantado por otro tipo que sí estaba dispuesto a casarse con ella. Pero sobre todo pensó en Jacky Jakes y en Georgy, que ya tenía nueve años. A Greg le apasionaba la idea de ver crecer a su hijo. Se dio cuenta de que Georgy era la razón principal por la que deseaba seguir vivo. Ese niño se le había ido metiendo hasta el alma y le había robado todo su amor. La intensidad del sentimiento lo tenía asombrado.

Entonces se oyó resonar un gong, un sonido extrañamente impropio en el desierto.

—Diez segundos.

Greg sintió el impulso de levantarse y echar a correr. Por muy tonta que fuera aquella acción (¿cuánto sería capaz de alejarse en diez segundos?) tuvo que obligarse a seguir tumbado.

La bomba estalló a las cinco y veintinueve minutos con cuarenta y cinco segundos.

Primero se vio un imponente fogonazo de un brillo imposible, el resplandor más feroz que Greg había visto nunca, más fuerte incluso que el sol.

Después, una increíble cúpula de fuego pareció salir de la tierra misma. Con una velocidad aterradora se elevó hasta una altura monstruosa. Llegó al mismo nivel que las montañas, continuó subiendo y rápidamente dejó los picos atrás.

—Joder… —susurró Greg.

La cúpula se transformó en un cuadrado. La luz seguía siendo más resplandeciente que la del mediodía, y las montañas lejanas estaban iluminadas con tal viveza que Greg veía en ellas todos y cada uno de sus pliegues, grietas y rocas.

Entonces la forma volvió a cambiar. Por la parte inferior apareció un pilar que impulsó la deflagración varios kilómetros en dirección al cielo, como el puño de Dios. La nube de fuego ardiente que había sobre el pilar se abrió como un paraguas, hasta que toda ella tomó la forma de un hongo de once kilómetros de altura. La nube adoptó unas espantosas tonalidades anaranjadas, verdes y violáceas.

Una oleada de calor alcanzó a Greg, como si el Todopoderoso hubiese abierto un horno gigantesco. En ese mismo instante, el estruendo de la explosión llegó a sus oídos como el estallido del juicio final. Sin embargo, aquello no era más que el principio. Un ruido de un volumen sobrenatural recorrió todo el desierto y se tragó todos los demás sonidos.

La nube abrasadora empezó a disminuir, pero el trueno seguía rugiendo, alargándose de manera imposible, hasta que Greg se preguntó si aquel sería el sonido del fin del mundo.

Entonces empezó a remitir y la nube hongo empezó a dispersarse. Greg oyó a Frank Oppenheimer decir:

—Ha funcionado.

—Sí, ha funcionado —repuso Oppie.

Los dos hermanos se dieron la mano.

«Y el mundo sigue aquí», pensó Greg.

Pero había cambiado para siempre.

V

Lloyd Williams y Daisy se dirigieron al ayuntamiento de Hoxton la mañana del 26 de julio para asistir al recuento de votos.

Si Lloyd perdía, Daisy iba a romper su compromiso.

Él no hacía más que insistirle en que no era una carga política para él, pero ella sabía que era cierto. Los adversarios de Lloyd se habían preocupado de llamarla siempre «lady Aberowen». Los votantes reaccionaban con indignación ante su acento norteamericano, como si no tuviera derecho a participar de la vida política británica. Incluso había miembros del Partido Laborista que la trataban de forma diferente y le preguntaban si no preferiría café cuando todos ellos hacían un descanso para tomar un té.

Tal como Lloyd había pronosticado, ella solía ser capaz de superar la hostilidad inicial de la gente mostrándose natural y encantadora, y ayudando a las demás mujeres a lavar las tazas del té. Sin embargo, ¿bastaría con eso? Los resultados de las elecciones le darían la única respuesta definitiva.

Daisy no se casaría con él si eso lo obligaba a dejar el trabajo de su vida. Él le decía que estaba dispuesto a hacerlo, pero no era una buena base para el matrimonio. Daisy se estremecía de horror al imaginarlo en cualquier otro empleo, trabajando en un banco, o en el funcionariado, terriblemente desgraciado e intentando fingir que ella no había tenido la culpa. No soportaba pensarlo.

Por desgracia, todo el mundo creía que los conservadores ganarían las elecciones.

A los laboristas les habían salido algunas cosas bien en la campaña. El discurso de Churchill sobre la Gestapo había resultado un fracaso. Incluso los conservadores habían quedado consternados. Clement Attlee, que había hablado en la radio por los laboristas al día siguiente, se había mostrado fríamente irónico.

—Al oír el discurso de anoche del primer ministro, en el que ofreció una parodia tan exagerada de las políticas del Partido Laborista, enseguida me di cuenta de cuál era su objetivo. Quería que los votantes comprendieran la enorme diferencia que existe entre Winston Churchill, el gran líder de una nación unida en la guerra, y el señor Churchill, líder del partido de los conservadores. Su temor era que quienes habían aceptado su liderazgo en la guerra pudieran verse tentados, por mera gratitud, a seguirlo más allá. Le agradezco que los haya desilusionado tan a conciencia.

El magistral desdén de Attlee había convertido a Churchill en un agitador. La gente ya estaba harta de pasiones enfervorizadas, pensó Daisy; en tiempos de paz sin duda preferirían un moderado sentido común.

Un sondeo Gallup efectuado el día anterior a la votación mostraba que los laboristas se impondrían, pero nadie lo creía. George Gallup, norteamericano, había realizado una predicción inexacta en las últimas elecciones presidenciales. La idea de que pudiera anticiparse el resultado preguntando a un pequeño número de electores parecía algo improbable. El *News Chronicle*, que había publicado el sondeo, hablaba de un empate.

Todos los demás periódicos decían que ganarían los conservadores.

Daisy nunca se había interesado mucho por los mecanismos de la democracia, pero esta vez su destino dependía de ello y, fascinada, contemplaba cómo sacaban las papeletas de las urnas, las clasificaban, las contaban, las apilaban y las volvían a contar. El hombre que estaba al mando recibía el nombre de «escrutador», como si su atenta mirada no perdiera de vista los votos ni un instante. En realidad era el secretario del ayuntamiento. Observadores de todos los partidos supervisaban el procedimiento para asegurarse de que no se producía ningún descuido ni ningún fraude. El proceso era largo y aquel suspense torturaba a Daisy.

A las diez y media supieron los primeros resultados de otra circunscripción. Harold Macmillan, protegido de Churchill y ministro de su gabinete durante la guerra, había perdido Stockton-on-Tees a manos de los laboristas. Quince minutos después llegó la noticia de un gran giro hacia el laborismo en Birmingham. En la sala no estaban permitidas las radios, así que Daisy y Lloyd dependían de los rumores que se filtraban desde el exterior, y ella no estaba segura de qué creer.

Era ya mediodía cuando el escrutador llamó a los candidatos y a sus delegados a una esquina de la sala para transmitirles el resultado antes de hacer el anuncio público. Daisy quiso acompañar a Lloyd, pero no se lo permitieron.

El hombre habló en voz baja con todos ellos. Además de Lloyd y el parlamentario que ocupaba el escaño hasta ese momento, también había un conservador y un comunista. Daisy examinaba sus expresiones con detenimiento, pero no podía adivinar quién había ganado. Todos ellos subieron al estrado y en la sala se hizo el silencio. Daisy sintió náuseas.

—Yo, Michael Charles Davies, escrutador oficialmente designado para la circunscripción parlamentaria de Hoxton...

Daisy estaba junto a los observadores del Partido Laborista, mirando fijamente a Lloyd. ¿Estaría a punto de perderlo? La sola idea le oprimía el corazón y la ahogaba de miedo. A lo largo de su vida, dos veces había escogido a un hombre que había resultado ser una desastrosa equivocación. Charlie Farquharson había sido todo lo contrario a su padre, agradable pero débil. Boy Fitzherbert había sido igual que Lev, obstinado y egoísta. Y por fin había encontrado a Lloyd, que era fuerte y amable a la vez. No lo había elegido por su categoría social ni por lo que podría reportarle a ella, sino únicamente por ser un hombre de una bondad extraordinaria. Era cariñoso, era listo, era leal, y la adoraba. Daisy había tardado mucho en darse cuenta de que él era lo que buscaba. Qué tonta había sido.

El escrutador leyó en voz alta la cantidad de votos recibidos por cada candidato. Seguía un orden alfabético, así que Williams sería el último. Daisy estaba tan nerviosa que no era capaz de retener las cantidades.

—Reginald Sidney Blenkinsop, 5.427...

Cuando anunció los votos de Lloyd, los observadores del Partido Laborista que estaban junto a ella estallaron en gritos de júbilo. Daisy tardó un momento en comprender que aquello significaba que habían ganado. Entonces vio cómo la solemne expresión de Lloyd se convertía en una amplia sonrisa. Daisy se puso a aplaudir y a gritar más fuerte que nadie. ¡Lloyd había ganado! ¡Y ella no tendría que dejarlo! Sentía que acababan de salvarle la vida.

—Por lo tanto, declaro que Lloyd Williams es el parlamentario legítimamente electo por Hoxton.

Lloyd era parlamentario. Daisy, llena de orgullo, vio cómo se adelantaba un paso y daba el discurso de aceptación. Comprendió que existía una fórmula para esa clase de alocuciones y que tenía que dar las gracias pesadamente al escrutador y a su personal, y también a sus oponentes, por su justa competición. Daisy estaba impaciente por abrazarlo. Lloyd terminó con unas cuantas frases acerca de la labor que tenía por delante, reconstruir una Gran Bretaña devastada por la guerra y crear una sociedad más justa. Bajó del estrado mientras aún seguían aplaudiéndolo.

En la sala, fue directo hacia Daisy, la abrazó y la besó.

—Bien hecho, cariño —dijo ella, y después ya no fue capaz de decir nada más.

Al cabo de un rato salieron y se acercaron en autobús hasta la sede del Partido Laborista, en Transport House. Allí se enteraron de que los laboristas habían conseguido 106 escaños por el momento.

Era una victoria arrolladora.

Todos los expertos se habían equivocado, las expectativas de todo el mundo habían quedado desbaratadas. Cuando terminó el recuento, los laboristas habían obtenido 393 escaños y los conservadores, 210. Los liberales ganaron doce y los comunistas, uno: Stepney. El laborismo contaba con una mayoría aplastante.

A las siete en punto de la tarde, Winston Churchill, el gran líder británico de la guerra, fue al palacio de Buckingham y dimitió como primer ministro.

Daisy recordó una de las burlas de Churchill sobre Attlee: «Un coche vacío se detiene y de él baja Clem». El hombre al que consideraba poco menos que inexistente le había dado una paliza.

A las siete y media, Clement Attlee llegó al palacio en su propio coche, conducido por su esposa, Violet, y el rey Jorge VI le pidió que asumiera el cargo de primer ministro.

En la casa de Nutley Street, después de haber escuchado todos juntos las noticias de la radio, Lloyd se volvió hacia Daisy y dijo:

—Bueno, pues ya está. ¿Podemos casarnos ahora?

—Sí —respondió ella—. En cuanto tú quieras.

VI

La recepción de la boda de Volodia y Zoya se celebró en una de las salas de banquetes más pequeñas del Kremlin.

La guerra con Alemania había terminado, pero la Unión Soviética seguía maltrecha y empobrecida, y una celebración por todo lo alto no habría sido vista con buenos ojos. Zoya tenía un vestido nuevo, pero Volodia llevaba su uniforme. Sin embargo, sí que hubo muchísima comida, y el vodka corrió a raudales.

Los sobrinos de Volodia estaban allí, los mellizos de su hermana, Ania, y el desagradable marido de esta, Ilia Dvorkin. Aún no tenían seis años. Dimka, el pequeño de pelo oscuro, estaba sentado leyendo un libro tranquilamente, mientras que Tania, con sus ojos azules, no dejaba de corretear por la sala, chocando con los muebles y molestando a los invitados; justo lo contrario de lo que se esperaba en cuanto a conducta de niños y niñas.

Zoya estaba tan atractiva vestida de rosa que a Volodia le habría gustado marcharse en aquel mismo instante y llevársela a la cama. Eso no podía hacerlo, desde luego. El círculo de amigos de su padre incluía a algunos de los generales y políticos más influyentes del país, y muchos de ellos habían acudido a brindar por la feliz pareja. Grigori había insinuado que un invitado sumamente distinguido podía estar a punto de llegar: Volodia esperaba que no fuera el depravado jefe del NKVD, Beria.

La felicidad de Volodia no acababa de borrar de su recuerdo los horrores que había visto ni el profundo recelo que empezaba a inspirarle el comunismo soviético. La inenarrable brutalidad de la policía secreta, los garrafales errores de Stalin, que se habían cobrado millones de vidas, y la propaganda que había alentado al Ejército Rojo a comportarse como unas bestias enloquecidas en Alemania… todo ello le había hecho dudar de los principios más fundamentales que le habían inculcado en su educación. Se preguntó con inquietud en qué clase de país crecerían Dimka y Tania, pero ese no era un día para pensar en esas cosas.

La élite soviética estaba de buen humor. Habían ganado la guerra y habían derrotado a Alemania. Japón, su antiguo enemigo, estaba siendo aplastado por Estados Unidos. El descabellado código de honor de los dirigentes japoneses dificultaba que pudieran rendirse, pero ya solo era cuestión de tiempo. Lo trágico era que, mientras ellos siguieran aferrándose a su orgullo, más soldados japoneses y estadounidenses morirían, y más mujeres y niños japoneses se quedarían sin hogar a causa de las bombas; pero el resultado final sería el mismo. Tristemente, parecía que los norteamericanos no podían hacer nada por acelerar el desenlace y evitar muertes innecesarias.

El padre de Volodia, borracho y feliz, dio un discurso.

—El Ejército Rojo ha ocupado Polonia —anunció—. Nunca más será utilizado ese país como trampolín para que Alemania invada Rusia.

Los viejos camaradas profirieron gritos de júbilo y golpearon las mesas.

—En la Europa occidental, los partidos comunistas se ven refrendados por cantidades ingentes de personas, como nunca antes. En las elecciones municipales de París, el pasado mes de marzo, el Partido Comunista se alzó con la mayor parte de los votos. Felicito a los camaradas franceses.

De nuevo hubo exclamaciones de alegría.

—Al pasear hoy la vista por el mundo entero, veo que la Revolución rusa, en la que tantos valientes lucharon y murieron… —Se interrumpió cuando unas lágrimas etílicas asomaron a sus ojos. Un susurro recorrió la sala pidiendo silencio. Grigori se recuperó—. ¡Veo que la revolución nunca ha estado tan segura como lo está hoy!

Todos alzaron las copas.

—¡Por la revolución! ¡Por la revolución! —Y bebieron.

Las puertas se abrieron de golpe y por ellas entró el camarada Stalin. Todo el mundo se puso en pie.

Tenía el pelo gris y parecía cansado. Ya tenía unos sesenta y cinco años y había estado enfermo: corrían rumores de que había padecido una serie de derrames cerebrales o pequeños ataques cardíacos. Ese día, sin embargo, su ánimo era exultante.

—¡He venido a besar a la novia! —dijo.

Se acercó a Zoya y le puso las manos en los hombros. Ella era casi diez centímetros más alta que el líder, pero consiguió agacharse discretamente. Stalin le dio un beso en cada mejilla y dejó que su boca, coronada por un bigote gris, se demorara lo suficiente para molestar a Volodia. Después dio un paso atrás y preguntó:

—¿Quién me da un trago?

Mucha gente se apresuró a buscarle un vaso de vodka. Grigori insistió en ceder su silla en el centro de la mesa presidencial a Stalin. El murmullo de las conversaciones volvió a oírse, pero algo más apagado: estaban encantados de tenerlo allí, pero de pronto debían mostrarse cautelosos con cada palabra y cada movimiento. Aquel hombre podía ordenar la muerte de una persona con solo chasquear los dedos, y lo había hecho a menudo.

Sacaron más vodka, la orquesta empezó a tocar danzas populares rusas y, poco a poco, todos se fueron relajando. Volodia, Zoya, Grigori y Katerina bailaron una danza de a cuatro llamada *kadril*, que era de índole cómica y siempre hacía reír a la gente. Después, más parejas se animaron a bailar y los hombres se pusieron a hacer el *barinia*: se acuclillaban y luego soltaban altas patadas, con lo que muchos de ellos caían al suelo. Volodia no hacía más que mirar a Stalin de reojo, igual que todos los de la sala. Parecía que el gran hombre se estaba divirtiendo, pues golpeaba con el vaso en la mesa al ritmo de las balalaikas.

Katerina y Zoya estaban bailando una *troika* con el jefe de esta, Vasili, un físico eminente que trabajaba en el proyecto de la bomba, y Volodia había ido a sentarse cuando el ambiente cambió de pronto.

Un asesor vestido de civil entró corriendo y, bordeando la sala, fue directo a buscar a Stalin. Sin ninguna ceremonia, se inclinó sobre el hombro del líder y le habló sin alzar la voz pero con apremio.

Primero Stalin pareció desconcertado e hizo una pregunta brusca, luego otra. Su expresión se transformó entonces. Se puso pálido, parecía mirar fijamente a los bailarines sin verlos.

—¿Qué narices ha ocurrido? —dijo Volodia a media voz.

Los que bailaban todavía no se habían dado cuenta, pero los que estaban sentados a la cabecera de la mesa parecían asustados.

Un momento después Stalin se puso en pie. A su alrededor todos hicieron lo propio, por deferencia. Volodia vio que su padre seguía bailando. A algunos los habían fusilado por menos.

Pero Stalin no tenía ojos para los invitados. Abandonó la mesa con el asesor a su lado y caminó hacia la puerta cruzando la pista de baile, donde los que aún celebraban se apartaron de en medio precipitadamente. Una pareja cayó al suelo. Stalin no pareció darse cuenta. La orquesta dejó de tocar. Sin decir nada, sin mirar a nadie, el líder abandonó la sala.

Algunos generales lo siguieron con cara de asustados.

Entonces llegó otro asesor, luego dos más. Todos ellos buscaban a sus jefes y hablaban con ellos. Un joven con una chaqueta de tweed se acercó a Vasili. Por lo visto, Zoya lo conocía y escuchó con atención. También ella parecía conmocionada.

Vasili y el asesor se marcharon. Volodia se acercó a Zoya.

—Por el amor de Dios, ¿qué es lo que ocurre?

—Los norteamericanos han lanzado una bomba nuclear en Japón. —Le temblaba la voz. Su hermoso rostro de tez pálida parecía más blanco que nunca—. Al principio el gobierno japonés no sabía de qué se trataba. Han tardado horas en darse cuenta.

—¿Estamos seguros?

—Ha arrasado trece kilómetros cuadrados de edificaciones. Estiman que setenta y cinco mil personas han muerto al instante.

—¿Cuántas bombas?

—Una.

—¿Una?

—Sí.

—Dios mío. No me extraña que Stalin se haya quedado blanco.

Los dos guardaron silencio. La noticia se estaba extendiendo visiblemente por toda la sala. Había quien se quedaba sentado, paralizado; otros se levantaban y se iban, directos a sus teléfonos, sus escritorios y su personal.

—Esto lo cambia todo —dijo Volodia.

—Incluso nuestros planes para la luna de miel —añadió Zoya—. Seguro que me cancelan el permiso.

—Pensábamos que la Unión Soviética estaba a salvo.

—Tu padre acaba de decir en su discurso que la revolución nunca había estado tan segura.

—Ya nada es seguro.

—No —dijo Zoya—. No, hasta que tengamos nuestra propia bomba.

Jacky Jakes y Georgy estaban en Buffalo y por primera vez se hospedaban en el apartamento de Marga. Greg y Lev también estaban allí, y el Día de la Victoria sobre Japón —el miércoles 15 de agosto— todos ellos salieron a Humboldt Park. Los senderos del parque estaban repletos de parejas pletóricas y había cientos de niños chapoteando en el estanque.

Greg estaba feliz y orgulloso. La bomba había funcionado. Los dos artefactos que se habían lanzado en Hiroshima y Nagasaki habían sembrado una devastación escalofriante, pero habían puesto un raudo final a la guerra y habían salvado miles de vidas estadounidenses. Greg había formado parte de ello. Gracias a todo lo que habían hecho, Georgy crecería en un mundo libre.

—Ya tiene nueve años —le dijo Greg a Jacky. Estaban sentados en un banco, hablando, mientras Lev y Marga se llevaban al niño a comprar helado.

—Casi no puedo creerlo.

—Me pregunto qué será de mayor.

—No va a ser nada estúpido, como actor o un maldito trompetista —dijo Jacky con brusquedad—. Es muy inteligente.

—¿Te gustaría que fuese catedrático, como tu padre?

—Sí.

—En tal caso… —Greg había estado preparando el terreno para eso, y le inquietaba la posible reacción de Jacky—, debería ir a una buena escuela.

—¿Habías pensado en algo?

—¿Qué te parecería un internado? Podría ir al mismo que yo.

—Sería el único alumno negro.

—No tiene por qué. Cuando yo estudiaba allí había un chico de color, un indio de Delhi que se llamaba Kamal.

—Solo uno.

—Sí.

—¿Se burlaban de él?

—Claro. Lo llamábamos «Camello», pero al final los chicos se acostumbraron y llegó a hacer amigos.

—¿Qué fue de él? ¿Lo sabes?

—Acabó siendo farmacéutico. He oído decir que ya tiene dos *drugstores* en Nueva York.

Jacky asintió con la cabeza. Greg vio que no se oponía a su plan. La chica venía de una familia culta y, aunque ella se había rebelado y se había apartado de ese ambiente, creía en el valor de una buena educación.

—¿Y la matrícula de ese internado?

—Podría pedírselo a mi padre.

—¿La pagaría?

—Míralos. —Greg señaló hacia el sendero. Lev, Marga y Georgy volvían ya del carrito de los helados. Lev y el niño caminaban juntos, de la mano, comiéndose un cucurucho cada uno—. Mi padre, tan conservador él, dándole la mano a un niño de color en un parque público. Créeme, pagará la matrícula del internado.

—La verdad es que Georgy no acaba de encajar en ningún sitio —dijo Jacky, algo preocupada—. Es un niño negro con un padre blanco.

—Ya lo sé.

—La gente del edificio de tu madre cree que soy la criada... ¿Lo sabías?

—Sí.

—Yo he tenido la precaución de no sacarlos de su error. Si creyeran que tienen a unos negros invitados en el edificio podría haber problemas.

Greg suspiró.

—Lo siento, pero tienes razón.

—La vida de Georgy será dura.

—Ya lo sé —repuso Greg—. Pero nos tiene a nosotros.

Jacky le dirigió una de sus desacostumbradas sonrisas.

—Sí —dijo—. Eso ya es algo.

TERCERA PARTE

La paz fría

21

1945 (III)

I

Después de la boda, Volodia y Zoya se mudaron a su propio apartamento. Eran pocos los soviéticos recién casados con tanta suerte. Durante cuatro años, los beneficios de la poderosa industria de la Unión Soviética se habían invertido en la fabricación de armas. Apenas se habían construido nuevas viviendas y muchas habían sido destruidas. Sin embargo, Volodia era comandante del Servicio Secreto del Ejército Rojo, además de hijo de general, y había movido algunos hilos.

Era un espacio reducido: un salón con una mesa para comer, una habitación ocupada en su práctica totalidad por la cama; una cocina que se llenaba con dos personas; un baño diminuto con lavamanos y ducha, y un escaso recibidor con un armario empotrado para la ropa de ambos. Cuando encendían la radio en el salón, se escuchaba por todo el piso.

No tardaron en convertirlo en su hogar. Zoya compró una colcha de color amarillo chillón para la cama. La madre de Volodia se sacó, como de la nada, una vajilla que había comprado en 1940, en previsión de la boda de su hijo, y que había conservado durante toda la guerra. Volodia colgó una imagen en la pared: la foto de graduación de su promoción en la Academia de Inteligencia Militar.

Ahora hacían el amor con más frecuencia. El estar solos marcaba una diferencia que Volodia no había previsto. Jamás había tenido muchos reparos a la hora de dormir con Zoya en casa de sus padres, ni en el piso que ella compartía antes; pero ahora que tenían su propia casa se daba cuenta de que influía en la relación. Antes tenían que hablar en voz baja, escuchar con atención por si los muelles de la cama chirriaban, y siempre existía la posibilidad, aunque muy remota, de que al-

871

guien les pillara. La casa de los demás nunca era un lugar del todo íntimo.

Solían despertarse temprano, hacían el amor y luego se quedaban en la cama besándose y charlando durante una hora antes de vestirse e ir a trabajar. En una de esas mañanas, con la cabeza recostada sobre los muslos de ella, con el olor a sexo penetrándole por la nariz, Volodia preguntó:

—¿Te apetece una taza de té?

—Sí, gracias. —Ella se estiró con sensualidad y se recostó sobre las almohadas.

Volodia se puso el batín y cruzó el diminuto recibidor hasta la reducida cocina, donde encendió la llama del samovar. Se disgustó al ver las cacerolas y los platos sucios de la cena apilados en el fregadero.

—¡Zoya! —exclamó—. ¡La cocina está hecha un desastre!

Ella lo oyó con nitidez desde el dormitorio de su pequeño piso.

—Ya lo sé —respondió.

Él regresó a la habitación.

—¿Por qué no recogiste anoche?

—¿Por qué no recogiste tú?

A Volodia no se le había ocurrido que pudiera ser responsabilidad suya.

—Tenía que redactar un informe —respondió, no obstante.

—Y yo estaba cansada.

La sugerencia de que fuera culpa suya lo irritó.

—Odio que la cocina esté sucia.

—Yo también.

¿Por qué estaba siendo tan obtusa?

—Pues, si no te gusta, ¡límpiala ya!

—Vamos a hacerlo juntos ahora mismo. —Ella bajó de un salto de la cama. Lo apartó de un empujón y, con una sonrisa picarona, se dirigió a la cocina.

Volodia la siguió.

—Tú lava y yo seco —ordenó ella, y sacó un trapo limpio de un cajón.

Zoya seguía desnuda. Él no pudo evitar esbozar una sonrisa. El cuerpo de su esposa era esbelto y delgado, y de piel blanca. Tenía el pecho plano y los pezones erectos, y el vello de su sexo era sedoso y rubio. Uno de los placeres de estar casado con ella era que Zoya tenía la costumbre de deambular por la casa desnuda. Volodia podía contemplar su cuerpo durante todo el tiempo que se le antojara. Al parecer, a ella le gustaba. Si lo pillaba mirando, no se mostraba azorada, sino que se limitaba a sonreír.

Volodia se arremangó el batín y empezó a lavar los platos y a pasárselos a Zoya para que los secara. Fregar no era una actividad muy varonil —Volodia jamás había visto hacerlo a su padre—, pero Zoya opinaba que esas tareas debían compartirse. Era una idea excéntrica. ¿Es que Zoya tenía un concepto demasiado elevado de la igualdad de derechos en el matrimonio? ¿O estaba dejándose manipular por una esposa castradora?

Creyó oír algo en el exterior. Miró hacia el recibidor: la puerta del piso estaba a unos escasos tres o cuatro pasos del fregadero de la cocina. No vio nada fuera de lo normal.

En ese momento, derribaron la puerta.

Zoya chilló.

Volodia agarró el cuchillo de trinchar que acababa de lavar. Pasó por delante de Zoya y se quedó parado bajo el marco de la puerta de la cocina. Un policía uniformado, armado con una maza, se encontraba del otro lado de la puerta hecha añicos.

Volodia hervía de odio y miedo.

—Pero ¿qué coño pasa aquí? —espetó.

El policía retrocedió y un hombre pequeño, delgado y con cara de rata entró en el piso. Era el cuñado de Volodia, Ilia Dvorkin, agente de la policía secreta. Llevaba guantes de piel.

—¡Ilia! —gritó Volodia—. ¡Maldita rata asquerosa!

—Dirígete a mí con respeto —ordenó Ilia.

Volodia se sentía desconcertado y furioso. La policía secreta no tenía costumbre de detener al personal de los servicios secretos del Ejército Rojo, ni tampoco ocurría a la inversa. De no ser así, habría estallado una suerte de guerra de bandas.

—¿Por qué coño has tenido que derribar la puerta de mi casa? ¡Te habría abierto!

Otros dos agentes se plantaron en el recibidor y se colocaron detrás de Ilia. Llevaban los abrigos de cuero reglamentarios de la organización, a pesar del agradable tiempo de finales de verano.

Volodia estaba tan asustado como furioso. ¿Qué estaba pasando?

—Suelta el cuchillo, Volodia —ordenó Ilia con voz trémula.

—No tienes por qué asustarte —respondió Volodia—. Solo estaba fregando los platos. —Pasó el cuchillo a Zoya, quien estaba detrás de él—. Por favor, pasad al comedor. Podemos hablar mientras Zoya se viste.

—¿Te has creído que esto es una visita de cortesía? —preguntó Ilia, indignado.

—Me da igual el tipo de visita que sea, pero estoy seguro de que no quieres pasar el bochorno de tener que ver a mi mujer desnuda.

—¡Estoy aquí por un asunto oficial de la policía!

—Entonces, ¿por qué han enviado a mi cuñado?

Ilia bajó la voz.

—Pero ¿no entiendes que habría sido mucho peor si hubiera venido cualquier otro?

Parecía algo gordo. Volodia se esforzó por mantener la actitud bravucona.

—Exactamente, ¿qué es lo que queréis tú y estos cretinos?

—El camarada Beria ha asumido la dirección del programa de física nuclear.

Volodia ya lo sabía. Stalin había montado un nuevo comité para dirigir la investigación y había nombrado director a Beria, que no tenía ni la más remota idea de física y carecía de cualificación para organizar un proyecto de investigación científica. Sin embargo, Stalin confiaba en él. Era un problema habitual en el gobierno soviético: personas incompetentes aunque leales al régimen recibían ascensos y ocupaban cargos que no podían desempeñar.

—Y el camarada Beria necesita a mi mujer en su laboratorio para desarrollar la bomba. ¿Has venido a llevarla al trabajo en coche?

—Los estadounidenses crearon su bomba nuclear antes que los soviéticos.

—Por supuesto. ¿Será porque concedieron a la investigación física una prioridad más alta que nosotros?

—¡No es posible que la ciencia capitalista sea superior a la ciencia comunista!

—¡Qué tópico tan burdo! —Volodia estaba confundido. ¿Adónde quería ir a parar?—. ¿Qué es lo que insinúas?

—Tiene que haber sido un acto de sabotaje.

Era justo la clase de fantasía absurda con la que siempre soñaba la policía secreta.

—¿Qué clase de sabotaje?

—Algunos científicos han retrasado intencionadamente el desarrollo de la bomba soviética.

Volodia empezaba a atar cabos, y tuvo miedo. Sin embargo, siguió respondiendo con agresividad: siempre era un error mostrar debilidad ante esa gente.

—¿Por qué demonios iban a hacer algo así?

—Porque son traidores, ¡y tu mujer es una de ellos!

—Será mejor que no estés hablando en serio, pedazo de cabrón…

—He venido para detenerla.

—¿Cómo? —Volodia estaba atónito—. ¡Esto es una locura!

—Es lo que opina mi organización.

—No tenéis pruebas.

—Si quieres pruebas, ¡vete a Hiroshima!

Zoya habló por primera vez desde que había chillado.

—Tendré que acompañarlos, Volodia. No hagas que te detengan a ti también.

Volodia señaló a Ilia con el dedo.

—Acabas de meterte en un buen lío, cabrón.

—Solo cumplo órdenes.

—Sal de en medio. Mi esposa va a ir al cuarto a vestirse.

—No hay tiempo para eso —espetó Ilia—. Tiene que venir tal como está.

—No seas ridículo.

Ilia levantó la barbilla.

—Una ciudadana soviética respetable no iría por el piso sin ropa.

Volodia se preguntó fugazmente cómo era posible que su hermana estuviera casada con un fantasma así.

—¿Vosotros, la policía secreta, con miramientos morales ante la desnudez?

—Su desnudez es la prueba de su degradación. Nos la llevaremos tal como está.

—¡Y una mierda!

—Aparta.

—Apártate tú. Irá a vestirse. —Volodia se situó en el recibidor y se plantó delante de los tres agentes, con los brazos extendidos para que Zoya pudiera pasar por detrás de él.

Cuando ella se movió, Ilia consiguió pasar por detrás de Volodia y agarró a su esposa por el brazo.

Volodia golpeó a su cuñado en la cara, dos veces. Ilia gritó y retrocedió tambaleante. Los dos hombres con abrigo de cuero avanzaron. Volodia logró propinar un puñetazo a uno, pero el otro lo esquivó.

A continuación, ambos agarraron a Volodia por los brazos. Él intentó zafarse, pero eran fuertes y parecía que ya hubieran hecho aquello antes. Lo estamparon contra la pared.

Mientras lo sujetaban, Ilia le pegó un puñetazo en la cara con sus puños enguantados en cuero. Le propinó un segundo golpe, un tercero y un cuarto, luego le golpeó en el estómago, una y otra vez, hasta que Volodia escupió sangre. Zoya intentó intervenir, pero Ilia también la golpeó, y ella gritó y cayó de espaldas.

A Volodia se le abrió el batín. Ilia le dio una patada en la entrepierna y luego en las rodillas. Volodia se retorcía, incapaz de levantarse, pero los hombres con abrigo de cuero lo alzaron e Ilia le propinó unos cuantos golpes más.

Al final, Ilia se volvió para marcharse, frotándose los nudillos. Los otros dos liberaron a Volodia, que se desplomó sobre el suelo. Apenas podía respirar y se sentía incapaz de moverse, pero estaba consciente. Con el rabillo del ojo vio a los dos forzudos agarrar a Zoya y obligarla a salir desnuda del apartamento. Ilia los siguió.

Minuto a minuto, el dolor fue pasando de una intensa agonía a un padecimiento sordo y profundo, y Volodia volvió a respirar con normalidad.

Poco a poco fue recuperando la movilidad de las extremidades y consiguió levantarse a duras penas. Logró llegar hasta el teléfono y marcó el número de su padre, con la esperanza de que el viejo no hubiera salido todavía a trabajar. Le alivió escuchar su voz.

—Han detenido a Zoya —anunció.

—¡Malditos hijos de puta! —exclamó Grigori—. ¿Quién ha sido?

—Ha sido Ilia.

—¿Qué?

—Haz un par de llamadas —ordenó Volodia—. Averigua qué coño está pasando. Yo tengo que limpiar la sangre.

—¿Qué sangre?

Volodia colgó.

No había más que un par de pasos hasta el baño. Tiró el batín manchado de sangre y se metió en la ducha. El agua caliente proporcionó cierto alivio a su cuerpo quebrantado. Ilia era malvado, pero no fuerte, y no tenía ningún hueso roto.

Volodia cerró el grifo. Se miró en el espejo del baño. Tenía la cara cubierta de cortes y moratones.

No se molestó en secarse. Con un esfuerzo considerable, se puso el uniforme del Ejército Rojo. Le convenía lucir ese símbolo de autoridad.

Su padre llegó cuando intentaba atarse los cordones de las botas.

—¿Qué coño ha pasado aquí? —gruñó Grigori.

—Buscaban pelea —respondió Volodia—, y yo he sido tan idiota de dársela.

Su padre no se mostró muy comprensivo de entrada.

—Esperaba más de ti.

—Insistieron en llevársela desnuda.

—¡Putos fanfarrones!

—¿Has averiguado algo?

—Todavía no. He hablado con un par de personas. Nadie sabe nada. —Grigori parecía preocupado—. O alguien ha cometido un error garrafal... o, por algún motivo, están muy seguros de lo que hacen.

—Llévame en coche a mi despacho. Lemítov va a cabrearse de verdad. No les dejará irse de rositas. Si tienen permiso para hacerme esto a mí, se lo harán a todo el Servicio Secreto del Ejército Rojo.

El chófer de Grigori estaba esperando fuera con el coche. Condujo hasta el aeródromo de Jodinka. Grigori se quedó en el vehículo mientras Volodia entraba renqueante al cuartel general del Ejército Rojo. Fue directamente al despacho de su jefe, el coronel Lemítov.

Llamó a la puerta, entró y habló:

—Esos cabrones de la policía secreta han detenido a mi mujer.

—Lo sé —confirmó Lemítov.

—¿Lo sabes?

—Yo di el visto bueno.

Volodia se quedó boquiabierto.

—Pero ¿qué coño...?

—Siéntate.

—¿Qué está pasando?

—Siéntate, cierra el pico y te lo contaré.

Volodia se acomodó, dolorido, en una silla.

—Necesitamos la bomba nuclear, pero ya —dijo Lemítov—. De momento, Stalin sigue haciéndose el duro con los estadounidenses, porque estamos bastante seguros de que no tienen suficiente arsenal de armas nucleares para borrarnos del mapa. Pero están creando un arsenal y, en un momento dado, lo utilizarán, a menos que nosotros estemos en condiciones de contraatacar.

Aquello no tenía sentido.

—Mi esposa no puede diseñar la bomba mientras la policía secreta está dándole puñetazos en la cara. Esto es una locura.

—Cierra el pico, joder. Nuestro problema es que hay varios diseños posibles. Los estadounidenses han tardado cinco años en averiguar cuál funcionaría. Nosotros no tenemos tanto tiempo. Hay que robarles los documentos de su investigación.

—Pero, aun así, necesitaremos físicos rusos que copien el diseño, y para eso tienen que estar en sus laboratorios, no bajo llave en el sótano de la Lubianka.

—Conoces a un hombre llamado Wilhelm Frunze.

—Fui al colegio con él. A la Academia Masculina de Berlín.

—Nos pasaba valiosa información sobre la investigación nuclear británica. Luego se trasladó a Estados Unidos, donde trabajaba en el proyecto de la bomba nuclear. El personal de Washington del NKVD ha contactado con él, lo ha asustado con su incompetencia y se ha cargado el contacto. Necesitamos convencerlo para que vuelva con nosotros.

—¿Y qué tiene todo eso que ver conmigo?

—Confía en ti.

—Eso no lo sé. Llevo doce años sin verlo.

—Queremos que vayas a Estados Unidos para hablar con él.

—Pero ¿por qué habéis detenido a Zoya?

—Para asegurarnos de que regresas.

II

Volodia se convenció de que sabría hacerlo. En Berlín, antes de la guerra, le había dado esquinazo a un par de hombres de la Gestapo, se había reunido con posibles espías, los había reclutado y los había convertido en fuentes fiables para los servicios secretos. Jamás era fácil —sobre todo la parte en que debía convencer a alguien para que se convirtiera en traidor—, pero era un experto en la materia.

Sin embargo, ahora estaba en Estados Unidos.

Los países occidentales que había visitado, Alemania y España en las décadas de 1930 y 1940, no se le parecían en nada.

Se sentía abrumado. Toda la vida le habían dicho que las películas de Hollywood daban una visión exagerada de la prosperidad y que, en realidad, la mayoría de los estadounidenses vivían sumidos en la pobreza. Sin embargo, a Volodia le quedó claro, desde el día en que llegó a Estados Unidos, que las películas no exageraban ni un ápice. Y que, además, era difícil encontrar personas pobres.

Nueva York estaba atestado de automóviles, muchos conducidos por personas que no eran importantes funcionarios del gobierno: jóvenes, hombres con ropa de trabajo, incluso mujeres que salían de compras. ¡Y todo el mundo iba tan bien vestido! Parecía que todos los hombres vistieran su mejor traje. Las mujeres llevaban las piernas cubiertas con brillantes medias. Todo el mundo llevaba zapatos nuevos.

Debía hacer el esfuerzo de recordarse constantemente el lado oscuro de Estados Unidos. Había pobreza, en algún lugar. Se perseguía a los negros y, en el Sur, ni siquiera tenían derecho al voto. Había muchísima delincuencia —los mismos estadounidenses afirmaban que era un mal endémico—, aunque, por extraño que pareciera, Volodia no logró ver nada que lo probase, y se sentía seguro caminando por la calle.

Pasó unos días recorriendo Nueva York. Intentó mejorar su inglés, que no era muy bueno, aunque eso no importaba mucho: la ciudad estaba llena de personas que chapurreaban el idioma y lo hablaban con marcado acento de otros países. Se familiarizó con las caras de los agentes del FBI destinados a seguirlo e identificó varias ubicaciones convenientes donde poder despistarlos.

Una mañana soleada salió del consulado de la Unión Soviética en Nueva York, sin sombrero, con holgados pantalones grises y camisa azul, como si fuera a hacer un par de recados. Un joven con traje oscuro y corbata lo seguía.

Fue a los almacenes Saks de la Quinta Avenida y compró ropa interior y una camisa de pequeños cuadritos marrones. Quien fuera que lo siguiera pensaría que estaba simplemente de compras.

El jefe del NKVD del consulado había anunciado que un equipo soviético seguiría veinticuatro horas a Volodia durante su visita a Estados Unidos, para asegurarse de que tenía un buen comportamiento. Le costaba mucho contener la rabia que sentía por el hecho de que la organización hubiera encarcelado a Zoya, y tenía que reprimir el deseo de agarrar al tipo por el cogote y estrangularlo. Pero había conservado la calma. Había señalado con sarcasmo que para cumplir su misión tendría que esquivar la vigilancia del FBI, y, al hacerlo, era posible que perdiera, sin pretenderlo, a su perseguidor del NKVD; pero les deseó buena suerte. La mayoría de los días, le bastaban cinco minutos para despistarlos.

Así que el joven que estaba siguiéndolo era, casi con total seguridad, un agente del FBI. Su vestimenta de aire conservador demasiado esmerado lo delataba.

Con sus compras en una bolsa de papel, Volodia salió de la tienda por una puerta lateral y paró un taxi. Dio esquinazo al agente del FBI, que se quedó en el bordillo de la acera, agitando el brazo. Cuando el taxi hubo doblado dos esquinas, Volodia tiró al conductor un billete y bajó de un salto. Entró, disparado, a una estación de metro, volvió a salir por la otra boca y esperó en el portal de un edificio de oficinas durante cinco minutos.

El joven de traje oscuro no se veía por ningún lado.

Volodia se dirigió a Penn Station.

Luego volvió a comprobar que nadie le seguía y se compró un billete. Subió al tren sin más equipaje que su bolsa de papel.

El viaje a Albuquerque duraba tres días.

El tren avanzaba a toda velocidad a lo largo de kilómetros y más kilómetros de tierras de cultivo, impresionantes fábricas de tabaco de mascar y grandes ciudades con rascacielos que apuntaban con arrogancia al cielo. La Unión Soviética era más grande, pero aparte de Ucrania, en su mayoría estaba compuesta por bosques de pinos y estepas heladas. Jamás había imaginado la riqueza a esa escala.

Y la prosperidad no era lo único. Volodia llevaba varios días dándole vueltas a un asunto que le preocupaba, era algo raro relacionado con la vida en Estados Unidos. Al final cayó en la cuenta de lo que era: nadie le había pedido la documentación. Tras haber pasado por el control de inmigración en Nueva York, no había vuelto a enseñar el pasaporte. En aquel país, al parecer, cualquiera podía llegar a una estación de tren o a una terminal de autobuses y comprar un billete con destino a cualquier lugar sin tener que solicitar permiso ni explicar el motivo del viaje a un funcionario. Aquello le provocaba una sensación de libertad peligrosamente extasiante. ¡Podría haber ido a donde se le antojara!

La riqueza de Estados Unidos también subrayaba para Volodia el peligro al que se enfrentaba su país. Los alemanes habían estado a punto de destruir la Unión Soviética, y el país en el que se encontraba tenía una población que triplicaba la de su madre patria y una riqueza diez veces mayor. La idea de que los soviéticos pudieran convertirse en subordinados, que se entregaran a la ciega sumisión por miedo, atenuaba las dudas que albergaba Volodia sobre el comunismo, a pesar de lo que el NKVD les había hecho a su mujer y a él. Si tenía hijos, no quería que creciesen en un mundo tiranizado por Estados Unidos.

Viajó vía Pittsburgh y Chicago e intentó pasar desapercibido durante el viaje. Su aspecto era de estadounidense, y nadie se percató de su acento ruso por la simple razón de que no abrió la boca. Compró bocadillos y café señalando el producto con el dedo para después satisfacer el importe. Hojeó periódicos y revistas que otros viajeros dejaban al partir: miraba las fotos e intentaba descifrar el significado de los titulares.

La última parte del viaje lo llevó por un paisaje desértico de belleza desolada, con picos nevados en la distancia teñidos de rojo por el ocaso, que, con seguridad, era la explicación de que los llamaran la Sierra de la Sangre de Cristo.

Fue al baño, se cambió de ropa interior y se puso la camisa nueva que había comprado en Saks.

Esperaba que el FBI o la seguridad del ejército estuviera vigilando la estación de tren en Albuquerque y, sin duda alguna, así era, pues detectó a un hombre cuya chaqueta a cuadros —demasiado calurosa para el clima de Nuevo México en septiembre— no ocultaba del todo el bulto de su pistolera. Sin embargo, el agente estaba interesado en los trenes de largo recorrido que pudieran proceder de Nueva York o Washington. Volodia, sin sombrero, ni chaqueta ni equipaje, parecía un habitante local de regreso a casa tras un trayecto corto. No lo siguió nadie al dirigirse a la estación de autobuses y se subió a un Greyhound que iba a Santa Fe.

Llegó a su destino a última hora de la tarde. Identificó a dos hombres del FBI en la estación de autobuses de Santa Fe, y ellos lo miraron con detenimiento. Sin embargo, no podían seguir a todos los viajeros que bajaban del autobús y, una vez más, su apariencia despreocupada logró despistarlos.

Esforzándose al máximo para aparentar que sabía adónde iba, fue paseando por las calles. Las casas bajas de tejados planos tipo pueblo mexicano y las pequeñas iglesias bañadas por el sol, le recordaron a España. Los edificios con tiendas en las plantas bajas, y sus toldos cubriendo las aceras, creaban galerías con agradables sombras.

Evitó pasar por La Fonda, el gran hotel de la ciudad en la plaza mayor junto a la catedral, y cogió una habitación en el St. Francis.

Pagó en efectivo y se registró con el nombre de Robert Pender, que podría haber sido estadounidense o de varias nacionalidades europeas.

—Me traerán la maleta más tarde —informó a la hermosa señorita sentada tras el mostrador de la recepción—. Si he salido cuando llegue, ¿puede asegurarse de que me la suban a la habitación?

—¡Oh, por supuesto, no hay problema! —respondió ella.

—Gracias —dijo él, y luego añadió una frase que había escuchado varias veces en el tren—: Se lo agradezco sinceramente.

—Si no estoy aquí, otra persona se encargará de la maleta, siempre que lleve su nombre, claro.

—Sí que lo lleva. —No tenía equipaje, pero ella jamás lo sabría.

La recepcionista leyó su nombre en el registro.

—Bueno, señor Pender, así que es usted de Nueva York…

El comentario fue pronunciado con cierto tono de escepticismo, sin duda alguna, porque él no tenía acento neoyorquino.

—Soy de origen suizo. —Escogió Suiza por ser un país neutral.

—Eso explica el acento. Nunca había conocido a ninguna persona de Suiza. ¿Cómo es su país?

Volodia no había estado en su vida allí, pero había visto algunas fotografías.

—Nieva mucho —respondió.

—Bueno, ¡pues disfrute del tiempo de Nuevo México!

—Lo haré.

Transcurridos cinco minutos, volvió a salir.

Algunos científicos vivían en el laboratorio de Los Álamos, lo sabía porque se lo habían contado sus colegas de la embajada de la Unión Soviética, pero era una ciudad llena de chabolas con pocas comodidades de la civilización y, si podían permitírselo, preferían alquilar casas y pisos por la zona. Will Frunze se lo podía permitir: estaba casado con una dibujante de prestigio autora de una tira cómica para agencias de distribución periodística titulada *Alice la Holgazana*. Su esposa, también llamada Alice, podía trabajar desde cualquier lugar, por eso tenían una casa en el casco antiguo de la ciudad.

La sucursal del NKVD en Nueva York le había proporcionado aquella información. Habían seguido a Frunze de cerca, y Volodia tenía su dirección y número de teléfono, así como una descripción de su coche: un Plymouth descapotable de antes de la guerra con neumáticos de banda blanca.

El edificio donde vivían los Frunze tenía una galería de arte en la planta baja. El piso de la planta de arriba poseía un gran ventanal con orientación al norte que debía de hacer las delicias de un dibujante a la hora de inspirarse. Había un Plymouth descapotable aparcado en la entrada.

Volodia prefería no entrar: el lugar podía tener micros.

Los Frunze eran una acomodada pareja sin hijos, y supuso que no se quedarían en casa a escuchar la radio un viernes por la noche. Decidió esperar por los alrededores para ver si salían.

Pasó un rato en la galería de arte, mirando los cuadros que estaban a la venta. Le gustaban las imágenes despejadas y vitalistas, y no habría deseado poseer ninguno de aquellos caóticos manchurrones. Encontró una cafetería por el barrio y consiguió un sitio junto a la ventana desde la que veía la puerta de los Frunze. Se marchó una hora después, compró un periódico, esperó en una parada de autobús y fingió que lo leía.

La larga espera le permitió asegurarse de que nadie más estaba vigilando el apartamento de los Frunze. Y eso significaba que el FBI y la seguridad del ejército no habían catalogado a Frunze como sujeto de alto riesgo. Él era extranjero, pero también lo eran muchos de los científicos, y supuestamente no tenían pruebas en su contra.

Se encontraban en un barrio comercial del centro, no un vecindario residencial, y había muchas personas por la calle; pero, de todas formas, pasadas un par de horas, a Volodia empezó a preocuparle que alguien se percatase de su presencia por la zona.

Entonces salieron los Frunze.

Wilhelm estaba más gordo que hacía doce años, no había racionamiento de comida en Norteamérica. Su pelo empezaba a ralear, aunque solo tenía treinta años. Conservaba la mirada solemne. Llevaba camisa de diario y chinos, una combinación típicamente estadounidense.

Su esposa no vestía de forma conservadora. Llevaba el pelo rubio recogido en un moño bajo una boina y un vestido de algodón marrón sin forma definida, y complementaba su atuendo con toda una serie de pulseras en ambas muñecas además de numerosos anillos. Volodia recordó que los artistas vestían así en Alemania antes de la llegada de Hitler.

La pareja se echó a la calle y Volodia los siguió.

Se preguntó cuál sería la tendencia política de su esposa y si su presencia supondría alguna diferencia en la ya de por sí difícil conversación que debían sostener. En Alemania, Frunze había sido un socialdemócrata incondicional, así que no era muy probable que su mujer fuera conservadora; suposición que quedaba confirmada por su atuendo. Por otra parte, ella seguramente no sabía que él había revelado secretos a los soviéticos en Londres. Ella era un misterio.

Prefería tratar con Frunze a solas, y se planteó dejarlos en ese momento e intentarlo de nuevo al día siguiente. Pero la recepcionista del hotel se había percatado de su acento extranjero, así que, por la mañana, seguramente habría un hombre del FBI siguiéndolo. Pensó que podría arreglárselas, aunque no con la misma facilidad en esta ciudad pequeña como lo había hecho en Nueva York o en Berlín. Y al día siguiente era sábado, y los Frunze seguramente pasarían el día juntos. ¿Cuánto tiempo más tendría que esperar Volodia para encontrar a Frunze solo?

Nunca había existido una alternativa fácil para hacer aquello. Tras sopesarlo, decidió solucionarlo esa misma noche.

Los Frunze entraron en un restaurante a cenar.

Volodia pasó por delante del local y miró por la ventana. Era un restaurante barato con las mesas en compartimentos. Pensó por un momento en entrar y sentarse con ellos, pero decidió que antes los dejaría comer. Estarían de mejor humor con el estómago lleno.

Esperó media hora, vigilando la puerta desde lejos. Luego, tremendamente inquieto, entró.

La pareja estaba terminando de cenar. Cuando Volodia cruzó el restaurante para llegar hasta ellos, Frunze levantó la vista, pero la apartó porque no lo reconoció.

Volodia se sentó en el compartimento junto a Alice y habló en alemán, en voz baja.

—Hola, Willi, ¿no me recuerdas del colegio?

Frunze lo miró con detenimiento durante varios segundos y luego esbozó una sonrisa que le demudó el gesto.

—¿Peshkov? ¿Volodia Peshkov? ¿De verdad eres tú?

Una oleada de alivio invadió a Volodia. Frunze todavía seguía siendo amigable. No había barrera de hostilidad que superar.

—El mismo que viste y calza —respondió Volodia. Le tendió una mano y se saludaron. Se volvió hacia Alice, y dijo en inglés—: Hablo muy mal su idioma, lo siento.

—Tranquilo —respondió ella en alemán—. Mi familia emigró desde Baviera.

—He estado pensando en ti últimamente —comentó Frunze, asombrado—, porque conozco a otro tipo con tu mismo apellido: Greg Peshkov.

—¿De veras? Mi padre tenía un hermano llamado Lev que emigró a Estados Unidos allá por 1915.

—No, el teniente Peshkov es mucho más joven. En cualquier caso, ¿qué te trae por aquí?

Volodia sonrió.

—He venido a verte. —Antes de que Frunze pudiera preguntar el porqué, dijo—: La última vez que te vi, eras secretario del Partido Socialdemócrata de Neukölln. —Era su segunda baza. Tras haber tomado un primer contacto amistoso, quería apelar al idealismo juvenil de Frunze.

—Esa experiencia me convenció de que la socialdemocracia no funciona —respondió Frunze—. Contra los nazis nos veíamos del todo impotentes. Hizo falta la Unión Soviética para detenerlos.

Eso era cierto, y a Volodia le encantaba que Frunze lo reconociese; pero, lo que era más importante, el comentario suponía una prueba de que las ideas políticas de Frunze no se habían atenuado por su próspera vida en Estados Unidos.

—Estábamos pensando en tomar un par de copas en un bar que hay a la vuelta de la esquina —dijo Alice—. Muchos científicos son asiduos del local la noche de los viernes. ¿Le gustaría acompañarnos?

Lo último que interesaba a Volodia era que lo vieran en público en compañía de los Frunze.

—No sé —respondió. En realidad, ya llevaba demasiado tiempo con ellos en el mismo restaurante. Había llegado la hora de dar el paso número tres: recordar a Frunze su terrible culpa en el asunto. Se acercó a él y habló en voz baja—: Willi, ¿sabías que los estadounidenses iban a lanzar bombas nucleares sobre Japón?

Se hizo un largo silencio. Volodia contuvo la respiración. Se la estaba jugando: todo dependía de que a Frunze le remordiese la culpa.

Durante un instante creyó que había ido demasiado lejos. Frunze puso expresión de estar a punto de romper a llorar.

Entonces, el científico inspiró hondamente y recuperó la compostura.

—No, no lo sabía —respondió—. Ninguno de nosotros lo sabía.

—Supusimos que el ejército estadounidense daría alguna prueba del poder que le confería la bomba —intervino Alice, airada—, como amenaza para que Japón se rindiese antes. —Entonces Volodia se dio cuenta de que ella había conocido de antemano la existencia de la bomba. No le sorprendió. A los hombres les costaba ocultar ese tipo de cosas a sus esposas—. Esperábamos que la hiciesen explotar en algún momento, en un lugar cualquiera —prosiguió—. Pero imaginamos que destruirían una isla deshabitada o alguna instalación militar con gran número de armas y muy poca gente.

—Eso podría haber sido justificable —añadió Frunze—. Pero... —Habló con un hilillo de voz—. Nadie pensaba que la lanzarían sobre una ciudad y que matarían a ochenta mil hombres, mujeres y niños.

Volodia asintió en silencio.

—Intuía que te sentirías así. —Lo había deseado con todo su corazón.

—¿Y quién no lo haría? —respondió Frunze.

—Deja que te haga una pregunta incluso más importante. —Era el paso número cuatro—. ¿Volverán a hacerlo?

—No lo sé —respondió Frunze—. Es posible. Que Dios nos perdone a todos, pero sí podrían.

Volodia ocultó su satisfacción. Había conseguido que Frunze se sintiera culpable por el uso futuro de las armas nucleares, así como por el uso que se había hecho ya de ellas.

Volodia asintió una vez más.

—Eso es lo que pensábamos nosotros.

—¿Nosotros? —preguntó Alice con brusquedad.

Era una mujer inteligente y seguramente tenía más mundo que su marido. Sería difícil engañarla, y Volodia decidió no intentarlo siquiera. Debía arriesgarse a tratarla como un igual.

—Buena observación —respondió—. Y no he hecho el viaje hasta aquí para decepcionar a un viejo amigo. Soy comandante del Servicio Secreto del Ejército Rojo.

Se quedaron mirándolo. La posibilidad tal vez ya se les hubiera pasado por la cabeza, pero les sorprendió la franqueza de su confesión.

—Hay algo que necesito decirte —prosiguió Volodia—. Algo de una tremenda importancia. ¿Hay algún lugar al que podamos ir para hablar en privado?

La pareja parecía insegura.

—¿Nuestro piso? —preguntó Frunze.

—Seguramente el FBI ha instalado escuchas.

Frunze tenía cierta experiencia en las misiones clandestinas, pero Alice estaba impresionada.

—¿Eso cree? —preguntó con incredulidad.

—Sí. ¿Podríamos salir de la ciudad en coche?

—Hay un lugar al que vamos a veces, a estas horas de la noche, para ver la puesta de sol —dijo Frunze.

—Perfecto. Id al coche, subid y esperadme. Yo iré dentro de un minuto.

Frunze pagó la cuenta y salió con Alice, y Volodia los siguió. Durante el breve paseo decidió que nadie lo seguía. Llegó al Plymouth y subió. Se sentaron los tres delante, en el asiento delantero de tres plazas, estilo estadounidense. Frunze condujo hasta la salida de la ciudad.

Fueron por un camino de tierra hasta la cumbre de un monte bajo. Frunze paró el coche. Volodia se movió para que pudieran salir todos, y les hizo caminar unos cien metros, por si en el coche también había micros.

Contemplaron el paisaje de suelo rocoso y arbustos bajos en dirección a la puesta de sol, y Volodia dio el quinto paso.

—Creemos que la siguiente bomba nuclear será lanzada sobre la Unión Soviética.

Frunze asintió en silencio.

—Dios no lo quiera, pero seguramente tienes razón.

—Y no podemos hacer nada para evitarlo —prosiguió Volodia, y así se encaminaba sin pausa hacia el punto fundamental de su discurso—. No podemos tomar ninguna precaución, no podemos levantar ninguna barrera, no existe forma posible de proteger a nuestro pueblo. No hay defensa en este mundo contra la bomba nuclear… la bomba que tú creaste, Willi.

—Lo sé —respondió Frunze, abatido. Estaba claro que asumía como propia la responsabilidad del posible ataque nuclear contra la URSS.

Paso número seis.

—La única protección sería nuestra propia bomba nuclear.

Frunze no quería creerlo.

—No es una defensa —negó.

—Pero es un elemento de disuasión.

—Podría serlo —admitió.

—No queremos que estas bombas se propaguen —terció Alice.

—Ni yo tampoco —coincidió Volodia—. Pero la única forma segura de impedir que los estadounidenses arrasen Moscú como han arrasado Hiroshima es que la Unión Soviética tenga su propia bomba nuclear y amenace con contraatacar.

—Tiene razón, Willi. Maldita sea, todos lo sabemos.

Volodia se percató de que ella era la dura.

Bajó la voz para dar el paso número siete.

—¿Cuántas bombas tienen ahora mismo los estadounidenses?

Era un momento decisivo. Si Frunze respondía esa pregunta, habría cruzado la frontera. Hasta ese instante no habían entrado en detalles durante la conversación. Con esa pregunta, Volodia intentaba obtener información secreta.

Frunze dudó durante largo rato. Al final, miró a Alice.

Volodia percibió su gesto de asentimiento casi imperceptible.

—Solo una —respondió Frunze.

El soviético disimuló su sensación de triunfalismo. Frunze había traicionado la confianza depositada en él por el gobierno. Era el primer movimiento difícil. Un segundo secreto sería revelado con mayor facilidad.

—Pero pronto tendrán más —añadió Frunze.

—Es una carrera; si la perdemos, moriremos —se apresuró a terciar Volodia—. Debemos armar al menos una bomba propia antes de que tengan tiempo de arrasar con nosotros.

—¿Podéis hacerlo?

Ese era el pie que Volodia necesitaba para el octavo paso.

—Necesitamos ayuda.

Vio cómo se endurecía la expresión de Frunze, y supuso que estaba recordando lo que le había hecho negarse a colaborar con el NKVD.

—¿Y si decidimos que no podemos hacer nada? —preguntó Alice—. ¿Sería demasiado peligroso?

Volodia se dejó llevar por su instinto. Levantó las manos con gesto de rendición.

—Me marcharé a casa e informaré de mi fracaso —dijo—. No puedo obligaros a hacer nada que no queráis hacer. No quiero presionaros ni coaccionaros en modo alguno.

—¿Sin amenazas? —insistió Alice.

Eso confirmó la suposición de Volodia de que el NKVD había intentado intimidar a Frunze. Pretendían intimidar a todo el mundo: era lo único que sabían hacer.

—Ni siquiera voy a intentar convencerte —dijo Volodia a Frunze—. Me limito a exponer los hechos. El resto depende de ti. Si quieres colaborar, estaré aquí para ser tu contacto. Si ves las cosas de otro modo, pues fin de la historia. Ambos sois personas inteligentes. No podría engañaros aunque quisiera.

La pareja volvió a intercambiar una mirada. Esperaba que estuvieran pensando en lo distinto que era él del último agente soviético con el que habían tratado.

La respuesta se hizo esperar una agónica eternidad.

Fue Alice quien por fin habló.

—¿Qué clase de ayuda necesita?

Eso no era un sí, pero era mejor que una negativa, y conducía, de forma lógica, hacia el paso número nueve.

—Mi esposa es una de las físicas del equipo —dijo, con la esperanza de que aquello humanizara su persona en un momento en que podía correr el peligro de que le considerasen manipulador—. Me ha contado que hay varias formas de llegar a la bomba nuclear, pero no tenemos tiempo para probarlas todas. Podemos ahorrarnos años si sabemos cuál os ha funcionado a vosotros.

—Eso tiene sentido —admitió Willi.

Paso número diez, el más ambicioso.

—Necesitamos saber qué clase de bomba se lanzó sobre Japón.

Frunze puso expresión de desesperación. Miró a su mujer. Esta vez, ella no asintió, pero tampoco negó con la cabeza. Parecía tan dividida como él.

Frunze suspiró.

—Dos tipos —respondió.

Volodia estaba emocionado y asombrado.

—¿Dos diseños distintos?

Frunze asintió.

—Para Hiroshima utilizaron un dispositivo de uranio con una ensambladura de tipo cañón. La llamamos *Little Boy*. Para Nagasaki, la *Fat Man*, una bomba de plutonio con un disparador de implosión.

Volodia casi no podía ni respirar. Esa era información más que confidencial.

—¿Cuál es mejor?

—Ambas funcionaron, huelga decirlo, pero la *Fat Man* es más fácil de crear.

—¿Por qué?

—Hacen falta muchos años para obtener suficiente U-235 para una bomba. El plutonio requiere menos tiempo, siempre que tengas un arsenal nuclear.

—Entonces la URSS puede copiar la *Fat Man*.

—Sin duda.

—Hay algo más que puedes hacer por salvar a Rusia de la destrucción —dijo Volodia.

—¿Qué?

El soviético lo miró directamente a los ojos.

—Consígueme los planos del diseño.

Willi palideció.

—Soy ciudadano estadounidense —terció—. Estás pidiéndome que cometa traición. Está castigado con la muerte. Podría acabar en la silla eléctrica.

«Y también tu mujer —pensó Volodia—, es cómplice. Gracias a Dios que no se os ha ocurrido.»

—He pedido a mucha gente que ponga su vida en peligro durante los últimos años. Personas como vosotros, alemanes que odiaban a los nazis, hombres y mujeres que se han arriesgado muchísimo para enviarnos información que nos ayudase a ganar la guerra. Y debo deciros lo que les dije a todos ellos: morirán muchas más personas si no lo hacéis. —Se quedó callado. Había jugado su mejor baza. No le quedaba más que ofrecer.

Frunze miró a su esposa.

—Tú diseñaste la bomba, Willi —dijo Alice.

—Me lo pensaré —respondió Frunze a Volodia.

III

Dos días después le entregaron los planos.

Volodia los llevó a Moscú.

Zoya fue liberada de prisión. Ella no se sentía tan furiosa con su encarcelamiento como su marido.

—Lo han hecho para proteger la revolución —dijo—. Y no me han hecho daño; ha sido como estar en un hotel cochambroso.

En su primer día en casa, después de hacer el amor, Volodia quiso hablar.

—Tengo algo que enseñarte, algo que he traído de Estados Unidos. —Bajó rodando de la cama, abrió un cajón y sacó una voluminosa revista—. Es el catálogo de Sears Roebuck —anunció. Se sentó junto a ella en la cama y abrió la publicación—. Mira esto.

El catálogo se abrió por las páginas de vestidos para mujer. Las modelos eran de una delgadez imposible, pero las telas de esas prendas eran alegres y de colores intensos, de rayas, de cuadros y lisas, algunas tenían volantes, tablillas y cinturones.

—¡Qué bonito! —comentó Zoya, y señaló un vestido con el dedo—. ¿Dos dólares noventa centavos es mucho dinero?

—En realidad, no —respondió Volodia—. El salario medio es de unos cincuenta dólares a la semana, y el alquiler es un tercio de eso.

—¿De veras? —Zoya estaba asombrada—. ¿Así que la mayoría de las personas pueden permitirse estos vestidos?

—Eso es. A lo mejor no los campesinos. Aunque, por otra parte, estos catálogos se inventaron para los granjeros que viven a cientos de kilómetros del almacén más cercano.

—¿Cómo funciona?

—Escoges lo que quieres del catálogo y les envías el dinero; luego, en un par de semanas, el cartero te trae a casa lo que has pedido.

—Debes de sentirte como una zarina. —Zoya le quitó el catálogo y volvió la página—. ¡Oh! ¡Aquí hay más! —En la página siguiente había conjuntos de falda y chaqueta por cuatro dólares con noventa y ocho—. Estos también son elegantes —comentó.

—Sigue pasando páginas —sugirió Volodia.

Zoya estaba perpleja ante la visión de páginas y más páginas de abrigos para mujer, sombreros, zapatos, lencería, pijamas y medias.

—¿La gente puede tener cualquier cosa de estas? —preguntó.

—Así es.

—¡Pero si en estas páginas hay más donde elegir que en cualquier tienda normalita de Rusia!

—Sí.

Siguió hojeando la revista con parsimonia. Había el mismo número de ropa para hombre y también para niños. Zoya puso el dedo sobre un grueso abrigo de invierno de lana para niños que costaba quince dólares.

—A este precio, supongo que todos los niños tienen uno en Estados Unidos.

—Es lo más probable.

Después de la ropa venía el mobiliario. Uno podía comprar una cama por veinticinco dólares. Todo era barato si se ganaban cincuenta dólares a la semana. Y el catálogo seguía y seguía. Había cientos de productos que no podían adquirirse en la Unión Soviética: juguetes y juegos, productos de belleza, guitarras, elegantes sillas, herramientas eléctricas, novelas con coloridas portadas, adornos navideños y tostadoras eléctricas.

Había incluso un tractor.

—¿Tú crees que cualquier granjero estadounidense que quiera un tractor lo puede conseguir con solo pedirlo?

—Solo si tiene el dinero para pagarlo —dijo Volodia.

—¿No tienen que incluir su nombre en una lista y esperar durante un par de años?

—No.

Zoya cerró el catálogo y lo miró con aire de gravedad.

—Si la gente puede tener todo esto —terció—, ¿por qué iban a querer ser comunistas?

—Buena pregunta —respondió Volodia.

22

1946

I

Los niños de Berlín habían ideado un juego nuevo llamado *Komm, Frau*, «Ven, mujer». Era uno más de aquellos en que los chicos perseguían a las chicas, pero Carla observó que incorporaba una novedad. Los chicos formaban equipo y elegían a una de las chicas. Cuando la atrapaban, gritaban: «*Komm, Frau!*» y la tiraban al suelo. Luego la inmovilizaban y uno de ellos se tumbaba sobre ella fingiendo penetrarla. Los niños de siete y ocho años, que no tendrían que haber sabido lo que era la violación, jugaban a eso porque habían visto lo que los soldados del Ejército Rojo les habían hecho a las mujeres alemanas. Todos los soviéticos sabían decir eso en alemán: «Ven, mujer».

¿Qué les pasaba? Carla nunca había sabido de ninguna mujer violada por un soldado francés, británico, estadounidense o canadiense, aunque suponía que debían de existir casos. Sin embargo, todas las mujeres que conocía de entre quince y cincuenta y cinco años habían sido violadas al menos por un soldado soviético: su madre, Maud; su amiga Frieda; la madre de Frieda, Monika; Ada, su criada; todas.

Eran afortunadas, pues al menos seguían vivas. Algunas mujeres habían muerto después de sufrir el abuso de docenas de hombres durante horas. Carla había oído que a una chica la habían matado a mordiscos.

Solo Rebecca Rosen se había librado de aquella experiencia. Después de que Carla la protegiese, el día de la liberación del hospital judío, Rebecca se mudó con los Von Ulrich. Su casa se encontraba en la zona soviética, pero no tenía ningún otro sitio adonde ir. Se escondió durante meses en el desván, como si fuera una criminal, bajando solo de noche, cuando los soviéticos ya se habían dormido después de emborracharse. Carla pasaba con ella un par de horas cuando podía, y en aquellos ratos jugaban a las cartas y compartían su pasado. Carla quería ser como una hermana mayor para ella, pero Rebecca la trataba como a una madre.

Entonces Carla supo que iba a ser madre de verdad.

Maud y Monika pasaban ya de los cincuenta y, afortunadamente, eran demasiado mayores para tener hijos, y Ada había tenido suerte, pero tanto Carla como Frieda se habían quedado embarazadas de sus violadores.

Frieda abortó.

Era una práctica ilegal, y la ley nazi que la castigaba con la pena de muerte seguía vigente. Por eso Frieda fue a visitar a una «partera», que le practicó el aborto a cambio de cinco cigarrillos. Frieda contrajo una infección grave, y habría muerto si Carla no hubiese conseguido un poco de penicilina, muy escasa en el hospital.

Carla decidió tener al niño.

Sus sentimientos al respecto fluctuaban sin cesar de un extremo al otro. Por la mañana, cuando tenía náuseas, rabiaba contra los animales que habían violado su cuerpo y le habían impuesto aquella carga. En otros momentos se sorprendía sentada con las manos sobre el vientre y la mirada perdida, soñando despierta con ropita de bebé. Luego se preguntaba si la cara del pequeño le recordaría a alguno de aquellos hombres y la haría odiar a su propio hijo. Pero seguro que también tendría algún rasgo de los Von Ulrich... Se sentía ansiosa y asustada.

En enero de 1946 estaba ya de ocho meses. Como la mayoría de los alemanes, pasaba frío, hambre y penurias. Cuando ya no pudo ocultar su estado, tuvo que abandonar la enfermería y sumarse a las legiones de parados. Las raciones de comida se repartían cada diez días. La cantidad diaria para quienes carecían de privilegios especiales era de mil quinientas calorías. Y aún había que pagarla, por descontado. Incluso los que tenían dinero en efectivo y cartillas de racionamiento a veces se encontraban con que no había comida que comprar.

Carla se había planteado la posibilidad de pedir a los soviéticos un trato especial por el trabajo que había llevado a cabo como espía durante la guerra. Pero Heinrich lo había intentado y había sufrido una experiencia aterradora. Los servicios secretos del Ejército Rojo esperaban que siguiera espiando para ellos y le pidieron que se infiltrara en el ejército estadounidense. Cuando él se negó, se mostraron hostiles y lo amenazaron con enviarlo a un campo de trabajos forzados. Consiguió librarse arguyendo que no hablaba inglés, y que por tanto no les sería de ninguna utilidad. Pero Carla estaba bien advertida y decidió que sería más seguro guardar silencio.

Aquel día, Carla y Maud estaban contentas porque habían apalabrado la venta de una cómoda. Era un mueble de estilo *jugendstil*, de madera de roble clara y veteada, que los padres de Walter habían comprado cuando se casaron, en 1889. Carla, Maud y Ada lo cargaron en una carretilla prestada.

Seguía sin haber hombres en la casa. Erik y Werner se contaban entre los millones de soldados alemanes que habían desaparecido. Quizá estuvieran muertos. El coronel Beck le había dicho a Carla que casi tres millones de alemanes habían muerto en los combates del frente oriental a consecuencia del hambre, el frío y las enfermedades. Pero otros dos millones seguían con vida en los campos de trabajos forzados de la Unión Soviética. Algunos habían regresado, los que habían eludido a los guardias y a los que habían dejado marchar porque estaban demasiado enfermos para trabajar; todos ellos se habían sumado a los miles de desplazados abandonados a su suerte por toda Europa y que trataban de encontrar el modo de llegar a sus casas. Carla y Maud habían enviado cartas a la atención del Ejército Rojo, pero nunca habían recibido respuesta.

A Carla la atormentaba la perspectiva del regreso de Werner. Aún lo amaba y confiaba desesperadamente en que siguiera vivo, pero también la aterraba reencontrarse con él estando embarazada del hijo de un violador. Aunque no era culpa suya, sentía cierta vergüenza irracional.

Las tres mujeres empujaron la carretilla por las calles. Dejaron en casa a Rebecca. La orgía de violaciones y saqueos del Ejército Rojo empezaba a amainar, y Rebecca ya no vivía en el desván, pero para una chica guapa todavía era arriesgado dejarse ver.

Enormes fotografías de Lenin y Stalin colgaban en Unter den Linden, el antiguo bulevar de la élite más moderna de Alemania. La mayoría de las calles de Berlín habían quedado arrasadas, y las ruinas de los edificios derruidos se apilaban cada pocos centenares de metros, tal vez para ser reutilizadas si algún día los alemanes eran capaces de reconstruir su país. Se habían destruido hectáreas de casas, en muchos casos manzanas enteras de la ciudad. Se tardaría años en retirar los escombros. Había miles de cadáveres pudriéndose entre ellos, y el repugnante olor dulzón de la carne humana en descomposición había flotado en el aire todo el verano. Ahora ya solo se percibía cuando llovía.

Mientras tanto, la ciudad había sido dividida en cuatro zonas: la rusa, la estadounidense, la británica y la francesa. Las tropas de ocupación habían requisado muchos de los edificios que seguían en pie. Los berlineses vivían donde podían; con frecuencia buscaban un precario refugio en las habitaciones de casas semidemolidas. La ciudad volvía a tener agua corriente y la electricidad iba y venía, pero resultaba muy difícil encontrar combustible para cocinar y combatir el frío. Aquella cómoda era igual de valiosa como mueble que como leña.

La llevaron a Wedding, en la zona francesa, donde la vendieron a un coronel parisino encantador por un cartón de Gitanes. Con la ocupación, los soviéticos habían emitido un exceso de moneda y provocado con ello su devaluación, de modo que todo se compraba y se vendía a cambio de cigarrillos.

Volvieron a casa exultantes, Maud y Ada empujando la carretilla vacía y Carla caminando a su lado. Le dolía todo después del esfuerzo, pero eran ricas: un cartón de cigarrillos iba a dar para mucho.

Cayó la noche y la temperatura bajó en picado. El camino cruzaba un breve trecho del sector británico. Carla a veces se preguntaba si los británicos ayudarían a su madre si supieran el calvario que estaba pasando. Aunque, por otra parte, hacía ya veintiséis años que Maud era ciudadana alemana. Su hermano, el conde Fitzherbert, era rico e influyente, pero se había negado a ayudarla después de que ella se casara con Walter von Ulrich, y era un hombre testarudo; difícilmente cambiaría de actitud.

Se encontraron con un pequeño gentío, unas treinta o cuarenta personas andrajosas, frente a una casa que había sido confiscada por las fuerzas de ocupación. Poniéndose de puntillas para saber qué era lo que miraban, las tres mujeres vieron que dentro se celebraba una fiesta. Por las ventanas atisbaron estancias muy bien iluminadas, hombres riéndose, mujeres con copas en la mano y camareras caminando entre los invitados con bandejas llenas de comida. Carla miró a su alrededor. La muchedumbre estaba formada mayoritariamente por mujeres y niños —no quedaban muchos hombres en Berlín, ni, de hecho, en Alemania—, y todos miraban anhelantes las ventanas, como pecadores repudiados a las puertas del paraíso. Era una estampa patética.

—Esto es obsceno —dijo Maud, y enfiló por el sendero que llevaba a la entrada de la casa.

Un guardia británico le cerró el paso.

—*Nein, nein* —le dijo. Probablemente fueran las únicas palabras que conocía en alemán.

Maud se dirigió a él en el pulcro inglés que había hablado de joven.

—Tengo que ver al oficial al mando inmediatamente.

Carla admiró el valor y el aplomo de su madre, como siempre.

El guardia miró vacilante el raído abrigo de Maud, pero un instante después llamó a la puerta. Esta se abrió y por ella asomó una cara.

—Una dama inglesa quiere ver al comandante —dijo el guardia.

Al poco, la puerta volvió a abrirse y dos personas salieron. Podrían haber sido las caricaturas de un oficial británico y su esposa: él con uniforme de gala y pajarita negra, y ella con vestido largo y perlas.

—Buenas noches —dijo Maud—. Lamento mucho interrumpir su fiesta.

Ambos la miraron, atónitos de que una mujer harapienta se dirigiera a ellos.

—Creía que debían ver lo que le están haciendo a esta pobre gente —añadió Maud.

La pareja miró a la muchedumbre.

—Aunque solo sea por compasión, podrían correr las cortinas —sentenció.

—Oh, Dios mío, George, ¿crees que hemos sido desconsiderados? —preguntó la mujer un momento después.

—Involuntariamente, tal vez —contestó el hombre con aspereza.

—¿Podríamos compensarles dándoles un poco de comida?

—Sí —se apresuró a responder Maud—. Sería un gesto amable, además de una disculpa.

El oficial parecía dudar. Probablemente regalar canapés a alemanes hambrientos contravenía algún tipo de normativa.

—George, cariño, ¿podemos hacerlo? —le suplicó la mujer.

—Bah, está bien —contestó su marido.

La mujer se volvió hacia Maud.

—Gracias por avisarnos. Le aseguro que no queríamos hacer esto.

—De nada —repuso Maud, y retrocedió por el sendero.

Minutos después, los invitados empezaron a salir de la casa con bandejas de sándwiches y pasteles, que ofrecieron a la famélica muchedumbre. Carla sonrió. El descaro de su madre había surtido efecto. Cogió una porción grande de pastel de frutas que engulló con ansia en cuatro bocados; tenía más azúcar de la que había ingerido en los últimos seis meses.

Se corrieron las cortinas, los invitados volvieron a la casa y el gentío se dispersó. Maud y Ada agarraron las empuñaduras de la carretilla y prosiguieron camino de casa.

—Bien hecho, mamá —dijo Carla—. Un cartón de Gitanes y una comida gratis, ¡y en la misma tarde!

Carla cayó en la cuenta de que, aparte de los soviéticos, eran pocos los soldados de ocupación que trataban con crueldad a los alemanes. Le parecía algo sorprendente. Los estadounidenses les regalaban chocolate. Incluso los franceses, cuyos hijos habían pasado hambre bajo la ocupación alemana, solían mostrarse amables con ellos. «Después de todo el sufrimiento que hemos infligido —pensó—, es asombroso que no nos odien más. Por otra parte, entre los nazis, el Ejército Rojo y los bombardeos aéreos, quizá crean que ya hemos recibido suficiente castigo.»

Era ya tarde cuando llegaron a casa. Devolvieron la carretilla a los vecinos que se la habían dejado y les regalaron una cajetilla de Gitanes a modo de compensación por el favor. Entraron en la casa, que afortunadamente seguía intacta. La mayoría de las ventanas no tenían vidrios, y la mampostería estaba repleta de cráteres, pero la vivienda no había sufrido daños estructurales y aún protegía del frío.

De todos modos, ahora las mujeres vivían en la cocina; dormían allí en colchones que por la noche llevaban desde el recibidor. Ya era bastante complicado caldear una estancia, y no disponían de combustible para el resto de la casa. En el pasado, en el horno de la cocina había ardido carbón, pero ya era del todo imposible conseguirlo. Sin embargo, habían descubierto que en él podían arder muchos otros materiales: libros, periódicos, muebles, incluso cortinas de calidad.

Dormían de dos en dos, Carla con Rebecca y Maud con Ada. Rebecca a veces suplicaba dormir en brazos de Carla, como había hecho la noche posterior a la muerte de sus padres.

La larga caminata había dejado agotada a Carla, que se tumbó nada más llegar. Ada encendió el horno con periódicos viejos que Rebecca había bajado del desván. Maud añadió agua a la sopa de habas que había sobrado del almuerzo y la recalentó para la cena.

Al sentarse para tomar la sopa, Carla sintió un fuerte dolor en el abdomen. Supo que no se debía al esfuerzo de haber empujado la carretilla. Era otra cosa. Pensó qué día era y retrocedió mentalmente hasta la fecha de la liberación del hospital judío.

—Mamá —dijo, temerosa—, creo que ya viene el bebé.

—¡Es demasiado pronto! —dijo Maud.

—Estoy de treinta y seis semanas y tengo contracciones.

—Será mejor que nos preparemos.

Maud subió a buscar toallas.

Ada llevó una silla del comedor. Guardaba un práctico pedazo de acero que había recogido en el cráter de una bomba y que utilizaba como almádena. A golpes, redujo la silla a pequeños fragmentos de madera para reavivar el fuego en el horno.

Carla se llevó las manos a su hinchado vientre.

—Podrías haber esperado a que hiciera menos frío, bebé —dijo.

Enseguida empezó a sentir demasiado dolor para notarlo. Jamás había conocido un dolor tan intenso.

Ni tan prolongado. Estuvo de parto toda la noche. Maud y Ada se turnaban para sostenerle la mano mientras ella gemía y gritaba. Rebecca las miraba, pálida y asustada.

La luz grisácea del amanecer empezaba a filtrarse a través del periódico que cubría la ventana de la cocina cuando al fin asomó la cabeza del bebé. Carla sintió más alivio que en toda su vida, aunque el dolor no remitió de forma inmediata.

Tras otro empujón agónico, Maud recogió al bebé de entre sus piernas.

—Es un niño —dijo.

Le sopló la cara, y el pequeño abrió la boca y lloró.

Maud se lo entregó a Carla y la ayudó a incorporarse con unos cojines que fue a buscar al salón.

El bebé tenía una densa mata de pelo negro.

Maud ató el cordón umbilical con un trozo de hilo de algodón y después lo cortó. Carla se desabotonó la blusa y le dio el pecho al niño.

Le preocupaba no tener leche. Sus pechos tendrían que haberse hinchado y goteado hacia el final del embarazo, pero no lo habían hecho, quizá porque el bebé era prematuro, o quizá porque la madre estaba mal alimentada. Sin embargo, después de que el bebé succionara unos instantes, Carla notó un dolor extraño y la leche empezó a fluir.

El bebé se durmió enseguida.

Ada llevó una palangana con agua caliente y un paño, y lavó con delicadeza la cara y la cabeza del pequeño, y después el resto del cuerpo.

—¡Qué guapo es! —susurró Rebecca.

—Mamá, ¿te parece bien que lo llamemos Walter?

La intención de sus palabras no era dramática, pero Maud se desmoronó. Se le contrajo el rostro y se dobló sobre sí misma, convulsionada por unos terribles sollozos. Se recuperó lo justo para decir «Lo siento», y volvió a sumirse en el dolor.

—Oh, Walter, mi Walter —dijo, sin dejar de llorar.

Finalmente consiguió calmarse.

—Lo siento —volvió a decir—. No pretendía montar una escenita. —Se secó la cara con la manga—. Es solo que me encantaría que tu padre pudiera ver al bebé. Es tan injusto...

Ada las sorprendió con una cita del Libro de Job:

—Dios nos da y Dios nos quita —dijo—. Bendito sea su nombre.

Carla no creía en Dios —ninguna entidad sagrada digna de tal nombre habría permitido que llegaran a existir los campos de exterminio nazis—, pero, aun así, la oración la reconfortó, pues apelaba a aceptarlo todo en la vida, incluso el dolor del nacimiento y la aflicción de la muerte. Maud también pareció encontrar consuelo en ella, y se serenó un poco más.

Carla contempló con adoración al bebé Walter. Juró que lo cuidaría, lo alimentaría y le daría calor, encontrase los obstáculos que encontrase por el camino. Era el niño más maravilloso que jamás había nacido, y ella lo querría y lo mimaría toda la vida.

El pequeño se despertó y Carla volvió a darle de mamar. Succionó satisfecho, haciendo ruiditos con la boca, mientras las cuatro mujeres lo contemplaban. Durante un rato, en la cocina cálida y tenuemente iluminada, no se oyó otro sonido.

II

El primer discurso de un nuevo parlamentario se conoce como «discurso inaugural» y suele ser tedioso. En él deben decirse ciertas cosas, emplearse ciertas frases manidas y tratar un tema nada controvertido. Colegas y opositores por igual felicitan al recién llegado, se observan las tradiciones y se rompe el hielo.

Lloyd Williams pronunció su primer discurso auténtico pocos meses después, durante el debate sobre la *National Insurance Bill*, la Ley de la Seguridad Social. Era un asunto imponente.

Mientras lo preparaba tenía a dos oradores en mente. Su abuelo, Dai Williams, utilizaba el lenguaje y la cadencia de la Biblia, no solo en la capilla sino también —quizá especialmente— cuando hablaba de la dureza y la injusticia de la vida del minero del carbón. Le gustaban las palabras contundentes y profundas: esfuerzo, pecado, codicia. Hablaba del hogar, de la mina y de la tumba.

Churchill hacía lo mismo, pero con un humor del que Dai Williams carecía. Sus frases largas y majestuosas solían acabar con una imagen inesperada o un giro de su significado. Siendo director del periódico gubernamental *British Gazette* durante la Huelga General de 1926, había advertido a los sindicalistas: «Tened muy claro esto: si volvéis a dejar caer sobre nosotros una huelga general, dejaremos caer sobre vosotros otra *British Gazette*». Lloyd creía que esas sorpresas eran necesarias en los discursos, que eran como las pasas en un bizcocho.

Pero cuando se puso en pie y empezó a hablar, vio que sus palabras, elegidas con tanto esmero, de pronto parecían irreales. Era evidente que su público compartía esa impresión, y Lloyd percibió que los cincuenta o sesenta parlamentarios presentes en la cámara solo escuchaban a medias. Sintió un instante de pánico: ¿cómo podía estar resultando tedioso un tema tan importante para la gente a la que representaba?

En el primer banco, destinado a los miembros del gobierno, vio a su madre, ya ministra de Escuelas, y a su tío Billy, ministro del Carbón. Lloyd sabía que Billy Williams había empezado a trabajar en la mina a los trece años. Ethel tenía la misma edad cuando comenzó a fregar los suelos de Tŷ Gwyn. Aquel debate no giraba en torno a frases brillantes, sino en torno a sus vidas.

Un minuto después abandonó el guión e improvisó. En lugar de lo que tenía escrito, decidió recordar la miseria de las familias obreras que se habían arruinado a consecuencia del desempleo o las discapacidades, escenas que había presenciado en el East End de Londres y en el yacimiento de carbón de Gales del Sur. Su voz delató la emoción que sentía, lo que le causó cierto bochorno, pero siguió adelante. Advirtió cómo los presentes empezaban a prestarle atención. Habló de su abuelo y de otros que se habían sumado al inicio del movimiento laborista con el sueño de conseguir un seguro universal de desempleo para desterrar para siempre el temor a la indigencia. Cuando se sentó, estalló un clamor de aprobación.

En la tribuna de espectadores, su esposa, Daisy, sonrió orgullosa y alzó el pulgar en su dirección.

Lloyd escuchó rebosante de satisfacción el resto del debate. Sentía que había superado su primera prueba real como parlamentario.

Después, en el vestíbulo, se le acercó un *whip* laborista, uno de los responsables de garantizar que los parlamentarios votasen correctamente, y le felicitó por el discurso.

—¿Le gustaría ser secretario privado parlamentario? —le preguntó.

Lloyd se estremeció. Todos los ministerios y secretarías de Estado contaban al menos con uno. En realidad, los secretarios privados parlamentarios con frecuencia hacían poco más que de acompañantes, pero el puesto solía ser el primer paso hacia el nombramiento ministerial.

—Sería un honor —contestó Lloyd—. ¿Para quién trabajaría?

—Para Ernie Bevin.

Lloyd no daba crédito a la suerte que estaba teniendo. Bevin era secretario del Foreign Office y el hombre más cercano al primer ministro, Attlee. La estrecha relación que compartían era un caso de atracción de opuestos. Attlee era de clase media, hijo de un abogado, se había graduado en Oxford y había sido oficial en la Primera Guerra Mundial. Bevin era hijo ilegítimo de una criada, nunca había conocido a su padre, había empezado a trabajar a los once años y había fundado el descomunal Sindicato de Trabajadores del Transporte. También eran opuestos físicamente; Attlee, delgado, pulcro, discreto y solemne; Bevin, enorme, alto, fuerte, grueso y con una risa estridente. El secretario de Asuntos Exteriores se refería al primer ministro como el «pequeño Clem». Eran, asimismo, aliados incondicionales.

Bevin era un héroe para Lloyd y para millones de ciudadanos británicos de a pie.

—Nada me gustaría más —dijo Lloyd—, pero ¿no tiene ya un secretario privado Bevin?

—Necesita dos —contestó el *whip*—. Vaya al Foreign Office mañana a las nueve y podrá empezar.

—¡Gracias!

Lloyd caminó a toda prisa por el corredor revestido con paneles de roble, en dirección al despacho de su madre. Había quedado en encontrarse allí con Daisy después del debate.

—¡Mamá! —dijo en cuanto entró—. ¡Me han nombrado secretario privado de Ernie Bevin!

Entonces vio que Ethel no estaba sola. El conde Fitzherbert se encontraba también allí.

Fitz miró a Lloyd con una mezcla de asombro y aversión.

Pese al desconcierto, Lloyd se fijó en que su padre llevaba un traje elegante e impecable y un chaleco cruzado.

Miró a su madre. Parecía serena, como si aquel encuentro no la sorprendiera. Debía de haberlo planificado.

El conde llegó a la misma conclusión.

—¿Qué demonios es esto, Ethel?

Lloyd miró al hombre cuya sangre corría por sus venas. Aunque la situación era embarazosa, Fitz conservaba el aplomo y la dignidad. Era un hombre apuesto, pese a tener un ojo semicerrado a consecuencia de las heridas que había sufrido en la batalla del Somme. Se apoyaba sobre un bastón, otra secuela del Somme. A pocos meses de cumplir los sesenta, iba inmaculadamente acicalado: llevaba el pelo arreglado, la corbata de color plata bien anudada y los zapatos negros lustrados. A Lloyd también le había gustado siempre cuidar su aspecto. «De ahí me viene», pensó.

Ethel se acercó al conde. Lloyd conocía lo bastante a su madre para saber qué significaba aquel gesto. Solía recurrir a su encanto cuando quería convencer a un hombre. Sin embargo, a Lloyd le contrariaba verla mostrándose tan encantadora con alguien que se había aprovechado de ella y luego la había abandonado.

—Lamenté mucho la noticia de la muerte de Boy —le dijo a Fitz—. En la vida no hay nada más valioso que los hijos, ¿no te parece?

—Tengo que irme —dijo Fitz.

Hasta ese momento, Lloyd apenas se había cruzado con Fitz. Nunca antes había pasado tiempo con él ni le había oído pronunciar más que unas cuantas palabras. Pese a lo incómodo de la situación, Lloyd estaba fascinado. Incluso malhumorado, Fitz seguía ejerciendo una especie de atracción innata.

—Fitz, por favor —dijo Ethel—, tienes un hijo al que nunca has reconocido, un hijo del que tendrías que enorgullecerte.

—No deberías hacer esto, Ethel —repuso Fitz—. Un hombre tiene derecho a olvidar los errores de su juventud.

Lloyd se encogió abochornado, pero su madre insistió.

—¿Por qué ibas a querer olvidar? Sé que fue un error, pero míralo ahora, es parlamentario, acaba de pronunciar un discurso emocionante y ha sido nombrado secretario privado del secretario del Foreign Office.

Fitz evitaba mirar a Lloyd.

—Quieres hacernos creer que nuestra relación fue un escarceo sin importancia —prosiguió Ethel—, pero tú sabes que no es cierto. Sí, éramos jóvenes e insensatos, y también fogosos, yo tanto como tú, pero nos amábamos. Nos amábamos de verdad, Fitz. Deberías admitirlo. ¿No sabes que si te niegas, si niegas tu verdad, pierdes el alma?

Lloyd advirtió que el semblante de Fitz ya no seguía impasible. Era evidente que se esforzaba por conservar el control. Lloyd comprendió que su madre había puesto el dedo en la llaga. No se trataba tanto de que Fitz se avergonzase de tener un hijo ilegítimo como de que era demasiado orgulloso para aceptar que había amado a una criada. Y Lloyd supuso que probablemente había amado a Ethel más que a su esposa, y que eso desbarataba todas sus creencias más fundamentales sobre la jerarquía social.

Lloyd se decidió a intervenir.

—Estuve con Boy en el final, señor. Murió con valentía.

Fitz lo miró por primera vez.

—Mi hijo no necesita tu aprobación —dijo.

Lloyd se sintió como si lo hubiesen abofeteado.

Incluso Ethel se sobresaltó.

—¡Fitz! —exclamó—. ¿Cómo puedes ser tan cruel?

En ese momento entró Daisy.

—¡Hola, Fitz! —le saludó alegremente—. Seguramente creías que te habías librado de mí, pero ahora vuelves a ser mi suegro. ¿No te parece divertido?

—Solo estoy intentando convencer a Fitz para que le estreche la mano a Lloyd —dijo Ethel.

—Procuro no estrechar la mano a los socialistas —replicó Fitz.

Ethel libraba una batalla perdida, pero no estaba dispuesta a rendirse.

—¡Mira todo lo que ha heredado de ti! Se parece a ti, viste como tú, comparte tu interés por la política… Es probable que acabe siendo secretario del Foreign Office, ¡lo que tú siempre quisiste ser!

El rostro de Fitz se oscureció aún más.

—Ahora ya es del todo imposible que llegue a serlo. —Se encaminó hacia la puerta—. ¡Y en absoluto querría que ese gran despacho lo ocupara mi bastardo bolchevique! —Dicho lo cual, se marchó.

Ethel rompió a llorar.

Daisy rodeó a Lloyd con un brazo.

—Lo siento mucho —le dijo.

—No te preocupes —contestó Lloyd—. No estoy sorprendido ni decepcionado. —No era verdad, pero no quería dar una imagen de lástima—. Hace mucho tiempo que me repudió. —Miró a Daisy con adoración—. Y soy afortunado por tener a muchas otras personas que me quieren.

—Es culpa mía —dijo Ethel, llorosa—. No debería haberle pedido que viniese aquí. Debería haber sabido que saldría mal.

—No importa —terció Daisy—. Tengo una buena noticia.

Lloyd sonrió.

—¿De qué se trata?

Daisy miró a Ethel.

—¿Estás preparada para esto?

—Supongo que sí.

—Dínoslo —la apremió Lloyd—. ¿Qué es?

—Vamos a tener un hijo —dijo Daisy.

III

El hermano de Carla, Erik, volvió a casa aquel verano, a un paso de la muerte. Había contraído la tuberculosis en un campo de trabajos forzados soviético, y lo habían dejado en libertad cuando su enfermedad se agravó hasta el punto de impedirle trabajar. Llevaba semanas sin apenas dormir, viajando en trenes de mercancías y en camiones cuyos conductores accedían a sus súplicas. Llegó a casa de los Von Ulrich descalzo y con ropa mugrienta. Tenía el rostro cadavérico.

Sin embargo, no murió. Tal vez se debiera a la compañía de personas que le querían, o a la llegada del calor cuando el invierno dio paso a la primavera, o quizá sencillamente al descanso, pero el caso es que la tos fue remitiendo y Erik recuperó suficiente energía para hacer algunos trabajos en la casa, como restaurar ventanas destrozadas, reponer tejas y desatascar tuberías.

Afortunadamente, a principios de año Frieda Franck había encontrado un filón de oro.

Ludwig Franck había muerto en el bombardeo aéreo que había destruido su fábrica, y durante un tiempo Frieda y su madre habían vivido en la indigencia, como todos los demás. Sin embargo, no tardó en encontrar trabajo como enfermera en la zona estadounidense, y poco después, según le contó a Carla, un grupo de médicos norteamericanos le pidieron que vendiese sus excedentes de comida y cigarrillos en el mercado negro a cambio de una parte de las ganancias. A partir de entonces se presentó en casa de Carla una vez por semana con una pequeña cesta llena de provisiones: ropa de abrigo, velas, pilas para linternas, cerillas, jabón y comida (panceta, chocolate, manzanas, arroz, melocotón en almíbar). Maud dividía la comida en raciones y daba a Carla el doble. Carla lo aceptaba sin dudar, no por ella, sino para alimentar mejor al bebé Walli.

Sin los productos ilegales de Frieda, probablemente Walli no saldría adelante.

El bebé cambiaba deprisa. Había perdido el pelo negro con el que había nacido, y en su lugar había aparecido un vello fino y claro. A los seis meses ya tenía los maravillosos ojos verdes de Maud. A medida que su carita iba cobrando forma, Carla observó un pliegue carnoso en las comisuras de los ojos que los tornaba rasgados, y se preguntó si su padre sería siberiano. No recordaba a todos los hombres que la habían violado. Había mantenido los ojos cerrados la mayor parte del tiempo.

Ya no los odiaba. Era extraño, pero le hacía tan feliz tener a Walli que apenas lamentaba lo que había ocurrido.

A Rebecca le fascinaba Walli. Con quince años recién cumplidos, lo bastante mayor ya para empezar a tener sentimientos maternales, ayudaba con entusiasmo a Carla a bañarlo y vestirlo. Jugaba con él a todas horas, y el pequeño balbuceaba entusiasmado cuando la veía.

En cuanto Erik se recuperó, se afilió al Partido Comunista.

A Carla le desconcertó su decisión. Después de lo que había sufrido a manos de los soviéticos, ¿cómo era capaz de hacer eso? Pero enseguida advirtió que hablaba del comunismo del mismo modo que había hablado del nazismo una década antes. Carla solo confiaba en que, en esta ocasión, no tardase tanto en desilusionarse.

Los Aliados estaban ansiosos por instaurar la democracia en Alemania, y en Berlín se programaron elecciones municipales para ese mismo año, 1946.

Carla estaba segura de que la ciudad no recuperaría la normalidad hasta que la gobernasen sus ciudadanos, por lo que decidió posicionarse a favor del Partido Socialdemócrata. Pero los berlineses enseguida descubrieron que los ocupantes soviéticos tenían un extraño concepto de lo que significaba la democracia.

Los resultados de las elecciones en Austria, celebradas el anterior mes de noviembre, habían conmocionado a los soviéticos. Los comunistas austríacos esperaban quedar igualados a los socialistas, pero solo consiguieron cuatro de los 165 escaños. Al parecer, los electores culpaban al comunismo de la brutalidad del Ejército Rojo. El Kremlin, nada habituado a las elecciones genuinas, no había previsto algo así.

Para evitar un resultado similar en Alemania, los soviéticos propusieron la fusión de los comunistas y los socialdemócratas en lo que denominaron un «frente unido». Los socialdemócratas se negaron, pese a la fuerte presión que recibieron. En la Alemania del Este, los soviéticos empezaron a detenerlos, tal como lo habían hecho los nazis en 1933. Y entonces se forzó la fusión. Pero en Berlín las elecciones estuvieron supervisadas por los cuatro Aliados, y los socialdemócratas sobrevivieron.

Cuando llegó el calor, Carla se sentía ya bastante recuperada y empezó a encargarse de ir a buscar la comida racionada. Llevaba consigo a Walli envuelto en un almohadón, pues no tenía mucha ropa de bebé. Una mañana, mientras hacía cola para conseguir las patatas a unas manzanas de casa, Carla se sorprendió al ver llegar un jeep norteamericano y a Frieda en el asiento del copiloto. El chófer, alopécico y de mediana edad, la besó en los labios y Frieda se apeó. Llevaba un vestido azul sin mangas y zapatos nuevos. Se alejó a toda prisa en dirección a la casa de los Von Ulrich, cargada con la pequeña cesta.

Carla lo vio todo como en un destello. Frieda no comerciaba en el mercado negro, y no había ningún grupo de médicos. Era la amante a sueldo de un oficial estadounidense.

No era algo insólito. Miles de alemanas jóvenes y guapas se habían visto en esa tesitura: elegir entre ver morir de hambre a su familia o acostarse con un oficial generoso. Las francesas habían hecho lo mismo bajo la ocupación alemana; las esposas de los oficiales, de vuelta en Alemania, lo contaban con amargura.

Pese a ello, Carla estaba horrorizada. Creía que Frieda amaba a Heinrich. Estaban planeando casarse en cuanto la vida recobrase un mínimo de normalidad. Carla se sintió angustiada.

Cuando llegó su turno, compró la ración de patatas y volvió a casa tan deprisa como pudo.

Encontró a Frieda arriba, en la sala de estar. Erik la había limpiado y había puesto papel de periódico en las ventanas, lo más práctico después del vidrio. Hacía mucho tiempo que habían reciclado las cortinas convirtiéndolas en ropa de cama, pero la mayoría de las sillas habían sobrevivido hasta entonces, con el tapizado desvaído y gastado. Milagrosamente, el fabuloso piano también seguía allí. Un oficial soviético lo había visto y había dicho que volvería al día siguiente con una grúa para sacarlo por la ventana y llevárselo, pero nunca regresó.

Frieda cogió a Walli de los brazos de Carla y empezó a cantarle: «A, B, C, die Katze lief im Schnee». Carla observó que las mujeres que aún no tenían hijos, Rebecca y Frieda, no se cansaban de cuidar y mimar a Walli. Las que sí los tenían, Maud y Ada, lo adoraban pero lo trataban de un modo más pragmático y brioso.

Frieda abrió la tapa del piano y animó a Walli para que aporreara las teclas mientras ella cantaba. Hacía años que nadie lo tocaba; Maud no había vuelto a abrirlo desde la muerte de su último alumno, Joachim Koch.

—Estás un poco seria —le dijo unos minutos después Frieda a Carla—. ¿Qué te pasa?

—Sé cómo consigues la comida que nos traes —contestó Carla—. No comercias en el mercado negro, ¿verdad?

—Pues claro que sí —repuso Frieda—. ¿De qué estás hablando?

—Hace un rato te he visto bajar de un jeep.

—El coronel Hicks se ha ofrecido a traerme.

—Te ha besado en la boca.

Frieda apartó la mirada.

—Sabía que tenía que haberme bajado antes. Tendría que haber venido a pie desde la zona estadounidense.

—Frieda, ¿y Heinrich?

—¡Nunca lo sabrá! Iré con más cuidado, te lo juro.

—¿Aún le amas?

—¡Por supuesto que sí! Vamos a casarnos.

—Entonces, ¿por qué…?

—¡Ya he pasado suficientes penurias! Quiero ponerme ropa bonita e ir a clubes nocturnos y bailar.

—No, no es eso lo que quieres —replicó Carla con firmeza—. No puedes mentirme, Frieda. Hace demasiado tiempo que somos amigas. Dime la verdad.

—¿La verdad?

—Sí, por favor.

—¿Estás segura?

—Completamente.

—Lo he hecho por Walli.

Aquella respuesta dejó a Carla sin respiración. No se le había ocurrido que ese fuera el motivo, pero tenía sentido. Carla creía capaz a Frieda de hacer semejante sacrificio por ella y su bebé.

Pero se sentía fatal. Eso la hacía responsable de que Frieda se estuviera prostituyendo.

—¡Es terrible! —dijo—. No tendrías que haberlo hecho… Habríamos salido adelante de algún modo.

Frieda saltó del taburete del piano con el bebé aún en brazos.

—¡No, no es verdad! —bramó.

Walli se asustó y empezó a llorar. Carla lo cogió y lo acunó, dándole palmaditas en la espalda.

—No habríais salido adelante —dijo Frieda, más calmada.

—¿Cómo lo sabes?

—Durante todo el invierno llegaron bebés al hospital, desnudos, envueltos en periódicos, muertos de hambre y frío. Casi no podía soportar mirarlos.

—Oh, Dios mío… —Carla estrechó a Walli contra su pecho.

—Adquieren un color azulado cuando mueren de frío.

—Basta.

—Tengo que decírtelo, si no, no entenderás por qué lo he hecho. Walli habría sido uno de esos niños congelados y azules.

—Lo sé —susurró Carla—. Lo sé.

—Percy Hicks es un hombre amable. Tiene una mujer en Boston que al parecer no se cuida mucho, y soy la joven más atractiva que ha visto. Es tierno y rápido en el sexo, y siempre utiliza preservativo.

—Deberías dejar de hacerlo —dijo Carla.

—En realidad no piensas eso.

—No —confesó Carla—. Y eso es lo peor. Me siento tan culpable… Soy culpable.

—No lo eres. Es una decisión que he tomado por mí misma. Las mujeres alemanas tenemos que tomar decisiones difíciles. Estamos pagando por las decisiones fáciles que los hombres alemanes tomaron hace quince años. Hombres como mi padre, que creía que Hitler sería beneficioso para los negocios, y como el padre de Heinrich, que votó a favor de la Ley de Habilitación. Los pecados de los padres los pagamos las hijas.

Oyeron un fuerte golpe en la puerta de la calle. Instantes después les llegó el correteo de unos pasos y Rebecca corrió a esconderse arriba, por si era el Ejército Rojo.

—¡Oh, señor! ¡Buenos días! —saludó la voz de Ada. Parecía sorprendida y algo preocupada, aunque no asustada. Carla se preguntó quién podría haber provocado esa mezcla de reacciones en la criada.

A continuación oyeron unos pasos pesados y masculinos, y Werner entró en la sala.

Iba sucio y andrajoso, y estaba delgado como un alfiler, pero su atractivo rostro lucía una amplia sonrisa.

—¡Soy yo! —dijo, exultante—. ¡He vuelto!

Entonces vio al bebé. Se quedó boquiabierto y su sonrisa desapareció.

—Oh… —balbució—. ¿Qué…? ¿Quién…? ¿De quién es el bebé?

—Mío, cariño —contestó Carla—. Deja que te explique.

—¿Explicar? —repuso él, airado—. ¿Qué explicación necesita esto? ¡Has tenido un hijo con otro! —Se dio la vuelta para marcharse.

—¡Werner! —gritó Frieda—. En esta sala hay dos mujeres que te quieren. No te vayas sin escucharnos. No lo entiendes.

—Creo que lo entiendo todo.

—A Carla la violaron.

Werner palideció.

—¿Que la violaron? ¿Quién?

—Nunca supe cómo se llamaban —contestó Carla.

—¿Llamaban? —Werner tragó saliva—. ¿Fue… fue más de uno?

—Cinco soldados del Ejército Rojo.

La voz de Werner se redujo a un susurro.

—¿Cinco?

Carla asintió.

—Pero… ¿no pudiste…? Quiero decir…

—A mí también me violaron, Werner —dijo Frieda—. Y a mamá.

—Cielo santo, ¿qué ha ocurrido aquí?

—Un infierno —respondió Frieda.

Werner se dejó caer en un ajado sillón de cuero.

—Creía que el infierno era lo que yo he vivido —dijo. Hundió la cara entre las manos.

Carla cruzó la sala con Walli en brazos y se quedó de pie frente a Werner.

—Mírame, Werner —le dijo—. Por favor.

Él alzó la mirada, con el rostro contraído por la emoción.

—El infierno ha terminado —añadió Carla.

—¿De verdad?

—Sí —contestó ella con firmeza—. La vida es dura, pero los nazis ya no están, la guerra ha acabado, Hitler está muerto, y los violadores del Ejército Rojo están más o menos bajo control. La pesadilla ha terminado. Y los dos estamos vivos, y juntos.

Él alargó el brazo y le tomó una mano.

—Tienes razón.

—Tenemos a Walli, y enseguida conocerás a una chica de quince años llamada Rebecca, que en cierto modo se ha convertido en mi hija.

Tenemos que formar una nueva familia con lo que la guerra nos ha dejado, igual que tenemos que construir nuevas casas con los escombros que hay en las calles.

Werner asintió, aceptando la realidad.

—Necesito tu amor —le dijo Carla—. Y Rebecca y Walli también.

Werner se puso en pie lentamente. Carla lo miró expectante. Él no dijo nada, pero, tras un largo momento, los abrazó a ella y al bebé con ternura.

IV

Con las normativas de guerra aún vigentes, el gobierno británico seguía teniendo capacidad para abrir una mina de carbón en cualquier parte, al margen de la voluntad del propietario de las tierras, a quien se pagaban compensaciones por las pérdidas de los ingresos que le hubiesen reportado su cultivo o su explotación comercial.

Billy Williams, ministro del Carbón, autorizó la excavación de una mina a cielo abierto en los terrenos de Tŷ Gwyn, la residencia palaciega del conde Fitzherbert, situada a las afueras de Aberowen.

En este caso no cabía pagar compensación, pues no se trataba de un terreno comercial.

La decisión levantó protestas entre los conservadores de la Cámara de los Comunes.

—¡La montaña de desechos estará justo debajo de las ventanas de la condesa! —dijo indignado uno de ellos.

Billy Williams sonrió.

—La montaña de desechos del conde ha estado debajo de la ventana de mi madre durante cincuenta años —replicó.

Lloyd Williams y Ethel fueron a Aberowen con Billy el día antes de que los operarios comenzasen a excavar. Lloyd tuvo reticencias al dejar sola a Daisy, que debía dar a luz dos semanas después, pero era un momento histórico y quería estar allí.

A sus abuelos no les faltaba ya mucho para cumplir los ochenta. El abuelo casi no veía, ni siquiera con las gafas de culo de botella, y la abuela estaba encorvada.

—Qué felicidad —dijo la abuela cuando todos se sentaron a la vieja mesa de la cocina—. Mis dos hijos aquí.

Les sirvió ternera estofada con puré de nabos y gruesas rebanadas de pan casero untado con el pringue de la carne, y grandes tazones de té dulce con leche como acompañamiento.

De niño, Lloyd había comido aquello muchas veces, pero en ese momento le pareció una comida vulgar. Sabía que, incluso en los tiempos difíciles, las mujeres francesas y españolas se las arreglaban para elaborar sabrosos platos delicadamente condimentados con ajo y guarnecidos con hierbas. Se avergonzó de sus remilgos y fingió comer y beber con fruición.

—Qué lástima que se pierdan los jardines de Tŷ Gwyn —dijo la abuela, con falta de tacto.

Billy se sintió herido.

—¿Qué quieres decir? Gran Bretaña necesita el carbón.

—Pero a la gente le encantan esos jardines. Son muy bonitos. He ido a verlos al menos una vez al año desde que era joven. Es una pena que desaparezcan.

—¡Hay una zona de recreo fantástica justo en el centro de Aberowen!

—No es lo mismo —repuso la abuela, imperturbable.

—Las mujeres nunca entenderán de política —dijo el abuelo.

—No —convino la abuela—. Supongo que no.

Lloyd miró a su madre, que sonrió sin decir nada.

Billy y Lloyd compartieron el segundo dormitorio, y Ethel preparó una cama en el suelo de la cocina.

—Dormí en esta habitación todas las noches de mi vida hasta que me alisté en el ejército —dijo Billy mientras se acostaban—. Y todas las mañanas veía por la ventana esa jodida montaña de desechos.

—Baja la voz, tío Billy —le dijo Lloyd—. No querrás que tu madre te oiga decir tacos.

—Sí, tienes razón —contestó Billy.

A la mañana siguiente, después de desayunar, todos subieron por la ladera de la colina en dirección a la mansión. Era una mañana templada y, para variar, no llovía. Las montañas se recortaban contra el cielo y parecían más suaves cubiertas por el manto de hierba estival. Cuando Tŷ Gwyn apareció a la vista, Lloyd no pudo evitar verla más como una edificación bonita que como un símbolo de opresión. Era las dos cosas, por descontado, pero en política nada era sencillo.

Las grandes cancelas de hierro estaban abiertas. La familia Williams entró en la propiedad, donde ya se había congregado una multitud: los hombres del contratista y su maquinaria, un centenar aproximado de mineros y sus familias, el conde Fitzherbert y su hijo Andrew, un puñado de periodistas con cuadernos de notas y un equipo de filmación.

Los jardines eran imponentes. La avenida de viejos castaños había verdecido ya, se veían cisnes en el lago y los bancales de flores rebosaban de color. Lloyd supuso que el conde se había asegurado de que el lugar luciese aquel día su mejor cara. Quería dejar al gobierno laborista como una sarta de destructores a los ojos del mundo.

Lloyd sintió compasión por él.

El alcalde de Aberowen estaba concediendo una entrevista.

—Los habitantes de esta ciudad son contrarios a la excavación de una mina a cielo abierto —decía.

Lloyd se sorprendió; el gobierno municipal era laborista, y oponerse al gobierno nacional habría equivalido a lanzar piedras sobre su propio tejado.

—Durante más de cien años, la belleza de estos jardines ha refrescado las almas de la gente que vive en este lóbrego paisaje industrial —prosiguió el alcalde. Pasando del discurso preparado a la memoria personal, añadió—: Yo me declaré a mi esposa a los pies de ese cedro.

Lo interrumpió un ruido metálico, como el de los pasos de un gigante de hierro. Al volverse hacia la entrada, Lloyd vio cómo se acercaba una máquina enorme. Parecía la grúa más grande del mundo. Tenía un brazo de casi treinta metros de largo y una cubeta en la que habría cabido perfectamente un camión. Lo más pasmoso de todo era que se desplazaba sobre una especie de zapatos giratorios de acero que hacían temblar el suelo cada vez que lo tocaban.

—Es una excavadora araña de arrastre Monighan. Puede cargar con seis toneladas de tierra por palada.

El cámara siguió atentamente a aquella máquina monstruosa mientras cruzaba la entrada.

Lloyd solo albergaba un recelo con respecto al Partido Laborista. Muchos socialistas tenían una veta de autoritarismo puritano. Era el caso de su abuelo, y también de Billy. No se sentían cómodos con los placeres sensoriales. El sacrificio y la abnegación iban más con ellos. Despreciaban la magnífica belleza de aquellos jardines por considerarla irrelevante. Se equivocaban.

Ethel no era así, y tampoco Lloyd. Quizá ellos no hubiesen heredado esa veta aguafiestas. Confiaba en que así fuera.

Fitz concedía también una entrevista en el sendero de gravilla rosa mientras el operario de la excavadora maniobraba con su máquina hasta dejarla en posición.

—El ministro del Carbón os ha dicho que cuando la mina se agote el jardín será sometido a lo que él denomina un «efectivo programa de restauración» —dijo—. Yo os digo que esa promesa no tiene ningún valor. Mi abuelo, mi padre y yo hemos tardado más de un siglo en conseguir que el jardín alcance este grado de belleza y armonía. Se tardarían otros cien años en recuperarlo.

El brazo de la excavadora descendió hasta formar un ángulo de cuarenta y cinco grados sobre los arbustos y los bancales de flores del jardín occidental. El cucharón quedó posicionado sobre el césped. Hubo un largo momento de espera. La multitud guardó silencio.

—¡Empezad de una vez, por el amor de Dios! —espetó Billy a gritos.

Un ingeniero con bombín hizo sonar un silbato.

El cucharón cayó al suelo con gran estruendo. Sus dientes de acero se clavaron en el llano y verde césped. El cable de arrastre se tensó, se oyó un estridente crujido metálico y el cucharón empezó a retroceder. En su arrastre se llevó consigo un bancal de grandes girasoles, unos rosales, unos arbustos dulces de verano y castaños de Indias, y un pequeño magnolio. Al final de su trayecto, el cucharón quedó lleno de tierra, flores y plantas.

A continuación se elevó unos seis metros, vertiendo por el camino tierra y flores.

El brazo giró lateralmente. Lloyd vio que era más alto que la casa. Creyó que el cucharón destrozaría las ventanas de la planta superior, pero el operario era hábil y lo detuvo justo a tiempo. El cable se aflojó, el cucharón se volcó y seis toneladas de jardín cayeron al suelo a pocos metros de la entrada.

El cucharón volvió a su posición inicial, y el proceso se repitió.

Lloyd miró a Fitz y vio que lloraba.

23

1947

I

A principios de 1947 parecía posible que toda Europa acabara siendo comunista.

Volodia Peshkov no sabía si era algo deseable o lo contrario.

El Ejército Rojo dominaba Europa oriental y los comunistas estaban ganando las elecciones en la parte occidental. Estos habían adquirido prestigio por su papel en la lucha contra los nazis. Cinco millones de personas habían votado a los comunistas en las primeras elecciones francesas posteriores a la guerra, convirtiendo al Partido Comunista en el más popular. En Italia, una alianza de comunistas y socialistas había conseguido el 40 por ciento de los votos. En Checoslovaquia, los comunistas en solitario se habían hecho con el 38 por ciento de los votos y dirigían el gobierno elegido de forma democrática.

En Austria y Alemania la situación era distinta; allí los votantes habían sido víctimas de expolios y violaciones a manos del Ejército Rojo. En las elecciones municipales de Berlín, los socialdemócratas habían obtenido 63 de los 130 escaños, mientras que los comunistas solo habían ganado 26. No obstante, Alemania estaba arruinada y la población pasaba hambre, por lo que el Kremlin todavía confiaba en que, desesperada, se entregara al comunismo de la misma manera que se había entregado al nazismo durante la Depresión.

Gran Bretaña era la gran decepción. Tan solo un comunista había sido elegido parlamentario en las elecciones posteriores a la guerra. Y el gobierno laborista ofrecía lo mismo que prometía el comunismo: el bienestar, la sanidad gratuita, el acceso generalizado a la educación e incluso la reducción de la semana laboral a cinco días para los mineros del carbón.

Con todo, en el resto de Europa el capitalismo no lograba sacar a la población de la crisis económica.

Y el mal tiempo jugaba a favor de Stalin, pensó Volodia mientras observaba cómo se engrosaba la capa de nieve que cubría las cúpulas en forma de bulbo. El invierno de 1946-47 fue el más frío que Europa soportaba desde hacía más de un siglo. La nieve caía sobre Saint Tropez. En las carreteras y las vías férreas de Gran Bretaña resultaba imposible circular, y la industria quedó paralizada, lo cual no había ocurrido ni siquiera durante la guerra. En Francia, las raciones alimentarias se redujeron más que entonces. La Organización de las Naciones Unidas calculó que cien millones de europeos consumían tan solo mil quinientas calorías diarias, la cantidad mínima a partir de la cual la salud empieza a resentirse de la malnutrición. Como los motores productivos se ralentizaban cada vez más, la población empezó a considerar que no tenía nada que perder y la revolución se veía como la única salida.

Cuando la URSS dispusiera de armas nucleares, no habría país capaz de interponerse en su camino. Zoya, la esposa de Volodia, y sus colegas habían construido una pila atómica en el Laboratorio Número 2 de la Academia de Ciencias, un nombre vago ideado así a propósito para designar el centro neurálgico de la investigación nuclear soviética. La pila había alcanzado el punto crítico el día de Navidad, seis meses después del nacimiento de Konstantín, que en esos momentos dormía en la guardería del laboratorio. Si el experimento salía mal, había confesado Zoya a Volodia, al pequeño Kotia no le serviría de nada encontrarse a dos o tres kilómetros de distancia, pues todo el centro de Moscú quedaría arrasado por completo.

Los sentimientos encontrados entre los que Volodia se debatía en relación con el futuro adquirieron mayor relevancia a raíz del nacimiento de su hijo. Por una parte, creía que la Unión Soviética merecía dominar Europa. Era el Ejército Rojo el que había derrotado a los nazis durante cuatro devastadores años de guerra sin cuartel. Los otros aliados habían permanecido al margen, librando batallas menores e implicándose de verdad tan solo en los últimos once meses. Todas sus bajas juntas ascendían tan solo a una pequeña parte de las soviéticas.

Sin embargo, luego pensaba en lo que implicaba el comunismo: las purgas arbitrarias, las torturas infligidas en los sótanos de la policía secreta, las arengas dirigidas a los soldados del bando conquistador para que cometieran toda clase de brutalidades, el sometimiento de toda una vasta nación a las caprichosas decisiones de un tirano con más poder que un zar. ¿De verdad Volodia deseaba extender un sistema tan cruel al resto del continente?

Recordó el día que había entrado en Penn Station, en Nueva York, y había comprado un billete para Albuquerque sin pedir permiso a nadie ni tener que mostrar la documentación, y la estimulante sensación de libertad absoluta que le había producido. Hacía tiempo que había echado al fuego el catálogo de Sears Roebuck, pero este pervivía en su memoria con los cientos de páginas de cosas bonitas al alcance de cualquiera. Los soviéticos creían que lo de la libertad y la prosperidad occidentales era pura propaganda, pero Volodia sabía que no era así. Una parte de él anhelaba la derrota del comunismo.

El futuro de Alemania, y por tanto de toda Europa, debía decidirse en la Conferencia de Ministros de Asuntos Exteriores celebrada en Moscú en marzo de 1947.

Volodia, que había sido ascendido a coronel, estaba al cargo del equipo de los servicios secretos asignado a la conferencia. Las reuniones se celebraban en una sala engalanada de la Cámara de Comercio Aeronáutico, convenientemente cerca del hotel Moskvá. Como siempre, los delegados y sus intérpretes se sentaban alrededor de una mesa y sus ayudantes ocupaban varias filas de asientos situados detrás. El ministro de Asuntos Exteriores soviético, Viacheslav Mólotov, apodado Culo de Piedra, pidió a Alemania que pagara diez mil millones de dólares a la URSS como compensación por los daños causados por la guerra. Los estadounidenses y los británicos protestaron por considerarlo un golpe mortal para la débil economía alemana. Y, con toda probabilidad, eso era precisamente lo que Stalin quería.

Volodia volvió a relacionarse con Woody Dewar, que ahora era fotógrafo periodístico y tenía el encargo de cubrir la conferencia. Él también estaba casado, y mostró a Volodia una fotografía de una deslumbrante mujer de pelo oscuro con un bebé en brazos.

—Eres consciente de que Alemania no tiene suficiente dinero para compensaros por los daños, ¿verdad? —dijo Woody a Volodia de regreso de una sesión fotográfica oficial en el Kremlin, mientras viajaban en el asiento trasero de una limusina ZIS-110B.

El nivel de inglés de Volodia había mejorado y podían entenderse sin ningún intérprete.

—¿Y cómo piensan alimentar a la gente y reconstruir las ciudades?

—Gracias a nuestra caridad, por supuesto —respondió Woody—.

Nos estamos gastando una fortuna en ayudarlos. Cualquier compensación que recibáis de Alemania será, en realidad, dinero nuestro.

—¿Tan mal te parece? Estados Unidos ha prosperado gracias a la guerra. Mi país, en cambio, ha quedado devastado. Lo lógico es que paguéis vosotros.

—Los votantes norteamericanos no opinan lo mismo.

—Pues a lo mejor los votantes norteamericanos se equivocan.

Woody se encogió de hombros.

—Es posible; pero el dinero es suyo.

Otra vez lo de siempre, pensó Volodia: la importancia de la opinión pública. Se había dado cuenta de ello en las ocasiones anteriores en que había conversado con Woody. Los estadounidenses trataban a los votantes con la misma deferencia con que los soviéticos trataban a Stalin: en ambos casos había que obedecerles, se equivocaran o no.

Woody bajó la ventanilla.

—No te importa que haga unas cuantas fotos de la ciudad, ¿verdad? Hay una luz preciosa.

Accionó el disparador de la cámara.

Sabía que solo estaba autorizado a tomar las fotografías oficiales, pero en la calle no había nada que pudiera resultar comprometido, solo unas mujeres retirando la nieve a paladas.

—No lo hagas, por favor —dijo Volodia a pesar de ello. Se inclinó por encima de Woody y cerró la ventanilla—. Limítate a las fotos oficiales.

Estaba a punto de pedirle que le entregara el carrete, pero Woody lo atajó.

—¿Te acuerdas de que un día te hablé de mi amigo Greg Peshkov, que lleva tu mismo apellido?

Volodia lo recordaba bien. Willi Frunze le había contado una historia parecida y lo más probable era que se refirieran a la misma persona.

—No, no me acuerdo —mintió. No quería tener nada que ver con un posible familiar en Occidente; en la Unión Soviética ese tipo de vínculos despertaban sospechas y acarreaban problemas.

—Está en la delegación norteamericana. Tendrías que hablar con él y averiguar si estáis emparentados.

—Lo haré —respondió Volodia mientras se decía que trataría de evitar todo contacto con ese hombre.

Decidió dejar correr lo del carrete. No valía la pena armar un alboroto por una inocente fotografía tomada en la calle.

Al día siguiente, en la conferencia, el secretario de Estado norteamericano, George Marshall, propuso que los cuatro Aliados suprimieran la frontera que separaba Alemania y unificaran el país, de modo que volviera a ocupar su lugar como potencia económica en el corazón de Europa, con las minas, las fábricas y el comercio.

Era lo último que deseaban los soviéticos.

Mólotov se negó a hablar de la unificación hasta que se hubiese resuelto el tema de la compensación económica.

La conferencia llegó a un punto muerto.

Y eso, pensó Volodia, era exactamente lo que quería Stalin.

II

El mundo de la diplomacia internacional era un pañuelo, concluyó Greg Peshkov. Uno de los ayudantes más jóvenes de la delegación británica en la Conferencia de Moscú era Lloyd Williams, el marido de Daisy, su hermanastra. Al principio, a Greg le disgustó el aspecto de Lloyd, que iba vestido como un afectado caballero inglés; pero resultó ser un chico muy agradable.

—Mólotov es un imbécil —soltó Lloyd en el bar del hotel Moskvá tras tomarse unos cuantos martinis con vodka.

—¿Y qué podemos hacer con él?

—No lo sé, pero Gran Bretaña no puede permitirse perder el tiempo de esa forma. La ocupación de Alemania nos está costando un dinero que no tenemos, y las inclemencias del invierno han convertido el problema en una auténtica crisis.

—¿Sabes qué? —dijo Greg, pensando en voz alta—. Si los soviéticos no están dispuestos a cooperar, lo mejor que podemos hacer es prescindir de ellos.

—¿Y cómo?

—¿Qué es lo que queremos? —Greg contó los puntos con los dedos—. Queremos unificar Alemania y convocar unas elecciones.

—Sí.

—Queremos suprimir el marco imperial, que no vale nada, e introducir una nueva moneda, de modo que los alemanes vuelvan a tener poder adquisitivo.

—Exacto.

—Y queremos salvar al país del comunismo.

—Y a la política británica.

—En el este no podemos hacerlo porque los soviéticos no participarán. ¡Pues que se jodan! Controlamos tres cuartas partes de Alemania; vamos a salvar nuestra zona, y que el este del país se vaya a la mierda.

Lloyd se quedó pensativo.

—¿Lo has comentado con tu jefe?

—No, por Dios. Hablo por hablar. Pero, ahora que lo dices, ¿por qué no?

—Yo podría proponérselo a Ernie Bevin.

—Y yo a George Marshall. —Greg dio un sorbo de su bebida—. El vodka es lo único bueno que tienen los rusos —dijo—. Bueno, ¿y qué tal está mi hermana?

—Embarazada de nuestro segundo hijo.

—¿Qué tal se le da ser madre?

Lloyd se echó a reír.

—Seguro que crees que lo hace fatal.

Greg se encogió de hombros.

—Nunca me ha parecido muy apta para las tareas domésticas.

—Es paciente, tranquila y organizada.

—¿No ha necesitado contratar a media docena de niñeras para que le hagan todo el trabajo?

—Solo a una, para poder salir conmigo por las noches, sobre todo para asistir a reuniones políticas.

—Pues sí que ha cambiado.

—No en todo. Todavía le encantan las fiestas. Pero ¿y tú? ¿Aún estás soltero?

—Hay una chica llamada Nelly Fordham con la que tengo una relación bastante seria. Además, seguro que sabes que tengo un ahijado.

—Sí —respondió Lloyd—. Daisy me lo contó. Georgy.

Por la expresión algo turbada que observó en Lloyd, Greg dedujo que, con toda seguridad, sabía que Georgy era hijo suyo.

—Le tengo mucho cariño.

—Es estupendo.

Un miembro de la delegación soviética se acercó a la barra y Greg cruzó una mirada con él. Le resultaba muy familiar. Rondaba los treinta años, era atractivo si se dejaba de lado el riguroso corte de pelo militar, y tenía unos ojos azules de mirada algo intimidatoria. Saludó con la cabeza de modo amigable.

—¿Nos conocemos? —preguntó Greg.

—Es posible —respondió el soviético—. Estudié en Alemania; en la Academia Juvenil Masculina de Berlín.

Greg negó con la cabeza.

—¿Has viajado alguna vez a Estados Unidos?

—No.

—Es el hombre que lleva el mismo apellido que tú, Volodia Peshkov —dijo Lloyd.

Greg se presentó.

—A lo mejor somos parientes. Mi padre, Lev Peshkov, emigró en 1914 y dejó a su novia embarazada, que luego se casó con su hermano mayor, Grigori Peshkov. ¿Es posible que seamos hermanastros?

A Volodia se le demudó el semblante de inmediato.

—Seguro que no —dijo—. Disculpadme. —Y se alejó de la barra sin pedir ninguna bebida.

—Qué brusco —dijo Greg.

—Sí —convino Lloyd.

—Se le veía alterado.

—Será por algo de lo que has dicho.

III

No podía ser cierto, se dijo Volodia.

Greg afirmaba que Grigori se había casado con una chica que ya estaba embarazada de Lev. Si eso era verdad, el hombre a quien siempre había considerado su padre no era tal, sino su tío.

Tal vez se tratara de una mera coincidencia. O el norteamericano solo buscaba crear problemas.

Fuera como fuese, a Volodia le estaba costando recuperarse del impacto.

Regresó a casa a la hora habitual. A Zoya y a él les estaban yendo muy bien las cosas y ahora disponían de un piso en la residencia gubernamental, el lujoso edificio donde vivían los padres de Volodia. Grigori y Katerina llegaron a la hora de cenar de Kotia, como casi todas las noches. Katerina se encargó de bañar a su nieto, y Grigori le cantó canciones y le explicó cuentos rusos. Kotia tenía nueve meses, y todavía no hablaba, pero le encantaban las historias que le contaban antes de dormir.

Volodia cumplió con su rutina diaria como un sonámbulo. Trató de comportarse con normalidad, pero le costaba dirigir la palabra tanto a su padre como a su madre. El relato de Greg no le merecía crédito alguno, pero, aun así, no podía dejar de darle vueltas a la cabeza.

—¿Es que tengo monos en la cara? —preguntó Grigori a Volodia cuando Kotia ya dormía y él y Katerina estaban a punto de marcharse.

—No.

—Entonces, ¿por qué llevas toda la noche mirándome de esa forma?

Volodia decidió contar la verdad.

—Hoy he conocido a un tal Greg Peshkov. Está en la delegación norteamericana. Cree que somos parientes.

—Es posible. —Grigori empleó un tono liviano, como quitándole importancia, pero Volodia observó que se le enrojecía el cuello, lo cual, tratándose de su padre, era una clara señal de que estaba conteniendo las emociones—. La última vez que vi a mi hermano fue en 1919 y no he vuelto a tener noticias de él.

—El padre de Greg se llama Lev, y Lev tiene un hermano llamado Grigori.

—Entonces es posible que Greg sea tu primo.

—Él dice que somos hermanos.

Grigori se sonrojó más pero no dijo nada.

—¿Cómo es posible? —terció Zoya.

—Según el norteamericano, Lev dejó a su novia embarazada en San Petersburgo, y ella se casó con su hermano.

—¡Eso es ridículo! —soltó Grigori.

Volodia miró a Katerina.

—Tú no has dicho nada, mamá.

Hubo una larga pausa, lo cual era muy significativo porque ¿qué tenían que pensar si el relato de Greg no era cierto? Un extraño frío envolvió a Volodia como una niebla helada.

Al final su madre habló.

—De joven era bastante frívola. —Miró a Zoya—. No tenía la sensatez de tu esposa. —Dio un hondo suspiro—. Grigori Peshkov se enamoró de mí más o menos a primera vista, pobre tonto. —Sonrió con cariño a su marido—. Pero su hermano Lev vestía muy bien, fumaba, gastaba dinero en vodka y tenía unos amigos poco recomendables. Y yo, más tonta aún, lo preferí a él.

—Así, ¿es cierto? —preguntó Volodia con consternación. Una parte de sí deseaba desesperadamente que lo negaran.

—Lev hizo lo que siempre hacen esa clase de hombres —respondió Katerina—. Me dejó embarazada y luego me abandonó.

—O sea que Lev es mi padre. —Volodia miró a Grigori—. ¡Y tú solo eres mi tío! —Tenía la impresión de que iba a desmayarse de un momento a otro. El suelo que pisaba había empezado a moverse, como en un terremoto.

Zoya se situó junto a la silla de Volodia y le posó la mano en el hombro para tranquilizarlo, o tal vez para refrenarlo.

Katerina prosiguió.

—Y Grigori hizo lo que siempre hacen los hombres como él: se ocupó de mí. Me entregó su amor, se casó conmigo y se encargó de mantenernos a mí y a mis hijos. —Estaba sentada en el sofá, al lado de Grigori, y le cogió la mano—. Yo lo había rechazado, y es evidente que no lo merecía, pero aun así Dios me lo tenía reservado.

—He temido este momento toda la vida —dijo Grigori—. Siempre, desde el instante en que naciste.

—¿Y por qué lo habéis mantenido en secreto? —preguntó Volodia—. ¿No era más fácil contarme la verdad?

Grigori tenía un nudo en la garganta y le costaba hablar.

—No me veía con ánimos de confesarte que no era tu padre —consiguió balbucir—. Te quería demasiado.

—Deja que te diga una cosa, querido hijo —empezó Katerina—. Escúchame ahora y no vuelvas a escuchar a tu madre en toda la vida si no quieres, pero esto tienes que oírlo. Olvídate del extraño norteamericano que un día sedujo a una jovencita con la cabeza llena de pájaros y mira al hombre que tienes frente a ti con los ojos llenos de lágrimas.

Volodia miró a Grigori y observó en él una expresión suplicante que le llegó al alma.

Katerina prosiguió.

—Este hombre te ha dado de comer, te ha vestido y te ha amado de forma incondicional durante tres décadas. Si la palabra «padre» tiene algún significado, entonces tu padre es él.

—Sí —dijo Volodia—. Lo sé.

IV

Lloyd Williams se llevaba bien con Ernie Bevin. Tenían muchas cosas en común a pesar de la diferencia de edad. Durante los cuatro días que duró el viaje en tren de punta a punta de una Europa cubierta de nieve, Lloyd confió a Bevin que también él era hijo ilegítimo de una doncella. Ambos eran anticomunistas acérrimos: Lloyd debido a las vivencias en España y Bevin porque había observado las tácticas comunistas en el movimiento sindical.

—Son esclavos del Kremlin y tiranizan al resto del mundo —afirmó Bevin, y Lloyd sabía con exactitud a qué se refería.

A Lloyd no acababa de caerle bien Greg Peshkov, que siempre tenía aspecto de haberse vestido a toda prisa, con los puños de la camisa sin abotonar, el cuello del abrigo mal doblado y los zapatos desatados. Greg era sagaz, y Lloyd se esforzaba por simpatizar con él, pero tenía la impresión de que bajo su apariencia campechana se ocultaba un fondo despiadado. Daisy le había contado que Lev Peshkov era un bribón, y Lloyd imaginaba que Greg había heredado la misma naturaleza.

Sin embargo, cuando le contó a Bevin los planes que Greg tenía para Alemania, este se puso a dar saltos de alegría.

—¿Crees que habla por boca de Marshall? —preguntó el corpulento secretario del Foreign Office con su marcado acento del West Country.

—Él dice que no —respondió Lloyd—. ¿Crees que funcionaría?

—Me parece la mejor idea que he oído en las tres putas semanas que llevamos en el puto Moscú. Si habla en serio, organiza una comida informal; solo Marshall, ese muchacho y nosotros dos.

—Lo haré de inmediato.

—Pero no se lo digas a nadie. No queremos que la cosa llegue a oídos de los soviéticos. Nos acusarían de conspirar contra ellos, y con razón.

Al día siguiente se encontraron en el número 10 de la plaza Spasopeskovskaya, la residencia del embajador norteamericano, una suntuosa mansión de estilo neoclásico construida antes de la revolución. Marshall era alto y delgado; un militar de pies a cabeza. Bevin era rechoncho y corto de vista, y siempre andaba con un cigarrillo en la boca. Sin embargo, congeniaron desde el primer momento. Ambos hablaban sin rodeos. Una vez el propio Stalin había acusado a Bevin de comportarse de forma impropia para un caballero, distinción de la que el secretario del Foreign Office estaba muy orgulloso. Bajo los frescos y las lámparas de araña del techo, entraron en materia con la intención de hacer resurgir Alemania sin la ayuda de la URSS.

Enseguida se pusieron de acuerdo en los principios: la nueva moneda; la unificación de las zonas británica, estadounidense y, a ser posible, francesa; la desmilitarización de Alemania Occidental; las elecciones, y una nueva alianza militar transatlántica.

—Pero ya sabe que nada de esto funcionará —soltó Bevin de repente.

Marshall se quedó desconcertado.

—Entonces no entiendo por qué estamos hablando de ello —dijo con acritud.

—Europa está pasando por una aguda crisis económica. Ese plan no funcionará si la población pasa hambre. La mejor protección contra el comunismo es la prosperidad. Stalin lo sabe, y por eso no quiere que Alemania salga de la pobreza.

—Estoy de acuerdo.

—Eso quiere decir que tenemos que reconstruir el país. Pero no podemos hacerlo con las manos vacías. Necesitamos tractores, excavadoras y material móvil. Y nada de eso está a nuestro alcance.

Marshall empezaba a ver por dónde iba.

—Los norteamericanos no están dispuestos a conceder más ayudas a Europa.

—Es lógico. Pero tenemos que encontrar la forma de que Estados Unidos nos preste el dinero para comprarles todo lo necesario.

Se hizo un silencio.

Marshall detestaba malgastar saliva, pero la pausa resultaba demasiado larga incluso tratándose de él.

Al final habló.

—Tiene sentido —dijo—. Veré lo que puedo hacer.

La conferencia duró seis semanas, y para cuando todos regresaron a sus respectivos países no se había tomado ninguna decisión.

V

Eva Williams tenía un año cuando empezaron a salirle los molares. Los otros dientes no le habían dado problemas, pero esos le dolían. Por desgracia, Lloyd y Daisy no podían hacer gran cosa por ella. Estaba de mal humor, no conseguía dormir y, por tanto, no los dejaba dormir a ellos y también estaban de mal humor.

Daisy tenía mucho dinero pero llevaba una vida poco ostentosa. Habían comprado una acogedora casa adosada en Hoxton y tenían de vecinos a un tendero y un albañil. Adquirieron un pequeño utilitario, un Morris Eight nuevo que alcanzaba una velocidad máxima de casi cien kilómetros por hora. Daisy seguía comprándose ropa bonita, pero Lloyd solo tenía tres trajes: uno de etiqueta, uno con finas rayas blancas para la Cámara de los Comunes y otro de tweed para los fines de semana, cuando trabajaba en la sección local del partido.

Una noche, Lloyd, ya en pijama, estaba acunando a la quejumbrosa Evie al mismo tiempo que hojeaba la revista *Life* y una curiosa fotografía tomada en Moscú captó su atención. Mostraba a una mujer rusa cuyo vetusto rostro estaba surcado de arrugas, con un pañuelo alrededor de la cabeza y un abrigo ceñido con un cordel de embalar, retirando la nieve de la calle a paladas. La forma en que la luz la bañaba le confería un aspecto intemporal, como si llevara allí un millar de años. Buscó la firma del fotógrafo y descubrió que se trataba de Woody Dewar, a quien había conocido en la conferencia.

En ese momento sonó el teléfono. Lo cogió y le respondió la voz de Ernie Bevin.

—Pon la radio —dijo—. Marshall acaba de pronunciar un discurso. —Colgó sin esperar respuesta.

Lloyd bajó a la sala de estar con Evie en brazos y encendió la radio. El programa se llamaba *Crónica estadounidense*. El corresponsal de la BBC en Washington, Leonard Miall, estaba retransmitiendo desde la Universidad de Harvard en Cambridge, Massachusetts.

«El secretario de Estado ha explicado a los alumnos que la reconstrucción de Europa llevará más tiempo y requerirá más esfuerzos de lo previsto», decía Miall.

La noticia era prometedora, pensó Lloyd, emocionado.

—Silencio, Evie, por favor —dijo, y, por una vez, ella se calló.

Entonces Lloyd reconoció la voz grave y moderada de George C. Marshall.

«Durante los próximos tres o cuatro años, la necesidad que Europa tiene de recibir comida y otros productos esenciales del extranjero, principalmente de Estados Unidos, supera con creces su poder adquisitivo, y por ello necesita una ayuda adicional considerable... o se enfrenta a un deterioro económico, político y social de carácter muy grave.»

Lloyd estaba electrizado. Una ayuda adicional considerable era lo que había pedido Bevin.

«El remedio consiste en romper el círculo vicioso y restablecer la confianza de los europeos en el futuro económico —prosiguió Marshall—. Estados Unidos debe hacer todo lo posible por colaborar para que el mundo recupere su estado económico normal.»

—¡Lo ha hecho! —exclamó Lloyd en tono triunfal ante su perpleja hijita—. ¡Ha convencido a Estados Unidos de que tiene que prestarnos ayuda! Pero ¿cuánta? ¿Y cuándo?, ¿y cómo?

La voz cambió.

«El secretario de Estado no ha detallado un plan para Europa sino que ha pedido que sean los propios europeos quienes lo tracen», dijo el periodista.

—¿Significa eso que tenemos carta blanca? —preguntó Lloyd a Evie, entusiasmado.

Volvió a oírse la voz de Marshall.

«Creo que la iniciativa debe partir de Europa.»

La retransmisión tocó a su fin y el teléfono volvió a sonar.

—¿Lo has oído? —preguntó Bevin.

—¿Qué quiere decir?

—¡No hagas preguntas! —exclamó Bevin—. Si haces preguntas, obtendrás respuestas que no deseas.

—Entendido —dijo Lloyd, desconcertado.

—Da igual lo que quiera decir. Lo que importa es lo que nosotros hagamos. Ha dicho que la iniciativa debe partir de Europa, y se refiere a ti y a mí.

—Pero ¿qué puedo hacer yo?

—Las maletas —dijo Bevin—. Nos vamos a París.

24

1948

I

Volodia se encontraba en Praga. Formaba parte de la delegación del Ejército Rojo encargada de mantener conversaciones con el ejército checoslovaco y se alojaba en el esplendoroso hotel Imperial, de estilo *art déco*.

Estaba nevando.

Echaba de menos a Zoya y al pequeño Kotia. Su hijo tenía dos años y aprendía palabras nuevas a una velocidad asombrosa. El niño cambiaba tan deprisa que cada día se le veía diferente. Además, Zoya volvía a estar embarazada. Volodia lamentaba tener que pasar dos semanas separado de su familia. Para la mayoría de los integrantes del grupo ese viaje significaba una oportunidad de alejarse de sus esposas, de excederse con el vodka y de tontear con mujeres licenciosas. Él, en cambio, solo deseaba regresar a casa.

Era cierto que se estaban llevando a cabo negociaciones militares, pero el hecho de que Volodia participara en ellas servía de tapadera para su verdadera misión, que consistía en informar de las acciones cometidas en Praga por la torpe policía secreta soviética, eterna rival de los servicios secretos del Ejército Rojo.

Últimamente, Volodia sentía poco entusiasmo por el trabajo. Había perdido la confianza en todo aquello en lo que antes creía. Ya no tenía fe en Stalin, en el comunismo ni en la bondad inherente de los soviéticos. Ni siquiera quien decía ser su padre lo era. De hecho, habría desertado con rumbo a Occidente si hubiera encontrado la forma de llevar consigo a Zoya y a Kotia.

Con todo, sí que tenía puesta el alma en la misión de Praga; era una oportunidad excepcional de hacer algo en lo que seguía creyendo.

Dos semanas atrás, el Partido Comunista de Checoslovaquia se había hecho con el control absoluto del gobierno al derrocar a sus coalicionistas. El ministro de Asuntos Exteriores, Jan Masaryk, un héroe de la guerra y anticomunista democrático, estaba preso en la planta superior de su residencia oficial, el palacio Czernin. No cabía duda de que la policía secreta soviética tenía algo que ver con el golpe de Estado. De hecho, el cuñado de Volodia, el coronel Ilia Dvorkin, también se encontraba en Praga y se alojaba en el mismo hotel, y lo más seguro era que estuviera implicado.

El jefe de Volodia, el general Lemítov, consideraba el golpe como una catástrofe para las relaciones públicas de la URSS. Masaryk había demostrado al mundo que los países del este de Europa podían ser libres e independientes al amparo de la URSS. Había permitido que Checoslovaquia contara con un gobierno comunista simpatizante con la Unión Soviética y al mismo tiempo llevara la máscara de la democracia burguesa. Era el acuerdo perfecto, pues cumplía con todo lo que la URSS deseaba y tranquilizaba a los norteamericanos. Sin embargo, el equilibrio se había roto.

Ilia se jactaba de ello.

—¡Ja! ¡Han aplastado a los partidos burgueses! —dijo a Volodia una noche en el bar del hotel.

—¿Has visto qué ha sucedido en el Senado norteamericano? —repuso Volodia en tono liviano—. Vandenberg, el viejo aislacionista, ha pronunciado un discurso de ocho minutos en favor del Plan Marshall, y los vítores se oían desde aquí.

A partir de las vagas ideas de Marshall había acabado trazándose un plan, gracias, sobre todo, a la astucia ratonil del secretario del Foreign Office británico, Ernie Bevin. En opinión de Volodia, Bevin era el tipo de comunista más peligroso: un socialdemócrata de la clase obrera. A pesar de su voluminosa complexión se movía con rapidez. Con la velocidad del rayo, había organizado una conferencia en París, donde el discurso pronunciado por George Marshall en Harvard había obtenido una rotunda aprobación por parte de toda Europa.

Volodia sabía por boca de espías infiltrados en el Foreign Office que Bevin estaba decidido a incluir a Alemania en el Plan Marshall y excluir a la URSS. Y Stalin había caído de lleno en la trampa de Bevin al ordenar a los países del este de Europa que repudiaran la ayuda de Marshall.

En esos momentos, la policía secreta soviética parecía estar haciendo todo lo posible para que el proyecto de ley fuera aprobado por el Congreso.

—El Senado estaba más que decidido a desestimar la propuesta de Marshall —dijo Volodia a Ilia—. Los contribuyentes norteamericanos no quieren correr con los gastos, pero el golpe de Praga los ha convencido de que deben hacerlo, porque de otro modo se corre el peligro de que en Europa fracase el capitalismo.

—Los partidos burgueses checoslovacos querían dejarse sobornar por los norteamericanos —repuso Ilia, indignado.

—Tendríamos que habérselo permitido —opinó Volodia—. Habría sido la forma más rápida de fastidiarles todo el invento. Así el Congreso habría rechazado el Plan Marshall; no quieren dar dinero a los comunistas.

—¡El Plan Marshall es un ardid imperialista!

—Sí, sí que lo es —convino Volodia—. Y me temo que funcionará. Nuestros aliados durante la guerra están formando un bloque antisoviético.

—Ya es hora de que toda esa gente que impide que el comunismo avance reciba su merecido.

—Claro, claro. —Era impresionante la facilidad con que las personas como Ilia se formaban juicios políticos erróneos.

—Y también es hora de que me vaya a dormir.

Solo eran las diez, pero Volodia también fue a acostarse. Permaneció despierto pensando en Zoya y en Kotia; se moría de ganas de darles un beso de buenas noches.

Desvió la atención hacia la misión que tenía asignada. Dos días atrás había conocido a Jan Masaryk, el símbolo de la independencia de Checoslovaquia, en una ceremonia celebrada ante la tumba de su padre, Tomáš Masaryk, el fundador y primer presidente del país. Masaryk hijo, con un abrigo con el cuello de piel y la cabeza descubierta bajo la nevada, tenía un aspecto maltrecho y deprimido.

Si pudiera convencerlo de que continuara ejerciendo de ministro de Asuntos Exteriores, era posible que se alcanzara cierto grado de compromiso, pensó Volodia. Checoslovaquia podía tener un gobierno íntegramente comunista en cuestiones nacionales y aun así mantenerse neutral en las relaciones internacionales, o al menos minimizar la actitud antiamericana. Masaryk contaba tanto con la habilidad diplomática como con la credibilidad internacional para bailar en la cuerda floja.

Volodia decidió que al día siguiente se lo propondría a Lemítov.

Pasó la noche inquieto y se despertó antes de las seis, cuando empezó a sonar una alarma imaginaria. Tenía algo que ver con la conversación que había mantenido con Ilia la noche anterior. No podía dejar de darle vueltas. Cuando Ilia había dicho «toda esa gente que impide que el comunismo avance» se refería a Masaryk; y cuando un miembro de la policía secreta hablaba de recibir su merecido, se refería a morir.

Ilia se había acostado temprano, lo que significaba que debía de haberse levantado también temprano.

«Qué estúpido soy —pensó Volodia—. Las señales eran inequívocas y he empleado toda la noche en reconocerlas.»

Saltó de la cama. A lo mejor aún no era demasiado tarde.

Se vistió deprisa y se cubrió con un grueso abrigo, una bufanda y un sombrero. No había ningún taxi en la puerta del hotel; era demasiado temprano. Podría haber pedido que fuera a buscarlo un coche del Ejército Rojo, pero entre que despertaban al chófer y llegaba hasta allí habría pasado casi una hora.

Decidió ir andando. Solo había dos o tres kilómetros de distancia hasta el palacio Czernin. Abandonó el pintoresco centro de Praga para dirigirse hacia el oeste, cruzó el puente de Carlos y ascendió a toda prisa hacia el castillo.

Masaryk no lo esperaba, y el ministro de Asuntos Exteriores no tenía la obligación de conceder audiencia a un coronel del Ejército Rojo. Sin embargo, Volodia estaba seguro de que sentiría suficiente curiosidad para recibirlo.

Caminó con rapidez a través de la nieve y llegó al palacio Czernin a las seis y cuarenta y cinco. El edificio era una colosal construcción barroca con una imponente hilera de pilastras corintias alrededor de las tres plantas superiores. Para su sorpresa, el lugar estaba poco custodiado. Un centinela señaló la puerta principal y Volodia cruzó sin impedimentos el ornamentado vestíbulo.

Esperaba encontrar al necio policía secreto de turno tras el mostrador de recepción, pero no había nadie. Le pareció una mala señal y lo invadió una gran inquietud.

El vestíbulo daba a un patio interior. Miró a través de una ventana y vio lo que parecía un hombre tumbado en la nieve, como si durmiera. A lo mejor estaba borracho y se había caído. Si era así, corría peligro de morir congelado.

Volodia intentó abrir la puerta y descubrió que estaba abierta.

Cruzó corriendo el patio interior. Efectivamente, un hombre vestido con un pijama de seda azul yacía boca abajo en la nieve. No debía de llevar allí más de unos minutos, pues la nieve no lo cubría. Volodia se arrodilló a su lado. El hombre estaba muy quieto, daba la impresión de que no respiraba.

Volodia levantó la cabeza. Al patio daban varias hileras de ventanas idénticas, como soldados durante un desfile militar. Todas estaban bien cerradas contra el gélido tiempo invernal; todas excepto una. Una muy alta, justo por encima del hombre en pijama, estaba abierta de par en par.

Como si hubieran arrojado a alguien por ella.

Volvió la cabeza inerte del hombre y le miró la cara.

Era Jan Masaryk.

II

Al cabo de tres días, en Washington, el Estado Mayor conjunto presentó al presidente Truman un plan de emergencia para afrontar una invasión soviética de Europa occidental.

El peligro de que estallara una tercera guerra mundial era un tema candente en la prensa.

—Pero si acabamos de ganar la guerra —dijo Jacky Jakes a Greg Peshkov—. ¿Cómo es posible que esté a punto de estallar otra?

—Eso mismo me pregunto yo —respondió Greg.

Estaban sentados en un banco del parque porque Greg necesitaba tomarse un respiro tras haber estado jugando a pelota con Georgy.

—Menos mal que es demasiado joven para que lo recluten —dijo Jacky.

—Sí, menos mal.

Los dos contemplaron a su hijo, que estaba conversando con una chica rubia aproximadamente de su misma edad. Llevaba los cordones de las zapatillas Keds desatados y la camisa por fuera de los pantalones. Tenía doce años y cada día era más alto. Le había salido un poco de vello negro sobre el labio superior y daba la impresión de haber crecido siete u ocho centímetros desde la última semana.

—Estamos haciendo que nuestras tropas regresen lo más rápido posible —explicó Greg—. Igual que los británicos y los franceses. Pero el Ejército Rojo sigue en pie de guerra, y el resultado es que ahora tienen tres veces más soldados que nosotros en Alemania.

—Los norteamericanos no quieren otra guerra.

—Eso está claro. Y Truman espera ganar las elecciones presidenciales en noviembre, por lo que hará todo lo posible para evitar otra guerra. Aun así, podría ocurrir.

—A ti te queda poco tiempo en el ejército. ¿Qué harás después?

Greg apreció un temblor en la voz de Jacky que le hizo sospechar que la pregunta no era tan banal como pretendía hacer ver. La miró a la cara, pero tenía la expresión hierática.

—Si Estados Unidos no está en guerra, me presentaré para el Congreso en 1950 —respondió—. Mi padre se ha prestado a financiarme la campaña. Empezaré en cuanto terminen las elecciones presidenciales.

Ella apartó la mirada.

—¿Por qué partido? —preguntó de forma mecánica.

Greg se preguntaba si algo de lo que había dicho le había sentado mal.

—El Republicano, por supuesto.

—¿Y no piensas casarte?

Greg se quedó desconcertado.

—¿Por qué me preguntas eso?

Ahora Jacky lo miraba con dureza.

—¿Piensas casarte o no? —insistió.

—Pues mira, sí; estoy prometido. Se llama Nelly Fordham.

—Me lo imaginaba. ¿Cuántos años tiene?

—Veintidós. ¿Qué quiere decir que te lo imaginabas?

—Un político tiene que tener esposa.

—¡La quiero!

—Claro que sí. ¿Tiene políticos en la familia?

—Su padre es un abogado de Washington.

—Buena elección.

Greg se sentía incómodo.

—Estás siendo muy cínica.

—Te conozco, Greg. Por Dios, pero si me acosté contigo cuando no eras mucho mayor que Georgy. Puedes engañar a quien quieras excepto a tu madre y a mí.

Era muy perspicaz, como siempre. También la madre de Greg había puesto el noviazgo en entredicho. Tenían razón: se trataba de una jugada en favor de su carrera. Pero Nelly era guapa y encantadora, y adoraba a Greg. ¿Qué tenía aquello de malo?

—Dentro de unos minutos he quedado con ella para comer aquí cerca —dijo.

—¿Sabe Nelly lo de Georgy? —preguntó Jacky.

—No, y no debe saberlo.

—Tienes razón. Tener un hijo ilegítimo ya supone un problema, pero si encima es negro, tu carrera está acabada.

—Ya lo sé.

—Es casi tan malo como tener una mujer negra.

Greg estaba tan sorprendido que soltó la pregunta sin pensarlo dos veces.

—¿Creías que iba a casarme contigo?

Ella pareció decepcionada.

—No, Greg, ¡qué va! Si tuviera la oportunidad de elegir entre tú y el asesino del baño de ácido, pediría que me dieran tiempo para pensármelo.

Él sabía que estaba mintiendo. Se planteó por un momento la posibilidad de casarse con Jacky. Los matrimonios interraciales eran infrecuentes y provocaban gran hostilidad tanto por parte de los blancos como de los negros. Con todo, había personas que decidían casarse y asumían las consecuencias. Nunca había conocido a una mujer que le gustara más que Jacky; ni siquiera Margaret Cowdry, con quien había salido unos cuantos años hasta que ella se hartó de esperar a que le pidiera la mano. Jacky tenía una lengua muy afilada, pero a él eso no le molestaba, tal vez porque su madre era igual. Por algún motivo, la idea de estar siempre los tres juntos le resultaba muy atractiva. Georgy se acostumbraría a llamarlo papá. Comprarían una casa en un barrio de gente de mentalidad abierta, algún lugar donde hubiera muchos universitarios y profesores jóvenes, tal vez Georgetown.

Entonces vio que los padres de la rubia amiguita de Georgy la instaban a apartarse de él; su blanca madre, enfadada, agitaba el dedo en señal de amonestación. Y se dio cuenta de que casarse con Jacky era lo peor que podía ocurrírsele.

Georgy regresó junto al banco donde estaban sentados Greg y Jacky.

—¿Qué tal te va la escuela? —le preguntó Greg.

—Ahora me gusta más —respondió el chico—. Las matemáticas son más interesantes.

—A mí se me daban muy bien las matemáticas —dijo Greg.

—Mira qué casualidad —comentó Jacky.

Greg se puso en pie.

—Tengo que irme —dijo. Dio un apretón en el hombro a Georgy—. Sigue aplicándote con las matemáticas, chico.

—Claro —contestó Georgy.

Greg agitó la mano para despedirse de Jacky y se marchó.

No le cabía duda de que ella había estado pensando en la posibilidad de que se casaran al mismo tiempo que él. Sabía que el momento de abandonar el ejército era decisivo porque lo obligaba a plantearse el futuro. Era imposible que confiara en que iba a casarse con ella, pero aun así en el fondo debía de albergar alguna esperanza. Y él acababa de truncarla. Mala suerte. Lo cierto era que no podría haberse casado con ella aunque fuera blanca. Le tenía mucho cariño, y también quería al chico, pero tenía toda la vida por delante y necesitaba una esposa que le proporcionara contactos y apoyo. El padre de Nelly era un hombre muy poderoso en el Partido Republicano.

Caminó hasta el Napoli, un restaurante italiano situado a pocas manzanas del parque. Nelly ya había llegado; sus tirabuzones cobrizos sobresalían por debajo de un pequeño sombrero verde.

—¡Estás preciosa! —exclamó—. No llego muy tarde, ¿verdad? —Se sentó.

Nelly tenía una expresión glacial.

—Te he visto en el parque —dijo.

«Mierda», pensó Greg.

—He llegado antes de la hora y me he sentado un rato en un banco —explicó ella—. No te has dado cuenta, y al cabo de un rato tenía la impresión de estarme comportando como una fisgona, así que me he ido.

—Entonces, ¿has visto a mi ahijado? —preguntó él con una alegría forzada.

—¿Es tu ahijado? Qué raro que te elijan como padrino, ni siquiera vas nunca a la iglesia.

—¡Me porto bien con el chico!

—¿Cómo se llama?

—Georgy Jakes.

—Nunca me habías hablado de él.

—¿No?

—¿Cuántos años tiene?

—Doce.

—Así, cuando nació tú tenías dieciséis. Un poco joven para ser padrino, ¿no?

—Supongo que sí.

—¿A qué se dedica su madre?

—Es camarera. Hace años era actriz, y se hacía llamar Jacky Jakes. La conocí porque el estudio de mi padre la contrató.

Era más o menos la verdad, pensó Greg, incómodo.

—¿Y el padre?

Greg sacudió la cabeza.

—Jacky es soltera. —Se acercó un camarero—. ¿Te apetece tomar un cóctel? —preguntó Greg. Eso podía servir para aliviar la tensión—. Tráiganos dos martinis —le pidió al camarero.

—Enseguida, señor.

—Eres el padre del chico, ¿verdad? —preguntó Nelly en cuanto el camarero se hubo marchado.

—No; el padrino.

—Déjalo ya, ¿quieres? —soltó ella en tono desdeñoso.

—¿Por qué estás tan segura?

—Es negro, pero aun así se te parece. Lleva los cordones desatados y la camisa mal puesta, igual que tú. Además, se estaba camelando a la rubita que hablaba con él. Claro que es hijo tuyo.

Greg se dio por vencido.

—Pensaba contártelo —dijo con un suspiro.

—¿Cuándo?

—Estaba esperando el mejor momento.

—El mejor momento habría sido antes de pedirme en matrimonio.

—Lo siento. —Se sentía avergonzado, pero no del todo arrepentido. Creía que Nelly estaba armando un alboroto innecesario.

El camarero les llevó la carta y los dos se concentraron en los platos.

—Los espagueti a la boloñesa deben de estar riquísimos —dijo Greg.

—Yo tomaré una ensalada.

Llegaron los martinis. Greg alzó la copa para brindar.

—Por los matrimonios que saben perdonarse —dijo.

Nelly no levantó la suya.

—No puedo casarme contigo —declaró.

—Vamos, cariño, no exageres. Ya me he disculpado.

Ella sacudió la cabeza.

—No lo comprendes, ¿verdad?

—¿Qué es lo que no comprendo?

—La mujer que estaba sentada a tu lado en el banco del parque...
te ama.

—¿Me ama? —El día anterior, Greg lo habría negado sin problemas, pero después de la conversación que habían mantenido no estaba
tan seguro.

—Pues claro que te ama. ¿Por qué no se ha casado, si no? Es bastante guapa. Podría haber encontrado a un hombre dispuesto a adoptar al niño, si de verdad quisiera. Pero está enamorada de ti, sinvergüenza.

—No estoy seguro.

—Y el chico también te adora.

—Soy su tío favorito.

—Solo que no eres su tío. —Empujó la copa hasta el otro extremo
de la mesa—. Tómate tú el martini.

—Cariño, por favor, tranquilízate.

—Me voy. —Se puso en pie.

Greg no estaba acostumbrado a que las mujeres lo abandonasen, y
se le antojó muy desagradable. ¿Estaba perdiendo sus encantos?

—¡Quiero casarme contigo! —exclamó. Sonaba demasiado desesperado, incluso a sí mismo se lo pareció.

—No puedes casarte conmigo, Greg —dijo ella. Se quitó el anillo
de diamantes del dedo y lo depositó sobre el mantel de cuadros rojos—. Ya tienes familia.

Y salió del restaurante.

III

La crisis mundial alcanzó su punto crítico en junio, y sorprendió a
Carla y a su familia en su mismo epicentro.

El presidente Truman había refrendado el Plan Marshall, convir-
tiéndolo así en ley, y las primeras remesas de ayuda estaban llegando
ya a Europa, lo cual encolerizó al Kremlin.

El viernes 18 de junio, los Aliados occidentales avisaron a los alemanes de que iban a efectuar un anuncio importante a las ocho en
punto de aquella tarde. La familia de Carla se reunió en la cocina alrededor de la radio, sintonizó Radio Frankfurt y esperó ansiosa. Hacía
tres años que la guerra había acabado, pero seguían sin saber qué les

depararía el futuro: capitalismo o comunismo, unidad o fragmentación, libertad o subyugación, prosperidad o miseria.

Werner se sentó al lado de Carla, con Walli, que ya tenía dos años y medio, en el regazo. Se habían casado discretamente un año antes. Carla volvía a trabajar de enfermera. Era también concejala socialdemócrata, como el marido de Frieda, Heinrich.

En la Alemania Oriental, los soviéticos habían prohibido el Partido Socialdemócrata, pero Berlín era un oasis en el sector soviético; la ciudad estaba gobernada por un consejo municipal, formado por los cuatro Aliados principales y denominado Kommandatura, que había vetado la prohibición. Como resultado de ello, los socialdemócratas habían ganado y los comunistas habían quedado reducidos a una débil tercera fuerza detrás de los democratacristianos. Los soviéticos estaban iracundos y hacían lo imposible por poner trabas al consejo elegido en las urnas. A Carla le resultaba frustrante, pero no podía abandonar la esperanza de que el país llegara a independizarse de los soviéticos.

Werner había conseguido montar un pequeño negocio. Después de hurgar entre las ruinas de la fábrica de su padre, se hizo con una pequeña colección de suministros eléctricos y piezas de radio. Los alemanes no podían permitirse el lujo de comprar radios nuevas, pero todos querían conservar las que ya tenían. Werner encontró a varios técnicos que habían trabajado en la fábrica y los puso a reparar transistores. Él hacía de director y de comercial, yendo casa por casa y piso por piso, llamando a puertas, impulsando el negocio.

Maud, también sentada junto a la radio aquella tarde, trabajaba como intérprete para los estadounidenses. Era una de las mejores y con frecuencia reclamaban sus servicios en las reuniones de la Kommandatura.

El hermano de Carla, Erik, llevaba el uniforme de policía. Tras afiliarse al Partido Comunista —algo que consternó a su familia—, encontró trabajo como agente del nuevo cuerpo de seguridad que los ocupantes soviéticos habían creado en la Alemania Oriental. Erik sostenía que los Aliados occidentales estaban intentando dividir Alemania en dos.

—Tus socialdemócratas son secesionistas —dijo, citando el guión comunista del mismo modo que había repetido como un loro la propaganda nazi.

—Los Aliados occidentales no están dividiendo nada —replicó Carla—. Han abierto las fronteras entre sus sectores. ¿Por qué no hacen lo mismo los soviéticos? Entonces sí que volveríamos a ser un país.

Erik pareció no oírla.

Rebecca estaba a punto de cumplir diecisiete años. Carla y Werner la habían adoptado legalmente. Estaba en la escuela y tenía dotes para los idiomas.

Carla volvía a estar embarazada, aunque aún no se lo había dicho a Werner. Estaba emocionada. Él ya tenía una hija adoptada y un hijastro, pero ahora tendría además un hijo propio. Carla sabía que la noticia le entusiasmaría. Quería esperar un poco más para estar del todo segura.

Pero ansiaba saber en qué clase de país iban a vivir sus tres hijos.

La radio emitió la voz de un oficial estadounidense llamado Robert Lochner, que había crecido en Alemania y hablaba alemán con fluidez. A las siete de la mañana del lunes, anunció, la Alemania Occidental dispondría de una nueva moneda, el marco alemán.

A Carla no le sorprendió. El marco imperial seguía devaluándose día tras día. A los pocos que tenían trabajo solían pagarles en esa moneda, con la que podían sufragar necesidades básicas como las raciones de comida y los billetes de autobús, pero todo el mundo prefería cobrar en víveres y cigarrillos. Aunque sus clientes le pagaban en marcos imperiales, Werner les ofrecía reparaciones rápidas por cinco cigarrillos y entrega en cualquier sitio de la ciudad a cambio de tres huevos.

Carla sabía por Maud que en la Kommandatura se había discutido acerca de la nueva moneda. Los soviéticos habían exigido planchas para acuñarla, pero no tenía sentido que hiciesen con ella lo mismo que habían hecho con la antigua: emitirla en exceso y provocar con ello su devaluación. Por ello, Occidente denegó la petición, y los soviéticos se enfurecieron.

Ahora Occidente había decidido seguir adelante sin la cooperación soviética. Carla estaba encantada, pues la nueva moneda podría ser buena para Alemania, pero le inquietaba la posible reacción de los soviéticos.

Los ciudadanos de la Alemania Oriental podrían cambiar sesenta marcos imperiales por tres marcos alemanes y noventa peniques, informó Lochner.

A continuación dijo que esta medida no se aplicaría en Berlín, al menos al principio, lo cual despertó un gruñido colectivo en la cocina.

Carla se fue a dormir preguntándose qué harían los soviéticos. Se acostó junto a Werner, atenta a si lloraba Walli, que dormía en la habitación de al lado. La irritación de los ocupantes soviéticos había ido en aumento a lo largo de los últimos meses. La policía secreta había secuestrado a un periodista llamado Dieter Friede en la zona estadounidense; en un primer momento, los soviéticos habían negado saber nada al respecto y después admitieron que lo habían detenido por llevar a cabo actividades de espionaje. También expulsaron a tres estudiantes de la universidad por haber criticado a los soviéticos en una revista. Y, lo peor de todo, un caza soviético en pleno vuelo pasó rozando un avión comercial de la British European Airways que aterrizaba en Gatow, le partió un ala y provocó que ambos se estrellasen, causando la muerte de cuatro tripulantes de la BEA, diez pasajeros y el piloto del caza. Siempre que los soviéticos se irritaban, eran otros los que sufrían.

A la mañana siguiente anunciaron que se consideraría delito importar marcos alemanes en la Alemania Oriental. Eso incluía Berlín, añadía el comunicado, «que forma parte del sector soviético». Los estadounidenses denunciaron de inmediato aquella decisión, arguyendo que Berlín era una ciudad internacional, pero la tensión aumentaba, y Carla seguía preocupada.

El lunes, la Alemania Occidental implantó la nueva moneda.

El martes, un correo del Ejército Rojo fue a casa de Carla y la convocó a una reunión en el ayuntamiento.

Era algo que ya había ocurrido con anterioridad, pero, pese a ello, Carla salió de casa algo asustada. Nada podría impedir que los soviéticos la encarcelasen. Los comunistas ostentaban todos los poderes arbitrarios que habían asumido los nazis. Incluso estaban utilizando los antiguos campos de concentración.

El famoso ayuntamiento rojo había sufrido desperfectos a consecuencia de los bombardeos, y el gobierno municipal se había instalado en el nuevo ayuntamiento de Parochial Strasse. Los dos edificios se encontraban en el barrio de Mitte, en la zona soviética, donde también vivía Carla.

Cuando llegó, Carla vio que la alcaldesa en funciones, Louise Schroeder, entre otros, también había sido convocada a una reunión con el oficial de enlace soviético, el comandante Otshkin. Este les informó que se iba a llevar a cabo una reforma de la moneda de la Alemania Oriental y que en el futuro solo el marco oriental sería legal en el sector soviético.

La alcaldesa en funciones Schroeder dedujo al instante cuál era la cuestión crucial.

—¿Nos está diciendo que esta medida afectará a todos los sectores de Berlín?

—Sí.

Frau Schroeder no se arredraba con facilidad.

—De acuerdo con la constitución de la ciudad, las fuerzas ocupantes soviéticas no pueden imponer tal medida a los demás sectores —dijo con firmeza—. Es preciso consultar a los otros aliados.

—No objetarán. —Le tendió un documento—. Es el decreto del mariscal Sokolovski. Mañana usted se lo entregará al consejo municipal.

Esa noche, al acostarse, Carla le comentó a Werner lo sucedido.

—Es fácil adivinar en qué consiste la táctica de los soviéticos. Si el consejo municipal aprueba el decreto, a los Aliados, con su mentalidad democrática, les costará revocarlo.

—Pero el consejo municipal no lo aprobará. Los comunistas son minoría, y nadie más querría el marco oriental.

—No, por eso me pregunto qué esconde el mariscal Sokolovski en la manga.

Los periódicos de la mañana siguiente anunciaron que a partir del viernes habría dos monedas rivales en Berlín, el marco oriental y el marco alemán. Casualmente, los estadounidenses habían hecho circular en secreto doscientos cincuenta millones de marcos nuevos en cajas de madera etiquetadas como «Arcilla» y «Perro de caza» y que ahora estaban escondidas por todo Berlín.

Durante el día, Carla empezó a oír rumores procedentes de la Alemania Occidental. Allí, la nueva moneda había obrado un milagro. De la noche a la mañana, en los escaparates habían aparecido más productos: cestas llenas de cerezas y manojos de zanahorias pulcramente trenzados y cultivados en campos de labranza próximos a la ciudad; mantequilla, huevos y pasteles, y lujos atesorados durante mucho tiempo, como zapatos y bolsos nuevos, e incluso medias a un precio de cuatro marcos alemanes. La gente había estado esperando a poder vender esos bienes a cambio de dinero auténtico.

Aquella tarde, Carla se dirigió al ayuntamiento para asistir a la reunión del consejo municipal programada para las cuatro. Mientras se acercaba, vio docenas de camiones del Ejército Rojo aparcados en las calles aledañas, cuyos conductores ganduleaban y fumaban. Eran en su mayoría vehículos que Estados Unidos debía de haber cedido a la URSS durante la guerra, como parte del programa de ayuda Préstamo y Arriendo. Presintió el motivo de su presencia cuando empezó a oír el rumor de una turba rebelde. Sospechó que lo que el gobernador soviético escondía en la manga era una porra.

Frente al ayuntamiento, banderas rojas ondeaban sobre una muchedumbre formada por varios miles de personas, la mayoría con insignias del Partido Comunista. Altavoces instalados en camiones emitían estridentes y airados discursos, y la multitud gritaba: «Abajo los secesionistas».

Carla no sabía cómo iba a llegar al ayuntamiento. Varios policías miraban sin interés y sin hacer la menor tentativa de ayudar a los concejales. Eso despertó en Carla el doloroso recuerdo de la actitud de la policía el día en que los camisas pardas destrozaron el despacho de su madre, quince años atrás. Estaba segura de que los concejales comunistas ya estaban dentro, y de que si los socialdemócratas no conseguían llegar al edificio, la minoría aprobaría el decreto y lo proclamaría válido.

Tomó aire y empezó a forcejear entre el gentío.

Pese a los esfuerzos, apenas avanzaba. Entonces, alguien la reconoció. «¡Puta norteamericana!», vociferó, señalándola. Ella siguió intentando abrirse paso con determinación. Otra persona la escupió, y el salivazo le manchó el vestido. Carla no cejó en sus esfuerzos, pero la atenazaba el pánico. Estaba rodeada de gente que la odiaba, algo que nunca antes había experimentado, y sentía el impulso de huir de allí. La empujaron, aunque consiguió mantener el equilibrio. Una mano agarró su vestido; al zafarse de ella, Carla oyó el desgarro de la tela. Quiso gritar. ¿Qué serían capaces de hacer?, ¿arrancarle toda la ropa?

De pronto tuvo la impresión de que otra persona se encontraba en su misma situación, algo más atrás; se volvió y vio a Heinrich von Kessel, el marido de Frieda. Heinrich la alcanzó, y siguieron avanzando juntos; él era más agresivo, pisaba y daba codazos a todo el que se interponía en su camino, y así pudieron avanzar más deprisa hasta que al fin alcanzaron la puerta.

Pero su calvario no había terminado. Los manifestantes habían entrado por centenares, y tuvieron que forcejear con ellos por los pasillos. También estaban en la sala de reuniones, no solo en la tribuna de espectadores, sino por todas partes. Su comportamiento allí era tan agresivo como fuera.

Algunos socialdemócratas ya habían llegado y otros lo hicieron después de Carla; de los sesenta y tres que eran en total, la mayoría se las arreglaron para abrirse camino entre la turba. Carla se sintió aliviada. El enemigo no había conseguido ahuyentarlos.

Cuando el portavoz de la asamblea llamó al orden, un representante comunista, de pie sobre un banco, instó a los manifestantes a que se quedasen.

—¡Que se marchen los traidores! —gritó al ver a Carla.

Todo recordaba tristemente a 1933: abusos, intimidación, debilitamiento de la democracia por medio de disturbios. Carla estaba desesperada.

Miró hacia la tribuna y se horrorizó al ver a su hermano Erik entre el estridente gentío.

—¡Eres alemán! —le gritó Carla—. Has vivido bajo el yugo nazi. ¿Es que no has aprendido nada?

Erik pareció no oírla.

Frau Schroeder se dirigió al estrado y llamó a la calma. Los manifestantes la insultaron y abuchearon. Ella alzó la voz hasta convertirla en un grito.

—¡Si el consejo municipal no puede celebrar un debate pacífico en este edificio, trasladaré la reunión al sector estadounidense!

Se oyeron más improperios, pero los veintiséis concejales comunistas vieron que aquello no surtiría efecto. Si el consejo se reunía fuera de la zona soviética una vez, podría volver a hacerlo, e incluso trasladarse de forma permanente a un espacio fuera del alcance de la intimidación comunista. Tras una breve discusión, uno de ellos se puso en pie y pidió a los manifestantes que se marchasen. Todos obedecieron cantando «La Internacional».

—Es evidente quién está al mando de esta gente —dijo Heinrich.

Al fin hubo silencio. Frau Schroeder expuso la exigencia de los rusos y añadió que no podría ser efectiva fuera del sector soviético de Berlín a menos que los otros Aliados la ratificaran.

Un representante comunista pronunció un discurso acusándola de recibir órdenes directas de Nueva York.

Estalló un airado intercambio de insultos. Finalmente votaron. Los comunistas respaldaron unánimemente el decreto soviético, tras acusar a los demás de estar controlados desde el extranjero. El resto votó en contra, y la moción fue rechazada. Berlín se había negado a someterse a lo que consideraba un abuso. Carla se sintió satisfecha, aunque también cansada.

Sin embargo, aquello aún no había terminado.

Cuando se marcharon eran ya las siete de la tarde. La mayor parte de la turba había desaparecido, pero el núcleo duro seguía merodeando por la entrada. Propinaron patadas y puñetazos a una concejala muy mayor. La policía seguía mirando con indiferencia.

Carla y Heinrich salieron por una puerta lateral con varios amigos, confiando en pasar inadvertidos, pero un comunista patrullaba en bicicleta esa salida, y se alejó rápidamente.

Mientras los concejales se marchaban a toda prisa, el ciclista volvió seguido de una banda. Alguien le puso la zancadilla a Carla, que cayó al suelo. Recibió una, dos, tres patadas. Aterrada, ella se protegió el vientre con las manos. Estaba casi de tres meses, la etapa en que se producían la mayoría de los abortos, como bien sabía. ¿Moriría el bebé de Werner en una calle de Berlín apaleado por unos matones comunistas?, pensó, desesperada.

Al rato, todos desaparecieron.

Los concejales fueron levantándose. Nadie había sufrido heridas graves. Se marcharon juntos, temerosos de que los otros volvieran, pero al parecer los comunistas ya habían repartido suficientes golpes aquel día.

Carla llegó a casa a las ocho. No había rastro de Erik.

Werner se asustó al ver sus moretones y su vestido desgarrado.

—¿Qué ha ocurrido? —preguntó—. ¿Estás bien?

Carla rompió a llorar.

—Estás herida —dijo Werner—. ¿Quieres que vayamos al hospital?

Ella negó vigorosamente con la cabeza.

—No es eso —dijo—. Solo son contusiones. Y las he tenido peores. —Se dejó caer en una silla—. Dios, estoy muy cansada.

—¿Quién te ha hecho esto? —preguntó, iracundo.

—Los de siempre —contestó Carla—. Se hacen llamar comunistas en lugar de nazis, pero son de la misma calaña. Volvemos a estar en 1933.

Werner la abrazó.

Carla no encontraba consuelo.

—¡Esos matones han estado tanto tiempo en el poder...! —sollozó—. ¿Se acabará algún día?

IV

Esa noche, la agencia de noticias soviética emitió un comunicado. Desde las seis de la mañana, todo el transporte de pasajeros y mercancías hacia y desde Berlín occidental —trenes, coches y las barcazas de los canales— cesaría. No entraría ni saldría ninguna clase de provisión: ni comida, ni leche, ni medicamentos, ni carbón. Dado que las estaciones generadoras de electricidad, por consiguiente, se clausurarían, ya estaban cortando el suministro de electricidad, solo en los sectores occidentales.

La ciudad estaba sitiada.

Lloyd Williams se encontraba en los cuarteles generales del ejército británico. La actividad parlamentaria disfrutaba de un breve receso, y Ernie Bevin se había ido de vacaciones a Sandbanks, en la costa meridional de Inglaterra, pero estaba lo bastante preocupado para enviar a Lloyd a Berlín con la misión de observar la implantación de la nueva moneda y mantenerle informado.

Daisy no había acompañado a Lloyd. Su hijo, Davey, tenía solo seis meses, y, junto con Eva Murray, Daisy estaba poniendo en marcha una clínica de control de la natalidad en Hoxton que estaba a punto de abrir sus puertas.

A Lloyd le aterraba que aquella crisis desembocara en otra guerra. Había combatido en dos, y de ningún modo quería ver una tercera. Tenía dos hijos de corta edad a los que esperaba ver crecer en un mundo en paz. Estaba casado con la mujer más guapa, atractiva y adorable del planeta y quería pasar con ella el resto de una vida que esperaba que fuese muy larga.

El general Clay, gobernador militar estadounidense adicto al trabajo, ordenó a su personal que organizara un convoy acorazado que recorrería la autopista desde Helmstedt, en el oeste, hasta Berlín, cruzando directamente territorio soviético y arrasando cuanto encontrara a su paso.

Lloyd tuvo noticia de este plan al mismo tiempo que el gobernador británico, sir Brian Robertson, a quien oyó decir con su sucinto tono militar: «Si Clay hace eso, será la guerra».

Pero aquel plan no tenía sentido. Lloyd supo por los ayudantes más jóvenes de Clay que los norteamericanos habían sugerido otras opciones. El secretario del Ejército, Kenneth Royall, quería detener la reforma de la moneda. Clay repuso que esta había llegado demasiado lejos para poder dar marcha atrás. A continuación, Royall propuso evacuar a todos los estadounidenses. Clay le contestó que eso era exactamente lo que los soviéticos querían.

Sir Brian pretendía aprovisionar la ciudad por aire. La mayoría creía que era imposible hacerlo. Algunos calcularon que Berlín precisaba cuatro mil toneladas diarias de combustible y de comida. ¿Había suficientes aviones en el mundo para transportar todo eso? Nadie lo sabía. Sin embargo, sir Brian ordenó a la Royal Air Force que pusiera en marcha la operación.

El viernes por la tarde, sir Brian visitó a Clay, y a Lloyd lo invitaron a formar parte del séquito.

—Los rusos podrían bloquear la autopista por delante de su convoy y esperar para comprobar si tenemos arrestos de atacarles, aunque no creo que se atreviesen a derribar aviones.

—No veo cómo podemos hacer llegar suficientes suministros por aire —volvió a decir Clay.

—Yo tampoco —repuso sir Brian—, pero vamos a hacerlo hasta que se nos ocurra algo mejor.

Clay descolgó el teléfono.

—Póngame con el general LeMay, en Wiesbaden —pidió. Al cabo de un minuto, dijo—: Curtis, ¿tiene algún avión ahí que pueda transportar carbón? —Hubo una pausa—. Carbón —repitió Clay en voz más alta. Otra pausa—. Sí, eso es lo que he dicho: carbón.

Un instante después, Clay miró a sir Brian.

—Dice que la Fuerza Aérea de Estados Unidos puede transportar cualquier cargamento.

Los británicos regresaron a sus cuarteles generales.

El sábado, Lloyd solicitó un chófer militar y se dirigió a la zona soviética con una misión personal. Fue a la dirección en la que había visitado a la familia Von Ulrich quince años atrás.

Sabía que Maud seguía viviendo allí. Su madre y ella habían reanudado la correspondencia al final de la guerra. En sus cartas, Maud ponía buena cara a lo que sin duda estaba siendo un calvario. No pedía ayuda, y, de todas formas, nada podía hacer Ethel por ella: el racionamiento seguía vigente en Gran Bretaña.

La casa había cambiado mucho. En 1933 era una edificación bonita, algo deteriorada pero aún elegante. Ahora tenía un aspecto ruinoso. En la mayoría de las ventanas había cartones o papel en lugar de vidrios. En la mampostería se veían orificios de bala, y el jardín había desaparecido. La carpintería hacía mucho tiempo que no veía una capa de pintura.

Lloyd se quedó un rato en el coche, observando la casa. La última vez que había estado allí tenía dieciocho años, y Hitler solo era canciller de Alemania. El joven Lloyd no había imaginado los horrores que el mundo iba a ver. Ni él ni nadie había sospechado lo cerca que estaría el fascismo de triunfar en toda Europa, y cuánto tendrían que sacrificar para derrotarlo. Se sintió un poco como la casa de los Von Ulrich: maltratado, bombardeado y tiroteado, pero aún en pie.

Caminó por el sendero hasta la puerta y llamó.

Reconoció a la criada que lo recibió.

—Hola, Ada, ¿te acuerdas de mí? —le dijo en alemán—. Soy Lloyd Williams.

La casa estaba en mejor estado por dentro que por fuera. Ada lo acompañó a la sala de estar, donde había un jarrón de cristal con flores encima del piano. Una manta de vivos colores cubría el sofá, con toda probabilidad para ocultar los agujeros de la tapicería. El papel de periódico de las ventanas dejaba pasar una sorprendente cantidad de luz.

Un niño de dos años entró en la sala y lo escrutó con curiosidad. Iba vestido con ropa hecha a mano, y tenía cierto aire oriental.

—¿Quién eres? —le preguntó el pequeño.

—Me llamo Lloyd. ¿Y tú?

—Walli —contestó el niño, y se marchó corriendo—. ¡Ese señor habla muy gracioso! —oyó Lloyd que le decía a alguien.

«Mi acento alemán», pensó.

Luego oyó la voz de una mujer de mediana edad.

—¡No hagas esos comentarios! Son de mala educación.

—Perdona, abuela.

Un instante después, Maud entró.

Su aspecto dejó impactado a Lloyd. Rondaba los cincuenta y cinco años, pero aparentaba setenta. Tenía el cabello cano y la cara descarnada, y llevaba un vestido raído. Maud le dio un beso en la mejilla con sus labios consumidos.

—¡Lloyd Williams, qué alegría verte!

«Es mi tía», pensó Lloyd con una sensación extraña. Pero ella no lo sabía; Ethel había guardado el secreto.

Detrás de Maud entraron Carla, que estaba irreconocible, y su marido. Lloyd había visto a Carla por primera vez cuando era una precoz niña de once años; ahora, calculó, tenía veintiséis. Aunque parecía famélica —como la mayoría de los alemanes—, era guapa y transmitía una seguridad que sorprendió a Lloyd. Algo en su postura le hizo pensar que estaba embarazada. Sabía por las cartas de Maud que Carla se había casado con Werner, que había sido un apuesto galán en 1933, y seguía siéndolo.

Pasaron una hora poniéndose al día. La familia había vivido un horror inimaginable y hablaba de él con franqueza, aunque Lloyd seguía teniendo la impresión de que pasaba por alto los peores detalles. Les habló de Daisy y de Evie. Durante la conversación, una adolescente entró en la sala y preguntó a Carla si podía ir a casa de su amiga.

—Esta es nuestra hija, Rebecca —le dijo Carla a Lloyd.

Lloyd supuso que tendría unos dieciséis años, y que por tanto debía de ser adoptada.

—¿Ya has hecho los deberes? —le preguntó Carla a la chica.

—Los haré mañana por la mañana.

—Hazlos ahora, por favor —repuso Carla con firmeza.

—¡Oh, mamá!

—No discutas —dijo Carla. Se volvió hacia Lloyd, y Rebecca se fue enfurruñada.

Hablaron de la crisis. Como concejal, Carla estaba muy implicada. Era pesimista sobre el futuro de Berlín. Creía que los soviéticos sencillamente dejarían morir de hambre a la población hasta que Occidente cediera y entregara toda la ciudad al control soviético.

—Deja que te enseñe algo que quizá te haga pensar de otro modo —le propuso Lloyd—. ¿Me acompañas al coche?

Maud se quedó en la casa con Walli, pero Carla y Werner salieron con Lloyd, que le dijo al chófer que los llevara a Tempelhof, el aeropuerto del sector estadounidense. Cuando llegaron, los precedió hasta un ventanal elevado desde el cual tenían una amplia panorámica de la pista de aterrizaje.

En el asfalto había una docena de aviones C-47 Skytrain alineados, algunos con la estrella estadounidense, otros con el círculo de la RAF. Tenían las compuertas abiertas, y al pie de cada uno de ellos esperaba un camión. Mozos alemanes y pilotos norteamericanos descargaban las bodegas. Había sacos de harina, bidones enormes de queroseno, cajas de material médico y cajones de madera llenos de miles de botellas de leche.

Mientras ellos observaban la escena, aviones vacíos despegaban y otros aterrizaban.

—Es increíble —dijo Carla, con los ojos refulgentes—. Nunca había visto nada así.

—Nunca había habido nada así —repuso Lloyd.

—Pero ¿pueden mantener esto los británicos y los estadounidenses? —preguntó Carla.

—Creo que debemos hacerlo.

—¿Por cuánto tiempo?

—El que sea necesario —contestó Lloyd con firmeza.

Y así fue.

25

1949

I

Prácticamente en el meridiano del siglo XX, el 29 de agosto de 1949, Volodia Peshkov se encontraba en la meseta de Ustiurt, al este del mar Caspio, en Kazajastán. Se trataba de un desierto rocoso en el sur profundo de la URSS, donde los nómadas cuidaban las cabras de forma muy similar a como se hacía en tiempos bíblicos. Volodia viajaba en un camión militar que iba dando incómodos tumbos por un camino tortuoso. Rompía el alba en el paisaje de rocas, arena y arbustos espinosos. Un camello famélico, apostado en solitario a la vera del camino, miró el camión a su paso con mal gesto.

A lo lejos, algo borrosa, Volodia intuyó la silueta de la torre desde donde iba a lanzarse la bomba, alumbrada por toda una batería de focos.

Zoya y los demás científicos habían armado su primera bomba nuclear siguiendo el diseño que Volodia había conseguido gracias a Willi Frunze en Santa Fe. Era un dispositivo de plutonio con disparador de implosión. Había otros diseños, pero aquel había funcionado ya en dos ocasiones, una en Nuevo México y otra en Nagasaki.

Por lo cual también debía funcionar en esa ocasión.

La prueba recibió el nombre en clave de RDS-1, aunque la llamaban «Primer Relámpago».

El camión en el que viajaba Volodia aparcó a los pies de la torre. Al levantar la vista, vio al grupo de científicos en la plataforma, trajinando con una maraña de cables que conducían a los detonadores instalados en la carcasa de la bomba. Alguien ataviado con mono azul de trabajo retrocedió, y una melena rubia se agitó al viento: era Zoya. Volodia se hinchió de orgullo. «Mi esposa —pensó—, física de primera línea y madre de dos hijos.»

Discutía con dos hombres, sus tres cabezas estaban muy juntas. Volodia esperaba que no fuera nada malo.

Esta era la bomba que salvaría a Stalin.

A la Unión Soviética, todo lo demás le había ido mal. La Europa occidental había abrazado de forma definitiva la democracia, había espantado al comunismo con las burdas tácticas amenazadoras del Kremlin y se había dejado comprar por los sobornos del Plan Marshall. La URSS ni siquiera había podido hacerse con el control de Berlín: como el puente aéreo había sido incesante, día tras día, durante casi un año, la Unión Soviética se había rendido y había reabierto las carreteras y vías férreas. En la Europa oriental, Stalin había conservado el control gracias a la pura fuerza bruta. Truman había sido reelegido presidente, y se consideraba a sí mismo el líder mundial. Los estadounidenses habían acumulado un arsenal de armamento nuclear y tenían preparados bombarderos B-29 en Inglaterra, dispuestos a convertir la Unión Soviética en un desierto radiactivo.

Sin embargo, todo eso podía cambiar ese mismo día.

Si la bomba explotaba como esperaban, la URSS y EE.UU. volverían a estar en igualdad de condiciones. Cuando la Unión Soviética pudiera amenazar a Estados Unidos con la devastación nuclear, la dominación estadounidense tocaría a su fin.

Volodia ya no sabía si eso era algo negativo o positivo.

Si no explotaba la bomba, tanto él como su esposa acabarían siendo víctimas de una purga: los enviarían a algún campo de trabajo en Siberia o se limitarían a fusilarlos. Volodia ya había hablado con sus padres y ellos habían prometido cuidar de Kotia y Galina.

Tal como harían si Volodia y Zoya morían víctimas de la prueba.

Gracias a la luz que cada vez era más intensa, Volodia vio, en varios puntos distantes en torno a la torre, una variedad de extrañas edificaciones: casas de ladrillo y madera, un puente que pendía sobre la nada y la entrada de una especie de estructura subterránea. Supuestamente, el ejército quería medir el alcance de la detonación. Tras fijarse mejor, vio que había camiones, tanques y aviones desguazados; imaginó que los habían colocado allí con el mismo propósito. Los científicos también iban a valorar el impacto de la bomba en seres vivos: había caballos, cabezas de ganado, ovejas y perros atados en el interior de sus casetas.

La discusión de la plataforma finalizó con una decisión. Los tres científicos asintieron y retomaron su trabajo.

Pasados un par de minutos, Zoya bajó y saludó a su marido.

—¿Va todo bien? —preguntó él.

—Eso creemos —respondió Zoya.

—¿Tú qué crees?

Ella se encogió de hombros.

—Como es lógico, esta es nuestra primera vez.

Subieron al camión y partieron, recorrieron una tierra que ya era yerma, hasta un búnker situado a lo lejos, desde donde controlarían la detonación.

Los demás científicos les iban a la zaga.

En el búnker, todos se pusieron gafas protectoras mientras se producía la cuenta atrás.

A los sesenta segundos, Zoya tomó de la mano a Volodia.

A los diez segundos, le sonrió y le dijo: «Te amo».

Cuando restaba solo un segundo, contuvo la respiración.

Entonces fue como si el sol hubiera salido de pronto. Una luz más intensa que los rayos del mediodía inundó el desierto. En la dirección en la que se encontraba la torre de la bomba, una bola de fuego se elevó hasta una altura imposible, disparada hacia la luna. Volodia quedó pasmado ante los refulgentes colores de la bola de fuego: verde, morado, naranja y violeta.

La bola se convirtió en un champiñón cuyo sombrero ascendía imparable. Al final se oyó el ruido: una explosión semejante a la que hubiera producido el armamento de artillería de mayores dimensiones del Ejército Rojo en caso de haber sido detonado a medio metro de distancia, seguida por una tormenta atronadora que recordó a Volodia el bombardeo de las colinas de Seelow.

Al final, la nube empezó a dispersarse y el ruido amainó.

Siguió un interminable momento de silencio ensordecedor.

—¡Dios mío, eso sí que no lo esperaba! —exclamó alguien.

Volodia abrazó a su esposa.

—Lo habéis conseguido —dijo.

Zoya tenía expresión de solemnidad.

—Ya lo sé —respondió—. Pero ¿qué hemos conseguido?

—Habéis salvado el comunismo —terció Volodia.

—La bomba rusa era una copia de la *Fat Man*, la que lanzamos sobre Nagasaki —aseguró el agente especial Bill Bicks—. Alguien les proporcionó los planos.

—¿Cómo lo sabe? —le preguntó Greg.

—Por un desertor.

Estaban sentados en el despacho enmoquetado de Bicks, en el cuartel general del FBI en Washington, a las nueve en punto de la mañana. Bicks se había quitado la americana. Tenía dos lamparones de sudor en las axilas de la camisa, aunque el edificio contaba con un refrescante sistema de aire acondicionado.

—Según ese tipo —prosiguió Bicks—, un coronel del Ejército Rojo consiguió los planos gracias a uno de los científicos del equipo del proyecto Manhattan.

—¿Dijo quién?

—No sabe qué científico fue. Por eso le he llamado a usted. Necesitamos que encuentre al traidor.

—El FBI los investigó a todos en su época.

—¡Y todos suponían un riesgo potencial para nuestra seguridad! No pudimos hacer nada. Pero usted los conoció personalmente.

—¿Quién era el coronel del Ejército Rojo?

—A eso quería llegar. Usted lo conoce. Se llama Vladímir Peshkov.

—¡Mi hermanastro!

—Sí.

—De estar en su lugar, sospecharía de mí —comentó Greg y soltó una risotada, aunque no se sentía muy cómodo.

—Oh, ya lo hicimos, créame —dijo Bicks—. Ha sido sometido a la investigación más pormenorizada que he presenciado en los veinte años que llevo en el FBI.

Greg lo miró con escepticismo.

—Me toma el pelo.

—Le van bien los estudios a su chico, ¿verdad?

Greg se quedó impresionado. ¿Quién podía haber hablado al FBI sobre Georgy?

—¿Se refiere a mi ahijado? —preguntó.

—Greg, he dicho «pormenorizada». Sabemos que es su hijo.

Greg se sintió molesto, pero no quiso manifestarlo. Había desvelado los secretos de numerosos sospechosos durante su época en la seguridad del ejército. No tenía derecho a poner objeciones.

—Está usted limpio —prosiguió Bicks.

—Me tranquiliza oírlo.

—De todas formas, nuestro informador insistió en que los planos los entregó un científico, y no alguno de los miembros del personal militar que trabajaba en el proyecto.

—Cuando me reuní con Volodia en Moscú, me dijo que nunca había viajado a Estados Unidos —terció Greg con gesto pensativo.

—Mintió —dijo Bicks—. Estuvo aquí en septiembre de 1945. Pasó una semana en Nueva York. Luego le perdimos el rastro durante ocho días. Reapareció poco después y regresó a su país.

—¿Ocho días?

—Sí. Nos dejó en evidencia.

—Eso es tiempo suficiente para ir a Santa Fe, quedarse un par de días y regresar.

—Exacto. —Bicks se inclinó hacia delante sobre su mesa de escritorio—. Pero, piense. Si el científico ya había sido reclutado como espía, ¿por qué no contactó con él su enlace habitual? ¿Por qué trajeron a alguien de Moscú para hablar con él?

—¿Cree que el traidor fue reclutado durante aquella visita de dos días? Parece demasiado rápido.

—Seguramente había trabajado para ellos antes, pero cayó en desgracia por algún motivo. Sea como fuere, lo que hemos supuesto es que los rusos tenían que enviar a alguien a quien el científico ya conociese. Eso significa que debía de existir una conexión entre Volodia y uno de los científicos. —Bicks hizo un gesto para señalar una mesa auxiliar con carpetas marrones—. La respuesta está ahí, en algún sitio. Esas son las fichas de todos los científicos que han tenido acceso a esos planos.

—¿Qué quiere que haga yo?

—Repasarlos.

—¿No consiste en eso su trabajo?

—Ya lo hemos hecho. No hemos encontrado nada. Esperábamos que usted viera algo que se nos hubiera pasado por alto. Me quedaré aquí sentado haciéndole compañía; tengo papeleo pendiente.

—Es un trabajo largo.

—Tiene todo el día.

Greg arrugó la frente. ¿Es que sabían ellos que...?

—No tiene usted nada que hacer durante el resto del día —afirmó Bicks con rotundidad.

Greg se encogió de hombros.

—¿Tiene café?

Tomó café y donuts, luego más café, después un bocadillo a la hora del almuerzo y un plátano para merendar. Leyó todos los detalles conocidos sobre la vida de los científicos, sus esposas y sus familias: infancia, educación, trayectoria laboral, amor y matrimonio, logros profesionales, excentricidades y pecados.

Estaba comiendo el último trozo de plátano cuando de pronto exclamó:

—¡Me cago en Dios!

—¿Qué, qué? —preguntó Bicks.

—Willi Frunze estudió en la Academia Masculina de Berlín. —Greg estampó el historial con gesto triunfal sobre la mesa de escritorio.

—¿Y…?

—Volodia también fue a esa academia… me lo contó él mismo.

Bicks golpeó su mesa, emocionado.

—¡Compañeros de colegio! ¡Eso es! ¡Ya tenemos a ese cabrón!

—Eso no prueba nada —replicó Greg.

—Oh, no se preocupe, confesará.

—¿Cómo puede estar tan seguro?

—Esos científicos creen que el conocimiento debe compartirse con todo el mundo, no creen que deba guardarse en secreto. Intentará justificarse argumentando que lo hizo por el bien de la humanidad.

—Y puede que lo hiciera.

—Diga lo que diga, acabará en la silla eléctrica —sentenció Bicks.

Greg se quedó helado. Willi Frunze siempre le había parecido un tipo agradable.

—¿De verdad?

—Puede jugarse lo que quiera. Acabará frito.

Bicks tenía razón. A Willi Frunze lo declararon culpable de traición, lo condenaron a muerte y murió en la silla eléctrica.

Al igual que su mujer.

III

Daisy contemplaba a su marido mientras este se ataba la pajarita blanca y se ponía el chaqué del frac que le sentaba como un guante.

—Pareces un príncipe —le dijo ella, y se lo decía de todo corazón. Debería de haber sido estrella de cine.

Lo recordó tal cual era hacía trece años, con el traje prestado en el baile del Trinity, y la nostalgia le produjo un agradable cosquilleo. Por aquel entonces ya era bastante guapo, eso recordaba, a pesar de que el traje le fuera dos tallas grande.

Estaban alojados en la suite permanente del padre de ella en el hotel Ritz-Carlton de Washington. Lloyd era subsecretario del Foreign Office y estaba de visita diplomática. Los padres de Lloyd, Ethel y Bernie, se sintieron encantados de poder cuidar a sus dos nietos durante una semana.

Esa noche, Daisy y Lloyd iban a asistir a un baile de gala en la Casa Blanca.

Ella llevaba un vestido que quitaba el aliento: confeccionado con satén rosa, con falda de exagerada campana que caía hasta el infinito en un milhojas de delicados tules. Tras los años de austeridad fruto de la guerra, Daisy se sentía encantada de poder volver a comprar vestidos de noche en París.

Recordó el baile del Club Náutico de 1935 en Buffalo, el acontecimiento al que ella, en la época, culpaba de haber arruinado su vida. La Casa Blanca era, a todas luces, una cita mucho más prestigiosa, aunque tenía la certeza de que nada de lo que pudiera ocurrir esa noche le arruinaría la vida. Pensaba en todo ello mientras Lloyd la ayudaba a ponerse el collar de diamantes rosas que había pertenecido a su madre, con pendientes a juego. A los diecinueve años había deseado con toda su alma que las personas de la alta sociedad la aceptasen. Y ahora le costaba imaginar el estar preocupada por algo así. Mientras Lloyd le dijera que estaba preciosa, le traía sin cuidado lo que pensaran los demás. La única persona cuya aprobación le interesaba era su suegra, Eth Leckwith, que tenía poca posición social y, sin duda alguna, jamás había llevado un vestido confeccionado en París.

¿Todas las mujeres echaban la vista atrás y pensaban en lo tontas que habían sido de jóvenes? Daisy volvió a pensar en Ethel, que sin duda había cometido una estupidez —al quedarse encinta de su jefe casado—, aunque jamás había hablado con resentimiento de ello. Quizá esa fuera la actitud adecuada. Daisy reflexionó sobre sus propios errores: haberse prometido con Charlie Farquharson, haber rechazado a Lloyd, haberse casado con Boy Fitzherbert. Le costaba un poco recordar el ayer y pensar en los beneficios presentes de todas aquellas decisiones pasadas. No fue hasta el momento en que la alta sociedad la había rechazado de forma definitiva, y tras haber encontrado el consuelo en la cocina de Ethel, en Aldgate, cuando su vida había dado un giro a mejor. Había dejado de lloriquear por la posición social, había aprendido el verdadero significado de la amistad y se había sentido feliz desde entonces.

Ahora que todo eso no le importaba, disfrutaba aún más en las fiestas.

—¿Estás lista? —preguntó Lloyd.

Estaba lista. Se puso el abrigo de noche que Dior había diseñado como complemento del vestido. Bajaron en el ascensor, salieron del hotel y subieron a la limusina que estaba esperándolos.

IV

Carla convenció a su madre para que tocara el piano en Nochebuena.

Maud llevaba años sin sentarse ante el teclado. Quizá la entristecía porque le traía recuerdos de Walter: siempre habían tocado a cuatro manos y cantado juntos, y había contado a los chicos en muchas ocasiones sus vanos intentos de enseñar a Walter a tocar ragtime. Aunque ya no contaba esa historia, y Carla sospechaba que, en ese momento, el piano hacía pensar a Maud en Joachim Koch, el joven oficial que había acudido a ella para recibir lecciones de música, a quien había engañado y seducido, y al que Carla y Ada habían matado en la cocina. La propia Carla era incapaz de borrar el recuerdo de aquella noche de pesadilla, en especial, el momento en que tuvieron que deshacerse del cuerpo. Habían hecho lo correcto, pero, de todas formas, habría preferido correr un tupido velo.

Sin embargo, Maud accedió finalmente a tocar «Noche de paz» para que la cantaran todos a coro. Werner, Ada, Erik y los tres niños, Rebecca, Walli y la pequeña Lili, se reunieron en torno al viejo Steinway en la sala de estar. Carla puso una vela sobre el piano, y miró con detenimiento los rostros de sus familiares, veteados por las sombras danzantes de la llama mientras cantaban el villancico alemán.

Walli, en brazos de Werner, cumpliría cuatro años en cuestión de semanas e intentaba cantar, adivinando la letra y siguiendo la melodía. Tenía los ojos rasgados de su padre el violador: Carla había decidido que su venganza sería criar a un hijo que tratase a las mujeres con ternura y respeto.

Erik cantaba la letra de la canción con sentimiento. Apoyaba al régimen soviético con tanta lealtad como había apoyado a los nazis. Carla, en un principio, se había mostrado desconcertada y furiosa, pero había llegado a considerarlo una triste y lógica consecuencia. Erik era una de esas personas ineptas a las que asusta tanto la vida que prefieren vivir subyugados por una autoridad de hierro y que un gobierno que no admite discusión les diga qué tienen que hacer y pensar. Eran idiotas y peligrosos, pero había muchos como él.

Carla miró con cariño a su marido, que conservaba todo su atractivo a los treinta. Recordaba haberle besado, y algo más, en el asiento delantero de su coche, tan masculino, aparcado en el Grunewald, cuando solo tenían diecinueve años. Todavía le gustaba besarle.

Cuando pensaba en el tiempo que había pasado desde entonces, se le ocurrían mil reproches, aunque su mayor pena era la muerte de su padre. Lo añoraba a todas horas y todavía lloraba al recordarlo tirado en el recibidor, víctima de una paliza tan brutal que no consiguió sobrevivir hasta la llegada del médico.

No obstante, todo el mundo tenía que morir, y su padre había dado la vida por el bien de un mundo mejor. Si hubiera habido más alemanes con su valor, los nazis no habrían triunfado. Ella quería emular todas sus acciones: criar bien a sus hijos, conseguir cambiar las cosas en la política de su país, amar y ser amada. Y, sobre todo, al morir, quería que sus hijos pudieran decir, como decía ella de su padre, que su vida había significado algo y que el mundo era un lugar mejor gracias a ella.

El villancico tocó a su fin; Maud sostuvo la última nota; el pequeño Walli se echó hacia delante y sopló la vela.

Agradecimientos

Mi principal asesor histórico para la trilogía The Century es Richard Overy. Además deseo expresar mi agradecimiento a los historiadores Evan Mawdsley, Tim Rees, Matthias Reiss y Richard Toye por haber leído el manuscrito de *El invierno del mundo* y haber hecho correcciones.

Como siempre, he contado con la inestimable ayuda de mis editores y agentes, sobre todo de Amy Berkower, Leslie Gelbman, Phyllis Grann, Neil Nyren, Susan Opie y Jeremy Treviathan.

Conocí a mi agente Al Zuckerman allá por 1975 y, desde entonces, ha sido mi lector más crítico, cuya opinión me ha servido siempre de inspiración.

Son muchos los amigos que me han hecho llegar sus útiles comentarios. Nigel Dean tiene un ojo único para el detalle. Chris Manners y Tony McWalter leyeron el manuscrito con la perspicacia que les caracteriza. Angela Spizig y Annemarie Behnke me libraron de cometer numerosos errores en los capítulos alemanes.

Siempre damos las gracias a la familia y así debe seguir siendo. Barbara Follett, Emanuele Follett, Jann Turner y Kim Turner leyeron el primer borrador e hicieron críticas muy enriquecedoras, además de hacerme el valioso regalo de su amor.